W0278101

Bora Ćosić

DIE TUTOREN

Roman

Mit einem Nachwort
des Autors

Aus dem Serbischen
von Brigitte Döbert

btb

Die Originalausgabe erschien 1978 unter dem Titel »Tutori« bei Nolit, Belgrad.

Alles in diesem Buch ist Fiktion. Namen, Figuren, Orte und Ereignisse entspringen entweder der Fantasie des Autors oder unterliegen einem fiktiven Gebrauch. Jede Ähnlichkeit mit Lebenden oder toten Personen, realen Ereignissen oder Orten ist rein zufällig.

Der Verlag weist ausdrücklich darauf hin, dass im Text enthaltene externe Links vom Verlag nur bis zum Zeitpunkt der Buchveröffentlichung eingesehen werden konnten. Auf spätere Veränderungen hat der Verlag keinerlei Einfluss. Eine Haftung des Verlags ist daher ausgeschlossen.

FSC
www.fsc.org
MIX
Papier aus verantwortungsvollen Quellen
FSC® C083411

Verlagsgruppe Random House FSC® N001967

1. Auflage
Genehmigte Taschenbuchausgabe September 2017
by btb Verlag in der Verlagsgruppe Random House GmbH,
Neumarkter Str. 28, 81673 München
Copyright der deutschen Ausgabe © 2015 by Schöffling & Co.
Verlagsbuchhandlung GmbH, Frankfurt am Main.
Originaltitel: Tutori
Originalverlag: Nolit, Belgrad 1978
Lizenzausgabe mit freundlicher Genehmigung
Umschlaggestaltung: semper smile, München
Umschlagmotiv: © plainpicture/Millennium/Marcus DaviesDruck
Druck und Einband: CPI books GmbH, Leck
mr · Herstellung: sc
Printed in Germany
ISBN 978-3-442-71508-4

www.btb-verlag.de
www.facebook.com/btbverlag
Besuchen Sie auch unseren LiteraturBlog www.transatlantik.de

DIE TUTOREN

THEODOR, 1828

WORT: jenes, was dem Munde entweicht, so mir scheint, ich müsste mich erbrechen oder echauffieren. Buchstabenstapel zu einem Gegenstande, welchen der eine versteht, der andre nicht.

IN: drinnen, Gegenteil von draußen. Draußen kann man den Wind mit dem Mantel fangen, drinnen predigen.

KIRCHE: wo ich diene wie all meine Vorfahren, der eine besser, der andre schlechter, auch gegenüber dem Volke, so uns befohlen. Die erste, welche Adam 1604, in seinem Todesjahre, hinterließ, brannte unter Simeon 1635, 1678 und 1681. Akim errichtete 1693 eine gänzlich neue, welche 1771 zu Lebzeiten meines Großvaters Kliment neuerlich zerstöret und von ihm, so gut er vermochte, wieder aufgebaut wurde, Vater Avram trug ebenfalls etwas bei, und wie sie heute ist, sieht man selbst.

ICH: was niemand und nirgend anders sein kann als der, der ich bin, Theodor Uskoković, Pope, verheiratet mit Ana Vuković, mit meinen dreißig Jahren kinderlos, Sohn des sel. Avram, welcher von Kliment abstammt, welcher von Sava abstammt, welcher von Akim abstammt, welcher von Simeon abstammt, welcher von Josif abstammt, welcher wiederum von Adam abstammt, und der kam um 1600 nach Grunt, legte einen Weinberg an, rodete den Wald und versah seinen Dienst wie wir alle. Es gibt was, so nur ich wissen und mir selbst sagen kann. Etwas drinnen, was nicht raus darf. Bis hierher und nicht weiter.

POPE: bin ich wie alle meine Vorfahren, damit ich dem Volke etwas sage; ob einer drauf hört oder nicht, liegt nicht bei mir. Popen dürfen unter der Fremdherrschaft mehr als andre, solange sie die Kirche stehen lassen und nicht töten, aber sie sind gebunden. Sieben Vorväter zurück, vielleicht noch weiter, bloß schrieb damals vor 1600 in Serbien keiner auf, woher einer kam, vielleicht aus Spring, i. e. Uskok; oder unsere Ahnen sind Springer, i. e. Uskoken, oder weil wir aus

Serbien hierher gesprungen sind. Mancher P. pflügt, so es sein muss, ich beaufsichtige die Arbeiten nur und erteile Anweisungen und führe Buch und schreibe auf, so viel ich vermag. Manchmal hört sogar einer auf mich. Ein Pope muss kein Eunuch sein, sondern darf was essen und trinken und ein Liedchen trällern, er ist weder Büste noch Bild. Offizier und Gemeindediener und Lehrer müssen auf die hören, ich bloß auf unsre.

SINGSANG: ertönt, so ich intoniere. Wenn du deine Stimme zu andrem gebrauchst als zum Reden. Jenes Etwas, welches sich einschwingt, und manch ein Vokal wird gehalten, einem oder etwas zum Ruhme. Wie in der Kirche, so in fröhlicher Runde.

AUF: wenn etwas auf etwas ist, aber dort nicht bleiben muss.

LIPPEN: jenes am Kopfe, wozwischen du das Essen stopfst, mit welchem du trinkst und küssest, doch am wichtigsten, damit du da heraus sagen kannst, was es gibt.

ZUNGE: womit. Und auch insgesamt alle Worte von einer Art, unsere, türkische oder deutsche, und sonstige Haufen, nach denen ein Volk ist, was es ist.

SOVIEL: Maß fürs Haben.

KEHLE: wenn du gähnst, ist es da tief.

GETRAGEN: wird, was hier ist und woanders hingeht, auf den Armen oder einem Karren oder durch die Luft.

RING: ein Stück Gold, gebogen, am Finger, weil du mit Ana verheiratet bist, aus vielerlei Gründen. Später bei der Frau auch das andre gesehen, aber geschwiegen.

BART: die Haare eines Mannes im Gesicht, nun, wer Pope ist, darf sie auf keinen Fall abschneiden; das ist auch schmucker. Scheren bloß zur Strafe, während andre es tun, wann immer es ihnen in den Kopf fährt.

MESSGEWAND: was an mir ist, so man sieht, was ich bin, dass ich kein Banquier oder Oberster bin. Kleidungsstück wie jedes andre, nur geweiht und so ergänzt, wie es sich gehöret.

ZEICHEN: dass etwas so ist, wie es ist, sei es zu sehen, sei es geschrieben.

SEIN: also nicht Nichtsein.

PAROCHIALKIRCHE: wo du vor deiner Gemeinde stehst und das Alte oder Neue Testament vorträgst und dich, so gut du kannst, kümmerst, und nach dir dein Sohn, so du einen haben wirst, oder ein andrer.

PFARRE: wo die Stimme eines Popen gilt.

HAUPTKIRCHE: dasselbe, mit einem Gemeindepfarrer oder Pastor oder anderen von Bedeutung, Herr über alle Kirchen. Unsere ist rund zweieinhalb Jahrhunderte alt.

GRUNT: Name von dem Orte, wo ich bin und vor mir die Meinen waren, Adam, Josif, Simeon, Akim, Sava, Kliment und Avram, alle arbeitend ein und dasselbe, in Kirche, Haus und Weinberg. Wer G. gründete, weiß ich nicht, aber wir haben ihn nicht beschämt und werden es nicht tun.

GESICHT: das, womit ich sehe, so ich es sehen will oder nicht.

OHR: das, was man spitzt, um zu hören, deswegen heißet man, wer ewig andre belauscht, trotzdem es sich nicht gehört, einen Spitzel.

HAND: womit du tätig bist, arbeitest, drohst, schlägst, betest und liebkost und welche weder Tiere noch Vögel noch Fische haben.

WEIL: das, weswegen was ist.

MENSCH: geschaffen, damit jeder von eigner Art sei und keinem andren ähnele, außer dem Leibe nach, denn ansonsten wäre er ein Affe oder ein Nichts.

VERWALTER: der, welcher führt oder wenigstens anleitet, wie sie es selbst tun könnten, so ihnen der Sinn danach stünde.

IN: irgendwo, in der Weite.

GEMEINDE: der wir unterstehen, obwohl ich hier mein eigener Herr, Kopf und Regent bin. Viele solche bilden ein Kaiserreich, und aus denen besteht die Welt.

STAAT: die Länder, die von einem Kaiser regiert werden, das Land und die Menschen darin, und wozu man auch Vieh und Geflügel und was im Wasser ist zählet.

VON: ab wo man rechnet, im Lande oder durch die Zeit.

ANBEGINN: vor dem nichts war. Nach ihm ist alles, und einzig das ist A. Sie durchlitten so einiges von A. bis Ende. Einer kann nicht anfangen, sondern gesellt sich später dazu, der eine oder andere kann sofort alles. Der beginnt. So einer kommt, legt das Fundament oder bläut den andern ein, was getan werden muss, oder solche bringen die Leute wohin, wenn keiner weiß wohin. Und die, die anfangen, die werden manchmal auch getötet.

GRÜNDUNG: jenes, seit wann etwas ist. Fundament, auf welchem alles ruhet. Wenn nichts war und du befiehlst, es solle sein, dann hast du, was du befohlen, gegründet.

MENSCHENGEDENKEN: rechnet man von damals bis heute. Was die Klügsten und die mit dem besten Gedächtnis gesagt, was seither sei.

WENN: im Falle, dass etwas von etwas abhängt, also mithilfe dessen etwas ist, und ohne diese Hilfe wäre es nicht.

ERINNERN: tu ich mich an jenes, was vor Langem war, entweder wie einer geheißen hat, oder an eine Zahl oder ein Bild oder einen Vorfall oder einen Duft oder ein Geräusch, und es ist mir, als wäre es heute, während andre nichts wiederholen können, wie ein Maultier.

SAVO VUKOVIĆ: ich seh ihn noch, wie er, obwohl fast gänzlich erblindet, am Tag des Hl. Sava bei der allgemeinen Schulversammlung zwanzigtausend Forint spendete, und wir Schüler vermerkten es stumm.

MEINIGE: welche mir nicht fremd sind, nun, entweder sind sie bei mir oder ich stamme von ihnen ab.

VATER: der sel. Avram, welcher mich zusammen mit Mutter in die Welt setzte. Der gedacht hat, ich würde wie er, davon habe ich für mich übernommen, was zu nehmen wert war. Wenn ich Vater werde, mache ich es genauso; vom Vater geht eben etwas weiter und etwas bleibt nur ihm. Er gebiert nicht, treibt aber etwas durch die Mutter auf den Sohn, damit es an diesem gleich oder zumindest so ähnlich sei. Ich war in Požun, als er starb, und nach drei Wochen, kurz nachdem mich der Brief erreicht hatte, war ich an seinem Grab, danach bekam ich die Pfarre und alles, das ist sechs Jahre her.

VERWANDTE: ein jeder, welcher dir Vater, Mutter, Bruder oder Schwester ist, oder die Kinder von dir oder deiner Schwester oder deinem Bruder oder andren deines Blutes, die sind mit dir verwandt. Der Herkunft nach gleich, in allem andern verschieden.

SOHN: ich Avrams, meiner ungeboren.

ENKEL: Sohn des Sohnes, ich von Kliment.

KIND: kleiner Mensch, schwach, noch wenig Verstand, der kommt oder kommt nicht, obwohl, die wissen so viel, dass man schaut und staunt.

DERJENIGE: so man just an einen insonderlich und nicht an irgendwen denkt.

GROSS: wirst du, warst erst klein, wirst größer, fängst an zu arbeiten, zu urteilen und mit allem umzugehen, solange du die Kraft dazu hast. Später alt, aber bis dahin wird ein anderer g.

SEIN: wirst du, was du bist, ab und an oder immer.

JUNG: um vieles anzustellen, damit dir hernach jeder was vorzuwerfen hat. Je mehr du schaffst, desto größer der Neid. Obwohl j. und stark, schlägt dir so manche Bosheit auf den Magen. Es scheint besser zu sein, in der Jugend in Saus und Braus zu leben, als tüchtig zu arbeiten.

ABGELÖST: ich meinen Vater im Dienste und im Hause, mich gegebenenfalls ein andrer, falls es den geben wird. Wenn du müde und erschöpft sein wirst, steht der Neue hinter dir und sagt, er sei ausgeruht.

IM: etwas in etwas, aber nicht bloß in einer Kiste oder einem Fasse, sondern auch in einem

AMT: was du bist, dass man's aufschreiben kann und weiß, womit du dich mühst,

GEMÄSS: jenem, welches von jemandem oder etwas Geschriebenem abhängt, also g. dem

WILLEN: Anordnung, wie es sein soll, entweder von Menschen, welche Macht haben, oder von Älteren, so ehrt man es, oder durch Gesetze.

GENERATION: wir, die wir hier sind, aber es gibt auch ein paar von damals am Orte, um uns zu sagen, dass wir nicht recht haben.

AUFTEILEN: tut man, so mehrere da sind, aber das zu Teilende eins ist, und wenn es viele sind, bleibt keinem was, so wenig kommt heraus.

ERBTEIL: was man bei der Erbteilung kriegt, je nachdem.

JEDEM: wenn man der Reihe nach geht und keinen überspringt, wie er auch sei.

BRUDER: von derselben Mutter, Rozalija Relković, und Vater Avram, heißt Đuro, ist 38, Landvermesser, verheiratet mit Savka, Kinder Pavica, 4, Nikola, zwei Monate. Ich denke so, er so, ich bin eine Handbreit größer, er hat mehr Kraft, ich helle Haare, er dunkle, die gleichen Augen, aber jeder hält sie auf seins gerichtet. Mag mich nicht, weil der Ältere und ich das Amt übernommen habe.

HUSAR: einer, welcher herumläuft, als gehöre ihm die ganze Welt.

GROBIAN: wenn der Bruder ankommt und mit blutunterlaufenen Augen brüllt, es gehe nicht an, was der sel. Vater aufgeschrieben hat, er, Đuro, sei Landvermesser, jawohl, aber kruzitürken auch der Erstgeborene. Und er sei es, welcher Kinder habe. Sprach's und zerdepperte Großvaters Weinkrug. Mit dem G. will ich nie nie wieder was zu schaffen haben, und wenn er auch zu Kreuze kröche.

SCHWESTER: wie der Bruder, nur weiblich, vor allem und jedem zu beschützen, Milica, 28, aber ohne Mann und Kinder, hockt rum, liest, flennt. Immer unglücklich. Zu Hause, bei Mutter.

ALTE JUNGFER: die nicht heiratet, sitzt also allein da, bis sie grau wird.

FAMILIE: von den Meinen, wer noch lebet, wir selbst und unsere Nachkommen, so einer welche hat. Weiterhin Oheim Žarko, dessen Frau Magdalena, Base Mina, Vetter Savo sowie Katica Hetzl, meine andere Base, verheiratet mit einem Deutschen, und sie haben einen Sohn, Oliver. Das sind alle, von denen ich weiß.

OHEIM: Žarko, Bruder des Vaters. Widersetzte sich einem Leben in Grunt neben dem angeseheneren Bruder, zog nach Graz, heiratete eine Schoktze und betreibt ein Kontor für An- und Verkauf. Mina unverheiratet, obwohl schon 34. Savo in meinem Alter, wenn auch so lala, nicht Fisch, nicht Fleisch. Oskar Hetzl ist irgendwas beim Militär, habe ihn nie getroffen, der ist mir egal. Jeder von denen bleibt für sich, sollten sie sich mal besinnen, ist es zu spät.

ABTRÜNNIGER: wer wo war und dort nicht länger sein wollte und darum zu andren ging. Ich bin noch da, wo ich war, und da halten die mir vor, ich sei ein A., während sie selbst gern woanders wären und andren andichten, was sie sich selbst nicht trauen.

ABFALLEN: tut einer, welcher allein in die Welt zieht und kein Wort mehr von sich hören lässt oder gar Gedungene schickt, damit sie dir was antun.

VOM: wenn man was abreißt, welches hernach nur noch ein Bruchstück ist, dann weist das v. drauf hin, was es mal war, bevor's zerschlagen wurde.

STAMM: alle Menschen, welche um uns sind und uns verstehen.

ERBE: das, was vom Vater bleibt, und du bringst es entweder durch oder vermehrst es, aber selbst wenn du es vermehrst, behaupten einige, du wirst es durchbringen.

HERRSCHEN: wenn du über einem stehst, dem du befehlen kannst und den du, wenn er es nicht macht, bestrafen oder verschonen kannst, wie es dir in den Kopf fährt.

WOMIT: sich mit was wie einem Werkzeug oder Zeichen helfen.

GEBRANDMARKT: wenn einer nicht so ist wie die andren, dann kennzeichnet ihn das.

WIE: zum Vergleichen, dieses ähnelt jenem.

LEIBHAFTIGER: auch Teufel oder Satan, ein gefallener Engel, der wurde verjagt, um Böses zu tun und damit die Engel im Vergleich zu ihm noch besser scheinen.

OBSCHON: eine Widersprüchlichkeit, er ist so, o. er auch so ist, wenn er etwas andres hat, was das erste stört.

PREISEN: tue ich, rühmen, im besten Lichte zeigen, aber manchmal geschieht es auch für solche, welche es nicht verdienen, aber zu mächtig oder zu reich sind, um es ihnen zu verwehren.

GOTT: meinen Höchsten, welcher über allem ist, nun, alles sieht er nicht, ein bisschen was müssen wir schon selbst dazu tun.

BEKREUZIGEN: tu ich mich, wenn ich das Volk zum Kreuzeszeichen auffordere, denn als Christ bekräftige oder beschwöre ich damit etwas oder wehre Übel ab.

BETEN: tu ich, wenn ich nicht weiter weiß und Gott anrufe, damit er mir saget, was ich wie machen soll.

UNTERWÜRFIG: ist man gegenüber einem oder was; man verbeugt sich wie verrückt oder buckelt wegen einer Sach', so nicht mal wertvoll sein muss.

KANDELABER: wie ein Arm, aber um eine Kerze zu halten, ohne sich zu versengen.

TROPFEN: tut Flüssiges, welches nicht auf einem Haufen bleiben kann.

WACHS: von Bienen im Bienenstock geholt, jetzt in der Kerze.

SCHWENKEN: tu ich, so ich was hin und her bewege.

ÖLLAMPE: Flamme, welche bei jedem Hauch flackert, aber darum noch lange nicht erlischt, zum Gedenken an eine Seele.

INMITTEN: von etwas, Gebieten oder Menschen.

DUNKELHEIT: nächtens oder drinnen. Auch in dem Menschen, welcher dich nicht versteht, obwohl du ihm etwas verständlich und klar auseinandersetzt.

LESEN: tut, wer sehen kann, was einer früher aufschrieb, und es nach so langer Zeit noch versteht.

BUCH: aus Papier, aus Blättern, auf denen steht, was war. Auch ein törichtes B. hat etwas, da steht auch etwas drin.

PSALTER: Buch, aus dem ich laut vorlese, aber die andren hören nicht so hin, wie sie sollten.

LEBEN: jenes Ganze, welches nur der Tod zerschlagen kann; wie eine Schachtel, manche enthalten kostbare Teile, andre sind leer.

APOSTEL: das sind die zwölf, welche alles wissen, welche alles aufschrieben und welche bewahren, was aufgeschrieben wurde.

KÜSTER: Kirchendiener; wo ich auch bin, er ist bei mir, wie ein Hund, aber ohne viel Verstand. Stevo.

WIEDERHOLEN: tut der, welcher es nicht selber kann, sondern lediglich, was er gehört, wiederholt, und das genügt, so er richtig gehört.

WEIHRAUCH: den bringen sie her, entzünden ihn; dann duftet er, und der Duft zieht in Schwaden durch die Kirche und sogar ins Freie.

OLIBANUM: Steinchen, welche dem Gläubigen schwelend Gefühle für Gott und für Gnade entlocken. Dass der Teufel O. fliehe, habe ich nicht ausprobiert, also weiß ich es nicht.

VERTEILT: ist, was an mehreren Stellen aufbewahrt oder in viele Hände gelegt wird.

PROSPHORA: mit Kreuzen geschmücktes, in Stücke gerissenes Weizenbrot, welches vor der Vergabe an die Bauern in der Kirche geweiht wird, dabei haben die zu Hause nur Brot aus Mais.

SCHÜLER: der zu den Popen oder in eine andre Schule gehet, um alles zu lernen, was sie wissen, und manchmal, so einer sehr fleißig, noch mehr als das.

HALTEN: was nicht von allein steht, das muss man h., damit es nicht fällt.

RHIPIDION: das, was man durch die Kirche und drumherum trägt, an Feiertagen, darauf ist der heilige Basilius abgebildet, es gibt aber auch andre.

VOLL: so genug wovon auf dem Haufen ist, sei es von Sachen, sei es von Arbeiten, die anstehen.

BEICHTE: nehm ich dem ab, der sich für sündig hält und glaubt, hernach rein zu sein.

OPELO: das, was ich für die Toten rezitiere. Ich betete es für den alten Lobo und den alten Lacković und dem Oršić sein kleines Kind, für so viele, und für diejenigen, für die ich es demnächst beten müsste, kann ich es vielleicht nicht mehr tun, sondern sie müssen einen suchen, welcher es für mich betet.

BEGRÄBNIS: wann immer einer stirbt, graben sie die Erde auf, legen ihn hinein und schaufeln das Loch wieder zu.

PARASTAS: am Abend, bevor sich ein Jahr vollendet, seit einer von uns gegangen, da feierst du eine Messe und gedenkst seiner guten Seiten, die bösen mögen ihm auf der Seele liegen.

SITTE: das, was man bewahrt, weil es zuvor schon war und es wert ist, auch später noch da zu sein.

INFOLGE: aus einer Durchdachtheit heraus, wenn etwas i. von etwas und nicht einfach so ist.

CHRISTUS: Gottes Sohn, der andres verdient hätte als das, was er erlebte, aufgrund seines Verstandes und aufgrund seiner Stärke und aufgrund seines Mutes.

ENGEL: jenes Wesen, das wie jeder junge Mensch ist, bloß dass es Flügel hat, und von dem das Buch sagt, es sei ein Soldat des Himmels, welcher Gericht hält, Befehle überbringt und Wache schiebt. Ein großer Vogel, nur selten sanft, stets schön wie eine Jungfer, dabei zornig und gerecht.

VERKÜNDIGUNG: wenn der Erzengel der Jungfrau verheißt, sie werde einen Sohn gebären, obwohl sie keiner angefasst hat. Oder andre Nachrichten dieser Art, gut, aber kaum zu glauben.

GLAUBE: Gesetz der Kirche, oder so du an etwas oder einem aufs Wort glaubst.

SCHÖPFER: der hat alles gemacht, was es auf der Welt gibt, hat geschaffen alle Geschöpfe und alles Zeug hienieden, obschon nicht alles zu gebrauchen ist, aber es heißt, das hätte er gemacht, damit es da ist.

AUFERSTEHUNG: als Jesus von den Toten erweckt wurde und nichts und niemand ihn daran hindern konnte, das Grab zu verlassen. Das Osterfest verheißt uns, dass das, was tot und gestorben ist, neuerlich sein kann.

DAGEGEN: wenn alle etwas gut finden und allein ich oder ein einzelner Anderer es ablehnt, also dem widerspricht und d. ist.

ETWAS: vor dem die meisten Angst haben, weil sie es nicht kennen und nicht wissen, wozu es dient und woraus es besteht. Ob es kreucht oder fleucht, lebt oder leblos, heimisch oder fremd ist, mit welchen Absichten und Hintergedanken. Wenn ich was nicht anfassen kann, warum sollte ich es fürchten?

SCHLECHTES: welches weder sich, geschweige denn andren guttut, bloß zerstört, randaliert, alles durcheinanderbringt und Böses wirkt.

HEISSEN: tun sie entweder mit der Kehle oder etwas beim Namen, der besagt, dass etwas das und das und nicht was andres ist.

TEUFEL: am meisten fürchten ihn die, welche mit ihm sind.

HÖLLE: das Gegenteil vom Paradies, unvorbereitet, unordentlich, zänkisch, übel, unappetitlich, feindselig, grobschlächtig, dumm, dreckig, unvernünftig, elend, ärmlich, eng, abgenutzt, krank, fremd.

UND: damit man was hinzutun, hinzuzählen kann, damit es nicht nur das, sondern das und das ist.

HIER: da, wo ich bin und stehe.

DRUCK: gebraucht man, um etwas in etwas hineinzuquetschen, oder auf einen Menschen, damit er etwas tut, was er nicht tun will.

PROZESSION: wenn sich die Gemeinde oder wer anders hinter- und nebeneinander aufstellt und in die Kirche oder zu einer Hochzeit weiter weg geht, oder an Weihnachten oder wenn einer begraben wird. Wenn nichts ist, geht jeder für sich; hat man einen Anlass, macht man eine P.

NICHT: um das zu verneinen, was man zuvor gesagt hat.

VERSTEHEN: soll der, dem du was sagst, was er noch nicht weiß. Aber wie es zugeht, dass er's begreift, weiß Gott! Ich habe noch nichts gesagt, da v. Jefto Lacković oder Jovo Kanatić schon, was ich will, während ich tagelang für nichts und wieder nichts auf die Frau einreden kann!

REDE: so einer den Leuten oder einem was sagt, und der hört zu oder auch nicht.

VERGEHEN: tust du, wenn du dich ohne viel Aufhebens zurückziehen willst, aber nicht wegkommst, weil jeder was von dir will.

DEUTLICH: wenn du so sprichst, dass es jedem in den Schädel fährt.

RATSCHLAG: aus freien Stücken einem sagen, was zu tun wäre, und der macht, was er will.

VERKENNEN: tut man dich, wenn dir einer sagt, du wärst in etwas weniger gut als du meinst, oder dir irgend etwas anderes vorwirft, und du allein weißt, dass es nicht stimmt und du anders bist.

PROPHET: der im Voraus weiß und sagt, was sein wird, entweder weil er so klug ist oder weil er es wo gelesen hat oder es ihm der sagte, welcher alles weiß.

ÜBERREDEN: tust du den, welcher etwas ablehnt und später dafür ist.

TADEL: wenn du einen für etwas schiltst, was er getan, aber nicht gedurft hat.

RAND: an dem sitzt der Ärmste, den man nicht im Gespräch oder bei etwas andrem duldet, und von da – was bleibet ihm übrig? – schaut er zu, neidisch und verzagt.

TÜR: an Haus, Stall oder Kirche, vermittels deren man hinein- und hinausgehen kann, und danach sollte sie wieder zugemacht werden.

HINAUSGEHEN: drinnen sein, aber ins Freie wollen. Aus der Kirche, aber auch aus der eigenen Haut, gänzlich, und sie wissen nicht, wer sie sind noch wie sie heißen. Wenn die Seele hinausgeht, bist du tot.

SEHEN: das Bild, das plötzlich vor deinen Augen aufbricht, entweder ein Irrwisch oder aus der Erinnerung oder weil es sich wirklich zuträgt.

ANDRE: alles geht vorbei, ich auf der einen, die auf der andren Seite. Egal, ob gut oder schlecht. Ich so, die anders. Ich allein, die im Haufen. Ich für mich, die für sich.

GESINDEL: lauter Leute aus allen Ecken und Enden. Was haben sie davon, dass sie viele sind, sie verstehen ja doch nichts unter Gottes schöner Sonne. Sie kreischen fortwährend, denken nie vorher nach. In der Menge sagt jeder Sachen, die er allein nie sagen würde. Sie brabbeln und plappern, da soll sich einer auskennen. Nicht alle sind schlecht, bloß gehen die paar in der Menge unter, was hilft es also.

HAUFEN: viel von etwas auf einer Stelle.

PULK: Menschen, die sich drängeln und dabei nicht vom Verstande, sondern von blinder Gewalt geleitet werden, obschon im P. durchaus welche sein können, die für sich genommen klug und verständig.

VOLK: alle Menschen auf einem Haufen, wie sie eben sind. Je ein Volk sind Serben, Kroaten, Ungarn, Deutsche, Böhmen, Franzosen, Bulgaren, Rumänen, Bosnier, Türken, Walachen, Albaner, Zinzaren, Griechen, Schwarze, Russen, Chinesen,

Kärntner, Dalmatiner, früher waren da noch die Illyrer, die gibt es nicht mehr.

HERUMTREIBER: haben nichts im Kopf, sind von jämmerlichem Äußeren und schauen, wie sie sich durchschlagen.

LANDSTREICHER: die da und dorthin gehen, haben keine Arbeit und nichts zu essen, die nehmen es so, wie es eben kommt.

BETTELN: tun sie, so sie etwas nicht haben, aber haben möchten, und dann soll ich es ihnen geben, und ich weiß gar nicht, warum und wieso. Als müsste jeder alles haben, weil er sonst den Verstand verlöre.

ZERLUMPT: wer unordentlich in der Kleidung ist. Bettelarm, aber mancher müsste es nicht sein.

HUNGERLEIDER: nicht nur der Erscheinung nach elend, sondern auch von der Sprache her, um etwas zu sagen oder sich loszureißen. Aus dem wird nie was.

GEFLICKT: wenn's ein Loch in die Kleidung reißt, näht der Arme Flicken oder Lumpen drauf, egal, von was, bloß damit er nicht nackend ist und der Wind nicht durchpfeift und ihm davon kalt wird.

LIEDERLICH: nicht allein ungepflegt und schlampig, sondern auch noch ungewaschen, alles an ihm hänget, nichts ist ordentlich, alles verkehrt und andersrum.

TAUGENICHTS: wer sich überall herumdrückt und weder sich noch andren taugt.

ZIEREN: tut sich, wer ablehnt, etwas zu tun, obschon er's könnte, um sich wichtig zu machen.

ARBEIT: so einer was tut, was man sehen kann. Nur vor der Kirche sitzen und betteln gilt nicht, selbst wenn du ein Vermögen erbettelst. Selbst bloßes Reden ist A., wenn es recht ist.

GEBEN: tut es das, was man herzeigen kann.

SCHLIMMER: um das Schlechte vom Schlechten zu unterscheiden, also das noch Schlechtere.

DUMMBART: ist nicht ganz verrückt, aber auch nicht ganz bei sich, hat nicht alle auf der Reihe, ist es selbst nicht. Schwatzt, was ihm zuerst einfällt. Manche glauben so einem mehr als mir, falls ihnen gefällt, was er sagt, und es sich für sie auszahlt.

NARR: so du einen für normal hältst, der aber Peinlichkeiten von sich gibt oder auf seinen Ohren sitzt und nicht höret, dass etwas bereits gesagt wurde, oder betrunken ist. Hiesige Narren: Budisavljević, Neofit Ajduković, Miholj, Terbuović, Muždeka. Es gibt mehr, muss nicht alle nennen.

EINFALTSPINSEL: dem kannst du sagen, was du willst, du könntest genausogut mit dem Brunnen reden.

RAMMBOCK: nicht nur zum Rammen, auch der Mann ist hart, stumpf und schwer wie Blei. Weder einzuschmelzen noch zu bewegen.

MILCHBUBI: ein erwachsener Mann, dem kein Bart wächst, wegen einer Krankheit oder weil er so ist. Immerzu erwartest du etwas Kluges von ihm, doch vergebens.

ZIGEUNER: wie die andren, obwohl etwas dunkler im Gesicht, spricht verdreht, zieht umher, weil er kein Zuhause hat, lügt etwas, behauptet, dies und das zu können, stiehlt gelegentlich, hat viele Kinder, sieht komisch aus, und die singen immer zusammen.

WALDSCHRAT: als wär' er im Wald aufgewachsen, und einmal heraußen, findet er sich nicht zurecht.

SCHEEL: dem ein Auge schief stehet, wie wenn er zwei linke oder zwei rechte hätte.

MISSGEBURT: So einem etwas fehlt, um wie alle zu sein. Dem einen die Hand, das Auge oder die Nase, andern der Verstand. Bei uns der Jozo, immer aufm Kirchhof. In der Welt ganz viele, und sie werden vorgeführt: über zwei Meter groß oder so klein, dass sie in meine Hand passen, ohne den unteren Teil des Körpers, mit Haaren im Gesicht, mit einer Haut, die sich wie Papier auseinanderziehen lässt, zwei mit einem Leib, so dass sie sich ihr Leben lang ertragen müssen, bärtige Frauen wie Jelena Antonija, der Deutsche Matthias Buschinger, der Mann ohne Hände, Magdalena Emona und Toma Schweiker, die Katharina von Massina ohne Unterleib, an Zwergen haben wir einen von Lobos Großvätern, obschon sie den verstecken, im Ausland Clemens Perkeo und

Ignjat Akenhajl, an Riesen Henri Blaker, der nicht durch den Türrahmen passt, schlohweiße Haare und Augen, welche kaum sehen, die italienische Gräfin Rola, Hans Kaltenbrunn, Deutscher, dem schaut ein kompletter Mann aus der Brust, Myrtl Corbin vier Beine, zu den Dicksten zählen Hyppolytos und Daniel Lambert, mehr habe ich nicht gefunden und aufzuschreiben geschafft, aber sicher gibt es viele weitere. Reden wie wir, manche auch klüger, sind halt so.

VERUNSTALTET: war vielleicht mal wie die andren, aber dann hat ihn einer v.

ARMUT: da, wo Menschen gar nichts haben, weder an noch um sich. Wohin sollen sie sich wenden, wohin gehen, was können sie anfangen? Gegenteil von Reichtum, kommt von Gott oder mit Gottes Hilfe. Einzig und allein. Am schlimmsten die Armut im Geiste.

KRANKHEIT: so du die hast, magst du nicht darob reden oder auch nur nachdenken, und du weißt nicht, woher es kommt. Viel Schwindsucht, Schwäche, Gliederschmerzen, und mancher ist blind. Unsere sind alle ziemlich gesund. Einige inwendige Schäden, wie wenn Most oder Trester umkippen und nichts draus wird. Manchmal stinkt es, und manchmal erst zu merken, wenn einer anfängt zu jammern.

EITRIG: wenn sich eine Wunde übel entwickelt und blutet und gelbes Zeug von einer Vergiftung drin ist, kann auch wieder weggehen.

WINDPOCKEN: Pusteln am Körper, die Löchlein hinterlassen, wenn du dich kratzt, und du kannst dich anstecken. Hässlich im Gesicht von Jungfern, ansonsten egal.

STINKEND: so oder so und jedem anders. Mir stinkt weder der Stall noch der Abtritt, noch eine Leiche so sehr wie jemand, der sich nicht wäscht. Es gibt stinkende Vögel und Käfer, und so manches Essen isst man, eben weil es gut stinkt. Mancher stinkt aus dem Leibe, etwa Gavrilo Relković, obschon Hauptmann, mancher aus dem Munde, wie Stojan Muždeka, wenn er redet. Der stinkendste Mensch auf Erden Atanasij Šmuc; bei dem Krieg, der mit dem Frieden von Passarowitz endete, trieben sie ihn vor sich her, um den Feind zu verscheuchen, bis die ihn mit Steinen zuschütteten, und selbst da stank er noch. Das Stinken kommt von Adern im Menschen, manche sagen, dass kein Verrückter, Irrer und Wahnsinniger stinkt, nur wer stark und gesund ist, und das stimmt auch.

ALLE: außer mir, die andern, die sind's.

ZERNIEREN: oder belagern, darauf haben sich der Zigeuner, der Bettler und Waldschrat Jozo verlegt, als könnten sie mir mit Gewalt abpressen, wenn ich freiwillig nichts hergebe.

DRÄNGELN: tun Menschen, Volk auf dem Markt, in der Kirche, jeder will der Erste sein, aber was er als Erster soll, weiß er nicht. Weder habe ich etwas zu verschenken noch Neuigkeiten.

BEGEGNEN: tun sie dir, wenn du beständig einen triffst, den du weder brauchst noch sehen willst, und nie umgekehrt. Nirgends Einsamkeit, wenn dir nach Alleinsein ist, und wenn du dich einsam fühlst, ist weit und breit keiner.

GRÜSSEN: tut man sich, ob du willst oder nicht, wenn du der Ältere bist, grüßt er, wenn der höhergestellt ist, grüßt du, oder man kennt sich, oder man ist an einem einsamen Ort, aber wer hat sich das ausgedacht und zu welchem Behufe!

WÄCHTER: der stehet und bewachet etwas oder jemanden, und manchmal auch sich selbst.

SCHILDWACHE: das im Wachhäuschen, damit nichts unverhofft vorfällt und dich keiner tötet oder dir alles wegnimmt.

VERBOTE: wenn andre wollen, was man nicht darf, verbietet man es.

GELDSTRAFE: damit schröpfen jene von der Obrigkeit die anderen, und zwar wegen Taten, welche sie nicht gedurft hätten, gemäß dem Buche, in dem alles steht. Es heißt, darin sei alles aufgezählet, was auf der Welt vorkommt, und wenn's einer drauf anlegt, kann er dir für jeden Schritt vom Aufstehen bis zum Schlafengehen Geld abzwacken. Am ärgsten, wenn der Wein angeblich sauer, den nehmen sie mit und saufen ihn selbst.

DIESE: die, welche hier sind, so dass du sie siehst und ihnen zeigen und sagen kannst, was du willst, und sie hören dich.

OHNE: wenn jemand was nicht hat, was er haben müsste.

BROT: das beste Essen, denn es ist aus dem Korn, welches aus der Erde kommt, und es sättigt, und auch die Armen können es haben, denn haben sie es nicht, können sie sich gleich erhängen. Jesus aß B., und es war ihm genug.

BEKANNTE: welche du bereits gesehen hast und wiedersiehst. Entweder sind sie in meiner Nähe oder wir haben miteinander gesprochen oder ich schreibe ihnen Briefe und sie schreiben zurück. Relković, Rančić, Katanić, Lacković, Onkel Đuro und Familie, Stjepan Ožegović, Ante Kukuljević, Aloysius Bužan, alles Abgeordnete, sogar Josip Kušević, Parteigänger der Ungarn, dann Stjepan Sečeni, der herrlich zu reden versteht, Freiherr Nikola Veseleni, Aleksandar Farkaš aus Poschegg, Pavao Štoos, Priester, schreibt aber schön wie ein Dichter, dann Vuk Karadžić, Serbe wie Magarašević und Barthol. Kopitar an der Wiener Hofbibliothek, Marija Tirka, Mihajlo Fričinjski, dem ich einen Brief schrieb, Pavle Čarnojević aus Arad, von den Alten noch Theodor Radičević aus Slavonski Brod, Huboda und Herkel aus Pest, welche ich von früher kenne, Đorđe Spirta und Naum Peskar aus Zemun, mit denen hab ich gehandelt, Theodor Kozma, Stevo Čučković aus Petrinja, Margo, ebenfalls aus Pest, Vitković, ein Isajlović, P. Kengelac hat mir geschrieben, Tomo Krestić, welcher uns auch etwas aus T. verkauft hat, P. Voinović aus Šid, Josif Rajačić, der Karlstädter Konsistorialrat, Vukolaj Kokotović, Vaso Lužanić, sogar Pfarrer P. Atanacković aus Sombor, St. Stratimirović, wär besser, ich kennte ihn nicht, den Stojković Atanasije, der schöne Professor aus Charkow, Russland, den Solarić Pavle mit seinem umfassenden Wissen von der Erdkunde, Dim. Isajlović in Karlowitz, Gymnasiallehrer, und es gibt noch so viele, die mir gerade nicht einfallen wollen und nicht da sind, wo ich bin, sondern andernorts.

ANWESENDE: die hast du vor der Nase, da musst du nicht dein Gedächtnis bemühen.

WIRT: der den Ort betreibt, wo man vor Lust oder Kummer trinkt, oder aus krankhafter Liebe zum Saufen.

HÄNDLER: wer bloß darauf schaut, was er kaufen und verkaufen kann, der ist Händler.

FREMDLING: wenn einer aus einer andren Welt kommt und weder weiß, wo er ist, noch wer wir sind noch wie wir reden, sondern schaut, sich wundert und etwas aufschreibt.

APOTHEKER: ist aus Zagreb, wünscht einen guten Tag und mischt giftige Tinkturen an, denn das ist sein Metier.

RATHSHERR: der im Rat sitzet und mit andren über Angelegenheiten berät, aber wie sie beschließen, so müssen andre arbeiten und leben.

OFFIZIER: der sich dem Militärdienst anheimgibt und bis zu einem Rang hinaufschafft, hat besondere Kleidung an sich voller Schnüre, Metallknöpfe und sonst was, ist bewaffnet, grimmig und will unbedingt in den Krieg ziehen, doch dort: Leid und Elend! Auch wer von hier kommt, spricht in fremden Diensten die Sprache seines Kaisers wie einer von denen und ist ihm treu bis ins Grab. Die Frauen lieben ihn überall. Es gibt gute O., und da und dort, allerdings selten, auch kluge.

AUSSTAFFIERT: wenn er oder sie nicht weiß, was ihr oder ihm stehet und was nicht.

SPOREN: jenes Eiserne an der Ferse beim Reiten, und damit haust du das arme Pferd.

RIEMEN: jenes am Soldaten, wo Messer und Pulver befestigt werden und was er sonst braucht, das er sowieso gerne trägt.

PROMENIEREN: tut, wer woanders hingeht, um gesehen zu werden, wie Offiziere oder andre Irre. Zu Hause irgendwie, woanders in Paradeuniform.

KREATUR: etwas, das lebt, aber man weiß nicht, ob es dies oder das ist. Ein Gemengsel, vor dem sich der eine fürchtet, dem andren erscheinet es lachhaft, dabei kann's einem leidtun.

OBRIST: einer, der eine Art Macht hat, vornehmlich die, Jungfern und Verheirateten den Kopf zu verdrehen und dann wegzugehen.

GRENZER: einer von hier, ein Soldat, der eine fremde Grenze bewacht, die der Habsburger, gegen fremde Angreifer, die Osmanen.

LIEUTNANT: der unter den Grenzern etwas gilt und andren befiehlt, was mit der Grenze zusammenhängt.

OBERLIEUTNANT: noch höher, kann schalten wie er will, Hauptmann Relković.

BEAMTER: uniformiert, schroff, dumm, eingebildet und feige.

FRANZOSEN BEKOMMEN: Offizier oder Obrist holen es sich bei liederlichen Weibspersonen, werden dann hier stationiert und stecken einige unserer sittsamen Frauenzimmer an. Teuer, nur in der Stadt und schwer zu behandeln, und ist so leicht übertragen.

GENUG: wenn du etwas oder jemanden über hast und nicht mehr magst und am liebsten alles stehen und liegen lassen und gehen würdest.

DAVON: so man an ein Stück von was Bestimmtem denkt und nicht an was andres und man darauf zeigen kann.

SOFORT: in dem Augenblick, in dem du es beschlossen und entschieden hast, du wartest nicht, um zuvor etwas andres zu tun, weil es später nicht mehr gilt und ist, als hättest du nichts getan.

ENTLEDIGEN: sich eines Übels e., welches bittet und bettelt und einen am Ärmel zupft, was ich am meisten hasse.

UMSCHAUEN: um zu sehen, wie das Wetter ist, wo du stehst und wie es einst war, dann auch, wer hinter deinem Rücken läuft, wer gegen dich spricht und was von dem, was mal war, fehlt.

VERÄNDERN: wenn du aus der Kirche gehst, finster und unlustig wegen der Leute und einiger Vorfälle, und dich draußen hurtig wie ein Vogel verwandelst. Glücklich, wer sich schnell ändert.

WEG: auf welchen ich hinaustrete und über den sie kommen und gehen, wobei viele nicht wissen, wohin, wie kopflos. Es hat da auch Kutschen und andre Fuhrwerke zum Befördern, Kinder, Bettler und Müßiggänger, doch so du geradeaus gehst, bist du früher oder später allein und glücklich.

AUFSCHUB: nimmst du dir, so du nicht direkt von der Kirche nach Hause gehst, sondern in die Felder, um zu denken und dich zu sammeln und Atem zu schöpfen, und ringsum keine Menschenseele.

SCHRITT: den machst du, wenn du dich ganz weit nach vorne beugst und hinfallen würdest, auch ohne Gewand, so du dann keinen Schritt machtest. Denk immer erst nach, wohin und warum, sonst bleib sitzen und schweig.

FUSSMARSCH: weder mit der Kutsche noch zu Pferde, noch dass dich einer trägt, sondern selbstständig, auf eigenen Beinen und mit deinem eigenen Kopf.

WEGGEHEN: so du beschließt, anderswo als hier zu sein, weil es dir schlechtgeht, und selbst wenn nicht, langweilst du dich doch, wenn du da sein musst.

ANDERSWO: was nicht hier ist und was was andres verspricht, und sei es Schlimmeres.

ENTFERNEN: tust du dich von dem, wovon du ausgegangen bist, näherst dich aber dem an, wohin du dich aufgemacht hast.

LOSLAUFEN: tust du entweder als Kind zum ersten Mal oder so du schon groß bist und nach langem Stillestehen unverzüglich vorankommen willst.

DURCH: inmitten von etwas, so dass etwas links und etwas rechts von dir ist, während du – mittig wie bei einer Schere.

WEITE: das um dich rum, deins, wo immer du bist.

UMGEBUNG: alles um dich, Felder und Wälder und Dörfer, wo die Deinen wohnen und andre, so weit das Auge reicht. Je flacher, desto mehr U. sieht man. Ohne U. wäre man nirgends. In guten wie in schlechten Zeiten, gleichermaßen. Heimat.

BLÄULICH: ist das, was nicht sehr, sondern ein wenig blau ist, eher blass, durchsichtig und schimmernd. Wenn man nach oben schaut, ins Wasser oder in den Wald.

HIMMEL: nicht hienieden im Sumpfe und dem Unfug und unter fremden Menschen, sondern oben, und sei es inmitten von Blitz, Donner, Hagel oder sonst was.

SONNE: sie muss nicht immer brennen, am wichtigsten ist, dass man mit ihrer Hilfe andres sieht, Feld, Baum, ein sich aufbäumendes Pferd und einen hoppelnden Hasen.

TAUBE: weißer Vogel, der fliegt und schön ist, trotzdem töten ihn manche wegen nichts und wieder nichts.

EINKLANG: schön und wie man es sich vorstellt und ohne alles Überflüssige, was vom andren ist und was stört. Bei den

Menschen gibt es das nicht, oder selten, in der Umgebung schon, wenn du sie in Ordnung bringst und auf sie achtest.

ORDNUNG: so alles an seinem Platze ist und nicht irgendwie auf einem Haufen. Jedes in seiner Schachtel, die Schachteln in Kisten, und so bis ans Ende der Welt. Nichts einfach so draußen, ohne was drumrum, denn was wäre das Dazwischen, wenn es nirgends wäre? Ein Feld, und auf dem Felde jenes, was wächst, alles zusammen ist mir oder jemand anderem, und noch tiefer die Erde. Niemand hält sich daran.

BAND: wenn es das nicht gäbe, wo wäre das Vieh, das Obst und die Trauben und das ganze Volk in Grunt und überall. Manche binden andre mit Gewalt an, irgendwo ist was verschlossen, andres versteckt, immer ist eins im andren und das überall. Was ich nicht anbinde, haut ab, was ich nicht auffange, zerrinnt, was ich nicht bewahre, wird verprasst, verlottert, rennt weg, verschwindet, fällt runter, verdorrt.

WELT: alles, was es gibt und ohne das es nichts gäbe. Draußen ein Loch, drinnen die W., und in der Gutes und Böses, mehr Böses als Gutes, wo auch sonst, wenn nicht auf der W. Haufen von allen Sachen, solchen und solchen. Zum anschauen, sich freuen und zum weinen. Man kann nicht heraus, es ist, wie es ist.

ÜPPIG: es gibt alles.

BESCHIENEN: sowohl die Landschaft von der Mittagssonne als auch ich selbst von innen, von einer Freude.

ZUFRIEDEN: mit kleinstem Besitz oder einem wohlgesprochenen Wort oder in gefühlsinniger Gesellschaft, mehr als wäre ich Krösus, König oder Bischof, welche stets zerstritten, verhasst und unglücklich. Höchste Zufriedenheit in den Feldern, wo alles zwitschert und tiriliert und wo keiner ist.

HERZ: das was klopft, mal mehr, mal weniger, und du weißt nicht, wann es stehenbleibt. Auch das Tier hat eins, nur der Baum nicht, vielleicht der auch, aber es schweigt. Wie eine Uhr, aber ungleichmäßig.

ATMEN: so mich etwas treibt zu gähnen, um Luft in mich hineinzulassen. Ohne selbigen tot. Eingeschlossen atmet sich's schlecht, draußen am besten. Schlecht auch, wenn dich ein Albtraum, Elend oder nutzloser Zank drückt. Am besten zu Pferde, oder wenn du etwas erzählst, woran du glaubst, oder wenn du guten Wein kostest.

ABGESPALTEN: wenn du wo warst und dich absondertest, wie wenn du von einem Holzklotze einen Span abhackst.

FREI: so dich weder Schuhwerk noch ein weher Hals, weder Streitlust noch der Wind oder Menschen hindern. Du keinem Rechenschaft schuldest. Dich treiben lässt, wohin dich Schritte und Gedanken führen.

HEUTE: das, was nicht mehr gestern und noch nicht morgen ist, der dreizehnte Juni, Tag der Märt. Aquilina, nach ihrem der 25., Prosp., Neumond, des Jahres 1828. Alles, was an dem Tag ist, andres war entweder gewesen oder wird sein. Immer nur der heutige ist, was jetzt ist.

SONNTAG: wie jeder andre, außer dass ich in der Kirche bin und hernach auf dem Felde. Man merkt es keinem an, welcher er ist, bloß daran, dass es irgendwo geschrieben stehet, aber es könnte auch anders sein. Sonntags schlagen sie die Kinder für nichts.

VORBEI: was vor deinen Augen ist, du siehst, wie es von dir geht, und kannst nichts dagegen tun.

GESTERN: und wenn es noch so schön war, es ist vorbei. Onuphrios und Peter, zwölfter J., und lauter scheußlich Zeug: mit A. gestritten, Mutter schimpft und flucht, Arbeiter betrunken, alle 9, zwei Schafe wie vom Erdboden verschluckt, Brief von Muždeka, ich wär im Unrecht, Hagel, Durchfall, der Kopf tat weh.

BESTE: es gibt viele gute, aber das steht ganz oben in der ganzen Reihe.

ZEIT: ein Teil des Tages, des Jahres, der Geschichte, des Lebens.

MITTAG: die Hälfte des Tages, weil die Sonne auf halbem Wege ist, man hat Pause, und wer was hat, der isst, andre gehen in die Felder und denken. Am besten spaziert es sich bei mäßiger Hitze dort, wo keiner unterwegs ist. Alles ruhet wie tot.

DIESER: wenn ich auf einen oder etwas zeige, dass es allein der und kein andrer ist.

STUNDE: Maß, wie viel Zeit vorbei ist. Eine Stunde brauche ich, um rund zehn Seiten zu lesen oder eine zu schreiben oder um zu essen oder um aus Prvča zu Fuß herzukommen oder zum Strmac zu reiten.

DRUMRUM: so du nicht geradeaus gehst, sondern einen Umweg nimmst, weil gradaus nichts Gutes auf dich wartet, aber auch was um dich herum ist.

SOMMER: die Zeit im Jahr, in der es meist warm und alles schnell reif ist.

TAG: ab dem Hellwerden, bis es dunkelt; jenes, was dauert und Licht ist.

KLAR: wenn einer was so sagt, dass du alles verstehst, aber auch ein Tag ohne Wolken und Dunst ist k.

GUT: eine Frau, was selten vorkommt, oder die Ernte oder ein Buch oder eine Kuh oder auch der Staat oder eine Mahlzeit oder Kinder.

JAHR: im Lauf der Zeit von einem zu demselben Monat, so alle zwölfe vorbeigehen.

VOLLKOMMEN: wenn du dir etwas als das Beste vorstellst und das dann eintritt und nichts auch nur ein Jota besser sein könnte, dann ist es vollkommen.

AUSGEFÜLLT: wenn Sack oder Fass bis obenhin voll sind, besonders mit guten Sachen drinnen, desgleichen der Mensch.

GEBLENDET: wenn du aus nichtigem Grunde in die Sonne geschaut hast, dann musst du stehenbleiben, die Augen reiben und sie wieder daran gewöhnen, langsam und blinzelnd, auch andres zu sehen. Manchmal aber auch vor lauter Zufriedenheit.

RENNEN: tust du, so du nicht langsam und gemessen läufst, sondern wie wild draußen herumrast, entweder um ein Huhn zu fangen oder um eine schlechte Nachricht zu überbringen oder um den Arzt für ein krankes Kind zu holen. Meist Pferde und Rehe, der Mensch bei Qualen oder wenn er ein Wirbelwind ist. Manchmal rennt keiner und alles ist friedlich, und wer rennt, rennt allein in Gedanken.

LEBEN: tust du, wenn du hier bist und nicht nirgends. Und wenn alles finster wird, bist du auch hier, aus Angst. Mancher weint und wägt, Hauptsache er lebt, ab und zu richtet einer das Messer oder etwas andres gegen sich selbst, als weil es ihm überkocht, aber hernach gibt es nichts.

AUF: etwas auf etwas gestellet, und da steht es.

KREUZUNG: dort, wo zwei Wege einer über den andren laufen und du entweder dalang oder dortlang gehest. Es steht angeschrieben, und wenn nicht, musst du wissen, wohin du willst, wie im Leben.

ERDE: alles, was ringsum ist, du aber nicht mit deinen Händen geschaffen hast, sondern vor allem war. Eben und uneben, fremd und deins, das Einzige, über das du wandeln und auf dem du stehen kannst. Alles kommt aus ihr und kehrt in sie zurück, wohin sonst? Von Ewigkeit zu Ewigkeit. So sie es nicht ist, irgendwann wird sie fest. Alles fällt auf sie, weil es nirgends bleiben kann. Selbst ein Vogel kann nicht immer fliegen. Genug übernommen und noch mehr zugekauft, nach der Hochzeit. Weinberge, Wälder, Weiden und ein paar Obstgärten, insgesamt zweihundert Morgen. Die 50 mitgerechnet, zweihundertfünfzig. Die Weinberge hat Josif im siebzehnten Jahrhundert und nach ihm Simeon angelegt. Er befahl, Pflaume, Birne, Apfel hinzuzukaufen, obwohl er nichts trägt. Und die Scheunen zu verbreitern, weil es so viel gibt, dass man sich reinfallen lassen kann. Alles gedeiht, auch wenn sich was verliert. Solange wir nicht überfallen werden, haben wir Grund zum Lachen.

GRÜNEN: tut alles um dich herum, weil es an der Zeit ist.

FLUR: wo die Ebene ist, und auf der keimt und wächst es, und man kann querfeldein gehen. Was offen ist, weder holprig noch uneben noch steil. Für die Beine und für den Verstand.

DORT: wenn du mit der Hand oder einer Zeichnung oder einer geschriebenen Zeile andren zeigest, wo etwas sei.

WACHTEL: Vogel, herrlich im Fluge, aber auch auf dem Teller. Man braucht viele, weil sie klein sind.

LEICHT: wenn etwas wie eine Feder ist, und eben so ist ein Vogel, ist er doch aus Federn.

FLÜGEL: am Vogel, anstelle der Hand, wessenthalben er nicht zeigen kann, dafür fliegt er am Himmel.

REIFEN: muss Getreide, welches noch nicht dick und aufgetrieben ist, bald aber sein wird, so sich Sonne und Regen gehörig abwechseln, man sagt es außerdem für junge Männer und Frauen und auch für die Gedanken, die noch nicht zu Ende gedacht sind.

GRÜN: das Schönste, was um dich ist auf der Erde und das Auge labt.

BLATT: wie eine Hand am Stengel, grün, nimmt für den ganzen Baum Licht und Wasser auf.

ZWEIG: was wie ein Arm aus dem Baum wächst und an dem B. und Frucht hängen.

MAULBEERE: großer Baum zum Hinaufklettern und Fernsicht haben, um Maulbeeren von ihm zu essen, sich in seinen Schatten zu legen, zum Fällen, wenn du verrückt bist und dir ein Bänkchen lieber ist als der ganze Baum.

AUSPRESSEN: machst du mit der Frucht oder andrem; wenn du kräftig drückst, kommt Saft heraus.

KERN: das von drinnen, in einigen Früchten, aus dem der ganze Baum von Neuem wachsen kann, so du ihn an die richtige Stelle tust. Das Wichtigste von allen Dingen, wie die Mutter von allem, was keimt, heranreift und wächst.

FLIEGE: nutzloser Käfer in der Luft. Kackt, wo immer sie landet, und frisst Aas. Obwohl, so es sie gibt, muss es auch ein Warum und Weshalb geben, vielleicht damit nicht alles nur schön ist, sondern es auch andres gibt.

ÜBER: so etwas unten und etwas oben ist, indes das obige nicht besser und schöner sein muss als das untere oder umgekehrt.

KORN: vom Kleinsten an der Ähre, aus dem du, wenn es zerquetscht wird, Mehl bekommst, aber auch bei jeder andren Frucht das Wichtigste.

GETREIDE: alles was an Korn wächst, aus dem dein Brot ist.

HUMMEL: wie eine Biene, obschon größer und nicht wie jene nützlich, summt ohne Sinn und Zweck.

WESPE: die unsereinem so wie die Mücke empfindlich fällt und sich auf jedermann stürzt und ihn sticht, wann immer sie kann.

KÄFER: winziges Geschöpf über oder auf der Erde, manchmal hübsch, manchmal eklig, manchmal nutzlos, manchmal nützlich, und jeder tritt drauf.

ZWISCHEN: so etwas in der Mitten, nicht links, nicht rechts, sondern innen und das andre drumherum.

KÜRBIS: wächst überall und wird ein dicker Brocken, so man den mit dem Messer zerteilt und entweder den Schweinen verfüttert oder selber isst.

WACHSEN: tut, was aus dem Kerne oder einem kleinen Samen kommt, sich kringelt und in die Höhe gehet, und dann kann man sich daran erfreuen und es nutzen.

LINDE: das schönste Gewächs, weil sie gerade in den Himmel gehet, und bloß Blitz oder Axt können ihr was, so sie nicht eh von selbst vertrocknet.

GEDEIHEN: so das gelingt, was wachsen soll. Mutter sagt manchesmal aus einer Laune heraus: Der Weizen wird reif, was für eine Zeitung!

KOHL: das gesündeste und köstlichste Essen, und herrlich fürs Auge.

ZIKADE: kleines Insekt, welches im Grase Bein am Beine reibet; das hört man gern, so man vorbeigeht.

FREUEN: kann sich, wer ein schönes Lied in der Ferne hört oder einen Obstbaum sieht oder weiß, dass er lebt, oder sich an eine schöne Sache oder Person erinnert, und das unvermittelt, und die Minute davor war er noch gewöhnlich und unerfreut.

ERLEDIGT: was einer ordentlich und fleißig verrichtet hat, und in der ganzen Gegend kann man es sehen.

WAS: die sind oder der ist, wenn du's mit diesem kleinen Wort behauptest und es wirklich so und nicht anders ist.

GESÄT: hat, wer Samen von oben warf,

GEPFLANZT: aber, wer den Keim mit der Hand in die Erde drückte, umhäufelte, angoss und Gott bat, dass er wohl austreiben möchte.

GEMÄHT: Gras oder andres Kraut mit etwas Scharfem.

GERODET: ist, was in Unordnung war oder voller Steine, oder dass es auf jeden Fall irgendwie wird, ansehnlich und eben.

UNKRAUT: das unordentliche Grünzeug, das neben dem Nützlichen wächst, es stört und hindert.

GEKÜMMERT: hat sich, wer über ein Kind oder ein kleines Getier oder den Keim in der Erde oder die Erde wachte, was bisher nicht der Fall war.

WURZEL: was von der Pflanze in der Erde ist und aus ihr das ihr Nötige sammelt. Manche haben nichts als das, oder nur das ist an ihnen wertvoll.

ZUSAMMENGESTECKT: werden auch voneinander verschiedene, welche sich jedoch vertragen. Etliche Obstsorten in einem Obstgarten, verschiedene Reben zu einem Weinberg, mancherlei Wörter zu einer Erzählung. Wollen immer wieder auseinander, du musst sie hüten, damit sie bleiben. Ist es mit Gewalt, sagt man, sie seien aneinander gepappt.

OBST: Fruchtgewächse zum Essen und nicht allein zum Anschauen und Bewundern, mit denen du überleben kannst, so du nicht zu stolz und gierig bist, ob Pflaumen, ob Wassermelonen, ob Erdbeeren.

KIRSCHEN: ein Obst, herrlich zu naschen, bloß musst du die Kerne ausspucken, wessentwegen du dir nicht schnell den Magen vollschlagen kannst, als weil sie das nicht zulassen.

SAUERKIRSCHEN: wie K., nur sauer.

PFIRSICH: voller Süße, nur wenn du hineinbeißt, haben sie etwas an sich, das dich kitzelt.

PFLANZSCHULE: da pflanze ich Neues, und wenn es dort sprießt, setze ich es an den richtigen Platz. Obwohl es von dort ist, wächst es später wie von hier.

BAUMSCHNITT: wenn man schlechte oder vertrocknete Äste ausschneidet, damit die jungen besser austreiben.

EI: Ausruf, welcher dir von allein entwischt, wenn du zumindest dich selbst darauf hinweist, dass etwas ist, und es dir näher anschaust, weil dir das Vergnügen bereiten wird.

SPATZ: kleiner Vogel, welcher weder singen kann noch sonderlich stattlich ist, aber er ist überall und pickt die Trauben an, und er schimpft, und so heißet er auch Rohrspatz, und trotz allem ist dir lieb, dass er da ist.

WIESE: dort, wo das Gras ist, ob viel oder wenig, stets ist es dem Auge lieblich und schön.

GARTEN: wo nur das wächst, was du willst, und so, wie du es willst, nicht wie Gott und der Regen es wollen. Das Schönste, was man auf der Erde oder aus Erde machen kann und um an dem Ort, den man selbst geschaffen hat, Zeit zu verbringen, solange man lebt.

EIGNES: was dir allein und keinem andren gehört, und das nicht bloß, weil es dein Eigentum ist, sondern weil du es selbst gemacht hast.

DUFT: wenn etwas was verströmt, welches man riechen kann und der Nase angenehm, weder scharf noch grob ist.

ROSE: die schönste der Blumen, auch wenn sie wie alle welkt.

NELKE: Blume mit einem bestimmten Duft, oben ganz gezackt, und es ist schön, sie einer Jungfer zu reichen.

HORTUS: umzäunter Fleck, gehegt und gepflegt, so Blumen blühen oder Gemüse zum Essen oder auch bloß Rasen wächst, um voller Genuss drüber zu laufen.

WO: so man wissen will, an welchem Orte genau etwas ist.

KARTOFFEL: vom Feinsten aus der Erde zum Kochen oder Braten, eine Lust zu essen.

ODER: kann nicht beides sein, nur das eine o. das andre.

EINKNICKEN: tut die Blume oder eine andre Pflanze, so der Frost kommt, der Mensch, so er erwischt wird, wenn er etwas Schlechtes tut, sofern er Anstand hat.

SCHIMMEL: was sich auf dem Essen oder andren Sachen ausbreitet, der sagt dir, dass das drunter desgleichen schlecht ist.

FAULENZEN: tun jene, welche nichts arbeiten, sondern da auf der faulen Haut liegen, wo es weiß Gott nichts Besondres gibt, aber es ist sonnig und friedlich und keiner hetzt dich.

KÜHE: Tiere, welche Milch, Fleisch und Leder geben, so wertvoll, dass sie nicht wertvoller sein könnten, aber sie wissen nicht, warum sie auf der Erde sind.

FLECKIG: mit so manchem Mal auf der Haut oder im Fell oder bei allem, was nicht eben und gleichmäßig ist.

GEZÜGELT: so wer losstürmen will, du aber ziehest an der Kandare oder hältst ihn anders zurück, solange nötig, sei es der Diener, die Frau oder ein Stück Vieh.

PFERD: das beste, klügste und wichtigste Tier des Menschen, beinah ein Bruder in Krieg und Frieden, deswegen dauert es dich, wenn es alt wird, und du isst es nicht.

BESCHLAGEN: wenn du ihm dieses Eisen anbringst, dass es besser mit einem Offizier oder einem Jäger oder sonstwem auf dem Rücken über Stock und Stein traben kann.

SCHÖN: wer nicht gleich den andren ist, sondern was Besonderes, obschon man nicht weiß, wer was sch. findet und wer wem ins Auge sticht, denn jeder geht von sich selbst aus; wenn du selbst sch. bist, suchst du noch Schönere, wenn nicht, gefallen dir auch Mittelmäßige.

FÜLLEN: kleines Tier, herrlich anzusehen, aus dem ein Pferd wird: solange es noch fröhlich und jung ist, muss es nicht arbeiten, sondern spielt mit der Mutterstute in der Sonne.

WEIDEN: tun Pferde auf der Wiese.

HIRTENJUNGE: ist das Kind im Tal, welches achtgibt, dass das Vieh nicht wegläuft, und sich mit was beschäftigt, damit die Zeit vergeht.

BARFUSS: ist, wer nichts an den Füßen hat, wer was an den Füßen hat, trägt Schuhe oder Stiefel, damit er nicht in den Schnee oder auf Getreidestoppel oder in gelöschten Kalk tritt. Gänsehirtinnen meistens barfuß, und es macht ihnen nichts aus.

SPIELEN: ist, wenn jemand ein Instrument hat, und was er damit macht, wenn er es kann, und etwas davon hört man. Kann auch der Wind, so er in etwas Hohles bläst.

SCHAFE: weiden in der Ferne, man ahnt das Geklingel und ihr weißes Fell; essen alle gern, außer Ana, welcher es stinkt.

WOLLIG: die was zum Scheren an sich haben, welches man verspinnt und zu Kleidern verarbeitet.

LÄMMER: Junge von Schafen, besonders schmackhaft und hübsch anzusehen, es heißt, sie seien seit Christi Zeiten bis heute die Unschuldigsten, aber auch ein bisschen dumm, und was hätten sie davon, wenn sie klug wären.

EINSCHMEICHELND: wenn es eine so einzurichten versteht, dass du sie lieben musst, obwohl es wenig Grund dafür gibt.

HERDE: der Haufen, in dem Schafe oder andre Tiere zusammen stehen, man sagt es auch von Menschen, die nur rumstehen und nicht denken.

WIEDERKÄUEN: so das Vieh nach dem Fressen alles noch einmal hochholt und darauf den ganzen Tag im Schatten herumschmatzt.

GRUMMET: was nach dem Mähen an Gras bleibt, bevor es zu Heu wird. Manchem erscheinet es wie ein Paradies, in dem er einfach sein kann und an nichts und niemanden denken muss.

MITTAGSHITZE: in der Mitte des Tages, wenn viel Sonne und nirgends Schatten ist.

STUNDE: eine Zeit, welche du bestimmst oder dir bestimmt wird.

RUHE: wenn alles seine Ordnung hat, keiner keinen hetzt und alles so ist, wie es sein soll.

EIGENBRÖTLER: wer keinen um sich hat, sondern allein lebt und so alles nach eignem Vermögen tun muss.

REISENDER: der aus Notwendigkeit oder eignem Antrieb aufbrach und nicht daheim ist.

GEHEN: tut, wer nicht auf der Stelle tritt, sondern von hier nach da oder sonst wohin läuft, und alles um ihn verändert sich laufend.

LASSEN: tut er, was ihm war, wenn er es da und dort unterbringt oder es ihm irgendwo herausfällt.

SPUR: was hinter einem Tier oder Menschen im Gras oder Staub bleibt und der du folgen kannst, um es oder ihn zu finden, und auch wenn ein bedeutender Mensch stirbt, sagen sie, er habe Spuren hinterlassen, welchen du folgen sollst.

SUCHEN: tut einer, was er verlor oder benötigt, gleichviel, ob er es findet oder nicht, bekommt oder nicht, nun, er hofft es.

BEWEGEN: tut sich, was stillstand, und nun trägst oder schiebst du es, oder du selbst bist es, der aufbricht.

TRAGEN: tut man etwas an sich wie Kleidung oder mit sich wie ein Buch oder bei sich wie einen Apfel in der Tasche oder sich selbst und alles zusammen. Die Armen t. Sachen für Fremde von Ort zu Ort und kriegen einen Hungerlohn dafür, dabei sind die gemeiniglich schwer, selbst für ein Pferd.

KOPF: selbigen kannst du haben, hoch tragen, und er kann wehtun. Das Wichtigste am Leibe, in welchem man weiß, aus dem man schaut und der hört.

SPLITTER: das, was am kleinsten ist, was kleiner nicht sein kann, doch auch so klein kann er schaden, wenn er irgendwo feststeckt und drückt.

IM: wo es ist, umschlossen.

AUGE: welches beweist, dass du all das siehst und ohne welches dir jeder dahergelaufene Nichtsnutz weismachen könnte, es sei anders, obwohl es so und so ist, und die und die seien da, obwohl die und die dort sind, und du wärst da und da, aber du bist es nicht.

ANHALTEN: tust du, wenn du irgendwohin eilst, aber etwas hält dich auf oder du bist ein wenig außer Puste oder wünschtest, dass genau hier alles stillstehe, um was zu betrachten.

MITTE: auf halbem Wege zwischen beiden Seiten, so dass dir gleichviel ist, wohin du gehst.

NEUERLICH: was früher war und wieder ist.

LOSSCHIESSEN: tust du auf einem Weg, so du nicht abbiegst, und dann immer geradeaus bis zum Ziel.

LOSLASSEN: tust du, was du bei dir hieltest und gehen lässt.

SCHRITT: jenes bisschen Strecke, so du einen Fuß vor den anderen setzt.

GEHSTOCK: ein Stecken, mit dem du töten könntest, aber er kann dir auch bloß auf dem Heimweg helfen, so du schlecht zu Fuß bist.

BLUT: im Leibe, unter der Haut und überall, wo du lebendig bist, davon ist dir warm und davon lebst du.

RAD: was über etwas oder über dich hinwegrollt, wie in einem Bach, es dreht sich immerfort und bahnt sich selbst den Weg und so in alle Ewigkeit.

ATMEN: lässt die Brust ständig auf und ab wallen, und so weißt du, dass du lebst.

NEBENEINANDER: gehen und denken, hier und anderswo, Weg und Erinnerung.

STOFF: das, aus dem sich alles zusammensetzt und ohne das weder Tisch noch Hund noch ein weißer Kürbis wäre.

TRAUM: sieht aus wie echt, ist es aber nicht, kommt dir, solange du schläfst, in den Kopf, meiner Treu, manchmal auch im Wachen, so sah ich mit acht oder zehn Jahren im T. unseren Esstisch, vor dem Napoleon Bonaparte mit unserem General Petar Knežević kämpft, und auf dem Tisch steht Vater Avram, gibt den Schiedsrichter und besprenkelt beide von oben mit Weihwasser. Außerdem habe ich mir den T. gemerkt, in dem ich General Andrija Stojčević die Fahne bringe, und er setzt mich aufs Pferd und wir reiten in die Schlacht, aber wie das ausging, weiß ich nicht mehr.

VORBEIGEHEN: tust du, wo du weder halten noch verweilen willst, und du schaust bloß hin oder nicht mal das.

ORT: wo ich bin oder etwas andres ist, damit man es finden kann.

GRAB: dort, wo in der Erde ein toter Leib vergraben ist.

FUSS: den setzt du dahin, wohin der Kopf will.

BRENNEN: tut das, was man sich gestoßen hat, und danach ist es heiß oder wie eingeschlafen.

DURST: habe ich, wenn ich was trinken will, weil meine Kehle trocken ist oder ich mich abgeplagt habe.

DA: was vorhanden ist, sei es im Hause oder woanders.

ABKÜRZUNG: ein Trampelpfad, welcher mittendurch statt drumherum führt.

VERLAUFEN: habe ich mich, wenn ich wo bin, wo ich mich nicht auskenne, und mich wo befinde, wo ich nicht sein wollte, und nicht weiß, wohin, bis es mir wieder einfällt.

ERAHNEN: tu ich, wenn ich mir dessen, was ich sehe, nicht ganz sicher bin, oder bloß spüre, dass einer was im Schilde führt, mich aber noch nicht überzeugen konnte. Den Turm im Nebel.

ERINNERN: tue ich, was einst war und mir so klar vor Augen steht, als sei es jetzt: Im Sommer achtzehnhundertsechs kam es wirklich mal vor, dass ich den Vater nach Sisak begleitete, wo er Dositej, der von Kloster Hopovo aus hinkam, treffen und ihm ein Fässchen von unserem Wermut übergeben sollte, das hat Pero Oršić mit der Kutsche herangekarrt, und D. streichelte mir über den Kopf und sagte: Das ist erst der Beginn, und dir, mein Falke, ist beschieden, dass du das Ganze siehst, was sein wird.

ENTHALTEN: ist das, was in etwas ist, jenes, was du denkst, ist im Kopfe, der Wein im Fass, geschriebene Dinge stehen im Buch. Geht immer kürzer und besser. Je kürzer und dichter, desto besser, aber das schafft man nie.

EINST: was früher war, aber weder vor Kurzem noch vor allzulanger Zeit, so dass nichts zu erinnern wäre. Aber wer würd's glauben, wenn's nicht geschrieben steht und niemand mehr am Leben ist, der es beschwört.

DA: um was zu zeigen.

ES HEISST: das ist, wenn dir ein anderer sagt, was vor dir war oder woran du dich nicht erinnerst; so heißt es, dass Großvater Kliment auf die Minute genau in derselben Nacht, als Mutter mich gebar, im 68. Jahre verschied, und da wussten sie nicht, ob sie wegen mir feiern oder wegen dem Großvater trauern sollten.

SEITDEM: wenn man einen Stock in die Erinnerung steckt und von da bis jetzt.

FAST: so nur ein bisschen zum Ganzen fehlt, oder wenn das Jahrzehnt beinah voll ist.

HÄLFTE: wenn man ein Ganzes so teilet, dass die Teile gleich sind, es gibt nur links und rechts, früher oder später.

JAHRHUNDERT: hundert Jahre auf dem Haufen, manch einer lebt ein J., auch wenn's auf ein paar weniger hinausläuft, oder wenn man sie in einem Geschichtsbuch aufzählt.

HAUPT: was wichtiger ist als andres, wie das Haupt auf dem Leibe.

SEIN: das, was ich bin, denn wäre ich nicht, dann wäre ich nicht hier noch sonstwo.

KLUGHEIT: was jeder haben müsste, aber vollkommen selten. Weder ist sie sichtbar, noch hat sie irgendwelche andren Zeichen, solange du nicht anhebst zu reden oder sie über etwas schreibend zeigst. Viele Stumme und Analphabeten sind vielleicht klug, und man weiß es nicht.

WILLE: wenn einer was beschließt und sich daran hält, oder wenn der Kaiser etwas im Sinn hat und das ausgeführt wird.

ALLEIN: besser mit sich als mit andren, und lieber draußen in der Natur als drinnen.

GETRENNT: voneinander, damit es sich nicht vermischt und man sieht, was was ist, das Gute vom Schlechten, das Süße vom Salzigen, das Heiße vom Kalten, die Spelzen vom Korn, das Getreide vom Unkraut, der Mohn vom Dreck, Bohnen ebenfalls vom Dreck, denn entweder wirft man das eine weg und das andre nicht, oder das eine wie das andre wird verwahrt, aber getrennt, an eigenen Plätzen.

DRANBLEIBEN: wenn du anfängst, über etwas nachzudenken, und nicht aufhörst, sondern bis zum Ende d. tust.

BILDUNG: alles, was ich weiß, was auch andre wissen könnten, aber nicht wollen.

SCHULEN: die ich abgeschlossen habe, zuerst in Grunt, dann in Pakrac, dann in Karlowitz, wo mich Vater geradewegs in die Hände von Andrija Volni gab und sagte: Da habt Ihr ihn und macht ihn tüchtig; und nach dem Gymnasium blieb ich bis zum Schluss im Priesterseminar.

BERECHNEN: wer einen Kopierstift nimmt, alles aufschreibt und zusammenzählt, was er hat, damit er's weiß.

VERSTAND: in dem man alles entwirrt und sich über alles klar wird. Selbst die Verrücktesten haben ein bisschen davon, und sogar das eine oder andere Huhn, aber er sollte alles sein und ganz sein und ewig sein.

WEISHEIT: das versammelte und aufgeschriebene Wissen oder was man von allen Dingen nur erinnert, die du wo gehört oder gesehen hast, und du kannst sie noch benutzen, so du es brauchst.

DENKEN: tust du, so du aus dir heraus zu dem Schluss gekommen bist, wie etwas ist, keiner hat es dir eingeflüstert und du hast es nirgends gelesen, es ist dein eigenes.

GRUNDMAUER: das, auf dem etwas draufsteht, entweder ein Haus oder eine Kirche oder was noch fertig gebaut werden muss. Drunter, versteckt und nicht zu sehen, aber wichtig.

MORGEN: worauf du hoffen kannst, aber wie er wird, weiß Gott allein. Kommt er mal nicht, Ende. Nach dem Jetzt und nach der Nacht.

ERSTENS: was vor zweitens kommt, denn du musst zunächst dieses, und dann der Reihe nach. Macht man alles auf einmal, führt's in Hölle und Verderbnis, Gewirre und Gedränge, aber genauso machen es viele. Es gibt welche, bei denen es immer unordentlich zugehet, und so ergeht's ihnen auch.

SICHER: so ich weiß, dass etwas geschehen oder erledigt werden wird, und wie es dann kommt.

GEIST: was im Menschen ist, solange er lebt oder solange er nicht verrückt wird, und was dir sagt, wie was zu tun sei.

SCHICKSAL: es heißt, es stehe jedem im Voraus geschrieben, und allein was geschrieben stehe, geschehe auch, aber wo es steht, weiß ich nicht.

KÜNSTLICH: was nicht ursprünglich und aus der Natur ist, sondern einer denkt es sich aus und macht es so, dass es aussieht wie echt.

NOCH: so es eigentlich reicht und es kommt was drauf.

HABEN: alles, was dir ist, ob du es geerbt, geraubt, gekauft, gekriegt oder durch ehrbare Mühe erworben hast.

GESUNDHEIT: solange du nicht weißt, was wo in deinem Leibe ist, sondern sorglos lebst und nichts spürst, außer dem, was du denkst.

SCHAFFEN: wenn du etwas rechtzeitig fertigbringst oder rechtzeitig da ankommst, wo sich was ereignet, oder jemanden siehst, der nur kurz da ist.

ALLES: das, was ist, egal, wo und wann, und außer dem es nichts gibt.

TUN: was man macht, sei es gut oder böse.

GERECHTIGKEIT: ich meine dies, jener jenes, ein jeder fühlt sich im Recht, also urteile ein Dritter, so er klug genug. Es gibt Orte, da herrscht nicht das Recht und stattdessen eine höhere Macht, manchmal ist es nicht klar, dann sind alle unzufrieden.

NUTZEN: wenn du was sehr klug anstellst, und nicht gleichviel wie, so hast du dein Auskommen und es bleibt noch was übrig.

ZEIT: das, was von Stunde zu Stunde vergeht, und alles vergeht mit, der Mann, die Pflanzen, seine Viecher. Du bist in ihr, auch wenn du es nicht merkst, und wenn sie hinter dir liegt, ist alles aus.

REICHTUM: was man in großer Menge hat, so dass es vornehmlich zu bewahren ist und mehr noch zu mehren. Von jeder Art, sei es im Gelde, sei es in der Weisheit, sei es in der Gesundheit.

SPÜREN: nur von innen sagt was, dass es so ist.

MACHT: was stark ist, selbst wenn es nicht im Recht ist, doch ist es im Recht, kann nichts stärker sein.

AUTORITÄT: die Willenskraft, zu befehlen, etwas anzuordnen oder dir was auszudenken, woran sich die andren halten.

KÜNFTIG: du bist nicht nur, nein, du wirst auch morgen sein.

TÜCHTIG: wer gut und fleißig ist bei allem, was er hat oder weiß.

GESCHICKT: wer gut und schnell arbeitet, so andre von ihm sagen, er sei g. zu dieser Arbeit.

UND: wenn man eins zum andern fügt oder du gern Sachen bündelst, damit sie zusammenbleiben, dann ist das *Und* eben das, mit dem du sie verbindest.

GUT: kaum einer will zugeben, dass du es bist, und stünde es dir auf der Stirn geschrieben. Umsonst, vergebens und leeres Geschwätz, wenn's so ist.

BEHANDELN: tust du jemanden oder etwas, so du dir dein Tun überlegst und danach handelst. Ob gut oder schlecht, hängt von dir ab.

LOHNEND: wovon man Nutzen hat.

SANFT: wenn was weder wütend noch verrückt noch grob ist, sondern ganz ruhig, lieb und gut.

BESORGEN: war nicht da und ist jetzt deswegen da.

ZUSAMMENGEDRÜCKT: was lose war und dann mit Gewalt zusammengefasst und -gehalten wird.

ERFINDEN: tut einer, was sie zuvor nicht kannten und dessen Anblick sie verblüfft.

ZAHL: was auch immer der Reihe nach, entweder wie viele es sind oder der Wievielte es ist. Wie die Menschen, so das Geld, wie die Kartoffeln, so die Jahre.

ERTÖNEN: tut eine Stimme vom Weinberg oder am Dorfrand oder die Kirchenglocke in Medara oder ein Sommergewitter in der Ferne, hinter dem Wald.

HALL: was durch die Luft zu dir dringt, wenn sich Gänsehirtinnen und Schafhirten auf den Wiesen was erzählen und du es hier hörst, als wärst du dabei.

SCHRECKEN: überkommt mich, wenn ich bei einem bin und etwas schubst mich unvermittelt zu was andrem.

AUS: war drin und ist jetzt draußen.

NACHDENKEN: tut einer, dem was nicht klar ist, was er aber gern klar hätte.

BEGREIFEN: wie was ist oder wo du grad bist.

FLACH: wenn es nicht hügelig ist, sondern man weit schauen kann, und alles am Boden wächst und du beim Gehen nicht müde wirst.

TAL: Gottes Erde zwischen Hügeln, gut zu bearbeiten, gut zur Viehhaltung und um sich zu ergötzen.

UNTEN: ist jenes, welches unterhalb von was ist, etwa die Weiden und Wiesen und der Waldrand, und oben sind die Gipfel und die Weinberge.

HÜGEL: unvermittelter Ausbruch aus diesem Frieden, zum Hinaufklettern und noch weiter Sehen.

ACKERLAND: weder nackter Fels noch blanker Sand oder sonstwie schlechter Boden, und so blüht, gedeiht und duftet alles ringsum.

SÜDSEITE: ist die Seite, die viel Sonne abbekommt, hinterm Wald oder Berg ist es andersrum.

DRÖHNEN: tut es, wenn die in der Ferne läuten oder auf etwas schlagen, so dass hier bei uns die Luft erzittert und wir wissen, dass sie da sind.

STIMMEN: entlässt der Mensch aus der Kehle, um etwas zu sagen oder zu singen.

HÖREN: kann man, wenn etwas scheppert oder zwitschert oder plätschert, und du weißt, wo und was es ist.

ORLJAVA: Flüsschen wie jedes andre. So oft drübergegangen.

BELLEN: was der Hund macht, statt zu sprechen.

MÜHLE: wo aus Weizen Mehl wird, und sie klappert dabei.

GLOCKE: hängt im Turm, ist aus Bronze, schlägst du dran, schallt sie weithin.

BRAND: so etwas Feuer fängt, was nicht brennen soll, sei es aus Zufall, sei es aus Bosheit.

SENKE: so einer einen Berg umdreht, dann ist die Spitze unten, und da ist es immer windstill. In dem Teil.

SCHWANKEN: tut beim Gehen, wer ein lahmes Bein hat oder etwas Schweres, ungleichmäßig Verteiltes trägt oder betrunken ist oder närrisch. Da vorn läuft einer, der schwankt.

BAUER: den gab's schon immer und wird's immer geben und ohne ihn kann die Welt nicht sein, denn er erzeugt, was andre essen, und hat doch selbst weniger als jene.

ABWECHSELN: tut man einander, so einer dahin geht, woher der andre kommt, und einer am andren vorbeiläuft, ohne dass sie sich notwendig sehen müssen.

ANDERES: was außer dir ist.

DORF: dort, wo sich die Bauern sammeln, um zu Hause nicht wie Einsiedler zu leben, sondern zu mehreren, dass sie sich wechselseitig ausborgen, in allem helfen und bei einem Unglück schauen können, was sie machen, und der Pope predigt ihnen, sie sollen friedfertig und gehorsam sein.

SÄGEN: tun sie mit dem Eisending, mit dem man selbst den dicksten Stamm fällt.

PFLÜGEN: tun sie, so sie die gewöhnliche Erde, welche nichts ist, bestellen, gerade Furchen ziehen, dahinein die Saat geben, aus welcher der Weizen für Brot und Leben kommt. Damit es reicht, tun sie's manchmal auch sonntags.

PFLUG: was soll man sagen über dieses Gerät, ohne das sie sich nur hinsetzen und weinen könnten.

GEZOGEN: wird, was unbeweglich und hintendran ist.

OCHSE: kann man ruhig essen, dumm, wie er ist, mit diesen Augen und dem ewigen Gekaue. Er ist abgestumpft, deswegen ergeht es ihm schlecht. Wird gemacht, indem du mit einem Holzknüppel auf das Gemächte schlägst oder es mit einem Strick abbindest, davor war es ein Stier. Aber er ist stark und hilft dir mit seiner schieren Kraft.

SCHAR: das, was unten am Pflug ist und worauf es ankommt.

GRINDEL: das am Pflug über der Schar.

LESERINNEN: die Bäuerinnen, die nach der Ernte über die Felder gehen und in der Schürze aufsammeln, was zurückblieb, damit nichts verloren gehet.

DRESCHEN: tun sie, wenn der Weizen geerntet ist, in einer Maschine, die das Korn aus den Ähren holt, oder sie lassen ein Pferd darübertrampeln.

VERMESSEN: tun sie den Wald oder die Wiese oder was einem gehört, Bruder Đuro oder ein anderer Landvermesser messen, wie weit das Landstück reicht und wem es ist.

FÜTTERN: tun sie, sofern sie Vieh und Futter haben.

GÄNSE: oder Ganter, die durchs Dorf watscheln, Federn lassen, fauchen und die Kinder in die Hosen kneifen, und dann enden sie doch in der Suppe oder als Braten.

MASTSCHWEIN: im Gegensatze zum Faselschwein; Schwein, welches man nur aufzieht, um es zu schlachten und alles, was an ihm verwertbar ist, zu verarbeiten.

ENTEN: Geflügel, das auf dem Wasser schwimmt.

AUSKLAUBEN: was da und dort war, kommt in einen Topf, zum Aufheben.

EIER: aus der Henne, entweder isst du sie gleich oder wartest auf Küken, damit du wieder Hennen hast.

BRUNNEN: so man ein Loch in den Boden gräbt, bis zum Wasser, das kann man trinken oder für was anderes verwenden.

WIMMERN: tut, wem es so schlecht gehet, dass er nicht richtig redet und sich krümmt, und auch der Hund wimmert, den du schimpfst und schlägst, und sogar ein totes Ding, das aus Eisen und nicht geschmiert ist, klingt so.

WIPPE: so Kinder auf einem Brett oder was andrem über einen Klotz hin und her wippen, bis ihnen schwummrig wird oder sie runterfallen.

SUMMEN: tut es, wo es Fliegen oder Ähnliches gibt, man hört das, was sie mit ihren Flügeln in der Luft machen.

BIENENKORB: wo die Bienen sind und dort alles tun, was getan werden muss.

SCHLAGEN: tut, wer mit aller Kraft und Schwung die Hand bewegt, Gegenteil von Streicheln oder ruhiger Tätigkeit.

AXT: mit der du zerschlagen und einkerben und zerhacken und spalten kannst, so viel du willst und dich anstrengen magst.

PEITSCHE: mit der man das Vieh treibt, aber auch den Menschen, der's nicht anders kennt.

SAUBER: die nicht schmutzig sind, sondern ordentlich und eine Freude anzuschauen.

KRIPPE: wo es lammt oder kalbt und das Vieh mit den Seinen lebt.

VOLL: Gegenteil von leer, also wenn was prall gefüllt ist.

KÖRBE: in denen man etwas trägt, damit es zusammenbleibt, Äpfel oder Holz oder dergleichen.

VERJAGEN: tut man die, die nicht nach deinem Wunsche sind und dir's verleiden.

KRÄHEN: schwarze, widerliche, schädliche und zu allem Überfluss langlebige Vögel.

PAPPEL: hoher Baum und deswegen biegt er sich, auf ihm Vögel.

PÄPPELN: tut man den, wer's nicht allein kann, sondern Unterstützung benötigt von dir.

RASSE: oder Art meint den guten Nachwuchs bei den Schafen oder andren Tieren, denen man voranhelfen sollte, während man die schlechten ausmerzen muss.

ROGGEN: ein Getreide, wächst hier überall.

HEUSCHOBER: was auf einer Wiese abgemäht und auf einen Haufen geschichtet wurde und so lange steht, bis es einer aufbraucht oder es verfault.

NATUR: ist überall um mich und andre, nur die andren sehen oder verstehen nicht, was für ein Paradies das ist. Die Podravina und das Međimurje, Krain und Kroatien, weiter unten Bosnien, die Srem und die Bačka, Serbien, hier Slawonien, überall fließt etwas, die Vuka oder die Karašića, Voćinska, Šumetlica, Ilova, andernorts Sava und Donau, an Erhebungen sind Papuk und Krndija und Dilj zu nennen, die Ivančica, der Sljeme, die Fruška Gora, und wir sind umringt von Schafen, Ziegen und Hirschen, Rindern, Pferden, Rehen, Maultieren, Eseln, Schweinen und Hunden, Wölfen, Füchsen, Katzen und Luchsen, Bären, Maulwürfen, Igeln und Dachsen, Mardern, Iltissen, Ottern, dann auch Mäusen, Eichhörnchen,

Schnecken, Hasen, Vögeln, Insekten und Heuschrecken, Bienen und Seidenkäfern, Würmern, und was wären sie ohne das Reich der Planzen mit seinen Wurzeln, Stämmen, Zweigen und Blättern und dann auch den Früchten, deretwegen das alles überhaupt da ist. Das ist alles hier, und ich muss nachdenken und achtgeben, dass ich keins der kleinen Wesen zertrete und totmache, denn weder ginge es ohne das, noch hat das einen anderen Zweck, als darin zu sein, davon zu leben und es zu erleben.

DA: so du mit dem Finger darauf zeigen kannst und jedem klar ist, was du meinst.

GLÜCK: ein Jucken in der Brust, weil etwas so ist, wie du es dir vorgestellt hast. Was du nicht zu hoffen wagtest, tritt ein, und umgekehrt. Der eine findet's im Gelde, der andre im Weine, wieder ein andrer im kundigen Gespräch oder in Kindern, so sie gesund. Höchstes G., so alles an seinem Platze, auf Erden, im Felde, auf dem Tische, im Bilde, und so mich nichts und keiner beim Denken stört.

BEMERKEN: tu ich Rauch in der Ferne, Wolken am Himmel, eine Biene im Fluge.

PARADIES: erfundener Ort, keiner weiß, wo oder wann, nur dass es kommen wird, wenn alles Übel ein Ende hat. Da sieht es aus wie hier, nur ohne Leute bis auf zwei oder drei, nur ausgewählte Haus- und Wildtiere und Vögel, und was gesät und angebaut wird, rührt keiner an, es wird weder zerstört noch gerupft oder aus Jux und Dollerei angezündet. Immer Sommer, doch nicht zu heiß. Niemals Nacht. Kaum dass es Abend wird, beginnt schon der nächste sanfte Morgen. Der Wind sehr sachte. Keiner brüllt, keiner entzweit sich, keiner schilt keinen wegen irgendwelcher Dummheiten. Alle sind klug, also muss keiner keinem was befehlen. Keinem fehlt ein Arm oder ein Bein, und selbst wenn es einem fehlt, stört ihn das nicht und er will auch keins haben. Jeder will etwas, aber nicht auf Biegen und Brechen. Keinem musst du was einbläuen, jeder kennt sich aus. Ich schrieb Muždeka, das werde nie so sein, worauf er mich einen Sektierer nannte und in Pakrac verpetzte.

UMDREHEN: tust du dich andersrum, als du gerade stehst, entweder um etwas Neues zu sehen oder um das, was du vor Augen hast, nicht zu sehen.

STERN: Körper oben im Himmel, der leuchtet, oder was Ähnliches, so dich geschwind blendet.

MARA ŠEATOVIČ: ist 17, obwohl sie älter aussieht, das schönste Geschöpf, hier und wo immer sie weilt, geht beständig barfuß, trällert und tut so, als sei sie nicht ganz richtig im Kopfe, ist es aber. Wie auch immer das zugehen mag, aber ich sehe sie, egal, wo ich bin. Für sie ist der Pope ein alter Mann und nicht von dieser Welt. In der Kirche stets in der Ecke, wenn sie mal kommt, ist wie die andren ordentlich gekleidet. Was hat sie, was andre nicht haben, selbst ihre Schwestern nicht? Tänzelt wie ein Tierchen über den Weg, man hört sie nicht. Von Haus aus gut gestellt, aber lebt wie eine Waldfee.

VERHAUEN: tust du dich, wenn du das eine denkst und das andre sagst, und dann kommt falsch heraus, was du richtig gemeint hast.

AUFKLAPPEN: tust du den Mund, so du reden willst, und klappst ihn wieder zu, weil dir einfällt, dass du das nicht sagen darfst.

RUFEN: tust du, wenn jemand dort ist, du ihn aber hier haben willst, also schreist du oder schickst jemanden nach ihm.

ÜBERHASTET: wenn du etwas auf die Schnelle erledigen willst und dabei entweder etwas zertrümmerst oder es sowieso nicht schaffst.

SCHWANKEND: bist du, so du nicht weißt, was du machen sollst und ob du etwas willst oder nicht und mal zu dem einen und mal zu dem anderen dich neigst, und die Arbeit bleibt liegen. Das hasse ich wie nichts anderes, aber es passiert mir trotzdem.

WEGEN: so du was machst, aus äußeren Gründen, statt nur auf dein Herz und deinen Verstand zu hören.

WÜNSCHE: so du etwas haben oder erleben oder sehen oder anordnen willst, jedenfalls solange du sie dir nicht erfüllst.

WARUM: das ist, so du dich fragst, wie du dir erklären sollst, weswegen etwas so ist, wie es ist.

GESCHEHEN: tut, was sich in Wirklichkeit zuträgt, und nicht so.
ART: wenn eins dem andern ähnelt, sind sie von einer, andres aber, das andrem ähnlich, das gehört zu einer neuen A.
FRAU: anders als du, sowohl der Gestalt als dem Geiste und den Wünschen und dem Zweck und dem Naturell und der Art und Weise und den Gedanken nach.
STUMM: so man schweigt.
SOLANGE: die Zeit, während der etwas andauert.
SCHAUEN: tu ich mit den Augen, und dann sehe ich oder nicht.
SCHAUDER: was dir, so du erzitterst, über den Leib läuft von etwas Gutem oder Schlimmem oder einer Stimme.
TÄUSCHEN: wenn du eines andern Gedanken auf was andres lenkst, als dieser selbst wollen würde, und ihn wie ein kleines Kind hintergehst.
EINBILDEN: tust du dir das, was du siehst, so du überzeugt bist, es sei da, obschon es nicht da ist.
VERBOTEN: ist, was du willst, aber nicht darfst, entweder weil es einer nicht zulässt oder weil es nicht schön wäre oder weil man so etwas nicht tut.
SÜNDE: hättest es nicht gedurft, hast's aber so viele Male getan.
DIABOLISCH: des Teufels.
ÜBERSCHWANG: so einer sich am Weine berauscht oder an Ehre und Ruhm, kriegt man aber auch von schönen Jungfern, man taumelt, weiß nicht, wo man ist, und arbeitet wie verrückt.
INNERES: das, was man nicht gleich sieht, was man vielmehr aufmachen muss oder eben zulässt.
GEFÜHL: einst auch für Ana, ist aber nicht mehr in mir drin. Eher für Bäume und Vögel und Rehe, also für was, das ich kaum begründen kann. Sie hat alles daran gesetzt, dass es so kam. Jeden Tag fiel ihr was Böses und Biestiges ein. Ach, wäre sie doch besser und größer und stünde höher. Der Hund schaut treu und ergeben, und dein eigen Weib schimpft nur mit dir. Alles habe ich, und es ist nichts.
VORHABEN: so ich wohin will, also wie und bis wann ich da sein will.
ZAUDERER: einer wie ich, will ich oder will ich nicht, und die Zeit verrinnt.

ERBIETEN: tu ich mich, so ich denke, ich wollte das, und ein Zeichen sagt, ich könnte es auch.

SCHWACH: wer für zu nichts zu gebrauchen ist, keinen Schimmer und keine Lust zu gar nichts hat.

SCHAM: wenn einer nackt ist oder man bei ihm andrer Leuts Geld findet oder einer was Ungehöriges gesagt hat oder er sich für was andres schämt. Gleichwohl gibt's welche, die sich weder für dergleichen noch für irgendwas schämen.

DAS BÖSE: seit jeher im Menschen, wenn nicht schon seit jeher in der Welt. Etwas, das ihn dazu bringt, Scheunen anzuzünden oder Kinder in den Brunnen zu werfen oder Zeug zu sagen, was nicht stimmt. Im Überfluss vorhanden, selbst von den engsten Verwandten kannst du dich nicht satt zählen. Nur um dir eins auszuwischen, selbst wenn es ihnen rein gar nichts nützt. Solcherart, stell dir vor!

GOTTLOSER: der nicht an Gott glaubt, oder schon glaubt, aber trotzdem solche Scheußlichkeiten begeht, als hätte er keinen Glauben.

SCHWÖREN: tu ich, so ich das und das verspreche, und wenn ich es dann nicht mache und mein Wort breche, bin ich verflucht.

AUSTAUSCHEN: tu ich, wenn ich eins habe, aber etwas andres will und mir also jenes statt diesem nehme.

WEGWERFEN: tu ich, was ich nicht mehr mag oder brauche oder haben will, dann schmeiße ich es irgendwo hin.

VERGRABEN: habe ich, was an der Sonne war und jetzt unter der Erde ist, sei es, um es zu verstecken, sei es, dass es ihm besser bekommt, sei es, dass es oben nichts mehr zu suchen hat, sei es, dass es austreiben soll.

UNTERDRÜCKEN: tu ich, was ich in mir verstecke, so dass man es nicht bemerkt.

VERSCHWEIGEN: tu ich, wenn ich etwas nicht gut gemacht habe und nicht will, dass man es sieht, dann rede ich von andrem.

WIEDER: neuerlich.

LIEB: wenn du was wegen was brauchst, was du darin siehst, und nicht um dessentwillen, was es eigentlich ist.

NAME: das, was man von Geburt an für dich schreibt und wodurch du dich von andren unterscheidest, damit man dich nicht verwechselt.

FINDEN: tu ich, was verlegt wurde oder worauf ich nicht hoffte, und dann ist es plötzlich da.

HELDENTUM: wenn du lachst, wo andern das Lachen vergeht, andrerseits lässt so mancher ohne Not bloß ob seines verrückten Heldenmutes sein Leben.

WÄHLEN: tu ich aus vielem die ein, zwei Stück, die mir gefallen und denen ich ansehe, dass sie besser sind als die andren, ob Mensch oder Ding, ein zusammengeschriebenes Buch oder etwas zu essen.

ZUSAMMENSETZEN: tu ich, was verstreut war, aber wert wäre, eins zu sein, auch wenn es später wieder auseinandergenommen wird.

UNTERSCHEIDEN: tu ich, was so geartet, vom Andersgearteten, das Zweite kann nicht das Erste sein und umgekehrt und jeder sieht's.

MEINEN: ich denke, ich werde.

NÄRRISCH: gesund und vernünftig sein und auf einmal toll werden, du stellst dich hin und plauderst in einem fort und machst ungesundes Zeug, etwa dich wälzen, bis du es satt hast, Zeug, welches in keinem Buche steht, und es ist gefährlich.

WER: wenn ich nach einem frage.

RETTEN: wenn einer in Not oder Gefahr ist, dann hilft man ihm, oder er hilft sich selbst oder er flieht.

VORBEREITEN: tu ich mich, bevor ich etwas mache oder sage, ich sitze zu Hause und treffe Vorkehrungen.

ABHEBEN: tut, wer auffliegen will, aber noch am Boden ist und deswegen Anlauf nimmt, sei es Mensch oder Vogel. Rennen manchmal auch wo gegen.

ÜBERSCHREITEN: tu ich, worauf man nicht treten darf, also muss ich ohne das auf die andre Seite.

SCHNELL: angelegentlich und unverzüglich und nicht zögerlich, wann ich zaudere, gibt das nichts.

MUTIG: wenn du so bist, dann darfst du durch die Nacht gehen oder es mit mehreren aufnehmen, die bewaffnet sind, oder dem Kaiser ins Gesicht sagen, was du denkst.

STOLZ: bin ich, wenn ich nicht aufgebe, was mir gehört oder was ich denke, selbst wenn sie mich erschlagen, wohingegen andre erbetteln, was ihnen nicht gehört.

WOLLEN: tu ich, was ich nicht habe, aber gern hätte.

SÜSSE: was der Zunge oder der Seele lieblich erscheinet, sei es vermöge Zucker oder Schönheit.

ZUSAMMENGEHALTEN: gehörte dir schon, und du hast Sorge getragen, dass es bei dir bleibt.

PERLE: findet sich nur in den wertvollsten Muscheln, und nicht in jeder; glänzt, ist hart und beständig, Frauen tun sie auf sich, weil sie ihr ähneln.

GANZ: so etwas nicht insofern oder insoweit, sondern insgesamt und bis zuletzt so oder so ist.

HEITER: so alles gut ist, sich weder Zorn noch Streit zusammenbraut. Wie der Mensch, so das Wetter.

GEHEIM: was ich weiß, andre aber nicht, für mich, nicht für einen andren, denn wüsste es ein andrer, wäre es nicht g., sondern eine einzige Pein.

TREU: halten, was ich versprach, zurückgeben, was ich geliehen, keine andre anschaun, so ich mich einer Jungfer versprochen habe.

SCHWEIGEN: tu ich, so ich nichts zu sagen habe oder nichts sagen will oder mir nicht nach Reden zumute ist.

LIEBEN: tu ich, wenn ich für den einen andres empfinde als für den andren und mir mehr an dem einen liegt und es mich stärker dahin zieht als zu dem andren.

FEE: wunderschöne Jungfer, die alles vermag, aber nur in Träumen existiert.

WISSEN: will ich, wie etwas ist, bis in jede Einzelheit.

ERFRAGEN: tu ich, was ich nicht weiß, ich frage aber auch, wenn ich wissen will, ob der, den ich frage, weiß, was ich weiß.

RATEN: tu ich, wenn dich wer fragt, ob es so oder so ist, und du dich für eins von beiden entscheiden musst. Kann aber auch heißen, dass ich einem was vorschlage, um zu helfen, und dann lässt er's doch.

SELTSAM: so was nicht wie alles ist, sondern anders.

LÄCHELN: kein breites Lachen, sondern bloß so viel, dass man sieht, dass ihm etwas gefällt, er nicht zürnt und sich abgefunden hat.

FEIN: besser als andres, sagt man von Werkstücken wie von Menschen.

ERSCHAFFEN: tut man, was es zuvor gar nicht oder nicht in dieser Verbingung gab.

WERDEN: gab's nicht, ist dann plötzlich da.

ANGENEHM: zu Gefallen, sei es ein schöner Tag, eine Tischgesellschaft, Kleider oder eine Unterhaltung.

UMWENDEN: tut man sich von diesem zu jenem und umgekehrt.

GESCHEHEN: was im Lande, zu Hause, in der Welt vorgeht, wo auch immer und egal, was man davon hält.

BEGEBENHEIT: so etwas sich zuträgt, alles zusammen, Gutes wie Schlechtes.

AUSSICHTSPUNKT: lichte Stelle, von der aus alles Tun und sogar die Gedanken zu sehen sind.

VORSÄTZE: habe ich, wenn ich mir vernünftigerweise das und das vornehme und das und das lassen will. Im Gegensatze dazu steht, wer wortreich erörtert, was er zu tun oder zu lassen gedenke, und am Ende kommt nichts dabei heraus.

GESEGNET: ist, wer sich auf gutem Wege weiß, auch wenn man ihn beleidigte, auch wenn man ihm nicht glaubte und das Gegenteil behauptete. Wenn du machst, was dir behagt, es keinem beichtest, ganz für dich deinen Gedanken folgst, kann und wird dir nichts und niemand was anhaben.

ENTSCHLOSSEN: so ich festen Willens bin, es mit der Frau und mit Pakrac und mit Muždeka auszuhalten.

HOFFEND: herbeisehnend, vielleicht dasselbe wie verrückt sein.

BEDENKEND: so dir etwas, was du zuvor nicht im Sinn hattest, plötzlich klar wird, oder wenn du dich an etwas erinnerst oder du dir etwas einfallen lässt, was dir zuvor nicht einfiel.

ABBRECHEN: etwas plätschert gleichmäßig vor sich hin, und da haust du es entzwei, weil es dir lästig fällt.

BEREUEN: sollst du, wenn du drauf schaust, dass du keinen beleidigtest und nichts Böses machst, und es wenigstens zugeben.

ERINNERN: tu ich den, dem ich sagte, das und das würde geschehen, und es trat auch wirklich ein, obschon er es mir nicht glauben wollte.

FABULIEREN: sich was ausdenken, was nicht sein kann und nicht in Wirklichkeit geschieht, sondern nur in deinem Kopfe, als sei es echt.

WIDERSTEHEN: einer schönen Frau, die nicht die Deine ist und die du nicht mal anschauen darfst, also denkste an was andres.

SCHWER: was sich kaum anheben lässt, ohne dass dich deine ganze Kraft verlässt.

WEISE: so einer weiß, wie er etwas schafft, aber andren gelingt das nicht.

SEGEN: wenn man alles hat, oder wenn überall das wächst, was wachsen soll, und sich das andre selbst ausmerzt, oder wenn die Menschen klüger wären, als sie es sind, oder wenn es keinen Krieg gibt.

NATURELL: wie du bist und was sich niemals ändert.

LOSSAGEN: kannst du dich von dem, was dein war und dir gehörte, dich aber dauerte, oder so du genug hast und alles herschenkst, oder von Angehörigen, die falsch handeln.

VERLIEREN: tust du, was du besaßest, es ist weg oder verdarb.

RENNEN: tut eine, die nicht wie alle geht, es vielmehr eilig hat und daher die Beine schneller bewegt, bis sie beinahe abhebt.

IRGENDWOHIN: du weißt nicht wohin.

KRÜMMEN: musst du dich, so du etwas von der Erde aufheben willst oder dir der Magen schmerzt.

GRÜSSEN: tust du, wen du kennst oder den du triffst oder der mit dir verwandt ist, falls du ihn lange nicht gesehen hast oder er von dir weggeht.

ENTRÜCKT: ist einer, den du weggehen siehst, sobald er hinter dem Walde oder einem andren Hindernis verschwindet und sich also deinem Blicke entziehet, oder wenn Tränen deinen Blick trüben.

GESTIKULIEREN: tust du, wenn du einem mit den Armen auf die Ferne was mitteilst, und er verstund es oder nicht.

ANGETROFFEN: hast du den, der wo war, und du kamst dazu und sahest ihn.

AUSGRABEN: tun sie Kartoffeln oder was, obwohl es Sonntag ist.

TAGELÖHNER: jene, welche für dich arbeiten müssen, so sie nicht hungers sterben wollen.

RECHEN: Gerät, mit dem man die Mahd oder zuvor abgeschnittenes Unkraut zusammenrecht, aber auch Heu oder so etwas.

SCHLEIFEN: tun sie mit dem Wetzstein, damit Stumpfes wieder scharf wird, aber es gibt welche, die den für eine Gemeinheit nutzen.

SICHEL: mit der erntet man.

SCHNITTER: der das Gras auf der Wiese oder dergleichen mäht, mit einem auf einen Griff gesteckten scharfen Eisen.

PFLÜCKER: hat sich verdungen, die Trauben zu lesen und sie zur Bütte zu tragen oder andres Obst zu ernten.

FLICKEN: der Versuch, was zu Bruch ging, möglichst in die vorige Ordnung zu versetzen.

RAD: eine Erfindung, runder Reifen aus Holz oder andrem, mit dessen Hilfe Kutschen und andere Wagen fahren, weil es leichter ist zu rollen denn wie Ochsen zu ziehen oder wie Ameisen zu schleppen, und außerdem wird, was rollt, seltener auseinanderfallen, bevor es da ankommt, wo es gebraucht wird.

SPATEN: aufs Beste zum Umgraben der Erde geeignetes Werkzeug, damit man säen und das Land wie erforderlich bearbeiten kann, also zum Beispiel

SODEN: also Grasbüschel, aus denen ganze Wiesen bestehen, ausstechen.

TRIEBE: nach dem Säen wartest du drauf.

ÄPPICH: Grünzeug für in die Suppe und andres.

MEERETTICH: Wurzel, kommt von allein und schmeckt scharf.

MÖHRE: unter der Erde, ziehst du sie heraus, kannst du sie aufessen.

STIER: wird nicht geschlachtet, weil er die Kühe besamen soll, deswegen halten sie ihn.

BRÜLLEN: tun sowohl Ochs als auch Kuh, unten, wenn einer vorbeigeht oder wenn sie spüren, dass ein Gewitter kommt, oder wenn sie sich wehgetan haben.

ABHANG: ihn, auf dem Gräser und Blumen wachsen, Pferde weiden und Bienen summen, gehe ich hinunter, damit keiner mich stört.

FERN: was wo ist, aber nicht hier in der Nähe, sondern Gott weiß wo.

SIRREN: das Flattern irgendwelcher Käfer, oft auch bloß ein sommerlicher Lufthauch in der Üppigkeit des Überflusses.

BLUME: das, was in den schönsten Farben und wie gemalt aus Samen wächst, ein herrlicher Anblick.

MOHN: der hat Körner, die sind berauschend.

GOLDLACK: eine dieser Blumen, welche überall wachsen.

BEIFUSS: wächst neben dem Weg, heilkräftig, eigenartiger Geschmack, bitter, sie nehmen ihn gern, so ihnen das Gehen beschwerlich.

WEISSDORN: ungenießbar, verblüffend, dass er als Notnagel für Hungerzeiten gilt.

VOGEL: der über die Felder saust, über Grunt, über die Köpfe hinweg, und wo er frisst, weiß er allein.

AUFFLIEGEN: tut er, wenn du ihn erschreckst oder wenn er von sich aus in diesem Augenblick losflattern will.

FROH: wer ohne sonderliche Not hochspringt oder sonst was Ausgelassenes macht, einfach so, weil er f. ist.

BUSCH: wenn der ungeordnet häufchenweise durch die Gegend schießt, breitet er sich ganz von selbst aus.

ALLERORTEN: verstreut, so dass es da und dort und noch wo ist.

PILZE: sprießen nach dem Regen aus dem Boden, du musst bloß wissen, ob sie gut oder giftig sind, sonst verreckst du wie ein Hund.

RAUPEN: kriechen und sind stachlig, aber man gewinnt aus ihnen Seidenspinner, also musst du sie so widerlich erdulden.

BRENNNESSEL: ein Kraut, das brennt, wenn du es mit der Hand berührst oder barfuß drauftrittst.

NEBEN: was eben nicht auf dem Wege, sondern am Rand ist.

STEIN: das Härteste, was es auf Erden gibt, wird weder geboren noch wächst es, es ist einfach in der Welt, schwer, hart, zum Häuserbauen oder um jemandem den Schädel einzuschlagen.

ZUSAMMENZUCKEN: lässt dich, was unangekündigt, gerade in diesem Moment und unverhofft kommt.

EICHHÖRNCHEN: lustiges Geschöpf, hüpft von Ast zu Ast und frisst Haselnüsse.

SPREISSEN: dasselbe wie ein Dorn in der Haut, aber du holst ihn dir vom Holze, und wenn du an ihm ziehst und drückst, schiebt er sich unter deinen Nagel, er tut weh, bis du ihn herausziehst oder er von alleine herauskommt.

STUMPF: was vom Baume bleibt, wenn du ihn fällst und in Stücke zersägst, das Ende, das in der Erde bleibt, dem ist nicht beizukommen, du lässt es stehen und benutzt es als Hocker.

VERMODERT: wenn faul ist, was einst frisch war.

WO: um den Ort zu erläutern, an dem du bist.

MÜDE: Gegenteil von voller Tatendrang sein und was anfangen, nein, du bist der, dem es jetzt schon reicht.

HECHELN: tust du wie ein Hund bei Hitze und Durst oder wenn dich was sehr aufregt.

AMEISEN: unten auf der Erde, sammeln jeden Krümel, damit sie ihn für später haben.

WIMMELN: wenn irgendwo viele Sachen oder Menschen sind, dicht gedrängt, Menschen auf dem Markt oder Ameisen im Ameisenhaufen.

MISTKÄFER: der sein Vergnügen da findet, wo keiner es fände, und zur Strafe wird er auch so genannt.

ELSTER: die bunte Vogelin, welche stiehlt, was sie kriegen kann.

IGEL: winziges Wesen, ganz stachelig, sein Schnäuzchen schaut drollig aus.

WERRE: kriecht nicht allein in der Erde, fliegt auch mal, und die Frauen fürchten sich vor ihr, als wäre sie das schlimmste Kerbtier.

KAUZ: großkopferter Vogel, der über Tag schläft und die ganze Nacht Mäuse und dergleichen jagt. Heißt auch Glotzer wegen der großen Augen, mit denen er glotzt, die Leute fürchten ihn, man muss einfach zu ihm hinschauen.

RASCHELT: trocken, und wenn du es anfasst oder der Wind weht, hört man das.

SCHONUNG: was noch kein Wald ist, wo aber mehr als nur Gras wächst, alles harmlos und angenehm zu gehen.

ÜBERSPRINGEN: tust du, wo du nicht gerade stehen kannst, da musst du mit einem Satz drüber, weil du sonst reinfällst und klatschnass wirst, so dort Wasser.

GRABEN: läuft neben dem Weg lang, damit das Wasser abläuft, und da drin wachsen Brennnesseln, und die Trinker fallen hinein, so sie sturzbesoffen.

FALLE: wird als Köder ausgelegt und ist erst zu sehen, wenn sich, wem sie zugedacht ist, darin verfängt.

FÜR: was du einem bereitest.

BESTIE: Tier, welches dich anfallen würde, wenn es könnte, und das du deshalb zuerst tötest.

SEHEN: tut man, was sichtbar ist, also weder verdeckt noch getarnt wurde noch sich vorsätzlich in der Landschaft versteckt.

SCHON: wenn du etwas nicht so schnell erwartet hast, es aber trotzdem kommt und da ist.

REBE: klettert an Stäben oder der Wand hoch und setzt da Frucht an, wo sie näher am Licht ist.

OBST: kann man essen und beschnuppern oder auch nur betrachten, so du wirklich klug bist. Habe ich gepflanzt, esse ich aber selten.

MEINS: habe ich was bekommen oder in meinen Besitz gebracht oder mit eigener Hand gefertigt, dann ist es m.

SAME: das Winzige, aus dem das Große wächst, ist selbst besser und stärker als das Große, weil's wachsen kann, während das Große abknickt und welkt und abstirbt. Aus ihm entstand nach und nach die ganze Welt.

VERGLEICHEN: tu ich, so ich eins sehe und mir ein Zweites einfällt, dann urteile ich, ob sie sich ähnlich sind und was es war, worin mich das eine ans andere erinnert.

ÜBELLAUNIG: wenn sie dich mit was abfüllen, wogegen es keine Arznei gibt, wenn Kopf und Magen wehtun oder wenn die Bösen in der Überzahl sind, und das sind sie immer. Niemals, wenn ich eine Partie verliere, das ist schließlich nur ein Spiel. Und wie das Wetter ist, ist auch egal, davon bekomme ich nie schlechte Laune.

ZWEIFELN: tust du, so du nicht alles glaubst, was geschrieben steht oder erzählt wird, sondern annimmst, dass es anders ist. Doch der schlimmste aller Zweifel ist, dass du weniger geleistet hast, als du hättest leisten können und sollen.

UMSONST: vergebens. Ich rede, und die glotzen wie Stierkälbchen. Man macht und tut und nichts zu sehen. Mit 'nem Sieb Wasser schöpfen. Oder wenn du was kriegst und nichts dafür bezahlt hast, und auch nicht musst.

ARBEIT: heißt, nicht mit verschränkten Armen dasitzen und in die Luft gucken, sondern sich was ausdenken und das durchführen, bis es fertig ist.

TRAURIG: wenn dir was auf der Seele liegt, was dir leidtut, wenn einer was gesagt hat, was nicht stimmt, und manchmal auch wegen nichts, es überkommt dich einfach.

SEUFZEN: tu ich, so ich an etwas Unangenehmes denke oder mich was bedrückt, und da hole ich tiefer Luft, damit mir's leichter wird.

SCHMERZ: so Leib oder Seele in Unordnung geraten sind und es nicht zugehet wie zuvor, es rumpelt, zwickt und stockt, und da tut es weh.

STÖREN: tut, was dir den Weg versperrt, und das musst du wegräumen oder drumherumgehen.

IRGENDWER: einer von denen, du kannst es dir nicht aussuchen.

WÜRDE: so einer auf sich hält, ob er Grund dazu hat oder nicht.

ANSTRENGEN: tu ich mich, so ich beweisen will, dass weiß weiß ist, oder um etwas in mir niederzukämpfen.

BOCKIG: wenn einer Trotz hat, weil er sich im Recht fühlt.

NACHLASSEN: so was stark war und es nicht mehr ist oder man kräftig zupacken konnte und immer schwächer wird.

GEDULDIG: wenn dir einer Böses tut, einmal, zweimal, dreimal, willst du ihm früher oder später Einhalt gebieten. Du duldest und schweigst und denkst dir deinen Teil.

ABSTUMPFEN: tust du, wenn sie sich beständig über dich das Maul zerreißen, und du machst einfach weiter wie bisher.

GEDULD: brauchst du, so du dich sammelst und wartest, bis deine schlechten Gedanken und Gefühle vergehen oder bis andre mit dem Schlechten aufhören.

ABGEWÖHNEN: tust du dir, was du als ungünstig erkannt hast, und dann mühst du dich damit ab, bis du es schaffst. Etwa, dass ich so leicht auffahre und gelernt habe, milder zu sein.

UNGLÜCKLICH: wenn du alles hast und klug bist und gute Anweisungen gibst, aber einer ist beleidigt und schimpft auf dich und du weißt nicht, was du machen sollst.

VERRÜCKT: wen Verstand und Seele verlassen, der handelt und redet, als sei er betrunken, aber er selber merkt es nicht.

VERLOREN: etwas war da und ist noch da, du weißt nur nicht, wo, du weißt nur, dass es irgendwo sein muss. Auch der Mensch.

VERLETZT: bist du, so dich einer geschlagen oder dir Böses getan.

JAMMER: wie wenn ein Stein auf dir liegt, und du weißt weder, woher der kommt, noch, wer ihn dir auferlegt hat, spürst ihn nur.

ELEND: du hast nichts, weißt nicht, wohin, bist blöde und dumm.

ALLEIN: nur das, doch betont.

ZERTRÜMMERN: sie haben keinen Nutzen davon, und für dich ist es schlimm.

VERWECHSELN: du hältst es für das eine, aber es ist das andre, entweder weil eins dem andren ähnelt, und dies ist das und das dies, oder sie behaupten etwas von dir, was du nicht bist.

MÜSSEN: tu ich, so und nicht anders.

IRGENDWO: ein anderer Ort, wo sie besser hingegangen wären, statt hierher zu kommen. Der Ort ist nirgends, man meint nur, er müsste irgendwo sein.

WIEDER: wenn du was nicht beim ersten Mal zu Ende bringen oder erklären kannst, oder wenn du den Fluss nicht zum ersten Mal überquerst.

KRACH: ich rede, und keiner hört mich.

GESCHLAGEN: auf die Erde niedergestreckt, wiewohl in manchen Tätigkeiten, Kämpfen oder Wortgefechten besser und überlegen. Sollen sie meinethalben wo machen, wo ich weder kämpfen noch reden noch zu tun haben will.

SO: wenn du die Stimme heben und zeigen musst, wie, und nicht zulassen darfst, dass es läuft, wie es läuft.

ABWINKEN: tu ich mit der Hand, so ich denke, dass alles Unsinn ist und man sich besser ins Bett legen und schlafen sollte.

GERÜMPEL: was nutzlos ist, aber noch hätte nützen können und deswegen aufbewahrt wurde, aber dann wird es weggeworfen und G.

SPRINGEN: tust du, wenn du eine Schlange siehst, und dann merkst du, dass du mehr Angst hattest als nötig.

ÜBERFALL: so du nicht mit einem rechnest, und der steht plötzlich vor dir.

FÖRSTER: der bewacht, was im Auwald und anderswo wächst, damit keiner die jungen Bäume abhackt.

NEBEN: wenn was Haupt, aber nicht alles ist.

BILSENKRAUT: wird eigens eingezäunt, denn so du es kostest, redest du wirres Zeug, bis die Wirkung nachlässt.

MAUSWIESEL: niedliches Tierchen, aber schädlich, zerstört die Feldfrüchte und vergreift sich gern am Geflügel.

DOHLE: Vogel, welcher einen mit seinem Gekrächze mürbe macht.

KREISEN: tut der Habicht hoch über dem Feld und schaut, wo er einen Hasen oder was andres findet.

ÜBERALL: da und dort und anderswo.

SPEIERLING: wie vieles von dem, was wächst, mag ich den nicht kosten, obwohl er hübsch anzusehen ist.

FRAUENMANTEL: gehört zu dem, was sich von selbst am Wegrand aussät, kann man, so man unterwegs, nebenher knabbern, hilft auch bei schlechter Verdauung.

SCHAUKELN: vor und zurück.

STIEL: hält das Obst oder andre Auswüchse am Ästchen, und das wächst wiederum am Ast.

WURM: winziges Geschöpf, das unter der Erde kriecht, weiß und eklig, lebt von Aas und Leichen, welche er durch den Geruch findet, aber es gibt ihn auch in Äpfeln, wo er aus dem Apfel selbst kommt.

HAMSTER: Tierchen, weder Hase noch Maus, rennt wie närrisch über den Weg.

RINGELBLUME: fröhliche Blüte an der Seite, macht dich besonders froh.

ZERTRAMPELN: tust du, wann immer du gehst, und alles, was sich nur schwer wieder aufrichtet, bleibt dann niedergedrückt.

GRAS: ganz gewöhnlich und das Schönste, was aus der Erde wächst, blüht nicht und gibt keine Früchte und ist höchstens zum Abweiden nütze, obschon am schönsten, so es auf dem ganzen Feld stehet, grünt und weder genutzt noch abgegrast, sondern nur angeschaut wird.

NOCH: es gibt auch andres als das.

ERDBEEREN: lächerliches, aber süßes Obst ganz am Boden.

WESPEN: größer als Fliegen, aber geringer an Verstand, voller Bosheit, so sie dich stechen, statt dass sie ein Haus bauen, und welche erschaffen, die genauso verrückt sind wie sie selbst.

SCHMETTERLINGE: bunte Geschöpfe, fliegen durch die Luft, schön fürs Auge, dienen zu nichts.

WALD: viele Bäume auf einem Haufen, in dem du dich verirren kannst, wo sich Räuber herumtreiben und wilde Tiere, es aber auch kühlen Schatten, freies Sichergehen und wunderbares Baumaterial für alles Mögliche gibt.

KNOSPEN: treibt der Wald und alles ringsum.

AUSTREIBEN: tun Pflanzen entweder von allein oder von deiner Hand, erst Korn, Eichel oder Kern, hernach Blume, Weizen oder gewaltige Eiche.

BAUM: besser als Menschen, denn er fordert nichts, und du kannst ihn fällen, Tränen vergießt er nicht und nimmt es dir auch nicht übel. Wer ist sonst noch so, niemand!

SEINE: nicht meine, nicht deine, sondern s.

RINDE: was die Haut dem Leib und die Kruste am Brot, ist die R. dem Baum und anderswo, sie schützt das Innere drunter. Und etwas verkrustet ganz, wenn es alt wird.

ADLER: Kaiservogel, fliegt überm Kopf, schaut auf uns und denkt.

ÜBERHEBLICH: ist der, der drüberstehen will, auch wenn er nicht weiß, worauf er sich stellen soll.

GESCHNABELT: ist der Vogel, der keinen Mund, sondern einen Schnabel hat, mit dem er pickt, jagt und frisst.

KLAUEN: mit denen schlägt der Vogel Beute und trägt, was ihm beliebt, in den Himmel.

ANGST: vor dem natürlichen oder gewaltsamen Tod habe ich keine, nur dass man, was ich erarbeitet, falsch versteht, schlecht macht, ablehnt, vergisst oder verschludert.

TIER: kannst du umbringen, ohne dich vor den anderen dafür zu rechtfertigen. Deswegen haben sie diese Augen, die dich verrückt machen können. Der Hund leckt dir die Hand, und du scheuchst ihn weg oder verkaufst ihn an Zigeuner, die ihn schlagen, oder du stellst ihm kein Fressen hin und er verhungert, oder du ersäufst ihn grundlos im Fluss. Auch die großen Tiere, Löwen und Bären, fürchte ich nicht, ich würde mit ihnen reden und sie verstehen.

BRUMMEN: hörst du, so an einem schönen Tag geschafft wird und keiner weiß, was das geben soll. Immer noch besser, als wenn einer schwatzt, vor allem dummes Zeug, oder wenn sich zwei anschreien oder einer wie bekloppt auf Eisen schlägt.

OBERHALB: ist nicht unten, nicht in der Mitte, sondern im Gegenteile über allem.

BLUME: schöner und zarter als Bäume, nur Wilde trampeln sie um.

EINIGE: wenn man's nicht genauer sagen kann.

GATTUNG: die einen gehören zu einer, die andren zu einer andern, aber alle sind von einer, denn sonst wären sie nicht.

HIRSCH: was vor dir herläuft, so du nicht damit rechnest, schön und ohne jeden Sinn. Wer würde so was Herrliches schießen.

HIRSCHKUH: denn sie liebt ihn.

WARTEN: tust du auf bessere Zeiten, oder dass einer zur Vernunft kommt oder bis du was kriegst, was du brauchst.

TROST: findest du, so du daran denkst, dass für den abgebrochenen ein neuer Zweig nachwächst, dass du statt dem getöteten einen andren Welpen haben kannst oder dass dich ein andrer Mensch anerkennen wird, wenn es die hiesigen schon nicht tun.

VERTRAUEN: setzt du in einen, dass er was tut, aber der tut es manchmal nicht, also vertraust du am besten nur dir selbst.

ERTRAGEN: tust du, was sie dir hinter deinem Rücken antun, bis du selbst wild wirst und über die herziehst wie die über dich.

EINSAMKEIT: wenn du von Menschen umringt bist und keiner dich versteht, als wärst du Araber oder Chinese. Allein denkst du, allein behilfst du dir, von nirgends kommt Hilfe.

MINDERHEIT: Gegenteil von Mehrheit, wenn du weißt, dass du recht hast, aber alle andren das Gegenteil behaupten und du wiederum nicht so verrückt bist, dass du ihnen beipflichtest, nur weil sie in der Überzahl sind. Wenn alle alles wüssten, wäre nichts. Nur einige sind wissend, alle andren nicht, und seien sie auch bewaffnet, gekrönt oder aus einem großen Volk.

ENTSCHIEDEN: bist du, so du dich nicht beirren lässt, keinen Millimeter weichst, so du frei heraus sagst, wie es ist, so du Wald verkaufst oder einen Weinberg kaufst, so du Đuro in einer vordringlichen Familienangelegenheit nach Wien schickst oder selbst nach Karlowitz fährst und daselbst redest. Oder so du der Frau nicht erlaubst, auch nur einen Ton über Sachen zu sagen, die sie nichts angehen.

WANKELMUT: so du erst das und dann das willst und dann wieder das Erste, das finde ich schlimmer, als wenn sie mir die Pestilenz ins Haus schicken. Man sollte tun, was man vorhatte, und sei es auch falsch, sonst wird es nur noch falscher, und dieses Hin und Her bringt dich eines Tages noch um den Verstand.

UMKEHREN: kann, wer kein Heiliger ist, sondern ein Mann, welcher endlich etwas begriffen oder sich zum Besseren geändert oder von einer bösen Frau befreit hat.

FÖRSTER: bewacht den Wald, damit der wächst und ihn keiner anzündet, und er zeigt dir den Weg.

AUSTREIBEN: tut was aus der Erde.

GESPRÄCHIG: wer sich unbedingt mit dir austauschen will, weil er viel allein ist, dabei hättest du gern deine Ruhe.

BESSER: ist das, was gut ist, und so man dieses Gute schürt, wird es b.

SONDERN: schiebt man zwischen zwei ganz entgegengesetzte Dinge.

BÄR: große Bestie aus dem Wald und den Bergen, zerreißt alles, was ihm vor die Klauen kommt, wohl dem, der ihn erlegt.

BIENE: jeder meint, dass sie den Honig mit vieler Mühe sammelt,

Bröckchen für Bröckchen, obschon sie einen Genuss dabei haben muss, sonst würde sie nicht ausfliegen, sondern daheim bleiben.

FLEDERMAUS: saust des Nachts durch die Luft und ähnelt einem Frosch mit Flügeln oder dergleichen.

KAMEL: gibt es auf Bildern und irgendwo ganz weit weg.

WOLF: wie ein Hund, nur blutrünstig, immer hungrig, weil man ihm nachstellt.

BEÄUGEN: tut sich Federvieh untereinander, oder der Mensch ein Huhn oder das Huhn den Menschen, und dann springt es ihn an.

LÖWE: die blutrünstigste Bestie von allen, zerreißt und verschlingt alles, was er vorfindet, und hernach erklärt er sich zum Herrscher über alle andren, denn keiner ist ihm in seiner Blutrünstigkeit ebenbürtig.

LERCHE: Vogel, welcher im Dickicht singt.

AUSREDEN: suchst du, wenn dir einer was aus der Tasche ziehen will oder ein Gespräch mit dir anzufangen sucht, du aber willst deine Ruhe haben, und so überlegst du dir einen Grund, warum du ihm seinen Wunsch abschlagen musst.

SPECHT: kleiner Vogel, welcher in den Baum hackt und die Seele erfreut.

HÖHE: was gemessen wird vom Standort bis zu etwas weiter oben, sei es bis zur Baumspitze, bis zum Berggipfel oder bis zu den Sternen.

KUPPE: Gegenteil von Tal und Wiese, von ihr aus siehst du alles, was unten geschieht. Haben auch Pferde.

UNTEN: da drunten, wo du nicht bist, also guckst du von oben, schaust zu, zählst, weißt Bescheid und fühlst dich wohl.

BRACHE: es gibt Land, das keiner bearbeitet und keiner bebaut, aber man könnte es.

TROCKENGELEGT: wenn dein Land so stehet, dass das meiste Wasser abfließt, und der Boden für dich trocken und fruchtbar zurückbleibt.

LANDSTRICH: das Stück Boden, das Viertel, der Teil der Erde, was überwiegend dir ist, und wenn du es dereinst abgibst, ist das wohl auch das Ende deines Erdenlebens.

BACH: fließt durch die Wiese, mal breiter, mal schmaler und manchmal ganz weg.

ÜBERSCHWEMMT: wird Land, das nahe bei gefährlichen Gewässern ohne Ordnung und Ufer liegt, aber das kann man zügeln.

ERBLÜHEN: was in Knospen versteckt war, öffnet sich in voller Schönheit.

WEIDE: für Ruten, wächst am Wasser.

SANDIG: kleine Körnchen, ist weder Erde noch Fels, sondern kommt aus dem Fluss. War früher gewiss größer, dann wurde es zerrieben.

WASSER: selbst nichts, aber für vieles gut: zum Kochen, Blumengießen und sich Ersäufen. Kommt vom Himmel oder aus der Erde. Du kannst es nicht aufheben, höchstens in einem Topf, aber der muss einen Deckel haben. Echtes W. verdirbt nie, egal, wie lange es stand. Du kannst durchschauen, durchgehen sowieso.

FLUSS: so man weiß, wo er hinfließt. Kleine Flüsse Pakra, Ilova und Šumetlica, größer die Save, am größten die Donau. Gesehen auch Isar, Rhein, Theiß. Vielleicht sehe ich noch die Wolga und einige weitere. Den Ganges niemals oder welche in Amerika und Afrika. Wozu ist ein F. gut, wenn nicht, um die auf der einen von denen auf der andren Seite zu trennen, damit sie sich nicht abschlachten, aber einige setzen über und morden gleichwohl. Was auf ihm fährt, kann untergehen, und die eine oder andere Brücke dient eher dem Ruhm ihrer Besitzer als zum Drübergehen. Fließt auch, wenn ihm nicht danach ist, sogar unterm Eis.

SCHWIMMEN: was nicht untergehen kann oder gelernt hat, nicht unterzugehen. Auch wenn man es kann, kann man untergehen und ertrinken, so man nicht mehr kann oder Angst bekommt.

KREBS: kleines Tier im Wasser, was aber kein Fisch ist, muss sich mit Scheren verteidigen.

TREIBEN: tut, was nicht schwimmt, sondern willenlos an der Oberfläche bleibt und nicht sinkt.

SCHIFF: fährt übers Wasser, und drinnen sind auch noch Leute und Waren oder so was.

TIEFE: gemessen von ganz oben bis ganz unten, beim Brunnen oder einem Fluss.

OTTER: lebt im Wasser, fiept aber, schwimmt wunderschön, eine Freude anzuschauen.

KRÖTE: eins der schlimmsten Geschöpfe, weil aus dem stinkenden Sumpf, obschon sie keinen stört und nicht schuld ist, dass sie lauter Pocken auf sich hat, wie zur Strafe.

NEBEN: bei mir, was mir nah ist.

TRAUBEN: was am Rebstock wächst und zu Saft gepresst wird, falls sie keiner aufisst, solange sie noch wachsen.

WEINBERGE: reihenweise Rebstöcke mit ebendiesen Trauben. Kann auch ein ganzer Hang sein wie bei uns.

ANRUFEN: kannst du Gott, der dir als der Ältere gegenübertritt, darum ziehe den Hut und verbeuge dich.

WINZER: der den Weinberg pflegt und ständig dort ist und dir sagt, wie er steht.

ERBÖTIG: zu jeder Zeit und immer etwas zu tun, wenn du es ihm auch nicht sagst.

ZURÜCKSCHNEIDEN: die Rebstöcke mit dem Messer, damit sie nicht wuchern, sondern das tun, was du willst, und im Sinne dessen, was du von den Trauben erwartest.

VORBEREITET: sein heißt frühzeitig an das denken, was später kommt, damit du v. bist, wenn es so weit ist.

LESE: wenn die Trauben eingesammelt werden und im Zuber landen.

ERNTEN: tut man, was am Baume, am Rebstock oder woanders gewachsen ist, man macht es von diesen ab und holt es herunter.

TRENNEN: tut man das Schlechte vom Guten, dann ist jedes für sich.

PLJUCA: Rebsorte, welche wir ausgerissen haben, sauer, ergibt schrecklichen Wein.

WALDREBE: Kletterpflanze mit weißen Blüten, gibt noch andre sanfte Pflanzen wie von einer Fee oder einem Geist.

HÖHE: da fliegen die Vögel, manche höher, manche nicht, der Kondor am höchsten, dann Geier, Kauz, Adler, Bussard, Habicht, Falke und Sperber, noch tiefer Taube, Schwalbe,

Reiher, Kranich, unten dann Stockenten, Raben, Lerchen, Wachteln, Papageien und Fasane. Es gibt auch Menschen, welche die Vögel nachahmen, sich was an die Arme pappen und von einem Turm springen und sich den Hals brechen oder mit einem Ballon aufsteigen, bis der ein Loch kriegt und sie wie ein Stein zur Erde fallen.

SCHWARM: Vögel im Haufen, am Himmel.

STROMERN: tust du, wenn du nicht geradewegs gehst und kein Ziel hast, sondern da lang und dort lang läufst, wo es dich halt hin verschlägt.

KLIPPE: hoher Fels, kannst runterspringen, wenn du dich umbringen willst, von da aus kannst du aber auch weit ins Land schauen.

SCHWEISSGEBADET: wenn Wasser aus dir quillt und das alles vom Laufen, Arbeiten oder Angsthaben. Bei Krankheit schwitzt du auch immer. Wenn das nicht aufhören würde, bliebe von uns nur ein Krümelchen verschrumpelte Haut und ein paar Knochen.

GEBIRGE: was in die Höhe geht. Riesige Steine und waldbewachsene Landstriche mit Bären und anderem. Psunj und Papuk. Alpen und Karpaten höher; es gibt noch weit höhere, aber die sind weit weg.

QUELLE: Loch in der Erde, aus dem von ganz allein Wasser austritt.

FÜLLEN: tut sich, was leer war und in das man so lange etwas hineinkippt, bis es voll ist.

FELDFLASCHE: in der ist was zum Trinken, und man kann sie auf die Reise mitnehmen.

HERUMLAUFEN: wenn ich da- und dorthin gehe und wer weiß wohin noch.

ORTE: wo welche sind, so wie ich hier bin. Die in der Nähe sind klein, und dann immer größer, die größten weit weg. Medari, Dragalić, Okučani, Prvča, Rajić, Petrovo Selo, Cernik, Pleternica, Ciglenik, Kapela Batrina, Sibinj, Ratkovica, Orijovac, etwas weiter Đakovo, Striživojna, Vinkovci, das eine und das andre Brod, Podravska Slatina, Daruvar, Virovitica, Bastaji, Đulavez, Osijek, noch weiter Pest, Zagreb, Fiume, Wien, und so immer größer bis zu den größten in Amerika. Jeder an seinem O., im gegenteiligen Falle wäre Durcheinander, man wüsste nicht, wer wo ist und wer wer. Überall sind Menschen durchmischt nach ihrer Güte, Äußerem und Vermögen.

DÜRRE: Zeiten im Jahr oder Jahre, so kein Regen fällt und alles verbrennt und vertrocknet, und was hast du dann von der Sonne.

SCHWÜLE: so es heiß ist und Regen zaudert und nicht runterkommt, und alles ist voller Gluthitze.

DRUCK: in der Luft, unsichtbar, obschon er auf jedem Fußbreit Erde lastet, auf jeden Punkt und jedes Korn mit einem überall unterschiedlichen Gewicht.

GEWITTERSTIMMUNG: wenn ein Unwetter heraufzieht; ist noch nicht, wird aber sein und kommt von Weitem heran.

DONNERN: irgendwo hört man es poltern und danach kann Regen fallen.

ZEIGEN: tut sich was oder wer, das oder der nicht da war und jetzt eben da ist.

WOLKE: einige zusammengeballte Körper aus Nichts am Himmel. Aus denen fällt Regen oder was andres, schön anzuschauen, so es Sommer ist und du weißt, dass sie weiterziehen oder der Weizen es nötig hat. Wie sie sich sammeln, so zerstreuen sie sich, das durchschaust du nicht. Es hat kleine wie Schäfchen, größere wie Haufen und welche, die ganz oben sind, die nennt man Amboss, und zuletzt sind da Regenw., aus denen Wasser tropft. Sie stehen in der Luft oder ziehen im Wind.

BLASEN: tut ein Windhauch, selbst bei allerschönstem Wetter.

WESTLICH: was in dem Teil der Welt ist, wo die Sonne untergeht.

WIND: Luft, die sich von allein bewegt, du siehst ihn nicht, weil die Luft rein und leer, nur eben bald hier, bald da ist.

GRAU: wurde, was weiß war und nicht länger ist.

NORDEN: die Ehrfurcht der Leute gegenüber Ungarn, Wien, Deutschland und Schweden.

KRÄUSELN: tut sich, was flach und glatt war, aber von etwas erzittert.

WANGE: im Gesicht, wird dir schön von einem leichten Lüftchen gekühlt.

UNVERHOFFT: so etwas geschieht, worauf du nicht gehofft hast.

VERFINSTERN: tut sich, was leuchtete. Entweder schiebt sich eine Wolke davor, oder die Sonne verschwindet mitten am Tag wer weiß wo. Dieses Jahr soll am achten Oktober eine Sonnenfinsternis sein, und im April war bereits eine, aber keiner hat sie gesehen, weil sie anderswo war.

DUNKEL: wird's am Abend, oder wenn plötzlich von überall her schwarze Wolken aufziehen.

BLITZEN: tut es, bevor es donnert, also vorweg sagt man.

PLATZEN: so von drinnen was herausdrängt oder du von außen draufhaust.

TROPFEN: das kleinste vom Wasser oder andren Flüssigkeiten, was am Ende bleibt, bevor auch das abtropft oder wegtrocknet.

ANFANGEN: tut, wer, nachdem er nichts getan, eine Arbeit in Angriff nimmt, auf- oder herumräumt.

FALLEN: von oben Regen oder Schnee oder Sonstiges aus Wolken, oder der Mensch vom Dache, oder so man was in die Luft wirft und der Himmel gibt's zurück, weil er es nicht braucht.

REGEN: von oben zum Besten der Erde und der Feldfrüchte, und so es zu viel wird, zerstört und verdirbt es unten alles.

NIEDERSCHLAG: was aus Wolken fällt, als Regen oder Schnee, in Grunt kommen pro Jahr ungefähr 67 Zentimeter in der Schale zusammen, Zahl der Tage mit N. rund hundert, manchmal auch mehr.

SÄMIG: nicht dünnflüssig, zäh wie Honig.

DUNST: hängt in der Luft, auch wenn es nicht regnet, und liegt morgens als

TAU: auf dem Grase und anderswo. Als hätte sich was in der Luft zu kleinen Tropfen geballt.

UNWETTER: so an einem klaren, wunderschönen Tage plötzlich alles schwarz wird, Wind bläst und Regen anfängt, aber am schlimmsten ist, wenn Eis herunterkommt und alles zerschlägt. Irgendwo in Amerika trägt es ganze Häuser mit allem darin fort, irgendwo wie in Deutschland Pferd und Reiter, irgendwo nur ein kleines Kind, da kommt ein neues nach. Der stärkste Wind der Welt die Bora bei Senj, sie hebt Menschen von der Erde auf und schleudert sie zu Boden wie Puppen. Sie wütet ewig von hier nach dort, und man sieht nicht, wie und womit sie das tut.

GRÄSSLICH: was nicht schön, sondern das Gegenteil ist, und was nicht nur hässlich ist, sondern dir auch im Nu schaden kann.

WETTER: was in der und wie die Luft ist, fürs Spazierengehen schlecht oder schön und auf der Welt überall verschieden, auf der irischen Insel blühen die Myrten auch im Winter, während in Deutschland zur selben Zeit alles erfriert und verfällt. Dafür ist es bei den Deutschen im Sommer heiß und gut für den Riesling, und ihr Wein ist köstlich, während die Iren fast keinen haben.

EIS: Kruste, vom Frost erhärtet, so dass du darauf gehen kannst.

VERNICHTET: die Ernte, die Trauben oder den Weizen oder die Obstgärten, so man Pech hat und eine Wolke sich ausgerechnet die Stelle und keine andre aussucht.

SINTFLUT: wenn das oben verrückt spielt oder entartet und alles vor sich her trägt. Die letzte hat 1791 das halbe Gut von Lobo mitgerissen und einige von unseren Ställen, überall tote Kühe und Pferde. Immer wird damit in Gottes Namen gedroht.

EROBERUNG: dadurch wird, was deins war, seins oder umgekehrt.

TRAURIG: macht dich, so der Hagel Blumen köpft oder eine Böe ganze Äste vom Birnbaume bricht oder der Hund unter ein Fuhrwerk gerät oder was andres ums Herz sticht.

KALT: in der Jahreszeit, so es Winter ist, geht aber auch mitten im Sommer, so das Wetter macht, was es will, und plötzlich umschlägt.

SUCHEN: tust du, was du verloren hast oder dir gerade dringend fehlt, also machst du dich auf, bis du es findest.

SCHIRM: was du vor dich oder über deinen Kopf hältst, weil es dich vor dem da schützt.

SOLANGE: für eine gewisse Frist.

ERSCHLAFFEN: tut, was zwar noch besteht, aber lasch und schwach geworden und nicht mehr das ist, was es anfangs war.

AUFHÖREN: tut, was währte, als hätte es einer mit dem Messer abgeschnitten, ob Rede oder Regen oder Leben.

SUMPFBODEN: sieht gewöhnlich aus, nur wenn du drauftrittst, quatscht das viele Wasser, was nicht abgelaufen ist, es ist da und macht, dass alles anfängt zu faulen.

FERSE: Ecke hinten am Fuß unten, mit der du auftrittst, die als Erstes wehtut und ohne die du hinkst.

SCHLINGERN: tut, wer über Rutschiges gehet und nicht aufpasst. Dasselbe beim Reden.

MATSCH: Gemisch von Erde und Wasser vom Regen und klebrig wie ein Teig, da soll man nicht durchgehen.

PFÜTZE: etwas Wasser auf dem Boden, entweder vom Regen oder weil jemand was verschüttet hat.

BEMERKEN: so du was erst nicht siehst und es dir dann plötzlich in die Augen fällt.

REGENBOGEN: steht am Himmel, so zugleich Regen fällt und die Sonne scheint, und da zeichnet er mit ein paar Farben einen Halbkreis, und die Kinder wissen nicht, was das ist, und die Menschen freuen sich und behaupten, sie wüssten es.

VERLÄNGERN: kannst du eine Reise, die du angetreten hast, aber du musst zurückkehren.

KREIS: nach allen Richtungen gleiche Entfernung, wie ein Rad.

GELAUFEN: bist du durch Felder, Weinberge, die Wiese hinunter.

UMRUNDEN: so ich einmal außen entlang meinen ganzen Besitz abschritt, weil mir der Sinn danach stand.

GRUNT: nicht nur der Ort, wo ich geboren bin, sondern auch der, wo mir Land, Wald und Weinberg gehören.

AUSGEHUNGERT: bist du, wenn du einmal rundherum gelaufen bist und zuvor schon etwas gearbeitet hast. So es dich im Magen kneift, als wärst du krank, dabei verlangt der nur sein Recht.

TRÖDELN: tust du, wenn du lange zu Pferd oder zu Fuß herumziehst, ohne rechtes Ziel, und dich selbst zur Ordnung rufst, aber trotzdem nicht nach Hause willst.

NÄHERN: tu ich mich dem, wo ich hingehe oder den ich besuche.

HEIMAT: wo ich herkomme, wo ich geboren ward und wo alle Meinigen sind.

GANZE: das, was sie noch nicht in Stücke geschlagen oder zum Fenster hinausgeworfen oder aufgeteilt haben.

TAGESLÄNGE: solange der helle Tag dauert, bevor die Dunkelheit heraufzieht.

WIEDERERKENNEN: tu ich, wen oder was ich schon kannte, aber nicht im Sinn habe, und so ich der Sache oder dem Menschen erneut begegne, erkenne ich sie wieder.

KLEINSTADT: wo es viele Wohnhäuser auf einem Haufen gibt.

GASSE: das zwischen den Häusern, wo man langläuft.

HEIM: Haus und Hausstand, wo du wohnst und was du hast.

HOF: das Deine zwischen vier Mauern, was da wächst und schnäbelt oder sich bewegt, und was an Hartem oder Unbeweglichem drin steht.

BESITZ: alles, was mir gehört, teils hat's schon der Ururgroßvater erworben, und der und jener hat was hinzugekauft, also insgesamt das, was heute mir ist.

WO: ich bin, woran ich sehe, dass ich bin.

HAUSHERR: der, dem alles gehört und welcher bestimmt, wie es bei ihm gemacht wird.

SCHEUNE: wo das Getreide ist, so es welches gibt und es nicht auf dem Felde verdarb.

TROG: das Ausgetiefte zum Vieh tränken.

SCHWÄCHLING: einer ohne Kraft. Der kleine Pero Oršić, welcher dir bei nichts helfen kann, den du aber auch nicht auf die Straße werfen kannst.

DIENER: der auf das hört, was du ihm sagst, und das auch erledigt.

LEISTENBRUCH: kriegt der Diener, so er mehr trug, als er konnte, und dann drängen die Därme an der falschen Stelle heraus.

TRETEN: tut man den Hund mit dem Fuß, besser würde man einen Nichtsnutz treten.

KATZE: kleines ehemaliges Raubtier, lebt im Haus, jagt Mäuse und schläft beständig, kann aber kratzen und böser sein als ein Hund.

BESTIMMEN: tust du, wenn du den dorthin und den dahin schickst und den Übrigen sagst, sie sollen bleiben und ihre Arbeit tun.

BEAUFTRAGEN: wenn ich Gavro Oršić klar und deutlich sage, was er tun soll, und der starrt mich nur an, weil ihm die Frau nicht dasselbe zu tun gab, sondern was ganz andres.

ANHÄUFEN: tut man, was zerstreut ist und man auf einem Haufen haben will, entweder Dreck oder Geld.

PLUNDER: taugt nichts und stört nur und wird trotzdem nicht weggeworfen, weil man denkt, man könnte die alten Röcke noch brauchen, aber das passiert nie.

RÖCHELN: tut, wer wie ein Pferd prustet, am schlimmsten der Sohn von Gavro Oršić.

GESINDE: alle um dich, so sie jünger sind oder dir gehorchen müssen.

GESCHOSSEN: überall Gras, das geschnitten gehörte.

VERSTECKEN: tun sie, was sie dir geben sollten, aber nicht wollen, und so ist es an einem geheimen Ort, aber wo, weißt du nicht.

ZERFALL: was gemacht und geschaffen wurde und dann verlottert, verschwendet wird und vergeudet, dabei habe ich es gemacht und geschaffen.

HILFREICH: wäre, wenn Münzen noch gelten würden, die nicht mehr gelten, oder wenn du getan hättest, was du hättest tun sollen.

MAULKORB: was man einem Tier vors Maul bindet, damit es nicht beißt oder nicht Zeug zernagt, das nicht für es bestimmt ist.

FALLE: Gerät, um Mäuse oder sonstwelche Schädlinge zu fangen.

AUFSICHT: wenn man den Arbeiten im Haus zuschaut, aber sie machen es trotzdem nicht richtig.

RIESELN: tut, was aus Sand oder andren Körnern ist und sich verkrümelt und verschwindet.

MAUERN: die tragen, was gebaut wird, auf jeder Seite eine und obendrauf das Dach.

KALK: weißes Gestein, das in Wasser aufgelöst wird, und dann weißelt man die Wände.
ZIEGEL: Stücke aus Erde, werden gebrannt und in einer Mauer vermauert. Mit einem Z. kannst du auch einen Menschen erschlagen.
HAUS: Heim, zum Wohnen errichtet.
EINTRETEN: tu ich, wenn ich draußen war und hinein will.
STUFEN: auf denen gehe ich hoch, Schritt für Schritt, der Reihe nach, ohne große Anstrengung.
BODEN: was unten ist, und darüber etwas andres.
ZUFLUCHT: wo dir warm ist, wo du geschützt bist vor allem draußen. Grunt ist demzufolge unsere Z.
DURCHQUETSCHEN: tu ich mich, so die Tür zu schmal und ich trotzdem reingehe.
DRINNEN: was vor allem Äußeren versteckt ist, wie in einer Schale, in den Eingeweiden.
KAMMER: abgeschirmt gegen das Draußen, muss aber sauber sein und gefallen, sonst bin ich lieber Regen und Wind ausgesetzt als im Schweinestall.
RAUM: so etwas abgeteilt und nicht offen ist, wo du oder jemand, den du kennst, sich aufhalten kann. Lieber groß und mit viel Platz statt eng, das macht trübsinnig.
SPIEGEL: Glasplatte in der Diele, wenn du dich darin betrachtest, bist du wie in Natur, nur dass die rechte Hand links, das linke Auge rechts ist und so weiter. Lebendiges, natürliches Bild, nur verkehrt. Wenn du dich bewegst, bewegt es sich auch. Manche Sp. sind sehr teuer, insonderlich die aus Venedig und aus Frankreich. Unseren brachte Großvater Kliment vor fünfzig Jahren aus Venedig mit, und er ist immer noch ganz.
ENTDECKEN: tut man, was bedeckt war, so man den Deckel hochhebt und das darunter mit einem Male sichtbar wird oder herausspringt. Man kann auch was e., was es vorher nicht gab, ein Gerät oder was sich noch keiner ausgedacht hat.
GESICHT: das vorne am menschlichen Kopfe mit Augen, Mund und Nase, und was du anschaust, wenn du jemanden anschaust.

HALS: was zwischen Haupt und Leib ist, wenn man da durchschneidet, hat sich das mit Leben.

HAARE: was obendrauf wächst, aus dem Haupt.

SCHUPPEN: rieselt vom Kopfe aus den Haaren und quält mich ständig.

LEIB: hat nur, was lebt und laufen, handeln und meckern oder reden kann.

ANSCHAUEN: tut mich der andere, nicht nur ich ihn.

GEMÄLDE: Bild, eins von mir, eins von Ana, gearbeitet von Konstantin Danilowitsch, Russe, 1826, vor zwei Jahren.

TRETEN: mit dem Fuß auf etwas.

BRILLE: von Mutter zum Lesen, ist unabsichtlich draufgestanden. Hat noch eine.

EINSEIFEN: tu ich mich, wenn ich mich einschmiere mithilfe von Wasser und einem Stück, das gemacht ist zum Hände und andres Waschen, mit dem man sonst nichts machen kann. Wird aus ranzigen, verdorbenen Resten gemacht; wenn sie Seife sieden, stinkt ganz Grunt. Gibt's auch fertig zu kaufen.

UMZIEHEN: tu ich mich, indem ich das eine ausziehe und etwas andres überwerfe.

ANZIEHEN: tu ich mich, sonst wäre ich nackend. Manche ziehen nur was gegen die Kälte an, andere auch, weil es etwas bedeutet, etwa Offiziere und Popen.

HOSE: die trägt bei uns jeder Mann an der untern Hälfte des Leibes, sofern er kein Pope.

PANTOFFELN: Schlappen oder Puschen sind am Fuß, im Haus, wo man nicht wegen Schlamm und Matsch Stiefel tragen muss.

ORDNEN: tu ich, was unordentlich ist und in eine Ordnung gebracht werden muss. Kleidung, Haare, Zimmer, Haus, Besitz, Gemeinde, Staat. Es kommt vor, dass alles durcheinander ist, und keiner ist da, der's macht.

WÄSCHE: was man am Leibe trägt, sagt man auch von den Tüchern auf Tisch und Bett.

SCHERE: aus Eisen, damit schneidet man was durch und kriegt zwei.

FADEN: dünnes Garn, mit dem man näht und stopft, wo etwas gerissen, aufgegangen oder geplatzt ist.

HERÜBER: wenn drüben was passiert und man hier davon weiß oder es hört.

PRÜGELN: tun sich nur Nichtsnutze, die auf Streit aus oder so drüber sind, dass sie Sachen sagen, die sie nicht meinen.

MUTTER: aus der ich bin, Rozalija, 60, nie zufrieden, flucht und mault, immer tut ihr was weh. Die Schwiegertochter schmeichelt ihr mehr als eine leibliche Tochter, aber mögen tut sie sie auch nicht. Eine bessere habe ich nicht. Was ich vom Vater vor 6 Jahren anstarb, taugt nicht, dass ich Weinberge von Lobo und Relković und einen kleinen vom Šumarski gekauft habe, taugt nicht, dass ich einen neuen in Medara und Prvča angelegt habe, taugt nicht, dass ich den alten Wald am Strmac gerodet und neu aufgeforstet habe, taugt nicht, alles in allem hundertzwanzig Morgen hinzugekauft, taugt nicht, dass ich in eine reiche Familie eingeheiratet habe, taugt nicht, einen neuen Kirchturm hab ich bauen lassen, taugt nicht, dass ich Konstantin Danilowitsch hergeholt habe, dass er die Kirche innen ausmalt, taugt nicht, dass ich Hauptmann Gav. Relković dazu brachte, sich ganz allein um die Blinden und die Krüppel und welchen Kranken man noch helfen kann zu kümmern, taugt nicht, was ich von mir selbst denke, taugt nicht, dass ich weiß, wo welche Stadt und wo welcher Mensch ist, taugt nicht, dass ich mit der gebildeten Welt bei uns und anderswo im Briefwechsel stehe, taugt nicht, dass ich nächtens manches Buch und manche Schriften lese, taugt nicht, dass ich rund ein Meter neunzig groß bin, taugt nicht, dass ich Eisenbahnschienen und Züge gesehen habe, mit dem Schiff gefahren bin und andre Völker besuchte, taugt nicht, dass ich drei neue Gebäude aus Holz und zwei aus Stein errichten ließ, vier Ställe und ein Trockenhaus für Pflaumen, und die Mühle an der Šumetlica erneuert und nicht Miolj überlassen habe, taugt nicht, vier Brunnen gegraben, überall Wasser wie im Paradies, taugt nicht, Blumen gepflanzt, deren Samen man mir aus Zagreb, Graz und Subotica schickte, taugt auch nicht, desgleichen dass unsere Pferde wie Feen sind, alle 36, dass ich eine Karosse bestellt habe, mit der man nach Herzenslust überallhin fahren kann, auch das taugt nicht, dass uns Leute aus aller Welt besuchen und zum Essen und Erzählen bleiben, auch das taugt nicht, dass ich kein Faulpelz oder Stotterer bin, dass ich kein Bein hinterherziehe oder mir Rotz nicht aus der Nase läuft, taugt wieder nicht, dass ich der bin, der ich bin und kein anderer, auch das, hol mich der Teufel, taugt nicht!

FALTIG: Haut der Mutter, gibt's auch an Kleidungsstücken, aber da sind sie Schmuck, verhutzelte Birnen sind auch nicht gut.

ALTE: war früher auch mal jung. Viel früher.

HERAUSGUCKEN: tut, wer drinnen bleibt und nur den Kopf herausstreckt, um was zu sehen.

MELDUNG: bekomme ich von Sachen, die ich nicht wusste, die sich irgendwo oder früher ereignet haben, und dann sagt mir einer das.

POPENFRAU: meine Frau, mag sie nicht hören, wär lieber eine vornehme Dame und hätte gern, dass ich was Besonderes wäre.

OHNMÄCHTIG: vor Schmerzen wird das Weib, auch wenn sie nichts hat, sie stöhnt und jammert über Kopfweh, und dann kann sie keinen Gast begrüßen oder so.

STRÄUBEN: nicht nur der Hahn seine Federn, sondern auch A., wenn sie hört, dass Gäste kommen.

KREISCHEN: tut sie, sie wolle die nicht bedienen und die zehn Liter Wein würden uns in den Ruin treiben.

GÄSTE: kommen zum Mahle, um zu tafeln und fröhlich zu sein und weil es dich, der du sie bewirtest, noch mehr freut.

UNZEIT: ist, wenn sie keinen empfangen mag, sondern sie lieber was im Haus richten oder sich ein Tuch um den Kopf wickeln will oder sich in ihr Zimmer zurückzieht und vor sich hin

MECKERT: weil sie laut nicht darf, sondern in ihrer Kammer hockt und gegen etwas wettert, was man nicht genau versteht.

HORTEN: tut sie, auch was sie nicht braucht, gibt nichts her.

GEMEINSAM: wenn etwas dir und noch jemandem andren gehört.

GELD: gibt es insgesamt reichlich, man könnte dreihundert Jahre davon leben, ohne dass einer etwas erwirtschaftet, aber wenn du närrisch bist, kannst du alles im Nu verjubeln. Kronen, Forint, Kreuzer, auch Goldstücke. Andre Völker haben andres G. Du gibst es hin und bekommst die ganze Welt.

ANFALLEN: tun sie mich wie Eber, dabei habe ich recht.

ABWECHSELN: tun sich die Frau und Mutter mit ihren Schimpftiraden, erst die eine, dann die andre.

ÜBERFALL: wenn sie mich aus heiterem Himmel nach diesem und jenem fragen, zur Unzeit und ohne Not, ich starre sie nur an.

WÜTEND: so dich ein scharfer Hund beißt oder dich selbst der Zorn packt und du Schaum vorm Mund hast und andre anfällst.

PLÖTZLICH: sie denkt nicht nach, ist nur darauf aus, dir die Augen auszukratzen, wegen nichts und wieder nichts. P. kommt auch das Wasser bei einer Überschwemmung.

UNGEHORSAM: ist die Frau, die sagt, nur um die Erste zu sein und vor allen zu stehen, dass sie etwas nicht will, dabei hätte sie es selbst gern.

BÖSWILLIG: ist die, die dir die nämliche Hölle wünscht, in der sie selbst lebt, und du willst das auf keinen Fall.

SCHWARZE KÖNIGIN: nie gesehen, aber alle glauben dran und dass sie einigen sehr böse Sachen befiehlt.

HALSSTARRIG: wenn ich zu ihr sage, sie sei so und so, und sie sagt, das wär nicht wahr, und wenn ich ihr dann beweise, dass sie doch so und so ist und auch erkläre, warum, dann sagt sie immer noch nein, so bin ich nicht.

AUSDAUER: hat sie, lässt nie nach, mault jeden Tag, bis ich mit der Faust auf den Tisch haue und Gott fluche.

MURREN: tut einer, der über etwas schimpft, einfach so, und selbst nicht weiß, warum und weshalb.

VERFLUCHEN: tut man einen, wenn man mit Gottes Hilfe jemanden, der einem Unrecht zugefügt hat, androht, ihm würden die Beine abfallen oder die Mutter sterben, weil er das und das getan, und der, den der Fluch trifft, kriegt Angst und muss damit leben.

STÄNKERN: tut, wer nicht für, sondern gegen etwas ist, aber es nicht laut sagen darf.

STIRNRUNZELN: wann immer ich fröhlich bin, schaut sie finster drein.

WEINEN: tut, wem Wasser aus den Augen rinnt, aus Jammer, manchmal auch aus blankem Wahnsinn oder Schwäche, wenn einer nicht kann, wie er will.

VERGIFTETES: schlecht zum Essen und Trinken, entweder aus Zufall oder weil dich jemand töten oder wenigstens benebeln will, damit du was sagst, was du nicht sagen willst, und was tust, was du nicht tun willst. Gibt es auch jenseits vom Essen.

INNENLEBEN: wenn du gewalttätig, zänkisch, wütend, aufgebracht, unverständig, widerborstig bist, statt angenehm, gesellig, fröhlich, vernünftig und nicht zänkisch zu sein.

UNERREICHBAR: ist sie, so ich, während sie mich schilt, nicht weiß, was sie will, ob ich sie lieben oder ob ich sie hassen soll. U. ist auch der Schinken, der ganz oben im Gebälk hängt, nur ich kann den ohne Leiter herunterholen.

VERKEHRT: schlecht angepflanzt, Axt oder Frau, kopfüber, umgepurzelt, umgedreht, Hauptsache anders, als du gesagt hast.

ZUERST: das, was war, vor dem hier, und du denkst immer, dass es nicht mehr kommt, wenn's schlecht war.

VERSPRECHEN: tut jemand, nicht mehr ungezogen zu sein oder Streit anzufangen, aber nach ein paar Tagen ist alles wie zuvor.

SPÄTER: nach dem vorher, jetzt, oder noch danach.

NEUERLICH: so sich einer in den Kopf setzt, er könne so weiter machen, auch wenn er sich schon beim ersten Mal davon überzeugt hat, dass es unvernünftig und schlecht für alle war.

KÄMPFEN: soll, wer klüger, stärker und besser sein will.

UNGÜNSTIG: so wir von etwas dachten, es könne und werde nicht eintreten, und dann passiert es doch.

SCHIKANIEREN: tut sie dich, indem sie dich böswillig vor andern schlecht macht, dir keinen Wein einschenkt oder droht, wegen Nichtigkeiten in den Brunnen zu springen.

DAGEGENSTEMMEN: muss man sich, so der Wind weht und die Tür aufdrücken würde, oder wenn man dir deinen Besitz stehlen oder dir ins Wort fallen will. Je stärker du dagegenhältst, desto eher bekommst du dein Recht.

AUFSTACHELN: wer ein zänkisches Weib noch im Streiten bestärkt und ihm rät, sich zu rechtfertigen. Oder wenn einer vom Thema ablenken will und wieder mal fragt: »Wo bleibt denn die Hausherrin, warum begrüßt sie die Gäste nicht, was gibt es zu essen, ist sie krank?«, und so fort.

AUFZÄHLEN: tut sie, wann ich sie schlecht behandelt und was ich alles falsch gemacht oder Unsinniges befohlen hätte.

OBWOHL: um etwas in der Sache anzufechten.

HOFFEN: tut man, die Elstern haben ihr nicht das ganze Hirn ausgepickt und dass sie in sich geht, tut sie aber nicht.

UNFRIEDEN: alles im Haus außer Geselligkeit.

ÜBERLEBEN: ich tot und sie die Königin, und lässt in Grunt die Sau raus.

XANTHIPPE: böse Frau, zänkisch und ungehorsam, würde mich am liebsten verprügeln, weiß aber, dass sie es nicht kann, und das macht sie noch wütender.

ALLEIN: rein, bei sich sein ohne andre.

ZORN: woher der kommt, weiß ich nicht, aber ist er einmal da, dann bleibt er für immer. Versaut, zertrampelt, bespuckt und schlägt alles kurz und klein, als sei es nichts wert, hat aber auch selbst nichts davon. Hernach tut es manchem leid, aber umsonst.

ÄRGERN: tu ich mich, so ich nicht Herr im eigenen Haus bin, sie mir beständig Vorhaltungen macht, die Stirn runzelt, schimpft und mir und sich das Leben schwermacht.

WIE: wenn ich mich frage, welche Mittel und Wege mich wohin bringen.

UNTERBINDEN: womit du einem Einhalt gebietest. Meine Mutter flucht immer, da soll der Blitz dreinfahren.

RUHIG: man muss nicht immer die Stimme heben, so man recht hat, lieber still und leise, aber wahrhaftig reden.

BOSHEIT: wenn man ein Blatt aus diesem Heft reißt und ich alles noch mal schreiben muss oder den Welpen vergiftet, welcher dich lieb anschaut, oder das eine oder andre Glas vom Urgroßvater zerschlägt oder Löcher in das Bild macht, auf dem der Vater gemalt ist. Wer so was tut, hat davon nichts, außer dass er mir schadet, trotzdem gibt es welche, die das machen.

EINIGEN: oder versöhnen kann man sich, aber das ist schwer, der eine sagt hü, die andere hott.

FRÜHER: war es einfacher, wegzugehen oder zu einem vernünftigen Gespräch zu kommen.

SCHWIEGERMUTTER: Anas Mutter, Julija Vuković, hat einen Hof in Lipik, streng, bissig, weiß aber, was ich wert bin.

ODER: ich vergleiche beständig, das ist nicht so, sondern so, das ist nicht das, sondern das, nicht dieses sondern jenes, dann dröhnt mir der Kopf und alles bleibt beim Alten.

GEBURT: einzelner Menschen, aus einer Frau ein neuer Mensch, ein Kind oder mehrere. Hab noch keine.

ANLEHNEN: tut man Türen, so man sie nicht ganz schließt, dann musst du mit anhören, wer drinnen was erzählt.

SCHNAPPEN: tut Eisernes, oder auch im Menschen, im Knie oder mit den Zähnen.

SCHLOSS: Vorrichtung mit der man von drinnen oder draußen etwas schließt, so dass man nicht hineingehen oder was herausholen kann.

UNAUFMERKSAMKEIT: wenn du dich nicht um die Gäste kümmerst, sondern wegläufst und dabei zürnst.

GEGENÜBER: auf der anderen Seite von etwas oder jemandem, dem du dich gegensätzlich gegenüberstellst. Da sieht man dann gleich, dass sie g., gegensätzlich und auf der anderen Seite ist.

GATTE: Mensch, männlich, welcher führt und arbeitet.

KLÜGER: es gibt klug und es gibt k. als das, man muss nur entscheiden, ob man das noch Klügere will.

ZERBLÄUEN: wenn du einen gründlich verhaust, weil der dich beleidigt hat.

BESCHÄMT: wenn sich einer in deinem Namen falsch oder grob oder dumm oder unhöflich benimmt.

WANN: der Moment, in dem.

VERSAMMELN: tun sich die aus einer Familie oder Freunde oder wer ähnliche Berufe hat, und dann reden sie oder essen und trinken, sind lustig, solange sie beisammen sind oder bis sie in Streit geraten oder nach Hause müssen.

VOLL: ist das Haus mit Gästen, und die Gastgeberin versteckt sich in der Speisekammer, schließt sich dort ein und keift. Und gleichzeitig sind die Gläser voll.

GASTHAUS: dasselbe wie eine Kneipe, aber auch dort, wo man hingeht, um bewirtet zu werden und zu feiern.

UMARMEN: tut man, wer einem lieb ist, dann schlingst du deinen Arm um dessen Taille oder Hals.

PATE: der tauft dein Kind oder verheiratet dich, und so ist er dir wie ein enger Verwandter.

ZURÜCKGEKEHRT: ist, wer auf Reisen oder anderweitig nicht zu Hause war und jetzt hier ist.

BEENDET: was einige Zeit dauerte, aber dann aufhörte.

JAGD: wenn man wo hingeht, wo man Wild umbringt und es dann heimträgt, so wie J. Lacković, J. Katanić und Bartol P. Unmengen von Wildgänsen, Tauben, Schnepfen und Wasservögeln anschleppen, auch mal einen ganzen Hirsch, aber wenn sie dabei erwischt worden wären wie vor sieben Monaten, als sie einen Rehbock schossen, wäre es schlecht für sie ausgegangen. Sie laden alles auf dem Esstisch ab, überall Blut, Ana schließt sich sofort ein und will nichts hören.

GANZ: einen Tag lang.

SATTEL: aus Leder, damit sitzt du auf dem Pferd, während Tataren auch ohne reiten, weil sie wilder sind und es können.

LIEB: was man gerne sieht, einen Menschen oder was in der Landschaft oder Sachen, die nichts wert, aber schön sind.

PERSONEN: die sind um dich herum oder du hast was über sie in einem Buch gelesen, dass sie irgendwo leben und sich mit irgendwas befassen.

KÜSSEN: d. i. die Lippen auf Hand, Wange oder andre Lippen drücken. Geküsst werden auch Sachen, welche heilig sind, oder wenn du sie zurücklassen musst oder wenn du sie zurückkriegst. Menschen küssen auch dreckiges Geld.

AUFHEBEN: tut man, was unten war, um es genauer zu betrachten, von allen Seiten.

FLACHMANN: kleine Flasche, welche du in die Tasche stecken kannst, während du ausreitest oder verreist, um dich unterwegs zu erfrischen.

AUFSCHIEBEN: was man nicht sofort haben oder machen will, sondern später, wohingegen

WEGSCHIEBEN: heißt, Sachen umzuräumen, ohne sie vom Boden zu lösen, auf dass sie nicht mehr neben dir stehen, weil du sie über hast und sie dir sehr lästig gefallen sind.

GEWEHR: Rohr, aus dem man tötet, was davor ist.

GEPÄCK: so du auf Reisen bist, all das, was deins ist, gerollt zu einem Bündel oder in eine Kiste verstaut.

SCHROT: Kügelchen aus Blei, damit man mit jenem Gewehr schießen kann, um kleineres Wild zu erlegen.

ANDERS: als gedacht wird es sich zutragen.

GETROFFEN: du zielst auf einen, und wenn du ihn blessierst, dann hast du gut gezielt.

RIESIG: Hirsch, herrliches Tier mit Geweih, das sein Stolz und Untergang ist, so zweie sich verhaken, kommen sie nicht mehr auseinander.

UMGEBRACHT: wer oder was lebendig war, den oder das du gewaltsam totgemacht hast, Menschen, häufiger Tiere, Bestien, oder wenn du einen Hasen bei der Jagd erwischst.

SCHÜSSE: was man hört, wenn ein Gewehr kracht, beim Heer oder bei Räubern und Haiducken oder bei friedliebenden, guten Männern, so sie Jäger sind.

VOLL: so ein Behältnis oder Raum oder etwas andres, drin man was sammelt, dermaßen angefüllt, dass kein Jota mehr reingeht.

TASCHE: da tust du was rein, damit du es nicht verlierst, dass es dir nicht herausfällt und sich verteilt, ob du auf dem Markt warst oder von einer Reise oder der Jagd zurückkommst.

HASEN: herrliche, anschmiegsame Tiere, trotzdem werden sie geschlachtet und gegessen, weil sie lecker und dafür da sind.

WILD: Niemandsviecher, die Jefto Lacković und andre jagen,

wo sie sie finden, auf dem Feld, im Wald oder wo diese Geschöpfe in natürlicher Freiheit sind, solange sie keiner tötet. Es gibt welche mit vier Beinen, mit geteilten Hufen, Hasen, kleine und große Vögel, und wer nicht weiß, wie man sie zubereitet, der soll sie nicht hier anschleppen.

GABE: wenn dir einer was gibt und er das auch braucht, bloß damit du es von ihm hast.

HUNGRIG: vom Nichtessen kriegen die das im Magen, und es tut weh.

VORHABEN: so sie im Vorhinein darüber nachdenken, was es zu essen geben wird oder dergleichen.

JÄGER: die wissen, wie man Raubtiere oder Wild stellt, und sie dann töten oder fangen.

ANGEWÖHNEN: muss sich, wer sich aufdrängt. In meinem Haus müssen sich die andern an das gewöhnen, was und wen ich mag. Bei allem, was auf den Tisch kommt, und bei vielem, was erzählt wird, denn geschwiegen wurde mehr als genug.

SIPPE: wir alle, welche wir mehr oder weniger verwandt und verschwägert sind, und andre gehören nicht dazu.

EINGEFALLEN: sind sie in mein Haus, wollen essen und trinken, ich habe sie nicht gerufen.

NÄHERN: tun sie sich einer Gesellschaft, die nicht die ihre ist, auch wenn ihnen einer einen Fußtritt verpasst hat. Mihovil Klašnja.

UNGEBETEN: hätte nicht kommen müssen.

BERÜHMTHEITEN: welche, die was Besonderes sind, aber oft ist nichts dahinter.

FRESSSACK: wer einem ins Haus kommt, weil es was zu essen und trinken gibt, mit andren, welche auch wegen andrem kommen.

SCHLAMPER: wer seinen Kram, wo er grad steht, fallen lässt, als wär er auf dem Markt oder im Bazar.

ANSCHLEICHEN: tun sich Raubkatzen, einige Wildtiere oder Soldaten, die da eindringen, wo sie zuvor nicht waren, ein Haus oder Gut, und schlagen alles kurz und klein, um was zu finden, dabei wissen sie gar nicht, was sie suchen.

ENTSCHÄDIGEN: wenn sie drei Tage nichts gegessen haben und dann ein gedünstetes Huhn sehen, verschlingen sie es mit einem Happs.

ZWINGEN: mit guten Worten oder Gewalt, da gibt's allerhand Möglichkeiten.

ZUGEHFRAUEN: die Frauen, die im Haus alles Nötige machen, wenn schon die Herrin nichts tut.

BEDIENEN: die, die am Hof sind, an einen Tisch setzen und ihnen Essen und Trinken bringen wie am Hof des Kaisers.

FINDEN: was im Haus verloren ging, und allein die Hausherrin weiß, wo es ist, will's aber nicht sagen. Du musst auch was f., was du sagst, wenn sie fragen, wo die Hausherrin ist, welche sich in der Speisekammer eingeschlossen hat und schmollt.

NOTWENDIG: was ich jetzt sofort oder nie brauche.

SACHEN: was weder Mensch noch überhaupt was Lebendiges ist, von dem, für das und mit dessen Hilfe aber Mensch und Tier leben.

GENUG: ein ordentliches Stück von dem, was ist.

VERSCHLISSEN: was mal ganz war, aber mit der Zeit und durch Sorglosigkeit zerfranste, und jetzt hängt alles in Fetzen herunter.

ROSTIG: das, was dem Eisen vermöge der bloßen Luft oder einer Flüssigkeit anhaftet, die selbst das Härteste zersetzt.

STINKEND: was schlecht ist in der Natur oder krank oder verdorben oder seit Ewigkeit so, nicht schön, sondern ekelhaft zu riechen oder schnuppern.

VERRUSST: was im Rauchfang war oder lange am Feuer, so der Ruß durchs Haus quillt, wird alles schwarz.

ERHÄRTET: was weich war und zum Gegenteile wurde.

ZERRISSEN: war gut und ordentlich, ist es nicht mehr.

VERFALLEN: was man sich selbst überlässt, und die Zeit tut das ihre, und dann ist es weg.

VERNICHTET: dasselbe, man lässt zu, dass was verfällt und zerstört wird.

ANSTÄNDIG: nicht allein, wie man was machen soll, damit es gut wird, sondern auch, was man machen muss, damit es so ist.

FEGEN: wo's viel Dreck hat, aber sauber sein soll.

AUFRÄUMEN: was im Haus herumliegt oder wenn die Gäste weg sind und man wieder Ordnung hineinbringt.

ABKLAUBEN: wenn was dreckig und vermengt ist, und du trennst, was gut ist, vom Schlechten, dann hast du es ausgelesen, und das Übrige wirfst du weg oder lässt es liegen.

WER: wenn du dich fragen musst, welcher der ist, der das alles zu Ende bringt.

SEIN: das, was jetzt ist und was lebendig ist oder wenigstens ganz, so dass du es sehen, anfassen und halten kannst, obschon es nicht seit jeher und für alle Zeiten, sondern allein für diese und für hier ist.

MEISTER: der sich auf eine Arbeit besser versteht als der andre.

VERMITTELS: dessen man was kann und ohne das es nicht geht.

WERKZEUG: Gerätschaften, mit denen man was macht und ohne die man nicht anzufangen braucht.

ZANGE: aus Eisen, um Nägel locker aus der Holzwand ziehen.

NAGEL: das, was in der Wand war, und du ziehst ihn heraus, oder wenn da keiner ist, kannst du einen mit Gewalt einschlagen oder etwas damit befestigen oder an so einen was dranhängen.

VORHÄNGESCHLÖSSER: kleine Geräte, die mit einem Schlüssel zugemacht werden, damit keiner was anfasst, ausgedacht vom verlässlichen Deutschen, welcher alles erfindet.

SCHON: worauf man nicht warten will, es wird sofort sein.

ARBEITEN: tun sie, so sie etwas, welches aufgeräumt, geordnet oder gemacht werden muss, aufräumen, ordnen und machen.

ANBINDEN: tut man, was sonst abhauen oder davonlaufen würde, aber zusammenbleiben soll.

MELKEN: Milch für die Frau, für uns wird Wein aus dem Fass gezapft.

GERINNEN: tut Milch zu Käse, aber auch Blut, wenn einer ein paar Stunden tot ist.

ANLOCKEN: tun sie unverständiges Vieh oder andres, geben ihm alles Mögliche zu fressen, damit es herankommt, und dann schlachten sie es.

BOHREN: tun sie ein Loch ins Glatte, wo sie es brauchen, und das wird mit was Scharfem gemacht oder was grad da ist.

ABWASCHEN: tut man, was dreckig ist, Teller, Gläser oder andres, was sauber sein muss. Dasselbe von innen.

UMRÄUMEN: tun sie das ganze Haus, um zu suchen, was die Hausherrin versteckt hat, damit es keiner findet.

ANLEHNEN: tun sie, was weiter weg war, damit es näher ist und sich berührt.

LEITER: die Stiege aus Holz, um in den Apfelbaum, aufs Dach oder in den Keller hinunter zu klettern.

AUFGESCHEUCHT: ist, so man sich überschlägt, um etwas möglichst schnell und gut zu erledigen, aber oft kommt das Gegenteil heraus.

KÜCHE: wo sie das Essen zubereiten.

ZERSCHLAGEN: tut man, was ganz war, entweder hast du nicht aufgepasst, oder du wolltest, dass es nicht mehr ist.

GLAS: ist aus was Hartem gemacht und man sieht durch, zerschlägt man es, zerspringt es in tausend Stücke. Gläser, Flaschen und Fenster sind aus G.

FLIESSEN: so Flüssiges wo war und woanders sein wird.

ÖL: aus Sonnenblumen und Lein herausgepresst, und damit schmierst du oder kochst und so weiter.

LAKE: tropft aus Weißkohl und wird getrunken, so man lange bei Geselligkeiten war.

ESSIG: wird der Wein sauer, muss man ihn noch lange nicht wegwerfen, man würzt damit Kraut und andre Speisen. Alles, was der Rebstock hervorbringt, taugt für etwas.

NEHMEN: von einem etwas.

MASS: wenn man etwas in Teile teilt, die so groß sind, wie man sie braucht oder verkaufen will, dann ist die Größe dieser Teile das M., auch um zu wissen, wie weit es von einem Ende zum andren oder wie groß ein Mensch ist oder wie viel Wein ein Fass fasst.

FORM: eins, nach dem man andres macht, und zwar viele andre, und deswegen ist das Erste wichtiger. Auf einer F. macht man verschiedene Hüte und Schuhe.

GEWICHT: das fühlst du in der Hand, weil es schwer hochzuheben ist.

WIEGEN: mit ebenjenem Gewicht, damit du weißt, wie viel es ist.

ZUCKER: zum Süßen von Kaffee oder so, wird aus zerkleinerten Rüben gewonnen.

MEHL: wird im Land mit am höchsten geschätzt, denn es ist aus Weizen und man backt Brot daraus.

HÜLSENFRÜCHTE: muss man erst kochen, bevor man sie essen kann.

ROH: so wie es ist, weder gekocht noch gebraten, sondern so.

MAHLEN: tun sie, was groß ist, aber klein sein muss, damit man es vermengen oder kochen oder essen kann.

KERN: alles, was ist, wächst daraus, klein, aber geballt, versammelt, am süßesten und mit dem meisten Geist.

NUTZEN: tust du, was du brauchst, wie's dir grad in den Kram passt und womit du andres machst.

MÖRSER: darein tut man größere Sachen und zerstößt sie, damit sie klein und zu Staub werden.

KORB: ist aus Weidenruten, und du kannst was hineintun, das bleibt dann drin und lässt sich lagern.

BRASILIENHOLZ: löst man in Wasser auf und kocht darin Eier für Ostern wegen der Farbe.

SCHÄRFEN: tut man Messer und anderes, damit es noch besser zum Schneiden oder Stechen taugt als zuvor.

STUMPF: war entweder schon immer so, oder es war mal scharf und dann wurde die Schneide st., und so sind auch viele Menschen.

MESSER: Stück Eisen, ordentlich geschliffen, um Fleisch oder was grad dran ist zu schneiden, aber damit bringt mancher manchen um und legt sich dann schlafen, als wäre nichts geschehen.

SCHLACHTEN: tun sie Vieh, durchaus auch Menschen, sie töten, indem sie die Kehle durchschneiden.

STECHEN: mit etwas Scharfem in etwas Weiches, oder sie setzen einem, dem das wehtut, mit Boshaftigkeit zu.

SCHNEIDEN: tut man sich ebenfalls mit Scharfem in Weiches, wenn man nicht aufpasst.

SCHINDEN: der Abdecker die Schweine, der Kriegsherr den Mann, und Jesus am Kreuz.

HAUT: mit der ist der Körper bedeckt, beim Menschen wie beim

Tiere, damit das ganze Fleisch und die Knochen zusammenbleiben.

FADEN: mit dem bindest du etwas zusammen, damit es hält.

STÜCK: Teil von etwas, welches größer ist.

AUFTAUEN: tut man, was vereist war. Was immer halb gefroren bleibt, das ist die Sülze, Gallerte, und die ist zum Essen.

ANZÜNDEN: tut man, was nicht entzündet war und man dann mithilfe von was brennen lässt.

FLAMMEN: die lodern sofort, und man hört es knacken.

RUPFEN: tut man Hühner oder andres Federvieh, obwohl einer in Cernik für kleines Geld Hähne mitsamt Federn isst.

GEMAHLEN: wird der Mohn für den Strudel.

AUSBACKEN: tut man Krapfen zum Wein.

BACKEN: tun Dienerinnen die Brote, schieben die Laibe kalt und knetbar in den Ofen, holen sie heiß und fest heraus.

ANBRENNEN: tut das Brot, so man nicht aufpasst, und das mag ich am liebsten.

FRISCH: ist, was man sofort und nicht erst stehen lässt, dass es abgestanden sei.

HEFE: tut man in den Teig, damit das Brot schneller aufgeht, ist also das Wichtigste im Brot, aber nicht selbst Brot, sondern was anderes.

ANBRECHEN: tut man, was ganz war, ob man's nun schneidet oder reißt, vom Brot oder vom gebratenen Truthahn.

WEICH: was sich schön anfühlt, nicht hart oder scharf ist, und dein Finger gleitet durch.

ABREISSEN: tut man Teile von etwas, meistens mit Gewalt.

VIERTEL: wenn man was in vier Teile teilt, eins dieser Teile.

ÜBERKOCHEN: tut, was so erhitzt wurde, dass es aus dem Topf quillt bei dem vielen Dampf.

SCHMOREN: tut im Ofen Geflügel oder andres Essen.

VERDUNSTEN: tut, was an der Luft trocknet, so man es nicht abdeckt.

HEBEN: oder aufheben tut man, was unten war, damit es oben ist, oder man hebt ein Gesetz auf, damit es nicht mehr gilt, oder man legt was in ein Fach, damit es nicht wegkommt.

ERHEBEN: tu ich mich vom Stuhle oder so ich mich andern

überlegen fühle oder mir ein Kunstwerk einen gewaltigen Schrecken einjagt.

DECKEL: sitzt wie eine Kappe auf dem Topf.

TÖPFE: eben in denen schmort oder kocht man was.

SCHMIEREN: tut man den Braten im Ofen, damit er nicht trocken wird, oder einen aus der Obrigkeit wegen der Steuer oder die Kehle, so sie trocken wird und Wein braucht.

SALZEN: tut man mit diesen weißen Krümeln, mit denen das Essen mundet und ohne die es nach nichts schmeckt.

FAD: missglücktes Essen, und derartige Menschen sind zum Wegrennen.

VERSTAUEN: tut man was in was, so es passt.

DILL: eine Pflanze, gibt dem Essen einen wunderbaren Duft.

KLEBEN: tut man, indem man eins ans andre drückt unter Zuhilfenahme eines dritten, dem Kleber, oder es geschieht von allein, wenn es verbrennt.

ZUSAMMENLEGEN: tun gute Hausherren, indem sie Ordnung in einen unordentlichen Haufen bringen.

SCHÜSSELN: da kommt hinein, was nicht herumkullern, verschüttet oder verloren gehen soll.

HERAUSHOLEN: tut man, was drinnen ist, aber draußen gebraucht wird.

TUCH: breitet man auf dem Bette aus, um sich drauf- oder drunterzulegen, oder auf dem Tische zum Essen und Trinken.

BEDECKEN: tut man was Nacktes, etwa den Tisch mit der Tischdecke.

ESSTISCH: an dem sitzt du, und auf ihm sind viele herrliche Dinge.

AUFREIHEN: tun sich Soldaten, Jahre und andre Dinge, die von sich aus nicht in einer Reihe stehen wollen.

STÜHLE: auf denen sitzt du, damit dir die Füße nicht wehtun, und da kannst du länger verweilen, um zu arbeiten oder zu essen.

STECKEN: bleibt was Breiteres, das durch was Schmaleres durch soll, und dann ist das verstopft.

GLÄNZEN: tut, was in sich ein Feuer hat, oder von außen aus Gold oder sehr sauber gescheuert ist.

TELLER: kreisrund, aus Porzellan, fürs Mittagessen, so man welches hat, die Armen haben keine und nichts für hinein.

KRISTALL: glänzt durch und durch und man kann dahinter herschauen, und was man sieht, ist scharf wie in einem Spiegel, kommt auch in Märchen vor.

BEDIENEN: tut man Gäste mit dem, was man hat, ohne dass man was versteckt.

VIEL: was einzeln wenig war, ist in der Menge v.

NAHRUNG: mit der erhält man den Leib und ohne die gibt es kein Wachstum, und der Mensch wählt dafür Tiere, Gemüse und Gewürze aus, um es möglichst schmackhaft zu machen.

HINSETZEN: tut man sich, wenn man den Leib so hinbiegt, dass man weder stehen noch liegen muss, sondern dazwischen bleibt, bei Mahlzeiten, um was zu schreiben oder auszuruhen.

MITTAGESSEN: gegen zwölf Uhr, was eben auf den Tisch kommt, an dem alle zusammenkommen. Da mault immer einer oder stochert im Essen herum oder sagt was, was sich bei Tisch nicht gehört, nur die Armen essen schweigend und sind mit allem zufrieden.

MAHLZEIT: es hat ihrer drei, Frühstück, Mittagessen und Abendbrot, obschon manche ganz unregelmäßig essen. Was andres ist es, wenn sich eine Geschellschaft niederlässt und bis zum nächsten Morgen speist.

MITBRINGEN: tust du jemandem was von Herzen, und der will's oder will's nicht.

EHREN: tust du, wer dir lieb und teuer ist, mit dem teilst du alles Gute und Schöne.

AUFHEITERN: tust du dich nach einem Streit oder andren Zerwürfnissen und fängst an zu essen, zu trinken und mit andren zu reden.

GUTE LAUNE: kriegt jeder, der bei Tische bewirtet und angenehm unterhalten wird, auch wenn er zuvor traurig und verdrossen war.

FROHSINN: du musst nur bedenken, dass dein Herz heute nicht stehen blieb, kein Hochwasser kam, nichts abgebrannt ist, kein Reiter das Getreide zertrampelt oder einen Diener überrannt hat und alles wie immer ist, die Vöglein singen, die Bienen summen und die Blumen duften.

GEFÄHRTEN: wenn es ein paar oder mehr von ihnen hat, die entweder häufig zusammenkommen oder gemeinsam ehrbare Leute ausrauben oder davon träumen, eine Verlautbarung über das herauszugeben, was morgen sein wird.

FEIERN: tut man Heilige und Sonntage und Taufen und was es sonst an Festen gibt, aber auch, wenn sich Freunde ganz ohne Anlass treffen.

ERLUSTIGEN: tut sich, wer sonst nichts zu lachen hat, und so kommt ihm gut zupass, sich zu e.

UNTERHALTEN: tun sie sich, wenn sie vom Ernsten und Schweren genug haben und sich treffen, um all das zu vergessen.

PROBE: eine solche stellt man an, um die Beschaffenheit eines Dings zu erkennen und ob was gehet.

KOSTEN: sollst du, was man dir gibt, aber wer ein Gelübde abgelegt hat oder trotzig ist, lässt es bleiben.

BISSEN: so viel du auf einmal an Essen schlucken kannst.

ABBEISSEN: wenn du kein Messer hast oder es nicht benutzen kannst, sondern Fleisch wie ein Tier verschlingst.

ZERKAUEN: wenn du was Zähes im Mund hast und runterkriegen musst.

ENDLICH: nach dem Ärger ums Warten am Tisch tragen sie auf.

ESSEN: tust du, so du in den Mund stopfst, ob du Hunger hast oder nicht.

BEFRIEDIGEN: jedem, was er braucht, damit er keine Sorgen hat.

MAGEN: im Bauch, der Teil, in dem verdaut wird, was du isst.

STÄRKEN: muss sich, wer lange beim Militär war, auf Reisen oder beim Jagen ist, und so setzt er sich hin und will sich stärken, und das wird wohl etwas Deftiges sein.

ZÄHNE: die sind dir in den Kiefer eingepflanzt und mit denen beißt du, und wenn sie bersten oder nicht gut sind, tun sie sehr weh.

ZUBEISSEN: tut man mit Zähnen, sei es beim Essen, sei es beim Reißen, wenn du ein Raubtier bist.

ECKZAHN: Zahn in der Ecke, den du ins Fleisch haust, als wärst du ein Hund.

VOLLSCHLAGEN: tun sich Arme und Habenichtse den Magen, oder auch ein Hund, den sie hungern ließen, hastig schlingen sie's hinunter und merken nicht mal, was im Teller ist, und zu den Ohren kommt es wieder heraus.

EINIGE: nicht alle, und es werden immer weniger, und du kennst sie nicht gut, du hast von ihnen gehört, und alle zusammen sind irgendwie anders als die andern.

PROBIEREN: tun sie, wenn viel vor ihnen steht und sie nicht wissen, was sie zuerst essen sollen, oder P. macht ihnen einfach Spaß.

BESONDERS: ist nicht jeder Wein und jede Gesellschaft und jedes Gespräch, aber manchmal trifft es sich.

EIGENART: wie einer halt ist, G. Romanović ist dick, Muždeka verdorben, A. beständig mürrisch und böse auf mich, Mutter unzufrieden und J. L. eine Seele von Mensch.

WIE: das Wort für Vergleiche, etwa einen Reichen mit Krösus oder einen Verräter mit Judas.

BARTOL PAVLIĆ: Prediger an der Kirche von Đakovo und Schoktze und älter als ich, aber wenn er zu uns kommt und sich an den Tisch setzt und anfängt zu singen, zu trinken und zu flennen, würde ich mein letztes Hemd für ihn geben. Feist und ein bisschen dumm, wenn er darauf besteht, alles haarklein zu erzählen, aber er spielt wunderbar Gitarre, und es ist das Einzige, was man ihm vorwerfen kann. Drei Tage lang hat es ihn nicht in Đakovo, wenn er an meinem Esstisch sitzt und sie nicht Soldaten schicken, die ihn suchen sollen.

TAUB: wer nicht gut hört.

HERAUSFINDEN: war drinnen, dann zeigen sie es.

ZUERST: was vorneweg und am Anfang ist, ob beim Hausbau oder in der Kindheit oder wenn du es noch nie gemacht hast oder beim Essen.

MILCH: was zum Trinken von Kuh, Schaf oder Ziege, gibt Kraft und Gesundheit, wie dem Kinde so dem Manne, aber ich kann sie nicht ausstehen.

RÜHREI: wenn man viele Eier verkleppert und brät, bis es anbräunt.

VARENIKA: aus Mehl, Milch und andrem gemischt, Armeleuteessen, aber lecker.

KAJMAK: der Rahm, das Beste von der Milch, deswegen auch das Seltenste, und es ist so lecker.

KÄSE: verdorbene Milch, und wenn sie hart geworden ist, schneidest du sie mit dem Messer ab und steckst sie in den Mund.

SUPPENNUDELN: die sind aus einem großen Teigfladen gemacht, von dem man lauter Streifen schneidet, eher lang als breit.

NEIDISCH: wer spürt, dass was im Magen brennt, weil ein andrer was hat oder kann und er selbst nicht.

GEIZHALS: der hockt auf seinem Geld, gibt's weder aus noch andren und stirbt zerlumpt und hungrig wie ein Bettler.

ABGEMAGERT: der, welcher nichts isst, weil er krank ist, oder so einer verlogen und missgünstig und sich von innen verzehrt.

HRISTIFOR SEKULIĆ: der zieht hier Reben, aber sein Wein kommt unserem nicht gleich, obschon er prahlt und herumerzählt, er lasse aus Graz was kommen, damit's schneller geht, aber saufen tut er bei uns, weil unserer besser ist.

ZUHAUSE: bei den Seinen daheim.

SPAREN: tut man auf später, kann es aber nicht mehr ausgeben, weil man vorher stirbt.

ANDERSWO: nicht hier.

VOLLSTOPFEN: oder den Magen vollschlagen tun sich manche, so es was umsonst gibt, und zu Hause wird gefastet.

REIHUM: wenn einer bei Tische nichts auslässt oder ein Haus nach dem anderen heimsucht; sagt man auch, so sich immer einer am anderen ansteckt.

SCHNAPS: trinkt man vor dem Essen oder so dir was wehtut. Wird aus den Abfällen im Weinberg oder Obstgarten gemacht, ist also nicht echt, sondern gefälscht und aus zweiter Hand.

MAISBREI: Brot der Armen.

KRUV: sagen die für Brot, und wir sagen Hleb.

SÜLZE: aus Schweinefüßen, die man kocht und dann abkühlen lässt, damit der Sud erstarrt, man sagt auch Aspik oder Gallert dazu.

GEPFEFFERT: von dem schwarzen Pulver, welches jedes Essen würzt, man zermörsert dafür Körner aus Afrika.

WÜRSTE: aus Fleisch und andrem vom Schwein oder Schaf, wird in Därme gestopft, abgebunden, geräuchert, gekocht oder gebraten, und dann kann man sich dran satt essen.

SCHINKEN: Stück Schwein, Keule, in den Rauch gehängt und danach gekocht oder gleich aufgeschnitten.

PITA: wenn du den Teig so hinkriegst, dass innen drin was ist, Fleisch, Gemüse oder Quarkkäse, und alles kommt zusammen in die Backröhre, das ist es.

SCHIELEN: wenn die Augen nicht in eine Richtung schauen, sondern jedes für sich.

LANDSMANN: der ist aus derselben Gegend wie du, und alles, was du weißt, weiß er auch.

JOVO KATANIĆ: der hat eine Mühle schon vom Großvater her, aber wenn er so weitermacht wie bisher, nichts arbeitet und nur herumlungert, wird er am Ende an Miholj verkaufen müssen, welcher ihm seit Langem deswegen in den Ohren liegt. Hässlich im Gesicht, aber ein gern gesehener Gast, außer dass er beständig den Kopf vorreckt, als würde ihn der Kragen drücken, oder es kommt von den Nerven. Ledig, welche will schon so einen eingefleischten Junggesellen, ist aber gutmütig wie Brot. Raucht Pfeife und spuckt, wo er geht und steht, auf den Boden, hat aber viele Bücher gelesen, unsere wie auch russische und deutsche, aber was hilft es.

EHRLICH: ist, wer niemals sagen mag, das ist so, wenn es gar nicht so ist, und umgekehrt, der nicht stiehlt, keinen verleumdet oder missbraucht, aber solche kannst du an einer Hand abzählen. Und wenn unter den bösen Jungs einer ist, ist es, als ob er nicht da wäre, denn wer würde bezeugen, dass er ehrlich ist, erst wenn's zweie sind, ist es gut.

HÄSSLICH: unschön, übel anzuschauen, obschon manchmal besser als jeder andre. Kartoffelnase und dabei eine Seele von Mensch. Die finde ich schön, also was?

ABER: wenn was strittig ist, erst schilderst du die eine Seite, dann setzt du die andre, ganz entgegengesetzte hinzu, so steht eine wider die andre und erzählen dir von was Besserem, als wenn es nur eine wär.

NOTWENDIG: ist der Mann, der dir glaubt oder hilft durchzuhalten, ob du den Karren schiebst oder ein Haus baust.

ANSCHLIESSEND: nach was kommt das.

BRINGEN: tun sie, was anderswo war, und dann wird beschlossen, es soll da sein, wo wir sind.

PAPRIKASCH: bei den Ungarn, die zerteilen ein Huhn oder was andres, streuen reichlich Paprika drüber und mischen es gut durch, dann essen sie es mit Kartoffeln oder Nudeln, bis sie platzen. Kommt von der Paprika, dem Gemüse oder dem Gewürz aus dieser herrlichen grünen Frucht, welche keinesfalls ungarisch ist, vielmehr haben wir, also die Serben, sie ihnen vor rund drei Jahrhunderten gebracht, und wir haben sie von dem Arzt vom Kolumbus, ein gewisser Hannes, der war mit dem Seefahrer drüben in Amerika, und da haben sie alles geklaut, und in dem Haufen waren auch Paprikasamen.

SUPPE: wird gekocht, und in die Brühe tut jeder, was er hat, der eine Fleisch, der andere Kohl, manche ein wenig bis gar kein Mehl, und der schlaue Ero tut noch Nelke dran.

VON: was woher kommt oder was wem ist.

GEFLÜGEL: nach allem die niedrigsten Tiere, aber zum Essen, ansonsten ein einziges Elend.

HÜHNER: genau dasselbe, sollte man in der Suppe kochen oder im Ofen braten, damit sie nicht überall herumpicken und gackern, dass du verrückt wirst. Aber noch leckerer, noch dümmer, noch größer, der größte Prahlhans ist der

TRUTHAHN.

EINTOPF: lauter Gemüse, welches du kleinschneidest und alles zusammen in einem Topf kochst, wie der Name schon sagt.

KOHL: von dem Haufen nimmt man zuerst.

SAGANLIJA: Bohnen in Wasser gekocht, fürs Fasten und für die, die ein bisschen eigen sind.

FISOLENMUS: auch aus Bohnen, aber durchs Sieb gedrückt, kommt meist bei den Armen auf den Tisch. Müssen bei uns nicht mal die Diener essen, aber so was gibt's.

LOBEN: wenn einer alles, was er sieht oder bekommt, mit den freundlichsten Namen belegt, denn entweder ist es so, oder der, welcher lobt, ist liebenswürdig und kann nicht anders.

FREUND: dem du alles sagen und abverlangen kannst, und umgekehrt.

JEFTO LACKOVIĆ: hat alles und jedes, und wenn er nicht beständig und jeden Tag herumlungerte, hätte er noch mehr. Einen besseren als den gibt es nicht, für mich und überhaupt. Er kann schweigen wie ein Grab, obschon er dem Weine ergeben, selbst da behält er für sich, was du ihm gesagt. Stets eine Stütze, hat niemals treulos an mir gehandelt.

ROT: vor Freude oder Gesundheit.

SPASSVOGEL: einer mit Fertigkeit im Spaßen, macht andern gute Laune und bringt sie zum Lachen bei einem Feste oder zu Tische oder überhaupt.

JEMAND: der ist wer und was und nicht niemand, was das Gegenteil wäre.

HERR: welcher auch, wenn er nichts hat oder nicht bestimmt, klug ist und auf sich hält und alles weiß, und so solltest du ihn auch anreden.

PAJTAŠ: sagen sie in Karlowitz zu einem, mit dem du trinkst oder lernst oder im selben Gewerbe bist.

ANGESEHEN: so einer besser ist als die andren, dann sieht man ihn besser, und wenn nicht, hat man ihn gesehen, als er von wo kam oder wo stand, damit man ihn ansieht.

AUFBRAUSEND: wird schnell zornig, wenn du ein falsches Wort sagst, selbst wenn du recht hast, und wenn du gar nicht im Recht bist, dann geht er dir an die Kehle.

WÜTEND: wenn einer nicht ruhig ist, sondern ihn etwas in Wut bringt, also schäumt er, bis sich die Wut wieder legt oder du wiedergutmachst, worüber er zürnt.

SCHARF: vor lauter Wut äußert man sich schon mal zu sch. Sagt man auch von Paprika.

GLEICH: zwei oder mehr, so eins dem andren ähnelt.

ZAHM: welcher wilder war und dann zumindest so weit zur Vernunft kam, dass er nicht mehr wie früher ist, oder auch von jeher.

ABGEWÖHNT: einst voll jener Wut, nun beherrscht er sich, um es nicht mehr zu sein.

STREITHAMMEL: zankt sich, ob er Grund hat oder nicht.

NIRGENDS: rennst mit der Kerze rum und suchst, aber er ist weder da noch dort, sondern n.

SÜNDLOS: ist keiner, denn der Mensch müsste beständig auf der Hut sein, dass er nicht sündigt, und das gelingt nicht, obschon die Fehler kleiner oder größer sein können.

GEMISCHT: wenn Sachen, Essen oder Völker, so durcheinander kommen, dass du nicht weißt, wer wo und was ist, dann sind sie weder dies noch das, sondern g.

EIGENART: was nur du hast und er nicht, oder nur er, aber du nicht, und wodurch du du bist und er er ist.

KENNER: welcher sich auf alles versteht oder wenigstens auf etwas.

SOLCHERART: was in seiner Art am meisten nötig und erarbeitet und bekannt ist.

ERFINDEN: tut man, was vorher nicht war, also denkt es sich jemand aus und sagt oder macht es.

EIGEN: nur seins.

REZEPT: besondere Art, eine Speise zu kochen oder eine Arznei zu brauen, ob hingeschrieben oder nur ausgedacht, und solcherlei Rezepte besitzt J. L., so viel du willst, und er versteht sich selbst darauf, die herrlichsten Mahlzeiten zuzubereiten, die ich kenne, vor dem muss sich jede Jungfer und jede Frau verstecken.

VORANGEHEN: tun die, die gern vor allen herlaufen oder reden oder sich bei der Arbeit hervortun, und oft genug gelingt es ihnen allein wegen dieser Hartnäckigkeit.

OBSCHON: das fügt man ein, um ein Entgegengesetztes zu sagen. Obschon Offizier, ist er klug. O. er reich ist, ist er ein guter Mensch. O. sie schön ist, ist sie liebenswert.

JUNGGESELLE: ein Mann, so unverheiratet, aber lustig und wunderbar in Gesellschaft wie zum Beispiel Jefto Lacković.

GEDRÄNGE: wenn bei Tisch oder im Laden, auf dem Markt oder wo immer alle schreien und Lärm machen und keiner keinem zuhört und jeder was fragt.

ZECHEN: so sich eine Gesellschaft trifft, isst, trinkt, erzählt und singt, und man weiß weder, wie spät es ist, noch, wann es zu Ende gehet.

PREDIGEN: tut man, was man andren zu sagen hat, einer größern Ansammlung, welche speziell deswegen in die Kirche oder anderswohin kommt.

GESUNDHEITSTRUNK: so du in Gesellschaft oder einer Versammlung dein Glas leerst, du musst es nicht mal austrinken, wichtig ist vielmehr, was du vorher auf das Wohl dessen sagtest, auf den du dein Glas erhebst.

FREUNDSCHAFT: so sich einige Leute mögen, schätzen, gemeinsam essen und erzählen und es genießen, hier auf Erden zu sein und zu leben.

SCHICKEN: tust du den Diener nach etwas, und mit seiner Hilfe kommt etwas hierher, was dort war.

IN: da drinnen, aber auch unten.

KELLER: wo die Fässer gelagert werden.

WANNEN: in denen steht der Treber, bevor er verarbeitet wird und du ihn in die Fässer füllst.

UMGIESSEN: um den Satz loszuwerden, das Gute kommt in ein andres Fass. Lässt man aus dem in Flaschen laufen, und aus denen ins Glas.

MOST: das, was dann zu Wein wird, ist noch süß und nicht stark, können Kinder und Frauen trinken, aber auch Leute, welche nicht wissen, was gut ist.

SCHILCHER: ein Wein, den wir nicht vorhalten, weil er nichts ist.

AUSWÄHLEN: tun sie von allem, was es irgendwo hat, das Beste oder was am besten gefällt.

SELTEN: solches ist schon deswegen gut, weil es wenig davon gibt, denn selbst wenn es das Beste wäre, aber überall zu haben ist, wie kann es dann das Beste sein. S. ist es eben deswegen, weil es besser ist als alles andre.

WEIN: was aus Trauben herausläuft, aber wer verzehrt das schon gleich nach dem Pressen, wo sich das Warten lohnt, bis man ihn trinken kann. Es gibt nichts Besseres auf der Welt gegen Durst oder um sich in gute Stimmung zu versetzen. Vertreibt

Sorgen, heilt, entspannt, treibt einen in den Wahnsinn, holt das Beste und Schlechteste aus einem Menschen heraus, was in ihm steckt, denn wer W. trinkt, ist was und wie er ist. Gibt viele Sorten, und jede ist gut und keine schlecht, so du weißt, wie es geht, und der Kopf tut nur weh, wenn er auch sonst trübe ist oder wenn du es wirklich übertreibst. Unser Riesling, unser Muskat-Ottonel, das bleibt so bis zum Ende aller Tage. Wer die Reben nicht hegt und schneidet, dem soll die Hand verdorren.

ÖFFNEN: tut man, damit offen ist, was in einer Schachtel, einem Fass oder einer Flasche oder hinter der Tür verschlossen war, dann machst du die Tür auf oder ziehst den Korken heraus oder hebst den Deckel von der Kiste.

ZAPFEN: womit man den Wein auslässt, und wenn er undicht ist, geht alles den Bach hinunter.

FASS: das, in dem der Wein lagert, man sagt auch Tonne, obschon eine Tonne größer ist und mehr enthält, deswegen macht man sie auch seltener auf.

SCHAUM: sammelt sich oben auf dem Wein und anderswo, den musst du entfernen wegen dem drunter. Zeigt an, dass da drin was gearbeitet hat, oder du machst Sch., weil du zu hastig zapfst.

DURCH: so man was drückt, bis es wo reingeht, egal, wie eng das ist.

TRICHTER: aus Eisen gezogen, wie ein Schlauch, oben breiter, unten enger, so kannst du Wein von einem Gefäß in die Flasche gießen und verschüttest nichts, denn das ist Sünde.

KORBFLASCHE: großes Glasgefäß für Wein, ganz umflochten, außer da, wo man ausgießt.

RANDVOLL: wenn du so viel einfüllst, dass es überläuft.

STREICH: wenn dir einer das Glas so vollschenkt, dass du dich erst vorbeugen und abtrinken musst.

AUSTRINKEN: Flüssiges in den Mund nehmen, aber man denkt immer an Wein, nicht an Wasser.

BIS AUF DIE HEFEN: so trinken rechte Männer, wenn sie einen Anlass haben, kein Tropfen bleibt im Glase.

KRUG: in dem stehet der Wein auf dem Tische.

GAVRO ROMANOVIĆ: Schmerbauch, hat einen Laden in Vukovar, kommt aber hierher, um zu saufen und dummes Zeug über den und den zu reden, obschon ihm keiner zuhört.

HABSÜCHTIG: ist, wer mehr will, als möglich und rechtens.

RAFFER: wer immer was für sich nehmen will.

SCHWÄTZER: redet viel und sagt nichts.

STIEREN: tut, wer nicht schön schauen kann, sondern glotzt, oder seine Augen sind krank.

PLAPPERN: Mahlstrom aus Worten, nichts Gescheites dabei.

WIEDERHOLEN: tut sich, wer immer und immer wieder von was anfängt, als hättest du's nicht schon beim ersten Mal gehört.

ANGEBEN: sich in die Brust werfen, wer seinen Wert, oder was er hat, zeigen will, aber der Kluge schweigt stets.

HOCHZEITSGAST: ist in der Menge, wird nicht gefragt, hat kein Amt, grölt aber lauter als alle und mit größter Selbstgefälligkeit, manchmal weißt du nicht mal, wie der heißt oder wer ihn eingeladen hat.

LANDSTREICHER: gehen bloß von Haus zu Haus, kümmern sich um nichts, haben auch nichts, haben aber von vielem viel mehr Kenntnis als vermögende Menschen, denn sie kommen viel herum. Du fütterst sie durch, und sie wissen's besser.

TAUGENICHTS: wer den ganzen Tag rumsitzt und Maulaffen feilhält, aber nichts arbeitet.

LUMPENPACK: die sind schlampig und lassen alles verkommen, statt's auszubessern oder wieder nutzbar zu machen.

FRESSSÄCKE: Unersättliche, die Gottes Haus verschlängen, was sie nicht schaffen, wenigstens so viel in sie hineinpasst. Später tut es ihnen leid.

HINUNTERSCHLINGEN: tut man die Sachen zum Essen, indem man schluckt, und was im Mund war, geht dann in den Magen hinein, aber beim Schlucken verschluckt sich mancher gänzlich, weil das Essen den Atem behindert.

RINDFLEISCH: ist Fleisch vom Rind und es gibt Tafelspitz, Keule, Nuss, Hesse, Rippe, Rostbraten, Nierchen, luftgetrockneten Rinderschinken, Rindswurst, Lende, die schmeckt am besten.

FISCHE: die schwimmen und schlängeln voran, und so man sie isst, stechen sie mit Gräten. Darf man in der Fastenzeit.

WELS: Raubfisch, von dem es heißt, er sei der dümmste.
KARPFEN: große Schuppen, sehr fett, der beste Donaufisch, gut für jedes Essen.
STOPFEN: tun sie Gänse, und Atanasij Rančić füllt noch das letzte Stück Darm, es gereiche ihm zum Segen.
UNVERSTÄNDIG: wirkt so, als hättest du nichts im Kopfe.
DUMM: ist, wer aus jener Welt kommt oder krank ist oder den Irren nicht spielt.
RUND: nicht spitz, geht einmal ringsum, der Kürbis oder der Tassenrand oder das Gesicht vom dicken Rančić.
FAUL: so er nichts tun mag, aber eigentlich eine Arbeit anfangen müsste, jetzt gleich, gleich danach, niemals.
EINÄUGIG: wenn nur ein Auge da ist statt derer zweie.
UNGELENK: einer wie A. Rančić, zu dick für jeden Stuhl, passt auch nicht durch die Tür. Oder wenn Bogdan, der Mathematiker, was sagt, was nicht richtig ist.
ROTZNÄSIG: wenn einem winters wie sommers die Nase läuft, etwa dem Rančić.
KAHL: nicht mal Flaum auf dem Kopfe.
KRÜMELN: tut Atanasij Rančić immer.
ABTRINKEN: tu ich vom Glase von oben, um nichts zu verschütten oder zum Anstoßen.
WERMUT: wenn man Hasel- und Walnüsse, gelben Zucker, Feigen, Carob und dergleichen an alten Wein gibt und bis Weihnachten stehen lässt.
LÖSCHEN: tu ich mit Flüssigkeiten entweder ein brennendes Feuer oder den Brand in mir vom Essen oder andres Schweres.
DURST: ohne Nahrung hältst du bis zu sechs Tage durch, ohne Flüssigkeit bist du gleich wie ein Fisch auf dem Trockenen, japst und verdörrst. Das in dir, was ganz von sich aus nach Wasser oder andren flüssigen Sachen verlangt, damit du überlebst.
SCHMEICHELN: tut, wer sich lieb Kind macht, muss es aber in Wahrheit nicht sein.
BOGDAN, DER MATHEMATIKER: bringt den Kindern das Rechnen bei, ansonsten hat er keinen blassen Dunst. Quasselt und stört und bildet sich Gott weiß was ein.

KEINER: ist einer, nur weiß man nicht, wer.
MITTELMÄSSIG: weder so noch so, sondern so.
AUFDRÄNGEN: tu ich einem was, wenn ich's einem wieder und wieder anbiete, und der zaudert wie eine Braut, denn er will es schon, will aber auch, dass man denkt, er wolle es nicht.
FLEISCH: das Leckerste, was an Tieren dran ist, und das Schmerzhafteste beim Menschen.
HERZKNORPEL: Stück vom Huhn, was man übrig lässt; manche nagen das Brustbein erst ab, und wenn nichts mehr dran ist, nutzen sie es zum Wahrsagen, und ich werfe es den Hunden vor.
BRATEN: keine Fastenspeise, für Feiertage und wenn du Lust drauf hast; am liebsten Ferkel, am besten kalt.
FETT: weder Fleisch noch Knochen und am schwersten zu essen, weil wabbelig.
SCHMER: desgleichen von dicken Tieren, weiß, widerlich und über die Maßen widernatürlich, aber man macht damit herrliche Kipferl, in Zucker gewälzte.
MARK: das Wichtigste im Innern, sowohl im Knochen als auch im Holunder, als auch in so mancher Erzählung.
EINGEBILDET: wer sich in einer Runde für wichtig hält, aber noch nicht mal richtig blöken kann.
MÄKELN: tun sie am herrlichsten Essen, als hätten sie was Besseres verdient. Narren, so es keine Kinder sind.
WANKEN: tut, wer unschlüssig ist.
WIRRKOPF: will und will nicht und am Ende kommt nichts heraus.
VERHEDDERN: tut sich, wer alles richtig machen will und sich entweder erschrickt oder schämt oder nicht genug Kraft hat.
BLÖKEN: tut, wer mehr sein will als ein Schaf, schafft es aber nicht, also sagt man von ihm, der kann nicht mal das.
KRATZEN: tut sich, wen's juckt, oder auch aus Verlegenheit, wenn einer nicht weiterweiß.
ANDRE: die sind wie die, aber trotzdem anders.
SPEICHELLECKER: die wollen was von dir, deswegen loben sie dich auch da, wo es nichts zu loben gibt.

QUENGELN: wenn sie dich so lange anbetteln, bis du es ihnen am Ende wirklich gibst.

FAD: das schmeckt einem nicht, aus vielerlei Gründen, entweder ist es zu süß oder allzu liebedienerisch.

HINZUGESELLEN: tut sich, wer erst nicht da war und später kommt. Die um Ljudevit Gaj suchen noch welche, die sich h. wollen.

NACHWERFEN: tut man's denen, die sowieso genug haben, und sie karren immer noch mehr herbei, säckeweise.

KUCHEN: besser als Brot, oder wenn das aus Weißmehl ist, während sie in Wien und andernorts Zucker und einiges andre reintun, aber die Meinen können sie auch backen, für Kinder und Besuch.

BUCHTELN: der Teig muss gehen, und drinnen sind Pflaumen oder was man mag.

ORANGEN: von denen stehen ziemlich viele auf dem Tisch, kaum jemand isst sie, weil sie nicht von hier sind, sondern in fremder Gegend am Meer wachsen.

KAFFEE: zum Trinken aus zerstoßenen afrikanischen Kernen, welche die Türken neben einigem andren hierher brachten.

RUNTERSCHLUCKEN: tu ich, was ich auf einmal an Essen oder Trinken durch die Kehle bringe.

ALLEIN: da ist nichts drin, nur das.

SATZ: am Boden von etwas, einer Weinflasche oder so, dieser Rest ist wohl das Dichteste, aber nicht das Wertvollste und wird weggeworfen.

RAUCHEN: tut, wer ein Krautbündel anzündet und das ganze Haus verstänkert.

TABAK: Blätter, die getrocknet und aufgewickelt werden, und die Rolle wird dann an einem Ende angesteckt, und das andre steckst du dir in den Mund, und so brennt es unter deiner Nase und stört dich und andre.

WETTEN: schließt Jefto Lacković liebend gern ab, etwa ob es am Mittwoch regnen wird oder die Blütenblätter einer Blume eine gerade Zahl ergeben oder dass zuerst ein Mann ins Haus kommt, keine Frau, und er verliert immer und behauptet dann, er hätte das nicht so gemeint, sondern andersherum, so wie es gekommen ist. Und dann bezahlt er seinen Einsatz und flucht, und die andren lachen.

RÄTSELN: tun sie, wer den Wein so schlecht umgefüllt hat, dass mehr Satz aufgewirbelt wurde als sonst. Dann weißt du nicht, wie das kommt und was es bedeutet und denkst darüber nach, ob es so oder so oder anders ist.

RÄTSEL: Vergleich, aus dem du erschließen musst, was es ist, denn es ist nicht das gemeint, was sie sagen, sondern etwas ganz andres.

PFÄNDERSPIEL: dabei gibt jeder was, und einer, welcher nicht hinschaut, sagt zu dem Gegenstande, was der, der ihn gab, tun muss.

BEFLISSEN: einfach so, wie zufällig eine Tasse zerschlagen, insgeheim um die Hausherrin zu ärgern, welche sich nicht gezeigt hat.

SPIELEN: tun sie, als wär's die reine Wahrheit, ist es aber nicht, vielmehr wenn Kindern oder Erwachsenen nicht danach ist, ernst zu sein, dann sp. sie.

KARTEN: kleine Pappedeckel mit Bildern, Zahlen und Grünzeug, das ist auch hingezeichnet, und dann spielt man mit ihnen aus Lust oder um Geld.

TAMBURA: Gerät aus Holz und ein paar Drähten, auf dem einer in geselliger Runde aufspielt und um das Herz zu erfreuen. Manche ziehen damit durch die Welt, musizieren und leben davon.

KREISEL: gibt Laute von sich mithilfe eines Drahtes oder was auch immer.

REIME: machen sie über etwas, das sich zutrug, das packen sie in ein Gedicht, damit es bleibt.

SCHWANZ: wenn vorhanden, dann hinten am Tier, und damit zeigt der Hund an, was er denkt. Und auch so manches Wort wackelt damit, wenn es witzig ist.

POSSE: ein Scherz, vermittels dessen alle anfangen zu lachen.

LACHEN: muss ich, so ich was für dumm halte und der andre nicht, wenn einer was Unanständiges sagt, wenn einer was angezogen hat, was ihm nicht steht, wenn einer so geht, als hätte er einen Besenstiel verschluckt, wenn A. flammend rot im Gesicht mir etwas beweisen will, aber nicht recht hat. Am liebsten lache ich über alles zusammen, wenn ich über die Wiesen laufe, dass es widerhallt.

NACHBAR: der wohnt gegenüber, ganz in der Nähe, aber manchmal ist dir einer von weiter weg lieber als Helfer als der gegenüber, der dir alles neidet.

UNTERHALTEN: tun sich zwei oder mehr, die miteinander reden, und der eine sagt das, der zweite fügt jenes hinzu, und der dritte sagt wieder seins, und dann reden alle gleichzeitig über ein Drittes, bis es sie langweilt oder sie einander nichts mehr zu sagen haben.

SPINNEN: tun sie Wolle oder um zu reden, ganz dünn, haarklein, bis es der Letzte versteht. Sie ziehen es in die Länge, dabei wäre mit drei Worten alles gesagt.

BERICHT: das, was du über einen erzählst, der ist so und so, und dann ging er da- und dorthin und da hat er den und den gesehen, und der hat ihm das und jenes aufgetragen, bis er dorthin zurückgeht, von wo er losging, sich hinsetzt und B. erstattet.

ÜBER: nicht nur das, was ü. was geworfen wird, zum Exempel einen Stuhl, sondern was einen betrifft, über

ALLES: was dir in den Sinn fährt, stopfst du in eine Geschichte, sei es von früher, sei es von gestern, Hauptsache, du hast was zum Quasseln und kannst über einen herziehen.

FALLSUCHT: dass die Krankheit bei den Lobos umging, die hätten sie aber versteckt. Bettler fallen, und von denen sind manche krank und andre nicht, damit du ihnen einen Kreuzer gibst. Dass die beim Fallen Dinge sehen, die noch nicht geschehen sind. Ein Fehler im Hirn.

DEUTSCHE: die Frau eines Deutschen, oder von einer deutschen Mutter. Die schöne Matilda Relković, des Hauptmanns Frau.

HEXE: ein Vampir, nur weiblich, und kann zudem weissagen, was wird, jedenfalls bis sie angegeben und als schlechte Frau ins Feuer geworfen wird.

DRACHE: Fantasiebestie, zusammengewürfelt aus Schlange, Leu und andren Tieren, man sieht ihn auf Bildern und sonst nicht, außer wenn einer Erscheinungen hat.

ZWERG: klein und alt, nicht dumm, aber durcheinander, dient dem Spott.

EINHEIRAT: Möglichkeit für einen Habenichts, welcher sich ins wohlbestallte Haus der Frau drängt. Der älteste Lobo soll auf die Art den Schöneliesens ins Haus gekommen sein, vorher war er gar nicht bekannt.

EMPORKÖMMLING: ein Diener oder Bauer oder Tagelöhner, der einen Sack Gold findet oder beim Militär verdient hat und davon Klavier, Pferd und Wiener Kleider kauft, aber nichts damit anfangen kann.

JUDEN: in aller Herren Länder, arbeiten vortrefflich, sind die Klügsten und die besten Kaufleute, aber niemand mag sie.

LIEBHABER: wenn sich einer mit einer einlässt, dann ist er ihr Liebhaber und sie sein Liebchen, bis sie Mann und Frau werden oder der kommt, der ihr Mann ist und den Liebhaber aus dem Fenster wirft.

UND: wenn man aufzählt, um noch dies und das zu erzählen.

SIE: wenn du sie nicht noch mal beim Namen nennen musst, weil alle wissen, von welcher die Rede ist, ein Wort, das als Fürwort für eine Person stehet, deswegen nennt es Vuk auch so.

UNFRUCHTBAR: ist nicht notwendig jede, die keine Kinder hat, vielleicht wollte sie nicht sofort, sondern später, und dann geht es nicht mehr.

VERBLÜHT: ob Frau oder Blume, wenn's vorbei ist.

DIRNE: die's mit jedem macht, da sind schöne Frauen dabei.

VERFÜHREN: tun junge Männer Jungfern oder umgekehrt. Oder der Teufel den Schwachen oder der Kaiser das Volk mit einer Rede oder seiner bloßen Erscheinung, später hört er auf und du stehst vor dem Nichts.

TÜRKEN: das sind die Schlimmsten, äußerst böse, gewalttätig und verbrecherisch, obschon ebenfalls gläubig und von daher nicht durchweg ehrlos.

ARABER: ein Mensch wie wir, nur schwarz im Gesicht, lebt in Afrika.

ANDERE: gibt's natürlich, haufenweise.

BEDEUTSAME MENSCHEN: wenn welche für die Welt entweder etwas Gutes getan haben oder gerade nicht, wird ihr Name so oder so erinnert, soweit jetzt am Leben und mir bekannt ist von allen Schriftstellern zuvörderst Goethe zu nennen, Deutscher, daneben aber auch andre, General von Clausewitz, ebenfalls Preuße, Bolivar in Südamerika, Faraday, Erfinder, Schubert, welcher jede Menge Lieder für Kinder und andre vertont hat, Joseph Louis Gay-Lussac, Wissenschaftler, August von Gneisenau, noch ein preußischer General, der Franzose La Fayette, welcher in Amerika Krieg geführt hat, Metternich, welcher Lebende und Tote jagt, so er sie für schädlich hält.

HERRSCHER: können egal, mit wem, machen, was sie wollen, bis ihnen etwas oder jemand den Kopf kostet, aber so lange haben sie es voll ausgekostet. Bei den Engländern Georg der Vierte, die Franzosen haben Charles den Zehnten, wir Franz Joseph, bei den Serben der Miloš, die Russen Nikolaus, die Spanier Ferdinand den Siebten, Papst ist Leo der Zwölfte, in Amerika Quincy Adams, bei den Preußen Friedrich Wilhelm der Dritte, die Italiener haben Carlo Felice, das ist derzeit so, aber schon morgen kann es anders sein.

KÖNIGE: haben je ein Land unter sich, sind nur ein wenig kleiner als die, welche Kaiser sind. Du kannst eine Niete sein, ist dein Vater König, wirst du es auch.

ERFINDER: erfindet Sachen, welche es zuvor nicht gab, dann aber jeder nutzen kann. Maschinen zum Spinnen und Weben, beide hat sich ein Engländer ausgedacht, ein Deutscher die Hobelmaschine, ein gewisser Parker erfand den Zement, welcher besser haftet, so man ein Haus mauert, Dampfboot und Eisenbahn sind auch von einem Engländer, Stephenson, obschon uns die nicht viel weiter gebracht haben, dann gibt's noch was, um Gas durch ganze Städte zu leiten, damit die Armen damit heizen, vor einem Jahr hab ich von einer lektrischen Maschine in den Zeitungen gelesen, und was noch kommt, weiß Gott allein, Wunder und Neuheiten für ein schöneres Leben, wenn wir nicht mehr sind.

PATRIARCH: dem zuvörderst gehorchst du in der ganzen Kirche, weil er sich um alles kümmert und am höchsten sitzet und am weitesten sieht.

VEREHRT: wird, wen man fürchtet und welcher was hat, was du nicht hast, ehren muss man aber auch einen, welcher nicht hat, was du hast, sondern regiert.

FÜHRER: ist allen voran, und was er sagt, wird gemacht, solange sie ihm gehorchen wollen, wenn nicht, stürzen sie ihn und setzen einen andren an seine Stelle, welcher ihnen Vorschriften machen wird.

TYRANN: der hat Macht, die genügt ihm aber nicht, er will es vielmehr denen unter sich beweisen, darum quält und peinigt er sie so, dabei hat er nichts davon außer Genugtuung.

BAN: der Mann, welcher in der Banstadt Z. sitzet und dort bestimmt, als wäre er König, aber in Wahrheit muss er auf Pest oder Wien hören, und manchmal ist er einer von denen.

BEFEHLEN: tut, wer Macht hat und dem sie auch rechtmäßig zukommt, oder er ist der Hausherr, der sagt, wer was macht.

GEHORCHEN: tun die, welche bereitwillig hören und annehmen oder befolgen, was Klügere, Weisere und Ältere sagen.

GESETZ: was zuvor festgelegt wurde, deswegen hat man sich daran zu halten.

AUFMUCKEN: tut, wer bisher schwieg und beschließt, wenigstens ein paar Laute von sich zu geben, aber man droht ihm, das dürfe er nicht. Besonders droht man Gefangenen und Kindern.

BEGLEITEN: tut jemand seine Worte mit zusätzlichen Worten oder Gesten, um, was er sagt, zu bekräftigen und damit du ihm eher glaubst. Man kann auch andre auf einer Reise, einem Wege oder Besuch b., oder wenn einer singt.

FABELHANS: einer, der einem die Zukunft erzählt, sie aber gar nicht kennt.

WÄHLEN: tut man seine Worte, aber es kommt dumm und nichtig heraus.

ANTWORT: wenn einer was sagt oder fragt, und du sagst, ja, das ist so, oder nein, das verhält sich ganz anders. Und dann kann er weiterfragen.

HETZEN: tust du, wenn du willst, dass sich was rumspricht, dann lässt du ein paar Worte fallen, und alle nehmen es auf und dann reden sie in sonderlicher Ausführlichkeit nur noch darüber.

LEITEN: tust du zum Exempel Wasser, das da und da hinfließt, du aber da und da haben willst und dich ergo anstrengst, dass es dahin gehet, wo du es haben willst. Dasselbe beim Gespräch.

SAGEN: genau das aussprechen, und zwar von Anfang bis Ende, und nicht was andres.

STEUERN: wird dir zu zahlen auferlegt, nur weil du was hast und weil du arbeitest, und mit dem Geld ernährst du die, welche in der Gemeinde hocken und bestimmen, was du zahlen musst. Ein Teil gehet an den Kaiser, damit er es erlaubt.

STRAFE: so du dir was hast zuschulden kommen lassen oder wo warst, wo du nicht hindurftest, oder nicht getan hast, was du hättest tun müssen, kömmt der Amtmann und verlangt von dir ein paar Forint oder wie es ihm beliebt.

JAGEN: tun sie den, welcher sie beleidigte und floh oder auch bloß schwächer ist und die Stärkeren fürchtet, und die setzen ihm nach.

NACKTER SOHN: einer, der nichts hat, sich um Sold und Kleidung aus freien Stücken beim Heer meldet und Krieger wird.

FAMILIENOBERHAUPT: einer, der alle führt, wegen allem gefragt wird, allen Vorschriften macht, alle Regeln auslegt und alles entscheidet.

BEKLAGEN: tut sich, wem's nicht recht ist und der das sagt, entweder, weil es wirklich so ist oder weil er was will, was er nicht hat, aber glaubt, er kriegt's, wenn er jammert. Es beschwert sich aber auch einer über einen andren, um dem zu schaden, obschon er selbst davon keinen Gewinn hat.

RAUBEN: tut einer, was nicht ihm gehört, oder was ihm gehört, aber sich beim andren befand, und er nahm es mit Gewalt.

PLÜNDERN: tut, wer nicht mit dem eignen Kopfe, Verstande und Vermögen etwas erlangt, sondern mit dem Messer. Viele nutzen das, ohne dass sie je einer bestraft.

BESSER: ist einer als der andre, aber weder mit Gewalt noch durch einen, der das behauptet, sondern zu Recht.

ZUGEBEN: tut, wer erklärt, er sei dort und dort gewesen, mit dem und dem, oder er habe das und das genommen.

SCHULD: so du mir was zurückzugeben hast, was ich dir mal gab, bis du es halt zurückgibst.

FÜHREN: tut man, was nicht allein kann, sondern am Halfter gepackt werden muss oder wie es sich halt bis zum Ende abhaspelt. Kann ein Ochse oder ein Krieg sein oder ein andres Ereignis.

PROZESS: wenn du Klage erhebst oder beklagt wirst und dich verteidigst, aber nicht in Person, sondern über die Gemeinde, ein Gericht oder andre, welche dir und ihm Geld abnehmen, aber nur einem sagen, er habe recht. Keiner hat je einen P. gegen den Kaiser gewonnen.

DROHEN: tut, wer dir einen erhobenen Finger zeigt, denn mit ihm gibt er zu verstehen, dass du leiden wirst, wenn du ihm nicht gehorchst, kann aber auch ohne jedweden Finger geschehen, sondern mit Worten oder Soldaten, bis an die Zähne bewaffnet.

KARRE: zu der Sklaven und Sklavinnen verurteilt sind und wo man Fronarbeit leistet, ob du es nun verdient hast oder einem andren Glauben anhängst und dich davon nicht lossagen willst oder im Kampf gefangen genommen wurdest oder es dir mit einem Wichtigen verscherztest.

OBRIGKEIT: egal, wer du bist und wie viel du hast, du hast was über dir, das zählt, was du hast und wie viel, das ist die.

UNTERWERFEN: tut sich, wer zugibt, dass er schwach ist und der andre mit ihm umspringen kann, wie er will.

FÜRCHTEN: tut sich, wer was verbrochen hat, oder wenn nicht, dann weil er nicht weiß, was noch alles kommt.

SCHLAGEN: tut man einen oder etwas mit etwas, was man hat, und lässt ihn oder es das spüren.

ZOLL: so du was von der Reise mitbringst oder zum Verkaufen trägst, musst du zuvörderst dem Steuereintreiber einen Teil von was geben, das er weder gehegt noch gesehen hat, aber was dir bleibt, kannst du frei verwenden oder verkaufen.

WAREN: was sie in Läden und auf Märkten verkaufen, kann aber auch sein, dass einer was klaut und auf die Schnelle verkaufen will, damit man ihn nicht erwischt. Die Türken verkaufen auch Menschen.

TAUSCHEN: tust du, wenn du von was mehr hast, als du brauchst, aber was von seinen Sachen brauchst, dann gibst du ihm deins, er dir seins, und jeder hat jedes.

BESTIMMEN: tut er, dass du dieses und der das, aber nie sich selbst, weil er ja b. tut.

LOHN: das Geld, das die Arbeiter bekommen, für das, was sie bei mir gearbeitet haben. Dem Fleißigen mehr. Die in der Gemeinde kriegen ihren L. vom Kaiser nur fürs Sitzen und was von einem Heft ins andre Umtragen.

FÜR: so was wegen etwas ist und nicht nur aus sich heraus.

DIESEN: gerade den, keinen andren.

EMPÖREN: tun sich welche, denen was nicht passt, sie vereinigen sich mit Ähnlichen, schießen, fluchen und töten, damit es nach ihrem Willen geht.

NACHLAUFEN: tun sie einem, heute zum Exempel dem Ljudevit Gaj.

ZERSTREUUNG: die sich zusammengerottet, sind nunmehr da und dorten. Geschieht auch im Kriege, durch schlechtes Wirtschaften oder Verwalten und wo man nicht weiß, wer was warum macht.

HAIDUCKEN: welche wegen nicht bezahlter Steuern in den Wald gehen, weil sie Schulden oder den Hauptmann umgebracht haben, also räubern sie auf der Straße, und davon leben sie, bis sie geschnappt und umgebracht werden, so wie sie die andren.

WEGELAGERER: noch schlimmer als die Haiducken, denn die töten Alt und Jung nicht aus Rache, sondern bloß um ein Auskommen zu haben.

UNFUG: etwas Schlechtes, das sich aber als schön, süß und notwendig zu zeigen versteht, und von dem man sagen muss, wie es ist, damit man sich nicht darauf einlässt.

HINEINSTOPFEN: was draußen war und mit viel Gewalt wo reingetan wird.

HEER: geschulte und bewaffnete Männer, welche entweder Schlachten ausfechten oder zu Hause sitzen und den König beschützen, damit ihn keiner umbringt.

REGIMENTER: die ganzen Grenzer und andre Militärs in Haufen, auf welche dann ein Offizier einbrüllt, sie sollen dies oder jenes.

UMKOMMEN: tun Menschen durch andre Menschen oder unglückliche Umstände oder Krieg oder Überschwemmungen und Feuersbrünste, aber so du einen Hasen umbringst, der ist bloß getötet, geschossen oder erlegt.

FLIEHEN: tun schlechte Soldaten, verängstigte Gläubige, nicht bewirtete und beleidigte Gäste.

AUSBREITEN: tut sich, was erst nur irgendwo war und dann überall ist, etwa die Pest, oder eine Stimme oder was sich einer ausgedacht hat, damit's jeder weiß.

SEUCHE: schlimme Krankheit, die alle befällt und viele unter die Erde bringt.

EPIDEMIE: wenn die Krankheit von Dorf zu Dorf gehet und sie jeder der Reihe nach hat.

ZUSAMMENRUFEN: tust du die Hühner, um ihnen was zum Picken zu geben, oder Menschen, denen du ebenfalls nach Lust und Laune Brocken hinwirfst, so du dazu befugt bist. Mutter sagt, glücklich, wer alle Hühner zusammenkriegt.

KONZILIUM: so sich Menschen aus einer Gruppe versammeln, Volk oder Popen oder andre, und beraten, was sie wollen und was nicht, es gibt immer einige, die dagegen sind, und so zieht es sich hin, bis die überzeugt werden oder man zerstritten auseinandergeht.

BESTÄTIGT: ist, worüber man gut nachgedacht und für richtig befunden oder sich von der Gemeinde einen Bescheid geholt hat, dass man im Recht ist.

ABSTREITEN: tut er, was er versprochen oder gesagt oder behauptet hat, weil keiner dabei war und der Tropf selbst nicht zugibt, wie es war.

UNTERFERTIGT: ist, worunter man mit eigner Hand seinen Namen geschrieben hat und damit bestätigt, und aus dem Namen ist zu ersehen, wer bestätigt.

WIEDER: alles zurück auf Anfang, als wäre nichts gewesen.

FAHNE: Stofffetzen, auf dem was geschrieben steht oder eine Zeichnung oder ein Zeichen prangt oder die aus verschiedenen Farben zusammengesetzt ist, zeigt an, dass du zu dem und dem Heer oder Staat gehörst, du schlägst dich unter ihr mit andren und lässt dir den Lappen auf keinen Fall wegnehmen.

VORSCHRIFTEN: aufgeschriebene Regeln, und man muss sich dran halten, sonst wird man für das bestraft, was nicht gemäß Vorschrift ist.

BESTECHUNG: so man was will, was man nicht darf, steckt man dem Zuständigen was zu, dann darf man auch das Verbotene.

STEHLEN: tut, wer andren was wegnimmt, was denen und nicht ihm gehört, bis die es herauskriegen und ihn erwischen.

GEWINN: wenn du aus jemandem oder etwas Nutzen ziehst.

GERADE: genau in dem Moment.

ZAPPELN: tut, wer auf Ameisen und Nesseln sitzt, und es juckt ihn, deshalb zappelt er, oder es juckt ihn was anderes.

MUŽDEKA: ich weiß nicht mal, wie er richtig heißt, obschon er auch Pope ist, und es ist eine Schande, wie er mir beständig Steine in den Weg legt, wenn es ein Problem gibt, alles nur schön und herrlich, und warum lädt er sich bei mir ein und isst und trinkt mit mir, als wären wir die besten Freunde. Ich weiß nicht, wie er einem in die Augen schauen und gleichzeitig eine Grube graben kann, aber er hat es auch schwer, weil er schielt, das rechte Auge Richtung Prvča, das linke Richtung Dragalić.

GUTHEISSEN: tut er, wenn was gemacht wurde und nach seinem Urteil verlangt wird.

LALLEN: tut, wer nicht richtig sprechen kann und beim Reden Buchstaben einfügt, wo sie nicht hingehören, ist entweder ein Kind oder am Schmusen oder ein Landei.

KEINERLEI: ist schon was oder einer und trotzdem ein nichts und niemand. Musst ihn so hinnehmen, wenn er oben ist oder sich so aufspielt.

KOMPAGNON: ein Verrückter macht mit einem andren gemeinsame Sache, und dann sind sie bei der Arbeit oder anderswo zusammen, der eine schreit hü, der andre hott, bis sie bis aufs Blut zerstritten auseinandergehen.

HALBGELEHRTE: redet wie ein Buch, und du kannst alles zusammenknüllen und wegwerfen.

HEUCHLER: welcher täuscht.

HAGESTOLZ: wer glaubt, er könne ganz allein auskommen, und seine ganze Habe lieber durchbringt, verschleudert und verjubelt, egal, wie viel es ist, bloß damit keiner was davon abkriegt.

BÖSARTIG: so einer von sich aus böse ist und andren wegen dieser Bosheit in ihm schadet.

VERKEHRT: grad andersrum als es recht wäre, fuchsteufelswild statt freundlich, schimpfend statt lachend. Oder wenn sich einer die Stiefel auf den Kopf setzt und die Kappe als Schuhe nimmt.

NEIDISCH: ist, wer sieht, was ich alles habe, weiß und kann, und darüber wütend wird. Und wenn die mir das Rückgrat brächen, dann kann ich nicht mehr, wenn sie mich ausrauben, habe ich nichts mehr, aber was ich weiß, weiß ich einmal und für immer, außer wenn ich verrückt werde, aber das erleben die nicht.

HINTERHÄLTIG: ist, wer bei sich das und das denkt, aber nicht sagt, sondern es so einrichtet, dass es schlecht ist, und du merkst es in dem Augenblick, wenn nichts mehr zu retten ist.

DURCHSICHTIG: so man sieht, was dahinter ist.

WETTERWENDISCH: mir sagt er eins, in der Gemeinde was andres, und dem Patriarchen wieder was andres.

UNTERMAUERN: werde ich das Gesagte mit einem Schriftstück, in dem ich alles eins nach dem andern schildere.

ZUSAMMENZUCKEN: tut er, so du ihm die Wahrheit ins Gesicht sagst, und er benimmt sich, als hättest du ihn gezwickt oder mit einer Nadel gestochen.

JÄHZORNIG: ist weder zum Reden gestimmt noch für Gesellschaft, weil er etwas wider einen auf dem Herzen hat und gewaltig wird, und weil er ein Narr ist.

GEWALTIG: tut, wer eigentlich nicht stark ist, es sich aber einbildet, bis er eins auf die Mütze kriegt und weiß, wo er steht.

PRAHLEN: tut einer mit dem, was er hat, weil's andre nicht haben, und nur um andre zu ärgern oder zu erniedrigen oder zu beleidigen, obschon nicht jeder alles haben kann.

EINDRINGEN: tut er auf mich, weil er sehen will, ob ich verrückt genug bin, alle Vorsicht fahren zu lassen und ihm den nächstbesten Prügel über den Schädel zu ziehen. Sollte keiner drauf ankommen lassen.

BEDRÄNGEN: tut er mich, ich soll verraten, was in dem Brief steht, den ich nach Pakrac schickte, aber ich denke nicht daran. Wenn einem ein Quälgeist auf der Schulter hockt und in was reinziehen will, und man macht nicht mit.

BELAGERN: tut er dich, du sollst ihm was geben oder erlauben, was du nicht willst, aber er versucht es immer wieder, weil er denkt, dass du am Ende zustimmst, lässt so wenig locker wie eine Zecke.

PFAFFENGEHABE: legt auch an den Tag, wer kein Pope ist, vielmehr gern wichtig wäre und gehört würde, bloß hat er nichts zu sagen.

DOLMETSCHEN: tut man, was unverständlich ist oder in einer andren Sprache gesagt, oder der, dem du dolmetschst, ist ein bisschen dumm und du musst ihm d., oder du bist selbst nicht ganz gescheit und drängst dich einem Weiseren als Dolmetsch auf, und der braucht es nicht.

PLAGEGEIST: schlimmer als eine Krankheit, den kriegst du nicht mit einem Witz los, überall flüstert er rum, ich würde das Volk aufwiegeln und behaupten, es gebe keinen Gott, wo er doch wisse, dass es ihn gibt.

ANKÜNDIGEN: tu ich im Voraus was für später.

RÄNKE: was einer gegen dich schmiedet und Freund und Feind erzählt, damit alles durcheinanderkommt und sich zum Schlechten kehrt und wie es nicht sein soll, Hauptsache, er hat seinen Spaß.

ABMÜHEN: tust du dich nicht nur, so du stärker als der andere oder wie ein Esel am Strick ziehst, oder auch, wenn du's so haben willst, und der andere will es immer anders haben.

HEIMGESUCHT: ist, wer eine Predigt ertragen muss, die keinen interessiert noch angeht und weder lustig noch nützlich ist.

NARR: einer, der nicht sagen kann, was war, oder lügen will, aber nicht weiß wie.

IRREN: tut, wer denkt und sagt, es sei dies, und alle anderen sehen, dass es jenes ist. Selten wird es einer zugeben.

STÖREN: tut, wer, statt zu helfen, des andern Verlegenheit noch vermehrt, im Weg steht und sagt, was du da tust, ist keinen Pfifferling wert.

STECHEN: tut, was dich juckt, ob dich was gestochen hat oder von innen quält, weil dir was eingefallen ist.

FLOH: kleiner Käfer, welcher sich bei Menschen, Hunden und andren Tieren einnistet, bis du ihn erwischst und mit dem Fingernagel zerquetschst.

ANHÄNGSEL: wer nur so bei dir ist und eigentlich wieder nicht.

BEHERRSCHEN: tust du dich, so du sicher weißt, dass der nicht recht hat, aber du willst keinen Streit oder siehst, dass er alt oder starrköpfig ist und jedes Wort zu viel wäre. Kann aber auch an deiner Niedertracht liegen, dass du dich einschmeicheln willst.

NEIN: wenn er nicht will, dann will er nicht.

ENTSCHLAGEN: tut sich, wer was von dir will, und du willst das nicht, dann geht er weg und lässt dich in Ruhe und fängt etwas andres an.

AUFSCHIEBEN: tust du, wenn du einem, während er in der Runde sitzt und sich fröhlich an deinem Essen und Trinken labt, nicht sagen magst, was für ein Schuft er ist, sondern auf eine andre Gelegenheit wartest.

WARTEN: tust du, ob er kommt oder nicht, ob es geschieht oder nicht, und so in einem fort, aber in dir hämmert es die ganze Zeit.

ANSCHEIN: wenn sich einer oder etwas in seinem wahren Wesen und Schein zeigt.

UNVERSEHENS: so keiner darauf rechnet und Jefto Lacković brüllt, hochrot im Gesicht, wer hat Muždeka eingeladen, wo der uns doch nichts Gutes zudenkt und wünscht.

ERGREIFEN: tut das Wort, wer lange schwieg und nun reden will.

ANWESEND: so er hier ist, und mittendrin, nicht von hinten.

ZEUGE: wer dort dabei war, alles gehört und gesehen hat und erzählt.

HELFEN: tut einer einem, so er sieht, dass der in Ungelegenheit geraten und es nicht allein, wohl aber mit ihm zusammen schafft.

LOSKNÜPFEN: heißt aufdröseln, was verknäuelt und verknotet war, etwa ein Stück Schnur oder wenn man was im hellen

Sonnenschein über eine verwickelte Angelegenheit zu sagen hätte.

KNOTEN: wenn sich zwei oder drei in einem Knäuel bilden, kriegt man sie einzeln kaum noch gelöst, sondern sie sind hart wie eine Faust und die lässt du entweder so oder schneidest die Schnur mit dem Messer durch.

PRÜFUNG: Schlechtes, das dich heimsucht, und du kannst dich nicht wehren, es dauert, so lange du es erträgst.

NICHT: mal so viel, keinen noch so kleinen Krümel.

AUFMERKSAM: wenn einer zuhört und schweigt, bis die verhölzern und versteinern.

FLÜSTERN: tut, wer was nicht laut sagt, sondern raunt, dass es nur der neben ihm hört und nicht alle, denn es ist nicht für alle.

MAULFLETSCHEN: d. i. wenn wer Grimassen macht, aus Albernheit oder weil's anders nicht geht, wegen Trunkenheit.

LUSTIG: machen sie sich über einen, der sich dumm anstellt oder daherschwätzt, für so einen haben sie nur Spott übrig, trifft manchmal auch einen, der ganz in Ordnung, aber ihnen zuwider ist.

GRINSEN: tun die, welche gern laut lachen würden, es sich aber verbeißen, damit es der, dem das Lachen gilt, nicht sieht, nur die andren.

ZERREISSEN: tun sie sich das Maul auch über einen, welcher besser als sie ist und dem sie was neiden. Einer hat und macht und tut, und die andren machen es hinter seinem Rücken madig.

KITZELN: tun sie dich, so sie dich da berühren, wo du kitzlig bist, unter den Armen oder an den Fußsohlen, und du lachst, als hättest du in dem Moment den Verstand verloren, weil du es nicht aushalten kannst, und man kann daran auch sterben, wenn sie nicht rechtzeitig aufhören, besonders bei Kindern.

RATSCHEN: heißt, dass sie alles, was ist, durchhecheln und niedermachen, und das ist aber nicht nur nicht schlecht, nein, das gibt's gar nicht. Ein Haufen Lärm, und dabei geht's immer nur sinnlos im Kreis rum, wie eine Ratsche. Daher das Wort wohl auch kommt.

VERHÖHNEN: tun sie einen, dem sie Hässlichkeit nachsagen, doch meistenteils sind die Spötter selbst viel hässlicher, sie sehen es nur nicht. Die Eule verhöhnt den großen Kopf der Meise.

SPUCKEN: tut, wer mehr im Mund hat, als er braucht, und es daher hinauswirft, und mancher tut es auch, um jemanden zu demütigen oder zu beleidigen.

BELEIDIGEN: tun sie dich, indem sie an etwas rühren, das dich schmerzt, oder sie sagen was, was nicht stimmt, und lachen dir dabei noch ins Gesicht.

WERFEN: tun sie, was sie bei sich haben, und eilig woandershin, hinaus, weiter weg oder auf dich.

SCHANDFLECK: den wollen sie dir eilig anhängen, wie Dreck oder Matsch, indem sie vor andern schlecht von dir reden und unwahr obendrein.

ENTSTEHEN: tut, was zuvor nicht war und jetzt ist. Streit, Chaos und Reibereien.

STREIT: wenn du mit wem schön gelebt und an einem Tisch gesessen hast, und das ist aus irgendeinem Grund vorbei.

ZANKEREI: du sagst, es ist so, und er sagt, nein, so, und keiner gibt nach.

ANWÜRFE: so man sich noch nicht streitet, sondern sich nur anschreit, der Streit kommt noch.

TADELN: tut man einen, der etwas nicht gemacht hat, was er hätte machen sollen, oder es zwar gemacht hat, aber schlecht und widersinnig.

SCHELTEN: tun sich schuldige Menschen untereinander, oder Gott schilt sie.

SCHREIEN: tut man, so es recht lärmig ist, oder wenn man lauter redet als nötig, oder wenn einer schlecht hört, oder wenn einer wütend ist und nicht leiser reden kann.

FLUCHEN: tut Jefto Lacković, so er was Hässliches und Ekliges sagt, und das wegen einiger Mühen, die ihm einer aus meiner Familie oder Fremde aufgetragen haben.

SCHLÄGE: tut es, so man mit was auf was haut.

FAUST: die Hand zusammengeballt, um zuzuschlagen oder zu drohen und gelegentlich auch zum Beweis.

TOLL: bist du, wenn du ganz ruhig warst, und plötzlich fährt es in dich und du wirst fuchsteufelswild, rechtfertigst dich oder gehst auf andre los.

WEGEN: infolge, aber nicht so.

UNVERSCHÄMTHEIT: so du was falsch machst, obwohl du siehst, dass es falsch ist, und dabei so tust, als wüsstest du es nicht und als müsste es so gemacht werden.

ART: aus der ist geschlagen, wer schlecht arbeitet, nicht wie seine sonstigen Verwandten, und so schämen sich alle für ihn.

LÜGNER: sagt nicht, wie es ist, sondern das Gegenteil, und er weiß, dass es nicht so ist.

OHRFEIGEN: tut man einen, der was falsch gemacht hat, indem man ihm mit der Hand auf die Wange schlägt, was den Geschlagenen schmerzt und beleidigt, außer wenn er ein dickes Fell hat.

ANBLICKEN: tun sich gegenseitig, welche nicht einbezogen sind, also winken sie sich mit den Augen wegen dem, was erzählt wird oder vorgeht.

STAUNEN: tun sie, wenn sie noch nichts davon wussten und es erfahren.

PLATZEN: tut, was drinnen war, in der Knospe, im Gewehr, im Versteck, und es kommt oder fliegt heraus oder wird auf andere Weise allen offenbar.

SPOTT: zu dem macht sich, wer was macht, was man nicht macht. Ohne Hosen hinausgehen, Sachen erzählen, die man nicht erzählt.

SCHANDE: zu der gereicht es jedem, der geliehenes Geld nicht zurückzahlt oder Leute einlädt und ihnen nicht mal eine Schale Wasser anbietet.

ENTZWEIEN: tut sich, wer anfängt, sich zu schlagen oder über die Maßen zu zanken.

ÜBERZEUGEN: tun sich die Zweifler, so sie es mit eigenen Augen sehen.

VERZEIHEN: tust du einem, so du siehst, dass er es nicht besser gewusst hat oder dass es ihm leidtut, und dann sagst du dir, nun gut, was soll's, aber auch nur bei solchen!

VERWEILEN: tut, wer sich darein schickt, zu bleiben, wo er ist, und nicht unruhig überlegt, wohin und wie und ob überhaupt.

DURCHSITZEN: tut man in guter Gesellschaft ganze Nächte wie nichts.

SCHIEF: sitzt man auf dem Stuhl, vom vielen Trinken.

BESOFFEN: Gavro Romanović, Bodgan, der Mathematiker, Neofit Ajduković sind's immer. Die andren vertragen mehr.

GEDANKENSPIEL: etwa, einem den Hals umzudrehen, oder nach Pakrac zu fahren und ihm alles ins Gesicht zu schleudern, oder andre, weniger wichtige Dinge, aber das denkst du nur.

VERLÄNGERN: es länger haben wollen als kurz.

KENNENGELERNT: hat man, wen man nicht kannte und dann kennt.

SCHATTEN: das Schwarze hinter einem Menschen oder andrem, so ihn etwas von der Seite anscheint, und er oder das ist von selbst dunkel.

MÜSSIG: ist, wer trotz der vielen Arbeit nichts zu tun hat, oder du hast keine Lust mehr, weil du schon viel gemacht hast.

LÄSTIG: ist, so dir Gedanken kommen, wie dass dir das alles zusammen nichts taugt, und du anfängst, ziellos herumzulaufen, oder wohl sitzenbleibst, aber von Gewissensbissen zerquält wirst und keinen Halt findest und nicht weißt, wo du anfangen sollst.

FLUCH: so du ihm Böses wünschst, weil er Böses getan. Und selbst wenn nicht, er soll Angst kriegen!

VERGEUDEN: tun sie das, was sie verschleudern und ausgeben, ohne nachzurechnen, und egal, wie viel es ist, sie bringen es bis zum letzten Heller durch.

AUFSCHLÜRFEN: tut der Hund eine ganze Schüssel Wasser, und wir, sagt die Hausherrin, den Wein.

FESTGESESSEN: wenn sie am Tisch saßen von mittags bis morgens um sechs, anderntags.

FORTSETZUNG: schon vorher hat man von dem und dem geredet, dann kommt einer dazu, der das nicht hören darf, sobald der weg ist, reden sie wieder von dem und dem.

RACHEFEINDSCHAFT: so einer beschließt, böse auf einen zu sein, und das dauert, bis der den Zorn ausgetrieben hat oder es einer eingesteht.

STÜTZEN: tun sich J. Lacković, J. Katanić, J. Milovuk und A. Rančić auf die Stühle, weil sie sonst hinfallen.

AN: nah bei etwas, damit es stehenbleibt.

EHRE: mithilfe deren kannst du dich rühmen, rechtschaffen und klug und hochwohlgeboren zu sein.

KENNZEICHEN: so einer was gemacht hat, damit man sieht, wie viel und was.

ERZIEHUNG: anordnen, dass ein Kind wird, wie es sein soll, oder sogar der Hund, wenn dir daran liegt. Die Frau kannst du nicht, die wurde schon erzogen, da lässt sich nichts mehr machen. Etwas beibringen, dass man so und nicht so ist.

GEBEN: tust du, was bei dir war, und jetzt gehet es zum andren, aber er hat es dir weder weggenommen noch unterwegs gefunden, sondern du hast es so gewollt.

GNADE: hätte Strafe verdient, aber ihm geschieht nichts, manche werden sogar noch belohnt.

VERSÖHNUNG: man war zerstritten und ist es jetzt nicht mehr.

ABSCHREIBEN: tust du einen, den du gern hattest, aber du siehst, dass er neidisch oder böse und faul ist, und dann ist es, als hättest du ihn nie gern gehabt, und du schreibst auch andres ab, so du es vergessen willst, wie wenn du was aus einer Rechnung streichst.

AUFSTOSSEN: tut, wer was Schlechtes gegessen und getrunken hat oder zu viel, und dann kommt Luft aus dem Magen in den Mund, und später wird er kotzen.

BESOFFEN: so sie was andrem als dem eignen Verstande folgen und der sie wohin führt, wo sie nicht waren. Meistens vom Wein.

ÜBERFRESSEN: da waren die Augen größer als der Magen, und später stöhnen sie, quälen sich, und manche krepieren.

RAPPELSATT: wer nichts mehr essen kann, manche sind es nie, die können immerfort essen.

VERJUXEN: tun sie alles, was sie hatten, und dann sitzen sie da und gucken.

EKELN: tut dich, was dir über ist, Essen, Ereignisse, Menschen.

GLUCKERN: tut A. Rančićs Magen, so viel Wein drin, und der schwappt überall in ihm rum und man hört es.

MAGEN: beim Menschen wie beim Vieh das Säckchen, in das du Essen tust, bis es wehtut.

FEST: macht man, was locker war, oder einer hält was mit beiden Händen, damit nichts herunterfällt oder um was wohin zu tragen oder um seine Kraft zu zeigen.

GALLE: kleine Blase im Körper rechts über dem Magen, die tut höllisch weh, so du was Scharfes isst oder dich grün und gelb ärgerst.

HÄNGEN: tun die Lippen beim Gesunden nur, wenn er zu viel Wein trinkt, dann kann er sie nicht schließen und nicht sagen, was er will.

ZERZAUST: ungekämmt, jedes Haarbüschel in eine andere Richtung, voller Knubbel.

GÄHNEN: tut, wer müde ist oder sich langweilt, der kriegt einen Krampf am Mund und reißt ihn weit auf, ohne es zu wollen.

SCHNARCHEN: tut, wer krumm oder am Esstisch eingeschlafen ist, dann lässt er was aus der Kehle, das pfeift, als wäre er ein Schwein, und er selber merkt nichts davon.

MUNDGERUCH: hat einer, der zu viel Wein getrunken hat oder dem sich der Magen umdreht, das riecht so übel heraus wie ein Fass voll Treber.

FURZEN: tut selbst der feine Mensch, so er besoffen ist, und er furzt los, wenn du was Ernstes sagst und er dich veräppeln will.

AUGENBUTTER: ist aus was, das sich beim Schlafen im Auge sammelt, wie Schwefel, muss man wegreiben, damit man wieder richtig sieht.

PROBE: wenn einer was will, aber nicht auf einmal, sondern langsam, um zu wissen, ob es und wie viel geht.

AUFSTEHEN: wer sitzt oder im Bett liegt, aber wohin gehen will, der erhebt sich auf die Beine.

HINSCHLAGEN: tun Kranke, Müde und Betrunkene, welche nicht aufrecht stehen oder geradeaus gehen können wegen dem in ihnen drinnen.

SABBERN: tut, wem Flüssigkeit aus dem Munde läuft, weil er betrunken, hinterwäldlerisch oder närrisch ist.

MÜSSEN: tut er groß, in beiderlei Bedeutung, Atanasij Rančić.

BEPISST: hat sich, wer nicht pinkelt, wo es sich gehört, sondern ins Bett oder in die Hose, wenn er ein Kind ist oder krank.

DAVOR: nicht drinnen, sondern hier, in der Nähe.

ABTRITT: Privet, wo du alles Schlechte, Unbrauchbare aus dir herauswirfst und dich reinigst.

ALTER: der hat die Kraft, den Verstand und jeden Schwung verloren, ist schwach, närrisch und voller Hass.

WACKELN: tut ein Kegel, bevor er fällt, ein Mensch auch.

BRUMMEN: tut der Bär, statt zu reden, der Mensch auch, verrückt, wütend, besoffen, verschlagen.

OHNMACHT: wenn du wie tot bist, aber lebst, etwas in deinem Leib, meistens im Kopf, ist schwach.

HINZUSPRINGEN: tun alle, so was Unerwartetes vorfällt, um zu sehen, was los ist, zu helfen oder auch nur um zu gaffen.

PLÖTZLICH: im Nu, der Moment, wo etwas geschieht, wie ein Donnerschlag oder so was Schnelles.

STERBEN: wenn es kommt, dass du nicht mehr bist, sondern was anderes wirst, der Moment.

KALT: wer nicht warm ist oder es war und dann k. wurde.

STRÄUBEN: wenn einer Haare hat, und die stellen sich auf wie beim Hund, der Angst hat oder droht oder was immer sonst.

SCHNURRBART: Haare unter der Nase.

LEICHE: toter Leib, war krank oder wurde getötet.

BLITZSCHNELL: bevor der Donner kommt.

NÜCHTERN: so du nichts getrunken oder den Rausch schon ausgeschlafen hast und ausgenüchtert bist oder dich was andres rasch zur Besinnung bringt. N. sind auch die, welche einen klaren Blick haben.

ERSCHÜTTERUNG: so es unter den Füßen von drinnen bebt, und du weißt nicht, wie dir geschieht.

ERSTER: der ist in was besser oder geübter, und du kannst ihn in dem Moment nicht einholen.

ABHASPELN: tust du das, was auf etwas oder um etwas gezwängt wurde. Beim A. siehst du besser, was drin ist oder in welcher Reihenfolge es war. Gilt für Garn ebenso wie für Ereignisse.

VERKATERT: am Tag nach dem Trinken, du bist gesund und auch wieder nicht und dir fehlt was, aber du weißt nicht was, und du hast zu nichts Lust.

VERWIRRT: nach dem Aufwachen, so du noch nicht bei dir bist, sondern anderswo, weißt nicht recht, wer du bist oder was mit dir los ist oder was war. Jeden Morgen neu geboren.

BEENDET: so ein Unterfangen abgeschlossen ist, oder eine Zeit oder ein Leben.

ERLÖSCHEN: tat, was leuchtete oder brannte und dann nicht mehr.

GETROCKNET: ist, was nass oder auf den Tisch geflossen war.

SCHEUCHEN: tust du Vieh oder Menschen, die hinaus sollen, sich davonscheren, woanders hingehen, weil sie nicht hierher gehören.

WEGWERFEN: tust du, wovor dir plötzlich ekelt, was du aber behieltest oder dir nahe oder deins war.

FORTGEHEN: tun sie, so sie etwas von dir wegführt, ob es dir passt oder nicht.

BLEIBEN: tust du, bist weiterhin, wo du warst, obschon sie dich anderswo und bei andren haben wollten.

AUFATMEN: tust du, so dich was heimgesucht hat und das aufhört, dann atmest du auf.

ERLEICHTERT: bist du nach einem Prozess oder Streit oder andrem Übel, das vorgefallen ist, so du dann recht bekommst oder das Schlechte vorbei ist.

VERSCHWUNDEN: so was allüberall war und plötzlich nirgends mehr ist, wegen einer Seuche oder weil man's dir gestohlen hat. Auch ein Mensch, den es nicht mehr gibt.

VERLASSEN: ist eine Gegend, in welcher alle sterben oder abwandern, und so verödet sie, bis sie ganz v. ist.

RESTE: sind von etwas übrig, wenig vom vielen, fast nichts vom Großen, Dreck vom Sauberen.

KEHRICHT: von Wertvollem, ist aber selbst nichts wert, kehrt man zusammen, und der Haufen stört oder stinkt nur.

VERDORBEN: diente einst zu was, kann's jetzt nicht mehr, weil es beschädigt ist.

ZERKNITTERT: war eben noch ordentlich und geglättet und ist jetzt unordentlich und verdrückt.

AUFGEBRAUCHT: war zum Verbrauchen gedacht und ist jetzt weg, aber einer wird dir immer vorhalten, dass du nichts für was weiß ich zurückgehalten, sondern alles verbraucht hast.

NACHT: wenn alles dunkel wird und dich schlechte Gedanken umfangen.

DUNKELHEIT: die hat kein bisschen Licht, als wäre man in einem Loch, einem Sack oder Kasten, und so wird es auch im Tode sein.

FLEDERMAUS: fliegt wie ein Maikäfer nachts, dabei sieht sie weder was, noch weiß sie, wo sie hinwill, obschon sie nirgends dranstößt.

GESPENST: etwas oder einer, der oder das sich in der Dunkelheit oder im Traum zeigt und den erschreckt, der's nicht kennt.

MOND: leuchtet nachts am Himmel, manchmal ist er da und manchmal nicht, in Büchern steht, wann er wie ist.

WINDROSE: Kreis, eingezeichnet, um übers Meer zu fahren, da steht, welche Seite der Welt welche ist und aus welcher Richtung welcher Wind bläst.

ERSCHEINUNG: Wunderzeichen am Himmel, so man drei Regenbögen auf einmal sieht oder einen Reifen um Sonne und Mond, dann soll es Krieg geben, die Pest ausbrechen oder der Kaiser sterben; Spanier und Deutsche sehen die meisten E. und schreiben und zeichnen alles auf. Des weiteren Sternschnuppen, Meteoriten und ein übernatürliches Licht am Himmel, egal, wo, wie und wann, immer sagen sie, das oder jenes werde geschehen. Im ungarischen Grasland und anderswo sieht man auch Dinge, die es nicht gibt, Schlösser, Türme, Brunnen und Kamele, das nennen die Magyaren Delibab und die Italiener Fata Morgana, wohl nach einer Prinzessin.

BESCHREIBEN: tat ich alles, was ich sah und wusste, auf Papier, hoffentlich zerreißt's mir keiner.

SCHREIBEN: verzeichnen, was noch keiner gesagt hat. Die,

welche nur abschreiben, was jeder weiß, oder Zahlen oder Namen im Gemeindeamt eintragen, das sind Schreiber.

SCHRIFT: die Buchstaben sind, wenn in Haufen, zunächst einmal Wörter, aus denen sind Sätze, und wenn man die begreift, hat man das, was einer von etwas hält oder über jemanden denkt. Die einen schreiben so, die andren so, jeder wie er mag, ich bin eher für Vuk K., von dem ich die *Danica* beziehe, als für die anderen, die kirchenslawische mit eigenen Schriftzeichen mischen, und das kann dann kaum einer auseinanderhalten. Meine Schriften bewahren, was ich noch vom Vater weiß und von andren klugen Leuten, die ich getroffen habe, sowie auch von den Leuten hier, die man nennen sollte; sie enthalten weiterhin Sachen von der Schule in K., Slawonisch und wie man in der Bačka redet und das Serbische ganz allgemein sowie ein bisschen Kroatisch, das gehört auch zu uns, aber nichts von dem, was ich in der Kirche vorlese, und nichts Russisches, denn Gottes Sprache ist das eine, und wie das Volk redet, das ist etwas andres.

FEDER: die kommt nicht immer von der Gans, es gibt auch künstliche, welche zum Schreiben bestimmt, so man was zu schreiben hat.

PAPIER: darauf schreibt man, wer's liest, kann man nicht wissen.

KYRILLISCH: das sind die Buchstaben, mit denen wir Serben schreiben, es gibt auch das lateinische Alphabet, mit dem schreiben alle andren.

ABFASSEN: tu ich meine Gedanken, ich setze mich hin und schreibe sie fein säuberlich, klar und der Reihe nach auf.

RECHNUNG: so ich aufgeschrieben habe, wie viel ausgegeben wurde, oder andres, worüber ich mir selbst Rechenschaft ablege.

FIBEL: Buch, aus dem man die ersten Buchstaben lernt und wie welcher geschrieben wird und was es bedeutet, wenn man einen an den andren hängt. Das Erste ist das Leichteste und den meisten auch klar, und so was würde ich gern schreiben, damit jeder weiß, wo was ist bis zur kleinsten Einzelheit. Danach dürfte es nichts mehr zu schreiben geben, und deshalb wird es mir auch nicht gelingen.

WÖRTERBUCH: wo alle Wörter sind, welche man sagt oder schreibt, selbst die schlimmsten, die kann man halt auch hören und lesen, denn das alles ist von Menschen.

RECHTFERTIGEN: muss ich mich für das, was ich falsch gemacht, ob ich nicht anders konnte oder es aus purer Bosheit tat, müssen andre ermessen.

GELEBT: durchs Leben gejagt, von Anfang bis Ende, irgendwo, irgendwie, mit irgendwem.

ZUFRIEDEN: so du etwas wolltest und es erreicht hast.

MORGENGRAUEN: bevor der Tag anbricht, aber nicht mehr Nacht ist, sondern sich der Himmel in der Richtung rötet, wo die Sonne aufgehen wird.

DÄMMERN: tut es, so das Licht zurückkommt, auch wenn man nicht geschlafen, sondern dagesessen hat, und es wird hell.

HELLGEWORDEN: wer die ganze Nacht gearbeitet oder gezecht hat oder was andres, den trifft Aurora so an, wie er ist.

FRÜH: so noch keiner außer dir oder der, welcher das Verrätselte löst, wonach auch die andren. Vor allen.

DRAUFSTOSSEN: so du über was stolperst, ohne drauf zu hoffen, sei es im Wald, sei es zwischen Papieren.

ZETTEL: ein Stück Papier, auf dem was geschrieben steht, damit, wer ihn erhält, das weiß oder du selbst nicht vergisst, was dir Wichtiges eingefallen war, dann hast du es für später.

AUFMACHEN: tust du, was verschlossen war, damit es nicht verdirbt, oder einen Brief, den nicht jeder lesen soll, sondern nur du, an den er adressiert ist, und den öffnest du.

WISSEN: lässt dich die Frau, dass du verflucht sein sollst, weil du sie so sehr mit deinem Leben quälst, deinen schlechten Angewohnheiten, dem Saufen, deiner Verschwendung, dem Lärm, aber vor allem mit deiner Fröhlichkeit, dem Redenschwingen, der lauten Stimme, während sie unfroh, schweigsam und leise ist.

VERRIEGELN: ich verschließe, was nicht für jeden ist, eine Schublade, oder etwas andres mithilfe eines Schlüssels oder eines Geräts.

KASTEN: da wird verstaut, was nicht wegkommen, das keiner sehen oder forttragen soll.

ZULETZT: nach all dem Gezänk, Geschrei und Hin und Her habe ich genug von allem.

AUFKNÖPFEN: tu ich, was zugeknöpft war.

KNOPF: kleines Teil aus irgendetwas, mit dem du dein Gewand schließt, so es auf der Gegenseite ein Löchlein hat.

RUHEN: tust du, nachdem du viel gearbeitet hast.

RUHESTÄTTE: da liegen die Toten wie die Lebenden, obschon es sich lebendig besser liegt.

SCHLAFGEMACH: so du da eintrittst, darfst du nicht mehr an draußen denken, darfst dich nicht sorgen, erst wenn du wieder Kraft geschöpft und bessere Laune hast.

RUHE: wenn ein Mensch so war, wie ein Mensch sein soll, und in Frieden liegt.

MORGEN: bevor der Tag beginnt, aber schon angebrochen ist.

BEENDIGUNG: wenn aufhört, was war und andauerte, selbst wenn es lange dauerte, und danach ist es nicht mehr.

SCHLAFEN: tust du, wenn du nicht oder nur ein bisschen bei Sinnen bist, so du döst, und das ist alles verworren und nicht wie im Leben, aber du bist weder krank, noch stirbst du daran.

TRÄUMEN: tust du, was im Schlaf geschieht, jene Bilder, in denen auch die mit dir reden, welche nicht leben, und du hörst, was nicht war, aber vielleicht sein wird.

WACH: solange du bei Sinnen bist, nicht einschläfst, dich nicht ergibst.

KATHARINA, 1871

Im Jahre achtzehnhunderteinundsiebzig wird der Stern der Frühlingsgöttin Venus über die Welt, Franz Joseph der Erste über das Kaiserreich und der im Volke beliebte Prota Vasilije Uskoković über Grunt in Slawonien herrschen. F. Joseph 41 Jahre, V. Uskoković 30. An Familie hat F. J. Frau Elisabeth, Kinder Gisela Louise Marie, Kronprinz Rudolf und Marie Valerie Mathilde Amalie, V. U. Frau Katharina, geborene Pejačević, Geschwister Jovo, 40 J., und Mitar, 25 J., Kinder Anka, 8 J., Petar, 5 J., und Dušan, 1 J., sowie den greisen Vater Theodor, einst ebenfalls Prota. Dem F. Joseph wird Tochter Sophie Friederike Dorothea gestorben sein, während Prota Vasilijes Söhne Jovo und Sava vor 5 und 3 Jahren gestorben sein werden. Der Prota wird über die Kirche, ein riesiges Vermögen, Winzererzeugnisse sowie zahlreiche Bauern und Bedienstete bestimmen, während sich der Kaiser um Himmel und Erde, Heere, Berge, Flüsse, Tiere, Marschkolonnen, Jahreszeiten sowie das Leben kümmert, erst um sein eigenes, dann auch um unser aller Leben. Levin Rauch hält sich noch kurze Zeit als Ban, Petar Maljević als Bischof von Poschegg, und Josip Mihalović wird noch eine ganze Weile Erzbischof von Zagreb bleiben. Richter Franjo Taler wird Jovo Uskoković wegen Betrugs an J. Šembera aus Cernik beim Ankauf von Material gerichtlich verurteilen, der anwesende Hauptmann ist J. Matijević, militärischer Würdenträger ohne Ressort A. Malešić, dem ein Arm fehlt. Mit der Durchsetzung ihrer Erbschaftsansprüche gegen Familie Pejačević wird K. Uskoković Großschriftführer S. Tubić und Unterschriftführer D. Šmauc beauftragen. Das jüngste Kind, Dušan, wird lungenkrank werden, in dieser Sache kann Gemeindearzt V. Taler helfen. Einen Gemeindeverwalter gibt es nicht, Förster wird D. Pavić, Wachtmeister J. Frigan, Kastellan I. Šmauc sein, der Bruder des Unterschriftführers, die wollen vereiteln, dass ohne Sinn und Verstand Bäume gefällt werden. Hebamme Mara Sokopf holt die Kinder, das Haus Usk. bleibt in diesem Jahr allerdings ohne Niederkunft, selbiges gilt für F. J. Die Weiblichkeit wird in demselben Jahr hold, weiß wie Schnee und schwarzhaarig sein, und in die blauen Augen sollte keiner hineinschauen, Verschwenderinnen sind sie erster Güte, irre werden die Herren an dieser Herrlichkeit werden, obschon der Kaiser weise, sparsam und häuslich auftritt. Die Weiblichkeit wird sich vor Schwangerschaften hüten, wackere Mannsbilder werden zu unterwerfen wissen, die Frau ebenso wie den Eber oder andere häusliche Plagen. Am Himmel werden Zeichen trockenen Wetters und der Heiterkeit stehen, auf der Sonne ebenfalls. Rossarzt Knežević wird die Hühnerpest heilen, Doktor J. Jelačić sich selbst von Träumen, in denen er Schwalben und brennende Kronen sieht. Der alte Prota Theodor zählt Ameisen auf der Hand und Krümel im Fladenbrot, Landvermesser Čabrijan misst derweil verschiedene Entfernungen im Dorf, die Abstände zwischen den Häusern, die Größe mehrerer Bauern, alles insgesamt wird er anschließend durch vier teilen und mit zwölf malnehmen. Seit 1691 Jahren wird in Slawonien Wein angebaut, seit 631 J. Papier aus Hadern hergestellt worden sein, seit 408 Jahren sind die Türken in Bosnien, seit 69 J. kennt man die Geißfußveredelung, seit 327 Jahren wohnt Familie Uskoković in Slawonien und F. J. ist seit 4 J. Kaiser. Den größeren Teil des Jahres wird Prota V. Usk. auf dem Konzilium in Karlowitz, also dem ungarischen Karlowitz verbringen, aber wäre er nicht dort gewesen, hätte das auch nichts geändert, und auch F. J. wird nicht mal im Traum ans Abdanken denken. Was ist, wird sein, als wäre es nicht gewesen, und umgekehrt. Alle Ereignisse werden sich ereignen, die andern nicht. Einige werden zuerst aufgeschrieben, andere erst danach. Alles wird eingeteilt, ein bisschen was hier, ein bisschen was dort. Zuerst kommt das Frühere, später das andere. Alles braucht eine Richtung und Ordnung, damit das, was erzählt werden soll, nicht vollkommen durcheinandergerät. Unterschriftführer Bunjik, Brnić und Pejčić unterschriftführern dem Richter Benj. Hochwohlgeborenen Thronfolger, der Hebamme Roza Cviljuž sowie Oberförster D. Pavić, und Großschriftführer S. Tubić großschriftführert vier Finsternisse, zwei Sonnen- und zwei Mondf. Grunts Personalaktuar P. Vučić und P. Raabe beurkunden den neuen Waldabschnitt von Rossarzt

Knežević und den hinteren Teil des Weinbergs von Richter Klašnja. Arzt J. Jelačić kuriert Gmaz, Milanković und Bumcek von der Atemnot, die Vodvaržka von nervösen Ticks, Kučinić vom Hofieren, Šafar von der Hast, die Slama von ihrem Verehrer. Im Jahre 1871 werden Klašnja, Jovan Uskoković und Richter Taler stattlich, Wachtmeister Frigan, Kastellan Šmauc und der alte Prota Theodor ungeschickt, Oberförster Pavić und die Kučanić bei der Verteilung der Weihnachtsgeschenke knauserig sein. Mesić, Jagić, Bogović, Weber, Šuhaj, Bogišić, Petranović, Strossmayer, Daničić, Rački, Miklošić, Gavrilović, Palacki, Šuhaj, Jurković, Torbar, Matija Ban, Šafarik und Pančić sind klug, Savić, Valon, die Vodvaržka, Gmaz, Milanović und Kavić dumm, Klašnja und Šafar saudumm. Gestohlen haben werden Šembera und Ivančić, aber nur der zuletzt Genannte wird auch gefasst. Den schönsten Namen trägt Amtsschreiber Alexander Karaktatić, die scheußlichsten Buzdovanić, Schwaller und Dupalo oder im Deutschen Ranzmaier und Klohocker. Schutzpatron von Niederösterreich ist der heilige Florian mit der Gießkanne, bei uns in Kroatien Sv. Ilija der Donnerer, am slawonischen Flüsschen Šumetlica Johannes der Täufer, in der Krain der Georg mit dem Speer, an Wegkreuzungen der hl. Rochus und im fröhlichen Tirol St. Virgil. In Tirol wird man Tiroler, in der Krain Krainer und in Slawonien slawonische Hüte mit der passenden Bekleidung tragen und dazu geschnitzte Stöcke. An Stöcken gibt es solche, mit denen man Kinder zur Vernunft bringt, bergauf geht und sich im Alter drinnen im Haus und draußen im Hof behilft. Man darf mit ihnen niemals ein Haustier schlagen, denn davon stirbt es. Unsere großen Männer Batthyány, Beděković, Sotek, Drašković, Erdődy, Heckenbach, Jelačić, Keglević, Kotlinski, Kulmer, Nugent, Odeschalchi, Ottenfels, Palfy, Palavičini, Pejačević, Prandau, Rauch, Česten, Sermag, Josipović werden als Große sterben, auch wenn einige von kleinem Wuchse sind. Gewöhnliche und niemandem dienliche Vorkommnisse kommen alle Stunde vor, die dienlichsten wie auch die schlimmsten nur einmal im Jahr. Die Märznächte werden klar und kalt sein und viel Raureif bringen, die Tage halbwegs angenehm, vom achten bis dreizehnten so windig, dass vielen die Kappe vom Kopfe gerissen wird. Viel Regen, Schnee, Händel, Aufmüpfigkeit und Traumgesichte voll böser Raubkatzen. Vom vierzehnten bis zweiundzwanzigsten Fröste, Halsschmerzen, Wut bei den Männern und Schlamperei bei den Frauen. Dann wird es wärmer, die Kinder wunderbar, das Vieh erträglich. Noch keine Schlangen unterwegs. Die Sonne wird an einer Seite auf- und ganz woanders untergehen. Die Menschen werden allerverschiedenste Geschichten erzählen, einer dem anderen wie auch sich selbst im stillen Örtchen, bei der Arbeit oder unterwegs. Markttage in Poschegg zu Ant. Eremit, Palmsonntag, Pfingsten, hl. Theresa und hl. Thomas. Bei Jovan Usk. reichlich Verluste bei Kauf und Verkauf, aber das Geschäft wird noch nicht untergehen, weil zu viel Geld drinsteckt. Von Osijek wird um fünf Uhr nachmittags ein Schiff Richtung Novi Sad ablegen, mit dem der ehrwürd. Vasilije zum Konzilium nach Karlowitz fährt, hinterlassend zu Hause: Frau Katha, Kinder Anka, Petar und Dušan, Vater Theodor, dem kleine Hähne und große Frösche, rennendes Grünzeug und redende Vergissmeinnicht erscheinen. Nominalwerte beim Glücksspiel: Fürst Salm 40 Kronen, Graf Saint-Genois ebenfalls 40 Kronen, Schuldverschreibungen über 100 Kronen, Ofener 40, Graf Waldstein nur 20, Fürst Esterházy wieder 40. Im gemeinsamen Ministerium ist und wird sein Ferd. Friedrich Kanzler, nach ihm Otto Rivelier, Leopold Hofmann, wunderbare Männer, wunderbare Namen. Für den Kriegsfall, egal gegen wen, wird Baron Franz Kuhn Kriegsminister, Finanzminister Melchior Lónyay wird das Geld zählen, Alfred Graf Potocki k. k. Ministerpräsident zur Volksbeschwichtigung, und der ungarische Andrássy soll dasselbe in Ungarn machen. Graf Đuro Festić wird Minister bei Hofe sein, Berater der kroatischen Abteilung Sandor Barćetić, Sekretär Ivan Maršo; im Hause Usković wird Katharina das letzte Wort haben, obwohl sie zwei Popen unter ihrem Dach hat, von denen einer voll im Safte steht. In Poschegg wird Landvermesser Dragutin Cankl seines Amtes walten, Jovan Usković mit Tuchen und anderem handeln, und in der guten Stube misst der kleine Peter mit einem Stück Kordel die Entfernung vom Tisch zur Tür. Wer wird wen vertreten und warum? Vom Volk gewählte und aus dem Volk hervorgegangene Volksvertreter werden das Volk vertreten: Kušević, Bertalan, Rumpl, Šlister, Bunjik, Gašić, Kempf, Ciraki, Ivšić, Rosenberg, Pikal, Folk, Strižić, Mračić, Galac, Csilagh, Lesni, Sennig, Trnačić, Ilić, Ritig und Katomio. Alle genannten Vertreter werden auf den ihnen zugeteilten Plätzen im Konzilium selbst sitzen, und Baron Rauch wird von seinem Platz aus fragen, wen die Männer vertreten, und die Vertreter Bertalan, Rumpl und Sennig werden sich von ihren Plätzen erheben und erwidern, sie verträten die guten Menschen in und rings um Poschegg, und der Baron wird darauf sagen: »Das ist gut und Sie möchten damit fortfahren!« Darin wird das Vertreten der ausgewählten Vertreter bestehen, die genau zu diesem Zweck von Wahlmännern oder Stellvertretern gewählt werden. Der Sektionsvorsitzende für Kultus und Erziehung, Dragutin Pogledić-Kurilovečki, wird fragen, was es im Bereich Kultus und Erziehung Neues gebe, und zu hören bekommen, dass der Kultus in zwei gottesfürchtigen Glaubensrichtungen gepflegt werde, der römisch-katholischen und der östlich-orthodoxen, und dass als gebildet gelte, wer sich mit den Arbeiten in Feld und Weinberg auskenne; lesen und schreiben könnten achtzehn Personen, nicht gerechnet die Federführer, Unterschriftführer und Popen. Gymnasialdirektor Gršković wird Gavro Lucarić, Jovo Stanivuk, Ivan Tkalčić, Petar Valjevac, Franjo Žedić, Josip Forko und N. Komlanec unterrichten und belehren. Die Schule besuchen die Ungebildeten, um später gebildet zu sein, sowie einige, die niemals auch nur das Geringste lernen werden, aber das ist wohl Gottes Wille. Anwalt Franz Schlaumeier wird Katharina, geborene Pejačević, verheiratete Usković, im Prozess gegen Baron Pejačević hinsichtlich ihres Erbteils an dem riesigen Vermögen vertreten, von dem sie wegen der Heirat mit einem orthodoxen Priester ausgeschlossen werden soll, und das obwohl die Pejačevićs, Ježovits und andere stets bereitwillig einräumen, alle Serben seien Kroaten, umgekehrt gelte das aber nicht. Wer würde Briefe und Dokumente jedweden Inhalts verschicken, wenn nicht Postdirektor Filip Haler, der bei seiner Ehre für alles bürgt, was sich in Umschlägen befinden kann. Vladika Serbiens auf dem Bischofsstuhl in Pakrac wird Nikanor Grujić sein, ihm unterstehen die Popen Konst. Joanović, Ranković, Vuksanović, Uskoković, Ćupović, Theodor Solarić in Daruvar, Athanasie Meić in Grubišno Polje, dann Buzdovanić, Bolić, Milojević und Škorić, die jetzt alle bei dem Treffen im ungarischen Karlowitz sind. Sonstige Gläubige werden die Stacheligen Tarantelnebel in Poschegg sein, die Havlíková-Sekte, die Kleinen Bauern, die Klugen Mäuse und die Derben, eine Konfession, welche sich an die alte Lebensart in Wäldern und Höhlen hält. Ordensoberer Lovro Pregl wird klagen, die Ungetauften täten mit Steinen nach ihm werfen, aber das hilft rein gar nichts, denn Kanoniker Weber ist stocktaub. Die Kanoniere werden von Dragutin Schramm befehligt, die in Karlstadt stationierten 21. Grenzer werden August Edelfreiherr Rueff unterstehen, und zuarbeiten werden ihm, wenigstens auf dem Papier, Hostinek und Lommer. Soldaten und ihre Kommandanten tragen Uniform, die anderen nicht. Die in Karlowitz stationierten 22. Grenzer führt Ferdinand Freiherr Rosenzweig, während Anton Freiherr Mollinary, trotz des italienischen Namens einer von uns, die Banstadt Zagreb befehligt. Wenn es zu Aufständen kommen sollte, was nicht der Fall sein wird, steht Stara Gradiška unter dem Befehl von Ferdo Beltrup, Slavonski Brod unter dem von Ivan Pehar und Osijek unter dem von Franz Erdegath. An Militärverbänden Stab, aktive Kompanie, Heimatwehr-Eskadron. Sie alle werden ihr Vaterland lieben, andere hingegen weniger. Graf Laca Pejačević und Graf Julio Janković werden vom Anschluss der Krajina an Kroatien reden, aber sie bekommen zu hören, die Zeit sei noch nicht reif. Weitere historische Ereignisse: Deutsch-Französischer Krieg, viele Opfer, in Paris rottet sich der Pöbel zusammen und stürmt die reichen Bankhäuser, Frauen laufen nackig durch die Straßen, werden aber hinterher samt und sonders unbarmherzig erschossen. In Poschegg wird nichts dergleichen geschehen, weder in diesem noch in irgendeinem anderen Jahr. Der französische Schriftsteller Victor Hugo, der selbst keinen Deut besser ist, wird in Bordeaux, dem Seehafen, im Namen der erschossenen Huren sprechen. Im Maksimir am dreißigsten April großes Bankett zum zweihundertjährigen Todestag von Petar Zrinski und Fran Krsto Frankopan, die auf dem Richtplatz durch Henkers

Hand ihr Leben ließen, obwohl sie das fremde Land von ganzem Herzen verteidigten. Hauptmann Pljuštec wird in der Stadt Tombolalose verteilen, kleine bunte Zettel für dumme Kinder, alles zusammen werden sie 2 Heller pro Kopf kosten. Jedes ehrbare Haus wird entweder die kroatische Nationalflagge oder eine schwarze Fahne heraushängen, was ganz dasselbe ist. In der Schweiz wird die Todesstrafe abgeschafft werden und der harmlose Waldarbeiter aus der Umgebung von Pakrac nicht gehängt, obwohl er die eigene Frau erwürgte, weil sie ihm, dem Erschöpften, nach der langen Wanderschaft in der Fremde nicht die Stiefel ausziehen wollte. Viktor Emanuel wird im Juli die Hauptstadt des vereinigten Italien nach Rom verlegen. In der Gemeinde Pakrac werden sich Bauern und Steuereintreiber wegen herausgerissener Tabakpflanzen und der Verunglimpfung einer Tauffeier von Kroaten orthodoxen Glaubens eine Schlägerei liefern, dabei wird es Tote geben. Die klügsten Männer Mazzini, Italiener, Garibaldi, ebenfalls I., und Bismarck, obschon Deutscher. Das beste Gehör unter den kroatischen Musikern wird Kuhač-Koch haben, die wackersten Förster werden Schmidt und Filo sein, die Räubern noch das kleinste Ästchen abnehmen, es sei denn, sie würden mit einer Waffe bedroht. Am vierten März französischer Waffenstillstand, aber der wird nicht halten. Was wird wozu gehören? Zu jungen Männern, ob Grenzer oder Zivilist, gehören Stiefel oder gewichste Stiefeletten, Tabakpfeifen, Schwerter, Messer oder Pistolen, randvolle Gläser, fein gearbeitete Kappen, Empfehlungsschreiben der Herzogin, hübsche Saaltöchter und dazu noch Hoffahrt, Rücksichtslosigkeit und kein Gedanke an morgen, Schnauzer, Stöcke für Bergtouren, lästerlich-schroffe Gemütsart, der Schalk in den Augen, der die Mädchen um den Verstand bringt, Schmuckstücke oder Blüten im Knopfloch, geschniegelt und elegant sein und sich darauf was einbilden. Zum alten Mann die Brille, Pfeife und Glas sind wie bei den Jungen, Bücher über verschiedene Dinge, auf dem Kopf eine Strickmütze, Schlappen an den Füßen, Leibchen am Leib, Wolldecke auf den Knien, vor sich einen Gugelhupf oder so was und ständig dieses Gemecker, was ihm alles wehtut, und früher war alles besser und keiner hört ihm zu. Zum

Brand gehören Schreie, Streit, ein undichter Schlauch, verletzte Kinder, eingestürzte Stallungen, etwas Wasser und Zündhölzer zum Zündeln. Zur Reise gehören der Weg, die Kutsche, das Dösen, verschwitzte Pferde, eine hübsche Reisende, der die Nerven durchgehen, ein Kavalier, der ihr ein Riechfläschchen hinhält, auf dass sie daran schnuppere, Handschuhe, Überfallenwerden, Musketen und ein Wegelagerer, der an der Kreuzung um ihre Hand anhält. Zum Kinde der Rebus, Papierdrachen, ungefährliche Spielzeuggewehre, alles übers ganze Haus verteilt, Flecken auf der Hose, einige Bälle, ein Heft voller Zeichnungen, eine Tasse Milch, halb ausgetrunken, eine Puppe, die durch heftiges Spielen den Kopf verlor, Heulen vor Wut, nicht aus echter Not. Zur verheirateten Frau Kleider, volle Teller und ein schön gedeckter Tisch, ein liebenswürdiger Gast, eine Stimme, die gegenüber Kindern laut werden kann, dem Manne schmeichelt und beim Gesinde ernst wird, Kopfbedeckung, Sorglosigkeit ob des vollen Hauses und den ganzen Sachen darin, die eine oder andere Träne, vergossen wegen der seligen Mutter oder dem verstorbenen Vater oder der Erinnerung an einen Tag in der Mädchenzeit anlässlich der Abreise eines Leutnants an die Front. Zum Schuster gehören Nadeln von übernatürlicher Länge, Leim, der nicht gut riecht, die löchrigen Schuhe des armen Rnjak, aus denen sich nichts mehr machen lässt, Verzweiflung über das Los eines Schusters, herrliche Lieder, gesungen aus voller Kehle, Schürze, Bürste und Kerzen, um lange zu arbeiten, ein Vogel auf dem Tische, Freude im Herzen, Ehrfurcht in der Brust. Dem Sohn fällt die mütterliche Sorge zu, wenn er zum Militär geht, dass er nicht in den Fluss, nicht im Kampfe, nicht der dreckigen Saaltochter in die Klauen falle und sich nicht beim Reiten verletze, zu ihm gehören Birnen, Bier und leckere Schnitzel, der Kuss eines Mädchens in einer unbekannten Gasse, Abschiedsszene am Ufer, Briefe mit gepressten Blumen drin, und dann kommt er bärtig und vernarbt und ohne einen Heller in der Tasche wieder nach Hause. Bettler haben nur ein Auge, sind Krüppel, taubstumm und ausgehungert, ihr Zuhause ist abgebrannt, die Mutter elend verreckt, der Vater vom Messer durchbohrt worden, die Jugend hat er in Schenken und vor der Kirchen verbracht, trotz allem kann er ein paar Liedchen auswendig und wird an jeder mildtätigen Schwelle liebenswürdig empfangen, statt dass man den Hund auf ihn hetzt. Zum Hund gehören gewöhnlich Knochen, Stockschläge des betrunkenen Besitzers, Kinder, die ihn foppen, das Gebell, mit dem er den Dieb erschreckt, der die Kühe aus dem Stall heraus stiehlt, zersplitterte Zähne vom untergeschobenen Steine, Hohn und Fußtritte unter dem Tische, auf dem die Herren tafeln und ihm nichts abgeben, wo er sie doch bewacht und ihnen treu ergeben ist. Aus Lederriemen wird Opankenmacher Kovačević Opanken machen, aus Holz schreinert Lisac Tisch und Stühle, Petrić dreht aus Ton Krüge, in die man was reingießen kann. Aus dem Nichts werden der Poschegger Pfarrer Maljević in seinen Predigten, Richter Taler im Sinne von Recht und Wahrhaftigkeit und Vilim Korajac, Direktor der Lehrerbildungsanstalt und Schriftsteller, etwas erschaffen. Zur Generalversammlung kroatischer Lehrer fahren Ivan Filipović und Mijat Stojanović von Zemun nach Zagreb und treffen dort S. Buzolić, A. Truhelka, Knežević, Dević, Skender Fabković, Dr. Napoleon Špun, Jambrečak sowie Berletić, und alle werden Anekdoten aus ihrem Lehrerleben erzählen und wie dieses in jeder Hinsicht erfolgreicher und angenehmer zu gestalten sei. Aus dem Nichts wird Landvermesser Dragutin Cankl nichts erschaffen, weil er nur mit Ziffern arbeitet, die niemandem nützen, während die Dinge an anderen Stellen sind. Ebenfalls aus dem Nichts nichts erschaffen werden Ruža Lesni, die stets berichtet, was ihr träumte, oder der wandernde Geschichtenerzähler Stevo Lopandić mit seinen unzähligen dämlichen Bruchstücken aus dem vermeintlichen Volksleben. Danilo Smičiklas wird etwas zu nichts machen, indem er das gesamte väterliche Vermögen verjubelt und es mit seinem verrückten Kopf und lockerer Hand verschleudert. An belehrenden Zeitschriften liest man *Rundschau, Težak, Sarajever Blütenlese, Serbische Biene, Serbenwehr,* billige kroatische Volkskalender, den *Poschegger Volkskalender,* alte und neue Almanache, den landwirtschaftlichen Kalender, *Der kleine Hausgenosse, Das landwirtschaftliche Handbuch, Das Winzerhandbuch, Notizen für Imker* sowie *Tausend herrliche Bilder aus dem slawonischen Leben.*

Fremdes Geld stehlen wird Josif Bruder, welcher mit der Kasse der Telegrafenverwaltung und über hundert Forint aus Virovitica verschwindet. In Ruma wird sich ein Rittmeister wegen einem unbedeutenden Minus in der Regimentskasse umbringen. Ein Mädchen aus Franztal wird für liederliches Betragen öffentlich ausgepeitscht werden, aber 23 der Zuschauer, die gern öffentlichen Züchtigungen beiwohnen, sich dann in die Hände spucken und zu Hause was machen, werden bei der Gelegenheit bestohlen werden. Von Privatpersonen werden folgende Schiffe auf der Save betrieben: die London und die Đuka, beide von Kopač, die Isidor und die Eržebet, beide von Leopold; keins dieser Schiffe wird bis zum Ende des Sommers havarieren oder auch nur einen Kratzer abbekommen. Weitere Schiffe, die vorhanden sein werden: die Ferenc Deák von I. Leopold, die Moric Percl des Ungarn János Ciszer, während Breslauer das Getreide in Kanjiža ob der Theiß lagert. Insbesondere Militärangehörige können sich von Louis Handelsmann schnellstens in Schönschrift unterrichten lassen, Hüte bestellt man am besten bei Femka Petrović in Zemun. Bei uns werden Jovo Kovačević im Brunnen ertrinken und Tagelöhner Žanić beim Heumachen in die Sense fallen und durchbohrt, und die Kata Pejnović wird ihre beiden kleinen Kinderchen mit heißer Milch bis auf die Knochen verbrühen. Laut Wörterstatistik ergibt der ganz normale Klatsch unter Frauen pro Jahr 52 dicke Bücher, das ist weit mehr, als wenn sich selbst der klügste Mann in bester Weise mit der wissenschaftlichsten Wissenschaft beschäftigen würde. Svetozar Miletić, einer der vornehmsten Männer der Nation, wird ein volles Kalenderjahr im Kerker von Vác schmachten. Am ersten kais. königl. patentierten Mäusegift werden von der Hand eines Dr. Schoßberger im Laufe des Jahres 1871 achtundvierzig Männer, Frauen und Kinder sterben. An gefälschten Waren werden in der Umgebung von Našice gepanschter Wein verhökert, S. Lopandić wird als falscher Prophet und Schriftsteller verfolgt werden und falsche Wiener Apollo-Kerzen den Markt ohne schützende Verpackung überschwemmen. Sieben männliche Opfer und zwei Kinder durch in Slaw. im Laufe des Jahres umgekippte und verunglückte Kutschen. Spiele für Kinder werden von Kindern und Spiele für Erwachsene von Erwachsenen gespielt. Erwachsen ist, wer das achtzehnte Jahr vollendete, unabhängig vom tatsächlichen Wuchs. Künstliche Imkerei wird man aus künstlichen Bienen produzieren, die weder fliegen noch stechen, sondern alles wird in Form einer Maschine gefertigt. An Arbeiten in Haus und Feld werden sein: ständige Arbeiten, zeitweilige Arbeiten, Gehölzveredelung, Seidenherstellung, Rotznasen (Schleim) heilen, Einrenken ausgekugelter Schultern und Hüften, Beerdigen vollkommen toter Männer, Dornen aus gesunden Fersen ziehen, frühstücken, mittagessen, zu Abend und nach getaner Arbeit essen. Ins Pflanzenreich gehört alles, was aus der Erde wächst, ins Tierreich hingegen Käfer und Tiere, alles, was läuft, kriecht und fliegt, außer dem Menschen. Die größten Leser bei uns sind Ivan Filipović, Franjo Basariček, Josip Strossmayer, Franjo Rački, Vilim Korajac und Mijat Stojanović, nicht ganz so belesen Ante Truhelka und Kaiser Franz Joseph, weil sie zu viel zu tun haben, und am wenigsten liest Jovan Uskoković, der Grunter Kaufmann, obwohl sein Bruder Vasilije ebenfalls in Grunt Prota ist. Der nützlichste Roman ist *Robinson Crusoyer* von David Foyer sowie *Der Diener des Magens oder die Geschichte von Mensch und Tier*. An Sternzeichen Widder, Stier, Zwillinge, Krebs, Löwe, Jungfer, Waage, Skorpion, Schütze, Steinbock, Wassermann, Fische. Alte Monatsnamen Eismond, Schmelzmond, Lenzmond, Ostermond, Weidemond, Brachmond, Heumond, Erntemond, Herbstmond, Weinmond, Windmond, Dustermond, künftige Monatsnamen Hartung, Hornung, Lenzing, Launing, Winnemond, Brachet, Heuet, Erntning, Scheiding, Gilbhard, Nebelung, Julmond. Mancherorts, aber nicht bei uns, auch Januar, Februar, März, April, Mai, Juni, Juli, August, September, Oktober, November, Dezember. An Briefen wird Šembera einen am Geburtstage seines Vaters schreiben und am Geburtstage der Mutter wird Frau Šafar einen schreiben. Richter Klašnjas Tochter am Geburtstage des Großvaters. Unterleutnant Trnavčević an Ferdo Beltrup das Beförderungsersuchen um eine ehrenvolle Aufgabe in der Festung, ein unbekannter Bittsteller mit unbekanntem Anliegen nach schwerer Krankheit an Richter Kraljević.

Unleserlicher Absender an Fräulein Dupalo wegen der Verlobung mit einem Hauptmann, ebenfalls unleserlich die Antworten auf frühere Briefe an verschiedene Adresskowskis Raabe, Schlaumeier, Katharina Uskoković und J. Uskoković. Telegramm an Gmaz. Gutsverwalter Pejačević an den nach Wien abgereisten Gutsbesitzer wegen durch eine Schlägerei entstandener Sachschäden, Freund Kanić an Bauer Mudrić, der Hof, den dieser bereits im Sinne gehabt habe, werde tatsächlich verkauft, und die eine Schwester von Šmauc schreibt der anderen, Elvira: Unser Vater ist krank. Mihajlo Pogledić wird den Brüdern das Siechtum der Mutter und den Tod des Vaters mitteilen und anschließend seinem Vorgesetzten, er sei froh, dass sein Schnupfen vorbei ist, und nebenbei dem fleißigen Senger einen Waisenknaben als Schüler und Lehrling anempfehlen, der Handwerker werden will. Haxler wird demselben Senger schreiben, sein Sohn wolle mit Freuden Drechsler werden, diesen gleichzeitig Gutsverwalter Jammerer als Erzieher des jungen Jammerer ans Herz legen und außerdem noch Franjo Kramarić schreiben, er solle endlich die Lösung des unlösbaren Bilderrätsels schicken. Ivančić wird einer seiner Schwägerinnen ein Geschenk, Bunjik seinem Patenkind ein Halskettchen zum Andenken an die Firmung schicken, und K. Uskoković feuert auf seine Exzellenz, Baron Pejačević, infolge des bekannten Erbstreits eine Schimpfkanonade ab. Schwaller schickt einen Brief zwecks Darlehenstilgung an den Geldverleiher, Richter Talers Gattin schreibt an ihre Patin, und Milanković dankt der Schwester in Dalj für das Weihnachtsgeschenk und den Eltern für die hübschen, zweckmäßigen Wintersachen für die Enkel. Tröstende Worte zum Verluste eines Kindes sendet Dr. Jelačić an Marta Kavić, an Lobo, Freund und Brandopfer – die Nachricht von der ausgebrannten Bierschwemme hätte ihn sehr traurig gestimmt –, und an Freund Matić, der sich beim Schlittenfahren schlimm verletzt hat. An Aufforderungen zur Darlehensrückzahlung die an Slama, Šembera und Buzdanović, höfliche Zahlungserinnerungen für getätigte Einkäufe muss J. Uskoković an Stanarić, Valon und sogar an Herrn Kraljević schicken, wohl infolge dessen starker Beanspruchung im Gericht (ebenso dem säumigen Zahler

Tomjenović, obschon er ihn kennt), an äußerst höflichen Mahnungen die an Jovo Stanivuk, den Lehrer, wegen nicht beglichener Rechnungen für Kopierstifte, Federn und Hefte, und an Trubić, er möge die Mahnung doch bitte an Pejčić weiterreichen: Dieser möge doch bitte die kleine freundschaftliche Ausleihe baldigst zurückzahlen. Der junge Gutsverwalter J. P. wird seinem noblen Patron eine Mahnung ob der versprochenen Briefe schicken, Rade Ozbiljić wird sich herausreden, warum er das für den Weihnachtsball geborgte Klavier nicht früher retournierte, und die Putzmacherin wird sich entschuldigen, weil sie Havelock und Hütchen für Katharina Uskokovićs Vorladung am Höheren Gericht in Poschegg nicht am vereinbarten Tag liefern konnte. Weitere Briefe: Empfehlungsschreiben für einen armen Kranken, Einladung zur Silberhochzeit, Liebesbrief an ein Fräulein, Abschiedsschreiben eines Freundes, ein anderes Fräulein wird einem Heiratsantrag schriftlich zustimmen, und auf diese Briefe wird es auch wieder Antworten geben, einer wird die Form der Bekanntgabe eines neu eröffneten Großmarktes haben, ein anderer anlässlich der Aufnahme öffentlicher Schulden geschrieben sein, wieder ein anderer die wegen eines Todesfalls erforderlich gewordenen Veränderungen in einer Fabrik verkünden, weiterhin werden versandt: Adressänderungsmitteilungen an Rechnungsempfänger, Auftragserteilungen für den Kauf auf fremde Rechnung, ein wütender offener Brief von Katharina Uskoković, abgedruckt in allen kroatischen Zeitungen, in dem sie sich alles von der Seele redet. Schlaue wie dumme Bücher zu den verschiedensten Gegenständen verkaufen Desselbrunner in Bakar, Pretner in Dubrovnik, Sagan in Karlowitz, Popović in N. Sad, Fritsche in Osjek, Jovanović in Pančevo, Szalay in Poschegg, Simon und Gavra Grünhut in Rijeka, Luster in Senj, Franto in Sisak, Morpurg in Split, Stiefler in Varaždin sowie Dragutin Albrecht d. J., Jančik in Vukovar, Schmidt in Zadar, die Katholische Universitätsbuchhandlung, Hartmann, Mučnjak und Senftleben in Zagreb, J. Uskoković in Grunt. Hirsche sollten im siebten, achten, neunten und zehnten Monat geschossen werden, Hirschkühe ebenfalls im zehnten, elften und 12., wilde Widder im 8., 9., 10., 11. und 12., Rehe im 10., 11. und 12., Hasen im ersten, 10., 11. und 12., Fasane, Steinhühner, Trappen, Wachteln und Rebhühner ebenfalls, Auerhähne im ersten und dann vom 8. bis zum 12., Wildgänse, Tauben, obwohl es schade ist, Regenpfeifer und Wasserpieper im Jan., Feb. und dann von Juni bis Jahresende, Schnepfen und Wachteln nur im Mai, Juni, Juli nicht, Singvögel fast immer, aber eine Sünde. Zu kaufen gibt es bei J. Uskoković noch Mohn, Reis, Kaffee, Zucker, Pfeffer, Mehl, Bonbons, Rosinen, Schokolade, grüne Heringe (Sljedevi), Soda, Schmieröl, Kerzen, Petroleum, Ätznatron, Wäscheblau, Hülsenfrüchte, Samen, Kern- und Toilettenseifen, Schleif- und Sandpapier, Meterware, andere Gebrauchsartikel kann man bestellen, sie werden irgendwie beschafft, und selbstredend ist Wein aus dem eigenen Weinberg am Lager, dreißig Jahre alt mit Goldmedaille, wie viele Jahrhunderte die Tradition zurückreicht, weiß keiner genau. Der Jahrgang 1871 wird durchschnittlich sein, schon das Vorjahr war nicht überragend. 1871 wird der Kaiser sein Kaiserreich regieren, seine alten Eltern werden darauf hinwirken, dass ihr Sohn über das Kaiserreich herrscht, während seine Brüder den Wind mit dem Mantel fangen, was jeder anständige Arbeiter und Soldat tun würde, dessen Bruder Kaiser ist. Der Poschegger Kastellan I. Šmauc wird das ganze Jahr sein Amt ordentlich versehen, und Katharina, geborene Pejačević, wird vielerlei Geschichtchen erzählen und kurze Begebenheiten, um ihre noch nicht erwachsenen, aber schon klugen Kinder zum Lachen zu bringen. Außer dem Käufer und dem Verkäufer missbilligen alle den Verkauf des Krajiner Waldes. Nationale Wohltäter werden sein Josip Strossmayer, Baron Rauch, Ante Starčević und Eugen Kvaternik, der durch hinterhältigen Verrat sterben wird, aber das weiß man noch nicht. Im Laufe des Jahres 1871 werden viele dahinscheiden, besonders Alte, obwohl es auch den umgekehrten Fall geben wird, dass die Jungen unter die Erde kommen und die Alten als Samen bleiben. Die Slawoserben werden weiterhin die Vorstehhunde Österreichs sein, Donauschwaben und Böhmen werden sich weiterhin nicht darum scheren, wenn die Krajiner Hunger leiden und elendig frieren. Im Lauf des Jahres wird der Wohltäter und Spaßvogel Levin Rauch auf dem Stuhl des Bans von Koloman Bedeković abgelöst, und dann wird das

Volk sein blaues Wunder erleben. Der Ban wird bannen, der Bettler betteln und die in der Mitte sind in der Mitte. Filip Hristić, der Vertreter Serbiens in Konstantinopel, wird dort so lange bitteln, bis sich Serbien Bosnien einverleiben darf, aber wenn es so weit ist, wird es damit nichts anzufangen wissen. Jeder Gespan wird in seiner Gespanschaft sein und sich links und rechts umschauen, wie die Dinge in seiner Gespanschaft liegen, und das Volk wird ihnen sagen, was anliegt und wie es ist, und die Gespane sind Mirko Bogović in Zagreb, Petar Horváth in Varaždin, Miroslav Kraljević in Daruvar, Ladislaus Jammerer in Križevci, Svetozar Kušević in der Srijem und Petar Maljević in Poschegg. In Grunt wird man auf den Feldern arbeiten, Obst pflücken, Reben schneiden, Kinder stillen, neue Scheunen bauen, Brunnen graben, alles Arbeiten, die mit Gefahren für Leib und Leben verbunden sind, wie sich bald auch zeigen wird. Die Pester Falkengesellschaft, der Sokol, wird über Mirko Aksentijević eine kleinere, aber von Herzen kommende Summe zur Unterstützung der Schulzeitung in Sombor schicken. Samuil Maširević, der serbische Patriarch in Pest, wird diese nach dem abgehaltenen Gottesdienste nicht nur akzeptieren, sondern unbedingt begrüßen. Eklige Gewohnheiten im Hause und unter Menschen werden sein: Wenn einer vor allen anderen die Nase hochzieht und den Schleim ausspuckt, statt ins Privet oder hinters Haus zu gehen, wenn einer hinkt, als wäre er ein Krüppel, ist es aber nicht, wenn sich einer ungeniert in jedem Spiegel betrachtet, als sei er der schönste Unteroffizier, ist aber weit davon entfernt, wenn einer ohne Not stottert, wenn ein Zipfel, Bändel, Knopf oder sonst ein Stück Unterwäsche heraushängt, weil das unordentlich und hässlich ausschaut, wenn einer kein Auge hat, wenn jemand keinen einzigen Heller hat, aber dringend Geld braucht, wenn einer seine Suppe schlürft, dass man es noch im Nachbardorfe hört, wenn einer so donnernd niest, dass der Hausherrin im Nachbarhaus vor Schreck das Einweckglas aus der Hand fällt, und vieles mehr. Schöne Stoffe und Kleidung werden die Jungen, Gesunden und Reichen tragen, während die Alten und Kranken und daneben noch die Armen nur Lumpen und Fetzen an sich haben, weil es ihnen sowieso egal ist. Unsere zutreffendsten Namen werden 1871 Pechvogel, Frissvogel, Stirbvogel, Hauptvogel und Umvogel sein. Die Armen werden nicht mal das tägliche Brot auf dem Tisch haben, und andere verspeisen zuckrigen Hirsebrei und Wurst und trinken Wermut dazu, hergestellt von Gustav A. Barkač, Winzer und Weinhändler. An neuen Büchern, die in die Regale der ganzen Krajina eingestellt werden müssten, erwarten wir die *Kroatische Neue Heloise*, den *Kroatischen Robinson Crusoe*, die *Kroatische Odyssee*, den kroatischen *Philipp Meister*, *Gefährliche kroatische Liebschaften*, *Marias kroatisches Leben*, die *Kroatische Pamela*, den kroatischen *Tartuffe*, *Was ihr wollt in Kroatien, Die lustigen Weiber von Kroatien*, den kroatischen *David Copperfield*. Am genauesten wird Jovan Uskoković aus Grunt über den slawonischen Handel informiert sein, unabhängig von hohen eigenen Verlusten auf diesem Gebiet. Am mutigsten wird Ferdo Beltrup sein, Festungskommandant von Stara Gradiška, obwohl er in diesem Jahr nicht einmal gegen eine Herde Schafe ins Feld ziehen muss. Die besten slawonischen Bilderrätsel werden Isidor Kršnjavi und Franjo Kramarić erstellen, und viele davon werden bis zum Jüngsten Tag ungelöst bleiben. In Serbien wird es 25 171 Zigeuner geben, Ausländer allgemein 5539, nicht eingerechnet die mit fremdländischen Namen, die unsere kaum aussprechen können. Zähne zieht am besten und schmerzlosesten, und zwar mit gewöhnlichen Zangen, Zahnarzt M. Kohn, ein Wiener Jude, der einstige Assistent des berühmten Dr. Weiger, der war noch besser als der Jude, nur dass er starb. Die besten fremdländischen Landschaften kann der Pöbel in Liebigs Laterna Magica (vollständig erleuchtete Bilder) sehen, große Panoramen, wie unser Land dasteht und warum. Die beste Modistin wird C. Steiburg aus Wien sein und zwar für Damen aus den besseren Häusern, nicht für die, die auf den Feldern den Rücken krumm machen und am Sparherd kauern und denen ein speckiges Kopftuch genügt. Wer auf Ausländer, Angehörige oder Hasen schießen will, kauft Pistolen bei E. F. Bothe, der auch das größte Lager mit Nähzeug für ordentliche, höfliche Näherinnen haben wird. G. Popović, Jelačić-Platz 335, wird während des gesamten Jahres Gewürzkräuter, Waren aus Übersee, Drogerieartikel und Farben aller Art verkaufen, schwarze, weiße, aber auch bunte. In der Krajina werden 1871 38 894 Frauen und Kinder husten und außerdem so manches Stück Vieh. Die besten Lutschbonbons für diesen Zweck werden Manottis Hustenpastillen aus der Zanetti-Apotheke in Triest sein, einer Stadt am Meeresstrand. Sigmund Mitlbach wird eine Konzession für Gewürz- und Heilpflanzen haben, Vilim Korajac wird sein Seminar in Đakovo, Katharina Uskoković ihren Haushalt und Baron Rauch, solange er eben Ban ist, die Regierungsgeschäfte im Banal-Hof am Markusplatz für unser ganzes dreieiniges Königreich führen. In der Poschegger Gespanschaft werden im Jahre 1871 1 Vatermord, 36 Morde, 46 Diebstähle, 9 Einbrüche, 8 Brandstiftungen, 8 Vergewaltigungen (davon 4 an ledigen und 4 an verheirateten Frauen), 12 Jungfernentführungen, mehrere Raubüberfälle und Hehlerei gemeldet. An Gründen zum Sterben wären zu nennen bei Männern Beruf, Arbeit, Sorgen, Exzesse und Leidenschaften sowie verschiedene Krankheiten, Vergiftung und Mord, bei Frauen die Folgen von Ehe oder langer Ehelosigkeit, Missgeschicke, Verbrennungen, Stürze in Brunnen oder vom Dach, Seuchen, die jeden treffen, sowie Altersschwäche. Wer das fünfte J. überschritten hat, darf auf ein Weiterleben hoffen, mehr noch, wer das fünfzehnte übersteht, am meisten aber, wer bereits 90 J. ist, denn den hindert nichts daran, hundert J. zu leben. Wer heute Baron ist, kann morgen Lumpensammler sein, und wer heute ein ganz gewöhnlicher Schreinerlehrling ist, kann morgen Kavallerist sein, der mehrere Völker in Tod und schönere Tage führt. Der menschliche Leib wird während der Wintertage im Warmen sein sowohl wegen der häufigen Brände, die infolge des Heizens der Häuser auftreten, als auch weil er zum Schweineschlachten gut eingemummelt wird, bevor man hinausgeht und die verfressenen Viecher viel Blut vergießen lässt. Wichtigere Kinderkrankheiten werden Durchfälle, Erkältungen und Stürze vom Dach bei Schneeballschlachten sein. Man wird gerne in die Kirche und ins Wirtshaus und zum Stabswachtmeister gehen, um den einen oder anderen Unfug der Soldaten mit den Dienstmädchen auszubügeln, welche anlässlich des letzten Manövers am Bach die Wäsche bleichten. Im Laden von Jovo Uskoković werden verschiedene Waren abgemessen, die einen mit Waage und Gewichten, die andren mit Unterarm, Elle oder Metermaß. Im Laden werden Käufer Sachen verlangen, welche ganz sicher nicht vorrätig sind, nur damit sich beide Seiten zu groben Worten versteigen können. Der Briefträger wird zum Dienste bei der Post berufen sein, und Stadt- oder Gemeindehäuser sind berufen, sich über dessen Dienste zu beschweren, vor allem jene, welche seit Längerem keinerlei Briefe bekommen haben. Am Gerichte werden Richter sein und auf dem Markte einiges Vieh und dessen Besitzer, die es unbedingt verkaufen wollen. Einige Häuser werden Anbauten erhalten, während die Bäcker Brot in verschiedenen Größen und Qualitäten backen, damit der Reiche wie der Arme seine Scheibe und Sorte hat. Der Tischler wird der Handwerker sein, welcher Türen macht, Böden verlegt und hernach einen Schnaps trinkt, während der Geistliche die Person sein wird, welche weder Nägel einschlägt noch regelmäßig trinkt, sondern nur in geselliger Runde bei einem guten Essen. Jeder würde gern im Weinberg, Obstgarten oder Schatten verweilen, aber viele bleiben zu Hause, weil sie zu krank oder zu faul sind, um nach dem Rechten zu sehen. Die Ameisen werden fleißig, aber auch bissig und gefährlich sein, während die Bettler auf der faulen Haut liegen werden und dabei vollkommen ungefährlich und untätig sind. Der Laubfrosch wird im Matsch leben, der Storch auf dem Dach und der Pope in der Kirche. Die Henne wird gackern, der Pope predigen und das Gesinde maulen, weil die immer was zu meckern haben. Eine Tür wird Šemberas und Haxlers Finger einquetschen und eine Gans den Kleinen vom Pejčić in den Hosenboden kneifen. Der Rabe wird groß, abstoßend und schwarz sein, während Nachtigall und Meise ganz anders sein werden. Jeder Körper wird an einem Punkte gestützt werden, damit er nicht auf die Seite kippt, während zum durch die Lüfte Schippern ein Ballon oder ein ähnliches Gerät erforderlich ist, welches noch nicht existiert. Dessen Erfindung wird Frucht der Einbildungskraft zweier Ausländer sein, welche nebenbei noch Brüder sind. Über jedes zerbrochene Glas wird man mehr Tränen vergießen als über das Hinscheiden eines Menschen, denn der hatte die Krankheit zum Tode, während das Glas ewig gehalten hätte, wäre es nicht einem Schussel in die

Hände gefallen. Das Echo wird jedes Mal erschallen, wenn du barhäuptig hinausgehst und lauthals in den Wind schreist, und hernach bist du erkältet. Das Licht wird immer irgendwo verschwinden, insbesondere wenn sich der Tag neigt, allein Spiegel werden, wenn auch nur kurz, einige Lichtstrahlen zurückwerfen können, aber hässlichen Personen ist das nicht zu wünschen. Es wird viele Vorrichtungen geben, um die Geheimnisse der Natur zu erforschen, von denen wird die Dunkelkammer die wertvollste sein, man geht hinein und sieht nichts, obwohl sie voll bedeutender, kostbarer Dinge für Wissenschaft und Kunst steckt. Weitsichtige werden den Hirten sehen, welcher auf einem weit entfernten Gipfel seine Ziegen melkt, während Kurzsichtige jedes Unheil sehen werden, welches eine kleine Ameise auf der kleinsten Hand verübt. Das weiße Sonnenlicht wird sich aus sieben Farben zusammensetzen, jeder Mensch wird aus verschiedenen Teilen bestehen, als da sind Kopf, Rumpf und Gliedmaßen, und die Woche wird sieben gleichermaßen schwere Tage haben. Vor Gewittern wird man kleine Kinder bewahren, damit sie nicht wie gemolkene Milch dasitzen, die von den Himmelsschlägen sauer werden kann. Manche werden langsam und in Ruhe essen und es sich schmecken lassen, während andere gewaltige Mengen in sich hineinschlingen und nicht darauf achten, was sie essen, geschweige denn, dass sie es genießen würden. Manche werden ohne jeden Appetit am Essen ersticken, andere beim Bade im Flusse ertrinken, was auf dasselbe hinausläuft. An stinkenden Dingen wird es geben: erloschene Fackeln mit Funkenflug, Pfeifenrauch, durchnässte Kleidungsstücke, schweißige Schuheinlagen, eben abgefeuerte Gewehre, Kleinvieh und wenn sich einer den Magen verdorben hat und aufstoßen muss. Dagegen werden manche überteuerte Parfums und Duftpflanzen einsetzen, andere werden klüger und preiswerter die Räume lüften und sich beherrschen, um nicht selbst Winde fahren zu lassen. Das billigste und vorzüglichste Heilmittel wird saubere Luft sein, welche die Armen kaum kennen werden, sowie ordentliches Essen und Trinken, aber man muss es richtig einzusetzen wissen. Manche werden Hunger und Durst haben, sind aber höflich und wohlerzogen, während andere alles haben werden und trotzdem dummes Zeug von sich geben und aus dem Mund stinken, weil ungewaschen und nachlässig. Die Gesunden werden bei den Leuten das höchste Ansehen haben und als solche überall gegrüßt und gelobt. Krankheiten werden den Leib zu einer abstoßenden Vogelscheuche machen, unerträglich anzusehen und selbst den nächsten Anverwandten eine Zumutung. Eine schöne Aussprache und melodiöse Stimme werden sehr nützlich sein, während Stotterer und Schweiger in jeder Gesellschaft, in der Schule oder im Gemeinderat wenig gewinnen. Taub werden einige wegen mangelnder Sauberkeit, von laut zuschlagenden Türen oder den Kanonenschüssen anlässlich der Namenstagsfeier für den Festungskommandanten Beltrup, ebenso gefahrenträchtig wird es sein, scharfe Eisenteile oder irgendwelche Gegenstände anderer Art in die Ohren zu stecken. Die Zähne dienen ausschließlich der Nahrungsaufnahme während der Mahlzeiten, jedoch weder für irgendwelche Arbeiten noch für Spiele. Wer bereit ist, sie zu ruinieren, wird damit Walnüsse knacken oder an anderen harten Dingen knabbern, und so werden sie vor der Zeit alt und zu nichts mehr nütze sein, schon gar nicht für eine Feier oder einen Namenstag, wo jeder gefälligst zu lächeln hat und zeigen muss, was er im Munde hat. Manche werden sich im Spiel oder bei der Arbeit verausgaben und sich einen Bruch heben oder anderweitig erkranken und es noch nicht einmal bemerken. Die beste Erholung wird man im Schlafe finden, obwohl man gelegentlich viel Unsinn und dummes Zeug träumen wird, von welchem einem später der Kopf schmerzt. An kleinen Dingen wird es geben: Mensch, Maus und sogar den Ochsen, an großen Türme, Baumriesen und Berge. Die Berge werden vielhundertmal größer sein als der Mensch und nicht so leichtfüßig unterwegs wie ein Mann, der von einer Bank zur nächsten wechselt, nichts arbeitet, nur säuft und Pfeife raucht und so das Leben verkürzt, nicht nur seins, sondern auch das seiner Familie. Für die Menschheit sowohl in Grunt, Slawonien, als auch in unserem schönen Kaiserreich und auf der ganzen Welt wird es besser sein, dass ein Berg steht, als wenn er imstande wäre, seinen Platz zu verlassen und herumzulaufen und alles vor wie hinter sich zu zertreten. Alles, was Geld, Gesundheit und

Genuss beim Essen und Trinken und im Schatten verschaffen kann, wird nützlich sein, und alles andere, welches Krankheit, Armut und Rückschläge herbeiführt, wird für Erwachsene wie für ganz kleine Kinder, welche noch gar keinen Begriff von sich haben, unnütz sein. Arbeit und Plackerei werden sich jedem als notwendig erweisen, welcher seine Muskeln noch nicht ausgebildet hat, ebenso jenen, welche nichts zu essen haben, während jene, welche viel Geld haben, zugleich auch gut gewachsen und stattlich gebaut sind, überhaupt nicht werden arbeiten müssen, weil sie damit nur verderben, was sie bereits haben. Wer von zu Hause oder von Verwandten im fernen Amerika das große Geld geerbt hat, wird auf der faulen Haut liegen dürfen, wer aber von seinem verstorbenen Vater keinen Kreuzer erbt, wird nicht faul sein dürfen, denn auch er wird bald auf der Bahre zu demselben Armengrab getragen. Die Arbeit wird so aufgeteilt werden, dass nur die Geschickten und Fleißigen arbeiten, während andere gar nichts tun, denn sie verderben jenen nur die Ordnung und machen ihre Anstrengungen zunichte. Es wird auch verständige und der Wertschätzung würdige Bauern geben, die nach den Ratschlägen von Pajo Krempler nicht nur Salat, Zwiebeln, Petersilie und Weißkohl pflanzen, sondern sich auf den komplizierten Anbau von Radieschen, Blumenkohl, Sellerie, Kohlrabi und sogar Spargel einlassen. Alle werden sehr unangenehm überrascht sein, wenn sich die Bulgaren, unsere um Zagreb und Osijek ansässigen Brüder aus dem Osten, als die besseren Gemüsebauern erweisen werden, welche nicht nur das große Geld scheffeln, sondern sich wie listige Hasen das ganze Jahr über an den Erträgen aus ihren Gärten laben. Gemüse, welches vorgezogen, früh ausgepflanzt und umhäufelt wird, bringt höhere Preise und umgekehrt. Die Gärten werden mit Zäunen umzäunt, aus künstlichem Material zum Umzäunen gleichmäßig rechteckiger Beete, auf welchen jeder Anwesende Tomaten, grüne Paprika und herrliche Bohnen zum Kochen sehen wird. Man sät mit der Hand, düngt mit Dung und gießt mit Wasser, wenn man welches hat und so viel man eben hat, selbst wenn zum Waschen nichts mehr übrig bleibt. Manche werden danach die Passion spüren, die eben ausgetriebene Pflanze erst dahin und dann dorthin umzusetzen, hier wird sie es besser haben, nein da, und nach allem wird sie verkümmern und unwiederbringlich und unrettbar eingehen. Außerdem wird es Zichorie oder Endivien geben, Rettich, Krainer Rübchen, Raps, Porree, Rosenkohl, aber mit alldem wird unsere Haushälterin nichts anzufangen wissen und nichts daraus kochen. Der Bediente Mijo Oršić wird anmerken, er esse am liebsten Feldsalat, aber als Bediensteter habe er den Grund und Boden in ganz Grunt zu bearbeiten und keine Ansprüche anzumelden, was er verzehren bzw. in seine Goschen stopfen wolle. Weiterhin wird es geben neuseeländischen Spinat, Gartenmelde, Mangold, Sauerampfer, Schalotten, rote Zwiebeln und Knoblauch, aber das eine ist zu scharf und das andere schmeckt wie Gras und das meiste vom eben Genannten ist Viehfutter, und das Vieh ist lieb und anschmiegsam und gibt üppig Milch, Horn und Wolle. Auf so manchem Tisch werden Zuckermelonen stehen, und zwar glatte oder geriffelte, Cantaloup-Melonen, Melonen mit weißem, grünem, gelbem und rotem Fleisch, und für den alten Theodor wird das alles nur Schweinefutter sein, und wenn man ihn fragte, würde er nichts davon ruhigen Gewissens auf seinem Tische dulden. Bei Tische wird man außerdem vom Säufer und dessen Rolle in der Gesellschaft und in Grunt sprechen, von einer jungen Mutter, den Tieren, dem Leben der Heiligen, vom Naturrecht für alle, über die Entdeckung Amerikas, die Domkirche in Đakovo, mit kurzer Einkehr und Gebeten. Im Wald wird ein bedeutender Teil der Bäume wachsen, grün zuerst, dann voll trockener Blätter und Geraschel, auf dem Zuchtteich treibt ein Kahn mit einem Faulenzer, der nichts im Kopfe hat, als einen armen Fisch zu angeln, während im Gemüsegarten eine Maus vor Katze, Hacke, Kind, Großmutter und Opa Reißaus nimmt, von Letzterem aber, wenn auch schon völlig verfault, am Schwanz aus der Erde gezogen werden wird. Vorhänge am Fenster, in der Mühle der Mühlstein. Überschwemmungen werden nützlich sein, um die trockene Erde zu durchfeuchten, für gejagte Hasen wird es von besonderem Nutzen sein, wenn die Patrone im Gewehrlauf steckenbleibt. Außerhalb von zu Hause werden die Schule und die Kirche sein, in der der Vater den Gottesdienst abhält, sowie der erste Schnee, der von oben fallen wird.

Je kürzer die Tage, desto länger die Nächte, denn die Zeit hat nur diese beiden Gefäße und kann nirgends anders hin. Die Hausgenossen leben ihr häusliches Leben, der Herrscher herrscht, und der Säufer wird bis zum letzten Atemzug sein herbes Los voller Hass auf sich und die ganze Welt leben. Mancher Säufer wird weich sein wie Watte und an der Kirchtür ein paar Heller erbetteln, während andere wahre Berserker sein werden, bereit, jeden mit ihren blutrünstigen Zähnen zu zerreißen, der ihm das Glas mit dem Gifte verwehrt. Manchen Wirt dauert ein solcher Mensch und er wird ihm keinen Tropfen und nichts auf dessen Betteln geben, während andere, meistens Juden, ihm so viel wie möglich in den Schlund schütten und den letzten Heller abknöpfen, selbst wenn der Saufaus schon am nächsten Tage in der kalten Erde begraben werden sollte. Der alte Theodor wird sagen, besser man sitzt als admirabler alter Knabe daheim bei den ebenfalls alt gewordenen Eltern, statt über staubige Landstraßen zu ziehen, wo man keinen kennt und nicht mal einen Kanten Brot geschenkt bekommt. Die bekanntesten Säufer in Grunt werden Kramar, Rnjak, Grubješa und Lovrić sein, während man einigen gutgestellten Herren ihre Besäufnisse bei den bereits erwähnten Gelegenheiten nicht verübeln wird. Dem Trunke werden Schwarzhändler, Verführer und Schmarotzer ergeben sein, alle anderen hingegen ohne Geheimnistuerei, böse Hintergedanken und Lügen arbeiten, so dass es in Grunt wie andernorts eine Wonne sein wird. Unter den Menschen werden Gespräche geführt werden, winzige Wort- und Satzfragmente aus dem Alltagsleben wie: »Guten Tag, der Herr, wann ist Ihre Scheune abgebrannt, wo haben Sie die arme Großmutter bestatten lassen, was haben Sie denn gegessen, dass Sie sich so den Magen verdorben haben, und wann gehen Sie aufs Amt, damit man Ihnen die überhöhten Steuern erlässt?«, lauter solche entzückenden und wohltätigen Dinge, die keinem etwas bedeuten. Unterhalten werden sich auch die Kinder untereinander und bauen dabei Buchstaben in ihre Worte ein, die dort weder hingehören noch Sinn haben, sowie Dohlen, Raben und das Federvieh mit ihrem unbeschreiblichen Krächzen und Kollern. Einer erzählt dem andern, was wie ist und wie was sein wird, aber keiner hört zu und jeder wiederholt immerfort die Fragen, auf welche er bis zum Jüngsten Tag keine Antwort bekommen wird. Jeder wird für seinen Nächsten stets ein Wort haben, allein Joco Rnjak sagt immer dasselbe: »Gib mir Schnaps«, und Luka, der Bettler, wird nicht einmal das sagen können, weil seine Zunge und das linke Bein gelähmt sind, und so humpelt und brummelt er durch Grunt, als wäre sein Vater ein Bär und kein Mensch gewesen. Einer wird über die Straße gehen, der andere aus dem Fenster schauen und der dritte aufs Dach klettern, um die Rinne auszutauschen, den Ulanern beim Manöver zuzuschauen, herunterzufallen und sich den Hals zu brechen. Feuerwehrmänner werden sein: Vodvaržka, Valon, Dupalo und Mijo Oršić, der mit dem Feuerwehrabzeichen ein bis zwei Eimer Wasser holt, den Hausherrn des abgebrannten Hauses damit bis auf die Haut durchtränkt und ihn ein wenig von dem erlittenen Verluste ablenkt. In den Spiegel werden Kinder schauen, um Grimassen zu schneiden, der Prota, um sich das Kamilavkion aufzusetzen, und Hausherrin Katharina, bevor sie Richter Taler aufsucht und ihm wegen ihres nicht ausgezahlten Erbteils die Meinung sagt. Richter Klašnja wird die Fähre über die Save nehmen, um die Arbeit des Fährmanns zu kontrollieren und wie viel der für einen gewöhnlichen Hornochsen und wie viel für einen ordentlichen, angesehenen Offizier nimmt. Jozo Šembera wird ebenfalls auf hölzerne Hilfsmittel steigen, weil man aus dieser Höhe sofort sagen kann, wo es brennt, wo einer einen erwürgen will und wo ein ehrbarer Mann sein untreues, faules und schlampiges Eheweib züchtigt. Im Kalender wird geschrieben stehen, unter welchem Stern man in Grunt leben wird, wer wo Wachtmeister ist, wo Kanonen in die Luft schießen und wo sie ernst machen, wie das Wetter in Ungarn wird und wann es auch bei uns hagelt, was einer auf dem abgelegenen Hügel macht und welches Gras auf welcher Wiese wächst. Die einen werden Bücher lesen und übers Wetter reden, andere von der Revolte der Pariser Kommune reden, und die Dritten trinken Bier, eine bittere Flüssigkeit, die aus Hopfen und anderen Giftpflanzen gebraut wird, und danach werden sie wirres Zeug reden und Sachen, welche sie gar nicht sagen wollten. Die Luft wird während des ganzen Jahres ein leerer, allerdings sehr großer Sack Nichts sein. Durch die Luft fliegt gelegentlich eine Fliege, um die armen Bauern zu stechen, oder Milka Trnins Freudengrille, weil ein Unterleutnant um ihre Hand angehalten hat, oder ein Besen mit Hexe drauf, die gerade überlegt, welchen Brunnen sie als Nächstes vergiftet, welche Scheune sie in Brand steckt oder welches Kindchen sie unter die Räder einer im Galopp gezogenen Kutsche geraten lässt. Man wird sich unbedingt von einer Biene stechen lassen müssen, denn hernach ist man viel gesünder, dann auf Vogelbeize gehen und mit dem erlegten Förster zurückkommen, welcher spaßeshalber den Gesang des Auerhahns nachgeahmt hat. An Unbilden wird es Koliken beim Milchvieh geben, kleinere Überschwemmungen von Feldern und Wäldern und die Hochzeit des Unterschriftführers mit der hinkenden Schönheit. Steuerbeamte werden drei oder vier Schnapsfässer auskippen, im Wald werden zwei oder drei Äxte verloren gehen sowie Kleidungsstücke, welche sowieso alt und dreckig waren, und für die Arbeiter muss man noch einmal rund zehntausend Heller drauflegen. Feldarbeiter säen, Zigeuner und andere Nichtsnutze tanzen und singen, Schafe blöken und der alte Theodor brabbelt vor sich hin, weil ihm sowieso keiner zuhört. Mit schwerer, haspelnder Zunge bringt er nur vereinzelte, völlig unzusammenhängende Laute heraus, die anderen werden sich ungezogen aufführen und ihn mit Fragen traktieren: »Wo brennt's denn heute, wie viel Uhr ist es und wann kippt die Welt zur Seite und alles auf ihr rutscht wie von einem Teller runter?« Blinde werden nichts sehen, höchstens undeutliche Schemen, die anderen sehen, wie Landstreicher die schlechten, sauren Trauben in Richter Talers Weinberg räubern. Gärtner beschäftigen sich mit Gärten, Rauchfangkehrer mit Rauch, Zimmerleute mit Zimmermannsarbeiten, der Bügler mit dem Bügeln und Fachleute mit ihren Fachgebieten. In Pest wird es 234 Barbierlehrlinge geben, in Grunt nur einen, der heißt Miholjac, und den werden sie in Stara Gradiška in den Kerker werfen, weil er im Wahn einem Arbeiter beim Rasieren die Kehle durchschneiden wird. Maurer werden so manche Mauer einreißen, Kutscher Kutschen in den Graben fahren und der Federbettmacher ein Loch ins Plumeau bohren, und in ganz Grunt wird Schnee fallen vom gerupften, aber noch lebendigen Federvieh. Den Metzger wird man rufen, um verendete Kühe, Schweine und Schafe zu zerlegen, bevor sich diese blauen Flecken im Fleische bilden, denn das kauft dann ja keiner mehr. Der Korsettmacher wird aus Fischgräten ein wunderschönes Korsett machen, welches die Taille von Frau Katharina während des Streits mit dem Richter zusammendrückt, und eins für Stjepan Barković, damit seine Wirbelsäule wieder gerade wird, nachdem er vom Dach gefallen ist, von einer Kuh auf die Hörner genommen wurde und in die offene Kalkgrube stürzte. Frauen machen Leder, Saiten, Daunen, Weißwäsche, Kautschuk und Guttapercha, Kränze, Mieder, chemische Gemische, und wenn sie ganz blind sind, flechten sie Körbe. Arbeiter kommen nie von der Weide oder dem Dach herunter oder aus dem Stall heraus, und die Fräuleins stehlen Gott den Tag und promenieren, bis sie der Blitz erschlägt, als hätte es sie nie gegeben. Manche werden viel haben, andere keinen Krümel, wieder andere bekommen ein Geschenk von einer völlig unbekannten Person, und es kann sein, dass in dem Bündel etwas birst oder aus einem Schreibgerät Tinte rinnt und die weiße Ausrüstung für Gier und Wissensdurst besudelt wird. Die Beehrten werden in dem Haus sitzen, das andere in Brand gesteckt haben, und die werden zu ihnen kommen mit den Worten: »Wir kommen euch zu besuchen, obwohl wir sehen, dass euer Haus brennt und auf dem Tische nichts zu essen und zu trinken steht!« In der Familie wird jeder für sich sprechen, aus seinem Teller essen oder zusehen, wie er sein kurzes Bein verstecken kann, und in der Welt wird man Brücken in die Luft heben, um ganze Reiterbataillone zu schlagen oder einen Turm einzureißen oder einen Kaiser vom obersten Stockwerk geradewegs auf die Straße zu werfen. Draußen werden Felder sein, drinnen Wohnstatt, falls es weder ein Laden noch eine Kirche noch der Kerker ist. Alle zusammen werden Menschen und Slawonen sein, selbst wenn es Deutsche sind, die auch dann in fremde Kochtöpfe schauen werden, wenn sich der Nachbar umzieht. An besonders länglichen Hilfsmitteln gibt's Rasiermesser, an besonders runden Gläser. Die nichts wissen, werden zur Schule gehen und danach wissen, obwohl, solange die Raben die Aussaat aufpicken, hängt das Dach durch, weil weg ist, worauf es auflag. Die einen werden in Frieden leben, die anderen in Streit, Handgreiflichkeiten und Keilerei, bis der Wachtmeister kommt und mit hochrotem Gesicht links und rechts Backpfeifen austeilt, den einen wie den anderen, dass es nur so knallt. Aufgeschrieben wird sein, was wozu gehört, was worein kommt und auf wie viele ein Ganzes aufgeteilt wird. Trotz vielem Essen wird, wer schon krank ist, noch dürrer, nur die mit Wassersucht werden immer dicker, bis sie platzen und die Flüssigkeit nach allen Seiten spritzt. Mancher wird ruhig seines Weges gehen oder sich am Herd verbrennen oder im Wald einen Finger mit der Axt abhacken, während andere alles anspucken werden, nichts wird ihnen gut genug sein, sie mögen nicht einen Forint erwirtschaften, so verrückt werden sie sein, ein Schrecken anzuschauen. Daran wird man sehen, wer zum Pöbel gehört und niemals Kaiser oder Geistlicher wird, andere werden sanftmütig und lieb sein und trotzdem beim Hochwasser ertrinken und vorher noch dreimal vom Heuschober und beim Maulbeerenpflücken vom Baum fallen. Der Kurier wird fünftausend Werst reiten, bis beide tot umfallen, er und sein Pferd, und der Brief wird so zerrissen und dreckig sein, dass er unleserlich ist. Der eine im Hause, am Tische und in der Familie, der andere liegt im Felde auf einer ausgebreiteten Decke und schaut in den Himmel, und alles wird schwimmen und sich ereifern und überkochen und verfaulen und abbrennen und verschütt' gehen, als wäre es nicht sein eigen. Der eine wird für treue Dienste und den persönlichen Einsatz bei der Vertreibung der Füchsin aus dem Pferch ausgezeichnet werden, andere geben sich mit Windpocken, Scharlach, Keuchhusten oder wenigstens vergrindeten Pusteln am ganzen Leib zufrieden. Der Kommandant wird vor der ganzen Kompanie stehen und erklären, was was ist und warum die ohnehin verlassene Festung erobert werden muss, andere dösen im Sessel am offenen Kamin, drehen sich um, fangen Feuer und verbrennen aus blanker Narretei. Wer nicht im Frieden, am heimischen Herde oder im Krankenbette ist, wird in den Krieg ziehen und eine Wunde zugefügt bekommen, welche er zeitlebens nicht verschmerzen wird. Lebende kommen in die Schenke, die Kirche und Jovo Uskokovićs Laden, Gestrauchelte in den Arrest und Tote unter die Erde, in den eingezäunten Bereich, genannt Friedhof. Kommandant und Vogt Ferdo Beltrup wird in den Krieg ziehen wollen, wo er gefallen und mit einem Orden um den Hals wiederauferstanden wäre, aber in den Pariser Wirren mit dem Lumpenpack wird er völlig nutzlos sein. Die kleine Anka wird zur Schule gehen, der Mörder wird aufbrechen, um die Mutter zu ermorden, die es nicht merken wird, weil sie tief und fest schläft. Franjo Bunjik wird Bilsenkraut bunkern, Josef Pejčić panscht Schnaps, Virág fragt dem Teufel Löcher in den Bauch, Kućinić kutschiert auf der Straße an allen Häusern vorbei, Gmaz streut Maßliebchen unterm Fenster von Kneževićs Tochter, Raabe krächzt zum Nachbarn hinüber, und die Uskovićs springen auf jedes Geplänkel an, Hauptsache gegen Kaiser, Zar und Herr. Mörder morden andere, Selbstmörder morden sich selbst, ohne dass sie einer dazu treibt. Steuerpflichtige werden ihre Steuern zahlen und alles Geld zu Dragutin Cankl tragen, damit er Münze für Münze und Schein für Schein nachmisst, auf dass kein Falschgeld darunter sei, welches in einer der vielen Münzprägeanstalten oder Falschgelddruckereien überall im Königreich hergestellt wurde. Ehrliche Menschen werden die Hand stets in die eigene, Diebe stets in fremde Taschen stecken, selbst wenn kein roter Heller drin ist. Köter fallen jeden, welcher Uniform anzieht oder Tressen trägt oder eine lächerliche Kappe aufsetzt, auf der Straße an, seien es nun Soldaten oder Irre, welche für den Kommandanten Beltrup so schnell sterben werden, dass sie es nicht einmal mitbekommen. Andere werden Hunde wie Menschen behandeln. Wieder andere werden als Unterschriftführer, verteilt auf verschiedene Räume und Stühle, etwas notieren und radieren, den Schriftführern zur Beglaubigung vorlegen, welche es an den Oberschriftführer weiterreichen, und der wird alles vor ihren Augen zerreißen und fragen, wozu sie ihm den Dreck überhaupt brächten, er habe Wichtigeres zu tun, als gänzlich belangloses Gekritzel zu zerreißen. Die Richter werden nach diesen Schriftstücken fragen, und die Unterschriftführer und Schriftführer werden ihnen sagen, sie seien dem Oberschriftführer egal gewesen und er habe sie zerrissen, und ein Richter wird mit der Faust auf den Tisch hauen und sagen, was zum Teufel er nun machen solle, wo ihm die Poschegger Aufsichtsbehörde für nächste Woche eine Kontrolle avisiert habe und er Leute aburteilen müsse, ohne zu wissen wofür. Kriegsminister Franz Kuhn wird per Kurier anfragen, was sie im Bezirk Poschegg mit einem Richter machen, der keinerlei Gerichtsschriftstücke habe, aber Urteile fällen sowie für begangene Straftaten oder Kapitalverbrechen Strafmaße zuteilen und Todesurteile verhängen müsse, und der Richter wird die Grüße über den Boten untertänigst erwidern und vermelden, alle Schriftstücke seien seitens des Oberschriftführers zerrissen worden, der von denselben nichts habe hören und sehen wollen und lieber zusammen mit dem alten Popen Theodor Uskoković die Pflaumen rund ums Hause zähle und über deren Verwurmungsgrad streite. Bogović, Jammerer und Horváth werden sich im Galopp auf ihren Pferden darüber auslassen, wie schön die Heimat sei, insbesondere die Gegend um Daruvar und Virovitica und weiß Gott auch der Landstrich von Poschegg bis hinunter zur Save. Bedeković, Drašković und Hellenbach werden einer zum anderen sagen: »Bruder, was für ein würdiger Würdenträger du bist, was wirst du Würdiges tun?«, aber Palfy, ebenfalls Würdenträger, wird dagegenhalten, sie seien einfach nur Würdenträger und sonst nichts, und damit sei der Fall erledigt. Kraljević wird sagen, er amtiere in Daruvar, Jammerer wird sagen, er amtiere auch, jedoch in Križevci, und Svetozar Kušević wird sagen, er sei alles und jedes und Herr über die schöne Srijem. Der alte Theodor wird sagen, warum können nicht bloß die Unglücklichen, Besoffenen und Verkrüppelten sterben und die anderen nicht, dann hätten nach einigen Jahren alle zwei Beine, viel Gold und Edelsteine, und seien sie auch gefälscht, und keiner wäre auch nur das kleinste bisschen betrunken. Die Geistlichen werden Gott anrufen und Wässerchen segnen und unverständliche und komplizierte Dinge sagen, welche außer ihnen keiner versteht, und die gemeinen Leute, die Tagelöhner und die übrigen Herren werden etwas murmeln und Kirchgängertum und Gottesfurcht damit gut sein lassen. Herr Franz Joseph, der Kaiser, wird ebenfalls auf seinem Pferde galoppieren und den eigennützig säenden Feldarbeitern und jagenden Jägern und den Wald plündernden Förstern sagen: »He, ihr Förster, Jäger und Feldarbeiter, wisst ihr, dass ich euer Gott bin und kein Bild, welches ihr in euren Kirchen anbetet?«, worauf alle »Ja, das wissen wir« sagen werden, und damit hat es sich. In Grunt werden die Weisen sagen, dass die Woche sieben Tage hat, dass zwei und zwei vier ist und Wasser bergab und nicht bergauf fließt, während die Dorfleute in Lumpen gehen und sagen, zwei plus zwei gibt fünf, Wasser fließt bergauf und die Woche hat fünf Tage, die andern beiden seien im letzten Feldzug von Kommandant Ferdo Beltrup verloren gegangen. Der Dorfnarr wird vom Dach fallen, im Brunnen schwimmen, Quellwasser trinken, Mäuse aus der Westentasche ziehen, aber ihm passiert nichts, die klugen Grunter werden Bücher lesen, Klavier spielen und kleine Rosenmuster sticken und trotzdem nicht wissen, ob die Erde die Gestalt einer Melone oder einer Banane, eines tropischen oder toxischen Auswuchses hat. In den Familien werden alle in Frieden und Harmonie leben, aber der Pöbel wird ein Kirchenfenster einschlagen, den Popen ins Bein beißen, den Oberschriftführer auf die Straße werfen, kurz nachdem er die Schriftstücke gefleddert und zerrissen hat, dann nach Poschegg ziehen und in der Festung von Stara Gradiška gegen Kaiser und Herren schreien, bis die Soldaten Lesni, Šejatović, Strižić, Gržeta und Tuponja mit Bajonetten zustechen und die Narren zur Ruhe bringen, wie es sich gehört. Der Pöbel wird sich erheben, weil die Steuerbeamten die Schnapsfässer auskippen, weil die Herren junge Frauen entführen, sie vor sich aufs Pferd setzen und ab in die Schenke reiten, und weil jedes Gerichtsurteil im Namen des Herrn Kaiser gesprochen wird, welcher weder unserer Konfession anhängt noch irgendetwas mit uns gemein hat. Das gemeine Volk wird das Brot bekommen, welches es selbst verdient hat, und das Pack bekommt von Gefreiten und Soldaten den Hintern versohlt als Lohn für seine Unbotmäßigkeit, schlechtes Betragen gegenüber Älteren und weil es sich ewig besäuft, zusammenrottet und von tollwütigen Hunden beißen lässt und hernach selbst tollwürdig wird. An sonstigen Leuten im unrechtmäßigen Zustande wird es Wolfsmenschen mit Haaren im ganzen Gesicht und ständig klirrenden Ketten geben, Hexen und Zauberinnen, die mit ihren Besen knapp über den Dächern fliegen und ausgewählte Kinder stehlen, dann auch Zwillinge, gewöhnliche Menschen, aber in doppelter Ausfertigung und man weiß nicht, wer wer ist, Menschen mit Schweinerüssel, Klumpfuß, drei Brüsten, Menschen, die beständig sabbern, schielen, bellen, winseln, Spanisch oder Afrikanisch sprechen, Menschen, deren Gesicht zur Hälfte schwarz und zur andern Hälfte ganz normal ist, Menschen, klein wie ein Daumen, so dass sie die Verwandten anstelle einer Blume im Knopfloch tragen. Die Männlichkeit wird sich wundern, das zu sein, was sie ist, die Weiblichkeit ist froh, das andere zu sein, und so vertun sie die beste Zeit mit Verwunderung, der Aussaat bitterer Kräuter und der Jagd auf wilde Tiere in der Umgebung. Soldaten werden ihrem Kommandanten Ferdo Beltrup sagen: »Bis wann werden wir noch in diesen Uniformen schwitzen, entweder gibt's jetzt Krieg oder wir schlachten Schafe oder wir gehen nach Hause!« Die Steuerbeamten werden von Haus zu Haus gehen und sagen: »Warum brennt ihr nicht mehr diesen verdammten Schnaps, wir wollen etwas zum Auskippen haben, warum sitzt ihr untätig herum und lasst uns leer ausgehen, so dass wir ganz umsonst bei dieser Hitze von Haus zu Haus gehen wie Bettler!« Mutter Katharina wird sagen: »Wer sich das ausgedacht hat, den soll der Blitz erschlagen, dieses Gerät aus Messern, mit dem sie sich gegenseitig abschlachten und sich in der Bierschwemme die Augen ausstechen, lieber das Brot mit der Hand gebrochen als das!« Der alte Theodor wird allen Familienmitgliedern, die sich vor Vater Vasilijes Abreise zum Karlowitzer Konzilium versammelt haben, sagen: »Wer hat euch denn alle gerufen, wie sollen wir euch durchfüttern!« Franjo Mištaković, der Müller, wird sagen: »Was drängelt ihr so wegen eurem Mais, der Stein muss doch auch einmal ausruhen und kann nicht immer nur mahlen und mahlen.« Jozo Tomljenović, der Schankwirt, wird sagen: »Auch ich bin ein bisschen klüger geworden, ich muss nicht den lieben langen Tag in dieser Schenke verschimmeln, sondern werde mich ein wenig aufs Ohr legen, und wer trinken will, mag zum Bache gehen und sich am Wasser satt trinken!«; und die Feuerwehrleute von Grunt werden sagen: »Soll doch brennen, was brennt, wir haben genug, wir müssen ein wenig im Chor von dem einen oder anderen dummen Vorfalle singen, aber auch das ist besser als ewig diesen Schlauch wegen einer Scheune zu schleppen, die eh keinen Heller wert ist!« Mücken in der Luft, Pferde auf der Weide, Bären im Walde und Ratten in ihren Löchern werden fleuchen, brummeln und was scheppern lassen, nur um den alten Theodor um den Verstand zu bringen, der ihre Zahl vermerken will, aber nicht so schnell zählen kann, wie sie wieder weg sind. Eine Hochzeit wird im Krawall enden, weil der Bräutigam nicht in der Kirche erscheinen wird, beim Brunnengraben wird der Vorarbeiter des Trupps in das Loch fallen, der Schmied wird, statt das Werkstück zu bearbeiten, versehentlich Mija Kovaćević den Schädel einschlagen, und ein Hochwasser wird, statt alles vor sich herzuspülen, mehrere frisch gelegte Brände in Häusern, Anbauten, Ställen und Heuhaufen löschen. Jovo Uskoković wird in seinem Laden zum ersten Kunden sagen: »Als würde es mir Spaß machen, den ganzen Tag hinterm Tresen zu stehen, am liebsten würde ich meinen ganzen Besitz an Arm und Reich verteilen, wenn ich dann nur nicht hungers sterben müsste oder von meinem närrischen Vater totgeprügelt würde!« Der Nachtwächter wird durch Grunt gehen und rufen: »Warum soll ich euch aufwecken und die Nachtstunden verkünden, wenn sowieso jeder weiß, wie viel Uhr es ist, und selbst dafür sorgen kann, dass er aufwacht, warum soll ich mir für nichts und wieder nichts die Beine brechen?« Klein-Anka und andere Schüler werden fragen, ob die Schaukel nicht in eine Richtung weiterfliegen könnte, statt jedes Mal zurückzuschwingen, was ihnen allen auf die Nerven gehe. Der ehrwürdige Vasilije Uskoković wird die zum Konzilium versammelten geistlichen und weltlichen Herren fragen, zu welchem Behufe sie sich versammelt hätten, ob aufgrund der Ermächtigung seitens ihrer Wähler, welche die Konziliumsteilnehmer nicht binde, oder um den durch den Tod des Patriarchen Maširević verwaisten Platz wieder zu besetzen, obschon es sich von selbst verstehe, dass ihm einer nachfolgen würde, oder um nachzuzählen, wie viele Vertreter die Diözese Pakrac gesandt habe, obschon bekannt sei, dass es ihrer fünfe wären. Die Richter Makso Ludajić und S. Đurđević, Advokat Kirjaković, die Hauptleute Mehanović und Borojević sowie Pfarrer Anđelić werden laut sinnieren, wozu diese Einmischung und diese Fragen, wo man doch wisse, dass das Konzilium zusammentrete, um alles zusammenzuzählen, was es in den Diözesen gebe, um auf diesem Wege eine Summe in Gestalt einer einstelligen Zahl zu erhalten, welche man dem Kaiser und Herrn oder einem seiner Kinder, das bereits bis zehn zählen könne, präsentieren werde. Der ehrwürdige Vasilije Uskoković wird neuerlich fragen, wie die Anordnung des ganzen Apparates sein werde und ob noch etwas fehle, um den Apparat zu vervollständigen, und wie das alles im Verbund funktioniere in egal welcher Diözese und ob es möglich sei, dass sich manche Dinge gänzlich aus dem Apparat herauslösten, damit dessen Anordnung recht- und zweckmäßig werde. Weiterhin wird er fragen, wie es bezüglich der ganzen Versammlung bzw. des Konziliums um persönliche Vertretungen, Begrenzungen und Erweiterungen sowie um Ignorierungen, Apagierungen und Episkopierungen durch Personen stehe, die weder Konziliums- noch Versammlungsteilnehmer seien. Alle werden mit Blick auf das Fundament der Operatoren und Administratoren der Mitropolie aufbegehren und darüber streiten, mit welcher Hand man sich bekreuzigen und mit welchem Bein man die Kirche betreten und mit welchem man sie verlassen soll, welchen Wein man mittwochs und welchen man bei Vollmond trinken soll, wogegen sich sowohl die Bischöfe wie die Pfarrer aussprechen werden und schließlich auch der neu gewählte Patriarch. Ehrwürden Živković, Brzdinski und Branković werden darum bitten, die Dinge zu klären, bevor das Konzilium in Unterkonzilien und Konziliarpartikel auseinanderbricht, welche sich dann neuerlich auf einen Haufen und in Unterkonzilien und zu einem Konzilium zwecks Zusammenrechnen aller unvereinbaren Zahlen zu jener allgemeinsten, notwendigsten Ziffer versammeln und zusammenkommen müssten. Was noch nicht war, aber sein wird: Allgemeiner Krieg, in dem der Araber den Japaner und der Deutsche den Türken und der Franzos den armen Inder tötet und alles niedergebrannt, verwüstet und zerstört wird. Auf einen Führer werden Millionen hören, vor ihm auf die Knie fallen und ihm die Stiefel lecken, sein Bild sogar im Abort aufhängen, und er wird 120 J. leben.

Tausende wird er in den Schweinestall sperren und ohne Kreuz und Grab en gros verbrennen. Man wird Himmelspaläste unter die Wolken bauen, Kirchen, Türme und andere Wunderwerke, und alles geht im Nu zum Teufel. Brücken übers Meer, und in der Luft Maschinen, die Menschen tragen werden, und die werden sich da oben über verschiedene Dinge unterhalten, als wäre nichts. Man wird sich der Länge nach und quer und von unten durch die Kontinente graben, Vulkane werden an vielen Stellen ausbrechen und viel Volk unter sich begraben. Alle Völker werden sich um eine Insel prügeln, die keinen Pfifferling wert ist und deren einzige grasbewachsene Fläche kaum drei Esel ernährt. Die Namen einiger Länder werden geändert, die Sprachen ausgetauscht, so dass die Eltern ihre eigenen Kinder nicht verstehen können, und Rabenschwarze und Schneeweiße werden Brüder sein. Man wird Zaren, Könige und Präsidenten umbringen, und irgendwelche Schafsköpfe kommen an die Macht, welche man eine neue Sprache lehrt und in irgendwelche Uniformen steckt, die es vorher noch nicht gab. In der größten Kirche ein Schweinestall mit einigen weiteren Tieren, im Rathaus eine Schule, in der Kindern der Unterschied zwischen männlich und weiblich beigebracht wird. Alle mit gewissen Namen werden sich nicht mehr so nennen, sondern so, wie es erlaubt ist. Die Juden werden allesamt in eine russische Stadt getrieben, und die wird angezündet. Ihre Geschäfte werden in Krankenhäuser umgewandelt, die Krankenhäuser in Fabriken und die Fabriken in Postämter und Rathäuser. Alle werden reden, keiner hört keinem zu. Jeder wird der Klügste sein, keiner kein bisschen verrückt. Die Zeitungen werden nur schreiben, was nicht ist, und ums Verrecken nicht das, was ist, denn dann bringen sich Drucker wie Leser sofort gegenseitig um. Drei Wahnsinnige werden sich in einen Zuber setzen und zum Planeten Venus oder dem Morgenstern schweben und nie mehr zurückkommen. Jene, vor denen Millionen auf die Knie sinken werden, werden kopfüber aufgehängt und ohne einen Kanten Brot in Käfigen gehalten, bis sie verschimmeln oder vor Gestank vergehen. Manche werden mit zwei Köpfen geboren werden, manche auch ohne Kopf, woraufhin die Doktoren den einen und den anderen abschneiden und sie auswechseln, wie es passt. Ein im Krieg verlorenes Bein findet ein anderer und sägt es für sich zurecht. Aus den kleinen Bonbons aus der Apothekenschachtel wird mithilfe eines Knopfes ein kleinerer Kontinent herausplatzen. Je irrer sie reden, desto besser wird es ihnen gehen. Keiner kennt keinen, jeder für sich und auf eigene Rechnung. An weiteren noch nicht eingetretenen Vorfällen haben wir die Engländer, welche in die Ferne schwärmen, überall angreifen und ihre Flagge einpflocken werden, unter anderem in Zypern. Die Franzosen werden den Deutschen ein ordentliches Stück wegnehmen. Die Russen werden die Kalmücken und ein paar Türken malträtieren, während die Türken Bulgaren abschlachten werden und unser Kaiser in Bosnien einfällt. Anschließend überrennen die Engländer Afrika und andere schwarze Länder, die Franzosen genauso, wenn auch weniger, die Derwische, die sich selbst durchbohren, werden sich erheben, und die schlitzäugigen Japaner werden um die Inseln ins Feld ziehen und Köpfe abhacken, die anders sind als ihre eigenen. Die Russen werden sich ebenfalls eine Zeitlang mit diesen Japanern bekriegen. Es wird große Aufstände in der ganzen Welt geben, am meisten in Deutschland und in Russland, wo alles durcheinandergerät und viel Blut vergossen werden wird für nichts. Chinesen und die weit entfernten Brasilianer, unbekannte Bewohner der Antillen, Tiroler und Nicaraguenser ebenfalls. Ganze Kontinente werden unter einem Land und einem König sein und danach nicht mehr. Die meisten werden um ihr tägliches Brot kämpfen, andere lassen sich Ideen einfallen, wie sie die ganze Welt in Brand stecken, und so wird es kommen. Alles, was ist, wird man auf verschiedenen Karten sehen, die umgeschnitten werden wie beim Schneider. Das wird anhalten, bis alle verrückt geworden sind, und sie werden vor Hunger, Elend und Entnervung verrückt werden. Die Namen der noch nicht amtierenden Bane lauten Ante, Ivan, Ladislav, Károly, Theodor, Aleksandar, Pavao, Nikola, Slavko und Antun. Die Grenzer werden mit dem Knüppel auseinandergejagt, damit alle Ungarn sind. Die Sprache hat Ungarisch zu sein, ob zu Hause oder in der Eisenbahn, welche auf der Strecke in jede Richtung fährt. Zuerst werden sie die jüdischen, dann die serbischen und zuletzt alle anderen Geschäfte zerschlagen. Serben und Kroaten werden zunächst Brüder sein, dann Unbrüder, dann wieder Brüder und Kumpel, dann gehen sie einander wieder mit dem Messer an die Gurgel, und am Ende tun sie so, als hätten sie sich noch nie gesehen. An Aufständen 3, alle blutig niedergeschlagen, an Kriegen 7. Manche werden Reden halten, man solle da und da hinkommen, damit man sich einigt und bespricht, was wie gemacht werden soll, und da werden Gendarmen warten und alle niedermachen. An Staatsverträgen, Vergleichen, Beschlüssen, Pakten und Konkordaten 19, aber keiner gibt auch nur einen Pfifferling darauf. Länder, die sich daran halten, werden von anderen Ländern überrannt, die von wieder anderen Ländern besiegt werden. Fünfmal wird eine Inschrift entfernt und unter Androhung von Peitschenhieben neuerlich angebracht, aber am Ende gilt sie nicht. Man wird sich einmal vereinigen und mehrfach zerstreiten. Damit Bulgaren, Albaner, Ungarn, Türken und Skythen Brüder sein werden, dann wieder nicht mehr und dann doch wieder. Bauern werden in den Krieg ziehen, Kaufleute werden bechern, und Glücksspiele spielen nur die, welche eine Schule besucht haben. In der Familie Uskoković wird es neben dem unsrigen alle Arten deutscher wie anderer Bekenntnisse geben, wenn auch keinen einzigen Juden. Sie werden mit allem Wohlstand noch rund achtzig Jahre in Grunt leben und danach mit Gewalt von dort vertrieben. Popen bringt die Familie keine mehr hervor, dafür 1 Arzt, 1 Schriftführer, 2 Offiziere, 3 Kaufleute, 1 Schriftsteller sowie mehrere Hausfrauen, keiner wird Familie, Glauben oder so etwas besudeln, obschon 2 keine Schulbildung haben, 1 dem lieben Gott den Tag stiehlt, der ist in vielem begabt, nur nicht mit Sitzfleisch, 6 werden mehrere Sprachen sprechen und die meisten ziemlich gesund sein, 1 Kranker, auch wenn es heißen wird, 2 seien dauernd krank, aber nein. Manche werden woanders wohnen, in Zagreb, Belgrad, Paris, einige sogar in Amerika, im nächsten Jahrhundert. 1889, 1893, 1900, 1902, 1910, 1921, 1932, 1938, 1945, 1950, 1970 und 1988 werden glückliche Jahre sein. Alle werden fröhlich und gesellig sein, nur 1 wird immerfort maulen und sich in der Stube einschließen, 3 Unverheiratete, ebenfalls 3 werden mehrmals heiraten, 0 Selbstmörder.

Die für die Familie U. wichtigsten Vorfälle werden sich beim Kirchenkonzilium ereignen, zu Hause, im Zug, in einer Großstadt, in einer Schenke, in einem anderen Gefährt, in einer Buchhandlung, auf der Straße. Kaum ein Uskoković muss in den Krieg ziehen, obwohl es in der Familie Offiziere gibt. Schlecht für sie sind Krieg, Verarmung, Hunger, beschlagnahmtes Vermögen, Verspottung, Verbannung wegen ihrer Religionszugehörigkeit, nicht sagen dürfen, was man denkt, Druckverbot für einige bereits geschriebene Texte, Neid, nicht da hinfahren dürfen, wo man hinfahren will, völlig zu Unrecht von üblen Personen gehänselt und drangsaliert werden. 8 werden verschiedenen Parteien angehören, bleibt ein Rest von 3. 7 Systemgegner, 1 sagt es öffentlich. Mehrere Herrscher lösen einander ab, 2 Kaiser, 2 Könige, einer jünger, der andere nicht, und noch einige, die man weder dem einen noch dem anderen zurechnen kann. Einige werden lange regieren, andere nicht, 2 davon Ausländer. 14 werden zu großer Höhe aufsteigen, die anderen nicht. 4 von ihnen sind in langwierige Händel verstrickt und voller Hass, 8 untereinander, danach wird sich die Sache beruhigen. Durch Wunden und andere Unglücke beeinträchtigt sind 5, obschon nicht ernsthaft, häufiger werden lustige Stürze auf dem Eis sein, die Stiege oder die Leiter hinunter, von denen man genesen wird. An Unfug: auf die Straße rennen, ohne Hosen anzuziehen, mit Seife im Haar vor den Steuerbeamten treten oder einen veränderten Mann mehrfach nicht wiedererkennen. Zu den schlimmsten Menschen werden 2 Deutsche, 2 Russen, 1 Bulgare, 1 Donauschwabe, 2 Kroaten, 2 Ungarn, 3 Serben, 2 Araber, 1 Italiener, 1 Tscheche gehören, meist gewöhnliche Bürgersleute und einige Könige dazu. Am schlimmsten für den Menschen ist es, wenn er aus der Heimat vertrieben wird, wenn seine Kinder und andere Familienangehörige ermordet werden, wenn man seine Aufzeichnungen zerreißt, wenn man ihm verbietet, das zu sagen, was er sieht und denkt, wenn man ihn bei lebendigem Leibe verbrennt, wenn man ihm ein Organ entnimmt und beobachtet, wie er ohne zurechtkommt, wenn man ihm Taten unterschiebt, die er nicht begangen hat, ihn zwingt, die untergeschobene Tat als seine eigene Tat zuzugeben, wenn man ihn dazu bringt, selbst an solche Lügen zu glauben, wenn man ihn lehrt, anderen Taten unterzuschieben, so wie man ihm Taten untergeschoben hat, wenn man ihn lehrt, es zu genießen, wenn er anderen Taten unterschiebt, so wie man ihm Taten unterschob. Den jetzt lebenden folgen in der Familie Uskoković noch zwei Generationen mit diesem Namen und danach keine mehr, lauter fremde Adressen und fremde Menschen, Schwiegersöhne. In der letzten Generation nur noch Frauen, außer einem, aber auch der wird nur eine Tochter haben. Zu den Tätigkeiten, die ihnen den meisten Ruhm eintragen, gehört die Pflege des Weinbergs, die Heilung von Menschen, das Schreiben von Büchern. Zum Wichtigsten, was in den Büchern geschrieben steht, gehört die Heilung einiger unheilbarer Krankheiten, die Geschichte vom Tausendkünstler, der alles Mögliche in seinen Bildern malte, von seinen Reisen und was er auf denen erlebte, seinen Zechtouren und in Wirtshäusern gelallten Erzählungen, Obszönitäten und Streichen eines derartigen Lebens, von großen Männern durch die ganze Geschichte, von Menschen, mit denen sie bekannt waren oder auch nicht, von Briefen, die nach allen Seiten verschickt wurden, von schönen und hässlichen Zeiten, so lange das alles währte. Aus all diesen Heften wird ein Buch gedruckt, wer wann was warum gemacht hat. Die wichtigsten Vorfälle 1828, 1871, 1902, 1938, 1977. Von fünf Generationen und über die. Hauptpersonen 1 Pope, 1 Hausfrau und Hausherrin, 1 Arztgattin, 1 Handelsgehilfe, 1 Schriftsteller. In den fünf Teilen wird vom Leben im Land allgemein, vom Wirtschaften, vom Irrsinn der Welt, allen möglichen Unterschieden und keinem dienlichen Spielereien, vom nachträglichen Anlegen von Listen die Rede sein. Keim, Heim, Welt, Spiel, Werk. Großvaters Aufzeichnungen über Gott und die Welt. Ein Kalender für das Jahr 1871 mit praktischen Ratschlägen. Eine Schulfibel zur Erziehung und Bildung eines noch unvernünftigen Kindes. Wer ist wer, was passiert wo, in Bildern erläutert. Wertvolle und weniger wertvolle Spiele aus dem Volksleben, zur Erheiterung vorgestellt, was war, was war nicht. Was welche Zeichnung zur Belustigung von Kindern und Alten bedeutet. Wie man in der Postkutsche mit Unbekannten und Bekannten redet. Anzeiger aller Waren der Welt. Hefte für Einnahmen und Ausgaben, Rezepte, wichtige Bemerkungen, Auszüge, Daten und Namen. Kinderbilder von guten und schlechten Schülern. Wie eine Köchin ausrechnet, was sich ausrechnen lässt und was nicht. Unfeine Geschichten und schlechte Vorbilder aus Schenken. Reiseführer durch Leben und Todt. Liedchen nur für Erwachsene und verständige Menschen, die sich durch sie nicht verderben lassen. Romane für Frauen und Fräulein. Wie man wem schreibt und warum. Das Buch aller anderen Bücher, Lebensbeichte eines Literaten. Die wichtigsten Vorschriften und Erlasse zur Eingliederung. Insgesamt 18 Hefte aus fünf verschiedenen Epochen, nacheinander zu lesen. Unterweisungen in Religion, Erziehung, Heilkunde, Handel und Schriftstellerei. Anleitung für das Leben auf Erden, zu Hause, in der Welt, unter Leuten verschiedenen Schlages und zwischen Gebildeten. Wer alles und wie dem Mann beibringt, so aufzutreten, wie der es sagt. Was alles eine Familie beeinflusst. Der dornige Weg einer Familie durch Zeit und Geschichte ohne Rücksicht auf alles, etwa das schuldlose Erlöschen des Familiennamens. Metropolit, harmloser Schüler, reisender Erzähler, gelehrter Handwerker, Makler und Krämer, Rechteinhaber und kluger Schriftsteller, und was Verwandte aus demselben Geschlecht von ihnen quer durch die Zeit lernen können. Wird es einer überhaupt und wenn ja wie mit all diesen Tutoren aushalten und warum sollte er?

WAS WIR TUN SOLLEN (1)

Mijo Oršić, der Bediente, kommt zu der mutigen, hübschen und resoluten Hausherrin und fragt im Namen aller Bediensteten: »Gnädige Frau, was sollen wir heute tun?«, und sie antwortet ihm: »Guter Mann, wie du weißt, nimmt der Herr des Hauses in Ungarn an einem wichtigen Konzilium teil und wir sind ganz auf uns gestellt, gebt euer Bestes!«

Katharina Uskoković, aus dem Geschlechte der Pejačević, spricht jeden Morgen mit dem Vorarbeiter, einem fleißigen und rührigen, allerdings schönen Manne, kocht dem kranken Kinde leckeren Haferschleim und bereitet anschließend die Wäsche vor, und an Wäsche gibt es die, welche wir am Leibe tragen, unmittelbar auf der Haut ebenso wie die Kleidung darüber, Tischdecken und Servietten für die Mahlzeiten, Bettwäsche, insbesondere, wenn jemand krank ist, sowie Lappen und Geschirrtücher und was man sonst noch im Haushalte braucht. Vorarbeiter Mijo fragt die tüchtige Hausherrin weiterhin: »Gnädige Frau, was sollen wir mit der Heide machen, die wächst auf ungenutzten, schweren Böden und besteht nur aus Farnen und Erika und Gebüsch?«, und die Hausherrin erwidert: »Rode sie und mach einen Acker daraus, auf dass alles gedeihe, der Herr wird glücklich sein, wenn er nach seiner Reise da, wo zuvor nur Brennnesseln und lästiges Unkraut waren, Feldfrüchte wachsen sieht!« Und hernach sagt sie: »Wie steht es um die Maulbeerbäume und deren Blätter, haben wir genug für unsere Seidenraupen, welche schlüpfen und in Gestalt von Schmetterlingen auf Nimmerwiedersehen davonfliegen werden?« Darauf Mijo, der Bediente: »Wir müssen nur noch Rohre in der Erde verlegen, um sie trockenzulegen, und dann kümmern wir uns um die Spinnen und Mäuse, welche alles auffressen, was wir haben!« »Der Dreck muss auf einen Haufen gekehrt werden, damit ihn der Wind nicht wieder verweht«, schnaubt die Dame des Hauses und schaut, ob es bald regnen wird oder nicht. »Sollen wir eine Grube für die Jauche graben, selbst wenn einer drin verreckt?«, fragt der treue Bediente. Die Hausherrin erkundigt sich nach den Boden- und hier insbesondere nach den Lehmarten, also nach Letten, Ton, Porzellanerde, Mergel sowie Kaolin zur Herstellung feinsten Porzellans. »Wenn du einen Teller zerschlagen hast, wirfst du ihn besser weg, statt ihn zu kitten«, sagt sie. Der Bediente erwidert darauf: »Wir müssen Kalk löschen, Sumpfkalk und Luftkalk machen und vielleicht sogar hydraulischen!« Die Hausherrin spricht: »Man sollte auf Hasenjagd gehen und zum Markt, um einen Esel als Zugtier zu kaufen, und ich werde mich hinsetzen und alles in Hauptbuch, Journal und Kassenbuch eintragen, damit ich sehe, wo mein Geld heute geblieben ist!« »Der Milchmessbecher wird genauestens aufdecken, was in der Milch ist, ob nur Milch oder noch etwas, zum Beispiel Wasser«, sagt Frau Katharina mit drohendem Untertone. Der Bediente sieht seine Gebieterin mit folgenden Worten an: »Wenn ich je auch nur einen Tropfen Wasser hineintun sollte, soll meine Hand zu einer Wurzel verdorren!«, und die Hausherrin schneidet ihm das Wort ab: »Besser so, und du wirst an den Pranger gestellt, falls du je den Überschuss verkaufen solltest, der in unserem Hause anfällt!« Der Bediente Mijo Oršić fragt: »Sollen wir Kalkerde einsumpfen oder nicht? Schließlich ist Leichtspat oder Gips ein weißes Material, welches man durch das Brennen von Kalkstein in speziellen Öfen erhält und das durch Zugabe von Wasser außerordentliche Härte entwickelt.« Katharina versetzt: »Heute werden wir eine Wiese trockenlegen, uns um den Feldsalat kümmern und ein wenig mit Töpferei beschäftigen, eine Arbeit, bei welcher brauchbares Geschirr entsteht!« Dann sagt sie dem treuen Bedienten: »Geh mit den beiden gesunden Kindern zum Flusse und bringe ihnen Schwimmen bei, was soll aus ihnen werden, wenn unverhofft ein Hochwasser kommt?« Und hernach: »Dass wir uns ja nicht mit den Panduren über Kleinkram streiten, es würde uns sehr schlecht bekommen!« »Was wären wir ohne unsere Kühe!«, versetzt Mijo, der Bediente, voller Stolz und Milchflecken auf der Hose. Der Bediente Mijo sagt vor der ganzen Dienerschaft: »Wenn wir nur fleißig arbeiten, haben wir auf der Landwirtschaftsmesse in Poschegg oder der Weinausstellung in Lipik oder bei der Hornviehschau in Zagreb etwas vorzuweisen, dort werden demnächst Rindviecher aus dem ganzen Königreich eintreffen und das Gemuhe bis zum Himmel steigen!« »Dann bleibt nur noch der Lein, welcher bei der Verarbeitung stinkt, aber ohne den wir alle nackt wie Bettler durch die Welt gehen würden«, wird der Bediente hinzufügen, und die Hausherrin ordnet an: »Und jetzt gehen wir in die speziell zu diesem Zwecke hergerichteten Kellerräume und beschäftigen uns mit der Züchtung von Champignons und Steinpilzen, welche nur in ewiger Dunkelheit und dieser Feuchtigkeit gedeihen, als wären wir alle im kaiserlichen Kerker eingesperrt!«

HUND

Hernach läuft der Hund, der treue Begleiter des Menschen, welcher auf der ganzen Welt lebt, in die frisch geputzte Küche. An Hunden gibt es Windhunde, Haushunde, Wuschelige, Jagdhunde, Promenadenmischungen und Doggen, und der Hund schaut die Hausherrin mit müden, melancholischen Augen an, und sie sagt: »Du armes, armes Hündchen, warum bist du denn schon wieder so traurig, du kriegst gleich einen leckeren Knochen, den kannst du nach Herzenslust abnagen und zerbeißen, Hauptsache, du hilfst danach wieder als Zugtier, bei der Jagd, bei Einbruchsdelikten und als Schoßhund!« Dabei hätte derselbe Hund, hätte man ihn scharf abgerichtet, alle Hausgenossen beißen können, und sie wären unter größten Qualen gestorben, wenn er nur gewollt hätte.

PLAGEN

Mijo, der Bediente, ruft aus: »Gnädige Frau, von allen Seiten fallen gefährliche Raupen ein und fressen sämtliche Bäume kahl, man hört ihre unbarmherzigen Mundwerkzeuge knirschen, darf ich bei Herrn Jovo, Eures geschätzen Gatten Bruder, eine Flüssigkeit kaufen, um sie zu vertreiben?« Ein zweiter Bediensteter kommt völlig außer Atem herbeigelaufen und japst, dass im Weizen unzählige Samenkäfer mit ihren Rüsseln und Fühlern säßen, dass sie sehr klein und deswegen nicht leicht zu sehen wären, aber die Ernte mir nichts, dir nichts vernichteten. Hausherrin Katharina sagt: »Das ist alles halb so schlimm, solange die Scheune nicht abbrennt, der alte Theodor nicht in den Brunnen fällt oder unser Dienstherr Vasilije, welcher auf einer weiten Reise ist, nicht von irgendwelchen Bösewichten während des Konziliums vergiftet wird!« Weiterhin sagt die Hausherrin ihrer geliebten, wenn auch armen und zerlumptem Schar aus einigen nicht sonderlich schlauen Bediensteten: »Wie ginge es uns, hätte einer von euch den Kindern Galitzel ins Essen gemischt oder wenn wir ausgeraubt oder im Schlaf ermordet worden wären oder wenn die Steuerbeamten uns alles weggenommen hätten, obwohl unsere Papiere in Ordnung sind?« Darauf ihre Schwägerin: »Ich habe meinen Mann, deinen Schwager, allein im Laden stehen gelassen, so dass ihn die ungehobelten Bauern übers Ohr hauen können, wenn sie einen halben Liter Spiritus oder ein Kilo Salz kaufen, nur um dir mit deinen drei Kindern beizustehen, von denen das jüngste und schwächste vor Fieber glüht, obwohl es ein Junge ist!«

VERWANDTSCHAFT

Sagt Hausherrin Katharina: »An Verwandtschaft habe ich meinen Mann, der wegen staatlicher und kirchlicher Angelegenheiten genau zum für uns schlimmsten Zeitpunkt verreist, einen Schwager, der in seinem Ladenlokal verschiedentlichen Kleinkram verkauft, dessen treue Ehefrau, die allerdings keine Kinder bekommen kann, einen weiteren Schwager, der sich in Deutschland herumtreibt und in unbekannten, fremdländischen Gebirgen Giftpflanzen und Steine sammelt, und Theodor, meinen Schwiegervater, ein vorbildlicher Pope, der jeden Tag das Gegenteil von dem erzählt, was er am Vortag behauptet hat!« Darauf sagt die Mamsell, nachdem sie die angebrannten und verschimmelten Essensreste aus dem Topf geschrubbt hat: »Sie haben es doch gut, gnädige Frau, was soll ich da sagen, ich habe nur diesen Hund, der mit Wonne seinen Knochen abnagt, mein Ehemann verschwand, während er beim Militär diente, und so schätze ich mich glücklich, im sehr gut gestellten Haus von Ehrwürden für einen Teller Suppe und ein Almosen die Fußböden zu scheuern!« Darauf die Hausherrin: »Zuallererst habe ich die vergessen zu erwähnen, welche mir die Liebsten sind: Meine drei Kinder, eins blühender als das andre, die achtjährige Anka, der fünfjährige Petar und der kranke, gerade mal einjährige Dušan, welcher aber hoffentlich auch wieder gesund wird!« Der vaterlandsliebende und treue Bediente Mijo Oršić ergänzt: »Hätten Sie nicht zweie unter schlimmen Qualen verloren, wären es bei Gott fünf und nicht drei Kinder!«, worauf der alte Theodor mit seiner gerechten Stimme donnert: »Je mehr Blagen, desto mehr Plagen!« Mutter Katharina versetzt: »Womit habe ich so viel Glück verdient, ich bin zufrieden, obschon ich von früh bis spät wie ein Ochse schufte, und dabei bin ich Herrin über das in der ganzen Umgebung angesehene Anwesen des Popen!« Die Schwägerin sagt darauf: »Wärst du zu Hause bei den stinkreichen Pejačevićs in Našice geblieben, du würdest dir die Zeit mit Romanen, Klavierspiel und feinen, völlig überflüssigen Spitzenstickereien vertreiben, so aber musst du dich mit deinem eigenen Bruder vor Gericht um gewaltige Ländereien, Wälder, Wiesen und kistenweise Goldbarren streiten, weil sie dir nichts abgeben wollen!«

KRANKHEIT

Der kleine, obschon anhängliche Dušan, der Liebling und allfällige Erbe dieser ganzen Reichtümer, ist von einem krankhaften Zustand namens Fieber gepackt, der überdies von einer allgemeinen Schwäche des Körpers begleitet wird, heißen und eisigen Empfindungen im winzigen Leibe, schwerem Atem und einer rasselnden Lunge, dem Organ zum Empfangen und Entlassen der Luft. Der Gemeindearzt V. Taler kommt und sagt, das sei nichts Schlimmes, der Kleine müsse nur Chinin schlucken, welches vor fünfzig Jahren in Frankreich erfunden worden sei und dessen Wirkweise und Ergebnisse man noch nicht genau kenne. Mutter Katharina sagt ihrer treuen, etwas älteren Schwägerin: »Wenn er nur wieder gesund wird und anfängt, mit seinem älteren Cousin Petar Bachstelzennester zu räubern, dann ist er allen vorweg!« Mijo, der Bediente, versetzt: »Was ist ein Nest anderes als eine Art Wiege, in welche die meisten Vögel ihre Eier legen, aus denen dann später die Vögel kommen, nutzlose, aber schöne Tiere!« Der alte Theodor versetzt: »Wenn wir kleinen Kindern ein winziges Schlückchen Wein geben, werden sie keinen Zentimeter weiterwachsen, das sollten wir wirklich einmal ausprobieren!« Die Schwägerin versetzt darauf: »Die Welt ist voll von Krüppeln und Leprösen, alle stöhnen unter schrecklichen Schmerzen, Menschen fallen in Kalkgruben und ihr Fleisch löst sich bei lebendigem Leib von den Knochen, oder sie stechen sich gegenseitig im Wirtshaus die Augen aus oder stottern oder werden mit vier Beinen und acht Armen und Hörnern obendrein geboren, wir müssen froh sein, dass wir nur ein krankes Kind haben und dass es nur ein bisschen krank ist!«

STOLZ UND GLÜCK

Sagt Hausherrin Katharina: »Wir, die wir im zivilisierten Slawonien leben, haben es viel leichter als unsere bosnischen Brüder, aus dem Grunde, dass wir weder Bären noch Luchse, noch Wölfe haben, wenigstens nicht so viele wie sie, und sie haben auch noch die Türken!« Die gute, edle Schwägerin versetzt darauf: »Wenn jetzt noch unser lieber Vasilije gesund und wohlbehalten vom Konzilium zurückkehrte, der kleine Dušan durch ein Wunder gesund würde, eine Schaustellertruppe in Grunt gastierte, der alte Theodor ein wenig mehr guten Willen zeigte und mein lieber Jovo im Geschäft die kleinsten, wertlosesten Waren für viel Geld verkaufen würde!« Darauf der alte Theodor zu seiner älteren Schwiegertochter: »Wer weiß, warum es auf Erden Leben gibt, wenn einer dem andren die Kehle durchschneidet, seine Frau betrügt und sein Kind mit Nikotin oder schlimmer noch mit Alkohol vergiftet!« Die überglückliche Mama Katharina sagt zum

Gesinde: »Ich würde niemals mit euch tauschen, in Anbetracht dessen, dass ihr nichts und niemanden habt!« Richter F. Taler reitet auf einem stattlichen Pferd durch Grunt und sagt Frau Katharina, deren Prozess er an seinem ehrenwerten Gericht führt: »Soweit ich sehe, arbeitet ihr hier inbrünstig und allen zu Nutz und Frommen, obwohl ihr Kranke habt!«, und das ist ihr der größte Lohn. Richter Taler setzt hinzu: »Bewahren Sie Ihr Geld im Hause in einer Kassette auf oder tragen Sie es auf die Sparkasse nach Poschegg, wo man Ihnen ganz ordentliche Zinsen zubilligen würde, wenn Sie sich dazu entschlössen?« Und er sagt noch: »Am besten wäre, Sie würden Ihr Geld in staatlichen Rentenpapieren anlegen. Das würde ich machen, wenn ich Geld übrig hätte, aber was kann ein Richter in dieser Gegend schon zur Seite legen, wenn er ehrlich ist?«

NACHBAR

Kommt der Besitzer der Dampfmühle und des Sägewerks, Pavao Miholj, und sagt: »Auch wenn wir nicht so mächtig und reich dastehen wie ihr, die ihr den Laden, die Kirche, Weinberge, Pferde, Felder und Wälder euer eigen nennt, bezeichne ich uns untertänigst dennoch als euren ergebenen Nachbarn, denn mein Haus steht gegenüber eurem, allein die Straße trennt uns!« »Sehr erfreut«, versetzt Hausherrin Katharina, »jetzt, wo der Hausherr weit weg auf Reisen, ein Kind krank und auf den alten Schwiegervater selten Verlass ist, bin ich froh, einen tüchtigen, ehrlichen und mutigen Mann zum Nachbarn zu haben, unabhängig von seiner persönlichen Herkunft und womit er sein Geld scheffelt!« Pavao Miholj macht einen Kratzfuß, und Katharina setzt hinzu: »Ich kenne viele reiche und vermögende Menschen, denen neidische Nachbarn die Scheune angezündet, den Brunnen vergiftet, das Vieh verseucht, alle Türen mit Verleumdungen beschmiert und der Zofe aufgelauert haben, das wird, wie ich hoffe, nicht der Fall sein!« »Aber nein, liebe Güte, nicht mal im absonderlichsten Traum!«, schwört Miholj und schlägt sich mit der Faust an die Brust, so fest er kann.

SCHULE

Die Schwägerin sagt zur kleinen Anka: »Warum bist du noch nicht in der Schule, sollen dich die Zigeuner holen, welche durch die Umgebung streifen, und dir Augen und Ohren ausstechen, damit du besser betteln kannst?« Mutter Katharina sagt ihrer heißgeliebten, nur gelegentlich widerborstigen Tochter: »Auch wenn dein herzensguter Vater weit weg auf Reisen ist, hör fleißig zu, was der ehrenwerte Herr Lehrer Jovo Stanivuk sagt, und schreibe, selbst was dir vollkommen belanglos erscheint, sorgfältig in dein Heft, denn er weiß es besser als du!« Die Schwägerin ergänzt: »Wenn ich doch so lange lebte, bis alle deine Kinder mit der Schule fertig, erwachsen und entkräftet sind, dann könnte ich in Frieden meine müden, aufgeopferten Augen schließen!« Der Bediente Mijo Oršić steht in der Türe, kratzt seinen klugen Kopf und erzählt: »Hätte mir Gott doch das Glück gewährt, in die Schule zu gehen, dann müsste ich nicht in diesem Hause arbeiten, wiewohl es sehr zu loben ist, und mich nicht mit dem Vieh und den Schandmäulern herumschlagen!« Die Schwägerin sagt Klein-Anka noch: »Es wäre besser, wenn sie euch in der Schule beibringen würden, wie man aus Seidenraupen Ballkleider macht, statt euer Hirn mit dummen Namen aus der Geschichte zu traktieren, welche so vielleicht nie stattgefunden hat!« Der alte Theodor versetzt: »Ich würde noch der Zugehfrau eintrichtern, wer Napoleon war, und wenn ich es ihr mit der Faust in den Kopf dreschen müsste!«

LEHRER

Lehrer Jovo Stanivuk sagt den versammelten Schülern aus den besten Grunter Familien: »Wenn ein Stück Kordel verknotet ist, welches du, egal zu welchen, und seien es die mörderischsten Absichten, verwenden willst, musst du es erst entknoten, weil die Knoten sonst stören und du die Aufgabe nicht so erledigen kannst, wie es sich gehört. Wenn du siehst, dass die Tür sich wegen eines Steines nicht schließen lässt, musst du diesen Stein mit dem Fuß wegschieben, weil die Tür sonst nicht zugeht und in der Nacht der Dieb und die Räuber kommen und das Haus ausräumen werden, während du schläfst. Wenn du einen Durchschlag mit kochend heißen Nudeln am Henkel packst, verbrennst du dir die Hand und die ganze Zuspeise fällt zu Boden und du kriegst obendrein Haue von der zu Recht fuchsteufelswilden Mutter!«

SORGEN

Während der Hund seinen leckeren Knochen abnagt, der kranke kleine Dušan in seinem Kinderbett greint und Josip Škulj und Petar Mrkonjić Schafe mit je 34 Zähnen und länglichen, hässlichen und manchmal glänzenden Köpfen auf die Weide treiben, trägt Mutter Katharina, auf der sämtliche Haus- und sonstigen Arbeiten lasten, schwer an der Sorge um das Wohlergehen dieser wunderbaren Familie. Der Bediente Mijo Oršić versetzt: »Jetzt gehe ich in den Keller und kontrolliere die Fässer, von denen jedes drei- bis vierhundert Hektoliter Wein fasst, damit auch keiner was davon trinken kann, ohne dass es uns auffällt!« Mutter Katharina sagt: »Die Fässer wären weit besser gefüllt, gäbe es die verdammte Phylloxera nicht, die eklige Laus, welche die Haarwurzeln der Reben vernichtet und sonst zu nichts nutze ist!« »Wir sollten Eukalyptusbäume anpflanzen, die hätte keiner sonst, weder in Grunt noch in ganz Slawonien«, poltert der alte Theodor. Katharina erwidert: »Olivenbäume wären da besser, wenn wir nur die südliche Sonne hätten, aber wir sind weit weg vom Meer, uns ist nicht einmal Rijeka offiziell mit einem Staatsvertrag angeschlossen!« Ihr Schwiegervater versetzt: »Die Nutzung von Meer und Ackerland sind zwei vollkommen entgegengesetzte, wenn auch recht ähnliche Dinge!« Katharina sagt zum treuen Bedienten: »Schau lieber aufs Thermometer, den gläsernen Apparat, damit uns kein Märzfrost überrascht und zerstört, was wir mit schwerer Arbeit und Entsagung erreicht haben!« So vergeht das Leben dieser wunderbaren und wirklich auf alles gefassten Menschen, ihrer netten, manchmal kranken Kinder und ihrer ungeheuer treuen Dienerschaft, während sich die ganze Epoche, das neunzehnte Jahrhundert, ihrem letzten Viertel nähert, denn nichts auf dieser Welt währt ewig, nicht einmal die Zeit.

MAUS

Die kleine Anka geht in die Schule zwecks Erwerb, Verbreitung, Vergesellschaftung, Verständnis und späterer lebenspraktischer Anwendung von Wissen. Dort nimmt der gerechtigkeitsliebende, aber etwas kurzsichtige Lehrer Jovo Stanivuk mit den aufmerksam lauschenden Kindern ein Tier durch, welches sich in der Stube so manches Menschen aufhält, ein kleines, dem Elefanten geradezu entgegengesetztes Geschöpf bzw. eine Maus. Lehrer Jovo Stanivuk fragt, wo der kleine Schädling sonst noch hause, und die kluge Anka antwortet höflich, er hause im Getreidespeicher, im Käsekeller und in der Darre, wo man unvorsichtigerweise Getreide lagere, aber so viele Liedchen erzählten doch von der Niedlichkeit, Ängstlichkeit und gelegentlichen Schläue der Maus. Lehrer Stanivuk sagt: »Zur nächsten Stunde macht jeder von euch eine Maus aus Holz, Teig, Lehm oder was immer ihr wollt; die Maus muss wie eine richtige Maus aussehen, darf aber keinerlei Schaden anrichten!« In Grunt knabbert, rennt und zittert die Maus, während die Katze lauert, springt, sie verschlingt und danach schnurrt, als wäre nichts gewesen.

WIDER DIE PLAGEN

Bilder gefährlicher Krankheiten, welche nur darauf lauern, das harmonische Äußere des Menschen zu zerstören, zeigt Lehrer Jovo Stanivuk und erläutert: »An diesen Bildern seht ihr, woran Grguri Klašnja, unserer freundlicher Nachbar, alles leidet, Blasenschwäche, gebrochenes Rückgrat, Kropf, Skrofeln, allgemeiner Muskelschwund, Ungleichgewicht der Säfte, Brustbeinverkrümmung, Beckenbrüche, Rippen-, Schlüsselbein- und Brustkorberweichung, ein bereits erblindetes und ein mit dem

Trachom infiziertes Auge, Durchfall, Maul- und Klauenseuche sowie amputierten Zehen am linken Fuß, und trotz all dieser vielfältigen Gebrechen hat er noch die Kraft, fröhlich zu sein und in seinem Krankenbette zu singen!« Klein-Anka sagt: »Einer unserer Arbeiter ist aus der brennenden Scheune in die Zinken der Heugabel und mit der zusammen in den tiefsten Brunnen voller Schlangen und Giftpilze gefallen!« Lehrer Jovo Stanivuk streicht dem Mädchen über den Kopf und sagt der Klasse ohne Umschweife: »Viele von euch werden bei verschiedenen Familienfeierlichkeiten, am zur Vertreibung der Nager gekauften Rattengift oder beim Bau neuer Ställe sterben, das ist klar, aber seid wenigstens auf derlei vorbereitet und schlagt euch die schlimmsten Dinge niemals nicht aus dem Kopfe!« Klein-Anka sagt: »Mein Bruder Dušan ist in seinem Bettchen sehr krank, aber die Doktoren sagen, dass er vielleicht nicht gleich stirbt und in diesem Falle sein Leben lang mit Krankheiten zu tun haben könnte, vor allem wenn er wie sie Arzt wird!«

DIE WELT IST BÖSE

»Wohin ihr auch euren unschuldigen Fuß setzen werdet, überall werdet ihr sehen, wie böse unsere Welt ist«, versetzt Jovo Stanivuk. »Hier das Krankenhaus voll unheilbar Kranker und Verwundeter aus so manchem eurer heiß geliebten Kriege, dort das Waisenhaus voller Waisenkinder, welchen weder Verwandte noch Gott beistehen, dort in der Feuerwache beten betrunkene Feuerwehrleute zu Gott, er soll doch bitte ein ehrbares Haus brennen lassen, damit sie sich hervortun können, da in der Schenke und dem Wirtshaus hocken krankhafte Säufer und Kinder, die mit Beihilfe ihrer Eltern ebenfalls Alkohol zu sich nehmen, dorten die Kirche, in welcher sie mit fremdländischem Akzent zu euch reden, dann noch die Brücke, die jeden Augenblick in die tosende Šumetljica stürzen kann, welche weder Gnade kennt noch Spaß versteht!« Klein-Anka fragt: »Und was sollen wir dann tun?« Der Lehrer reibt sich die müde Stirn, putzt seine Brille, welche von so viel Reden beschlagen ist, dann versetzt er: »Am besten und wirkungsvollsten ist es, du sitzt in einem reichen Hause hinterm Fenster und schaust auf die Straße, auf welcher sich all das ereignet, während du selbst in Sicherheit bist!«

VORNEHME UND UNERSÄTTLICHE

Klein-Anka zum Lehrer: »Meine Mutter stammt zwar aus einer sehr reichen Familie, wirft aber trotzdem regelmäßig Hühnerknochen und andere Essensreste vors Haus, damit die armen Leute sie abnagen und das Mark aus den Knochen zutzeln können!« Der Lehrer darauf: »Alle reichen Menschen, welche ich kenne, sind edel, und alle Armen schmatzen auf der fremden Schwelle unersättlich und wischen sich die Hände dabei nicht ab!«

UNERSPRIESSLICHE PFLICHTEN

»Ein jeder muss eine Pflicht auf sich nehmen, auch wenn dabei seine Eingeweide in Aufruhr geraten«, sagt der gute Lehrer. »Es ist des einen Schicksal, im Kriege gegen einen Feind zu sterben, welcher uns überhaupt nicht hasst, der Matrose muss im eisigen Wasser ertrinken und der Gießer im Schmelzofen lebendig verglühen, dass nicht der kleinste Wirbelknochen zurückbleibt!« Klein-Anka spricht: »Meine Mama sagt, dass jedem, der arbeitet, irgendwann ein Unglück geschieht, er sich entweder so ungeschickt anstellt, dass er sich durch den Finger näht oder beim Öffnen einer Flasche ein Auge ausschießt oder beim Pflücken von sowieso faulen Äpfeln von der Leiter fällt!« Darauf versetzt Lehrer Stanivuk: »Und auch die Schüler, welche von abgelegenen Höfen kommen und bei Schnee und Eis oder in der Sommerhitze weit laufen müssen und schutzlos Luchsen, Wildkatzen, Löwen und Haiducken ausgeliefert sind, die ihnen an die Gurgel wollen, also sie kommen hungrig und barfuß in die Schule, hören etwas von Sachen, von denen sie noch nie was gehört haben, und das in einer Sprache, die sie nicht kennen, und danach laufen sie wieder heim und alles ist vergebens!«

ALLE SIND GLEICH

»Wenn man die Klasse genauer betrachtet«, sagt der Lehrer, »hinkt der eine, der zweite schielt, der dritte trägt eine Brille, der vierte stottert, der fünfte ist bettelarm, der sechste ungewaschen und recht streng nach schlecht gelüftetem Bettzeug riechend, der siebente sitzt krumm am Pulte, der achte hat einen Buckel, der neunte ist Jude, die zehnte das Kind eines Popen, der elfte ein Linker, aber trotzdem seid ihr für mich alle gleich und mir gleich lieb und ihr werdet euer Leben lang einer dem anderen gleich sein und keiner kann euch was anhaben!«

KLUGE BEISPIELE

Lehrer Jovo Stanivuk trägt eine entzückende Unterredung zwischen zwei Wirten, einem Ritter und einem schönen Fräulein vor sowie die lehrreiche Bemerkung eines harmlosen Bettlers zu einem der örtlichen Würdenträger, die für den zweiten Wirt, den Ritter und den Würdenträger von nicht geringem Nutzen war, denn sie hörten auf, sich aufzuspielen, großzutun und mit ihrer Trinkfestigkeit, ihrem Mut und Reichtum anzugeben, und bemühten sich stattdessen, auch dem anderen Wirt, dem Fräulein und dem armen Schlucker ohne einen Kanten Brot in der Tasche Gutes zu tun. »Was hilft es uns, dass wir die Reichsten ringsum sind«, sagt Klein-Anka, »wenn es sowieso alle wissen!« Das begrüßt der Lehrer, indem er leicht mit beiden Händen klatscht, und versetzt: »Wirklich, was es nicht alles im Hause Uskoković gibt, ein jeder von uns kann es nur bedauern, dass es nicht unser Haus ist, und dennoch leben wir alle weiterhin ohne Neid und Seelenpein, als wäre das ganze Anwesen in einem fürchterlichen Feuer mitsamt seinen stolzen Bewohnern abgebrannt!« Klein-Anka fügt hinzu: »Wirklich, zu uns kommen alle möglichen

Leute, Uhrmacher, Untermieter, Krüppel und Schornsteinfeger, und jeder gibt einen klugen Rat, den meine Mutter Katharina augenblicklich in ein dickes Heft schreibt!« »Was würde aus dieser Nation ohne seine weisen und neunmalklugen Volksgenossen, die jedem Pfeffersack die Nase pudern, dass er zeit seines Lebens was zum Nachdenken hat!«, ergänzt der Lehrer und schneuzt sich in ein von seiner längst verstorbenen Mutter an langen Abenden besticktes Taschentuch.

GÖTTLICHE ENTSPRECHUNG

Keine zwei Minuten, nachdem Frau Matilda Klašnja, vom Platz her kommend, ins Haus getreten ist, pladdert einer jener Märzregen herunter, und sie hat weder Kappe noch Mantel, noch Regenschirm. Der zur Familie gehörige Hausverwalter Viktor Klašnja sieht seine völlig trockene Gattin hereinkommen und versetzt: »Was für ein Zufall, dass du gerade jetzt kommst, wo mich ein Hüngerchen im Magen anwandelt, so kannst du mir etwas zu essen hinstellen und ebenso den kleinen Kindern, die für den Moment das Dominospiel, den Zusammenbau von Nichtzusammengebautem und die Entdeckung versteckter Spielkameraden über haben!« »Eben kommt ein Brief«, fährt Herr Klašnja fort, »vom edlen Kommandanten Ferdo Beltrup, in dem er mitteilt, er sei unlängst von einem Manöver aus dem Maisfeld zurückgekehrt und hätte es so rechtzeitig zur Beerdigung der einzigen Mutter geschafft, welche letzten Dienstag verschieden sei, und hätte sogar vorher noch in der Festung ein Paar herrlicher Handschuhe holen können, ein Geschenk des Kaisers höchstpersönlich anlässlich einer Feuerlöschübung!«

LANDSCHAFT

»Was ist draußen, aber nicht in diesem Klassenzimmer?«, fragt der Lehrer. »Draußen ist es kalt, drinnen warm, draußen sind Landstreicher, drinnen Schüler, draußen ist Nacht, drinnen Tag«, versetzt die beste, aber unverbesserlich wilde Anka Uskoković, während sie verstohlen ihren Lehrer mit seiner Brille beobachtet. »Draußen ist Landschaft«, sagt der Lehrer, »und die ist etwas ganz anderes als die Luft, welche ihr atmet, oder Napoleon zu Pferde, denn sie besteht aus Bäumen, Gestein und Gras, und da und dort fließt ein Bächlein!« »Und wozu ist das alles gut?«, fragt Klein-Anka begierig nach Wissen und jeder Art Bösem, worauf der Lehrer erwidert: »Zu nichts, außer dass sich der liebe Gott freut, wenn er sieht, was es alles gibt!«

VORKOMMNISSE

Es kommt vor, dass ein eisiger Wind aus Norden pfeift und zwei, drei Bäume in Feld und Flur umwirft, die Dachrinne von Großvaters Haus reißt, den einen oder anderen Arbeiter in den Brunnen wirft, und hernach scheint die Sonne, sie holen den Mann ganz tot aus dem Brunnen und pflanzen im selben Augenblick zwei, drei neue Bäume an. »Das ist der Frühling«, versetzt Mutter Katharina, »im Frühling weiß man nie, was man wie machen soll!« Darauf schlägt der Blitz ein und tötet noch einen Arbeiter, setzt die Scheune in Brand und röstet einige Hühner, die ohnehin dazu verurteilt waren, geschlachtet zu werden. »Was ich euch sage«, fügt Mutter Katharina hinzu, »das sind alles frühlingshafte und häusliche Vorkommnisse, ohne die unser Leben sterbenslangweilig wäre!«

UNSERE HANDWERKER

Eines Tages kommt Tischler Lisac und trägt den Stuhl auf dem Rücken, welchen er für den alten Theodor zum Draufsitzen gemacht hat, und versetzt: »Hier ist Euer Stuhl, Ehrwürden!« Jovo Petrić, welcher aus Ton Geschirr macht, kommt herbei und sagt: »Gevatter, in dieses Tongeschirr kannst du jede noch so heiße Flüssigkeit einfüllen, es wird nicht platzen!« Und da kommt auch schon Opankenmacher Đuka Kovačević, welcher Opanken für die Arbeiter bringt und ebenfalls seine mit eigener Hand gefertigten Waren preist. Im ganzen Haus drängen sich Leute, jeder bringt etwas mit, jeder schmeißt mit seinem Mitgebrachten das Mitgebrachte eines anderen um, und das Dienstmädchen muss viele Scherben aufheben und auf den Müll werfen und Mutter allen was bezahlen, damit sie endlich mit Gott gehen. »Ihr seid unsere Handwerker«, versetzt sie. »Ich weiß nur nicht, wo ihr doch alle in derselben Gasse wohnt, warum die nicht Handwerkergasse heißt, sondern nach Gisela Louise Marie benannt ist, die, seit sie auf der Welt ist, noch nie in Grunt vorbeigeschaut hat und vermutlich nicht einmal weiß, dass es diesen Ort gibt!«

GESELLSCHAFT

Es kommen Vilim Korajac, der Herr Direktor des Priesterseminars in Đakovo, der gebildete Oberlehrer Mijat Stojanović aus dem fernen Zemun, dann A. Truhelka und Landvermesser Dragutin Cankl und zuletzt noch Richter F. Taler; Mutter Katharina trägt den besten Wein auf, backt eigenhändig Kuchen und sagt: »Was kümmert es uns, dass der Hausherr in Karlowitz seinen Geschäften nachgeht, wenn wir so wunderbaren und edlen Besuch im Hause haben, den einmal in sechs Monaten zu bewirten und alles für ihn vorzubereiten jede Mühe wert ist!« Die Herren Korajac, Cankl und Stojanović reden daraufhin über die jüngsten Großbrände in und um Grunt, welcher Landvermesser sein untreues Weib verprügelt habe und wo welcher Pope in ein großes Fass oder einen tiefen Brunnen gefallen sei, wer sich mit den Blattern angesteckt und wie lange der edle, aber unsterbliche Kaiser noch zu leben habe und wie es mit den weltlichen Vorkommnissen in Paris oder andernorts weitergehe, bis der alte Theodor schreit, es sei genug und sie sollten anspannen lassen, bald fege ein Sturmwind durch ganz Slawonien, der jedes vierrädrige Gefährt wie Eschenlaub durch die Luft wirbeln werde.

SOLDAT

Schau, wie der junge Rudolf Cankl zum Militär geht! Die besorgte Mutter, die Gattin des Landvermessers Dragutin Cankl, sagt mit teils vor Freude, teils vor Kummer verweinten Augen: »Ich sehe schon, wie du bei deinem herrlichen Äußeren in dieser feschen Uniform in den Wirtshäusern zur Mandoline greifst und ein unanständiges Liedchen anstimmst, dich in leichte Frauenzimmer verguckst, welche auf dem Seile tanzen, Geige spielen und aus dem Bauch reden, wie du dir Bart und Schnurrbart wachsen lässt, obwohl du gar keinen Grund dafür hast, ich sehe dich in Wirtshäusern und Herbergen Nächte durchfeiern, während sich dein Kommandant mit der Faust den Kopf haut, weil er dich vergeblich sucht, ich seh dich fremdes Obst pflücken und ungewaschen essen, lange und wohl türkische Pfeifen rauchen und wie du davon hustest und halber erstickst, wie du als einer, der nicht schwimmen kann, in einen Fluss fällst, und eine Köchin wird behaupten, du hättest ihr ein Kind gemacht; du wirst, das weiß ich, alles tun, nur nicht wie ein Mann den Heldentod sterben unter der Standarte unseres berühmten fleißigen Leutnants, dem edlen Ferdo Beltrup, welchem es eine Freude wäre, könnte er uns aus diesem Anlass mit einer wunderhübschen Ansichtskarte trösten!«

REISEREI

»Wohl euch, die ihr nicht ewig durch die Fremde ziehen müsst, sondern nur den Dreck beseitigt, den Stall ausmistet und den wertvollen Dung hinaustragt, den Garten jätet und die Schweine füttert«, sagt Hausherrin Katharina ihren höflich angetretenen Arbeitern und Hausbediensteten. »Was soll ich da von eurem armen Dienstherrn und Vater Vasilije sagen, der außerdem noch Pope ist! Kaum war er unseren Blicken entschwunden, machte ich mir auch schon Sorgen: Ob seine Kutsche wohl umkippt und sich ihm die eisernen Beschläge ganz und gar durch die Brust bohren? Ob sein Schiff wohl auf der Save kentert und er ertrinkt und nur sein Gewand als stummes Zeichen ans Ufer gespült wird? Ob er wohl von einem Felsen stürzt, auf dem er nichts zu suchen hatte, sich alle Knochen bricht und anschließend von wilden Tieren zerrissen wird, von denen es an solchen Orten stets wimmelt? Ob er wohl verschwindet und man nicht einmal erfährt, wo sein Grab ist? Ob er wohl verunglückt und als einbeiniger Krüppel zurückkommt oder mit nur einem Auge, weil er sich das andere mit einer ungeschickt geöffneten Flasche ausgeschossen hat? Ob er wohl überfallen wird und mitten in der Nacht ein Messer in den Rücken bekommt? Lauter solche und noch viel schlimmere Sachen gehen mir den ganzen Abend durch den Kopf, bis ich endlich einschlummere, erschöpft von solchen Gedanken, und ihr wascht euch bloß die Hände, schlagt euch mit der warmen Suppe den Bauch voll und schlaft den Schlaf der Gerechten!«

GRENZER

Sagt Dragutin Schramm, welcher die Kanoniere der 21. Grenzer befehligt, zu seinen Mannen: »Soldaten, wollt ihr gegen die Türken feuern, welche lange genug unsere Brüder ausgeraubt und geknechtet haben?« »Jawohl!«, sagen die lustigen Kanoniere in ihren feschen Uniformen, und da schießt der Erste auch schon, und der Zweite steckt sich den Finger ins Ohr, damit er nicht ertaubt, und in großer Entfernung, wo die Kugel einschlägt, hört man die Türken auf Türkisch jammern: »Weh mir, bei Gott, ich sterbe!« Aber das geschieht ihnen nur recht. »So geht das nicht!«, versetzt Ferdinand Freiherr Rosenzweig, »die muss man mit dem Säbel von oben nach unten entzwei teilen, genau so!« Und er zerteilt den erstbesten Türken, den er sieht, tatsächlich in zwei gleich große Teile, obwohl der ihm nichts getan hat. Aus dem fernen Wien schaut der edle Kaiser F. Joseph durchs Fernglas und sagt seiner liebreizenden Kaiserin: »Soso, mein Gott, wenn die kämpfen, verstehen sie keinen Spaß!«

DRUCKER

An einigen überdachten und schön eingerichteten Orten gibt es Maschinen, welche, wenn man an einem Rad dreht, beliebige Lettern drucken, kyrillische, lateinische, deutsche oder ungarische, und heraus kommen fertige Bücher, welche man spornstreichs lesen kann. Sagt Đ. Deželić zu Ignaz Fuchs und Andreas Wagner: »Wir sind fleißige Drucker, nicht wahr, bei uns bleibt nichts unbedruckt!« Spricht Đorđe Radić, ebenfalls Drucker: »Ohne Druckmaschine wüsste ich nicht, was ich den lieben langen Tag anstellen sollte, so aber ist's wenigstens hundert Jahre lang für so manchen zu Nutz und Frommen!«

VERSCHIEDENE NÜTZLICHE PERSONEN

Sagt János Ciszer, Inhaber der Moric Percl: »Dürfte ich für Sie Waren die Save hinauf- oder hinunterfahren, so dass Sie mich anschließend ordentlich bezahlen und alle zufrieden sind?« Versetzt Luj Hendelsman: »Und was sagen Sie zu meinem Ansinnen, Sie in Schönschrift zu unterrichten, mit der Sie höchstselbst dem Kaiser schreiben könnten, vorausgesetzt, Sie halten sich von jedem Geschwafel frei und schildern nur Ihr Leben, damit Sie versetzt werden und eine nette Witwe zur Frau bekommen!« Heinrich Hirschl steht mitten auf der Straße, hält vornehme Kutschen voller Reiter auf Urlaub mit ihren rotwangigen Mädels an und ruft ihnen schon von Weitem zu: »Wenn ihr mir nicht die besten Caramboulage-Tische abkauft, bin ich tödlich beleidigt, wie könnt ihr auch nur eine Stunde ohne dieses herrliche Vergnügen auskommen?« Stefan Vulpe sagt seinen Landsleuten: »Wenn das so ist, sollten wir uns fotografieren lassen, damit dieser angenehme Tag nicht in Vergessenheit gerät!«, und Ekert sagt: »Wurschtegal, Hauptsache, ihr kauft meinen Pflug ohne die Schar, pflügt mit was andrem, ihr könnt mich mal!« Spricht der Angestellte der Versicherungsgesellschaft Anker: »Und wenn alles einstürzt, abbrennt und herunterkommt, bringe ich Ihnen einen Haufen Geld für den ganzen Plunder!«

Fragt der alte Theodor: »Würde nicht bitte mal einer der Diener diese Meute von Falschhändlern und Dieben zum Teufel jagen, oder muss ich trotz meiner geistlichen Kleidung erst das Gewehr holen?«

ALTER

»Schaut unseren alten Großvater an«, versetzt Mutter Katharina. »Wer würde nicht sofort in Tränen ausbrechen, weil dieser zahnlose Greis nicht mehr richtig essen und trinken kann und die Zeitung nur mit Brille liest und sich weder über Zäune schwingt noch aus voller Kehle singt und schon gar nicht einen Faden ins Nadelöhr bringt, während so mancher, welcher sein ganzes Vermögen verjubelt und harmlose Tiere tötet und keinem einen Guten Tag wünscht, gesund und stark wie ein Stier ist, und das einzig und allein, weil er vierzig, fünfzig Jahre jünger ist!«

WER IST UNVERNÜNFTIG

»Wer ist unvernünftig?«, fragt der fesch gekämmte, aufopferungsvolle Lehrer Jovo Stanivuk und sieht Klein-Anka an, und sie sagt: »Unvernünftig ist, wer bei kaltem Wetter ohne Pelz und Schuhwerk hinausgeht, obwohl er nichts zu essen, geschweige denn was zum Anziehen hat! Unvernünftig ist, wer zum Militär geht wie unser mutiger Rudolf Cankl, denn er wird jämmerlich krepieren, dabei hätte er zu Hause an Mutters Rockzipfel hängen und Most oder ein anderes wertloses Getränk trinken können. Aber am unvernünftigsten ist der Däumling, der so groß ist, wie sein Name sagt, wenn der mitten auf dem Weg geht und vergisst, dass ihn jeder Frosch in Grund und Boden stampfen könnte und dann nichts von ihm bleibt!«

Zum herrschaftlichen Haus des Popen Uskoković kommt ein Mann in Montur geritten und sagt: »Ich bin Gemeindeamtmann und komme, um Ihnen wegen nicht gezahlter Steuern den letzten Heller aus der Tasche zu ziehen, ohne den ich Richter und Bürgermeister des Ortes nicht unter die Augen treten darf!« Richter Taler sitzt in seinem schmuck geweißelten Büro und sagt zum Gehilfen: »Ich kann es kaum erwarten, dass der berittene Beamte in Montur mit viel Geld aus dem Hause Uskoković im Namen der Steuern zurückkehrt und ich dasselbe in die Staatskasse einschließen und den Schlüssel an einem geheimen Orte im Garten vergraben kann!« Just in diesem Moment besucht der edle Doktor Palacki die Hausherrin, und Mutter Katharina versetzt: »Willkommen, mein kluger Herr Doktor, Sie kommen wohl deshalb zu uns, um uns an Ihrer Klugheit teilhaben zu lassen und uns zu helfen, den Angriff dieses Beamten abzuwehren, der uns den letzten Kreuzer im Namen der Steuer wegnehmen will!« Richter Taler sagt seinem Faktotum: »Wie ich höre, berät der kluge Palacki die gnädige Frau Katharina dabei, die Steuerzahlung an meinen uniformierten Beamten abzuwehren, ich könnte aus der Haut fahren vor lauter Zorn!« Der kluge Doktor Palacki sagt: »Bei uns an der Jugoslawischen Akademie bezahlt keiner keinem Steuern für die Arbeit an gelehrten Büchern, also müssen Sie das auch nicht, denn Steuern sind für niemanden gut, vor allem nicht für den, der sie zahlen muss!« Korajac, der Direktor der Lehrerbildungsanstalt in Đakovo, sagt: »Ich bin mit der Kutsche gekommen auf ein Stündchen Gespräch und ein Gläschen von diesem herausragenden Weine, obwohl mir bekannt ist, dass der Hausherr auf Reisen weilt, und treffe den gnädigen Herrn Doktor Palacki sowie einen mir unbekannten Dieb in Dienstkleidung, der Ihnen sicher den letzten Kreuzer im Namen der Steuern stehlen will!« Richter Taler steht plötzlich von seinem Tisch auf, verlässt türenschlagend sein Büro und rennt quer durch den Park, um schnellstmöglich das Haus Uskoković zu erreichen. Der dreckige kleine Kerl, der am Straßenrand Messer schleift, sagt zu seinem Bruder, welcher im Staub spielt: »Da ist der Richter, der will wenigstens in angenehmer Gesellschaft im Hause Uskoković etwas trinken, wenn er ihnen schon keinen Kreuzer im Namen der Steuer abknöpfen kann!«

STATTLICHE UND UNGESCHICKTE

Wenn Jovo Uskoković hinter der Theke steht, um höchstpersönlich Galitzel, Spiritus, Most, Bindfaden und Schnürsenkel zu verkaufen, treten viele junge Frauen ohne Begleitung in den Laden, einzig und allein, weil der werte Herr Jovo so stattlich ist, keineswegs, um Galitzel, Spiritus oder Most zu kaufen. »Herr Klašnja ist sehr stattlich und in jeder Hinsicht ein guter Mann«, sagt Fräulein Pejnović, »aber an Sie und Ihre Stattlichkeit reicht keiner heran, gesegnet sei Ihre über alles geschätzte Gattin!« »Liebes Fräulein Pejnović, Sie haben wohl recht, dennoch kann ich Ihnen für das Kilo Galitzel keinen Heller nachlassen!« Zu gleicher Zeit fällt Wachtmeister Frigan, der einige Ziegel auf seinem Dach ausbessern will, von der Leiter und verstaucht sich den Fuß. Sagt Lehrer Jovo Stanivuk: »Die einen sind stattlich, die anderen ungeschickt!«

VERDAMMTER SÄUFER

Joco Rnjak, ein verdammter Säufer, tritt in sein völlig verwahrlostes Haus, welches kein Dach hat, weswegen der Regen direkt in die Teller seiner unglücklichen Frau und ihrer drei kleinen, ebenfalls unglücklichen Kinderchen tropft, und sagt zu ihnen: »Ich bin zum Saufen verdammt und rettungslos verloren. Das ganze Geld, welches ich wie durch ein Wunder verdient hatte und von welchem ich euch einen ganzen Monat hätte ernähren können, habe ich bei dem verdammten Tomljenović versoffen, obwohl mir der Schliwowitz weder schmeckt noch bekommt, sondern nur wie Feuer im Magen brennt!« Erwidert seine unglückliche Gattin: »O mein verkommener Mann, ich kenne deine große Leidenschaft für das Schnapstrinken, wichtig ist aber, dass du lebst und bei uns bist und sie dich nicht in den Arrest gesteckt haben, weil du einen Richter oder Popen oder Steuerbeamten abgestochen hast, sondern mit reinem Gewissen in dein ärmliches Heim zurückkehrst, und das ganze Geld werden wir mit fleißiger Arbeit neuerlich erarbeiten, auch wenn dabei einer von uns an Erschöpfung sterben sollte, hernach werden wir das Dach ausbessern und den Keuchhusten unserer Jüngsten ausheilen lassen!«

IM HAUSE

Versetzt Mutter Katharina: »Mein jüngstes Kind ist krank, meine Älteste weiß mit ihren acht Jahren bereits viel, nur das mittlere Kind ist zwar ein Junge, begreift aber dennoch nicht, was wozu dient und was aus welchem Grunde besteht!« Der alte Theodor hält dem kleinen Petar einen Löffel voll Powidl unter die Nase und sagt: »Das ist ein Löffel, damit du nicht vor Hunger stirbst!« Der Bediente Mijo Oršić kommt herein und spricht: »Gnädige Frau, würden Sie bitte die Briefe schreiben, die an verschiedene Empfänger zu schreiben sind, den Kindern zu essen geben und die Beträge zusammenzählen, welche wir heute ausgegeben haben, für alles andere werde ich schon Sorge tragen!« Der alte Theodor sagt: »Frühstück, die erste Jause und das Mittagessen hätten wir geschafft, fehlen nur noch die zweite Jause und das Abendbrot, dann haben wir Ruhe!« Sagt Katharina, die Hausherrin: »Jemand hat sich die Hände am frisch gewaschenen Handtuch abgewischt und das ist jetzt kohlrabenschwarz, soll ihm doch sein dreckiger Arm auf der Stelle verdorren!« Die Mamsell sagt: »Ich muss noch zwei Mahlzeiten zubereiten und den Boden wischen, dann sinke ich wie tot ins Bett, wie sollte ich da an andere Dinge einen Gedanken verschwenden oder auch nur von ihnen träumen!« Darauf der alte Theodor: »Manche Tage sind gewöhnlich wie dieser, und dann kommt irgendein Feiertag und alles springt entzwei!« Sagt die Schwägerin zu Katharina: »In diesen Büchern mit Preisen sind solche gewaltigen Mengen an Dingen abgebildet, dass mir der Kopf schwirrt!« Katharinas

Antwort lautet: »Aber niemand zwingt dich, diese Dinge zu zählen und auswendig zu lernen, schließlich hat dein elender Mann im Geschäft das letzte Wort und du schenkst ihm nicht mal ein paar Kinder!« Der Bediente Mijo Oršić versetzt: »Ich gehe dann trotzdem in den Stall zu den Kühen und Pferden, bei denen ich mich für nichts schämen muss!«

ACHTE AUF DEINE KLEIDUNG

Sagt Inspektor Kauzlarić zum Lehrer Jovo Stanivuk: »Wie kann es sein, lieber Herr Lehrer, dass die Kinder bei Ihnen derart schmutzig und womöglich verlaust sind?« Der Lehrer rechtfertigt sich gegenüber dem gestrengen Aufsichtsbeamten, welcher sich jeden Fleck an der Wand und jede beschädigte Schulbank notiert: »Ich rede deswegen fortwährend auf sie ein, aber sie wollen einfach nicht hören!« Der alte Theodor sagt zu dem elendigen, stinkenden Joco Rnjak, welcher in der Gosse liegt: »Du hast es gut, weil du dich nicht um dumme Hygieneempfehlungen scheren musst und wie ein Schwein suhlst, während alle meine Hausgenossen und alle Grunter verschwenderisch mit dem teuren Brunnenwasser und der Seife aus dem Laden meines Sohnes Jovo umgehen!«

LADEN

»Das ist der Laden«, sagt Onkel Jovo seinem Neffen Petar, »und jetzt zeigt dir Onkel Jovo, was was ist und wozu es dient!« »Das ist die Theke«, sagt er, »und das hier die Kasse, in die kommt das Geld, welches man dem einen oder anderen Bauern und der übrigen Kundschaft abnimmt. Da oben sind Büchsen mit leckerem süßen und salzigen Naschwerk, aber auch mit Nägeln oder Galitzel, von dem du, wenn du nur daran leckst, tot umfällst, so giftig ist es, und die Seile sind für dich als Kind ebenfalls gefährlich, und wenn du in die Zinken der Heugabeln fällst, bist du tot, deshalb darfst du sie weder jetzt noch irgendwann später anfassen!« Tante Julijana sagt: »Bist du noch ganz bei Trost, was erzählst du dem Kind da, es wird alles, was verboten ist, aus schierer Neugier ausprobieren, der Teufel soll dich holen!« Onkel Jovo ergänzt: »Alles, was hier lagert, Eisenwaren, Farben, Drahtrollen, dies und das, Fässer, Siebe, Lampenöl und so weiter hat der Onkel für teures Geld gekauft und muss es irgendwie irgendjemand verkaufen und zwar teurer, also für mehr Geld, als er es eingekauft hat, aber an wen und wie, das weiß er nicht!« Sagt Tante Julijana: »Lass es dir eine Lehre sein und befasse dich niemals mit dem Kaufmannswesen, verschwende lieber alles, was dein ist, Hauptsache, du ruinierst nicht deine Nerven, weil du schlechte Ware eingekauft hast, die keiner braucht!«

BERUF

Versetzt Mijo Oršić, der Bediente: »Jeder Mensch hat einen Beruf, Herr Franz Joseph übt zum Beispiel den Beruf des Kaisers aus, Herr Vasilije ist Geistlicher und ich bin Dienstbote von Beruf, obwohl ich vielseitig und also auch für alles andere begabt bin!« Die Mutter sagt zu Anka und Petar: »Ihr habt nichts weiter als Kinder zu sein, ihr habt es gut, müsst nicht wie der herzensgute Mijo im Schweiße eures Angesichts schuften, wofür er mir oft leidtut, aber was kann ich machen!« Tritt der Direktor der Lehrerbildungsanstalt, Vilim Korajac, herein und sagt: »Wenn ich im Hause Uskoković bin, so ist es mein einziger Beruf, Gast zu sein. Meine Ehrerbietung für eure stets ausgezeichnete Gastfreundschaft!«

GELEHRTE GESELLSCHAFT

Die Herren Lehrer Badani, Forko, Žedić, Tkalčić sowie Petar Valjevac und Jovo Stanivuk setzen sich zu einem traulichen Gabelfrühstück in Josip Tomljenovićs gemütlicher Schenke an den Tisch, und Jovo Stanivuk sagt: »Ich weiß nicht, wie es euch geht, aber gleichviel, was ich sage, es ist alles in den Wind gesprochen, keiner im Klassenzimmer sieht und hört mich!« »Erstens und erstens«, sagt Josip Forko, »darfst du nicht so näseln, sondern musst mit donnernder Stimme reden, dass alle zusammenzucken und sich die kleinsten Kinder vor Angst in einem Mauseloch verkriechen!« Nikola Komlenac sagt: »Das ist ganz falsch, in der Schule sollen die Kinder lernen, woher der Wind weht und warum es Zwerge gibt und wie man Gedanken sprachliche Gestalt verleiht, das kann man nicht, wenn man sie anbrüllt und wie ein Wahnsinniger herumschreit!« Petar Valjevac sagt: »Ich bin ein gutmütiger Mensch, aber manchmal trampeln diese kleinen Hundsfotte so auf meinen Nerven herum, dass ich sie erwürgen könnte, wenn es nicht verboten wäre und ich dadurch nicht noch mehr Scherereien mit den Eltern bekäme, welche durchaus verrückter und rücksichtsloser sind!«

SONNTAGE UND WERKTAGE

»Wenn doch nur endlich Sonntag wäre und ich nicht im Laden hinter der Theke stehen müsste, sondern alle viere von mir strecken und wie ein Ferkel fressen und saufen könnte!«, brummt Herr Jovo in seinen Bart, während er für eine hässliche Bäuerin ein Kilo Zucker abwiegt. Am Sonntag sitzen alle um den großen Tisch, jeder auf seinem Stuhle, und Herr Jovo sagt: »Ich habe so sehr auf diesen Tag hingearbeitet und dass ich mich heute satt essen und trinken kann, ich mag nicht wegen dieser dümmlichen Gebräuche und Vorschriften fasten!« Der alte Theodor sagt: »Dir obliegt der Verkauf schlechter Waren und ranziger Öle, mir obliegt die Bewahrung des Glaubens, und wenn dir das nicht passt: Da ist die Tür!« Das Dienstmädchen, welches sonn- und werktags bedienen muss, sagt: »Mir ist es ganz gleich, ich placke mich ohnehin ohne Unterlass ab, aber irgendwann schlägt auch mir die Stunde und ich werde im kleinen Grab meine Ruhe finden!«

WAS WIR TUN SOLLEN (2)

Sagt Lehrer Jovo Stanivuk, nachdem er seine Nase ordentlich in ein buntes Tüchlein geschneuzt: »Wer einen Säufer in Versuchung führen will, muss nur ein Glas besorgen, es vor ihn hinstellen und mit seinem Lieblingsschnaps vollschenken!« Schüler Ferdo Klašnja sagt: »Genau so machen wir das bei uns zu Hause, aber wenn mein Vater unsern Dienstboten, Joco Rnjak, auf die Straße geworfen hat, trinkt der aus der Flasche!« Darauf Jovo Stanivuk: »Die geschilderte Verführung zum Saufen sollte ausschließlich dazu dienen, dass ihr dem Alkohol niemals im höchsten Grade verfallt, ihr sollt das um Gottes willen nicht auf euch selbst beziehen und schon gar nicht, solange ihr noch so klein seid!« Ergänzt die kluge Anka: »Und wer sich aufhängen will, muss sich einen Strick besorgen, wer einen andren überfallen will, muss ein Messer holen, und wer Kaiser sein möchte, muss zuerst eine schöne, anständige goldene Krone käuflich erwerben!«

SPINNE

»Wohin mag einer flüchten, wenn er in Ungelegenheiten gerät und die Soldaten wegen nicht gezahlter Steuern oder Fahnenflucht hinter ihm her sind«, sagt der alte Theodor und fügt an: »Jeder wäre da lieber ein winziger Käfer oder zumindest eine Spinne als ein Mensch!« Lehrer Jovo Stanivuk sagt: »Die Spinne hat leichtes Spiel, sobald in ihrem Spinnweb andere Käfer zucken und zappeln; die sind gelegentlich größer als sie selbst und für sie ein Festmahl!« Klein-Anka spricht: »Die Spinne webt ihr Spinnweb mit ihren eigenen Seidenfäden, aber wenn man es mit dem Handfeger wegwischt, bleibt nicht die kleinste Spur davon!« Lehrer Stanivuk endet: »Allerdings sind Spinnen nicht ungefährlich, vor allem nicht, wenn sie junge Frauen in die Ferse stechen und diese augenblicklich tot um- und der Veitstrance eines italienischen Volkstanzes anheimfallen!«

NARREN

Wo immer man sie antrifft, hört man von den gnädigen Herren Palacki, Gavrilović, Pančić, Šafarik, Torbar oder Petranović immerzu: »Wir sind die Klügsten in unserem Hause, wenn ihr etwas zu entwirren habt oder eine andere knifflige Aufgabe – wir sind hier!« Sagt darauf Mutter Katharina: »Ihr habt leicht reden, die ihr von Natur aus klug seid, aber was machen wir mit dem armen Joco Rnjak, der ständig betrunken ist, oder mit dem sabbernden Josip Miholj, welcher auf den Händen geht und allüberall Winde fahren lässt!« Der alte Theodor ereifert sich: »Die Neunmalklugen und Schlaumeier sagen immer ein und dasselbe, aber von so manchem Narr erfährst du was Neues, deswegen hält sie unser Kaiser an seinem Hofe mit all den Schellen, die ihm bei jedem ihrer Schritte in den Ohren klingeln!« Mijo Oršić versetzt: »Klug ist, wer Geld hat und die feinsten Sachen isst und trinkt, und ein Narr ist, wer wie wir den Stall ausmistet und deswegen stets nach Jauche riecht, obwohl wir uns gründlich waschen!«

DIEB

Als der arme, unglückliche Dieb dabei ertappt wird, wie er eine Kuh aus dem mustergültig gepflegten Stall stehlen will, fesseln und verprügeln sie ihn mit dem Erstbesten, was ihnen in die Hände fällt, und Mijo Oršić, der Bediente, sagt zu ihm: »Verfluchter Dieb, warum beklaust du das ehrbarste Haus von Slawonien, statt dich in Amerika in einem unterirdischen Bergwerk zu verdingen oder auf dem Schiff anzuheuern, welches Reisende nach Budapest bringt, oder in einer Schenke zu kellnern, wo du wenigstens den einen oder anderen Tropfen abkriegen würdest!« Versetzt der verprügelte Dieb: »Ich brauche nichts zu trinken und will nicht Dampfer fahren, ich brauche eine Kuh, die Milch für meine siebzehn Kinder gibt, welche ich aufgrund meiner Armut in die Welt setzte, bei der Geburt des letzten ist mir die Frau gestorben, der Vater hat mich verstoßen, die Steuerbeamten haben mir alles genommen, von feindlichen Soldaten bekam ich ein Auge ausgestochen, was bleibt mir denn anderes übrig, denn als Dieb zu stehlen, bis mich ehrbare Leute wie ihr verhauen!« Mutter Katharina zieht die Schürze aus, fährt sich mit dem Perlmuttkamm durch die Haare und sagt dann zum Dieb: »Ich werde dafür sorgen, dass man dich nach Hause gehen lässt, aber die Kuh kann ich dir nicht geben, weil ich sie selbst brauche, obschon ich wohl weiß, dass an vielen Stellen im Rathaus, am Gericht und andernorts weit schlimmere Diebe sitzen, als du einer bist, aber das darf ich nicht allzu laut sagen!« Der wohlgenährte Hund fragt die angesehene Herrin mit seinen melancholischen Augen, ob er den schwächlichen Körper des unterernährten einäugigen Diebs zerreißen solle, aber die Herrin sagt ihm zur Verwunderung aller Anwesenden: »Untersteh dich!«

RICHTER

Richter Taler sitzt in seinem Kontor und sagt seinem Schriftführer: »Wie ich höre, wurde beim Popen ein Dieb erwischt, der eine große Kuh stehlen wollte, und sie haben ihn wieder auf freien Fuß gesetzt, was haben die im Oberstübchen, das ist doch unchristlich und gedankenlos, wovon soll ich denn leben, soll ich dem lieben Gott den Tag stehlen oder wie soll ich in dieser kaiserlich-königlichen Kleinstadt meines Richteramts walten, wenn der Nachschub ausbleibt?« Darauf Frau Katharina Uskoković wie versteinert: »Und was ist mit meiner gerichtlichen Klage wegen zehntausend Hektar bester slawonischer Äcker, Forst- und Wasserflächen, welche Sie nun schon so lange verschleppen, dass mir in meiner Qual schwarz vor Augen wird?« Richter Taler antwortet: »Dafür haben Sie doch Ihren Advokaten Franz Schlaumeier, der sich seinen Rechtsbeistand teuer bezahlen lässt, ich habe damit nichts zu tun, und überdies möchte ich Sie an die gesegneten Tage erinnern, welche wir in Ihrem Hause bei einem guten Tropfen und leckeren Kuchen verbrachten!« Der alte Theodor sagt: »Das hat man nun davon, wenn man dem Juristenpack bestes Essen und Trinken vorsetzt, statt dass wir sie wie dereinst unsere Vorfahren mit Strick, Feuer und Schwert selber richten!«

GOTT UND DIE LEUT

Vorarbeiter Mijo Oršić flucht und schimpft auf seine über ganz Grunt verstreute Truppe: »Das werdet ihr vor Gott und dem Teufel verantworten müssen, wenn Herr Vasilije von seinem Konzilium zurückkommt und merkt, wie ihr euch zwischen Jauche, Schlamm und Spreu häuslich eingerichtet habt, statt euch zu waschen, was Ordentliches anzuziehen und ein Lied zu Ehren unserer kaiserlichen Hoheit anzustimmen, die schlimmste Schmerzen leidet!« Der alte Theodor legt das schlaue Buch weg, dessen Seiten er von links nach rechts las, und sagt: »Seit vierzig Jahren predige ich, dass Unberufene Gottes Namen nicht in den Mund nehmen sollen, und du sagst so etwas!« Die geistlichen Würdenträger Vuksanović, Ranković, Ćupović und Joanović sagen im Karlowitzer Konzilium wie im Chor: »Wisst ihr, dass Gott im Himmel ist und daran kein Zweifel mehr besteht?« Der Geistliche Atanasia Meić aus Grubišno Polje ruft: »Aber deswegen kommen wir doch hier zusammen und nicht wegen dem guten Essen und dem vortrefflichen Karlowitzer Wein!« Darauf der ehrwürdige Prota Vasilije Uskoković: »Erzählt mir nichts vom Weine, meine Familie hat seit vierhundert Jahren Rebstöcke, im ganzen Kaiserreich gibt es keinen besseren Wein als unseren!« Versetzt der serbisch-orthodoxe Bischof Nikanor Grujić: »Was Pope Vaso sagt, ist ganz richtig, nur war seine Frau früher katholisch, und jetzt widmen wir uns der Vereinbarung des Unvereinbaren und anderen gottgefälligen Werken!«

AUFSTAND

Sagt Richter Taler seinem Gehilfen: »Was ist das für ein verdammtes Nest und wer hat mich hierher versetzt, den soll der Teufel holen, hier randaliert doch keiner und es gibt nicht mal die geringsten Anzeichen für arrestfähige Straftaten!« Joco Rnjak erwidert im vollkommen betrunkenen Zustand: »Es lebe unser Kaiser und König Franz Joseph noch hundertfünfzig Lenze!« Versetzt Schriftführer Bunjik: »Wenn eine betrunkene Person zu

Ehren unsres Kaisers spricht, das ist gerade wie wenn einer ihn nüchtern verspottet oder beschimpft, und wir sollten diese Person und so manchen anderen Dieb kopfüber hängen!«

GEMEINDEBEAMTENTUM

Jeden Morgen kommt das Gemeindebeamtentum in die Gemeinde, verteilt sich auf die gemütlichen, wenn auch wirklich etwas angeschmutzten Kontore und bleibt bis vier Uhr nachmittags sitzen, obschon einige Beamte keinerlei Beschäftigung haben. Sagt der Gemeindebeamte Joža Lukac: »Wenn ich nur daran denke, dass ich Gemeindebeamter hier sitzen muss, während meine schöne Gattin zur selben Stunde mit Hauptmann Pluštec poussiert, der ihr von seinen erfundenen Soldatenabenteuern erzählt, die er nicht einmal geträumt hat, geschweige denn, dass er als ehrbarer, des Lobpreises würdiger Mann gefallen wäre!« Bürochef Ignjat Lobo geht durch den Flur und betritt das Kontor, wo alle Gemeindebeamten in großer Trauerrunde beisammen sitzen, weil sie nicht wissen, was bei ihnen zu Hause geschieht. Sagt der Gemeindevorsteher: »Glaubt ihr, ich hätte es leichter als ihr, nur weil ich der Bürochef bin, ich weiß genau wie ihr, was die Offiziere mit unseren treuen Frauen machen, ich weiß nur nicht, wer es ihnen gestattet, in ehrbare Häuser zu gehen, während wir alle hier sind!«

STREITLUST

Sagt Vorarbeiter Mijo Oršić seinen Arbeitern: »Wehe, wenn einer Anzeichen von Streitlust aus welchen Gründen auch immer erkennen lässt, wenn ihr schon für so ein herrschaftliches, patriotisches Haus wie das der Uskokovićs arbeiten müsst!« Tagelöhner Pajo Vojšić fragt: »Streitlust, was ist das und was soll das heißen?« Mutter Katharina versetzt: »Das ist, wenn der alte Theodor sagt, Schnee sei schwarz und Kohle weiß, und ich ihm widerspreche und sage, nein, umgekehrt, und er haut mit der

Faust auf den Tisch und schreit, nein, so nicht, und einer wie der Doktor Palacki, der klüger ist als ich, sagt, nein, sie hat recht, und ein dritter wie der Priester Korajac, der noch klüger als Doktor Palacki ist, sagt, nein, nein, ganz falsch, und so weiter, bis einer dem anderen den Schädel einschlägt oder ihn aus dem Fenster im ersten Stock wirft oder ihm an die Gurgel geht und die Wachtmeister kommen und ihn ins Gefängnis werfen und zum Galgen führen müssen!«

ÜBERFALL

Steuerbeamte überrumpeln den Schuster Đuko Kovačević in seinem Hause und sagen: »Gib das Geld, welches du dem Kaiser und König für das Besohlen so vieler Schuhe im ganzen Orte schuldest!« Sagt ihnen der Schuster mit ganz zerknirschtem Gesicht: »Liebe Herren Steuerbeamten, schauen Sie sich in meinem bescheidenen Heim um, welches aus Wohnstube und einer kleinen Werkstatt besteht, in der es nach Leim stinkt, hier haben Sie das Bett, hier den Tisch und auf dem Tisch einen Teller mit Wurst, ein Glas Wein und ein aufgeschlagenes Buch, die *Kroatische Neue Heloise*, dort ist der Schrank, im Schrank drei weitere Teller, an der Wand das Bild der Kreuzigung Christi, auf dem Boden eine Mausefalle zum Mäusefangen, zwei Stühle, die Frau, welche Wolle spinnt, das Kind, welches im eigenen Urin greint, während durch die offene Tür die hungrige Kuh muht, ein Ochse, die Ziege, zwei Schafe, ein Hahn, vier magere Hennen, ein Pfau und eine alte Gans. Das ist alles, was ich habe. Und Geld habe ich bei Gott keins!« Die Steuerbeamten sagen: »Wenn das so ist, dann entschuldigen Sie bitte die Störung und gute Nacht!«, dann gehen sie geschlagen und unglücklich fort, um den Vorfall dem verzweifelten Richter Taler zu berichten, welcher nicht weiß, was er davon halten soll.

Sagt Richter Taler: »Ich sehe schon, welch schrecklichen Tod unser elender Joco Rnjak sterben wird. In einer dreckigen Stube wird er im Dunkeln auf einem windschiefen Hocker sitzen, zu seinen Füßen ein Kartenspiel, ein paar weggekullerte wertlose Münzen, ein blutiges Messer, die Feder eines Pfaus, eine zerbrochene Rasierklinge, auf dem Tisch schlecht gewordenes Essen, welches er nicht angerührt hat, weil er nichts essen mag, eine Schlange schlimmster Sorte wird ihm über die Brust kriechen und überall beißen, wo sein Hemd aufgeknöpft ist, während über ihm in einer Wolke ein Engel weint, der damit nichts zu tun hat, und der Teufel, den Speer in der Hand, aus vollem Halse lacht, die Stunde erwartend, in der er den Unglücklichen, welchen ganz Grunt bedauert, auf selbige Waffe spießt!«

Hausherrin Katharina fügt hinzu: »Aber zuvor wird unser glücklicher, edler alter Theodor im Kreise der Seinen sterben, umgeben von seinen Söhnen, dem fleißigen Kaufmann Jovo, dem vom Konzilium zurückgekehrten Prota Vasilije und Mitar, dem jüngsten, welcher Schulen zum Verständnis von Pflanzen und Steinen abgeschlossen hat, weiterhin werden die Enkel dasein, zum großen Glück alle gesundet und frisch gekämmt, und in der Stube wird alles ordentlich hergerichtet sein, auf dem Tisch steht die beste Medizin, die ihm nichts mehr helfen wird, ich werde verzweifelt schluchzen, das ganze Gesinde mit dem treuen Mijo an der Spitze in Trauerkleidung auf den Knien liegen, Kühe und Pferde die Köpfe, Tauben die Flügel hängen lassen, während ein Strahl übernatürlichen Lichts direkt auf seinen zugegeben bereits kahlen Schädel scheint und einige Worte in die Luft malt wie Gott segne dich, das wird ganz deutlich zu lesen sein!«

Die schlecht gelaunte Schwägerin wird am Schluss sagen: »Wo ist der Unterschied?«, und sich dann in Schweigen hüllen.

LEBEN NACH WAHL

Sagt Richter Taler gut gelaunt: »Der eine sitzt gern mit Freunden im Wirtshaus zusammen und stößt mit ihnen auf ihre Freundschaft an, während draußen ein gewaltiges Gewitter niedergeht, dass es nur so blitzt und kracht. Ein anderer sitzt gern ganz nahe am Klavier, während eine Herzogin in die Tasten greift, und legt seinen Zylinder neben die sauber abgeschriebenen Noten, so dass er beinah die liebreizenden Schultern der Klavierspielerin berührt!«

GEFÜHLE

»Wir bekamen doch alle in unserer Jugend von einem Hauptmann der Grenzer Blumenbuketts überreicht, die nirgends wachsen, und der Hund hat den Hauptmann wie die Blumen beäugt und überlegt, ob er's zerreißen oder besser still sein soll!« So spricht die Schwägerin zu ihrer lieben Verwandten Katharina, und diese antwortet: »Noch viel schöner war es, mit dem Stock in der Hand durch Getreidefelder zu gehen, während dir der aufmerksame Unterschriftführer den Brief zeigte, den er dir geschrieben hatte, eine Zigarette mit einer Spitze rauchte und seinen Jagdhund an der Leine führte, und in der Ferne drehte sich eine Mühle im Sturmwind!« Darauf meint ihre treue, aber unglückliche Mamsell: »Ich habe nur einmal ein ähnliches Gefühl gehabt, als ich nach dem scheußlichen Vorkommnis mit meinem verstorbenen Mann bei einem Schriftsteller in Anstellung war, der sah einmal, wie ich meine Röcke raffte, um sie nicht in Jauche zu tunken, er saß im schmucken Anzuge hoch zu Ross und sagte: ›Sackerlot, o mein Gott!‹, und nichts weiter.« »Wenn der angesehene und junge und bildschöne Gatte am Gartentisch sitzt, auf dem eine Schale Obst, eine Tasse Kaffee und ausgewählte Kuchen stehen, auf den Knien Rechnungen, welche nur die Verkaufserlöse für verrottetes Getreide, räudige Pferde und ranzige Fette ausweisen, dabei deutsche Zigarren raucht und wohlriechende Rauchwölkchen durch den gepflegten, gestutzten Schnurrbart pafft, während die schönste Frau aller Zeiten im Sonntagsstaat mit Palmwedeln in den schlanken Händen wie ein Engel über ihm steht, so sind das die schönsten aller Gefühle, an die wir keinen Gedanken verwenden dürfen«, sagt am Schluss Frau Matilda Klašnja und tupft sich eine ihrer kostbaren Tränen ab.

SCHÖN ANZUSEHEN

Welche Pracht, wie viel Lehrreiches der junge Mitar Uskoković doch auf seinen Reisen durch Frankreich erblickt! »Während Jovo und Vaso, meine Brüder, sich in Kirche und Laden abrackern, kann ich mich nicht sattsehen an den Barken auf dem Genfer See und den lebensgefährlichen Lawinen vom Mont Blanc, auf dem ich mich wie in meiner eigenen Stube bewege!« »Nur hereinspaziert, junger Mann, schauen Sie, wie wir im Jura Käse aus fauler Milch machen, wie emsig die Uhrmacher Uhren bauen, wie wir Kühe auf dem Markt verkaufen, Salz aus Wasser evaporieren und in unserer herrlichen Sprache sprechen, das heißt dem Französischen!« »Nein, nein«, versetzt ein anderer Franzose, »besuchen Sie uns Burgunder im Lande der Reben, wir verstehen was vom Weine, wir machen so gute Tropfen, dass sie noch jeden um den Verstand gebracht haben, und lagern sie in Fässern, in denen man zehntausend Menschen ersäufen könnte!« Sagt ein dritter gastfreundlicher Franzose zu unserem lieben Mitar: »Der Herr sollte unbedingt unsere Ateliers für Fotografie besichtigen, die Öfen, in denen Porzellan gebrannt wird, Fabriken unterschiedlichster Art, giftige und ungiftige Pflanzen, entzückende Landstriche wie die Auvergne-Provinz, das Herzogtum Orléans oder Lyon, versäumen Sie es ja nicht, das scheußliche Heilwasser in Vichy zu trinken und viele unserer fleißigen Mitbürger kennenzulernen, die ohne Unterlass ein Stück Eisen hämmern oder Stofflappen oder Weidenruten bearbeiten, um etwas Nützliches, den Menschen Zweckdienliches daraus zu fertigen!« Einem jeden entgegnet der gutmütige Sohn Slawoniens: »Habt herzlichen Dank für euern Rat, wo ich doch nur aus einem unbedeutenden kleinen Land tief im Süden komme, ich werde davon meinen lieben Eltern in einem informativen, dankbaren Brief berichten!«

DIE SORGEN DER ALTVORDEREN

Der alte Theodor stapft durch das hübsch eingerichtete Haus, in welchem sein ganzes Leben verstrich, wälzt Gedanken hin und her und sagt sich: »Wer weiß schon, wie sehr mir das Schicksal meines Volkes Kopfzerbrechen bereitet, welches unter dem Joch der Fremdherrschaft ächzt, denn viele werden noch auf dem Schlachtfeld fallen, auf mehrere Herrscher schießen sowie unter Kälte, Armut und Hunger leiden müssen, um hernach in Freiheit die eigenen Lieder singen, die eigene Fahne hissen und sich im eigenen Nationalparlament über irgendwelche Blödigkeiten zanken zu dürfen!« Der alte Theodor schaut in den Spiegel und spricht weiter: »Gott allein weiß, wer wir sind, was wir sind, wohin wir gehen, wer uns kennt, wozu wir andere brauchen, woher wir kommen, was für Menschen wir sind und wie lange das alles noch dauern wird.«

MITAR SCHREIBT AUS DER FREMDE

Der dankbare Sohn, zur Ausbildung in die weite Welt geschickt, schreibt den Seinen in der Heimat: »Jeder, der statt meiner im Ausland weilte, würde es ebenfalls genießen, dass ihn keiner versteht und alles und jedes aus historischen Erwägungen oder einem sonstigen wissenschaftlichen System heraus zu beschreiben ist. Ich springe über viele Bäche in den Vogesen, betrete schmucke Häuser, in denen fleißige alte Weiber an neu erfundenen Nähmaschinen sitzen, die ganz von alleine arbeiten, ich besuche viele Papierfabriken, deren Erzeugnisse anschließend über und über allein mit französischen Buchstaben beschrieben werden, ich betrachte ihre Straßen und Eisenbahnstrecken und lausche der Musik fahrender Gesellen, welche Klavier, Geige,

Bass, Posaune, Klarinette, Harfe und Horn spielen, alles gleichzeitig! Viele von ihnen zeichnen nebenbei Dinge nach der Natur, etwa Hühner und lustig springende Ziegen, andere errichten großen Menschen, welche vor langer Zeit zu Unrecht ermordet wurden, Denkmäler. An gar mancher Stelle holen sie Erze herauf, an anderen regnet es, und in eigens dafür bestimmten Räumlichkeiten bewahren sie Briefe auf, welche von berühmten Menschen unterschrieben wurden, obwohl die Tinte längst verblasst ist. Überall sind Pflanzen, Bäume und Flüsse und gelegentlich die eine oder andere Stadt, welche einen vollkommen französischen Namen wie ›Besançon‹ oder so ähnlich trägt. Wir haben immer schon verschiedene Menschen in Krieg und Frieden umgebracht, Ausländer ebenso wie Einheimische, und hernach haben wir geschaut, wer was getaugt hat und wer nicht, sagte ein Franzose zu mir. Eine Französin vertraute mir an: Ich kann Ihnen einen Gobelin sticken oder ein Stück Jacquard weben, aber Sie müssen jemanden haben, dem Sie das zum Namenstag schenken! Manche Bäume lassen sie fünfhundert Jahre lang wachsen, andere fällen sie und machen daraus Tische oder Stühle oder entzünden damit ein Feuer, in dem sie wie wir Ziegel brennen. Leicht ist es, die steilsten Berge zu erklimmen oder gegen die höchsten Hochwasser zu kämpfen, wenn gleichzeitig ein Feuer ausbricht oder ein Erdbeben rumpelt, bei dem dir alles unter den Füßen wegrutscht, aber auf dem offenen Meer braucht der Franzose wie jedermann ein zusammengezimmertes Schiff oder wenigstens eine Jolle. Ich bekam oft zu hören: All das ist unser Werk, das ist unser Land, wir haben es von niemanden ererbt, und unsere Sprache, die haben wir von der Mutter gelernt, ohne dass es uns aufgefallen wäre! Etliche Ingenieure schauen ständig durch irgendwelche Ferngläser, da und dort schreit ein Hauptmann seine Soldaten beim Bau einer Brücke an, und die Imker räuchern, um sich der Gesundheit zuliebe von den eigenen Bienen stechen zu lassen. Wir sind alle Franzosen, sagt ein Bettler und fängt zu singen an. Später habe ich mir die Zuckerraffinerie in Nantes angeschaut, wo die Arbeiter bei aller Süße einer solchen Arbeit stark schwitzen und schlechte Arbeitsbedingungen erdulden müssen. In Brest lehrt man Matrosen, wie man durch Luken nach feindlichen Schiffen Ausschau hält, ob sie sich nähern oder nicht und ob sie schon gesunken und ihre Besatzungen ertrunken sind, während sie andernorts eine herrliche Küche mit Fisch und Kräutern pflegen, dass du dir alle Finger danach leckst. Außerdem können sie wie wir Wolle färben, giftiges Gas aus der Erde saugen und halten wilde Tiere in der Stadt in Käfigen. Sagt mir wieder ein Franzose: Wer sonst auf der Welt wäre so verrückt, Ihnen als Ausländer unsere ganze Welt zu zeigen, beim Sammeln unserer Gesteine und Gewächse freie Hand zu lassen und zudem die besten Weine anzubieten, die es gibt, das macht niemand außer uns, weil wir unvergleichlich sind!«

WAS WÄRE, WENN

Was wäre, wenn unser ganzer herrlicher Besitz und ganz Grunt von einer Flutwelle, Brandstiftung oder von Kriegsgräueln betroffen wäre? Das Haupthaus und andere Gebäude würden von feindlichen Soldaten heimgesucht, die ihre Pferde im Esszimmer unterbrächten, und alle Offiziere würden sich in den Ecken erleichtern, als gäbe es keinen Abort. Alle Karren würden requiriert, auf einen Haufen beim Brunnen geworfen und zusammen mit dem übrigen Hausrat angezündet. In den Brunnen würde zuunterst das Gesinde geworfen, so dass alle lebend ertrinken, darüber dann das Vieh und zum Schluss Steine, um den Brunnen zu vergiften. Sie werden in Blumenbeeten, Weinbergen und Getreidefeldern wüten und alles herausreißen, dann nutzt es keinem mehr. Alle Hausgenossen, auch die kleinen Kinder, werden auf Messer und Säbel gespießt und in die Save geworfen. Alles brennt, so dass sich der Himmel verdüstert. Nur der Hund, das treue Wesen, wird zwischen den schwelenden Ruinen jaulen, obwohl wir hoffen, dass derlei niemals geschieht, aber gerade darum sollte sich jeder das Schreckensbild ausmalen und zur Mahnung in sein Heft schreiben.

WAS MAN IM FELDE SEHEN KANN

Wenn der kleine Dušan nicht krank in seinem Bettchen am Daumen lutschen würde und überdies schon laufen könnte, würden ihn Bruder und Schwester und auch Mutter Katharina mit in die Felder nehmen, wo er ungezogene Kinder dabei beobachten könnte, wie sie schmächtige Vöglein jagen und ihnen aus purer Bosheit den Hals umdrehen, er würde eine bettelarme Familie sehen, welche die Erde nach schleimigen Schnecken absucht und diese nach kurzem Wortwechsel aufisst, große Buben mit langen Stecken, mit welchen sie fischen, eine alte Frau, die sich als Hexe ausgibt und als solche unserer Mamsell einen Kreuzer abfordert, den kleinen, aber klugen Sänger Stevo Lopanić, der von Dorf zu Dorf zieht, singt und nebenbei nach der Natur zeichnet, Ulanen zu Pferde, die auf Deutsch fluchen, zwei wunderschöne Mädchen, die auf einer Bank sitzen und einen edlen Hund füttern, welcher kläfft, Soldaten von der Grenze auf Heimaturlaub, die mit ihrem kleinen Sohn in den Wald gehen, Schmetterlingsjäger, welche ihre Beute anschließend mit einer Stecknadel an die Wand heften, aber was soll man davon reden, Dušan kann noch nicht einmal laufen und hat obendrein Fieber!

WER SICH WOBEI BLÖD ANSTELLT

Im Haus des ehrwürdigen Popen arbeiten alle richtig und ordentlich, aber viele machen es ganz verkehrt. Schuster Kovačević klopft die Kordel mit dem Stiel fest und lacht noch dabei. Joco Rnjak bricht in den Schuppen mit der Spreu ein, welche er den Säuen und Ferkeln nicht gönnt. Herzog Schwarzog leckt sich alle zehn Finger und schaut in den Spiegel. Im Hause Klašnja schwätzen drei Köche und lassen jeden Brei anbrennen. Wenn Lovrić besoffen über die Straße läuft, streuen ihm alle Stroh vor die Füße, falls er der Länge nach hinschlagen sollte. Die Schwägerin macht ihrem Mann Jovo das Bett, damit er sich hineinlegt und schläft. Mijo Oršić und die Mamsell streiten um des Kaisers Bart. Hostinek schöpft mit dem Sieb Wasser aus dem Brunnen, obwohl selbiges ganz ungesund ist. Graf Julio Janković gießt Öl ins Feuer und wundert sich, dass es immer stärker brennt. Franz Schlaumeier hält einen Spatz in der Hand und lässt die anderen zehn frei, damit sie aufs Dach fliegen. Nikanor Grujić sitzt auf dem Bischofsstuhl, hat aber einen gewaltigen Stein auf dem Herzen, welchen wegzuwälzen sich die Prota Jovanović, Uskoković, Ćupović und Solarić redlich Mühe geben.

WER STEHT AUF WELCHER STUFE

Auf der obersten Stufe steht unser Kaiser und König Franz Joseph, der sogar ein paar Wörter von unserer Sprache kann, um sich im Vorbeifahren aus der Kutsche an uns zu wenden. Eine Stufe tiefer steht seine Frau Elisabeth, welche die kleine Gisela an der Hand hält, während sich ein zweites Kind an ihren Rockzipfel klammert. Unter der Kaiserin steht unser Levin Rauch, unter diesem Nikanor Grujić, unser geistlichen Segen spendender Führer. Unter diesem Graf Pejačević mit stierem Blick, unter ihm Richter Taler und Heerführer Ferdo Beltrup, noch tiefer Prota Uskoković und seine ganze Familie. Weiter geht es mit dem Schriftführer, unter diesem der Advokat, und unter diesen Kastellan Šmauc. Ihm folgen auf den niederen Stufen Förster D. Pavić, Hebamme Mara Sokopf, Lehrer Stanivuk und Tischler Lisac. Die Stufen noch weiter hinab gehören den vielen Soldaten, Arbeitern und Tagelöhnern, bis man zu unserem lieben, treuen Bedienten Mijo Oršić kommt. Aber noch unter diesem stehen Joco Rnjak und die ganzen anderen Landstreicher, Diebe und Halunken, die, so Gott will, eines Tages am Galgen enden werden!

BÖSE OMEN

»Mama, warum läuten die Glocken in Opas Kirche?«, fragt die kleine, aber sehr wissbegierige Anka. »Weil der arme Herr Ignjat Lobo gestorben ist, ein reicher Mann und Wohltäter der Armen, während der lumpige Schuft Joco Rnjak wohlauf ist, obwohl er von früh bis spät säuft und im Staube hockt!« Der alte Theodor sagt: »Wäre Lobo gesund gewesen, wäre er nicht gestorben!« Tante Jula fügt hinzu: »Es gibt so viele Hungerleider, da hast du keinen drunter, der an Völlerei einginge, die warten nur darauf, wie unsere besten Leute einer nach dem anderen wegsterben!« Der Leichenzug mit der großen Leiche, als welche der edle Herr Lobo ein- für allemal west, zieht durch Grunt, und die ehrbaren Bürger lupfen den Hut zum letzten Gruße, nur einige Lumpen und Drecksäcke spucken aus und schreien: »Das hat der Schuft verdient!« Aus der Gegenrichtung kommt der Wachtmeister der Gemeinde angerannt, weil ihm zu Ohren kam, im Hause Schlaumeier habe sich ein Dienstmädchen wegen einer unglücklichen Liebesbeziehung zu einem Ulanen in den Brunnen gestürzt, und als sich ein Dienstbote beim Färben der frisch geschorenen Wolle verbrüht, sagt Mutter Katharina: »Ein Unglück kommt selten allein!« Da wird es ganz finster, und ein Regen kündigt sich an, welcher die Felder überschwemmt und das erste Märzgewitter begleitet, welches sieben, acht Schafe zusammen mit ihrem fröhlichen, aber glücklosen Hirten erschlägt.

BILD

Schaut das hübsche Bild an, dass die kleine Anka mit ihren acht unschuldigen Lenzen gezeichnet hat. Darauf seht ihr ganz Grunt mit all seinen Häusern, Weinbergen, Blumen und dem Kirchturm. Na, genau der Turm steht auf ihrer Zeichnung in Flammen, er brennt lustig vor sich hin, der alte Theodor steht in der Spitze und läutet Sturm, während die Meute müßig herumsteht und er von Tagelöhnern und Grenzern, welche mit dem Finger auf ihn zeigen, ausgelacht wird. Aber nicht lange, denn über ihre Hauptstraße rast eine Flutwelle, die bereits Lobos Haus und die Mühle von Pavao Miholj fortriss, die Kühe von Herrn Klašnja ersäufte, Gericht und Post zerstörte, wobei sich Richter Taler und Postbeamter Haller gemeinsam am Sitzbrett aus dem Abort festhalten. Das ist längst nicht alles, man sieht nämlich ganz genau, dass einige der Neider vor der Kirche über und über von Flecken bedeckt sind, dass sie sich also mit einer tödlichen Krankheit angesteckt haben, die ersten rennen bereits nach Hause, um sich mit Kalk einzureiben, während andere tatsächlich in den Brunnen springen und selbst nicht wissen warum. Aus einem Fenster schaut Doktor Jelačić heraus, der den fleckigen Menschen zuruft, sie sollten sich der Ansteckungsgefahr wegen von den anderen fernhalten, hinter ihm, aber das sieht nur der Betrachter, steht ein Einbrecher, der zuvor dessen ganzes Haus einschließlich Ordinationszimmer ausgeraubt hat und nun mit einem Messer über dessen Kopf ausholt, welches zudem eine rotglühende Scheide hat, weil dieser Mordgeselle zuerst den Stall in Brand steckte. Viele Kranke springen aus dem Fenster, um den von allen Seiten herandrängenden Flammen, Fluten und Krankheiten zu entgehen. Auf dem Bild ist auch noch die Kavallerie von Leutnant Ferdo Beltrup, die ihre Säbel schwingt und vor allem die Angesteckten zu Boden streckt, um das übrige Kaiserreich vor der Seuche zu bewahren. Auf der anderen Seite, wo die Häuser, Stallungen und übrigen Besitztümer der Uskokovićs stehen, sieht man ein weißes Schiff, welches auf das Eintreffen der Flut wartet, um abzulegen, und auf dem Deck stehen Mutter Katharina und die kleine Zeichnerin Anka im weißen Brautschleier neben einem Knaben, welcher einen Säbel in der Hand hält und lauthals schreit, während um sie herum Bediente, Hausfreunde, Onkel Jovo und Tante Jula tanzen und Vater Vaso mit vielen anderen Popen und gekrönten Häuptern, Dichtern, Staatsmännern und Advokaten aus einer Wolke ob dieser stolzen, patriotischen Szene überglücklich herabschaut. Wenn sie so weitermacht, wird unsere Tochter weit wegziehen, die Malakademie in der Banstadt Zagreb besuchen!

AUF DER STRASSE

Auf der Straße kann man fröhliche Feuerwehrleute sehen, die im Takte ihrer herrlichen Musik marschieren, während Lobos Brauerei brennt, wo sich ein Fass entzündet hat und alles Bier ausgelaufen ist. Außerdem gibt es da einen großen Karren, welcher Getreide zur Mühle von Pavao Miholj bringt, und der Teufel hat in einen Sack ein Loch gestochen, und die Körner purzeln heraus, und hungrige Vögel, Gottes Geschöpfe, picken sie samt und sonders auf. Ein armer Säufer geht die Straße entlang und ruft: »Ich bin ein Mensch, auch wenn ich in einem fremden Land bin!« Jovo Uskoković trägt zwei neue Gewichte in seinen Laden, die ihm eine Gewichthandelsfirma per Post geschickt hat. Der Postbote trägt Liebes- und andere Briefe an die auf das Kuvert geschriebenen Adressen aus und grüßt seine Volksgenossen. Einige Personen bessern ein Dach aus, bis einer von ihnen abstürzt und sich alles bricht, woraufhin die anderen langsam die Leiter hinunterklettern und jammernd daneben stehen. Zwei Tagelöhner tragen einen Spiegel aus Tomljenovićs Schenke, stolpern aber, fallen hin, und der Spiegel zerbricht in tausend Stücke. Richter Taler sagt: »Leute, was soll das, euch ist ja nichts heilig!« Zwei Schwägerinnen tragen je einen Korb mit Eiern auf dem Kopfe und rufen: »Aus dem Weg mit euch, der Blitz soll euch erschlagen, das sind unsere eigenen Eier!« Geht ein Mann auf Stelzen, hölzernen Machwerken, welche zu mehr Größe verhelfen, und ruft: »Morgen kommt Stevo Lopandić, der berühmte Lügenmärchenmeister, mit seinen falschen Zeichnungen!« Sagt Hausherrin Katharina ihrem treuen Bedienten Mijo Oršić: »Da hast du's wieder, wenn sie kein Sitzfleisch haben, um zu Hause zu bleiben und ihre Aufgaben zu erledigen, sondern allen möglichen Kram anstellen, fallen sie auf die Schnauze und gehen zum Teufel!«

DIE UNGLÜCKLICHEN

In der Kneipe des unglücklichen Herrn Tomljenović, welcher von früh bis spät Trunkbolde um sich hat, von denen er denn auch leibt und lebt, sitzen lauter versehrte und verkommene Subjekte: Einer, der ein Auge verlor, sagt: »Ich sehe nicht gut, dafür kann ich nichts!«, ein anderer sagt: »Ich wurde im Felde, wo ich unter Ferdo Beltrups Befehl gekämpft habe, zum Krüppel, und jetzt habe ich nur noch diesen Stumpf!«, während ein Dritter schweigt und der Wirt statt seiner sagt: »Der ist stumm, weil er als Kind vom Kirchturm fiel und ihm der Schreck in die Glieder fuhr!« Außerdem gibt es da einen Blinden, dem die eifersüchtige Frau Soda in die Augen schleuderte, der sagt: »Wenn ich wenigtens wüsste, ob es Tag oder Nacht ist!«, einen, der posaunt wie ein Elefant: »Ich bin taub, weil ich Kanonier bei den Grenzern war!« In der Ecke sitzt ein wunderschöner Knabe, ganz zerlumpt, das Gesicht versengt, ein Ring im Ohrläppchen, er trinkt nicht und er stiehlt nicht und er bettelt nicht, aber das hilft alles nichts, denn er sagt, wobei seine schwarzen Augen glühen: »Ich bin Zigeuner!«

KAISERLICHE ARBEITEN

Kaiser Franz Joseph sitzt in seinem geräumigen, wenn auch bescheidenen Schloss in Wien, der schönsten aller Städte der ganzen Menschheit. Er sagt: »Mir steht nicht der Sinn danach, Kaiser oder König oder was auch immer zu sein, ich will nur wie ein Vater über all jenen Nationen wachen, über Menschen und Tiere, Reiche und Arme und Haderlumpen, egal, welchen Glaubens!« Massen von Lakaien sausen links und rechts herum durch die wunderherrlichen Zimmerfluchten, und der Kaiser fährt fort: »Ich verlange keinen Pomp, sondern will nur ab und zu etwas Schönes essen, den einen oder andern überzähligen Bären schießen, mich gelegentlich in Solbädern aalen und ein paar Runden Sechsundsechzig spielen, ich muss auch meinen Spaß haben dürfen, ich bin doch ein Mann aus Fleisch und Blut wie jeder andre!« Kommt die liebenswürdige, wunderschöne Kaiserin Elisabeth hinzu und sagt zum Kaiser: »Mein Kaiser, wie kannst du so ein bescheidener und großartiger Mann sein, wie lange bleibt das so?« Die Lakaien sausen weiterhin durch die Zimmerfluchten, und der Kaiser sagt: »Ich kann nicht anders, ich bin von meinen süperben steinreichen Eltern so erzogen worden!« Bunjik, Brnić und Pejčić, ihres Zeichens Unterschriftführer im Kreis Poschegg, sagen: »Das ist unser Mann, wir gehen für ihn jederzeit in den

Tod!« Der Kaiser sagt: »Das war noch gar nichts, ich bin ganz unwahrscheinlich gut gegenüber meinen Untertanen, welche ich allesamt in der Hand habe und dennoch nicht quälen oder töten oder hängen lasse, sondern von ganzem Herzen liebe!«

IM FELDE

Unter der ruhmreichen Fahne unseres Vielvölkerreiches entbrennt die Schlacht der Grenzer gegen die gefährlichen türkischen Reiter, die jeder einen Säbel haben und damit alles kurz und klein säbeln. Der mutige Grenzer Rudolf Cankl aus dem kleinen Grunt durchbohrt mit seiner Lanze mehrere Türken, bevor er selbst verwundet wird, und der österreichische Hauptmann sagt zu ihm: »Wie kommt es, dass ihr Kroaten so viel Mut beweist im Kampf gegen die Türken, obwohl ihr nicht unter der eigenen Fahne und für euren eignen Staat kämpft, sondern für unseren?« Der heldenhafte Ulane Rudolf Cankl sagt: »Ich kann nicht anders!« Hlubičko, der tschechische Militärarzt, sagt: »Ich weiß nicht, aber ein solches Mitgefühl für den Gegner wie bei euch, das gibt es sonst nirgends, fast hätten Sie, mein lieber Lanzenreiter, die Wunden des Türken verbunden, gerade als wäre er nicht der Erzfeind!« Der Ulan erwidert: »Wir sind eben so, ein kleines, aber tollkühnes Volk und viel zu gut für diese Welt, wir werden es noch häufig büßen müssen und alles wird über uns zusammenbrechen, aber wir sind trotzdem so!« Sagt Arzt Hlubičko: »Und nicht nur ihr, auch eure serbischen Brüder sind so, obwohl sie dafür keinerlei Veranlassung haben!« Sagt Cankl, der schwer verwundete Kavallerist und Sohn des Herrn Landvermessers Cankl aus Slawonien: »Wir Slawen haben immer für andere den Kopf hingehalten, und so wird es auch bleiben, aber wir finden darin eine gewisse Befriedigung, weil uns alle Welt ein verrücktes, wildes, mutiges und völlig unzurechnungsfähiges Volk nennt, das trotz seiner geringen Zahl mehr Wunder vollbringt als die großen Nationen!« Arzt Hlubničko sieht, dass des Ulanen Wunde unvermeidlich zum Tode führen wird, sagt aber: »Auch die Russen sind Slawen, aber sie benehmen sich anders als ihr!« Der sterbende Ulan Rudolf Cankl sagt: »Das ist was anderes, mein lieber, edler Arzt, der Sie mir nicht mehr helfen können!« Der gefangene und von Kopf bis Fuß mit Ketten gefesselte und an der linken Hand verletzte Türke sagt: »Ich, zwar Türke, doch der Herkunft nach ein entführtes Kind aus eurer Gegend, muss sagen, dass ich euren gewaltigen Mut bewundere, den ihr im Kampf gegen uns als bestem Heer der Welt beweist!« Der sterbende Cankl fügt hinzu: »Alle Schrecken durch fremde Heere, blitzende Säbel und Pulverrauch, den heimtückischen Flecktyphus, Regen, Frost und Schnee, ja selbst der wildeste Schmerz einer Wunde wie meiner, die tödlich ist, können uns nichts anhaben, uns schmerzen einzig Verrat und wenn man nicht anerkennt, dass wir dort waren, wo wir waren!« Doktor Hlubičko sieht, wie das Burschenblut des Ulanen Rudolf Cankl seine heimatliche und zugleich fremde Erde tränkt, und sagt: »Trotzdem wird sich einer in hundert Jahren an den Kopf greifen und die Geschichte so aufschreiben, wie sie sich zugetragen hat, und nicht so, wie man sie heute erzählt!« Rudolf Cankl sagt: »Das tröstet mich«, und stirbt in den Händen seiner Freunde wie seiner Feinde.

STREITFRAGEN

In der gastfreundlichen Stadt Karlowitz sitzen Prota Vasilije Uskoković, dessen treuer Freund und Vorsitzender des Neusatzer Kassationsgerichts, Lazar Kostić, sowie mehrere andere überaus weise, kluge und dazu noch angesehene Bürger aus dem ganzen Kaiserreich in trauter Runde beisammen, und Prota Vasilije sagt: »Also, lieber Lazo, da sitzen wir wieder bei einem guten Tropfen aus eurem Wingert und haben immer noch nicht geklärt, wer wir sind und wie wir wurden, was wir sind, und warum es überhaupt Serben auf der Welt gibt, wo wir doch unbestreitbar die besten, historisch bedeutsamsten und dem Frauenauge schönsten Männer sind, uns aber trotzdem ein jeder verhöhnt, verspottet, unterdrückt und in allen möglichen Schundblättern verleumdet, als wären wir das letzte Pack!« Darauf erwidert der zurückhaltende Richter: »Genau deshalb!«, und der Prota fährt fort: »Ich würde mit dir die ganze Nacht zusammensitzen, bis wir diese vordringlichen Frage gelöst, alle Unglücksfälle und andere Volksleiden erörtert hätten, wüsste ich nicht, dass du deine kostbare Zeit lieber für das Verfassen von Liebesliedern und patriotischen Gesängen verwendest!« Und er fügt hinzu: »Wirklich, wie schaffst du es nur, dass du all deine Gefühle Zeile für Zeile aufschreibst und deren Enden stets paarweise übereinstimmen?« Antwortet ihm Richter Kostić: »Das weiß ich selbst nicht!«

KAISERLICHE AUSREDEN

Unser aller Kaiser und König, welcher im Schatten eines Baumes ein angenehmes Bad nimmt, eine Opernszene schauend, sagt zum Höfling: »Habe ich je ein Unrecht getan an denen, die Kaiser und Könige so gewöhnt und ihnen dienstbar sind? Habe ich je Städte entvölkert, um dort andere Menschen anzusiedeln? Habe ich Brunnen vergiftet, Menschen mit Guillotinen die Köpfe abgeschnitten oder ihnen Banden auf den Hals gejagt, die sie erwürgen und an den überall wachsenden Ästen aufknüpfen? Selbst wenn das gelegentlich vorgekommen sein sollte, hat mich nicht der kleinste Bericht darüber erreicht! Ich sitze am liebsten in meinem Schloss, unterhalte mich freundschaftlich mit den Hausgenossen, füttere meine Tiere in den schön gearbeiteten Käfigen und lese hernach die Presse, die in unserem großen Reich überall frei gedruckt wird! Könnte ein Kaiser im besten, männlichsten und ruhmreichsten Alter mehr von sich behaupten?« »Natürlich nicht«, sagt sein ihm ergebener, schön gekämmter und treuer Höfling.

»Warum lest ihr nur in euren zerfledderten Fibeln, welche ihr gerade in euren Händchen haltet, wo ihr doch da draußen viel mehr und viel schönere Vorkommnisse lernen könntet?«, sagt Lehrer Jovo Stanivuk und schickt die kleinen Kinder aus dem Klassenzimmer, damit sie Sonnenauf- und -untergang, Tag- und Nachtgleiche sehen, trockene Kälte und den Sturmwind spüren, fröhlich polternde Donner und das leichte, vorwitzige Prasseln des Märzregens hören. »Eine Blume!«, sagt Klein-Anka, sie im selben Augenblick pflückend, und übergibt sie des Lehrers väterlichen Händen. »Die wird nie mehr duften!«, spricht der ruhmwürdige Lehrer Stanivuk didaktisch und steckt sich das Blümchen ins Knopfloch. »Schau, ein Vogel!«, sagt er und weist auf einen Vogel, auf den Ivica Miholj mit dem Lauf seines Jagdgewehres zielt. »Du böser Jäger«, sagt der Lehrer zu ihm, »willst du wirklich den nützlichen Flug des kleinen Vogels verkürzen, ohne dass du davon den geringsten Nutzen hast? Lass ihn sich frei durch die Lüfte schwingen, denn so bleibt er uns länger erhalten!« Sagt der beschämte Jäger Ivica Miholj: »Meine Bekannten machen noch schlimmere Dinge, sie jagen arme Hirsche, bis die mit ihrem Geweih in dem Gehölz da hinten hängenbleiben!« Fleischer Nikola Debač rennt mit gezücktem Messer in die Richtung und ruft: »Ich will ihn fachgerecht in gleichmäßige Teile zerlegen, bitte!« Tomljenović, der Schankwirt, fügt hinzu: »Liebe Kinder, kommt und seht, wie man aus diesem getöteten Hirschen eine herrliche, königliche Speise zubereitet für die, welche es bezahlen können, und dazu einen Wein voller giftiger, aber sehr schmackhafter Inhaltsstoffe aus dem Weinberg von Herrn Uskoković kredenzt!« »Ich sage euch«, wiederholt der gute Lehrer Jovo Stanivuk, »das Leben breitet weit bessere und schönere Dinge vor uns aus als der ganze Unfug, den ihr in euren zerlesenen, speckigen, wenn auch klugen Schulfibeln findet!«

Säbel, Holz, Pokal und Geld, Ritter, Fräulein, Affenheld. Kreuz, Karo, Pik und Herz, Buben, Possen, Jungfernscherz. Die Pejnović sammelt Popen, die Šmauc mag grüne Roben, Zweier, Dreier auf der Hand, alle der Klašnja zugewandt. Der Igel sticht, der Löwe mieft, teuflisch, wer sich in Schale wirft. Die bucklicht Verwandtschaft pirscht zur Gesandschaft zum Betteln und späht nach Vetteln, Dienern und Gerät, den Satan im Bund kommt der Höllenhund im vollen Lauf, Sonne, Mond und Sterne gehen auf, und das Schwert steckt im Mist, so dass es wirklich tödlich ist, egal, wo es trifft. Der Jüngling im Walde kyfft, die Jungfrau im Haine nympht, worüber der künftig Gemahl die Nase rümpft, der kämpfte einst gegen Luchs und Regen und zückt spaßeshalber den Degen. Zwei Herz hat Lucarić im Blatt, das ist Pech weil ein Patt, die Bunjik hat zwei Schippen und will Likörchen nippen. Der Aar überm Feuer röstet, sich mit zwei Briefen tröstet, die hält er in den Klauen, seinem Aug' nicht trauen mag der Dudelsackpfeifer, allein dem Hunde läuft der Geifer, dem Kavaliere, obschon täglich reifer, mangelt es am rechten Eifer, die kühle Schönheit zu umwerben, so dass beide vor Langeweile sterben. Pflüg, du Affe! Was für ein Laffe, mimt den Leu, hat Geld wie Heu, ist aber niemals treu, also ade und ahoi. Viele Arten von Finken gern die Karten zinken, dabei mit den Äuglein winken, weil Spieler häufig hinken, denn ihr Beruf ist reine Qual, doch sie haben keine Wahl. Sind Haus und Hof verspielt, wollen sie ganz gezielt Farben und Karten mischen, kein Trumpf soll jetzt entwischen, doch der Mühlstein hängt schon um den Hals, bald bezichtigt des Krawalls, randaliern sie für ein Bett im Knast. Darauf sind alle gefasst. Der Sensenmann wird niemals dick, er behält einfach jeden im Blick und wedelt mit der Sichel, ob Mihajlo oder Michel, Herr oder Knecht, keinem ist's recht. Doch vergebens die Lebenden fliehen, ihr Erdenglück ist nur geliehen, das viele Aufhebens wird keinem verziehen, wer immerdar in Frohsinn schwelgt, die Süße melkt wie Pljuštec, der Passionierte, verdient Hohn und Hätz, weil er so gierte. In dem Punkt unversöhnlich sind Bube, Dame, König. Der blanke Tod harrt deiner im Boot und dergestalt im Wald, dass dich die Käfer fressen, auf Reisen in Schneisen, die der Kutscher vergessen, grad beim Militär wütet er sehr, und die Pest holt den Rest. Ab in den Sack und huckepack das Gemüse, Musik im Darm lockt Pljuštecs Schwarm in die Kombüse, er legt Kreuz auf Pik-Dame, setzt alles auf eine Karte, macht lustig Reklame für deren glänzende Schwarte. Ist erst Kavalier, dann Rittmeister, nachts wie ein Tier, bei Tage feister, ruft er die Geister, werden sie dreister, bis Amor glotzt und Cupido kotzt. Wenn ihr's nicht glaubt, dann lasst es bleiben, Sabina ward geraubt von einem der beiden, war's Beltrup, war's Šmauc, der fiel, pardauz, ins quirlige Wasser, der Frauenhasser, getroffen vom Pfeil, so ward er geil und jagt's Objekt der Begierde, ihm zur Zierde, doch allgemein eher zur Pein. Richter Taler frisst aus Frust, Ignjat Lobo hat weder Lust noch genug Kraft für Sauerkirschsaft, Pljuštec grinst wie ein Pferd aus Honigkuchen und will geschwind versuchen die Frau mit dem Köter, während Beltrup, der Schwerenöter, hochrot im Gesicht, auf die Frigan erpicht. Joco Rnjak hingegen ist faul, so faul, dem schaut keine Frau aufs Maul, nur die Nas wird immer röter, das kommt vom Ziegenpeter. Was für ein Elend, welche Not, jeder kämpft um zwei Kanten Brot, in Kästen und Kisten horten sie Nahrung, was sie vermissten, diente der Paarung, und dabei kommen Kinder raus, die kreischen dann durchs ganze Haus, gehn über Tisch und Bänke, durchwühlen Korb und Schränke, tragen Dreck herein und sind nicht fein. Am Fluss der Reiher äugt, drinnen treiben Fische, Kiesel, Wasserleichen, wer mutig in die Zisterne steigt, wird hurtig dort verbleichen. Der Kuckuck über die Felder ruft, er beschreit der Blumen Duft, der Gräfin Seufzer liegt in der Luft, mit diesem Kraut schmückt sie des Gatten Gruft. Dann isst sie ein Stück Torte nah bei der Gartenpforte, derweil ein Bär im tiefen Wald verspeist den Hostinek Willibald. Der Fuchs sagt gute Nacht, Theodor verschweigt die Pracht von seinem Traum entlang der Röcke Saum der längst verstorbenen, mit vieler Müh umworbenen Frau, die ihn ob der Bücherliebe schalt und über sein Leben hatte gar große Gewalt, der Müller mahlt das Mehl und dem köstlichen Schwein geht's an die Kehl', die Mühle klappert, der Pope plappert und in des Weinbergs Ruh summt's immerzu. Im Traum gab er ihr Rosen, sie wollten sich liebkosen, er unter Gottes heller Sonne, sie im fahlen Mondenschein. Sie verpassten die Wonne, sie ließen es sein, und der Schatten wuchs und mit ihm die Krux. So rotwangig wie dumm, Frau, bleib lieber stumm, murmelt der Greis, knipst ein zartes Reis vom dürren Stamm und rennt über'n Damm zum Fluss hinunter. Dort spricht er munter Zauberformeln und predigt wirr, im wilden Taumel und Wortgeklirr, so glaubt er, der ertaubt, schaue er weit zurück und in die Sterne, und das macht er gerne, ein Seher will er sein, kein Weiser, nicht länger Bücherwurm, drum steigt er auf den Turm und redet etwas leiser. Der Winzer ist weg, der Cafurek ein Geck, Klein-Dušan lutscht Speck. Die Herzogin spielt Gitarre, Katha rauft die Haare, weil ihr Kind im Fieber und wohl bald hinüber. Die Herzogin stickt was auf Seide, Katharina jammert ihr Herzeleide, man hört sie brüllen, ach Umhimmelswillen, mein Söhnchen ist krank, was mach ich nur, das Entsetzen ist blank, die Herzogin stur. Onkel Mitar bereist die Welt so groß, Vater Vaso lebt in Karlowitz ganz famos, der alte Theodor durch die Küche kriecht, Dušan in seinem Bettchen siecht. Der Löwe schüttelt die Mähne, der Amtmann konfisziert Hähne und wird in den Hintern gebissen, ein Bär hat derweil Tischler Lisac gerissen. Kovačević erlegt den Bären, Kesselmacher Petrić fährt nach Mähren, des Geldes wegen und für Gottes Segen. Imker Haxlers Bienen stechen gern, drum halten sich die andern fern, selbst der Stier bleibt vor der Tür. Die Klašnja bittet Müller Miholj um einen Gefallen, die Schönstein wetzt sich flugs die Krallen, doch der Klašnja spitze Zunge bohrt sich in ihre Lunge und die Katze wirft Junge. Klein-Duško im Fieber glüht, sosehr sich Onkel Jovo müht, mit vielerlei Ware kommt, auch wenn's dem Händler nicht frommt, Puppen, Posaunen, Scheren, der Bub kann sich nicht wehren, Gesundheit ist das A und O, was wäre seine Mutter froh, stille doch, stille, es ist ihr fester Wille, der kleine Kerl soll lange schlafen, der Vater war am Donauhafen, weiß aber nicht, wie schlimm's um seinen Jüngsten steht, wie klein sein Lebenslicht, für das die Tante bittet und fleht, obwohl sie sich grämt und schämt ob ihrer Schürze, die von ungewohnter Kürze, weil sich der Schneider schnippschnapp deutlich zu knapp verschnitten hat. Gebt dem armen Rnjak drei Heller, vielleicht sinkt dann das Fieber schneller, drei Heller und einen Groschen, da kriegte Rnjak einen auf die Goschen, ward verdroschen mit Galoschen, weil er zweie versoff, das gab dann Zoff mit dem Wirt, der ihm die Fresse poliert. Ist Dušan erst gesund, wird er drall und rund, das gefällt uns besser, als wenn er immer blässer wie ein Papierschiffchen auf der Šumetlica dem Blick entschwindet und uns kaum mehr mit ihm verbindet als verschwommene Erinnerung. Die braucht andern Dung, um zu gedeihn, es wär wirklich gemein, wenn Klein-Duško nicht wird groß, drum schnell auf der Mutter Schoß, keine Angst, mein liebes Kind, draußen heult nur der Wind, der kommt aus Nord und bläst allen Kummer fort. Richter Taler schläft auf Akten, Postler Haler schafft gern Fakten, Diener Vojšić kam unter die Kuh, die brüllte dabei Muh. Händler Jovo brummt der Kopf, die Herzogin flicht den Zopf und strickt dann wie verrückt. Roza Cviljuž ist entzückt über des Armen Kind, Theodor fängt den Wind mit dem Mantel, Gršković übt Hantel, und Lehrer Komlenac fällt vom Dach, der Herr Verwalter schreit panisch Hach und Theodor sagt, geschieht dem Blutsauger recht, seine Seele ist schlecht. Ein hübscher Vogel tiriliert, Kon und Prica sind berührt und lauschen wie versteinert, wie Obergespan Maljević die Hasenjagd verfeinert. Hauptmann Pljuštec versprach drei Jungfern die Ehe, schießt aber weiterhin lieber auf Rehe, die Čabrijan wiegt leere Tüten, verpackt darin getrocknete Blüten, was Baron Rauch zum Lachen bringt. Wenn es Doktor Jelačić gelingt, unser liebes Kind zu heilen, soll er recht lang verweilen, nur der Fiskus darf sich trollen, grad weil hier viel zu holen, und die Soldaten, lass mich raten, trampeln kreuz und quer durch das Blumenmeer in der Wiese, auf dass es Gršković verdrieße. Badanj schleppt Dane in die Gemeinde, dort hat der Lehrer viele Feinde, weil er stets auf Kaiser und Konsorten flucht und dann schleunigst das Weite sucht, flink wie die Vögel im Himmel oder der Reiter auf dem Schimmel, wie das Schiff auf stürmischer See oder ein Slawone im heimischen Klee. Katharina backt Strudel für den kranken Sohn, gesund und lecker gefüllt mit Mohn. Warum bilden sich Böhmen und Ungarn ein, was Besseres als die Slawonen zu sein? Strossmayer, Beltrup, Taler sind zwar große Prahler, aber hierzuland geborn, auch wenn Theodor im Zorn gegen ihren Dienstherrn wettert, dabei in seiner Bibel blättert und am Nachthimmel Ausschau hält, ob im Orion endlich die Sternschnuppe fällt. Denn nach diesem lang ersehnten Zeichen werden die fremden Herren aus Slawonien weichen. Richter Taler verfügt, es sei nachts zu schlafen, Amtmann Mirtl betrügt wohl den Sohn des Pfaffen, der seine Waren jedem verkauft, während sich Ferdo Beltrup in der Posavina rauft, allen und jedem befiehlt, trag meinen Schild, grabt dieses Loch, verjagt den Koch, zieht einen langen Graben, holt Honig aus den Waben, lockt in die Falle den Feind, auf dass er jämmerlich greint. Ferdo Beltrup die Stute sattelt, der Fischer auf der Save paddelt, Kramar bettelt auf Schusters Rappen, Wachtmeister Frigan schwingt den Lappen, Palacki benutzt einen Nachen und Daničić besteigt den Drachen, hält sich auf ihm bereit für den Flug durch Raum und Zeit. Der Leu im Wald macht den Amtmann kalt, Mijo Krešić muss seine Zeitung füllen, der Leser würd' sie am liebsten zerknüllen. Der Schnaps versickert im Sand, für die Katz der Pflaumenbrand, nur damit der Steuereintreiber lacht, die Hex soll ihn holen in der Nacht, der Wachtmeister hat ihn x-mal verscheucht, der Werwolf das Entenhaus verseucht, Jazo Jolpaz klaut Getreide, Oma Debač putzt Geschmeide und furzt wie immer vor sich hin, den alten Onkel juckt's am Kinn. Ein Muttchen winkt der Kutschen und Skaramuš bläst einen Tusch. »Bei Fuß!«, ruft Anton Freiherr Mollinary von Monte Castello und streichelt den Bello, das Volk darbt derweil und sucht sein Heil im Abfall der Großen. Dornen stechen Rosen, Karpfen angeln Mimosen, der Ochs trägt Hosen, der Ballon fliegt unter der Erd, über ihm Wald, Feld, Kuh und Pferd, der Kahn pflügt durch die Wiese, im Himmel wohnt ein Riese, auf der Weide grast der Lurch, die Kinder bringen die Eltern durch, der Sohn die Mutter gebar, Jozo flicht sich Blumen ins Haar, die Barić schultert die Flinte, geht zum Saufen in die Pinte, die Frau schwingt das Schwert und alles, alles ist verkehrt. Baron Levin Rauch findet das auch. Wolken blühen, Rosen ziehen, was für ein Durcheinander, die Hexe ist lieb, das Wasser im Sieb, grellrot der Salamander, der Bettler lässt nun Gnade walten, der Kaiser muss die Hand aufhalten, die Sau im Salon doziert, der Ratterich patrouilliert, die Kuh kann bis fünfe zählen und du musst Bild oder Leben wählen. Der Vogel erschießt den Jäger, der Fisch arbeitet als Träger, und Blei schwimmt obenauf. In Grunt nimmt alles seinen Lauf, Wunderliches zuhauf: Katharinas Garten schwebt, Kirche und Pfarrhaus sind belebt, das ew'ge Licht am Strmac brennt, die Büste des Kaisers flennt, gewaltig wie die Grenze in der Blüte seiner Lenze, sieben Wunder, wo sonst nur Plunder, Kristallberge schimmern, drei Affen wimmern, der eine hält's Maul, der zweite, nicht faul, die Hand den Augen vor, der dritte steckt die Finger ins Ohr. Und hier im Tale gibt's viele Unheilsmale: Lobo ist gierig, Klašnja schmierig, Frigan verfressen, die Herzogin vermessen, Joco Rnjak zugetan dem Weine, Pljuštec denkt stets an das Eine, ist nur hinter Röcken her, doch Beltrup blutet schwer und wird fast verrückt, weil ihm kein Streich geglückt. Den Garaus macht deinem Mann, was Doktor Taler verschreiben kann, also lasst das Jammern in euren Jungfernkammern. Wer ein Bein verliert, weil er in den Wald marschiert und unter die Bestien fiel, kriegt ein neues aus Holz, das wird sein ganzer Stolz und ein hübsches Ziel. Klein-Jozo hütet die Erpel, vom Tisch weg geht das Ferkel, die Stute war lang auf Reisen, der Gorilla verbiegt gern Eisen. Streichhölzer sind leicht entzündlich, alles weitre lieber mündlich, man spielt nicht mit dem Feuer, ein abgebranntes Haus ist teuer, doch wenn Paulinchen steht in Flammen, wird's die Mutter nicht verdammen. Der Amtmann geht zur Jagd, der Fuchs schlägt unverzagt und dreist zurück, auch der Hase hat Glück, er entwischt dem Schrot, findet aber im Brunnen den Tod. Hakenschlagen hat halt Haken, Opa Lobo, du musst was wagen: Löffel deine Suppe aus, hast gelebt in Saus und Braus, iss noch mal Pilze mit Speck, dann bist du vom Fenster weg, und liegst du erst im Grab, besuchen wir dich jeden Tag. Papperlapapp, schnippedischnapp, die Gäste schwafeln, während sie tafeln, derweil tritt die Katz die Treppe krumm und Klein-Jozo tollt herum. Junge, fall in die Heugabel, bitte sehr, notfalls tut's auch die Scher, stech dir irgendwie in den Leib, es wird langsam Zeit, auf keinen Fall sollst du heil ins Bettchen gehn, das fänden wir wirklich nicht schön. Jozolein, Jozo, bitte enttäusch uns nicht, wir servieren noch ein Gericht, dann liegt das Kind im Brunnen. So haben's schon die Alten gesungen. Wer im Wind steht, soll sich Schnupfen holen, wer übers Feld geht, den soll der Blitz verkohlen, statt am warmen Ofen zu hocken und Brot in die Suppe zu brocken, das dann andern fehlt. Aber so ist die Welt. Der Ochs verkauft Wurst, Jovan trinkt übern Durst, die Lehrlinge arbeiten fleißig, Katha ist Anfang dreißig, Mijo Oršić schirrt Hunde vor den Pflug, holt dann Semmeln frisch vom Zug, Mäuse treiben die Katze durch Grunt, da wird's dem Hecht im Wasser zu bunt, die Gebrüder drohen gar grimmig dem Vater, der ging so gern allein in den Prater. Der Opa zieht Fasern vom Rocken und dreht sie auf die Spindel, die Oma will in Babina Greda zocken und zwar wegen dem Gesindel unter Waffen, das Kind soll schaffen und zählt in der Morgenkühle vorm Wirtshaus die Stühle, während Kramar, der Lump, mit Katzen spielt und der Esel im Laden Grütze stiehlt, Nichtsnutz Gruješa die Fichte erklimmt und Kneževićs scheckiges Kalb Preise gewinnt. Petar Krakatić spaltet Haare in vier Teile, Pope Theodor jagt den Wind aus Langeweile. Metzgermeister Debač misst genau, erst bei der dritten Sau kriegt er einen Hau, weil Richter Klašnja vom Birnbaum kollert, Mara Sokopf auf der Straße bollert und ihr Mann Käse rollert. Maširević pflanzt alles schief ein, die Pejnović wirft 'nen Liebesbrief ein und Haler schickt ihn weiter und Brnčić versinkt heiter wie ein Stein und der Hund frisst die Kleider von der Lein' und Valon löscht einen Brand im Mondenschein. Lehrer Komlenac stellt sich taub, vor dem Haus fegt Katha Laub, den Finger vor der Nas' nimmt Ivan Šafar Maß. Šembera hat eine Bitte, Vojšić geht ab durch die Mitte, Jovo hält die Kundschaft hin, der greise Lobo sucht den Sinn. Pavić pflückt gern reife Feigen, die Grubač tanzt mit Pljuštec Reigen und stillt seinen Durst mit reichlich Wasser, und der Hauptmann wird zum Wasserlasser. Der dumme Slama tritt in einen spitzen Dorn, Rnjak nimmt Rauch, den Ban, aufs Korn, Miklošić bläst ins Horn, Gmaz entbrennt im Zorn, aber Dušan, das Kind, liegt teilnahmslos im Bettchen, Lehrer Komlenac jagt trotzdem Frettchen und in seinen Augen spiegelt sich die Freud, sehr zum Neid von Juraj, dem Schneider, welcher ein Hungerleider. Kaufmann Jovo schreibt wieder an, was schon bezahlt, Anton Freiherr Mollinary wird in Öl gemalt und in Kupfer gestochen, so der wilde Musa den Erdegath gerochen. Đuro Festić hält fest zur Sissy, Barčetić stützt den Andrássy, Trnačić und Ritig kaufen einen Sittig, Hostinek heult mit dem Wolf, Pikal, Folk und Strižić hänseln Rolf, Katharina hat sie alle am Hals und schickt sie auf die Walz. Ferdo Beltrup riskiert Kopf und Kragen, Šmauc schlägt der Schnaps auf den Magen, Luka, der Bettler, stellt Gott ein paar Fragen, Matijevićs Familie ergeht sich in Klagen, weil es den Kerl mit aller Macht drängt in die Schlacht. Ignjat Lobo schöpft den Rahm von Milch, kocht sein eigen Süppchen, der Knilch, Čabrijan ist auf den Hund gekommen, Rosenberg und Horatio warten beklommen, Solarić und Meić sind wahre Biester, überaus redegewandte Priester, Ćupović und Bolić desgleichen, auch wenn sie zum Steinerweichen miteinander streiten, wenn Joanović oder Škorić reiten, schimpft jeder auf jeden zu allen Zeiten. Graf Julio Janković macht einmal Ritsch, schon sagt Katomio Ratsch und flüssiges Blei fällt – Patsch! – in die Form entsprechend der Norm, damit der Bertalan es in die Kanone stopfen kann. Kempf und Rumpl sind gute Kumpl, Čilag speit, zu allem bereit. Šlister sieht nur bis zur Nasenspitze, Festić ist dem Kaiser eine Stütze und Mračić kriegt alles auf die Mütze, was er notiert, weil er gegen alle votiert. Bunjik und Gašić sind vis-à-vis die größten Langweiler im größten Verteiler. Vaso, der Pope, hat, apropos, einen Floh im Popo, soso, sagt Richter Taler und wirkt noch fahler und recht gequält, der Wolf hat den Esel zur Speis erwählt, Rnjak kaut die speckige Decke, der Frosch hüpft unter die Hecke, auf dass Pljuštecs Liebchen erschrecke, er pflückt ihr eine Quecke und wird Opfer einer Zecke. Lobos Bauch ist feist, die Šmauc dreist, weil dünn, sie war mal in Brünn, dort neigte sie das Ohr zum Kirchenchor und beugte sich vor, gespannt auf Theodor, der dann doch nicht kam. Der Blinde ist lahm, der Lahme blind, Gršković saust geschwind zum verehrten Gelehrten, du weißt, sagt der, der größte Bär tut sich mit den Stechmücken schwer. Der alte Pope lauscht dem Wind, lispelt die Strophe vom himmlischen Kind, hat er noch so viele Grillen, er kriegt immer seinen Willen. Vojšić, der Bediente, hängt Trauben in die Weiden, das kann der Schluckspecht gar nicht leiden, Mara Sokopf ruft in ihrem Elend, lautstark Gott befehlend: Mach mich gesund! Und es frisst zur selben Stund in der Orljava ein großer Fisch den kleinen und landet auf Ivančićs Tisch, während Oršić den Gockel scheucht, der durch den Hafer fleucht und einen Bogen um Kramar fliegt, welcher faul im Grase liegt, beäugt von einer Maus, und die lugt aus dem Garbenstrauß. Ferdo Beltrup stürzt den Falschen ins Verderben, eine Schwalbe macht noch keinen Erben, Bjeloš, Škulj und Vojšić vertilgen riesige Mengen, Ignjat Lobo verspürt ein leises Drängen, der Apfel fällt nicht weit vom Stamm, Bettler Lovrić krault ein Lamm und schneidet dann weiter Weidenruten, draus flicht er Stühle und Voluten. Wie es altem Brauch entspricht, verriegelt Richter Taler abends das Gericht, er ist es auch, der den Stadtschlüssel verwahrt, den goldnen mit diesem langen, steifen Bart. Zwei Hansel haben ständig Streit, dagegen ist kein Mensch gefeit, sie prügeln sich böse, keiner gibt sich eine Blöße, den Kleineren drückt die Blase, den Größeren juckt die Nase, und fährt einer aus der Haut, werden beide laut und die Stimmung ist versaut. Mijo verteilt Fleisch am Spieß, die Hasen fressen Grieß und fahren einen Karren, dessen Räder lustig schnarren. Der Turm ragt in die Luft, die Sonne verstärkt jeden Duft und lässt leuchten Zähne, der Amtmann schmiedet zufrieden Pläne und die Lämmer sind nur Augenschmaus. Pope Theodor treibt den Teufel mit dem Beelzebub aus. Bei Klašnjas drängeln sich wütende Gäste, sie zetern und streiten um die Reste, nur das knusprige Brot verfüttern sie alsbald dem Hund, keiner kennt den Grund. Die Steuereintreiber schleppen sich so mühsam wie stetig die Straße entlang, da wird es Katha und ihrer Schwägerin ganz bang. Perlen vor die Säue, nichts geht über Schläue, aus der Popenküche tönen weise Sprüche, des dritten Frühlings Saat, wem die Glücksfee endlich naht, der olle Theodor dreht am Rad, April, April, der macht, was er will, und in Grunt beginnt der Markt, wenn jeder seinen Garten harkt, Katha ist ganz traurig, ohne Vaso ist es schaurig. Joco Rnjak hingegen hat gute Laune, die

Klašnja hält ihre böse Zunge im Zaume, auch wenn das üble Geraune vom schnellen Gelde nicht verstummt. Weh dem, der verdummt. Ignjat Lobos Wangen wabbeln, während er träumt, Kramar wird sich mit Rnjak kabbeln und Ivančić ungesäumt an der Stelle kratzen, wo's ihn juckt. Beltrup schneidet Fratzen, huscht geduckt durch den Schützengraben und lässt dann die Stute traben. Nicht der Arme steckt den Taler, sondern Taler den Armen in die Tasche, nicht Lukas der Maler, sondern der von den Gendarmen hat 'ne Gamasche und lässt einen fahren auf die goldene Zeit, die der Župan verspricht, er hat hohle Versprechen leid und ist auf handfeste Belege erpicht. Theodor sagt manches unbedacht, das hat die Sehnsucht gemacht, Vaso nahm wegen ihm die Robe und diente wie er als Pope. Verwandte beugen sich über die Bilder, die Mäuse auf dem Tisch tanzen wilder, Kramar hängt die Hosen an den Haken, Katharina bekämpft das Fieber mit kühlen Laken, Mijo Oršić lockt die Hühner nach bewährter Masche, die Schweine zerfleddern Steuerbeamtens Aktentasche, für Theodor ist's gehupft wie gesprungen, der Klašnja das Strümpfestricken gelungen, und weil so mancher Gott nicht mag, ist der manchem eine Plag'. Tandaradei, frank und frei, Omas Eckzahn wackelt, Opa nicht lange fackelt, edler Tropfen, Geißfußpfropfen … Rache ist süß, heute gibt's Bries, der Zahnschmerz puckert, der Truthahn tuckert, aus neun Sorgen errettet, auf ein Buch gewettet, vor lauter Wollen dick geschwollen, und die Tauben scheißen, um Theodor zu preisen, sie picken in seiner Seele, gurren aus praller Kehle, alles, was diesem Popen widerstrebt, ob aus Fleisch und Blut oder unbelebt, soll sich schleunigst trollen, sonst ertönt sein Donnergrollen. Lehrer Komlenac lernt zeitlebens, brütet keineswegs vergebens über den Worten, die Theodor bestürmen in Kohorten, der Pester Patriarch schießt Feldlerchen aus dem Himmelsblau, was Gott für ihn beschließt, das nimmt Theodor theologisch genau, dem Miholj steigt das Finanzamt aufs Dach, Vogelmilch schmeckt in der Frühe flach, was einer heute kann besorgen verschiebe bloß nicht auf morgen, schwer wie Lehm ist er dagesessen, um Lauchzwiebeln mit Butter und Brot zu essen. Katharina hält und brät Hühner, die Weiden sind nach dem Regen grüner, der Kuckuck kriegt Eier untergeschoben, die Šumetlica an der Mühle vorbeigehoben, nach Hause kann nur zurück, wer weiter weg suchte sein Glück. Fehlt's am Grase, bricht der Esel zusammen, bleibt's Bier im Glase, wird man den Wirt verdammen, dabei liebt der seine Gäste innig, Joco Rnjak hält das für sinnig, der Pope erleichtert sich in den Brennnesseln, er scheut den Verstand wie alle andern Fesseln, in Gold ist geschrieben, was sie mit Scheiße besiegeln. Karakatić furzt mit Lobo um die Wette, Lehrer Stanivuk liegt gern im Bette. Die Patentante mästet Gänse, der Hafer sticht die Bremse, die Šumetlica plätschert sanft durch Hügel, die Zwei-Kreuzer-Tasche hängt am Bügel, die Klašnja fläzt sich auf dem Arsch und bläst ihrem Gatten den Marsch. Jeder Vogel fliegt in seinem Schwarm, dem Helden aus der Lika fehlt ein Arm, Katharina betrachtet lange sein Bild, Mijo Oršić springt herum wie wild, schlanker als eine junge Pappel, Joco Rnjak kriegt seinen Rappel, flucht auf den Schnee vom letzten Jahr, auf die Kacke immerdar, der Janko aus dem Kosovo angelt mit dem Sieb, oho, ist nämlich satt, der Fisch war ziemlich platt, er stinkt stets vom Kopfe her, dem Dieb alle Rechte, bitte sehr, er pfeift wie ein Pirol, der schwarze Freitag am weißen Pol lässt in Grunt alles beim Alten, die Dirn trägt einen Rock mit Falten, flach wie ein Teller entzieht sie sich dem Blick, rennt in den Keller und kennt kein Zurück. Alle sitzen am Mittagstisch, der Pate wählt Ei-der-Fisch, Panta rollt die Pita aus, es wird ein rechter Freudenschmaus, und es ist ein Gedränge während aller drei Gänge, Gäste sind keine da, wär auch zu viel Trara, nur Herrin und Gesinde, der Diener blieb beim Kinde. Novska hinten, Našice vorn, dazwischen sprudelt so mancher Born, gleich und gleich gesellt sich gern, das liegt dem Popen Theodor fern. Wer zerstößt den Mohn, wenn Herr Valon voller Hohn den Kuchen bäckt, Škulj die Maus einweckt und Katha das Haupt verächtlich schüttelt, Štrk, der Gaidaspieler, falkengleich im Fluge rüttelt, Pljuštec gespenstisch vorüberzischt, der Hund den Zöllner beim Butterfass erwischt und in Stücke reißt, die Maus indes keinen Faden abbeißt. Lovrić mischt Lorbeer mit Streu, die Katze hockt ratlos im Heu, Jovo bringt ab heute Wasser und Zwieback unter die Leute, doch der Zwieback liegt wie Blei, gesalzene Zucchini in der Sei, der Hund fühlt als Einziger den Schmerz im Herz der bösen Frau mit blauem Sterz, denn sie ist gefallen, weil er mit seinen Krallen über die Fliesen klackerte und ein Huhn heiser gackerte, wovon die Kerze flackerte, und der Küster rackerte auf leisen Sohlen, hat den Schüler empfohlen als hungrigen Sommergast, der dann Jungfern die ersten Weihen verpasst. Da kütt der, welcher der Mädchen Glück zerstört, der versoffene Martin aus Zagreb sie alle betört, sie kommen am Feiglingstag an und rennen über dünnes Eis in den Untergang. Wie angeschmiert steht Pljuštec da, denkt Ljerka Matijević, dann sagt sie neunmal k. u. k. und küsst ihn wie den Zarewitsch, wandelt in Großmutters Fußstapfen, derweil Opa schwelgt in Faschingskrapfen. Ein jeder zeigt seine Art, kaum dass das Leben in Fahrt, Herr Taler ist gut, Lobo frohgemut, den Leichtsinn im Blut, Karakatić sucht voller Wut Fehden, richtet sein Messer gegen jeden, Klašnjas Gesicht leuchtet wie Eisbein im Kraut, richtet er sich auf, wird keiner mehr laut, eine Seele von Mensch ist Pavić, der Forstmann, wie loderndes Feuer springt Beltrup auf Gefahr an, der Čabrijan sagt erst hü, dann hott, Jovo macht die Schafe flott und strebt nach Gewinn, nach Zwiebeln steht ihm nicht der Sinn, die überlässt er dem Koch, alle tragen tapfer ihr Joch, und keiner ist auf das, was folgt, erpicht: das irdische, des Kaisers Gericht. Das Leben verrinnt geschwind im Flug, schwarz wie das Wasser unter dem Pflug. Vojšić hüpft wie ein Floh, Škulj hütet Ziegen aufm halben Po, und Joco Rnjak isst alles, was flattert, die Maus guckt ausm Streu ziemlich verdaddert, weil Mausfell, der Steuerbeamte, ihr auf den Schwanz getreten. Das hat sie sich eigentlich verbeten. Lobo ändert Paragrafen, Pope Vaso steht am Hafen, Diener Oršić erntet Melonen, Šembera putzt niemals Bohnen, Taler sagt das und urteilt so, Rnjak geht mit'm Plumeau aufs Klo, Pljuštec schwebt zwischen Himmel und Erde, Pope Theodor legt großen Wert auf Werte. Die Raabe spricht Katharina auf den Splitter im Auge an, den Balken in ihrem eignen sie nicht sehen kann, Lobos Glückssträhne ist zu Ende, Šmaucens Hintern spricht Bände, Pope Vaso ist mucksmäuschenstill, Rnjak was zu trinken will, falls, ja falls Tomljenović zahlt, Mausfell ist stark behaart, Theodor längst unterwegs zu Gottes Wahrheit, der Blutsauger von Steuerbeamten sorgt für Klarheit. Die Klašnja ist satt und rund, der Katz wird das Mausen zu bunt, zwei Klappen eine Fliege, die Haler macht die Biege. Der Pljuštec verführt ein junges Ding, Lobo schaut argwöhnisch durch den Ring, ist ihm nicht hold, es juckt ihn nach Gold, Rnjak kippt Branntwein hinunter, rennt barfuß durch Dornen munter, die Ziegen weiden, die Hufe leiden. Bunjik hängt sein Fähnchen in den Wind, des Popen Zeit verrinnt, die Klašnja hütet einen Sack Flöhe, Theodor fährt in die Höhe, stöhnt im Zuggeschirr, die trüben Augen ganz wirr, Lobo schlägt zwei Fliegen mit einer Klappe, die Gmaz nimmt was auf ihre Kappe, die Haxler spreizt ihr Gefieder, morgen kommt sie wieder. Pope Theodor durchwacht die ganze Nacht, Katharina lässt Fett aus Gänsebürzeln, Bettler Luka liebt's zu fürzeln, Lobo würde die Welt verwetten, um seine Haut zu retten, und Jovo frisst sich voll. Der Hund tollt wie toll durch den Tau, Theodor hat 'nen Hau, Lobo lässt die Würfel fallen, Beltrup die Türken abknallen, Rnjak verbrennt am eignen Herd, da macht er was verkehrt. Lovrić vergisst die Seife, raucht lieber eine Pfeife. Das Haus bricht gleich zusammen, Šembera haut andere in die Pfannen, Kramar liegt Ignjat Lobo zu Füßen, Pope Theodor will beide wie früher grüßen und keinen verdrießen, sondern die Sonne genießen. Sein Rockschoß hängt in der Hecke und der Stoff zerreißt, Katharina scheucht den Hund um die Ecke, weil er's Stuhlbein verbeißt, Pope Theodor reicht seinen kleinen Finger, das Pack nimmt die ganze Hand, der Fuchs als Gast ist nicht der Bringer, der Floh im Ohr springt an die Wand, der Krug geht zum Wasser, bis er bricht, über den Wolken ist mehr Licht, Hund und Katz vertragen sich nicht. Sie schlachten das Huhn, das goldne Eier legt, die Klašnja hat alle Hände voll zu tun, wenn sie die Küche fegt, Theodor ärgert sich über die Welt, stapft böse grummelnd übers Feld, will mit dem Kopf durch die Wand, panscht Wermut mit Schmand, zu seinem eignen Schaden, der Schmand fehlt jetzt am Braten. Die Pfanne ist verbeult, der Vogel schnell gekäult, möge nur alles ins Körbchen passen, dann könnte Lopandić es verprassen. Der erzählt immer schön der Reihe nach, der ist an dem Ort und macht das, dann kommt der dazu, und so geht es in einem fort. Wer wo einem Bären aufsaß, was der ihm sagte und wie ihm das behagte, was er aß und ob er einen Schatz gefunden, wo er war in welchen Stunden, wen er besucht, ob der betucht, was wahr ist und was erfunden, wen er gemocht, wen er gekannt und welchen Teil er bloß erfand, damit's Stevo schön aufs Blatt gebannt. Der Tagelöhner schuftet, Mijo zapft, die Mamsell duftet, Vojšić feilscht, Hirt Škulj gießt, Katha kreischt, Theodor niest, Jovo sucht die Nichte, fertig die Geschichte. Einer im Fieber auf der Liege, der andre hochgereckt auf der Stiege, einer auf dem Platz mit Bodenplatten, der andere im Stroh bei den Ratten, wie der Herr, so's Gescherr. Die Magd döst, die Bluse gelöst, die Katz mopst den Kapaun, die Gäste im Stübchen miaun, auf dem Boden dreckiges Geschirr, bis Katharina entdeckt das Gewirr. Die Kinder laufen Schlittschuh auf dem Eis, Jula wird's aufm Kanapee heiß, die Klašnja ist bei Jovo im Laden, Jovo verkauft ihr Cognac und Kladden, Schweizer Käse und Brot in Fladen, verbotene Ware, sträubt die Haare, weckt die Wut, dem Amtmann schäumt's Blut, ein Hieb, ein Stich, sie prügeln sich und beide auf den Jovo ein, die Tür mach auf, das Tor mach weit, Lobo und der Mann der Obrigkeit treten in seinen Magen rein, gefesselt an ein brennendes Brett zwitschert Jovo mit dem Satan im Duett. Tante Julchen bekommt ein Kind aus Lumpen, Lopandić ergattert heimlich ein paar Humpen, die Klašnja hätt gern Glück, die Pejnović kennt kein Zurück, Pljuštec und der arbeitsscheue Karakatić, Joco Rnjak, Škulj und Diener Vojšić, alle wollen es richtig raten, keiner riecht den Braten, Bauersfrau wie Amtmann stehen in des Gauklers Bann. Die Klašnja ist in der Stube, bei ihr sitzt ein buckliger Bube, draußen ist es finster, der Zwerg im Ginster hat eine klaffende Wunde, gerissen vom alten Hunde, der Schornsteinfeger darf nicht herein, er trollt sich und kehrt woanders ein, der Rest druckst herum und stiert, keiner hat was kapiert. Beim Wasserfall hockt Pljuštecs Braut, die Šumetlica tost dort sehr laut, er steht am Ufer und wagt keinen Rufer, er zittert und bibbert, denn die Braut ist ein Schrecken, schön wie Venus, doch gewieft gegen Gecken, hetzt das Mädchen ihren Hund auf ihn und Pljuštec muss von dannen zieh'n. Wie der wunderbare Jelačić hat er ein Veilchen, jetzt flennt er schon ein ganzes Weilchen, zertrümmert bekümmert des Lehrers Klavier, gähnt wie ein Tier, mag weder lesen noch lustwandeln, findet in der Küche geschälte Mandeln und stellt sie auf den Tisch, doch essen tut er sie nicht. Alles hängt wie am seidenen Tau, Pljuštec staunt sehr über diese Frau. In einer Ecke neben der Hecke wird der alte Theodor von drei Herren geschlagen, die sind von der Gemeinde und können seinen Wahnsinn nicht ertragen, Lobo, Taler, Karakatić lassen schön grüßen und den Popen seine Tugend büßen. Welche Schätze bietet das Psunj-Gebirge, Höhlen für alle ohne Gewürge, Fratres, Irre und Bettler, Mönche, Popen und Kettler, der erste den Vögeln predigt, der zweite die Fische beerdigt, der dritte meckert dünn, der vierte schilt den Isegrimm, der fünfte liest, der sechste niest, der siebente führt Selbstgespräche, der achte angelt eine Äsche, der neunte jagt das Mauswiesel, der zehnte linst hinüber zur Liesel, der elfte mengt Teig für Brot, der zwölfte misst mit dem Lot, der dreizehnte kichert und lacht, der vierzehnte pichelt, bis es kracht, und jeder, dem ein paar Tassen im Schranke fehlen, möge sich zu diesen Narren gesellen. Am Karlowitzer Schloss ist gut flanieren, Popen und Präparanden geh'n dort spazieren, Živković, Brzdinski, der ehrwürdige Branković und Vaso Usković, zum nationalen Frommen sie um die Ecke kommen, mancher schmückt sich mit fremden Federn, alle betrachten im Hofe Sankt Petern und Sebastian mit den Pfeilen, Sokrates, Platon und Kinder dem Paradies enteilen, Zentauren, Engel und Gartenwächter verweilen, bis der Abend fällt und die Donau sich wellt. Die Karlowitzer Aufklärer tafeln, das heißt, zwölf Popen schwafeln, Nikanor Grujić teilt mit Meić den Tisch, Ćupović duldet keinen neben sich, Vuksanović, Bolić, Buzdanović, Branković, Brzdinski, Milojević und Žanić bilden eine eigene Runde, jeder gibt den anderen von etwas Kunde, und Vaso schleimt sich, wenig fein, mittenmang bei Škorić ein, Weinberge schmücken die Hänge ringsum, im Tal streitet man derweil um Schmach oder Ruhm, und auf der Save gleitet ein Schiff voller Narren, Joco Rnjak und Kramar fressen den Schmarren, Škulj spielt für Eidechsen den Aufpasser, Grubješa hält beide Füße ins Wasser, die Klašnja hängt splitternackt am Anker, Pljuštec spielt Tambura wie ein Kranker, Pope Theodor steht neben dem Segel und redet leise über die Regel, dass Geschichten stets mit dem beginnen, was nie geschah, was man musst' ersinnen. Ignjat Lobo sitzt auf dem Throne, Lieder erklingen wie zum Hohne, Katharina und Pope Theodor werden bleich, Adam und Eva haben rechts ihr Reich, Traubensaft rinnt aus der Presse, Beltrup zwirbelt an seiner Tresse, Richter Taler murmelt Zaubersprüche, Joco Rnjak rennt barfuß in die Küche, ganz Grunt beugt das Knie vorm goldenen Lamm, einer bläst die Melodie dazu auf dem Kamm. Die Klašnja badet in Wein, Pljuštec trötet ganz allein, Joco Rnjak tätschelt einen Pfeiler, Katharina wirft Trauben vor den Keiler, es wird gescherzt und gegessen, die ganze Gesellschaft grölt vermessen, und einer bändelt mit 'ner Jungfer an, der andere tändelt sich von ungefähr heran, einer hat sich die Juristerei erkoren, Ferdo Beltrup gibt seinem Ross die Sporen und galoppiert von dannen, am Geschirr klappern Kannen, Jovo reckt ein Scheit in die Höh und sagt der Waage im Laden Adieu, was einer mach, sei seine Sach, und so platzt Grunt wie ein Ei, Landsknechte strömen herbei, der Steuerbeamte kippt mit diebischem Spaß ein Branntweinfass ins Gras, der Teufel köpft geschwind ein zweites Ei, in dem sind Katzenflöhe und Fleischhauerbrei, ein Riesenmesser fällt den Baum, auf Haut fordert Grind viel Raum, alles steht in Flammen, vor allem die anwesenden Damen, vom Himmel ein Halleluja tönt, der Brunnen ist englisch bekrönt, Schmetterlinge schwirren durchs Haus, die Ente redet sich dumm heraus, der Äffin ächzt, die Krähe krächzt und ganz Grunt lechzt nach den Stunden, wenn der Rückzug ins Ei stattgefunden. Gleich und gleich gesellt sich gern, Bettler Luka ist Rnjak nie fern, würden beide ihr Augenlicht haben, fielen sie nicht in den Graben. Kramar knufft, wer ihn am Zipfel zupft, und Grubješa füllt die Teller, nur Lovrić ist stets schneller und reißt den Blinden mit, wenn Beltrup im vollen Ritt durch Pulverdampf und Staub, von der Schlacht halbtaub, mit angehaltenem Atem über die Toten jagt und trotz Tapferkeit fast verzagt. Der junge Pljuštec hebt die Pistol', Richter Taler schießt aufs Geratewohl, das Blut fließt in Strömen, die Kanonen dröhnen, Karakatić, Pavić, Jovo Uskoković stöhnen, dem Volk muss nach Freiheit gelüsten, allen voran Katharina mit bloßen Brüsten, die hält die Trikolore in die Höhe und erschreckt damit die Flöhe. Am Palmsonntag drängelt sich ganz Grunt, da reitet Ferdo Beltrup auf 'nem Hund, das Ferkel am Speer schreckt die Kinder sehr, Beltrup wechselt aufs Fass, das Fass ist ihm zu nass, Schinken hängen am Brett, das macht die Nässe wett, er steigt in zwei Gläser und verhaut den Käser. Ihm folgt der Zug der Wahnsinnigen durchs Gras, sie lärmen im Ernst und zum Spaß, Šmauc tanzt mit Feen, seine Frau kann das sehen durch die Blumen aufm Kopf, auf dem Tisch ein stinkender Topf, Hauptmann Matijević schlägt die Laute, Frigan malt eine rote Raute, Pljuštec hüpft auf einem Bein, die Mädchen lassen ihn nie allein, mit rußverschmiertem Kinn schöpft die Gmaz aus dem Brunnen Gewinn, sie holt einen Fisch, die Šafark brät ihn frisch und verkauft ihn an die Narren trotz deren seltsamem Gebaren. Kramar, Lovrić und Grubješa beten recht flott, Hände hinter dem Rücken, zu Gott, Joco Rnjak winkt mit den Augen, Bettler Luka lässt Vampire saugen, Ignjat Lobo geht grußlos vorbei: Da, einen Heller für die zwei. Überall geborstene Knochen und Eierschalen, unheilvolle Schreie verhallen zu allem Unglück ungehört, während Richter Klašnja ungestört mit Pejčić mitten auf der Gasse Karten spielt und eine Sau friedlich in der Gosse wühlt. Benjamin, der edle Königssohn aus dem Geschlechte der Šembera, verprügelt einen Dieb auf dem Weg zum Hof in Gera. Einige Frauen knobeln am Herd, welche den Richter das Fürchten lehrt. Die Dupal kocht Suppe auf der Chaussee, wer davon kostet, sieht eine Fee, des Königs Wappen und viele Knappen. Debać kommt nicht zu Potte, die letzten Schweine bilden 'ne Rotte, die Ulanen sind aus Slavonski Brod, Dieb Ivančić sieht allerorten Not, Josif Valon fehlt ein Arm, Förster Pavić näht mit Garn ein Zweiglein an den Hut und spaziert dann ausgeruht über den First. Alles zerbirst, jeder schweigt, die Rasur vergeigt, und am schlimmsten dran ist Landvermesser Čabrijan, der aus dem ersten Stock gesprungen, weil Katha Uskoković gesungen. Schau, in Prvča läuft alles verkehrt, jedem wird das seine verwehrt, die Schuldigen lassen sie laufen, die Gerechten müssen den Richter kaufen, die Gesunden sitzen müßig rum, die Kranken schuften sich krumm, man geht dort auf Händen und streckt die Füße in die Luft, lässt's beim Teufel bewenden und pflanzt Kürbisse vor die Gruft, täglich wird ein Kind gekocht, Zungen angezündet statt der Docht, die Mutter verdroschen, Erde statt Brot in die Goschen, Geld wird genäht und gestickt, sie hören auf des Irren Verdikt, können einzig den Rummel verknusen, jedes Mädchen zieht Schlangen am Busen, den höchsten Liebesbeweis für ein Haus sehen sie im Feuer, der Brunnen ist ihnen nicht geheuer, gegen alles Gute haben sie sich verwahrt, der Großvater wird lebendig verscharrt, die Frau geschlagen und die Kuh auf Händen getragen, der Župan reitet hoch zu Kamel und sagt: Das geschieht euch recht, sterbt minder betagt! Ansonsten herrscht in Grunt eitel Sonnenschein, Mausfell mahlt das Mehl sehr fein, der Schriftführer führt Aufsicht, der Lehrer macht Unterricht für die Kinder (Stanivuk und Forko) vor allem im Winter, Lisac hobelt, Petrić knobelt, der Bettler greint bitterlich, Klašnja tanzt ritterlich, Ignjat Lobo tritt herrisch ein, Wirt Tomljenović zapft sauren Wein, die Ente quakt, der Hund, er nagt und die Färse muht, Vojšić pflügt die Krume gut, Škulj zieht Wein auf Flaschen, Mrkonjić will's Pferd überraschen, Beltrup, Šmauc und Pljuštec schieben Wache, wer hat schon ein Bild von der ganzen Sache? Ein Csákó, die ungarische Montur, da gewinnt der echte Slawone Kontur, den darf keiner verlachen oder zum Untertan machen. Hier sehen wir slawonischen Leuten die Trauer an um Joseph den Zweiten, die Slawonen kämpfen ums Überleben und sind Joseph dem Dritten ergeben. Franjo Vojkfi, Adam Oršić und Ivo in Buda tun das ihre dazu, dass uns keiner Unrecht tu, keiner darf Slawonen unterdrücken, das Ungarische kann uns nicht berücken, selbst wenn unsere Kinder Ungarn wär'n. Jeder betet für den neuen Herrn, Gott, schütz' unsern Kaiser Leopold, ob jung, ob hold, ob Bettler oder Greis, jeder singe dem Kaiser zum Preis. Ban Franz Balassa von Gyarmáth fürchtet die nationale Welle, doch weicht er von der Stelle, herrscht er nicht länger über die Kroaten und würd' die Ansprüche der Ungarn verraten. Wer aus unsrem Lande, ob aus der Mitt' oder vom Rande, wär' besser als Ivan Graf Erdődy imstande, das Königreich aufzuräumen, Kirchen und Kontore schöner als beim

Träumen, so unser Sohn Erdődy die Ehre auf sich nimmt, bis auf den letzten Kreuzer die Rechnung stimmt. Josip Kulmer, Bastašić, Krtica, Gašpar Švagelj und Esterházy sind gute Schützen, Odobašić, Kirholc, Nikola Bobočaj, Ferbarić, Pogledić wollen nachfolgenden Generationen nützen und kämpfen fürs Lateinischreden, für die eigne Sprach' riskieren sie Fehden, denn wenn man die verböte, gerieten Slawonen in Nöte und müssten ohne Zaudern wie Franzosen oder Italiener plaudern. Ihr werdet Gott und Kaiser kennen, wenn wir 'nen Franzosen zum Herrscher ernennen. Leopold wird an Blutvergiftung sterben, Franz der Erste seinen Thron beerben, weil er sich beim Volke entschuldigt und der Hof ihm so überschwänglich huldigt. Der eine sinkt, der andre trinkt, die Hofburg glitzert und blinkt, weh dem, der Salz und Pfeffer bringt. Vier Kaiserinnen haben wir, dieses Bild zeigt sie hier: Die Elsbeth ist am längsten tot, der Marie-Therese steht Purpurrot, Maria Ludovika kam aus Modena und Karoline Augusta ist noch schöner als die andern drei und als Einzige noch nicht an der Reih'. Schließlich lechzt das Volk nach einem Herrn, der die Frauen hat gern, der Kaiser würde den Leuten unbeweibt nichts bedeuten und darum muss er ordnen Leben und Haus, dem Slawonen wär' alles andre ein Graus. Andra Stojćević, der General, der vielen Franzosen das Leben stahl, war Napoleon nicht gewachsen, worüber die Franzosen flachsen, sie trinken Wein und machen sich fein, kaum ein fescher junger Mann, der was andres als Französisch kann, die Jungfern fragen sich schon, was, wenn das Bataillon abrückt und die Stadt verlässt. Dann gibt es kaum noch Platz im Arrest, denn wer gegen den Kaiser agitiert, wird überführt und interniert, dafür hat der Hof Fürst Metternich engagiert, welcher geschickt das Spitzelwesen organisiert. Doch versagen seine Spione, wenn der Slawone Kontra gibt, was der Kaiser nicht liebt, so dass er ohne Federlesen kehrt mit eisernem Besen, lieber lässt er Bücher brennen als gegen Aufständische anzurennen. Wenn Ungarn in ihrer Sprache drucken und Kroaten auf Illyrisch mucken. Unser Antal Amadé sagte rühmlich, was Kroaten eigentümlich, was sie nie verraten sollen, selbst wenn ihre Regimenter grollen, weil Napoleon sie ungeniert durch Europa dirigiert und mancher in Russland friert, obwohl Moskau brennt wie Zunder. Unser Kaiserreich erstickt im Plunder und fragt sich, wohin mit den Russen, die können es nicht verknusen. Ob Deutscher, Ungar oder Franzos, Slawonien finden alle ganz famos. Der Beltrup heißt Ferdo, der Rivelier Otto, Alfred Graf Potocki fragt Gräfin Sophie, Andrássy mag Kitsch wie Sandor Barćetić, dazu kommt Betiani, der Jurist, der bei Tische furzt und frisst. Über die Tür genagelt sind Keglevićs, Kotlinskis, Palfys, Odeschalchis Köpfe, die armen Tröpfe. Doktor Sigel kriegt Bares in die Hand gedrückt, bevor er den Patienten zum Teufel schickt. Strižić, Mračić, Galac, Rumpl sind gute Kumpel und treten mit Gašić, Csiraki, Kempf und Šlister gemeinsam vor des Kaisers Minister. Brenćilo erschreckt dich, Smrditek versteckt dich, trotz aller Hürden: Prandau, Kulmer, Nugent tragen Würden. Ein Péter Horváth ist niemals fad, Jammerer und Kurilovećki sind meist recht feschki, Suić, Cankl, Smićiklas haben einen Heidenspaß, Tomašević, Bosanac, Virág sind bei Tag nur Schreiber, nächtens Teufel, aber nur für die Neider. Achtzehnhundertzweiundfünfzig nahm Juraj Haulík keck den Kollotschauern die Kirchenaufsicht weg und konnte aus ungarischen Pfründen aufm Kaptol ein Erzbistum gründen. Der Ungar hat in der kroatischen Kirche nichts mehr zu sagen, er hockt in Pest und tut's den Deutschen klagen. Und im achtzehnhundertsechsundsechzigsten Jahr, ihr stolzen Grenzer, wo wart ihr da? Achtzehnhundertsiebenundsechzig gedieh recht prächtig eine Partei, wo vorher zwei. Die Kampfeslust der Männer ist gebändigt, jeder sich mit jedem verständigt. Manche säen, manche mähen, während Klinggräff und Rakovac drauf achten, dass Slawonen die Klugheit pachten, wer wollte schon neben den beiden das Ansehen eines Deppen erleiden. Giovanni Aldini lässt Leichname zucken, György Arnold Kardinäle mucken, und Belić-Ligatić schreibt alles auf, berichtet der Geschichte Lauf. Martin Pustaić ist Major, er leiht dem überaus weisen Katon sein Ohr, der ihm alles erzählt über die Sitten der Welt und weiß, wie man gefällt und sich der Krankheiten, Ängste und Pfeile erwehrt, per Schiff ins ferne Afrika fährt und alles treulich zeichnet, dafür sind Hand, Stift und Papier geeignet. Relković von Ehrendorf, ein Fantast, hat Gesundheit nie gehasst, Andria Stipić lobt Soldaten über den grünen Klee und preist die Truppe dem höchsten Attaché, und das, obwohl er treu dem fremden Kaiser ergeben und also weit weg vom eignen Leben. Wenn ein Slawone lesen und schreiben kann, ist er unter Seinesgleichen ein gemachter Mann. Karol Imrich Rafaj und der Juraj schreiben im *Gradiščanin* und tragen den Slawonen Nachrichten hin, Sviranić, Poturčić und Matija Lab halten die andern umsonst auf Trab, Antun Jakić, Muha Vatroslav, Jaćim Pavletić schlagen sich wacker, Kerubin Pehm, Milinković, Sever pflügen den Acker, Schwager Zorčić und Stefan Škvorac sind alte Knacker. Schto, kaj, tscha, was hoppsassa, ein jeder schwatzt, wie der Schnabel ihm gewachst. Bestellt ist das Feld, für den Mais kriegt man Geld und geschlachtet wird auch, ein Teil hängt im Rauch, und alles für den Bauch. Der Vater Lederzuschneider, der Großvater Pope, der Sohn guckt gern durch Kaleidoskope und hofft auf ein Buch, in dem alles steht, wie man leibt und lebt, wie man lebt und leibt, wie man schreibt. Die Italiener, Böhmen und Ungarn hüten ihre Bücher, nur die Slawonen kriegen das nicht in trockene Tücher, weil sie von Buchstaben keinen Schimmer haben. Narren, Idioten und Deppen, Hauptsache Ausländer neppen, die nach Bedeutungen fragen und das auch noch weitersagen. Was heißt pflügen, was betrügen, sagt man mähen oder schmähen, doch trotz aller Lauscher trinken Pope Vaso und Lazo Kostić Rauscher. An der Straße singt Petar Kluka aus voller Kehl, der Stadtnarr macht aus seiner Freude keinen Hehl, Jovan Jovanović Zmaj schenkt den lieben Kleinen Gedichte voll mit wunderlichen Reimen und hockt drinnen mit seinen Kollegen, im Kaffeehaus, nicht im Regen. Da sind sie beieinander, Mihalović und Alexander, Suić, Nikanor Grujić, Strossmayer, immer dieselbe Leier, Nikolajević, Smićiklas, auf den ist immerhin Verlass, als Gottes Stellvertreter hilft er jedem Beter. Durchs irdische Jammertal schreitet, von Musik begleitet, der Falkensteiner Kalliwoda hin, nach Arznei steht ihm der Sinn im Kampf gegen die Spanische. Doch von Osijek bis Varaždin pfeifen's alle Kraniche: Arznei ist aus, Tote hat's in jedem Haus. Ivan Derkos ist aufrichtig empört, sein illyrisches Gemüt herb gestört, halb erfroren, barhäuptig und unbeschuht kocht er vor Wut, sein Lied sei nicht gut, ein feister Herr hat ungefragt dies vernichtend Urteil gesagt. Der kluge Geistliche kehrt von der Messe heim, der kranke Dichter schreibt einen Reim, Jambrek und Suljo hängen am Galgen, Lopandić zeichnet die Balken. Der alte Theodor rupft Kresse, Mijo Oršić bedient die Presse, der Schmied betätigt den Balg und haut auf den Kalk. Der Löwe speist im Wald, der Förster ist schon kalt, und in Karlovy Vary sitzt Anton Freiherr Mollinary. Kommandant Beltrup befehligt die Trupp', der Bettler bittet um Almosen, die Herzogin kauft sich Rosen. Ivan Pehar herrscht über den Handel und sorgt in Slavonski Brod für steten Wandel. Die Wach' hält alle in Schach, die Kompanie marschiert früh, in der Schwadron kriegt jeder ein Bonbon. Filip Haler trägt die Post persönlich aus, er kennt im Grunde jedes Haus, Advokat Franz Schlaumeier wacht wie ein Geier über Hab und Gut, das er verwalten tut. Raćki, Jagić, Mesić, Petranović, Weber, jeder kann lesen, keiner ist ein Streber, Jurković, Šafarik, Strossmayer zelebrieren gern die Messfeier, sie sind so klug wie alt und wachsen nicht im Wald. Miklošić, Daničić, Pančić, Torbar sind weise, mit denen red ganz leise, Borović, Bodišić und Matija Ban man mit Fragen behelligen kann. Schweine im Stall, Geflügel überall, über die Kirch wacht Pogledić, und Kurilovećki ist Schulmeister, grad rührt er im Kleister. Böhmen, Deutsche, Ungarn schmieden sich Pflugscharn, ziehen ungern Gräben und eggen Felder eben. Schwer sind ihre Gedanken, die bringen manchen ins Wanken, auch Bauern könnten vieles wissen, wär'n sie nicht bauernschlau gerissen, und was hätten sie auch davon, die dickste Kartoffel sagt keinen Ton. Böhmen, Deutsche, Ungarn sind alle im Geschäft, ihnen genügen ein paar Nägel, Draht und ein Heft. Sie arbeiten mit dem Lot, Theodor bricht sonntags Brot, und wenn er in der Kirche predigt, ist er abends total erledigt. Überall auf der Welt behilft man sich, nur hier klagt man lieber jämmerlich. Grobe Grütze grummelt grässlich im Gedärm, und in den Gräbern wimmelt Gewürm im Auftrag des Herrn. Der erste ächzt, der zweite krächzt, der dritte wächst, der vierte petzt. Ferdo Beltrup hat einen Ranzen, zerdrückt generalisch alle Wanzen, er eilt von Schlacht zu Schlacht und schläft tief in der Nacht im eignen Bette, Verdächtige legt er an die Kette, Cihlar, Modec, Vrbanac machen deswegen Rabatz, Truhelka und Ante Tomić sind Bücherkenner, die Bildungsnot ihr Dauerbrenner. Beltrup brennt Ställe und Scheunen nieder, Rekser verkauft alte Sachen wieder, wenn Zmaj bellt, fährt der Schreck in alle Glieder. Doktor Lambl kennt Križevac wie seine Westentasche, er will, dass man den Dieb überrasche. Vogelkenner, Mädchen und Lämmer – Hauptsache, ihr entwischt Hauptmann Đuro Horváthović. Joco Rnjak süffelt, Hostinek büffelt, der Braunbär schnüffelt, Rajačić setzt Jelačić in Amt und Würden, Maximilian Prica, Mažuranić, Jammerer beseitigen für ihn Hürden, lauter Hagestolze, die im Unterholze Gott verdrehte, wie Rote Bete neigt sich der Tag, noch ein Vertrag und der Morgen graut, Prinz Eugen es aus den Schuhen haut, wenn Maria Theresia ihr Gesetz verkündigt, auf dass keiner sich an Trauben versündigt. Erstes und Zweites Banal, Ottochaner, Oguliner sind fremder Herren Diener und unterbesoldet. Die Sonne vergoldet das Sieb in Katharinas Händen, Vatroslav Jagić lehrt in Wiener Wänden; Adolf Weber, Šulek und Klekovski haben schlaue Söhne, Kalliwoda von Falkenstein spuckt große Töne, in Osijek erschallen gegen Cholera Choräle, fürs Abwasser bauen sie Kanäle, den regnikolaren Deputierten Geld und Ruhm gebührten. Wo, wenn nicht unter unseren Hauptleuten, findet man Hinterwäldler, die sich nicht am Krieg erfreuten. Studiere und deputiere, brummen sie in ihre Bärte, danach kommt die Härte. Wir setzen uns auf die Fährte der Hoflieferanten, um im Schloss Mobiliar und Fenster zu verkanten. Dem Kaiser wachsen Blümel, das Ferkel locken Krümel, der blinde Jeremija Obradović-Karadžić verkauft Broschüren, bedient slawonischer Büchersammler Allüren, Jelačić, Rakovac, Smodek, Pavao Štoos sind Tölpel und Bekloppte, der blutarme Ljudevit Gaj und Staidacher Dummbeutel und Gefoppte. Haus und Zarge, Brunnen und Waage, Mühle und Gras, Hunde und Fraß, was nur, was gibt es alles? Für den Fall des Falles folgt Zensor Meinhase seinem Berufe, Phrase für Phrase gerät unter die Hufe. Wohlklang ist für die Ohren, Niedergang für die Toren, sagt Kleriker Pavao Štoos und denkt an Jankos Schoß. Dragutin und Dimitar, Imbro oder Hermann gar, doch kein Suljo weit und breit, wenn die Erde speit. Georg Freiherr Rukavina von Vidovgrad findet Schweinebraten und Weißherbst fad, er wär gern wieder Soldat, unterwegs mit Rüstung und Pferd wär' er seiner Schlösser wert. Da grasen goldene Kühe, während Bonaparte mit Mühe den Zar in Moskau weckt, der im goldnen Zubun steckt und sich räkelt und reckt. Der König hat als Däne 'ne Mähne, als Bayer 'nen Meier und als Sachse 'ne Haxe, weder Herzog noch Fürst du selber kürst, die Marschälle Oudinot, Victor und Arrighi befehligen unsere Grenzer, die Generäle Graf Bertrand und Rambourgt nutzen hiesige Regimenter, damit der Kaiser der Franzosen einen Pelz trägt über den Hosen. Ostrowno, Borodino, Wjasma und Polozk bringen Tod und Verderben, auch an der Beresina müssen Tausende sterben, auf dem Rückzug rächt sich das Brandschatzen, der Krieg zeigt seine hässlichsten Fratzen, die kennt auch Rade Kantar von den Haiducken, der träumt nachts von Heidschnucken, die sein Zug geraubt und gegrillt, obwohl der Schäfer nicht gewillt, sie ihnen zu geben, da meuchelten sie ihn eben. Den Weg nach Moskau pflastern Leichen, am Ende muss Bonaparte weichen, ringsum ist alles eingefroren, kein Pferd spitzt mehr die Ohren, für Adler, Wolf, Löwe, Drachen beginnt das große Fressen, auch Haiduck Rade hat sein Räuberhandwerk nicht vergessen, er zieht toten Generälen die Gewänder aus und verkauft sie mit Gewinn zu Haus, ihm unterläuft kein Patzer, zuletzt trägt er den Pelz der französischen Besatzer. Theodor, der alte Pope, erkennt noch eine Synkope, er prophezeit allen das Schlimmste und weiß, wer von allen der Dümmste. Dem werde ein Kuhkopf wachsen, der hefte sich an des Kaisers Haxen, dem Keglević werde der Erstgeborene sterben, sein Leichnam den Brunnen verderben, die Mutter mit dem zweiten Blutschande treiben, und den Heckenbach solle er meiden, der werde auch den Sohn begraben, sagt Theodor und hat noch mehr Eingaben, seinen Kindern prophezeit er deren Lebenszeit, Vaso werde dasselbe wie er, Jovo wirtschafte den Laden leer, Mitar werde sich niemals binden, Julija gewiss keinen Mann finden, sondern Erbsen ausklauben, damit sie ihr das Wohnen erlauben. Theodor dolmetscht Kulmer, dem Grafen, keiner könne seinen Tod verschlafen, er werde sein Enkelchen dereinst gesotten in dem und dem Kotten ahnungslos verzehren und

Nachschlag begehren. Die schöne Klara de Palavićini werde ihr Ehegespons hassen und sich, weissagt Theodor, mit Graf Erdődy einlassen, die Ehe werde immer schlimmer, am Ende stünd' sein Tod im Badezimmer. Und dann beginge ebendort ihr Sohn einen Doppelmord an Mutter und Haberer, im Garten wächst Rhabarberer. Von Magdaljena, Uskokovićs erster Frau, weiß man nichts genau, doch wirft sie lange Schatten auf ihren Gatten. Sie hat das Haus erneuert, Handwerker angeheuert, Tisch, Wagen, Axt beschafft, Samt, Seide und Taft, am Ende hat sie Brotteig gemengt und Grunt in die Luft gesprengt, so dass das Innerste nach außen kam und Trauer ihren Anfang nahm, Rache und Verarmung folgten bald, das Pflichtgefühl blieb kalt, zur Unreinheit traten Wut und Streit, Verschwendung und Gewalttätigkeit, und die Bosheit wird niemals enden, der Zusammenhalt hat mit Vieh, Obst und Färberkrapp sein Bewenden. Alles das kam aus einem Ei, das Magdaljena klopfte entzwei. Auf Adam folgte Sohn Josif, der dem Vater ein Liedchen pfiff, dann waren Simeon und Akim an der Reihe, auch sie erhielten die Weihe, Savo, Kliment, Avram reiften auf solchem Wege heran, jeder übernahm vom Vater die Würde, der Griff nach der Popenkappe war keine Hürde, nur der Theodor hat noch kein Grab, wer weiß, was sein Sohn ihm antun mag. Der Erstgeborene hat sich dem Handel verschrieben, beschummelt die Bauern mit löchrigen Sieben, mit einem Rohr für die Ferne guckt er in die Sterne, treibt Leibesübungen und boxt im Ring, neben Trompete und Zeitung ist das sein Ding. Vaso hat Kirche und Weinberg übernommen und drei Kinder mit Katha bekommen, die Arbeit hat er neu organisiert und damit den Vater düpiert, der Junge über den Alten triumphiert. Als letzter der drei Brüder kam Mitar zur Welt, ein schöner Knabe, der keine Sorge hat ums Geld, er musste sich von der Heimat entfernen, denn er wollte möglichst viel lernen. Genießen können Bär und Piepmatz den Gesang von Vilim Korajac, seine Stimme klingt süßer als Honig, der Landfrauen Zuneigung zu ihm ist chronisch, doch er spaziert am Fluss und denkt nicht an einen Kuss. Es heißt, Ignjat Lobo klopfe dem Boltek auf den Popo, trage den kleinen Diener auf Händen und könne die Augen nicht von ihm wenden.

Aus Mašić sind zwei, drei Frauen hier, die trinken weder Wein noch Bier, sie behaupten, in ihrem Haar nisteten Schlangen, die der Menschen Schicksal wie Mäuse fangen. Schau, der Klašnja Gesicht geht zugrunde, Würmer kriechen aus ihrem Munde, Echsen bilden ihre Hände, die streunen nachts durchs Gelände. Was für ein Geschlecht, entsinn ich mich recht, vier Generationen zurück gebar bar von Glück zur Mitternachtsstund eine Klašnja einen dreiköpfigen Hund, eine Generation weiter war's ein Wasserreiter, cholerisch vom Gemüt, adelig vom Geblüt, noch eine weiter ein Löwe, der frisst erst die Möwe und dann die fahrenden Gesellen, deren Schreie bis nach Grunt hinübergellen. Das ist kein Schnee von gestern, in Prvća gucken Schweine Western, und die Menschen werden groß wie Häuser, wer dächte dabei an die Kartäuser. Mijo, Pero, Bajo sind Brüder, ihr Ton wird immer rüder, keiner nimmt sie für voll, jeder hält sie für toll, niemand stellt sie ein, doch das finden sie fein. Sie sind nur dem Joseph Stoff gram, denn der fragte sie nach Blam, sie wollten zum Militär und ärgerten sich sehr, denn auf dem ganzen Kontinent nahm sie kein einz'ges Regiment, weder als Grenadiere noch als Kanoniere. Wenn die Bande durch Prvća schleicht, das Gesicht an Fastnacht mit Kreide gebleicht, achte jeder auf sein Kind, damit er's nicht zertrampelt find'. Adam, Josif, Simeon, Akim, Sava, Kliment, Avram, Herr, dich erbarm, Theodor und Vaso zuletzt, die Popen haben sich in Grunt festgesetzt, sie leben bequem, ihr Reich ist schön, sie strotzen vor Gesundheit und die Haiducken sind weit. In dieser Kutsche, das erhitzt die Gemüter, sitzen die Schönstein-Brüder, Egon denkt schnell wie der Blitz, Abrahams Verstand ist hingegen ein Witz, die beiden haben in Grunt ein Vermögen erbettelt und damit einen schwunghaften Handel angezettelt. Egon sammelt Vogelkrallen, wickelt Draht auf und ab für die Fallen, baut Kaffeemühlen, Löffel und Siebe, die Maschine im Keller verteilt gefährliche Hiebe, und Egon fühlt sich als Held, bis ihn der Richter zur Rede stellt. Abraham würde sich hier nicht damit brüsten, dass er die Frigan gebraucht zu seinen Gelüsten, die Frigan ist so schön wie ignorant, die Dummheit ist ihr eingebrannt, überhaupt jedes Übel fließt aus ihr, Heuchelei, Neid und Gier. Alles Schlechte, was bisher versteckt, in Grunt fröhlich die Hälse reckt. Mijo Oršić trägt den Ort auf dem Buckel, Egon Schönsteins Tempo führt zu Geruckel, zu viel Verstand schlägt auf den Magen, Klugheit ist wohldosiert zu ertragen. Hier sitzt die Miholj über Nadelarbeiten gebeugt und ist nicht ganz davon überzeugt, dass Petar sie nachts gestreichelt hat, vielleicht warn's der Nordwind und ein Blatt. Die Klašnja plaudert stundenlang, bis allen ganz bang, über Todes- und Unglücksfälle wie brennende Ställe, von Prvća bis Bastaji ist alles in Bewegung, Wachs, Federn, Lorbeer, Überlegung, Blüten im Kranz, Spiegel mit Glanz. Sagt der Bettler, wieso er durch die Lande zieht, warum ist ein Platzhirsch so bemüht, was finden Arbeiter im Alkohol, wer sich das merkt, der weiß es wohl. Auf der Mauer, auf der Lauer, Gassenhauer. Der Erste will jagen, der Zweite Waffen tragen, der Dritte sich an einer Birne laben, der Zweite sagt, die will ich haben, doch der Dritte, bitte sehr, gibt sie nicht her. Da ist Ignjat Lobo, keineswegs aus Togo, verführt junge Dinger, ragt wie ein Finger aus der Landschaft, in der Mitte Schreiber Karakatić, spindeldürr, die Hos' gerafft, und der daneben, der so tut, als würd' er richten, das ist der Klašnja, dahinter sieht man Fichten, der Kleinste ist der Schönstein mit seinem Wissen, der greise Theodor grinst dämlich gerissen, dabei wird er von allen gemieden, weil er gegen alle entschieden. Wenn du auf den Strmac steigst, pass auf, dass du nicht zum Trunke neigst, am Weg wartet so manche Dirn, die schadet deinem Hirn, sie lecken die Tatzen und schneiden Fratzen und werfen mit geblümten Schlappen, damit die Wandersleut in ihre Falle tappen. Der Dieb kein Lämmchen stiehlt, weil er die Schleppe des Pfauenmanns hielt. Der kreischt in Lobos Garten. Efron, Braun und Gerne warten auf Ferne, hier der einzige Landvermesser, der zählen kann, und mit Zählen geht es besser. Er hat als Erster Geld geprägt, wofür Jovo Uskoković dankbar unentwegt. Die Čabrijan, so schön als wie ein Tier, sitzt allerliebst auf dem Rücken vom Stier und von hier verteidigt sie ihr Revier. In Mašić, da staunst du nicht schlecht, rüstet die Frau zum letzten Gefecht, ei, Sohn und Tochter geben ihr recht und angeln einen kapitalen Hecht. Antun Škulj, der alte Herrgottsschnitzer, das ist ein ganz überaus Gewitzter, der schnitzt dir voller Stolz eine Jungfrau aus jedem

Stück Holz, und nun behauptet jeder Lump in Grunt, die Mädchen trieben es allzu bunt. Nikola Bjeloš bestellt des Popen Felder, pflügt und eggt und hegt die Wälder, er allein weiß, wann der gute Šembera im Schutze der Nacht des Nachbars Kälber vom grünen Grase stiehlt für sich selber, befreit er doch den Wingert im Dunkeln von Dreck, Felsbrocken und den Ranunkeln, da kann der Weg morgens nicht sauber funkeln, wer Grips hat, wird's stille beklagen, sonst ihn die Reichen mit Rache plagen. Der verrückte Mile Kramar ist wahrlich ein Viech, nie siech, wechselt Kleider, Stimme, Aussehen, Uhrzeit ewiglich, prellt die Zeche und randaliert, bis man ihm die Goschen poliert, als Ignjat oder Jakov Lobo hat er sich geriert und das immer und überall probiert, bis der Wachtmeister ihn abgeführt. Schau nur hin, so dir der Sinn danach steht, bei Medara, wo's in die Felder geht, leben Mann und Frau in übler Fehd', ihr Kind ist schon ganz schwach vom vielen Met, das Gesindel hat den goldenen Bock nicht verdient, den sollt man dahin tragen, wo's Gras schöner grünt. Herr Mile Lompo, lang ist's her, schnitt und bog die Reben, zupfte Unkraut, bitte sehr, und überdies ist er der erste Arzt am pannonischen Meer, hat er doch Wasser in den Wein gemischt, auf langes Leben der Seinen erpicht. Das ist Kastellan Šmauc, von Muttern erzogen, gegen Lohn dem Kaiser gewogen, der führt seine Mannen, die Türken zu bannen, über Stock und Steine, durch dichte Haine und an tosenden Wassern entlang, drei Köpfe von einem Araber sind sein Fang, er hängt sie in den Fels neben's Nest der Eule, jede Frau, die sie sieht, erstarrt zur Säule. Dem Leichnam, heißt es, entstieg ein herrlich Stütchen, auf dem kühlt Bundalo sein Mütchen, der Grenzer säbelt im Dunkeln, schwärzt alles, was am Funkeln, zündelt und bündelt Beute und Leute, Hexen schießt er in den Wind, ist im Herzen noch ein Kind, bis sich die Obrigkeit seiner erinnert, hat sich die Lage arg verschlimmert. Das ist die Krinka aus Petrovo Selo, das liegt an der Küste, ihr Gesicht ist schön, doch ihre Seele schreit in der Wüste. Die Klašnja, Katharina und die junge Frigan starren Hauptmann Pljuštec an, sie sind sehr gespannt, er hat den Apfel in der Hand, den Apfel aus dem Garten Eden, am liebsten würd' er jeder einen geben. Schwalbe, Lerche, Eule, wer verliert, der heule. Da sitzt

Lobo wie ein König, derweil das Wetter föhnig, was er berührt, das wird zu Gold, er ist dem harten Glanze längst abhold, weil man ihn dafür hasst, denn einmal angefasst, werden Mensch und Tier Geschmeide, um das man ihn wohl beneide, für sich selbst jedoch nicht leide. Vučić, der Aktuar, sieht sich deutlich und klar im Spiegel und das genügt ihm, er braucht kein Bierkrügel, er braucht keine Braut, die wär ihm zu laut, er ist sich selbst genug. Da, ein wunderlicher Hochzeitszug, die Klašnja sitzt nackt auf einer Ziege und peitscht sich aus, Hase und Rabe machen die Fliege und gehn nach Haus, wann sind die wieder bei Trost, sie heben die Gläser: Prost. Franjo Minković ist ein fauler Fratz, wie Krösus herrscht er über Kutjevac, sein Schloss ist so groß, er tritt nie zweimal in dasselbe Zimmer, ist stets auf Reisen und in Bewegung immer. Da sieht man schwarz auf weiß, was man vom Fürsten weiß: Die Fürstin gebar ein Kalb, kein Kind, der Fürstensohn ist im Kopfe nicht geschwind, die Minković todtraurig, die Frucht ihres Leibes schaurig und wird im Keller versteckt. František Vidal hat viel ausgeheckt, Maschinen und Häuser für den Fürsten errichtet, und jetzt baut er ihm ein Verlies, ganz unbelichtet, durch dessen Flure irrt das Tier ewig im Kreise, und es gibt keine Tür. František Vidal, der kluge Tscheche, erfand Säge, Axt und Bleche, und nun will er vom Turme springen, künstlich geflügelt mit dem Winde ringen, doch seine Klugheit hilft ihm nicht, er fällt ins Wasser, der arme Wicht. Da steht der Kommandant, Ferdo Beltrup wird er genannt, er jagt und sichert die Grenze, trotz seiner vielen Lenze führt er alle in seinem Gebiet, ob Eber, Bär oder der Haiducken hitzig Gemüt. Hier reitet er hoch zu Ross zum Kutjevac-Schloss, brät dort alles im Feuer kross, keine der Damen kann ihm verzeihn, was er meinte ihnen lauthals zuzuschrein. Es sind schreckliche Bilder, Beltrup massakriert wie ein Wilder das Fleckvieh auf der Weide, zerfetzt Vorhänge aus Seide und haust wie ein Berserker, er gehört in den Kerker, nicht in Zimmerfluchten, wo er sich befleißigt, Schränke umzuwuchten und Geschirr zu zerschlagen wie in seinen besten Tagen. Des Kaisers Rittmeister sind ihm nicht gewachsen, Beltrup frönt seinen grausigsten Faxen. Seine Mutter staunt, als der Sohn plötzlich vor ihr steht, der sucht Minkovićs Tochter, die er um Hilfe anfleht, und so zeigt sie ihm den Weg durch die Gosse. Schau, was für eine Posse, sie liegen Ferdo Beltrup zu Füßen, der wird seinen Ruhm im Himmel büßen, er reitet, richtet, führt, dafür Achtung ihm gebührt, alle sehen zu ihm auf, Holzschnitzer, Zuckerbäcker, Tagelöhner zuhauf, Schankwirte, Propheten und Trompeter, Postboten, Kurpfuscher und Beter, Gesunde oder Krüppel, Glück durch Knüppel, Ruhm und Geld, was kostet die Welt. Die Beltrup ist dumm wie ein Schaf, fällt neben ihrem Neffen in Schlaf, es wird ein böses Ende nehmen. Das gilt auch von denen, die wie Rade Kantar weit abseits geboren, den hat der Teufel zum Sendboten des Bösen erkoren, in dieser Einsamkeit stellt dir sonst keiner nach, da oben liegt die Erde brach, drum hält sich Rade Kantar auch bei andern schadlos, zieht Bären das Fell ab, egal, wie groß, und jagt Luchs und Fuchs, doch unter Menschen ist sein Geschick eine Krux, man nimmt vor ihm Reißaus, man gönnt ihm keine Maus, dabei wurde er früher hoch geschätzt, weil er im Krieg viele Türken gehetzt, einem Hauptmann zwei Finger abzwackte, vier Soldaten mittendurch hackte, und heut wohnt er wieder in der Höh', erzählt Wolf und Adler sein Herzeweh und sieht dem Habicht zu, der rüttelt, der Blume, die ihre Staubbeutel schüttelt, dem Wind, der das Wasser zerstäubt, der Kreuzotter, die ihr Opfer betäubt, beobachtet Eber und Bache, Tau, gesammelt in einer Lache, gelegentliche Brände beleuchten felsige Wände, die Jahre vergehn, die Sterne sich drehn, der Fisch im Bach bleibt nachts lieber wach, Steinböcke springen, Rotkehlchen singen, und ein neuer Sommer steigt herauf, Rade Kantar erlegt im vollen Lauf Löwe, Schlange, Widder, und alle rufen: Da kütt er! Bei Našice trifft er ein Reh, das tritt ihm auf den Zeh, der Zeh ist viel zu lang, das sieht man an seinem Gang, trotzdem leert er Gaj Lisičićs Scheune ungesäumt, der Adlerhorst am Psunj wird ausgeräumt, die Kühe treten nach den Stieren, die halten sich knapp auf allen vieren, Rade Kantar reißt darüber Witze, vogelfrei unter seiner Mütze, kein Obstbaum ist vor ihm sicher, und wenn der Wind wird frischer, geht er hin, wo er will, ganz heimlich und still. Den Rest erledigt Lobos Hund, der knurrt und tut den Angriff kund, er fletscht die Zähne, worauf die Hähne Federn und Leben lassen, und das mitten auf der Gassen.

Der Köter reißt alles in Stücke, was sich auf die Straße traut, er ist scharf und voller Tücke und gibt Laut, dass allen graut. Rade Kantar, der Wüterich, hat alles zerstört, was ihm nicht gehört, bevor er verblich, die schöne Maca aus Graćac nannte er »mein Schatz«, drückt ihr 'nen Schmatz auf die Wang', dann begann er die Hatz auf die Frau, man weiß nicht genau, wo sie starb. Und sie war nicht die Einzige, die er verdarb. Doch so blutrünstig und erbarmungslos er war, heute ist er keine Gefahr, kein Hund kuscht mehr vor ihm, fast hat man ihm verziehn, trotz seiner Missetaten, als er etwa mit dem Spaten in Mašić den Wirt erschlug, ganz zu schweigen von den Mägden, die er betrog, seine Zeit ist abgelaufen, er wird sich nicht mehr raufen. In Gospić ist er garstig, in Ogulin schlug er hin, in Glina trifft er Tina, in Kostajnica ist er der Kosten alleiniger Verursacher, in Bjelovar durchschießt er einen Samovar, grad in Gradiška ist nichts da, in Brod schlägt er einen tot mit einem Laib Brot, seit der Zeit in Zemun ist er immun gegen die Not. Sein Ende ist schwer, kommt nicht durchs Gewehr, kein Messer, kein Stich, auch die Bestien hüten sich, ihm etwas zuleide zu tun, nur eine lässt es nicht ruhn, seine Buhle Jule in der Kuhle bei der Schweinesuhle, bevor sie ihm wird fremd, gibt sie ihm ein Hemd, mit Stickerei verbrämt, weil sie sich so grämt, setzt sie Gendarmen auf die Spur, die jagen ihn durch Feld und Flur, und das Hemd klebt an seiner Haut, schlägt in ihm Wurzeln wie Kraut, verzehrt sein Fleisch, verschlingt alle Kraft, und so hat es ihn dahingerafft. Wer zu viel Most probiert, muss sich nicht wundern, wenn er den Verstand verliert. Der Wunsch liegt jedem im Blut, eine Stadt, brennend vor Wut, zu legen in Asche und Schutt. Schau, auch Pope Theodor zweifelt, er wringt die Hände und geifert: Dann kommt es wegen Nichtigkeiten zum Krieg, und hier sterben Menschen für einen sinnlosen Sieg. Die Männer gehen zum Militär, die Frauen zu Hause haben es schwer. Das Töten ist ein Handwerk, es liegt vor dir wie ein Berg, der ist unermesslich, und wenn der Proviant noch so verlässlich. Kastellan Šmauc, Pavić, Taler, Karakatić, Briefträger Haler, Slama, Jovan Uskoković, Šafar, Kauzlarić, jeder verschanzt in seinem Graben, was erwarten die Leute an Gaben: goldene Birnen, den falben Hengst, Silber oder ein Gespenst? Ist es diese Festung wert, dass man tötet mit dem Schwert, Soldaten den Gegner hassen, Männer ihr Leben lassen, schwarz im Hinterhalt lauern, vor Grauen erschauern, weil's ein König oder Kaiser oder sonstwer befiehlt? Der ist ein Dieb, der Leben stiehlt. Nach der Schlacht darf keiner nach Hause, ist verstummt das Kampfgebrause, bettet der Soldat scin Haupt zwischen die Toten und erzählt, um's auszuhalten, deftige Zoten. Magere Kühe grasen dazwischen, die Sonne leuchtet den Irdischen, der Stacheldraht glitzert im Licht, dem Verstande bekommt das nicht. Da läuft einer, du weißt nicht, aus welcher Richtung, du stichst zu, doch du siehst nichts, sehnst dich nach einer Lichtung, und wenn er sich auch entfernte, der Schnitter hat seine Ernte, die Gefahr ist fürs Erste gebannt, vielleicht war er mit dir verwandt. Klašnja weiß nicht, was Fürchten heißt, Šafar hat nie die Welt bereist, was Lisac, Badanj oder Frigan nicht können, das kümmert sie nicht, auch wenn sie's andern gönnen, sie haben keine Eile und nach einer Weile fällt ihnen Gott ein, also dürften sie ganz bei Trost sein. Doch was ist einer, der weder getauft in der Furt noch wie ein Schinken am Kreuze getrocknet wurd? Wer nichts zu beißen hat und doch sein Haus beschützt, ist ein Held, auch wenn's am Ende nichts nützt. Er kann dich lehren, sich zu wehren, vielleicht sucht er Ruhm oder liebt sein Tun. Der hier, der schlug als Erster feste mit dem Finger die Kreuzesgeste. Und hier, für Grunt wäre es ein Segen, wenn wir an verschiedenen Stegen acht dieser Stiegen hätten, die erste aus Stein hängt an Ketten, die zweite trägt Feuer, das keinem geheuer, die dritte ist für die Pflanzen, die vierte für Tiere, darunter auch Wanzen, die fünfte ist Menschen vorbehalten, die sechste äonischen Luftgestalten, die siebte gehört den Engeln, da hat keiner zu quengeln, und die achte ist für den Heiland, wer höher hinauswill, suche seinen Beistand. Als Maß für Wissen, andere Umstände und Mut sortiert Frau Sonne alles irdische Gut. Der Mond kräuselt sich Jahr für Jahr auf und unter der Menschen Haar, liegt auf den Schiffen der Save wie besitzanzeigende Graphe. Merkur trägt Geld und Schlangen, da hilft kein Bangen, will man sie fangen, braucht man Zangen. Die Venus steht schön am Himmel, schaut von oben auf das Getümmel, hier auf Erden hasst sie das Gewimmel und ohrfeigt den zudringlichen Lümmel. Der Mars gibt sich kriegerisch, er ist ein arger Wüterich, die Männer rennen hin und her, der General hat Orden am Revers, und wenn sie aufbrechen, um die Heimat zu rächen und nicht beim Spinnrocken am Ofen zu hocken, verhärtet sich die Seele und es wird ein Gequäle. Von ihrem Wagen schaut die Sonne auf Grunt, wer wo sitzt zu welcher Stund, sie lauscht Unterredungen und staunt über Tötungen, zündelt in Heuballen und Stadeln und würd' das Gerede über Wetter, Gesundheit und Steuern tadeln. Wenn Theodor was notiert, dann wird es ausstaffiert mit Lust und äußerst zart, das ist der Menschen Art. Jupiter liebt die Pfauenhenne, schaut, wer hienieden lache oder flenne, er beschenkt den einen mit Gaben und lässt den andern darben, über Gräber und Geldbußen bestimmt Lobo, bevor er entfleucht nach Togo. Silbrig glänzt der Schild, die Krieger brüllen wild, eine Zuckerpuppe für die Truppe, und der Herr Mond, der oben thront, die Sonne nicht verschont mit Konkurrenz, unten hält Katinka Konferenz, teilt ihren Leuten Aufgaben zu, sagt, was gesät, gemäht, gejätet, entgrätet, zersägt, verlegt zu werden habe, ja, Katharina hat die Gabe, den Haushalt zu führen mit schlagenden Türen und Argumenten, die bei den Fischen enden, und die Hasenhatz bringt den Schatz in die Terrine, man legt Wert auf Haute Cuisine, und die Cousine folgt der Spur des Lumpen, sie bringt ihm einen Humpen voll trüber Brühe, Katha hat Mühe, sie zurückzuholen und würd' ihr am liebsten den Hintern versohlen. Draußen rauscht Merkur vorbei, in der Hand ein Hühnerei, vor dem Wagen zwei goldnene Hähne, im Gesicht blanke Häme, drinnen macht Jovo die Kasse, zählt Münzen en masse, er hat Angst, dass es zum Leben nicht reicht, dass er am Ende vielleicht den Kindern die Schule nicht zahlen kann, dann fühlt' er sich nicht mehr als Mann, der Teufel flüstert's ihm zu, Kikerikuh und aus bist du. Venus liebt Rappen und Schuster, wenn's abends duster, lässt sie die Zitter erklingen, wozu Jungfern badend singen bis in die Morgenröte, Mitar Uskoković bläst auf der Flöte und gibt sich der Liebe hin, so hat sein Studium Sinn, dafür ist er in die Welt hinaus, er will nie wieder nach Haus. Mitar pflückt seinem Liebchen eine Blume, schürzt die Lippen, parliert über Hume, nein,

Grunt ist keine Option, das kennt er schon. Reiher und Eidechse zieren Saturn, der bläst umwölkt zum Sturm und schwingt in den Lüften die Sichel, auf Erden erntet der Michel, und Josip Taler bestimmt in Grunt, was taugt, was gesund, wer ausgelaugt oder zu rund, wer wo hinbaut, wen es umhaut, Saturn führt am Himmel Regie, Taler beherrscht die kaiserliche Ökonomie. Windhunde ziehen Marsens Karren, Ferdo Beltrup kann dem Tod in die Augen starren, er kämpft stets in den vordersten Reihen, könnte er sich's doch nicht verzeihen, einen Türken auf dem Schlachtfeld am Leben zu lassen oder das Leben eines jungen Ulanen zu verprassen, das Heer ist ein elender Haufen, die Landser müssen verschnaufen, bevor sie sich entscheiden zwischen Ruhm und Leiden. Ob Herr, ob Narr, ein jeder fahr' zu einem Ziele, sagt der Mile. Die Gräfin aus der Operette ist eine ganz Nette, keine Diva von der Riva, wunderschön anzusehn, feurig blitzen ihre Augen, die dunklen, traur'gen, und weil sie eine Schoktze ist, schockt sie nichts. Luftgetrockneter Lachs, geräucherter Schinken, der aufgeklärte Kaiser will dem Schüler winken, Hühner sehen auch bei Tage, Bettler Joco peilt die Lage, betrachtet Kornfelder und sabbert Dornfelder. Der Georgsbrunnen markiert die Grenze, da steht Werner Theodor Henze, wenn's den nicht fangst, machst den Kindern Angst, sagt die Hexe und sattelt die Echse. Der Dachs hat Hostinek im Wald gestellt und beginnt ihn zu verhören: Wie muss man Prinzen betören, in wie vielen Tagen wie viele Nägel eingeschlagen, und hat er keine Antwort, fesselt ihn der Dachs sofort. Man weiß nichts über den Verbleib von Ivan Karakatićs Leib, das Haus hat ein Obergeschoss, in der Scheune steht der Voss und mästet beharrlich seinen Mut, das Hirn im Fass, das liegt da gut, egal, was er sich überlegt, die Geschichte ist bewegt und wiederholt sich nicht, dreckige Scheiben behindern die Sicht auf alle guten Omen, da will doch keiner wohnen. Der Teufel hopst aus der Kiste und präsentiert seine Liste, derweil der Geist weilt, wo er will, ob's eilt, ob's zu viel, die Nadel im Heuhaufen trifft den Pflaumenkern, um den sich alle raufen, das hat man gern. Die Mühe lohnt, egal, wo man wohnt und wer sich wo versteckt, die Weisen sind verreckt, die Fleiß'gen ausgestorben, vier Löcher riechen verdorben. Löwe, Adler, Stier und Engel, das gibt einen dicken Schwengel. Nackte Artefakte im Königreich, Leviathan zum Vergleich, ein wilder Mann, der Kinder gut leiden kann, er streift durch Wälder, erreicht Grunter Felder, bahnt Trampelpfade, liebt Marmelade, und scheint über dem Psunj die Sonne, badet er den Kopf in Wonne. Kommt der alte Gott zurück, verkauft er sicher Stück für Stück allerlei Tandaradei wie Spiegel und Stiefel, Taschentücher und Taschenbücher, an diesen Dingen wird man ihn erkennen und kann benennen, wer ihn nicht mag, weil er stets am selben Tag verwirklichen will, was ihm einfiel. Rudolf Cankl ist ganz und heil, Joco Rnjak fehlt ein Teil, die Witwe ist besser dran als eine Frau mit halbem Mann. Wo Weisheit das höchste Gut, benötigt man keinen Hut, der Hund gehorcht aufs Wort, viele Juwelen sind ein Hort, ob lieb oder teuer, Hauptsache geheuer und in Gottes Gemäuer. Seine Seele ist gespalten, sagen die Alten, er ist blind und sehend, lahm und gehend, windstill und wehend, er ist ein schwacher Mann, der Bäume jäten kann. Der alte Theodor erläutert, dass seine andere Hälfte meutert, wenn ihn der Teufel anficht, dann wird er zum Bösewicht. Die Alten werden bald erkalten, üblen Geruch entfalten und trotzdem als gut im Gedächtnis behalten. Bunjik sagt quiek und Forko, der Landarbeiter, sagt porco dio, dann schweigen sie wieder und dösen im Flieder, bis sie wissen, was ihnen fehlt: der halbe Kopf, die halbe Welt. Der Verstand der Soldaten ist wie mit dem Spaten verdichtet, darin aufgeschichtet die Reden der Frau, es reicht ein Hau und die zarte Blüte ist hin, der Verstand einer Jungfer hingegen ist wie Zinn, formbar, aber stabil und gut, und so beweist sie männlichen Mut. Wer Schlangen nährt an seiner Brust, wem mit Löwen zu zechen eine Lust, wer gern läuft über glühenden Grund, der steht mit dem Teufel im Bund. Der heilige Antonius wurde in Grunt versucht, obwohl der Ort nicht verrucht, hier ward er gepfählt, gequält, angelockt, abgezockt, verspottet, eingemottet, überschüttet mit Übeln aus Kübeln, gezwickt und gezwackt, in Schmodder gepackt, betrogen und überflogen, ausgelacht und angespuckt, er hat nicht gezuckt, kommt aber trotz der schönen Blumen, der sich Grunt kann ruhmen, bestimmt nicht wieder, zu lockern die müden

Glieder. Der kluge heilige Antonius wird sich erinnern, wie man ihm hier zeigte den Hintern und dass es keine Rettung gab, kein Pferd im Trab, kein Kahn am Ufer, nur böse Rufer. Theodor, lass die Prahlerei, der Hauptmann ist der Hahnrei, was nützen Ver- und Anstand, wenn der Leib ans Kreuz gebannt. Dieser Kaiser trägt weder Purpur, noch hat er Geld, er kam im Stall bei Schönstein zur Welt. Beltrup und Šembera, der Tropf, Fräulein Pejnović und Hajtl, der Zauselkopf, Kastellan Šmauc und Prota Vaso ohne Zopf, sie alle sind ahnungslos, einer nur, stark und groß, läuft durch die Flur. Nach dem ruft Theodor den ganzen Tag, dass der ihm insgeheim alles sag', wo man pflanzen, wo graben muss, den andern zum Verdruss. Das Kind hängt an Mutters Rockzipfel, versteckt sich in ihrem Schoß, fährt der Wind durch die Wipfel, wirkt das aufs Kind kurios. Der junge Cankl ist klug, lebt aber noch nicht lang genug, um zu wissen, was in ihm steckt, und er wird es nie erfahren, weil er vorher verreckt. Er wird ein ganzer Mann, und weil die Geschichte lange vor ihm begann, folgt er ausgetretenen Pfaden und kann in der Menge baden. Wie viele Arme unser Kaiser hat, steht auf einem anderen Blatt, das eine Paar gießt Gold, das andere zahlt Landsern Sold, mit dem dritten hängt er am Kreuze, dass er mit dem vierten die Nase schneuze. Wer hat Vodvaržkas Kumpel gerissen, der Luchs, der Sperber oder das Gewissen? Er steht hoch über vom König, findet Geldzählen für Reiche eintönig, demonstriert Verkäufern gern seine Macht, beschläft Bräute vor der Hochzeitsnacht, auf dem Felde schubst er den Pflug, Luftwesen lenkt er im Flug, Mönchen kündet er vom dreieinigen Gott, doch in Wahrheit ist er ein Hundsfott. Der rosige Ritter und Rosenkavalier, aller Backfische Schwarm, er steht in der Tür und verliert allen Charme, von Nahem beseh'n ist er nicht mehr schön, denn nach kurzem Gewedel bleiben nur noch Knochen und Schädel. Der ehrwürdige Abgesandte am Tisch weissagt Zukunft mit'm Federwisch, graue Haare bringen Glück, der Blinde will's Gesicht nicht zurück, Spinnen und Schlangen braucht's in der Brühe, ihm zu folgen kostet Mühe, doch hör dir alles an, recht hat der Mann, am Ende bleiben zäher Schlamm und der Worte gebrochener Damm, da drin steckt mehr Leben als im Garten

Eden. Hühnchen rupfen, Farben tupfen, dreckig lachen, Unsinn machen, mit dem Teufel lässt sich trefflich blödeln, Windmühlenflügel sollen ständig rödeln, Abweichler aus geheimen Bünden werden dir dein Haus anzünden, mit Schwert, Pech und Schwefel Rache üben und wiederkehren in mehreren Schüben. Die achten weder Ban noch Kaiser noch Gespan, ihr König ist in der Höh und dirigiert die Flöh, auf dass die Welt da unten glücklich im Elend gebunden. Die Klašnja torkelt weg vom Grab, dem sie etwas Buntes gab, mit Dornen aus dem Hag ein Bild einritzte, was dem, der da lag, das Gemüt erhitzte. Wenn ein Mann in der Kirche schlafwandelt, kriegt er Kinder, unbehandelt. Stier, Fuchs, Vogel, Wolf im Schafspelz, Luchs und Löwe mit Löchern im Zahnschmelz, jeder kennt diese Tiere, sie haben ihre Reviere, die Schlange hat die Čabrijan und die hat einen Hauptmann, aber die Schlange mag den Hauptmann nicht und zischelt ihm ins Gesicht: Du fieser kleiner Wicht! Der eine geht zu den Fischen tauchen, der andere beginnt Pfeifen zu schmauchen, wieder ein anderer will nichts gebrauchen, sondern sphärische Klänge hauchen, und mancher rutscht auf den Knien, um der Welt zu entfliehen. Richter Klašnja wüsste gern, was seine Frau ist, Katze, Spinne, Stern? Im Gebirge werden Lettern gebleicht, im Wald ein Baum dem Nachbarn gleicht, dem Löwen wächst ein Busch im Ohr, die Blume hat am Abend noch was vor, der Weinberg ähnelt seinem Besitzer, Bock, der Schriftführer schaut spitzer, und wenn man es geschickt erzählt, sich dieses falsche Bild in Grunt erhält. Wenn Đuro Nestorović stirbt, bricht der Zeiger, die Zeit ist verwirkt. Ein Mädchen träumt von Ferdo Beltrup, sie sieht ihn als der Grenzer Vorhut, er ist mutig wie ein Löwe, und ihr Herz flattert wie eine Möwe, er zieht gern ins Feld, die Hölle ist seine Welt, er verachtet das Sterben, würde er um sie werben, würde er sie entführen, ihm würde ihre Liebe gebühren. Schornsteinfeger, Knöpfedrehen, Himmelszeichen, des Glückes Feen: wer sieht, siegt und kriegt, was er will. Die Klašnja liest still die Spur einer Mücke, die Herzogin kocht mit Tücke, Theodor hat eine Gedächtnislücke, Katharinas Minestrone Gemüsestücke. Hasenpfote, Fledermausflügel, Kröte, Spielkarten und Kindertröte, gegossenes Blei, ausgeblasenes Ei die Klašnja aufbewahrt, bis ihr Mann auf großer Fahrt, und wenn ein Traum es ihr offenbart, schaut sie in die Sterne und ruft den Geliebten aus der Ferne. Katharina mag keine Zaubersprüche, wer die bringt, fliegt hochkant aus ihrer Küche. Wer wann wo mit wem was macht, der Unterschied von Tag und Nacht, Gott und das Jüngste Gericht – die Klašnja weiß zu allem eine Geschicht'. Wenn der Himmel sich mit Zeichen schmückt, ein Amtmann im Amtsgericht Stühle rückt, die Menschen von einer Karosse entzückt, ein Greis mehrere Gläser Wein verdrückt oder die Erben einen neuen Weinberg anlegen, die Klašnja weiß für all das Bilder zu prägen. Sobald in Grunt das letzte Haus zerstört, der Berittene von Maria hört. Der Teufel aufs Rad geflochten, der dumme König auf Kerzendochten, ein brennender Wagen vor Christusdorn, ein Widder mit Menschennase und Horn, der im Dornbusch lachen kann, der klapprige Sensenmann und seine Eva, in Haare gewickelt, ein Erzengel, über und über verpickelt, all das steht der Klašnja wie lebendig vor Augen, sie liest aus der Hand, welche Zeiten dazu taugen, zu beginnen, zu entrinnen, aufzustehen, schlafen zu gehen, ob reich, ob arm, ob Glück, ob Harm, alles ist dort eingraviert, der Handteller ist ein beredt' Geviert, doch die Schicksalsgravur lesen nur die Klašnja und Gott mit Bravour. Ob einer Kinder frisst oder Gold und Silber pisst, ob einer weise Sprüche klopft oder Gott ihm unverhopft überall in Grunt Wunder ausbrütet, all seine Geheimnisse hütet, die Kunde steht in der Hand von jedem Tor, winziger als ein Fliegenohr. Ob einer im Zaster schwimmt oder sich in Schmerzen krümmt, alles ist irgendwo notiert und wird niemals storniert. In den Wind geschrien, in die Wolken geschrieben sind Informationen, schöne wie garstige, in karstige Felsformationen, wohl auch in die Hand, doch nur fünf, sechs Lesern ist die Schrift bekannt. In der Brandung sitzt eine liebe Maid wie hingegossen, ab der Taille schmücken sie Schuppen und Flossen. Die Stunde zu sterben, eine Braut zu werben oder reich zu werden oder Sterne zu erden, darüber wird irgendwo Buch geführt, in einem Heft jedes Detail aufaddiert, die Rechnung wird dir spät präsentiert, dein Maß an Leiden musst du bei Eintritt unterschreiben, und sollten spätere Generationen zwischen Quecken nach Jahrhunderten das Heft entdecken, werden sie's nicht enträtseln. Nimm warme Brezeln, gewöhnliches Salz, Pfeffer, Kalk, Kleie und Schmalz, in Wein eingeweichter Weißdorn schmeckt abscheulich, der Trunk wird viel zu schnell gräulich. Was verlangt die höhere Kunst, Feuerrauch oder Wasserdunst? Des Rätsels Lösung hockt im Ei und kommt heraus, wenn dies entzwei. Tyrannen soll man fleddern, ihre Hinterlassenschaften schreddern, und aus den Schnipseln legt man die Zukunft aller Länder bis an der Welten Ränder. Sammle des Königs Galle als Köder für die Falle, in die jede Wissenschaft tappt. Ob Theodor, der Greis, noch weiß, wie das mit den Kindern klappt? Sie kommen aus dem Nichts, plötzlich erscheint der Kopf eines Wichts, und wenn man das Schlupfloch mit der Hand zuhält, kitzelt einen von drinnen die Dame von Welt. Man sollte Lobo beobachten, wie er ab Mitternachten wie aufgezogen einherschreitet und gänzlich unbegleitet alleine spielt, indem er Briefe liest, die er nie erhielt, was ihn durchaus verdrießt. Der ganze Ort witzelt, wie man Lobo bespitzelt, der zur Geisterstund rennt durch Grunt und dabei wie ein Erpel watschelt, den Maulbeerbaum betatschelt und seine Beeren verstreut, damit die Nachbarsleut ob seiner Anwesenheit erfreut. Er hat daran diebisch Spaß, die Beeren sind der Schnecken Fraß. Der Stier sieht rot, der Floh hat Not, die Geiß frisst Brot, der Schlange ist bange, der Osmane dreist, der Steinbeißer beißt, überall hat der Satan seine Finger drin! Manch einem muss man alles aus der Nase zieh'n, am besten ihn kopfüber drehn, den Kessel von unten sehn, auf Stelzen gehn und nebenbei, tandaradei, Schenkel klopfen, Löcher stopfen und mit dem Teufel verhandeln, sich dazu in eine Meise verwandeln, rückseitig die Rinde verschandeln und mit einer anbandeln, deren Kopf einer Wassermelone gleicht, zu einem Gesicht hat's nicht mehr gereicht, die Grunter Märznacht ist auf Kälte geeicht. Aus diesem Elend errettet sich nur, wer drei Jungfrauen trifft von verschiedener Statur. Besteche Gott mit Beten und Fasten, der Teufel wird mit dir über Brücken hasten, wer den Beelzebub hofiert, ist nächtens angeschmiert, die Brücke schwingt sich über den Fluss, die Save schwillt nach jedem Regenguss, sehr zu der Grunter Verdruss. Ohne Grips schläft's sich leichter, des Weisen

Schlummer ist seichter, der Teufel sitzt dösend mit in der Kammer und träumt den großen Katzenjammer. Lobo lässt die Mühlen klappern, doch der Satan wird sich verplappern, dann wissen alle Bescheid und vergehen vor Neid. Der Prota versagt seinen Segen, zückt stattdessen den Degen und hält ihn verwegen dem Gottseibeiuns entgegen. Graf Lisinski ist verraten und verkrampft, wenn der Teufel nicht auf der Gusla klampft, der Stern von Ban Rauch würde sinken, wenn der Teufel vergäße zu hinken, Vladika Grujić wäre längst verstummt, hätte sich der Teufel nicht vermummt, Geld und Geist des alten Theodor kommen nur in den besten Familien vor. Die Klašnja schwört auf Paracelsus, Ignjat Lobo wäre gerne Krösus, Cagliostro und Leopold sind dem bayerischen König abhold, Mara Toftov liebt Stoff, ihre Hasenbrut nimmt jedem Arzt den Mut. Bei anderen Nationen sind Bestien Reinkarnationen, Grandville geraten sie possierlich, Arcimboldo malt sie recht manierlich, beider Wissen ist ausführlich. Fliehe wie der Blitz, wo kein Witz. Satans Ferse auf des Achilleus Verve sind Bleistiftskizzen zu des Teufels Notizen, die den alten Theodor retten, während andre ihren Kopf verwetten. Der Teufelsplan war sein Talisman, und ohne den hätt' er nie Enkel gesehn. Entweder er spielt die erste Geige oder zeigt den andern die Feige, und um den Weg zu Ende zu geh'n, muss sich der Zirkel einmal im Kreise dreh'n. Šmauc herrscht in der Kaserne, Gršković in der Schule über Möchtegerne, aber beide sind den Zeichen ferne und dringen nicht vor zum Kerne. Was kann der schöne Pljuštec dafür, dass sich die Frauen über Gebühr nach ihm den Hals verrenken und mit Sehnsucht an ihn denken? Hilft er dem Herzklopfen mit Zaubertropfen auf den Sprung, hat er Honig auf der Zung'? Wer nach verführerischen Essenzen duftet, zum Augenzählen Lider lupfet, Froschschenkel isst behufs Diät, auf der ew'gen Uhr abliest, wie spät, erkennt den Dieb und die Gehassten, sobald sie in der Kirche rasten. Lobo, einen Zweig vor sich, den Platz umrundet, in und um Grunt herum jeden Fußbreit erkundet, am Tag ruht er aus, nachts schwärmt er hinaus auf der Suche nach Gold und Wasser, Förster Pavić treibt's noch krasser, Kastellan Šmauc und Jovo, der Händler, entdecken des Teufels Spuren beim Ländler und im Weinberg auf der Suche nach Ziegen, wo drei leblose Körper am Wegrand liegen, sie legen die Toten auf ihre Pferde, denn Leichen gehören unter die Erde. Lass dich nicht von der Hexe küssen, sie labt sich noch an deinem Blute, dem süßen. Der alte Theodor sitzt im Dunkeln, starrt ins Nichts, wo Sterne funkeln, er sieht seinen Großvater und den gestiefelten Kater. Rudolf Cankl, jung verstorben, hat seiner Mutter Träume verdorben, sie träumt, wie er mit heilem Leibe kämpft und die Siegeshoffnung von fünfzig Türken dämpft, anderntags fragt die Mutter hienieden, wo der Sohn nur geblieben. Richter Taler feiert gern Feste und bewirtet seine Gäste, doch der Teufel fährt dazwischen und hindert ihn am Auftischen. Unterschriftführer Pejčić vergeht Hören und Sehen, als die Tafel schwebt in höchste Höhen und ein Hocker wie von Geisterhand geradewegs hochgeht an der Wand. Die Herren sind festgebunden, sonst wären ihnen wohl die Sinne geschwunden beim Aufprall an der Decke, dort hängen Gläser, Teller und Bestecke, Zündhölzer und Glöckchen fliegen wie Ballerinenröckchen. In einer riesigen Rieslingflasche steht eine Frau mit Einkaufstasche, das Haupt von Justiziar Keller liegt auf dem Silberteller und den hält eine Tänzerin, die tanzt für eine Pflanzerin, Mauswiesel balanciert auf dem Seil, der Sänger lässt den Truthahn heil, der edle Đuro Festić imitiert das Kollern und sucht an der Save nach Pollern. Trink das Glas auf ex, ex voto schreit die Hex', verputz die süßen Dinger, leck den Zucker vom Finger, dann scheint morgen die Sonne, o welche Wonne. Rnjak mein, Herzelein, nimm endlich den Strick, dann gibt's kein Zurück, sag halt vorher Bescheid, das steigert die Freud'. Wo treibt sich Ignjat Lobo herum, warum nimmt er das krumm und will zu den Freimaurern wechseln, weil Höflinge des Kaisers Schätze häckseln, die er gestohlen, was er uns verhohlen. Die Hölle speit Baal aus ihrem Schlund, der üble Kerl schleicht nun durch Grunt, beleidigt Gott und die Welt, während Krampus ihm die Stange hält. Der Klašnja Herz schlägt höher vorm Spiegel, sie greift dort tief in die Tiegel, schminkt und schmückt sich und ordnet die Haare, das macht sie so schon viele Jahre, und der Teufel zwinkert ihr aus dem Spiegel zu. Katharina melkt im Traum eine Kuh und kippt den Eimer dem Sohn ins Gesicht, das hält sie für ihre Pflicht, weil sie ihn mit dem Teufel erwischt. Der alte Theodor, nicht faul, packt den Teufel auf einen Gaul, verpasst dem einen Tritt und sagt: Nimm dein Gold ruhig mit, Hauptsache, wir bleiben am Leben. Jede Nacht liegt Katharina daneben, träumt Lobos Statue im Wald, aus der es blitzt und knallt, es wirkt wie das Denkmal des Antichristen, Lobos Marmorhand verteilt großzügig Büsten und viele Juwelen an arme Seelen. Wunderschön ist das Geschmeide, am schlanken Hals eine Augenweide, doch steckt der Teufel darin, und den trägt keiner gern unterm Kinn. Stevo Lopandićs Untat ist aufgedeckt, mit Hexen er unter einer Decke steckt und erzählt uns dann das Märchen, er sei auf der Jagd nach Lerchen. Asmodis' Wut schäumt über, Belfegor verteilt Nasenstüber, der Beelzebub ein Grab aushub, der Fürst der Fliegen will Streit kriegen mit Behemoth, der sich erbot, Lobos Evangelisten mit ihren hohen Risten binnen Tagen fortzujagen. Der Teufel umsorgt dich heiter, dann kocht er dich in Eiter. Lucifer verspricht dem weisen Theodor Allmacht und Allwissen, der gefallene Engel ist wirklich gerissen, wenn er um neue Anhänger wirbt, sein Angebot den Charakter verdirbt. Teufelswerk ist jegliche Verschwendung, äußerstenfalls endet sie mit Pfändung: verschütten, zerrütten, durchlöchern, verknöchern, jemanden rupfen, am Schlafittchen zupfen, zusammenschlagen, Faust in den Magen. Ferdo Beltrup reitet durchs Land und verbreitet höchst ungalant mit drei Begleitern Hunger, Pest und Scheitern, kein Feld, kein Weinberg hat vor ihnen Bestand, sie zertrampeln sie und stecken sie in Brand, Wiesen und Wälder, Straßen und Plätze, alles zerstört, ist das wirklich der Mann, der so viele Frauen betört? Im Wald auf dem Strmac steht ein Karren, um den tanzen Gerippe, einstige Narren, kein Fleisch mehr an den Knochen haftet, den Anblick keiner gut verkraftet. Sie tanzen einen Reigen im tiefsten Schweigen, denn sehen und hören können sie nicht, weil es ihnen an Auge und Ohr gebricht. Sie haben auch kein Herz, kennen keinen Schmerz, aber sie hassen die Lebenden, drum stürzen sich alle dem bebenden Mädchen entgegen, das sich bei Regen im Wald verirrt und nun ihr Opfer wird. Die alten Schachteln mit ihren Roben vertilgen Wachteln und sind dem Teufel gewogen, bei all dem seidigen Glanz hoffen sie auf einen Tanz. Wellington

Wimpy, Armer Ritter, Hanswurst und Pimpy, Jazo und Jolpaz, Struwwelpeter, Baba Jaga mit dem Fiedelvertreter, Harlekin und Kerempuch, die geben niemals Ruhe in dem Puff. Kreuzblüten und Hering, Männertreu mit Lehrling, Werwolf plus Hexenbesen, nach Mitternacht sei's gewesen, in Ketten rasselt der Witz, die Ecken im Schloss sind spitz, zu Hause rennt ein Kitz wie der Blitz gegen Fitzcarraldo. Der Däumling fällt in Terrine, verzieht keine Miene, kämpft mit Biene um Platz auf Schiene. Gewissenbisse beißen, Albträume zerreißen den alten Theodor, Phrasen im Ohr hat Sohn Vasor nebst bösen Ahnungen trotz aller Mahnungen. Hüte dich vor der Alten mit dem großen Zinken zwischen Falten, hüte dich vor dem Feigling, der Schlange und dem Schweigling, der Wissensdurst ist nicht zu stillen, Milch läuft durch Rillen, Neda mault und Zmazo fault, der Hund winselt, ein Maler pinselt, der Brunnen ist verkotet, Smrditek und Furzo werden bepfotet, Nölpfeif und Langfinger verpassen dir einen Schwinger im Traum und woll'n dir die Seele klau'n, Mumpitz, der Clown, Aberwitz vom Zaun zwacken dich und verhau'n Fljako Einaug. Blind und Kreisch wollen dir ans Fleisch, Onkelchen wird reich. Sie wollen dich mit Drahtbürsten striegeln, sperren dich in die Scheune, die sie von außen verriegeln, lassen dich in der Hitze dürsten und beschweren sich beim Fürsten. Katharina braucht Kräutlein für die Kinder und trifft beim Suchen auf schnaubende Rinder, beim Schweinekoben muss sie an den Vater denken, es zuckt ihr in den Gelenken, während sich Schatten auf die Treue senken. Die Rumpelkammer ist voller Krempel, da sieht es aus wie bei Hempel, es stapeln sich verbeulte Töpfe, es fragen sich die armen Tröpfe: Wo kommt das nur her? Schlaumeier und Peić tun sich schwer, sie wissen nicht, was gestern war, stumm hocken sie da, wiewohl sie zum Schloss wollen, weil sie dem Grafen grollen. Die Ferkel quieken schrille, die Sau grunzt: Seid stille, Katharina findet Kamille und Lupine, und ihre Miene verrät Ekel und Freud zugleich. Die Natur beschenkt uns reich, doch wird man bei dem Saustall bleich, Katha liegt mit sich im Widerstreit, der Teufel hat ihr das Gemüt entzweit. Der Kopf treibt dich voran, der Teufel zieht dich in seinen Bann, und du gehst irre. Johann Hunniad wird kirre, Matko Balog kommt dem Teufel ins Gehege, Kohlrabi braucht wie alle Gemüse Pflege und wird im Kochtopf weich, die Suppe ist sein Bereich. Die Köchin liebt Satansbraten, so geht sie mit dem Spaten in den Garten und muss warten, bis es dunkelt, was man darüber munkelt, ist ihr gleich dem Gewisper der Fische im Teich und dem Gezänk der Vögel im Himmel, Hirn im Getümmel, Geist am Haken, das Ohr muss nicht fragen, der slawonische Kauz den Märzschrei übt als winziger Nackedei, Forelle und Mücke ist das einerlei, Eingemachtes und Einbrenne sorgen für Gerenne. Ganz in Gedanken sitzt, aufs Fensterbrett gestützt, Katha wie eine Fee, lobt sich über den grünen Klee für die Torte mit drei Schichten. Sie schaut hinüber zu den Fichten und fragt sich, wie die Zeit so schnell vergangen, seit sie ein Backfisch war mit bangen, erwartungsschwang'ren Fragen und mehr Hoffnungen als Klagen, mit dem Verstand einer Kreuzung aus Huhn und Esel, dem der Rotz lief bei jedem hübschen Schnösel. Die Stunden welken wie Blumen in Vasen, ob die Minuten nun dahinschleichen oder rasen, keiner kann sie mehren, die Zeit wird uns verheeren. Buridan hockt auf seinem grauen Tier, junge Frauen sind alter Männer Zier, Ludwig der Kühne kann sich nicht entscheiden, darunter müssen Knubbel und Purz leiden, sie haben je zwei Fische in der Hosentasche, auf dass die teuflische Köchin sie wasche und fein säuberlich halbiere, woraufhin die Tiere im Backrohr landen, man serviere mit Zitronengirlanden. Die Nemanjiden haben Simeon gemieden, des Savoyers Liebhaber, Frano Bunić, ist makaber, Frankopan und Čengić sind halbblind und stehen gern im Wind, für sie soll alles wie früher sein, dass Altes verlottert, finden sie gemein. Da kommt einer mit Hackebeil und haut sie in zwei Teil'. Du, der du hier itzt vollkommen lustlos sitzt, der dir schlaftrunken die Augen zufallen, du bist wie die auf freiem Feld lagernden Vasallen, die sich in eine Ecke rollen, weil sie nicht mehr weiterwollen, die Schläfrigkeit kostet sie das Leben, was Besseres kann's für uns nicht geben, schau dir die Gesichter an, da wird dir ja ganz bang. Hennen hocken auf der Stang, Köpfchen im Gefieder, der Gockel reckt sich mittenmang und kräht sie nieder, der Satan hat längst ihre Brüder gestohlen und gibt sie nicht wieder her, der Jäger muss sie holen mit dem Schießgewehr. Brot und Butter sind kein Hühnerfutter, überall scharrt das teuflische Federvieh im Dreck und sucht bei Adlerüberflug panisch ein Versteck. Schau, die vielen Schattengestalten, ausgeliefert den Naturgewalten an der Save Gestade, sie steh'n bis zur Wade im trägen Fluss und warten auf den Nachen, der sie übersetzen muss, sie glotzen wie die Vlachen und ihr Geschlecht ist einerlei, jedwelche Erinnerungen zerfließen zu Brei. Eine Fahne sticht hervor, schon knallt jeder Tor die Hacken zusammen und salutiert. Das hat auch Mijo Kovaćević inkorporiert, er war Soldat, brav und stets parat, nie besoffen, nur einmal getroffen, aber Glück gehabt, stets ordentlich Steuern bezahlt, und jetzt hacken sie auf ihm herum und verkaufen ihn für dumm. Die Herzogin streckt sich auf der Ottomane aus, der Osmane bevorzugt ein Fauteuil im Haus und lehnt Schweineställe ab, die brächten ihn ins Grab. Der Herzog ist Kleptomane, selbst der Mond nicht sicher vor seinem Wahne, der Einsiedler lebt bescheiden und ist darum zu beneiden. Jovan Rilski geht aus dem Leim, er verwahrt sich gegen den Reim, und wenn die Gänse auf dem Weg vor ihm schnattern: Na du Irrer, lieber Irrer, deine Seel' wird immer wirrer!, dann weint er, weil sie ihn so verdattern. Devićki tut keiner Fliege was zuleide, er ist so bleich wie Kreide, schwingt pfeilschnell in der Weide, mag nicht Haare kämmen, schält Rinde von Birkenstämmen, sonst kriegt er nichts zustande, er steht am Rande, aber es ist eine Schande, dass die Truthähne wild an ihm picken. Wir müssten häufiger nicken, wozu sind hohe Decken gut, wenn's auch eine dicke tut, das Elend geht uns nah, wir kommen mit Mühlstein und Jauche klar, mit Weinessig können wir auf Perlenketten verzichten, warum menscheln, wenn wir's lieber schweinisch verrichten. Der Pope popelt, der Kaufmann knobelt, der Bauer frisst Erde und die Ernte werde. Katharina zieht Kräuter zum Zeitvertreib, die Sünder ringsum lieben das Weib, welches brache Flächen begrünt und kranke Nachbarn entsühnt. Wie du dich auch drehst und wendest, wie auch immer du die Zeit beendest, der Teufel weilt überall, er erscheint Knall auf Fall, an der Schwelle vom Haus, im Pelz einer Laus, wer hat Kraft zum Garaus. Wer hat Angst vor Herzeleid und der Dunkelheit? Wer fürchtet Wetterleuchten und Hunde?

Wer mag's nicht, wenn man ihm prophezeit? Wen ekeln Schlangenhaut und Froschbeine im Munde? Wer verabscheut Mohnstriezen und Menschen, die einen immerzu triezen, die stets verhindert und trist wie der Fassmacher niesen? Wer fürchtet den Geist in der Flasche? Wer lügt sich in die Tasche, wenn er mit dem feuchten Finger über den Rand vom Weinglas fährt? Wer mag es, wenn Frauen reiten und waffenbewehrt streiten, wer sieht gern Löwen zwischen Lämmern auf Weiden, Idioten auf Pfoten, aber hier daheim, der Schmied rotzt Schleim und spuckt ihn auf 'ne Krampe, er klatscht sich auf die beschürzte Wampe und dreht höher den Docht der Lampe. Was für ein Höllenspektakel, wo viele Gewerke ohne Makel, der eine sägt, der andere schlägt, der dritte zwackt, der vierte hackt, und Säge und Hammer und Zange und Axt werden einige ins Elend stürzen, ihr Leben verkürzen, der Seele berauben, den Geist ertauben. Wer hobelt, der brüllt, das Vorzimmer ist überfüllt, der Handwerker nimmt Maß, nutzt dazu ein Gerät mit Glas, dann muss er noch ein wenig feilen, er kennt bei der Arbeit kein Eilen. Andre schneiden Stoffe zu, heften, steppen, nähen, und so entsteht im Nu ein Kleid, das kann im Winde wehen. Mancher repariert mit Klebstoff und Schrauben, eine flicht Hüte aus Stroh und häkelt Hauben, nicht alles gelingt, manches fliegt beschwingt in den Müll oder die Rumpelkammer, und hinterhergeflogen kommt der Hammer. Dinge leiden durch Gebrauch, das weißt du auch, das einst Schöne wird marod, das einst Bequeme unkommod. Es gibt Musikanten, die zupfen auf gespannten, gegerbten Därmen zum Herzerwärmen, dabei können sie nicht mal schreiben und sind vielleicht gar Heiden. Und manch gebildete Jungfer benimmt sich liederlich, ist böse, zornig und widerlich, kratzt, furzt und kotzt, gähnt, rülpst und rotzt, sie weiß nicht, was sich gehört, der Teufel hat sie verstört. Manche löffeln schmatzend aus dem Topf, ziehen den Schleim hoch in den Kopf, sie blöken wie ein Schaf, sind dreckig, aber brav, mit Schere, Nadel und Faden sitzen sie vor dem Laden. Winseln, schlabbern, wimmern, sabbern, jedes Kleidungsstück geflickt, die Stimmung gedrückt, Narben im Gesicht, in den Gelenken Gicht, und nun auch noch die Brille entzwei, es braucht nicht viel Bohei, nur 'ne ruhige

Kuhle und 'ne Dame als Buhle. Die Herzogin sitzt in ihrer Kammer, in Lobos Brunnen ersäufen Sünder ihren Jammer, der eine thront recht hoch, der andre jault im Loch. Mato Brnčić und Cafurek sind immer weg, wenn man sie braucht, jetzt liegen sie geschlaucht im tiefen, nassen Graben, für Bosheit nicht zu haben. Ignaz Knoblecher bekehrt die Neger, predigt in Kartoum dem Straßenfeger und forscht nebenbei viel, sucht die Quelle vom Nil. Im selben Schmuddeleck mit Meisen planscht ein Pejačević, Franz Xaver geheißen, der die Abstammung des Volkes will beweisen. Eufemija Jović, die Baroness, schon als junge Frau nicht kess, gab mit teigigem Teint den letzten Heller, damit die Ärmsten was haben auf dem Teller, kauft Hocker für die Schwachen, Wein, damit auch Landstreicher mal lachen, die werden frech nach dem Gezech, ihre Dankbarkeit ist geheuchelt. Eugen Kvaternik wird bei Rakovica gemeuchelt, halb weiß, halb rot im Gesicht hat ihn der Tod erwischt, tot sind auch alle andern, die kroatische Idee muss weiter wandern. Wer Wespen und Bremsen aushält, hat zwei Herren sich erwählt. Verdorben bis ins Mark, betrügt er den einen um Quark, den anderen nach dem Mittagessen, bevor ihn die beiden fressen, braten sie ihn am Spieß, es riecht recht fies. Die Enkel von Josip Michl, Žanić und Cafurek, dem alten Geck, sind noch klein und haben viel Pein, da hilft kein Gegrein. Kater Karlo besticht mit seinem Gang, die schlamperte Fürstin durch Modezwang, der Bankrottier mit Klagegesang, der Taschendieb im Vorübergang, der Steuerbeamte mit seinem Zinken, der Pope durch segnendes Winken, und alle hoffen auf Geld, dass ein Kreuzer für sie abfällt. In diesem wunderbaren Wespennest geben Lügner der Gesellschaft den Rest, die Finger sind lang und länger, der Betrug gang und gänger, üblich in allen Schichten, durchgeführt mithilfe von Gewichten, Zollstöcken und Unterröcken, du klaust nicht, weil du musst, du klaust aus purer Lust, dir ist bewusst: Entweder mit den Wespen fliegen oder der Einsamkeit erliegen. Der Most gärt im Fass, Matsch ist nass, Hagel ein Elend, Schaum vorm Mund flehend. Frau Katharina hat keine Ruh, fürchtet, ein Filou hätt' sich am Fass zu schaffen gemacht. Jozo Fasunarić hat sich mit Pero Pletikos verkracht, keiner guckt weiter als bis zur eigenen Nasenspitze, jeder reißt auf Kosten des andern Witze, einer spielt Karten, der Dummkopf muss warten. Dem Bären ist der Wald gemäß, im Most hängt Alapićs Gesäß, denn er ist strunzdumm. Gans, Pferd und Esel glotzen stumm, Fasunarić zieht keine Vergleiche, der Löwe brüllt in seinem Reiche, Pletikos ist nicht mal dazu in der Lage. Dieses Fass ist sauer geworden, keine Frage, der Winzer nutzt es für Essig und zwinkert dem Teufel zu, lässig. Ein Funke Begabung, der ist wichtig, auf Orden und Ehrungen verzicht' ich gerne, insoferne die Dummen und Unbegabten sich am fremden Ruhme labten. Die Dame mit Waschbrett in der Hand wird vom Diener des Teufels eine Schuldige genannt und mit Faulenzern in einen Topf geschmissen, im Leben will man niemals wissen, wer den Obstbaum schüttelt, wer an den Ästen rüttelt, wer die Trauben liest, wer die Reben genießt, hier wird fast alles zu Wein verarbeitet, weil der die meiste Freud' bereitet. Petar Berislavić, Namensvetter Keglović und andere Bane herrschten hier, Karađorđe, Damjan Oliverović, Jovan Kursula waren Helden für und für, Martini von Nosedo nächtigte in so mancher Feldlagerstatt, Uršula Maknicer, Gubec und Mogajić kämpften um Susedgrad, Đerzelez, Čarapić und Tanasko Rajić haben viel Blut vergossen, ihrs wie das der andern, jetzt werden sie unverdrossen als Maismehl aus der Mühle wandern. Mordbuben, die Vertreibung zum Ziel erhuben, wirft der Teufel in den Trichter, spielt sich auf als Richter, die Dampfmühle bricht ihnen alle Knochen, hernach nimmt man sie zum Kochen. Schau, die da von rechts kommen, wollen in der Schenke toben, und die von links sind gesonnen, neue Schläuche zu erproben. Da: Nur Narren und Deppen, die bunte Fahnen schleppen, Zopf ohne Lügenbaron, Tropf ohne Trinklohn, der laufend die Seite wechselt und die jeweils letzte Montur kleinhäckselt. Hier sieht man närrische Väter, wetterwendische Verräter, die lieber Fremden Treue schwören als der eignen Tochter Wünsche zu erhören, die kommandiert er lieber auf Teufel komm raus, um sich anzudienen dem ausländischen Fürstenhaus. Da unter der Fahne stehen Müllmänner, Parteigänger, Mitglieder auf dem Plane, darunter Nummernpaare, ergänzt um Redner, Redakteure, Rechtsvertreter vieler Jahre, personelle Schwergewichte, die schreiben im

Parlament Geschichte, dort spielen sie immerzu Blinde Kuh, ertasten Hirschhorn-Jackenknöpfe und gepuderte Zöpfe, behaarte Oberschenkel und ausgefranste Schnürsenkel, Hauptsache, sie klatschen Beifall, dann wird die Sitzung kein Reinfall, Claqueure haben gemeinsam verschissen, deswegen sind sie zusammen ausgerissen, eine krächzende Reisegruppe, die mit der Lupe Staatsverträge studiert, während das Kutschenrad rotiert. Denen mag man nicht die Hände schütteln, sie werden sämtliche Ideale vertüddeln, schäbige Lumpen, die sie sind, reden sie am helllichten Tag in den Wind und kundschaften Bürger aus, über deren Tun und Lassen sie Berichte an den Ortskommandanten verfassen. Du hast es selbst noch nicht gedacht, da ist es der Obrigkeit schon hinterbracht. Milan Žanić hacken sie in Stücke, der sie belauschte voller Tücke, sie lästern ununterbrochen, das kalte Herz kann nicht mehr pochen, das Auge gebrochen, das Gesicht ein Leichentuch, dem entströmt ein ekler Geruch. Gehüstel und Genieß in der Küche, Kohlköpfe, Kalbsbries und gehackte Zwiebeln, die Köchin schöpft aus vollen Kübeln und wird in Brand gesetzt, weil sie die Messer wetzt. Bedenken um deine Gesundheit kannst du dir schenken, ob ausgebacken oder gesotten, es ist wie bei den Hottentotten, die ewig beißen, reißen, speisen und nun den Dreizack des Teufels preisen. Gesandte, Ernannte, Richter, Schlichter, Ulane, Kaplane, Ärzte und Apotheker, derbe Volkserwecker, Männer des Worts und Fahnenjunker, der Kaiser bezahlt Unglücksunker, die ihr Verbrechen gut ernährt, damit das Reich lange währt. Erst wenn alles zu spät ist, landen die Lügner auf dem Mist. Vorreiter und Avantgarde, Ban, Knez und Blaubart, Bauernfänger, Bauernführer, Betrüger, Diebe und Aufrührer, die Menschen hoffen auf Regen und Segen, Gesundheit und Geld und eine heile Welt, und bis zum Tag des Jüngsten Gerichts bekommen sie nichts. Katharina läuft entlang der Gemüsebeete, überall verstreut liegen die Gartengeräte, ihre Füße mit den dicken Schwielen tragen sie dorthin, wo gestern die Mädchen fielen. Welche Sünden büßen die Ärmsten ab, da unten in Đuro Šeatovićs gelöschtem Kalk, ihrem Grab? Das Fleisch löst sich von ihren Knochen, welche Untat wird damit gerochen, kein Seufzer dringt herauf; schnauf, Katharina, schnauf! Da stehen die im Geiste Armen, sie säten Hass und Verderben im Warmen und mordeten mit kaltem Blut, ab in die Kalkgrube mit der bösen Brut. Abdul Azis, Mula Jusuf, Bodin, Branimir und der vornehme Herr Branković, Maria Theresia und Jelena Gruba, Ludwig der Große, Tahi, sein Liebchen, Nadasdi, der eigensinnige Milutin, der Savojer und Miloš, Stefan und Dušan: Sie alle strebten nach Ruhm und Macht, und jetzt umfängt sie die ewige Nacht. Heroisch verreckt, von Kalk bedeckt, da liegen sie in dem Loch; warum nur wollten sie so hoch? Mächtige von einst, Tyrannen allgemeinst, hartherzig und feist, herrisch und dummdreist, die Grube ist für alle geweißt, der Kalk schlägt Blasen und blubbert, der einstige Glanz ist abgeschubbert. Tribune, Heerführer, Kommandanten, die sich in der Grube wiederfanden, sie hatten sich zu Herren aufgeschwungen, hatten Knechte und Helfershelfer gedungen, Abschaum sind sie, deren Stern gesunken, bärtige Schlächter ohne des Verstandes Funken, Neunmalkluge und Gefangene, Wesire, Paschas, Mitgehangene, Koryphäen aller Sparten, mit ihnen düngt man jetzt den Garten. Wer die Peitsche auf sich duldet, hat die Pein mitverschuldet, wer auf sich herumtrampeln lässt, dem ist die Qual ein Fest, er landet im selben Loch wie der, der ihn zwang ins Joch. Wenn der Tag sich neigt, Herr Đuro Šeatović, der kalt den Tod anzeigt. Schau, da geht Gott durch Grunt, es ist seine Stund'. Ignjat Lobo wird vom Engel geprüft, der prüft ihn ganz gewieft, so dass Lobo heult und schnieft, während der Tagelöhner ein Pfeifchen pieft, das noch Tage später in der Stube mieft. Der Himmelskönig zückt sein Schwert, die Sprache ist einen Krieg ihm wert, ist die Bestie erst von der Leine, fährt sie den Damen zärtlich zwischen die Beine, an Lahmen und Tauben er Wunder tut, bewundernswert ist vor allem sein Mut, er lässt nicht zu, dass man leidet und greint, dass man knurrt oder mault oder weint. Nur noch Hemd und Hosen bügeln, dann dürfen die Historiker klügeln, welcher Platz ihm in der Geschichte gebührt, die in seinem Namen wird aufgeführt. Der Hund wirft lange Schatten, der im Abendschein jagt Ratten und durch die Dornen geht, der Toten Grab ist beredt, der Hund aber bellt auf dieser Welt und anderswo nicht. Wenn Matijaš den Flachs bricht, gibt's pochiertes Huhn, der Besen darf nicht ruh'n, er muss ständig fegen, dann wird's nicht Eis noch Winde geben, und die Nacht bleibt stockfinster, die Armen aus bester Familie binden Ginster, solange Matijaš Flachs bricht. Nach dem Jüngsten Gericht weilen im Paradies nur ein paar alte Frauen, die auf die Erde schauen, dazu einige Krüppel und Chinesen, die sind zu kurz am Leben gewesen. Wer lebt, der irrt, schafft, macht und tut, nur ums Leben kümmert er sich nicht genug. Katharina sieht sie alle lebhaft vor sich, den Galus, den Frušić und Dživo Gundulić, Palmotić, Lucić, Filip Višnjić, die Cvijeta Zuzorić, sie spielen Flöte oder besingen die Morgenröte. Žefarović, Čunlinović und Marin Držić gehen ihren Weg, sie hopsen und springen, tanzen und singen und lassen die Gläser klingen. Tito Brezovački und Camblak entdecken ein Wrack, das einst ein Webstuhl war, der blinde Jeremija sieht Sonnenstrahlen, und Vuk geht ohne Stecken, doch mit Qualen. Sie alle überlegen, wie sie sich in den Paradiesgarten begeben, was sie dort erwartet und wie der Tag dann geartet. Da gibt es keine Steuern und Strafen, keine Krüppel und Grafen, weder Frost noch Hitze, nicht mal eine Pfütze. Die Popen bleiben in den Perikopen, die Bestien beißen Steuerbeamte fest in ihre Wampe, auch der Hostinek findet im Garten Eden seinen Fleck, Lobo und Rnjak schwatzen dort miteinander, Theodor streitet nicht und betrachtet Mäander, der Richter wähnt sich im grünen Walde, der Tagelöhner gähnt auf der güldnen Halde, die Mühlen mahlen, ohne dass Staub anfällt, kein Dreck den Anblick vergällt, es gibt nur den Tag und keine Nacht, kein Aufständischer greift nach der Macht, selbst der Kaiser lächelt fröhlich über sein blühendes Land, er hat das Paradies in seinem Reich erkannt.

LAURA, 1902

Lebendige Stadtansicht von Novi Sad, darin der herrliche Turm der Kathedrale, die orthodoxe Kirche, das Rathaus, die Häuser des Turnvereins und der Serbischen Akademie, die Synagoge sowie weitere wichtige Gebäude erhaben gearbeitet sind, täuschend echt, wenn auch aus Gips und Pappmaschee modelliert. Davor die Tische und Stühle des Restaurants Peri Fabri, das von Handwerkern und anderen gewöhnlichen Menschen besucht wird. Man hört das Küfen von Fässern, das Einschneiden von Gravuren, das Fegen von Schornsteinen, das Verzinnen von Kesseln, das Behauen von Grabsteinen, das Ausbessern von Dächern, die Aufräumarbeiten in einer Schlosserei, das Schleifen von Sägeblättern und Messern, die Herstellung von Sprudelwasser, die Maschinen einer Druckerei, ein Kornett beim Exerzieren, Klavierklänge, das Reparieren von Schuhwerk sowie die Stimmen der 30 270 Einwohner, davon 558 Soldaten, welche Ungarisch reden, 11 411 Römisch-Katholische und 9722 Orthodoxe, welche sich untereinander verständigen können, der Rest Evangelische, Reformierte, Unierte, Juden, Armenier und Sonstige, welche Deutsch, Hebräisch, Sonstisch sowie zum Teil in unverständlichen und unbekannten Zungen reden, mit Geheimzeichen und Rotwelsch, tsch und tch verwechselnd, schreiend oder auch stotternd. Verschiedene Menschen gehen vorbei. Wir haben jetzt Oktober 1902.)

EKFELD: Wohin des Wegs, Hinković?

HINKOVIĆ: Hierhin, dorthin. Wer seid ihr denn, die ihr da beieinander sitzt?

EKFELD: Wir sind ein Grüppchen Handwerkermeister und kleiner Firmeninhaber, teils sprechen wir über unsere geschäftlichen Angelegenheiten, teils pflegen wir bei dem einen oder anderen Gläschen die Geselligkeit.

HINKOVIĆ: Wer sitzt denn da bei Euch?

EKFELD: Hier hast du Đeno Forgač, der baut Fahrräder, Leopold Bernold, Bauschlosser, Đorđe Kluka, Harmonikabauer, meinen Nachbarn Stevo Kapamadžija, Kleidung für Kinder und Ältere, Nikola Rabstern, Likörfabrikant, und A. Cigler, Praktische Hilfen, allesamt feine Männer.

HINKOVIĆ: Gern würde ich euch auf ein Gläschen Gesellschaft leisten, auf dass wir über eure Gewerke reden.

(Đeno Forgač unterbricht das Aufpumpen des Pneus, den er im Schoß hält; Leopold Bernold lässt das Schloss ruhen, in dem er mit einem Messer herumstocherte; Kluka steckt die Mundharmonika in die Hosentasche, auf der er leise blies; Kapamadžija setzt sich die eben fertiggestellte Matrosenkappe auf den Kopf; Cigler klopft auf sein Bein, damit man hört, es ist aus Holz; Rabstern aber steht auf und erhebt im Namen aller ein mit gelblicher Flüssigkeit gefülltes Glas, dem Hinković, welcher inzwischen Platz genommen hat, zum Gruße.)

RABSTERN: Sehr zum Wohle!

HINKOVIĆ: Hätte man mir gestern gesagt, ich würde euch hier alle auf einem Fleck vorfinden, ich hätte es nicht für möglich gehalten!

EKFELD: Was gibt es da zu verwundern, wo wir uns doch immer bei Peri Fabri treffen. Hast du schon von dem Theaterstück gehört, welches wir bald aufführen und in dem ein jeder sich selbst spielt, ohne jede Verstellung? Und das zu wohltätigen Zwecken!

HINKOVIĆ: Wie das?

EKFELD: Sehr schön. Du bringst dein Naturell zum Ausdruck, und wenn es noch so hundsgemein ist, und dazu musst du etwas von deinem persönlichen Charakter hinzutun.

KLUKA: Sososooooooo man einen hahaaaaaaat.

HINKOVIĆ: Ich bin, wie ihr wisst, von Beruf Apotheker und auf dem Gebiet äußerst unbedarft. Ich habe eine Sehstörung im Sinne einer Kurzsichtigkeit.

EKFELD: Darum geht es ja gerade. Blinde haben stockblind, Dumme saudumm und Schläger schlicht bestialisch zu sein.

BERNOLD: Ich weiß nur nicht, welcher Narr sich so einen Schmarren anschaut.

EKFELD: Liebe Leute, das ist nicht unser Bier. Wir müssen nur die Seele eines gewöhnlichen Menschen zeigen, welcher ganz ungewöhnlich ist, und dafür in die Haut eines Mitbürgers kriechen beziehungsweise in unsere eigene. Das ist nicht schwer. Wer hätte in seinem Leben noch nie geschauspielert? Den möchte ich sehen.

RABSTERN: Muss ich mir Dreck ins Gesicht schmieren, damit man mir den Räuber und Halunken abnimmt?

EKFELD: Aber freilich. Wenn ihr weinen müsst, kneift euch verstohlen in die Wange. Wenn ihr einander Backpfeifen gebt, nehmt Rücksicht auf den Kollegen, denn es geschieht nur zum Scherz, welcher wie Ernst wirken soll.

BERNOLD: Wer die Gegenseite spielt, möge sich vor unmenschlichen Standpunkten hüten.

EKFELD: Was ist schon dabei? All das ist Schein, und die eineinhalb Stunden sollte man einfach genießen. Der Applaus ist der größte Lohn. Die Hochherzigkeit des Publikums vergilt man mit eigener Mühe. Und wenn einer den niedersten Pagen spielt: Seine Rolle ist von größtem Nutzen. Wer würde sonst durchstochen zu Boden gehen, zwölf Gläser auf einem Tablett hinaustragen oder der Herzogin den Brief bringen, welcher ihr bei der Entscheidung hilft? Selbst wenn dein Onkel am selben Abend an einer Erkältung verstirbt, du mimst die fröhliche Schwänin, welche sorglos auf dem See treibt. Wie oft tanzten große Sängerinnen mit gebrochenem Bein! Hör nur auf den Souffleur, nicht auf die Krakeeler vom Rang. Lasst euch nicht stören, selbst wenn ihr mit faulem Obst beworfen werdet!

KLUKA: Iiiiiiich krrrrrrrieg das als Eeeeeerster ab, so viel ist ausgemacht.

HINKOVIĆ: Wie soll ich eine Schwänin spielen, davon habe ich keinen Schimmer. Ich bin Apothekergehilfe.

EKFELD: Und das wird genügen. Es gilt lediglich zu zeigen, wie wir durch unsere Stadt spazieren und einander dies und das erzählen, egal, wie dumm die Bemerkungen sind.

BERNOLD: Aus denen besteht jedes Gespräch. Einer sagt dem anderen etwas, der andere antwortet oder auch nicht, und ein Dritter, den keiner gefragt hat, gibt seinen Senf dazu.

EKFELD: Genau.

BERNOLD: Und wenn du alles zusammenzählst, hast du nichts erledigt bekommen und es nirgendwohin geschafft und den ganzen Vormittag verschwatzt.

EKFELD: Und doch können selbst solche Narreteien einem, der noch dümmer ist als wir, lehrreich sein. (Räuspert sich, nimmt eine feierliche Pose ein, blickt Hinković durch seine dicken Brillengläser scharf an. Laut.) Also Hinković, wie läuft es im Apothekerhandwerk?

HINKOVIĆ (in derselben Manier): Kranke Greise und schwächliche Kinder sowie Frauen mit angegriffener Gesundheit betreten unser Ladenlokal, um Tropfen und Pillen zu kaufen, nehmen diese mit etwas Wasser ein und werden gesund.

RABSTERN: Der redet wie aus der Hüfte geschossen.

BERNOLD (fröhlich): Hören Sie, Hinković, habt ihr ein Teufelszeug gegen den Tripper auf Lager, mich juckt es schon seit drei Tagen?!

HINKOVIĆ: Gewiss. Jod-Lefekter-Sirup ist in diesem Fall das beste Mittel, vielfach bewährt.

KAPAMADŽIJA: Schneider tragen stets nur Lumpen, Schuster laufen barfuß herum und Wirte trinken ständig über den Durst. Was folgt daraus?

EKFELD: Dass einer, welcher Medikamente gegen den Tripper verkauft, selbst den Tripper hat. Das ist klar.

(Alle lachen, weil sich Lachen günstig auf die Beseitigung von Geschlechts- und sonstigen Krankheiten auswirkt.)

FORGAČ: Ich baue Fahrräder, alles andere interessiert mich nicht.

CIGLER: Ich stelle praktische Hilfen für Versehrte her. Das ist meine Welt.

EKFELD: Aber nur, bitteschön, bis die Katze auch euch gefressen hat!

FORGAČ: Wir sind ehrbare Handwerker, für so was haben wir keine Zeit. Die einen arbeiten, während andere auf der faulen Haut liegen. Jedem das Seine.

CIGLER: Wem ein Auge fehlt, ich habe die besten Glasaugen in allen Farben, und die, welche schlecht sehen, finden bei mir Augengläser in jeder Dicke.

EKFELD: Du solltest eine Anzeige schalten, damit jeder Interessierte augenblicklich davon liest.

HINKOVIĆ (setzt verschämt seine Brille mit erheblichen Dioptrien ab, zieht ein ordentlich geplättetes, kariertes Taschentuch aus der Hosentasche und putzt damit gründlich die zuvor behauchten Gläser): Wie kann einer, dem ein Auge fehlt, lesen?

EKFELD: Mit dem anderen. Indes, niemand sollte ohne vorherige Uhren- und Zeitkontrolle eine Reise antreten. Was hören wir da, Hinković, Sie bereiten sich auf eine weite Reise vor?

HINKOVIĆ: So ungefähr.

RABSTERN: Ich dachte, Reisende reisen und Apotheker arbeiten in Apotheken.

HINKOVIĆ: Es sei denn, es geht um gefährliche Stoffe, etwa um Gifte, bei denen es nicht angeraten scheint, sie in die Post zu geben, die man vielmehr persönlich in Empfang nehmen sollte.

EKFELD: Eigentlich sollte jeder nach seinem Beruf benannt werden. Dass Kapamadžija Kappen herstellt, ist so betrachtet in Ordnung.

BERNOLD: Wohl wahr. Nehmen wir zum Beispiel unseren Đorđe Nota, Herrenoberbekleidung. Ich bedaure, dass der genannte Kollege nicht anwesend ist, man sähe sofort, wie meisterlich derselbe stets den richtigen Ton trifft. Das ist viel wert.

EKFELD: Und nun, Hinković, hör mal. Springt für dich auf diesen deinen Reisewegen was in der Hinsicht raus, du weißt schon?

BERNOLD: Nana, bumsfallera, als ob er's dir sagen würde.

RABSTERN: Der Mann will wissen, ob du in hübschen Zimmern kommst.

HINKOVIĆ: Pharmazie ist das Eine, Kavaliersein etwas anderes, beides geht nicht zusammen.

(Auftritt Karl Zander, der neue Inhaber des Peri Fabri, welcher das Restauranthotel ordnungsgemäß gekauft und die Grunderwerbsteuer im Voraus bezahlt hat; er balanciert mit der einen Hand ein Tablett, auf welchem zwölf Gläser schaumigen Bieres stehen, mit der anderen ein Backblech, auf welchem ein ganzes Spanferkel mit einem Apfel im Maul und einer kleinen grünen Paprika im After liegt.)

ZANDER: Stets zu Euren Diensten!

BERNOLD: In Anbetracht der Situation müsstest du dich Laster-Zaster nennen, nicht wahr, Leute?

RABSTERN: Also wirklich, jetzt müssen wir auseinandergehen, wenn wir vor dem Mittagessen noch etwas geschafft kriegen wollen.

EKFELD: Liköre gibt's hier auch, dafür musst du nicht in deine Panschbude.

RABSTERN: Aber ich muss doch sehr bitten, Herr Kollege!

ALLE: Na, na! Das ist doch nicht der Rede wert! Wer arbeitet, macht Fehler! Dagegen ist keiner gefeit!

RABSTERN (setzt dennoch den Hut auf sein kluges Köpfchen, geht ab): Bitte, bitte, nichts für ungut!

EKFELD: Darauf habe ich nur gewartet. Endlich kann ich euch von seiner Nichte erzählen, was die in der Apotheke macht.

CIGLER: Die Bankangestellte?

EKFELD: Ebendie, die mit den Pickeln, und eben wegen der Pickel traf ich sie ja beim Apotheker an.

HINKOVIĆ (dienstlich): Wer die Dienste einer Apotheke in Anspruch nimmt, ist im Sinn des Weitererzählens geschützt! (in verändertem Tonfalle) Und was passierte dann?

BERNOLD: Und wenn schon, der bricht davon schon kein Zacken aus der Krone, hat ja keine.

EKFELD: Also das war so. (Feierlich) Regina Rabstern, Angestellte der Zentralen Kreditanstalt, betritt die Apotheke J. Grosingers am Franz-Josef-Platz 1.

(Auftritt Regina Rabstern, im Gesicht rote Flecken, altjüngferlich gekleidet, Stift und Block in der einen, kleiner Abakus in der anderen Hand.)

HINKOVIĆ (im weißen Kittel): Womit kann ich dienen, verehrtes Bankfachfräulein?

FRL. RABSTERN: O Schreckensstunde und Schicksalsschlag. Mein Gesicht pockig wie Krötenhaut. Geben Sie mir was dagegen, ich flehe Sie an!

HINKOVIĆ: Bei Ihrem gesegneten Teint? Glatt und weiß wie Papier. Was wollen Sie mehr?

FRL. RABSTERN: Lügner und berüchtigter Charmeur obendrein! Bilden Sie sich ein, Sie könnten mich hinsichtlich meiner widerwärtigen Pausbacken täuschen? Mich führt keiner hinters Licht!

J. GROSINGER (mit Klistier in der einen und einer Packung Pulver gegen Küchenschaben in der anderen Hand): Zeig mal, Kleine!

HINKOVIĆ: Aber Chef!

J. GROSINGER: Harter Schanker! Omphalitisches Nässen, weißer Ausfluss und Lues! Sieht man auf den ersten Blick! Fass mich nicht an! Hinković, geben Sie ihr sofort den Irrigator, dann soll sie in Gottes Namen verschwinden, sonst steckt sie uns an. Ich habe Kinder!

(Frl. Rabstern fällt in Ohnmacht, geht dann ab in ihr Kontor.)

KAPAMADŽIJA: Mein Gott, der hat sie aber auf seine Art geehrt!

EKFELD: Man erkennt sofort den vornehmen Herrn!

KLUKA: Allerlerlerlerdingxssss.

BERNOLD: Doch mit allem Recht. Apotheken dienen nicht zuletzt dazu, so manchem den Kopf zu waschen!

FORGAČ: Von wegen! Die vergiften einfach ihre Kunden und knöpfen ihnen dafür auch noch Geld ab!

HINKOVIĆ: Wo wir schon bei dem Thema sind, ich war unlängst in der Sparkasse, um Geld für die Reise abzuheben.

EKFELD: Ah, das ist die nächste Geschichte. Wir sind ganz Ohr!

(Hinković geht zum Schalter von Frl. Rabstern.)

HINKOVIĆ: Bitte untertänigst um Vergebung für den unerfreulichen Vorfall in unserer Apotheke.

FRL. RABSTERN (fächelt sich mit einem Bündel Banknoten Luft zu, pflügt mit den lebhaften Zehen ihres nackten linken Fußes durch am Boden verstreute Goldstücke): Keine Ursache, wir haben hier mit Schlimmerem zu kämpfen!

LAZAR MILOŠEV (mit Gerte und Reitstiefeln): Sollte einer versucht sein, sich eingelegte Fremdgelder anzueignen, der wisse: Dafür setzt es Prügel. Der bekommt es mit dem Institutsleiter höchstpersönlich zu tun, das heißt mit mir!

DR. ILIJA VUČETIĆ: Ich als Vorsitzender unterschreibe, dass der Herr Institutsleiter im Recht ist. Das ist Geld, kein Schlamm! Ich werde sofort den Verwaltungsrat einberufen, dann werdet ihr euer blaues Wunder erleben!

(Die Mitglieder des Verwaltungsrates des Zentralen Kreditinstituts, die Herren Stefanović, Varađin, Velimirović, Plavšić und Petrović kriechen mit Linealen in der Hand unter den roten Rockschößen ihres Vorsitzenden hervor. Man hört das Umblättern von Multiplikationstabellen mit dem kleinen und dem großen Einmaleins.)

LAZAR MILOŠEV: Schon besser!

(Knallt mit der Gerte über den Köpfen der Bankangestellten Frls. Čaklović, Peler, Mučić, Šajković, Hirschl, Rabstern, geht in den Kassenraum und wirft die Tür hinter sich zu.)

HINKOVIĆ: Wirklich, juckt es Ihnen nicht manchmal in den Fingern, Frl. Rabstern, wo bei Ihnen so viele Geldstücke durchlaufen?

FRL. RABSTERN: Aber nein, Herr Hinković. Das sind Fremdgelder, mit denen ich nichts zu schaffen habe, ich zähle sie nur.

HINKOVIĆ (verschlagen): Auf den Scheinen steht nicht, wem sie gehören.

FRL. RABSTERN: Das ist richtig. Aber wir führen ein Buch mit dem vollständigen Verzeichnis aller eingezahlten Vermögenswerte, in dem keinerlei Unstimmigkeiten auftreten dürfen.

(Stimme geht im Rauschen von Münzen unter, die in ein hohles Gefäß geschüttet werden.)

SOKOL LAJČO (im Gewand eines Handlungsreisenden für Broschüren, Haarspangen und anderes): Was das Buch betrifft, es gibt bessere!

(Lajčo reicht Hinković ein Heft mit rosafarbenem Einband, auf den eine hübsche Frau, die auf einer Registrierkasse sitzt, gemalt ist.)

SOKOL LAJČO: *Vollständiger Anzeiger der in Kreditinstituten veruntreuten Gelder, unter Angabe sämtlicher Möglichkeiten, die durchtriebensten Bankiers zu hintergehen*, ein Handbuch, verfasst von einer Autorengruppe. Na? Was sagen Sie dazu?

(Hinković nimmt das Heft mit angeekeltem Gesichtsausdruck und Anerkennung im Herzen.)

HINKOVIĆ (mit Emphase): Hätte ich eine Million Kronen, ich wäre reich!

SOKOL LAJČO: Auf der Welt gibt es die mit und die ohne Geld, also Reiche und Arme. Geld, vor allem Papiergeld, ist eine anonyme Materie, welche für sich genommen keinen Wert hat. Doch die aufgedruckten Zahlen bestimmen, was man im Sinne von Einkäufen als Gegenleistung für diese Staatspapiere konsumieren kann.

REGINA RABSTERN: Ich erstand einen Irrigator zur Bekämpfung körperlicher Ausdünstungen.

SOKOL LAJČO: Ein Geldschein mit höherem Zahlzeichen ist stets besser. Je mehr Geld man hat, desto mehr kauft man, nicht umgekehrt.

HETI GRIN (in Lumpen gekleidete Greisin, auf dem Kopfe eine

Krone aus puren Diamanten): Das ist gelogen. Zeitlebens gehe ich in Zeitungspapier gewickelt einher, esse acht Tage alten Kartoffelpaprikasch und wurde zur reichsten Frau der Welt, weil ich niemals etwas gekauft habe.

HINKOVIĆ: Geld ist das Kennzeichen menschlichen Wohlstands. Hätte ich Geld, könnte ich die Stelle des Laboranten und Einkäufers der Apotheke J. Grosinger aufgeben und dem Inhaber »Hau ab!« an den Kopf werfen statt der ganzen Höflichkeiten. Aber Geld ist auch nicht alles!

ROTHSCHILD (sitzt rittlings auf einem riesigen Geldsack, nagt an einem Truthahnschenkel und rülpst): Ich bin stinkreich, ich habe nichts gegen Geld.

KAPAMADŽIJA: Sackzaster!

HINKOVIĆ: Wenn ich reich wäre, würde ich Bedürftige, Wohlfahrtsvereine und blinde alte Frauen unterstützen und darüber hinaus bei Veranstaltungen singen.

FRAU SAVKA SUBOTIĆ (hält ein Buch hoch über den Kopf): Gott gebe guten Seelen ein langes Leben! Das ist unerlässlich für unsere Aktion Bekleiden der Unbekleideten und Waschen der Ungewaschenen. Und danach werden wir zur Bildung der Bedürftigen im Sinne der Wissenschaften übergehen.

EKFELD: Und jetzt, Hinković, geben Sie uns die Broschüre, auf dass auch wir uns ein wenig darüber unterrichten, wie wir zu Geld kommen!

AUFSEHER (mit verbundenen Augen, in der Hand eine Waage vom Fischmarkt; in den Waagschalen winden sich zwei ungefähr gleich schwere Fische): Wir wollen einen Blick in das Buch werfen! In welchem Verlag ist es erschienen?

KLUKA: Hiiiier schttteht's!

KAPAMADŽIJA: Gebrüder Popović, welche mit aller Gewalt lehrreiche Dinge unters Volk und andere Leute bringen.

AUFSEHER (die Binde über einem Auge hochschiebend): Haben die eine Genehmigung?

GEBRÜDER POPOVIĆ (am Rücken zusammengewachsen wie siamesische Zwillinge): Wir sind Druckerbrüder. Wir drucken, was mit winzigen Lettern gesetzt wurde und durch uns großes Gewicht bekommt. Das Einzige, was wir brauchen, ist, dass sich einer, welcher stark und schwer ist, obendrauf setzt, wenn wir keine Wackersteine zur Hand haben.

EKFELD: Das ist doch das Richtige für Đorđe Kluka, wenn er seine Klavierhandlung auflöst.

KLUKA: Aaaein Wwwwunderllllling bin ich abbbbeber nicht!

AUFSEHER: Also was ist? Kann ich das verbotene Buch kriegen, mir darauf den Harn abschlagen und es anschließend auf den Scheiterhaufen werfen, wo es hingehört?

EKFELD: Ich werde Ihnen eine Brille schenken, damit Sie besser sehen!

AUFSEHER: Wer hat was von Lesen gesagt? Ich lese nicht, ich bin der Arm des Gesetzes, der Vollstrecker des Rechts, rechtgläubig, rechtschaffen, rechtmäßig, rrrrrr! Ich trage Soutane, Toga, ich urteile über richtig und falsch.

BERNOLD: Was haben wir damit zu schaffen?

HINKOVIĆ: Meine Herren, wer sind wir?

EKFELD: Ehrbare Handwerker, und privat, das geht keinen was an!

KAPAMADŽIJA: Was wir mit unseren Händen schaffen, das verkaufen wir auch.

ENGEL DER KAUFLEUTE (mit Füllhorn unterm Arm und Merkurs Kopfbedeckung, an den Knöcheln der nackten Füße Flügelchen, die über den Wolken schweben, die Arbeit seiner Kaufleute, Fabrikanten und Viehhändler fröhlich lächelnd überwachend): Her damit, wir wollen sehen, wer was warum verkauft!

HINKOVIĆ: Austausch von Gütern!

BERNOLD: Wie ich dir, so du mir!

RABSTERN: Wir verkaufen unter den Gestehungskosten! Ehrenwort! Nur für Sie. Aus besten Materialien. Das bekommen Sie nirgendwo sonst. Unzerstörbar! Unverwüstlich! Das überlebt Sie! Wir machen Verlustgeschäfte! Die Preise steigen überall, nur nicht bei uns!

DIE DAME, DIE HULDVOLL GEWÄHRT: Darf ich sämtliche Regale durchwühlen und unverrichteter Dinge von dannen ziehen?

GESCHÄFTSMANN: Ich kaufe unbesehen. Ich habe Vertrauen!

ENGEL DER KAUFLEUTE: Also bitte! Wer verkauft hier was?

EKFELD: Ich handele mit werthaltigen Uhren, die zeigen mindestens zwei Mal täglich die richtige Zeit!

CIGLER: Ich verkaufe Ersatz für das eine wie das andere Auge!

HINKOVIĆ: Ich Tropfen gegen Tripper!

KLUKA: Ichhhhhhhhh Trööööten!

ROĐO: Ich mein schönes Vaterland!

JUD: Ich meine Großmutter, meinen Hintern, meinen kleinen Finger, den ich mir in der Tür zum Kassenschalter eingeklemmt habe!

EKFELD: He, ist den Herren die unrühmliche Geschichte vom Verkäufer eines kostspieligen Hundes bekannt, der immer wieder zum Verkäufer zurücklief und neuerlich veräußert wurde?

HINKOVIĆ: Es gibt Personen, die die eigene Mutter verkaufen würden, egal, wie lieb sie sie haben!

FRAU KEREČKI: Wir haben keinen einzigen Händler unter unseren Vorfahren, und das kann uns nur zur Ehre gereichen!

FORGAČ: Verfluchtes Geld als allumfassendes Fundament!

ENGEL DER KAUFLEUTE: Alle Welt im ständigen Austausch, Umtausch und Suchvorgang! Die einen verkaufen den anderen dies, die anderen den einen das. So dreht sich die Welt. Lotterietrommel. Sei gescheit, so wirst du nicht hintergangen!

TRÜBGOTT V. LIQUIDATO: Ich hab mich an den Bettelstab gebracht! Verkaufte mit unbestimmtem Zahlungsziel, musste leicht verderbliche Ware abschreiben, weil sie als Diebesgut in Gewahrsam kam, und dann wollte sie keiner mehr. Verschütteter Essig. Ranziges Fett! Die Verpackung mehr wert als der Inhalt! Rechnen tut sich allein der Verkauf geklauter Waren, die einen nichts kosten. Da kann man nach Herzenslust Preisnachlässe gewähren und macht immer noch satte Gewinne! Einnahmen ohne Ausgaben! Ein Blinder ist und bleibt blind!

EKFELD: Jeder Ehrenmann, der bankrottiert, schreibt sein Testament, vermacht sein Minus darin dem Staat, nimmt ein Gewehr und erschießt sich!

(Liquidato greift nach einer Spielzeugpistole, klemmt den Lauf zwischen die Zähne und drückt ab; fällt unter verhaltenen Zuckungen zu Boden.)

EKFELD: Genau so!

CIGLER: Jeder von uns bemüht sich, eine Sache oder ein Gerät kunstgerecht herzustellen, und die kritzeln nur was aufs Papier und streichen dafür ein hübsches Sümmchen ein.

HINKOVIĆ: Auch das hat eigene Tücken. Ein- und Überträge und die Wahl der richtigen Spalte sind im Rahmen eines einzigen Kontors zu erledigen. In Russland arbeiten Kopisten auf einem Bein stehend. In Amerika werden diese Arbeiten vermittels besonderer Maschinen erledigt. Man spricht in eine Röhre, und schon steht alles da. Bei uns schreiben nur einige Menschen, die anderen kennen nicht alle Buchstaben.

KORRESPONDENTIN: Ich kenne alle Buchstaben bis auf einen, ich weiß nur nicht, welchen.

EKFELD: Und wenn ein Mensch Sie fragt, was eigentlich in diesen Schriftstücken steht und warum?

KOPIST: Es wird wohl jemanden geben, der es weiß. Aber wozu sollte ich es wissen wollen? Ich bin ein Krümel. Ein Schräubchen in einer großen und obendrein ungeölten Maschine. Ein kleines Rädchen. Ein Mosaiksteinchen. Ein Nichts und Niemand. Ich habe keine Ahnung. Stets war ich bemüht, möglichst wenig Tinte zu verbrauchen. Meine Feder hält Monate. Als kämen die Sachen aus der Apotheke. Eine Grille von mir, dass ich mir so viel Mühe mache. Wird es mir einer danken? Was ist der Mensch? Heute bist du, morgen bist du nicht. Das gibt es nur bei uns. Gott bewahre. Bin ich aus Eisen? Gehört mein Kopf der Gemeinde? Bis das Maß voll ist, bis ich mit der Faust auf den Tisch haue und neue Saiten aufziehe! Man wird mich suchen, aber nicht finden! Größere Narren gibt es nirgends. Keiner fragt danach, wie es mir ergeht. Ich darf schuften und verrecken, Hauptsache, ich tanze nach ihrer Pfeife. Das Leben widert mich an. Das Leben ist grausam. Gibt es einen einzigen glücklichen Menschen? Wenn du reich bist, hast du ein Holzbein. Wenn du gesund bist, wird deine Frau verrückt. Geht alles nach Wunsche, ertrinkt dein Kind im Fluss. Immer fehlt etwas. Leeres Leben, leere Tage! Es ist nicht mehr wie früher! Nicht annähernd!

FORGAČ: Was hast du denn zu meckern? Wer hat dich gefragt? Quengelbengel. Du merkst doch nicht einmal, wenn du gegen die Wand redest. Stumpferding, damischer Bauer!

(Auftritt kleiner Mann, 60 Zentimeter groß. Alles an ihm ist zu kurz, die Hosen ebenso wie die Sätze, redet leise, kaum hörbar.)

LILIPUTANER: Die kleinen Leute träumen, die Großen entscheiden. Uns bleiben nur kleine Träume. Geträumt in kleinen Betten, und zwar sehr schmutzigen. Dabei ist so manche Größe klein und umgekehrt mancher Winzling groß. Die Ungerechtigkeit unausrottbar. Es gibt keinen Gott. Als hätte ich Gott gesteinigt. Was ich auch anfasse, es verdorrt, selbst die grüne Fichte da. Bei den einen läuft alles wie geschmiert, die leben wie Maden im Speck. Den anderen bleibt nichts. Glückspilze. Finden Beutel voller Geld in der Gosse, heiraten reiche Erbinnen und ziehen überdies den Hauptgewinn in Form eines lebenden Ferkels. Das nennt man ein glückliches Händchen! Hundert Jahre müsste ich spielen, um drei-, viermal den Einsatz herauszuholen. Lotterien sind Unternehmen, die Unglücklichen zu schröpfen. Abonniert auf Erfolg. Dieses Glück habe ich nicht.

EKFELD: Selbst wenn du das große Los der königlich-kaiserlichen Lotterie zögest, könntest du nichts damit anfangen.

BERNOLD: Wer wüsste das nicht? Flegel sind unersättlich. Sie überfressen sich an Cremetorte nach unfreiwilligem Fasten und krepieren!

FLEGEL: Wir sind bedauernswert, wir haben nichts.

EKFELD: Wozu auch!

Flegel: Wir haben keine Chancen. Die Bescheidenheit bringt uns um. Wir verstecken uns vor allem. Wir stehen in der Ecke. Halten uns fern von den Stürmen des Lebens. Wollen um keinen Preis auffallen. Dafür sind wir nicht bestimmt. Egal, was du tust, am Ende läuft es auf eins hinaus.

KAPAMADŽIJA: Warum wundert ihr euch dann? Seid froh, dass ihr was zum Beißen habt!

BERNOLD: Und könntet ihr nicht im Hinblick auf die Hygiene ein wenig unternehmen, euch zum Beispiel waschen?

STINKER: Wer schert sich um Äußerlichkeiten? Unsere Seelen sind reicher als alle Geldbeutel der Welt. Wir strahlen, auch wenn wir infolge Unreinlichkeit unliebsame Duftmarken hinterlassen. Gestank verfliegt, Gedanken bleiben. Alle großen Geister stanken.

HINKOVIĆ: Handtuch und Seife! Wasser bringt dich nicht um!

(Hinković und die anderen Meister waschen Stinker mit allen Wassern, salben und kämmen ihn. Stinker steigt wiedergeboren aus dem Zuber.)

EKFELD: Ein neuer Mensch! Gott bewahre uns vor dem alten! (Hilft ihm in ein goldenes Jackett.) Kleider machen Leute! (Kapamadžija setzt Stinker eine Mütze mit dem Wappen der ungarischen Marine auf.) Und Mützen!

(Auftritt L. Dunđerski, König des Gewerbefleißes, Reichtums und Detailhandels mit allem, was es gibt. Auf seiner ausgestreckten rechten Hand balanciert er das Modell eines Kohlebergwerks, über dem sich eine wunderschöne Fabrik erhebt, deren Schornstein im Turm einer Kathedrale mündet, in dem die Glocken Sturm schlagen. Am linken Arm baumelt eine riesige Tasche, halb offen, voller Geldbündel, Brillanten, Schmuck, Uhren, Orden, vergoldeter Waffen, Alben mit weltweit nur in einem Exemplar erhaltenen Briefmarken, Aktien aller Weltkonzerne, die erst Mitte des zwanzigsten Jahrhunderts an der Börse gehandelt werden, kompromittierende Abschriften durch Geheimagenten königlicher Liebesbriefe an die Kaiserin, Pläne zur Eroberung Europas durch südamerikanische Mächte und Außerirdische, und aus dieser Ansammlung von Kostbarkeiten lugen da und dort die eine oder andere faule Zwiebel, zermatschte Radieschen und eine angeschimmelte Aubergine hervor, die das Lieblingsfrühstück des Herrn sind.)

BERNOLD: Wenn einer allen Grund hat, auf seiner Arbeit Früchte stolz zu sein, dann dieser Mann. Schon als kleiner Junge, vor gut vierzig Jahren, hatte er eine Vision!

(Rabstern junior in der Rolle des barfüßigen Jungen mit Rotznase und der Rute eines Gänsehirten in der Hand. Am Horizont glitzern täuschend echt eine Fabrik, ein Bergwerk und eine Bank, aus der das Geld herausquillt.)

RABSTERN JUNIOR (als reicher Mann): Oho, was ist denn das?

BERNOLD: Die Vision zeigte dir, was du in schweißtreibender, aber lohnender Anstrengung erreichen konntest. Mit unermüdlichem Fleiße, festem Willen und Energie hast du alles auch wirklich geschaffen: Deine Vision ist in dieser riesigen Fabrik Realität geworden.

(L. Dunđerski räuspert sich vernehmlich.)

CIGLER: Wer von Gott bedacht wurde, der wurde bedacht!

FORGAČ: Ich bin auch mit dem zufrieden, was ich besitze. Für mich und meinen Gaul! Trockenes Brot und dass die Kinder aus dem Haus gehen. Genug.

EKFELD: Ein erfolgreicher Mann, einer, der hervorsticht, ist ein König, im Unterschied zum Bettler, der für einen halben Heller im Staub kniet.

(Auftritt Kaiser und Bettelmann. Der Kaiser ist ein dicker alter Mann mit einer Maske vor dem Gesicht, auf der ein gemalter Jüngling lachend für die Barbierdienste von Eugen Matula wirbt. Der zerlumpte Bettelmann geht infolge eines amputierten Beines an einer Krücke, im letzten Krieg wurde ihm der halbe Kopf von einer Granate weggerissen. Der linke Ärmel hängt schlaff an der Seite herunter.)

EKFELD: Unser Kaiser ist ein schöner Bursche, dem der Bettelmann in keiner Hinsicht das Wasser reichen kann. Der Bettler, den Sie sehen, hat keinen einzigen Zahn im Mund und verdaut abgestandenes Essen – was der Hund gekriegt hätte, wäre er nicht zufällig mit seinen Krücken vorbeigehumpelt gekommen –, deshalb nur sehr schlecht. Im Unterschied dazu hat unser aller Kaiser alle vierundsechzig Gold- und Diamantzähne im überklugen Kopfe, demzufolge beißt er leicht und frohgemut in die frischen, duftigen Früchte seiner Gärten, also etwa Stroh, Weizen, Hafer, Brennnesseln, Gras, Mais, Minze, Trauben, Birnen, Äpfel, Pflaumen, Blätter, junge Triebe und Baumrinde, er zerkaut spornstreichs gar köstlich zubereitetes Wildbret wie Rehe, Bären, Hasen, Ricken, Kitze, Igel, Vipern, Kühe, Schafe, Hühner, Wäscherinnen, Diener, Knechte, Steuerbeamte, Vorsteher, Wärterinnen, Schließer, Popen und Notare, welches er mit eigner Hand erlegte, darüber hinaus auch zahlreiche süße Torten, welche er höchstselbst mit viel Können und nach Rezepten aus aller Herren Länder in seiner sehr geschmackvoll und luxuriös gestalteten, geräumigen Küche backt. Der Bettler ist ein Mann, der stets barfuß geht, während der Kaiser sehr teure Schuhe aus Kinderhaut trägt und über die Hände weiße Handschuhe aus der Unterhaut von Jungmädchenbrüsten streift, während der Bettler nichts dergleichen besitzt. Tag für Tag sehen wir derartige Bettler, denn Bettler wissen weder, wohin sie gehen sollten, noch haben sie eine Bleibe, in der sie bleiben könnten, und ihnen fährt auch nichts anderes durch den Kopf, als zu betteln und Maulaffen feilzuhalten, wohingegen wir den Kaiser nie zu Gesicht bekommen, weil er seit tausend Jahren in seinem Schlosse wohnt, und so kennen wir ihn nur aus den Erzählungen derjenigen, die ihm in ihrer Weisheit zur Seite stehen. Derlei hat sonst keiner!

RABSTERN: Aber es hat sich wohl herumgesprochen, wie krank der Alte ist. Einer unserer glaubwürdigeren Landsleute war dort und sagte, es sei bald aus mit ihm. Seit über drei Monaten hat er sich nicht mehr in der Öffentlichkeit gezeigt. Er empfängt niemanden, er hält keine Reden. Fürchtet Gott, würde ich meinen. So viel ist sicher. Unser Landsmann. Augenzeuge. Erfuhr es von einem, welcher nahe daran ist. Alles sickert irgendwann durch. Die da können ihn nicht aus Wachs nachmachen, wenn er kalt ist. Keiner lebt ewig. Das wird ein Schauspiel, wie die da sich jetzt rumdrehen und unsere Landsleute werden und obendrein behaupten, nie was anderes gewesen zu sein. Einmal Hure, immer Hure. Da achte ich die Unglücklichen höher, die sich für ein Stück Brot verkaufen. Zwinkern mit den Äugelein und haben hinterher wenigstens was zu beißen. Aber die? Die hatten doch alles! Der Mensch kriegt den Hals nie voll. Der Mensch ist verflucht. Wenn es dem Esel zu gut geht, fährt er Schlittschuh auf dem Eis, bis er sich den Hals bricht.

BERNOLD: Aber er ist gesund, verrückt ist er geworden, habe ich gehört. Zieht kurze Kleidchen an und geht sogar manchmal ganz ohne herum, reitet auf Schaukelpferden und brüllt ungarische Kommandos, die er selbst nicht versteht. Ließ angeblich eine Ordonnanz erschießen, weil der Tropf das kleine Einmaleins nicht aus dem Kopf hersagen konnte. Das sind die Flausen der großen Leute. Er kann sich jede Idiotie erlauben. Und alles auf unsere Kosten. Es heißt, er könne nur essen, wenn eine nackte Türkin auf seinem Tisch tanzt. Weibliche Personen sperrt er ins Badezimmer, steckt einen Schlauch durchs Schlüsselloch und lässt giftige Gase einleiten, bis sie halbtot sind. Und lacht sich dabei selbst halbtot. Würde einer von uns das machen, hätte jeder alles Recht, ihn mit einer Wäscheleine aufzuknüpfen. Und auf den Bildern sieht er aus, als könnte er keiner Fliege etwas zuleide tun. Kann man sich nicht vorstellen.

EKFELD: Ich habe die Ersten wie die Zweiten wie die Dritten über. Einer wie der andere! Denken nur an sich.

FORGAČ: Worüber beschwert ihr euch? Einer muss das Kommando geben! Schuster, bleib bei deinen Leisten. Ich verstehe mich auf Fahrräder, und der Kaiser regiert. Das war nie anders und wird nie anders sein. Wir sind nicht klüger als andere. Kein Grund, zu jammern und sich selbst über den grünen Klee zu loben. Recht des Stärkeren. Auf immer und ewig.

RABSTERN: Na aber, die können doch nicht alles mit uns machen. Wir müssen doch auch gefragt werden. Wir sind doch auch wer. Ich komme schließlich nicht aus der Gosse. Warum sollte ich jemandem gestatten, mir auf dem Kopf herumzutanzen?

Jeder ist im eigenen Hause Kaiser. Was ich daheim sage, wird gemacht.

BERNOLD: Genau, das habe ich schon einmal wo gelesen. In der Rubrik Unmögliche Nachrichten und erlogene Vorfälle.

RABSTERN: Ehrenwort. Meine Frau ehrt und achtet mich. Meine Familie bekommt alles von mir im Rahmen meiner Möglichkeiten. Schließlich heiße ich nicht Rothschild.

(Siegestrunken springt Rabstern junior im Matrosenanzug laut schreiend auf einem Bein durch die Andrássy-Straße, leckt an einem Lutscher und treibt mit der anderen Hand einen Reifen.)

KLUKA: Ddadadadeder Thronfffffolger!

RABSTERN: Treibst du dich schon wieder auf der Straße herum, statt fleißig über den Büchern zu sitzen und den Unterrichtsstoff zu vertiefen!

FRAU RABSTERN (rennt in Hauskleid und Pantoffeln hinter dem Kind her): Mein armes Kind! Wenn es schwitzt, wird es sich erkälten und binnen sechs Wochen an der Schwindsucht sterben! Verbrüht sich an kochend heißem Wasser! Bricht sich ein Bein! Wird von einem Fuhrwerk überrollt! In die Donau geschubst und ertrinkt. Kriegt ein vergiftetes Bonbon zugesteckt! Kinder sind die Pest! Zur Unzeit! Große Freude, aber auch gewaltige Sorge. Mein Fleisch und Blut, hat aber seinen eigenen Kopf! Glücklich die Unfruchtbaren! Der Mann präpariert in Alkohol, und das Kind rennt auf die Straße.

BERNOLD: Wo willst du hin, Kleiner? Schau, schau! Hört dich der Papa? Lass dich in die Backe kneifen! So! (Kneift ihn in die Wange.) Er lebe hoch! Ganz der Vater! Mutters Augapfel! Und die Locken? Von der Tante? Oder hat dich der Storch gebracht? Wann wirst du heiraten? Nicht mehr lange, und dir wächst ein Bart. Wen magst du lieber: Mama oder Papa? Mamasöhnchen, was sonst. Warum bestellst du bei deinen Eltern nicht ein Schwesterchen? Mit dem könntest du herrlich spielen. So ein hübscher Junge und allein, das geht doch nicht. Hast du einen Reifen, einen Ball und das Maharadscha-Spiel? Frag deine Mutter unverzüglich danach. Wem sonst soll sie es geben, wenn nicht dir. Hast du Hund und Katz und Papagei?

FRAU RABSTERN: Wissen Sie, was der alles weiß! Wo dem Häschen seine Tränke ist, wo Mama ihren Verstand hat und wo es brennt. Er wird mit fünf eingeschult, zählt in seinem Alter schon bis fünf, nur jetzt aus Trotz nicht. Ein Dickschädel mit blühender Fantasie. Redet im Schlaf. Kennt jedes Tier am Wege und weiß, wie welches wiehert, schreit oder knurrt. Hat er sich selbst beigebracht, ich kann nicht sagen, wann und wo er das alles aufgeschnappt hat. Manchmal bekomme ich richtig Angst, weil er so klug ist. Helle wie der Papa, schön wie die Mama. Nur sehr lebhaft. Reinstes Quecksilber. Kann keine Minute stillsitzen. Das ist das Alter.

RABSTERN JUNIOR: Ich will Boot fahren oder mit dem Fahrrad!

FRAU RABSTERN: Um Himmels willen!

FORGAČ: Da hat der Onkel was für dich. Kleines Kindervelo mit Stützrad. Wunderbare Sache. Was wäre heutzutage ein Mann, ob klein, ob groß, ohne Veloziped oder Fahrrad jeder Art? Selbst Könige fahren auf Zweirädern, und Sarah Bernhardt, die Königin der Pariser Bühne, ebenfalls, wenn auch wegen ihrer überlangen Robe mit großer Mühe. Zum Rad verkaufen wir dem Kunden geschmackvolle Klammern für Hosenbeine und Röcke, damit sich diese nicht verfangen.

KLUKA: Mmmmmichhch bringttt kekekekeiner auf so ein Dinggg, nnnnicht im Tetettrrraum!

BERNOLD: Du bräuchtest zweie, anders geht's nicht.

FORGAČ: Auf diese Weise verdoppelt und verdreifacht der Mensch die Geschwindigkeit seiner Fortbwegung. Wer hätte je an eine solche Erfindung gedacht. Triumph der Mechaniker. In einigen Ecken der Welt wissen sie noch nichts davon.

FRAU RABSTERN: Aber Sie verschweigen, wie viele junge und unschuldige Personen infolge unglücklicher Stürze vom Zweirad verstarben.

HERR RABSTERN: Wenn man mit dem Kopf voran vom Tisch fällt, stirbt man auch! Das ist Schicksal.

KLUKA: Schststimmmmt.

HINKOVIĆ: Falls ich bis zur nächsten Saison genug zusammengespart habe, kaufe ich mir eins, dann kann ich meine Angelegenheiten in der Stadt bequemer erledigen. Das moderne Leben ist ohne Hilfsmittel wie Fahrrad, Uhr, Füllfederhalter, Kassenschlüssel, Korkenzieher, Messer mit Monogramm und anderen derartigen Dingen unvorstellbar.

FORGAČ: Was ist mit Fahrrädern für zwei, drei und mehr Personen, geeignet für Ausflüge in Mutter Natur, in ein Liebesnest oder zum Ansitz?

FRAU RABSTERN: Nicht vor dem Kind!

FORGAČ: Was mit Spezialvelos für immer verrücktere Rennen? Zwanzig Stundenkilometer. Das ist ordentlich schnell, oder?

CIGLER: Wenn jemandem was fehlt, ich bin hier. Augen in allen Farben und Größen. Wie echte. Eines Tages kann man damit auch sehen, dass versichere ich!

(Fröhliche Radfahrergruppe quert lauthals singend die Bühne und wirbelt viel Staub auf, danach wird es wieder ruhig.)

(Frau Rabstern tritt, eine große Schöpfkelle in der Hand und in Begleitung ihrer verheulten, ungekämmten Nichte, Regina Rabstern, sowie dem vor Wut brüllenden Rabstern junior, aus dem Haus St.-Miklós-Straße Nr. 2 direkt neben der Nikolaikirche. Der Matrosenanzug des Jungen starrt vor Schmutz.)

FRAU RABSTERN: Mir ist der Powidl angebrannt!

REGINA RABSTERN: Mir hat der Verwalter an den Hintern gefasst!

RABSTERN JUNIOR: Mir haben sie den Reifen geklauuhuut! Jaaauuuul!

RABSTERN (väterlich): Ich bin ein guter Mensch, aber wenn mich einer zur Weißglut bringt, werde ich zum Tier! Schont bitte meine Nerven! Sonst weckt ihr meine Mordlust. Für wen placke ich mich ab? Mit diesen beiden Händen? Eingesperrt in diese vier Wände, ohne je jemanden zu sehen? Ich weiß nie, wann Tag, wann Nacht ist! Wie viel Bitteres musste ich schlucken! Lasst mich in Ruhe sterben! Das geht ja auf keine Kuhhaut! Was habe ich da nur angefangen.

FRAU RABSTERN: Mir geht es doch auch nicht besser. Als Frau kann man sich nur umbringen! Waschen, bügeln, aufräumen, putzen, Kinder kriegen und sich die Haare raufen! Man kommt mit dem Aufzählen kaum hinterher. Wir haben nie Feierabend! Hauptsache, ich bringe die Kinder auf den Weg! Sie sollen das werden, was ich nicht werden konnte: Opernsängerin oder Millionär. Verfluchtes Schicksal. Es muss etwas geben, daran glaube ich fest. Ob wir es Natur, Gott oder Satan nennen, etwas ist da!

RABSTERN JUNIOR: Wenn ich groß wäre, würde ich mir vorstellen, ich wäre Lokführer. Ich würde Menschen aus der ganzen Welt herumfahren, und alle bewundern mich. Hernach würden alle Knaben und Mädchen auf der ganzen Welt die Herrschaft ergreifen und auf Bäume klettern, an denen Bonbons und Schokolade wachsen, und überall würde gespielt, denn es gäbe nie Winter oder Regenwetter. Alles wäre wie im Traum. Man bräuchte nicht zur Schule zu gehen und hätte weder Tintenfass noch Vorschriften noch schwer verständliche Bücher. Jeder wäre ordentlich gekleidet und keiner taub, blind oder lahm. Der Lehrer würde uns nach Hause schicken, weil wir seiner Meinung zufolge schon alles wüssten. Und so wäre es auch! Das würde ewig anhalten.

REGINA RABSTERN: Wir Mädchen haben unsere kleinen Geheimnisse. Jede hat eine Schublade, in der sie einen Brief, eine getrocknete Blume oder die Locke von einem aufbewahrt, der weit weg wohnt und niemals kommen wird. Wir haben Unterwäsche und andere intime Sachen, die niemand sehen darf, und koste es das Leben. Am allerliebsten plaudere ich mit meiner Freundin im Dunkeln über unbekannte Vorgänge, die mich erröten lassen. Ich weiß nicht, wo man die Zunge hintut, wenn man geküsst wird. Ich werde bestimmt daran sterben. Das Leben junger Mädchen in einer Kleinstadt fließt ereignislos und ohne Freuden dahin. Wir sind zur Untätigkeit und allen Arten der Langeweile verurteilt. Jede von uns hat einen Burschen, den sie anhimmelt, wenn er die Straße hinunterläuft. Und er ahnt nichts davon!

REISEBÜROLEITER: Wer keine fremden Länder und Völker

kennt, ist ein Nichts und Niemand. Reise um die Welt in achtzig Tagen! Reise zum Mittelpunkt der Erde! Für fünf Para um die Welt. Reisen auf Pump und mit Garantie. Umfänglicher Schadenersatz für die Familie im Falle tödlicher Beleidigung. Die Erde ist rund!

HINKOVIĆ: Ich hätte gerne eine Fahrkarte zweiter Klasse nach Zagreb.

EKFELD: Der Herr reist auf Kosten der Firma. Kommen Sie ihm entgegen. Bitte, verschaffen Sie ihm einen Fensterplatz, wenn möglich im Nichtraucherabteil. Schwache Mandeln. Und bitte, in der Mitte des Waggons, nicht über den Radachsen. Dem Herrn wird auf längeren Strecken übel.

REISEBÜROLEITER: Das ist eine Kleinigkeit. Wir vermitteln zwischen Kontinenten. Besuchen Sie die Stadt unter der Erde, aus der es keine Wiederkehr gibt. Die Insel Madagaskar, auf der ein Affenkollegium regiert, das alle drei Jahre gewählt wird. Drei Tage im Reich der Pinguine! Wie man die Umarmung einer Boa constrictor überlebt! Tarzan existiert! Zwei unvergessliche Stunden bei orthodoxen Piraten im Pauschalarrangement! Entdecken Sie Ihre eigene Insel für eine unbedeutende Summe, deren Wert sowieso stündlich sinkt. In Reisen investiertes Geld ist das am besten investierte Geld. Wer Sinn für Reisebeschreibungen, Mitbringsel, Impressionen aus der Ferne, Aufzeichnungen eines Jägers, Expeditionstagebücher, Abenteuerberichte und dergleichen hat, kann eine solche Reise mehrfach versilbern.

HINKOVIĆ: Einmal Zagreb, bitte, einfach.

(Im Hintergrund leuchtet ein perspektivisch getreues Abbild der Banstadt Zagreb auf. Man sieht die kürzlich fertig gewordene Kathedrale, die Silhouette der Oberstadt, die zaghaft rauchenden Schlote einiger kleinerer Fabriken, zu beiden Seiten zeichnet sich das bäuerliche Zagorje mit seinen Weinbergen und Weiden ab, ganz hinten erstrecken sich Wälder voll herrlicher Wildtiere. In der Mitte der Hauptstraße klingelt lustig die Straßenbahn, die von Pferden gezogen und vom verschmitzt lächelnden Ivan Dirnbacher auf einem Fahrrad eigener Herstellung überholt wird, der seinerseits von Ferdinand Budicki, dem ersten kroatischen Automobilisten, in einem knatternden Wagen der Marke Opel überholt wird. Dem unerschrockenen Sports- und Geschäftsmann werfen die Fräulein Hanuš, Hermann, Turković, Winkler, Jambrišek, Jelačić und Butorac von den Balkonen der umliegenden Häuser Blumen, geschmackvolle Bonbonnieren und monogrammbestickte Seidenbänder zu. Herr Rudolf Rukavina, Inhaber der Pariser Bäckerei, bietet dem ausgehungerten Rennfahrer Zwieback mit Tee, Diabetikerbrot, glutenfreie Graham-Cracker, französische Croissants sowie ein mit Schmalz und Hausmacherwurst belegtes Sandwich an, was Budicki, der von Marija Bistrica ohne Halt bis zur Ilica-Straße durchgefahren war, mit wenigen Bissen hinunterschlingt. Am Markt steuert er einhändig und winkt mit dem freien Arm den fröhlichen Bäuerinnen an ihren Ständen sowie dem umstehenden Publikum, welches er gleichzeitig aufruft, zum Ruhme der Stadt Zagreb, der kroatischen Unabhängigkeit sowie der Unteilbarkeit der Doppelmonarchie zu kaufen und verkaufen. Uhrmacher und Juwelier Bruno Wolff lässt seine größte Pendeluhr Mittag schlagen. Unterleutnant Kral, Mannsbarth und Kafka erwidern an der Ecke Ilica/Preradovićeva leichthin den Gruß des vorbeidonnernden Automobilisten. Die Inhaber der Weinhandlung in der Bakačeva, Nikola Petrić und Sohn Gjuro, bieten dem erschöpften Fahrer einen Krug naturbelassenen Weines an, was er jedoch lachend ablehnt. Auf der Grünfläche des Franz-Josef-Platzes kreuzen Giuseppe Galante und Dr. Bogdan Malec die Klingen in vier Stellungen dieser edlen Kunst, der junge Branko Gavela geht mit seiner Schwester Irene zum Schlittschuhlaufen, und die minderjährige Schülerin der Lehranstalt Elvira Coronelli wird mit einem Tanz auf dem Debütantenball in die Gesellschaft eingeführt. Der Gesangsverein Kolo singt zu Ehren seines vierzigjährigen Bestehens aus voller Kehle das Lied *Jungs an Bord*, ohne sich am Explosionsmotor des Herrn Budicki zu stören. Herr Ljudevit Gerersdorfer flaniert, einen Hut aus seiner eigenen Hutfabrik auf dem wohlgeformten Kopfe, durch die Straßen. Am Bahnhofsvorplatz führt der Turnverein komplizierte Figuren vor, deren Höhe- und Abschlusspunkt ein Turm aus lebenden Leibern mit achtundreißig Metern Höhe ist. Der Musikzug des 53. Infanterieregiments marschiert Richtung Kunstpavillon und behauptet sich ebenfalls gegenüber dem großen Lärm von Herrn Ferdinand Budickis Motor. Weiter hinten und weit weg vom städtischen Getümmel trinkt Familie Androwski im Schatten einer Gartenlinde Kaffee, noch etwas weiter entfernt erlaubt Baron Vranitzany dem begabten Vlaho Bukovac, welcher ein Stück Packpapier auf den Knien hält, ihn mit wenigen Strichen zu porträtieren. Fräulein Natalia Reicher und Frau Micika Rac promenieren im Maksimir, während eine nicht identifizierte Person männlichen Geschlechts in einem Kahn döst, welcher auf dem See treibt. Der Zweispänner der Familie Lubiensky fährt vorüber. Fröhliches Geschrei und lustige Gesänge bereichern das Bild; beides dringt aus der Bierschwemme Malnerić, dem Ausflugslokal Zum Lamm sowie dem Hotel Zum österreichischen Kaiser und überlagert nach und nach das Knattern, Knallen und Dröhnen der siegreich endenden Fahrt von Herrn Ferdinand Budicki, bis der Motor nicht mehr zu hören ist. Die Lichter der Banstadt verlöschen langsam.)

HINKOVIĆ: Was war mit meiner Fahrkarte?

KONTROLLEUR: Also über die Hauptstadt von Serbien? Haben Sie einen Reisepass?

EKFELD: Er ist loyal.

KONTROLLEUR: Das ist seine Sache. Ohne Reisepass hat man keinerlei Rechte, das ist klar. Ich kann nicht jeden Pöbel über die Grenze lassen. Ein vierfacher Vater und mehrfacher Mörder gelangte im Nonnengewand über die schweizerische Grenze. Zwei Gangster entkamen als Kamel getarnt aus einer amerikanischen Strafanstalt! Besten Dank! Der Polizist ist in der Lage, Vor- und Nachnamen von Verbrechern anhand der Fingerabdrücke auf einem Glas zu ermitteln, aus dem dessen Stiefmutter getrunken hat. Wer würde Räuber aus dem Reich lassen, welche die Reichshauptstadt, verkleinert auf die Dimensionen eines Siegels, wegschleppen?, wer Mörder und feindliche Spione hineinlassen, die im heiligen kaiserlichen Heim ein Blutbad anrichten wollen!

MATA HARI (virtuell): Wer könnte mein wortbrüchiges Werk verhindern? Ich werde sämtliche Soldaten des Feindes zählen, Hose für Hose. Ich werde bei Hoffesten singen! Ich werde mich im Kriegsministerium nackt ausziehen. Mein Gedächtnis ist phänomenal und mein Körper jeder Beachtung wert. Das Leben zwingt uns zu würfeln. Das Leben ist ein Spiel. Man stirbt nur einmal. Manche haben das im Blut.

FRAU KEREČKI (vom Fenster ihres Hauses im Sackgassenteil der Lazar-Straße): Ich würde nur gern wissen, was Frau Čaklović heute kocht, welche Farbe die Unterhose von Fräulein Peler hat und wie oft sich Frau Šajković pro Woche wäscht.

MATA HARI: Arbeit ist Arbeit.

FRÄULEIN HIRSCHL (zu Fräulein Peler an der Ecke Ćurčija/Lazar-Straße): Die schämt sich nicht einmal, die Kerečki! Dabei weiß doch jeder, dass sie Hörner und einen Schwanz hat und ihr wahres Geschlecht oder vielmehr ihre Männlichkeit verheimlicht. Angeblich vertilgt sie einmal pro Woche ein männliches Neugeborenes von einer Erstgebärenden. Sie hat vier falsche Männer, die nichts voneinander wissen, und vier falsche Liebhaberinnen, mit denen sie schreckliche Dinge macht. Sie lässt wertvolle Gegenstände aus Kirchen mitgehen und beleidigt das Kaiserhaus mit unanständigen Sprüchen, die sie an die Toilettenwände in städtischen Ämtern schreibt. Sie reitet durch die Nacht und quiekt. Sie stiehlt den Staatswald, versenkt Schleppkähne mit lebenden Nahrungsmitteln. Sie hat künstliche Kiefer und ein Glasauge, und ich rede nicht darüber, weil ich ein dummes Gänschen bin und ein gutes Herz habe.

FRL. PELER: Das weiß jeder! Die Unterwäsche wechselt sie erst, wenn die von selbst abfällt. Ihr Haus ist von oben bis unten verdreckt. Den Mann lässt sie hungern. Sie näht keinen Knopf an, was häufig tragische Zwischenfälle in Form von auf der Straße heruntergerutschten Hosen zeitigt, zuletzt vorgestern. Es gibt immer drei Tage altes Essen, immer wird nur das billigste gekauft, also das verfaulte, heruntergesetzte Zeug, beim Obst wie beim Linnen, welches zum Bekleiden ihrer ausgemergelten Leiber unentbehrlich ist. Keiner betritt ihr Haus, denn die Stiegen sind voller Unrat und Lücken.

HINKOVIĆ: Das ist nicht wahr. Das ist gemeine Verleumdung.

BERNOLD: Wo Rauch ist, da ist auch Feuer. Keiner redet einfach so daher. Ich persönlich genieße derartige Geschichten, welche den Wissensfundus der Menschen bereichern.

EKFELD: Stimmt es, dass der Thronfolger drei Arme hat und sich in einsamen Stunden ununterbrochen selbst die Hand gibt?

CIGLER: Wie kommst du jetzt darauf?

EKFELD: Hab ich irgendwo gelesen.

HINKOVIĆ: Geschrieben wird viel, die Hälfte stimmt nicht. Papier ist geduldig.

CIGLER: Wenn sie es doch nicht dementieren. Was nicht dementiert wird, ist die Wahrheit.

HINKOVIĆ: Und dann? Warum lassen wir keine menschenwürdige, ordnungsgemäß bezahlbare und zivilisierte Nutzung zeitgenössischer Verkehrsmittel zu, in Dienst genommen von den Südungarischen Eisenbahnen, mit kurzem Aufenthalt in der Hauptstadt des Königreichs der Serben?

BERNOLD: Und was würdest du tun, wenn die Fortbewegung auf Schienen noch nicht erfunden wäre? Verschwendest du einen Gedanken an den Frondienst der bedauernswerten Arbeiter, die im Schweiße ihres Angesichts Schwelle für Schwelle die Trasse verlegt haben?

EKFELD: Das ist alles im Fahrpreis inbegriffen. Wir wollen ihn nicht aufhalten.

ZÖLLNER: Was haben Sie anzumelden? Unerlaubte und darüber hinaus gefälschte Valuta? Ein gefälschter Pass auf den Namen des bekanntesten ausgebrochenen Häftlings? Verbotene, antiroyalistische und unverständliche Schriften mit den kompromittierenden Unterschriften europäischer Herrscher? Verdorbene Lebensmittel? Delikate Lesestoffe, vollgekritzelt mit Randbemerkungen? Fotografien der spanischen Königin in unerlaubten Posen? Künstlichen Alkohol? Unbekannte winzige Tiere, denen der Aufenthalt im Land nicht gestattet ist? Pflanzen, Pollen und andere Mikroorganismen? Haben Sie sich gewaschen? Verstecken Sie dubioses Material in Körperöffnungen? Welche unerlaubten Ausdrücke haben Sie sich aus der frühen Kindheit gemerkt? Besitzen Sie eine Brille, um nächtens Objekte zu betrachten? Verfügen Sie über ein Kabel, welches Sie mit denen verbindet, die Sie bezahlen? Tragen Sie ordentliches Schuhwerk? Welcher Elternteil leidet unter Geschlechtskrankheiten und warum? Zahl der Finger? Besonderer Geruch? Liebste Freizeitbeschäftigung? Grund der Reise? Zeit der Dauer?

HINKOVIĆ: Ich reise, um erforderliche Gifte für meine Firma zu besorgen.

DAS GESETZ: Da sind wir! Wer bezahlt Sie? Die französische oder die russische Regierung?

HINKOVIĆ: J. Grosinger, Apotheke, Novi Sad, Franz-Josef-Platz 1.

EKFELD: Er ist unschuldig! Wir kennen ihn.

GESETZ: Ruhe! Vor allem ist das Rauchen polizeilich verboten!

EKFELD (wirft die Zigarette weg und tritt sie mit dem Absatz aus): Pardon!

DAS GESETZ: Ebenso die Bettelei! Wir bitten um absolute Ruhe! Arbeit mit den Parteien von zwölf Uhr bis mittags. Sonn- und feiertags geschlossen. Streifen Sie die Schuhe ab und fassen Sie nichts an! Halt! Unbefugten ist der Zutritt strengstens untersagt. Privat! Nur für Amtspersonen! Hochspannung! Lebensgefahr! Bissiger Hund! Wer darf auf den Boden spucken? Ruhe, Krankenhaus! Sie betreten die Gefahrenzone! Staatlichköniglichkaiserliches Organ zur Beseitigung sämtlicher unerwünschter Personen. Fraglos strengstens verb. Vermint! Fünfzehn Minuten Pause, danach sehen wir weiter. Im Fall einer Zuwiderhandlung sehen wir uns gezwungen, den Saal zu räumen. Keine Geldrückgabe, keine Annahme von Reklamationen. Dienstags und donnerstags sowohl vor- wie nachmittags ausgeschlossen. Wegen Krankheit geschlossen, vertagt, komplettiert, vervollständigt und verkauft! Durchgang verboten. Einsturzgefahr.

HINKOVIĆ: Ich bin sowohl dem kaiserlichen Hofe wie meinen Freunden treu ergeben.

EKFELD: Das stimmt! Ich kann Personalausweis und Meisterbrief für ihn hinterlegen.

HINKOVIĆ: So ist es. Ich muss meinen Wintermantel versetzen, den ich derzeit überhaupt nicht benötige, um unentbehrliches Geld zu bekommen.

MITARBEITER DES PFANDLEIHHAUSES: Von wem stammt dieser Mist?

HINKOVIĆ: Das ist ein herausragendes Beispiel für die Herrenoberbekleidung am Ende des wunderbaren, jedoch verstrichenen neunzehnten Jahrhunderts!

MITARBEITER: Was ist denn das für ein Fetzen?

HINKOVIĆ: Diese Vertiefungen auf beiden Seiten sind für die Hände gedacht, wovon der Mensch zweie hat, wobei er mit der einen schreibt.

MITARBEITER: Wir sind nicht verpflichtet, Ihnen die Pfandsache im selben Zustand zurückzugeben. Bis Sie uns das Geld zurückbringen, ist der Wisch hier zu Staub und Asche zerfallen.

HINKOVIĆ: Ich kann Ihnen ein Mittel gegen fliegendes Geschmeiß, vulgo Motten, empfehlen.

MITARBEITER: Dieser Dreck wird ohne jedwede äußere Unterstützung aus purer Altersschwäche auseinanderfallen. In puncto Hygiene können wir auf Ihre Belehrungen verzichten. Ich kann Ihnen dafür zehn Kronen auszahlen, und das wollen Sie bitte als persönliches Geschenk würdigen!

HINKOVIĆ: Zehn, nur zehn! Nun, besser als nichts. Jetzt trage ich ihn ohnehin nicht. Ich gehe auf eine kurze Reise nach Zagreb, die wunderschöne kroatische Hauptstadt. Wo soll ich unterschreiben?

MITARBEITER: Und behaupten Sie später bitte nicht, Sie hätten den Zettel beim Holzhacken auf dem Klavier liegen lassen! Damit kommen Sie bei uns nicht durch! Wir haben hier einen ganzen Reichtum, alle Arten unterschiedlicher Gegenstände, die allerdings zu nichts nutze sind und für die wir Beträge gezahlt haben, die wir nie wiedersehen werden. Die ganze Welt ist ein Dieb!

HINKOVIĆ: Entschuldigen Sie.

MITARBEITER: Sie haben sich bei mir für nichts zu entschuldigen. Nehmen Sie Ihr Zettelchen mit. Und nutzen Sie ihn ja nicht bei erster Gelegenheit. Dann sehen Sie den Fetzen nie wieder! Die zehn Kronen haben Sie im Handumdrehen ausgegeben. Ich kenne die menschliche Psyche. Das liegt mir im Blut. Ich sehe solche wie Sie jeden Tag. Die Gesichter von Leuten, die andere vergiften und falsch Zeugnis ablegen! Ihr verratet die, welche euch am nächsten stehen und euch nur Gutes taten.

FRAU KEREČKI: Das ist die Wahrheit! Ich kann es bestätigen.

HINKOVIĆ: Aber meine Dame! Wo wollen Sie hin? Wohin führt Sie Ihr geschätzter Weg? Darf ich Ihren Korb tragen?

FRAU KEREČKI: Früher kaufte ich bei Domović, im Roten Krebs. Doch mir gefiel die Art nicht, wie sie Zucker, Öl, Rum, Tee und Zigaretten einpackten, und so wechselte ich das Geschäft. Heute kaufe ich bei Eugen Dicgen. Da kann der Domović ruhig vor Ärger platzen! Konkurrenz ist die Mutter der Liebenswürdigkeit. Und der Liebe! Wo es einem besser gefällt, da verweilt man länger. Das Geld ist meins, nicht wahr? Ich bin immer noch in der glücklichen Lage, mir das Beste auszusuchen. Und dann bringe ich noch den Wecker zu dem ollen Ekfeld. Der klingelt nicht, wann er klingeln soll.

EKFELD: Hier bin ich! Zu Diensten, gnädige Dame.

FRAU KEREČKI: Der will nicht klingeln, der Klepper.

EKFELD: Da muss es sich um eine Kleinigkeit handeln. Bis Freitag ist er fertig.

FRAU KEREČKI: Freitag? Was fällt Ihnen ein? Mein lieber Meister, strengen Sie sich gefälligst an! Er klingelt nicht. Wer wird uns wecken?

EKFELD: Verehrteste gnädige Dame! Denken Sie, wir drehen hier Däumchen? Sie sind nicht die Einzige. Ich habe den Überblick verloren, wie viele allein heute Morgen hier gewesen waren. Ein guter Handwerker hat heutzutage Seltenheitswert. Die Jungen verlassen den Beruf und ziehen in die weite Welt. Als würden dort Rosen blühen. Uns fehlt es an Material, Werkzeugen und Arbeitskräften. Meine Augen lassen schon nach. Wenn es Ihnen nicht passt, können Sie ja zu dem dummen Viljem Loker am anderen Ende der Straße gehen! Nur zu.

FRAU KEREČKI: Bitte, bitte, werter Meister! Mir zuliebe.

EKFELD: Für Sie werde ich alles tun, was in meiner Macht steht. Eine Uhr hat eine komplizierte Mechanik, welche die Zeit anzeigt. Der moderne Mensch kann sich seinen Alltag ohne Uhr respektive Chronometer, was dasselbe meint, nicht vorstellen. Haben Sie je das Innenleben einer Uhr betrachtet? Ein Gewirr winziger Metallteile, welche ineinandergreifen. Schweizer Erfindung. Ein Einfall, den jemand in seiner Freizeit ausgearbeitet und damit den Fortschritt der Menschheit beschleunigt hat. Sonst würden wir heute noch schwerfällige Geräte wie Sanduhren verwenden, die einen mit ihrem monotonen Geriesel einschläfern und in den Nervenzusammenbruch treiben. Gibt es Wissenschaftler, Staatsmänner, ja Geistliche, die keine Uhr haben? Nein. Wer keine Uhr hat, versäumt die Anwesenheit des Geistes. Wie ein Herz schlägt sie lustig in der eigens für sie genähten Westentasche. Auch die Erfindung dieser Westentasche ist Gold wert, obwohl sie die Erfindung der Uhr voraussetzt. Denn wo sonst sollte man diese hintun? Man will sie ja nicht ständig in der Hand halten! Und wie ein Hund an die Kette gelegt gehört sie auch nicht. Aber bei Ihnen liegt die Sache ja anders. Sie haben einen Wecker.

FREMDER (gekleidet wie ein Ausländer mit Lodenmantel, karierter Schildmütze auf dem Kopfe, Reisetasche an der Hand und Pfeife im Munde, dreht sich auf dem Franz-Josef-Platz um die eigene Achse, als hätte er sich verlaufen): Freunde! Könnt ihr mir den Weg zur Ćurčija-Straße zeigen? Wie viel Uhr ist es? Welchen Tag haben wir heute, bitteschön? Wo befindet sich die mir unentbehrliche Zentrale Kreditanstalt? Sie soll sich gegenüber dem Geschäft eines gewissen August Cigler befinden. Rückkehrender Weltenbummler, ich kenne hier keine Menschenseele! Fremd in der Stadt, die mich vergessen hat. Die Zeit tut das Ihre. Als wäre ich niemals … Aus den Augen, aus dem Sinn. Das Hundeleben des ewig Wandernden. Er häuft Wissen an und verliert darüber die eigene Seele. Ich würde es niemandem empfehlen. Auf gar keinen Fall. Lieber der Erste im Dorf als der Letzte in der Stadt. Also, meine Freunde, wo finde ich den Neusilberhändler Stevan Regenji, wo Jovan Čavić, Weißwäsche, oder wenigstens E. Dicgen, Kolonialwaren, Farben- und Eisenhandlung?

HINKOVIĆ: Das ist ganz in der Nähe. Geradeaus, dann links.

FREMDER: Ist es möglich? Hinković! Bekannte Stimme. Wir haben uns eine Ewigkeit nicht gesehen! Lebst du noch? Gesund? Die Augen? Gut? Wer hätte das gedacht! So viele Jahre. Wie geht es der Familie!

HINKOVIĆ: Ein Klassenkamerad aus der bescheidenen städtischen Grundschule?, Kamerad vom Exerzierplatz oder ein Kaufmannskollege? Großes Kind, welches in die grausame Welt hinausging? Ein Bekannter meiner lieben Eltern? Ein Verwandter, den ich zwanzig Jahre lang nicht, also noch nie gesehen habe?

FREMDER: Das soll unser kleines Geheimnis bleiben! Danke für das angenehme Gespräch auf der Straße. Im Stehen redet und trinkt es sich am süßesten.

EKFELD: Warum bringen unsere Ordnungshüter ein Subjekt von so bedrohlichem Aussehen angesichts dieser zweifelhaften Umstände nicht augenblicklich hinter Schloss und Riegel? Im Laufe des Tages wird jemand erschlagen oder zumindest ausgeraubt werden, dafür lege ich meine Hand ins Feuer!

FRAU ČAKLOVIĆ (aus der Futoš-Straße kommend): Guten Morgen, werter Herr Hinković! Ist das nicht ein wunderschöner Tag heute? Wer hätte das gedacht, bei den Wolken gestern. Das ewige Spiel der Natur. Schätzen Sie Unterhaltungen über das Wetter an sich? Die Engländer machen das dauernd, und nie wird es ihnen darüber langweilig. Sie haben das meiste Wetter, denke ich. Wie wird der Winter? Haben Sie eine Prognose? Wie steht das Wintergetreide? Werden wir viel Schnee bekommen? Die Kinder freut's, aber wir Älteren, mein Gott, uns ist die weiße Pracht auch nicht gleichgültig.

HINKOVIĆ: Ich werde nämlich fortfahren.

FRAU ČAKLOVIĆ: Ziehen Sie sich nur warm an, ich bitte Sie. Wissen Sie, was es heutzutage heißt, krank zu werden? Besser, Sie fallen gleich auf der Stelle tot um. Die heutigen Ärzte sind ein Graus. Lauter Mörder. Die haben nichts anderes im Kopf, als jemanden von oben nach unten aufzuschneiden, und dann lassen sie ihn unter schlimmsten Qualen liegen, bis er stirbt. Denen ihre ganzen Medikamente sind einfach Gift. Reines Gift! Aber wem erzähle ich das. Sie wissen das am besten.

BERNOLD: Die spinnt!

FRAU ČAKLOVIĆ: Mein Mann ist Notar, die Tochter im Bankgewerbe. Der Sohn in der Obhut einer Bediensteten. Wer hat heutzutage noch Vertrauen in Bedienstete? Ich muss ihm Spielsachen zum Spielen kaufen: Meteor, Teufelchen, Sphinx, das Ei des Kolumbus, all die schönen Sachen von Richter mit Schutzzeichen in Gestalt eines Ankers.

FRAU EŠKUTOVIĆ: Ich gehe zu P. Seitling am Marktplatz, vielleicht ist meine Pendeluhr fertig.

EKFELD: Bin ich Ihnen nicht mehr gut genug?

FRAU BARBULOVIĆ: Streunen Katzen übern Fischmarkt?

MILOŠ GRUJIĆ: Ich ging mit zweien meiner Gehilfen zum Hause Đorđe Petrović, um daselbst einen Budweiser Ofen mit Kamin auszustatten.

KLUKA: Und keiner braucht ein Kekekkkklavier?

BELA TRUPEL: Was sollte ich damit? Hab doch Tambura, Zitter, Flöte und sogar eine Geige für den Unterricht.

GAVRA NECKOV: Hinković, ich höre, du fährst weg. Ich habe einen tollen Pelz für dich. Kannste in zehn Raten.

HINKOVIĆ: Ich habe meinen eben ins Pfandleihhaus getragen und dafür zehn Kronen bekommen.

EKFELD: Wirklich? Wir könnten diese zehn Kronen vertrinken.

KLUKA: Aaaaaber unbedddddingt.

FORGAČ: Wäre das menschlich?

BERNOLD: Warum denn nicht?

FRAU EŠKUTOVIĆ: Wir leben in derselben Stadt und kennen uns doch kaum.

BERNOLD: Das meinen Sie nur, meine Dame. Dort bringt Schneiderlehrling Steve Baloga Frl. Čaklović einen Liebesbrief in die Bank, verfasst von Đ. Nota, ebenfalls Schneider. Vranić und Tauš suchen den Pfarrer auf und stellen ihm die neue Kollektion vor. Nikola Dimović drückt sich bei Grosingers Apotheke herum, will unbeobachtet eintreten und Tabletten gegen den Tripper besorgen. In der Lebar-Straße 7 sitzen einige aus Budapest angereiste Herren in Oberniks Wirtshaus und bereiten etwas vor. Offenbar wollen sie außerdem Karten spielen. All das geschieht in aller Öffentlichkeit. Das städtische Leben mit all seinen Vor- und Nachteilen. Fluch und Segen. Auf dem Lande versinkt man im Matsch, aber dafür hat man saubere Luft. Hier ist es umgekehrt. Dort erntet man alles im eigenen Garten, hier muss man für jedes Radieschen bezahlen. Geld und nichts als Geld. Ein Hundeleben. Es reicht vorne und hinten nicht.

EKFELD: Mancher Hund lebt besser als sein Herr.

BERNOLD (zerrt einen dreckigen, räudigen Köter, der sich widersetzt, winselt und gelegentlich bellt, an einem Strick hinter sich her): Darf ich euch das beste Beispiel eines Schnüffundländers verkaufen! Er wittert sofort, wo ihr Würste oder sonstige Lebensmittel lagert, insbesondere die leicht verderblichen. Ich kenne mich mit allen Rassen aus, hatte schon eine kurzbeinige Promenadenmischung, einen Riesenwindhund, Kläffer, Bellinesen, einen Rassehund der Rasse Hund, echte Rarität, und Unmengen anderer Sorten. Hunde sind, abgesehen von der Rute, ganz wie Menschen! Seht nur diese klugen, traurigen Augen!

PAVKOV (in Begleitung von Sigmund, besoffen): Wir gehen auf einen Schlicksuck zchu mir, hicks! Aber schnarchen tu ich, meiner Treu!

FRL. PELER (führt Hündchen an der Leine): Ich ging spazieren, um am Ufer der Donau etwas frische Luft zu schnappen und den Schiffen nachzuschauen, die in der Ferne verschwanden, und ihnen in Gedanken zu folgen.

FRL. VRANIĆ (verschämt): Ich beobachtete Frau F., wie sie rittl… auf dem Schw… des Briefträgers saß. Das ist so g…, dass es sich auf gar keinen Fall wiederholen darf … Danach stand der Briefträger auf, ging zum P…, und sie drehte sich auf die andere Seite und f… laut. Das st… gewaltig!

BERNOLD: Was hast du da?

EKFELD: Irgendwas aus Eisen. Keine Ahnung, wozu das gut ist. Lag auf der Straße.

KLUKA: Iiiiiist essssss ein Instrummmmmment?

FORGAČ: Ich könnte es zu einer Luftpumpe fürs Fahrrad umarbeiten.

KAPAMADŽIJA: Ach, das ist aufgewickelt, um damit zu spielen.

Vermutlich war es irgendwo eingespannt, weil etwas herausspringen soll oder so ungefähr.

FRL. PELER: Ha! Da ist der Schornsteinfeger, das bringt Glück, wenn man schnell einen Knopf herumdreht! Ich und Papa beklagen jedes Huhn, das es bei uns zum Mittagessen gibt. Kreuzt eine schwarze Katze meinen Weg, schlage ich einen Bogen um ganze Stadtviertel. Die Dreizehn habe ich mir zur Glückszahl erkoren, und der Pope bringt Unglück. Wenn ich einen Buckligen sehe, fasse ich seinen Buckel an, ohne dass er es merkt. Ins Unterfutter habe ich eine Hasenpfote eingenäht. Der Flügel einer Fledermaus liegt in einer Schachtel. Aber es wirkt erst, wenn mich der Schornsteinfeger ansieht.

SCHORNSTEINFEGER: Guten Tag! Soeben reinigte ich den Schornstein im Hause Rabstern, und die Frau gab mir eine halbe Krone und bat mich noch, ihre Hand auf meinen Rücken legen zu dürfen. Sie sagte, ich brächte Glück. Jedes Mal fasst sie mich an.

RABSTERN: Davon weiß ich nichts.

EKFELD: Wie solltest du, so verrückt, es dir zu sagen, ist sie nicht.

FRL. ČAKLOVIĆ: Ich wundere mich über Sie, Herr Hinković! So ein wohlhabender Herr, und regelmäßig in einem solchen Hause zu Gast! Kniehoch der Unrat. Dreckige Kinder. Ungelüftete Zimmer und schlechtes Essen. Schrecklich. Blöde Kuh!

(Frau Kerečki geht, gehörnt und geschwänzt, zwischen den Zähnen ein halb zerkautes Heubüschel, mit sanft wiegenden Schritten am ursprünglich hübsch gedeckten Tisch vorbei, wirft ungeschickt Stühle um, zerwühlt mit den Hufen die Tischdecke, beißt in die Vorhänge, reißt ein großes Loch hinein. Mit dem linken Hinterlauf bringt sie einen Zuber voll Milch zum Überschwappen. Sie zertrampelt einen unbekannten Säugling, der qualvoll zugrunde geht, und frisst einem Herrn den Hut vom Kopfe. Bleibt vor dem Spiegel stehen, betrachtet sich stieren Blicks, kauert nieder und lässt einen dampfenden Fladen fallen, wendet sich dann dem Porträt ihres Urgroßvaters zu und spießt es auf. Geht wiegenden Schrittes mit dem Bild auf den Hörnern weiter.)

FRAU KEREČKI (verzweifelt): Muuuuuuh!

FRL. ČAKLOVIĆ: Was habe ich gesagt.

HINKOVIĆ: Das ist vielleicht nur eine vorübergehende Indisponiertheit. Ich habe ihr Tropfen gegen die Migräne gebracht, vielleicht hat sie sich mit der Dosis vertan.

EKFELD: Kuh bleibt Kuh!

HERR KEREČKI: Ich bin Kerečki! Ehrenhalber außer Dienst gestellt. Ich war Rats-, Ausschuss- und Kommissionsmitglied. Ich war der Kopf großer Vorhaben. Die Seele ganzer Unternehmen. Spiritus movens. Motor des Fortschritts. Anschubenergie. Roter Faden.

(Die Ausschussmitglieder hüsteln. Herr Kerečki klemmt den Schwanz ein, schleicht umher, schmeichelt sich dann bei allen Anwesenden ein. Leckt dem Vorsitzenden die Wange, dieser verpasst ihm einen Fußtritt. Winselt. Fängt einen abgenagten Knochen aus der Luft, den ihm der Direktor zuwirft, frisst ihn knackend und mit sichtlichem Genuss. Pinkelt ans Tischbein und an einen Zipfel der grünen Tischdecke. Verbellt den vorübergehenden Popen und den Schlosserlehrling, der ein ausgebautes Rohr wegträgt. Stürzt sich auf das Hündchen von FRL. PELER, welche vom Spaziergang zurückkommt, bekommt deren Sonnenschirm zu spüren. Verbellt wieder den Popen, fällt ihn an und reißt ihm ein größeres Stück Stoff aus dem Rückenteil des Gewandes. Abdecker nähern sich ihm drohend von zwei Seiten. Herr Kerečki springt auf den Tisch, von da auf die Kasse und von da auf den Schrank.)

HERR KEREČKI (vom Schrank): Wuff wuff! Wau! Grrrrr! Ch!

HINKOVIĆ: Der Ärmste, hat im Leben viel durchgemacht!

BERNOLD: Was haben wir damit zu schaffen?

KLUKA: Lllastttttt ihn! Hhhhat Junge gegekekekkriegt! Lauter Mememmmischlinge, aber ganzzzzz llllllieb!

TROGMACHER: Tröge, Holzlöffel, Durchschläge und Siebe zu verkaufen! Feine Sachen für vornehme Leute. Ganz preiswert und um wenig Geld. Gnädige, wenn S' haben, gebt S' einen oder zwei Kreuzer, wenn net, ist's auch gut.

DICHTER (schwindsüchtig hustend): Ich verkaufe meine Lungen! Mit mir geht's zu Ende. Herbst, eine schlimme Zeit für kranke Dichter! Meine letzten Stunden. Hier sind die Briefe für meine Lieben und ans Vaterland, mit Herzblut geschrieben. Gestammelte letzte Worte. Die werden dereinst an Schulen für höhere Töchter unterrichtet. Merkt euch meine romantische Gestalt. Die bleichen, aber erlauchten Züge. Ich bin schon Geschichte, lebendige Geschichte, eine Legende auf zwei (wenn auch schwachen) Beinen. Unverstanden und groß. Später ist zu spät. Gebt uns heute! Nelken werden auf des Dichters Grab liegen, jeden Tag frische Blumen. Von einer heimlichen Verehrerin, die niemals heiraten wird. Ein gebildeter Weiberhasser wird sich an meinem Grabe die Pulsadern aufschneiden. An diesem Grab wird man sich gegen die Dynastie verschwören. Mit meinen Versen auf den Lippen. Jetzt ist es vorbei, alles zu spät. Meine Lenze sind dahin. Sie wollen mich vereinnahmen, wenn kein Leben mehr in mir ist.

BERNOLD: So ist das bei uns. Andere werden an seiner Statt Liebe erfahren. Unbegreifliche Reife. Für das Alter! Rücksichtslos gegen sich, seine Gesundheit und Existenz! Verbrannt. Jung und verrückt. Sohn des Volkes. Rodoljub, was so viel heißt als Heimatlieb.

HEIMATLIEB: Nein, das bin ich! Stark wie ein Ochse, auf meinem Nacken kann sich die ganze Nation ausruhen. Gleich brülle ich! Schneuzt sich mit dem Zeigefinger auf dem Nasenflügel. Holt Schmalz aus dem Ohr, Rotz aus der Nase, Schuppen vom Kopf; klopft sich ordentlich ab und entfernt was mit dem Fingernagel von der Hose. Furzt. Rülpst. Blitzt fröhlich mit den Augen.) Ich habe schriftliche Unterlagen. Beglaubigungen. Kommissionsbefunde. Alte Zeitungsausschnitte. Ein Zeugnis anlässlich des beendeten ersten Schuljahres in der Volksschule und eine Lesefibel, allerdings in zwei Teile zerrissen. Ein Bild aus meiner Kindheit. Das ist mein Vater, der mit dem Fes. Ich bin der da oben. (Kramt in den Papieren, breitet sie vor sich aus.) Hier steht es. Ich sage nichts. Andere haben es für mich gesagt. Alles ordnungsgemäß und richtig. Hier steht, dass ich gegen alles geimpft bin, dies ist die Entlassungsurkunde vom Krankenhaus. TB ausgeheilt, wenigstens zum Stillstand gebracht. Nicht ansteckend. Mein Fingerabdruck. Schau, mein Zeigefinger! Quittungen zu Strafzetteln und Steuerbescheiden, wie es sich gehört. Da steht, dass ich von allem befreit bin. Hier ist der Stempel. Dieser riesige Vogel mit zwei Köpfen und Kronen ist die Beglaubigung. Ich habe einen nur ganz leicht eingerissenen ägyptischen Geldschein. Griechisches Geld, das nicht mehr im Umlauf befindlich ist. Den Brief eines Blinden an den Kaiser. Ich habe ihn mangels Gelegenheit niemals überreicht, aber ich bewahre ihn auf. Mir kann keiner was. Ich falle immer auf die Füße. Für solche wie mich ist niemals Winter. Wenn ich nur ein Anfangskapital zusammenbringe, fällt das Übrige leicht. Natürlich wird dieses Volk leben. Eine Hand die andere, jedem das Seine. Es findet sich immer eine gute Seele. Gäbe es solche nicht, es wäre vorbei mit dem Vaterland und der Liebe zu ihr! Deinesgleichen erkennst du überall auf der Welt, da muss nur einer den Mund aufmachen, dich übers Ohr hauen oder bestehlen. Wir sind halt wir!

FRAU ESSIG (zieht mit zwei Fingern die Mundwinkel auseinander, kratzt sich am Hintern, wuchtet den Busen hoch): Meine Cousine ist an der Wiener Universa! Mein Mann hat viel Geld! Ich bin intelligent. Bei uns furzt keiner beim Essen!

FRL. PELER: Darf ich dem anwesenden Herrn Kapamadžija vertrauen, der sich in seiner Wohnung meine Mandeln ansehen will, die mir seit zwei Tagen wehtun? Wird er mir nichts tun, muss ich wirklich nur den Mund aufsperren? Wird er mich wirklich nicht einmal anfassen?

EKFELD: Daran wirst du nicht sterben, mein Kind, so viel ist gewiss!

FRAU RABSTERN: Pfui! Warum gab Gott nicht mir so einen zarten Teint? Die kann doch ohnehin nichts damit anfangen! Warum habe ich kein hübsches Gesicht, kein herrschaftliches Schloss und keine Juwelen, sondern nur eine Manufaktur zur Herstellung übelriechender, giftiger Getränke, welche den Menschen ihre Gesundheit rauben und ihnen zu Kopfe steigen, so dass sie sich auf der Straße wälzen?

RABSTERN: Alkohol hebt den Blutdruck und den Glauben an ein Leben, welches es häufig nicht wert ist, gelebt zu werden. Das ist mein Verdienst. Steuern ordnungsgemäß gezahlt! Das Bild des Kaisers hängt in meiner Brennerei und den anderen Räumen. Da gibt es nichts dran zu kritteln!

SÄUFER (rittlings auf einem Fass, aus dem unkontrolliert Bier schießt, welches auf dem Boden schaumige Pfützen bildet): Hurra! Von der Gasse in die Gosse! In vino veritas! Ein Stündchen Freude, tausend Tage Trauer. Ja, und? Ich versaufe mein eigenes Geld. Sehr zivilisiert! Was ist das für ein Ich? Vorhin waren noch ein paar Leute hier, die sind alle fortgegangen. Haben mich alleingelassen! (Weint.) Das Leben ist bitter. Ich ertränke meinen Kummer im Wein, suche Vergessen im Alkohol. Ich gehöre nirgends hin. (Spuckt aus.) Im Rinnstein werde ich landen, und keiner wird mir eine Träne nachweinen. Säufer haben ein großes Herz und wollen die ganze Welt umarmen. Ich bin ein grober, unaufmerksamer, respektloser Mann. Lebe ein sinnlos vergeudetes Leben und bin beileibe nicht der Einzige, so viele Menschen leiden an dieser Welt. Der Stolz bringt mich um. Lieber sterbe ich hungers, als um Almosen zu bitten, die ich ohnehin nicht bekäme! Auch wenn ich scheinbar wirr und zusammenhanglos rede, im Grunde bin ich teuflisch klug. Man müsste mir nur zuhören. Was ich nüchtern denke, davon erzähle ich im Suff. Wir sind Kinder Gottes. Gott schützt die Besoffenen!

FRAU EŠKUTOVIĆ (als fleißige Köchin, drückt einen Topf an ihren Bauch, in dem sie mit einem langen Holzlöffel rührt): Die haben leicht den Wind mit dem Mantel fangen! Ich habe die Wäsche gemacht, und jetzt koche ich das Mittagessen für die ganze Familie: Rindssuppe, Tomatensoße und Röstkartoffeln zum Suppenfleisch. Die Teller vom vorigen Abendbrottisch habe ich gespült und abgetrocknet, Staub auf Klavier, Kommode, Wanduhr und Garderobe gewischt. Fenster und Türen jeden Samstag, Bettzeug und Laken mittwochs. Die Teppiche klopfe ich einmal im Monat aus, dabei hilft mir der kleine Lehrling aus Rabsterns Manufaktur und bekommt eine Viertelkrone dafür. Klinken mit Sidol, Silber mit Silberpolitur.

Gläser am besten mit Aschenlauge. Meine Hände sehen aus wie Räuberhände. Das Taschentuch wird schwarz, wenn ich mir die Nase schneuze. Wie eine Fahrende. Alle machen Dreck, ich allein mache sauber. Selbst wenn dir einer ein paar Wochen lang hilft, klaut und verdaut er mehr als er arbeitet. Jeder ist ein Dieb heutzutage.

DIEB (Maske über den Augen, Sack auf dem Rücken, in der Hand eine Wurst): Heutzutage kannst du keinen mehr ausrauben, weil alle im Elend leben. Selbst in den Häusern der Reichen geben die Schränke nur Lumpen und wertloses Papier her. Da riskierst du eher eine zerrissene Hose wegen ausgehungerter Haustiere. Immerhin habe ich diese Wurst erbeutet, aber das ist ein schwacher Trost.

ORDNUNGSHÜTER: Ich stelle lieber einen Schwarzhändler mit unanständigen Heftchen und Bildern nach der Natur als einen armen Dieb, der Frau Kerečki einen Kerzenleuchter aus falschem Silber klaut.

DIEB: Besten Dank, mein Herr!

FRAU KEREČKI: Nehmen Sie das gefälligst zurück! Bei mir ist alles echt! Ich habe einen echten Mann, der ein echter Ritter ist, wenn es um mich geht. Bei der Wohltätigkeitstombola hat er dem Mann vom Finanzamt eine runtergehauen, weil der mir in den Ausschnitt starrte. Ich habe ein echtes Kind von achtzehn Jahren, das noch ein Kind ist. Wir haben echte Perlen in einer Schachtel, ich weiß nur nicht, wo die Schachtel ist. Wir sind echte Menschen, denen du die Hand drücken kannst! Unsere Rosen sind wie echt, wenn auch aus Wachs. Auf unseren Fotografien wirken alle lebendig. Unser Esszimmer und der Salon sind richtig echt. Die Kaffeetassen auch. Wenn Herr Hinković wenigstens diese Vorteile zu schätzen wüsste.

HINKOVIĆ: Ich werde den Zug verpassen.

FRAU MUSIĆ: Nicht einmal der Teufel ist so schwarz! Das Leben ist schön! Ich möchte immerzu singen!

(Musić junior und seine kleine Schwester zertreten Schokolade auf dem Boden, ersäufen die Katze, sägen ein Stuhlbein an, halten Zündhölzer an die Vorhänge, die wenig später lustig lodern. Ihre Mutter sieht sehr zufrieden aus, während sie Tinte aus dem Tintenfass ihres Gatten in die Flammen gießt, wovon diese immer lebhafter und schöner züngeln.)

FRAU MUSIĆ: Sehr wichtig! Ich will mich nicht zur Sklavin der Dinge machen. Wenn nur die Kinder gesund und munter sind. Das alles wird uns überleben. Nichts von alledem können wir mit uns nehmen. Verfluchtes Geld, für das so viele über Leichen gehen, zwei Meter unter der Erde fangen sie nichts damit an!

DIE MUSIĆ-KINDER: Grr! Pfui! Igitt! Pah! Puh! Japs!

FRAU MUSIĆ: Hauptsache, die Kinder haben ihren Spaß. Wer weiß, was ihnen noch blüht. Wenn's jemand schafft, dann sie. Nicht weil es meine sind, aber sie sind einmalig. Gold und Silber gleichzeitig. Goldene Herzen. Sie lachen immerzu.

(Die Musić-Kinder machen diverse unanständige Zeichen zur verehrten Mutter hin, drücken sich gegenseitig die Köpfe in eine Schüssel voller Aschenlauge, probieren die Hose des Vaters an, die sie zuvor abgeschnitten haben. In der Zwischenzeit erobern die Flammen den ganzen Raum.)

FEUERWEHRMANN (durchs Fenster gelehnt): Was soll ich mein junges Leben im Kampf gegen die Flammen riskieren, wenn ich mit den Kollegen in der Kneipe die Sau rauslassen kann. Ihr könnt mich noch so oft zum Einsatz rufen: Bevor nicht das Krankenhaus in Flammen steht, komme ich nicht!

FRAU KODA: So etwas gibt es bei mir nicht. Kinder brauchen Ordnung. Wo kämen wir hin, wenn wir unseren Hausrat fleddern würden, wir haben ihn vom alten Vater geerbt, und der war Eisenbahner. Im Jahresbericht über die Instandhaltungsarbeiten auf der Strecke Okučani-Kapela Batrina steht was über ihn. Er kommt eigentlich aus Tschechien, stammt aus einer der besten Prager Familien, die als Opfer eines Pogroms hierher flohen. Wir sind in der Stadt bekannt. Unser Haus hat einen Ruf, und zwar einen guten. Ein eigenes Heim bedeutet Freiheit. Arm, aber ehrbar. Wir laden niemanden ein, aber wer kommt, ist willkommen. Früher waren wir freigebig, so verrückt sind wir nicht mehr. Keiner sagt auch nur Danke! Wir behalten es für uns!

HERR KODA (nagt an einem Lammknochen): O Mann, schmeckt das lecker! Wie gern beiße ich in ein ordentliches Stück Fleisch. Habt ihr gesehen, was für ein herrlicher Tag heute ist? Soll ich euch erzählen, was der Typ in der Tageszeitung von heute schreibt? Ich erzähle es besser nach, als er es geschrieben hat, dauert nur ein bisschen länger. Ich habe ein Wahnsinnsgedächtnis. Ich weiß alles noch, als wäre es gestern gewesen. Bei Ziffern, Jahreszahlen und Ähnlichem bin ich unvergleichlich. Wenn du es nirgends findest, frag mich. Ich habe ein Register im Kopf. Wenn ich nur alles andere so im Überfluss hätte wie den Verstand!

FRAU ŽEBETIĆ: Gestern habe ich vierzehn Kronen für Lebensmittel, Wäsche und den Schuster aufgewendet. Vorgestern vier, insgesamt also achtzehn. Vom Ersten bis heute alles zusammen zweiundsechzig Kronen. Ich hatte zweihundertachtzig, jetzt habe ich noch zweihundertachtzehn, hübsches Sümmchen, nicht? Jetzt muss ich nur noch den Dachdecker bezahlen und brauche Geld für die Kutsche und die Fahrt nach Novska zur Schwester. Dann bleibt immer noch genug übrig. Und ihr? Habt ihr mehr oder weniger als ich? Legt die Karten auf den Tisch! Wie viel verdienen eure Männer? Nicht schlecht, ha, nach den Lohnerhöhungen. Wie viel geht für die Wäsche drauf, wie viel für Lebensmittel? Wie teuer kommt euch neue Kleidung zu stehen? Und der werte Gatte, wie viel verqualmt er? Führt ihr Buch oder habt ihr alles wie ich im Kopfe? Ich bin ganz offen. Ich habe nichts zu verbergen!

FRAU ČAKLOVIĆ (geflüstert zu Frau Eškutović): Sie sagt, sie hätte zweihundert. Das würde ich gern selbst nachzählen. Die ist mit allen Wassern gewaschen und lügt wie gedruckt, die kriegst du nicht zu fassen. Die wendet alte Kleider um. Obwohl sie mir leidtut. Sie haben es weiß Gott schwer: Seit der Alte in Rente ist, fehlt es ihnen an allen Ecken und Enden. Ich kenne diese Sorte. Tragen steife Krägen und haben kein Hemd darunter. Dick geschminkt, aber drei Tage nicht gewaschen. Sparen lieber an der Seife als an schönen Augen.

HINKOVIĆ: Keinen Schimmer, worum es geht! Ich habe schlechte Laune und zu nichts Lust. Ich bin kurzsichtig! Und war nicht in der Stunde. Fangen Sie nur an, ich mache dann weiter. Es liegt mir auf der Zunge. Wie hieß das noch mal?

HERR LEHRER MUSIĆ: Muss ich es mir für dich merken? Was hast du nur im Kopfe? Der dient dir nur dazu, den Hut draufzusetzen! Du kennst nicht mal den Satz des Pythagoras! Das Quadrat über der Hypothenuse, das weiß jedes Kind, ist gleich den Quadraten über den beiden Katheten. Der berühmte Seemann heißt Francis Dreck, was ist dabei? Was gibt's da zu lachen? Du schüttest dich ja aus vor Lachen! Du lachst deinem Vater ins Gesicht! Bin ich etwa zum Auslachen da? Du kommst in die zweite Reihe, wirst gegen sämtliche Krankheiten geimpft, musst das Pult mit der eigenen Zunge sauberlecken, Tinte trinken und fünfundzwanzig Schläge mit dem Lineal in die Hand erdulden! Streck die Hand aus, Kopf runter, ab ins Eck! Ins Eck! Ich verurteile dich zu fünfundzwanzig Jahren Eckestehen!

HINKOVIĆ: Ich gehe nicht auf Ihre Schule! Ich muss zum Zug nach Zagreb! Habe den Auftrag, Gifte für meinen Patron abholen.

DIREKTOR VASA PUŠIBRK: Was ist das für ein Geschrei? Wer schlägt hier wen warum?

HERR LEHRER MUSIĆ: Der Kerl ist einfach unmöglich. Kann kein Wort Latein, Griechisch, Ungarisch, nicht mal seine eigene Sprache. Stottert und trägt eine Brille. Sein Vater sammelt Briefmarken, leckt sie mit der Zunge ab und verbreitet so die Schwindsucht. Er selbst verkehrt mit Ganoven aus allen Schichten der hiesigen Gesellschaft.

VASA PUŠIBRK: Er kann nichts dafür, er hat eben nicht unser Gymnasium besucht. Wir blicken auf eine lange Geschichte zurück, haben vor Kurzem den Neubau bezogen, und das Lehrerkollegium besteht aus lauter angesehenen Männern mit einem Sinn fürs Schöne.

LEHRER OBERKNEŽEVIĆ, SANDIĆ, DERA, MATIĆ, GRČIĆ, BRANČIĆ, VUJAKLIJA UND VELIMIROVIĆ (im Chor): So ist es!

VASA PUŠIBRK: Komm, Hinković! Gib dir ein bisschen Mühe beim Gedichteaufsagen! Was ist ein Quotient, was ein Maßstab? Verben mit zwei Nominativen und zwei Akkusativen? Alles aus Jovan Turomans Aufgaben zur lateinischen Syntax. Addition, Subtraktion, Multiplikation und Division ganzer Zahlen, hernach ungarisch-serbische Konversation. Das für die vierte Klasse, und du bist ein gemachter Mann. Wie ein Fisch im Wasser. Frisst deinem Vater die Haare vom Kopfe. Wie steht's mit der Literaturgeschichte von den frühesten Anfängen bis zu Károly Kisfaludy? Setz dich und schreibe die Gedanken politischer Gefangener im Kerker hin, einen Aufsatz zum Thema Lerche, die im Frühjahr wiederkehrt, und einen über weiblichen Edelmut in den Erzählungen von Doktor Lazarević, gern auch in Form von Briefen an Verwandte oder Bekannte. Was du heute kannst besorgen, das verschiebe nicht auf morgen. Wie? Ich habe noch keinen Piep gehört!

HINKOVIĆ: Tutz! Mutz!

JOVAN GRČIĆ: Oder lass dir wenigstens das Geigenspiel beibringen und dass du sonntags um zwei im Kirchenchor singst.

PROTA GABRIJEL BELOHORSKI: Das ist bestimmt ein Schoktze!

KAPLAN PETAR KNEZI: Der? Dem sieht man doch an der Nasenspitze an, dass er orthodox ist, der gehört zu euch. Den lässt nicht einmal ein Wahnsinniger in seine Herde.

HINKOVIĆ: Mein Vater ist einer, meine Mutter hingegen nicht, mein Großvaters war's zur Hälfte, und die Tanten haben je Viertel von dem und ein Viertel von jenem. Wir sind eine Mischung. Einer meiner Onkel war Italiener.

KAPLAN PETAR KNEZI: Was ich gesagt habe.

BISCHOF MITROFAN ŠEVIĆ (mit donnernder Stimme): Wer lästert da? Unser Glaube ist ewiglich! Wir sind, was wir sind, seit alters her. Gott fege euch hinweg! Der Blitz soll euch treffen!

(Blitzschlag. Donner, Grollen und Höllenlärm. Einer schwarzen Wolke entsteigt die Lichtgestalt von Hochwürden Georgije Branković, Erzbischof und Metropolit, Patriarch und erster Geheimrat seiner Kaiserlichen und Königlichen Apostolischen Majestät, Ritter des Ordens der Eisernen Krone I. Klasse, des Österreichisch-kaiserlichen Leopold-Ordens sowie des Sabaordens. Aus seinen Nüstern dringen Flammen, bald grün wie Galle, bald purpurfarben. Was er auch anfasst, gerät in Brand, und er elektrisiert und galvanisiert jeden auf zwanzig Meter Entfernung. Alle Anwesenden werden von unheilbarem Fieber geschüttelt oder bekommen Malaria, falls sie jedoch bereits Malaria haben, werden sie sofort geheilt. Allmächtig, aber weich wie Watte.)

GEORGIJE BRANKOVIĆ: Ihm ist verziehen!

VASA PUŠIBRK (zu sich): Ich werde ihm trotzdem in allen Fächern ein Ungenügend geben, einen Verweis von Direktor und Lehrerkollegium wegen der Zahlung des Schulgeldes, plus Scharlach, von dem er taub wird!

DR. EDVARD MARGALIĆ: Das werde ich nicht zulassen! Ich habe eine Vollmacht des königlichen Religionsministeriums. Ich bin hier alles und jeder!

DR. VIKTOR FLAT: Wenn es um die Regierung geht, das wäre doch der Obergespan? Ich empfehle mich!

(Schüler und Lehrer schreien durcheinander. Ein Gedränge unter Beteiligung vieler angesehener wie nicht angesehener Bürger entsteht.)

STIMMEN: Nein, nein, nein! Ja, ja, ja! Letzten Endes, ich weiß es nicht! Sollen sie nur! Aber nicht doch! Wir sind wir, und die sind die!

BARON MILOŠ BAJIĆS GEIST (in ein weißes Laken gehüllt): Dafür habe ich so viel Geld gespendet? Damit die sich wie die Kesselflicker streiten? Hunderttausend Forint! Hübsches Sümmchen, oder?

LEOPOLD PITTI: Das Gebäude dürfte nach meiner Überschlagsrechnung aber hundertviertausend Forint gekostet haben!

MILOŠ BAJIĆS GEIST (sich davonschleichend): Die restlichen viertausend sollen sie halt selbst aufbringen!

FRAU VENUS VON DER HADSCH-FETTWANST: Was sind schon viertausend Forint für Sie? Ein Taschengeld, Kikiriki. Nicht der Rede wert! Haben Sie zufällig fünfundzwanzig Kronen dabei? Ich habe meine Börse auf der Kredenz vergessen. Leihen Sie mir bitte Ihr Handtuch, Federhalter und ein Fläschchen Sirup. Darf ich Sie zum Frühstück, Mittagessen und Abendbrot besuchen? Gießen Sie mir eine Tasse Tee ein, zünden Sie mir eine Zigarette an und putzen Sie meine Schuhe, ich bin durch den Matsch gelaufen. Massieren Sie mir den Rücken, ich habe im Durchzug gesessen. Verschaffen Sie mir ein Darlehen bei der Zentralen Kreditanstalt, sagen Sie dem Schulleiter, dass ich hervorragend zeichne, stellen Sie mir Herrn Dunđerski vor, damit er mich auf zwei, drei Tage auf sein elegantes Schloss einlädt. Holen Sie mir die Matzelchen aus dem Auge, kratzen Sie mich hinterm Ohr, fächeln Sie mir ein wenig Luft zu, es ist wirklich schwül. Sagen Sie mir, was sich wo warum und für wie lange abspielt. Bitte teilen Sie mir mit, wer wer ist, und stören Sie sich nicht daran, wenn ich nicht zuhöre, weil ich Migräne habe. Je eher, desto besser, bevor ich nervös werde; das liegt in der Familie.

EKFELD: Eine wunderbare Empfehlung für Leichen mit nagelneuem Original.

FRAU ČAKLOVIĆ: Rette sich, wer kann. Die bittet Sie noch, sie an den Fußsohlen zu kitzeln, und fragt Sie dann, was das soll. Solche kenne ich in- und auswendig!

HERR BRANKO BARAKO: Was ist das? Warum stören Sie mich? Nein, ich trinke nicht! Wie könnt ihr so räudig sein, mir Mittagessen beim Gespan anzubieten, wo ich schon zu Mittag gegessen habe! Fällt mir überhaupt nicht ein! Und wenn ihr mich auf Knien anfleht! Ich habe Prinzipien. Schließt die Tür, es zieht. Wo kommt ihr denn her? Ist das euer Haus? Und was ist damit? Ihr solltet euch glücklich schätzen. Wann habt ihr schon mal mit jemandem wie mir zu tun? Geht zum Teufel! Was ist das für ein Kaff? Womit habe ich das verdient?

EKFELD: Das wird ja immer besser.

HINKOVIĆ: Hauptsache, ich erwische diesen verdammten Zug noch!

J. MUNĆAN (sehr langsam, jedes Wort in die Länge ziehend): Wohin so eilig, junger Mann? Man kommt immer an. Als würden Sie Honigkuchen verpassen. Besser spät als nie. In der Kürze liegt die Würze. Als ich mal, ja was denn, was ich sagen wollte, was wollte ich denn sagen, worum ging's noch mal?! Wann war das und was war der Grund? Bitte?

HINKOVIĆ: Nein, ich bin nichts.

J. MUNĆAN: Immer mit der Ruhe. Also zum Beispiel ich. Bitte? Wer hat angefangen? Sie oder ich? Na, das ist jetzt nicht wichtig. Wo waren wir stehengeblieben? Von welchem Hinković sind Sie, von den Hinkovićs oder von den Hinkovićs der Hinkovićs? Ach, ich dachte, Sie wären von den Hinkovićs der Hinkovićs. Ich kannte eine ähnliche Person. Bitte? Wir gehen davon aus, dass wir noch immer große Fortschritte machten. Was sollen wir später machen, wenn wir jetzt erledigen, was die anderen längst erledigt haben. Zeitverschwendung und Nervenaufreibung. Genau so. Sie nehmen mir das Wort aus dem Munde. Gerade das hatte ich sagen wollen. So sind die Zeiten. Früher war alles anders, vor allem die Menschen. Männer und Frauen sind gänzlich verdorben. Solange du dich nicht umdrehst, bevor du A gesagt hast. Gerade so. Sie sind völlig im Recht. Hören Sie, warum setzen wir uns nicht auf ein Gläschen zusammen? Wir wohnen in derselben Stadt und kennen uns so wenig. Wozu habe ich hier ein Jahr gelebt. Ich habe alle Einwohner im Kopfe. Ich kenne jeden Fußbreit, jede Ecke, jeden Trampelpfad. In diesem Café habe ich oft gesessen. Jeder Stuhl kennt mich. Ich gehöre zum Inventar. Hören Sie, ich verrate Ihnen ein Geheimnis. Nur Ihnen. Was ich jetzt sage, habe ich noch niemandem verraten! Bei meiner Ehre. Rühr dich nicht vom Fleck! Nicht zu Hause gewesen, nicht bei der Familie! Beim Teufel, ich halte Sie doch nicht auf!

HINKOVIĆ: Nein, warum. Außer dass ich zum Zug muss. Nein, in Ordnung! Fahren Sie ruhig fort. Mir tut nichts weh. Lassen Sie sich nicht stören. Mit wem, wenn nicht Ihnen, sollte ich …? Ich habe niemanden. Nur frisch von der Leber weg.

J. MUNĆAN: Nehmen wir zum Beispiel die Zeit und ihren Lauf.

Oder irgend etwas anderes. Wählen Sie das Thema. Nein, nein, nach Ihnen. Aber ich bitte Sie! Nicht im Traum! So alt bin ich nicht! Gott bewahre! Ich verzichte zu Ihren Gunsten. Freiwillig. Sie haben es nötiger. Ich beherrsche mich. Ich kann Ihnen das nicht abschlagen. Ihre Wahl. Wir ziehen uns in die Kammer zurück. Unsere ist vorbei. Ganz sicher. So sicher, wie zwei und zwei vier gibt. Und ich frage Sie, mein Freund, hat das irgendeinen Sinn? All das, worüber Sie sich gerade auslassen, weiß ich spätestens seit der zweiten Grundschulklasse. Ich habe niemanden zum Reden. Rufer in der Wüste! Wer hört uns kleine Rädchen? Ich weiß nur nicht, wie lange wir das noch aushalten müssen. Auch Ihnen wird einmal der Kragen platzen. Das haben Sie jetzt an der Backe, so sieht das aus. Wessen sich der Kluge schämt, dessen sich der Dumme brüstet! Der Stärkere gewinnt. Leben und leben lassen! Und wenn wir uns auf den Kopf stellen, es taugt alles nichts!

HINKOVIĆ: Ich weiß nur nicht, wie ich das alles zusammenbringe. Das Leben ist kurz. Das verdirbt uns alles. Ich will nur ein Zuhause haben. Ich habe nichts. Ich achte noch den Schatten eines Menschen. Als ich klein war, durfte ich nicht zusehen, wenn ein Huhn geschlachtet wurde.

REGINA RABSTERN (keifend): Dieser ewige Opponent. Alles kritisiert er, nichts ist ihm gut genug. Ich würde ihn sehen. Wäre er da, wo er nicht ist, was würde er anstelle derer tun, die dort sind? Ich kenne seine Seele. Bis ins Mark. Es ist das letzte Mal für ihn. Schreib das ruhig auf. Damit ist es beendet.

FRAU ČAKLOVIĆ: Was fehlt ihm denn? Ein schöner junger Mann, wenn auch etwas schamhaft. Was wären wir ohne die und die ohne uns? Ich denke ganz allgemein an die Männer. Wir sind für sie ein notwendiges Übel. Ganz gleich, wie sehr sie schreien, ohne uns kommen sie nicht vom Fleck. Das hat ihnen Gott zur Strafe auferlegt. Das, und dass sie sich jeden Morgen rasieren müssen. Wir haben einmal im Monat unsere Mühe, sie aber jeden Morgen. Geschieht ihnen recht.

MITA KODA: Das alles ist die reine Wahrheit. Die Jungen müssen vor die Welt treten. Was brauchen wir noch? Wir stehen mit einem Bein im Grab. Wir haben unser Leben gelebt. Es sei ihnen gegönnt.

(Junger Prophet drängt sich vor, trunken vor Aufregung und leicht unter Einfluss. Die Last der Verantwortung zwingt ihn in die Knie. Stottert, weil er so viel zu sagen hat. Durchlöcherte Kleidung, aber kalt ist ihm nicht. Die Pickel im Gesicht haben die Form des Parteiabzeichens. Ihm läuft Rotz aus der Nase vor lauter warmen Gefühlen. Muht wie eine Kuh, aber melodiös. Hat ein großes Wappen auf dem Hosenboden.)

JUNGER PROPHET: Wir werden die Welt von Grund auf verändern. Gestern war es so, morgen wird es jedoch anders sein. Die Zukunft wird sich zeigen. Ich werde euch in hundert Jahren fragen! Lasst uns schwören. Wir werden eine Bombe auf den ganzen Planeten werfen!

(Junger Prophet wirft eine Bombe, welche leise detoniert und dichten, undurchsichtigen Nebel verbreitet. Als sich der Rauch verzogen hat, steht auf einem Sockel ein Genius mit Lorbeerkranz, sichtlich erregt.)

GENIUS: Ich habe auf fast jedem Gebiet Heldentaten vollbracht. Universaltalent. Naturbegabung. Ich rede nicht so viel, wie ich könnte. Irrwitzig bescheiden! Uneheliches Kind eines unbekannten Revoluzzers und einer Wäscherin. Ein Kind der Liebe und der Allschwänzigkeit. Der Durchbruch aus einer großen Familie gelingt leicht. Ein ungewöhnlich begabtes Kind des Volkes bin ich. Ich habe goldene Hände! Bei alldem habe ich zugegeben auch Glück gehabt. Ich machte eine Zufallsentdeckung, während ich auf dem Scheißhaus saß und nachdachte. Ein kurzer Blick, den ich im Augenblick des Sturzregens auf den Boden warf.

EKFELD: Bravo! Er lebe hoch! Lasst uns hören, welcher Art seine Entdeckung ist!

GENIE: Eine Entdeckung auf dem Felde der Chemie. Die unverhoffte Verbindung zweier uralter philosophischer Elemente, Wasser und Erde. Humus humanis plus aqua naturalis. Hazweiodasdutrinkstwiewas. Resultat: Schlammus, Schmuddelus, einschließlich der finalen Ableitungen, im Volksmund Schmuddelkind genannt.

(Alle applaudieren, winken mit ausländischen Fähnchen, recken Maskottchen der Parteien in die Höhe: Hahn, Opanken, Kübel, Regenschirm, Irrigator, Pelzmütze, Sichel, Wäscheklammer, Flasche; schreien vor Begeisterung, fallen auf die Knie, beten, lecken den Boden vor dem Redner, leeren ihre Taschen und legen ihm den Inhalt vor die Füße, verfallen in religiösen Wahn, sterben beim Anblick, bringen sich durch Kehledurch-, Pulsadernauf- oder Sackabschneiden um, schwören, sagen sich von der Familie los, verbrennen Kinder, winken den Kostümen der Ahnen, zeigen leere Invalidenärmel, bringen Neugeborene zur Taufe.)

(Gleichzeitig betreten die geschätzten Gäste und Besucher den mit Girlanden, Fähnchen nicht existenter Staaten, chinesischen Lampions und allerliebsten Spielsachen aus Papier schön geschmückten Saal: Milka Aleksić-Grgurova, Jova Atanasijević, Dr. Branimir Stanojević, St. Atanacković aus Révaújfalu, Dr. Stanoje Stanojević, Zora Amanović aus Knin, Dr. Velimir Stojković, Đorđe Stratimirović, Danica Bandić-Telečki aus Velika Kikinda, Dr. Vojislav Subotić, Frano Supilo, A. Šantić, Milka Branković aus Kamenski, Dr. Josip Široki, Maksim Šobajić, Đorđe Bota, Prota von Jarkovac, Atanasija Šola, Ranko Tajsić, Josip Juraj Strossmayer, Dr. Imbro Ignjatijević Tkalec, Ilija Beleslijin aus Temesvár, Pera Todorović, Cveta Bingulac, Dr. Sima Trojanović, Frau Beta Vukanović mit Gatten, Hugo Weinberger, Dr. Franjo Zagoda, Ana Bocarić aus Istanbul, Ing. Kosta Živković, Stanislav Binički, Frau Dr. Olga Kostić aus Šid, Hochwürden Georgije Branković, Ivana Brlić-Mažuranić, Nikola Tesla, Vlaho Bukovac, Ljubomir Lotić, Rade Krajinović, Krsta Cicvarić, Patriarch Lukijan Bogdanović, Pero Budmani, Ljubiša Vasa-Krstić aus Belgrad, Franck Edler von Zichorie aus Zagreb, Svetislav Cvijanović, General Rom. Zigan Spielinski, Lujo Adamović, Henk Vissi von und an Pragstropf, Vilim Bukšeg,

Miroslava Mirosavljević aus Osečina, Dr. Jevto Dedijer, Franz Fugger, Svetislav Dinulović, Dr. Đorđe Dera, Radoje Dedinac, Rafailo Kokotović, Albert Deutsch, Dr. Bogdan Gavrilović, Hochwürden Jovan Hranilović, Radoje Domanović, Vitomir Maksimčev aus Perlez, Gräfin Sparbüchse von Donator, Đuro Deželić, Frau Draga Mašin, geborene Obrenović, mit Gatten, Pera Dobrinović, Miloš P. Kragujević aus Donji Vakuf, Jovan Dučić, Hotzenplotz Holzklotz zu Gregersen-Neidhammel, Rochus von Ochsenschwanz, Milovan Glišić, Dimitrije Ružić, Isidor Bajić, Isaije Mitrović aus Bihać, Stjepan Basariček, Stjepan Radić, Jelka Prohaska aus Wien, Ihre kaiserlich-königliche Majestät Franz der Erste, Slava Raškaj, Sergije Popić, Davorin Ribnikar, Janko Nikolić aus Šabac, Dr. Leopold Ružička, Mirko Rotman, Uroš Predić, Zorislava N. Jovanović aus Pančevo, Stojan Protić, Geca Kon, Peter Sturm, Arch. Pleisto von Krapina, Smirna Kummeth, Laza Kostić, Dr. Marko T. Leko, Jelena Ostojić, Dr. Sima Lozanić, A. G. Matoš, Dr. Josip Pliverić, Kilim Pirokjankjev, Vitomir Malentin-Pobožny, Radomir Plaović (Kind, 3 Jahre) in Begleitung der Eltern, Ignjat Borštnik, Janko Polić-Kamov, Dr. Mihajlo Polit-Desančić, Feldm. Živojin Mišić, Valentin Lapaine, Dr. Milan Kresser, Zora Prica, die Philologin aus Glina, Graf Miroslav Kulmer, Christina A. Purić aus Belgrad, Delfa Ivanić, Milivoje Pavlićević, Hanfried Stalag, Dr. Đuro Arnold, Draga Lončar-Trbojević aus Drežnica, Frano Petranović, Dr. Lazar Paču, Erbse von Bohnensuppe, geborene Fagiolo, Nikola Pašić, P.O. Reh, Peroslav Paskiević-Čikara, Foenix Lebensvers., Zagreb, Vjenceslav Novak, Azbuka Analphabet, Stojan Novaković, Dr. Milan Ogrizović, A. Einstein mit Gattin, Velika Nigrinova, Branislav Nušić, Ljubomir Jovanović, Natko Nodilo, Lazar Pešić-Jovanov aus Gunja, Rista und Odavić, Dr. Jovan Jovanović, Triša Kaclerović, Risto und Đorđe Kesić, Antun Pacher, Danica Petrovič-Njegoš aus Kotor, Dr. F. Bučar, Jovan Skerlić, Anica Savić, Schülerin, Dr. Isidora Sekulić, D. D. Brašnar, Prinz Božidar Karađorđević aus Paris, Esch K. Nasi, Dr. Ljubomir Nenadović, Dušan und Vera Radić aus Sombor, Jelka Kerečki mit Gatten, Josip Ninković aus Großbetschkek, Dr. Demosten Nikolajević, Katharina Uskoković aus

Grunt, Nikola I. Petrović, Dr. Vojislav Kujundžić, Gen. Assicurazioni aus Fiume, Viktor Parma, K. A. H. N. Lloyd aus Amsterdam, Dr. Ante Pavelić, hl. Ladislav Pejačević, hl. Josif Pančić, hl. Otto von Bismarck, hl. Stevan Nemanja, hl. Petar Keglevič aus Bužin, hl. Kosta Taušanović, hl. Eufemija Jović, hl. Ăthosos, hl. Astika, hl. Et, Gevatter Frost und die hl. Aberwas, Herr Kupfer Borsky, Emilija Jocić, Avo Karabegović, Katz U. Maus, Vasa Stajić, Aleksandar Belić, Frl. Jackie Ripper, Tau Regenmacher, Milivoje Čudomirović, Regina Rabstern, Dr. Prvoslav Pivovarsky, Durs Pilsen, Dr. Aleksandar Zega, Oberinsp. Kosta Živković, G. Heymbund, Petar Kulučić, Milena Sugo-Štefanec, Lázár Horvát aus Zagreb, Gen. Valentin Söldner, Jovan Tanović, Frl. Lotteria Klassen-Glückslos, Kosta Timotijević, Hauptmann Panta Popić, Stef Halaček, Dr. Peter Keremepuch, I. Garašanin, Großserbe, Ben Yatagan-Rohrkrepierer, Türke, Händler aus Ada, Dragutin Neumann, Katharina Holec, I. Andrić, Schüler aus Travnik, Dr. Dušan Mioković, Andra Nikolić, Admiral Maximilijan Njegovan, Josip Sitte-Brauch, Pera Zgoda, Dr. K. B. Ornament, Kajetan Helfort mit Gattin Tereza, geborene Oster, Đura Paunković, Blas. Satan, Helena Schwarz Dunkler-Obskur, Johannes Täufer-Baptist, Slavenko Schoktzen-Tod, Ljerka Šram, die Schwestern Kriškara, Hut und Šajkača Kahl, geborene Käppi, Mona Galitzen, Dr. A. Spaten und Hauptmann Pflüger-Tieflinski aus Padej, Jovan Ćosić von der Udba, Stjepan Parmačević, Vera Tornjanska, Karlo Zander, Dr. Stevan Pavlović mit seinen Enkeln, Bogdan Svirčević aus Subotica, Bela Pečić, Dim. P. Stojšić aus Aleksinac, Suško Babur-Čilský, Gräfin Zündi Petrol. Monopoly, Dr. August Langhoffer, Milan Nedeljković aus Vračar, Nadežda Petrović, Jovan Stepanov, Dr. Ante Pinterović, Bratko Veselinović, Dr. Mihajlo Petrović, Đorđe Rakić, Irma Polak, Josip Grubješić-Lapot, Dr. Draga Ljočić, Simo Matavulj, Lotte Ärmlich-Blind, Kosta Glavinić, Petar Osman-Kerker, Dr. Save Sintflut, Dr. Mihajlo Pupin, Dr. Archibald Reiss, Bastard Unedel aus St. Bečej, Mitrofan Šević, Bischof, Banka Nov.-Srpski, Aaron Benevolentia, Sandor Alexander, Toša Andrejević-Australier, Jevta Radak, Gräfin Glagolizia von Lateiner, Ranko Gođevac, Pera Zelembać, der Steineklopfer von

Topčider, Pfiffikus Schlumpf, Dr. Jovan Cvijić, Wendelin Schwab, Antun Čebelar, Dr. Đorđe Dera, Unterleutnant Zoltan Übergriff, Dr. Valtazar Bogišić, Pataria Nachfahr, Dr. Vatroslav Jagić, Ljubica Radošević aus Mitrovica, Jelka Tabak-Bierselig, Davorin Jenko, Ana Čilag, Sava Vamp-Savanović, Petar Agrima aus Tschynadijavo, Gebrüder Strohal-Bobčev-Utješenović, Gräfin Violetta von und zu Pflaume, Svetislav Kolarović aus Karlowitz, Rodoljub alias Heimatlieb Brüster-Prsić, Stevan Javor aus Zadar, Milo Buche aus Oberwald, Danica S. Čočić, Frau Karsta Hohler, geborene Hohlraum, Toma Topić-Kumbus, Erd Bebel Dragomir Gernfick, Frl. Häkla Feinstrick, Mita Kostolac-Stollwerk, Proka Natural, Aua Oweyja-Wehweh, Aleksa Nešič, Jovo Kuga-Pest, Milan Ungeheuer, Simo Hex, Svetomir Nikolajević, Gräfin Wutz von Bergscherr, Dr. V. Lipik-Gesundstrotz, Dr. Stutenmilch. Pastierri, Sreten Pašić, General Graf Fauler von Reichenson, Jelena S. Ćurtović aus Niš, Aleksa Krsmanović, , Dr. Ljudevit Mičatek, Sava Klee aus Großbetschkerek, Nikola Brauer, Milan Bauer, Frl. Fee Klotz-Einauge, Edmund Komlar und Novci, Žiga Glembay, Nikola St. Ljubiša aus Cetinje, Anđelko Helbich, Bogoboj Fürchtegott Rucović, Arom Schwarzgeuner, Dr. Milan Amruš, Mija Govedo, Dušan Lambrin aus Ilandža, Nikodim Resimić, Gedeon Kulpin, Edelfrau Edeltraut von und zum Roten Kreuz, Dr. Reiner Selbstgelahrt, Dr. Kazbulbuc, Stanislav Graf Lubiensky, Baron Feldmarschall Friedhelm Grobian von Schlachtern und Frl. Pieta Krentz.)

(In der Zwischenzeit werden Baumaterial, Bretter, Leitern, Seile hereingetragen, Nägel eingeschlagen und herausgezogen. Vorhänge, Rückwände, Bühnenprospekte mit gemalten Schlössern, Seen, Bergrücken, Kathedralen und Abbildungen afrikanischer Mordlust senken und heben sich. Säckeweise treffen Kostüme, schwere Harnische und sportliche Requisiten ein. Waffen klirren. Schauspieler ziehen Löwenfelle an und setzen Hahnenkämme auf, malen sich die Backen blau, gelb und rot an, stülpen Perücken von Kaisern, Bräuten und geistig verwirrten Geistlichen über, klettern auf Stelzen, kleben künstliche Buckel an, proben Geh- und Sehbehinderungen. Singen sich ein, schreien gegen die Stimmen von Vögeln, wilden Tieren und bösen Räubern an. Instrumente werden gestimmt. Bleche werden geschüttelt, um zu prüfen, ob es wie Donner klingt. Kanonenschüsse, Regengüsse und quietschende Türangeln werden imitiert. Geprobt werden die Hinrichtung von Königen, der Tod des unglücklichen Kranichs und der Gang des alt gewordenen Ministers auf dem Wege zum Schafott. Künstliche Nebel, artifizieller Rauch und unerträgliche Gerüche breiten sich aus, weswegen sich so mancher übergeben muss. Die Bühne soll in Brand gesetzt werden, das wird dann aber auf später verschoben. Die Schauspieler streichen alles erst weiß und dann schwarz, ziehen Handschuhe an, streifen Kapuzen über und klettern in Löcher im Boden. Springen von den Logen in den Orchestergraben. Hängen an Seilen. Spielen mit verbundenen Augen, und an ein Fass gefesselt, einarmig Geige. Brabbeln, rascheln und stöhnen. Unterdrücktes Gelächter, lautes Weinen. Dann fällt der Vorhang, alles verschwindet und alle Geräusche verstummen.)

EKFELD: Völker, Brüder und Freunde, hört und hört gut zu. Dies ist unser kleines Schauspiel, erstellt aus eigenen Kräften. Wir sind einfache Handwerker und Menschen anderer Berufe mit reinem Herzen und wollen Ihnen unser Leben zeigen, wie es einst war und wie es sein wird. Es treten ausschließlich reale, historische Figuren von größter Bedeutung auf. Dieser Tattergreis im Gewand des Universalingenieurs, das ist der geschätzte Miloš Savčić, der jetzt im Namen der Handelsbank, der Vračarer Sparkasse und der Versicherungsgesellschaft Srbija einen Zuckerwürfel kosten wird, hergestellt in der königlichen Zuckerfabrik in Zuckerstadt. Da ist ein weiterer gewitzter Geschäftsmann, Karl Varhanek, der ersterem, also Herrn Savčić, seine präparierte Sardine präsentiert, einst ein Fisch, jetzt ein himmlisch leckeres Essen. Seht, wie der steinalte Nikola Spasić völlig entkräftet einen Teller mit heißen Buchteln dem ausgehungerten Kind hinhält, der dahinter ist ein verschlagener Invalide, welcher Spasić geschickt den Geldbeutel aus der Gesäßtasche zieht. Der da, der eine Hacke über seinem Kopf schwenkt, das ist Rudolf Builder, der das Bergsteigen braucht wie das tägliche Brot, und das Kind da ist der Goldschopf Zlatko Baloković, der mit seinen sieben Jahren besser auf der Gusla spielt als irgendeiner sonst. Die drei, die ihre Mäuler aufreißen, um in die leckere Salami zu beißen, die haben die Salami im Schweiße ihres Angesichts auch hergestellt, es sind nämlich die Söhne des ehrwürdigen Fabrikanten Gavrilović, ein Serbe aus Petrinje. Der mit dem Säbel, das ist General Kušaković, welcher eine Art, sich die Zähne zu putzen, erfunden hat, und der neben ihm ist ein gewisser Stošić, welcher einen Regenwurm hinausgetragen hat, während die zwei nassen Brüder da an der Ecke mit gutem Grund angeheitert sind, denn sie saufen ihr eigenes Bier und heißen Kajetan und Koloman Šeper, obwohl sie unsere Brüder und enge Verwandte sind. Gute Leute, habt keine Angst vor dem Mann, der hier schnaubt und die Ohren anlegt, mit dem Fuße scharrt und sich mit der Peitsche selbst die Flanken schlägt, denn das ist Miroslav Steinhausz, der viele Pferde besitzt, aber nicht eines zur Hand hat. Der da vorn ist Žiga Stern, welcher sich leidenschaftlich gern mit Leder beschäftigt, das sieht man an der Art, wie er die Haut seiner eigenen Uroma mit den Zähnen prüft, ob sie ordentlich gegerbt ist oder ob diese Halunken von Arbeitern sich ein Liedchen gepfiffen haben, statt ihrem Handwerk nachzugehen. Wirklich alles herausragende, würdige Männer aus hiesigen Landen, die allerorten verstreut leben. Die hochbetagten Reigentänzer da, die heißen Ćelović, Krsmanović und Paranos. Alles Kompatrioten und gute Hausherren. Geschmückt mit Pflaumen hinter den Ohren und Dukaten auf der Brust, als wären sie auf dem Weg zu einer Hochzeit. Der, der den Zweieinhalb-Meter-Mann zum Armdrücken herausfordert, das ist Švrljuga, ein Landsmann, der mit verbundenen Augen über die tosenden Weltmeere fährt und immer weiß, wo er ist. Schaut nun auf diesen Mann und diese Kraft, obwohl er ein Mann des Buches ist und seine Zeit nicht umsonst vertrödelt: Stellt euch vor, wie dieser Đuro Nenadić, seines Zeichens Naturforscher, Arzt und Patriot, eine entwurzelte Eiche in die Höhe hält, während an dieser Eiche zwei Förster arbeiten, der wilde Luchs sein Mütchen kühlt, Amseln und Stieglitze singen und an den höchsten Ästen ein Kind auf der Schaukel schaukelt, angeblich der Stanislav von den Vinavers aus Šabac. Weiterhin sind zu sehen Herr Jaša Tomić, ein Reporter, der unlängst völlig zu Recht seinen Berufskollegen Mišo Dimitrijević abgemurkst hat, und Franjo Povše von und zu Szőllős, der ein vornehmer Herr ist und trotzdem pflügen kann und Landmaschinen verkauft. Und der, der in der hochgestreckten Hand einen Läufer – oder ist es ein Bauer? – hält, das ist Borislav Kostić, der beste Schachspieler auf dem ganzen Planeten. Die, welche die Füße in einer Waschschüssel baden, heißen Pero Čikara und Mate Šarić, beide kommen von unserer schönen Küste, was sie hiermit vor Augen führen wollen. Sie alle gehören zu den Wohlhabenden, doch tun sie so, als wären sie Habenichtse und hätten nichts, so groß ist ihre persönliche Bescheidenheit und Ehrfurcht. Und jetzt betrachtet all die anderen, über die weiß ich nichts zu sagen, deswegen schaut selbst! Es sind edle Wohltäter, Spender, anonyme Geldgeber, Stifter, Gründer, Stiftungsgründer, Berichteschreiber, alte Herren auf der Suche nach Nachfolgern, unfruchtbare Frauen, welche einen kleinen Schwarzen adoptieren wollen, Mitglieder der Gesellschaft zum Schutz weißer Mäuse, Frauen, welche Badeanzüge für blinde Kinder stricken, Referenten des Roten Kreuzes und Hüter der moralischen Ordnung, Angehörige des Ausschusses zur Unterstützung verlassener Frauen nach dem dritten ehelichen Schiffbruch, Erste-Hilfe-Beamte, Ratgeber überlebender Selbstmörder, Sekretäre melancholischer Millionäre, dekadente und potenzielle Verbrecher, Krankenpfleger, Bauchredner und Unterhaltungskünstler sowie Kindermädchen, allen voran Savka Subotić, die für einen unbekannten einarmigen Jungen einen Ärmel von acht Meter Länge strickt, den sie wie einen buschigen Schwanz hinter sich herzieht.

SAVKA SUBOTIĆ: Wo sind die Ärmsten?

(Vor der Wohltäterin der bedauernswerte Anblick von Ohnmacht und Armut: Hinković in der Rolle des enterbten, ungewaschenen und schmutzstarrenden blinden Kindes, dem eine

Dampflok an einem Ostersonntag den linken Unterarm abriss; Ekfeld in der Rolle des orientierungslosen Greises, der ganz allein herumirrt und seit 77 Tagen Hunger leidet, seinen gesamten Besitz in Gestalt von drei Büchern, einer Zahnbürste und Schnürsenkeln veräußerte, sich dann in den falschen Zug setzte, in der falschen Straße verweilte, ein vom Schicksal geschlagener, von den Angehörigen verspotteter, wenn auch völlig unschuldiger und nach allen Zeugenaussagen liebenswürdiger, angenehmer Mensch; Bernold, behaftet mit einer unverheirateten Tochter, welche die Ausbildung zur Lehrerin abbrach und von den verschwendungssüchtigen Eltern wegen unbekannter Verfehlungen in früher Jugend auf die Straße gesetzt wurde; Cigler als jüdischer Bettler, der wohl niemals seinen Ararat erklimmen wird; Rabstern, taub von Geburt an, geistig zurückgeblieben, äußerst vernachlässigt, mit schwerer Lungenentzündung, Gicht und rechtsseitigem Leistenbruch; Kapamadžija als Kriegskind, dessen Eltern dank der historischen Wirren und in Brand gesteckter Häuser verschollen sind und dessen Erbe sich habgierige Rechtsanwälte unter den Nagel gerissen haben; Forgač als nackter, barfüßiger, orientierungsloser Habenichts; die Kluka im achten Monat, und obendrein schreit sie auch noch grässlich wie die Taubstummen, welche Behinderung der unbekannte Verbrecher, welcher sie schwängerte, auch ausgenutzt hat.)

SAVKA SUBOTIĆ: Wir sind Wohltäter aller Herren Länder. Wir verprassen unsere Ersparnisse, als wüssten wir nicht sehr wohl, dass ihr das ausnutzen werdet. Wohltätigkeit wird häufig missbraucht. Verrückt ist gut, beides ist ein und dasselbe. Du kannst einem anderen nicht helfen, ohne dich selbst zu schwächen. Wir geben unser letztes Hemd, statt im warmen Zimmer zu sitzen, Bücher von höchster Wichtigkeit zu lesen und Lindenblütentee zu trinken. Wir sind bereit, uns den rechten Arm abzuschneiden, um euch auf den Weg zu bringen. Eure Augen können wir euch ebenso wenig zurückgeben wie andere Körperteile, die ihr hauptsächlich durch eigene Unachtsamkeit oder den Willen des Schicksals einbüßtet, aber wir können euch mit einem freundlichen Wort und Rat zur Seite stehen!

(Frau S. S. zückt eine wunderschöne Schachtel mit Schokoladenbonbons, steckt sich eins in den Mund und wirft den Armen das hübsche Einwickelpapierchen hin.)

SAVKA SUBOTIĆ: Daraus könnt ihr Käppchen, Körbchen für unreifes Obst oder Schublädchen basteln. Ihr müsst euch erst einmal in Bescheidenheit üben. Entreißt uns keine Tränen mit eurer Undankbarkeit. Ihr seid Kinder der Straße, namenlose Habenichtse, euch steht alles offen! Es gibt kaum ein Beispiel für den Aufstieg vom Bettler zum König, aber er ist möglich. Nur zu! Ich empfehle euch die rentabelsten Stelzen an Händen und Füßen!

(Es kommen herbei Betende, Evangelisten, Mekkapilger, Gottesfürchtige, Walachen, Zinzaren, Milleriten, Siebenten-Tags-Adventisten, Bunjevacer, Bogumilen, Istrorumänen, Dalmatier, Konvertiten, Patarener, Raszier, Häretiker, Nazarener, allen voran Jovan Surdović aus Erdelj und Vitomir Maletin aus Padej, beide tragen Ziegenhaargürtel, schlagen sich mit den Fäusten auf den Kopf, spucken in die Höhe und lassen die eigene Spucke auf sich herabfallen, zwicken sich in die Arme, während die Masse hinter ihnen langsam voranrückt, auf den Knien rutschend, sich Nadeln in die Brust stechend, Staub leckend, sich die Kleider am Leibe zerreißend, Frauen säugen Hunde am Wege, und die Kinder spielen mit tückischen Schlangen.)

MYSTIKER AUS PADEJ (zu Hinković): Woran glaubst du? Bist du ein Wurm oder nicht? Was machst du samstags? Wird der, den wir erwarten, kommen oder nicht? Glaubst du an Hypnose? Wer sind deine Eltern? Fastest du? Bist du fröhlich? Schlemmst du gern, liebst du die heiligen Lieder, Orgien, Tabak, Getränke und dergleichen? Ist das Ende der Welt nahe?

HINKOVIĆ: Ich bin Apothekergehilfe bei J. Grosinger, Novi Sad. Sehr angesehene Firma.

JOVAN SURDOVIĆ: Das Jüngste Gericht wird kommen! Das ist dir wohl klar. Niemand wird verschont. Schon gar nicht dienstags. So steht es geschrieben.

(Auftritt J. Stadler, Erzbischof von Vrhbosna, barfuß und mit von Essig, scharfen Steinen und vor ihm gestreuten Dornen blutenden Sohlen, einen glühenden Klumpen in der Hand, aus welchem Flammen züngeln, umgeben von Dienerinnen des Jesukindes, welche mit Palmzweigen alte Frauen und hungrige Habenichtse vor sich hertreiben.)

SCHWESTER DES JESUKINDES: Autsch! Aua! Ruten! Brrr! Oha! Marsch!

HINKOVIĆ (zerlumpt, mit gebrochenem Bein, Tränen in den Augen wegen eines Trachoms, er hustet, windet sich vor Leibschmerzen und zittert vor Kälte): Gebt einem Armen!

KLUKA (im Kostüm des dicken, stinkreichen Bankiers; an jedem Finger glitzert ein Ring, Zigarre im Mundwinkel, Zylinder auf dem Kopfe und Gamaschen über den Schuhen): Iiich wawawawarrrr einsssst ssssselbst arrrrrrm und obobobobdachlos!

J. STADLER: Bereut und hört auf Jesu Stimme und die seiner Schwestern! Wir haben kein Geld zu verschwenden. Jeder muss das Armutsgelübde ablegen, ohne das kriegt er keinen Heller!

EKFELD (spielt, in ein Laken gewickelt, die Rolle des Geistes von Kosta Taušanović und hält eine große Lostrommel vor sich): Kauft lieber ein Los der Klassenlotterie! Sicher ist sicher! Wer wollte schon die Augen eines Blinden!

CIGLER: Ich werde mir selbst ein Glasauge einsetzen!

(Auftritt der Mitglieder des jüdischen Frauenvereins Wohltat mit Stoffmustern in den Händen.)

WOHLTÄTERINNEN: Ihr müsst nur einen Hut tragen, euch einen Bart stehen lassen und aufhören, Schweinefleisch zu fressen, und wir werden geben euch die Aussteuer und alles Nötige zur Hochzeit!

(Auftritt Kapamadžija und Forgač in kurzen Kleidchen, dreckig, zerlumpt und mit vor Hunger fiebrigen Augen.)

KAPAMADŽIJA: Mein Magen ist wie zugeschnürt. Drei Tage habe ich nichts gegessen. Und keinen Tropfen Wasser getrunken. An die Mutter kann ich mich nicht erinnern, der Vater sitzt im Karzer, und die hartherzige Tante hat mich auf die Straße geworfen! Mein kindlicher Körper ist am Ende. Ich werde morden und stehlen, der Hunger lässt mir keine Wahl! Der Hunger hat große Augen.

FORGAČ: Ich bin mit wenig zufrieden, obwohl ich nicht mal das Nötigste zum Leben habe. Wir stehen auf der Straße. Keiner kümmert sich um uns. Wir sind Kinder der Liebe, die auf den Müll gewandert ist. Hauptsache, sie haben im eklen Joch die leiblichen Gelüste befriedigt! Wir sind die Strafe Gottes. Kinder der Sünde. Glaub keinem satten Mund!

DR. NACHTIGALL: Ich bin arm, du bist arm, er ist arm, wir sind arm, ihr seid arm, sie sind arm! Konjugieren wir gemeinsam!

PEROSLAV ČIKARA (aus dem Publikum): Wir lassen nicht zu, dass unsere Handwerker und Kaufmannsgehilfen vor Hunger und Armut sterben!

(Er geht auf die Bühne und gibt Hinković, Ekfeld, Bernold, Cigler, Rabstern, Kapamadžija, Forgač und Kluka je einen Dukaten, diese knien vor ihm, lecken ihm die Schuhe, küssen seine Knie, maniküren seine Fingernägel, klopfen die Schuppen von seinen Schultern, kämmen ihn, verteilen Pomade in seinem Haar, rasieren ihn und küssen ihm den Hintern.)

BERNOLD (als Geist von Ilija Milosavljević Kolarac): Falls erforderlich, gebe ich gern auch mehr! (Schüttet großzügig Goldstücke auf die Bühne, einige Münzen rollen ins Publikum, wo angesehene Herren und Damen deren Wert mit einem Biss ihres immer gut erhaltenen Gebisses prüfen.)

DAME IM PUBLIKUM: Der ist echt! Den hebe ich als Glückstaler auf! Ich finde immer Geld auf der Straße. Korn zu Korn ergibt Brot! Mutter hat mich gelehrt, sparsam zu sein.

HINKOVIĆ (mit einem großen Knochen zwischen den Zähnen, kaum verständlich): Ich bin der Geist der wohltätigen Jelena

Kofka aus Zemun! Das ist ihr Oberschenkelknochen! Sie gibt, was sie kann!

STJEPAN RADIĆ: Aus dem Elend in den Wohlstand, aber wie?

EKFELD: Wer weiß das? Wer arbeitet, der macht Fehler! Niemand ist vollkommen! Wir kümmern uns.

STADLER: Macht, das ihr rauskommt! Wir haben die falschen Blinden satt! Wir geben keinen Groschen! Betteln polizeilich verboten! Lieber lassen wir zwei, drei echte Bettler hungers sterben, als uns von den übrigen fünfhundert Lügnern an der Nase herumführen zu lassen! Kommt nicht in Frage!

(Auftritt der Kranken: Ekfeld mit Pestbeulen, Bernold mit Bauchtyphus, Cigler mit Diphtherie, Rabstern mit Scharlach, Kapamadžija mit Fleckfieber, Forgač mit Ruhr, Hinković mit Blattern. Sie husten, kotzen, spucken Blut, winden sich vor Schmerzen, humpeln, ringen nach Luft, schreien, jammern, kratzen sich und wuchten gemeinsam den zusammengebrochenen Kluka auf eine Bahre.)

ALLE: Wir sind krank!

HINKOVIĆ: Der Gesunde glaubt dem Kranken nicht! Gesundheit ist der größte Reichtum. Wir sind es weder in unseren noch in der anderen Augen. Es schlottern die weichen Knie. Wir sind ausgedörrt, ausgepresst wie eine Zitrone, tun kein Auge zu. Wir würden unser ganzes Geld, das wir, nebenbei bemerkt, nicht haben, für eine halbe Stunde Gesundheit hingeben.

DR. JOVANOVIĆ-BATUT: Habt ihr euch die Hände vor den Mahlzeiten gewaschen? Reinheit ist die halbe Gesundheit. Welches Brot kaut ihr? Wie ist euer Bett? Trinkt ihr genug? Was ihr gesät, das erntet ihr. Man bezahlt für alles. Und was ist mit dem auf der Bahre los?

KLUKA: Ichchchch bbbbbin totgegegegebornenenenen!

DR. JOVANOVIĆ-BATUT: Wovon ist sein Bauch so gebläht?

DR. LAZAR NENADIĆ: Ich bin Kurarzt in Franzensbad. Spezialist für Frauenleiden und physikalische Therapie. Vielleicht kommt er nieder?

(Dr. Nenadić untersucht Kluka gynäkologisch, Kluka stöhnt.)

DR. NENADIĆ: Merkwürdig. Elfter Schwangerschaftsmonat. Transmutation des Organismus. Biologische Explosion. Krankhafte Spannung. Hypervegetativ. Syphilis in der dritten Generation und Alkoholismus. Wir sind nicht allmächtig.

DR. LAZA STANOJEVIĆ: Gott hat's gegeben, Gott hat's genommen!

(Auftritt der Volksseher Tomo Hećim, Jevto Dučić, Marko Giljača, Andrija Živaljević, Krsto Medilović, Lazo Gorokuća, Anton Delini und allen voran der Wahrsagerin Oma Manda Petrović, welche auf einem Besen reitet und dabei in einem großen Mörser eine Heilkräutermischung zubereitet.)

BERNOLD: Ich würde liebend gern meinen eignen Dreck fressen, wenn ich nur gesund würde. Sollen sie mich doch halbieren, durchsägen, mir den Kopf abreißen, das Gemächte abbinden und was immer ins Maul schieben, wenn ich nur gesund weiterleben dürfte!

GRÄFIN PHARMAKOPOLIE (schreitet über einen weichen Schlüsselblumenteppich, Weidenruten im Arm, Margeritenkranz auf dem Haupt, trägt ein Kleid aus schön geflochtenen Blättern des Walnussbaums; streichelt die Kranken, die ihr Kommen kniend erwarten, und reicht jedem aus dem Köcher, der an ihrer Hüfte hängt, Stängel und Stiele): Hier ist Wermutkraut gegen Magenbeschwerden, echter Eibisch gegen trockenen Husten, Mandeln gegen Wahnsinn und Jähzorn, Tollkirsche gegen Ein- und Auswärtsschielen sowie Trachome, Maßliebchen zur Stillung weiblicher Blutungen, getrocknete Herbstzeitlosenknollen gegen Gicht und unausstehliche Männer, Farne gegen Bandwürmer, Bilsenkraut, um sich von der Krätze und dem gesunden Menschenverstand zu befreien, Wacholder bei zu starkem Harndrang, zum Reinigen der Wohnung und gegen verschiedene Käfer, Minze gegen Bauchweh, Opium gegen Durchfall, Küchensalbei bei Mundgeruch, Holunder, damit man bei schweren Arbeiten weniger schwitze, Baldrian gegen Haarausfall und die Lust, Blankwaffen gegen nächste Anverwandte zu ziehen, weiterhin Rote Bete, Speierling, Radieschen, Käsepappel, Eichenlaub, Radi, Tomaten, Spinat, Männertreu, Schneeglöckchen, Puterstrauch, Feenhaar, Teufelszwirn, Spinnweb, Milchstraßenstroh, Seidengras, Pflanzmohn, Flechtkraut, Blütenvoll, Gewächser, Körnchen, Stammkern, Blüher, Blattspender, Saftsack, Schattenspender, Sämchen, Stammträger, Eckener, Weichlinge, Schleierkraut, Kronenbaum, Kartoffeln, Unterholz, Buschwerk, Überholz, Flaschendreh, Fückcher, Dickling, Winterling, Sündling, Schwammerl, Höchling, Donnerkraut, Kornleid, Überling, Klammerling, Reißling, Knallkraut, allesamt geeignet für den häuslichen Gebrauch bei guter Gesundheit, erheiternd bei allen Mahlzeiten, der häuslichen Ordnung und der gemäßen menschlichen Verteilung zuträglich!

(Auftritt Prof. Dr. med. univ. priv. doc. dipl. gen. pharm. san. exp. fac. vor. kom. slav. ord. kap. vet. inst. klin. akad. Vladan Đorđević, Joachim Midowicz, Sava Petrović, Jovan Valenta, Đorđe Klinković, Bernhard Brühl, Josef Holeček, Josip Pančić, Jan Mašín, Petar Ostojić, Panagiotis Papakostopoulos, Marko Polak, Mladen Janković, Julius Lenk, Ilija Ranimir, in Händen Fleischmesser, Sägen, Geräte zum Abhorchen der Lungen, Bohrer, Hämmer, Löffel, Gabeln, Wäscheklammern, Stricke, Gummibänder, Peitschen; der Erste in der Reihe hält zudem eine Waschschüssel voll Ochsenblut, welches er da und dort verschüttet und das dann augenblicklich gerinnt.)

DR. ĐORĐEVIĆ: Es gibt keine hoffnungslosen Fälle, selbstredend in vernünftigen Grenzen, beziehungsweise vor dem eigentlichen Tode. Die Medizin gibt sich nie geschlagen, selbst wenn vom ganzen Leib nur der Kopf übrig wäre. Dereinst werden alle Todesursachen beherrschbar sein, so wie wir heute schon die Blattern beherrschen, indem wir die Auswüchse abschmirgeln. Der ganze Eiter muss herausgedrückt, das ganze giftige Material ausgesogen, Knochenbrüche mit künstlichen Brettchen ausgebessert, ein herausgerissenes Auge mit fein gearbeitetem Porzellan ersetzt werden, dann stellt sich die Gesundheit ganz von selbst ein, so wie auf jeden Winter ein Frühling folgt!

HINKOVIĆ: Ich verschreibe meinen Leib der Medizin! Testet an mir Seren gegen Bandwürmer, sägt mir ein gesundes Bein ab und schaut, wie es wieder anzunähen wäre. Einer muss sich opfern. Pioniere der Wissenschaft, Kriegskunst, Seefahrt und Insektenkunde! Ohne sie würde die Menschheit noch immer ohne Feuer, Wasser und die grundlegendsten Dinge dahinvegetieren. Einzelne sterben für das Wohlergehen ganzer Generationen. Ein Leben zerstört für eine große Zukunft. Das berauscht wie Wein.

EKFELD: Der größte Teil der Medikamente tötet, was zuverlässig aus eurer Praxis hervorgeht, Herr Apothekergiftmischer!

KLUKA: Wewewwwer wwwwarteteten kekekkkann, wwwwwwwird geheilt!

CIGLER (sich vor Schmerzen windend, hält sich den Unterkiefer): Und Zahnschmerzen? Was ist mit denen?

(Dr. Ante Pavelić steigt mit einer großen Zange aus dem Publikum auf die Bühne, verneigt sich vor den Zuschauern, zeigt allen sein Instrument, wirft es beiseite, krempelt die Ärmel hoch, steckt seinen Arm bis zum Ellenbogen in Ciglers Kehle, zieht ein mit vierzig Zentimeter Kantenlänge wahres Prachtexemplar von Backenzahn heraus und wirft ihn der Zange hinterher. Alle juchzen vor Freude. Der Zahnarzt geht wieder zu seinem Platz.)

DR. ĐORĐEVIĆ: Na, seht ihr!

BERNOLD (sabbert, kneift ein Auge zu und knurrt, die Hände in den Westentaschen, trägt einen zum Dreispitz gefalteten Hut aus Zeitungspapier und zwei verschiedenfarbige Schuhe, die Hose hat nur ein Bein, das andere fehlt): Aber wir, die wir aus dem Reich der Finsternis kommen, was sollen wir? Wer wird in unseren verworrenen Schädeln Gedanken keimen lassen? Wir sind Kinder der Dunkelheit, Früchte des Unglücks. Wen Gott strafen will, dem raubt er zuerst den Verstand. Ich habe in geistiger Umnachtung meine wunderbare Gattin ermordet und mein vierjähriges Töchterchen aufgegessen und erinnere mich an nichts. Ich sehe alles doppelt. Mir scheint, mich greife eine dreiköpfige Spinne mit gezücktem Messer an. Meine Mama wirft mit Steinen nach mir, der Vater sägt mir Nacht für Nacht den Hals durch. Vampire saugen mir das Blut aus. Ich höre Stimmen, meine Beine verheddern sich beim Gehen, man streut mir Salz in den Milchkaffee. Am liebsten würde ich euch alle in die Luft jagen und mich hinterher erhängen!

HINKOVIĆ (in der Uniform und der Rolle von Graf Josip Jelačić, mit einer Fellmütze und Reisigbesen in der Hand): Ich weiß nicht, wer ich bin! Ich weiß nicht, wo ich bin! Ich weiß nicht, wie mir ist! Habschbvuuug! Geschwärtk ezcmtfö! Njekfufjw rkvnszrhdta! Qwerzuuiopüasdfghklöl#yxcvbnbnm,= (/&% $§« đĐäüč98765432é!

EKFELD: Mit Verrückten soll man sich nicht gemein machen.

DR. VATROSLAV JAGIĆ: Hervorragendes Beispiel einer extremmentalen Kasuistik! Wissen im Fieberwahn! Die Summe der Weltläufigkeit! Tragische Bilanz der menschlichen Zivilisation. Wenn doch nur Miklošić diese Fleischwerdung seiner kühnsten Hoffnungen hätte erleben können! Keiner lebt lange genug, um den Triumph seines Werkes zu erleben! Das bringt einen um!

AUSZFÜR AUSZLÁNDY (mit zwei Aktentaschen voller Banknoten mit höchstem Wert): Bothe & Ehrmann AG, Zagreb, J. J. Kohn, Thonet-Mundus AG, Varaždin, Brennstoff, Weizen, Rinder, Eier, Mais, Fleisch und Wursterzeugnisse, Kupfererz, Mehl, Schweine, Pferde, Zement, Pflaumen, Stricknadeln, Erbsen, Eisenerz, Blei, Schafskäse, Švrljuga, Gavrilović, Dunđerski, Union Brauerei, Bauing. Aktien Keglevich von Buzin, K. und K. Scheper, Graf Kulmer, Žiga Stern, Equitable, Gresham, North British, Merkantile, New York, Anker, Croatia, Rosija Fonsijer, Paunković!

DR. JAGIĆ: Was habe ich gesagt?

(Dr. Myhajlo Lapinski und Dr. Vojislav Subotić stürmen mit einem Strick in der Hand auf die Bühne, fesseln Bernold mit eingespielten Bewegungen, stoßen ihn dann in einen Bottich mit kaltem Wasser, schlagen ihm mit Schaufeln auf den Kopf, verpassen ihm Ohrfeigen und boxen ihn in die Rippen.)

DR. SUBOTIĆ: Alles zu seinem Besten!

(Ekfeld, Hinković, Cigler und die anderen knurren die Ärzte an und verbellen sie.)

DR. SUBOTIĆ: Schaut! Wahnsinn ist wie jede Epidemie ansteckend!

HINKOVIĆ: In diesem Fall bin ich so gesund wie nur möglich! Wie ein Fisch im Wasser! Wie ein Löwe!

(Auftritt Dr. Josip Fon, Josip Torbar, Herr Stiasni, Ing. Milan Lenuzzi, Prof. Ivan Stožir, Dr. Kosirnik, Mladen Živojinović, angeführt von Bruder Josip Hanuš, alle im Trikot des Turnvereins Sokol, Federbüsche an den Mützen, führen sie zur allgemeinen Erheiterung verschiedene, gesunde Leibesübungen vor, recken sich, hüpfen wie ein Frosch, gehen auf den Händen usw. vor den Augen vornehmer Herren, Bettler, Fallsüchtiger, Steuerbeamter, mittlerer Führungskräfte, Popen, die dumme Kommentare äußern. Einige junge Frauen schwenken Wimpel in den Nationalfarben der verschiedenen Delegationen.)

DR. HANUŠ: Meine Brüder. Sokoli! Meine Falken. Wir sind Tschechen, wir fürchten uns nicht! Ein gesunder Geist im gesunden Körper! Ich gymnastiziere von klein auf! Ich bin der König der Falken. Hurra!

(Mitglieder und Parteigänger, männliche und weibliche Jugendliche, männliche und weibliche Kinder, alle reißen den rechten Arm in die Höhe, stoßen einen lauten Begeisterungschrei aus und skandieren dann »So-kol, Ha-nuš, So-kol, Ha-nuš«, bis sie verstummen.)

(Auftritt Dr. Franjo Bučar und Viktor Rudolf, mit Regenschirm in der einen und Kübel in der anderen Hand, gekleidet in kurzen Hosen und Volksschulhemd, auf dem vorne ein griechischer Athlet prangt.)

BUČAR UND RUDOLF: Bitte, fangen wir mit der Gymnastik für die Kleinen an! Bewegungsspiele in der Volksschule mit Abbildungen! Die Geistesgegenwart bleibt erhalten. Das Herz ist ein Muskel, eine Pumpe, welche arbeiten muss, weil sonst die Havarie unausweichlich wird. Besser ist es, auf Dornen zu laufen, als eine Zigarette mit Zigarettenspitze in einer verqualmten Kneipe zu rauchen, während an den Tischen ringsum schamlose Alkoholiker besinnungslos Produkte verzehren, leider ebenfalls von menschlicher Hand, das heißt Wein und Schnaps! An die frische Luft! Hinaus, bitte sehr! Sonst bemühen wir die Gerte!

EKFELD: Besser jung und gesund als alt und todkrank!

(Ekfeld und Bernold messen sich im Schwerttanz. Hinković wirft einen Cirit, springt dann auf eine mit Öl gefüllte Blase und holt schließlich den Korb für den Sieger aus der Baumspitze. Kluka und Forgač ringen miteinander. Kapamadžija wirft Knüppel zwischen Krüppel. Rabstern tritt im Wettlaufen gegen sich selbst an und hickelt dann das Hüpfspiel. Sie spielen Boule und Domino und ziehen Streichhölzer: Wer das kürzeste zieht, muss eine 189 Jahre alte Gräfin im Parkett küssen.)

(Alle verwandeln sich in gesunde, kräftige Tiere, welche in unserer bergigen, gleichwohl aber edlen Heimat heimisch sind: Hinković wird zum Fuchs, Ekfeld zum Wolf, Bernold zum Iltis, Cigler zur Schlange, Rabstern zur Wühlmaus, Kapamadžija zum Bären, Forgač zum Gamsbock, Kluka zum Ochsen. Sie wiehern, wimmern, jaulen, mümmeln, zischen, stinken. Von allen Seiten umkreisen sie Jäger mit Hacken, Harken, Schindmähren, getarnten Gruben, Schlingen, großen und kleineren Netzen, Steinschleudern oder bloßen Händen, mit denen sie sie an den Hörnern packen.)

EKFELD: Meine Leidenschaft, das ist die Jagd! Der Mensch stammt von Bestien ab. Unverzüglich streife ich den tierischen Trauerflor über den linken Arm und schenke euch den Schwanz der Fauna. Ich bin zoomordio! Ich werde jedes Tier mit ein wenig Salz auf dem Schwanz einmachen. Das Jagdglück bleibt uns versagt, sobald eine Frau unseren Weg kreuzt. Schau den Popen, welcher dem Popeln verfallen. Die beste Ware bekommt der Angler auf dem Fischmarkt, die ist gestempelt und medizinisch kontrolliert. Stunden um Stunden Geduld für einen Augenblick Anglerfreuden, wenn an der Spitze der vergoldeten Rute ein Schuh glitzert, ein Frauenschuh mit hohem Absatz und Schnürsenkeln. Einer hat einst den eigenen Onkel erschossen, weil er ihn für einen Bären hielt!

HINKOVIĆ (als Katze): Ich bin verflucht intelligent. Verschlagenheit ist mein Beruf. Ich falle immer auf die Füße. Meine Augen leuchten in der Dunkelheit wie zwei Smaragde. Ich bin schwer totzukriegen. Ich habe neun Leben! Miau!

DUŠAN STOJIČEVIĆ (Hinković am Schwanz packend und ihn durch die Luft schleudernd): Da ist sie! Für meine Sammlung! Den Schädel werde ich präparieren und das Fell meiner Frau zum Hochzeitstag schenken. Fuchs, ein symbolisches Geschenk. Furchteinflößend. Böses braucht es nicht. Ich werde den Einfluss der füchsischen Ahnen auf Wachstum und gefühlsmäßige Zusammensetzung meines Volkes darlegen. Sein Herz will ich mit besonderer Aufmerksamkeit sezieren, womöglich dringe ich doch noch in das Geheimnis unser wilden Atmosphäre ein. Ich gehe von der direkten Verwandtschaft zwischen unseren Kindern und kleinen Füchsen aus!

CIGLER: Wir sind alle Ochsen, das heißt Rindviecher! Mein Nachbar nennt mich ein Tier, weil ich mit dem Lehrling nicht zimperlich umspringe! Meine Frau schilt mich eine Bestie in Menschengestalt. Mein Vater schrie Schwein hinter mir her, weil ich ihm die Ehre versagte, ihn an seinem Namenstag zu besuchen. Der Pope nannte mich eine Schlange, weil ich in der Beichte nicht aufrichtig gewesen sei. Die Mitglieder meiner Handwerkervereinigung halten mich für eine Laus, einen Wurm und eine Nacktschnecke!

ALLE: Ksch! Peitsche! Nicht so dem Volke! Gemach, drängelt nicht! Dämliche Viecher! Mistbiester! Hornochsen! Hier sind Kinder! Schwangere, bitte vortreten! Jeder kommt an die Reihe, immer mit der Ruhe! Wenn nötig, werden wir schießen! Ruhe! Eine Stecknadel will ich fallen hören. Kein Wort!

(Hinković fliegt als Riesenhornisse auf.)

DR. AUGUST LANGHOFFER (mit Schmetterlingsnetz und Lupe, stürzt sich auf Hinković, reißt dessen Mund auf und schaut ihm in den Rachen): Was für ein wunderschönes Exemplar! Außergewöhnliche Morphologie der Mundwerkzeuge dieses Insekts! Sie müssen mir glauben. Ich befasse mich seit dreißig Jahren mit der Erkennung der Mundwerkzeuge der Hymenoptera und der übrigen geflügelten Humaniden. Flieg, Käfer, flieg, der Vater ist im Krieg! Warum hast du Angst vor der ungefährlichen Nadel? Du wirst im Institut für Hymenopterologie in der Banstadt Zagreb ausgestellt. Auf Samt! Unter hygienischem Glas und mit einer ordentlichen Beschriftung, für die ich mit der riesigen Autorität auf meinen Schultern, meinen wissenschaftlichen Kenntnissen und meinem Ruf bürge. Ruhm ist eine Last. Am Anfang findet man daran Gefallen, später drückt es einen nieder. Gelehrtenschicksal. Fünf Jahrzehnte glotzt du durch ein Leeuwenhoek-Mikroskop, um ein kapitales Härchen auf der Oberlippe des pannonischen Hinkovianers zu entdecken, und am Ende kriegst du dafür drei Lexikonzeilen in Nonpareille. Schrecklich!

HINKOVIĆ: Bitte meinen Anwalt!

DR. DRAGUTIN NEUMANN: Zu Diensten! Die Streitsache gegen den bösartigen Professor werden wir gewinnen, sobald Sie die Überzeugung von Ihrer Insektoizidität ablegen! Je früher desto besser! Gerechtigkeit ist zwar langsam, aber erreichbar. Es gibt keinen Unhold, den ich nicht wenigstens mit gutem Rat getröstet hätte. Und wer sich etwas zuschulden kommen ließ, muss es abbüßen. Daran können wir Juristen kein Quentchen ändern.

DR. LJUDEVIT MIČATEK: Obwohl ich meine Anwaltskanzlei

eben erst eröffnet habe, gestatten Sie mir, werter Kollege, meinen Mitbürger mit meinen bescheidenen Mitteln zu verteidigen. Ich kenne seine Eltern und seine Arbeit in der Apotheke. Er kann keiner Fliege etwas zuleide tun. Das weiß Ihnen jeder hier zu bestätigen.

AARON NINČIĆ: Falls nötig, werde ich mit dem kaiserlichen Gesandten reden. Unser Ministerium wird alles in die Wege leiten. Unser Volk gehört ohne Rücksicht auf den Aufenthaltsort uns.

FORGAČ (kratzt sich am Hinterkopf): Bei mir läuten alle Glocken! Der Meteorit fiel nicht 1751 bei Hraščina, er fiel heute und zwar genau auf meine Rübe. Fühl mal die Beule.

KAPAMADŽIJA: Ich will ans Meer, Leute, das Land ruckelt unter meinen Füßen!

JELENKO MIHAILOVIĆ: Erdbeben sind die Sahnehäubchen unserer Lande. Alles fließt. Alles regt sich.

(Bernold paddelt plötzlich auf einer Latte herbei, die aus dem Zaun um den Košutnjak-Park gerissen wurde.)

BERNOLD: Ich habe mich gerade noch vor der Überschwemmung retten können. Dreifache Überflutung. Das geht so seit 1864! Ich werde eine neue Arche zur Rettung von Hausrat, Tieren und Menschen begründen, die Bernold & Noah GmbH.

ANDRIJA MOHORIVIČIĆ (hält in einer Hand einen Eimer mit Regenwasser, leckt den Daumen der anderen ab und reckt ihn in die Luft, stellt den Kragen seines Mantels gegen einen Windstoß hoch): Wenigstens regnet es nicht in Strömen. So ein Wetter hat es in dieser Jahreszeit noch nicht gegeben. Ich spüre es in den Knochen. Nur Menschen mit Gliederschmerzen und Rheumatiker sollten für den meteorologischen Dienst eingestellt werden. Naturinstrumente, der Mensch als gespannter Draht, auf dem die Natur ihre paradiesische Melodie spielt. Eine solche Dürre kommt nur alle dreißig Jahre. Alles wird in Flammen aufgehen. Vieh und Menschen werden gleichermaßen verdursten und verhungern. Die Wissenschaft ist hier machtlos. Possen eines Sommers. Wir sind im Weltall ein Nichts. Ein

Lüftchen, und wir sind weg. Tiere spüren die Veränderung als Erste! Man muss die Wanderungen und den Zug der Vögel beobachten mithilfe von Ringen, auf denen die berühmtesten Menschen der Gegenwart unterschreiben und ihre wichtigsten Gedanken beisteuern. Wird die Welt wirklich am fünften Mai neunzehnhundertzehn untergehen, weil die Erde mit dem Halley'schen Kometen zusammenstößt? Wird dieser Welt die letzte Stunde schlagen? Die Menschheit wird unaussprechliches Kopfweh bekommen, die Welt wird anfangen, röchelnd zu atmen, Gesichter werden karmesinrot anlaufen, am ganzen Leibe werden rote Wundmale aufblühen, die Körpertemperatur ebenso plötzlich wie grundlos fallen, was uns schließlich direkt dem Tod in die Arme führt. Doch hoffen wir, dass es infolge der ewigen Veränderungen, mit denen wir uns abfinden, nicht so weit kommen wird.

EKFELD (feierlich): Hinković heuchelt hurraschreiend Heldenmut hinter Hungaricum!

HINKOVIĆ: Die huldigungswürdigen Hinkovićs sind Kroaten aus dem hung. kakanischen Betschkerek, herrlich halbschattig. Hinko Hinković höchstselbst herrscht als humaner Hausherr über einen harmonischen Haushalt als Husarenveteran und Herbarist.

EKFELD: Hinkovićs Herbarium von Papa Josip Hinković ist des Humanisten hochnützlicher homogener Haupttreffer.

KLUKA: Hinkovićs Horrorororoor: Hummmmmmeln und Henkekekekkker.

BERNOLD: Hinković, Halunke, Hungerleider, Hospitalisierter, Heterosexueller, haha!

DR. DRAGUTIN BORANIĆ: Ich buchstabiere, du buchstabierst, er buchstabiert, wir buchstabieren, ihr buchstabiert, sie buchstabieren!

A. BELIĆ: Kj, gj, dj, lj, zj, ml, vl, bl, pl!

DR. R. NACHTIGALL: Vollkommen richtig!

DR. SUFFIX-ILLYRISCH: Et, etium, este, ista, untum, ongo, ant, on, Aleta, Sretium, Tergeste, Argyruntum, gleste, svasticium, blesuntum, benista, Cravecium, Prasete, Copilustum!

HINKOVIĆ: Wer seine Muttersprache nicht beherrscht, kann sich gleich umbringen! Azbuka heißt das modernste kyrillische Alphabet der Welt!

KRISTINA SCHULLER: Ich schaffe bereits seit einem Jahrzehnt überwiegend Liebes- und Heimatgedichte, bin Mitarbeiterin der *Slovenska Gospodinja* und *Ženska Svijet.* Auch diesmal hoffe ich auf eine vaterländische Thematik.

ZOFKA DEMETROVIĆ: Das ist nichts! Ich bin die erste slawische Stenografin. Ich werde alles mithilfe der Kurzschrift mitnotieren. Mühsame Arbeit, obwohl ich mir mein Leben ohne sie nicht vorstellen kann. Erfindung eines unbekannten Genies. Etwas dem Telefon und dem Telegrafen Vergleichbares, nur deutlich preiswerter. Sagen Sie schnell etwas, Sie werden sehen!

BERNOLD: Aufmberggipfelocktneweide. Fürstundritterentledigensichderschuh. Fassbasskaltenassbrass.

ZOFKA DEMETROVIĆ: Hab ich alles aufgeschrieben, obwohl mir der Sinn vollkommen unklar ist. Automatisierung ist der Menschheit unentbehrlich. Ich bin glücklich, obwohl ich ein zu kurzes Bein habe, kurzsichtig bin und keinen Verehrer habe. Dafür lese ich Aufsätze wie zum Beispiel *Mysterium der Frau*, *Über die Liebenswürdigkeit* oder *Vom Widerscheine*. Jeder findet seinen Platz unter der Sonne.

MILAN KRESSER: Ich spreche vor dem Weltstatistikbüro in Zagreb! Ich plädiere dafür, dass sich die Bevölkerungsdichte ausdünnt, der männlichen wie der weiblichen wie der tierischen! Bitte der Reihe nach! Jeder bekommt einen Pappendeckel mit Lochung und Nummer sowie einen Ring, der durch die Nase gezogen wird. Und danach noch eine Beglaubigung von der staatlichen Kontrolle in Wien. Immer der Reihe nach, bitte!

HINKOVIĆ (schmale Statur, kräftige, wenn auch dünne Muskeln, zierlicher Knochenbau, hellbraune Haare, blaue oder braune Augen, kleine oder gemäßigt große Nase, schmale Brust, weiße Haut, weiche Stimme, empfänglich für äußere Eindrücke, leichtsinnig, unbeständig, vergesslich, gleichzeitig lachend und weinend, sanguinisch): Was? Das heißt. Dieser. Stunde! Bitte?

KLUKA (lymphatisch, aufgeschwemmt, rundlicher Torso, weiche

Muskulatur, kühle Haut, graue oder blaue Augen, langsam zirkulierendes Blut, gleichmütig, indifferent, versonnen, geduldig, phlegmatisch beobachtend): Wer? Ich? Nein. Was? Langsam. Weiß ich nicht.

RABSTERN (hoch gewachsen, schlank, geringe Muskelmasse, schmaler Kopf, bleiches Gesicht, dünne Haare, dunkler, zarter Teint, feines Gehör, leiser Atem, schwer aus der Ruhe zu bringen, melancholisch): Wozu das alles? O je. Ende.

BERNOLD (grobe, schwere Statur, sehr muskulös, kräftiger Knochenbau, breite Brust, dunkle, gelbe Haut, breites knochiges Gesicht, scharf hervorspringende Nase, laute Stimme, mutig, scharfsinnig, cholerisch): Was? Hau ab! Pfui! Ich schlage euch windelweich! Nehmt euch in Acht! Stehengeblieben! Vorwärts! Keinen Mucks! Ruhe!

MILIĆ RADOVANOVIĆ (mit goldenem Zwicker auf der Nase und einer Akte des Finanzministeriums des Königreichs Serbien unterm Arm): Im abgelaufenen Fiskaljahr beliefen sich die Einnahmen auf 74 018 070 Dinar, die Ausgaben auf 73 992 542,92 Dinar, der Reingewinn betrug demzufolge fünfundzwanzigtausendfünfhundertzweiundzwanzig Dinar und acht Para!

DR. VASILIJE BELOŠEVIĆ (einen Beutel Goldstücke in der einen und eine römische Waage in der anderen Hand, den Helm des Mercurio auf dem Kopfe): Immer mit der Ruhe! Ich sage vor dem Weltrat der Kaufleute aus. Wer verkauft hier wem was und warum? Das ist uns nicht ganz klar!

RICHTER: Alle müssen bestraft werden, wie Gott befiehlt. Ich wasche mir die Hände. Sie hätten nicht stehlen, essen und trinken dürfen! Was einer sät, das wird ihm blühen. Ich kenne niemanden, ich habe keine Anverwandten, ich bin Sklave meines Dienstes. Gerechtigkeit ist schön. Für mich ist sie am schwersten. Jeden Tag sehe ich schreckliche Bilder, danach kann ich weder essen noch schlafen, noch mich vermehren. Ich bin ein Mensch wie jeder andere, das Fleisch unter meiner Haut ist genauso rot. Obwohl mein Blut kalt ist, denn das ist mein Schicksal.

(Auftritt Scharfrichter, Gendarmen, Panduren und Schutzmänner. Sie drücken Hinković mit einem weißglühenden Eisen H. H. auf das Gesäß, schneiden Cigler Nase und Ohren ab, zünden Ekfelds Bart an, peitschen Kapamadžija aus, foltern Bernold in einer Flachsbreche, geben Rabstern fünfundzwanzig Hiebe aufs Hinterteil, rauben Forgač Vieh und Vermögen und stellen Kluka an den Pranger, spucken ihn an, schelten, verspotten, erniedrigen ihn in jeder Weise moralisch und lachen ihn aus, wobei manchen aufgrund des unterdrückten Mitleids Tränen in die Augen steigen.)

EKFELD: Ich wusste es! Das Recht des Stärkeren regiert!

(Auftritt Seine Exzellenz Kálmán Széll, Ministerpräsident, Seine Exzellenz Dr. Julije Vlašić, Minister für Religions- und Schulunterricht, Dr. Ede Margalits, Oberaufseher der serbischen Gymnasien, Dr. Viktor Flad von Alfred, Obergespan der freien Reichsstadt Novi Sad, Stevan Peci Popović, Berater des Königs und beinah zwanzig Jahre lang Schultheiß von Novi Sad, Dr. Vladimir Demetrović, über ein Dezennium Leiter des Magistrats, Béla Profuma, Notar und Stadtoberhaupt, Dr. Mladen Jojkić, kommunaler Amtsarzt, Alexander Wulkow, Landvermesser der Stadt. Alle in Rüstung, zu Pferde, mit Lanzen bewaffnet. Einige haben zusätzlich Fläschchen mit Heilwasser, Lineale, Federn und Tintenfässer dabei. Alle sind ungehalten, gebieterisch, arrogant. Blitzende Augen, unter den Hufen ihrer Pferde wächst kein Gras mehr.)

KÁLMÁN SZÉLL: Bewohner der Stadt Novi Sad! Erinnert ihr euch an das große Feuer vor sechzig Jahren? Ich werde eure Stadt neuerlich niederbrennen, wenn ihr nicht gehorcht! Wenn ihr euch nicht auf Ungarisch ausdrücken könnt, weh euch! Das sage ich in eurer ungebildeten Sprache, damit ihr mich versteht, dieses eine Mal und nie wieder! Ihr seid unten, wir sind oben. Ich spucke auf all das. Wer aufmuckt, wird fertiggemacht! Friede, Ordnung, Arbeit und Gehorsam! Sonst nichts! Was soll ich mit euch Habe- und Taugenichtsen sonst machen?!

(Auftritt einer schrecklichen Horde Krautwickel, in Weinblätter gekleidet, hier und dort mit frischer Sauermilch befeuchtet. An der Spitze reitet Hinković und nagt gleichzeitig am Schenkel seines blutigen, wenn auch unbekannten Feindes. Kluka, Cigler, Rabstern und Bernold brennen mit Schwert und Feuer die wohlfeil gebauten illyrischen Siedlungen nieder. Forgač überquert mit einem zwölfrädrigen Dampfer die Donau. Ringsum lodern Flammen. Die Ankömmlinge fangen auf der Wiese Bienen, stecken sie in ein großes Gefäß voll Donauwasser, schütteln es und trinken die Flüssigkeit mit Wohlbehagen. Kapamadžija tötet, ohne mit der Wimper zu zucken, im Suff 795 Frauen und Kinder der gegnerischen Rasse. Alle kratzen sich, stoßen mehrere zärtliche Schreie aus und röcheln dann im Gras. Sie klettern auf Bäume und bauen zusammen mit Bären bequeme Hütten aus Weidenruten. Sie wählen Kluka zum Kaiser, der sich grinsend und gierig die Krone aus purem Gold auf den Kopf setzt. Alle bekreuzigen sich, sogar ein Geistlicher zu Pferde, der unerhörte Flüche ausstößt. Sie reißen Hirsche und essen sie bei lebendigem Leibe. Sie bauen einen wunderschönen Palast aus weißen Steinen und zünden ihn dann an. Sie kämpfen gegen türkische Reiter auf kleinen Pferden und werden von diesen mit kurzen krummen Säbeln in zwei Teile gespalten. Der große Kopf von Đeno Forgač rollt lustig ins Gras. Die Kirche brennt. Hinković spielt weinend auf der Gusla und hockt dabei wie ein Rabe auf einem Ast. Kapamadžija tötet aus einem Busch heraus den einen oder anderen Osmanen mit einem glücklichen Treffer in den Rücken. Ekfeld sammelt das verbliebene Volk und führt es in ein unzugängliches Gebirge, von wo aus sie Menschen wie Raubtiere mit Steinen bewerfen. Die Ritter des Prinzen Eugen erreichen beinahe den Gipfel, wenden aber kurz vorher ihre schaumbedeckten Pferde und winken ab. Ein Vulkan bricht aus, ein Kometenhagel geht nieder, Flüsse treten über die Ufer und schwemmen alles vor sich her, Ekfeld führt im Gewand des Patriarchen das Volk, Schafe und zahme Tiere mit unbekanntem Ziel durch dichten Nebel. Alle beten, fluchen, pissen, essen rohes Fleisch, zerkratzen sich mit den Fingern das Gesicht, reißen sich die eigenen Augen aus, schwören, jammern, gehen dem nächstbesten Feind an die Gurgel, tappen durch Schlamm, ertrinken, blähen sich wie ein Fass auf, ihre Haare stehen in Flammen, sie kriechen, schwimmen, klettern, lachen sich kaputt, sobald sie das andere Ufer erreicht haben. Sie verschwinden in Höhlen, lassen sich in Abgründe und Spalten hinab, finden geheime Quellen und trinken viel Wasser. Auftritt Fee, Drache und Werwolf.)

HINKOVIĆ: Wir sind gewöhnliche Handwerker und haben mit euch nichs zu schaffen. Geht in Frieden. Wir sind ein edles Volk, altehrwürdig und sehr scharfsinnig.

DRACHE: Grrr!

FEE: Aber geh …

RABSTERN: Seid anständig wie wir. Unsere Großherzigkeit ist berühmt, aber nehmt euch in Acht, wenn wir verrücktspielen!

KAPAMADŽIJA: Wir sind stets mutig, nein, der Mut verlässt uns nie. Noch aus tiefstem Schlaf geweckt, wissen wir in finsterster Nacht sofort, wohin wir gehen sollen und warum. Mein Großvater war ein Haiducke wie im Epos, trug einen Bart wie die Popen. All das steht irgendwo geschrieben oder wird von Generation zu Generation und von Mund zu Mund weitergetragen. Mündliche Überlieferung und Literatur. Kleines Volk im Aufschwung, unterwegs zum Fortschritt. Deutsche und Schweden haben es leicht, wo sie doch alles von den alten Deutschen und Schweden geerbt haben. Wir beschweren uns selbst dann nicht, wenn es uns richtig schlecht geht.

BERNOLD (betrachtet Knochen, schürt die Glut, liest im Kaffeesatz): Ich sehe alles, was geschehen wird, doch bleibt mir verborgen, wie und woher und mit wem wir hierher kamen. Gebt mir keimfreies Wasser und ich werde euch noch die kleinste Kleinigkeit aus der hellen Zukunft weissagen! Einen Augenblick, und ich werde zum Drachenmann, ich muss mich nur ein wenig hinlegen und schlummern, und dann liegen all diese Dinge für mich auf der Hand. (Nickt ein.) Ein neuer Zar!

ZAR STEFAN DER KLEINE: Ich bin König, Zar und oberster Heerführer. Stellt keine Fragen, denn ihr würdet es bitter bereuen. Glaubt mir. Ich bin der Bruder des russischen Zaren und Sohn der englischen Königin. In mir fließt blaues Blut. So man mich sticht, tropft Tinte heraus, mit der man fünf Hefte mit lauter Wahrheiten vollschreiben kann. Ich flog auf einer Kanonenkugel von einer Schießscharte zur anderen. Ich ritt auf einem Fohlen, dessen hintere Hälfte fehlte. Ich habe drei Arme, sieben Beine und zwei Köpfe und bin so reich wie niemand sonst. Ich beherrsche sechsundsiebzig Sprachen. Gebt mir nur einen Bissen Brot, damit ich was zum Beißen habe, und ich werde meinen steinigen Weg zum Ruhme fortsetzen!

KAPAMADŽIJA (dessen Kleider im Lauf der Jahrhunderte zu Fetzen wurden, dreckig von Scharmützeln und Kriegswirren, Ruß im Gesicht, aber heiter, auf einem hinkenden, blinden und mit Grind bedeckten Maulesel reitend): Ich bin der Geist von Đuro Unukić Baron von Aradgrad, dem slawonischen Oberstleutnant. Ich habe Urbs Paludarum beziehungsweise Blatnohrad beziehungsweise Mosapurc oder Moosburg zurückerobert, die Hauptstadt des pannonischen Fürsten Pribina aus Mähren, Provinz Mortus, Königreich Moderland. Ich weiß, dass ihr lieber in Moosburg lebt als in einem goldenen Käfig, deswegen öffne ich die Tore, damit alle herbeikommen, denen eine solche Lebensart lieb und teuer ist. Nur lustig voran, ihr Mooshelden! Denn von Mooses stammt ihr alle ab, nicht wahr?

CIGLER: Wir sind also keine wurzellosen Zucchini! Vom Vater auf den Sohn. Da steckt was drin. Blut ist nicht Wasser! Ein Profilvergleich wird genügen. Nasenlinie und Lispeln infolge einer Lücke zwischen den Schneidezähnen. So etwas lässt sich nicht verstecken. Es ist nichts so fein gesponnen, es kommt alles an die Sonnen. Das ist in unserer Familie fast zur Tradition geworden. Bei uns beachtet man das. Das Brauchtum ist heilig.

HINKOVIĆ (im Kostüm eines Lehrbuben der Südungarischen Eisenbahn, in den Händen die rote Kappe und die Stange des Weichenwärters, deklamiert): Ich bin Enković. Auch mein Vater ist Enković, und meine Mutter ist Enković. Wir sind seit alters her Enković. Unser Ururgroßvater war allerdings Vuković, dessen Großvater hingegen Međedović. Dessen wiederum Bukvić. Wir sind in Wirklichkeit aus dem Geschlecht der

Voluharic-Stary, wenn wir auch nach einigen Urkunden dem Stamme Dorn angehören, ursprünglich Spoora, Kapp, und nach den Vorträgen ist der richtige Name für die ganze Sippe Celle oder Stanica. Unser Geschlecht ist äußerst bedeutend. Ich bekomme für diese Deklamation einen Lutscher in Form einer Dampfmaschine!

KAPAMADŽIJA: Bist du ein Mann oder nicht?

HINKOVIĆ: Da, Hand drauf!

BERNOLD: Na, dann hol mal die Kartoffeln aus dem Feuer und zeigt deinen guten Willen!

EKFELD: Wie wäre es, wenn wir einen Ochsen, zwei Hähne und drei, vier Nachbarn dazu schlachten?

KLUKA: Das ließe ich mir wwwwwohl gegegegefallen!

CIGLER: Dein Großvater möge sich im Grabe rumdrehen!

HINKOVIĆ: Hauptsache, ein leichter Regen tröpfelt, Perlen gleich, auf unsere Felder!

FORGAČ: Wickelt das Kind schön fest in Leinen, damit es nicht hässlich wird! (Lässt das Neugeborene an seiner flachen Brust saugen.)

KAPAMADŽIJA: Vetter, so geht das Geld dahin! Los, an die Arbeit, Brautführer und Zeremonienmeister!

KLUKA: Mmmeine Tetetetruhe, meine Memememitgift!

BERNOLD: Auf, Mädchen, begieß deinen Schwippschwager!

EKFELD: Friede seiner Seele. Er ruhe sanft. Er war lieb wie ein Lamm. Was ist der Mensch? Eben noch da, morgen schon fort. Wohl denen, die bleiben. Dort war's.

(Es wird Nacht und wieder Tag. Regen fällt herab und hört dann auf.)

(Aus der Ferne kommt Đorđe Kluka unter fröhlichem Gewieher, zockelnd vor einen Pflug gespannt, angetrieben vom eine Peitsche schwingenden Leopold Bernold, hinter ihnen entsteht eine tiefe Furche. Hinković schüttet Pflaumen in einen Korb. Ekfeld hütet Schweine. Cigler pult Maiskolben. Rabstern kalkt das Haus, Forgač säugt eine Schar Kinder mit außergewöhnlich schönen Augen. Kapamadžija sitzt auf einem Hügel und lässt den Blick über zackige Gebirgsmassive, üppige Wälder, sanfte Hänge und sprudelnde Bäche weit in die Ferne schweifen, bis zum Meer im Süden mit dem ewigen Spiel seiner blauen, wenn auch gefährlichen Wellen.)

HINKOVIĆ (maskenhaft kleines Gesicht, gerötet vom Wind, schwarz vom Ruß, verbrannte Haut): Wer? Was? Wo? Wer spricht mit mir? Hä? Weiß ich nicht. Werden wir sehen. Vielleicht ja, vielleicht nein. Ob er hier vorbeikam oder nicht, weiß ich nicht. Wird man sehen. Und wer bist du, dass ich dir das sagen muss? Was habe ich mit dir zu schaffen? Jedem das Seine. Ich habe dich noch nie gesehen oder von dir gehört oder dich gekannt oder was mit dir geredet, und ich will auch nichts wissen, was nicht ich oder Großvater und Urgroßvater schon wussten. Ich habe es nicht eilig. Vielleicht mache ich das, vielleicht aber auch nicht.

RABSTERN: Lasst uns dahin und dorthin gehen, um was zu sehen und was zu sagen.

HINKOVIĆ: Und was würdest du machen?

BERNOLD: Lasst uns sehen, hören, sagen und gesagt sein lassen, anders denken, die Welt sehen, enttäuschen, auf dass wir uns behaupten, ein bisschen, wenn möglich. Jemand möge ein gutes Wort für uns einlegen. Wir sollten nicht verwahrlosen, uns mit anderen vermischen und wir selbst bleiben. Es soll uns gutgehen.

HINKOVIĆ: He, was ist das: Hängt an einem, hängt aber nicht, zerrt man hinter sich her, ohne zu zerren? Ich führe dich nur hinters Licht und an der Nase herum, die, glaub mir, für deinen winzigen leeren Kopf viel zu groß ist, der übrigens auch viel zu groß ist für deinen schmächtigen, aufgedunsenen, abgenutzten und schwabbeligen Leib, angetan mit Lumpen, aber selbst in diesem Zustand ist der noch zu gut für die Hexe von Frau, mit der du zusammenlebst, dabei wirkt ihr beide wie König und Königin im Vergleich zu dem Verschlag, den ihr euer Haus nennt, der ist so jämmerlich und elend, dass er, wenn es gerecht zuginge, vom ersten Sonnenstrahl entzündet abbrennen müsste, aber in eurem Landstrich gibt es weder

Sonne noch Regen, weder Frühling noch Winter, weil ihr ein verfluchtes, griesgrämiges Volk seid, und das ist immer noch zu milde ausgedrückt für das, was ihr verdientet!

BERNOLD (verschlagen): Leih mir dreihundert Dukaten, und wenn du mich das nächste Mal siehst, gebe ich dir wenigstens die Hälfte zurück, vielleicht auch weniger, dir ist es wohl ohnehin gleichgültig, denn du bist so verschusselt, dass du gar nicht wüsstest, wofür du sie ausgeben solltest, und so wird unfehlbar ein gerissener Dieb sie dir wegnehmen, und dann hat keiner von uns zweien was davon!

CIGLER (linkisch): Habe ich schon einmal so einen Mann gesehen? Wo bekommt man so ein Gerät? Inwiefern hat man die Auswahl, wenn man auswählt? Schönes Wetter heute, nicht? Darf ich dir etwas zu trinken anbieten? Wie geht's der Familie? Wie lange ist es noch bis Weihnachten?

(Anton Ekfeld läuft wie Sekula Vasević aus Wühlhausen vom Stamm der Krümler, gebürtig aus Piva, Montenegro, was dem Hörensagen nach zu Banjani gehört, zu Kastriot, dem Dorfältesten, holt Luft, klopft den Staub vom Ärmel, schaut von oben herunter und trällert vor sich hin.)

EKFELD: Wer, ich etwa? Bin ich das? Kann nicht sein. Ich kämpfe nicht, nun, ich nicht. Wüsste nicht, wann. Ich bin dafür nicht geschaffen. Gern, nur später, aber später geht es vielleicht auch nicht. Was für ein schöner Anzug! Was sind Sie für ein kluger Kopf, nicht ich, bei Gott, ich doch nicht, nein! Wenn ich es bedenke. Aber nicht heute. Ich doch nicht. Ich esse Wurzeln, Gras, Brennnesseln und rauhaarigen Fuchsschwanz. Das macht mir nichts aus. Früher habe ich auch Steine gegessen. Aber weiter gehe ich nicht. Warum sollte ich, wenn wir hier doch alles haben. Ich komme von überall her. Bin seit jeher. Ich bin kein Mann, sondern von hier und von da!

BERNOLD (in der Volkstracht der Lika, dazu Pariser Lackschuhe, hält einen Halbzylinder in den behandschuhten Händen): Seid ihr gesund, Landsleute?! Habt ihr was für euren Verwandten? Ich kaufe alles und verkaufe es denen, welche noch dümmer sind als ihr. Bei meiner Gesundheit, allen Heiligen, meinen Taufnamen, der heiligen Kirche und allen Anwesenden, inbesondere Pope Gavrilo oder Avram, wie Josif sagte, ich schwöre: Wenn euch Schlimmes widerfährt, werde ich Sturzbäche weinen. Wenn alles so ist, wie es sein soll, trinken wir ratzfatz ein Fass aus. Was immer ihr eurem Landsmann auftragt, ich werde es für euch erledigen, egal, wie schrecklich es ist. Wenn es sein muss, beschlage ich Flöhe, spalte ein Haar der Länge nach in neun Teile oder verkaufe den Nebel, solange er herumwabert, bis auf den letzten Schwaden. Nur zu, sagt es eurem Bruder!

FORGAČ (wütend): Einer, der mich täuschen könnte, muss erst noch geboren werden. Ich mag Analphabet sein, aber ich bin nicht doof. Ich merke, an wen ich geraten bin! Ich lass andere auf engen Wegen prinzipiell vorgehen. Im Dunkeln wird kein Geld gezählt. Vor Fremden hält man sich bedeckt. Wer mag, der soll, aber nicht mit mir. Sollen sie sich doch einen anderen Deppen suchen! Das wollen Christen sein?! Mir hat die Krähe nicht das Hirn ausgesogen!

EKFELD: Ach, ihr werdet noch gurren! Eine ganze Stunde sagt keiner auch nur einen Buchstaben!

BERNOLD: Indessen, das heißt, allerdings, wirklich, aber ja, nun, äh, nämlich, was ich sagen wollte, so helft mir doch auf die Sprünge, wie hieß das noch mal, also in Wahrheit muss man sagen, wie hieß das Wort, wie die Alten schon sagten, wie sagte schon der berühmte, laut Volksmund, das ist gut, das muss einmal in aller Deutlichkeit gesagt werden, erst denken, dann reden, da hängt ein ganzer Rattenschwanz dran, nicht Fisch nicht Fleisch, schwarzweiß gemalt, schlagfertig, wie aus der Pistole geschossen, mit diesen Worten.

KAPAMADŽIJA: Wie er irgendwie irgendwohin kam, irgendetwas sah, irgendetwas tat, irgendwohin zurückkehrte, hat er keinem verraten!

CIGLER: Und noch später schwadronierte er, von wegen, er habe nicht gewusst, dass der ihm das sagen werde, und deswegen sei er nicht darauf gefasst gewesen, es sich zu merken, um es uns und anderen weiterzuerzählen!

HINKOVIĆ: Was wird aus uns?

KLUKA: Ddddas Lllllebennn ist ein Kekekkampfff.

KAPAMADŽIJA: Besser so als gar nicht!

BERNOLD: Das habe ich von meinem Großvater selig. Unsere Altvorderen wussten alles. Heute ist es nicht mehr wie früher. Dieses Glück haben wir nicht. Das waren Menschen! Schufen alles mit ihren eigenen Händen.

(Aus dem Publikum erklingt die Stimme von Emanuel Kozačinski, der vor langer Zeit unter großen Qualen starb. Die Stimme spricht in einer unbekannten Sprache, die hinsichtlich der nationalen Zugehörigkeit nicht einzuordnen ist, einen Text ohne Sinn, donnert aber höchst wirksam. Auftritt Bogoboj Rucović und Persida Pavlović von der Theaterkompagnie Fotije Iličić, Viktor Parma, Zofija Borštnik-Zvonar, Marija Ružička-Strozzi, Ilija Stanojević, Jan Václav Novák, der Geist Aleksa Bačvanskis, Nikola Đurković, Tošo Stojković, Zorka Todosić, Milka Trnina, an deren Rockzipfel sich ein Herr klammert. Slezak, Scotti, Caruso, Tereza Osterova, Ivan Zajc, Tino Pattiera, ein zwölfjähriges Kind sowie dressierte Gänse, Hunde, Schildkröten, Hasen und Pfauen beginnen alle gleichzeitig zu singen, führen tierische und menschliche Laute vor, weinen, lachen, beten, kommandieren, schreien, was das im wunderschönen Theatergebäude, in dem das erst halb gelöschte Feuer immer noch lodert, schon zur Hälfte aufgestandene Publikum beruhigt.)

IVAN ZAJC (zärtlich): Ban Leget! Mislav! Tvardovski! Gilbweiderich! Die Lazaroni, Jungs, an Bord!

NIKOLA ĐURKOVIĆ (mit schrecklicher Stimme): Kommt Brüder, o weh, welche Wellen, wohin man blickt, überall Finsternis!

DRAGA SPASIĆ (singt): Dahaheii-neee Aaaaugen!

MARIJA RUŽIČKA-STROZZI (tragisch): Ich bin eine Birne, Pitmaston Duchess!

MILEVA RADULOVIĆ (als Kaiserin, welche vom Sultan geraubt und auf eine einsame Insel verbracht wurde, von wo sie ein Ritter auf einem Delfin rettete): Weh! Hui! O! Nein! Schau!

Bleib! Warum? Schweig! Jemine! Jetzt! Sogar! Nacht! Süße! Paradies!

BOGOBOJ RUCOVIĆ (im Gewand eines Bettlers, der in der fest geschlossenen Faust den kostbaren Koh-i-Noor-Diamanten hält und damit irreparabel die Fensterscheiben des Schlosses zerkratzt): Hahaha! Wer mich nicht kennt, würde mich teuer bezahlen! Rollentausch. Aber er wird sich wundern, wenn er die gewaltige Täuschung entdeckt. Jetzt schweigen wir! Das verrate ich Ihnen im Vertrauen, das wissen nicht einmal meine engsten Kollegen, mit denen ich seit zehn Jahren auf der Bühne stehe. Das sagt nicht der Autor, sondern ich!

(Auftritt Svetozar Bantić und Stojan Sarafkostić als Oberschüler in Frauenkleidern.)

BANTIĆ-SARAF-KOSTIĆ: Wir sind Mutter und Tochter. Wie immer Frauen. Wenn wir mutieren, werden wir Ritter!

TINO PATTIERA: Doremifasollasido. Ahh!

MILKA MARKOVIĆKA: Jetzt schon? Noch nicht! Du Schlange! Hören wir den König! Euer Wort ist ein Fluch! Wohin, schöner Prinz! Ich irre! Ich scheide! Genug der Akte! Mein Gott! Ich rede mit mir selbst! Alles ist vorbei! Ich bringe mich um! (Trinkt Gift, durchbohrt sich mit einem Dolch und hängt sich dann an einem Baum auf.)

LJERKA ŠRAM: Wer hat schon einmal so einen Brocken wie mich gesehen? Püppchen, eh? Die Pfote hierhin, Opa! Kannst 'ne Fliege auf meinem Hintern erschlagen! Sehr seidig. Bonbonniere! Ich rieche nach Milch. Oh, wie schön ist es, aus dem Volke zu sein. Volkes Blut. Opa dein, Opa! Hopsasa!

VIKTOR PARMA: Die Amazonen der Kaiserin, der Stammhalter, fällt dir nichts anderes ein? Ich sperre dich in den Venustempel. Der Verlobte in Not!

ZOFIJA BORŠTNIK-ZVONAR: Wo ist meine Tochter? Die ainzige! Ich kratze mir die Ougen aus! Ich falle in ein tiefes Loch! Aufn Art geredd!

ALEKSANDAR BINIČKI: Ton, Ton in meinem Salon! Wer täte sich noch trauen, auf die Pauke zu hauen?

ILIJA STANOJEVIĆ (im Löwenfell): Grrr! Ich kann gleichzeitig wie ein Löwe und ein Stier brüllen, nur mangelt es mir an Geld!

ZORKA TODOSIĆ: Nutz die Flamm für dein Lamm! Mein ätzend Naturell machet dich hell! Kein Stimm, kein Stoff, kein Schlimm, kein Zoff! Santa Maria della Salata!

MILKA MARKOVIĆKA: Ich werde meinen Mann verlassen, der mich mit unsäglichen Vorschlägen malträtiert. Mein Vater liegt im Sterben. Man lädt mich zu einer Verschwörung gegen den jungen Prinzen ein. Was soll mir dieser Brief? Eine Frau ist schwach und elend, und dann überlässt man ihr die Entscheidung, was sie tun soll! Wie viele Tränen hat dieses schöne Auge vergossen. Und es waren nicht die letzten! Warum nur wurde ich geboren? Ich will den Frühlingsbeginn spüren wie all die anderen angenehmen Jahreszeiten. Halt, wer geht da?

TOŠO LESIĆ: Etwas brennt in meiner Brust! Wart, ich muss kurz überlegen, dann durchlöchere ich Heilige, Drachen und Küster! Ich habe mich überfressen und besoffen und keine Ahnung, wo ich bin. Der Vater hat mich verflucht. Es ist wirklich nicht leicht für mich, wo immer ich mich bewege, überall bin ich ein Fremder, nirgends wartet jemand auf mich. Ich bin exuell unabhängig. Mir träumte ein Känguru, das in seinem Beutel Napoleon trägt. Einst, in Florenz, war ich ein Märchenprinz. In einem früheren Leben muss ich eine Giraffe gewesen sein. Ich werde aufgrund meines ungesunden Geisteszustandes Tyrannen zermalmen, undankbare Liebchen ersäufen, Frösche fressen, Glut in bloßen Händen halten. Nach einigem Zaudern werde ich das Problem der Quadratur des Kreises lösen, um die Hand der kleinen Heringsverkäuferin anhalten und aus ihr den Stern der Varietés machen!

BOGOBOJ RUCOVIĆ (im Kostüm eines Pariser Tippelbruders, ein Messer in der zitternden Hand): Wo ist sie? Sie wird den Tag ihrer Geburt verfluchen, wenn ich sie finde! Ich kenne keine Gnade! Ich zittere am ganzen Leib. Sie hat mein Leben vergiftet mit ihrer unfassbaren Untreue! Ich selbst werde sie richten! Sieh an, da kommt einer!

(Auftritt I. Stanojević im Bärenkostüm, aus dem sein Gesichtchen lugt und ein verständliches Zittern verrät.)

I. STANOJEVIĆ: Mmmmh, mmmmm! Ich bin von Männern und Kindern dazu verurteilt, über raue Felsen zu klettern und zu brummen! Jeder, der eine Patrone hat, kann mich schießen. Kommt man als Tier zur Welt, bringt man sich am besten gleich um! Ich habe weder Honig, noch ist mein Fleisch besonders. Der Stolz unserer dinarischen Täler, aber verdammt! Ich muss töten, damit ich mich ernähren kann! Schau, ein Jäger! Ich fliehe. (ab)

PERSIDA PAVLOVIĆ (in Ballrobe mit Papierrose in der Hand): Wie ich diese Bälle satt habe! Was man da nicht alles erlebt! Seitensprünge reicher Frauen mit stattlichen Lakaien! Champagner zu traurigen Geschichten über Todesfälle in der Familie. Mich hat noch keiner durstig übers Wasser gerudert. Ich glaube keinem noch so parfümierten Liebesbrief. Auch nicht, wenn er von einem Kollegen aus unserer Truppe kommt. Das ist vorbei. Ich habe mich durchschlagen müssen, es war schwer. Ich weiß, was Hunger und Durst ist. Was ich mir erarbeitet, mit meinem Blut bezahlt habe, gebe ich nicht her! Sollen die Schmeichler doch reden, was sie wollen!

BOGOBOJ RUCOVIĆ (wirft das Messer weg, reißt die Maske des Pariser Tippelbruders ab, zum Vorschein kommt ein halb verhungerter Künstler mit Fliege um den Hemdkragen und langen, gepflegten Haaren, den Daumen durch eine Malerpalette gesteckt): Liebes! Auf diesen Moment warte ich nun schon seit mindestens zwei, drei Minuten! Rettende Inspiration! Ich werde dich aus dem Dreck erheben, in welchen dich böse Menschen gestoßen haben, die Eltern ebenso wie undankbare Freunde, und aus dir einen Edelstein machen. Durch Dornen zu den Sternen. Wir sind nichts, wir werden alles sein! Wer hätte heute Morgen, solange ich das bittere Brot des Künstlers kaute, gedacht, dass ich bereits in den Vormittagsstunden von einer solchen Entdeckung bezaubert würde. Beatrice, Else, Nymphe, Roxane, weck mich mit meiner Musik!

(Auftritt Ljerka Šram im japanischen Kostüm und mit gelb geschminktem Gesicht, sehr aufgeregt.)

LJERKA ŠRAM: Ich bin Ljerka Šram, stehen Sie wohl stramm? Sie sollten sich schämen, mich auf dem gelben Subkontinent verfaulen zu lassen, während Sie in Ihrem irrlichternden Element sind. Dieser Mann hat sich viermal mit mir verlobt und ist dann mit einer Kreolin durchgebrannt! Fräulein, glauben Sie ihm kein Wort! Wir sollten uns verbünden! Wie Schwestern! Liebe Schwestern! Es wird uns besser gehen, wenn wir uns von ihm befreien.

(Zieht ein krummes japanisches Messer. Auftritt Ekfeld in antiker Toga mit eigenhändig gefertigter Brille.)

EKFELD: So dankt ihr mir also meine Wohltaten. Dem vereinsamten, blinden Vater von der schmutzigen Insel! Keinen Brotkrümel habt ihr übrig gelassen, bevor mich der Adler aus der misslichen Lage erhob und auf der Tafel des Königs von Neapel absetzte, der mich zu seinem Bruder ausrief. Ihr hättet niemals gedacht, dass ich noch am Leben bin, ihr habt gehofft und geglaubt, ich wäre in dem Loch verfault. Aber ich habe mich daran erinnert, dass man Kiesel wie Glas schleifen kann, und erfand das Steinmikroskop! Ein lieber Freund namens Offenbach hat mir alle Rechte abgekauft!

CIGLER (als sechsjährige Göre): Werter Vater! Du kommst im rechten Augenblick, um mich ins Café-chantant zu bringen, wo ich mir eine Anstellung suchen will, solange ich noch jung und unverdorben bin. Heute sind junge Personen mit Kenntnissen in Ballett und rhythmischem Tanz sehr gesucht. Ich bin wie dafür geschaffen!

RABSTERN (mit Eulenkopf): Ich bin der Vogel der bösen Vorahnungen. Das wird nicht gut enden, sage ich euch. Wir können von Glück sagen, wenn wir den Kopf gerade noch aus der Schlinge ziehen, egal, wie viele Lügen darin sind! Das letzte Mal hat man uns den Lohn vorenthalten. Gnadenlose Wohltäter. Zwei ohne Seele, der Dritte ohne Kopf, und das bin ich.

(Auftritt Leopold Bernold in der Rolle des Arabers mit großem Säbel in der Hand. Er schwingt ihn gegen Eulen-Rabstern, welcher auffliegen will, es jedoch nicht schafft; Araber-Bernold schlägt der Eule mit einem majestätischen Hieb den Kopf ab.)

EULENKOPF (seufzend): Was habe ich gesagt.

HINKOVIĆ (als Rotkäppchen mit einem Weidenkorb voller Arzneifläschchen): Ich habe mich im dichten Wald verirrt, wenn ich nur nicht dem bösen Wolf begegne, welcher erst mich und dann meine Großmutter zerreißen wird! Immerhin wird er sich an meinen Arzeien vergiften.

KAPAMADŽIJA (als Wolf): Junghammelfleisch! Igitt!

EKFELD (als Heiliger Nikolaus): Gott sei mit euch! Der Heiland wurde uns geboren, und ihr fresst euch gegenseitig. Schämt euch!

(Es hebt sich ein leichter Tüllvorhang und enthüllt Kluka in der Rolle der Muttergottes, die soeben einen kleinen Gipsjesus gebiert.)

ALLE: Wir sind die Weisen aus dem Morgenlande, ehrbare Handwerker aus der Kreißstadt Novi Sad. Du bist uns herzlich willkommen, lieber Gott!

GIPSJESUS (mit kaputter Mechanik): Gsssesssggntrr... gsgsgsgs...

KAPAMADŽIJA: Du sollst gesund und munter sein!

EKFELD (im Fuchspelz): Schaut, was ich mit den Hühnern mache, und zieht daraus für eure menschlichen Bedürfnisse eure Schlüsse. (Schlingt zwei, drei Hühner bei lebendigem Leib hinunter.)

BERNOLD (als Wurst verkleidet): Weh mir! Die Rabauken gehen mit Servietten um den Hals und Messer und Gabel in der Hand zum Angriff über. Schon säbeln sie mir zwei bis drei Finger ab, und übergießen mich mit Fett meines Urgroßvaters, welches, wie ihr seht, blau ist. Wer im Wurstschloss geboren wurde, soll nicht unter die Hungrigen gehen, das schreibt euch hinter die Ohren. Wenn ich nur verdorben wäre, dass sie mich wieder aus ihren Gedärmen ausspeien! Haltet inne, stecht nicht zu, ich bin doch von eurem Fleisch und Blut. Ich bin ein wertvolles Ding, ihr werdet es bereuen, wenn es zu spät ist! Ich muss mir einen Anwalt nehmen.

HINKOVIĆ (zieht einen kleinen Hasen aus der Tasche, der verwandelt sich in ein Bukett Papierblumen, dann in die österreichische Flagge, danach in eine Tasse Milchkaffee, die der Schauspieler rezitierend austrinkt): Die kleine Prinzessin ist eine Nutte! Der Pope hat die sengende Hitze gesegnet. Die Sonne wird unter- und wieder aufgehen!

EKFELD: Es kam Frau Jelka Derina, und ich hielt sie für Frl. Milka Gostović und sagte zu ihr: »Haben Sie Jelka Derina gesehen, diese verlauste Oma mit ihren Wagenrädern von Hüten, dass man sich vor Lachen in die Hose macht?«, und sie gab mir, weil sie selbst Frau Derina war und nicht die andere, eine Maulschelle, wovon mir jetzt noch die Ohren klingeln!

HINKOVIĆ: In einem großen Haus lebt ein kleiner Zwerg mit langem Bart und kleinen Messerchen. Ich weiß, dass du mich bezauberst, aber ich bin erleichtert. Es schmerzt, wenn du auf mir herumhackst, deswegen schleudere ich dir freimütig meinen Hass ins Gesicht. Wie gefällt euch der eklige Mann, halb Schwein, halb Schlange? Warum musste er ausgerechnet jetzt sterben, da es ihm, ein Kind von zwei Jahren, richtig gut ging? Guten Tag, ich wollte Sie im Zusammenhang damit etwas fragen. Ich suche bereits seit zwei Tagen nach Ihnen. Kann mich nicht mehr auf den Beinen halten. Fass mich nicht an! Nein! Rede, rede, was mir widerfuhr!

KLUKA: Die Wwwwwwwelt ist eine Bbbbbühne!

HINKOVIĆ (als Engel): Wenn es nach mir ginge, müsste jeder alles haben, obwohl keiner vollkommen ist! (Breitet die Flügel aus, überfliegt die Beispiele menschlicher Unbilden, Dilemmata und Bedürftigkeiten. Landet, zupft behände eine Feder aus dem Gefieder, unterzeichnet damit einen Wechsel für Bernold, hilft Ekfeld beim Kreuzworträtsel, indem er das Wort Teufel einträgt, löst die Rechenhausaufgabe der Erstklässlerin Đena Forgač – zwei und zwei macht vier –, flattert noch einmal auf und landet im Ehebett der Familie Rabstern-Kluka, verscheucht eine Fliege von der Nase des Mannes, zieht die Decke über die Schenkel der Gattin und stellt sich als Statue hinter deren Köpfe, engelsgleich lächelnd.)

KAPAMADŽIJA (als Krampus): Oh, wie ich es liebe, Schlechtes anzustoßen! (Wirft einen Topf Milch um, schnippt eine Schabe in die Suppe, die auf dem Tisch dampft, zwickt Frau Cigler, welche am Herd steht, spuckt Kluka auf den Scheitel und erreicht, dass dieser sich beim Rasieren ordentlich in den Hals schneidet, schlägt mit der Ferse eine Scheibe ein, lässt Ruß aus dem Schornstein rieseln, dann enteilt er schneller als der Wind, leise kichernd, furzend und rüpselnd, wie nach einem üppigen Essen.)

EKFELD (feierlich): Mensch und Tier sind sich gleich, nur ist der Mensch tierischer als jedes Tier. Für einen Mann und eine Frau ist eine zufällig gefundene Schatulle an allem schuld. Ihr Leben ist ein Traum, in welchem sich die Träume eines Dritten verflechten. Gebt mir ein Sack voller Dukaten, und ich mache zwei daraus. Wir alle sind an einem Mittagstisch zu Gast und werden für das Essen nichts bezahlen, weil wir kein Geld haben. Die Frau, sie ist ein schreckliches Wesen und wurde in jüngster Zeit vergessen. Ein kleiner großer Mann ist größer als der größte kleine Mann. Was klar ist, ist nicht unklar. Wenn mir einer sagt, er sei verrückt, muss ich ihm das glauben. Wir, die wir in der Mitte stehen, sind weder die Ersten noch die Letzten. Große Menschen denken immer anstelle aller anderen.

BERNOLD (betont schauspielernd): Gehenuhug vohon ahallehedehem! Ha! Bäh! Puh!

HINKOVIĆ: Luft! Mehr Flüssigkeit! Auch das geht zu Ende! Ein Schal! Passt auf Orelija auf! Vorhang! Hundertmal bin ich gestorben, doch niemals so! (Stirbt.)

(Roter Salon mit blauer Samtgarnitur, übersät mit grünen Sternchen, behangen von gelben Quasten. Im Hintergrund eine vierflügelige Tür, durch deren offene Flügel man auf ein Tal voll Blumen, den Eiffelturm, die leise rauschenden Niagarafälle, Fabrikschlote und den Förderturm eines Bergwerks in vollem Betrieb blickt. Kühe stehen auf der Weide, kurz dahinter findet ein

Radrennen statt, ein Schiff geht unter, und ein Soldatentrupp kämpft mutig um die Regimentsfahne. Ein Unwetter biegt die Pflanzen und durchnässt die Teilnehmer einer Treibjagd unter anderem auf eine Herde Giraffen. Eine Pagode brennt. Links eine Terrasse mit Blumentöpfen voller Kakteen, Baobab, Palmen, Buchen, Rhododendren, Hartriegel, Minze, Koniferen und kurz gemähtem Gras sowie mehreren hundert Sesseln, von denen einige sehr teuer und alt sind (18. Jahrhundert). Äbtissinnen, Derwische, Herzöge, Bettlerinnen, Hunde, Anwälte, Liebhaber, Gastronomen, Philatelisten, Polizisten, Herren kommen eine Treppe hinab. Links führt eine Tür in einen Versammlungsraum, in dem gerade die Abstimmung über ein Gesetz zum Verbot von Schießereien im öffentlichen Raum läuft, unterbrochen von einem Revolverschuss, dem der Versammlungsleiter zum Opfer fällt. Der ganze Raum ist von den Bildern der Teilnehmer an der Vorstellung ausgefüllt, Daguerreotypien, Plakaten mit den Konterfeis flüchtiger Häftlinge und Reklame für die beliebtesten Pariser Varietés. In der Mitte der Bühne ein Springbrunnen, Fische in einem Aquarium, das Bruchstück einer antiken Säule, ein einfacher Bauernzuber, in dem sechs Kinder durchdringend schreien, der geschmackvolle Frisiertisch einer Primadonna, ein größerer Sandhaufen, ein Büschel Stroh, verschiedene Werkzeuge, eine schnaufende Dampflok, ein Elefant, welcher Blumen aus einer Vase frisst, vier Karten spielende Personen männlichen Geschlechts, Straßenarbeiter beim Asphaltieren, ein Ballon, der soeben aufsteigt, indem er Gewicht abwirft. Stille und Musik. Delirium. Der sich hebende Vorhang enthüllt diesen angenehmen, einfachen und beruhigenden Anblick in allen Einzelheiten. Viel Zeit, sich zu konzentrieren. Der Elefant stirbt langsam, der Wasserfall versiegt, der Eiffelturm schmilzt in der Sonne. Hinković steht in der Mitte des Bildes mit dem Rücken zum lustig plätschernden Wasserfall und räuspert sich.)

HINKOVIĆ: Ähem. Was wollte ich gesagt haben?! (Zu sich wie zum Publikum, laut, stotternd, mit veränderter Stimme, lebhaft, nervös, mit Verbitterung und Indignation, furchtsam, aber edelmütig:) Was?

(Auftritt Geist, Rache, Elend und König. Soldaten kommen und gehen. Man hört eine Trompete, einen Kanonenschuss, einen röhrenden Hirsch. Der deutsche König geht zu Boden, liest einen Brief, steht auf, klopft Hinković auf die Schulter, schneidet Grimassen, wirft aufgeregt einen Geldschein auf den Tisch, weint leise vor sich hin. Rammt sich ein Messer in den Leib. Geht ab. Die Vorigen, ohne Hinković. Laufen herein und hinaus. Schiffbrüchige kommen äußerst spärlich bekleidet und triefend auf die Bühne. Sie tragen Kerzenleuchter, duellieren und umarmen sich, lesen und zerreißen eine Nachricht, die offensichtlich mit Blut geschrieben wurde, tragen Stühle herbei, alle erstarren mitten in der Bewegung.)

HINKOVIĆ (zum Aufseher, der Gouvernante und dem Publikum): Dieser …

STIMMEN AUS DEM PUBLIKUM: Willst du faule Tomaten und faules Obst?

HINKOVIĆ (zur Souffleuse): Was sage ich? Was sage ich?

SOUFFLEUSE (rätselhaft): Ruf sie! Ruf sie!

HINKOVIĆ (niedergeschlagen): Mir ist schlecht! Mir ist schlecht! (Fasst sich an den Kopf, bricht zusammen. Der Vorhang fällt und hebt sich sofort wieder.)

15. Akt, 21. Bild, 19. Aufzug

(Im Hintergrund die schneebedeckten Gipfel des Himalaya, eingehüllt von Nebel und Rauchwolken aus einem eben ausbrechenden Vulkan. Etwas weiter vorn die Silhouetten großer Städte, lasterhaftes nächtliches Treiben. Noch näher zum Publikum hin liegt Đorđe Kluka bäuchlings als Sphinx auf dem Boden, trommelt mit den Fingern im Sand und denkt sich seinen Teil. Rechts der Sphinx Anton Ekfeld als Laokoon, der Schülerinnen der zweiten Klasse der Hauswirtschaftsschule aus Sombor, welche mit künstlichen Zungen züngeln und dabei freizügig entblößte Teile ihrer zarten Beinchen zeigen, wie Schlangen ertränkt. Neben der Laokoon-Gruppe Hinković, Bernold und Rabstern als Beethoven, Raffael und Wagner mit Lyra, Pinsel beziehungsweise Geige in tragisch-feierlicher Pose. Kapamadžija als vielfacher Kriegsheld neben einer Kanone, die ununterbrochen ins Publikum feuert. Forgač als weiblicher Genius mit Gans unterm Arm und Krone auf dem Kopf, hat es von der Gänsehirtin zum ersten weiblichen Papst der Geschichte geschafft. Im Vorübergehen Ekfeld als Ökonom, Bernold als Künstler, Cigler als Kaufmann, Rabstern als Techniker, Kapamadžija als Soldat, Forgač als Lehrer, Kluka als Geistlicher. Von der linken Seite stellen Schauspieler Paja Jovanovićs Gemälde *Serbische Blüten* nach: vorneweg die Frauen, dahinter die Soldaten. Auf dem linken Flügel Hinković mit Gewehr. Hinter ihnen Teilnehmer des Bühnenstücks *Verzweiflung*, aber heiter. Turnerinnen und Turner. Verkleidete Türken. Haiducken und Uskoken. Zar Lazar, den Kopf in die Hände gestützt. Am Klavier spielen M. und M. Nikolić ein Potpourri aus Bajićs *Serbin*. Seitlich Fürstin Ljubica, Fürst Miloš, die Heiligen Iguman und Avakum, Lazar Mutap, König Milutin, Nikola Lunjevica, der hl. Sava, Baumeister Rade, Marko Štitarac, Jüngling, Guslaspieler, Kolo-Anführer, Francesco Giovanni Gondola, Anka und Arsa Pajević, Fischer, I. und II. Botschafter, Hirtin, I., II., III., IV. und V. Lehrling, Erscheinung, Geist, Araber, Nachtwächter, Greis, Fahnenjunker, Fee, die Altvorderen, Mutter Angelina, Pandurenoffizier, Hinterhältige, I. und II. Schüler, Aurora und Abendrot, Morgenstern, seine Schwester, Briefträger, Vladimir, seine Gattin, Krešimir, sein Uropa, Person, Verschwörer, Bauer, Bär, Dame, Krankenschwester, Maria, Dienerin, dritter Bettler, Betrogener, Wahnsinniger, erster Verwundeter, Held, Gesicht, Unbekannte, Inchiostro, Harlekin, Pulcinella, Stummer, Deklamator, reicher Bauer, glücklicher Hirte, Wohltäter, Göttin der Poesie, Verworfene, Jongleur, Pantalone, Hanswurst, Minnesänger, Mystiker, Moralist, Tod, alle zu Pferde, 8636 Tiere und Menschen vor sich hertreibend. Hinković als Dreyfus, dem auf einem Baumstumpf der Kopf abgeschlagen wird. Kluka als Scharfrichter. Ekfeld als Schriftsteller E. Zola, der auf Knien um Gnade für den armen Offizier fleht. Aber die Axt saust herab, und Dreyfus' Kopf rollt ins Parterre. Aufruhr unter den Zuschauern, unverständliche Proteste, Lärm, Wut, Flüche. Faules Obst und Gemüse fliegt auf die Bühne,

Steine, Leitern, Teile des Geländers werden von den Rängen geworfen, Ziegel, Hüte, Schuhe, explosive Gegenstände, Messer, tote Katzen, fremde und verloren gegangene Kinder.)

STIMMEN AUS DEM PUBLIKUM: Pfui! Dreckshaufen! Schufte! Jugendschänder! Abtrünniges Vieh! Schmutzige Wäsche! Halbseidene! Verlasst den Tempel der Kunst!

HINKOVIĆ (vollgespuckt, Tomatenreste auf dem herrlichen Prinzenkostüm, tritt an die Rampe): Wir sind ehrbare Handwerker. Warum hört man uns nicht zu? Wir sprechen die Sprache des geschändeten Volkes, das nicht für sich sprechen kann. Unterm Deckmantel der Spaßmacher sagen wir durch Witz, Sketch und lustiges Laientheater die Wahrheit über uns und andere!

STIMMEN: Hinaus mit euch! Raus! Geht schon! Polizei! Auspeitschen sollte man euch! Unsere Töchter sollen so etwas nicht sehen! Auf keinen Fall!

HINKOVIĆ: Wir leihen unsere Stimme nur Löwen, Kaisern und Bettlern, die es in Wahrheit nicht gibt! Ich bin ein miserabel dilettierender Schauspieler, dessen Tränen Furchen in die Maske graben, die aus Puder und anderen giftigen Elementen besteht. Tränen, Lachen und Hobelspäne! Gemischte Gefühle! Narr am Trapez und Königssohn. Wir werden Verbesserungen vornehmen. Ich spiele eine zwanzigjährige Frau! Unter dem Lachen des närrischen Bajazzo zittert das Herz eines Vaters, der soeben seine Tochter bei einem Zugunglück verloren hat. Die Zuschauer dürfen nichts davon merken. Hand aufs Herz. Spuckt, wenn ihr Charakter habt. Schauspieler und Zigeuner sind ein und dasselbe, im besten Sinne. Der Fluch der Kunst! Jeder lacht gern über seine Schwächen und die kleinen, durchaus leicht verbesserbaren Marotten. Die Hauptrolle spielt ein Schauspieler im Fieber. Die Primadonna singt auch mit gebrochenem Bein. Wir haben drei Tage lang nichts gegessen und sind fröhlich! Wir spielen in unserer Garderobe, auch wenn wir sie dreckig machen. Hungrig spielen wir, um euch den Mord am Kraljević Marko, die Geburt der Fee Ravioli und den Fall von Szeget, dem herrlichen türkischen Munitionslager, zu zeigen!

DAME IN EINER LOGE: Ich denke gar nicht daran, mir solche Blödeleien auf der Bühne einer wohltätigen Institution anzuschauen. Solange die herumalbern, werde ich Sonnenblumenkerne knabbern, mich für den Rittmeister interessieren und mit Frau Dunđerski über die Kerečki herziehen!

HERR AUS DEM PARKETT: Schämen Sie sich! Hinaus mit Ihnen, bei diesen Manieren!

SONNENBLUMENKERNVERKÄUFER: Willkommen im Klub!

PUBLIKUM: Meine Herren, wir haben ausgespielt! Die Schauspieler haben das Theater zusammen mit uns, den Zuschauern, verkauft. Und überdies steht das Gebäude in Flammen!

FRAU KEREČKI: Es dürstet mich, sie zu sehen!

KIND RADOMIR PLAOVIĆ: Stechen die sich richtig mit Messern, oder tun die nur so?

ZUSCHAUER: Schon wieder diese Prügeleien, Bajazzi und Komödianten, von denen man Kopfschmerzen bekommt!

(Ekfeld kommt, Zylinder auf dem Kopf, einen Löwen reitend und lustig mit der Peitsche knallend, auf die Bühne).

EKFELD: Dame i gospodo, a song for you tonight, una romanza typico kubana!

(Hinković springt vom Trapez auf einen ausgepressten Schwamm, Bernold schluckt Feuer, Kluka zieht aus seinem aufgeschlitzten Bauch ein kleines Schwein, 18 Hasen und zwei Barockstühle und aus dem Mund vergoldetes Besteck für zwölf Personen. Rabstern, mit Eselsohren, gepudertem Gesicht und Karottennase, schlägt sich auf den Bauch, der wie eine Pauke dröhnt, während grüner Rauch aus seinen Ohren dringt. Delirium der Begeisterung, des Aufruhrs und des moralischen Niedergangs. Kaiserlichköniglicher Skandal. Damen verlieren Perücken, Kleidungsteile, Schuhe. Bühne in Flammen.)

EKFELD: Rette sich, wer kann!

(Bengalisches Feuer. Massaker. Kindermord zu Bethlehem. Kannibalismus. Weltuntergang. Kataklysmen. Sodom und Gomorrha. Unmoral in voller Blüte. Niedergang des Römischen Reiches. Dämmerung der Zivilisation. Untergang des Abendlandes. Jüngstes Gericht. Vorhang fällt ganz langsam.)

(Hinković arbeitet sich durch einen Berg teils echter, teils gespielter Leichen. In der Ferne pfeift eine Lokomotive.)

HINKOVIĆ: Haltet inne, ich bitte euch! Ich bin ein Kind ohne Eltern. Ich habe Hämorrhoiden und eine wichtige Nachricht für den Kaiser. Wer mir in diesem Augenblick hilft, wird es nicht bereuen. Gebt mir eine Chance! Ich kenne den Zugabfertiger in Nova Kapela/Batrina. Als Kind habe ich mit Holzeisenbahnen gespielt. Die Eisenbahn liegt mir im Blut. Erlaubt mir, das wertvolle schwarze Gold in den Kessel zu schaufeln. Ich übernachte im Tender. Der Anzug ist mir egal. Ich bin der Fortschritt, die Zivilisation und jede Form von Verkehr. In Ordnung?

ZUGFÜHRER (den Zug anhaltend): Ständig diese Komplikationen wegen der Beileidsbekundungen! Steig auf!

(Hinković klettert auf die Kohle, der Zug eilt pfeilschnell in unbekannter Richtung davon. Das Licht verlöscht unter dem unbeschreiblichen Geschrei des überrollten Publikums.)

Abb. 1 und 2, Mann und Männin. Zelle. Urschleim aus Schleimhäuten. Hexagonalschnitt. Aussehen der Frucht. A Mark, B Holz, C Bast, D Borke. 3 und 4 Acetobakter. Spirochaeta obermeieri, 1800-fach vergrößert. Vorderer Teil angeschnitten. Luftdicht umwickelte Edelreiskeile. Leimkraut. Pollen. Diatomeenerde. Kleinste Tierchen in eiszeitlichem Grund. Laus. Entwicklung der Buchenblätter. Yucca gloriosa. Querschnitt durch den oberen Teil der Atemorgane. Das Aussehen der Hand. Abbildung 6, 7 und 8. Schwefelkristall. Lebensgr. Geschwulst. Links oben Frucht und Blüte, rechts unten Querschnitt, vergrößert. Gaucher-Gefäß zum Wachsschmelzen und Blumenthal-Sprüher in Aktion. Der Gang des Menschen auf einem Bein mithilfe des anderen. Funktionsweise des Auges. Herantreten. Im stillen Zwiegespräch. Das Verhalten der kleinen Maus und des großen Bären. Wie in ihr Haus treten. Eine Geste. Beim Handkuss. Kennenlernen. Bei der Ansprache der Älteren. Verbeugung. Beileid bezeugen. Erkennen. Lage der Hand. Knicks. Rapport erstatten. Bei der Prüfung. Schulrat. Der serbische Patriarch. Im Parlament. Anweisungen geben. Elevin in der Schule für die weibl. Jugend in Podgorač. Herzogin mit Elevinnen. Erdpyramiden in Tirol im Sonnenuntergang in großer Höhe. Aussehen des Regenbogens. Riesenfrosch, verkleinert. Die Arbeit der Frau im Haus. Dr. Dušan Uskoković aus Grunt. Der Doktor mit seiner Braut. Laura, geb. Bichner. Mit Mutter, der Witwe des sel. Vasilije Usk. aus Grunt. Der Doktor bei einer Sektion. Arterien, Kreislauf und Lebern von Alkoholiker-Schwiegermüttern. Künstliche Beatmung I und II beim Sturz aus dem dritten Stock. Grabmilbenweibchen nach Jarich, Bearbeitung Dr. Uskoković. Der Erreger der Cholera, vergrößert auf die Größe des Eiffelturms. Ein angeschwollener, reißender Bach, davor unglückliche Ausflügler. Hygienischer Abtritt und der richtige Umgang damit. Stempel und Staubbeutel aus dem kaiserlichen Park. Gluthitze im Dorf und in der Stadt. Blick auf den Gletscher im Sommer. Im Frack. Soldatenuniform. Die erste Patientin. Mit ihr auf dem ersten Ausflug. Wie benutzt man den Schneebesen? Dreschflegel zum Dreschen. Vorhängeschloss. Schlüssel und Schloss. Pflügen mit dem eisernen Pflug. Grabstock. Beim Hängen des Verurteilten. Schlinge. Rückgrat. Stuhl. Beamte in der Amtsstube verteilen. Aussehen des Beamten. Kassetten für Schriftstücke und Papiere. Schwarzerle. Adern an der Gehirnbasis. Knacken der Nussschalen mittels a) Hammer, b) den Händen eines starken Mannes, c) daraufgestelltem Stiefel. Bucht von Neapel mit der Lava des Vesuv auf allen Dörfern ringsum. Wie der Wilde sein Feuer anzündet. Mann beim Pfropfen. Mit Verbandszeug aneinanderpressen nach dem Anschnitt mit einem scharfen Messer. Lachende Winzer bei der Arbeit. Nordseite des Franz-Josef-Platzes mit der Apotheke von Jovan Grosinger. Grunt heute. Am Tresen des Kolonialwarenladens. Ecke Kisač-/Kamer-Straße. Sechsundsechzig-Turnier der Handwerker im Hotel Peri Fabri. Der Sieger mit dem ausgesetzten Preis, einem Fass. Da fällt was für uns ab. Ljerka Šram, kroatische Schauspielerin. Feuerwehrmänner nach misslungener Löschaktion. Hungrige Kinder vor der Auslage der Bäckerei voll warmer Brötchen. Traurige Veilchenverkäuferin. Dehnen von Händen und Füßen. Lederhaut, Aderhaut, Netzhaut. Erste Position, zweite Position. Vorher und nachher. Eure kaiserliche Hoheit. Tesla beim Experimentieren mit tödlichen elektrischen Spannungen. Gus Elen und Vesta Tilley in der Nachmittagsvorstellung. Innenraum eines U-Boots. Silvester 1899. Beerdigung von Hochwürden Vasilije Uskoković. Prozession. Plaudern vor der Kirche. Barhäuptig, den Hut in der Hand. Theodor Roosevelt, der Mann des Jahrzehnts. Auf ungewissem Wege. Pierre Curie zur Zeit der bekannten Explosion. Ungesunde Körperhaltung beim Schreiben. Dr. Uskoković beim Rundgang durch das Lehrinstitut. Maurice Barrès in seinem Park beim Denken. Begräbnis des am 22. Mai 1895 verstorbenen Victor Hugo, und junge Mäddchen, welche entlang der Strecke niederknien. General Boulanger, der Sarah Bernhardt eine Rose überreicht. Alfred Dreyfus in der Kolonne gewöhnlicher Sträflinge. Herstellung von Papierblumen. Hinko Hinković im Alter von 9 Jahren. Trauriger Vater, traurige Mutter. Großvater Theodor im letzten Lebensjahr. Innenraum des Kolonialwarenladens von Jovan Uskoković in Grunt, Slawonien, um 1879. Katharina Uskoković. Weinlese 1899. Panorama der Königsstadt Novi Sad 1897. Markt in Han, am Sonntagmorgen. Die Kirche in der Almaš-Straße, von Süden. Den heiligen Bischöfen Vasilije Veliki, Grigorije Bogoslov und Jovan Zlatousti geweiht. Fahrrad mit zwei Personen beim Überprüfen der Reifen. Falsche und richtige Verwendung von Hilfsmitteln. Macht eine fleißige Hausfrau so etwas? Nicht so. Sondern so. Inneres, Äußeres und Mitte. Er bringt ihr einen Brief, den ein Dritter verfasste. Der Kahn, der sie direkt in den tödlichen Wasserfall entführen wird. Umringt von Bewunderern. Blüten blühen. Eleganter junger Herr, dem so manche ihr Herz geschenkt hätte. Im Vorübergehen. Abdrücken der Oberschenkelarterie. Rosenfarbener Sonnenuntergang im ewig grauen London. Sinnlose Brautwerbung, denn sie war bereits einem sehr erfolgreichen Chirurgen angetraut. Die Arbeit auf dem riesigen Anwesen während der Abwesenheit von Hausherr, Hausherrin und sogar der Bediensteten. Blick vom Gipfel auf Arbeit und Leben derer im Tale. Er stand da und überlegte, ob er dem ohnehin verstorbenen Patienten die Kehle durchschneidet. Fast die ganze Kleinstadt verabschiedete den berühmten Doktor und seine liebreizende Gattin auf die weite Reise. Im Inneren des bequemen Abteils. Der Speisewagen. Ach, werter Herr Doktor, ausgerechnet Sie in diesem Zug? Sonnenuntergang über den heimischen Feldern voll fleißiger Erntehelfer. Der Schaffner kommt freundlich herein und fragt nach dem Ziel der Reise. Eine zärtliche Fremde. Schau die Großstadt, die sich weit da hinten im blauen Dunst abzeichnet. Sie bemerkt seinen sorglosen Blick auf die unmittelbare Zukunft. Er bemerkt die Träne in ihrem Augenwinkel, als sie an ihrer Heimatstadt vorbeifahren. Lektüre im Zug. Lustiger Bahnhofsverkäufer mit leckeren Backwaren. Wachsames Auge eines Gendarmen. Packt dich etwa jetzt schon dein berüchtigtes Heimweh, wir sind doch gerade erst losgefahren. Er erzählte ihr, welche Missionare vor den Augen ihrer Schäfchen von mächtigen Löwen verschlungen wurden. Ein stilles Eckchen im Abteil. Der Offizier erwiderte höflich den Gruß und erklärte, er werde nicht stören. Sie musterte den großen Mann, den sie erwählt hat. Mutter saß am Tische und betrachtete das Bild ihres lieben Sohnes, welcher in die Fremde zog. Erst beim schmackhaften Abendessen fiel auf, dass einer fehlte. Die Lichter der Großstadt grüßten sie im Vorbeigleiten. Er las ein dickes Buch voll medizinischer Ausdrücke, gelegentlich zufriedene Blicke auf ihre göttliche Gestalt werfend. Sie sah durch beschlagene Fenster und malte sich die glücklichen Tage aus, welche ihr in Zukunft beschieden sein würden. Der Bahnhof von Lyon, nachts. Laut schreiende Gepäckträger, Zahlen ausrufend. Ihr wurde leicht schwindelig, als sie ihren zarten Fuß auf das Pariser Pflaster stellte. Vornehme Reisende am Ausgang. Ein steinalter Witzbold beäugte den bärtigen Herrn mit Zwicker und seine blonde Reisebegleitung. Die Pässe waren in Ordnung. Auf der Straße, in Paris. Also nein, wen sehe ich da, ist es denn die Möglichkeit, ihr seid schon da! Zwei Kollegen im herzlichen Gespräch. Ihr heller Teint überzog sich mit einem rosigen Hauch, als sie ihn kennenlernte. Droschke in der Rue de Rivoli. Die Fassaden der alten Stadtpaläste schauten mit ihren Bronze- und Steinskulpturen auf sie herab. Sie hakte sich noch fester in seinen starken, behaarten rechten Arm unter. Hier habt Ihr den Zuchthäusler, lieber Kollege, dem Ihr den Schädel öffnen und das scheußliche Geschwulst untersuchen dürft, über das wir neulich gesprochen haben. Die Hand des Chirurgen wurde im Nu die Hand eines Scharfrichters, als er die Schädeldecke des Ärmsten anhob. Herr Professor, das ist unser neuer Kollege aus dem fernen Österreich. Zwei Gleichgestellte wurden einander vorgestellt. Ich wusste gar nicht, dass man da unten Medizin studieren kann. Ich bin eigentlich Serbe, auch wenn ich aus dem Kaiserreich komme. Das liegt nur daran, dass mein Großvater einst von Napoleon träumte. Der Professor staunte kurz über den kräftigen Händedruck des jungen Chirurgen und den stählernen Blick hinter seinen Brillengläsern. Der Vormittag der jungen Dame. Ein freundliches Zimmermädchen servierte das kleine Frühstück, den hübschen Gast mit einem Lächeln auf den Lippen verurteilend. Das ist also der große Saal, in dem ich operieren werde. Der Weg führte in die Tuilerien. Nein, nein, Sie Tausendsassa, rudern Sie nicht direkt in den gefährlichen Bereich voller Schwäne. Die Statuen grinsten mit ihren berüchtigten teuflischen Blicken. Die ganze Stadt jubelte der stattlichen Ausländerin zu. Ein Dichter verfasste neben seinem täglichen Glas Absinth ein Gedicht im Biergarten. Zwei junge Windhunde beschnüffelten ihre Spur, als sei es die einer Königin. Ballonverkäufer. Im nachmittäglichen Straßengewimmel. Bilder aus der ewigen Stadt. Der Präsident der Republik bei der Besichtigung des Krankenhauses. Er drückte ihm heiter die Hand, die besten Wünsche ausrichtend. Nachmittägliche Leserin. Ihre Augen überflogen die Seiten, ohne dass sie groß nachgedacht hätte. Die Schlange glitt den Baum hinab und hielt einer unglücklichen Gymnasiastin mit wunderschönem, aber üppigem Busen den Spiegel vor. Odalisken räkelten sich. Alle betrachteten den Orkan auf dem offenen Meer, den Tod eines Ritters in der Eiswüste und die Einführung von vier Schwestern in Gottes Tempel. Vögel im nachmittäglichen Park. Ein galanter Heißsporn dreht sich wie beiläufig zur schönen Leserin um. Alle waren überrascht vom plötzlichen Tode des gerechten, wenn auch höchst verdächtigen Monarchen. Die Studenten verfolgen die Operation gespannt von der Galerie aus. Im geöffneten Schädel des Verbrechers erblickten sie die hässliche rote Geschwulst. Zwei kleine Kinder versanken in der Betrachtung der unbekannten Dame im Park. Das Gezänk der unentschlossenen Verlobten zog sich über Stunden hin. Die steinreiche Schönheit war mit einer hundsgewöhnlichen Kette an die verlassene Mühle gefesselt. Zwei Griechinnen spielten Zitter, zwei weitere tanzten, indem sie sich gegenseitig an den Gürteln aus reinem Gold fassten. Die Kinder schaufelten Sand in ihre Eimerchen, während die Gouvernante fröhlich von der großen Schauspielerin und ihren Liebhabern plapperte. Eine Frau mit tätowierten Muskeln betrachtete den Abglanz der Sonne durchs Gitter und fragte sich, warum sie die Tat beging. Nonnen bearbeiten den Garten mit kräftigen Hieben. Herr Professor, ich bin fertig. Bravo, rufen die wohlwollenden Kollegen einstimmig. Derselbe Heißsporn spaziert noch mehrfach vorbei, tut so, als müsse er in nächster Nähe die Schuhe binden. Aufmerksam standen sie im Garten beisammen, dem einen oder anderen Liedchen lauschend, bis der Wind sie fortriss, hinauf zu den Gletschern. Sie lassen sich am Seil hinab zum

Grund der finsteren Höhle, um das schlummernde Mädchen vor der Kälte und den Angriffen unterirdischer Indianer zu retten. Im Wald eingeschlafener Mann, über den Schnecken kriechen. Kometenschwarm, als Lichtpunkte am Himmel über der dunklen, einsamen Stadt. Ihre Augen schweiften amüsiert durch den von Kindergeschrei beherrschten Park und kehrten wieder zu ihrem interessanten Lesestoff zurück. Den begrenzten Raum füllten Troglodyten, Eber und Gänse aus, die einen unglaublichen Lärm veranstalteten. Die Stimmen glücklicher Personen in der Ferne erfüllten die Luft. Was ist in dem kleinen Buch so spannend? Ihr Auge ruhte auf dem freundlichen, schmucken Unterleutnant mit seinem stark deutschen Akzent und ihr Finger neben der Abbildung muskulöser Metallgießer und Kesselmacher neben den schwachbrüstigen Arbeitern der Zukunft, den Baumeistern der Welt. Der Unterleutnant zeigte unbestimmt in die Richtung, in welcher der bezaubernden Unbekannten, die sich als Landsmännin erwies, Heimat liegen musste. Duino, Stadt meiner Kindheit am Meer. Meine Eltern, ich als Kind auf Vaters Schoß. Meine Schwester. Meine andere Schwester mit ihrem Gatten, ein Kaufmann aus Triest. Die Militärakademie in Laibach. Gute Kameraden. Sie dachte an das Rumgehocke mit dem Gorilla im Kämmerlein, an die Qualen der Ärmsten aus dem Dachgeschoss und andere Fallstricke der Großstadt. Er überzeugte sie eindringlich von seiner überwältigenden Loyalität. Der Ärzterat drückte ihm tiefsten Dank und Hochachtung ob der gelungenen Operation aus. Den unglücklichen Toten trug man aus dem Saal. Die Mutter erfuhr vom Ruhme ihres Sohnes aus deutschen Zeitungen, welche der Zeitungsjunge brachte. Mediziner bei einer Sektion. Alle drehten sich bewundernd zu ihm um. Ich kenne diese Stadt wie meine Westentasche, obwohl ich hier nur ein kleiner Ausländer in Uniform bin. Sie redeten zur großen Verwunderung des italienischen Gitarristen und der Hutmacherin, welche morgens die Pakete austrug, in ihrer Muttersprache. Kleines Orchester im Parc du Luxembourg, es spielte bei einem Denkmal im Schatten einer Linde auf. Sie stickte, die anderen lasen die Pariser Morgenzeitungen. Sehen Sie, wie fröhlich die Arbeiter die Straßenecke beim Observatorium ausbesserten. Ein alter Obdachloser trank Wasser von der Pumpe an der Straße. Warten auf Kundschaft. Müßiger Eisverkäufer. Feiner Herr, welcher sich die Schuhe putzen ließ und dann wieder in die Kutsche stieg. Kopfsteinpflasterer kopfsteinpflasterten. Sein winziger Kopf unter der Schiebermütze lugte aus dem Kiosk mit bunten Journalen und Heftchen, welche sich zum Lesen im Park eigneten. Nein, nein, schließlich habe ich der Gattin versprochen, sie ins beste Restaurant zu einem richtig pariserischen Mittagessen auszuführen. Neugierig wie ein neunjähriges Mädchen spähte sie in die Puppenmacherwerkstatt in der Rue de Sèvres. Ein Junge lieferte Backwaren in einem Weidenkorb aus, welcher waagerecht auf seinem Kopf ruhte. Nein, heute bin ich wirklich unabkömmlich, wir sehen uns morgen. Pont du Carrousel. Schlafender Penner in der Nachmittagssonne, welche schräg unter die Brücke schien. Schuhputzer in der Rue de Rennes. Wird er anbeißen? Schlaf der Gerechten nach Auslieferung zweier Fässer. Lauschiges Seine-Ufer am frühen Abend. Pariser Postkarten. Sie kicherte fröhlich auf seinen Vorschlag hin, sie in den Zoo zu begleiten. Gute Frau, was kosten diese Blumen? Der alte Harfenist. Wollekrämpeln auf der Straße. Litfaßsäule auf der Place Saint-Sulpice. Was gibt's da Interessantes? Schau, das frische Grün. Ein typisches Pariser Schlafzimmer. Immer auf der Hut. Vormittagsschläfchen. Cour de Rohan. Cour de Dragon, drinnen. Der Torhüter wehrte den Ball ab. Racket. Aufschlag. Eine Mannschaft, deren Mannschaftsdress. Grundriss des Spielfeldes. Ist es nicht herrlich, diesen schönen Nachmittag an der frischen Luft zu verbringen? Binnen einer Stunde. Schwedensaal. Unsere Olympier. Linksum. Stellung mit Stelzen. Sie betrachtete neugierig einen Leporello, in dem alle Weltwunder abgebildet waren. Verlassenes Venedig, daselbst einige wenige verirrte Passanten, die alles auf eine Karte setzten. Gestein rollte bis unmittelbar vor die Kathedrale und lag dort, wie von einer unsichtbaren Hand aufgehalten. Riesige Wellen, gleichsam mit der Peitsche gedämpft. Flammenmeer im Walde. Düsterer Turm am Horizont. Der Unterleutnant setzte lässig seine hübsche, bestickte Kopfbedeckung auf. Holzhandlung, Baustelle künftiger Häuser, Verschieben von Schlacke auf großen Flächen, im Hintergrund der Vulkan. Ihr Mann nagte lautstark an der Schweinekeule, mümmelte dabei wie ein Bär, plauderte heiter mit der Frau Generalin und wischte sich die blutigen Finger an der Soutane des Kardinals ab. Sie veranstalteten Zusammenkünfte von Chirurgen-, Fleischer- und Tischlergesellen aus dem fernen Ungarn. Er tätschelte mit seiner kräftigen, wenn auch zärtlichen Hand die eigene Frau, wies den lustigen Handwerker, der anschließend weiterhin von einer lang zurückliegenden Pestepidemie redete, auf ihre Brüste hin. Menschen aus Wachs in Aquarien habe ich noch nie gesehen, sagte sie, auch die übernatürlichen Zeichnungen im Musée du Louvre oder lebende Gerippe in der einen oder anderen Kirche nicht. Fassaden. Stiegenhaus auf der Westseite. Der Doktor überschrie alle mit seiner sonoren Stimme. Der Gerichtsmediziner trug seinen Bericht aus dem gedruckten Polizeiblatt vor. Der Gegner war unter dem Tisch an die gezündete Bombe angebunden, Asketen betrachteten diese unliebsame Erscheinung. Es kamen drei Weise im Ballon und tasteten sich durch den Urwald. Gespenst, welches überm über die Ufer getretenen See schwebte, eine Elfe liebkosend, dem Beobachtungsposten auf den hohen, schneebedeckten Gipfeln die letzte Ehre erweisend. Das Kind rannte im Kampf mit dem Adler und dessen Schnabel die Treppe hinunter, der verschleierten Braut geradewegs in die Arme. Und das alles soll wahr sein? Hahaha, die Welt, meine Kleine, hat noch viel zu bieten, du wirst dein Leben lang nicht aus dem Staunen herauskommen. Das Wasser läuft durch Rohre in den Vorbau, in welchem die Pferde untergebracht sind. Man betete vor dem Geistlichen, auch wenn dieser schwarz war. Eine Dame im Ballkleid bückte sich in der Kirche schamlos tief und knabberte etwas, um den Papst zu verwirren. Ihre Verwandten beugten sich ganz woanders in verrauchten Räumlichkeiten über Billardtische. Au weia, mein Gott, das ist wirklich fürchterlich. Guck mal, die Kleine unter so 'nem Sonnenschirm. Eijeijei. Weht ein heißes Lüftchen und geht ihr untern Rock. Himmel Herrgott, ist das hoch. Herrliche Aussicht von hier oben, gelt. Nur wenn ich so verrückt wäre, in die Ferne zu schweifen, wo das Gute so nah liegt. Direkt vor meiner Nase. Meine Liebe, hat dich dein Mann schon auf den hohen Turm geführt oder wird er das an selbigem Dienstag tun? Opa, opa, tsupa, auf Stelzen geht die Puppa. So leid es uns tut, Sie müssen den Hund unten anbinden, oben würde er mit seinem tierischen Gebell ein Unglück verursachen. Aber, aber, werter Herr, sehen Sie denn nicht, dass das mein Gatte ist? Das hätte noch viel dümmer ausgehen können, wäre ich ein wenig verrückter gewesen, als ich es ohnehin bin. Ganz Paris liegt Ihnen zu Ihren liebreizenden Füßen. Kaufen Sie ihm mit Rücksicht auf seinen erheblichen Leibesumfang gleich zwei Eintrittskarten. Fräulein, gehnsenich mit dem dicken Herrn Professor, der bringt doch alles zum Einsturz und Sie in Teufels Küche. Meine Kleine, sie denkt wohl, da oben würde man ihren Liebreiz besser sehen als hier unten auf der Erde. Herzallerliebster Dušan, wenn dich einer spaßeshalber hier runterstoßen würde, wärst du ganz schön platt. Schaffen Sie mir das zahme Krokodil aus den Augen, auch wenn Sie es als echter Engländer überallhin mitnehmen. Junge Heißsporne steckten oben auf der Turmspitze kichernd die Köpfe über bunten seltsamen Blättern voll unanständiger Zeichnungen zusammen. Die bezaubernden Augen der Frau schweiften in die blaue Ferne, während sich die ganze Stadt mit unzähligen angezündeten Glühbirnen schmückte. Aller Augen ruhten auf dem berühmten Komponisten, der aus seiner Kutsche kletterte. Pelléas et Mélisande, zweiter Akt. King Edward im Vorübergehen. Beim Bau der transsibirischen Eisenbahn. Maurice Maeterlinck. Herr Freud während eines Vortrags. Sanierung der Comédie Française kurz vor Abschluss der Arbeiten. Der neu gestaltete Eingang. Metrostation mit Passanten. Der Speisesaal. Die Kellner grüßten ihn wie einen alten Bekannten. Sind wir wirklich so hinterwäldlerisch, dass wir jeden Mist besichtigen müssen? Die liebende Mutter erzählte dem stattlichen Briefträger, wen ihr Sohn in der fernen Stadt wie und womit kurierte. Gendarmen schossen in die Menge und Brunnenbauer krochen unter die Erde. Ein lustiger Herr erklärte dem versammelten Publikum, was auf welchem Bild was darstellte. Einsames Haus am Waldrand vor heller Wand, beleuchtet wie auch der Höhlenausgang, der einem Ärmel glich. Vornehme Person fiel durch irreführenden Teppich in den Abgrund. Grafen schossen durch ein ohnehin eingeschlagenes Fenster, um ihre Nachkommen, das Schloss und ihren Reichtum zu retten. Welcher vom Wahnsinn Geplagte hat diese Geschmacklosigkeiten gemalt? Ihr Gatte schob sie munter weiter; sie sollte auch die anderen Sachen sehen, die der Herr ihm gezeigt hatte. Vaters Blick klebte an Statuen, Velours, Girlanden und glitzernden Lampions, während ein Bediensteter mitten im Zimmer neben einer Gaslampe kniete, die von Nachtfaltern überquoll. Und zerrte sie an den Zöpfen quer durch den ganzen Garten, vorbei an der eingeschüchterten Schauspielerin. Der Minister mit Kindskopf in der Hand zerstörte mit einem großen Balken die Lüster und wertvollen Bilder im Salon. Nein, nein, ich bin nur der arme Austräger. Eine Dame mit Zylinder kam durch das Fenster aus Glas und Stahl herein. Er näherte sich ihrem Bette, das Zimmer war voll Wasser, in dem Ertrunkene trieben. Ein Zug tutete durch das Bett des müden Mannes, ein großer Bär mit Hahnenkopf schlich sich hinter der Tür an. Sie wirbelte fröhlich durchs helle Zimmer, er hingegen war und blieb in einen dicken Packen Papiere vertieft. Versuch der Heilung von Kopfschmerzen mithilfe von Ohrhörern. Prinz X. vor und nach der Goldwasserkur. Behandlungsmethode vermittels Aufhängen des Kranken mit speziellen Gurten. Bogerschaukel. Der Erreger der Gnopomenopoia, hundertfach vergrößert. Kalispera-Schößling, zwei Stunden nach dem Ziehen. Rothschild-Präparat. Professor Wilhelm Kneipp, Entdecker antibakterieller Wirkstoffe bei der Kaffeezubereitung. Akademische Gesellschaft Pariser Kaffeeverkoster. Bei der Verkostung. Nikotisierter Frosch vorher und nachher. Wade. Schuppen. Auge. Sie ist auch nicht schlimmer als er. Was er kann, kann sie auch, also fläzt sie sich in den Sessel und liest ein nützliches Büchlein. Der unglücklich geborene Prinz denkt daran, in den Abgrund zu springen, in welchen der Wasserfall rauscht, oder an afrikanischen Kriegen teilzunehmen, er denkt aber auch daran, sich leidenschaftlich mit der verheirateten Monarchin im Bett herumzuwälzen. Der Doktor verschrieb Medizin, an die er nicht glaubte, obwohl Vater und Mutter wegen des nicht vorhandenen Reichtums die Hände rangen. Die diesen beiden Männern geschuldete Elektrizität war für viele Städte, die auf dieser Welt in ewige Dunkelheit gehüllt waren, ein Segen. Die panischen Bewohner hielten vor lauter Glück die Hand vor den Mund. Verfertigung der Fotografien im Wege der Belichtung in der Dunkelheit. Sie hielt im liederlichen Boudoir stille und fragte sich, wohin sie ihr unstetes Leben führen würde. Professor Zeitblom bei Experimenten mit drei Schildkrötenpaaren. Kriechtiere. Kopf. Leib. Schwanz. Der gerupfte Adelige stand auf der Place Vendôme, hielt die ungewaschene Schneiderin am Arm, und schrie etwas in Richtung jener Kristallfenster. Sie liefen zur Brücke, dem schicksalsträchtigen Treffpunkt mit den bösen Juden. Die Bedienstete klopfte leise an und servierte dann den Kaffee im Zimmer der leidenschaftlich lesenden Eheleute. Beide übergingen wortbrüchig den Professor, der ihnen ihre glänzende Karriere ermöglicht hatte. Ein Soldat mit Stirnverband torkelte am Flussufer entlang und versuchte sich zu erinnern, wer er war. Tripper in Tropfsteinhöhle. Außenansicht eines Hochofens für Eisen. Wie die Lärchenwurzel im Lauf der Jahre den gewaltigen Felsen anhob. Und beobachtete die Frauen, die sich in den oberen Räumen bewegten und über den riesigen Bildhauer tuschelten. Er lehrte das hässliche Mädchen die richtige Erwiderung auf die Avancen eines verheirateten Wüstlings. Tonsetzer beim Tonsatz. Kleines Mädchen spulte im dichten Wald eine Kordel ab, weil es zum Abendessen zurücksein wollte. Würmer fuhren aus ihrer Haut, und er sortierte sie frohgemut nach einem im Vorhinein erdachten wissenschaftlichen Plan. Die Einschiffung der Ritter wurde ohne Rücksicht auf das Gespräch mit dem weisen Mann fortgesetzt. Agave in der mexikanischen Hochebene. Unglück kurz vor Abschluss der Bauarbeiten an der transsibirischen Eisenbahn. Hilfe traf ein. Da sind wir. Typischer Reiter. Er ging zum Blitzableiter am Fabrikschlot, um die Angriffspläne der Artillerie und die Schläppchen der königlichen Verwandten an sich zu bringen. Wer würde einer eingeschneiten Schönheit eine Bitte abschlagen? Sie bekäme einen Ring von allerhöchstem Werte geschenkt, der noch nicht einmal gekauft war. Donnernd grüßte er den Mann, der sich, lediglich mit einer Badehose bekleidet, vom höchsten Turm stürzte. Ich bin die bestohlene Erfinderin, ich bin die bestohlene Erfinderin. Ihre Fotografie neben denen der höchsten Könige.

Ich würde Euch ungeachtet meines fortgeschrittenen Alters heiraten. Leg lieber den blöden Schmöker beiseite und geh ein wenig im Jardin du Luxembourg spazieren, während ich meine Papiere hier durchsehe. Holen Sie mich um Himmels willen aus dem Sumpf, in dem ich mein junges Leben verbrachte. Er beugte sich bis tief in die Nacht über seine Aufzeichnungen. Teslas Versuche, Glühbirnen zum Brennen zu bringen. Operation bei elektrischer Beleuchtung. Im Laufe. Danach. Achten Sie nicht darauf, dass ich ein Raubmörder bin. Doktor Uskoković empfängt die Ehrenplakette der Pariser Gesellschaft für Trepanationen. Ich habe das Herz einer Gazelle und werde alles daran setzen, dass der Kardinal satt wird, welcher selbst zu wenig davon hat. Eine Gruppe französischer Ärzte mit ausländischen Kollegen zu Besuch beim Herrn Präsidenten. Der Präsident höchstpersönlich wohnte der Schädelöffnung eines Kranken bei. Operationsbesteck. Lustige Instrumentalistin. Der muskulöse Arbeiter hielt ihr im Streit seine schwieligen Hände vors Gesicht. Mit diesen Händen könnte ich Sie wie ein Huhn abmurksen. Bovarys Art, das gesunde Bein durch ein krankes zu ersetzen. Ärzte beim Sezieren eines Pferdes. Nur das nicht. Die Weltenbummlerin leistete dem alten Wüstling, der ihr bis in die Dachkammer nachstellte, heftigen Widerstand. Pariser Kutschen. Drei fröhliche Kameraden. Im Künstlerkasino. Bei Tisch. Alle versinken im kochenden Teer, hoffnungslos gute Zeugnisse auf Pergament vorzeigend. Beide flohen über das Dach, welches flach, aber kaum zu sehen war. Er schenkte dem alten Schamanen einen Lederstrumpf, verteilte Feuerzeuge und deutete auf den angenehm dampfenden Kessel. Ringsum brannte das Meer mit stiller Flamme. Sie schrieb ihren Schwestern auf dem fernen Gut, was für ein Schwachsinn in diesen Pariser Büchern alles stehe. Ich bin durch den Bauch der Erde gegangen und traf unterwegs ein ermordetes Einhorn, einen berühmten Geistlichen, einen Hausdrachen und sechs unflätige Zwerge. Eine klebrige Kralle aus grünem Schleim legte sich auf ihre Schulter. Wer von uns beiden ist der Gerechte. Er stöhnte fröhlich, während sie auf ihm durch das ganze Esszimmer ritt. Sie sann, schaute, brach beinah zusammen, seufzte tief, langweilte sich tödlich, rannte im Zimmer auf und ab wie ein Häftling in der kalten Einzelzelle. Das ist eins der besten Varietés von Paris, da erlebt ihr in ein paar Stunden reihenweise Wunder. Ich bin euer Vorfahr aus dem sechzehnten Jahrhundert, hier werdet ihr Wasser, Gold und ewiges Unglück finden. Überall sprudelten Feuer, Petroleum und Zitronensaft in dünnem Strahl aus dem Parkett. Stolz betrachtete er seine ansehnliche Freundin. Alle tanzten in Trance, die Namen von Eltern, Liebhabern und unbekannten Erfindungen murmelnd. Er erriet den Namen eines Kopenhagener Mörders, nannte die Zahl eines Elements, welches im Periodensystem nicht vorkam, und prophezeite das Datum, an dem der nächste Krieg ausbrechen würde. Der Jockey hob den Reifen in die Höhe, Dornröschen flog hindurch und hing in der Luft. Aus dem Staunen kam sie gar nicht mehr heraus, so viel gab es da zu verwundern. Der Prinzessin wuchs ein Schweif, da setzte sie sich auf einen Besen und pfiff ein so tieftrauriges Liedchen, dass alle erstarrten. Der hochgeschätzte Professor lehrte sie Ereignisse aus der Geschichte, welche sie mit offenem Munde anhörte. Mit zuvor ausgegrabenen Pflastersteinen warfen sie die Auslage eines Antiquariats ein, schlugen Bücher auf und pinkelten höchstwahrscheinlich hinein. Die Rothäute und die mit ihnen verbrüderten Bergleute zerschlugen Porzellantassen, während der blutrünstige Professor aus dem fünften Stock geworfen wurde. Alle gingen über Brücken und brannten sie nieder. Wer zugeben mag, dass er Franzose ist, hebe die rechte Hand, auf dass sie ihm abgehackt werde. Die Berittenen taten ihre Arbeit auf Feldern und Wiesen, mähten alles kurz und klein und säten Luzerne. Eine verdächtig aussehende Person mit unmenschlichem Bart betrat die Gemächer des Gouverneurs. Habt Ihr den ungelesenen Brief mit der Todesnachricht Eures Neffen zur Zeit jener Jagd nicht bekommen? Der Doktor ging zum üppig gedeckten Tisch und bot den Gästen an, ihnen den Blinddarm mit verbundenen Augen zu operieren und dabei die Marseillaise mit dem Mastdarm zu trompeten. Der Unterleutnant nahm das Képi ab und zeigte ihr seine Papiere, den Taufschein wie auch die veterinärmedizinischen Befunde vom Gesundheitszustand seiner Pferde. Hätte ich doch wenigstens das Unglück mit dem Ventilator während des Kämmens erlebt, das wäre besser als nichts. Der Doktor erläuterte dem Vorsteher verschiedene historische Beispiele für Verwechslungen eben erst geborener Kinder in der Geburtsstation. Sie interessierte sich für zwei Verschlussteile, eines ein Haken, das andere eine Öse, in welche der Haken zum Zwecke des Verschließens eingehakt wird. Das Gerät hat seitlich einen Henkel für den Fall, dass man den bereits angebrachten Schwanz abschneiden möchte. Neue Modelle für den Herbst. Was man im Jahre 1903 tragen wird. Ein echter Pariser. Mit Pariser Schick. Benommen lauschte sie dem Gejohle halbwilder Indianer sowie anderer Personen ohne Ehre und Stolz, die aus der mitten auf den Tisch gestellten Kiste stiegen. Das Wetter am Horizont zeigte, dass Herbst, Winter und Sommer vor der Tür standen. Alle schwiegen, alle redeten, alle sangen. Er wartete nur darauf, dass sie ein Taschentuch fallen ließ oder in der Métro stolperte. Wer sind Sie, woher kommen Sie, wann werden wir, was sind Sie von Beruf, nein, niemals, hier entlang, keinesfalls, was haben Sie, nur voran. Sie räkelte sich mit dem Blick geschmeidiger Raubkatzen, Essigverkäuferinnen, Kreuzworträtsellöserinnen und aufmüpfiger Schwiegertöchter. Ich habe das Besäufnis mit meinem engsten Kollegen sausen lassen, und du kaufst weiterhin billigen Tand und hängst ihn in den Baum. Hätte ich doch bloß hinsichtlich des Tanztees bei der Handwerkervereinigung, auf welche die ganze Kahnfahrerei zurückging, nicht auf ihn gehört. Es sieht uns doch keiner, wenn wir in der verwilderten Ecke des Hofs Anemonen pflanzen. Sie fragte ihn offen über Klagenfurt aus, wann er zuletzt in Virovitica gewesen sei und wann er durch Villach komme. War sein Blick nicht der einer Färse, und er nicht der Eber, welchem auf der Stirn ein Horn gewachsen war, welcher seine Notdurft vor aller Augen im Salon verrichtete und sie mithilfe bewaffneter Haiducken geraubt hatte. Der Doktor sah die eigenen Wunden und streute Pfeffer, zerstoßenes Glas und Ätznatron hinein. Sie sagte nichts, fiel ihr doch auf, dass alles so verwickelt, verworren und unlösbar wie am Anfang war. Er dachte daran, seine medizinischen Geräte auf einer öffentlichen Versteigerung zu verkaufen und einen Weinberg anzulegen, als der Blitz in einen Baum in der Nähe einschlug und ihn an die Vorzüge des Landlebens im Vergleich zur Industrie erinnerte. Soll er doch erst einmal sein garstiges Naturell bessern. Sie stand stundenlang auf der Veranda, während ihr Gedanken grob durch den müden, wenn auch schönen Kopf schossen. Es war der ewige Anblick zufälligen Unglücks, hervorgerufen von den sanften Worten eines fremden Briefs. All das kam zu einem Ende, als hätte es nie angefangen. Sie wussten trotz der Stelzen nicht, wohin sie gingen. Zwei Landsleute betrachten das Ende ihrer nicht begonnenen Romanze, von welcher der widerborstige Eheman nichts hatte hören wollen. Auf einem Weg im Parc du Luxembourg, Aug. 1902. Mein Dušan im Labor. Laura am Klavier, Paris, zweiter August. Elektrisches Pferd im Betrieb. Goldwäscher im fernen Alaska. Eine ganz gewöhnliche amerikanische Familie. Eine von vielen Städten in Colorado, die aus dem Nichts entstehen. Young Sportsmen aus Houston. Sie betrachtete eingehend die herrlichen Magazine, welche den Tisch im Wartezimmer bedeckten. Unsere Helden. Polizist. Gouvernante. Soldat. Das haben sie weiterentwickelt. Bei der Arbeit. Im Klassenzimmer. Eine der militärischen Rettungen. Junger Diplomat. Hat mein Herz arg lange gewartet, bis ich endlich mit der blöden Arbeit fertig bin? Jetzt werde ich mein Hühnchen zu einer herrlichen Jause führen, die kennen wir noch nicht. Was hat mein Seelchen den ganzen verfluchten Vormittag über gemacht. Sie erzählt ihm lebhaft, mit welch großem Interesse sie ein Buch gelesen habe, wie Taubstumme trotz allem reden lernen. Erste Pose. Schau da rüber. O mein Gott. Der Himmel sei uns gnädig. Unten ist Staub. Oben ist Ruhm. Da ist das Herz. Kann man das wirklich nur mit unermüdlichem Fleiße und dem Betrachten des immer gleichen Bildes erreichen? Hättest gern, dass dich dein Liebster in den *Lorenzaccio* entführt. Seht dieses schöne Paar spazieren gehen, Herr wie Dame dürften ihre Handschuhe bei Madame Valerie erstanden haben. Würde ihr Kleid durch teuflische Einflüsse zu Boden gehen, sähe man ihr bei La Samaritaine gekauftes Korsett. Sie war aber doch auch vor den bekannten kosmetischen Kuren nicht hässlich gewesen. Sie verschlang jede Kleinigkeit im luxuriösen Boudoir der Frau Professor mit den Augen. Ach, das ist nicht der Rede wert, meine

Liebe, ich habe so viel davon. Die Männer rauchten und redeten im Herrenzimmer von Geschäften. Ich könnte Ihnen das Muster zeigen, es ist nicht besonders schwer. Die Meinen auf ihrem Gut in der Provence. Ich auf dem Ball der Mediziner. Meine Kleine, versprechen Sie mir, mich noch viele Male zu besuchen, solange ihr hier in dieser angenehmen Umgebung seid. Dušan und Laura mit ihren Pariser Freunden. Dušan auf dem Fahrrad. Sie stand beim Fenster und überschlug im Kopf, was in dem einen und in dem anderen Heim war. Onkel Stefan auf der Durchreise. Zwei Männer musterten sich von Kopf bis Fuß und suchten beim jeweils anderen Schwachpunkte. Wird dir die Zeit nicht lang, meine liebe Cousine, während er sich mit seiner blutigen Chirurgie beschäftigt und nicht zu Hause ist? Er händigte ihr ein Billet der fernen Mutter aus, voll verheimlichter Sehnsucht. Sie saßen beisammen und häkelten, während ihre Gatten eine dicke Akte voll medizinischer Fälle aus dem Krieg gegen Preußen studierten. Schusswunde. Von vorne. Von hinten. Soldat V. H., gefallen beim Vorrücken auf Paris. Schädelverletzung. Wo steckte das Projektil? Umgebung des Einschusses. Bums. Danach. Der Fall Dr. Hofmann, Entdecker des Tröpfchens. Sie erhob sich, um ihre junge Bekannte der Verwandten vorzustellen, die überraschend aus Aix anreiste. Uskokovićs und Lavoisiers beim Spaziergang im Bois de Boulogne. Bei der Beerdigung des alten Monsieur Lavoisier. Alle Anwesenden erhoben sich zur herzlichen Begrüßung des neuen Professors. Bei der Promotion. Abendessen im Maxim. Der junge Doktor gratuliert dem berühmten Trepaneur. Unter dem Lorbeerkranz. Oppositionsführer im Gespräch mit jungen Medizinern. Ärztedelegation des Pariser Kreises beim Kriegsminister. Im Manöver. Tee beim Herrn Botschafter. Der Botschafter betrachtete ihn mit dem Provinzlerblick der Diplomaten. Lassen Sie sich als Bürger unseres Kaiserreichs tatsächlich auf Unterredungen mit Militärangehörigen eines anderen Staates ein? Eure Exzellenz, ich bin nur ein Arzt. Was mich betrifft, meine nationale Zugehörigkeit hat nichts mit dem Staat zu tun, in dem ich lebe. Der Botschafter schüttelte den Kopf und schimpfte, das könne ihn in gewaltige Schwierigkeiten stürzen. Sie zog ihm alles Wort für Wort aus der Nase. Wieso wissen die nicht, wen sie warum zum Studieren geschickt haben? Sie saßen den lieben langen Abend schweigend jeder mit seinem Buch in seiner Ecke. Die Mutter las den Brief mehrere Male durch, lief dabei im Gästezimmer auf und ab und verfluchte sich, weil sie es zugelassen hatte, dass er zu diesen Bestien ging. Die Pejačevićs beim Festschmaus. Man sah, dass er ihr von seiner Schwester erzählte und in welche Unbilden ihr werter Herr Sohn sie alle stürzen werde. Sie ging direkt zum Gemeindevorsteher, dem sie einiges zu sagen hatte. Das soll uns nicht den angenehmen Aufenthalt hier verderben. Er überredete sie, ihn dennoch am Abend in den *Lorenzaccio* zu begleiten. Ob sie der kleinen Olga von Onkel Dušan und Tante Laura das hübsche Buch geben würden? Was gäbe ich für eine Weihnachtskarte. Weihnachten. Ganze Glückwunschkarte. Finger bunt malen. Hier ziehen. Robinson Crusoes Floß nachbauen. Hier ausschneiden. Ergibt zusammengeklebt eine Blume. Er gab sich Mühe mit seinem Äußeren, weil sie so hübsch war. Topfhut aus Satin. Samtkappe mit Seidenquaste. Abendhut aus Blumenseide. Vormittagshut mit Pfauenfeder. Abendhut für Blondinen. Sie saß vor dem Spiegel und studierte ihr liebes Gesicht. Es gab so viel, was sie für ihr fernes Zuhause kaufen könnte. Eine Maschine für selbstgemachtes Eis, 12,40. Apparat für Doppeltgebrannten, 8,60. Emaillekanne für Tee, 6,20. Maschine, welche Kirschen entkernt und zerkleinert, 9,00. Schaukelstuhl, 30,50. Pariser Lampe, 40,25. Türkisches Sofa, 220. Sprechmaschine deluxe, 210. Chinesische Waschschüssel mit Krug. Schmucknadeln. Kamm Pompadour. Tonic fürs Haar. Sie lag mit einem leichten Schnupfen danieder, aber was half das, da sie ihr herrlicher Gatte persönlich kurierte. Bleich erhob sich die Schöne vom Krankenlager und bereitete sich auf den ersten Spaziergang vor. Die treue Dienerin kleidete sie an, als wäre sie ein kleines Kind. Ihre Schönheit überglänzte wieder den festlichen Abend. Lieber Herr Doktor, wo haben Sie die ganze Zeit ihre entzückende Frau Gemahlin versteckt? Dass es in eurem Land solche Schönheiten gibt! Sie ist eine waschechte Deutsche, wissen Sie. Ach, das hätte man sich bei dem hellen Teint und dem flachsblonden Haar eigentlich denken können. Alle Herren verleihen ihrer Bewunderung Ausdruck. Die Augen der Männer ruhten auf ihr und nur auf ihr. Am nächsten Tag zeigten sie ihr den Saal mit den Schwerstkranken. Sie wollte ihrem Mann wenigstens einen Tag lang bei seiner schweren Arbeit helfen. Die Frau des Herrn Doktor sah mutig hin, wie ihr Gatte den Schädel eines Elenden unter ihm öffnet. Ich hätte mir niemals vorstellen können, dass es so schrecklich ist. Wäre ich nicht, was ich bin, ich wäre stets die Krankenschwester und nichts sonst. Wir gehören nicht zu den Superreichen, deren Bilder tagtäglich in der Zeitung sind. Zwei schöne Frauen beim Pferderennen letzten Sonntag in Derby. Commodore Cornelius Vanderbilt auf seiner Yacht North Star. Das Innere der Yacht. Speiseraum. Bibliothek. Wer gern motorisierte Wagen fährt, kann es zu echten Missgeschicken bringen. Mein Gott, mir ist der Sieger des französischen Motorrennens über den Fuß gefahren. Was hat der denn? Mein Freund, der braucht erst einmal ein bisschen Treibstoff. Eine gut ausgerüstete Automobilistin. Sie und ihr Hund in kurzer Zeit von einem Ende der Stadt ans andere. Start des Lokomobils. Ich finde es wirklich eklig, wofür die ihr Geld so alles verpulvern. Meine liebe kleine Freundin, Sie sollten unbedingt während Ihres Aufenthaltes die lebenden Bilder hier betrachten. Andrang vorm Kinetoskop. O mein Gott, der Zug rast direkt auf mich zu. Nichts wie weg, rette sich, wer kann, bin ich etwa in dieses tolle Lokal gekommen, um mich von einem abgebildeten Zug überfahren zu lassen? Schöne Frau, treten Sie ein und erleben Sie unzählige Wunder, die wir Ihnen auf lebenden Bildern bieten. Sie auf ihrem Pferd. Die lieben Augen verdeckt auch der Fächer nicht. G. Clemenceau auf seinem Landgut. Zeitgenössischer Moloch. Das sind die Schöpfer der Menschheit. An der Schwelle zu einer neuen Zeit. Diese Männer bestimmen das Schicksal des Jahrhunderts. Sein Pegasus. Der große Zola in seinem Kabinett. Am Grab des Meisters. Der Teller mit seinem widerwärtigen Kopf zitterte in ihren mythischen Händen. Mister Wilde der Unzucht angeklagt. Comte de Montesquiou-Fézensac mit seinem Stock. In der Ecke der Künstlerkneipe. Meine Kleine, ich muss Sie wenigstens mit einem unserer lebenden Dichter bekannt machen, damit Sie deren wunderliches Temperament selbst erleben. Sie betrachtete sehnsüchtig das Bild, welches sie mit keiner Faser ihres aufgewühlten Hirns verstand. Was Ihnen wie Schwäne vorkommt, ist in Wirklichkeit nur ein Traum eines alt gewordenen Künstlers. Sâr Péladan in seinem Umhang. Colette lächelte, gezwungen von langweiligen gesellschaftlichen Gepflogenheiten. Der Teufel ließ ihr beim Blättern im alten Kalender voller Pariser Scheußlichkeiten keine Ruhe. Weilten Sohn und die geschätzte Schwiegertochter wirklich in einer Stadt voll der abartigsten Verbrechen? Geheimtreffen führender Anarchisten auf einem Dachboden. Die Greisin bemerkte das fatale Bündel oben auf dem Treppenabsatz und rannte hinunter, wo sie der verängstigte Mann erwartete. Und während die Schutzmänner tatenlos herumstanden, sprang der Attentäter auf das Trittbrett der Kutsche und feuerte den gesamten Inhalt seines Revolvers auf den Präsidenten ab. Eine schreckliche Explosion erschütterte die Marmorsäulen der Oper. Sie trugen die zahlreichen unschuldigen Opfer der Mordorgie hinaus. Sie durchsuchten jeden Zentimeter des fatalen Verstecks. Im Nu durchsiebten sie das Federbett, in dem sich der Elende versteckt hatte, mit mehreren Kugeln. Der Diebstahl folgte einem ausgeklügelten Plan durch den Dachboden des Nachbarhauses. Sie flüchteten in alle Richtungen, die Razzia lag förmlich in der Luft. Alle waren angekettet, obwohl tot. Frankreich, wohin gehst du? Ich bin nur eine arme Elende, die auf Hilfe von jenseits des Meeres wartet. Das morgige Frühstück bereitet uns der Kaiser persönlich zu. Degradierung. In der Stunde der Exekution. Sich selbst verurteilt. Herr Staatsanwalt. Das würde ich Ihnen nicht empfehlen, meine Liebe, gehen Sie lieber ein wenig im Park spazieren, damit Sie Ihr krankes Köpfchen durchlüften. Sie konnte es kaum erwarten, seine hohe Gestalt zu sehen, die Brille und den Bart, als er ihr vom Eingang zum Krankenhaus aus zuwinkte. Endlich wieder beisammen. Wenn Sie so weitermachen, werden Sie unseren lieben Doktor Usković in die Flucht schlagen. Ich bemühe mich, möglichst viel nach den Vorstellungen des geschätzten Herrn Professor zu erledigen. Das ist meine Pflicht. Sie trennten sich freundschaftlich am Rand des Gartens. Das Unwetter kam von Westen. Sie sah immer mehr ein, dass die große Stadt eben mit ihrer Größe

Druck ausübte. Wissenschaftlerinnen. Frau Skłodowska neben ihren Instrumenten. Das berühmteste Gelehrten-Ehepaar. Louis Pasteur mit seinen Tieren. Die erste Impfung. In diesem Labor wurde das neue Element Radium entdeckt. Das motorisierte Dreirad von Bollée. Ich hätte kein Problem damit, mich darauf zu setzen. Lieber Herr Doktor, Sie haben wirklich eine verwegene Gattin. Wenn man mich ließe, würde ich gern in diesem Ballon mitfliegen. Sie werden zu Hause etwas zu erzählen haben, wenn Sie in Ihr fernes Land zurückkehren. Die Kleine ist ein echter Teufel, nur dass sie auch in manch anderem so ist. Lass die Finger bei dir, du Teufel, Sie sehen doch, dass er in seine Gattin vernarrt ist. Da ich weder eine Brille trage noch laut und primitiv rede, noch Hände wie ein Metzger habe, bin ich da wirklich fehl am Platze. Obacht, wie die seinen Bart verschlingt, als wäre er aus Schokolade, wahrscheinlich schmeckt er für sie auch so. Warum zum Teufel soll man sich den ganzen Kram im Café-chantant anschauen, wenn man nichts daraus lernen will? Ich bin nicht zufrieden, ich bin nicht zufrieden. Herr Doktor, das kann doch jedem passieren. Die jungen Assistenten tuscheln in den Ecken. Der Ärmste starb unter größten Qualen. Junger Kollege, der war wirklich nicht zu retten. Robert Patient, Entdecker des freiwilligen Liegens auf dem Operationstisch. Wie eine zärtliche Figurine. Im Restaurant Julien. Das Innere des Saales mit Bedienung. Einen solchen Erfolg musste man feiern. Er fasste ihn freundschaftlich am Arm und führte ihn durch den Korridor. Hören Sie, wollen Sie wirklich Ihr Leben lang Ihre ungebildeten Landsleute behandeln? Alle Universitäten der Welt stehen Ihnen offen. Ich bin trotzdem vor allem der Sohn meiner armen geknechteten Heimat. Schade, schade, sehr schade. Komplimente angelnd. Beim Radrennen. Ihr neuer Hut. Er sah ob der gewaltigen Anstrengungen und Erfolge krank und müde aus. Selbst sie schwang sich ohne Zögern auf ein Fahrrad, woraufhin alle klatschten. Ich beneide Sie um Ihr Talent und Ihre Gattin. Sie ist nur ganz natürlich und sonst nichts.

Sie gestatten, dass ich in Ihr Abteil eindringe, in welchem Sie sicher schon längere Zeit sitzen? Sie haben nichts dagegen? Wie angenehm und frohgemut doch Ihr Urteil ist! (Ja, ich bin Nichtraucher, unter den gegebenen Umständen ist das nicht zu verachten.) Doch ich störe den Fluss Ihrer Gedanken, ich störe Ihre Lektüre. Dabei halten Sie einen hübschen Band in Händen, voll liebreizender Bildchen, wie ich sehe, passen Sie nur auf, dass er nicht auf den zugegeben recht sauberen Boden purzelt. Wie viele Bücher habe ich nicht selbst verschlungen, bevor die Kurzsichtigkeit mein wissbegieriges Hirn dieses seltenen Vergnügens beraubte. Denn was ist eine Brille, wenn ich mich so ausdrücken darf, anderes als zwei Glasscheiben, welche uns nur die Illusion einer besseren Sicht verschaffen, in Wirklichkeit aber die Umgebung entstellen und die ohnehin müden Augen ihres Trägers noch stärker ermüden. Auch das stört Sie nicht? Welch glückliche, überraschende Fügung! Niemals hätte ich es heute Morgen zu hoffen gewagt, als ich meine Siebensachen in diesen leichten, bescheidenen Reisekorb verstaute, als ich in meiner Mansarde packte, in der ich wohne, obwohl in Lohn und Brot und gut situiert, nie hätte ich da gedacht, dass mich der Zufall noch heute Vormittag einer so zurückhaltenden Person mit einer so fröhlichen Ausstrahlung begegnen lassen würde, welche noch dazu gerne liest! Ein Buch mit Ausschnitten aus verschiedenen Biografien früherer wie heutiger Menschen? Wo sich das Leben um uns herum doch ganz von selbst, nicht wahr, wie ein Buch aufblättert, selbst da draußen auf den öden Feldern, auf denen unser Blick durch den entzückenden Fensterausschnitt ruht, tut es das. Das Leben, welches ich unaufhörlich, nicht wahr, mit all seinen guten und schlechten Äußerungen unaufhörlich von meinem etwas, leider nur etwas erhöhten Standpunkt aus betrachte, aber er leistet mir für viele Zwecke gute Dienste!

Ich bin Apothekergehilfe, ein Beruf sonder übertriebenen Glanz! Betrachten Sie nur diese Hand ohne größeren Wert. Diese Hand, welche den braven, von Sorgen geplagten Bürgern unseres sich durch nichts auszeichnenden, wenn auch mit einer langen Geschichte gesegneten Städtchens Arzneien, Salben, Pillen und merkwürdige Pülverchen zuteilt, damit ihnen die Erfindungen der edelsten Geister unserer Zeit zur Linderung eigener Schmerzen und der Schmerzen ihrer Angehörigen verhelfen. Können Sie sich nun die schrecklichen Folgen vorstellen, wenn diese meine unbedeutende, wenn auch gepflegte Hand infolge schrecklicher Vorgänge in meinem Gehirn dem Hilfesuchenden statt lindernder Salben ein fürchterliches Gift aushändigen würde, zu welchem kein Gegengift bekannt ist, ein Gemisch, das für Ratten oder anderes Ungeziefer gedacht ist zum Zwecke seiner Abtötung beziehungsweise Ausrottung? Keine Stunde, nachdem ich in dem einzigen mir zur Verfügung stehenden, mir allerdings auch sehr unangenehmen Arbeitsraum, will sagen in der Apotheke des Herrn Jovan Grosinger, solcherart gehandelt hätte, würde ganz Novi Sad, ein Ort, der mich eigentlich nicht tiefer berührt, von dem schrecklichen Gebrüll der Sterbenden widerhallen, die meine Gifte mit dem Harn wieder ausscheiden, von den kläglichen Jammerlauten derer, welche ihre Wunden nicht mit sanften, ja besänftigenden Salben einrieben, sondern sich mit mörderisch beißenden Säuren verätzten! Denken Sie nur – das Gift auf der Haut feiner Herren erzeugt schreckliche, unheilbare Pusteln, aus denen schwarzer Eiter platzt, es vermischt sich dort als blutige, dem Melassesirup ähnliche Mischung mit dem verdorbenen Fleische, ein Anblick, der selbst die liebenswürdigsten und aufoperungswilligsten Angehörigen vor Ekel in Ohnmacht sinken lässt! Aber, allerschönste Dame, kehren wir in unsere angenehme Gegenwart, zur Fahrt erster Klasse im Personenzug Vinkovci–Zagreb zurück, wo ich zu meinem Glück im Abteil Nummer fünf heute Nachmittag Sie antraf, während das geschliffene Glas im Fensterrahmen dieses Abteils den leichten Herbstnebel draußen hielt. Und keine Angst, weder Krüppel noch Säureopfer laufen durch die Straßen meines leider recht kleinen Wohnortes, und es leidet auch kein einziges Menschenwesen in der mir nicht sonderlich sympathischen Kleinstadt unter Todesqualen, hervorgerufen von Rattengift, welches im Wege eines Irrtums meinerseits in den falschen

Hals geraten wäre. Nein. Der Mann, der hier vor Ihnen sitzt und sich in aller Bescheidenheit als Hinko Hinković vorstellen möchte, wird sich, solange er im Vollbesitz seiner geistigen Kräfte ist, nicht einmal am ihm widerwärtigsten Bürger der erwähnten Stadt versündigen und niemandem irgendeinen Schaden zufügen. Er wird es nicht tun, denn seinem innersten Wesenskern, welcher von niemandem gehegt wurde und gleichwohl eine gewisse Größe zu entwickeln imstande war, widerstrebt ein derart verbrecherisches Tun, er widersetzt sich, um auch diesen äußersten Ausdruck zu verwenden, dem allzu Menschlichen in mir.

Nein, wie konnte mir nur bisher entgehen, dass Ihre angenehme, höchst liebenswerte Redeweise, die sich so wunderbarer, mir samt und sonders unerreichbarer Ausschmückungen bedient, ganz ohne Zweifel und trotz der wenigen Worte, die Sie an mich zu richten geruhten, eine ausländische und unbedingt vornehme Herkunft verrät, auf die einzugehen ich keinerlei Recht habe?! Alles in mir schreit danach, Sie um die Ehre zu bitten, mich Ihnen wenigstens in groben Grundzügen im Laufe dieser relativ langen Fahrt bekannt zu machen. Was treibt, lassen Sie mich dieses viel zu ungeschlachte Wort verwenden, was treibt den herausragenden Spross einer ohne jeden Zweifel edlen deutschen Familie, einer noch dazu, wie Sie sagen, österreichischen Familie, ihre duftige Hand einem Vertreter unserer Rasse zu reichen, einer heldenhaften, auf ihre Art durchaus interessanten und doch unendlich weit von jeder echten Distinguiertheit entfernten Rasse? Oder: Warum ist es mir nicht möglich, mich mit Ihnen in Ihrer erhabenen Sprache zu unterhalten, warum muss ich Ihnen vielmehr meine eher unkultivierte und für den Ausdruck der Dinge, die mir in diesem Moment auf der übrigens sonst sehr verhärteten Seele liegen, so wenig geeignete Sprache aufzwingen? Sprachen, das ist der wunde Punkt in meinem Leben! Nie fand ich genug Zeit, Mut und Muße, mir dieses vornehmste Mittel des menschlichen Verkehrs, ob in Europa oder der ganzen Welt, gehörig anzueignen. Die lächerlich wenigen Worte ungarischer Provenienz sowie die, ich mag es Ihnen gar nicht verraten, zwei, drei Sätze in Ihrer Muttersprache, der Sprache Lessings und Goethes, nicht zuletzt auch Hugo von Hoffmannsteins, sind in meinen Augen, wenn Sie so wollen, nichts Besonderes (ich behelfe mich mit diesen Phrasen, wenn in der Apotheke meines allgegenwärtigen Mentors Jovan Grosinger – von dessen hässlichen Eigenschaften zu reden hier weder der Ort noch die Zeit ist –, also wenn an diesem widerwärtigen Orte meiner Fron das eine oder andere Fläschchen Jodtinktur oder Pulver gegen Ungeziefer an Bäuerinnen wie Bürgerinnen zu verkaufen ist). Und doch ist es ein langgehegter, immer noch lebendiger, wenn auch unerreichbarer Traum, in der besseren Gesellschaft über die für die menschliche Gattung bedeutsamen Dinge, die Natur, die Gesellschaft und das menschliche Denken zu reden.

Laura Uskoković-Bichner! Bin ich auf Ihren werten, wenn auch recht langen Namen nicht in einer der letztjährigen Ausgaben der achtbaren Zeitschrift *Ženski Svet* gestoßen, der *Welt der Frau*, wie man ein solches Blatt in Ihrer Muttersprache wohl nennen würde, welche von unserem Mitbürger A. Varađanin ebenso gründlich wie aufopfernd redigiert und fast ohne Entlohnung herausgegeben wird? Na also, mit Gedankensuggestion und meiner persönlichen Gedächtnistechnik vergegenwärtige ich mir den mir jetzt so wertvollen kleinen Artikel, ja, die Verfasserin schreibt darin, Sie und Ihr verehrter Gatte, Doktor Dušan Uskoković, seien sämtlichen humanitären Vereinigungen in Zagreb beigetreten, hätten sogar die Wohltätige Serbinnengesellschaft mitgegründet und unterstützten diese wie auch den Serbisch-orthodoxen Gesangsverein sowie das Hilfswerk für serbische Schüler an der Zagreber Hochschule mit je hundert Kronen. Ist das richtig? Welche Ehre für mich, einen gewöhnlichen Bürger von Novi Sad, mit einer so erlauchten Persönlichkeit in ein und demselben Abteil des bequemsten Verkehrsmittels, das heißt der Eisenbahn, zu reisen! Wie glücklich muss sich erst der edle Herr Uskoković schätzen, der nach allem zu urteilen Doktor der juridischen Fakultät, also der Rechtswissenschaften ist. Nein? Der Medizin, wirklich? Ich meinerseits fühle mich tief in der Schuld von Menschen, welche mit dem Messer in der Hand Menschen den Leib aufschneiden in dem Wunsche, ihnen durch das Beibringen schlimmster Schmerzen dennoch mit allen ihnen zur Verfügung stehenden Mitteln zu helfen!

Was mich an die Verschiedenartigkeit der Schicksale des Menschengeschlechts insgesamt erinnert, aller in diesem Augenblick lebenden Menschen. Während die einen in der warmen Stube sitzen, sind andere schutzlos dem kalten Nordwind ausgesetzt, wieder andere melken im warmen, wenn auch stinkenden Stall Kühe oder brechen in ein renommiertes europäisches Bankhaus ein, und wir sitzen in der ungestraften Intimität eines der angenehmsten Züge unseres gesamten und, wie ich ohne Scheu sagen möchte, gefeierten Kaiserreichs. Auf welch kurzlebigem Wege doch das Menschengeschlecht in Verbindung tritt, nur um diese Verbindung nach wenigen Stunden aufzukündigen, als hätte es sie niemals auch nur gegeben. Mir fällt darüber ein ganzer Schwarm unvermeidlicher und oft genug bösartiger Kleinigkeiten ein, aus denen sich unser in vielen Fällen unsicheres Leben zusammensetzt. Frühjahr, Sommer, Herbst und Winter, die Jahreszeiten, von denen eine uns das Blut in den Adern gefrieren lässt und eine unseren sämtlichen, oft unzureichenden Sinnen eine warme Trägheit beschert. Gewitter, Regen, Blitz, Schnee und ähnliche Vorfälle treten im Laufe dieser Jahreszeiten ein, aber häufig auch unabhängig von ihnen! Tag und Nacht mit ihrem charakteristischen Helligkeitsunterschied! Sonne, Mond, Sterne und Regenbogen, wobei diese vierte Erscheinung in meinen Gedanken über das Weltall nicht sehr häufig auftritt, dann aber stets auf die eine oder andere Weise dramatische Züge annimmt! Um nicht von Heim, Haus, Hof zu reden, die in meinem Falle alle von äußerster Bescheidenheit sind! Und wenn wir schon dabei sind, können Sie sich mich als einen vorstellen, der die Scholle bearbeitet, den Weinberg pflegt, Kühe auf der Weide stehen hat, Pferde züchtet oder Geflügel hält? Wenigstens als Imker? Darf ein Mann, belastet mit einer grundlosen Kurzsichtigkeit, den Gedanken wagen, sich mit der Produktion von Käse, Milch, Getreide, Fleisch oder Gemüse zu beschäftigen? Oder sogar Blumen anzubauen, deren Düfte mich indessen jedes Mal an Beiträge zu unseren inländischen Zeitschriften erinnern, die allerdings infolge meiner fast krankhaften persönlichen Bescheidenheit niemals geschrieben wurden. Nein, liebe Frau, ich gehe weder auf die Jagd noch zum Angeln, ich sammele nicht einmal Pilze, die nach plötzlichen Regengüssen aus dem Boden sprießen! Spinnen, Mäuse oder andere Käfer kann ich infolge meiner optischen Unzulänglichkeit kaum sehen, habe aber auch keine eigenen Erfahrungen mit den Schrecken von Überschwemmungen, Epidemien, übermäßigen Besäufnissen oder gar tieftraurigen Beerdigungsfeierlichkeiten. Ich habe keinerlei Kenntnisse, was beim Brunnenbau zu beachten ist, obwohl ich die Bedeutung von Wasser als unverzichtbarem Getränk einzuschätzen weiß. Dieser allerdings kurze Abriss über menschliche Anmaßungen mag Sie ermüdet haben, ich neige eben dazu, ja, ich muss in medires, in die Mitte aller Fragen gehen. Wie alles an Ihnen in einem außergewöhnlichen, natürlichen, verfeinerten Licht leuchtet! Jedes Teil Ihrer Bekleidung wurde gewiss mit sorgfältiger Hand von scharfsichtigen Arbeiterinnen gewebt und vom besten Schneider zugeschnitten und genäht, den man in Wien finden kann. In Paris? Noch besser. Doch liegt nicht seiner handwerklichen, befriedigenden Arbeit jenes Palladium der Maschinerie und des Erfindungsgeistes zugrunde, welches wir heute modern nennen und das selbst den Manufakturen unentbehrlich ist? Nur ein englischer Kopf, ich unterstreiche das oft, kann sich dank seiner Berechnung und Begabung für mathematische Tugenden einen klugen und geduldigen Apparat ausdenken, dessen Pflicht es ist, Faden für Faden aus einem wirren Knäuel mit anderen, ähnlichen, aber quer gespannten Garnen zu verbinden und so eine ebenso weiche wie brauchbare Oberfläche zu erzeugen, wärmend und leicht zugleich. Ich wiederhole, ohne das fröhliche Geklapper des Weberschiffchens, welches in einer Liverpooler Fabrik von früh bis spät hin- und herfliegt, und den Schweiß der mageren und trotzdem oft fröhlichen und glücklich verliebten Arbeiterinnen würden unsere Damen in groben Tuchen und nur versehentlich in Seide gehen wie ihre fernen, aber nicht weniger anziehenden jungfräulichen Ahnherrinnen.

Ja, ja. Reisen, einfacher Ortswechsel! Jetzt sind wir hier, wir werden dort sein! Was für ein vulgäres Vergnügen. Selbstredend, wenn es nicht um eine höherstehende Mission geht, man etwa zum Begräbnis des Vaters oder wegen einer wichtigen, dringenden Tätigkeit unterwegs ist. Sie erwähnten doch, ein Kongress der medizinischen Wissenschaft sei Ziel Ihrer schönen Reise. Ihr Gatte, ein, wie Sie sagten, verantwortungsvoller Arzt von hohem Ansehen, wurde also zu einer bedeutsamen Veranstaltung gebeten. Dass er dafür seine Kranken zurückließ, welche in Wunden und schweren Krämpfen seine Rückkehr abwarten, dass er also, sicher nicht ohne Bedauern, diese armen Seelen unabhängig von ihrem Edelmut zurückließ, um der gelehrten Versammlung Pariser Professoren seine Beobachtungen bei der Behandlung zerebraler, wie sagten Sie noch, Auswüchse zu berichten, dann ist das sicher mehr als gerechtfertigt, wenn auch, wie wir meinen, für viele schmerzhaft. Und wie großzügig er Ihnen einige freie Tage gestattet, während er dort noch zu tun hat, auf dass Sie ohne seine Begleitung Bamberg besichtigen, eine mir unbekannte, aber gewiss uralte Stadt, dann über Wien, die Metropole Ihrer Kindheit, nach Budapest, unsere zweite Hauptstadt, fahren und allein über die Schwelle treten, die Sie beide vor nicht einmal zwei Monaten gemeinsam hinter sich ließen. Ich meinerseits opferte so manchen Nachmittag, statt frohgemut in Karl Zanders Restaurant zu sitzen und das eine oder andere winzige Gläschen Himbeergeist zu konsumieren, der Zugfahrt, auch wenn diese sich noch so angenehm gestalten mochte, um binnen einiger weniger Stunden den heimatlichen, elterlichen Herd im nicht weit entfernten Großbetschkerek zu erreichen. Gewöhnlich reise ich wirklich in voller Freiheit auf einer bequemen, ja, ich würde behaupten, komfortablen Holzbank, freilich in Begleitung von sechs bis acht Pferden, die sich zugegeben gut benehmen, denn auf dieser Strecke ist es zu jeder Zeit schwer, einen Platz in Fahrgastabteilen zu ergattern. Doch das ist mir gleich, meine Liebe zu Tieren, mein Empfinden, dass sie wie wir, nur noch elender dran sind, hat immer über die rohe Wirklichkeit obsiegt, hat mich auch ihre oft recht unangenehmen Ausdünstungen vergessen lassen sowie ihre gelegentlichen Huftritte, mit denen sie einen zu Tode bringen wollen, bereit selbst zu den größten Unternehmungen mit ihren herrlich schlanken Beinen.

Was? Dieses Gefährt kehrt neuerlich zu seinem Ausgangspunkt zurück? Wir werden doch nicht die ganze Zeit einer Operation unterworfen gewesen sein, die im rohen Eisenbahnerjargon Rangieren genannt wird? Großkreuzungen und Eisenbahnknotenpunkte mit unzähligen stählernen Schienenpaaren, über die eine unfassbar große Zahl von Zügen in alle Richtungen verkehrt! Ob mich die Funktionsweise dieser riesigen, in ihren Dimensionen ganz übertriebenen Bahnhöfe je interessieren wird, an denen in Kleidung wie in seinen Absichten hinsichtlich des bloßen Reiseverlaufs höchst unterschiedliches Volk verkehrt? Ob ich mich der ganzen Überlegungen zu derlei Arbeiten entledigen könnte, die mit mehr oder weniger großem Geschick und Hingabe an den erwähnten Orten erledigt werden, möchte man sagen, um wegen des kleinen, aber trotzdem unerträglichen Durstes (Folge einer bescheidenen Scheibe Brot mit selbstgemachtem ausgelassenen Fett, verspeist im Sinne eines Frühstücks am Anfang des Tages in Novi Sad) nach den Haltstationen Peter Wardein und Inđija (dort musste ich umsteigen), Rumi, Sremska Mitrovica, Šid und Ilanča den längeren Aufenthalt in Vinkovci zu nutzen und den mir so unentbehrlichen Schluck Trinkwasser zu verschaffen?! Was für ein Durcheinander auf unserer sicherlich durchschnittlich entwickelten, doch kolossalen Kreuzung herrschte! Dorfbewohner wuseln fröhlich, doch leider gelegentlich recht unaufmerksam über die Gleise und balancieren dabei Körbe, aus denen Gänse ihre Köpfe strecken und fast so bedrohlich wie Schlangen zischen, weiterhin Menschen unbestimmter Herkunft, die aber samt und sonders aus Ortschaften stammen, welche einander wie ein Ei dem anderen gleichen und ich wohl als zweifelhaft charakterisieren darf, und schließlich noch Offiziere, stets ein Lächeln auf den Lippen und ebenso streng gegenüber männlichen wie gefährlich galant gegenüber weiblichen Mitreisenden! Die ganze bunt zusammengewürfelte Schar steht bereit, um in den Zug zu klettern, welcher mit seinem wohlbekannten Schnaufen (welches wiederum auf die Nutzung bedrohlich heißen Dampfes zurückgeht) in Kürze weitereilt, oder wartet angespannt auf eine Person, die aus einer völlig anderen Richtung in Bälde eintreffen sollte! Selbst ich war erschrocken, als ich Sie aus dem eben aus Budapest über Kiskunhalas, Kelebia, Subotica, Sombor, Sonta, Bogojevo und Dalj (womit ich die kleine, unbedeutende Station Borovo übersprungen habe) in Vinkovci eingefahrenen Zug aussteigen sah. Da habe ich eigentlich auf einen jungen, stattlichen Herrn gewartet, welcher wenn schon nicht vor, so wenigstens hinter Ihnen ausgestiegen wäre, einer, welcher strotzend vor Gesundheit und ganz der Gentleman ein kleines, galantes Bärtchen, vorm linken Auge ein Monokel, Handschuhe aus feinem Leder sowie einen taubengrauen Anzug getragen hätte, der zu Ihrem rosafarbenen Kleide im herrlichsten Kontraste stünde! Aber diese meine Bahnhofsfantasie fiel in sich zusammen, denn hinter Ihnen erschien nur ein schlecht gelaunter, abstoßender Mitarbeiter, welcher in der ersten Klasse der Südungarischen Eisenbahn bedient und Ihnen mit einer nicht eben eleganten Bewegung zwei keineswegs übertrieben große, für Ihre Statur aber viel zu schwere Lederkoffer reichte. Und damit hatte es sein Bewenden. Wie kann es sein, dass Ihr suchend umherschweifendes Auge keinem Bediensteten auffiel, und sei dieser auch weniger harmlos, als man es sich wünscht, ja, am Ende sogar gefährlich, welcher hinzugesprungen wäre und Ihnen beim Umstieg geholfen hätte? Zu meiner allergrößten Überraschung beim Umstieg in denselben Zug wie meinen, welcher in Kürze Richtung Zagreb streben sollte. Darüber vergaß ich nicht nur den inzwischen unmenschlichen Durst, sondern auch den schlichten Umstand, dass ich vom Reisenden der dritten zum Passagier der ersten, sehr viel teureren, aber auch bequemeren Klasse werden musste, eine Tatsache, welcher ich anschließend mit einer kurzen, zu meinen Lasten gehenden Vereinbarung mit dem äußerst erstaunten Schaffner Rechnung tragen musste.

Doch kehren wir zum Betrieb der Bahnhöfe zurück. Was es da nicht alles für Einrichtungen gibt, um den Verkehr mithilfe von Eisenbahnwaggons korrekt und nach Möglichkeit kommod abzuwickeln! Neben dem Hauptgebäude mit Vordach, welches die wartenden Reisenden vor Wind und Wetter schützt, steht ein deutlich kleineres Haus, ich bin versucht zu sagen: ein Knusperhäuschen, aus dem ein für seine verantwortungsvolle Aufgabe sehr junger Zugabfertiger lustig ein rotes Fähnchen schwenkt, so rot wie der Klatschmohn, welcher wie Unkraut auf dem Acker wächst und trotzdem außerordentlich schön ist. In der anderen Richtung steht neben dem bereits erwähnten Hauptgebäude, welches dem Empfang des verehrten Publikums dient und in welchem selbiges seinen Obulus für die Reise zum unbekannten Ziele zu entrichten hat (was durch eine spezielle Öffnung geschieht, Fahrkartenschalter genannt, hinter dem stets ein adrett frisiertes Fräulein mit flinken, zarten Fingern sitzt), also links des Bahnhofsgebäudes steht ein lachhaft anzusehender, aber unverzichtbarer, mehrere hundert Meter hoher zylindrischer Behälter, randvoll mit Wasser, welches zwar nicht trinkbar, dafür aber sehr geeignet ist, in die Lokomotive gefüllt und später, in Dampf umgewandelt, den Rädern zugeführt zu werden, wo es seine äußerst notwendige Arbeit verrichten kann. Weiterhin sind vor dem Bahnhofsgebäude etliche Schienenpaare, die nirgendwohin führen und wohl dazu dienen, den Waggons, welche gerade nicht in einem Zug unterwegs sind, einen Ruheplatz zu bieten, wo sie ungestört auf ihre Stunde warten können. Wenn ich jetzt noch ergänze, dass neben einem dieser Bahnsteige ein Mast stand mit einer Art Fleischerhaken daran, mit welchem jeder Teil der Lokomotive bei Bedarf im Nu geschwind in die Höhe gehoben werden kann, wobei sich die Gründe für einen Bedarf meiner Kenntnis entziehen, aber es wird gewiss solche geben, nun also, dann habe ich alles erwähnt, was zu sehen ich in diesem Durcheinander Gelegenheit hatte, in dem sich als wichtigstes Ereignis Ihre geschätzte und in rosafarbene Kleidung gehüllte Person abzeichnete.

Ja, ja! Verworren und vielfältig verwoben ist die Organisiertheit der modernen Gesellschaft! Wie haben wir uns das überhaupt zu denken, wir Beschäftigten, die wir nicht gefragt werden, aber den ganzen Tag hinterm Ladentisch in der Apotheke stehen, aufmerksam wie ein Schießhund, um nur ja keinen verhängnisvollen, mörderischen Fehler zu begehen, wie hat sich unsere geplagte, aber im Grunde unschuldige Seele all die vielen Kontore vorzustellen, in denen distinguierte, äußerst sachkundige Herren sitzen, ständig in Papiere vertieft, mit denen ich nichts anzufangen wüsste, anhand welcher diese jedoch mühelos entscheiden, wo ein Bergwerk eröffnet, eine Eisenbahnlinie gebaut zu werden hätte, über welchem Fluss dringend eine notwendige Brücke gespannt oder wo ein schäbiges, heruntergewirtschaftetes Gebäude im Handstreich vermittels des schrecklichen Dynamits abgerissen werden müsste? Diese Herren atmen von morgens bis abends nikotingeschwängerte Luft ein, trinken kostspielige, wenn auch der Gesundheit durchaus nicht unzuträgliche Getränke aus wunderschön geschliffenen Gläsern und planen, weitere Hundertschaften ruß- und häufig auch naturschwarzer Menschen in den Schoß der Erde und also in den beinah sicheren Tod zu schicken! Eine kleine Entourage – schlanke Dienstmädchen, Kuriere und Sekretäre – bringt laufend angeforderte Dinge herbei und trägt das nicht mehr Benötigte weg, Dokumente, die unterschrieben wurden, während die Herren ins Telefon brüllten, sich meist der gröbsten Ausdrucksweise befleißigend, und hernach heiter die Hände rieben, und nur sie selbst wissen, warum.

Herrlicher Gedanke, dass ein Mensch mit dem anderen durch einen Draht über eine gewisse Entfernung reden kann! Wie ist es diesem überaus klugen Bürger nur in den Sinn gekommen, ein Kabel durch die unwegsamsten Landschaften, über Felsgrate und tief eingeschnittene Täler in dem Wissen zu verlegen, dass über derlei unsichere, weite Wege das menschliche Wort gleiten sollte, unabhängig davon, in welcher der unverständlichen Sprachen dieser Welt es gesprochen wurde? Stellen Sie sich nur die freudige, aufgeregte, sicher zugleich auch selbstbewusste Stimme des jungen Erfinders vor, welcher in ein Horn, wie man es bis dato nicht kannte, über ein hundsgewöhnliches, sonst zu nichts zu gebrauchendes Kabel zu seinem Spezi in einer anderen Stadt die Worte spricht: »Lieber Freund, hörst du meine wohltönende Stimme trotz des großen Abstandes, der uns beide leider trennt, über den hinweg wir aber dank meiner edlen, ausgereiften Erfindung, welche wir Telefon nennen werden, nichtsdestoweniger reden können?« Welche Freude dürfte sich erst auf dem Gesicht des Freundes abgezeichnet haben, stellvertretend für die Freude der Menschen weltweit! Wussten die beiden frohgemuten, hochherzigen Herren, wie viele traurige oder gar überglückliche Gespräche im Lauf der Geschichte nach ihrem ersten, auf jeden Fall denkwürdigen Disput geführt werden würden? Erscheint die zeitgenössische Zivilisation nicht auch uns, verehrte Dame, in Gestalt von Feierlichkeiten zur Eröffnung eines Kanals oder anderer öffentlicher Bauten, anlässlich deren zahlreiche feine, Zylinder tragende Herren eine schäumende Flüssigkeit, genannt Champagner, schlürfen und dann die geleerten kristallenen Trinkschalen laut klirrend und knallend im Orkus zerschellen lassen, begleitet vom Prasseln und Knattern verschiedenfarbiger Feuerwerkskörper, die gen Himmel zischen und daselbst ein Luftschiff, Wunderwerk der Flugtechnik, welches über den Köpfen aller mit trägen Bewegungen die Wolken zerreißt, bunt anleuchten? Im Hintergrund schaufeln vereinte Arbeiterhände derweil die Fundamente neuer Fabriken, Hunderte Kanonen feuern todbringende Salven auf feindliche U-Boote, welche vertragsbrüchig entlang unserer Küsten patrouillieren, und die riesigen Räder der Förderbänder schaffen notwendiges Material in Form von Paketen von einer Seite auf die andere! Weiterhin sind da Telegrafisten, Skifahrer mit ihrem ewigen Lächeln, Bergleute, welche Engeln mit Rußgesichtern gleichen, Briefträger, Chemiker, Ärzte und Advokaten in ihren raffiniert geschnittenen Überziehern, sie alle sind auf einer Tribüne angeordnet, von der herunter sie ihre Formeln, Zitate und allgemein der Menschheit Rettung bringenden Worte rezitieren, während regierende Monarchen durch ein dichtes Spalier kleiner, vor Glück weinender Kinder schreiten, welche ihnen Blumensträuße entgegenhalten, und diese Kinder rennen, um sich an den Rockzipfel wenigstens des unbedeutendsten der Fürsten zu hängen und einen Kuss zu ergattern! Dazu kommen Beamte, Staatsdiener und gewöhnliche Dienstleute, die auf mehreren Leitern stehen, schreiend bunte, aber geschmackvolle Truhen herbeischleppen, welche von den Produkten unseres Jahrhunderts überquellen, des Jahrhunderts der Technik, das wir kürzlich betraten, während ein Schmied einsam im Vordergrund steht, auf den Hammer gestützt, beschienen von den Flammen aus seiner Esse, während zwei Putten im Himmel einen Kranz aus herrlichen Feldblumen, wie sie in dieser Vollkommenheit nirgends wachsen, über sein müdes

Haupt voller Schweißperlen halten! Und dann verebbt der Lärm ganz unvermittelt, alle Räder stehen still, die Maschinen verharren in ihrem komplizierten, hochgradig nützlichen Betrieb, selbst die Kanonen unterbrechen ihre Tod und Verderben bringenden Salven, und dann erschallt mit donnernder Stimme aus Tausenden königlichen wie proletarischen Kehlen: »Wir sind Europa, das Herz der Zivilisation!« Und siehe! Auf einem herrlichen Balkon, geschmückt mit Milliarden winziger, zu einem Bodenmosaik zusammengesetzten Steinchen, nähern sich vier nackte Nymphen, welche verständlicherweise die intimsten Körperteile mit winzigen Tüchlein bedecken, nicht länger dem Schmied, sondern meinem Freund, dem stattlichen Anton Ekfeld, seines Zeichens Linsenschleifer und Uhrmacher, welcher in seinem Sonntagsstaat mitten auf diesem Balkon steht, anheischig, von der nicht mit Tüchleinhalten befassten, also freien Hand der Ersten der fabelhaften Schönheiten einen Kranz aus Lorbeerzweigen und eingeflochtenem Golddraht aufs müde Haupt gesetzt, in die Stirn gedrückt zu bekommen, knapp oberhalb der für seine frickelige Arbeit unverzichtbaren Brille, während in der Ecke ein Satyr, welcher weiter keine Beachtung findet, die Saiten einer mit Bernsteinintarsien verzierten Zitter schlägt, und da ahnt man auch schon den Anbruch der Morgenröte, in den Himmel ragende Berggipfel sowie schäumende Meereswellen zeichnen sich im Dunst ab, und das Lied dringt zu den sterbenden, aber mutigen Matrosen. Wie nur soll sich der willfährige, emsige Handwerker A. Ekfeld entscheiden, ratlos, feierlich einen Apfel in der Hand haltend, welcher Grazie er das rotwangige Stück Obst reichen soll?

Und es gibt noch so vieles, was unser eben begonnenes Jahrhundert beschwingt!

Was beispielsweise wird das neugierige Auge des Reisenden auf Ausstellungen nicht alles erblicken, insbesondere auf den Weltausstellungen. Sie werden doch die unlängst in Paris, der Stadt der Sonne, veranstaltete besucht haben? Dort wurde nichts ausgelassen, was der menschliche Verstand bis dato geschaffen hat: Hochräder mit einer weiblichen, wenn auch stark entwickelten Reisenden obenauf, Modistinnen, gehüllt in von eigener

Hand gefertigte, unerhört luxuriöse Kleider, Maschinen, die womöglich zu nichts nutze sind, aber mit ihren kolossalen Dimensionen ganze Hallen füllen, welche von ihrem unmenschlichen Gekeuche und Gestöhne erdröhnen, U-Boote, die selbst auf dem Trockenen noch höchst gefährlich sind für jeden uneingeweihten Besucher, insbesondere für Kinder, Röntgenapparate, welche den menschlichen Körperbau mit ihren Lichtsignalen bis auf die Knochen durchdringen und vom ganzen Leib nur das Gerippe übrig lassen, welches vor Ihren erschrockenen Augen flimmert! Ich hatte freilich noch nie die Gelegenheit, meinen übrigens übertrieben gesunden Körper derart reduziert abgebildet zu sehen, aber irgendwann werde ich es ohne Rücksicht auf die damit möglicherweise einhergehenden Risiken und Kosten auf jeden Fall einzurichten wissen, das versteht sich von selbst.

Doch wie komme ich, der ich in meinem bisherigen Leben noch kaum gereist bin, dazu, Sie, die Dame von Welt, über solche Dinge zu belehren? Und doch scheint mir, als wäre ich in allen bekannten Städten bereits gewesen, und sei es in einem kataleptischen, nicht erquickenden Traum. Soll ich Ihnen vom berühmtesten Neubau in Paris, dem Eiffelturm, erzählen? Sicher waren Sie schon oben. Nur einmal? Wie schade. Ich für meinen Teil kann mir nicht vorstellen, mir diesen Genuss nicht mehrfach zu verschaffen, sollten mich glückliche Umstände in diese wunderbare Metropole führen. Paris! Wie wenig weiß ich darüber, wie dringlich sollte ich mir sehr viel mehr Wissen von der Stadt verschaffen! Kann denn einer, der nicht in Paris gewesen war, heutzutage noch mitreden? Man sieht es überdeutlich an meinem Beispiel. Wäre meine ganze, ohnehin unbedeutende Person dermaßen bescheiden, hätte ich je auch nur mit halbem Auge ein einziges Mal in das Labyrinth aus zeitgenössischem Sündenpfuhl und Vergnügungsbezirk geblickt? Bestimmt nicht. Doch zurück zum Turm. Er besteht ganz und gar aus Eisen, welches von emsigen, geschickten Handwerkerhänden dergestalt verflochten wurde, dass ihn der stärkste Wind, der in großen Höhen oft weht, nicht umwerfen kann. Doch wenn ich Ihnen so davon erzähle, stelle ich mir neuerlich offen die Frage, was eine solche Konstruktion, um nicht zu sagen, eine solche Monstrosität aus

Stahl im Herzen dieser herrlichen Stadt zu suchen hat. Schauen Sie, Sie sagten selbst, Sie hätten in der genannten Metropolis mehrere sicher ergiebige Monate verbracht, und doch setzten Sie Ihren werten Fuß nur einmal auf dieses Mammut. Wozu also Gebäude von so unzuträglichen Höhen errichten? Ohne die man sich das zeitgenössische, gefahrvolle Leben allerdings auch nicht mehr vorstellen kann. Mein Gott, was für eine lebenslustige Stadt! In welcher der Briefträger im Laufen sicheren Schritts die Adresse des glücklichen Empfängers einer, wie wir annehmen wollen, erfreulichen Nachricht liest und ein lachender, sich womöglich mit einem Liedchen auf den Lippen ankündigender Bengel frisch aus dem Ofen gezogene Backwaren, so warm wie die Seele, austrägt. Und die neugierigen Frauen erst, welche in Körben und Kisten verschiedenartige, vielleicht ganz nutzlose, aber sehr verführerische Waren zum Markt tragen, Trödler, welche alten, aufgearbeiteten Hausrat auf quietschenden Dreirädern transportieren, Männer, die Körbe verkaufen, in denen man alles bis hin zu Hehlerwaren verstauen kann, gleichmütige, sorglose Spaziergänger, finanziell abgesichert und darum dem Müßiggang ergeben, Gemüsehändler mit ihren leichtgängigen, gut gewarteten Verkaufsständen auf Rädern, und dazu kommt noch der eine oder andere Harfe- oder Gitarrespieler, dessen Gesicht unter dichtem Bartwuchs verschwindet, und was für einem edlen! An ihnen gehen anständige, wenn auch ärmlich gekleidete Wasserträger vorbei und niedliche, oft recht bescheidene Hausmädchen, welche eine Botschaft überbringen, am Rand der Bürgersteige warten geschickte Handwerker, um Dinge zu reparieren, die ihren Besitzern so wertvoll und unersetzlich erscheinen, dass sie sie für die Mühe an Ort und Stelle entlohnen, sowie Burschen, die Ihnen, Verehrteste, die gewiss herrlichen Schühchen geschickt und geschwind putzen! Wir begegnen ja täglich auf der Straße solchen Beispielen einer beschwerlichen und doch nützlichen Arbeit neben Szenen unterschiedlichster und einander geradezu entgegengesetzter Genüsse. Etwa wenn ein junger Arbeiter mit verschwitzter, ja, staubverkrusteter Stirn und kräftigen Bizeps einen Schaden im Straßenbelag ausbessert, den Pickel mit mörderischem Schwung zwischen den Pflastersteinen niedersausen lässt und diese aus dem Verbund löst, während eine parfümierte Dame an ihm vorbeischlendert, gekleidet nach den Vorgaben des englischen Modezars Worth, ein abgestumpfter Säufer, Gassenhauer trällernd, aus einer der umliegenden Kneipen stolpert, barfüßige Mitarbeiter eines Galanteriewarengeschäfts bestellte Accessoires zu aberwitzig reichen Kunden bringen und zwei sichtlich intelligente Männer mit Filzhut gar vortrefflich, wenn auch im Wesentlichen ergebnislos über mögliche Bezüge zwischen diesen Vorgängen diskutieren. Was wäre über den blasierten Offizier zu sagen, der auf seinem Pferd durch den Park reitet, über das stark geschminkte Weibsbild, welches irgendjemandem vom Fenster aus zuwinkt, über die ganz und gar nicht herausgeputzte, aber wunderschöne Frau des eben erwähnten das Kopfsteinpflaster aufreißenden Straßenarbeiters, die nicht weiß, wie sie ihre drei Kinderchen durchbringen soll, welche hungrig darauf warten, dass der Vater ihnen vom mühsam erarbeiteten Lohn Brot kauft, und sich bis dahin wie echte Ferkel in Pfützen wälzen, während ein schlecht erzogener Hund den unglücklichen und missratenen Ältesten anpinkelt!

Ach, und die Oper, jener Hort der Musik, mit ihren üppig ausgestatteten Sälen, den gemütlichen Logen und dem überteuerten Vorhang aus reinem Velours, der sich niemals vor mir hob! Dürfte ich Sie wohl bitten, mir eine der fantastisch schönen Vorstellungen zu beschreiben? Sie haben doch sicherlich in Begleitung Ihres Mannes der einen oder anderen Aufführung beigewohnt. Unendlich dankbar wäre ich Ihnen, wenn Sie mir von dem Moment erzählten, in welchem die roten Vorhänge wie Riesenvögel zur Decke schweben und zum ersten Mal den Blick freigeben auf die vom Kunstlicht erleuchtete Bühne, voll hübsch angezogener Statisten, feiner Damen, mutiger Helden, flatterhafter Teufelsbraten, Bischöfe, Grenadiere, Erfinder, bitterarmer Bettler und von Menschen gespielter Tiere, und im Luftraum darüber hängen echte Engel, Vögel und die brennende Sonne. Und erst der Moment, in dem alle auf der Bühne, ungeachtet des Kostüms, welches eigens für diese Aufführung genäht wurde, aus voller Kehle im Chor eine Arie anstimmen, gewidmet dem Sterben an Tuberkulose oder dem Aufstand gegen eine höhere Gewalt. Da vergisst man, wer jung und wer alt ist, wer welche Maske trägt, denn alle schauen beseelt auf die Person, welche den musikalischen Takt mithilfe eines Stockes vorgibt, also den Dirigenten. Kleine Japanerinnen, Miniaturdrachen, Harlekine treten vor ins Rampenlicht und singen die ganzen herrlichen Lieder, die ich mir leider höchstens auf Grammofonplatten anhören kann.

Sie kennen doch ohne Zweifel die großen Warenhäuser der Welt, die eigens zu dem Zwecke geplant wurden, alle Arten von Waren unter einem Dach zu verkaufen und damit abenteuerliche Geldsummen anzuhäufen. Wahrscheinlich schlenderten Sie unzählige Male durch die beliebten, verlockenden Abteilungen für duftige Damenwäsche, edle Parfums und die nicht jedermann zugänglichen Räume voll sibirischer Pelze, die vermutlich noch warm sind, so frisch wurden die asiatischen Bestien geschossen! Was für ein Vergnügen wäre es, Sie dorthin zu begleiten und sich Ihres erlesenen Geschmacks zu vergewissern, gewiss wählen Sie Dinge aus, welche nicht zu den teuersten, wohl aber zu den besten gehören, die in dieser ganzen verführerischen Vielfalt zu finden sind, und auf jeden Fall zu den geschmackvollsten.

Und was ist mit den Denkmälern, den Mahnmalen für historische Ereignisse, Qualen der Menschen oder gar ihre tödlichen Abenteuer? So wenige dieser Monumente kenne ich, und das, obwohl sie in riesiger Zahl über ganz Europa verteilt sind! Solche Mühe ist erforderlich, bis der Künstler, ein Mann mit mir unbekanntem, doch sicherlich berühmtem Namen, dessen Form dem dienstbaren Lehme, dem Urstoff der Welt, wie viele sagen, oder wesentlich härteren Materialien abringt, bis die endgültige Gestalt aus Granit oder gegossener Bronze einen wunderschönen Platz ziert. Ist es denn wahr, was man in den interessanteren der Vereinigungen von Müßiggängern erzählt, eine gewisse Person aus der Zunft der Steinmetze habe ein lebendes menschliches Geschöpf mit todbringendem Blei übergossen und so eine Hohlform erhalten, welche bis zur letzten Pore dem Vorbild ähnele? Sicher gehört die Anekdote ins Reich der Legende, trotzdem lohnt sich der Gedanke, wie in künstlerischen Werken, hiesigen ebenso wie ausländischen, eine derartige Ähnlichkeit erzielt werden konnte. Aber das ist bei Weitem nicht alles! Nehmen wir die Börse. Ein Ameisenhaufen, in dem man nicht nur Menschen mit beruflichem Urteilsvermögen und Sachverstand, sondern auch Hohlköpfe antrifft, die nur hinter dem schnellen Geld her sind. Tempel des Würfelspiels und des launischen Schicksals: Was spielt sich dort ab? Das werde ich nie ganz begreifen, aber meine bescheidenen Kräfte finanzieller wie sonstiger Natur sagen mir, dass es im Kern um boshafte Angriffe auf den Einzelnen geht und das wie bei jedem anderen Zeitvertreib von Hasardeuren in Verbindung mit einem heuchlerischen Glück. Leider hatte ich noch keine Gelegenheit, einen der gewiss schön ausgestatteten Säle zu betreten, mein furchtsamer Fuß erkundete niemals unter den hell strahlenden Lüstern aus reinem Kristall (wer, wenn nicht die Betreiber einer Börse, kann sich schließlich solche Lampen leisten?) die zauberhafte Weitläufigkeit dieser Räume, und dennoch, soweit ich den Tagesnachrichten im Wege der regelmäßigen Lektüre internationaler Berichterstatter entnehmen kann, spielen sich dort schier unglaubliche und sogar unpassende Szenen ab. Ein selbstredend geschmackvoll gekleideter Herr steht an einem zur Gänze mit rotem Velours bezogenen Pulte, schreit in der Sprache des Landes, in welchem sich die Börse befindet, Zahlen, Namen und Bezeichnungen verschiedener Unternehmen der ganzen Menschheit, während zahlreiche andere im Parkett, nicht weniger schön gewandet (denn der Portier würde sicher keinen so bescheiden gekleideten Menschen wie mich hineinlassen), von einem Comptoir zum anderen rennen, etwas aufschreiben, Zettel überfliegen und noch etwas notieren, und dann eilen alle zurück zu dem schreienden Herrn, und das geht den ganzen Tag so! Nur gelegentlich entwischt dem einen oder anderen der süße Ausruf: »Ich bin ein gemachter Mann!«, oder ganz im Gegenteil: »Ich bin ruiniert!«, und damit hört es dann auf. Ich würde wirklich sehr gern sämtliche europäische Staaten bereisen, wenigstens die größeren, und in diesen sämtliche Städte! Ich habe immer davon geträumt, meinen Fuß auf niederländischen, deutschen oder sogar britischen Boden zu setzen. Eines Tages werde ich es tun, natürlich nicht jetzt, da ich mir angesichts der Umstände meiner Anstellung keinerlei Hoffnung darauf machen kann, aber später unbedingt! Denn was ist der Mensch ohne Reisen? Beschränkt auf eine trockene Belesenheit, auf Informationen, die ihn über verschiedene Berichterstatter erreichen, welche keineswegs immer lautere Absichten haben! Was für eine gewaltige Enttäuschung kann entstehen, insofern ein Mann zunächst nur diese Berichte liest und später, wenn er seine Verhältnisse geordnet und eine kleine, wenn auch anständige Summe gespart hat, den Wegen jener Berichterstatter folgt. Ich sage Ihnen, werte Frau, aber Sie wissen das natürlich besser als ich, es gibt kein besseres Mittel, sich über alles zu unterrichten, als zu reisen, als die eigenen gebrechlichen Glieder von Stadt zu Stadt, von Ort zu Ort zu schleppen, während in unserem Herzen während dieser Wanderschaft eine unbeschreibliche Zufriedenheit wächst!

Sicher verbrachten Sie so manchen angenehmen Vormittag in einem der europäischen Parks. Während Ihr Gatte seine Zeit der nützlichen Wissenschaft widmete, widmeten Sie die Ihre dem nicht weniger nützlichen Lesen der zweifelsohne vernünftigsten Bücher, welche es in jenen herrlichen Sommertagen zu lesen gab, eingehüllt in das Rascheln Ihrer und der anderen Damen Seidenkleider, umgeben von Herren, welche jene Damen begleiteten, den Hut oder gar den Zylinder lupfend zum Zeichen des Grußes, derweil Schwäne auf den schön angelegten kleinen Kanälen unter kleinen Brücken durchschwammen, auf denen selbstredend wieder andere Personen standen oder saßen, etwa Studenten mit ihren Lehrbüchern vor der Nase, und dazu stimmten die Vögel, diese unschuldigen Geschöpfe der Natur, mit ihrem Gesang in den allgemeinen Frieden ein, welcher über der Szenerie lag. Über den Alleen und Wegen, die von der sicheren Hand eines Gärtners zu einem einzigen Labyrinth gestaltet und gestutzt wurden, so dass man mit Mühe den rechten Weg oder gar den Ausgang findet. All das und noch so viel mehr, was man in einem solchen Park entdecken, ich mir aber nur durch meine Einbildungskraft vorstellen kann, entgeht mir, weil ich in des Herrn Jovan Grosingers Apotheke, dem unverrückbaren Orte meines gelegentlich bitteren Dienstes im schönen Novi Sad, beispielsweise Pomaden anrühre.

Welch glücklicher Umstand, dass wir in diesem bequemen

Coupé alleine sind, obwohl sich vor Kurzem ein grobes Gesicht, sicher das eines Arbeiters, in diesen Waggon verirrt hatte, uns für einen kurzen Augenblick erspähte und dann wieder in der unergründlichen Tiefe des Ganges verschwand. Das Gesicht eines Arbeiters, in welchem trotz seiner Grobheit, ja, ich bin versucht, von Viehischkeit zu sprechen, aufrichtige Trauer leuchtete! Bedauernswerte Tage verbringt er, nicht anders als jene, die beispielsweise unmenschlich große Holzbalken schleppen, beispielsweise Bergleute. Wer hat sich das nur ausgedacht, dass sie ein Leben wie der Maulwurf führen, der tief in der Erde in vollkommener Blindheit haust? Was soll der unglückliche Bergmann machen, wenn er wegen eines Brockens Kohle in die Grube einfährt, ihm derselbe Brocken auf die Hand fällt und diese augenblicklich zerquetscht? Dreckig und im Schweiße seines Angesichts! Und wenn er vielleicht wie durch ein Wunder heil zurück ans Tageslicht kommt, hat er keinen Ort, an welchem er den geschundenen Leib waschen kann. Die Zähne leuchten aus seinem Munde wie bei einem Schwarzen, obwohl ich leider noch keinen solchen Menschen in natura gesehen habe. Ihre Frauen sind treu wie die von Matrosen, doch o Graus, was hilft das, wenn sie diese dauernd verprügeln, um die eigenen Schmerzen zu vergessen? Und so sitzen die Frauen vor dem Schacht und weinen, denn an diesen Knotenpunkten von Trauer und Hoffnung häufen sich die Unglücke. Stets schärfen sie ihren Söhnen ein: »Werde auf keinen Fall Bergmann wie dein Vater, sondern Metzger oder Pope«, aber trotzdem fahren die meisten Söhne in den Schacht ein und sterben in frühester Jugend. Muss ich Sie an die raue Wirklichkeit der Streiks erinnern, einer vorübergehenden, aber gewaltsamen Unterbrechung menschlicher Beschäftigungen, welche auf niedere Erpressung seitens der Arbeiter abzielt, jedoch von vornherein zum Scheitern verurteilt ist! Waren Sie während Ihrer angenehmen Aufenthalte im Ausland nicht oft von diesen einen stets überraschenden, obwohl durchaus häufigen Arbeitsniederlegungen betroffen, aufgrund deren die Postkutsche plötzlich nicht verkehrt oder der Bäcker Ihnen einen hochgeschätzten Nahrungsbestandteil verweigert, also kein Brot verkauft? Dreiste, nicht hinnehmbare Entscheidung, die das Leben einer Stadt lahmlegt, als greife eine unheilbare, überall lauernde Krankheit um sich! Sollte ich durch einen Zufall, der natürlich niemals eintreten wird, Bürgermeister beispielsweise von Paris werden, ich verböte augenblicklich derartige Ereignisse als etwas äußerst Gewissenloses und vollkommen Unzulässiges. Es braucht nur eine harte Hand, einen starken Willen nebst einer kleinen Dosis Schläue, und alle Unbilden des sonst so schwierigen Alltags platzen wie eine Seifenblase. Wie er- und behält man das richtige Maß an Menschenführung, mit der schlichte, im Grunde umgängliche Seelen gelenkt werden können? Wie dringt man ins Mark ihrer Forderungen vor, der gerechtfertigten wie der ungerechtfertigten? Politik, die große Kunst, die oft unruhigen, manchmal gar zornig aufbrausenden Menschenmassen zu führen, wird mir ewig ein Rätsel bleiben. Wie die Schatten des Zweifels und der Vorahnungen enträtseln, die wie Wolken über die im Übrigen höchst intelligente Stirn des Politikers ziehen? Wie sich in diesem, um es mit einem Bild zu sagen, Kaleidoskop von Ereignissen zurechtfinden, deren Zeugen und manchmal auch Opfer wir werden? Wie den Puls der überwiegend ungewaschenen und ungekämmten, mitunter aber auch höchst begabten, hellsichtigen Individuen in ihrer Gesamtheit fühlen? Den Puls jener, welche eines Tages als Schriftsteller, Bildhauer oder Notare die Geschicke des Landes lenken werden? Wie die Mühlsteine der Geschichte unbeschadet überstehen, zwischen die wir so oft ohne jede persönliche Schuld geraten? Uns in den Fäden von Verschwörungen, unmenschlicher Intrigen verheddern, wie im Netz einer Spinne gefangen in unseren Träumen! Was würden wir (gesetzt den Fall, wir wären Politiker) anrichten, wenn wir nicht unseren Verstand gebrauchten, um unsere Gefühle an die Kandare zu nehmen? Wie hätten wir reagiert, wenn wir zugelassen hätten, dass uns Ereignisse (wenn Sie mir den Vergleich zum Tierreich gestatten) wie junge Kätzchen oder Welpen im Schlaf überraschen? Woraus besteht überhaupt ein Volk, wenn nicht aus einer Vielzahl von oft genug mit nagenden Zweifeln und dem Gift des menschlichen Elends infizierten Individuen? Ein Führer der Menschen oder Völker oder wenigstens eines Volkes muss ein Gespür haben für die Nuancen, welche sich in der großen Masse verlieren wie ein Tropfen Farbe im Meer. Wir müssen, wenn wir schon im Sattel sitzen, auf dem Pferd der Entscheidungen, das Vibrieren der Masse fühlen, die der Saite eines Instruments gleicht, eines allerdings sehr großen Musikinstruments! Weiß denn der Führer in diesem historischen, wenn auch sehr festlichen Durcheinander, was der Tag bringt und was die ungewisse Nacht? Nur ein beherzter und mutiger Mann (nebenbei: mit all seinen Schwächen) kann den dichten Schleier der Weltgeschichte lüften und ihr alle Geheimnisse entreißen. Dafür muss er tagtäglich Anfeindungen und Häme ertragen, allerdings durchmischt mit Anerkennung und Ruhm, gehasst, insgeheim aber auch geliebt von unzähligen Blumenverkäuferinnen, muss ein solcher König oder Anführer anderer Art, umgeben vom Strahlenkranz, seinen gewaltigen Heldenmut nicht nach außen stülpen, um im beständigen Wechselspiel zwischen Hammer und Amboss Sieger zu bleiben? Wie Macht über menschliche Herzen gewinnen, welche voller unentwirrbarer Geheimnisse sind, also der Welt, die sich, trübe und doch so wertvoll, in ihnen zur Gänze widerspiegelt wie auf fotografischen Platten? Unerklärlich, oft ungenau, ein trügerischer Ameisenhaufen, eine Welt, welche mit all ihren Übertreibungen und Verworrenheiten wie ein Buch ist, das in einer niemandem geläufigen Sprache geschrieben wurde!

Und doch lebt so mancher große, ungeheuer bedeutsame Mann unter uns! Denken wir nur an den Erfinder elektrischer Gegenstände, den Erbauer der Dampfmaschine oder die Baumeister, welche die Untergrundbahn bauten! Und auch wenn wir den wahren Sinn dieser großartigen Werke häufig noch nicht annähernd in ihrer ganzen Tragweite erfassen, so wissen wir doch, dass sie als Denkmäler unserer Epoche überdauern werden. Nur – was wissen wir eigentlich tatsächlich von diesen berühmten Männern? Genauer, wen würden wir überhaupt ohne die zahlreichen künstlerischen Bearbeiter von Porzellanschalen, Zuckerdosen und anderen Behältnissen kennen, welche deren Bildnisse mit äußerstem Geschick auf die hübschen Gegenstände des täglichen Bedarfs bannen? Oh, wie viele Tassen für gewöhnlichen schwarzen Kaffee hielt ich allein schon in unserem bescheidenen, von Karl Zander geführten Stadthotel Peri Fabri in die Höhe und betrachtete sie ganz stille, weil mich von ihrer porzellanenen Wand ein großer, kluger Mann anblickte, wobei seine vortreffliche Kleidung, die Wangen oder die Haare farblich treulich nach der Natur wiedergegeben waren. Oder wenn mich mein Weg hie und da zu den schicklichen, hochgeschätzten Kerečkis führte. Welch gastfreundliches, liebenswürdiges Haus! Wann immer ich der Familie aus der Apotheke meines Arbeitgebers Jovan Grosinger das Blutreinigungsmittel Sarsaparilla, Ohröl nach Dr. Braun oder das von Grosinger eigens für diesen Zweck zusammengestellte Heilmittel wider das Trinken lieferte (Letzteres für Herrn Kerečki, welcher selbst vom allerfeinsten Weine nicht das kleinste Schlückchen trinken durfte und gelegentlich dennoch fast versehentlich an einem Glase nippte), wann immer ich also beruflich in diesem schönen Hause weilte, sah ich so einiges an gar künstlerischen Gegenständen. Einmal händigte ich Herrn Kerečki, auf dessen Kopf bereits eine in ein Gummituch eingeschlagene Eisplatte lag, seine, um es so unverblümt zu sagen, Katertropfen aus, da erspähte ich ungeachtet seiner Schmerzen einen wunderschönen Papierbeschwerer in Form eines liegenden Frauenleibes, der in Wirklichkeit nicht nur als Papierbeschwerer, sondern insgeheim auch als Aschenbecher diente, weil man die halb aufgerauchte Zigarette zwischen die herrlich herausmodellierten Gliedmaßen der lang ausgestreckten Schönheit legen konnte. Was für eine exquisite, fein ziselierte Arbeit! Und wie überrascht war ich erst, als Herr Kerečki, welcher trotz seiner Indisponiertheit mein Entzücken bemerkt hatte, mir an der Unterseite eine Öffnung zeigte, die den Briefbeschwerer und Aschenbecher zusätzlich als Schnupftabakdose auswies. Bei anderer Gelegenheit, als ich auf einen Anruf von Frau Kerečki hin mit Diuretin, dem bewährten Mittel gegen Ablagerungen und Steine (denn die Dame hegte den Verdacht, selbige trieben in ihren hochgeschätzten inneren Organen ihr Unwesen) zu dem Haus in der kurzen Lazar-Straße rannte, sah ich einen anderen, nach den Ideen eines venezianischen Fatzkes gearbeiteten Aschenbecher aus italienischem Porzellan, der die Form, wenn Sie mir diesen Ausdruck verzeihen, einer Toilettenschüssel hatte, in welche überschüssiges Material aus dem menschlichen, in vieler Hinsicht tierischen Leib entsorgt wird. Worauf sich der künstlerische Ausdruckswille nicht alles erstreckt! Angeblich kann man für nur fünf Heller eine hübsche Glasfigur unseres Kaisers erwerben, an der jedes Detail wie Vollbart, Kappe und so weiter stimmt, und als Pfefferstreuer nutzen, wobei an der Rückseite Löchlein für Salz angebracht sind! Das stellt man sich doch gerne auf den Tisch, gleichgültig, wie bescheiden dieser im Übrigen eingedeckt ist. Sie fragen sich vielleicht, warum ich gewöhnlichen, für den Alltagsgebrauch bestimmten Dingen so große Aufmerksamkeit so große Aufmerksamkeit schenke? Auch als Apothekersgehilfe habe ich doch wohl das Recht, deren ungewöhnliche Schönheit trotz meiner Kurzsichtigkeit dort, wo mich meine Profession hinführt, zu vermerken? Dieses Recht, derlei freilich auch nützliche, vor allem aber witzige Sachen zu goutieren, darf mir keiner verwehren, oder?

Schon immer inspizierte ich Funktionsweise, Verwendung und Zweck der unterschiedlichsten Apparate, die mir unter die oft müden Augen gekommen sind, auf das Genaueste. Unter anderem fragte ich mich, weshalb die Spitze einer lächerlich krummen Nadel mit elliptischem Schwung in die Halterung zurückgeführt wird, bis mir aufging, dass sich hinter ihrem poetischen Namen Sicherheitsnadel eine weder einfache noch eindeutige Absicht verbirgt. Nicht weniger gründlich versucht mein Gehirn Galoschen, Regenschirme, Zwicker, Bonbonnieren, Lupen, Tintenfässer, Gläser, Schlüssel, Schwämme, Stecknadeln, Flaschen, Haarspangen sowie Knöpfe jeder Größe zu durchdringen und das Rätsel, zu welchem Behufe diese zierlichen Dinge gedacht sind, zu lüften, und wenn es mir gelang, eine zufriedenstellende, möglichst umfassende Antwort zu finden, konnte ich meine beinahe übertriebene Zufriedenheit kaum verbergen. Wahrlich lange zerbrach ich mir den Kopf über diese lachhaft kleinen Halbkugeln aus Glas, welche, da fuß- oder, wenn Sie so wollen, ständerlos, verkehrt herum in den Regalen unserer Apotheke stehen. Meine Zweifel hätten wohl noch lange währen müssen, hätte nicht der unglückliche Umstand, dass sich der wirklich tapfere Herr Kerečki senior erkältet hatte, diese Gläschen unserem geschickten Physikus Jovan Šakabenta in die Hände gespielt, der sie Pömpel nannte und auf den dafür eigens entkleideten, soldatischen Rücken des erkrankten Hausherrn pflanzte. Und dort zogen sie im Nu vermittels ihrer Vakuumkräfte die Hitze und alle anderen Gebrechen aus dem Leibe heraus, als hätten diese sich seiner nie bemächtigt.

Familie Kerečki, welche einen zugegeben unfeinen, weil auf die Abstammung von einem Köter verweisenden Namen trägt, aber selbst mir Großherzigkeit und Edelmut erweist, obwohl ich nur ein einsamer Fremdling in einer trotz ihrer Beschaulichkeit rücksichtslosen Stadt bin! Was haben sie, Herr und Frau Kerečki mit ihrem Sohn und den drei ungeachtet möglicher kleiner Mängel äußerst wohlerzogenen Töchtern, mir nicht alles an Freundlichkeit und Genüssen erwiesen! Ihnen verdanke ich viele Stunden, in denen sie mir vermittels eines wunderlichen Apparates, genannt »His Master's Voice«, den Zauber der Musik nahebrachten, der mir unbekannten Kunst der Geräusche. Welch gesegneter Moment, als ein Erfinder dem Grammofon auf die Welt verhalf und sich dabei vieler, mir unbekannter Rädchen bediente, welche aber mit ihrem Ineinandergreifen die schönsten Arien aufbewahren. Und eins muss ich noch gestehen: Obwohl ich mich mit diesem netten Spielzeug angefreundet habe, mit dieser komplizierten Maschine, obwohl ich deren Geheimnis und Funktionsweise kenne, ertappe ich mich oft bei dem Gedanken, dass dieser Kasten nicht eine Ansammlung kluger, allmächtiger Drähte, Hebel und dergleichen sei, sondern Behausung eines winzigen, lebendigen und entsetzlich musikalischen Geschöpfs.

Was wären wir ohne all unser Wissen, das uns keiner nehmen kann und ohne das sich meiner Meinung nach die Erde nicht um ihre Achse drehen würde? Es ist mir wahrlich nicht leicht gefallen, mit meinen bescheidenen Verstandeskräften das Gesetz der Gravitation zu verstehen, welches von der Sinkbarkeit aller Körper im Wasser handelt und, wenn ich nicht irre, von einem Franzosen namens Fouché oder Foucault aufgestellt wurde. Oder dass man über die Reibung zweier Hölzer den Wechsel von Tag und Nacht erläutern kann. War das nicht Archimedes, der dies hellsichtig erkannte? Oder die Geschichte vom Wettrennen zwischen Hase und Schildkröte, die stammt von einem der alten Griechen, dem weisen Pythagoras, und der Hase hat die Schildkröte fast eingeholt, will sie aber nicht angreifen. Über den guten Newton muss man kein Wort verlieren, hat der gebürtige Engländer in ferner Vergangenheit doch eine Möglichkeit erfunden, wie Arbeiter ihre bescheidenen Wohnungen vermittels eines künstlichen Geräts in Gestalt der Glühbirne beleuchten können. Und erst die anderen kleinen und großen Lehrsätze wie, dass zwei weniger sind als drei und vier zwei Zweiergruppen bilden kann, gänzlich in Abhängigkeit von deren persönlichen Absprachen, versteht sich? Der Mensch kann so viel Wissen sammeln, nicht anders als gewöhnliche Bienen mit ihrem gefährlichen Stachel, einfach indem er einen Stift zur Hand nimmt und zwei Zehner zusammenrechnet, wodurch er zwanzig und damit das einzig vernünftige Ergebnis erhält. Aber natürlich soll das mathematische Wissen nicht nur Wucherern und Halsabschneidern nützen, die aus allem Profit schlagen. Das Rechnen, eine der persönlichsten Waffen des menschlichen Verstandes, haben sich derzeit, liebe Frau, würdige Professoren unter den Nagel gerissen, welche, worauf ich mir etwas einbilde, ähnliche Brillen tragen wie ich! Die kümmert es wenig, dass wir kurzsichtigen, aber so großherzigen, mit Wissen vollgestopften Menschen nichts zusammenzuzählen haben! Dabei können die ihren unverschämten Reichtum, der von Tag zu Tag wächst, nur noch mithilfe von auf gewöhnliche Drähte gezogenen schäbigen Kugeln oder gar Maiskörnern, also einem Abakus addieren! Und die Chemie erst, die sich, das kann man wohl so sagen, überall im eigenen Hause findet? Es gibt kein anderes Wort als abstoßend dafür, dass sich die Gesetze der Chemie beim Vermengen von gewaltsam zerkleinertem Staub, genannt Mehl, mit einfachem Trinkwasser insofern entfalten, dass man einen widerlich klebrigen Teig erhält, der aber immer noch nicht zur Ernährung geeignet ist. Wie kann dies das Ergebnis der ganzen Wissenschaft sein, welche auf die unübertroffenen Gespräche zwischen den Gebrüdern Kant und Laplace zurückgeht, geführt über die Herstellung künstlichen Goldes oder etwas noch Wertvollerem?

Nützliche, heiß geliebte Beschäftigung und zugleich süßer Zeitvertreib, welcher unzählige Erkenntnisse aus verschiedensten Wissenschaften vermittelt und dem ich so oft sonntags im Hause Kerečki, dieser edlen Bürger von Novi Sad, frönen durfte, die mich beinah wie ein Mitglied der Familie aufnahmen, ich meine ein Spiel, bei welchem man kleine Zettel durchpaust, indem man sie auf ein Stück Pappe oder etwas anderes legt und mit dem leicht angefeuchteten Finger der rechten oder linken Hand sanft darüberstreicht, und dann werden auf der Unterlage eben jene Stadtansichten, Wahrzeichen und europäischen Panoramen sichtbar, von denen ich Ihnen so eingehend berichtete. Und ist es nicht jammerschade um diese winzigen Darstellungen, die wohl angeblich für Kinder gemacht sind, welche sich jedoch ihrer geringen Geduld wegen niemals lange mit diesen Miniaturwerken recht großer Künstler befassen, selbst wenn es noch so liebe Kinder sind? Sollte man dieses trotz allem ernste Spiel nicht gescheiter Erwachsenen überlassen, welche wohl kaum eines der Pauspapierchen zerreißen, sondern der Reihe nach umkopieren würden und damit die herrlichen Darstellungen von Städten und Wäldern sowie des Meeres zum Vorschein brächten! Vor allem, da uns dieses geheimnisvolle Spiel nicht von einem Kind im herkömmlichen Sinne nahegebracht wurde, sondern von einer Art Wunderkind, einem Wunder der Natur, wie man es in jedem Botanikbuch oder in ähnlich lehrreichen und nützlichen Werken nachlesen kann. Jevto Kerečki, der einzige männliche Spross dieser notorischen Familie, kannte mit seinen elf Lenzen angeblich viele fremdsprachige Wörter, gewöhnliche ebenso wie auch solche, die deutlich ältere Menschen nicht ohne Schaudern in den Mund nehmen. Wenn Sie ihn nur hätten hören können, wie er bis in die Milliarden zählte, ohne zu erlahmen, und wie er allgemeines Entsetzen hervorrief, weil er einhändig über einem grässlichen Abgrunde hing. Und erst der Auftritt am Weihnachtstag, da hielt er eine schreckliche Bombe in der Hand, die er, wäre er nicht wirklich edel gesinnt gewesen, zwischen die geladenen Honoratioren an der mir nicht offen stehenden Tafel geschleudert hätte. Selten und nur bei mehrsilbigen, selbstredend ausländischen Wörtern kam Jevto recht drollig ins, wie soll man es nennen, ins Stottern. Aber jedem anständigen, nicht böswilligen Ohr klang das höchst liebenswürdig. Wenn man es vernahm, vergaß man darüber die Eloquenz vieler unserer unnützen, feierlichen Ansprachen auf wohltätigen Veranstaltungen, und fast hätte man sich, das ist jetzt ganz im Allgemeinen gesprochen, fast hätte man sich diesen selbstredend ungeliebten und doch so liebenswürdigen Krampf im Kiefer für sich selbst gewünscht. Liebes Kind. Er konnte wirklich jeden Anwesenden bezaubern, auch wenn er der geschätzten Familie nicht so verbunden war, wie das bei mir der Fall ist. Ein Prinz, welcher zugegeben sein ansonsten süßes Beinchen kaum merklich nachzog und dem manchmal, wenn auch nur ganz selten, ein bisschen Spucke aus dem Mund lief, immer auf derselben Seite, was vermutlich mit der kindlichen Angst zusammenhing, Fehler zu machen, welche ihm aber keinesfalls hätten unterlaufen können. Ansonsten war er, auch wenn er auf einem Auge leicht schielte, was mitunter so wirkte, als übe er unanständige und keineswegs ungefährliche Blicke ein, also ansonsten und in allem Übrigen war er meiner Meinung nach vollkommen, und nicht wenige und vor allem die kinderlosen Familien in unserem Lande hätten etwas dafür gegeben, einen solchen Sohn in ihrem warmen, behaglichen Schoße aufnehmen zu können! Jetzt aber auch noch das Schrecklichste!

Angesichts der Tatsache, dass ich nicht über ein sonderlich großes Vermögen verfüge, war ich nie dazu gezwungen, meine belanglosen und nicht hinreichend teuren Habseligkeiten bei einem zu diesem Zwecke gegründeten Institut zu versichern. Der edle, inzwischen oft genug erwähnte Herr Kerečki, den ich freimütig und aus vielerlei Gründen meinen Wohltäter nennen darf, hatte in meiner leider fast täglich erforderlichen Anwesenheit äußerst unangenehme und schwere Stunden exakt im Zusammenhang mit der Mission und den negativen Seiten von Versicherungsgesellschaften. Einmal brachte ich dem guten Herrn eine hervorragend hergestellte, mit vielen Bildern geschmückte Broschüre des rührigen Marienbader Arztes August Kroker mit dem Titel *Gymnastische Systeme*. Zu dieser Zeit litt der unglückliche Herr Kerečki unter Spannungskopfschmerzen. Und auf jenen, was Druck und Gestaltung betraf, schönen Seiten wurde gezeigt, wie man durch gewöhnliches Eintunken des werten Kopfes in eine auf den Tisch gestellte Waschschüssel und dessen anschließende Behandlung mit systematisch um ihn herumgewickelten Schläuchen, durch welche man kaltes Wasser strömen lässt, effizient Schmerzen lindert, und das mit einfachen Anwendungen, für welche man nur Wasser, ein neutrales und beinah kostenloses Material, benötigt. Die Broschüre beschrieb darüber hinaus elektrische Pferdchen, welche mit ihrem vorsichtigen Schütteln jeden noch so kleinen Knochen des Konsumenten, der sie besteigt, in die richtige Lage rütteln. Es gibt zwei weitere Dinge, ohne die ich in letzter Zeit das ehrwürdige Haus Kerečki nicht betrete: die Perle der Medizin, eine Karbol-Bombe gegen Ohnmachtsanfälle, sowie winzige Kügelchen, welche allein durch hastiges Verstreuen im Gefahrenbereich jedes Feuer im Keim ersticken! Und damals ereignete sich just jener unliebsame Vorfall mit dem Zigarettenstummel, welchen Herr Kerečki, wenn ich mir die Freiheit herausnehmen darf, unglücklicherweise im Komptoir seiner Gemischtwarenhandlung vergaß. So groß kann die scheele Blindheit seiner Nachbarn gar nicht sein, und tatsächlich erdreistete sich auch nur eine verschwindend kleine Zahl, um es so auszudrücken, von Neidhammeln, den üblen Vorfall mit dem Wörtchen »absichtlich« zu verunglimpfen und zu mutmaßen, das Geschäft sei so heruntergekommen, dass es nur durch die von jener fatalen Kippe verursachten tödlichen Flammen in Übereinstimmung mit den finanziellen Ansprüchen gegen die Südungarische Versicherungsgesellschaft wieder auf den Weg des Erfolgs zu bringen wäre! Wie kann man sich nur so etwas ausdenken? Hat denn dieser Herr, der sein Leben lang (abgesehen von Augenblicken seltener Selbstvergessenheit, als ihn zum Beispiel die Nachricht niederschmetterte, seine jüngste Tochter sei vielleicht aufgrund eines Zufalls unschicklicherweise in einem Zimmer des Hotels Peri Fabri mit einem Offizier gesichtet worden), der also sein Leben lang den Verlockungen eines guten Tropfens widerstand und mit einem messerscharfen Verstande begabt ist, dass also ein so edler und wirklich in mehrerer Hinsicht unglücklicher Mann zu einem gegenüber der Versicherungsgesellschaft heuchlerischen Vorgehen und Schritt greifen könnte!

Wie vernünftig hat sich Herr Kerečki, mein Freund, etwa gegen die Einführung elektrischen Lichts in seinem Hause verwahrt, war er doch der Meinung, dass diese Neuerung nicht nur die Lebenshaltungs- und Fixkosten seiner Familie ungerechtfertigt in die Höhe treiben, sondern darüber hinaus zu Unglücken oder im schlimmsten Falle sogar zum Tode führen könnte. Es war schließlich unklar, was es bedeutet, Energien zu entfesseln, Bestien von der Kette zu lassen, welche anschließend durch Wände dringen und am Ende die Gelegenheit nutzen, die Bewohner zu zwacken oder bei lebendigem Leibe zu verbrennen. Haben die enthusiasmierten, meist nur am eigenen Ruhme interessierten Wissenschaftler, denen andere Menschen gleichgültig sind, diese nicht weiter relevante, aber doch recht schmerzhafte Tatsache bedacht? Welcher dieser Forscher würde einen elektrischen Draht mit seiner bloßen Hand anfassen? Aber das ist schon eine andere Frage!

Wer würde zögern, sich in den Dienst des edlen Metiers Ihres Gatten und seiner fraglos beispielhaften Geschicklichkeit in medizinischen Dingen zu stellen! Konnte ich nicht selbst schon viele Male Doktor S. Levi zusehen, von Haus aus Zahnarzt, wie er gleich einem Berserker ins Empfangszimmer des herzensguten Herrn Kerečki rannte, um dem Hausherrn mit allerhöchster Geschwindigkeit die rettenden Tropfen unter die Nase zu reiben und ihn so aus der unliebsamen und beinah gänzlich unbehebbaren Benommenheit zurückzuholen?! Wie in anderen Fällen auch ohrfeigte und schüttelte ihn Levi zusätzlich und verübte andere scheinbare Grausamkeiten an ihm, und das alles geschah ausschließlich zum Wohle des unglücklichen Herrn Kerečki, der unmittelbar nach dem Brand zwecks Linderung seiner wirklich häufigen Anfälle von Zahnschmerzen zu einem alkoholischen Mittel Zuflucht nahm, welches jedoch, au weia, seinerseits geradezu mörderische Resultate zeigte. Das ist nur ein kleiner Ausschnitt aus unserm Alltag in Novi Sad, was soll man erst von Ärzten sagen, die im Getümmel einer Schlacht versuchen, das von einer verbrecherischen Granate abgesprengte und weggerollte Bein wieder mit dem verstümmelten Körper zu verbinden; was soll man über große Seuchen sagen, die Pest oder den Aussatz, wenn eine heitere Gestalt einem Manne, dessen Nase abgefault ist, die Hand reicht, wohl wissend, dass er so dem sicheren Tod entgegengeht! Über Chirurgen in den berühmten Krankenhäusern der Welt, welche ihre Hände ewig im auf jeden Fall fremden Blute baden! Über jene, deren Schicksal es ist, ihr Leben lang Erblindete und Ertaubte zu sehen und rufen zu hören: »Ich höre nichts!«, oder: »Ich sehe nichts!« Über jene, welche nicht schreien können, weil sie vollkommen und bis zum Lebensende stumm sind und sich ausschließlich mit lachhaften Grimassen zu verständigen und die Wahrheit zu sagen versuchen, die da lautet: »Herr Doktor, helfen Sie uns!« Wahrlich, wunderbare Profession und ein edler Mann, welcher ohne Zögern zu solcher Hingabe bereit ist. Es ist einem zärtlichen und liebenswürdigen Wesen wie dem Ihren wirklich viel Courage zu wünschen, um sich in die mit mutiger, männlicher, wenn auch edler Arbeit befassten Arme eines Chirurgen nehmen zu lassen. Und schlägt nicht auch in Ihrer Brust das Herz einer Krankenschwester, einer Koryphäe der medizinischen Wissenschaft, die ständig Zeugin größten Unglücks wird, mit Krankheiten, Skrofeln, Verstümmelung, Pest und tiefen Wunden lebt und sich dennoch dieses madonnengleiche Lächeln bewahrt? Ein solches Geschöpf neben sich zu haben ist allemal mehr wert als die Millionen der Rothschilds.

Reichtum, die geheime Formel des Erfolgs von Männern wie Frauen! Wie oft bin ich mit dem ungewöhnlichen Gedanken erwacht, ich sei ein anderer, mir selbst dem physischen Aussehen nach vollkommen gleich, nur mit einem bedeutsamen Betrag auf meinem im Übrigen nicht vorhandenen Konto bei einer nur in meiner Fantasie bestehenden Bank. Wie oft habe ich den Boden um die Endstücke von Regenrinnen mit den Augen abgesucht, ob mit dem Wasser auf den Dächern nicht auch ein Portemonnaie weggeschwemmt und dort angespült wurde, ein Geldbeutel sich findet, der niemandem gehört und dessen Verlust keinem wehtut, aus mir hingegen einen neuen Menschen machen würde. In anderen Fällen wiederum fürchtete ich mich davor, das Haus zu verlassen, aus Angst, genau in diesem Moment träfe ein Bote ein, der sagen würde: »Sie erhalten da und da zwei Millionen Kronen, einzige Vorbedingung für die Auszahlung war, dass ich Sie in Ihrem geschätzten Heim antreffe!« Oder ich dachte an die wesentlich bescheidenere und daher voller Erniedrigungen steckende Möglichkeit einer Tombola mit ihren kleinen Gewinnen und den vielen spöttischen Blicken von Individuen, welche das sinnlose Spiel von oben herab beobachten.

Soll ich von Milliarden träumen, vor Leidenschaft für ein gewisses Fräulein, welches nicht einmal von meiner Existenz weiß, in Schluchzen ausbrechen, Gott auf den Knien anflehen oder eine alte Schachtel ausrauben, nachdem ich ihr den ohnehin hässlichen Hals durchgeschnitten habe? Nur ein Wunder könnte mir, einer Person ohne Ehrgeiz, Eigentum oder Vermögen verschaffen. Dafür müsste mein edler, wenn auch oft ungerechter Arbeitgeber, Herr Jovan Grosinger, eines unerwarteten Todes sterben, seine beiden zarten Töchterchen bei völliger Windstille mit einem Kahn kentern und im See ertrinken und sein Sohn, ein aufgeblasener, geradezu viehisch gesunder ewiger Student, ein den Bildern zufolge, die zu sehen ich Gelegenheit hatte, äußerst anmutiger Knabe, bei einem seiner Ausritte im Münchener Britischen Garten vom Pferd fallen, so dass ich höchst erstaunt bei der Testamentseröffnung erführe, der Verstorbene hätte den gesamten Besitz einschließlich der unerfreulichen Apotheke mir vermacht, dem blauäugigen, überraschten und völlig perplexen Hinko Hinković, dem Sohn von Josip Hinković aus Großbetschke.

Aber regiert wirklich das Geld diese Welt? Ich verstehe die Menschen nicht, welche ihrer eigenen Kräfte so unsicher sind, dass sie sich gewohnheitsmäßig in Klubs und geschlossene Gesellschaften flüchten und dann vor Langeweile und anderen Unerträglichkeiten sterben. Ich würde einer solchen Institution niemals beitreten, auch wenn das natürlich leicht gesagt ist, weil ich zu meinem Leidwesen bisher nicht die geringste Chance hatte, aufgenommen zu werden. Was macht man in diesen geheimnisvollen Organisationen mit Namen wie Jockey Club oder gar Rotary (welches Wort mir zumindest, das muss ich zugeben, völlig sinnlos und unbegreiflich erscheint)? Lieber bleibe ich in meinen eigenen vier Wänden, als den Mitgliedsbeitrag für einen oder etwas zu entrichten, was sich mir überhaupt nicht erschließt! Nur um in geschlossenen Räumen zu rauchen und die unerfreuliche Tagespresse voller Morde und anderer Verbrechen durchzusehen! Irgendwer zieht daraus wahrscheinlich ungerechtfertigte Vorteile, ohne dass es auffällt! Natürlich liegt die Sachlage völlig anders, wenn man Mitglied einer Korporation ist, etwa einer medizinischen, wie es Ihr Gatte ohne Zweifel schon lange ist! In einer solchen Umgebung kann man schließlich zum allseitigen Nutzen Erfahrungen über komplizierte, ja gewiss auch über misslungene Operationen an der Leber eines unglücklichen, unheilbaren Kranken austauschen! Oder über schwere, unheilbare Augenverletzungen reden und Methoden, es erst gar nicht so weit kommen zu lassen! Das ist etwas ganz anderes!

Ei, diese Engländer mit ihren Sportarten, deren Regeln höchst kompliziert sind und über deren Wettkämpfe manche der freien Blätter berichten, welche, wenn auch mit beträchtlicher Verspätung, im Restaurant des Hotels Peri Fabri ausliegen. Zauberhafte, mit heilsamem Gras bewachsene Rasenflächen, meist in leuchtend grüner Farbe, über die bequem gekleidete Lords in der Blüte ihrer Kraft rennen, eine Gerte, einen Stecken oder eine Art Schaufel schwenkend, womit sie entschlossen auf einen winzigen Ball aus unbekanntem, wenn auch unverwüstlichem Material einschlagen. Hockey, Faustball oder Golf, was für schreckliche Namen für so schöne Arten des Zeitvertreibs an der frischen Luft, unentbehrlich den Lungen dieser Herren, die übertrieben viele Zigarren rauchen, alkoholische Getränke abkippen und sich, insgesamt gesehen, schon infolge der englischen Lebensart, in hohem Maße die Zerstörung des eigenen Organismus gestatten. Ich glaube nicht, dass ich je die erforderlichen Fertigkeiten erwerben könnte (für die ohnehin eine Ausrüstung notwendig ist, die man sich hierzulande selbst bei bester Vermögenslage nicht verschaffen kann), trotzdem ist es mir angenehm, diese Lebensbilder von einem entfernten Teil des Kontinents zu sehen, welcher in gewisser Weise auch der unsere ist. Denn Gefahren gibt es überall, im gewöhnlichen Leben wie im Sport, den sie von allen Seiten wie wild konsumieren! Und nicht nur dort.

Verständlich, dass Ihre angenehme Person noch nie mit der Polizei in Berührung kam, aber Sie werden die durchdringenden Blicke dieser hilfreichen, mit karierter Hose und Schiebermütze recht einfach gekleideten Person bemerkt haben, welche Ihnen, stets eine Lupe vors Auge haltend, auf Schritt und Tritt folgt, um jeden gemeinen Strolch bereits im Vorfeld daran zu hindern, Ihnen mit dem sanften Hinweis aufzulauern, Sie möchten ihm das Handtäschchen oder gar den Ring im Zeichen des Diebstahls aushändigen! Sicherlich würden Sie sich in Ihren verborgensten Empfindungen für die Person, welche Ihnen einst den Ring an den Finger steckte, ins Mark getroffen fühlen und die engelsgleiche Erscheinung des Ordnungshüters und Gesetzesvertreters als Rettung empfinden, wenn sich dessen Hand dem vermessenen Verbrecher schwer auf die Schulter legt! Und wie unangemessen, dass meine Gedanken die Familie dieses Diebes zum Inhalt haben, welche Hunger leidet (während sie neben einer schummrigen Lichtquelle im ungeheizten Zimmer voller Kinderausdünstungen, rostrot verfärbter und sowieso grober Lumpen und einer Ratte, welche ungehindert über den roh gezimmerten Tisch läuft und erfolglos den längst gegessenen letzten Krümel des bitteren Brotes sucht), dennoch nehmen meine Gefühle lieber den Weg der Treue zum Gesetz, in dessen Rahmen jeder seinen Platz unter der Sonne finden kann und seinen Kanten Brot, vorausgesetzt, er krempelt die Ärmel hoch, fast bis zum Ellenbogen, und legt sofort damit los, die tiefste Grube zu graben, wo und wie auch immer!

Sie werden verstehen, dass ich keinen Umgang mit Personen habe, die wir für Pöbel halten und auch so nennen, aber trotzdem fällt mein Blick manchmal durch das oft ungeputzte Schaufenster der Apotheke meines Arbeitgebers Jovan Grosinger, ein sonst in jeder Hinsicht vortrefflicher Mann, und sehe direkt vor der Tür unseres, um mich einmal eines freundlichen Wortes zu befleißigen, Konsortiums eine unansehnliche Gestalt, barfuß, halbblind, so abgerissen, dass ein Ärmel am armseligen Gewand gänzlich fehlt, und der Novemberregen peitscht ihm ins verzerrte, vom Wahnsinn gezeichnete Gesicht. Da frage ich Sie, haben Sie je auf den Bildern der Großen, der berühmten Erfinder und Chemiker, Generäle oder gar Operndiven etwas Vergleichbares gesehen? Und ist es nicht seltsam, dass alle Könige wunderschön anzusehen sind, Königinnen stets noch junge und, wenn ich so sagen darf, verführerische Frauen sind, Bettlerinnen hingegen, die an unsere ohnehin traurige Tür klopfen, stets blind und von der Krätze befallen sind oder einen eiternden Abszess mitten im Gesicht haben? Ob Zufall oder nicht, aber mir entfleucht ein zufriedenes Ah!, sofern und insofern ich das Glück habe, eine Königin zu treffen (und sei es hastig im Vorübergehen), während mein Gesicht jedes Mal, wenn mir ungepflegter, nach Fusel stinkender und bösartig dreinblickender Abschaum entgegenkommt, der noch dazu horrende Geldsummen bar auf die Kralle verlangt und mich andernfalls abzustechen droht, von schweren Muskelkrämpfen entstellt wird! Nie werde ich mich mit dieser Ordnung der Dinge abfinden, derzufolge Diebe stehlen, morden und unschuldigen Frauenzimmern die Kehle abdrücken, auch wenn diese ihre Arbeit noch so normal und alltäglich finden mögen! Aber kommen wir auf die Polizei zurück, jene bescheidene Abordnung der Bewahrer unserer Ruhe, formiert infolge des glücklichen Einfalls eines gewiss ausgezeichneten Bürgers und Patrioten. Kann man denn über diese Menschen hinweggehen, welche, die ständige Gefahr für das eigene Leben verachtend, bei klirrender Kälte wie glühender Hitze Verbrecher jagen, welche die reichste der amerikanischen Banken ausrauben oder einen bedauernswerten Finanzbeamten zu Kleinholz verarbeiten. Was, wenn denen in ihrem nicht so lustigen, wenn auch anzunehmenderweise aufregenden oder sogar interessanten Dienst ein verständliches Fehlerchen unterläuft? Wie groß ist die Zahl der unschuldig getöteten Bürger, die mit durchtriebenen Verbrechern verwechselt wurden? Und doch ist es meiner Meinung nach allemal besser, einen ehrlichen Mann für ein paar ohnehin trübe Tage beispielsweise im November einzusperren, als einen Mörder laufen zu lassen, der im Blut seiner zahlreichen und über alle Kontinente verteilten Opfer watete. Nein und nochmals nein! Ich erkläre mich damit einverstanden, augenblicklich in den finstersten Kerker zu gehen, an dessen Wänden die widerlichsten Sprüche über Berührungen des (ansonsten heiligen) menschlichen Leibes geschrieben stehen, die ich, das schwöre ich, keines Blickes würdigen würde, ich erkläre mich also damit einverstanden, mich jetzt und sofort und bis meine Unschuld unzweifelhaft bewiesen ist, in eine fensterlose Zelle, kniehoch mit Wasser vollgelaufen, in dem sich eklige Amphibien wie beispielsweise Frösche tummeln, einsperren zu lassen, wenn zur gleichen Zeit ein Jack the Ripper, der meinen Vater und meine Mutter abgestochen, meine Schwester entehrt, meinen Vermieter ausgeraubt und das Haus meines Wohltäters und Freundes in Brand gesteckt hat, wenn ein solches Geschöpf über die Grenze geht mit einer Tasche voller Edelsteine und einem Zeugnis von der Entdeckung unbekannter Materie, für die ihn anschließend der Weltruhm ereilen wird. Vorbild für die ganze Familie, insgeheim jedoch ein Mörder und Verbrecher! Ein vielversprechendes Kind, das mit vier Jahren lesen und schreiben gelernt und Aussicht auf die höchsten Posten im Kaiserreich hat, und dann über Nacht: Verbrecher und Galeerensträfling! Ein bisschen nur, und alles verkehrt sich ins Gegenteil, entwickelt sich in eine unerwartete, auf jeden Fall in eine unerwünschte Richtung. Ist nicht der ganze Leidensweg der Menschheit voll derartiger anrührender, herzzerreißender Beispiele: der wollüstige Sohn, der in einem leichtsinnigen Moment von Zigeunern entführt wird, in dieser schlechten Gesellschaft aufwächst, gewalttätig wird und gleichzeitig ein begabter Dichter ist, einige seiner Schandreime veröffentlichen kann und dafür so etwas wie Ruhm erringt, dubios, aber immerhin, und dann kehrt er nach beinah zwanzig Jahren dahin zurück, woher er stammt, steht auf der Schwelle des Elternhauses, wo seine Mutter längst vor lauter Kummer um ihn ins Grab sank, die Schwester, geschult am schlechten Beispiel des Bruders, in Kneipen bedient und noch viel Schlimmeres tut, und nur der Vater, halbblind und finanziell ruiniert, ihn mit einer knappen, aber dennoch herzlichen Umarmung empfängt! Und wenn das Unglück grundlos zurückkommt wie ein unverhoffter, unerwünschter Gast? Plötzlich lecken Flammenzungen unbemerkt an dem leicht brennbaren Dach, und das Tag und Nacht unter größten Mühen geflickte Gebäude fällt rasend schnell einer ebenso unbegreiflichen wie unausweichlichen Katastrophe zum Opfer. Was bleibt da zu den restlichen Schicksalsschlägen zu sagen, die über den Köpfen der Menschen zusammenschlagen: das von einem sich bis dahin bedeckt haltenden Vulkan rücksichtslos ausgespuckte glühende Gestein nebst Lava, ein unerwarteter Blitz, der in den Mast des Schiffes fährt, auf dem man gerade segelt, schreckliche Risse im Boden infolge eines Erdbebens (welches den nicht verschont, der sich auf einer Wiese aufhält, geschweige denn den Unglücksraben, den es unschuldig schlafend im Bette überrascht)! Wozu soll es gut sein, dass Steine von Felsmassiven herab arme Hirten und deren Schafe erschlagen oder donnernd kolossale Schneemassen abgehen, die hurtig fröhliche Skifahrer und andere Ruhe und Erholung suchende Sportsfreunde mit sich in den Tod reißen, wozu explodieren übel riechende Gase in den Stollen ewiger Bergwerke und ersticken oder ertränken die tapferen Mineure, ehrbare, wenn auch bärtige Gestalten mit rußverschmierten Gesichtern. Wozu der Tod in der Wüste infolge des Fehlens eines für die Lebenserhaltung sehr wichtigen Materials, nämlich des Brotes, um vom Wasser erst gar nicht zu reden, ohne welches es die armen Beduinen von innen heraus versengt und verbrennt! Wozu Überschwemmungen, das übermäßige und von niemandem erbetene Eindringen von Wassermassen, welche in die Häuser der Menschen strömen und die bis dahin fröhlichen Bewohner freundlicher Siedlungen auf die Dächer treiben, welche unter der Menschenlast bedenklich durchhängen! Gletscher, die leichte und dafür sehr bewegliche Barken samt der Fischer darin einschließen, welche mit dem gefangenen Fisch ihre großen Familien ernähren wollten, die nun vergeblich an der felsigen Küste, auf den Knien rutschend, auf sie warten! Denken Sie in Ihren lethargischen Mußestunden über derlei schreckliche Bilder nach, welche durch nichts gerechtfertigt und doch so entsetzlich häufig sind? Und über uns beide und unsere derzeitige, gemeinsame Lage? Werte Dame, haben Sie darüber nachgedacht, welch gefährlicher Einrichtung Sie Ihr unschätzbares Leben anvertraut haben? Haben Sie eine Vorstellung davon, auf welche Arten von Hindernissen unser nur scheinbar zuverlässiges Fahrzeug treffen kann? Schneeverwehungen über den Geleisen, mit der Zeit morsch gewordene Brücken, eine einzige Niete, welche nicht an der Stelle sitzt, an welcher sie sein sollte, ein Versagen der Bremsen im entscheidenden Moment, jedes einzelne dieser Ereignisse würde genügen, um uns alle, die wir in diesem Augenblicke mit diesem Zug reisen und keinen Gedanken daran verschwenden, weil wir uns gut unterhalten oder eine überflüssige Zigarette rauchen, unwiederbringlich im Orkus verschwinden zu lassen, und einigen wie zum Beispiel mir wird keiner eine Träne nachweinen!

Jetzt darf ich Ihnen vom unglücklichen Schicksal meiner Schwester Julija erzählen, die mit ihren gerade einmal sechzehn Jahren im fernen und uns unbekannten Marienfeld die Privatschule für weibliche Gartenangestellte besuchte, wobei die Elevinnen des Lehrinstituts aus gewöhnlichen Familien wie der unsrigen, aber auch aus besseren, hochwohlgeborenen Kreisen stammten. Eine edle Person weiblichen Geschlechts, Dr. Elvira Kastner, gründete das Pensionat bereits 1894 und hatte dabei im Sinn, weiblichen Kindern, die zu nichts anderem geschickt sind, die Grundzüge der Liebe zur Pflege von Obstbäumen, Weinreben, Kohl, Gemüse und Blumen sowie das Zeichnen von Plänen, das Ausspionieren geheimer Pflanzenkrankheiten und, wenn Sie so wollen, auch die Grundzüge der Kompostierung beizubringen. Mein Vater erhoffte sich hinsichtlich der Erziehung meiner lieben, aber recht eigensinnigen, sehr versponnenen, auf einem Auge schlecht sehenden Schwester viel davon, er hoffte sehr, dass ihre Seele, so weiß wie Schnee, alle Geheimnisse der hortikulturellen Erkenntnisse in sich aufnähme, und wie bitter musste er sich vom Gegenteil überzeugen, als er durch einen hassenswerten Brief der geschätzten Frau Doktor Kastner erfuhr, seine Tochter habe sich bereits in den ersten fünfzehn Tagen ihres unseligen Aufenthaltes in der erwähnten Kleinstadt mit einem Bediensteten dieses derben Instituts eingelassen, Moritz, ein ekler Weiberheld, welcher bis zum Äußersten geht. Und als dieselbe Frau Doktor bat, Herr Hinković, mein Vater, möge seine gefallene Tochter nach Hause holen, denn in ihrem Institut würden nur Blumen gehegt und alles Stachlige oder Unkraut, personifiziert in Gestalt eines unehelich empfangenen Kindes (und das sei gewiss schon unterwegs), ausgemerzt! Ich erspare Ihnen die Schilderung der schrecklichen Szene, als die liebe Julija wieder über die väterliche Schwelle trat, vollkommen zerlumpt, barfuß und halb verhungert, so sehr hatte man ihr im fernen Marienfelde wegen eines kleinen, moralisch gesehen, winzigen Fehltritts mit Hieben und Spott zugesetzt. Immerhin war das Schlimmste abgewendet, beziehungsweise der Tod! Mein armer Vater, dessen Stern, wie ich ungern einräume, bereits im Sinken begriffen war, dessen Lebenslicht allmählich erlosch wie eine Lampe, in welche aus verständlichen Gründen kein Öl nachgefüllt wird, ach, warum musste er mit allen Hoffnungen Schiffbruch erleiden, und das wegen einem einzigen unüberlegten Streich und der tätigen Beihilfe eines geilen Gärtnergehilfen! Dabei waren auch andere unserer Volksgenossinnen, wie sich später herausstellte, mit derselben Untat gestrauchelt. Kristina Lepedat, Anica Sakmajster oder Marija Međan hatten ähnlich leichtfertig gehandelt und wurden doch nicht aufs Abstellgleis des Lebens geschoben, sondern in ein gärtnerisches oder andere Unternehmen vermittelt!

Es waren, plastisch gesprochen, schwarze Tage, welche auf die Rückkehr unserer lieben Julija folgten, die jüngste Vergangenheit ließ sie so wenig los wie ein Sumpf. Ohne unseren Freund Milivoje Čudomirović, ein herzensguter Mann, welcher geschickt, wenn auch oft sehr resigniert die Feder zu führen weiß, Großbetschkereks Dichterfürst, ohne den lyrischen Geist, mit dem er sich sofort daran machte, die unangenehme Geschichte aufzuschreiben, wäre es für uns wohl noch schlimmer gewesen. So aber war Maestro Čudomirović der richtige Mann im richtigen Augenblicke, denn er ließ nicht zu, dass wir im Abseits standen, sondern unterstützte uns ganz im Gegenteil voller Edelmut, der sich im Übrigen wie ein roter Faden durch sein gesamtes Leben zieht. Ich habe ihn, der sich in einen schwarzen Umhang hüllte und einen Hut auf die nicht immer ordentlich gekämmte, aber würdige Haartolle setzte, dienstlich wegen kurzer, mühseliger Besuche bei seiner von Schmerzen geplagten Mutter getroffen, ich sah dieses Wunder an Begabung, diesen Poeten aus Fleisch und Blut, mitten in der Nacht über die abgeernteten Felder um

Betschkerek laufen, der eisige Wind peitschte ihm ins Gesicht, der Frost hauchte ihn trocken an, die Schreie von Eulen und Fledermäusen begleiten ihn, und ich sah, wie er zusammenbrach, sich wieder hochrappelte und Worte murmelte, die er noch vor der tristen Morgenröte in stählerne und doch weiche Verse gießen sollte. Ich kenne seine übermenschliche, unnatürliche Wissbegier, er interessiert sich für die Welt der Menschen ebenso wie für die der Tiere, ja sogar die der Pflanzen! Ihn, Milivoje Čudomirović, und niemanden anders habe ich beobachtet, wie er mit dem Rücken zu mir mitten auf einem Acker, ohne mich zu sehen, mit seinen Pranken, die einem Schmied gute Dienste geleistet hätten, grob eine Primel herausriss, das harmlose Exemplar zerquetschte und mit einer Stimme, wie sie nur ein Genie besitzt, anbrüllte: »Pflanze, wer bist du?« Andere, weniger aufmerksame, aber neugierige Menschen aus meiner Geburtsstadt berichteten mir von anderen Prüfungen, mit denen Čudomirović einzelne Naturexponate inspizierte. Beispielsweise biss er, der edle Poet, in einen Kiesel, brachte dabei seine stark vergilbten, aber doch jedem Löwen Ehre machenden Zähne in große Gefahr, nur um herauszufinden, woraus diese ungewöhnliche, glatt geschliffene und vor allem steinige Masse besteht. Und da er die Malaisen unserer Julija begleitete, ihren Weg erst über Blumen und dann über Dornen, arbeitete Milivoje Čudomirović in dem Bewusstsein, dass Dichtung ebenso wie die Zeit der beste Arzt ist, zu den Vorfällen ohne jedweden Lohn einen Gedenkband aus, sicher ein ganz unpassendes Wort, welches ich aber ebendeshalb benutze, weil uns bei allen Schwierigkeiten und Schicksalsschlägen dank der Musen wieder Flügel wuchsen. Pierre Lotis kurzen, aber berühmten Roman *Die Islandfischer* nutzend, beschrieb Ćudomirović in der Manier des nicht sehr bekannten französischen Patrioten und Mitstreiters unseren ganzen Schmerz, tief wie das Meer und rein wie eine Perle. Die Beschreibungen unbekannter Fischer in einem fernen Lande sowie ihres Leids und Elends waren wahrlich schrecklich und gnadenlos, aber die volle Wucht der Not steckte der Poet in den symbolträchtigen Titel *Die Irre*. Zeugt es nicht von großer dichterischer Fantasie und Freiheit, wie er unsere Julija auf ein sinkendes Schiff setzt und das unberührte Mädchen während eines einzigen, äußerst schweren Sturms in die Hände eines Piratenkapitäns fallen lässt? Doch mein Vater, geschüttelt von Verzweiflung und vom hohen Alter bereits sichtlich gezeichnet, sagte mit beinah vorwurfsvoller Stimme: »Und wo ist der Gärntnergehilfe, das erste Glied in der Kette tragischer Ereignisse?« Ćudomirović gestand Herrn Hinković, dem Herbaristen und Vater des Mannes, der Ihnen dies berichtet, er habe keine Möglichkeit gesehen, einen Gärtner auf einem Schiff unterzubringen, weil ihm für dessen Anwesenheit an Bord kein glaubhafter Grund eingefallen sei.

Aber lassen wir meine Schwester Julija und ihr Unglück! Was soll dem Dichter die hohe Stirn und die herausragende Begabung (Sie merken schon, ich bin wieder bei dem schmerzlichen und doch so ruhmreichen Schicksal des Betschkereker Bürgers und feinen Herrn Ćudomirović), was treibt eine so empfindsame, ätherische Seele, in schlaflosen Nächten Rotz und Wasser zu heulen, in den Winterstürmen den Adlern Gesellschaft zu leisten, auf Knien über die nackte Erde zu rutschen und seine Muse anzuflehen, die meistens oben in den Wolken bleibt und sich selten blicken lässt und ihm, wenn überhaupt, eine Hand, so kalt wie Eis, flüchtig auf die Schulter legt, was soll ihm das, wo er sich doch von diesem qualvollen Kalvarienberg lossagen, hinter den warmen Ofen setzen und wie eine Made im Speck leben könnte? Schicksal, gewiss, Ruf der Jahre, höllische Piesackerei, welche sich im kleinsten, halbwegs erträglichen lyrischen Einfall finden. Darin liegt auf jeden Fall des Rätsels Lösung, um mich gemäßigt bildhaft auszudrücken, was, wie ich sehe, Ihrem sanften, wenn auch teutonisch mutigen Charakter entspricht. Nur gelegentlich erscheint Ćudomirovićs bescheidener Name auf den Seiten der von Herrn Arkadij Varađanin herausgegebenen Zeitschrift mit dem so poetischen Titel *Welt der Frau*, und dann unter einem Gedicht zu Ehren einer wunderschönen, doch äußerst traurigen jungen Frau oder unter einer kurzen Erzählung, in der die finanziellen und demzufolge auch geistigen Schwierigkeiten ihres Vaters beschrieben werden. Nur selten endet eine Wohltätigkeitsveranstaltung von Frauen- wie Männerbünden ohne einen seiner stilistisch wunderbaren Aufsätze im Sinne eines Bühnenstückes oder einer Stegreifstudie voll gut beobachteter Einzelheiten. All das verschmilzt er in seiner Art zu einem literarischen Amalgam, angenehm für Ohr und Auge. Er ist der Maler unserer Charaktere, welche nicht immer besonders gut sind, welche er jedoch getreulich bis ins Letzte nachzeichnet. Denn die Anwesenheit der Kunst führt zu einer geradewegs mutwilligen Anhäufung der blutigsten und unmenschlichsten Szenen unseres im Übrigen spannungsreichen Lebens.

Wie hat man den Auftritt jenes fiesen Geigers einzuschätzen, der seinen Kollegen am Kontrabass auf physischem Wege angriff, ihm bestialische Schläge auf und um den Kopf beibringend, und das vor den Augen des Herrn Varađanin, Redakteur der bereits erwähnten, hochgeschätzten, wenn auch oft allzu umfänglichen Zeitschrift, hier allerdings anwesend in seiner Eigenschaft als Abgesandter des Religionsministers, Herrn Julije Vlašić. Musste Herrn Varađanin wirklich der Anblick aufgezwungen werden, wie ein Kulturschaffender dem anderen körperliche Wunden schlägt, mussten, mehr noch, der Unhold und sein Opfer dessen abgetragene, aber vornehme Kleidung mit Blutspritzern und anderen Körperflüssigkeiten verunzieren? Am selben Abend noch, als die Aufmerksamkeit der verehrten Zuhörerschaft bereits im Schwinden begriffen war, betrat Frau Jelena Šopović das kleine, aber geschickt konstruierte Podium, und die am Konservatorium ausgebildete und in jeder Beziehung prächtig entwickelte, für künstlerische Auftritte vielleicht etwas zu schwere Frau war entschlossen, für uns alles zu geben, und das war in jeder Hinsicht sehr viel. Wahrscheinlich wäre dieser überwältigende Ausbruch einer uns unbekannten Arie aus den Tiefen ihres üppigen Busens nicht so erfolgreich und nachhaltig gewesen, hätten sie nicht die Herren des beliebten Quartetts begleitet, welches aus Herrn Steva Vagner, Rechtsanwalt, Herrn Michel, Apotheker, Militärkapellmeister Redler und dem Ruschitchka besteht, einem Ausländer, der aber auch an der Belgrader Musikschule unterrichtet. Als Letzter sang Mladen Jovanović, eine serbische Berühmtheit, Held auf dem Feld der Gesangskunst, Stolz seines Volkes und Sohn des verstorbenen Dr. Jovanović Bombajac und wie sein Vater Mediziner (Umstände, die zusammengenommen mehr als vielversprechend sind), und dieses Wunder der Jahrhundertwende, wie ihn die Zeitungen bis hinauf nach Russland, das heißt bis Sankt Petersburg, nannten, betörte uns mit einem süß sich einschmeichelnden Lied. Dieser Mann von tadellosem Äußeren hatte eigentümlicherweise (was unsere Aufmerksamkeit nur noch stärker fesselte) eine geschulte Stimme, die jeder Frau zur Ehre gereicht hätte, so dass uns im ersten Augenblick nicht in den Kopf wollte, wie ein so lieblicher Gesang aus der Kehle dieses gestandenen Mannsbildes dringen konnte! Das bedauernswerte, wenn auch mutige Fräulein Sofija Pleša, obwohl blind seit dem siebten Lebensjahr, spielte ausgezeichnet Zitter, Geige und Saxofon, diese neueste Erfindung eines amerikanischen Genies, sprach mehrere fremde, ihr unbekannte Sprachen, ratterte aus dem Stegreif Verse herunter, allerdings leider auf Deutsch, so dass ich nichts verstand, ja, sie zeichnete sogar, wenn man ihr die Hand übers Papier führte, häkelte mit einer übergroßen Nadel, und zuletzt nähte sie auch noch, naturgemäß mithilfe von Mutter und Schwester, weil sie sonst ihre Finger mit angenäht hätte! Sehr lustig war auch der Pfannkuchenwettlauf, ein fröhliches Rennen durch den großen Saal der Fördergesellschaft, welches Frau Nada Miholjac mit einem kleinen, aber bedeutsamen Vorsprung gewann! Und die schaurig-schöne Szene, als Herr Stevan Kapamadžija gegen eine erkleckliche Summe, welche Schülern aus armen Familien zugute kommen sollte, sich in einen Sack schnüren ließ und aus eigener Kraft ohne Taschenmesser oder andere gewaltsame Methoden befreite. Genauso grässlich und gleichzeitig liebenswert war auch das Suppennudelwettessen, bei dem nur der Mund und auf gar keinen Fall die Hände benutzt werden durften und an dem die Herren Karl Tomas, Hristifor Vajdić, J. Kun, Jovan Maus und Karl Poppe teilnahmen, allesamt aus Betschkerek, und aus dem Herr Maus mit nicht ganz einer Sekunde Vorsprung allein deswegen als Sieger hervorging, weil er so ein Schlappmaul hat. Was lässt sich ein Mann und Patriot nicht alles gefallen, er frisst eben auch wie das Vieh, sofern er damit ein blindes Kind, welches davon ohnehin nichts mitbekommt, vor dem Hunger rettet! Und dann, als die Stimmung infolge dieser ganzen ungehörigen Spielchen auf dem Siedepunkt war, da brachte uns eine weitere Darbietung, obwohl ganz natürlich, vollkommen aus dem Gleichgewicht. Während auf der Bühne eine, milde gesagt, unerfreuliche Darbietung mit ausgesprochen kunstunfertigem Geigenspiel ihrem Ende entgegenschrammelte, hörte man aus der vorletzten Reihe einen unterdrückten Schrei, dann ein Röcheln, schließlich etwas, das einem tierischen Stöhnen ähnelte. Und in dieser seinen Verdiensten nicht angemessenen Reihe, denn nach diesen geurteilt, hätte er viel weiter vorne, vielleicht gar ganz vorne sitzen müssen, also wenn Sie so wollen: aus dem letzten Loch vernahm man die ungeschlachte Person unseres Dichters Milivoje Ćudomirović, und die Umstände kann man nicht einmal im dümmsten Witz rühmlich nennen. Der Dichter trug wie immer ein voluminöses Tuch um den Hals geschlungen, die Haare standen in alle Richtungen, wie man sich die Bösewichte einer Shakespeare-Tragödie vorstellt, und Ćudomirović, weiß wie eine Wand, keuchte unmenschlich, während ein wenig Flüssigkeit aus seinem Inneren über die vollen Lippen auf die, ich kann es nicht anders nennen, keineswegs saubere Weste troff. Dieser unerwartete Vorfall setzte dem jämmerlichen Geigenstück endlich ein Ende, viele riefen nach Hilfe: »Ein Arzt!«, »Stirbt der Mann?«, oder gröber: »Was hat der denn?«, während wir, also ich sowie der beste Freund des zu unserem Leidwesen erkrankten Dichters, ein gebildeter Schuster mit großen künstlerischen Neigungen, zu dem Unglücklichen rannten und dem ungebildeten Volk zu erklären versuchten, welche Gefahr in diesem Moment unserem Olymp des Nordens, ja man könnte beinah sagen, unserem Athen drohte. Und während der hochgeschätzte Physikus Josif Frušić seinen greisen Kopf über dem unglücklichen, riesigen Leib des sterbenden Barden beugte, hörten wir viele unerfreuliche Bemerkungen hinter unseren demütig gekrümmten Rücken, zum Beispiel: »Wie hat der sich nun schon wieder besaufen können?«, »So was gehört polizeilich verboten« und dergleichen mehr. Und als sich alle mit dem unverhofften, unabschätzbaren Verlust bereits abgefunden hatten und wir den bleichen Giganten unserer stillen Lyrik schlaff wie Papier auf drei wackelige Stühle legten, wobei ich seine mächtigen und sehr unruhigen Beine hielt, konnte ich mir schon ausmalen, wie unsere werten Herren, welche mit ihrer bösartigen Kritik und gemeinen Bemerkungen die unbekränzte Stirn des Dichters direkt vor die Tore der Hölle getrieben hatten, wehklagen würden. »Reißt ihm Weste und Hemd herunter!«, rieten einige. Andere wünschten, man möge ihm die gewaltigen Schuhe ausziehen, aber deren hohe, bis an die Waden reichenden Schäfte wurden von Schnürsenkeln zusammengehalten, welche wie störrische Drähte verdreht und mehrfach verknotet und jedenfalls überhaupt nicht zu öffnen waren. »Messer, ein Messer!«, schrien die, welche dem Poeten die Schuhe auszuziehen wünschten, notfalls eben mithilfe roher Gewalt und einer gefährlich blitzenden Schneide. Aber da erfasste ein abermaliges Zappeln und Zucken den schweren Leib und stellte die drei Kippelklapperstühle auf eine harte Probe, um mich einmal ganz ungeschützt und ebenso kindlich wie fröhlich auszudrücken, und all das ging lang und breit durch unser lyrisch zitterndes Ich und selbst die am wildesten Entschlossenen ließen von ihren zerstörerischen Absichten ab. Und siehe, der bis eben noch all seiner Kräfte beraubte Dichter richtete sich zwei Minuten später auf und setzte sich gleich wieder auf den ihm angebotenen Stuhl, das Blut schoss ihm in die Wangen, er rülpste (mit Verlaub) verstohlen, schlug die schönen, klaren Augen auf, wandte sich halb seinen Quälgeistern aus den ersten Reihen zu und sagte mit der ihm eigenen Schlichtheit: »Geschieht mir ganz recht, wenn ich hemmungslos Würste in mich hineinstopfe, ich hätte hübsch draufgehen können, und das in Gegenwart so vieler edler Personen, heilige Mutter!« Das rief weitere unfreundliche, ja, widerliche Einlassungen hervor, wieder erklangen Ausrufe: »Er hat nichts!«, »Lump!«, »Lügner!«, so dass der treue, aber zahnlose Schuster und ich mit meiner Kurzsichtigkeit den sauschweren Dichter schleunigst aus diesem Haus der Verdächtigungen, Unziemlichkeit und des Unglücks mehr schleppten als geleiteten. Wenn nur Ihr Gatte zufällig im Saale gewesen wäre! Gewiss hätte er auf den ersten Blick erkannt, wie einfach der Fall gelagert war, verursacht von dem, wie ich meinen würde, sehr mutigen Gebrauch der Wurst von Seiten der zarten Eingeweide des Dichters, gewiss hätte er mit zwei, höchstens drei leichten Ohrfeigen sowie der Verabreichung eines schnell herbeigeschafften Glases Wasser den Widerstreit zwischen Leib und dem von uns so hochgeschätzten Geiste geschlichtet. Aber man kann nicht an zwei Stellen gleichzeitig sein, dieses einfache Gesetz der Chemie, von Lavoisier, meine ich, vereitelte meine kleine Fantasterei, und alles endete, wie ich es Ihnen eben erklärte.

Was wäre über diesen Tod im Theatersaal zu sagen, welcher sich zu unser aller Glück nicht vollendete? Wäre es, nach allem, was man weiß, ein Einzelfall, ein unerhörter, äußerst ungewöhnlicher Vorgang gewesen? Wo doch so viele Unglücksraben auf der Straße zusammenbrechen, in den Staub hinstürzen oder infolge rücksichtsloser Kutscher unter die Räder geraten. Über einen Tod im Restaurant, welcher den Kellner dermaßen erschreckt, dass er ein ganzes Tablett mit vierundzwanzig Gläsern Bier verschüttet? Über den Tod im Parlament, wenn der Vorsitzende trotz seiner greisen Tapferkeit eine Träne vergießt beim Anblick des jungen, tödlichen Tropfen erlegenen Abgeordneten in der vordersten Bank? Um kein Wort über das Hinscheiden im unentbehrlichen, nicht immer hygienischen Räumchen hinter dem Schild Damen oder Herren zu verlieren, wo der Tod über mehrere Stunden triumphieren kann, bis andere beunruhigte und zu Recht nervöse Konsumenten die Tür eintreten und die bereits erkaltete Leiche neben der Toilettenschüssel liegen sehen? Wohl denen, sage ich daher, die in ihrem warmen Bette sterben, im hundertsten Lebensjahr, und das im gesegneten, behüteten Schlafe.

Aber ist unser Dichter denn der Einzige? Zeigt das ganze quälende Bild historischer Bewegung voll unliebsamer Vorfälle, Bösartigkeiten und unfroher Undankbarkeiten nicht, wie sehr ein herausragender Verstand unter der Unwürdigkeit der Umgebung litt, die es nicht wert ist, ihm die Schuhe zu küssen? Was hat der gebürtige Italiener nicht alles erduldet, dieser Dante, der in eine nicht existierende Laura geringschätzigen Herzens verliebt war und ihr zu Ehren einen dicken Wälzer mit einem äußerst ungewöhnlichen Titel verfasste, das *Decamerone*. Stunden um Stunden brachte er damit zu, Kristallen beim Schmelzen oder einer Häsin beim Jungewerfen zuzusehen, und mithilfe dieser gewöhnlichen Bilder aus der Natur schuf er einen Gesang gegen den Gemahl seiner idealen Schönen. Und bis zum heutigen Tage sitzt so mancher mir nicht bekannte Schöpfer bei einer flackernden Lampe im dunklen Kämmerlein und rennt mit dem Kopf gegen die sicher vor langer Zeit zum letzten Mal gekalkte Wand, nur weil er einen Reim auf das schlichte Wort Schaf sucht. Wohl niemals würde ich in ein solches Los einwilligen, selbst wenn mich meine Mitbürger sowie Vertreter der höchsten Staatsmacht dieses Riesenreiches auf Knien darum anflehen würden! Was, wenn mir der Kaiser persönlich über seine treueste Bedienung und Ordonnanz eine solche Botschaft schickte? Ich würde lieber auf den Eindruck hinarbeiten, ein Analphabet zu sein, als mich per kaiserlicher Verordnung mit dem Verseschmieden zu befassen, wo das heimische Publikum nicht einmal prominentesten Dichtern die Krönung mit dem Lorbeerkranze gewährt. Was ist ein Leben ohne Anerkennung oder wenigstens nachträgliche Genugtuung? Hätte Euer höchstnotwendiger Gatte etwas von den gewaltigen Anstrengungen, einem Mann Arm oder Bein abzuschneiden, wenn's drauf ankommt auch nur mithilfe einer gewöhnlichen Tischlersäge, hätte Ihr gewiss edelmütiger Gemahl etwas von seinen Mühen, wäre seine, ich nehme einmal an, hohe Stirn nicht mit dem Doktortitel und so vielen Diplomen gekrönt, dass gewiss nicht alle an Ihren ansonsten zahlreichen Wänden Platz finden? Legt nicht so mancher Pariser Bettler Jahr für Jahr einen Teil der jämmerlichen Gaben überheblicher Almosenspender beiseite, um zuletzt, im hohen Alter, am Lebensende, wenigstens einmal der Oper *Ein Maskenball* beizuwohnen und danach noch im Treppenhaus zu sterben, weil er so aufgeregt ist?! Den alten Tippelbruder hat seine übersteigerte Sehnsucht nach Kunst umgebracht, ja, die Kunst fordert unablässig und unerbittlich ihre unschuldigen Opfer!

Da, an dieser kleinen Haltestation namens Nova Kapela können Sie neuerliche Beispiele für menschliches Elend sehen, für das Elend der Menschheit in Gestalt der Person eines Blinden. Wer weiß, wohin der unschuldige Kranke unterwegs ist, indessen kennt er sicher sein Ziel, und es steht ihm deutlicher vor Augen als uns, die wir mit dem Sehsinn begabt sind. Zum Glück hat er einen Hund bei sich, der vierbeinige Freund des Menschen, insbesondere des blinden. Ich hörte, Blinde könnten Erdbeben und andere Unglücke noch besser als ihre hündischen Begleiter vorhersagen und würden jedes dieser Unglücke mit leisem Winseln ankündigen!

Was, wir stehen schon wieder? Ja! Da ist der Bahnsteig voller Gedränge und Schicksale, die man dort antrifft! Die Vielfalt der Menschen, ihr Vermögen betreffend wie in jeder anderen Hinsicht! Der dicke Händler da, der im Laufen ein kleines Notizbuch mit seinen Einnahmen durchblättert, eilt zu demselben Zug wie der klapprige Alte, welcher in dem Korb auf dem Rücken einen trockenen Kanten Brot trägt, die Feldflasche mit kaltem Wasser umgehängt und eine schwere Axt geschultert hat, mit der unzählige Stämme in unseren herrlichen Wäldern gefällt wurden! Zu demselben Zuge führen ihre Schritte, der eine selbstsicher, der andere erschöpft, aber sie steigen in verschiedene Klassen ein, die eine reserviert für Reiche, die andere für die armen Schlucker! Da entsteigt jenem Verkehrsmittel eine üppige Blondine, wirft eine halb aufgerauchte Zigarette der teuersten Marke weg und ruft genüsslich in befehlendem Tone: »Kutsche!« Von der anderen Seite bietet der niedrigste Lakai aus dem unzugänglichsten Hotel seine Dienste an, und die gut gebaute Blondine mit zartem Gesichte fragt den devoten Lakai: »Stehen die telegrafisch bestellten Zimmer bereit?«, und dieser erwidert, vor Liebenswürdigkeit fast dahinschmelzend: »Selbstredend, meine Dame, drei Zimmer im ersten Stock, aus dem ersten fällt der Blick aufs Meer, aus dem zweiten auf die Gipfel der Berge und aus dem dritten auf den wunderschönen See mit seinen Nachen und goldenen Schwänen. In jedem Gemach wartet eine Dienerin, welche der Dame aufwarten, dies und jenes besorgen und ihr sogar beim Baden in der zu diesem Zwecke eigens konstruierten Badewanne behilflich sein wird. Das Frühstück wird der Gnädigen im Bett serviert, sie kann es, angenehm in die duftige Bettwäsche gekuschelt, genießen, und auch ein Telefon befindet sich in Reichweite, die Erfindung eines Genies, der Gipfel des Jahrhunderts, an dessen Schwelle wir voller Stolz stehen!«

Was anders könnte die schöne Frau auf diese Information antworten als ein schlichtes: »Wunderbar!«, ohne die ganz andere, weit schrecklichere Szene hinter ihrem Rücken zu bemerken. »Träger!«, ruft eine noch immer schöne, wenn auch von Sorgen geplagte Frau in mittleren Jahren, den Tränen nahe, auf der Suche nach Hilfe, um ihren kranken Vater aus dem Waggon zu holen, der sehr unter dem Ruckeln der Fahrt gelitten hat. Eine sich aufopfernde Tochter, Sinnbild des Lebens, welches den Tod an die Hand nimmt! Und in diese wunderschöne Gegend voller Heilquellen, Rettung verheißender Kräuter, stärkendem Gelée Royale, wohlriechender Blumen und einer Luft, welche uns durch bloßes Einatmen gesunden lässt, in diese rettende Oase bringt sie ihren kranken Vater, damit er seine abgearbeiteten, eisig kalten Hände, welche sich ein Leben lang für die Tochter regten, wärmen kann, und jetzt vergilt sie seine Fürsorge mit Schönem, vielleicht gar Lebensrettendem. Und was soll man erst von dem Schüler sagen, welcher auf seinem täglichen weiten Schulweg mit der roten Kappe die Trittbretter des Zuges hinunterklettert und bald schon ein großer Geist unseres nicht geeinten, aber großen Volkes sein wird, ein Schriftsteller, Lehrer oder auch, wenn Ihnen das lieber ist, ein Arzt, und unter dessen einfachem, hier und da lustig, aber nicht allzu sorgfältig geflicktem Gewand, unter dem, sage ich, ein winziges Herz klopft, das vielleicht eines der größten unserer ganzen Geschichte werden wird. Ein zweiter Tesla oder Njegoš oder wenigstens Mušicki steckt vielleicht in diesem kleinen und doch schon reifen Körper, der meistens Hunger und, wenn ich das kühn behaupten darf, Durst leidet!

Wie viel Willenskraft dem menschlichen Organismus eingepflanzt ist, dem männlichen ebenso wie dem weiblichen! Darf ich Ihnen als Beispiel für ein hässliches, trauriges Schicksal das Schicksal meines Bekannten Albin Kluka vortragen, der von Geburt an nicht den kleinsten Teil eines Beins hatte, dem die linke wie die rechte untere Extremität fehlte und der daher gezwungen war, sich in wirklich erniedrigender Lage über den Boden zu schleppen? Und doch brachte er es durch fleißiges Arbeiten und nächtliches Auswendiglernen vieler Bücher zum fröhlichsten

Schuhputzer von Novi Sad. Oder das Schicksal einer weiteren Bürgerin unserer manchmal bösartigen Stadt, welche ungeachtet der Gebrechen, mit denen sie geschlagen war, nämlich Blindheit und Taubheit, trotzdem auf einer winzigen Geige zu spielen lernte, welche sie sich selbst aus unter Schmerzen gekautem Brot gebaut und ausschließlich mit der Spucke ihres bitteren Alltags zusammengeklebt hatte? Obwohl sie weder ihr edles Instrument noch ihr (in der Weihnachtszeit, wenn sie im Mädchenhilfsverein auftritt) keineswegs kleines Publikum sehen kann, spielt sie doch die wunderlichsten Musikstücke, häufig eigene Kompositionen, ohne sich dessen auch nur bewusst zu sein! Weiß der einfache Kerl, der eben, ein Liedchen pfeifend, durch den Gang unseres Waggons läuft, dass es sich wohl um eine ihrer Arien handelt, welche jetzt von Mund zu Mund gehen und auf jener winzigen, kunstvollen Geige aus weichgekautem Brot entstanden? Doch hat die Jugend nicht ihre eigenen Fieberfantasien und Probleme? Fröhlich, aber sorgenvoll hockt ein anderer Schüler in einer Ecke der unteren, weit weniger bequemen Klasse als der unseren und denkt über sein ihm unausweichlich bevorstehendes Leben nach! Über Unfälle entlang der Eisenbahnstrecke oder auf den gewöhnlichen Straßen, welche er auf dem Weg zur Schule oft genug mitansehen musste. Über seine Gefühle für den Klassenkameraden, mit dem er die Schulbank teilte und welcher als Sohn eines Köhlers, der überdies kein Augenlicht hatte, noch schlimmer dran war als er selbst. Über die unliebsame Erscheinung der Verspottung eines hinkenden Klassenkameraden seitens gesunder Mitschüler, die sich darauf etwas einbildeten. Über die Mutter eines anderen Mitschülers, von Beruf Wäscherin, welche von einem charakterlosen Unruhestifter, aus dem sicher niemals etwas Vernünftiges wird, beleidigt wurde. Es sei denn, er würde sich unter dem wachsamen Auge des Lehrers bessern, welcher oft genug müde und krank ist, aber stets und ohne Rücksicht auf persönliche Pein seine Pflicht erfüllt. Über andere Klassenkameraden, welche sich mit dem Verkauf von Federn und Heften an andere Kinder über Wasser hielten und mit ihrem unerquicklichen Kleinhandel den geringen Verdienst der Väter als Bahnwärter oder Straßenkehrer um den einen oder anderen Kreuzer aufstockten. Über einen Stein, zu Unrecht von einer flinken Kinderhand einem angesehenen alten Herrn an den Kopf geworfen, knapp neben das Auge, was diesen in den Tod hätte befördern können, was dann aber, warum auch immer, doch nicht geschah. Über den kleinen Blinden, den alle für eingebildet hielten, weil er ständig auf einen unsichtbaren Punkt starrte, dabei hatte der nur unwiederbringlich das Augenlicht verloren! Über die unansehnlichen Spuren des Maurerhandwerks auf der Kleidung eines Klassenkameraden, aus Gründen der Hilfe, die er seinem müden Vater auf dem Baugerüst leistete, von dem dieser viele Male heruntergefallen war. Über alle, die kaum über die Runden kommen, sich aber verschwitzt und fröhlich in den Armen liegen und im Chor das Lied vom Schmetterling singen, dem Frühlingsboten, der alle düsteren Gedanken vertreibt. Über das Stück Zucker, welches er so gern seinem Mitschüler gebracht hätte, weil der hustete oder das Knie aufgeschlagen hatte, wenn er nur das Geld dafür gehabt hätte! Armer Bauernbub, strebt, beinah auf einem Bein stehend, erschöpft mit dem Zug ins entfernte Schulhaus. Wie viel Wagemut muss so ein kleines Herz für all die Anstrengungen aufbringen, die es erwarten! Und denken Sie nur an die Gegenbeispiele! Söhne oder Töchter, welche in den vornehmsten Häusern vermittels Honig und Butter verwöhnt werden und eines Nachts mit dem Schießgewehr des Vaters die ganze Familie umbringen: Schwächliche Schwestern, kühne Brüder, besorgte Mutter und den Vater, welcher diesen Tod ebenfalls auf keinen Fall verdiente, und danach gehen sie in die nächstbeste Kneipe und besaufen sich!

Täusche ich mich? Spüren Sie auch, wie die Räder an Schwung verlieren und unser ganzes bequemes Gefährt seinen Wahnsinnslauf verlangsamt? Da ist der zweite kleine Ort, dessen Name wir infolge einer ungünstig angebrachten Lampe nicht lesen können. Man muss nur die unbedeutende Zahl an Personen betrachten, welche unseren Zug verlassen oder zusteigen, dann kann man sich schon vorstellen, mit welcher Bescheidenheit die hiesige Bevölkerung, selbstredend ehrliche, fleißige Leute, ihr Leben weit weg vom Einflussbereich der großen Zentren verbringt, immerhin mit reinem Gewissen, still und gemächlich wie Herbsttage!

Ich will nicht behaupten, mein Ideal sei ein abgestandener, ereignisloser Sumpf, aber es kann durchaus seinen Reiz haben, an so einem Orte zu leben und sich den einfachen, unausweichlichen Pendelschlägen der Zeit, dem Wechsel von Ebbe und Flut in unserem Schicksal anheimzugeben. Achten Sie mal auf die Person, die da am Bahnsteig steht, als hätte sie nichts zu tun, ein Mann, nicht jung, nicht alt, dessen verschleierter Blick den vorbeifahrenden Zügen folgt. Schade, dass wir schon wieder fahren und sein Schicksal nicht genauer betrachten können, gewiss ist es ein Arbeiter aus der nahen Möbelfabrik, wohl wegen einer vorübergehenden Flaute arbeitslos. Eine schwere Bürde für unsere Zivilisation sind die manchmal unvernünftigen, wenn auch in den Grundzügen verständlichen und unvermeidlichen Wirtschaftskrisen! Wie angenehm wäre es, wenn jede Maschine in jeder Fabrik ein Paar Arme hätte, das sie im Guten wie im Schlechten, in glücklichen wie in unglücklichen Zeiten des Jahres bedienen würde. Der Arbeiter hätte Arbeit, und der Besitzer, welcher ebenfalls nicht ohne Sorgen ist, würde zum Lohn für die eingelegten, manchmal blutig erworbenen Gelder den verdienten Teil der Einnahmen anhäufen. Andererseits haben viele Maschinen von sich aus die Neigung zu Störfällen, vor allem, wenn sie nicht geschmiert werden. Die hinterhältigen Geräte sind von Menschenhand gefertigt, welche sie aber, o weh, ohne die geringsten Gewissensbisse oft genug an der Wurzel beziehungsweise am Handgelenk abschneiden! Verfiel nicht eine kleine Zahl von reichen, berühmten Erfindern und Konstrukteuren großer Fabrikanlagen, als sie, während sie in ihren Salons saßen und die besten Getränke der Welt tranken, die Nachricht von einem Bergwerks- oder sonstigen Unglück erreichte, wie vernichtet in eine Depression und sagte: »Was habe ich getan!«, oder: »Warum habe ich mir diese mörderische Maschine ausgedacht?!« Ganz zu schweigen von den Erfindern verbrecherischer Gegenstände wie Bomben, Gewehre oder gar gewöhnliche Klingen! Mit den besten Absichten, um dem unschuldigen, schwachen Tuberkulosekranken oder einer einsamen Frau, die in einer gottverlassenen Gegend voller Gangster durch den Regen geht, zur Selbstverteidigung zu verhelfen, in dem Wunsche, diesen bedauernswerten Geschöpfen eine angenehme Verteidigung in Form eines Revolvers an die Hand zu geben, haben diese Genies, die Ingenieure der tödlichsten Waffen, nicht bedacht, dass derselbe Revolver dem erwähnten Kranken oder der unschuldigen Verlassenen in einem kurzen Handgemenge entrissen und für ganz andere, entgegengesetzte Ziele verwendet werden kann! Wer würde später die unzähligen unschuldigen Opfer dafür entschädigen, dass die Pläne der Ingenieure und Erfinder für Millionensummen an praktisch veranlagte Fabrikanten verkauft wurden, welche seither täglich Material und Mittel für Hunderte von Morden in aller Welt liefern! Dabei wirkt die Landschaft hier neben der Strecke so fröhlich, zufrieden grasen die Rinder auf der Weide, und ihre Hirten spielen derweil harmonisch auf Flöten, welche sie sich selbst geschnitzt haben, ja, die ganze Gegend vertreibt jeden hässlichen oder grässlichen Gedanken und gestattet uns, uns das Leben als buntes, glitzerndes Mosaik vorzustellen, in dem jeder an der Freude ebenso wie an der Trauer Anteil hat.

Darf ich Sie davon in Kenntnis setzen, wo ich in jenen kurzen Zeitabschnitten abzusteigen pflege, in denen mich die Aushändigung bedeutender Arzneien in der sehenswerten, fröhlichen Stadt Zagreb festhält? Die Pension heißt Zum Bahnhof und wird von der geschäftstüchtigen, darum aber keineswegs unehrenhaften Frau Štefica Gaber geführt, eine kinderlose Witwe, gezwungen, mit ihren eigenen Händen das mühselige und leider zu einem guten Teil bereits vorbeigehuschte Leben zu erhalten. Der Name Zum Bahnhof erzählt von der kurzen Entfernung, welche man vom Bahnhof dorthin zurücklegen muss; im Grunde muss man nur einmal über die Straße gehen, und schon ist man bei dem kleinen Häuschen mit dem noch kleineren, ich würde sagen schamhaften, obwohl unter dieser Bezeichnung bei der Polizei ordnungsgemäß geführten …, äh, was soll ich über die königliche Unterkunft sagen, die ich bei der geschätzten Frau Gaber stets finde?! Ein Holzfällerfrühstück, geradeheraus gesagt, ein echtes Holzfällerfrühstück erwartet den Gast im Morgengrauen und ist in dem wirklich niedrigen, fast lächerlich geringen Preis inbegriffen. Mit größter Verwunderung stellte ich bei meinem ersten Aufenthalte dort fest, dass das fließende Wasser aus dem natürlich zu diesem Zwecke angebrachten Hahn unentgeltlich benutzt werden darf, sowohl mit dem Ziel, sich zu waschen, als auch als Mittel zur Löschung von Durst, obwohl sich Letzteres nicht sonderlich empfiehlt, wenn man dem Hinweis auf einer Emailletafel folgt, der dort mit gut lesbaren Buchstaben in einer schwarzen, fast furchterregenden Farbe geschrieben steht. Aber das Wichtigste ist ohnehin, ohne übermäßige Ausgaben erfrischt und sauber gewaschen in die Stadt gehen zu können. Die Schlafzimmer sind freilich für je acht Personen, doch wird das Hotel von vornehmen, feinen Leuten frequentiert, mir ist diesbezüglich noch keine einzige Grobheit aufgefallen, trotz der zugegeben recht beengten Lage.

Und welcher Zweck liegt einem Hotel, Restaurant oder einer Herberge zugrunde? Meine bisherige bescheidene Erfahrung mit solchen Etablissements betrifft einzig das Unternehmen von Karl Zander, der mitten in Novi Sad ein gepflegtes Haus unter dem Namen Peri Fabri betreibt, in welchem ich unzählige Male auf ein Stündchen einkehrte, um mich mit meinen Freunden zu unterhalten: Adolf Ekfeld, Uhrmacher, Jovo Kapamadžija, Mützenmacher, oder Đeno Forgač, Klavierstimmer, alles feine, aufrichtige und fleißige Leute. Ach, stünden doch auch die Grand Hotels unter der gottesfürchtigen, ordentlichen Hand von Karl Zander! Diese Brutstätten des Verbrechens, welches im ersten Morgengrauen auf ein überraschendes Klopfen hin oder gar durch die Schreie des Zimmermädchens entdeckt wird, etwa in Form einer unbekannten Leiche mit durchgeschnittener Kehle. Zu den sanfteren Formen solch schrecklicher Vorfälle gehört die Untreue, bei der keiner mehr weiß, welches Weib zu welchem Manne gehört, und das ganze Treiben geschieht unter der Tarnkappe des unschuldigen Wohnens im Hotel. Wie weit doch Technik und Erfindungen insgesamt fortgeschritten sind! Ist Ihnen schon aufgefallen, dass alte Materialien wie zum Beispiel Holz, Erde oder gar, wie ich zu sagen wage, gewöhnliche Lumpen durch neue ersetzt werden, für das Leben ebenso unentbehrlich wie auch umgekehrt? Kautschuk, der edle Saft seltener Bäume, Zelluloid, gewonnen aus eingeschmolzenen Dingen, welche bis vor Kurzem nicht existierten, und so weiter. Von den Flugobjekten weiß heute noch keiner, weil sie erst noch erfunden werden. Was wäre ein Menschenleben wert, wenn wir uns nicht ein wenig darüber erheben könnten, buchstäblich im Sinne eines einzigen gesunden Schwungs und im übertragenen Sinne in Bezug auf eine gewaltige Errungenschaft, von welcher alle Korrespondenten der Welt berichten werden!

Da ist endlich der Bedienstete der Südungarischen Eisenbahn, um unsere auf jeden Fall korrekten Fahrkarten zu kontrollieren. Es ist eine große Genugtuung, Papiere vorzuzeigen, sofern sie nicht den kleinsten Fehler haben, also korrekt und bar des geringsten Falsifikats sind, beides ja häufige Schwächen der zeitgenössischen Gesellschaft. Mein bescheidenes Billet Novi Sad – Zagreb, immerhin geschmückt mit dem bekannten Wappen voll kleiner Details, kann sich, wie ich sehe, rücksichtlich Ihres unglaublich weiten, man könnte fast sagen anstrengenden Wegs quer über unseren gebildeten Kontinent nicht mit dem Ihren messen. Und doch, ordentlich einschließlich des Aufpreises in Höhe von neun Kronen vierzig bezahlt, verschafft mir dieses Stück Karton die Sicherheit eines Abteils mit strengen Linien und wärmenden Bezügen, aus dem sich der dunkle, für den Herbst und zum Pflügen vorbereitete, Wohlstand gebärende Acker genüsslich betrachten lässt. Da, sehen Sie? (denn höflich sich verabschiedend gönnt uns der Schaffner wieder segensreiche Ruhe), sehen Sie den Baumeister da, der unweit der Bahnstrecke mit seinen eigenen Händen eine Wand hochzieht, wahrscheinlich nur für einen bescheidenen Stall, aber sein Gesicht strahlt vor Zufriedenheit und Glück infolge dieser Arbeit. Aus winzigen Ziegeln, in Lagen aufeinandergestapelt, verfugt mit der unentbehrlichen Mörtelmasse, wachsen unzählige wunderschöne, mitunter fast unmenschlich überdimensionierte Bauwerke in die Höhe, verführerisch streben sie gen Himmel, behelfsweise umgeben von wackeligen und oft scheußlichen Gerüsten. Und schauen Sie, die unerschrockenen Erbauer sehen stets in die Höhe, wo sich in ihrer Fantasie bereits der fertige Turm der noch unvollendeten Kathedrale glänzend erhebt, stürzen einen Augenblick später ab, weil sie einen Abgrund übersahen, und finden

den Tod auf dem harten Bürgersteig, wo ihre Frauen mit vier zerlumpten Kindern um sie herumstehen und weinen und schreien, weil sie nicht wissen, wer ihnen künftig das tägliche und auf jeden Fall bittere Brot kaufen wird. Aber ohne diese Opfer wären all die überaus notwendigen, luxuriösen Paläste nie entstanden, die Sie naturgemäß mit Ihrem sympathischen Gang durchmessen haben, die Höfe von Universitäten und Banken und sogar Sparkassen, durch deren Glasdächer aus gewöhnlichen grünen Vitragen Gottes Licht in einer ganz unerwarteten, neuen Form fällt. Eisen, Glas und Stein, grobe Massen, der Natur abgerungen, ein toter, hässlicher Haufen nutzloser Dinge, solange sie auf Halde liegen, doch herrlich anzusehen, wenn sie unter der Hand und hinter der sorgenzerfurchten Stirn eines unsterblichen, vor allem aber gnadenlos und barbarisch glücklichen Architekten zusammengefügt werden!

Warum sträuben Sie sich dagegen, den Blick durch das leicht beschlagene Fenster unseres bequemen Abteils gleiten und auf den fröhlich springenden Pferden am Horizont ruhen zu lassen, in deren Richtung eine quirlige Göre, vielleicht aus einem der umliegenden Dörfer, mit flinken Beinen rennt! Sie werden gleich zu sehen bekommen, was ich von meinem Sitz aus jetzt schon erblicke: eine friedliche Herde Gänse, welche mit ihrem weißen Gefieder ein Bild der Annehmlichkeit und des Friedens auf der noch grünen Wiese unseres zugegeben abhängigen, aber dennoch schönen Heimatlandes abgibt. Ach, da kreisen zwei, drei Raben, sie stören das Bild von wohligem Glück (denn diese Vögel sind als Unglücksboten und für ihr bösartiges Wesen bekannt, hacken sie doch den Toten, noch bevor sie kalt sind, die Augen aus) und trotzdem sind sie lebendige Wesen, welche ihren Hunger zu stillen versuchen und mit ihren ausgebreiteten Schwingen trotz deren Schwärze das Bild jeder und also auch der hiesigen Landschaft vervollständigen.

Und wie schrecklich ist der Gedanke an das Bestiarium, welches mit Gewalt in für diesen Zweck ersonnenen europäischen Einrichtungen festgehalten wird. Zoologische Gärten sind nichts als Kerker für unschuldige Wildtiere, und seien sie noch so gefährlich! Sie haben es doch nicht verdient, lebenslang in diese entsetzlichen Käfige eingesperrt zu sein! Besser, sie wären mitten im afrikanischen Dschungel von einer Gewehrkugel getroffen mit einem schrecklichen Schrei verendet, statt durch die Gitterstäbe ihres Gefängnisses vom seelenlosen, vergnügungssüchtigen Volk angestarrt zu werden. Ich war noch nie in so einem Tierquälereibetrieb, aber mein Verstand kann sehr gut die Pein eines Löwen oder Panthers erfassen, während er durch seine scheckigen Augenhöhlen die Quälgeister betrachtet, welche ihm ein ekliges Bonbon, einen Kanten Brot oder sogar ein Stück Kuchen mit einer heimtückisch darin versteckten Nadel hinwerfen! Mir ist die Gesellschaft von Haustieren wie Hund oder Katze lieber, ja, ich schätze die Gesellschaft des Mäusleins höher, welches mich regelmäßig in meiner bescheidenen Apothekergehilfenwohnung aufsucht. Ich bin fest davon überzeugt, dass unsere Landsleute, ohnehin allein an den Anblick essbarer und alles in allem nützlicher Tiere wie Kuh, Schwein oder Truthahn gewöhnt, sich viel wohler fühlen als die Besucher Zoologischer Gärten, und das, obwohl sie ihre häuslichen Lieblinge striegeln, melken, scheren und am Ende sogar schlachten müssen. Finden Sie nicht auch?!

Es freut mich sehr, dass Sie sich mit Ihrer Sorge über die Arbeit unserer Molkereigenossenschaft beugen, der ersten ihrer Art, gegründet in dem kleinen Dorf Kovačevac nahe bei Ihrem Nova Gradiška, wo man sich ebenso um die Kühe wie um die von diesen erhaltene Milch kümmert! Wie bitte? Sie haben Ihre kostbare Zeit auch Pferden gewidmet, diesen edlen Tieren, die so oft durchgehen? Was Sie nicht sagen, Ihr Vater, der sich in seinem Österreich hoffentlich noch bester Gesundheit erfreut, hat Hunderte hochpreisiger Vollblüter großgezogen, welche nur böswillige Jockeys Gäule schimpfen! Und erst die Verbindung Ihrer aufs Tierreich ausgerichteten Familie mit der Familie Ihres Gatten, bekannt für die lange Reihe der Geistlichen im Stammbaum, die alle zugleich Wein anbauten, dem sie Jahrzehnte und Jahrhunderte der eigenen Historie widmeten. Selbst ich, der ich vermutlich niemals auf dem mächtigen Rücken eines Pferdes sitzen werde, selbst ich, der ich höchstens einmal ein Gläschen Himbeergeist koste, und auch das selten genug, und dem daher keinerlei Hintergedanken wie etwa einem Alkoholiker zu unterstellen sind, also selbst ich bin imstande zu beurteilen, wie sehr diese Verbindung infolge des glücklichen Ausgangs Ihrer holdseligen Ehe in jeder Hinsicht eine einmalige ist!

Edler Stein, welcher am Saume Ihres Torsos glitzert! Wie viele unbekannte Hände mussten das größte Geschick aufbringen, dessen sie fähig waren, etwa die Hand des unbekannten Bergmanns, welcher den Erzbrocken aus dem arg- und gedankenlosen Fels schlug! Und so wie der unverständige Schwarze in die Tiefe des Meeres taucht (den aufgerissenen Rachen der Haie und den Achtfüßlern trotzend, welche mit ihren Fangarmen bereits so vielen Schwimmern die schwachen Glieder zerquetschten), eine Muschel ans Licht des Tages bringt und mit ihr die kostbare Perle, rein wie eine Träne, so bezahlen auch Hunderte von Schleifern gern mit ihrem zu nichts anderem nützlichen Augenlicht für ein Zierstück auf einem so wunderbar hellen Teint wie dem Ihren. Museumsbeispiel? Wie sehne ich mich danach, meinen äußerst vorsichtigen Fuß über die Schwelle eines beliebigen europäischen Museums zu setzen, ungeachtet der Ausgaben, die ein solches Unterfangen zweifelsfrei hervorrufen wird! Museen, mit ihrem wichtigen Auftrag der Verwahrung, entreißen teuren Stein, eine blecherne, aber wohl kaiserliche Schale aus uralten Zeiten oder auch nur einen absonderlich verunstalteten Fötus, hübsch in Glas und Formalin konserviert, dem Wind des Vergessens. Tempel der Vergangenheit werden sie geheißen, und über sie wachen gelehrte, verständige Greise, welche die Exponate wenn nötig auch des Nachts und in Pantoffeln abschreiten und deren Brust mit Orden aus aller Herren Länder dekoriert ist. Ein armer Säugling mit zwei Köpfen, eine unfruchtbare Jungfrau mit sechs, bitte entschuldigen Sie, Zitzen, diese abschreckenden Naturwunder liegen, hoffe ich, in den Vorratskammern, und mit ihrer Hilfe können wir künftigen Generationen zeigen, mit wem und wie wir lebten! Brücken zwischen Vergangenheit und Zukunft! Grenzsteine unseres leider vergänglichen Lebens, die, wenn von uns nur noch blasse Erinnerungen bleiben, immer noch da stehen werden, wo sie stehen!

Ich muss noch einmal Ihren Kleidungsstil loben, obwohl von

Beruf kein Modeschöpfer, sondern lediglich Apothekergehilfe, was leider für das Leben der Menschen viel gefährlicher ist, wobei ich nur die intelligenten, mir bislang freilich praktisch unzugänglichen Weltthemen nutzen kann. Sich modischer Verirrungen, in den Straßen der Ihnen vertrauten Großstädte üblicher Mordsmäßigkeiten zu entschlagen verweist auf persönliche Delikatesse, an der ich von Anfang an keinerlei Zweifel hegte. Hob nicht der Modezar Worth in seinem letztjährigen Überblick zur europäischen Frauenkleidung viele schöne Gedanken in dieser Richtung hervor? Wie sollte es mich nicht schmerzen, dass eine Person von so erlesenem Geschmack durch klägliche, schlichte Orte wie Pakrac, Bastaj und Končanica reist und danach mit einer, wie ich hoffe, bequemen, meiner Meinung nach Ihnen dennoch nur unvollkommen gerecht werdenden Kutsche bis zum endgültigen Reiseziel weiterfährt, beziehungsweise zur Schwelle des Hauses!

Zum Glück werden wir an dieser Strecke durch eine vollkommen ebene Landschaft auf keinen Tunnel stoßen, eine unnatürliche Bohrung, in welche einzufahren der Eisenbahnzug gezwungen ist, wobei sich jedes Mal wieder die Frage stellt, ob er dieselbe jemals wieder verlässt! Warum drängt uns die Obrigkeit solche schweren, unangenehmen Anblicke auf, ohne uns um Erlaubnis zu bitten? Wann hört zum Beispiel der unerträgliche, unablässige Lavastrom aus unzähligen vulkanischen Öffnungen auf, die ohnehin beunruhigte, nervöse Menschheit zu bedrohen? Wer braucht so was? Sollen wegen einem Dutzend imbeziler englischer Touristen, die ihr Leben freiwillig aufs Spiel setzen, nur damit ihr Name in der Weltpresse erwähnt wird, sollen wegen einer Handvoll übergeschnappter Weltenbummler friedliche Bewohner aus den umliegenden Dörfern, in ihrer Mehrheit Tagelöhner, aber gute und in jeder Hinsicht achtbare Menschen, umkommen? Haben die Amerikaner denn keine Methode entwickelt, die speienden Feuerschlünde mit einer energischen, wenn auch noch völlig unbekannten Bauingenieursleistung zuzuschütten?

Meine allerhöchste Bewunderung, was die Großen der Welt betrifft, gilt, Sie werden sich wundern, weder hochdekorierten Generälen noch berühmten Operndiven, obwohl ich auch diese hemmungslos vergöttere, sie gilt vielmehr den Machern hinter den Kulissen von Organisationen etwa für Telefon, Telefografen, Post und so weiter, welche Pläne für nationale Darlehensausschreibungen entwickeln, die zwar unter Umständen zunächst den gewöhnlichen Menschen tief in die Tasche greifen, sie aber später dafür entschädigen und mit dem Vielfachen wieder auffüllen. Von den anderen großen Menschheitsunternehmungen, welche oft scheinbar so unmenschlich trocken sind, will ich gar nicht erst anfangen. Die Strenge, welche diese Personen zu zeigen verstehen, die kleinen Witzchen, welche sie gegen verkrüppelte, zugleich aber fröhliche Bettler äußern, all das zeichnet ein wertvolles Bild vom Alltag vieler Führer, nationaler ebenso wie anderer! Wann immer ihm seine der Allgemeinheit nützlichen Geschäfte die kleine Annehmlichkeit gestatten, besucht Herr Dr. Julije Vlašić, Minister für Religion und Bildung, unsere Kleinstadt, um ihr und der Umgebung mit freundlichen Bemerkungen und gutmütigen Ermahnungen den Fortschritt zu bringen. In diesem Sinne hat er sich vor nicht langer Zeit mit den humanen Gründen befasst, das Tragen von Schnürleibchen, welche unzähligen der hiesigen Schulmädchen das Blut abklemmen und die Atemluft rauben, zu verbieten und die jungen Frauen per Gesetz zu befreien. Wie nett und großherzig empfing der angesehene Gast die Damen Župunski, Endrei, Širola sowie die ehrwürdige Vorsitzende unseres Unterstützungsvereins, Frau Vranicani. Und er, der Herr Minister, hat von sich aus Bonbons an blinde Kinder verteilt, unserem geschätzten, wenn auch bescheidenen Fotografen gestattet, Bilder von ihm zu machen, und den Lehrbuben seinen vornehmen, schmalen Fuß im Salonschuh hingehalten, damit sie diesen, so gut sie es vermochten, auf Hochglanz polierten. Ja, der angesehene Gast ließ sich sogar dazu herab, mit seiner gepflegten Hand die Wangen der jungen Schuhputzer zu tätscheln, ungeachtet deren offensichtlicher Schmutzstarrendheit infolge schwerer, dreckiger Arbeit. »Auch ich bin Mensch«, diese einfache Maxime ließ er immerzu verlauten, wohin er sich auch verfügte, und eine zweite schob der Herr Minister stets sogleich nach: »Auch ich habe Kinder, allerdings viel glücklichere!« In den seltenen Augenblicken, in denen er die

Staatsgeschäfte vergaß, erkundigte sich der Herr Minister, wann der erste Schnee fallen oder wann diese oder jene von Krankheit betroffene Seele sich endlich in den unvermeidlichen Tod schicken werde. Sonderlich verfressen war der Herr Minister allerdings nicht, und das, obwohl ihn in jedem Hause ein reich gedeckter Tisch erwartete sowie sorgsam ausgewählte Getränke, worauf der umworbene Ehrengast stets einfach mit einem »Nein, nein!« ablehnte und ging, alle Familien, sogar die mir nahestehende Familie Kerečki, in vollkommener und gerechtfertigter Verzweiflung zurücklassend. Was trieb die dämonische Person zu diesem Verhalten gegenüber unseren Mitbürgern, wenn nicht das Verantwortungsbewusstsein gegenüber der Nation, welches ihn zu einer gewissen Grobheit gegenüber einzelnen Gastgebern verpflichtete, damit diese sich später nicht grundlos etwas auf seine Anwesenheit einbildeten. Vielen gewöhnlichen Personen, die ihrer Arbeit als Küfer, Uhrmacher oder Schneider nachgingen, stellte der Herr Minister im Vorüberfahren aus seiner Kutsche heraus laut und vernehmlich die Frage, welcher Profession sie nachgingen, seit wann und warum. Mit Rücksicht auf die Geschwindigkeit der allerherrlichsten Pferde, die sein Gefährt zogen, konnte er nicht immer die Antwort abwarten, und doch kannte der Herr Minister in der Tiefe seiner Seele alle Antworten, welche die kleinen, äußerst einfachen, aber grundgütigen Leute geben konnten. Leider sind die größten von ihnen bereits tot! Sehr, sehr oft stand ich auf dem Friedhof von Novi Sad am Grabmal der geschätzten Familie Dudvarski, ausgeführt in blankem Eisen (denn deren arme Mutter war härter als Eisen), auf dem der rasende Schmerz einer Mutter über den Verlust ihrer Tochter abgebildet war, welche von einem unbekannten Passanten entführt, widerlich missbraucht und auf den Müll geworfen ward. Die edle, längst verstorbene Frau rauft sich die eisernen Haare, ihre aufgerissenen, ebenfalls eisernen Augen treten beinah aus den Höhlen, während ihr zu Füßen die eiserne, aber wie aus dem Leben gegriffene geschändete Tochter liegt, in der Mitte aufgeschlitzt, die Eingeweide quellen an den Beinen der Mutter hoch, auf dass deren Schmerz noch größer werde! Eine Putte aus demselben Material wendet den Blick von diesem unliebsamen

Sinnbild eines traurigen Schicksals, und ihr gegenüber hockt ein kleiner Teufel, der sich ins Fäustchen lacht! Wirklich ein starkes, tiefes und zu Tränen rührendes Werk! Warum auch nicht, man errichtet besser ein Grabmal für Hunde statt für einen Mann, der keine Tugend kennt oder gar mit verbrecherischen Absichten begabt ist. Der vierbeinige Freund hat es allemal verdient, weil er das Kind seines Herrchens aus den Fluten eines Flusses rettete, den Beginn eines Erdbebens ankündigte (woraufhin sich alle Bewohner aus den einstürzenden Häusern retten konnten) und am Ende in den Klauen eines angriffslustigen Bären noch im Sterben mit heiserem Bellen das unschlüssige Frauchen rettete, welches mit dem Rücken zu dem zottigen Tier stand, denn der kurze Warnlaut genügte, die Bestie so lange aufzuhalten, dass sie von einem flinken Soldaten erschossen ward, eine solche Hündin, die für ihre Besitzer sogar die eigenen eben geworfenen Welpen vergaß, verdient doch ein Denkmal aus härtestem Granit, und gewisse Verbrecher wie der treulose Czolgosz, welcher McKinley, Präsident der Vereinigten Staaten und ein guter Mensch, einfach so abknallte, verdienen es nicht, oder?

Die hiesigen Journale haben auf ihren Seiten, allgemein genommen, nur wenige fotografische Dokumente, drucken aber doch gelegentlich Bilder aus dem Leben der Großen ab: Wie könnte ich diese nicht ausschneiden und mit klitzekleinen Nägelchen an die Wände meiner bescheidenen Behausung heften! Stellen Sie sich vor, einen großen, mir unbekannten Philosophen zu sehen, welcher auf einem würdigen Fauteuil in einem Park sitzt, der wohl sein persönliches Eigentum ist! Entwickelt er nicht in ebendiesem Moment den Grundgedanken eines Traktats *Über das Sitzen im Garten oder auf dem Rasen*, der weltweit eines nicht so fernen Tages größte Bewunderung wecken wird? Oder der hervorragende Komponist, in einen Veloursmantel gehüllt, voluminöse Künstlerkappe auf dem Haupte, welcher, über die Tasten eines der teuersten Klaviere gebeugt, flennt wie ein kleines Kind, immer dieselbe Taste anschlägt und so im musikalischen Sinne zu dem zauberhaftesten, ungewöhnlichsten Stück kommt (und während er spielt, hängt ein üppiger Nelkenstrauß aus einer herrlichen Vase über seine Schulter). Oder eine der weniger offiziellen Daguerrotypien, auf der ein kapitaler Poet mit einer heftigen Erkältung im Bett liegt und seine treue Frau und Lebensgefährtin ihm aus der Zeitung vorliest, um ihn zu zerstreuen. Und danach sehen wir denselben Literaten in fröhlicher Runde so manches Gläschen leerend, als wäre er kerngesund! Was halten Sie überhaupt vom Schreiben, dieser edlen menschlichen Tätigkeit des Herzens ebenso wie der Hand, ohne eine gleichmäßige, geläufige Handschrift kann es ja keine großen literarischen Werke geben? Haben Sie nicht selbst Ihren ganzen jugendlichen Erfahrungsweg in wie Juwelen funkelnden Bemerkungen und ungewöhnlichen Schilderungen beschrieben und womöglich in einer der Frauenzeitschriften veröffentlicht? Nicht einmal Briefe schreiben Sie gerne? Das kann ich unmöglich glauben, bei all Ihrer Dezenz und Herzlichkeit! Nur Rezepte bekannter Köche? Oh, aber das ist doch schon etwas! Denn wenn in Ihnen etwas wohnt, was stärker ist als Sie selbst, dann wird das dann und wann durchbrechen, und wenn es sich über die französische Kochkunst zum Ausdruck bringt. Ich selbst habe versucht, natürlich nur gelegentlich, denn das Fach des Apothekers ist dem Beruf des Schriftstellers diametral entgegengesetzt, ich selbst habe versucht, meine Beobachtungen und Gedanken zu Papier zu bringen, obwohl ich, wie gesagt, dafür nur wenig Zeit habe. Aber ich sehe sehr wohl, dass literarische und schriftstellerische Themen haufenweise herumliegen, und es ist wirklich ein Jammer, sie nicht zu ergreifen, natürlich nur für den, dem das Schreiben ursprüngliche Profession und Lebensabsicht und nicht bloß ein zufälliges Akzidenz ist, ein Bild am Wegesrand, auf dem Ihr Leben ins Unbekannte verläuft.

Vielleicht fragen Sie sich, wie ein Mann wie ich, bescheiden, aber keineswegs unordentlich gekleidet, beschäftigt in einem Fach, welches keineswegs zu den in der gegenwärtigen Welt sonderlich hochgeschätzten zählt (obwohl es, wie wir schon sagten, darum nicht weniger verantwortungsvoll ist), wie ein solcher Mann Sinn für den schönen Ausdruck, ja, Konversation haben kann. Weite Wege haben mich zu meiner heutigen Fertigkeit geführt, über jedes beliebige Thema freundlich mit liebenswürdigen Personen zu plaudern. Viele Stunden habe ich damit zugebracht, meine durch verschiedene Erschwernisse irreguläre Schulbildung zu vervollständigen, mein ursprünglich lückenhaftes Wissen zu ergänzen, wenn nicht überall mit neuen Erkenntnissen zu bestücken, so doch wenigstens mit einer vollendeten Phrase, mit der man die einfachsten Dinge ausspricht. Wie viele Nächte habe ich damit zugebracht, zeitgenössische Stoffe zu lesen, die eigentlich für das weibliche Geschlecht gedacht waren, ich habe, das räume ich gern ein, ganze Bücher abgeschrieben, zum Beispiel *La Femme au xxe siècle* von dem berühmten Mitglied der Académie française, Jules Simon, und seinem Sohn Gustave, Doktor der Medizin. Alle 423 Seiten dieses epochalen und allgemein zugänglichen Werks habe ich mit dieser Hand abgeschrieben, meine Dame, die nicht nur an Dr. Lehmanns Pomade, Gichtfluid gegen verschiedene Krankheiten oder Eugen Matulas Sapomenthol gewöhnt sind, sondern, wie wir sehen, auch mit weit feinerer, allerdings weniger handgreiflicher Materie Umgang hat. Und oft denke ich wirklich, dass das Apothekergewerbe nicht das letzte in meinem Leben sein wird und dass das nicht alles gewesen sein kann! Kann sich ein Mann mit so wenigen Lebensjahren wie die meinen, und ich bin sechsundzwanzig, damit zufriedengeben, bis ans Lebensende Augentropfen und französischen Branntwein am frugalen Apothekertresen neben der Heiligen Dreifaltigkeit in Novi Sad auszugeben? Keinesfalls! Ich überlege, ob andere Gewerke wie etwa Schifffahrtswesen, Meteorologie, Hydrostatik oder Teilnahme an Expeditionen, und seien sie der lebensgefährlichsten Art, in meiner Person unverwechselbaren Zuwachs bekämen, während das Apothekenwesen durch meinen Weggang wohl kaum auch nur im Geringsten beschädigt oder benachteiligt würde. Und daran arbeite ich jeden einzelnen Tag! Meine Mußestunden, deren ich zu meinem Leidwesen mehr habe, als mir lieb ist, verwende ich trotz des für meine Augen unzureichenden Lichts einer kleinen, billigen Kerze nur zu gerne auf die Lektüre angenehmer, nützlicher Bücher. Was für Bücher? Der nicht übermäßig bekannte, aber äußerst geschmackvoll ausgestattete Band des Warenhauses Kastner & Öhler mit Sitz in Graz und Zagreb; reich bebildert und eindeutig ausgepreist, enthält er Waren aller Art und lieferte mir damit die Grundlage, trotz meiner dürftigen Kenntnisse Ihrer hochgeschätzten deutschen Sprache all die Reichtümer und Kostbarkeiten zu verstehen, deren sich junge weibliche Wesen versichern müssen, um den werten Leib in gewünschter oder, um mich etwas kühner auszudrücken, ansprechender Weise zu kleiden. Wirklich, es ist ein wahres Vergnügen, dieses Werk in Händen zu halten, würdig des erlesensten Publikums! Aber wer ist dieses Publikum eigentlich, dieses unbekannte Wir, diese unpersönliche Versammlung meistenteils gewöhnlicher Gestalten, welche das geistige Erbe der besten Generationen konsumieren und danach die Asche ihrer Zigaretten darauf abstreifen oder dabei einschlafen, den Schlaf der Gerechten da schlafen, wo für einen solchen Schlaf auf keinen Fall der Ort ist. Wenn ich durch ein Wunder ein Schriftsteller würde, als Sänger auf einer Bühne stünde oder einfach als Korrespondent einer unserer hiesigen Blätter aus dem Ausland berichtete, also mit durchaus engen Banden an dieses unartikulierte Wesen des Auditoriums gebunden wäre, was wäre mir dann außer meiner Arbeit und der Arbeit und immer nur Arbeit überhaupt wichtig, ungeachtet der Häme oder des eventuellen Dankes, welche mir in den Städten Europas, ja, der Welt zuteil würden? Ich stehe auf, betrachte durchs Fenster den Pöbel, welcher vor meinem bescheidenen, aber imposanten Haus steht, einzelne Personen aus der ungebärdigen Menschenmenge rufen mir schamlos Drohungen zu, einer verlangt gar mein kostbares Leben, ein scharfkantiger Stein durchschlägt das mattierte Glas der Balkontür und knallt grob auf das edle Parkett, eine Hassbotschaft ist mit gewöhnlichem Bindfaden an das Geschoss gebunden, auf dem Blatt steht nur ein Wort: »Tod!« Was tun? Ich gehe zu meinem Tisch, versinke neuerlich in Gedanken und dort, unter den heftigsten Anschuldigungen des Pöbels, Menschen aus dem Volk und auch andere, schreibe ich in kaum einer halben Stunde mein bestes Gedicht; es trägt den inhaltsschweren Titel »Trotzdem!« So würde ich mich verhalten, der gewöhnliche und nur gelegentlich entflammte Bürger aus der trotz ihrer Kleinheit allen angenehmen Stadt Novi Sad. Worüber würde ich schreiben, falls ich mich durch ein Wunder in dieser ungewöhnlichen und gleichzeitig so undankbaren Lage befände? Die Handlung wäre auf einem kleinen Schiff angesiedelt, welches durch sturmgepeitschte Wellen über die uns entrissene Adria Richtung Venedig fährt, einem mir ebenso unbekannten wie herrlichen Hafen. Unter den Passagieren wäre ein alternder österreichischer Schriftsteller, welcher, von bestialischen Schmerzen gequält, dort nicht nur für seinen Leib Erleichterung sucht, sondern auch für die Seele, die ihm unablässig so viele unerwartete Beschwerden macht. Das Herz zieht ihn bald zu einem unbekannten, märchenhaften Bilde, bald zu einem armen Waisenkindchen, welchem er den Wundschorf mit seinen eigenen vornehmen Händen abwaschen möchte. Und dann erst Venedig, die von Hochwasserkatastrophen ebenso wie von der allgemeinen Verderbnis schon längst heruntergewirtschaftete Stadt! Gott weiß wen würde meine diesbezüglich unerschöpfliche Fantasie in der unmenschlichen Erzählung unterbringen. Eine russische Fürstin, welche in Männerkleidung reist, einen italienischen Philosophen, welcher sich vor allen Leuten erschießen will, einen ganz jungen Deutschen, welcher ständig die Temperatur seines im Übrigen kerngesunden Leibes misst und sonst nichts mit sich anzufangen weiß. Dem allgemeinen Kolorit zuliebe würde ich auf jeden Fall einen Holländer dazunehmen, einen massigen und dabei gemeinen, schrecklich einfältigen Mann. Könnte mich meine dann auf jeden Fall überschießende Schreibkraft daran hindern, diese ganzen liebenswerten, aber nicht existenten Leute in einem möglichst gewaltigen Strudel durcheinanderzuwirbeln, so dass sie irgendwann als verrückter Reigen gesehen werden? Genau darin besteht doch die Kunst jener, die uns mit herrlichen, wenn auch, wie Sie zugeben werden, gelegentlich zu fetten Wälzern über verschiedene Lebensweisen und die Mittel versorgen, wie man sein Leben möglichst gründlichst vermurkst. Es braucht wohl, so schaut es doch aus, möglichst unwahrscheinliche Figuren, die uns mit ihrer Unwahrscheinlichkeit das Blut in den Adern gefrieren lassen, und diese Ansammlung kultivierter Personen muss man dann in ein Schiff, ein Büro oder ein abgelegenes Berghotel stecken und dazu bringen, sich mit unlösbaren Fragen zu quälen, während der eine oder andere unter ihnen zur Verwunderung der Übrigen sein Leben aushaucht. Sind wir angesichts der fürchterlichen Schicksale, die uns beständig umgeben, nicht völlig abgebrüht? Wenn der erblindete Held mit einem gebrochenen Bein sich die Haare rauft, als hätte er keine Schmerzen. Oder wenn die Geliebte, vom blitzenden Dolche durchbohrt, das Lied vom Schmetterling singt, bis der letzte Blutstropfen vom Teppich aufgesogen wurde. Oder wenn der wagemutige Soldat auf dem Pferd galoppiert und dabei wie ein kleiner Teufel Flöte spielt, begabt mit unzähligen Tugenden und gleichzeitig lasterhaft!

Aber da, es regnet! Wetterfrösche, sind das nicht die dienstbeflissensten Propheten unserer Zeit, welche uns dazu bringen, den Regenschirm mitzunehmen oder beinahe bedenkenlos weiße Hosen anzuziehen? Sympathische, äußerst belesene Männer, die unverwandt in den blauen Himmel starren oder eben in sich zusammenbrauende, tief hängende Wolken, aus denen sie mit jeder Faser ihrer Seele die ersten dicken Regentropfen herbeiwünschen. Gleichsam wie Prometheus, doch der eigenen Wissenschaft verpflichtet, heben sie possierlich den angespuckten Zeigefinger und prüfen wie ein alter Seewolf, aus welcher Richtung der Wind weht und wie er heißt. Mithilfe kleiner Blechschachteln, die zuvor Schuhcreme enthielten, messen sie den Regen, welcher von heute auf morgen fällt. Es sind verdiente Mitbürger, die ganz ohne Grund nur dank der flüchtigen Unbekümmertheit der Menschen wetterwendisch, zukunftslos oder halsabschneiderisch geheißen werden! Ähneln sie nicht den weisen Lesern des Nachthimmels, welche es aber, Hand aufs Herz, infolge der Beständigkeit der Gestirne deutlich leichter haben als jene, welche Schneeflocken in ihrem wirbelnden Weg zur trockenen und häufig ausgepressten Erde beschreiben wollen? Was für ein Glück ist es doch, nicht wahr, dass wir jetzt nicht hinausmüssen, wo der Regen dicht wie ein Vorhang an unser recht nützliches Fenster klatscht, wo wir beide weder hinreichend gekleidet noch mit den grundlegendsten Geräten ausgestattet sind, um gegen die happige Feuchtigkeit gewappnet zu sein. Tja, das Wasser, ein prähistorisches Element, älter vielleicht als die ältesten Menschen, welches seine Gestalt so gefallsüchtig wie, wenn ich mich nicht täusche, Sisyphus wechselt. In hunderterlei Gestalt umgurgelt es uns und bleibt sich doch stets treu, nass und herrlich! Zugegeben, das Meer sah ich noch nie, jene wunderliche Weite ohne jede Rettung, aber ich rufe mir die schrecklichen Schicksale der Unglücklichen vor mein geistiges Auge, welche ein großes Loch erspähen, durch das die Naturgewalt in ihrem rächenden Wahn eindringt, und sich in höchster Not in die Wellentäler werfen, um wenigstens nicht als Gefangene ihres jämmerlichen, dem Untergang geweihten Schoners lebend auf den Grund gezogen zu werden. Und während ein junger, vor Kraft strotzender Kerl wie Espenlaub zittert, ein alter, fremdländischer Matrose sich durch die Haare fährt und wehklagend sein Schicksal verflucht, ein Schiffsoffizier oder gar der Kapitän sich in den gepflegten Bart beißt, seine treue Begleiterin, die schon halb erkaltete Pfeife, zerschlägt und wegwirft, basteln Koch oder Tellerwäscher geschickt ein Floß, dass sie alle vor dem sicheren Tod retten und zu einem Hafen der Hoffnung vor die versammelten und vor allem glücklichen Bürger bringen wird. Aber nicht alle Besatzungen zerschlagener oder infolge einer plötzlichen Gewitterwelle umgekippter Kähne, nicht alle diese Jungs, mit denen Leben und Tod ihren Spott treiben, haben das Glück, gerettet zu werden, ob mithilfe eines Floßes oder durch einfaches und ungewöhnlich ausdauerndes Schwimmen. So manches stolze Schiff verschwand ungeachtet der Flagge, unter der es fuhr (denn das sind alles Menschen), auf Nimmerwiedersehen, ohne eine Spur oder ein Zeichen zu hinterlassen! Können Sie sich ausmalen, wie schrecklich die Bora auf das Reisepublikum einwirkt, welches den gelegentlich brenzligen Bauch eines ansonsten fröhlichen Schiffs ausfüllt? Wenn das aufgewühlte Element Himmel und Meer vermengt, wenn man oben und unten und woher der Wind weht nicht mehr unterscheiden kann und der ganze Dampfer einer Nussschale gleicht, die ein ungezogener Bengel mit dem Federmesser in zwei Hälften teilte, welche Gedanken schwirren dann jedem unserer unglücklichen Passagiere wohl durch den Kopf? Obendrein verteilen durchtriebene Matrosen, denen das Geschaukel nichts ausmacht, lachend Cognac und Hoffmannstropfen an die armen, schon halb toten Passagiere. Keiner kann sich solche Stunden wünschen; trotzdem sind viele bereitwilligst stolz darauf, einen Sturm auf dem Meer oder zumindest auf einem See erlebt zu haben, natürlich nur, wenn sie nicht gleichzeitig die schreckliche Seekrankheit durchmachten. Ei, und jetzt stellen Sie sich einmal einen Blitz vor, welcher mit glühendem Schlag selbst Wasserfälle in Brand setzt und den Kapitän mitten ins mutige Herz trifft, so dass von dem Manne nur ein trauriges Häufchen Asche bleibt, und versuchen Sie sich in ein Menschenwesen hineinzuversetzen, welches in diesem allgemeinen Durcheinander und mörderischen Wirrwarr infolge der salzig-nassen Wellen auch noch ein feindliches U-Boot erblickt, einen Apparat zur Auslöschung menschlichen Lebens mit gewaltsamen Methoden im Rahmen von Seeschlachten! Wo es doch bereits bei ruhiger See, wenn das Wasser träge wie Öl schimmert, schwer genug ist, sich mit Gussstahl und anderen tödlichen Gegenständen zu versenken, was müssen dann erst die bedauernswerten und von den eigenen Müttern bereits verloren gegebenen Seeleute fühlen, welche, während die Bora tobt, mit einem gegnerischen Torpedoboot kollidieren und so zwischen Feuer und Wasser, Hölle und ewigem Eis hängen! Wie viele Bilder dieser Anblicke ich auch in gelehrten Zeitschriften sah, mit dieser Art zu leben und zu sterben werde ich mich niemals versöhnen!

Sind Sie nicht bei Gelegenheit bis an die Atlantikküste beziehungsweise ans Meer gekommen? An das große Loch, randvoll mit salzigem Wasser? Ist das Leben der Matrosen nicht verflucht, ob sie nun über die Weltmeere oder als arme Fischer entlang der Küste fahren? Nie nehmen sie Frauen mit an Bord, aus Gründen des Aberglaubens ebenso wie aus den anderen, ethischen! Es sind gestandene Männer, aber sobald sie von ihren Schrottkähnen herunterklettern, schwanken sie beim Gehen und benutzen Rum, Gift für den menschlichen Organismus, sowie Flüche, Gift für die menschliche Seele! Das Wasser, der Himmel und ein paar Vögel, das ist ihre Welt. Fische! Sie jagen und essen sie, und davon fallen ihnen sicher die Zähne in so großer Zahl aus. Sie lassen sich Bärte wachsen, denn sie würden sich beim Rasieren mit dem Rasiermesser in dem schrecklichen Geschaukel während eines Sturmes selbst abstechen. Ihre Hände sind grob von den Tauen, sie können Bretter mit einem Schlag zertrümmern, aber sie sind trotzdem warmherzig und menschlich. Alle haben Spitznamen. Schrecklich sind sie und tragen trotzdem so würdevoll ihr heimtückisches Schicksal.

Der rettende Strahl vom Leuchtturm ist aufregend, finden Sie nicht?, welcher durch einen schmalen, künstlich angefertigten Spalt dem beunruhigten Fischer weitab im Rauschen der schäumenden und oft lebensgefährlichen Wellen die Hand reicht. Auch er selbst, ich denke an die Lichtgestalt des Leuchtturmwärters, der mit seiner bis auf die Knochen abgemagerten Frau und sieben winzigen Kindern mehr als bescheiden lebt, ach, oft haben sie nichts als die Kräuter zu essen, welche salzverkrustet vereinzelt auf der schmalen Insel wachsen, also auch er wird oft von schrecklichen Orkanen gebeutelt, die gelegentlich so sehr wüten, dass noch die stärkste, aber trotzdem von menschlicher Hand erbaute Behausung zu ersaufen und mit all ihren uns lieben Bewohnern auf den Grund des Ozeans zu rutschen droht! Insofern ist es eine übergroße Freude, sollte aus dem Toben des außer Rand und Band geratenen Unwetters (zu dem niemand einen Anlass gegeben hat, denn Fischer sind mehr als andere gottesfürchtige, friedliebende Menschen), wenn also aus dieser, wie man sagen könnte, flüssigen Hölle eine bereits erschöpfte, aber zu unserem Glück lebendige Hand eines schiffbrüchigen Matrosen ragt und von einer anderen bereitwillig ergriffen wird, von der Hand des Leuchtturmwärters! Die mutigen Taucher, die nach Muscheln tauchen und seien diese noch so gewöhnlich, riskieren ihr junges Leben, indem sie sich mithilfe eines Taus auf den Meeresboden hinablassen! Während die besorgte Mutter an der Küste im dunklen, abgewetzten Kassak die von der gewiss schweren Hausarbeit sicher müden Hände ringt, während die Liebste sich vielleicht fragt, ob sie den über alles treuen Verlobten wiedersehen wird, wirft sich dieser, das Messer zwischen den Zähnen und mit einer äußerst knappen Hose bekleidet, in das kalte, ja, salzige Wasser, um vom mit Pflanzen überwucherten Boden voller ekliger, unerklärlich kleiner, zumeist giftiger Tiere überreiche Beute ans Licht des Tages zu bringen. Wenn darüber hinaus in der Muschel, die übrigens sehr lecker sein soll (wiewohl sie zu kosten mir infolge meiner bescheidenen Lebensumstände nie vergönnt war), wenn in dieser mir unbekannten Delikatesse darüber hinaus eine Perle glitzert, der größten und reichsten Könige würdig, dann ist das für die besorgte Mutter und die vielleicht noch besorgtere Geliebte in ihren mit Flicken aufgeputzten Kleidern, in denen aber äußerst tapfere Herzen schlagen, ein Trost.

Leider hatte ich keine Gelegenheit, schwimmen zu lernen, die Kunst, mithilfe zahlreicher Bewegungen den menschlichen Körper im Wasser oben zu halten! Wo auch, nicht wahr? Etwa in den schmalen Kanälen rings um unser armseliges Städtchen? Stimmt, Novi Sad liegt an der Donau, dem edlen europäischen Strom, welcher seiner noch weit entfernten Mündung in Form eines Deltas zustrebt, ich kann aber trotzdem nicht schwimmen! Ich schwebte nie voll Freude im wässrigen Raum, und das ist ein weiterer großer Abstrich an meiner Person, über welchen Sie sich, wie ich mit Bedauern sehe, höchlich verwundern. Dennoch weiß ich fast alles über die gefährliche Empfindung, man könne jeden Augenblick auf den Grund sinken, was aber trotzdem aufgrund uns unbekannter Gesetzmäßigkeiten nicht geschieht. Was treibt den Einzelnen, und sei er noch so glücklich, in einen feindseligen Strudel, aus welchem er womöglich nie zurückkehrt? Warum setzt man alles, was man hat, eine sichere Zukunft, eine liebende Frau, diese ganze Fülle, deren ich selbst unglücklicherweise beraubt bin, aufs Spiel für das dumme Vergnügen, sich von den Wellen herumschubsen zu lassen? Glauben Sie mir, ich habe zu viele Ertrunkene am Anlegekai in Novi Sad gesehen, der ganze Schmodder und Dreck, welcher sich bereits in dem einen oder anderen Gesicht festgesetzt hatte, ist mir immer gegenwärtig, wenn ich überlege, ob dieser wahnwitzige Spaß so viel wert ist.

Aber damit nicht genug! Ich habe viel über Geysire gehört, einer ebenso natürlichen wie für uns, die wir in einem ganz anderen Teil unseres kleinen, aber trotzdem so verschiedenartigen Kontinents leben, ungewöhnlichen Erscheinung. Ein denkwürdiger Wasserstrahl, welcher plötzlich aus einer Mulde gen Himmel schießt wie ein Mahnmal, eine gewaltige Fontäne aus unterirdischer, oft erhitzter Flüssigkeit! Wozu ist diese unverhältnismäßige Anhäufung gut, während sich in afrikanischen

Wüsten, angefüllt mit staubkornkleinem Sande, nirgends auch nur ein Tropfen dieser so notwendigen Feuchtigkeit findet?! Ich hätte so gern von Ihnen aus erster Hand eine allumfassende Beschreibung solcher Erscheinungen bekommen, aber selbst Sie sagen von sich, dergleichen noch nie mit eigenen Augen, sondern nur in Büchern gesehen zu haben, auf die auch ich mich in aller Bescheidenheit berufe, welche aber nur geschickt gezeichnete Abbilder dieser Sehnsuchtsorte enthalten! Ähnliche Erregung erfasste mich bei Bildern, welche von der Salzgewinnung aus der im Übrigen gefährlichen, allerdings oft nutzbaren wässrigen Substanz des Ozeans berichteten. Aus Salinen, unabsehbaren, ebenen Flächen, schöpfen namenlose Arbeiter in mühseliger Kleinarbeit mit kleinen Gefäßen dieses geheimnisvolle Pulver ab und schütten es von da in immer größere. Manchmal, beim Betrachten besagter Bilder, auf denen man geschickte Bedienstete mit langen Stangen, an deren Ende zweifelsohne Löffel befestigt sind, das weiße Gold sammeln sieht, also beim mehrfachen Betrachten ihrer nützlichen Arbeit, verdolmetschte ich mir den Anblick in meiner Fantasie als einen Sport englischen Ursprungs, so elegant und heiter erledigen sie ihre die Haut an den Beinen stark angreifende und mit der Zeit völlig zerfressende und also äußerst gefährliche Arbeit. Und was haben diese Menschen davon, das frage ich Sie, liebe Mitreisende, was nützt es ihnen, dass wir unser Essen salzen können, wenn ihnen dafür ihre besten Körperteile beziehungsweise die Beine unwiederbringlich zerstört werden oder sogar absterben? Und während die einen die Weite des Wassers zur Salzgewinnung nutzen, andere sich darin infolge eines hässlichen Schicksals ertränken und wieder andere keinen Tropfen dieser göttlichen Flüssigkeit haben, um sich die müden Augen zu netzen, verschwenden und verhöhnen manche dieses uralte Element, indem sie alle Wasserhähne öffnen!

Brunnen, Quellen künstlichen Wassers mit absichtlich angebrachten Löchern und dem Ziel, den in unseren genügsamen Ländern nicht sonderlich ausgeprägten Durst zu stillen, Sie haben bestimmt welche in den großen Zentren der Weltbaukunst angetroffen! Knien da nicht um die Brünnlein unschuldige Skulpturen nackter Knaben, über denen das Damoklesschwert in Gestalt eines Giganten schwebt, und spiegelt es nicht jene wider, die zum Tode durch Verdursten in einer noch unentdeckten Wüste verurteilt sind? Oder die Figur einer Mutter, welche das eigene Kind ertränkt, und aus dieser schmerzlichen Szene, genauer aus dem Munde des unschuldigen Geschöpfes in den Armen der verzweifelten Mutter, weil sie eben nichts mehr hat, womit sie das Kleine ernähren könnte, aus diesem Munde also, grausames Schicksal!, dringt der kühle, mitnichten abstoßende, klare, oft auch heilsame Wasserstrahl!

Ist es nicht schwer und lehrreich zugleich, sich in die Lage von Inseln zu versetzen, welche getrennt von den Festlandsmassen zu allen Seiten von der mitunter gefräßigen Meeresbrandung umklammert werden? Noch die unzugänglichste Weltengegend, hier denke ich sowohl an den Dschungel mit dem ganzen Getier als auch an die wasserlose Wüste, kann mit dem Rest der Welt durch mühselige, beherzte Expeditionen irgendwie Verbindung aufnehmen. Aber wie kann man einer arglosen Insel mit ihrer unverdorbenen Bevölkerung helfen, wenn der Zorn des bleiernen Meeres auf ganzer Breite gegen sie anrollt und man keine Flotte an der Hand hat, um das schreckliche Ungeheuer, welches es im Übrigen gar nicht gibt, zu überwältigen? Wenn nur der Nachen unseres Lebens niemals in die mörderische, unbequeme Nähe eines Katarakts treibt, wo die Wassermassen unter unbeschreiblichem Getöse fast ohne Vorwarnung auf ein tieferes Niveau stürzen! Ein freundliches, fast würde ich sagen ruhiges Flüsschen, auf dem makellose Schwäne schwimmen und an dessen Ufern fröhliche Wäscherinnen, hübsch, aber züchtig, ihre Wäsche neuer Reinheit zuführen, verwandelt sich im Handumdrehen in einen Sturzbach, mit aller Macht hervorgerufen vom klaffenden Abgrund, den kein Schiff überwinden kann, ohne alle auf ihm Reisende in den Tod zu reißen. Ein unangenehmes, todbringendes Wunder der Natur, welches zu sehen ich nie Gelegenheit hatte! Sind im zahmen Pannonien, in welchem ich mein ebenso zahmes Leben verbringe, solche Bilder von Gewalt und Verderben möglich? Nein, in der sanften Landschaft um Kikinda und Betschkerek gibt es nichts dergleichen!

Ist es nicht seltsam, dass Menschen so leidenschaftlich gern in die nicht erforschten und daher gefährlichen Vertiefungen der grausamen Gebirge steigen und, durch verschlungene Gänge irrend, in die Eingeweide der Erde vordringen?! Mit einer kleinen, schwachen Fackel, die, in die Höhe gehalten, jeden Moment verlöschen kann, ins Unbekannte gehen! Helden der Unterwelt, Matadore der Höhlenforschung, gewohnt an Entsagung, den Tod unablässig über dem arglosen, wenn auch feurigen Kopfe. Ein kleiner Segeltuchhelm schützt sie vor den fortlaufend herabfallenden Steinchen, die von der Felsdecke regnen, Stiefel aus ordentlich gegerbten Lammleder bewahren sie vor Wasser und Schlamm unter der Erde auf ihrem unsicheren Weg hin zum Ruhme. Ihre Bärte sind nass von der ständigen Feuchtigkeit, die Finger zittern wegen der schrecklichen Tiere, die hinter der nächsten Biegung lauern und sie zerreißen könnten. Und während ihre Verwandten und Freunde beispielsweise in London bequem im Salon sitzen, Tee aus wohlgeformten Tassen trinken, Zeitungsberichte über verschiedene, in jedem Fall unnötige Kriege lesen und dem sanften Klavierspiel eines weiß gekleideten Mädchens lauschen, welches die Finger über die Tasten gleiten lässt und dazu eindrucksvoll und zärtlich singt, stolpern sie durch unterirdische Gänge und verfaulen, und die meisten sehen das Tageslicht nie mehr. Was helfen ihnen da die meist klotzigen und überdies oft kaputten Apparate! Ein Kompass, ein kleines Ding, erfunden in grauer Vorzeit und von seiner Mechanik her den Chronometern ähnlich, wie sie Anton Ekfeld zu Hunderten repariert hat, unser Brillenschleifer und Uhrmacher, von dem ich Ihnen schon einiges erzählt habe! Aber im Unterschied zur Uhr, deren Zeiger niemals die Richtung wechseln und zeigen, wie die Zeit unaufhaltsam und schicksalhaft vergeht, tanzt die Nadel eines Kompasses gleich einem hinterwälderischen Seiltänzer auf einem belebten Marktplatz, dreht sich in alle Richtungen, rotiert über Nord und Süd, von Ost nach West, wo die Sonne unerbittlich versinkt und mit ihr oft genug die letzte Hoffnung. Und vielleicht war diese heimtückische, unzuverlässige Vorrichtung nirgendwo besser aufgehoben als in den Händen unseres ebenso heldenhaften wie greisen Herrschers. Die Grafik mit dem durchlauchten Kaiser, welcher auf einem Felsen kniet und einen Kompass in seiner kein bisschen zittrigen Hand hält, hängt jetzt, sorgfältig aus der Zeitung ausgeschnitten, stolz mit einigen Stecknadeln leicht befestigt, an meiner bescheidenen Wand. Die herrliche Darstellung gibt dem seltenen Besucher meiner bescheidenen Gemächer noch anderes zu sehen: weitere Mitglieder der kaiserlichen Familie beim Pferderennen, in einem großen Schlitten, mit einem Ballon in bedrohlicher Höhe, am Klavier und sogar bei der Eröffnung eines Kanals!

Wirklich!

Große Kanäle, gegraben von selbstlosen Menschenhänden! Haben wir nicht unlängst illustrierte Berichte über den Bau der größten derartigen Grabung in der Geschichte erhalten, also des Suezkanals, welcher Asien und Afrika und vielleicht sogar Australien miteinander verbindet, diese sehr verschiedenen Kontinente? Eine Gelegenheit, bei der, begleitet von einem mächtigen italienischen Orchester, Arbeiter aus vielen Ländern praktisch mit nackten Händen den Erdraum und die Schwere überwanden, während ihr unerschrockener Kommandant (dessen Namen ich gerade in meinem Gedächtnis nicht zu fassen kriege), welcher einen mit weißer Seide überzogenen Helm trägt, auf dem vorn das Wappen Amerikas in Gold prangt, von einem gewaltigen Turme die Befehle erteilte. Viele Menschen starben unter der Knute dieses wilden und doch edlen Sohnes der Menschheit, aber nach einer gewissen, nicht so kleinen Zahl von Jahren passierten trotzdem die ersten Schiffe diesen Durchstich, der nachträglich mit echtem Meerwasser gefüllt wurde!

Ja, ja! Kontinente, mit ihren natürlichen und unnatürlichen Auswüchsen in Form von Buchten, Halbinseln und Leuchttürmen! Oh, wenn das menschliche Herz wenigstens den Raum umfassen könnte, in dem etwas geschieht, beziehungsweise das Leben. Jeder Kontinent ist wie ein Mensch, und untereinander sind sie verschwistert, auch wenn manche zurückgeblieben sind! Na dann, Europa, der liebe Kontinent! Wie ihn vergleichen mit dem wunderlichen, weithin unbekannten Asien, dem wilden Afrika, dem sagenhaft reichen Amerika, ein Land unbegrenzter Möglichkeiten, aber im Grunde unglücklich, oder mit Australien, das mich überhaupt nicht interessiert? Eine Handvoll Erde aus dem Boden hier ist meiner Meinung nach mehr wert als sämtliche Urwälder, in denen es von hinterhältigen Schlangen, unmenschlichen Bestien oder garstigen Vögeln nur so wimmelt. Liegen die Dinge hier, in Europa, nicht ganz anders? Die lustigen Mühlen, welche der Wind in den Niederlanden dreht, während die Bäuerinnen in bequemen Klompen einhergehen, hölzernen und doch so wertvollen Schuhen, eine jede mit Tulpensträußen im Arm, eben gepflückt. Und die Schweiz mit ihren Kühen und Schokoladen der Marke Nestlé, eine ebenso altehrwürdige wie in jeder Hinsicht wichtige Fabrik. Und was wäre erst über Venedig zu sagen, La Serenissima, eine Stadt an Kanälen, die ich nur auf den Tellern und Gläsern im Hause des guten Kerečki gesehen habe!

Ich gebe zu, ich beneide Sie, weil sie rassisch wie religiös verschiedene Volkstypen kennen, welche sicher in allen großen europäischen Städten zahlreich vertreten sind. Juden mit ihren stark ausgeprägten, gebogenen Nasen, unter einer niedrigen, oft vom Nachdenken runzligen Stirn und Mündern voller kaputter, aber ordentlich ausgebesserter Zähne! Schwarze mit der unübertroffenen Schwärze ihrer Haut und Zähnen, so weiß wie Perlenketten! Chinesen und Japaner mit merkwürdig schrägen Augen, die leicht und ohne Kopfzerbrechen voneinander unterscheiden zu können ich leider nicht von mir behaupten kann. Schließlich Menschen unserer Rasse, milchweiß, aber mit vielen Volkseigenschaften – sorgsam rasierte Italiener, bärtige Serben, meist von Brillen, überwiegend mit Goldfassung, entstellte Deutsche! Was für ein Glück, eine bunte Mischung verschiedener Menschenrassen in einer einzigen Straße einer Großstadt wie Paris zu sehen, der Metropole von Licht und Schatten. Und dazu die anderen, versteckteren und nur Ihrem durchdringenden Auge zugänglichen Unterschiede! Menschen derselben Herkunft, welche sich durch ihren beispielsweise humpelnden Gang auszeichnen oder durch ihr Temperament, weil sie etwa zu übertriebener Hysterie oder krankhafter Hast neigen. Und erst die Gesichter, manche düster, ja verzweifelt, andere heiter bis zum albernen Lachen!

Was? Bedeutet dieser plötzliche Ruck der nicht immer ungefährlichen Eisenbahn, dass wir das Ende Ihrer wissbegierigen

Reise erreicht haben? Wie fern lag mir der Gedanke, während ich aus meinem Hirn alle wichtigen Punkte unserer zeitgenössischen Zivilisation herzählte, dass es ein solches Ende geben würde! Statt mir gründlich Ihre wunderschönen Züge und alle anderen liebenswürdigen Punkte Ihrer Persönlichkeit, für die ich gar keine Namen habe, zu betrachten, frönte ich meinem Stolz und schläferte gleichzeitig meine Wünsche ein. Leb wohl, liebes Mädchen! Du stilles, außerordentlich zurückhaltendes Geschöpf, welches auf der kurzen Strecke vom Bahnhof Vinkovci, wo sie einstieg, bis hierher, wo sie aussteigt, so viel Ungewöhnliches und Schönes in mein Leben brachte! Hach, hinter dem wirklich heruntergekommenen Bahnhofsgebäude wartet eine Kutsche auf sie, fast ein Fiaker, mit zwei kohlschwarzen Rappen, welche wiehernd ihre Herrin begrüßen, dem treuen Kutscher Franjo und Karlo, dem Gutsverwalter der Uskokovićs, der leicht hinkt, aber mit seinem Samtanzug fesch ausschaut, sieh nur, wie das liebenswürdige Wesen in den beschriebenen Zweispänner einsteigt, der, fröhlich Staub aufwirbelnd, anfährt, und die dreckigen Bengel und die Gänse, diese fauchenden Haustiere, stieben auseinander, und die Kutsche fährt den Weg zum Fuße des nicht besonders hohen, aber netten Strmac-Massivs, welches mit einem kleinen Wasserfall und vielen Bäumen, die in ihrer Gesamtheit einen Wald bilden, gesegnet ist, und bald schon wird sie in der Tür des vornehmen, ansehnlichen Gutes verschwinden, eine Tür, welche mir für immer verschlossen bleibt! Das Schicksal verspottet mich so böse, wie ich es mir nicht erlauben würde, denn es hinterlässt mir statt des ganzen Wesens nur dieses vergessene Heft, eine Preisliste für alle Dinge unseres Jahrhundert, immer wieder studiert und doch dem Anschein nach nagelneu. Ein trockenes Warenverzeichnis, ein Wörterbuch merkantiler Einzelheiten statt einiger weniger, aber umso wertvollerer persönlicher Worte von ihr, unzählige Bilder von Menschen und Dingen als Trost für ihr Bild und ihre Gestalt, die gerade meinem Blick entschwindet. Sie lebt als angesehene Schwiegertochter neben der herzlosen Schwiegermutter Katharina, geborene Pejačević, einer klugen, aber scharfzüngigen Greisin, und wartet auf ihren Gatten, den angesehenen Doktor der Medizin, welcher in einer Woche zurückkommt, um seinen humanen Dienst als Arzt und Bürger der Stadt fortzusetzen, und mir bleibt nur, im Wege des Heranbringens tödlicher Gifte für die Firma Jovan Grosinger fortlaufend mit dem eigenen wie mit dem Tode anderer zu spielen, bis zuletzt untröstlich.

Wo ist was. / Anzeiger des Gezeigten und des Ungezeigten. / Rauminhalt des gesamten Inneren von Anfang bis Ende. / Was immer existiert, gibt es oder wird erinnert. / Wie einst und wie heute auch. / Sammlung des Selbigen in etwas Größerem. / Zum Lesen in der Eisenbahn und andernorts. / Vom Kleinen zum Großen, vom Kinde zum Greis. / Heute zu zweit, morgen, wenn Gott will, zu dritt! / Bonbons werden gegessen, Blumen verwelken, aber ein Kind verbleibt als Gabe Gottes zum lebenslänglichen Gebrauche. / Ein kleines Kindchen ist dem mutigen Krieger wie dem Bauer, dem Holzfäller wie dem bettelarmen Habenichts willkommen zur Aufmunterung, als Nachfolger oder Stütze des Alters. / Von Ihnen und nur von Ihnen hängt ab, welche Haarfarbe Euer Nachfolger haben wird, der einzige Charakterzug, oft ganz unvernünftig. / Ein Kind ist des Mannes bester Freund. / Ein Kind und wie man eins kriegt. / Jedes Spielzeug nutzt sich ab, Spielkarten verknicken, Dominosteine gehen verloren, Weinflaschen werden geleert, aber das Kind bleibt, ungeachtet der vielen tödlichen Gefahren, die von allen Seiten drohen. / Täglich frische Kinder. / Von allen Organen brauchen Lebewesen am notwendigsten ein Verdauungsorgan zwecks Zu- und Abfuhr von Nahrungsstoffen; bei angemessener Pflege hält das praktisch ein Leben lang. / Sollten Sie das Bedürfnis haben, den Sonnenuntergang oder brennende Paten oder den aufgeknüpften Nachbarn zu sehen, schlagen Sie nur die Augen auf, und man wird, falls präzise in diesem Sinn ausgearbeitet, das Seine dazutun. / Wenn du in den Wald läufst, im Hof herumgehst, durch Blumen stakst, nutz deine schlanken Beine. / Du wirst nirgends hinkommen, weder mit dem Teufel noch mit Gott, ohne das eine, etwas kürzere Bein. / Gehen Sie, den Rest erledigen wir. / Sehr nützlich im Sinn körperlicher Verlagerung. / Sprache des Gangs. / Wer hätte gedacht, dass ein zärtliches Frauenherz genauso viel ziehen kann wie die vor eine Straßenbahn gespannten bissigen Pferde in den größten Städten der Welt. / Das Herz arbeitet wie eine Pumpe im Bergwerk, wenn auch viel empfindlicher. / Nutzen Sie für schwere Waldarbeiten, das Schreiben von Liebesäußerungen und Beileid im Unglück ausschließlich Ihr einmaliges Herz. / Du kannst ohne Ohr, Auge, Nase, Hände, Füße und sogar ohne Fortpflanzungsorgane leben, aber ohne Herz wirst du niemals in lebendiger Anwesenheit sein. / Wer den bedeutsameren Teil menschlicher Eigenschaften aufzählt, bekomme eine schmackhaft zubereitete Belohnung. / Beim Toten schlägt das Herz nicht. / Wer im bequemen Sessel sitzt, denkt nicht an die Qualen des Bergsteigers, welcher auf einer scharfen Felskante entlangkriecht, unter der ein blutrünstiges Krokodil wartet. / Tisch und Stuhl, die wichtigsten Requisiten beim Essen, zum Trinken, Nachdenken und im Familienkreis Dominosteine Legen. / Man kann auf Heuballen, im feuchten Schützengraben oder auf schwankenden Schiffen schlafen, aber letztlich ist das Bett die angemessenste Erfindung eines unbekannten Erfinders, um nicht nur die Knochen, sondern auch die übrigen Muskeln, gruppenweise im menschlichen Leib verbunden, abzulegen. / Niedrige Kosten, höchster Genuss. / Das Bett als Zeichen guter Erziehung. / Jede Gerätschaft wurde zum Schaffen geschaffen. / Ein großer Kopf, von dem abhängt, was die Menschheit zeit ihres Bestehens verwenden wird. / Einer denkt, alle nutzen es. / Das Glas mit seiner zweckdienlichen Vertiefung ist in dem Moment, in dem man Durst hat, äußerst sinnvoll, vergiftet jedoch die Sitten, sobald man unkontrolliert säuft. / Der Erfinder denkt beim Erfinden nicht an die schicksalhaften Folgen seiner Erfindung. / Mit einem Messer kann man auf dem Tisch Brot schneiden, das Geschwür am Bein des Nachbarn öffnen und den harmlosen Popen, der trotz seines Wohlstands kein schlechter Mensch ist, auf dem Heimweg nach der Predigt abstechen. / Eine Klinge, zweischneidige Resultate. / Da können wir nichts machen. / Bitte verzichten Sie auf eine Reklamation. / Technisches Versagen. / Ein Mangel jagt den nächsten. / Alle Werkzeuge haben sich aus einem gemeinsamen Ursprung entwickelt, der menschlichen Hand, die sich von der des Affen nicht unterscheidet. / Jedes Werkzeug ist zu etwas gut, auch wenn der bloße Anblick nicht verrät, wozu es gut ist. / Nicht jedes Essen ist vergiftet, tödlich und verdorben, so wenig wie jeder Stuhl, auf den man sich setzt, augenblicklich zusammenbricht. / Alles Wertvolle in Umschlägen, Schatullen oder Paketen kann dank Diebstahl, habgieriger Aneignung oder schlichter Nachlässigkeit der Post schnell abhandenkommen. / Jeder Mensch ein Paket in die Ewigkeit mithilfe von Mord, Krankheit oder was immer sonst. / Kenntnis und Pflege von Begräbnissen, Beerdigungen, Beisetzungen, Aussegnungen und Ähnlichem sind heutzutage Pflicht jedes modernen Europäers. / Lehrer mit streitbarem Betragen. / Widerworte, Schelte und Dreistigkeiten in der besseren Gesellschaft, auf dem Sportplatz und andernorts. / Die Ohrfeige als Denkzettel und ihr Gebrauch. / Verordnung für serbische Streitereien mit Wortwechseln, physischen Abrechnungen und versuchtem Mord, alles nach Vorschrift und preiswert, in Bildern. / *Theorem vom rechtmäßigen Hass*, aus dem Russischen, mit vielen historischen Einzelheiten. / Nie genug Verstand. / Zur Auswahl stehen Pistolen, Schlingen, Messer, Meineide und unter die Bettdecke geschobene Skorpione. / Umtausch nicht möglich. / Wir erledigen es gleich. / Nicht morgen, sondern sofort. / Augenblicklich. / Höchstens noch eine Minute. / Schleunigst. / Von unseren Ausgaben. / Das ist eine unserer Tageszeitungen. / Lasst die Hunde nicht sofort los, hört euch erst das hübsche Lied der armen Straßenmusikanten und Sänger an. / Harsche Entwendung empfehlen wir jedem, denn keiner ist mit keinem verwandt und jeder sich selbst der Nächste. / Der Jugend zuliebe. / Kleiner Fahnenjunker, recht unruhig, etwas füllig, ein bisschen unanständig, leicht schwankend, sollte besser ein Buch lesen, statt sich mit der Säge in die rechte Hand zu schneiden, wogegen es auch ein Heilmittel gibt im Sinn eines Verbands. / Nie zu spät. / Nichts ist verloren. / Es findet sich immer, im Guten wie im Bösen. / Daheim wie draußen Offizier. / Auf dem Pferd eine Furie, bei Tisch ein Falke, im Bett ein schnurrendes Kätzchen. / Einer muss vorangehen, er mag blind sein, das linke Bein verloren und eine Kopfverletzung durch eine Granate haben. / Wer nie geritten ist, hat nicht gelebt. / Natürliches Reiten des Pferdes vermittels Enjambement und Springen auf selbigem. / Jeder Sturz verstärkt das Verlangen. / Der wirklich große serbische einheimische völkische Reiter am Silbersee, historische Missgeschicke und vielerlei Bedauern. / Der bunte Reiter bricht zu seinem historischen Ritt auf. / Einer auf dem Dach, einer auf dem Baum, Mann auf dem Pferd. / Besser ein Mann zu Pferde als der Spatz im Topf. / Fünf fesche Rittmeister. / Erlesene Rittmeister. / Die Macht der Reiterei. / Der kleine Rittmeister. / Wer Gutes tut, reitet. / Reiterfreuden. / Kind und Rittmeister. / Mit oder unter ihm. / Wer schnaubt, denkt nichts Böses. / Gouvernante und Rittmeister. / Genoveva auf dem Pferde und darunter. / Reittage. / Tag und Nacht im Sattel. / Kind hoch zu Ross in den Alpen. / Knabe und Pferd auf Helgoland. / Zwei, die sich als Rittmeister ausgeben. / Rittmeister auf der Straße. / Der Rittmeister, oder aus dem Leben der Schwarzen in Amerika. / Das Pferd und ich. / Die Tochter des Rittmeisters. / Die Schwiegermutter des Rittmeisters. / Wie man Bettler wird. / Gesundheit und Fortkommen unserer Bettler. / Bettler für das Volk. / Bettler und schwangere Hofdame. / Bettler im ersten Lebensjahr. / Schwangerer Bettler. / Bettler vertreibt man mit Bettlern. / Eifersüchtiger Bettler und einstiger Reichtum. / Vollständiges Gebettel ohne einen Funken Verlogenheit. / Bettlers Volkslieder. / Der Säbel des Bettlers. / Kara Ben Bettler. / Bettlers Welt. / Bettler sind die ersten Menschen. / Fünfundvierzig Bettler. / Zwei bettelnde Ehepaare. / Werke eines Bettlers. / Nichts für Bettler. / Der Bettler der Madame Solange. / Geschichte der Bettelei. / Wir empfehlen folgende Begebenheiten: Spaziergang, Kinderspiel, Vorfall, Schmausen, Zweikampf, frohe Botschaft, Brautschau, alles günstig und an der frischen Luft. / Charmant und uncharmant ergibt, einheimischen Schriftstellern zufolge, den Charmeur. / Er wird euch beim Verführen zur Hand gehen, Verbesserungen und Unterbringung eigener Empfindungen in passenden Fächern, mit praktischen Anleitungen für später. / Hundert Jahre Erfahrung im Zu- und Abnehmen. / Die besten Empfehlungen von abgemagerten Fettwänsten und dick gewordenen Hungerhaken. / Gemeinsame Erfahrungen von Großgrundbesitzern, Reitersoldaten, Popen und Bettelvolk. / Allen nützliche Vornachworte. / Abertausende von Gelegenheiten, den Marktplatz zu besuchen, angelegentlich der Zubereitung von Speisen und der Herrichtung der Gästezimmer. / Wie nur irgendwas im Leben. / Wie man in den Knast kommt. / Jeder braucht die vorübergehende Trennung vom grauen Alltag vermittels Verhaftung, Strafvollzug und dergleichen. / Ausgehen wie ein steinalter Greis, nur bitte nicht mit den Füßen nach vorn. / Das Leben heutzutage, eine der gefährlichsten zeitgenössischen Erscheinungen der Nachkriegszeit. / Mit all seinen gefährlichen Details und Drohungen. / Jede Person mit verwirrtem Lebenssinn möge gut nachdenken. / Löffel zum in die Hand nehmen. / Eine Kette für den Herrn anlässlich des Eintritts in den Ehestand. / Eine vollständige Garnitur Flüche bei der Testamentseröffnung. / Wärt ihr heute gestorben, wüssten sie es nicht. / Besser heute gestorben als gestern, noch besser heute als vorgestern. / Künstliche, absichtlich vollendete Aufregung. / Beste Sorte, bester Hersteller, geringster Ausschuss, größter Nutzen, kaum Kosten, alles in möglichst kurzer Zeit. / Die Zukunft wird es weisen. / Dass wir bis heute unserem geschätzten und verehrten Gott Vater bewusst, genau und gemessenerweise dienten, ist der Beweis, dass wir immer noch da sind, wo wir sind. / Wer es nicht glaubt, kann ihn ja direkt fragen. / Jeder vergewissere sich seines persönlichen Weges. / Wir klappern die uns bevorstehenden Ereignisse nicht ab, allesamt wohlfeil. / Jedem Höflichen und Fleißigen ein weites Feld, ohne Garantie. / Pulver gegen Tod und Unglücksfälle, dreimal täglich einen gestrichenen Kaffeelöffel in Quellwasser auflösen. / Gericht, Urteil, Jüngster Tag für Groß und Klein. / Das Leben vollzieht sich unter der persönlichen Aufsicht der Lebenden. / Schule des Lebens, jedem zugänglich, Erläuterungen im Kuvert. / Anleitung zum Bewegen von Armen und Beinen zuzüglich Statuten schönen Denkens. / In kostenloser Art, bewährte Methode. / Witzige Einfügungen im alltäglichen Gewand, Szenen in grellen Farben, verschiedene Ereignisse im Sinne unerwünschter Begegnungen, unglücklicher Fälle und dergleichen. / Fünfzig bis sechzig Jahre glücklichen Lebens können jeden Sterblichen in den Wahnsinn treiben. / Wir empfangen und erledigen. / Einsame Spaziergänge, Spaziergänge zu zweit, Frühjahrsprozession, Zerstreuung im Wäldchen sowie andere Systeme des Frische-Luft-Schnappens mit Hochachtung und stets reinem Herzen. / Die Erben des neunzehnten, bisher in jeder Hinsicht verrücktesten Jahrhunderts empfehlen sich. / Zum serbischen Spaziergänger. / Promenade en detail und en gros. / Lustig sind die jungen Leut'. / Im Lande wie im Auslande. / Feinste, neueste, modernste, aufgeräumteste Begeisterung der Seele. / Ich war traurig. / Weniger als viermal seitens meiner lieben Schwester, der Mutter und einem nicht existenten Verlobten erfreut, wurde aus mir eine andere Frau. / Empfehlen wir jedem. / Aufrichtiger Ratgeber. / Ratschläge für Sommer und Winter. / Ratgeber mit den besten Ratschlägen einstiger Ratgeber. / Besser fröhlich und sittsam als traurig und ein Mörder. / Sehen Sie mir ins Gesicht, da sehen Sie nicht eine Träne. / Gibt es so etwas noch einmal? / Fleißpreis dem Widerwortegeber. / Jetzt oder nie. / Nie, nirgends und gibt's bei uns nicht. / Gegen garstiges Naturell, Jähzorn, Streitsucht, Dummheit, Mordlust, Wut, Abscheu, schlechtes Benehmen, Quälerei, Langeweile helfen lauter sanfte Gedanken und liebevolle Blicke auf die Dinge. / Wie weggewischt. / Kostenlos für den, der nicht glaubt. / Erprobt an Schweinen, Indianern und zum Tode Verurteilten. / Glücklicher Verbrecher. / Beichte unterm Galgen. / Verurteilter verurteilt zur Aufrichtigkeit. / Stiesel und Strolch, in allen Lebenslagen. / Per Nachnahme. / Ohne Adresse, ans Postfach. / Wer Umgang mit Stieseln und Strolchen sucht, möge an Unbekannt unter der Chiffre Stiesel Strolch eine Krone einzahlen. / Bedauern bis ins Grab. / Bei geöffnetem Ventil Gesetzestreue mimen. / Gegründet 1874, Gefängnis in Pennsylvania. / Neueste und ausgereifteste Konstruktion, irrige Vorstellungen, Betrug. / Schicken Sie Geld, die Ware existiert nicht. / Nur bei uns. / Wir und niemand sonst. / Diesmal lügen wir nicht. / Wir werden euch nicht enttäuschen. / Unsere Absichten sind sauber, wenn auch sehr ungewöhnlich. / Langfinger und Kamerad. / Bruder und Lump. / Falschmacher GmbH. / Amtlich beglaubigter Taschendieb. / Simulant und Söhne. / Zum Messerstecher. / Hehler und Stehler, Erste Tschechische Eidbruch AG. / Schieberei in Kommission. / Bank ohne Deckung Ltd. / Schuster und Flegel, Nebelmacher. / Alles für ein kurzes, aber schönes Leben. / Im Prospekt genau erklärt. / Preise eingefroren. / Wir arbeiten auf eigenes Risiko und für den Reinverlust. / Sie wünschen, wir liefern. / Männliche Athleten für alle Arbeiten. / Echte Schliche und Versandbeschiss. / Bilder für Kinder, Männer und Personen des schönen Geschlechts sowie für Gichtkranke, von der Polizei empfohlen. / Balsam gegen Langeweile. / Flit für Faule. / Massen von Spendenbriefen geben uns recht. / Wahnsinn in den Anfängen, Schwielen, Syphilis, unkontrollierte Ausbrüche, Krankheiten der Blase, alles wie mit dem Messer abgeschnitten beim Betrachten unserer Vorstellung mit tödlichem Ausgang. / Täglich Riesenauswahl an schweren Szenen. / Gesellschaftsabende zahlen sich nur mit hochstehenden Persönlichkeiten aus. / Freund vor der Welt und zu Hause. / Ein großer Mann und sein Tagesablauf. / Geburt eines großen Mannes. / Der große Mann und die Vögel. / Kleine Geheimnisse großer Männer. / Beichte des ersten großen Mannes, den wir hatten. / Wie man ein großer Mann wird und der Kampf dagegen. / Große und kleine große Menschen. / Wachstum und Größe großer Menschen. / Große Menschen in kleinen Ländern und umgekehrt. / Der serbische Hausfreund in natürlichen Farben. / Wer keinen hat, muss den Erstbesten nehmen, den er trifft. / Unterrichtung im Mädchensein, Vergangenheit ohne Bedeutung. / Mädchenhafter Tag mit Aussicht. / Von früh bis spät in allerfeinsten Beschreibungen, in Menge und nebst Anerkennungsmedaille. / Billig. / Noch billiger. / Am billigsten. / Umsonst. / Wir geben Ihnen noch Geld dazu. / Unerhört billiges Programm für 16- bis 18-Jährige, vollkommen schmerzfreie Vorstellung. / Elegantester Abschied von dieser Welt im Wege der Beerdigung, Hinablassen der sel. Seele und des Verstorbenen. / Das eigene gegen das ewige Leben eintauschen, Umzug von Zuhaus ins Beinhaus. / Begräbnis ohne schädliche Gesundheitsfolgen, obwohl manche sich gern verbrennen. / Früher oder später landen wir alle dort, von daher rüste dich in der modernsten Weise. / Gedenkt der Todesstunde. / Stellt nichts her, produziert nichts, arbeitet und funktioniert dabei wie die beste Fabrik, ja, unsere königlich-ungarische Post, die im Nu die Nachricht vom Tode eines lieben Wesens in vollständigster Weise übermitteln wird. / Nachbar, Hausgenosse, Bauer, Landsmann usw., der beste und schmerzloseste Ersatz für echte Verwandtschaft, Bruder, Schwester oder Vater, sollte diese dem Krieg oder einer Überschwemmung zum Opfer gefallen sein. / Wer nicht wenigstens ein Mal im Leben einen Lebensmittelladen betreten hat, der kennt das Paradies nicht. / Einen Lebensmittelladen sehen und sterben. / Unvergleichliches Erlebnis. / Königin im Lebensmittelladen. / Lebensmittelladen oder Tod. / Die Lebensmittelhändlerin und der Sultan. / Mitbringsel aus dem Lebensmittelladen. / Geheimnisse von vier Lebensmittelläden. / Lebensmittelladengemecker. / Alte und neue Lebensmittelläden. / Alles, was nicht funktioniert, muss repariert werden und umgekehrt. / Allseits bekannte Fabrik zur Wiederinordnungbringung vermittels Werkzeugen, Kanalisationsarbeiten und guter Nerven. / Wer dagegen ist, muss es nicht anerkennen. / Für dreckige, unanständige, lebensgefährliche und unansehnliche Arbeiten und Unterfangen bestens geeignet: Diener, Aufwärterinnen, Butler, Kammerherren, Zugehfrauen, gegebenenfalls Sklaven. / Was keiner machen will, erledigt ein Sklave klaglos. / Diener bewahren vor übertriebener Erschöpfung, Arbeitsunfällen oder Nervenzusammenbrüchen. / Besucher: Labsal für die vierköpfige Familie, welche in Langeweile, Spleens und Missstimmung abgleitet. / Bestes Mittel gegen Gefühllosigkeit: Streit wegen unsinniger Vorfälle. / Kroatische Besucherin. / Goldene Regel für den unhöflichen Besucher. / Zwölf Regeln für Überraschungsgäste. / Ein Gast und vierzig Räuber. / Hiesige Gastfreundschaft. / Geheimnisumwitterter Gast aus Paris. / Tagebuch eines unhöflichen Gastes. / Gästin und Barbier. / Ungastliche Leute und deren Gründe. / Jeder kann den besuchen, den er besuchen will, Besuche bei Personen, mit denen man aneinandergeraten ist, empfehlen sich jedoch nicht. / Die hundert schönsten Beispiele afrikanischer Gastfreundschaft, beschrieben von einem dem Kessel entsprungenen Missionar. / Weissagung der fernen Zukunft und der jüngsten Vergangenheit. / Was sich der Weissagung versagt. / Vornehme Leute und die Straßenprophetin. / Serbische Hellseher. / Physiognomie für Brautleute, eine Lesehilfe. / Zweihundertfünfzig Beschäftigungen und wie man sie meidet. / Das Menschenleben von der Wiege bis zur Bahre aus der Sicht damit befasster Gewerke. / Handwerkerbeichten, durchwirkt mit Schnurren aus dem wahren Leben, etwa übers Essen, Schlafen und die Wahl des Ehepartners. / Angenehmste Art, die Lebenswirklichkeit fern jeder Wahrheit mit Masken in Liebes-, Wein-, Kinder-, Konjunktur-, Theater-, Kriegs- und anderen Schauspielen widerzuspiegeln. / Geheimnisumwitterter Spieler. / Der große deutsch-serbisch-ungarische Spieler. / Brandrede, in Farbe. / Sieben Erpresser. / Die nützlichsten, empfehlenswertesten Arbeiten von Menschen. / Beschränke dich auf ein schönes, bequemes und reiches Leben in einem hübschen Haus und der prächtigsten Landschaft der Welt, in einem wohlhabenden, zivilisierten Staat mit einem klugen König und loyalen Militärs, also auf einer Insel in einem angenehmen, stets warmen, niemals aufgewühlten Meere. / Wenn man den einen nicht vom anderen unterscheiden kann, meistens Zwillinge, Doppelgänger und dergleichen. / Verbindungen aus mehreren Rassen, Geschlechtern und anderer Mischmasch mithilfe einer mehrere Jahrhunderte währenden Zuchtwahl. / Mestizenrarität. / Zufallszwitter. / Wie ich das eine wie das andere wurde. / Wer bin ich? / Der erste serbische Hermaphrodit und was selbiger isst. / Halb Mann, halb Frau. / Dreiviertelfräulein. / Wovon er zu viel und sie zu wenig hat. / Grobheit, für Stunden der Entscheidung empfohlen. / Zärtlichkeit, sehr sanftes Mittel gegen selbige. / Auch bei empfindsamsten Personen. / Galante Woche. / Verhindert einen schlechten Eindruck. / Falls ihr noch nicht in ländlichem Wahnsinn, Spinnerei, Verwandtschaft, Nichten und Neffen versunken seid, immer nur barfuß durch den Schnee, Krug auf dem Kopf, falscher Schnurrbart und unerträglicher Mundgeruch, insonderheit an Feiertagen und um Neujahr herum. / Wie man weise wird, kostenlose Anleitung, amtlich beglaubigt. / Nichts geht über den Popen. / Gefeit gegen jede Versuchung, rettet den Haussegen, bringt Verbrecher zur Vernunft, für den kleinen Lohn des ewigen Lebens und einen Kanten trocken Brot. / Kein Besserer als der vorsitzende Richter beim Verhängen der Todesstrafe. / Wohl dem Richter. / Bad eines Richters. / Besser den Richter in der Hand als den Sperber auf dem Ast. / Richter und Zuhälter. / Richters Nagel. / Der fröhliche Beamte. / Gibt's eine bessere Art zu sparen als ordentlich gezahlte Steuern? / Gott wird's euch vergelten. / Was man an Abgaben zahlt, kriegt man vom Salvator an der Schwelle zum Paradies zurück. / Amtmann oder Bestie. / Drei Amtmänner am Triglavberg. / Amtmann und Jahreszeit. / Kleinere, größere und große Kostbarkeiten vermittels gewaltsamer Aneignung, Wegelagerei oder einer unerwarteten Erbschaft. / Am leichtesten werden Sie den einen oder anderen Dinar durch Diebstahl verlieren, der modernsten Form des Gütertausches. / Betrug als Symbol der Weltwirtschaft. / Weltbetrug. / Das Schöne und das Scheußliche am Betrug. / Betrogen, aber glücklich. / Niemals betrogen. / Mit Betrug zu höchsten Ehren. / Seit Kurzem auch bei uns. / Werden wir am Donnerstag haben. / Trifft Ende der Woche mit Sondersendung ein. / Was es nicht gibt, wird sein. / Weide, Alm, Auftrieb, am nützlichsten für Kuh, Schaf, Ziege, aber auch für Schäfer und Hirten. / Das Einzige, das bei Seelenleiden, Faulheit, Langeweile hilft: auf Trebe gehen. / Pfad ins Unbekannte, nur für Privatpersonen. / Nichts für schwache Nerven. / Graben und Pflügen als Verfahren, absichtlich gesäte Feldfrüchte zu ziehen. / Wie wächst ein Baum? / Der Baum und seine Bestandteile. / Wecke keinen mit 'nem Baum. / Der Baum und ich. / Mein Freund, der Baum. / Der Gesundheit des rechten wie des linken Beines besonders zuträglich: Schuhe anziehen. / Wie und was, wenn du dich nach Feuer verzehrst? / Ich war flammenlos. / Freiherrliches Feuerchen. / Bauer im Rauch und ungeräuchert. / Nordischer Brennstoff. / Feuer oder Nichts. / Durchs Feuer und zurück. / Rückwärtiges Feuern. / Große und kleine Lagerfeuer. / Alles mithilfe von Streichhölzern. / Zum Mäusejagen, Brunnengraben, Fischeangeln, Eisenschmieden, Hasenfallentarnen, Bienenärgern, Schnapsbrennen und anderem: Bauern, niemanden sonst. / Wer hätte je ein Gestüt in der Großstadt gesehen? / Imker ohne Zulassung. / Kuh und Velo. / Wer gegen die Kuh ist und warum. / Sagen Sie das weiter. / Verbreiten Sie unser Ansehen. / Wir sind die Einzigen. / Für Pilzvergiftungen eignen sich nur Pilze mit giftigem Gift. / Pilz oder Verhängnis. / Die Rache der Pilze. / Ich war ein Pilz. / Achtzig Jahre pilzlos. / Entweder ich oder der Pilz. / Das Vermächtnis der Pilze. / Geflügel erkennst du am kleinen Wuchs und großer Geschwätzigkeit. / Hennenflennen. / Huhn ohne Macht. / Hintergangenes Huhn. / Die traurige Mär vom falschen Ei. / Wo einen glücklichen Puter finden? / Wo keine Kühe sind, tut's ein Hahn. / Sänger und Kumpan. / Die Leiden des jungen Kükens. / Das Pferd, das singt und grast. / Pferd mit Fächer. / Feines Kleineleutepferd. / Verschiedene Gewittertätigkeiten. / Schnee und Eis aus Gebrauchtwasser. / Statt geflissentlicher Rücksichtslosigkeit allein mithilfe von Bächen und Flüssen in die Bläue des Meeres. / Jahreszeit zu verschenken. / Zwei Herbste für einen Frühling. / Wie man nach dem Morgen den Mittag verbringt. / Wintertag für eine gesunde Nasenröte. / Der Winter und die inneren Organe. / Wintermemoiren einer Schwalbe. / Der Winter hierzulande und in der weiten Welt. / Warte zu Hause auf den Winter und geh dann, wohin du willst. / Wintergewitter. / Blitze zur Unzeit. / Wie man durch Blitzschlag stirbt und warum. / Donner und Donnerchen. / Leises Donnergrollen. / Gebändigtes Wetterleuchten. / Blitz und Donner in guten Zeiten wie bei schlechtem Wetter. / Einst ein Aussätziger. / Was ich als Glatzkopf machte und dachte. / Wie mir eine Nase wuchs. / Was soll ich mit der dritten Hand? / Mit oder ohne Hand herzen. / Ohne Zartgefühl kein moderner Mann. / Witzig und rücksichtsvoll auf Reisen, im Senat und beim Ausflug. / Kriegsrücksichten. / Die ehrbare Dirne. / Ehre unterm Galgen. / Billig, aber ehrbar. / Bei jeder Abweichung von wahren Begebenheiten handelt es sich hier wie überall immer und ausschließlich um Schrullen. / Gröbere und feinere Schrullen. / Im Schlaf und in der Öffentlichkeit reden, auf Händen laufen, bellen, Winde fahren lassen, zwinkern, unerwartet grimmig, Zähne blecken, spucken, mit Fingern essen, ohne Kleidung herumgehen, lispeln, französische Ausdrücke benutzen, krähen, Stecknadeln unterschieben, jeder Art, ohne Unterschied, nach Vereinbarung. / Seltsamer Kauz. / Überschlagsrechnung der Ausgaben franko Bank. / Kauz in sechs Ländern. / Eigene Käuze. / Mut erschöpft, Feigling zum halben Preis. / Eifersucht mit schärfster Kaution in der Stunde, da die Liebe Schiffbruch erleidet. / Wie man naiv wird und bleibt. / Glaube jedem, heule später. / Wiederholen, wenn es dir beim ersten Mal nicht von der Hand geht. / Beim Erfolg anderer: Neid, amtl. begl. / Privater Aberglaube. / Vorweggenommenste Vorwegnahme, wenn eine Katze über die Straße läuft. / Serbischer Gott. / Gottesfurcht bei Näharbeiten und Geschützdonnern. / Glauben beim Husten. / Ohne Gläubige zu stören. / Gottes Kotillon. / Anfälle von Zorn, Wut und Rücksichtslosigkeit als häufigste Nutzungsmöglichkeit schlechten Temperaments. / Figuren im Gewitter. / Verhalten zwischen Elefantin und Schmetterling. / Wie sich Bestien verhalten. / Frömmigkeit zur Blutreinigung. / Keiner wird fromm geboren. / Wer will leichthin zur Sau werden. / Saukerl, an Werk- und Feiertagen. / Erinnerungen eines versauten Ferkels. / Goldener und silbener Säufer. / Damen, die an umfassender Höflichkeit leiden. / Neu, modern, tödlich. / Ich war Abstinenzler. / Sterile Erinnerungen aus einer nichtalkoholischen Vergangenheit. / Echtes und falsches Münzgeld. / Was echt ist, ist auch gut. / Wem nach einer gelblichen, schaumgekrönten, bitter schmeckenden und eklig riechenden Flüssigkeit ist, möge austrinken. / Gegen Rasseln in der Lunge, ungewollte Schwangerschaften, Gicht, Bandwürmer, harten Stuhl, Blässe, Urikopathie, Knochenbrüche, Verbrennungen, Gelbsucht und Blasen hilft einzig Bier aus der Bierfabrik, gebraut aus reinen Zutaten. / Bier oder Leben. / Bier für Alt und Jung. / Im Bier ertrinken ist ein schöner Tod. / Wem es zu eben, einförmig und stabil ist, setze sich auf die Schaukel, die sich nach Wunsch in zwei Richtungen bewegt. / Mit der Schaukel in himmlische Weiten. / Schaukeln von der Gebärmutter bis zur Bahre. / Marko schaukelt. / Verschaukelt und verlassen. / Tolldreiste Schaukeln. / Spiegel für Antlitz und Seele. / Gesichtchens Heimkehr ohne Rücksicht auf den schlechten Ausgang. / Bammel vor Flechten. / Lösche nur das Brennende. / Nach Art der Mühle im Kreise gehen, am zuverlässigsten beim Mahlen und dergl. / Mühlen der Zukunft. / Gewichtsmäßige Gegenwerte sucht man am besten unter Nutzung von Gewichten, deren nominelles Gewicht Gewichte bestimmen, deren Wert unsere Alten bestimmten. / Sicherheitsgewicht ohne Abschlag. / Ein Gewicht zeigt alles, was schwerer ist, dadurch an, dass es leichter ist. / Bei Regen und Hagel am besten unterm Dach. / Gewalttäter unterm Dach. / Tausend Jahre Erfahrung im Gebrauch der

Haustür beim Hinausgehen und Hineingehen. / Man kann aus dem Fenster fallen oder beobachten, wie die Blumen blühen. / Fenster zur Welt und zum Garten. / Nichts bringt so gut Licht ins Haus wie ein Fenster. / Scheiben in der Ebene und auf dem Hügel. / Scheibe einschlagen. / Hoch- oder Weitsprung als probates Mittel, um sich aus der Schussbahn zu bringen. / Slawische Sprünge. / Sprünge in der Fremde und in der Heimat. / Wer wie springt. / Springers Torheiten. / Springen zwecks Blutreinigung. / Austausch von Gedanken und Gedankenlosigkeiten im Gespräch. / Von den Personen, welche wir kennen, sind jene auszuwählen, welche mit uns verwandt sein werden. / Zwei, drei Stühle, das eine oder andere Glas, gefüllt mit giftigem Gebräu, und ein aus den Hinrichtungsmethoden der jeweiligen Gegend entlehnter Anlass ergeben hinreichend Stoff für das beste Gespräch. / Nur wer regelmäßig badet oder den Unflat abstreift, kennt alle Vorteile dieser neuesten Handlung. / Im Falle eines Unterschieds zwischen den Geschlechtern: Liebe, platonische, erotische, barmherzige, kommerzielle und fatale. / Wirkt schnell und damenhaft, wie in der Gebrauchsanweisung vermerkt. / Weibliche und männliche Bestandteile der Menschheit. / Frau oder Mann freien? / Der Einfluss der Frau auf Mikroorganismen und umgekehrt. / Männliches Genie. / Mama als Säugling, ihre Lieben, Wachstum und Proportionen. / Störung der mütterlichen Entwicklung, die Funktion von Sinnesorganen und Gedächtnis. / Begriff, Urteil und Schlussfolgern meiner lieben Mutter. / Unsere Mama und ihre Spürnase. / Mutters Rede. / Mutter Künstler. / Der Vater als Mann und Bestie. / Jeder, der keine Mutter ist, kann gegen eine kleine Bearbeitungsgebühr und gemäß unbezahltem Tarif Vater werden. / Vater unser. / Vater, die passendste Person im Sinne des Ererbens von schlechten Eigenschaften und Geld beziehungsweise Hungerleidertum. / Mit Vater zum Silbersee. / Vaters hundert schönste Geistesschöpfungen. / Vater für Tag und Nacht. / Ohne einen Funken falscher Vaterschaft. / Wer hätte keinen Vater gehabt? / Vater Russe, Franzose oder Ungar? – Ihr Wunsch wird erhört. / Tausend Väter und keine einzige Geburt. / Vater, Sohn und Bruder. / Flinker, pünktlicher und gewissenhafter Vater. / Weltliche Väter. /

Gekrönter Vater. / Denkwürdige Väter. / Hl. Vater. / Vaters Bimmel. / Historie des süperben Vaters. / Kleiner Vater. / Vatertage. / Stures Papalein. / Arme Väter. / Wiedererweckter Stiefvater. / Familie für jeden Zweck. / Neueste einheimische Familien. / Familiäre Art, klar, ehrlich und gründlich erforscht. / Jedes Familienmitglied kann durch ein besseres ersetzt werden. / Alles im Hause fertiggestellt. / Aus dem Liebesleben der Frau vom Doktor. / Erlebt sie eine Begegnung in der Eisenbahn oder nicht? / Mit dem Gatten, einem Chirurgen, auf Dienstreise. / Apothekergehilfe unterwegs in beruflichen Angelegenheiten nach Zagreb. / Herzen im Galopp. / Gleise als Notenzeilen eines Liebesgedichts. / Gelegenheiten und Ungelegenheiten aus dem Zugabteil. / Der bescheidene Gehilfe und die weltläufige Diva. / Unsere Ausländerin. / Wie man eine Dame behandelt. / Wie man mit der Eisenbahn fährt. / Ausrüstung und Abfahrt. / Der letzte Tag am alten Orte. / Weichen. / Schicksal – gibt es das? / Verhängnisvoller Einstieg. / Als wäre nichts gewesen. / Das Leben geht weiter. / Alles zerfließt, Wasser, Erinnerungen und so weiter. / Sünderin ohne Schuld. / Harmlose Plauderei. / Warum geht der Arzt so weit weg, wo er doch Graz und Wien vor der Nase hat. / Wie im Alltag einer slawonischen Familie ankommen? / Unsere Charaktere. / Unsere Geschäfte. / Alte und neue. / Der Sohn eines Geistlichen und die Tochter eines steirischen Pferdezüchters. / Pferderassen und Menschenschicksale kreuzen. / Wie ahnen, dass es den Apothekergehilfen gibt? / Geheimnis des anbrechenden Jahrhunderts. / Wer hat noch nie Schwielen gehabt? / Zum Entschwielen, Dehydrieren, Exkrementieren und Exhumieren nur Präparate von Mona Lisa. / Mona-Lisa-Korsett für jeden Anlass. / Venus von Milo, die Robe für abendliche Veranstaltungen. / Franz-Josefs-Wässerchen gegen alles. / Unsere Damen verfolgen auch im Ausland das Organ für die gebildete Frau, *Goldenes Prag*. / Marguerite Dufay mit ihrem Posaunenrepertoire, das Richtige für die Gattin eines allzu beschäftigten Chirurgen. / Wenn Sie ein Kindchen bekommen, werden Sie Nichols' Ausgabe zur kindlichen Entwicklung lesen. / Herrliches Blechbild L'Ermitage, rue de l'Odé 18. / Oh, wenn ich mir an einem Pariser Morgen die Zähne mit der *pâte dentifrice* von

Dr. Pierre putze, wird mein Mann verrückt vor Aufregung werden. / Überreden Sie den werten Gatten, Frau Doktor, Ihnen ein Victor Bicycle von Overman Wheel Co. zu kaufen, dann können Sie, während er arbeitet, im Bois de Boulogne spazierenfahren. / Fräuleinchen, wenn du schon so viel liest, nimm die Maiausgabe von *Lippincott's Monthly Magazine* zur Hand. / Wenn er unbedingt in Ihrer Gegenwart rauchen muss, sollte sich Ihr Chirurgengatte nur Job-Papierzigaretten anzünden, und Sie werden keinen Schaden erleiden. / Sie werden nicht verrückt, nur weil Sie Les Folies Bergère besuchen. / Wäre doch nur schon Winter, dann könnten wir uns im Eispalast auf den Champs-Élysées sehen. / Bevor Sie zum Spaziergang aufbrechen: Chocolat Carpentier. / Salon des Cent, Rue Bonaparte, wird Ihnen die Einsamkeit einer Ausländerin verkürzen. / An der Place de Clichy sind nicht nur lauter schamlose Vergnügungspaläste für Männer, sondern auch das weltweit erste Haus für importierte Orientteppiche. / Wir warten auf Ihr Füßchen. / Trete mich! / Öffne mich! / Versöhne mich! / Nimm mich! / Probier mich! / Rajah Coffee für den müden Mann. / Wer wollte den *Lorenzaccio* verpassen? / Wer Sarah Bernhardt nicht mag, mag sich selbst nicht. / *Das Jahrhundert*, die Zeitschrift des anbrechenden Jahrhunderts. / *Harper's* im September, *Harper's* im Oktober, *Harper's*, wann immer Sie in Europa sind. / Was, Sie haben den neuen Roman von Maurice Barrès noch nicht gelesen? / Wie ist das möglich? / Traumsuse. / Obacht, falls Ihre Bekanntschaft Dresdner Laferme raucht, denn die duften weit verführerischer als die Job-Zigaretten Ihres Mannes! / Interessieren Sie sich wirklich nicht für die Erfindungen des Theophilus van Kannel? / Das Richtige für jeden Morgen: Pears' Soap, qualitativ hochwertig, sanft und liebevoll. / Schlafend gleicht eine Schwarze einer Göttin. / Für die Schönheit Ihrer Haut: poudre d'amour von R. Hovenden & Sons, die einzigen Männer, die Sie bedenkenlos in Ihr Boudoir lassen können. / Meine Erfahrungen mit Seifen aus der Hauptstadt Frankreichs, von L. Bichner-Uskoković, derzeit Paris. / Die für ihre Schönheit berühmte Laura B. Uskoković und der elektrische Kamm von Scott, neue Idylle am Kai. / Während eure Männer mühsam als Lokführer oder Arzt malochen, betrügt ihr sie mit allerlei Parfümeriewaren. / Dank Naturlocken hat sie nichts zu wellen, könnte aber vieles andere mit dem elektrischen Wickler von Geo Lichtenfeld erreichen. / Hübsches Präsent für Oma, Mama und Schwiegermutter im fernen Ungarn, sie selbst braucht ihn ja nicht. / Ob vor der Tochter, welche Sie nicht haben, vor dem Mann, welcher müde aus seiner chirurgischen Praxis heimkommt, ja, selbst vor einem Minister oder Sultan auf Durchreise – mit diesem Kamm können Sie sich ungeniert kämmen, ohne sich je zu blamieren, denn er ziept selbst im wuscheligsten Haarschopf nicht. / Ich habe das nicht irgendwo gekauft, sondern im Paradies für Frauen, frz. Stockbridge-Niederlassung, Rue de Rivoli. / Handschuhe von Madame Valérie schmeicheln der Haut wilder Südländerinnen wie der jeder anderen Frau. / Spezialkorsett bringt jeden Knochen an seinen Platz, und sei die Schönheit über dem Gerippe noch so üppig. / Sollte es zu einem tragischen Eisenbahnunglück oder zu Wundbrand anlässlich einer Sektion kommen, steht der Frau des Lokführers wie der Arztgattin Trauerkleidung von Peter Robinson zur Verfügung, Umhang sowie Korsett Perfecta, alles in gedeckten Farben. / Samuel Winter, Schuhe, die nicht einmal bei Begräbnissen drücken. / Madame Adeline Pattis Pariser Vaporisator für Rachen, Haut und Haar – und kein Geruch wird Ihren Gatten auf die Idee bringen, Sie könnten sich in Gesellschaft anderer Männer befunden haben. / Während er seine Leichen zerlegt, die Dame den Zerstäuber bewegt. / Immer gut behütet mit einem Hut von Henry Heath, ob träumend oder bei Feuersbrünsten, ob unglücklich oder auf Reisen. / Ewig jung und hübsch dank Beetham's Glycerin, wenn auch mit dem Gatten über Kreuz, welcher von der Medizin besessen ist. / Unter unserer Protektion von früh bis spät Zerwürfnisse und unschöne Szenen, Chanel fürs Haar, Konfektionskleidung bei Becker, Sonnenschirme von W. Hatchman. / Sollte der Gatte seine Verfolgungsjagden per Eisenbahn oder die Leichenfledderei reduzieren und nähme seine schöne Gattin auf einen Segeltörn mit, hätte Henry Heath die passenden Kappen und Hütchen dafür. / Man muss auch an das Aussehen des Mannes denken. / Schnurrbärte in jeder Lebenslage, selbst bei steifer Brise, John Carter. / Bären und hiesige Pelze international miteinander verwandt! / Fahr träumend auf einem Schwan dahin, bis dich die Verwandten aus der fernen Tundra beschnüffeln. / Beim Tennis, neben dem Bett, vorm Ausgang – ein Korsett formt selbst die Kurvenreichste. / Ob äußerste Beanspruchung im Bois de Boulogne, auf dem Eiffelturm, durch hervorstehende Nägel oder die Zigarettenspitze eines ungehörigen Verehrers – Bekleidung von Egerton Burnett hält alles aus. / Ob vorn oder hinten, mein Hemd aus Kalkutta-Flanell reißt selbst bei größter Leidenschaft nicht, denn es ist von Simpson. / Isaac Walton, Manufaktur für die ganze Familie im fernen slawonischen Städtchen. / Von Kopf bis Fuß können Sie alles an ihm verwenden, sollte Ihnen die Ehe mit selbigem zustoßen. / Beichte einer mit allen Wassern gewaschenen Gattin. / Morgens Liebe, mittags Liebe, abends Liebe. / Reklame für ein langes, glückliches Leben. / Der Arzt im Haus. / Arznei in Reichweite. / Unter Wasser drücken, ins Feuer werfen, durchs Fenster schmeißen, er wird jede Probe bestehen, falls nicht, ist der Arzt zur Stelle. / Sagen Sie es Ihren Verwandten im fernen Südamerika, schreiben Sie es Ihrem Onkel in Dänemark, verbreiten Sie Farbe, Geschmack und Maße unserer Firma. / Verwahren Sie diesen Coupon, heben Sie unsere Rechnung auf, reklamieren Sie innerhalb der Frist, danach haben wir nichts mehr damit zu tun, es ist Ihre Sache, wenn Sie mit einer kaputten Maschine oder sonst einem Unding leben wollen. / Gefälligkeit und Wohltätigkeit gegen Cholera, Langeweile und allerschlimmste Magenschmerzen. / In weiter Ferne, auf Reisen, im Kriege sei stets der Gattin treu. / In fröhlicher Runde wie schicksalsträchtigem Kampfe spiel Liebe-Hoffnung auf deiner Klampfe. / Seid schön und glücklich. / Für bezaubernde Personen. / Blüten blühen. / Lecker, leicht und mühelos: Ein Knopfdruck, und wir erledigen den Rest. / Die ganze Welt vor Ihren zufriedenen Augen. / Vertrauen Sie mir. / Der Handel ist die Mutter der Weisheit. / Wer es nicht glaubt, kann es ja ausprobieren. / Die Ware und ihre Qualität sprechen für sich. / Wir werden stumm sein. / Wählen Sie selbst unser Produkt für jede Minute Ihres Lebens. / Ein Jahrhundert Tradition, ein Jahr Garantie. / Ungebrauchtes geben wir zurück. / Technische Fehler ausgeschlossen. / Wenn das Paket verschwindet, ist die Post schuld, nicht wir. / Was macht ein richtiger Kavalier? / Fragen Sie H. Hinković, Apothekergehilfe bei J. Grosinger, Novi Sad, Franz-Josefs-Platz 1. / Steh auf, atme die stärkende Zugluft, zieh Jackett, Smoking, Sakko, Überzieher, Wintermantel, Havelock, Menzikoff, Mikado an, alles eigens angefertigt bei Stevan Balog, Budapest. / Vielleicht trifft er ja gerade heute *die* seines Lebens. / Wirf einen Blick in den Spiegel. / Noch eine ordentliche Frisur, und du wirst formidabel und jugendlich aussehen. / Der Solinger Rasierapparat mit drei beweglichen Klingen gefällt sofort. / Drei verschiedene Längen, teuer für Familien und erst recht für Alleinstehende, ab 1/4 Jahr zahlst du zusätzlich die Schere für Klepper und Köter. / Für die nächste Reise: Mäntel, Mützen, Krägen und Muffe aus Lammfell für Sie und Ihn bei Gavra Neckov im Angebot, nebst Einlagerung von Sommersachen. / Ohne Schlammspritzer zum Fabrikverkauf oder zur Bank dank diesem praktischen Gefährt zu einem erschreckend niedrigen Preis. / Erstklassiges Fabrikat, allerdings nur gegen Bargeld. / Und wenn ich mit dem Fahrrad im Matsch steckenbleibe und auf der Uhr, erworben bei T. Goldberg, Artifizielle und chronometrische Uhrmechanik, Hauptstr. 7, ablese, dass wir den Zug knapp verpassen, was dann? / Also Kutschen, neu zusammengebaute, Werkstatt für durch Einwirkung von Wasserdämpfen gebogenes Holz von Matthias Reich und Karl Schönherz, Temerinska 33. / Karossen aller Art mit Bremsklötzen, patentierten Vorrichtungen (Bremsen), um bei Bedarf anzuhalten. / Finanzdienstleistungen. / Man verreist doch nicht ohne Geld. / Lauter Lesestoff für unterwegs. / Kleine Mara, königliches Collier. / Im Nu seid ihr mithilfe des lehrreichen Büchleins am Ort eurer Bestimmung. / *Sonja*, aus dem Französischen. / Das hält mindestens bis Vinkovci vor. / Aus dem Eheleben. / Omanin. / Lektüre für die Fahrt durch slawonische Lande. / Der Magier als Alleinunterhalter. / Lesen Sie es, bevor Sie Nova Gradiška erreichen. / Das beste Mittagessen vor der Abfahrt bei einer angesehenen Familie in Novi Sad. / Bei den Ekfelds, Rabsterns oder gar den Kerečkis. / Nickel, ein silbrig-weißes Metall, wird niemals schwarz, wobei man die Gabel in der linken, das Messer in der rechten Hand hält. / Nach dem schmackhaften, nützlichen Mittagessen im gastfreundlichen Hause eine Zigarettenspitze aus Bernstein aus der Tasche geholt, aus einem eleganten Lederetui die Reisepfeife der Fa. Rundbakin, Wien, dann nach höflich eingeholter, mitfühlender Erlaubnis der Damen ein melancholisches, harmloses Gespräch über den Wechsel der Jahreszeiten geführt. / Fragen Sie den Hausbesitzer, ob er das Blechdach des Gebäudes reparieren ließ, wenden Sie sich andernfalls an Josif Kles und Söhne mit ihrem Warenlager an Blechen, Eisen, Stahl und Messing, Eisschränken, Badezimmermöbeln, Küchengeräten und Geschirr der Fabrik Hard & Co. sowie bosnischen Pfannen für 86 Kronen das Stück. / Wie man in Sprachen, die man nicht beherrscht (serbisch-ausländische Korrespondenz), Briefe, Rundschreiben, offizielle Verlautbarungen, Gebrauchsanweisungen, Bestellungen, Angebote, Liebesbriefe, Aufgebote, Bürgschaften, Überweisungen, Umzugsmeldungen, Anteilnahme an traurigen und freudigen Ereignissen, Mahnungen, Testamente und Kodizille, landwirtschaftliche Ratschläge, Gerichtsurteile sowie andere Geheimbotschaften schreibt, erfahren Sie aus *Der vielseitige Korrespondent,* herausgegeben von J. Kerečki, zum Preis von einer Krone, erhältlich bei A. Ekfeld, Uhrmacher, Novi Sad. / Wenn er noch dazu käme, die zerbrochene Glasscheibe zu ersetzen und umgehend S. Henningfeld für 2 Kronen einen Diamanten abzukaufen, der belgisches Kristall genauso gut wie Fensterglas schneidet und sich zudem, aus der Halterung genommen, jeder Bank als wertvoller Edelstein verkaufen lässt. / Kaufen Sie eine Geige mit Geigenbogen im auf Hochglanz polierten Geigenkasten bei Jovan Basta, für zehn Forint, und lassen Sie es krachen! / Wie ich sehe, sind Ihre Rollläden defekt und Ihnen fehlt eine Stecknadel sowie Edisons Beleuchtungssystem. / Was machen wir, wenn es brennt? – Wir werfen ein Hardenbömbchen zur Lebens- und Hausratsrettung in die Flammen, und die Jungfern können im Handumdrehen wieder atmen! / Hauptsache, wir haben einen silbernen Lockenstab, silbernen Becher, silberne Bürsten und Kämme, ein silbriges Stück reinsten Silbers, alles aus der Produktion von Goldsmith und Silversmith, die sagenhafte Reichtümer angehäuft haben. / Vergeblich wäre ein Jagdausflug ohne Jacksons Sortiment an Zelten, Feldbetten und Gewehren, von der Courage ganz zu schweigen. / Pardon, benetzen Sie Ihre Zimmerpflanzen vorher noch bitte mit Hugh's Zerstäuber. / Was soll ich damit?, ich besitze bereits einen Inkubator von Charles Herson, eine Eistruhe von Wiesner & Fiedler, diverse Scherzartikel fürs Zuhause von Dino, den Mopp von Sautalović, Vim fürs Geschirr, Dunkelwitschs Kinderwagen und von Trnovalović eine Gummischlange, einen silbernen Fisch sowie den Zigarettenanzünder. / Nichts, nichts, aber einen guten Füllfederhalter (Parker), eine automatische magische Taschenlampe, Smids Gesamtkatalog und eine Unterwassertabakpfeife braucht doch jeder. / Bitte, bitte, Puppen zum Spielen Dolly Daisy Dimply, ein Sonnenschutz für den Garten, Lavendelwasser, Lipton Tea, Zigarren der Marke Opera, Geld, Ruhm, Zuneigung, wer würde das ausschlagen? / Jeder, der bereits Holders Halterung für Bücher im Zug, Appetit auf leckeres Essen, Glück, Meyerbeers Antidepressivum, Ceylon-Tee, fliegende japanische Drachen aus richtigem Papier, nicht zerschlagbare Eier für Zaubertricks, Touristenbäder, Van Houtens Trinkschokolade, einen klaren Kopf, Rauchtisch, Ascher-Pfeile fürs Damenschießen, Rollschuhe fürs junge Bein, ein Riesenrad, bei dem man auf eine Treppe steigen muss, um in den Sattel zu kommen. / Was machen wir in langen, kalten, dunklen und ungemütlichen Winternächten? Natürlich mit dem Faltboot raus zum Angeln fahren, im Mackintosh von Mackintosh an Deck stehen oder an Piercens Magnetophon zu drehen. / Mit dem vollgestopften Parkinson-Koffer werde ich den Gipfel des höchsten Berges bezwingen. / Ich werde im Badeanzug baden. / Ich werde in Markenkleidern spazieren gehen. / Ich werde Invalide sein und im Rollstuhl Invalid sitzen. / Ich werde mich rasieren, ohne mich zu schneiden. / Ich werde Tischfußball spielen, das kennt keiner. / Nach einer Tasse Tee der Vereinigten Teereiche werde ich ruhig schlafen. / Wir werden den ersten Preis bei der Weltausstellung der Preise bekommen. / Wir werden in die Türkei reisen. / Wir werden glücklich sein. / Wir werden tot sein. / Was, wenn nicht bummeln, Luxusgeschäfte anschauen und fremde Männer treffen, soll eine junge Ausländerin in der großen Stadt denn machen, während ihr Mann als Notar oder Chirurg in der Klinik arbeitet? / Ablenkung, Ablenkung und noch einmal Ablenkung, anders kann man die Langeweile, den Überdruss und das Leben in Klein- und Großstädten nicht besiegen. / Wer hätte gedacht, dass sie morgen eine Person trifft, die sie heute noch nicht kennt? / Die Eisenbahn, der beste Weg zu neuen Bekanntschaften. / Heufeld für Haarwuchs, Zirkular zum Händeabschneiden. / Ich war hässlich. / Sie hätten sie nicht erkannt. / Eugen Dietzgen und Söhne garantieren in allem das Gegenteil. / Picknick in sinnloser Trauer, wirft sich jeder modernen Zagreberin und anderen an den Hals. / Unglück im Gras. / Spur im Heu. / Milan Manojlović, Buchbinderei; Franzi Eichler, Tamburica; Miloš Gruhić, Kanonenöfen; Bela Trupel, Instrumente; Pero Zelembać, Diebstähle. / Iss, solange du noch kannst, bei Peri Fabri, heute Karl Zander, später bist du Gottes Gast. / Preiswert und lecker. / Geben Sie uns die Gelegenheit. / Allein zu Hause, aber sicher dank herablassbarer Fensterläden und Stahlrollos von L. Bernold. / Falls der Fasan nicht richtig getroffen worden sein sollte: A. Cigler, praktische Bandagen. / Žigmund Lukač kuriert die delikatesten Krankheiten, Hexenschuss, Beulen, Brüche und Verstümmelung, außerdem syrmisches Pulver für Schweine. / Als Schwein geht man zu Ž. Lukač oder zu Fragner, welcher allerdings zu weit weg ist. / Ein Rezept, mehrere Resultate. / Arzt oder Mörder. / Dr. Lehmann, Brady, Eugen Matula, berühmte Giftmischer mit den besten Absichten. / Bei Gericht wird es sich erweisen. / Heilen oder töten. / Wunder der Belle Epoque, ein junger Mann von nur 17 Jahren, welcher sich im reinen weiblichen Gesang geübt hat. / Sohn oder Tochter? / Geben Sie nicht nach. / Auch Gehörlose kommen als Zeugen in Betracht. / Tod in der Familie, nicht einmal ein brennendes Dach über dem Kopf wird Sie aufhalten. / Das Dach kann jeden Tag brennen, der junge Jovanović Bombajac singt nur heute. / Vollkommen neu. / Der letzte Schrei. / Seit Kurzem im Handel. / Selbst wir kennen es noch nicht. / Morgendämmerung des zwanzigsten Jahrhunderts. / Selbst in Panik. / Zu gut. / Halten Sie sich fern, denn Sie werden König werden. / Wir sind verrückt, dass wir so was anbieten. / Jahrhunderte unmöglicher Möglichkeiten liegen vor euch. / Sollen wir euch ein Geheimnis verraten? / Das größte Geheimnis, die kümmerlichste Entlohnung. / Wir werden im Elend sterben, nur um unser geschätztes Publikum zufriedenzustellen. / Wir bestehlen uns selbst. / Und wenn Sie von einem New Yorker Wolkenkratzer fallen oder hektisch in kochendes Wasser springen? / Das Mark der Sonnenblume nach bisherigem Wissensstand der leichteste Stoff der Welt. / Berliner Gesellschaft mit beschränkter Haftung bietet fünfundzwanzigtausend Badeanzüge aus Sonnenblumenkernen. / Kerne oder nichts. / Telefon, Telegraf, Bau von Bauwerken, ein noch nicht erfundenes Gerät, um hochzufahren, alles rechnet sich erst nach zehn Jahren. / Wir werden warten. / Ausdauernd auf eigenes Risiko. / Barnum & Bailey Circus, die größte Schau der Welt, aber im Kleinen. / Postbote trägt Briefe aus, Kinder treiben Reifen und ein verlassenes Mädchen, das von Tauben auf ihrem Wagen ins Verderben gefahren wird. / Lachen unter Tränen. / Tränen lachen. / Lachen einer unschuldig Verzweifelten. / Kombiniertes Leben. / Rauchender Raucher, zweifelnder Bettler und eine verwöhnte Göre, welche Kakao trinkt. / Drei Grazien, welche sich gleichzeitig mit einem elektrischen Kamm kämmen. / Schriftsteller, welcher flennt, und eine selbstmörderische Tänzerin. / Die Dame als Reiter. / Kommen Sie möglichst bald zur Welt, spätestens morgen. / Das wird sich nicht wiederholen. / Nur heute, infolge eines Todesfalles. / Stets neu und frisch. / Auch wenn er einen Frack trägt, leidet er mit Tausenden. / Ungezogene Kinder im Spinnennetz der neu entstandenen Metropole. / Nur in diesem Jahrhundert und nie wieder. / Die beste Art, dass einem der Atem stockt: Sarah Bernhardt in der Rolle des Löwen. / Maler ohne Beine als Liebling der Musen. / Die ganze Stadt aufm Fahrrad. / Wer hätte das Herz, dem Fortschritt in die Speichen zu greifen? / Seitensprünge, Reisen nach Afrika, Entwicklung der Polizei, Pferdesport, Nutzung des Regenschirms, Praktizieren des Vegetarianismus, Bildhauern brutaler Denkmäler, Eisenbahnkatastrophen, alles das in diesem Jahrhundert oder wenigstens in dessen Anfangsjahren. / Die ganze Welt in fremden Kleidern. / Nataša Golubeva, Galionsfigur der Weiblichkeit, weil ihre Kleider allesamt an Gardinen erinnern. / Wer würde freiwillig die Affäre des Jahrhunderts, den Tod der Königin und den Besuch des russischen Zaren verpassen? / Armer Autor vor Gericht und die Verschwörung der Schienenzerstörer. / Das Denken von A. France und H. Bergson wird obsiegen, egal, ob man ihre Bücher liest oder nicht. / Schaut und hört, was geschieht, so werdet ihr Zeugen von Demonstrationen, anarchistischen Attentaten und verführten Massen. / Seiltänzer und Übermensch. / John Holtum fängt eine Kanonenkugel mit bloßen Händen, während die Queen ruhig ihren Tee trinkt. / Dabei sind einzig Handschuhe gestattet. / Ballett, Mittel zur Hebung der Beine zu anständigen Zwecken. / Wer nicht auf dem Lande und in der Ödnis leben will: Stadt, nichts als Stadt! Die Straße als Ort des Lebens und ungeahnter Verbrechen. / Was uns die Universen bringen. / Aufzeichnungen schreibunkundiger Lehrerinnen. / Tauber Trompeter. / Tragischer Telefonist und verliebte Telefonistin. / Wie man den größten Palast der Welt verliert und den Kopf behält. / Kleinere Berge packen wir unters Dach. / Bau eines künstlichen Meeres. / Übermenschliche Anstrengungen bei der Versetzung des Mont Blanc. / Kanal zwischen zwei Inseln. / Halbinsel, die keine ist. / Stahlklinge. / Mauerproblem: Ziegelstein auf Ziegelstein. / Bösartiger Maurer. / Ziegelstein oder Brötchen. / Ziegelmacher mit Perücke. / Parks und ihre Bedeutung in der Widerspiegelung der Natur. / Wer kein Haus hat, wohnt eben im Hotel. / Fabriken für den Aufenthalt in der Fremde. / Tod im Hotelzimmer. / Kleine Schabe im großen Hotel. / Nymphe eines Wiener Hotels. / Opernglück. / Ungestraftes Singen im großen Saal. / Schrei vor Menschenmassen. / Wie das Weltall im Ballon erreichen, ohne verrückt zu werden? / Faustball: Spiel, bei welchem man sich Arme und Beine bricht. / Polizei rekrutiert ehemalige Verbrecher, die kennen ihre Pappenheimer. / Clubs, Treffpunkte müßiger, zügelloser, aber vornehmer Herren. / Wenn Clubs erzählen könnten. / Beitrag der Polizei zu unserem Leben. / Polizistenfamilie. / Ich bin mir selbst Polizist. / Kaufhäuser für Einkäufe, Armut für Langeweile. / Probiert es aus, wie es sich als Zuschauer anfühlt, wenn man lacht, einem der Atem stockt oder man durch Aneinanderschlagen der Handflächen Zuspruch erteilt. / A. Einstein, Mann, welcher Gedanken aus weiter Entfernung liest. / Aus dieser Tasse trank der

Papst. / Wer möchte noch in dieses Grab gelegt werden? / Die ganze Welt im Kleinen, gebaut aus Streichhölzern in mühseliger fünfunddreißigjähriger Arbeit eines Ruheständlers. / Eiffelturm im Glas. / Schweizer Hof aus Pappendeckeln. / Macht, dass der Abort duftet. / Kleine Sau in Blechdose. / Naschkatzen-Nonne. / Seid kein Bruchteil, sondern ein ganzer Mann. / Mann, welcher einen halben Berg aufaß. / Jesu Begleiterin. / Königin der Schlangen. / Sprechender Schakal. / Zur Sirene werden, in sechs Kapiteln. / Wer will nicht einen Moment lang Papagei sein? / Das Tier, das es nicht gibt. / Wie man Hexen, Zauberer oder Vampire erkennt, ohne dass einem etwas passiert. / Wenn Steine reden, Tische befehlen und Teller singen könnten! / Bewegte Bildchen. / Weibliche Person mit sechs Fingern und wie sie die bekommen hat. / Gutmütiger Mann mit einem Auge. / Was ähnelt wem? / Ausschreibung: Wer hat die schönste Brust von Paris? / Vielleicht wird auch Ihnen die Ehre zuteil, den Kaiser zu säugen. / Frauen, welche zu Katzen werden. / Mann mit den Eigenschaften einer Spinne. / Wie soll man verstehen, ob einer nachts aufsteht und Familienmitglieder kratzt? / Wandelnder Wald. / Wildbock schreibt seine Memoiren. / Totentanz. / Birne Thronfolger. / Rasiermesserorchester. / Halb weiß, halb schwarz. / Delirium des Jahrhundertanfangs. / Nie wie jetzt. / Von Millionen Lebender leben nur wir. / Heute und nur heute. / Wer wollte nicht in die Ewigkeit eingehen? / Wege dorthin. / Unbrauchbarer Schuh. / Handschuh für Linkshänder. / Wir schneidern Hosen mit nur einem Bein. / Was ein gesunder Mensch so alles träumen kann. / Sich in Begeisterung reden. / Groß gewordener Zwerg. / Geheimnisvolle Flüssigkeit, welche einen schrumpfen lässt. / Frau mit Bart. / Mann im Wasserglas. / Wie das Rennen der Einbeinigen gewinnen? / Schüler, welcher schwebt. / Hat geboren vier Hasen. / Dame mit Schweinerüssel. / Wie eine Polonaise mit dem Mastdarm trompeten? / Naturwunder und Täuschungen. / Türen, welche sich drehen. / Butler Petrol Cycle. / Sitzen und erfinden. / Louis Lumière bietet den erwünschten Blick auf Erscheinungen, welche Schein der Dinge sind und gleichzeitig der Sache selbst ähneln. / Röntgen schaut mit seinem künstlichen Apparat zur Durchleuchtung durch Sie hindurch. / Wer Mut hat, möge sich vor ihn hinstellen. / Man bleibt völlig unbeschädigt. / Wer würde nicht gern im anbrechenden Jahrhundert leben? / Wenn schon hundertjährige Greise auf angenehme Neuerungen des neuen Jahrhunderts hoffen – Fortschritte in der Pneumatik, Bandarbeit in Fabriken, Einsatz von Daimler-Motoren sowie die Bildung von Gewerkschaften –, dann natürlich erst recht die Kinder. / Du denkst: »Was soll ich mit Edelsteinen, geschliffener, stark glitzernder Materie?« Antwort geben viele gediegene Firmen zur Anfertigung von Ringen aller Art, mit deren Hilfe viele Bräute in der künftigen Weltmetropole vor dem Altar geehelicht werden. / Holz brennt, Stoff reißt, aber schau, die herrliche Erfindung unserer Zeit, der Stahl, ist unzerreißbar und nicht entflammbar, gib nur acht, dass dir kein Stück auf den Fuß oder gar den Kopf fällt! / Wenn der menschliche Leib mit Stahl umhüllt wäre, wäre er, o weh, unsterblich und ewig! / Wer noch nichts von Benzin gehört hat, flüssigem Golde, das man nur im eigenen Garten finden muss und das Leben ist gesichert, das eigene ebenso wie das der vielen später Abgeschlachteten. / Billig und dabei so leicht entflammbar! / Was taugt ein Motor ohne diese wundersame Flüssigkeit, die man hineinfüllen muss? / Benzin und nur Benzin! / Er berauschte sich am Benzin im Augenblicke der Entdeckung. / Sie essen und trinken Benzin. / Benzin als Mittel zur Beruhigung der Nerven bei ehemaligen Bettlern, welche reich geworden sind. / Ein Bergwerk bietet alles, was man zum bequemen Ausgraben von Kohle braucht, inbesondere einen unterirdischen Gang zum Herausholen und Verkaufen der Kohle an Ort und Stelle. / Ahmt nur die Arbeit des Maulwurfs nach, dann kommt ihr an das nützlichste Produkt unseres Jahrhunderts. / So manchen müßigen Tag verbringst du in deinem warmen Zimmer, über Büchern gähnend, statt die eine oder andere Schaufel Kohle aus der Tiefe der Erde zu bergen und damit die Gesundheit und Bequemlichkeit vieler Generationen zu sichern. / Vom gotteslästerlichen Umleiten harmloser Bäche in die gewünschte Richtung bis zum künstlichen elektrischen Lichte in einer gläsernen Birne, genannt Glühlampe. / Ein Funke, und alles gerät in Bewegung! / Leben und Tod durch Stromschläge. / Kleiner Funke, großes Feuer. / Tolle Maschine, zusammengesetzt aus vielen kleinen, teils völlig unbrauchbaren Teilchen. / Setzt sie selbst zusammen. / Maschine, welche Leben bedeutet. / Auf dass du schneidest, bohrst, hämmerst, quetschst, was oder wen auch immer: ein Motor und nur ein Motor. / Wer ohrenbetäubenden Lärm, Quietschen, Drohungen und Geschimpfe mag, der kaufe einen Motor. / Wer weder nach rechts noch nach links will, nutze den Lift, ein Mittel, um vor Angst schlotternde Menschen nach oben zu verfrachten. / Weniger Mutige nutzen das Veloziped mit zwei Rädern und Ledersattel, von dem aus man die Armen und Bettler unten betrachten kann. / Was gibt es Schöneres, als auf dem Hochrad zu sitzen und die Uhr zu spüren, einen aus vielen Federn zusammengesetzten Apparat zur Zeitmessung, und dabei die Zeitung zu lesen, welche aus schlichtem Papiere besteht mit regelmäßig angeordneten Buchstabenkolonnen, eine vergnüglich-sinnlose Erfindung. / Herrlicher Vormittag, wenn die neuesten Katastrophen des Menschengeschlechts im zwanzigsten Jahrhundert bekannt werden, welches soeben anbrach. / Hätte man sonst je vom unmenschlichen Schicksal des Alfred Dreyfus erfahren, vom schicksalhaften Tod der völlig erblindeten Königin Viktoria oder von den unerhörten Fehltritten eines malenden Zwerges mitten in Paris, der Hauptstadt der Kunst? / Die Mühe des farbverschmierten Druckers zahlt sich einmal täglich aus. / Artikel über die Menschenfresserei auf diesem bis vor Kurzem nicht anerkannten Kontinent zu lesen, erspart einem die Reise nach Australien. / Lest sogar in Sprachen, die ihr nicht versteht! / Die billigste Entdeckung, ebenso unsichtbar wie unhörbar, man atme sie nur ja nicht ein! / Erdgas wird unser Jahrhundert bewegen! / Gefährlicher Stoff, ohne den mancher Bergmann überlebt hätte. / Um zwei Stücke Eisen anzuziehen, verwende den Magnetismus, unsichtbare Kraft, welche anzieht und abstößt. / Wie die Herzen zweier Liebenden verbindet der Magnetismus zwei Türklinken oder zwei Hämmer, ungeachtet deren anders gearteter Absichten. / Einst gesundes, frisches Obst, jetzt Marmelade. / Zerquetsche die gesunde Frucht, verarbeite sie in einem Blecheimer zu einem undefinierbaren Brei, denn anders kannst du dich an kalten, regnerischen Tagen nicht ernähren. /

Was ein harmloses, windgepeitschtes Tabakblatt war, wird zur Zigarre, welche geistreich das ganze Haus verstänkert! / Raucht Tag und Nacht, Sommer und Winter, nicht eine Stunde ohne Rauchen! / Ein Tag ohne Rauchen ist ein verlorener Tag! / Mit der Zigarre in Krieg und Frieden. / Die Zigarre des nervösen Artilleristen. / Zigarre und Zigeunerin. / Die letzte Zigarette, Erinnerungsstück an den erschossenen Patrioten. / Besser, die Zigarre raucht als der brennende Stall. / Wer kann mit einer Kanonenkugel das Nachbardorf zusammenschießen und es in Schutt und Asche legen? Der junge, gesunde Artillerist. / Die erste Ärztin Serbiens unheilbar krank. / In Gegenwart des Arztes Sterbien. / Zivilisierter Sterbender. / Kontinent als unser Vater. / Mit Kontinenten und ohne sie. / Die Rolle des Volkes im Blutvergießen der Welt. / Volkszugehörigkeit als Art gegenseitiger Unterscheidung. / Berge und Meer als zwei Extreme in allem und jedem. / Der breiteste Fluss kann dir nichts anhaben, wenn dort eine Brücke wartet. / Kleine Schale und doch willkommener Teil des Festlandes im aufgewühlten Ozean. / Gäbe es keine Schiffe, es gäbe nichts. / Ohne Wasserfall könnte man sich den Krach und Lärm, der dort sonst besteht, nicht vorstellen. / Vulkan zum Feuerspucken, Erdbeben zum Erdbodenversinken, Lawine, um unter dem eisigen Ungeheuer begraben zu werden. / Wenn du nicht den kleinsten Schluck Wasser, keinen Kompass und nicht einmal ein Kamel hast, bist du in der Wüste zum Tod verdammt. / Zelluloid, Gummi, noch nicht entdeckte Masse, welche du im warmen Zustand kneten kannst, aber einmal erkaltet, bleibt sie so für immer. / Mädchen aus Gummi, Mann aus Gummi, Ware aus Gummi. / Sei Handwerker, kauf Arznei in der Apotheke, verreise mithilfe einer Reiseagentur. / Schreib in einer Kanzlei, druck ein gelehrtes Büchlein in der Druckerei, handle in Handlungen, und ziehe dann in vollendeter Weise von Ort zu Ort unter dem Namen Zug. / Wenn du Richter werden willst, richte, wenn du glücklich werden willst, liebe. / Wie eine Frau aus Eifersucht anzünden. / Versucht es mal. / Hochklettern, um runterzufallen. / Wie sich Küken mithilfe des besoffenen Truthahns kurieren können. / Die ganze Geschichte der Menschheit in fünf Buchstaben. / Fallsucht bekommen mithilfe eines eisernen Ge-

genstandes. / Vier Jahrzehnte mit Speisesoda, Beichte eines Konsumenten. / Angel, welche nur Fische fängt. / Fünfzig Bilder von fünfzig Menschen unserer Zeit. / Wer macht was zu dieser Stunde? / Lass dich fotografieren und stirb. / Clara Barton, Heldin des Roten Kreuzes mit tödlich verwundetem Krieger. / Andrew Carnegie, welcher sich von einem schwarzen Jungen in Boston auf der Straße die Schuhe putzen und das Knie küssen lässt und ihm Almosen gibt. / Wladimir Iljitsch Uljanow, Mitglied der Gesellschaft der Bibliothekare im schweizerischen Zürich, beim Lesen eines Buches. / Henry Ford, während er mit einem Auto aus eigener Produktion vier zerlumpte Menschen überfährt, welche sich dafür glücklich schätzen. / Nietzsche in Sülz Maria. / J. Lipton trinkt den gleichnamigen Tee in seinem als Münzprägeanstalt reich ausgestatteten Zimmer. / Ignacy Paderewski spielt auf einem Klavier aus gepresstem Zucker. / Grigori Rasputin in Gesellschaft von 48 nackten Schönheiten aus besserem Haus, während er ihnen die *Leiden des jungen Werther* auf Russisch vorliest. / John D. Rockefeller im Gewand eines Bettlers auf einem Maskenball zu wohltätigen Zwecken in New York. / I. M. Singer mit Nähmaschine aus eigenhändiger Fertigung. / Jeder hat Frau Marie Curie gesehen, wie sie die Blumen in ihrem Labor gießt. / Jacques Brandenberger versucht, sich in Zellophan zu wickeln, welches er unlängst erfunden hat. / Leo Tolstoi pflügt, und die Bauer stehen in der Ecke und lachen ihn aus, in Farbe. / Gottlieb Daimler arbeitet in seiner Freizeit mit dem Hobel, in Lebensgröße. / Jules Verne im Ballon, handkoloriert. / Claude Debussy bläst auf einer Okarina in ländlicher Umgebung. / Wie Auguste Renoir lustig mit einer Wirtin plaudert und sie dabei zeichnet. / Mit welchen Hilfsmitteln Ing. Alexandre G. Eiffel auf die Spitze seines Turms gelangte, und das zu Fuß. / Eduard VII. in seinem Badezimmer. / Welchen Tee tranken chinesische Ching-Kaiser, wohl doch chinesischen? / Viktor Emanuel III. zu Pferde, als kleiner Junge. / Was wir nicht waren, werden wir sein. / Vergangenheit und Gegenwart. / Alles im selben Moment. / Die Zeit steht nicht still. / Wie hat Sir St. Gotthard den Berg mit Bergmannsspaten durchlöchert? / Der Gebrauch der Millimeter im Zentimeter und umgekehrt. / Tragödie eines Hektoliters. / G. G. Barrel, Kubik, Unze, Gramm bei der Vorlesung über Maße. / Wie einen Ton herausbringen? / Komplett und in Teilen. / Doppelt sicher. / Direktor G. U. T. Sortiert übernimmt persönliche Verantwortung. / Sicherheitsfüllung. / All das und noch viel mehr. / Das wird euch überdauern. / 7,58 und 96 Jahre alt. / Ich will euch zufriedenstellen. / Wer sich an die Regel hält, wird überleben. / Wie man korrekt lebt und wie nicht. / Ausprobieren und melden. / Auf jeden Fall protestieren. / Lasst euch nicht verwirren. / Lasst euch nicht stören. / Nur so und so. / Mit und ohne. / Einfache, gehobene und luxuriöse Wohnung. / Populärer Umschlag. / Teurer Einband. / Dieser Art zustimmen, zahlreich. / Wagt es, ihr werdet es nicht bereuen. / Nur bei uns. / Es gibt keinen anderen Planeten. / Was unsere persönlichen Eigenschaften und Bedingungen betrifft, machen wir stetige Fortschritte. / Könnt ihr widerstehen? / Größte Auswahl, geringstes Risiko. / Profitieren tut ihr. / Wer, wenn nicht wir. / Glaubt nicht an das Gegenteil. / Frau! / Herr! / Mann! / Bruder! / Wiesollichsdirsagen?! / Nur dort! / Wir sind gegenüber von denen. / Der Unterschied ist augenfällig. / Wir arbeiten, die klauen. / Denkt an euch und damit auch an uns. / Nur auf Bestellung. / Verpackung, Rechnungsausfertigung, Auslieferung und Zustellung täglich. / Wir schicken auch kiloweise. / Versand bis zu zehn Zentimeter. / Mindestbestellmenge zwei Gramm. / Darunter rentiert es sich nicht für uns. / Das müssen Sie verstehen. / Haben Sie noch nicht? / Falls nein, haben Sie gar nichts! / Wenn doch, werden Sie schon sehen. / Was es darüber hinaus gibt? / Wo, wenn nicht hier? / Nur auf diesem Wege werdet ihr bis zum Schluss kommen. / Um sich leicht, schadlos und total zu beschäftigen. / Ebenso zusätzliches Besteck. / Preis, Verkauf, Rechnung, Ausstattung und Verpackung mit Garantie. / Nach Fälligkeitsdatum. / Gesetzlich geschützt. / Jedes Jahr eine andere Farbe. / Achte niemals auf den Preis. / Wir kommen nicht daran heran. / Menschliche und unmenschliche Bedingungen. / Die Zukunft wird es zeigen. / Von dem und von dem. / Zahlungsbedingungen, wie man sie sich nur wünschen kann. / Neue Form, zeitgenössische Art, moderne Ausstattung, besonderer Schnitt. / Eingeführter und herausgezogener Stängel. / Besonders schwer beeindruckende Krümel. / Einfuhr, Ausfuhr und Mittwoch. / Zwischeninhalt. / Dolmetsch von allem. / Wer will, hat die Wahl. / Zebaot oder Horde. / Beispiellose Konkurrenz. / Die Welt ist ein Markt. / Nur noch dieses Jahrhundert. / Wir sind alle Waren. / Günstig. / Jesus erneut ans Kreuz genagelt, nur heute. / Die ganze Geschichte in einer Woche. / Morgen wird es zu spät sein. / Infolge des Auszugs. / Ausverkaufs. / Die größte Zahl der Lebenden ist historisch gesehen längst tot. / Übergeblieben. / Geben wir! / Für all das bezahlt man. /

LAZAR, 1938

Wir haben den 18. Aug. 1938, den zweihundertdreißigsten Tag des Jahres. Kurz vor Neumond. Märt. Evsignije, Kaiserin Jelena. Heute vor 36 J., 1902, nahm mich der sel. Dušan mit auf den Eiffelturm. In Paris außerdem gesehen: Jardin du Luxembourg, Versailles mit den königlichen Wohnräumen und Wasserspielen, die Seine-Brücken und die Menschenmassen, welche sich in den Straßen tummeln. Der sel. Dušan arbeitete 3 Mon. in der Chirurgie, ich reiste eine Woche früher über Budapest zurück. Kaufte Gift gegen den Mehltau. Weinberge gut. Brauche noch Saatgut für Buschbohnen, Markerbsen, Ölkürbis, Welschkohl, Löwenzahn, Mangold, Spinat, Rapunzel, Spargel, Blattsalat, alles fürs Gewächshaus und für draußen; bei Marković bestellen. Meine Lieben, Familienbeschreibung: Laura, Dr. Duš. Uskokovićs Witwe (ich), Töchter Milica, die Älteste, verheiratet mit Hptm. Ingenieur Blaža Mrvoš, Osijek, Županjska 8, zweiter Stock, zwei Kinder, Branimir, fünfeinhalb J., Milenko, fünf Monate, Danica, verheiratet mit Lazar Ćosić, Handelsgehilfe mit Schwerpunkt Eisenwaren, Belgrad, Čika Ljubina 7, vierter Stock, ein Kind, Bora, sechs J., kann schon lesen und schreiben, die jüngste, Anka, wohnt bei mir, Gymn. abgeschlossen, gute Schülerin, leider seit jeher schüchtern, Sohn Dragomir, in Zagreb, Preradovićeva 48, keine Achtung vor der Mutter und dem seligen Vater; wo er sich gerade herumtreibt, weiß keiner, angeblich ständig beruflich unterwegs. Mit vielen aus der Verwandtschaft keinen Kontakt, woran die selbst schuld sind. Eine Cousine lebt in Amerika, verheiratet mit einem Österreicher, dessen Mutter Französin ist, Musiklehrer oder so, sie schlagen sich so durch. Die haben an Weihnachten ein Paket mit lauter Tinnef geschickt. Im Haus noch von seiner Schwester die Tochter, Marija, Vollwaise. Nach 12 J. von sich aus gegangen, aber reuig zurückgekehrt, wegen der Finanzen. Vom Haus bis zur Kirche 69 Schritte, welche ich täglich gehe, bis zur Schule 578, wenn ich schnell laufe, bis zu Lobos Bierschwemme 688, bis Kezerićs Laden 268, bis zu Št. Miler wegen der Bilder ebenfalls, hab's genau gezählt. Bis zum Weinberg ohne Kutsche 14 678 leichte Schritte. Wir haben drei Kirchen (zwei für die Schoktzen), ein Gymnasium, den Turnverein, das Hotel verdient den Namen nicht, ist eigentlich eine rechte Absteige. Das Café Korzo für die, die nichts zu tun haben. Eine Eisenwarenhandlung. Lazar hätte es hier besser als in der Stadt, da müssen sie häufiger hungern, als dass sie satt werden. Und das Kind könnte aus dem vierten Stock in den Hof fallen, Gott bewahre. Ich 56 J., Milica 32, Danica 30, Dragomir 26, Anka 21, macht 165 J. Der sel. Dušan wäre jetzt 78, Gott sei seiner Seele gnädig. Ein Arzt kann sich selbst nicht heilen, so wie der Schuster barfuß geht. Zwei der Töchter verheiratet, eine nicht, der Sohn mit seiner Abenteurernatur wehrt sich mit Händen und Füßen dagegen. Prinz Andrej gestern am Blinddarm operiert. Mein Gott, wie viele hat der Dušan operiert. Die arme Königinmutter, ist auch eine Frau aus Fleisch und Blut. Von allen Uskokovićs, welche auf der Welt waren, war Adam der erste, der nachweislich von unten aus Serb. aus dem Ort Uskok nach Grunt zog, er war auch schon Pope und verstarb 1604. Nach ihm ging die Grunter Pfarre immer der Reihe nach vom Vater auf den Sohn über. Adam 1598 bis 1649, Simeon 1630 bis 1683, Akim von 1659 bis 1699, nach ihm Savo 1697–1751, war verheiratet mit einer Paraskeva, die 1764 starb. Sie hatten nur einen Sohn, ebenfalls Pope, Kliment, 1730 bis 1798, starb zur selben Zeit wie seine Frau, Emilija. Zwei Söhne, Avram und Žarko. Der Žarko wollte von Kirche und dem ganzen Kram nichts wissen, heiratete eine Magdalena aus Böhmen, deren Tochter Mina lebte 43 J. allein, heiratete nie, starb 1837, Savo starb als junger Kerl mit 17 schon 1815, und die Katica, 1800 bis 1870, heiratete den Deutschen Hetzl und hatte mit ihm ein Kind, Oliver, aber der blieb Junggeselle, und da bricht es ab. Avram wurde Pope, sein wichtigster Sohn, Theodor, ist von meinem sel. Dušan der Großvater, ein berühmter Mann, der klügste seiner Zeit, auch wenn er 1878 kurz nach seinem 80. völlig übergeschnappt starb, nach ihm Milica, die lebte auch zeitlebens allein und starb 1837 mit 37 J., und der Älteste, Đuro, war mit Savka verheiratet, die hatten jede Menge Kinder, von denen erzähle ich ein andermal. Von Theodors Kindern wäre zuerst zu nennen Mitar, Geometer,

Junggeselle auch er, lebte 1846 bis 1905, dann Jovan, der mehrere Läden hatte, von 1831 bis 1899 hat er gelebt, mit seiner Julija verheiratet, die war unfruchtbar und am Schluss total verkrampft, und schließlich Dušans Vater, Prota Vaso, gestorben 1900, seine Frau Katha, die hatte Grips, war aber unglücklich, die wurde 1915 von Briganten ermordet, auf ihren Namen lief das gesamte Vermögen, das Haus und das ganze Drum und Dran. Tja, neben meinem Dušan gab's den Petar, der starb jung, erlag mit 18 der Galoppierenden, und die Anka, die ist jetzt 75, lebt also zum Glück noch, verheiratet mit Marko Vrhovin, welcher gerade auf dem Sterbebett liegt, die Kinder: Olga, 38 J., verheiratet mit einem Tschechen namens Pachman, wohnt in Písek, Vera, 34 J., verheiratete Pavišić, hat mit dem Doktor den 10-jährigen Duško, benannt nach meinem Mann, die 30-jährige Danica, verheiratete Foret, der Mann ist Deutscher, sie leben aber in Amerika, haben zwei kleine Buben, und Mara, 35 J., verheiratete Ćupović, drei Kinder zwischen 11 und 15 J. Die Kinder, die wir haben, über die habe ich ja schon alles erzählt. Ich denk an denen ihre ganze Familie und schreibe die Sachen auf, ich, die ich nur hineingeheiratet habe, aus einer anderen Religion und Nation komme, die selbst verfallen nicht auf so eine Idee, ich habe Hinz und Kunz fragen müssen, so war das. Als ob mir das je einer danken würde. Von allen war mein Mann Dušan der Größte, und dann noch Oma Katha und der verstorbene Großvater Theodor, Verstand für alle. Gegen Bienenstiche hilft ein kaltes Messer, leg das drauf, falls kein Ammoniak zur Hand ist. Wenn Gurken gelbe Flecken haben, sind sie bitter, und Würste, welche grün sind, sind verdorben, die darf man auf keinen Fall essen. Ebenso schwarzes Fleisch. Petroleum und Kork sind im Haus zu vielem nütze, muss ich nicht aufzählen. Eichenparkett nicht mit Wasser wischen, wird davon schwarz, nur bohnern, und es wird wie Dukaten schimmern. Gegen Unkraut 60 kg Meersalz auf zehn Liter Wasser, wenn einer das von Sušak herschleppen mag, zweimal im Abstand von zwei Tagen, wie mit der Hand gejätet. Wenn hier Mittag ist, ist es in Paris 11, in Amerika 5 Uhr morgens, in Japan acht Uhr abends des gestrigen Tages, wer zum Teufel soll sich da auskennen. Quitten Heilmittel gegen alles Mögliche, gegen starke Verbrennungen helfen Umschläge mit Quittensaft, ihre zerstoßenen Kerne kurieren Augenentzündungen. Wind 8 M. pro Sekunde biegt die Bäume, ab 13 M. entblättert er sie, ab einundzwanzig brechen Äste ab, ab 28 haut's den ganzen Baum um, ab 34 Schäden am Haus, ab 40 ist es schon ein Wirbelsturm, zerstört das Haus, bloß nicht. Frauen haben nur in Frankr., der Schweiz, Bulgarien und bei uns kein Wahlrecht, Schande über uns, dass wir immer zu den Letzten gehören. Wenn jemand aus Versehen eine Nadel verschluckt, soll er altbackenes Brot, Kartoffeln und Kraut essen. Salzgeist bewahr im Haus nur in gekennzeichneten Flaschen auf, damit es keiner verwechselt. Trichter kann man zur Not aus Briefumschlägen machen, von denen man eine Ecke abschneidet. Gegen Schuppen im Haar Zitrone. Essen geht durch den Mund in die Speiseröhre, dann in den Magen, wo es verdaut wird, dann durch den Zwölffingerdarm am Pankreas vorbei in den Dickdarm, von da in den Dünn- und wenn man Pech hat auch in den Blinddarm, im Regelfalle aber an dem vorbei und raus. Was Heilmittel betrifft, wenn die Leute wüssten, was in diesen kleinen Kügelchen und Pyramidon steckt, das sind auch nur Pflanzen und andere natürliche Sachen, zerstoßen und weiß gemacht, damit man es leichter schlucken kann. Wer krank ist, den muss man vor allem ins Bett stecken und ihm Essen und Medikamente geben. Wer sich den Arm verstaucht, muss ihn so schnell wie möglich der Länge nach gezogen bekommen, damit jeder Knochen wieder an seinen Platz rutscht, auch wenn es wehtut. Am giftigsten sind Speitäubling, Kartoffelbovist, Knollenblätter- und Fliegenpilz, die andern weniger. Stechen tun Käfer, Bienen, Hornissen, Wespen, Holzböcke, Skorpione, Kreuzspinnen, die muss man sofort zertreten oder an der Wand totschlagen. Für einen schönen, reinen Teint Zitrone. Raue Haut mit Glyzerin einreiben, bis sie weich wird. Für einen guten Teint iss Knoblauch, auch wenn der wie ein Wiedehopf stinkt. Niemals pudern, höchstens etwas Rouge auf die Wangen. Die Haare trockne mit etwas Heißem. Was die Füße angeht, bei uns hat zum Glück keiner Stinkefüße. Iss genug Honig, halt dich warm, sitz nicht im Durchzug, reg dich nicht auf, schlaf niemals auf dem Bauch, atme tief, lass schlechte Zähne ziehen und Hühneraugen wegschneiden, dann lebst du hundert Jahre. Gegen Sodbrennen etwas geschabte Kreide in einem Glas Wasser auflösen. Vernickeltes mit den Rückständen in Karbitlampen putzen, falls man welche in Gebrauch hat. Wenn Schuhe quietschen und einen das stört, reibt man sie mit Öl ein. Schuhe, welche drücken, muss man weiten oder kann sie gleich wegwerfen, sonst kriegt man eine Blutvergiftung. Gegen Mäuse hilft allerlei, am besten Fallen. Wenn du einen Nagel einschlägst, pass auf, dass du dir nicht auf den Finger haust. Quotient zum Ausrechnen, wie viel noch im Fass ist, auf 1 cm 21,10 Lit., auf 2 35, auf drei 72, auf vier 117 und so weiter. Je höher, desto mehr. D. hat reichlich blöde Karten mit Fragen und Antworten geschickt, hat sie im Laden von G. Stamenković gekauft: Mögen Sie Schmeichelei? Ja, denn so lernt man die Menschen kennen. Sind Sie eine Heuchlerin? Das würden Sie wohl gern wissen. Würden Sie mir einen Wunsch erfüllen? Schweigen ist Gold. Gefalle ich Ihnen? Sie können Geheimnisse nicht für sich behalten, so etwas darf ich Ihnen nicht anvertrauen. Sind Sie verliebt? Das bleibt unter uns. Weinen Sie häufig? Das wissen Sie am besten. Alles durcheinander, der eine fragt was und der andere antwortet etwas völlig anderes. Feiertage bei den Türken Şevval, Kurban Bayramı, Zilkade, die Juden haben Pessach, Sabbat Rosch Hodesch, das Possenspiel an Purim, das ist im Widder. Das Hotel Straus in Daruvar hat 300 Lit. Riesling bestellt, der Lisak Milan in Kloštar Ivanić 50 Lit., Egon First, Pitomača, 100 Lit., Virje Kolarić, 50 Lit., Pavao Policer, Garešnica, 100 Lit., alle Riesling. Slavko Šlehta, V. Zdenci 100 Lit. Muskateller, 100 Riesling, zum alten Preis. V. Hirschl, Grubišno Polje, 150 Lit. Ottonel, alter Preis, Žiga Kramer, Karlovac, 200 Riesling. Hotel Car Hanćika, Schwarz, Koprivnica, 200 Lit., Nikola Helešy, Pension, Kutina, 100 Lit. Ottonel. Und das alles bis Mittwoch. Respekt gerne, Kredit niemals. Danach raucht mir der Kopf. Habe E. Beneš (auf Tschechisch), A. Hitler (auf Deutsch), Horthy (auf Ungarisch) geschrieben, damit sie Vernunft annehmen. Wenn's mir einer für Stalin auf Russisch hinschriebe, muss aber nicht sein. Bei Mostar haben Banditen den Kassierer der Continentalbauxit überfallen. Die Welt ist schlecht. Du weißt nie, wer dich wann ausraubt, die kriegen den Hals nie voll. Wie legt man mit einem Handgriff aus vier Hölzchen ein neues Viereck? Onkel Andrés Liedchen ist hübsch für meinen lieben Bora. Nervenschmerzen, Genesung unter großen Schwierigkeiten, das geht nur unter ärztlicher Aufsicht, Hexenschuss oder Ischias, meine liebe Milica, die daran leidet, sollte sich besser vorsehen, statt zu Manövern zu gehen, welche es nicht gibt. Mir fehlt zum Glück nichts. 56 J., pumperlgesund. Er ging mit 48 Jahren, und ich plag mich nach wie vor, aber so schlimm ist es auch wieder nicht. Was kann man machen, dieser Schuft hat ihm die Spanische direkt ins Gesicht und in den Mund gespuckt, er sagte sofort: »Laura, du musst das zu Ende bringen, ich gehe!« Bilderrätsel für Maca gezeichnet. Einen Hintern, ihr Name auf Englisch, ein E mit Fliegendreck drauf, fünf auf Serbisch + l. Popocatépetl. Das löst die bis ans Lebensende nicht. Lieb, aber schlicht. 1 Paar Strümpfe 28 Dinar, 1 Paar Handschuhe 25, Unterkleid 45, Waschkleid 60, Sommermantel färben lassen 45, Stoffballen 160, Knöpfe, Futterseide, Haken 71, schwarze Pelzmütze 129, neue Jacke 160, 1 Paar Galoschen 29, macht 752 Dinar. Žiga Vajk bar bezahlen. G. hat heute 3800 Seelen, davon 63 Kaufleute und Handwerker. Bei uns im Haus: Vajk, Gemischtwaren, Šugova, Damenhüte und Ölmalerei, Rihoršek, Herrenhüte, Pintarić, Damenfrisör, Kroatische Sparkasse, Tomljenović, Kneipe, Ramadani, Konditor, ehrlicher Mann, Šterić, Draht, insgesamt acht Geschäfte. Die zahlen alle regelmäßig, die Sparkasse aufs Konto. Im Karree ein herrlicher Park, auch wenn einem abends zum Spazierengehen die eine oder andere Lampe abgeht. Auf unserer Seite kommen noch das Haus des Richters und die Kaserne, linkerhand ist das Gymnasium und die Schoktzenkirche, danach die Feuerwache, rechterhand unsere Kirche, Buchhändler Debač und Pavao Petrić mit Wohnung, Uhrmacher Ninković, gegenüber das Amtsgericht und Kezerićs Motorradladen. Oben wäre noch der Markt direkt vor unserem Haus zu erwähnen, das habe ich vergessen; da kann man jederzeit frischen Rahm, Käse und Eier von den Bauersfrauen kaufen, die Ruža hat uns mal ihre Sahnebonbons dagelassen, meine Güte, da habe ich Anka und Dragomir in der Speisekammer erwischt, und danach konnten sie nichts zu Mittag essen. Als kleiner Bub hat Dragomir einiges angestellt: Kletterte auf den Rand vom Bottich, der knallte ihm auf die Nase, in Glasscherben von einer Sodaflasche gefallen, war über und über voller Blut, ich ihn sofort mit Tinte übergossen, 6 Wochen, mit der Nähmaschine in den Finger genäht und nichts gesagt, die Nadel steckte drin, war ganz bleich, musste operiert werden, vom Schuppen gefallen und die Schulter verstaucht, 6 Wochen. Aufm Hühnermist ausgerutscht, Bein gebrochen, 6 Wochen. Größte Sünde: Vajks Automaten geplündert, insgesamt vier, den am Bahnhof, den neben Lobos Bierschwemme, den vorm Gymnasium, sogar den vor unserem Hans, mit Draht hat er Bonbons und Geld rausgeangelt, 98 Dinar, und Anka stand Schmiere, schrecklich. Was für eine Schande. Alles ordentlich erstattet, die Automaten waren nicht mehr zu gebrauchen, so hat er die zerlegt. Rannte mal wie ein Irrer los und die Frau Lehrerin Vaksler an der Ecke fast über den Haufen und ohne Dankeschön weiter. Bei der Militärschau eine faule Tomate geworfen, Gavra, dem Trommler, auf die Nase und's weiße Hemd. Gavra ist ein Bauerntrampel, der wollte ihn umbringen. Gavra, Mijo, Aga, das sind die hiesigen Verrückten. Die gehen durch die Straßen und zählen vor sich hin, ich gebe immer einen Dinar. Gottseidank sind alle aus unserer Familie gesund, keiner verkrüppelt oder so. Dem armen Aga hat der Zug zu Weihnachten ein Bein abgerissen, er hat nur knapp überlebt. Wie die Jahre vergangen sind, in 10-Jahres-Schritten: Bis ich zehne war bei meiner Familie im wunderschönen Haus, sehr lustig, zwischen Wäldern, die vielen Pferde, welche der Vater züchtete, da kamen viele Leute aus Graz hin, und die haben klug erzählt und schöne Lieder gekannt, und jeder hat mich in die Wange gekniffen, sorglose Tage, sorglose Zeit. Zwischen zehn und zwanzig dann kam's knüppeldick, Schule, Internat, Dušan kennengelernt, geheiratet, den Glauben gewechselt, alles auf einmal, und jetzt bin ich hier, wo ich vor über vierzig Jahren hinkam. Ich war gerade zwanzig geworden, als er mich auf eine herrliche Reise mitnahm, und später ging ich, wohin ich wollte. Zwischen zwanzig und dreißig war ich am glücklichsten und zufriedensten und alles blühte, vier wunderbare Kinder geboren, mir sangen alle Vögelein, später nicht mehr.

Danach bis zum vierzigsten war es schrecklich, D. starb, die arme K. haben sie umgebracht, schrecklicher Krieg, die Kinder krank, mit 36 ging alles in meine Hände über, die ganze Last auf meinen Schultern. Bis zum fünfzigsten viel gearbeitet und die Kinder auf den Weg gebracht, Vermögen vermehrt, alles besser geworden, und trotzdem ist es nicht wie früher. Jetzt bin ich wie gesagt 56. Verehrer aus der Schulzeit. Linhart, blond mit Bärtchen, verkaufte Pferdegeschirre, dann Udicki, nichts Ernstes. Der sel. Duš. hat mich mit 18 J. genommen. In Paris machte mir Uwe Urbajs den Hof, stellte sich als Slowene aus Duino am Meer vor. Im Pensionat ein Kaufmann aus Lübeck, aber nur von Ferne. Im Zug, ich war allein unterwegs, kam dieser Flegel herein, welcher wie ein Wasserfall redete, der hieß Hinković, ist nicht mit dem Rechtsanwalt Hinković verwandt, das habe ich mir aufgeschrieben. Ob der noch lebt? Milica hatte vor der Hochzeit mit Mrvoš unter den Offizieren folgende Verehrer: Srbinović, Kapamadžija, Rabrenović, mit dem stand sie kurz vor der Verlobung, und dann kam Mrvoš und schüttete das Parfüm im Salon aus vor lauter Zorn, zwei Jahre hat es danach gestunken. Immer nur Uniformen. Danica hat Fähnrich Jevremović schöne Augen gemacht, das war nichts Ernsthaftes. Lazar, der Neffe von S. Matavulj, wollte sie um jeden Preis, auch ganz ohne Mitgift, Hauptsache, er kriegte sie, es war ihm nicht in die Wiege gelegt, nur der Name Lazar. Anka guckt keinen an, ich weiß nicht, ob das besser ist. In Liebesromanen passiert Folgendes: In sechsundreißig Prozent der Fälle nimmt der Mann die Angebetete in die Arme, wenn er ihr seine Liebe offenbart, 67 vom Hundert krönen die Liebesbeteuerung mit Küssen, vier vom Hundert liebkosen das Haar, zwei Prozent die Hände, zwei Prozent knien vor der Herzensdame nieder, zwanzig, also jeder Fünfte, stehen furchtsam und ängstlich vor der Liebsten, und zehn Prozent klappen den Mund auf und zu und finden keine Worte, um sich der geliebten Frau zu erklären, in einundachtzig Prozent der Fälle sinkt die Frau stumm und glücklich in die Arme des Geliebten, 68 % erröten und verbergen das Gesicht, eine vom Hundert fällt in den Sessel, 4 % sind aufrichtig erstaunt und verblüfft, wenn ihnen der Liebhaber zum ersten Mal seine Liebe gesteht, 80 % wissen ganz genau, wann er sich offenbaren wird, tun aber trotzdem erstaunt und überrascht, 60 % lachen und schlagen die Augen sittsam nieder, ein Prozent lässt den Verlobten stehen, um die Neuigkeit so schnell wie möglich der Mutter zu überbringen. Bislang 87 Romane durchgelesen, 186 Fortsetzungsromane, 49 Lehrbücher über Physik, Weinbau und anderes, jeden Tag lese ich die Tageszeitung *Vreme*, außerdem den *Geschorenen Igel*, die *Brennnessel*, gelegentlich auch ein deutsches oder ungarisches Blatt, habe 3597 Bilderrätsel gelöst, die keiner rauskriegte. Alle möglichen Narren. Hat den Truthahn besoffen gemacht und ihm Hühnerküken untergeschoben. Eine Lehrerin aus Gospić behauptet, sie hätte den kürzesten Roman der Welt geschrieben (mit fünf Wörtern, welche, verrät sie nicht). Einer aus Podravska Slatina meint, seiner sei noch kürzer, der hätte nur drei W. Und einer aus Solar bei Prenje will mit 4865 eng beschriebenen Seiten den längsten verfasst haben. Ein Handwerker aus Travnik fraß seinen Hahn, während der noch lebte. Zwei Freunde aus Lipik geben an, sie hätten eine weiße Fliege gefangen, aber das ist gelogen. Ein Mann kriegt die Fallsucht, sobald er ein Stück Eisen sieht, ich weiß nicht, wie er heißt. Ein junger Mann aus Brčko hat für 15 Dinar eine lebende Maus verschluckt, pfui Teufel. Ein erwachsener Mann, ganze 125 Zentimeter groß. Eine Person, welche infolge bitterer Armut mit Ratten zusammenlebt, wir wissen nicht zu schätzen, was wir haben. Ein Orchester aus einer einzigen Familie, auch in Brčko, heißblütige Bosnier. Eine Athletin aus Mostar wurde zum Mann, die arme Mutter. Ein Beamter aus Sjenica bittet, jeder Bürger Jug. möge ihm einen Dinar schicken, damit er Millionär wird. Wenn sie verrückt wären! V. Glavički aus Niš trinkt seit vierzig Jahren nur Sodabikarbonat, ich war noch nicht verheiratet. Nedjeljko Šuput will einen Junggesellenverein gründen, ungefähr wie die Sokol-Bewegung. Unser Lazar säuft, aber als Turner am Reck ist er unübertroffen. In einem serbischen Dorf hat ein Schuft einen armen Schlucker gezwungen, 4 kg Gras direkt von der Wiese zu fressen. Eine Miroslava aus Pljevlja hat längeres Haar als Ana Čilag, das hat sie 1927 mit eigenen Augen in Budapest gesehen. Ein weiser Prophet aus Stublina sagt das Schicksal und historische Ereignisse voraus. Würde ich nie. Was wäre, wenn Krieg ausbricht: Kleine und große Häuser in Brand gesteckt. Auch Tantchens Haus. Der Unterstand im Weinberg von Briganten geplündert. 12 Hektar Weinberg, der beste in Slaw., mutwillig zerstört. Alle Sachen aus dem großen Haus (7 Zimmer) in den Hof geschmissen und angezündet. Garten und Gewächshaus demoliert und mit einem Panzer drübergefahren, in welchem sich der Fahrer schlapplacht. Mich in den Brunnen geworfen und den mit Kalk verfüllt. In Osijek sämtliche Offiziere samt Familie erschossen, und keiner, der mir nahesteht, überlebt. Die in Belgrad von Plagen aus der Luft umgebracht und lebendig begraben. Alle Straßen zerstört. Anka in die Sklaverei entführt. Falls Dragomir sich durch ein Wunder, Täuschung oder Verrat retten sollte, wird er vom Blitz erschlagen. Ich darf nicht daran denken. Und natürlich würden das Konto bei der Kroatischen Sparkasse sowie sämtliche Vergabungen leergeräumt, das habe ich noch vergessen. S. Janković will sich eine Jahrhundertsprache ausgedacht haben, die kein Mensch versteht, er selbst eingeschlossen. Die schöne Konditorin aus Temerin ist spurlos verschwunden, nur weil sie gern im Mondschein saß. Ein gewöhnlicher Mann aus Čačak hat ein Foto von sich als Bild vom hl. Antonius verkauft, mit Schlangen zwischen den Zähnen und allem möglichen Geschmeiß, jetzt sitzt er für zwei Jahre in Zenica ein. Aleksić hing wieder aus einem Flugzeug, alle in G. haben ihn gesehen, er macht das auch in Belgrad, hat keine Angst, das Blut gefriert einem in den Adern, wenn man ihn sieht, er isst auch Eisen, Lazar kennt ihn persönlich, wahrscheinlich aus einer Kneipe. Petrašinović hat oft vor dem Publikum gehangen, jetzt ist er infolge einer Verkettung unglücklicher Umstände tot. Einer schläft in seinem Sarg, obwohl er noch lebt. Machen mehrere, geheult wird später. Ein ehemaliger Boxer ist aus dem Irrenhaus getürmt. Lazar und Danica kennen Sava Tarana, Weltergewicht. Punčec, Palada und Kukuljević spielen Tennis. Goršek läuft 800 Meter, Drakulić, Rajlić und R. Dugonjić kicken. Šerer schwimmt durchs Wasser. Mit Sport beschäftigen sich Wohlhabende oder Versager, jedenfalls keiner, der bei Trost ist. Am liebsten ist mir Sonja Henie. Danicas Ausgaben: Huhn 20 Din., Salat Brot 4, Schmalz Eier achteinhalb,

Vreme 2, Lebensmittel 157,50, Wohnung 650, Schlüssel 30, Pyjama 70, Lazar für Lose 100, drei Paar Strümpfe 24, Strom 30, Sandalen 35, Rahm 2, Ferkel 60, Kajmak 4,50, Radieschen 3, Schmalz 3,50, Tee 3, Zitronen 4, Taschengeld Lazar 30, Karotten, grünes Gemüse 3,50, 28 Eier 20, Unterhose für Bora 10, Unterkleid 50, Haareschneiden 6, Wachholderschnaps 12, Erdnüsse und Salzgebäck 2, Bestrahlungen 50, Orangen 7, Hausschuhe für Danica 70, Kino 4,50, Tröte 2,50, Wäscherin 30, Viertel Presswurst 3,50, Taschengeld für Lazar 100, Apotheke 2, Heftchen 1, Ball für Bora 4,50, Holz 230, Dauerwelle 32, Wolle 15, Frau Geljin geliehen 10, Spielzeug 20, Hin- und Rückfahrt 400, Herdreinigung 5, Briefmarken Brot 3, 3 Tageszeitungen 6, Straßenbahn 2, Seegras 6, Puder 10, Laib Brot 3, Wäschestärke 1,50, Fahrgeld für die Wäscherin 5, Briefmarken *Popeye* 2,50, Hähnchen 17, Rum 5,50, *Micky Maus* 1, Zahnstocher Blumen 2, Erdnüsse 1, Käse und Lyoner 3,50, Schwamm Spülbürste Seife 10, Kalbfleisch Schwein Salat 15,50, Brot Murmeln 3, Spiritus Schokolade 7, Glyzerin Brot 3,50, Kartoffeln 8. Schreckliche Teuerung für uns, wobei es ginge, wenn Lazar nicht so viel in den Kneipen lassen würde. Hübsches Gehalt, doppelt so hoch wie von Blaža als Hptm. zweiter Klasse, dabei zählt er nur Nägel. Weitere Verrückte. Wohnt aus einer Laune heraus aufm Baum. Der letzte Haiducke ist noch nicht gefasst und wird es nicht werden, hinterließ Blutspur in einem Lokal. Đuro Kuzmann hat aus Rache das Ehebett angezündet. Die Hälfte der Einwohner von Krk sind Zwerge, alle aus einer Familie. Irgendwer wirft menschliche Körperteile ins Meer, wahrscheinlich ein skrupelloses Krankenhaus beim Operieren. Haben im Gericht Warzenkröten mit rot vernähten Mäulern laufen lassen, weil's so schön eklig ist. Alle eingebuchtet. In Zenica fesseln Eltern ein Kind, damit es nicht klaut, und füttern es so auch. Mäuse aus Slawonien nach Serbien eingewandert, man weiß nicht, wie, eine Plage. Bauer verzweifelt. Ein Bruder hat dem anderen die Nase abgebissen, in Čapljina, Wahnsinn. Mutter hat ihr Kind umgebracht und in die Save geworfen. Ivan Bjelajac wettet, dass er Nägel, Messer und Schraubenzieher verschluckt, bis es mal schiefgeht. Mehr im Karzer als in Freiheit, ein Albaner. Einer aus Loznica hat sich eine Pistole aus Holz geschnitzt und aus Versehen selbst umgebracht. In einer Wanne voll Wasser ersoffen. Schlägt sich Flaschen auf den Kopf, bis sie splittern, und das mit Wonne. Ein Zwerg muss beweisen, dass er normal ist und kein Kind. Trägt die Landkarte von ganz Europa tätowiert auf dem Leib, jetzt jagt ihn die Polizei wegen Unterschlagung. Hat in Zenica 60 Pasteten gegessen, fünfe nicht mehr geschafft, alles selbst bezahlt. Behauptet, er sei weder Mann noch Frau, lügt wahrscheinlich. Ich habe solche im Zirkus gesehen, eine Frau in einer Flasche bestand nur aus Kopf, Frauen mit Schlangenschlund und dergleichen, Experimente mit Spiegeln und anderen Sachen, versteckt hinterm Vorhang, wer das nicht weiß, müsste teuer bezahlen! Angeblich spürt er Erdbeben kommen, will eins in der Türkei und eins in Südserbien vorhergesagt haben, das nimmt ihm aber keiner ab. Als Türke hat er Elektrik in sich. Ein Mann will sich den Wasserfall in Jajce hinunterstürzen, wenn er Geld dafür kriegt. Viele annoncieren Geräte, und wenn du Geld hinschickst, kriegst du nichts. Diverse Personen wollen dir dies und das abkaufen, und dann stellst du fest, dass sie sich einen Spaß erlauben. Wer was verloren hat, gibt eine Verlustanzeige auf, aber er kriegt es nie zurück, das ist vorbei. Militärische Ränge: Gefreiter, Feldwebel, Unterleutnant, Leutnant, Oberleutnant, Hauptmann, Major, Generalmajor, General, König. Mit seinen siebenunddreißig Jahren ist er Hauptmann, bis zur Spitze schafft es so einer nie. Lump. Händewaschen zwei Minuten, tischdecken vier, frühstücken zehn Minuten, sahneschlagen eine Viertelstunde, Weg zum Haus fegen sechs Minuten, sich frisieren halbe Stunde, zeitunglesen zwanzig Minuten, Kreuzworträtsel Viertelstunde, Pullover stricken eineinhalb Tage, ein dicker Roman vier Tage, Jahresabschluss eine Woche. Jeder andere braucht dafür mindestens doppelt so lange. Jeder hat seine Marotten. A. badet mit Vorliebe im Dunkeln, weil es ihr so angenehm ist. Das Mädchen ist 22 und schämt sich immer noch, wo soll das hinführen. Aber es gibt Schlimmeres, natürlich. Der kleine König Petar am 6. Sept. 1923, Königin Maria, Rumänin, 9. Januar 1900, Prinz Tomislav 19. Januar 1928, Prinz Andrej, operiert, 28. Juni 1929, Fürst Pavle, immer aufgedunsen, 27. April 1893. Laura 10. Mai 1882, Milica 7. Feb. 1906, Danica

16. März 1908, Dragomir 12. September 1912, Anka 28. April 1916, Bora 5. April 1932, Branko 14. Sept. 1932, Milenko 1. Febr. dieses Jahres. Verwandtschaftsverhältnisse: Vater, Mutter, Kind, Stiefvater, Stiefmutter, Cousine, Enkel, Schwiegersohn, Schwager, Schwiegermutter, das Kind von meinem Onkel, Schwiegervater, Nichte, Patenkind, Schwiegertochter, Schwippschwager, Urgroßvater, Tante, Schwägerin. Nach dem Märtyrertod von König Aleksandar haben Fürst Pavle, Radenko Stanjković, Ivan Perović die Regentschaft übernommen. Schrank, Bett, Wandbehang, Vitrine, Tisch, Sessel, Truhe, Wandschränkchen, Ofen, Waschtisch, Kassette, Kanapee, Eisschrank, Sparherd, Wanne, Vorhang, Kommode fürs Weißzeug, Teppich, Schreibtisch, alles in gutem Zustand, ordentlich gepflegt, wie neu. Danica schreiben und fragen, wie es ihr geht. Porto für einen normalen Brief 1,50 Din., nach Amerika an Danica 4 Din., für Einschreiben noch mal 1 Dinar obendrauf. Milica lässt nie was von sich hören, wenn es ihr gutgeht, Dragomir schon gar nicht. Legte Wert darauf, dass ihm diese ganzen Scharlatane schreiben, schrecklicher Gedanke, Danica hat alles gelesen und gedeckt. Briefe, Postkarten, Drucksachen für die Balkanstaaten und in die Länder der Kleinen Entente sind billiger als ins restliche Ausland. Uniformen tragen Postboten, Steuerbeamte (der Blitz soll sie erschlagen!), Schornsteinfeger, Popen, Kapitäne, Eisenbahner, Schaffner, Feuerwehrleute, Kontrolleure, Förster und Waldarbeiter. Verkehrszeichen: Kreuzung, Abzweigung, holprige Fahrbahn, unbeschrankter Bahnübergang, beschrankter Bahnübergang, Durchfahrt verboten für Motorräder, für Automobile, für alle motorisierten Fahrzeuge, das Zeichen, dass man kreuzende Fahrzeuge abwarten muss, allgemeiner Gefahrenhinweis, Zollkontrolle, wo man anhalten und sich durchsuchen lassen muss, wer würde sich schon freiwillig offenbaren, Einbahnstraße, Einfahrt verboten, das Rote Kreuz, aber nie da, wo man es braucht. Manche Schilder sind gerade wie ein Pfeil, es gibt aber auch ganz andere, das sind Wappen, Wappen soll man anfassen, das bringt Glück. Ins Haus kommen: Bedienstete, Zugehfrauen, Kunden, Besucher, Verwandtschaft, Staatsmacht (um den Strom zu messen, vom Finanzamt, Schornsteinfeger), alle wollen was haben,

keiner will was geben. Zweie, die sich wie ein Ei dem anderen gleichen, Zwillinge, Doppelgänger (Kezerić und sein Bruder, einer verkauft dir was, der andere knöpft dir das Geld ab, du kriegst keinen zu fassen!). Mein Gewicht 72 kg, Schuhe 38. Schlüssel zur Zinsrechnung, die Einlage multipliziert man mit den Tagen und teilt den Betrag dann durch den entsprechenden Zinsfuß. Es gibt sanfte, heftige und mittlere Temperamente. Sanft: Danica, Anka, Mara, Herr Vajk, der kleine Bora, Branko, Lazar (insbesondere, wenn angeheitert), heftig: Dragomir, Blažo, Milica, die entflammen lichterloh, ebenso Kezerić und sogar der Herr Miler. Ich mittleres, ich lache gern, denke mir Witze aus, halte die Leute zum Narren, erlaube mir derbe Scherze, spiele anderen Streiche, aber wenn es um ernste Angelegenheiten geht oder um Vermögenswerte, dann nicht. Ohne Lachen, das ist doch kein Leben. Frühstück, Brotzeit, Mittag, vier Uhr nachmittags, Abendbrot. Jedes Essen hat seine Zeit. Als kleine Kinder haben Milica und Danica gut und Dragomir und Anka schlecht gegessen. Das sieht man ihnen heute noch an. Mein Appetit ist seit eh und je verflucht gut, hungrig wie ein Wolf. Und ich brauche was Süßes. Schlimmste Unglücke: Ertrinken, Vergiftungen (diverse), Ohnmachten, Blutungen, Verbrennungen, Schlaganfall, Knochenbrüche, Blitzschlag, Sonnenbrand, giftige Insektenstiche, von tollwütigen Hunden gebissen werden, Giftschlangenbisse. Röntgenapparat, Dr. Pavlovićs Salbe, Siemens-Martin-Ofen, Šmol zum Schuheputzen, Dreieck des Pythagoras, Šonda Schokolade, Geigerzähler, Teslas Glühbirne, Edisons Kino, Franz Joseph Bittersalz, Radenska Mineralwasser, Kneipp Kaffee und Franck Kaffee, Brailleschrift, Kezerićs Sicherheitsschloss. Allerlei annonciert, vergoldete Luxusrasierklingen, das Stück für 4 Dinar, gelbe Mekongmuschel 2 Din., normale Rasierklinge 1 Din., aber bei uns gibt es gar keine Männerköpfe, die rasiert werden müssten. Karten kloppen, Rot Cœur Herz, das soll für die unglückliche Liebe stehen, Karo für ein gutes Geschäft, Treff Kreuz für Tränen, die Pik Sieben für einen Spaziergang an der frischen Luft. Wer denkt sich so einen Mist aus, aber kurzweilig ist es doch. Gedankenlesenlassen vom Fachmann, mit den Worten Turm, Schwan, Dreieck, Balkon, Schlange, Wespe,

Harfe, Humpen, Wilson, Sitz, Schlitten, Wegweiser, Leiter, Jungfrau, alte Jungfer, zwei Vorhängeschlösser, Zwicker, Fahne, Kegel, und wenn er die alle kombiniert, weiß er, was ich denke. Wer's braucht! Unsere Banken: Nationalbank, Postsparkasse, die Serbische in Zagreb, das Einlageninstitut, Exportbank in B., dort auch Adria-Donau-Bank, Handwerker-Bank, Handelsbank, Verkehrsb., Serb.-Amerikanische, Verkehrsb., Belg. Genossenschaftsb., Vračarer, Fleischerb., da hat der Georg Weifert seine Finger drin, Beamtenb., Hypothekenb., Technische B., Hausb., und sechs von denen haben auch wir etwas anvertraut. Ein paar Tänze und Tanzfiguren von früher: Kontratanz, Quadrille, Pantalon, Chaine Anglaise, Balancé, Tour de main, Double Promenade, à droite et à gauche, Traversé, Kokett, Été, Visite, Chassé-croisé, kennt man nur noch aus Erzählungen. Außerdem Walzer, Polka und so weiter. Heute Tango, obwohl A. sich mit Männern schämt, und mit wem soll sie sonst tanzen? Wenn du eine Visitenkarte überreichst, hast du vier Ecken zur Verfügung, knickst du die oben links um, kündigst du deinen Besuch an, unten links Urlaub, unten rechts für einen Abschiedsbesuch und die obere rechte für herzliches Beileid; wer sich damit nicht auskennt, hat schnell Scherereien. Zerreißt sie einer in lauter kleine Stücke, heißt das, er ist stinkwütend. Maca leicht zu veräppeln, sie ist jünger und darf mir nicht böse sein. Sie muss jeden ersten April dran glauben. Ich habe sie mitten in der Nacht aus dem Bett geholt: Die Kirche brennt!, oder: Truppen in Grunt!, oder: Einer hat um deine Hand angehalten, oder: Dein Pferd ist die Treppe hoch und hat die verglaste Veranda mit den Hufen zerschlagen! Sie quiekt jedes Mal und schaut dann erst auf die Uhr. Spaß muss sein, ohne von Herzen zu lachen, hält man das schwere Leben nicht aus. Jeder kennt einen Witzbold, die, denen nichts heilig ist, sind mir die liebsten. So einer ist Herr Žiga Vajk, eben-so Št. Miler, Lobo hingegen ist ziemlich brüsk, ein echter Kroate, obwohl gebürtig aus Böhmen. Ankas Lehrer: M. Kaman, Rektor, Novljan, Mathe, J. Kratki, Lit. und Sprache, Sabljić Erdkunde, Vidmarić Geschichte, Silvestar Kopriva Latein, Kerešević Deutsch, Kempf Erdkunde, Papo Schönschreiben, Franz Schramm Gesang. Welche Preisfrage stellen sie diesmal?

Der Zeitungsverkäufer ist so alt wie ich. Impressionen aus *Rigoletto*. Was ist ein kultivierter Mensch. Poschegg einst und jetzt. Hundert Jahre Fotografie. Bedeutung der Sparkasse heute. Was sie sonst noch machen: Schülerarbeitsgruppen, Rot-Kreuz-Jugend, Adria Wachkorps Nachwuchsorganisation, Festkomitee, Pfadfindergilde und Bergsteigerverband, Aeroklub-Jugend, als wäre die Schule nicht genug. Elsa-Fluid, Röntgenapparat, Marginotlinie, Franz-Josef-Land, alles nach berühmten Leuten benannt, die haben's gut. Vor dem Essen und nach schmutzigen Arbeiten Hände waschen, Morgenwäsche, Haarewaschen, samstags baden. Zähneputzen mithilfe einer Bürste. Staatsfeiertage: Slawenapostel Kyrill und Methodios am 24. Mai, 28. Juni Veitstag, 6. September Geburtstag des kleinen Königs P., 1. Dezember Tag der Vereinigung von Serben, Kroaten und Slowenen. Sinn und Art von Steuern, Gesuche, Beschwerden, Einreichungen ganz allgemein, wenn auf Verlangen ein Bescheid ergeht, Zeugnisse und Urkunden, Ein- und Widerspruch, Kaufverträge, Gesellschaftsanteile, für jede Offerte, Rechnungen bis 50 Din. werden nicht gestempelt, ansonsten schröpfen sie einen, wo sie können. Dame, Herr, Fräulein, Hochwürden, Herr Hauptmann, Mädchen, Person mittleren Alters, Fräuleinchen, Mann, Frau, gnädige Frau, Hungerleider, Landstreicher, Lump, Unbekannter. Guten Tag, lieber Freund, Potzblitz, ich schwöre, Handkuss, Mahlzeit, Ihr Diener (Slowenen), Küssdiehand, Guten Abend, Gesegneten Appetit, Wie geht's, wie steht's? (kumpelhaft in Zgb.) Adio Mare, Geh mit Gott, Gute Nacht! Mit dem bloßen Auge sieht man die Dinge gut, durch Lupen, Brillen oder Zwicker besser oder gar nicht, nachtblind, halbblind durch irgendwelche Umstände, ganz blind, wenn man sich auf seinen Stock verlassen muss. Hohlmaße: 1 Hektoliter 100 l., 1 Liter 10 Deziliter, 1 dl. 10 Zentiliter. In Russland 1 Eimer 12,3 Liter zehn Kruschka. In England 1 *ton* 252 *gallons* oder eintausendeinhundertfünfundvierzig Liter. In Amerika 1 Gallone 3,785 Liter. Wo man sich amüsieren kann: Prater in Wien, vor allem im Riesenrad, die Lichtspieltheater Kolarac und Kasina in Belgrad, mit Tischen (man kann während der Vorstellung essen und trinken), in Zagreb beim Gesang im Operettenhaus und auf der Eislaufbahn, so eine betreibt Lobo auch bei uns, sobald es friert, und in Budapest gibt es das auch und auch ein Theater, in Paris das Wachsfigurenkabinett Tussaud, Variétés und Opéra comique, Straßenmusikanten mit Ziehharmonika (selbst gesehen), anrüchige Etablissements, da bin ich nicht hingegangen, und mehrere Wanderzirkusse, in denen Zigeuner, Italiener, Ungarn auftreten, die sich allesamt als Tschechen ausgeben. Spiele zum Spielen: Reifentreiben, Kartenhäuser bauen (man darf keinen Wind machen), Würfel unter Tassen raten, Seifenblasen, Billard nur in Kneipen, Jojo, wenn du zu viel Zeit hast, Schaukeln, dabei ist Drag. runtergefallen und hat sich den Arm gebrochen, Ringelrein, mit Fingern und Faden Figuren aufspannen, Seilspringen, Diabolo hatten wir auch, Schiffe in Flaschen bauen, Domino, Schach, Räuber und Gendarm mit Spielkarten (H. Vajk wird jedes Mal böse, wenn er verliert), Streichhölzerraten, wie viele in welcher Hand, Nachlaufen, fehlende Worte raten, Fußball, dabei tritt immer einer zu und der andere muss mit gebrochenem Bein ins Krankenhaus, mit den Fingern Schatten an die Wand werfen und da sieht man dann ein Pferd, Zwerge oder so was, verschiedene Puppen, Figürchen machen, wie wenn sie lebten, Rebus, Kreuzworträtsel, Blumen-, Marken- und Taschentüchleinsprache, Verstecken, Mensch ärgere dich nicht, all das mit meinen Lieben in glücklichen Tagen gespielt. Eisenbahn, Flussschifffahrt, Schlafwagen, auf keinen Fall Flugzeuge, Dampfer auf der Hochsee, Kutsche und im Herrensattel zu Pferde, mach ich nur, wenn es sein muss und in Notfällen. Kinos in Belgrad: Vračar, Kasina, Kolarac, Koloseum, Korzo, Lukzor, Uranija, Avala, Triglav, Slavija, Metropol, Novaković und Balkan, welches das miserabelste und nur für Lehrjungen und Kleinkriminelle ist. Nachbarn: auf unserer Seite Uhrmacher Ninković, Buchhändler Debać, schon genannt, Rechtsanwalt Hinković, Richter Mesić, gegenüber Kasernenkommandant Unterleutnant Pribićević, toller Mann, sehr stattlich. Danica hat viel mehr, weil sie in einem großen Haus mit vier Stockwerken wohnt. Wo sind meine lieben Kinder nur alle hingezogen. Danica hat L. Ćosić auf einem Ball der Kaufleute bei den Uskokovićs kennengelernt (über meinen lieben seligen Dušan). Zuerst waren sie in Virovitica, wo L. Ć.

einen Laden hatte, Gemischtwaren, gut eingeführt, aber er ließ zu viele Kunden anschreiben, und nach sechs Monaten ging alles zum Teufel, bankrott. Dann in Zagreb arbeitete er statt auf eigene Rechnung als Handlungsgehilfe bei Mervar und Hodniković, Eisenwaren. Adressen in Zagreb: Šenoina 11, Tomislav-Platz 6, Medvedgradska 17, Zvonimirova 76, da wurde der liebe Bora geboren. Dann zogen sie nach Belgrad, haben alles verkauft, was ich ihnen von Herzen geschenkt habe, behielten nur 8 Kisten mit Bettzeug und Geschirr, sogar Dušans alten Sessel haben sie viel zu billig verscherbelt. In Belgrad wohnhaft in der George-Washington-Straße 6, da war es wirklich laut mit dem Markt und der Straßenbahn vorm Haus, schrecklich, Kosančićev Venac 9, Kneginje Ljubice 6, bis daneben ein Haus gebaut wurde, welches die Aussicht versperrte, heute Čika Ljubina 7, vierter Stock. Lazar arbeitet bei Petrović und Lukić, hätte aber lieber eine Stellung bei Avram Filipović, obwohl selbst kein Jude, ganz in der Nähe, Bora kam diesen Herbst mit gerade einmal sechs Jahren in die Schule. In der Küche: Teller, Gläser, Siebe, Töpfe, Schüsseln, Blechdosen für Lebensmittel, Schöpfkellen, Gabeln, Löffel und diverse Messer, die müssten zum Scherenschleifer, Geschirrtücher, Putzlappen, Sparherd, großer Eisschrank von Goldner aus Subotica, ein großer Tisch und Stühle. Milica ist nicht so oft umgezogen, obwohl ihr Mann Offizier ist, hatte Glück, halbes Jahr Wachdienst in Daruvar, 1,5 Jahre in Novska, seitdem in Osijek, Županjaska 8, da hat es viele Schnaken von der Drau her, die Kinder sind ganz verstochen, aber besser als wie Danica jeden Mai und November eine neue Wohnung suchen, aber jetzt bleiben sie wohl da, trotz der Höhe, von der einem schwindelig wird. Die besten Ärzte, da mein lieber liebster Dušan schon 20 J. nicht mehr unter uns ist, dabei hätte er so viele vor dem Tode bewahrt: für Chirurgie Dr. Grospić in Zagreb, hat Lazar die Schrotkugel aus dem Knie geholt, die er sich als Kind eingefangen hat, weil's jetzt dick wurde, für Frauen Dr. Desimirović in Belgrad, bin zum Glück ganz und gar gesund, für Quarzbestrahlungen Simić, Danica geht hin, sollte es nicht übertreiben, für die Zähne Papo, hier in G., in Graz Stern, Allgemeinarzt, von Dušans Kollegen sind viele auch tot. Für die Augen noch Dr. Nešić, Belgrad, die berühmtesten Ärzte der Welt: Koch, Pasteur und bei Wahnsinn und Verwirrtsein Freud. Handelsware in Kisten, Paketen, Fässern, Ballen und lose wie Reis, Kaffee, Zucker. Hiesige Großfabrikanten: Gebrüder Münch, Bergbau, Sartid, Stahl, stiller Teilhaber, Gođevac, Eisenwaren in Belgrad, Teokarović, Stoffe, in Paraćin, Klefiš in Jagodina, Fleisch- und Wurstwaren, dito Gavrilović in Petrinje, Uskoković, Wein (wir), Bata in Borovo, eine tschechische Firma (Mara hat zwei Jahre dort gearbeitet und ist dann zurückgekommen), Ikarus Flugzeugbau, Šonda Schokolade, Kneipp und Franck Kaffee, in Zagreb Žiga Stern, Lederwaren. Mikuličić, Reeder in Rijeka, dann Franz Moser, Weinhandlung in Zemun, Veličković und Stefanović, Tischlerei in Niš, Tomić in Belgr. und Kruljac hier in G. für Möbel nach Wunsch, Šmol Schuhputzcreme, Maribor, ist aber glaube ich kein Slowene, Zdenka Schmelzkäse in Vel. Zdenci, Soko Kekse, Belgrad, Bier machen Bajloni und Weifert (großer Mann für alles), Fischfabrik Mardešić, und unsere Konkurrenz, Weingut Šandor Kulmer, Cernik, sehr schwach, und Stock in Poschegg, aber die machen hauptsächlich Schnaps, was mich nicht interessiert, Julius D. Meinl neben Kaffee auch andere Lebensmittel, Pollak Stoffe, Bjelovar, Mez Garne in Zagreb, Lever Schichtseife in Osijek, Peko, die Schuhfabrik des Slowenen Petar Kozina, Falout Lederriemen hier in G., alles fleißige und ehrbare Leute, Hauptsache, man arbeitet und gibt anderen Arbeit, das lohnt einem Gott! Danica hatte als kleines Mädchen Angst, barfuß auf Schlangen zu treten, vor Gewittern, wenn es in der Nähe einschlug, vor dem einen oder anderen Märchen, und Bilder von Schlangen in Büchern durfte man auf keinen Fall anfassen. Vorm Dunkeln hatte sie keine Angst, was selbst mich gewundert hat. Milica fürchtete sich nicht vor Schlangen, wohl aber vorm Dunkeln. Danica schaute als Backfisch durch eine verrußte Glasscheibe in die Sonne, weil sie den geächteten Čaruga hoch zu Ross sehen wollte, und musste danach sechs Wochen beinah blind im dunklen Zimmer bleiben. Milica hatte nicht eine Kinderkrankheit, deswegen habe ich jetzt um sie Angst. Danica Windpocken, Scharlach und Keuchhusten Pertussis, Dragomir verschiedene Prellungen, Schnittverletzungen, Arm- und Beinbrüche, hab ich schon erzählt. Anka blass und zart, ansonsten gesund. Vor allem müssen in Ordnung sein: Augen, Magen, Kopf, Beine und Herz. Schule: Milica bis zur Quarta im Gymnasium, wollte nicht länger, Danica Hauswirtschaft in Podgorač, sie kann bügeln, putzen, kochen, für Lazar die reinste Wonne. Dragomir wollte in Sušak Nautik studieren, nicht geschafft. Anka hat das Gymnasium hier abgeschlossen, sie wird hoffentlich in Belgrad Italienisch machen. Wenn der sel. Dušan wüsste, wie mangelhaft die Schulbildung seiner Kinder ist! Er war der erste Doktor mit Auszeichnung weit und breit, ich habe ihn in Graz kennengelernt. Damals dachte ich (noch auf Deutsch), was ist denn das für ein bärtiger Schnösel, Serbe, sein Vater muss Türke sein. Und dann stellt sich raus, sieben Generationen lang lauter Popen, und zwar berühmte. Ursprünglich aus Uskok bei Prizren, Ende des sechzehnten Jahrhunderts, und da waren sie schon Popen. Dušan ist der erste, der zur Medizin wechselte und Arzt statt Pope wurde. Sonst hätte ich ihn auch nicht kennengelernt. Früher hatten sie eine Mühle, den Kaufladen, die Dampfbäckerei, Pferde (wie mein seliger Vater), Rinder, zwei Brücken, eine Leimfabrik, sechs Dreschmaschinen, mir sind nur die Weinberge und vier Häuser geblieben, das mit der Kirche und der Pfarre ist vorbei. Es gibt sechs große Bilder von ihnen und einige kleinere. Was hier so los ist: Weihnachten, Ostern, Schlittschuhlaufen auf Lobos Teich, eine große Beerdigung, Verlobungen und Hochzeiten, wenn der Zirkus gastiert oder Post aus Amerika kommt, als der Ban hier zu Besuch war, kamen alle zu uns und es gab ein Fest mit Tombola. Frisuren: Pagenschnitt, Bubikopf, toupiert, aufgesteckt, gelockt, glatt oder ein Herrenschnitt, nur eben anders; ich trag am liebsten Spangen an der Seite. Unholde, Bettler, Zigeuner und Betrüger gibt es hier kaum, oben bereits aufgezählt. Eins der Kinder von Uhrmacher Ninković ist nicht ganz normal, und die Tante von Herrn Vajk redet im Schlaf unanständiges Zeug und mancherlei Blödsinn. Mehr nicht. Kezerić trinkt gern einen über den Durst und Richter Mesić auch, wobei man den in keiner Gesellschaft missen mag. Enten, Hasen, ein paar Schafe, Hühner, Hahn, dazu ein paar Tauben, aber wilde, die hat Dragomir vernachlässigt. Die hiesigen Schlangen sind ungiftig, aber groß und machen Angst. Die größten Männer der Menschheit: Napoleon, Matija Gubec, Kemal Pascha Atatürk, Roosevelt, Masaryk Tscheche, Gandhi, der hungert, große Männer, wenn auch Feinde Mussolini, Hitler, Horthy, Dollfuß, der wurde umgebracht. Stalin, Russe, der lächelt ständig, du weißt nie, was er denkt, bescheiden angezogen, als sei er in einem Sägewerk angestellt, aber einen gewaltigen Schnurrbart. Manche machen gern Geschenke, andere nicht, das sind Geizhälse. Geschenke von meinem lieben sel. Dušan, von H. Vajk, in kleinerem Rahmen von Geschäftsfreunden, von Richter M. fürs neue Lebensjahr und ein paar Kleinigkeiten von meinen Kindern, die vermögensmäßig viel schlechter dastehen, als ich gehofft habe. Ich schicke zweimal wöchentlich Pakete nach Osijek und Belgrad, gebe die persönlich am Bahnhof auf ebenso wie die Briefe, dann haben die lieben Kinder es noch am selben Tag. Lazar Ć. besaß 1930 ein Sparbuch mit fünfundzwanzigtausend, alles weg, bei Mervar und Hodniković bekam er 800 Din. monatlich, jetzt bei der neuen Firma 4 einhalb Tausend, ziemlich gut, trotzdem wenig, weil er allein für sich Dreiviertel davon ausgibt. Wenn Dana nicht die Bekannte hätte, die ihr fast für umsonst näht. Mrvoš wird Major, dann kriegt er 1800, aber erst in einem Jahr, und das mit zwei Kindern! Erpressung: wenn einer einem droht, einen unangenehmen Brief zu veröffentlichen, und man ihm Geld geben muss. Mich wollte der Pakracer Rechtsanwalt Grubješić erpressen, Großvater hätte das große Haus der Tante nicht uns vermacht, er hätte das schriftlich, ich habe nicht gezahlt, und vor Gericht stellte sich dann heraus, dass er gelogen hatte. Während der Verhandlung habe ich mir ein ABC aus Häkchen und so ausgedacht, um im Saal den Kindern zu schreiben. Das Recht ist auf unserer Seite. Einige Sprüche: Alles, alles geht vorbei, doch wir sind uns treu. Kaffee Hag schont Ihr Herz. Das Quadrat über der Hypothenuse ist gleich, das weiß jedes Kind, den Quadraten über beiden Katheten. Nur Eintracht rettet die Serben. Eine Hand wäscht die andere, für die Weste braucht man beide. Wer sich selbst nicht taugt, taugt auch für andere nicht. Gleich zu gleich gesellt sich gern. Trautes Heim, Glück allein. Wer sich auf Serben verlässt, ist verlassen. Bedienstete haben wir sechs, zweie, Mijo und Jožo, beaufsichtigen die Arbeiten im Weinberg, an der Weinpresse und beim Abfüllen, zwei weitere, Nikola und Pero, fürs Verladen und auf den Feldern, im Garten und so weiter, Mara, obwohl mit mir verwandt, arbeitet im Hause, und der kleine Simo macht Besorgungen. Die Buchhaltung mache ich, ohne Advokaten, die sind auch nicht schlauer als ich. Spiegel haben wir neun, und keiner ist je kaputtgegangen, trotzdem sind etliche Unglücke und Tragödien passiert. Ich habe noch keinen einzigen Fluss mit einer Fähre überquert. Insgesamt haben wir 78 Fenster, 69 Zimmer- und 8 Eingangstüren. Rücksicht ist zu nehmen auf Krüppel, Blinde, Stumme, Alte, Dumme und Mittellose. Sonst auf niemanden. Mich beneiden viele, ich keinen. Die reichsten Männer der Welt: Rothschild, Rockefeller, Ford, Automobilhersteller, Edison gehörte auch dazu, Mussolini, der hat das meiste zusammengeklaut, Demidow, ein Russe, welcher alles von den Zaren geerbt hat, jetzt in Amerika, da lebt auch noch eine uralte Frau, deren Name fällt mir gerade nicht ein, welche sich in Zeitungspapier wickelt und nichts isst, aber Millionen besitzt, der englische König lebt auch ziemlich bescheiden, hierzulande: Teokarović, Weifert, Đunđerski, Žiga Stern und Julius Meinl. Zwischen steinreich und bettelarm gibt es noch die ganzen normalen Leute. Glaubensbekenntnisse: Juden, Türken, Chinesen, Inder, Katholiken, denen ist der Papst ihr ein und alles, und wir Orthodoxe, zusammen mit den Russen, wobei die Bulgaren glaube ich etwas anders sind. Wenn einer zum anderen sagt, er soll mal gähnen, und dem, wenn er es dann macht, in den Rachen spuckt, ist der andere schlicht naiv. Dragomir hat als kleiner Junge lauter Gesetze und Vorschriften erfunden. Wenn dich einer auf den Kopf haut und du bist weg, dann war's wohl ein Knüppel. Die anderen Kinder mussten den Quatsch nachsprechen und auswendig lernen. Im Gefängnis war keiner aus unserer Familie außer dem sel. Dušan, aus nationalen Gründen stand er vor Gericht, er sollte gehängt werden. Gleichzeitig im Hochverratsprozess angeklagt waren Adam und Valerijan Pribičević, die Ervaćanin-Brüder, Stevo Kačar, Joco Oreščanin, Lehrer, Borojević, Đurić, Gedeon Orizović, Förster, Prota Ercegovac, Jovo Kalafatić, ein anständiger serbischer Lehrer,

Dositije Kutuzov, Vaso Vukdragović aus Okučani, Dane Podunavac, Dr. Đurić, Arzt wie der sel. Dušan, insgesamt 53 gestandene Männer, die, welche sich zu Richtern aufschwangen, konnten ihnen nicht das Wasser reichen! Der sel. Dušan wurde am 28. Dezember 1908 in unserem Haus verhaftet. Natürlich wollten sie die Abspaltung vom damaligen Österreich-Ungarn und die Vereinigung mit dem Königreich Serbien, das war völlig richtig, aber wer wäre verrückt genug, es zuzugeben. Obwohl es meinem sel. Dušan wichtiger war, als Arzt zu praktizieren, Wälder aufzuforsten und Kräuter anzupflanzen, die zu ziehen bisher noch keinem gelungen war, Schulen, Mühlen und andere nützliche Einrichtungen zu bauen, und erst danach beschäftigte ihn die Frage, wer auf dem Thron sitzt, ob Teufel oder Satan, Franz oder Aleksandar oder Petar. Vor Gericht wurden sie gefragt, ob sie König Petar hochleben ließen und »Es lebe Serbien!« schrien, ob sie serbisch-patriotische Lieder sängen, an Großserbien glaubten, Dušans Reich wieder erschaffen wollten, ob sie König Petar als ihren König ansähen, sein Bild in der Stube hängen hätten und seinen Boykott gegen Kroatien unterstützten, ob in ihren Schulen und Gemeindeämtern kyrillische Buchstaben benutzt und Serben bevorzugt würden, ob sie zweisprachige Wegweiser forderten und schließlich, ob sie die Katholiken als Schoktzen, Krainer und Diebe verunglimpften. Rechtsanwälte: Gustav Gaj, Emil Hinković, Grahovac aus Daruvar, Babić aus Zemun, Belobrk, Srđan Budisavljević, Jovo Polovina und viele andere. Und sie haben es geschafft. Der sel. Dušan kam am 5. Oktober 1909 frei. Ausflüge zum Strmac, nach Šumetlica, Lipik und Daruvar. Reisen nach Zagreb, beruflich, nach Graz, Wien, Budapest, nach Belgrad und Osijek die Kinder besuchen. Immer mit der Eisenbahn. Keiner aus der Familie war je in Duelle verwickelt, in denen Mann gegen Mann steht, um sich wechselseitig wegen Beleidigungen oder für die Ehre oder sonst was umzubringen. Die größten Heerführer Napoleon, bei den Russen Suworow, bei uns Karađorđe und Miloš, obwohl der ziemlich brutal war. Der alte König Petar hat vom Ochsenkarren herunter das Volk durch Albanien in Eis und Schnee geführt. Streit: wenn ein Hausgenosse dem anderen etwas sagt, was der nicht auf sich sitzen lassen will und genauso zurückgibt, bis es laut wird und man es schon von Weitem hört. Mit dem sel. Dušan nie groß gestritten, bis auf das eine Mal, als er mir den Arm verdrehen wollte wegen dem, der sich mir im Zug aufgedrängt hatte; und den Steuerbeamten, der mir schöne Augen machte, hätte er am liebsten abgestochen, wegen Geld nie, er war beim Haushaltsgeld wie beim Ausgehen immer großzügig. Geprügelt hat er sich trotz vieler Gelegenheiten nicht. Ich habe nah am Wasser gebaut, bin so schnell am Flennen, wie ein Besoffener anfängt zu grölen. Wenn einer wegfährt und mir, von der Reise zurück, ein liebes Wort sagt, wenn ich Lieder höre, wenn Musiker aufspielen, wenn der Pope predigt, wenn der junge König von seinem gemeuchelten Vater redet, wenn Tiere geschlagen werden und so. Lachhafte Namen: Pest, Cholera, Scheusal, alle drei waren Steuerbeamte, Pravica, Schlingel, Spionowitsch, Praštalo, Kauz, Raabe, Pieper, das war eine Lehrerin, die hieß bei den Leuten nur Piepmatz, Basta, Banjeglav passen zu Lazar wie der Deckel zum Topf, beide sind aus der Lika, Zalubil ist tschechisch, Plevičko auch, Leicht, Flederer, Boppes, Dreck, der Seefahrer, Sugo, Brockhaus, Hohl, Milchbart, Pellerine, war Offizier, schneide ich alles aus der Zeitung, wenn einer stirbt. Der Weltuntergang sollte am 5. Mai 1910 sein, war aber nicht. Damals war ich 28, die schönsten Jahre, nur Milica und Danica waren geboren und der sel. Dušan 40, der Arme, nur noch acht zu leben. Der wichtigste Komet ist der Halley'sche, wichtige Sterne sind Morgenstern, Venus und die Plejaden, sieben auf einem Haufen. Anka hat in der vierten Volksschulklasse den Großen Bären gemalt, ich sehe in dem Sternbild alles, nur keinen Bären. Oft habe ich den Eindruck, die Luft oder das Essen seien vergiftet, und dann zucken meine Lippen, oder mich überläuft eine Gänsehaut, und dann stellt sich heraus, dass gar nichts war. Oder ich bilde mir ein, mein lieber Enkel sei aus dem vierten Stock gefallen oder meine liebe Tochter hätte einen Stromschlag abbekommen oder mein lieber Lazar sei unter die Straßenbahn geraten. Dann schreibe ich sofort einen Brief, damit es vorbeigeht. In dem Geschäft, in dem der liebe Lazar arbeitet, gibt es Baubeschläge, Schlösser, automatische Schließzylinder, Hängeschlösser von klein und leicht für Schuppen bis zu großen für Kellertüren, es gibt Fensterangeln und Feststellhaken, Gestänge für Oberlichter, Rahmen für Holzläden, Aufziehfedern, besonders schwere Einsteckschlösser, mit einer Art Walze drin, Sicherheitszylinder, hab ich zum Glück, Scharniere, damit man Stock, Tür, Fenster hin- und herdrehen kann, verschiedene Absperrvorrichtungen, Riegel und Verbindungsstücke, wer kann sich das alles merken, ich höre es von ihm und schreibe es mir hinterher auf, jeder Schlüssel hat seinen besonderen Preis, es gibt schöne Kataloge, jeder Schlüssel schön aufgemalt, mit lauter Zacken oder Buntbart, dazu Gewinde und Halbgewinde, gewöhnliche und Spezialnägel, Schrauben, kleine Werkzeuge wie Hämmer, Zangen, Schraubszieger, weiterhin Siebe, Töpfe, Lampen, zum Verrücktwerden, wenn sie alle sechs Monate Inventur machen und jeder Nagel vermerkt werden muss, das dauert drei Tage, Danica bringt Lazar sein Essen im Henkelmann. Wichtige Fristen: Kranke sechs Wochen, Schuldverschreibungen sechs Monate, ein Jahr oder zwei, manche werden erst nach fünfen fällig, pro Generation ungefähr zwanzig Jahre, ein Mensch wird ungefähr sechzig, manche auch älter, weiter: ein Jahrhundert, zehn Jahrhunderte und so weiter. Teller und Gläser für sechs Personen, ebenso viele Stühle. Manchmal zwölf beziehungsweise ein Dutzend, vierundzwanzig ist schon zu viel. Kartenspiel mit 52 oder 32. Kinder zwei bis vier. 7 Tage hat die Woche, dreißig der Monat, nur der Februar nicht. Zucker und Mehl hundertkiloweise, Kaffee per Kilo. Wein nur auf Bestellung. Finger beziehungsweise Zehen an Händen beziehungsweise Füßen je fünf, Augen und Ohren paarweise, außer bei Versehrten oder Krüppeln oder wenn einer es bei einer Prügelei verloren hat, oder wie Kezerić bei einem Motorradrennen, hat ein künstliches aus Wien, fällt gar nicht auf. Dragomir hat Danica mal ein Glasauge auf den Teller unters Eingemachte geschmuggelt, sie wollte es wegschütten. Taschentücher kauft man auch im Sechser- oder Zwölferpack, hübsch mit Schleifchen zusammengebunden. Handtücher genauso. Ich war acht Klassen lang auf dem Gymnasium und vier in der Volksschule. Alle zwei Jahre wird die Jauchegrube geleert. Der Pachtvertrag zum Haus der Tante 99 Jahre, also beinah hundert, wer wird das noch erleben. Vier Himmelsrichtungen und vier Wegmöglichkeiten, links, rechts, geradeaus, rückwärts. Wenn sich einer betrinkt, sagt er: Was ist los? Wo bin ich? Wer sind Sie? Oder er brabbelt sinnloses Zeug wie: ich bin ich, ich bin ich und so weiter. Und wenn sie Karten oder Schach oder Domino spielen, immer dieses: jetzt zeig ich's dir, jetzt zeig ich's dir, jetzt zeig ich's dir, und der andere darauf: aber geh, aber geh, aber geh, und das über Stunden. Ob einer über die Straße läuft oder geradeaus geht oder humpelt, etwa weil er ein wehes Bein hat und es schont und nur das andere belastet, ob einem der Kopf schwer wie Blei ist, so als würde er jeden Moment herunterfallen, ob einer schwankt wie bei schwerer See oder wie ein Huhn trippelt oder zackig wie ein Grenadir marschiert, man sieht es vom Fenster im Gästezimmer aus, ich weiß, wer wann wie geht. Danica notiert sich nie etwas, sie hat alles im Kopf, meine Güte! Ich schreibe mir gern alles auf, mir soll keiner sagen, ich hätte gelogen und Sachen behauptet, die in Wirklichkeit ganz anders waren. Gestern um vier Uhr nachmittags fiel faustgroßer Hagel, mitten im August war alles weiß, unglaublich. Das Glasdach über der Veranda ist heil geblieben, aber der eine oder andere Dachziegel zerschlagen. Und sämtliche Blumen. Sonst wären sie bei der Hitze vertrocknet. So oder so schlecht! Der eine wird schnell wütend und zerschlägt das Nächstbeste, was ihm in die Hände fällt, der andere bewahrt die Ruhe, selbst wenn du ihm die schlimmsten Schauermärchen erzählst, der eine ein Hitzkopf, der andere hat Phlegma, wir sind alle verschieden, ich bin das eine wie das andere. Manche zischeln zwischen den Zähnen, wenn sie reden, andere stottern, als würden die Buchstaben am Gaumen kleben, manche japsen, als hätten sie Asthma. Manche hört man an ihrem Husten schon von Weitem. Jeder hat seine Grillen, der eine bindet gern ein Tuch um die Stirn, der andere liest immerzu Sachen am Weg auf oder sammelt Briefmarken oder raucht Pfeife. Es gibt welche, die sagen: Was wollte ich doch gleich sagen?, als würden sie es dauernd vergessen, oder: Der, der ... wie hieß der noch mal?, oder: Ach, was die mir aufschwätzen wollen, oder: Aber warum sollte ich dich anlügen?, oder: Wenn ich das noch sagen darf, und dann kommt dasselbe noch mal, das ist zum Verrücktwerden. Jeder hat seins, wie verflucht. Was in Belgrad Sajam, in Zagreb Zbor heißt, ist in Graz der Marktplatz oder die Messe, ein Ort, um Waren auszustellen und zu verkaufen. Hotels: Esplanada und Palace in Zagreb, Bristol, Sprski Kralj, Splendid, Imperijal, Moskva, Rojal, Prag und Palace in Belgrad, unser Hotel in Paris vor 36 Jahren Lateinerviertel, Rue Saint-André des Arts, die Nummer habe ich vergessen, direkt an der Brücke. Lieblingsorte und -dinge dort, 1902, ich allein mit dem lieben sel. Dušan, die Passage Dragon mit dem Drachen darüber, bei dem Geschäft mit den Velos, dem Brunnen und der Kirche Saint-Germain-des-Prés, uralt, die Rue du Sabot hieß damals auch Dufour, voll herrlicher Geschäfte mit lauter Krimskrams, Bernard Palissy mit einer Doppeltreppe vorm Haus, die Papeterie Griffon mit unglaublichem Zeugs aus Papier und so, Rue Danton, von der kenne ich jeden Fußbreit, Jardin du Luxembourg, in dem gingen junge Damen mit ihren Kindern spazieren, ich hatte damals noch keine, ein Zelt, in dem Vorstellungen mit sprechenden Puppen gegeben wurden, Bonbon-, Obst- und Gebäckverkäufer, überhaupt überall fliegende Händler und italienische Straßenmusikanten, denen gab man ein Geld und dann spielten sie auch Gitarre, damals waren erst zwei Metrolinien unter der Erde eröffnet, ich bin nur zwei-, dreimal damit gefahren, wie lebendig begraben, Himmel hilf, wenn auch geschwind von einem Ende der Stadt am anderen; Kinder spielten im Matrosenanzug im Sandkasten und ihre Mütter häkelten, kleine Buden im Park selbst, Juden saßen, runde Käppchen auf dem Kopfe, lesend auf einer Bank, Herren mit Girardihut verzählten und beobachteten die jungen Leute, man konnte Wasser am Straßenrand trinken, die Becher waren allerdings angekettet, weil sie sonst sofort geklaut worden wären, Eisverkäufer, Schuhputzer, in der Rue des Sèvres ein Geschäft voller Puppen, was war das schön, alles auf dem Weg, Pont du Carrousel, gegenüber La Samaritaine, ein herrliches Kaufhaus auf vier Stockwerken, wie Kastner und Eler in Zagreb, nur größer, oder Tata in Belgrad, von dem redet man heute noch. Es gibt viele Bilder von dort, ich und der sel. Duš, ich allein oder mit irgendwelchen Leuten. Ansichtskarten, Postkarten und überhaupt Bilder aller Art habe ich aus Budapest, Fünfkirchen, Prag, Leiden, Den Haag, Haiti, Colorado, New York, Chicago, Petersburg, Odessa, Karlowitz, Lipik, dem Kurort Marienbad, Abacija, Sušak, Crikvenica, Korfu, Thessaloniki, Skoplje, Konstantinopel, Costa Rica, Milwaukee, Kraljevica, Schanghai, Paris, vom Genfer See, dem Matterhorn, der Loire, aus Straßburg, Lübeck, Krakau, Knjaževac, Grönland, Florenz, Neapel, Singapur, Gibraltar, Le Havre, Rotterdam, Illinois, Labrador, Civitavecchia, alles zusammen rund 648, in Farbe und Schwarzweiß, wo liebe Verwandte unterwegs waren, Bekannte und völlig fremde Menschen, einmal im Leben gesehen. Ich habe bisher 6436 Briefe in alle Himmelsrichtungen geschrieben, meistens meinen Lieben in B. und Z., falls nötig auch Staatsmännern, dem Roten Kreuz, Wohltätigen Gesellschaften, verschiedenen Organisationen und oft auch nur aus Höflichkeit, weil man antworten muss, auch wenn einem nicht danach ist. Ein Mensch, welcher den ganzen Tag daheim ist, sitzt oder steht bei einer Arbeit, spült Geschirr, putzt Fenster, kocht, oder ruht nach dem Mittagessen oder liegt im Fenster oder reckt die Arme, um etwas aus dem Schrank zu holen, oder bückt sich vorm Schlafengehen, dass niemand unterm Bett lauert. Draußen geht man entweder gemütlich oder rennt, um jemand einzuholen: He, wir haben uns ja ewig nicht gesehen, oder er fährt mit der Kutsche. Die schlimmsten Tage in unserer Familie der 8. Mai 1915, da wurde Großmutter Katha von den Briganten ermordet, am 7. Oktober 1918 starb der liebe Dušan, im Herbst 1917 Viehseuche, 26 Kühe und 8 Pferde, die wir damals züchteten, 1921 haben alle gehungert und wir konnten nichts verkaufen, im Frühjahr 1924 vernichtete Falscher Mehltau alle Reben, 1928 platzte am 26. September ein 250-Liter-Fass Ottonel, im selben Jahr ertrank Diener Mitar, auch in einem Ottonel-Fass, seither zum Glück Ruhe. Versicherungsgesellschaften Kroacija, Rossija Foncier, die venezianische Assicurazioni Generali. In Venedig war ich viermal, und es hat jedes Mal geregnet. Wetter: heiter, kalt, aber trocken, regnerisches Selbstmörderwetter, Schnee, der mir frisch gefallen lieber ist als pappig nass, Regenbogen nach dem Regen, trübe Tage, an denen du nicht weißt, was du anziehen sollst, Schwüle finde ich am schlimmsten, ich trinke Unmengen

Wasser und bin total aufgedunsen. Lieblingstageszeiten: Die Dämmerung mag ich sehr, wenn ich früh aufstehe und kurz bevor es dunkel ist, nachts habe ich keine Angst. Mögliche Gesichtsausdrücke bei verschiedenen Menschen: sanftmütig, dauerhaft verschlagen, finster – der sel. Dušan schaute oft finster drein, obwohl eine Seele von Mensch –, hochmütig, ein Holzkopf, welcher sich ständig für was Besseres, einen Popen oder Minister hält, der verstorbene König hat immer über den Zwicker geschielt, man wusste nie, woran man mit ihm war; dicke Personen: Königin Maria, der ist anscheinend alles recht oder alles zuwider. Morgens sie selbst, nachmittags die ganze Welt. Ich sehe es den Leuten an, wenn sie lügen oder sich was borgen wollen oder sich nicht unterstehen, einem in die Augen zu schauen. Die größten und besten Erfindungen: Edisons Kino, Zelluloid, Pneus, der Motor, welcher macht, was du willst, Magnete, der Kanaldurchbruch bei Suez für die Schifffahrt, Höhlen, in denen du dich verstecken kannst, der Leuchtturm, welcher sinkende Schiffe rettet, der Edelstein, mit dem kannst du dir kaufen, was du willst, Telegramme für weit weg, Telefone zum Reden, Briefe, welche gute und schlechte Nachrichten überbringen, dazu all jene, welche dafür sorgen, dass ein Brief da ankommt, wo er hinsoll, Aufzüge, die dich in die Höhe fahren, dann musst du keine Treppen gehen, Artillerie und Kanonen schießen hoch und weit, Zeppeline und Flugzeuge würde ich niemals nutzen, die Eisenbahn für Fernreisen, der Kompass, wenn du im Wald stehst oder Soldat bist, Hotels, wenn du in der Fremde übernachten musst, all das haben sich kluge Leute ausgedacht, die allerdings auch ordentlich Geld dafür verlangen. Eben vergessen: Brücken, um trockenen Fußes über Flüsse zu kommen, Uhren, um nach der Zeit zu sehen, Barometer und Thermometer, wenn die kaputtgehen, wird das Quecksilber drin gefährlich, Zeitungen zum Lesen, Schuldverschreibungen, Blechdosen als Fisch- und sonstige Konserven mit komprimierter Luft, und Fahrräder gibt es bei Kezerić, das war es im Wesentlichen. Pasteur, falls dich ein tollwütiger Hund beißt, damit du nicht dran stirbst, hätte sich nur einer so was gegen die Spanische Grippe ausgedacht, dann wäre der sel. Dušan gesund und munter geblieben, heute 68 J., und, falls schlank geblieben, wäre er noch bei Kräften. Italien ähnelt einem Stiefel, Spanien einem Profil im Dunkeln, Norwegen und Schweden wie ein Löwe, der springen will, und England wie eine sitzende Bestie, all das kannst du in der Tasse sehen, wenn du den Kaffee getrunken hast. Da kann man alles Mögliche herauslesen: Reiter, Sonnenuntergänge, Gesichter, einen weinenden Mann, einen Gehängten, Hunde, Löwen, Eisenbahnen, einzelne Buchstaben, Namen und so weiter, ich habe keine Lust, mir das alles zu merken und zu interpretieren. Lieber schneide ich mir Sachen aus der Zeitung aus, Persönlichkeiten, welche einem aus unserer Familie ähneln, und dergleichen. Oder wenn Leute ähnliche Namen wie wir tragen, ob sie sich nun Verdienste erworben haben oder wegen Mord im Gefängnis sitzen. Manchmal, wenn ich unterwegs jemanden sehe, welcher einem Schauspieler oder Monarchen ähnelt, erzähle ich Mara hinterher, ich hätte Schauspieler Soundso oder König xy gesehen, und sie wundert sich zwar, glaubt es aber, weil sie so unbedarft ist. Ein jeder sitzt entweder zu Hause oder in Amtsstuben oder arbeitet auf dem Feld, die Tagelöhner. Die im Amt sind am ungehobeltsten, nie ein freundliches Wort oder höchstens aus Versehen. Außerdem kann man in Geschäften arbeiten, das ist auf halbem Weg zwischen Amtsstube und Feldarbeit, im Gemischtwarenladen, in der Apotheke, ja sogar in der Bank, wobei sich die dauernd bücken müssen, um die ganzen Schließfächer und Geldkassetten aufzuschließen. In der Sparkasse hatten wir nie Geld liegen, nicht einmal in der Kriegszeit, wo es am schwersten war, wir haben nur einem Halsabschneider einen überalterten Weinberg für kleines Geld verkauft und haben immerhin überlebt. Der sel. Dušan ist im Hochverratsprozess dem Galgen entronnen und im eigenen Hause gestorben, obwohl noch so vergleichsweise jung. Glühbirnen gibt es mit 15 Watt, 25, 40, 60, mit hundert nur ausnahmsweise, verbraucht Strom für nichts, besser zwei kleine mit 15. Frauenschuhe ab 36, Milica, Danica 37, Laura 38, Anka auch, nach mir, Männerschuhe 39 Dragomir, 41 Lazar, 43 Blagoja, Offiziersfuß. Mit Größe 46 oder 38 haben Männer kaum noch Auswahl, Frauen haben ab Schuhgröße 40 Riesenfüße. Gefährliche Momente: Mara hat eine Wespe in die Zunge gestochen, ich habe ihr einen Schlauch in die Luftröhre geschoben, damit sie nicht erstickte, bevor Doktor Papo eintraf, Bora hat sich einmal eingeschlossen, Lazars Turnerhemd angezogen, die Ärmel sind ihm über die Hände gerutscht, der Kleine bekam Panik, und wir haben das Fenster eingeschlagen, um ihn herauszuholen, Danica ist im Kaufhaus auf einer Orangenschale ausgerutscht und die Treppe hinuntergefallen, ein Verbrecher, wer die liegenließ, Danica war sechs Wochen bettlägerig, hätte aber auch tot sein können, mich hat die Kette in den Brunnen gezogen, Mijo hat mich mit Gottes Hilfe im letzten Moment noch am Bein zu fassen gekriegt, mach ich nie mehr. Im Bösen steckt immer auch was Gutes. An Fremdsprachen spreche und verstehe ich Deutsch, Ungarisch, etwas Tschechisch und ein klein wenig Italienisch, habe ich von meiner Tante noch in Gr. gelernt. Obwohl mir die hiesige am liebsten ist. Französisch gar nicht – weder damals noch heute! Mit dem sel. Dušan nur Deutsch gesprochen, damit die Kinder uns nicht verstanden, wenn wir über Angelegenheiten redeten, die sie nichts angingen, Geld oder schlechte Menschen aus der Familie. Tageszeitungen: Ich lese die *Vreme*, habe ich oben bereits gesagt, oder das eine oder andere deutsche Blatt, welches sich hierher verirrt, ich verstehe alles, Hitler und immer nur Hitler seitenlang, wie kann einer so viel reden, wie halten die Leute das nur aus? Auf Č kenne ich an Männervornamen nur Časlav, Čedomilj und Čedomir, was selbst für diesen Buchstaben zu wenig ist. Nach dem ewigen Kalender wird Ostern 1940 auf den 28. April fallen, 1950 auf den 9. April, 1960 auf den 17. April, 1970 auf den 26sten, und 1980 auf den sechsten April, wer hatte nur so viel Zeit übrig, das auszurechnen, und wofür?! Wer wofür besonders viel verwettet hat: Dušan um einen Krug Bier, dass Franz Ferdinand vor dem Krieg verrecken würde, was stimmte, nur dass der sel. Duš. ebenfalls ging. Št. Miler um tausend Dinar, er würde ein internationales Filmsternchen kennenlernen, egal, welches, aus Berlin schickte er ein Bild mit Zarah Leander und deren Unterschrift, Kezerić hat ordentlich bezahlt, alles in Silber. Ich habe mit Mara um 10 Din. gewettet, dass ich sie am 1. April drankriegen würde, was auch hinkam, aber ich habe ihr Geld nicht angenommen. Lazar wettet ständig in Kneipen, hat er mir im Vertrauen gesagt, und gewinnt immer, der Teufel. Er wettet auf Pferde und welches Land Hitler angreifen wird und so, ich weiß nicht, woher er das alles weiß. Lazar wettet, weil er glaubt, es macht ihn reich, ich nehme nur ein Los der Klassenlotterie und bekomme meinen Einsatz heraus, das reicht mir. Hier lesen die alten Frauen in Karten oder im Kaffeesatz, Zigeunerinnen lesen aus der Hand oder aus Hühnerknochen, die kommen meist aus der Lika, Erbsen und Bleigießen, da kannst du herauslesen, was dir beliebt, alles andere steht im Kalender, jeder schreibt rein, was er will. Manche Leute schreiben Gottweißwas zum Thema Gesundheit, über Lungentuberkulose, wider das Hungern, wider das Trinken, vom klugen und vom dummen Menschen, vom Sitzen und Lesen, wider die Mode, dem Sparen zum Lob, vom guten Grasen des Viehs, von trächtigen Kühen und wie gemolkene Milch nicht verdirbt, über Tuberkulose beim Vieh, von guten und schlechten Käsen, Heu zum Heuen, von den besten Kartoffeln, falschen Bienenköniginnen, schmutzigen Schafen, der Schweinepest, aber nur selten über Wein, das weiß ich selbst. Am meisten mag ich *Gut und Böse in unserem Volke*, *Wer wie und warum lebt*, *Damit es uns besser geht*, alles mit lebensechten Bildern. Spitznamen. Die ergeben sich immer aus Zufällen, tritt einer einmal in Hühnerdreck, hängt ihm sein Leben lang Mile Hühnerkacke an, und so. Wer ständig mault, wie schlecht es ihm geht und dass er krank sei und die Welt bald untergeht, ist Pessimist, Optimisten lachen stets, selbst völlig blank und lungenkrank, so ist der Mensch. Es regt mich auf, wenn eine Tür nicht richtig schließt und im Wind klappert, wenn auf dem Dach was knarrt und quietscht und ich nicht weiß, was, wenn jemand schlürft oder das Essen hinunterschlingt, schrecklich, wenn jemand grundlos mit den Fingern auf den Tisch trommelt. Ich sage mir, reg dich nicht auf, und dann rege ich mich nicht auf. Mir ist zwei-, dreimal unterwegs und zu Hause schwindelig geworden, weiß nicht, warum, das Wetter oder so etwas. Jede bessere Firma hat ein Schutzzeichen, ein gezeichnetes Männchen, das eine riesige Glühbirne oder Scheuerbürste oder ein Fähnchen hochhält oder schwenkt, und darüber Sternchen oder Buchstaben, die Initialen des Inhabers oder der

Firmenname. Ich hätte gern ein Schutzzeichen in Form eines Fasses gehabt, in dem ein Tippelbruder sitzt und trinkt, aber die Polizei hat es untersagt, das ist alles Mist. Mist sage ich auch, wenn mir ein Teller aus der Hand fällt. Lazar wollte seiner Firma ein Zeichen zeichnen, Arbeiter mit Hammer in der Hand und so weiter, sie sagten, es wäre gegen das Gesetz, er hat nicht einmal Geld bekommen für die Arbeit. Den größten Lärm macht es, wenn Kezerić vor dem Haus den Motor zündet, wenn sie Holz sägen, wenn der Blitz in der Nähe einschlägt, wenn die Schokt-zen-Kirche läutet. In Großstädten ist es schlimmer. Paarweise sind Schuhe, Ärmel, Wiener- und andere Würstchen, Ohrringe, Strümpfe, mehr fällt mir nicht ein, gibt es aber sicher. Weitere Sprüche. Wenn einer ewig jammert. Kaum zwackt's im Gedärm, schlägt er schon Lärm und rennt zum Arzt. Man soll den Ofen nicht ungewaschen einheizen, dem Liebsten im Feuer kein Liedchen pfeifen, nichts verschenken, nachdem die Hühner schlafen gegangen sind oder was aus einer angebrochenen Schachtel oder Kiste stammt, denn dann geht alles weg, man soll freitags das Haus nicht streichen, denn dann nisten sich Bettwanzen ein, nicht hinterm Tresen sitzen, dann kommt kein Kunde, die Eier nicht abends aus den Nestern holen, Kinder nicht mit dem Besen schlagen, weil das Christkindchen sonst nicht kommt; Weibspersonen sollen nicht in Töpfen kratzen, sonst geraten ihre Hochzeitsgäste in einen Regenschauer, die Schere abends nicht offen liegenlassen, sonst zerreißen sich alle über sie das Maul. Unangenehm ist es auch, beim Essen auf der Ecke zu sitzen. Wenn der Hund tagsüber bellt. Wenn eine Katze deinen Weg kreuzt, in Belgrad ist sie ein ganzes Viertel abgelaufen, sie wird mir kein Unglück bringen. Wer einen Frosch umbringt, dem wird die Mutter sterben. Packungen à 1 Liter, eineinhalb Liter, fünf, zehn, zwanzig und fünfzig, das sind Ballonflaschen, Korbflaschen. Wenn einer jemanden mit Recht beleidigen will: Dreck, Dummkopf, Blödmann, Widerling, Schuft, Gauner, Tunte, Hure, Flittchen, Ziege, Hornochse, Narr, Penner! Am häufigsten flucht man auf die Mutter, den Vater, die Schwester, die Gattin, das Kind, Freunde, Tante und Onkel, den Namenstag, die Familie, den Glauben, die Ehre, das Gesetz, das Kreuz, das Fasten, alle

Lebenden und Toten bis hinunter zum Welpen und Kätzchen, den heißen Kessel, auf alles außer der Hausnummer, Gottvater und Muttergottes mit oder ohne Zeitwort. Oben bei den Ärzten habe ich Doktor Schwarz vergessen, der mir auf einen Satz zwei Zähne gezogen hat ohne Hilfsmittel, mit den bloßen Fingern, so stark war er, das war in Zagreb, inzwischen ist er bestimmt schon tot. Am besten singen Beniamino Gigli, den höre ich immer gern, Tino Rossi, ebenfalls Italiener, die Herrschaften Raša Radenković, Uroš Seferović, Richard Šajnost, unsere Hawaiianer mit Gitarre und das Tambura-Orchester Aranicki, die Tambura spielt aber auch unser lieber Kezerić, wenn er bei Festen anfängt zu singen, fliegen die Gläser wie von selbst. Was mir alles ein Rätsel blieb. Die Frau, die Danica besucht und gesagt hat: Geh zu der und der Hausnummer in den und den Stock und lass dich überraschen. Sie ging natürlich nicht, aber hinterher hat sie es bereut, weil es ihr nicht mehr aus dem Sinn ging. Der Mann, der von den Türken auf dem Friedhof erzählte, da müsse man um drei Uhr in der Frühe unterm Birnbaum graben. Der kleine Lobo hielt sich dran und grub, stieß auf etwas und da hat ihn der Teufel an der Nase gepackt, beinah wäre er verrückt geworden, und am nächsten Tag war's, als hätte da nie jemand gegraben. In Belgrad gibt es viele Halunken, die klopfen an Danicas Türe und sagen Zahlen oder Rätsel auf, Gott sei Dank lässt sie keinen herein, wenn Lazar nicht daheim ist. Eine Frau kam in die Praxis, in der sie sich bestrahlen lässt, und fragte: Wer von euch ist Danica?, ich habe eine Nachricht für sie, aber es war eine andere Danica gemeint. Einmal sprach ein alter Hausierer Danica an und sagte: Ich kenne Ihre Mutter, sie hat einen Arzt geheiratet, deren Vater, ein Österreicher, züchtete Pferde, heutzutage verkauft sie Wein, und so weiter, wie aus einem Buch abgelesen. Jeder errät oder beschreibt oder erfindet etwas und hofft auf einen Dinar, die Ärmsten. Wenn die Käfer fliegen, die Zwergel, legen sich alle Frauen auf den Boden, damit sie ihnen nicht in die Haare gehen. Sagte ich oben schon. Andere Vorfälle: der Blitz, der in die Linde einschlug, Fenster, die zu Bruch gingen. Darüber wird mehr geredet, als die Sache wert ist. Was der sel. Dušan zurückließ. Hörrohr zum Abhören von Lunge und Herz, ein kleiner Hammer zum unters Knie Hauen, zwei Schachteln Messer, scharf wie Schlangen, Pinzetten, Zangen zum Zähneziehen und derlei Kleinkram, alles unberührt. Außerdem zwei Fiebermesser, eins noch aus Paris, mit Futteral. Blechkiste mit Injektionsnadeln, Spritzen, allerdings verrostet, unbrauchbar. Der Arztkittel, einmal im Jahr wäscht und bügelt Mara ihn und räumt ihn wieder weg. Außerdem Bücher, hat er alle gelesen. *Kann ich taubstumm in die Ehe*, mit Bildern. *Analyse artesischer Quellen in Slawonien*, mit Zahlen. *Neurasthenie*, auf Russisch. *Händewaschen für Hebammen*, schmales Heft. *Volksgesundheit. Was ist Krankheit und wie heilen wir?*, aus dem Deutschen. *Das Serbische Archiv*, Jahrgang 1899, 1900, 1901 und 1902. *Rettungshunde im militärischen Einsatz*, mit eingelegtem Abbildungsteil. *Trepanation*, vier Bände, komplett unterstrichen. Verschiedene Diagnosen. Ich schaue sie mir immer mal wieder an, wenn ich Staub wische, weggeben tu ich sie nicht. Wann wer fotografiert wurde. Großvater Theodor in geistlichem Gewand, Buch in der Hand. Vater Vaso mit Frau. Seine Kinder, der sel. Dušan, der sel. Mitar, der sel. Jovo, jeder hält ein Werkzeug. Alle sind jetzt tot, dabei schauen sie auf den Bildern so gut aus mit ihren feschen Anzügen, herrlicher Anblick. Milica, Anka, Danica und Dragomir, meine Lieben. Klein-Bora auf der Schaukel im Garten. Danica lachend auf dem Balkon im vierten Stock in Belg. Lazar am Reck, im Turnverein. Lazar in Prag als Mannschaftsführer, an der Spitze seiner Riege, grüßt Masaryk und die Fahne der Sokoli. Lazar bei einer Heeresübung in Plaški. Blažo als Unterleutnant am Geschütz, obwohl Ingenieur. Matavulj im feinen Anzug, das ist bei mir, damit Lazar es nicht aus Eifersucht zerreißt, er würde Danicas wunderschöne Handschrift erkennen. Die sel. Katha, ein Glas in der Hand, war immer lustig, eineinhalb Jahre, bevor sie umgebracht wurde. Ich in Graz mit dem sel. Dušan auf der Messe. Der sel. Dušan in der Zelle, während des Hochverratsprozesses in Zagreb, mit A. Pribićević. Der sel. Dušan, während er in Paris einen armen Teufel operiert. Wir beim Ausflug auf den Strmac. Jungmädelverein, Podgorač, Danica mit Kopierstift markiert. Danica mit denselben Freundinnen am Amselfeld, auf der Durchreise, man sieht sie kaum, ein Pfeil verweist auf sie.

Št. Miler, unser Freund, geknipst in Zagreb, mit Blume im Knopfloch und an ein Auto gelehnt. Militärparade in G. Da stehen wir auf unserem Balkon und winken. Kirchweihe in M., den Gottesdienst hält Großvater Vaso. Unsere Mühle in Pr., daneben der Laden. Der sel. Dušan in seinem Arztkittel, mich sieht man gerade noch so neben ihm. Lazar im Geschäft am Tresen in Belgrad, verkauft was einer Dame. Lazar und Danica und der kleine Bora mit Kerzen bei einer Taufe in Belgrad. Klein-Bora auf einem Schaukelpferd. König Petar als Kind am Reck, hab ich wahrscheinlich aufgehoben, weil er stark an Bora erinnert. War noch ganz klein, aber doch schon König, und andere sind alt und grau und nichts und niemand. Viele Bilder geschändet, mit der Schere unerwünschte Gesichter herausgeschnitten, so ist das Leben. So viele waren hier und sind spurlos verschwunden, als hätte es sie nie gegeben. Auf manchen Bildern sind die Augen ausgestochen, wie kann man nur so was machen?! Der Kerl im Zug hat mir ein Bild von sich geschenkt, das hat der sel. Dušan bestimmt zerrissen, es ist jedenfalls weg. Ich würde ihn auch nicht mehr erkennen. Gesten beim Reden. Mancher hält dir den Finger vor die Nase, das ist scheußlich, Kezerić zum Beispiel, der muss alles zeigen, weil man sonst nichts kapiert, andere reden sehr vornehm und bewegen dabei nicht mal den kleinen Finger. Menschen sind eben verschieden. Hitler wedelt immerzu mit der Hand, und der Mussolini erst. Alle klatschen. Berufe in Familien. Die Bichners in Gr. züchten Pferde, Lipizzaner, meine beiden Brüder und der Onkel mütterlicherseits sind Ingenieure. Die Uskokovićs waren sieben Generationen lang Geistliche, bis zum sel. Dušan, der Arzt wurde, die anderen nichts; wir haben die Weinberge geerbt, die Felder werden von Tagelöhnern bestellt, die kommen während der Saison zu Hunderten in die Gegend. Der schlimmste Feind der Rebstöcke ist die Reblaus, ein widerlicher Käfer, der sich millionenfach vermehrt, aber wir können sie mit einem sehr teuren blauen Zeug vernichten. Im Übrigen sind die gesegnete Landschaft und das fantastische Klima für meine Arbeit äußerst hilfreich. Kosenamen: Anka wird zu Ančika, Danica zu Dana, Dragomir zu Goco, Milica zu Mica. Bora rufe ich Boco. Anderer Mütter Kosenamen sind schrecklich, als würden sie einen Puter locken, das schreibe ich nicht auf. Die klügsten Männer der Welt Masaryk, Tolstoi (wenn auch tot), Kemal Atatürk, Gandhi, Emil Ludwig, Woodrow Wilson (ebenfalls tot), Chamberlain, Venizelos, bei uns nicht so viele: Weifert, dem Teufel gelingt alles, Tesla ist in Amerika, kommt aber von hier. Št. Milers Magierkünste. Sagt, welche Karte du ziehen wirst, hängt Stößel in leere Gläser, verbrennt nasses Papier und Schneeklumpen, trägt Feuer in der Hand, ohne sich zu verbrennen, lauter naturwissenschaftliche Tricks aus diversen Broschüren, welche er aufhebt. Am liebsten inhaliere ich mit Kamillentee, stecke den Kopf unter ein Handtuch und harre aus. Weitere lachhafte Namen: Vještica, Kučeković, der war Oberst in Daruvar auf Krankenurlaub, Puh, Vrana, Međedović, Grizogono, die fallen mir auf Anhieb ein. Wer sich wo was notiert: Ich auf Packpapiertüten, was mich was gekostet hat, auf Bonbonschachteln, wann sie aufgegessen wurden, neben der Türe, wie viel Bora gewachsen ist, wenn er das nächste Mal kommt. Ich habe immer einen Bleistift in der Tasche, muss nur die Hand ausstrecken und kann schreiben. Ich mag es, wenn ein Schutzzeichen den Firmennamen enthält oder Bilder von Fabrikhallen, Feldern und arbeitenden Menschen. Auch auf Arzneifläschchen, Medikamentenschachteln, Linealen, Apparaten, der Nähmaschine und auf Gläsern sieht man so manche Gestalt aus der Familie oder einen Namen. Ich habe noch ein paar Bilder gefunden: Klein-Bora mit aufgeblasenem Luftballon auf dem Balkon, auf dem Ballon das Schutzzeichen der Schuhfabrik Humanic, die sel. Großmutter am Brunnen, der sel. Dušan zu Pferde auf Krankenbesuch in den Dörfern, neben dem Pferd, eine Hand an der Trense, ein Diener, den ich nicht kenne, ich als Königin Margot beim Maskenball am Strmac, der sel. Dušan als Schornsteinfeger, die kleine Danica als Rotkäppchen mit Korb, Herr Fusar als Heerführer mit gezücktem Säbel und Fräulein Stančić als Aschenbrödel, obwohl sie damals schon so alt war wie ich jetzt, es aber nicht zugab. Ein ungehobelter Mensch popelt in der Nase, wenn er meint, du siehst nicht hin, pult sich mit dem Finger oder einem Zahnstocher das Schmalz aus den Ohren, lässt die Asche im Salon auf den Boden fallen, zieht die Nase hoch und spuckt den Rotz aus, was mich restlos anwidert, die Leute hier benehmen sich wie Vieh. Auch Dušan war so, Gott sei seiner Seele gnädig! Es gibt elende Spötter. Unkultiviert wie die Waldschrate. Ich würde mich auch gern kratzen, wenn es mich juckt, aber ich beherrsche mich, bis ich allein bin, so wie ich mir oft um des lieben Friedens willen eine Bemerkung verkneife, wenn einer gern eine rauchen würde. Für Regenwetter Galoschen, Mantel, Regenschirm, hübscher gummierter Mantel, den habe ich in Budapest gekauft, die Vaksler kann kein R aussprechen, sie sagt: Es egnet und ich habe weder Egenschirm noch Egenmantel dabei. Schule ist die wichtigste Zeit, Disziplin, Leibesübungen, Handarbeiten und so weiter, man muss aufpassen, dass die Kinder sich nicht die Augen verderben, und sich vorsehen gegen Blutwellen im Kopf, Blutarmut, Lungenkrankheiten, worüber der sel. Dušan zahlreiche Notizen machte. Zerstreuungen und Vergnügen in Berlin, wo ich beruflich war. Herrliche Cafés, herrliche Hotels und so weiter. Gustav-Behrens-Theater, Hotel Adlon, Union-Theater, tolle Sachen aus dem Leben. Milko, mein lieber Patenonkel, zeigte mir, wo sich die Reichen tummeln. Schumanntheater. Hier gab's früher ein Varieté, aber mit elend provinziellem Programm. Da ist keiner aus der Kuppel gefallen oder so, keine Feuerschlucker. In Berlin noch gesehen ein Suffragettenstück, Frauenkampf. Alle tragen Krawatten, rauchen, fluchen wie Männer und reiten echte Pferde auf der Bühne. Luna-Park. Beim zweiten Mal auch verschiedene Revuen, russische Schauspieler und Schauspielerinnen und Radioübertragung aus einem Saal. Da sprachen die größten Menschen der Zeit, Palenberg, Jannings, Marlene Dietrich, Opium, ein Stück über das schlechte Leben, alles dort, entspannte Tage! Gesellschaftstänze Walzer, Rumba, Foxtrott, Englisch, argentinischer Tango, hawaiianische Melodien, für junge Leute, denen das Tanzen nicht schwerfällt und die sich drehen können, ohne dass ihnen schwindelig wird. Danica war eine hervorragende Tänzerin, sie zertanzte pro Nacht ein Paar goldener Schuhe und gewann einen Pokal aus Kristallglas, er ging von Hand zu Hand. Anka weniger. Knöpfe, Sicherheitsnadeln, mehrere Sorten Garn, Nähnadeln, Stecknadeln, Druckknöpfe, Haarnadeln, das habe ich gern auf Vorrat in einer Schublade. In den letzten 15 Jahren ist hier keiner durch tollwütige und bissige Hunde gestorben. Das Schlimmste ist, wenn dich ein Mann mit einer Schweinerei mitten ins Herz trifft. Die *Illustrierte allgemeine Landeskunde* von Ivan Hoić lese ich am liebsten. Teufelstal im Kaukasus. Sonnenaufgang in der Steppe, Reval, Sliserburg, alles abgezeichnet. Die Zeitungen berichten vom Krönungstag in Moskau. Samen jagen Rentiere, Litauer und Weißrussen bei Minsk. Analphabeten zur Jahrhundertwende: in Schweden 0,2 vom Hundert, in Deutschland ein Prozent, in den Niederlanden 4 vom Hundert, in Frankreich 25 %, in Österreich-Ungarn, also bei uns, 35 vom Hundert, in Bulgarien 44 %, in Serbien 80 vom Hundert und in Russland gottgegebene 75 %. Am liebsten schneide ich die Bilder aus, bei denen auf der Rückseite nichts Besonderes zu lesen ist. Prozession im Kloster Rila, Denkmal an der Grenze zwischen Europa und Asien, Flugzeug der Gebr. Wright in der Luft, Zeppelin in der Luft, ein großes Schiff sinkt, Titanic, all das klebe ich in ein Heft und schreibe das Datum dazu. Am liebsten sind mir Erdkunde, Geschichte, Gedichte aus alter Zeit, die eine oder andere menschliche Schwäche sowie große Menschen und deren Werke, die jeder kennen sollte. Die wichtigsten Engländer: Hudson, Goldsworthy, Gabrielle Ray, Schauspielerin, Prince of Wales, früher Königin Victoria, größte Frau aller Zeiten. Die wichtigsten Pferderennen in England, trotz der Tierliebe der Briten, sie trinken Tee, Ruderwettkämpfe, schöne Kleider, höfliche Manieren, Theater, Parks, Nannys, Matrosenanzüge, Kirchenlieder, Kampf für die Frauenrechte und Reden für jede Kleinigkeit. Wunderbares Volk. Kämpferischste Frau Mrs. Pethick-Lawrence. Deren Stücke handeln immer von Familien oder was auf der Straße vorgeht. Unser Stempel: Uskoković Laura Slavonia Vino Grunt, er ist gesetzlich geschützt. Ich habe einen kleinen silbernen Stempel L. U. und noch einen Gummistempel Slavonia Vino. G. Verschiedene Abkürzungen: S. H. S. hieß unser Staat, WC für Abort, PTT Post Telefon Telegraf, AFIB Avram Filipovići brat, also Gebrüder Filipović, Belgrad, bei denen würde Lazar gern arbeiten, ZZ für Zagrebački Zbor, also die Zagreber Messe, UDSSR, Stalins Bezeichnung von Russland, ich weiß nicht genau, was die einzelnen Buchstaben bedeuten, in

Briefen cj. obit. steht für cijenjena obitelj, werte Familie, oder k. sl. für die Slava, also den Namenstag, wenn wir gratulieren, h. r. i n. g. Christi Geburt oder Geburtstag. Zu unserem Glauben am 6. Mai 1899 übergetreten, obwohl der sel. Dušan es nicht verlangte, ich hätte katholisch bleiben können, sein Vater und sein Großvater und der Großvater des Großvaters, bis zu Avram und Sava, alles Geistliche. Keiner der Bichners hat mich dafür getadelt. Nur den alten Namen behalten, obwohl ich einen neuen habe: Ljubica. Auch der sel. Dušan mochte Laura lieber. Von den Verkäufern sind mir die reisenden am liebsten, die haben immer etwas zu erzählen, was ich aufschreiben kann. Am besten Banjeglav, Lazars rechte Hand, wenn sie in der Kneipe sitzen. Ein guter Mann, wenn auch sehr mürrisch. An Geheimsekten gibt es Freimaurer, Adventisten, Kommunisten, die verboten sind, einmal kam D. mit dem Lied *Erwachet, Osten und Westen*, kam ihm einfach in den Sinn, und es hätte ihn ins Gefängnis bringen können! Außerdem gibt es Patarener, Vegetarier, die kein Fleisch essen, und alle möglichen anderen Narren, die Briefmarken sammeln und so. Es gibt auch pathologische Typen, die Zeitungen sind voll von denen, man muss sie nur lesen. Die besten Konditoreien in Belgrad Pelivan, Mendragić und Lubardić sowie Srbinović mit fetten Pogači. Bei uns Ramadani, für Baklava am besten zum Türken. Besonders wichtige Eigenschaften fürs Leben, ohne die man keinen Erfolg hat: Wille, Glaube an sich selbst, Ausgeglichenheit, Charakterkenntnis, minder wichtige Eigenschaften: Gerechtigkeit und Zuhörenkönnen, körperliche Eigenschaften: Schönheit, Charme, Vornehmheit und Eleganz. Gute Bücher fürs Volk und die Jugend: *Das Buch vom Glück* von Sylvain Roudès, P. Krempler: *Gemüseanbau*, Ellen Key: *Die junge Generation*, *Freie Gedanken zu unzeitgemäßen Gesetzen*, Bücher über Turnvereine, insbesondere die Sokol-Bewegung, *Schicksal der Welt* und andere. Ich notiere Dinge, die dem Leben der Menschen nützen können, Verschluss: um etwas zuzumachen, Verband: um eine Wunde zu umwickeln, Stecker für Elektrik, Halter: damit Feinstrümpfe nicht rutschen, Druckknöpfe: um eine Bluse oder so möglichst unsichtbar zusammenzuhalten, sie werden von links angenäht, dasselbe gilt für Sicherheitsnadeln, wenn einem mal ein Knopf abfällt, Reißnägel: um Papier an die Kredenz zu heften, Schneebesen zum Sahneschlagen, Lockenstab, um das Haar zu wellen, mit Lockenwicklern kann man auch schlafen gehen, künstliche Zähne als Ersatz für echte, ebenso Glasaugen, kriegt man bei Kezerić, künstliche Arme oder Beine, Frau Vaksler hat ein Holzbein, da zieht sie Strumpf und Schuh drüber und man sieht es nicht, Wecker: um Menschen aus dem Schlaf zu reißen, Mäusefallen gegen Mäuse, Hängeschloss an der Truhe, Einsteckschloss in der Türe, der Henkel am Krug, Apparat zum Aufwärmen eiskalten Bieres, aus Silber, man schüttet kochendes Wasser rein und hängt ihn dann ins Glas, Primus: um schneller zu heizen, Wärmflasche: um im Bett warme Füße zu haben, Stricknadeln: um hübsche Sachen zum Anziehen zu machen, Flachmann: für Getränke, damit man sie unterwegs in die Tasche stecken kann, Thermosflaschen: dann kann man im Zug Tee trinken, Füllfederhalter: damit kann man unterwegs auch ohne Tintenfass schreiben, wenn man sie mit Tinte füllt, Löffel: um Schuhe anzuziehen, kleine Scheren: um die Nagelhaut zu schneiden, diverse Fibeln: um Kleidungsstücke oder Fächer, insbesondere Geheimfächer zusammenzuhalten, Glühbirne: wie gesagt von Tesla, Feuerzeug für Raucher, Zigarettenspitze für dieselbe Personengruppe, Lorgnon und kleine Ferngläser fürs Theater, sie holen heran, was weit weg ist, und du siehst jedes Härchen; wenn mir noch mehr einfällt, schreibe ich es nachher auf. Um Nahrung im Magen zu verdauen, braucht es für Reis eine Stunde, gekochte Eier eineinhalb Stunden, pochiertes Hirn ebenfalls, Bohnen und Kartoffeln eindreiviertel Stunden, Truthahn und Gans zweieinhalb Stunden, Rindfleisch in Soße zweidreiviertel Stunden, Schweinefleisch über drei Stunden, Brot und Quark dreieinhalb Stunden, Wild ist am zähsten, braucht viereinhalb Stunden. Landkarten oder Autokarten sind wie die Wirklichkeit, nur verkleinert und mit Zeichen ausgedrückt: Flüsse blau, Eisenbahnstrecken rot, für Städte Punkte und braun für Gebirge. All das ist genau vermessen und eingezeichnet, du kannst im Dunkeln und wie blind danach gehen, haargenau. Welche verkehrt reden, die gibt es, Kezerić zum Beispiel sagt statt Flora Freilafora, Sektember statt September, lässt

Buchstaben weg oder verdreht das ganze Wort. Die Ungarn verwechseln immer männlich und weiblich, Männer reden in der weiblichen Form und umgekehrt. Russen ebenso Emigranten, patzen oft und wegen der Betonung ein einziger Singsang, Danicas Nachbarin Geljin, die Hutmacherin, die sich immer Geld von ihr leiht und nie zurückgibt, redet so. Die Hiesigen versteht man auch nicht alle, manche verhaspeln sich, weil sie viel zu schnell sprechen, und die Juden sagen h statt r, und manche sind aus Dalmatien. Man kann am Gesicht ablesen, ob einer Verbrecher, Dieb oder Depp ist, wenn er eine niedrige Stirn, Glubschaugen oder vorstehende Zähne hat. Solche Bilder sind im Polizeiblatt, die schneide ich alle aus. Zurückgebliebene und Idioten mit aufgeblähtem Bauch und unterschiedlich langen Beinen, die sind in einer medizinischen Zeitschrift abgebildet, gehörte dem sel. Dušan, schrecklicher Anblick. Es gibt immer einen Depp, der sich was Neues ausdenkt, wie man die Erde mithilfe von Globen dreht und dergleichen, dann frickeln sie ein Buch zusammen und verschicken es mit der Post. Ich habe solche haufenweise. Und dann gibt es noch die, welche berühmt werden wollen. Manche werden im Gefängnis zu großen Menschen, ohne es selbst zu wissen. Es gibt einen Schwarzen mit drei Armen und eine Frau ohne Beine, welche sie nicht durch ein Unglück verloren hat. Bärtige Frauen und Kinder mit Pferdeköpfen, die kann man im Zirkus sehen und auf Jahrmärkten. Kleinwüchsige bekommen große Kinder, Dankeschön, dass mein eigenes Kind mich auf den Schoß nimmt! Siamesische Zwillinge sind am Rücken zusammengewachsen, man kann sie durch eine Operation trennen, oder beide sterben, die Ärmsten, am besten erwachen sie erst gar nicht aus der Narkose. Es gibt Zeichnungen, bei denen du Punkte nach Zahlen verbinden musst und dann bekommst du eine Giraffe oder so etwas. In anderen Zeichnungen muss man etwas suchen, etwa eine Gänsehirtin, die verkehrt herum in einem Baum versteckt ist, und außerdem ein Hase. In Kreuzworträtseln denken sie sich immer ein Wort aus, welches du nicht kennst, und dann kannst du das ganze Rätsel nicht lösen. Gibt es auf dem Mars Menschen im Sternbild des Frosches und können sie uns über Nacht besuchen?, dazu gibt es viele Bilder, aber ich glaube nicht daran, das trauen sie sich nicht. Tolles Buch über Aleksićs Erfahrungen mit Einführung seines Gymnastiksystems. Er war hier, ist vom Kirchturm gesprungen, gar nicht schlecht, hat sich nur einen Zahn ausgebrochen, ein Gebiss wie ein Pferd. Feiner Mann, ziemlich klein und seine Schwester ist völlig nichtssagend. Sie heißt Katica, Fräulein Aleksić, schreibt für die *Politika*. Beim Eisenschlucken hat er wieder fest zugebissen. Ob ein Blinder weiß, wann Tag und wann Nacht ist, und ob er weiß, wann die Wand kommt? Wenn von Zwillingen einer stirbt, stirbt der andere auch, und sei es am anderen Ende von Amerika. Meine Kollegin aus Gr., Hermina Polak, die kommt von hier, Erna Kleinfenster, Hilda Dubak, Josephine Großberger, mit denen habe ich nichts mehr zu tun, Kolleginnen hier: Regina Spitz und Zorka Nađen, die habe ich noch im Poesiealbum. Rosen, Tulpen, Nelken, alle Blumen welken, nur die eine nicht, und die heißt Vergissmeinnicht. Herr Dimitrije Mihajlović, Repräsentant der Dampfschifffahrtsgesellschaft, stand auch im Poesiealbum, herausgerissen wegen dem sel. Dušan. Freundschaft, Liebe, Einigkeit, die kommen aus dem Herzen, achten wir das allezeit, leiden wir keine Schmerzen. Zora schrieb ständig Reime. Das ist ganz einfach, die erste und die dritte und die zweite und die vierte Zeile müssen am Ende gleich klingen. Schau, wie schön ist unsere Welt, Blumen blüh'n, der Wind erzählt. Guter König, nimm den Gruß deiner Getreuen entgegen, zu erneuern das Land dem Adler weiß ihr Herz sie geben. Flieg auf, grauer Falke, flieg hoch in die Höh'n, vom Avala aus mach unser Jugoslawien schön. Was ist denn das für eine Zusammenstellung, das ist ja spaßig. So viele Lieder waren früher verboten! Schaust du später mal in dieses Album rein, dann schau zurück und gedenke mein. Zur Erinnerung an deine Klassenkameradin. Ich mal dir eine Rose hin, weil ich deine Freundin bin! Was für einen Unsinn die Kinder heute lernen müssen, früher nur das Allernotwendigste. Danicas Stundenplan in Podgorač-Schönschrift, Diätetik, Handarbeiten, Kroat., Deutsch, Leibeserziehung, Musik. Wer Erfolg im Leben haben will, muss lernen, arbeiten und denken. Immer wieder schreibe ich Worte ab, die ich schon kenne. Ein wertvoller Mensch weist keinen Ratschlag zurück, er ist ehrlich, pünktlich und ordentlich, Sylvain Roudès, das Leben gleicht einer Wabe, welche durch Fleiß mit Honig gefüllt wird, Čed. Mijatović, Energie, Spar- und Aufmerksamkeit ebnen den Weg zum Erfolg in der Heilkunde ebenso wie in industrieller Arbeit, A. Carnegie. Ohne Mut ist das Wissen unfruchtbar. Gracián. Bitte meiden Sie alkoholische Getränke, Börsenspekulationen und das Unterschreiben von Wechseln, das sind Skylla und Charybdis für junge Menschen, Carnegie. Ich weiß nur nicht, wie er sich selbst bereichert hat! Selbst der schwächste Mensch kann etwas erreichen, wenn er sich auf ein Ziel konzentriert, Carlyle. Was man wissen und beim Vogelzug notieren muss. Abflug der ersten Vögel im Herbst, Abflug der Hauptmasse, Abflug der Nachzügler, Durchzug der Vögel aus dem Norden auf dem Weg nach Süden, kürzeste und längste Verweildauer im Beobachtungsraum, Ankunft der Wintervögel. Alles dem Serbischen Landesmuseum in Belgrad melden. Absender Herr Đoka Jovanović, Lehrer in Paraćin, stand mit ihm im Briefwechsel über die Sudetenfrage. Dazu hat er mir noch die *Serbischen Zerstreuungen*, Band 2, geschickt, altes Buch. Prolog, Rezitation, Bühnenbild, Epos, Tableau vivant, so wie wir, Pero Seifenoper, Milica spielte den Pero, der den ganzen Seifenschaum auffutterte, war ja nur Eischnee, den hab ich geschlagen und geschickt. Symbolisches Bild, Schülerbild, Ansprachen, Fabel, Hymne und andere Lieder, Chorgesänge wie in der Kirche. Die tollen Sachen muss ich herausschreiben, falls man sie mal spielen will. Menschen vergnügen sich lieber, als über die schrecklichen Sachen in der Geschichte nachzudenken. Was man besonders gern aufschreibt. Wer wann geboren wurde und woran er gestorben ist. Wer wem was geliehen hat und ob es zur vereinbarten Zeit zurückgegeben wurde. Geburtstage und andere für die Familie wichtige Daten. Dürren und wann der Blitz einschlug. Sonnen- und Mondfinsternisse, Erdbeben und ob man sich gemerkt hat, was man da gerade machte. Was man kaufte und was es alles in allem kostete. Wie viel Geld zum Ausgeben übrig ist und wie viel in der Bank liegt. Wann welche Mieteinnahmen anstehen oder für ein Lokal oder größere Summen aus Warenverkäufen (Wein), mit Stempel und Unterschrift. Menschen schreiben gern Erinnerungen auf, in aller Kürze, an Reisen, wenn sie zur Ruhe kommen. Ich hätte gern alles aufgeschrieben, was mir dieser H. vor 36 J. im Zug vorschwatzte, aber wer kann sich das über die lange Zeit merken. Wann einer einem Nachrichten zukommen ließ, schlechte oder auch gute (Brief, Karte, Depesche). Weiter, welche Flüche man insgeheim gesagt hat, ohne dass der sie hörte, dem sie galten, aber in der Hoffnung, dass sie trotzdem wirken. In Büchern steht viel über das Leben und verschiedene Berufe. Meist wird aus dem Leben berichtet. Über zwei Verliebte aus verfeindeten Familien, welche sich heimlich treffen. Über eine Frau, welche ihren Mann mit einem Kanzlisten betrügt und sich danach vergiftet. Über einen Schwarzen, welcher eine schöne Weiße liebt und rasend eifersüchtig ist und sie am Ende erwürgt. Über einen jungen Mann, der auf einer einsamen Insel strandet und alles neu erfinden muss, was in der Stadt längst erfunden ist, und so überlebt und Ruhm erlangt. Das ist alles aus dem Leben, aus der Arbeit: vom Weinbau, von der Artillerie, vom Vogelzug, vom moralischen Charakter, von Jesus Christus, von der königlichen Familie, von den Tieren in den Wäldern Borneos, von Fahrten über Meere und Flüsse, wenn der Kahn gekentert ist, von Flugzeugen, vom Krieg früher und heute, von irgendwelchen Käfern und allem erdenklichen Blödsinn. Der sel. Dušan hatte rund tausend Bücher, einige habe ich auf den Dachboden geräumt, einige stehen so da, wie er sie hinterließ, unberührt. In den Zeitungen stets frische Nachrichten aus aller Welt, insbesondere in den Illustrierten. Berühmte Menschen und deren Bilder, Lord Asquith, Minister Sasonow, Paul Valéry und Saad Zaghlul Pascha, Türke. Lita Grey und ein lachender Charlie Chaplin. Die amerikanischen Zeitenfield-Zwillinge, welche den Ärmelkanal durchschwimmen wollen. Fünflinge von einer kanadischen Mutter. Erste kroatische Arbeitervereinigung in Zgb. Schirmherr Erzbischof Dr. Bauer, Schirmherrin Frl. Tereza Prpić, Fran Opava Vorsitzender. Wie sich um die Bedürftigen kümmern, wenn alle schön angezogen sind? Revue mit Bata-Schuhen und schönen Beinen auf der Zagreber Messe, Foto von Donegani. Cavidan Hanim, ägyptische Prinzessin, die vom Khediven Abbas Hilmi geschieden ist, engagiert sich für den Film und lebt in

Berlin, der Lichterstadt. Hundertzehn Jahre seit der ersten französischen Lokomotive, welche vorgeführt wurde. Blutvergießen von Kindern in Spanien. Wenn einer im Schlaf auf dem Dachfirst balanciert, steile Orte erklimmt oder andere lebensgefährliche Sachen anstellt, darf man ihn nicht anrufen, weil er mondsüchtig ist, man muss abwarten, bis er von selbst wieder ins Bett geht. Hermina, die Ärmste, hat im Schlaf das ganze Bettzeug zerschnitten, Frau Dr. Ibler füllte eine Flasche Öl in eine andere um und verschüttete dabei keinen einzigen Tropfen. Am nächsten Tag erinnern sie sich an nichts und haben nur Kopfweh. Wer mich wann beleidigt hat. Am meisten getroffen hat mich der liebe Lazar, als er im Suff sagte, der sel. Dušan sei an einer Geschlechtskrankheit gestorben und nicht an der Behandlung eines kranken Böhmen, in vino veritas, hab ihm verziehen. Ninković: mein Großvater sei ein Esel, dabei hat er genau wie mein Vater Pferde gezüchtet, zweitausend an der Zahl, das beste Gestüt der Steiermark. Eine Schoktze hat mich die Š. geschimpft, eine Konvertierte, damals in dem Streit oben am Wasserfall auf dem Strmac. Unsere hätten nichts gehabt und alles von F. bekommen, was offensichtlich gelogen ist, das haben sie vor Gericht behauptet, aber später verloren. Am liebsten esse ich Saures, scharf mag ich nicht, ein bisschen Süßes muss sein und so, dass man immer etwas zum Beißen hat, nicht viel. In der Vitrine im Gästezimmer immer eine Schale mit Trockengebäck, eine Flasche Eierlikör und unser bester Ottonel. Im Pfeiler stehen außerdem noch Gläser von Tante A., der Eiffelturm, welchen ich aus Paris mitbrachte, eine Glaskugel aus Abacija, in der Schnee rieselt, wenn man sie umdreht, mit einer Miniaturleserin drin, welche das Kinn in die Hand stützt, die steht ganz oben, und aus Abacija gibt es außerhalb der Vitrine noch die kleine Silbervase, und neben der stehen ein kleiner venezianischer Löwe aus Stein, dessen Pranke auf einem Buche liegt, und Bilder von meinen Liebsten. Ganz besonders mag ich das Kärtchen von der Entwicklung eines Falters, durchnummeriert von eins bis vier, eins ein winziges Kügelchen, zwei, immer noch klein, die Larve, drei die Puppe und schließlich vier der Schmetterling, die bunten Flügel ausgebreitet. Auch wie man einzelne Arbeiten erledigt, sollte bildlich gezeigt und gezeichnet werden, man nehme einen Nagel zwischen Daumen und Zeigefinger, welche man tunlichst nicht treffen sollte, schwinge den Hammer, so dass er den Nagel auf den Kopf trifft, erst sachte und dann immer stärker, bis er ganz in dem Brett oder was auch immer verschwunden ist. Dasselbe gilt für den Gebrauch von Maschinen. Die Eismaschine vom Alexanderwerk haben mir meine liebe Danica und Lazar diesen Sommer mitgebracht, Geschenk eines Handlungsreisenden. In der Anleitung sieht man, wie man die Masse in den Kessel gießt, den verschließt, auf einer bestimmten Höhe in ein Holzfass hängt und ringsum zerstoßenes Eis einfüllt, und dann muss man die Kurbel drehen, alles aufgemalt. Solche Zeichnungen sollte es auch für den Fall geben, was man bei einem gebrochenen Arm oder Bein zuerst tun und was man später machen sollte. Ich hatte drinnen Schmerzen, im Bauch, 1928, einen Monat lang, dachte schon, ich hätte Krebs, in demselben Winter bekam ich im linken Bein Rheuma, ab und zu habe ich Kopfweh. Wenn ich könnte, würde ich alles in dem Moment aufschreiben, wenn mich etwas juckt oder zwickt oder innerlich oder äußerlich schmerzt, aber ich habe nicht immer Schreibzeug zur Hand, und dann ist es vorbei. Vor Kurzem juckte mein Ohr, jetzt die linke Hand. Für jedes Jucken gibt es eine Erklärung: Man gibt Geld aus oder kriegt welches, so in der Art, das ist natürlich ein Schmarrn, beschämend. Jetzt ist es vier Uhr nachmittags, ich protokolliere: Im Zimmer drückend heiß. Auf dem Dach sitzen zwei, drei Vögel, die geben kaum einen Piep von sich. Wer gerade wo ist. Vor einer Woche sind der liebe Lazar, Danica und Bora zurück nach Belgrad gefahren, dieses Jahr lange vor den Ferien, weil der liebe B. in die Schule kommt, Gott möge ihm beistehen. Ansonsten leiden sie arg unter der schrecklichen Hitze, ich weiß, wie es dort ist. Lazar steht am Tresen und verkauft dieselben Eisenwaren wie vormittags, wahrscheinlich verbiegt sich alles in der Mittagshitze. Danica ist vielleicht beim Arzt wegen der Bestrahlungen. Der kleine Bora spielt mit diesem Judenjungen auf dem Balkon oder so, kluges Kind, weiß schon so viel. Milica ist mit den Kindern vielleicht an die Drau, obwohl M. noch zu klein ist für die Schnaken und die Hitze. Bl. exerziert sicher. Anka sitzt hier im

Zimmer (Gästezimmer) und stickt. Mara ist in den Laden gegangen. Die Diener arbeiten im Hof und anderswo, je nach Anweisung, wie Mara auch. Von Drag. will ich gar nicht wissen, wo er ist und was er macht, Hauptsache, er bringt keine Schande über mich und unsere Firma, welche mit Gottes Hilfe gut läuft. Hauptsache, er wird nicht im Ausland verhaftet und wir müssen ihn auslösen oder werden in das hineingezogen, was er dort angestellt hat, alles ist möglich, vor einem hat man immer Angst. Bei der lieben Danica in Amerika ist es jetzt vielleicht Nacht, vielleicht aber auch nicht, obwohl sie sicher schlafen. Auch sie sind vor drei Wochen gefahren, vielleicht zum letzten Mal in Europa gewesen, bei dem, was sich da in Deutschland und drumherum zusammenbraut. Sie haben diesmal noch Belgien, die Niederlande und Frankreich besucht, und sie waren in Südserbien und hier bei uns, das hat ihnen gefallen, wir haben alles ganz nach Gustavs und ihrem Geschmack gemacht. Noch immer jung und schön, trotz der drei Kinder. Die heißen John, George und Mailo, hoffentlich gesund und munter, immerhin konnten sie Guten Tag sagen, das habe ich gar nicht erwartet, groß ist die Entfernung. Ich könnte noch notieren, was ich gerade höre: die Hühner, Kezerić lässt den Motor aufheulen, der Blitz möge ihn treffen, nie ist Ruhe, die Mühle, das Sägewerk, der Stall wird ausgemistet, ein Pferd wiehert, Kommandos aus der Kaserne, Wachwechsel, jetzt fängt die Glocke an, vier Uhr zu schlagen, der Wasserhahn in der Küche tropft, von drunten hört man Ramadanis Eismaschine und den Föhn aus dem Frisiersalon, jemand schreit über die Straße, Kinder kreischen im Park, dann ein Zug, das ist der aus Kapela, kein Schnellzug, bestimmt nicht, keine Rede, eben fliegt ein Flugzeug ganz tief vorbei, zieht ein Band hinter sich her, auf dem steht Zagrebački Zbor. *Die Fruchtbarkeit der Frau*, für Danica, die meisten Frauen gebären zwischen 22 und 30, sie war genau dreißig. Was ein Mensch pro Jahr mindestens zu sich nehmen muss: Wasser 600 kg, Kartoffeln 110, Getreide 300, Zucker 25, Eintopf 5, Gemüse 230, Obst 200, Milch hundert Liter, Fett achtzehn Kilo, Fleisch 15, Salz 2 einhalb, Käse 10, Eier 180 Stück, wer hätte das gedacht. Geschlechtsreife der Frauen nach Region, Land, Rasse und Brauchtum bei den Türken mit 11, du meine Güte, in Spanien mit 12, Deutschland 15, England 16, Lapland 18, Grönland 20, hierzulande redet man nicht drüber. Wenn einer ein gewöhnliches Menschenhaar unter der Lupe oder gar unterm Mikroskop betrachten würde, hätte er was zu sehen, so dick und von anderen Haaren umgeben ist es, und die Stelle, aus der es wächst, ist wie eine Wunde oder ein Wasserfall oder ein unbekanntes Lebewesen. Ich sehe mir gern kleine Dinge mit dem Vergrößerungsglas an, weil ich wissen will, wie es tatsächlich ist. Und Ferngläser drehe ich um, um große Dinge zu verkleinern, was genauso lehrreich sein kann, und ich schreibe mir auf, was ich sehe. Was es alles an Empfehlungen für Frauen gibt, man kann sich daran halten, muss es aber nicht. Wie man Kissenbezüge und dergleichen häkelt, wie ein Zimmer stets frisch duftet, wie man versalzenes Essen rettet, was man gegen Fußschweiß tun kann, wie Linoleum und andere Böden auf Dauer schön bleiben, wie man Guglhupf bäckt, das weiß man doch auch so!, wie und wo man Ammoniak einsetzt, als gäbe es nichts Wichtigeres, dass Rindergalle gegen Bettwanzen hilft. Oben vergessen: Silberlöffel in versalzenes Essen stecken und nach dem Kochen herausholen, dasselbe gilt, wenn du wissen willst, ob giftige Pilze in der Pfanne sind oder nicht, Behälter mit giftigen Flüssigkeiten unbedingt mit dem Aufkleber »Gift« versehen und zusätzlich eine Nadel so in den Korken stecken, dass man sich daran sticht, und dann denkt man wieder daran, selbst wenn der Aufkleber abgefallen ist. Gegen entzündete Augen frischen schieren Speck großflächig auflegen. Wenn du Zwiebeln gegessen hast und dann unter Leute gehst, trink Milch, und der Zwiebelgeruch ist wie weggeblasen, Äpfel sind Medizin und als solche zu betrachten, Algen helfen gegen Rheumatismus, Ischias, Knochenschmerzen, Stechen und Muskelkrämpfe, in Belgrad blinkt an einem großen Haus eine bunte Leuchtreklame in Form einer Flasche mit den Buchstaben Alga, die geht an und aus. Es gibt noch mehr Leuchtreklamen, das Kino Korzo, und hier in Grunt das Lichtspielhaus der Frau Stančić. Manche haben Flecken im Gesicht oder am Körper, als hätte ihnen jemand Tinte übergeschüttet, mal größer mal kleiner, je nachdem, wie viel Pech sie hatten, und manche haben über und über Muttermale. An Verletzungen im Lauf des Lebens gibt es Prellungen, blaue Flecken und offene Wunden, aber die ziehen sich zusammen, wenn das Blut nicht mehr fließt und sich Grind bildet, es bleibt ein weißer Strich in der Haut, als wäre nichts gewesen. Lustige Sätze, die nicht jeder schnell aussprechen kann, zwischen zwei Zweigen zwitschern zwei Zeisige, wenn das ein Ausländer hört, hält er es für Chinesisch. Dragomir hat sich immerfort unanständige ausgedacht, das fiel einem nicht sofort auf, der Pfaffe pafft mit 'ner Latte auf der Matte, als wären seine Vorfahren keine Diener Gottes gewesen, der Blitz soll in ihn fahren! Für Kinder am besten Fischers Fritze fischt frische Fische, das verbessert die Aussprache, aber man darf es nicht übertreiben. Der Stern Sirius ist der hellste unter den Sternen, und einer leuchtet auch unter den Menschen, aber wer, das sage ich nicht. Noch neunzehnhundert waren in Frankreich zweieinhalb Tausend Frauen als Schreiberinnen beschäftigt. In Lipik heilen sie Augen-, Ohren- und Hautkrankheiten, Blutarmut, Katarrhe, Knochenschwäche, eine insgesamt schwache Konstitution und Magerkeit, Drüsen und Lungen am besten, früher war da Dr. Henrik Breitwieser Oberarzt, ein guter Bekannter des sel. Dušan, die haben ordentlich einen gebechert. Nie besoffen, oft lustig. Kollege Vaksler hingegen konnte völlig nüchtern nicht operieren, er musste sich ein wenig Mut antrinken, dann holte er jeden Blinddarm im Handumdrehen heraus. Einige Schauspieler sind auf die Rolle des Säufers abonniert oder zumindest des Witzbolds. Alte Schauspieler Bačvanski, Nigrinova, Strozzi in Zag., Zorka Todosić, Katarina Holec Sängerin, heute Žanka Stokić, Zlatković sehe ich am liebsten, obwohl auch hungrig. Dobrica Milutinović heult ständig auf der Bühne und schlägt sich auf die Brust, als wenn er jeden Augenblick dahinscheiden würde. Habe eine Liste von Namen aus N. Sad, lauter komische Namen Adolf Ekfeld, Pero Fabri, Rabstern, Stevo Kapamadžija, ein Einheimischer, Đorđe Nota, Eugen Matula, Bernold Leopold, was aus denen geworden ist, weiß vermutlich kein Mensch, wann war das, ist 36 Jahre her. Außerdem die Namen von zwei Kolleginnen des sel. Dušan notiert, welche ihn anhimmelten, Dr. Marie Ebner-Eschenbach und Dr. Cecilia Wendel, er mit seinem Oberlippenbärtchen, alle waren verrückt nach ihm. Der sel. Dušan war kein Teufel, obwohl er gekonnt hätte, wie ich. Am liebsten denke ich an Sachen, die vor 36 J. und mehr passiert sind, und die schreibe ich auf, vielleicht liest es später mal wer und amüsiert sich. Die berühmteste Russin an der Budapester Oper war Maria Labundska, Balletttänzerin, heute ist es Schaljapin, welcher mit seiner Stimme auf jede beliebige Entfernung Gläser zerspringen lässt. Meine liebsten Filme *Der Weg allen Fleisches, The Thirteenth Guest, Das dreckige Dutzend, Auf dem Eisberg, Das letzte Ufer, Moderne Zeiten, À nous la liberté, Der letzte Rächer, An der blauen Donau, Czardasfürstin, Wiener Blut, Hexe, Die Unbekannte aus dem Hotel, Salongäste*, alle Filme mit Charlie Chaplin und den Schauspielerinnen Clara Bow und Joan Crawford, die göttliche Greta, so eine schöne Frau, Paulette Goddard als Straßenmädchen, und Myrna Loy, und Stanley und Ollie, George O'Brien als reitender Bösewicht, Carol Lombard als nettes kleines Mädchen, Nelson Edi und Janet Macdonald, für die würde ich mein letztes Hemd geben, Rudolfo Valentino, an dessen Grab haben sich mehrere Frauen vergiftet, und vielleicht ist es nicht mal seins, wer glaubt schon alles, dann noch der, welcher den Piraten spielte, fällt mir gerade nicht ein, hatte lange Koteletten, die bescheidene Norma Shearer, Gary Cooper mag ich nicht, der spielt sich so auf, Ramón Novarro, wegen dem hat eine aus Lipik Gift geschluckt, dabei hat sie ihn nie persönlich gesehen. Das hätte sich doch früher niemand vorstellen können, was wir heute erleben, Kino, bewegte Bilder, Züge, ja, Flugzeuge, Sahneschläger und Teslas Glühbirne, meine verstorbene Oma Elvira würde mir kein Wort glauben, wenn ich ihr dorthin, wo sie jetzt ist, einen Brief schriebe. Noch eine, jetzt fällt's mir ein, schrieb dem sel. Dušan Briefe, eine Kornelija Rakić aus N. Sad, eine der ersten Ärztinnen hier, und da fand sie wohl, sie hat ein Recht auf ihn, was sich manche Leute so einbilden. Hab alles zerrissen und vernichtet, jawohl, nur den Namen habe ich aufgeschrieben. Manchmal kommt es mir so vor, als hätte ich etwas schon einmal gesehen, als sei etwas, was ich gerade sehe, schon einmal geschehen, ich kann mir nicht helfen und protokolliere, was das ist. Anzeigenblatt abgeschrieben, längst verjährt. Lesen Sie diesen guten Rat unbedingt. Starker französischer Schnaps zum Schutz der Gesundheit. Aber sicher! Sigmund und Compagnon, Landmaschinenfabrik in Novi Sad, Weinpressen und -quetschen, dort hat der sel. Nikola immer gekauft. Bankhaus Jefta Lederer, die Juden haben immer Geld, das sie anderen leihen, und wenn die es zurückgeben, haben sie noch mehr, nur dann kommt jedes Mal ein Krieg, und alles geht zum Teufel. Stella Fluid im sternförmigen Tiegel für irgendwelche Knochenkrankheiten. Ach, die liebe Gesundheit, die ist wie das liebe Vaterland – nur wer dich verloren hat, weiß dich zu schätzen, sagte ein berühmter polnischer Dichter. August Cigler, N. Sad, praktische Bandagen. Den ganzen Brief übertragen aus dem Heft, als ich mit Hink. im Zug war. Nikola Tišlarec, das habe ich weiter hinten gefunden. Ferdo Krizman, Nachfahre Lj. Bošković, Bakačeva 2, Zagreb, alteingesessene Eisenwarenhandlung zur Goldenen Pflugschar, dort die Presse und Giftspritzen bestellt, und jene Schüsseln, welche wir immer noch haben. Wirklich gut und schön. G. Karal, kroat. Industrieglas, Ilica 5, solide Beratung, von da kommen der große Spiegel, die Lampe im Salon und die beiden kleinen im Gästezimmer, alles ausgezeichnet. Bei M. Najman die hübschen Anzüge für Bora, Branko und M. gekauft, Ilica 22, Zagreb. Wo fließt unser Geld nicht alles hin, das kreist und geht von Hand zu Hand und wird immer weniger und manchmal kommt es wieder in dieselbe Hand, wenn ich Wein vom Lager verkaufe und dergl., oder ich sehe es gar nicht, es wird nur in der Bank gutgeschrieben. Wie das Geld in der Welt herumschwirrt, man müsste es aufschreiben, um zu sehen, wo welche Scheine gerade sind, wie die Vögel. So fließt und strömt auch das Wasser durch die Wasserleitung und kehrt in die Save zurück. Genau wie diese Irren, welche es nicht zu Hause hält, die unbedingt durch die Welt reisen und kopflos herumrennen und hetzen müssen und am Schluss von den Wilden bis zum letzten Knochen aufgefressen werden. Bei Anninger in Triest, Via San Nicolò 10, das Rasierbecken gekauft, welches weggeschlossen in der Schublade liegt, weil wir nur Frauen im Haus sind, obwohl es Diener gibt. Hier wurde seit ich weiß nicht wie langer Zeit keiner mehr ermordet, nur der arme Korporal hat sich selbst erschossen, weil er trotz deren kleinem Buckel in die junge Vaksler verliebt war, und dem armen Aga hat es bei dem Zugunglück das Bein abgerissen, aber das war rein zufällig und völlig unbeabsichtigt. Manche fotografieren und schicken Bilder von ihren Kindern an *Panorama* oder *Illustrierte Welt,* damit sie jeder sieht, das würde ich niemals tun, obwohl jeder den lieben Bora und Branko sehen sollte, so hübsch wie sie angezogen und gekämmt sind, und man müsste noch darunter schreiben, dass Bora, schon bevor er in die Schule kam, Lesen und Schreiben gelernt hat. Die berühmtesten Kinder weltweit kennt man aus dem Kino, Jackie Coogan und Shirley Temple, nein danke, das sind keine normalen Kinder mehr, sondern kleine Erwachsene, so müde, wie das arme Shirleylein auf dem Bild sein Eis schleckt. Die arme Mutter, die sich nur für Geld interessiert! Von unseren Politikern sind A. Pribićević, der mit dem sel. Dušan im Gefängnis war, und Nikola Pašić die größten, keine Frage! Jahrmarkt in Bjelovar am 17. Sept., in Velika Pisanica 27. Sept., in Garešnica war er am 3. Juli, in Kloštar haben sie ihn abgeschafft, in Mihojlac am 29. dieses Monats, in Ivan Žaban erst am 23. November, in Čazma war der letzte am achten dieses Monats, in Koprivnica am 28. Oktober, in Dragalić am 29. Aug., in Daruvar war er am 11. Aug., in Bastaji am 19. Okt. in Gornji Rajić erst am 21. Dezember, in Novska am 25. Sept., in Podgorač am 6. Mai, wer wäre so verrückt, überall hinzugehen. Denkwürdige Jahre für uns Serben, gerechnet von jetzt an, 1938: angekommen in diesem Land vor 1302 J., Beginn des Christentums vor 1301, Nemanja vor 769, der verfluchte Kampf gegen die Türken vor 635, Dušans Gesetzbuch vor 589, die Schlacht am Veitstag auf dem Amselfeld vor 549, die erste Auswanderung nach Ungarn vor 457, die zweite unter Arsenije vor 248, das Gymnasium in Karlowitz, das der sel. Dušan besuchte, gibt es seit 147 Jahren, das Priesterseminar, an dem sein sel. Vater Vasilije gelernt hat, seit 145 J., seit Gründung der Matica Srpska 113 J., seit Gründung des Nationaltheaters in Belgrad 78 J., Ermordung von Fürst Mihajlo vor genau 70 J., Ermordung von König Aleksandar und Königin Draga vor 35 J., die Kriege gegen Bulgaren und Türken vor 26 J., der Weltkrieg vor 24 J., der liebe sel. Dušan verstarb vor 20 Jahren. Von allgemeiner Bedeutung, was war da vor wie viel Jahren. Dass das Rechnen erfunden wurde, ist 3648 Jahre her, Glas gibt es seit 3244 Jahren, das antike Rom besteht seit 2681 J., Kreuzigung Christi vor 1904, Seidenraupe kam vor 1388 J. nach Europa, diese unseligen Schusswaffen haben sie vor 978 J. erfunden, die Magnetnadel hat Europa vor 768 J. erreicht, der Spiegel vor 662 J., Amerika kennt man seit 446 Jahren, Taschenuhr und Lotterie seit 408, Tabak raucht man seit 403, Kartoffeln isst man seit 354, mit dem Dampfschiff fährt man seit 131 Jahren, die Geburt von Franz Joseph wurde vor 108 J. bekannt gegeben, die Geburt unseres verehrten Königs vor 49 J., sein Tod vor 4 J. Vergiften kann man sich mit Bittermandeln, Waldrebe, Bilsenkraut, Belladonna, Aronstab, Einbeere, Oleander, wilder Petersilie und den Beeren der Weißen Zaunrübe. Am schlimmsten stechen Skorpione und bei Gott auch die Hummel, nicht mal ein Mückenstich ist angenehm. Was alles herumkriecht und dir ins Ohr krabbelt, der Blitz soll das Kleinzeug treffen. Wenn eine Maus in eine Mausefalle geht, hebe ich sie am Schwanz hoch, damit Mara laut schreit, und werfe sie in den Sparherd, wenn das Feuer richtig prasselt, das pfeift. Wir haben auch Fliegenfallen gegen Fliegen, die sehr ansteckend sind, weil sie über Aas und jeden Dreck laufen. Gesundheitstees von Hersan. Da und dort ist eine schwarze Hand hingezeichnet, um die Richtung anzuzeigen, in Zeitungen und in Geschäften. Gezeichnet sind auch die Köpfe vor Frisörgeschäften, die ähneln nur Filmschauspielern, nie jemandem, den du selbst kennst. Vom sel. Dušan habe ich den immer gleichen Traum, ein Zug hat ihn der Länge nach überfahren, nur ein Auge und das Gesicht und alles halbiert, steht er auf dem Bahnsteig, und ich wische mir am Abteilfenster die Tränen weg, und er sagt, er habe nichts, ich solle ihm nur ein Glas Wasser geben. Einmal, als ich Fieber hatte, habe ich geträumt, ich wäre in einem anderen Körper eingesperrt, vermutlich dem vom Vater, und komme nicht heraus, weil die Rippen für mich wie Gitter sind. Ich träume von allen möglichen Tieren und Bestien, welche mich am Rockschoß festhalten, und ich will aus dem Haus und jammere. Geträumt war auch, dass ich etwas Deftiges esse, Kohl oder Kartoffeln, und der Teufel sitzt auf meinem Bauch und kitzelt mich mit einem Blatt an der Nase. Mara träumt von einem Reiter, der sich anheischig macht, sie zu sich aufs Pferd zu holen, und sie dann tritt, einmal fiel sie dabei aus dem Bett. Anka schläft ruhig, nur manchmal, ganz selten, wimmert sie, sie sagt, sie träume vom Vater im weißen Kittel, obwohl sie ihn nie darin gesehen hat. Am glücklichsten, wer gar nicht träumt, wie ich meistens, wie ich mich hinlege, so wache ich auf, ohne mich auch nur umzudrehen, weil mein Herz noch rein und gesund ist. Manchmal bilde ich mir ein, nicht ich, sondern der Baum draußen im Wind und das Haus und das Zimmer und überhaupt alles rolle hin und her. Als ich das letzte Mal in Graz war, nach 15 Jahren Pause, besuchte ich auch unseren alten Hof, alles war wie immer und irgendwie doch ganz anders, weiß nur nicht mehr, was. Entweder kam er mir kleiner vor, oder es war, als wäre ich nie zuvor dort gewesen, oder als würde ich träumen, aber ich weiß genau, dass ich nicht geträumt habe. Einmal führte mich Mutti über diese Stiegen zu einem Fräulein, ich war 5 oder 6 J., ich weiß weder, wo das war, noch, warum wir dahin gingen, ich weiß nur noch, dass jemand ausgeschimpft wurde und ich daraufhin in Tränen ausbrach. Manchmal scheint mir, wenn ich eine Zeichnung betrachte, ich wäre in der Landschaft, welche da gezeichnet ist, aber ich weiß nicht wo. Manchmal könnte ich schwören, dass ich jemanden, dessen Bild ich in einer Illustrierten sehe, seit ewigen Zeiten kenne, obwohl das nicht stimmt, ich den nie zuvor gesehen habe und überhaupt nicht kenne, es kommt mir nur so vor. In Zagreb gibt es ein Geschäft, wenn du das Firmenschild über der Tür von der einen Seite betrachtest, siehst du etwas anderes, als wenn du von der anderen Seite schaust. Die Augen von den Bildern im Salon sehen einen an, egal, wo man steht, als wollten sie einen fressen. Wann immer ich in Belgrad meine liebe, liebe Liebste und Lazar besuche, erkenne ich jede Straße wieder, aber jede kommt mir irgendwie verkehrt vor, und dasselbe passiert mir hier, wo ich den Ort doch wie meine Westentasche kenne: Wenn ich einmal 3–4 Tage wegen einer Erkältung nicht hinausgehe, dann ist mir alles fremd. Früher, wenn ich unser Haus, den Stall, die Mühle und die Weinberge dahinter vom Turm aus sah, habe ich mich nicht ausgekannt. Dasselbe sagen die, welche mit dem Flugzeug geflogen sind, du erkennst weder dein eigenes Haus noch sonst etwas unten auf der Erde. Auf Fotografien oder Bildern von Familienfesten gibt es immer mindestens eine Person, von der du weder weißt, wer das ist, noch, was du mit ihr anfangen sollst. Als Ninković den Spiegel draußen an seinem Uhrmacherladen auswechselte, sah ich darin alles verkehrt herum, unser Haus, die Kaserne, die Kirche, den Park und das Gericht, was links war, erschien rechts und umgekehrt, völlig verrückt, in dem werde ich mich auf keinen Fall betrachten. Manchmal dreht sich alles vor meinen Augen, manchmal ist mir, als wäre ich nicht, und was das heißt, mag Gott wissen. Obwohl ich ansonsten ganz zufrieden bin und mich nicht beschweren kann.

War vielleicht eine fremde Frau mit einem ordinären Hochstapler hier? Was war in der unansehnlichen Aktentasche, hat schon wer wegen zwei kleinen Jungs angerufen, die verschwunden sind? Sind Sie Detektiv? Eher Filmschauspieler oder Handschuhverkäufer, würde ich sagen. Woher kenne ich Ihr Gesicht? Fassen Sie Vertrauen, hier ist es dunkel, halten Sie sich an meinem Mantel fest. Was, wenn der Docht herunterbrennt, das Schiff sinkt und der Kapitän keine Rettung findet? Gefahr ist mein Beruf. Wenn es mich nicht gäbe, wäre ich nicht das, was ich bin. Euer Freund Dexter setzt dafür sein Leben aufs Spiel. Nicht der Rede wert. Hier eine Liste der Gastwirtschaften in der Čika Ljubina. Die Antenne im hohlen Zahn sendet unverständliche Verlautbarungen, die Kippe einer aufgerauchten nikotinfreien Drina gibt das Geheimnis des verschwundenen Portemonnaies preis. Der Onkel beichtete ihr auf dem Sterbebett, er sei nicht ihr Vater und der Schlüssel zum Rätsel liege unter dem Fußabstreifer im Schreibbüro von Lilly Blau. Der falsche Lederzuschneider mit der Fensterglasbrille sagte Pst und wies auf die Abdrücke von Kinderfüßen an der frisch gekalkten Decke. Oh nee, also nee, das is'n aasig reicher Lümmel. Eine Kordel vom Dach durch die eingeschlagene Scheibe. Man hört eine Explosion, und ein Automobil voll besoffener Handelsgehilfen fliegt in einen Abgrund von Wollust und ungestrafter Gewalt. Dreckige Niemande, Spione, Diebe und Blutschänder. Verehrteste, ich erledige nur meine persönliche, höchst menschliche Notdurft. Gucken Sie bitte weg. Ich habe ein Gesicht, welches Sie nur zu gern hassen würden, wenn Sie könnten. Brechen Sie die Tür auf, bevor es zu spät ist. Sammeln Sie sich, schöne Dame des Hauses, und beschreiben Sie uns bitte das Kind, um wessen Kind es sich handelt und warum Sie es suchen. Mein Kopf, oje, mein Kopf. Potztausend, du bist wirklich ein Fuchs, ein richtiger Macker. Trunksüchtiger Verkäufer mit Eisblock aufm Kopf. Gemach, dem jungen Mann ist das nicht geheuer. Der verdächtige Schönling findet sich nach gemeingefährlichem Sturz über ein Geländer im Schoß des pfiffigen Polizisten wieder. Die Leute von der Avala-Genossenschaft und vom deutschen Büro sind ihm auf den Fersen. Mickey zieht den Colt, welchen er im Halfter stecken hat, und bespritzt den Kerl mit fünf Dezilitern flüssigem Blei, der fällt blutverschmiert vornüber. Aber Herr Rafajlović, was fällt Ihnen denn ein? Wieso legen Sie Ihren Arm um meine schönen, unschuldigen Schultern, wenn ich mich nach meinem minderjährigen Sohn erkundige, welcher derzeit mit diesem Isaak Abinum, diesem verkommenen Judenbengel, in der Straßenbahnlinie 2 um die Innenstadt kreist?

Wenn sie uns aufgreifen, sperren sie uns bestimmt ins Elektrizitätswerk, stechen mit Messern auf uns ein, fragen das Einmaleins ab und lassen Gräten knacken. Mutterseelenallein auf einer einsamen Insel in totaler Finsternis, wenn wir einen Mucks von uns geben. Prof. Virus wird in seiner Wut den todbringenden Schalter umlegen und die gesamte Menschheit vernichten. Schreckliche Rache für den Tod seines einzigen Trosts in Alter und Krankheit. Die wunderschöne Rakila Abinum ruft aus den Katakomben unter den finsteren Laboratorien nach ihrem Bruder und dessen bestem Freund. Zwei tapfere Jungen bringen das irrwitzige Fahrzeug unter Kontrolle, welches sinnlos im Kreis herumfährt. Wenn Sie, liebes Fräulein, an der nächsten Haltestelle aussteigen, laden wir Sie zu einem Stück Cremeschnitte bei Aleksandra Gruber gleich an der Ecke ein. Und ich frage Sie, mein hochverehrter Herr, wer, wenn nicht ein Mensch aus Fleisch und Blut, sich diese unzähligen Apparate zur Vernichtung von Leben und Tod ausgedacht hat? Herr Rafajlović, ehrlich gesagt hasse ich meinen Eisschrank und das Bügeleisen mit den Löchlein für die Stärke, weil sie mich an die Tram erinnern, in welcher mein Sohn die glücklichsten Tage seiner Kindheit verbringt, angestiftet von diesem dreckigen jüdischen Bastard, dessen Vater mit dem Weltkapital und Mördern in Verbindung steht, und hier verkauft er irgendwelche Fummel und angeblich englische Stoffe in seinem miefigen Laden.

Der Weg führte sie durch unerforschtes Terrain voll zwielichtiger, geschäftiger Leute, welche bestellte Waren ein- und ausluden. Herr Bajloni hatte ein wachsames Auge aufs Marktgeschehen tief unter seinen Füßen. Ein Wagen hielt mit quietschenden Bremsen. Wer konnte das Geheimnis von Höker und Hökerin lüften? Kobra in der Birnensteige, zur selben Zeit, am gleichen Tag, unweit vom Orte des Geschehens, ohne etwas zu ahnen. Das mütterliche Herz sah schwarz. Zwischen den Ständen wurde man von hinten betatscht, bedrängt, die Geldbörse um zehn Dinar erleichtert. Verfluchtes Volk, verfluchter Markt, verfluchte Preise, verfluchtes Leben. Umringt von Eingeborenen, welche eine unverständliche Sprache redeten und Zeichen der Ungeduld von sich gaben. Allerlei Früchte, ungehobelte Bauern. Die zwei beschlossen, ihr gefährliches Spiel fortzusetzen. Wo ist sie, die DametropischerNächte? Unzählige Möglichkeiten, und die schrecklichste war am Ende die beste. Naturaltausch, Bier gegen Honig- und Wassermelonen, Bier gegen den Transport von Porree und Wirsing, Bier gegen teure Datteln, Trockenpflaumen und amerikanische Bankaktien. Der Duft malayischer Malaria. Schau, da ist er, kein Geringerer als er, ohne jeden Zweifel. Jungle-Jim spähte in Richtung Brauerei und wusste Bescheid. Ja, lieber Herr Rafajlović, ich genieße es, natürliche frische Lebensmittel wie Zwiebeln, Salat und Blumenkohl zu kaufen, aber was hilft es, wenn mein Mann hinterher wie ein Penner stinkt, weil er sich nicht beherrschen kann und wie ein Scheunendrescher frisst?

Glänzend, gigantisch, einmalig und unvergleichlich. Bricks Flugzeug rollte aus Vlastimir Petrovićs Werkstatt, hob in der Kraljice Marije ab, zog eine Elle über der panisch klingelnden Straßenbahn die Nase gen Himmel, flog erst eine Schleife, dann noch eine, dann Looping und Todesspirale und ließ die Stadt, ihre Häuser, Straßen und Verkehrsmittel samt Fahrgästen unter sich, auch zwei zutrauliche Kindergesichter, die sich ganz unten am Straßenbahnfenster die Nase plattdrückten, und die beiden ihm winkenden Patschhändchen. Ich werde keine Ruhe geben, bevor ich diesem Moloch von Stadt, diesem mir fremden Menschenschlag mit seinen bescheidenen Hoffnungen nicht sein Geheimnis entrissen habe, und dann neuen Abenteuern entgegenfliegen, dem Tod um Haaresbreite entkommen und wieder glücklich im Schoß meiner ewigen Verlobten landen, welche sehnsüchtig am Privaflughafen neben der Villa ihres Vaters mit Pool und Golfplatz auf mich wartet. So leid es mir tut, ich muss Ihr Flugzeug und Ihren Pilotenschein beschlagnahmen, Sie sind Ausländer, und weil Sie im Verdacht stehen, für die Mongolen zu spionieren, werden Sie mit dem ersten Licht des Tages in der Glavnjača standrechtlich erschossen. Wenn mein Wort als Professor, Respektsperson und Indianerfreund etwas gilt, dann würde ich Sie bitten, diesen unschuldigen, fähigen Blondschopf zu verschonen und die Angelegenheit bitte dem Konsulat seines Königreiches zu übergeben. Hören Sie, Herr Rafajlović, warum zum Teufel fliegt der ständig so tief über unser Dach, als wollte er darauf landen?, das gefällt mir nun ganz und gar nicht. Ich weiß eh schon nicht, wo ich zuerst hinsoll, zur Schneiderin oder zum Hausarzt, und jetzt auch das noch. Das kann jede Menge Ärger geben, und mein Kleiner treibt sich mit diesem Judenbalg in der Stadt herum.

Wenn ich Fantômas wäre, ich würde nie die Maske abnehmen, damit keiner merkt, dass ich nicht Fantômas bin. Einer, welcher seine Opfer mit Seidenstrümpfen erdrosselt, die zuvor seine eigene Frau getragen hat, treibt angeblich wieder sein Unwesen. Der hat doch dem Ivan Podržaj bei der Schlägerei in dem amerikanischen Gefängnis mit der Spitze eines Schraubendrehers ein Auge ausgestochen, oder? War in den Mord am Ingenieur Bader und den Überfall auf die Continentalbauxit verwickelt. Kann kein anderer sein, da verwette ich meinen Kopf, großes Ehrenwort, darauf würde ich vor Gericht einen Eid ablegen, zwei von der Sorte gibt es nicht. Bolschewistischer Agent, Freimaurer und Esperantist. Wer, der, nein wirklich, das soll der sein? Übt maskiert Gerechtigkeit, hinterlässt sein Siegel, einen Totenkopf, mitten auf der Stirn des Täters. Keiner kennt ihn, niemand weiß, wo er lebt, er kommt wie aus dem Nichts und ist hinterher wieder spurlos verschwunden. Rächer des unerfahrenen Grundschülers, welcher keineswegs ins Tintenfass pisste, hielt dem verängstigten Direktor die stählerne Faust unter die Nase, woraufhin dieser den kleinen Helden auf seiner Schulbank in Ruhe ließ. Der geheimnisvolle Pisser, der die Tinte nicht halten konnte, ist noch nicht entlarvt. Wenn diese unglückselige Straßenbahn wenigstens durch anständige Viertel fahren würde, mein lieber Herr Rafajlović, aber nein, vom dreckigen Bahnhof geht es an den Holzverschlägen an der Save und einigen zweifelhaften Ecken vorbei, von da zum Elektrizitätswerk, dann zum Markt mit diesen primitiven Bauern und schließlich zum Friedhof, mein Gott, was hat ein kleines Kind bei Toten und Verstorbenen zu suchen, da kriegt es doch nur Angst und schlechte Vorbilder. Unterwegs zu neuen Abenteuern und einmaligen Erlebnissen.

Ihr zwei habt mir gerade noch gefehlt. Ein gefährliches Männlein kommt durch die Wand seines Trödelladens, zieht seinen Zylinder, schlägt seinen Umhang aus schwarzer Seide zurück und verneigt sich. Wer ist dieser Mantra, dieser Zauberer, gleich ziehe ich ihm eins über den Schädel. Der aber hebt mit einer einzigen Handbewegung das Nachbarhaus hoch, damit die Straßenbahn ungehindert durch den Zuschauersaal des Kino Rex fahren kann, flattert über den Automobilen wie ein Drache und stellt dann wieder alles ordentlich an seinen Platz. Kleine Leute sind groß und umgekehrt. Eine unbekannte Schöne im Wasserglas, der Kopf eines Mannes in Höhe des vierten Stocks. Und so etwas heutzutage, das brauchen wir in unserer turbulenten Welt nun wirklich nicht auch noch. Ich glaube nicht, was ich sehe, wir sind Sklaven der Magie, die uns mit Hilfe eines unbekannten Tyrannen gefangen hält wie ein Spinnennetz. Ja, jemand will, dass es so ist, auf Teufel komm raus. Und wenn ich es recht bedenke, Herr Rafajlović, Sie als gebildeter Mensch, was denken Sie, wird er nicht alles in sich aufsaugen wie ein Schwamm? Warum hat Gott mir keine Flügel geschenkt, ich würde so gern wie ein Vogel jeden seiner Schritte beobachten?!

Weise ist es gesagt: Reich sein ist besser als arm sein, Freunde haben ist leichter als keine haben, und mit der Tram ist man schneller am Ort der Bestimmung als zu Fuß. Petri Fulka zwinkerte den alten Freunden fröhlich zu und teilte sich seine Stunden gut ein, um sie am nächsten Tag zur selben Zeit wie am Vortag zu besuchen, und das täglich. Vergesst nicht, dass ihr elektrischen Strom zur Verfügung habt, setzt euch also ruhig hin und dankt den Winden, wenn ihr den Steilhang hinunter den Stadthafen erreicht. Dort gerieten sie in einen Schusswechsel mit Ping-Ling-Piraten. Wir sind mutige Jungs, durch das Spiel des Zufalls unseren Müttern entrissen. Das ist mein bester Kumpel, Isaak Abinum, Spross eines berühmten Seefahrers in der Badewanne. Ich habe Blut aus seinem Finger gesaugt, und so haben wir geschworen, niemandem zu sagen, wer und was wir sind. Besser zu zweit in der Tram als jeder allein zu Hause. Besser durchs Großstadtgedränge und die stürmische See reisen, als sich in der dunklen Diele neben einem dämlichen Gast langweilen, welcher die Mandoline zupft. Wenn ich nur erst groß und stark wäre und alles könnte und dürfte, nicht klein wie ein Floh, welcher von Argusaugen beobachtet wird und für die geringste Kleinigkeit eine Kopfnuss kriegt. Ach, Herr Rafajlović, wäre es für ihn nicht viel besser, hier bei uns zu sitzen und die edlen, wichtigen Gedanken aus der Feder von Fräulein Jakovljević zu hören, statt sich in teuflischen neumodischen Erfindungen herumzutreiben, welche jederzeit gegen etwas Hartes prallen und ihn mit einem Fingerschnippen ins Reich unserer großen Ahnen befördern könnten? Man weiß nie, was der Tag bringt und was die Nacht. Niemals Frieden.

Sollen wir uns zum noblen Vereinstreffen des Rings Serbischer Schwestern, zum Mittagessen in der Elite-Bar oder zum Einkaufsbummel beim liebenswürdigen Anastas Pavlović verabreden, vorausgesetzt, wir überleben den Gestank nach Sauerkraut und Lammfleisch, welcher von dem Herrn da hinten durch die ganze Tram zieht? Dann würden Frau Grudić und ihre Göre Lollipop nicht mit dem Fiaker fahren, sondern gemeinsam mit uns ehrbaren Leuten und Arbeitern. Ach nee, die Sorte kenne ich, haben keinen Heller und keinen Hund, weil der zu viel frisst, tun aber Gott weiß wie vermögend. Kruzitürken, wo ist meine Börse mit dem ganzen Geld geblieben, wohl auf dem Klavier vergessen, da hab ich sie vorm Holzhacken hingelegt. Schau, schau, die vornehme Dame mit Lauch am Revers, wer hat einen Korkenzieher, ich will die Petroleumlampe aufdrehen, welche ich bei Toše an der Ecke erstanden habe. Wer bitteschön fährt mit dem Wagen?, wer nicht zahlen kann, nimmt den Bummelzug oder geht zu Fuß. Meine liebe Frau Drehschwindel, wird Ihnen hier rund um den Slavija nicht schummrig im Kopfe? Und wohin fahren die beiden, Mamas Engelchen, der eine strohblond, der andere rabenschwarz wie ein Zigeuner? Leute, Fahrgäste, Mitbürger und Brüder, geht mal ein bisschen beiseite, ich sehe die Schienen vor lauter Menschen nicht mehr, ich kann doch nicht jeden einzeln aus dem Weg bimmeln. Haben Sie dazu eine Meinung, Herr Schmeichler, oder nicht?, würden Sie wohl selbst gern wissen. Nein, ja, obwohl, haben Sie mit Ihrer geschätzten Gattin das Konzert von Fräulein Zicke mit Herrn Matador und Herrn Ohngehör und Herrn Schwärhorrik, dem Exilrussen, besucht? Nein, leider nicht, mein Mann hatte sich ausgerechnet da die Sitzung des Obersten Quälrates zum Leerstrohdreschen und die Festnahme der Gaffer am Sitzungsort im Haus der Balkanvagabunden aufgehalst. Wer, ich?, nein danke. Ich bin stocktaub. Jetzt nur noch schnell die Rollläden runterlassen, und dann auf zu Minna Stockfleck, solange dieser Herr Holzendeck sie besucht. Schlückchen Wein zur Nervenberuhigung. Huch, hier riecht es ja nach dickem Bohneneintopf mit Rindfl. Ich wäre gern so berühmt wie die Primadonna Zikada Schrillada, dann könnte ich meinem Mann auf dem Feuerwehrball den Kopf einseifen, statt mir meinen darüber zu zerbrechen, was er in diesen netten Lokalen treibt. Aber eins nach dem anderen, Frau Borg erwartet mich, ich muss die Kniebundhosen meines Kleinen, welcher quietschfidel mit der Tram spazierenfährt, zum Flicken bringen.

Ihr schnappt mir den Sitz vor der Nase weg, reißt den Strombügel herunter, ruiniert die Bremsen, schlagt die Scheiben ein, montiert das letzte Rad ab, verbiegt die Schienen und fahrt auch noch schwarz?! Du meine Güte, wie soll ich meine Arbeit machen, wenn sich diese Bengel unter das ehrenwerte Publikum mischen dürfen und nur Scherereien machen? Hauptmann, Ihr linkes Hosenbein brennt, Inspektor, was haben Sie da für einen Vogel auf dem Hut sitzen, meine Dame, Sie sind ja wie ein Mohnstrudel mit Mehl bestäubt! Weswegen Sie, Fräulein Algebra, das Kommando nicht übernehmen. Die Katzenjammer-Kids sind wirklich Teufel in Menschengestalt. Wenn ich Bim und Bum erwische, ziehe ich ihnen die Haut ab, selbst wenn sie vom Minister sind. Kinder sollte man sofort nach der Geburt bei der Polizei oder im Zoo abgeben. Ich habe nichts gegen Fortschritt, aber das bringt das Fass zum Überlaufen. Nein, mein Ehrenwort, er ist so mustergültig erzogen, wie es mir irgend möglich war, wenn er sich nur nicht mit diesem Judenbalg herumtriebe, ansonsten bin ich wirklich zufrieden, wie klug er sich anstellt.

Was sich hier am Bahnhof für ein Volk herumtreibt, meine Güte, nie weiß man, ob man übers Ohr gehauen oder mit dem Messer bedroht wird oder für fünf Scheinchen einen falschen Silberfuchs angedreht bekommt. Durand, Dupont, Dubois, drei Franzosen, keiner glaubt ihnen. Sie schauen in eine Kugel und sagen das Schicksal voraus, haben beim größten Pferderennen der Geschichte abgeräumt und bekommen die teuersten Kostbarkeiten zur Verwahrung, wie bereits in London, Paris und allen Städten, wo sie zu Unrecht wegen angeblichen Diebstahls polizeilich gesucht wurden. Adlerauge, Nasenbär, Bartgeier. Für die gilt: Geht nicht gibt's nicht. Hat mir der Milchmann erzählt. Keiner mag sie, aber keiner kann ihnen was. Heutzutage stiehlt alle Welt. Hättet ihr wenigstens ehrliche Minister und Kardinäle, aber nicht einmal das ist der Fall. Sie nehmen den Leuten das letzte Hemd weg. Das ist Isaak Abinum, mein Freund, für den lege ich die Hand ins Feuer. Sein Papa verkauft Strümpfe. Mein Papa kennt alle ehrbaren Diebe der Stadt, die dem Minister für ein Glas Bier vor aller Augen die goldene Uhr vom Handgelenk entwenden und hinterher zurückgeben. Als wären Hitler und Mussolini besser. Könnten Sie, Herr Rafajlović, über ihren großen Bekanntenkreis nicht etwas dagegen tun? Denken Sie nur, mein liebes Kind treibt sich gerade zwischen all diesen Verbrechern und ehemaligen Häftlingen herum, welche in Lepoglava eingesessen haben und dort zur Strafe erdulden mussten, dass ihnen Tropfen für Tropfen kaltes Wasser über die Stirn rann. Und dann wartet noch diese verlogene Schneiderin bei Maschamoda auf mich, die beim Zuschneiden aus blankem Neid feinstes englisches Tuch in unbrauchbare Stücke zerschnippeln wird. Meine Dame, zum Glück fährt die Zwei im Kreis, Ihr Sprössling wird schon bald in Ihren warmen, duftenden Schoß zurückkehren.

Wer darf ohne schriftliche Erlaubnis der Mutter mit der Straßenbahn fahren? Dr. Zarkows schreckliches Wissenschaftlerauge drang durch die beiden Kinderseelen wie durch ein Wasserprisma. Mit unglaublicher Geschwindigkeit raste die Tram, den ferngesteuerten Philips-Telefunken-Strahlen ausgesetzt, am Bahnhof mit seinen bedrohlichen Geräuschen vorbei in die Karađorđeva. Was, wenn Ming der Grausame mit einem U-Boot aus der Save auftaucht und uns in eine Falle lockt? Seltsame Waldgeschöpfe, verrückte Eichhörnchen, Fotografen, Bäuerinnen und ein riesiger Elefant mit zwei Rüsseln heben das Gefährt in fröhlicher Trance in die Höhe, ringsum züngeln Flammen, gelegt von Feuerteufeln. Aus den umstehenden Bäumen hängen die blutrünstigen Schlingen fleischfressender Pflanzen herab, Außerirdische, Volksdeutsche, Affenmenschen, die kein Bewusstsein von sich haben, und ein Blutsauger aus dem vorzeitlichen Dschungel verschüttet Fischöl, Ovomaltine und Kaffee Hag, der schont Mamas Herz. Wilhelm Ludwig, Herr der überirdischen Kräfte, verlässt die Vulkan GmbH, übernimmt die Visung AG, Holzhandlung in der Nummer 81. Flash Gordon tritt vor sie hin. Gemüsehändler Jacky Karaoglanović im Arbeitskittel und sein treuer Mutschopulos halten sich vor Entsetzen an der Hand. Das war der Willkommensgruß von Arboria, dem Reich von König Barin und Königin Aura, der Schwester von Marika Rökk und Tochter des Tyrannen Ming vom Planeten Mongo. Čuturilo und Stojanović verdrillen Taue. Gleichzeitig ruft Flash Gordon vom Dachfirst des Hotels Bristol aus seine Leute zusammen, den Einfall gigantischer Heuschrecken, einen Schulausflug, den Krieg der Welten und die Landung eines unbekannten Flugobjekts fest im Blick. Entreißen wir sie den Klauen unmenschlicher Kaulquappen mit Schuhbürsten statt Gliedern und zeigen wir ihnen den Durchgang zur Kristallkugel an der Spitze. Tsching Ku Feng lässt eine Salve aus seinen Geschützen abfeuern. Ivan Podržaj, welcher ein Auge verloren hat, erwähnt Generalfeldmarschall Blücher. Der gute, alte Blücher, sagt Flash und verdrückt eine Träne. Werft den elenden Japaner vom Dach des Grand Hotels der aufgebrachten, rachsüchtigen Menge zum Fraß vor. Die Gejagten haben das Rattern der Straßenbahn im Ohr, die Richtung Brücke enteilt. Die Waldtruppen der Truthahnzüchter sind gewarnt. Furcht und Zittern, auf der Straße ein unglaublich dicker Gegenstand aus Eisen, Franz Woschnagg und Söhne, welche mit frisch abgezogenen Häuten handeln, klappern die Zähne! G. steht in Flammen. Richard Binder bedeckt seine Augen mit beiden Händen und befiehlt, den Rollladen vor seinem Kommissionsgeschäft herunterzulassen. Ranko Gođevac gibt das Zeichen, das heißflüssige Eisen auszugießen und so das rettende Hindernis zu schaffen. Steirischer Stahl, schreit Flash. Werden wir ein einziges Menschenwesen treffen oder geht man sofort zur Ausübung der Todesstrafe über?, sagte ich zu Isaak Abinum. Herr Rafajlović, Sie sind ein starker Mann, setzen Sie sich auf das transmanufakturierte Fluggerät, bringen Sie mich zur größten Schneiderin der Welt und retten Sie meinen einzigen Sohn aus den Fängen des einbeinigen Posamentierers, bevor ich vor Schmerz ganz verrückt werde.

Meine Dame, geben Sie einem Bettler wie mir bitte ein Butterbrot mit überzähligem rohen Schinken und Gavrilović-Salami, oder lassen Sie mich wenigstens ein, zwei Stündchen auf Ihrem herrlichen Sofa schlummern, schließlich habe ich eine Empfehlung Ihres Gatten, welcher derzeit in einem angesehenen Bistro Schürzen jagt. Sobald Sie die Einkäufe abgestellt haben, nicht wahr, Herr Rafajlović, sind Sie und Gott meine Zeugen, dass ich mich frisieren, pudern und auf den Weg zu Dr. Quarz machen muss, welcher mich mit einer künstlichen Sonne bestrahlen wird. Wattitndat. Weritndat. DetitdePolente. DamutdedeFliegemachn. Wie lange soll ich euern Gatten denn noch bewirten, diesen Schlaks, der mit seinen Kumpels aus der Lika in meinem

Lokal hockt, weder bezahlt noch Rücksicht nimmt, ich lass mir doch nicht auf den Nerven herumtrampeln. Haut einfach einen Nagel in die Wand und hängt seine Mütze dran auf und lauter so'n Zeug, ich habe es wirklich satt. Wissen Sie, werte Dame, mir läuft der Magensaft über, an jeder Hand fehlt der sechste Finger, und meine Zähne klappern, als hätten wir fünfundvierzig Grad unter Null, so gebt mir doch panierte Hühnerschlegel mit Kartoffelsalat, den Schinken kann ich mir untern Arm klemmen. Der Dicke da hat mir das letzte Hemd geklaut, gilt das Gesetz etwas in diesem Land oder muss ich's mir selbst verschaffen? O je, meine Dame, lassen Sie mich in Frieden, ich habe schon genug Sorgen mit meinem Einzigen, der partout weder Linsensuppe noch Spinat noch andere gesunde Sachen essen will, und ich für meinen Teil kann Berge vertilgen und bleibe doch dürr wie eine Bohnenstange. Ich will nur mein Geld oder das Butterbrot zurück, mit wem Sie es wie lange aushalten, das ist mir egal. Im Gegenteil, ich klage euch vor König Blozo dem Einiger an, und dann kriegt ihr Dresche, weil die Polente auf euch angesetzt wird. Hab'n Ihren Einzigen gesehen, mit 'nem andern Strolch ist er in dem gefährlichen Gefährt von Dr. Tramić gesessen. Haben Sie das gehört, Herr Rafajlović? Ich für meinen Teil möchte nichts weiter als Hoflieferant für Handschuhe bleiben, ewiglich meine gute Figur und Eleganz, die strahlenden Zähne, das Glück im Spiel und bei den Frauen behalten, welches mir leider, leider bei Ihnen gänzlich versagt ist. Wenn's mich schüttelt, kriegt sie boing, peng, knall, wer duldet schon so was in seinem Laden und bleibt dabei kalt wie ein Fisch. Na, soll er doch, ich habe dann auch eine Million Millionen Millionen Millionen Trillionen Millionste Hektollionen, dann werden mir alle die Schuhe putzen, und ich guck von oben auf euch herab. Sie als Milliardär, lachhaft, ich bin die Tochter eines Trilliardärs und komme trotzdem kaum über die Runden. Mir fehlen Räume und Mittel. Und wenn wir alle zusammen für ein gefälschtes Los der staatlichen Klassenlotterie brillante Diamanten mit Perlen bekommen? Euer Hoheit, in vino veritas. JetztalsowirdalsoMannlotmian-Land! Ich wäre der mieseste König der Welt, würde ich meine Krone nicht umdrehen und mit Butterbroten für eure Mitbewohner überladen, und du, elender Wirt, verkriech dich zurück in dein Mauseloch, man widerspricht einem König nicht. Wenn sich doch euer Rotzbengel nicht hinter den Lippen dieses Riesen verstecken würde, gleich hinter dem linken unteren Backenzahn. Sogleich wäre ich einverstanden, wenn Sie, Herr Rafajlović, mich zum Flugzeug des Professors im Lande der Jeeps bringen würden, zwischen Dämonen und Zelten, und von da auf die Insel Hawaii, um unsere Herren Hawaiianer Gitarre spielen zu hören und Regenvögel mit umgedrehten Ferngläsern zu jagen. Also man los. Mit euch würde ich kurzen Prozess machen, hab nur leider den Säbel in der Kaserne vergessen und die Hosen bei einer meiner Gastgeberinnen. Bitte sehr, wenn Sie mir den Bettler nicht abnehmen, lasse ich Ihnen die siebenhundertachtzig Milliarden Millionen hier, verwahren Sie die unterm Bett, ich hole sie morgen wieder ab. Lazar, du bist verrückt, deine Frau sucht dich überall. Wären Sie als König bereit, meinem Mann den Alkohol und meinem Sohn das Karussellfahren mit der Tram zu verbieten, wovon ich zusammengenommen Kopfweh und einen Gelbsuchtsschub bekomme, und außerdem raubt es mir den Appetit. Schnief, schnief, Sie sehen doch, dass unser junger, unerfahrener König bei diesen Worten weint. Es ist wirklich nicht nett von Ihnen, Herr Rafajlović, ausgerechnet jetzt auf der Okarina zu blasen, während mein Mann aus dem Bistro Majdan mit bloßen Händen Kleinholz macht, diese Betrügerin mir am helllichten Tag meine Stofftasche klaut und mein schreiendes Kind unterirdischen einarmigen Gespenstern in die Hände fällt. Isaak, wenn der Bulle uns fragt, sag ich, ich wär nicht ich, und du sagst das auch.

Schau, ei, ja. Die Zemuner Brücke wird, wenn riesige Indianer sie von beiden Seiten zusammendrücken, zum Kinderbett. Die Tram zerfließt, als wäre sie Tutti-frutti-Eis mit Sahne. Kahlgeschorene Schüler blasen Schaum in den Ballon. Und schon schweben wir in der Höhe. Hunderttausend Apatschen, plus Sioux und Polizisten. Seilen wir uns vom Turm der Kathedrale ab? Schau zu, dass wir uns beim Abstieg nicht die Nase brechen. O Mann, pass auf. Wie kommen wir an das brennende

Eishaus ran? Flip, alter Schwede, halt durch. Nein, Hauptmann, der General hat verboten, Häuptlinge zu verspeisen. Die alte Hexe rührt im faden Wirsing mit einem zweieinhalb Meter langen Kochlöffel. Aus der Tram in der Tasche, in welcher noch zweihundert Trams sind, schlagen Flammen. Feste haltenhalten, nicht loslassen. Tututuuut. SchnellzugdurchsFeldschnellschnell. Aber Sie kennen ihn doch, lieber Herr Rafajlović, er träumt im Stehen. Hat einen ganzen Stoß Micky-Maus-Hefte verschlungen und weiß nicht mehr, wer und wo er ist. Sei lieb zu ihm. Ich hab nur Angst, dass er sich mal vor die Tram wirft und denkt, die Räder wären Schaumrollen.

Mein Sohn, ich lege mein Schwert in deine Hände, denn du bist nun bereit für große Werke und das Erbe des ganzen Reiches, nimm deinen treuen Schildknappen Isaak Abinum, dem du mit einem Stich in die Fingerkuppe Blutstreue geschworen hast, öffne vier Augen und ziehe, ohne auf die eingerosteten Sinne des alten Königs, deines unglücklichen Vaters, Rücksicht zu nehmen, mit den Belgrader Öffentlichen in die verbotensten Abenteuer. Sei vorsichtig, streng deinen Kopf an, denk an deine arme Mutter, welche gerade Gemüse vom Markt nach Hause schleppt und sich kaum der aufdringlichen Verehrer erwehren kann, von denen Küche und Diele voll sind. Zu allem bereite Berittene, Rüstungen, welche hinter dem ersten Baume klirrten, Windhunde, welche geifernd übers Gras flitzten, der unmenschliche Bedienstete drohte ihnen mit riesigen Schulglocken, während in der Ferne das Denkmal für den Sieger des im Vorhinein entschiedenen Turniers sichtbar wurde. Nein, sagt der Prinz seinem treuen Freunde, wir sind Briganten. Aber mein Prinz, versucht Isaak Abinum in aller Bescheidenheit zu vermitteln, wir sind doch Botschafter des Kaisers, Schildknappen und Sieger im Kampf von Cowboy und Indianer. Nein, nein, nein, da spiele ich nicht mit, sagt der Prinz sehr böse. Ich steige aus und gehe heim. Spielverderber. Ausgeknockt. Schubser. Daszahlichdirheim. Dubistgemein. SagichdemPapa. Milchbart. Der schreckliche Zar schickt sich an, die beiden mit der harten Hand auf der Bremse zur Ruhe zu bringen, während er sich der serbischen Königin mit seinem

Tross von Rittern, Possenreißern und Halunken nähert. Wirklich, Herr Rafajlović, ich mache mir nur Sorgen, dass er in diesem Gedränge und Geschaukel ausrutscht und unter die Räder gerät, dann wäre die schöne nagelneue Hose, welche heute fertig wird, ganz umsonst gewesen.

Ahuuuuuuu. Ahuuuuuuuuuu. Aaaaiaaaaiaaaaiaaai. Ugaugauga. A a a a a a. Der Ruf der Wildnis weht über die Hochebene des Kalemegdan und wird von den mächtigen weißen Mauern der französischen Botschaft zurückgeworfen, während Bleichgesichter durch den bläulichen Nebel vom dampfenden Fluss her in ihrem schaukelnden Gefährt nach oben kriechen. Aaaaiaaaaiaaaaiaaai. Der Dschungelkönig, Herr selbst über die schrecklichsten Bestien. Schlangen sind seine Untertanen. Er schläft auf einem Elefanten, speist auf dem Rücken des Tigers, der Löwe beschützt und kämmt ihn. Ich euer Bruder. Ich Sprache nicht können, ich schlafen auf Baum, ich machen, was ihr befehlen. Die völlig verängstigten und begeisterten Kinder schauten zu, wie ihr Freund mit bloßen Händen die Trambahn in ein elektrisches Bügeleisen verwandelt, damit den Rasen bügelt und es dann in eine Trambahn zurückverwandelt, allerdings schöner und richtiger als zuvor. Mein Herz euer Herz. Ich Freund. Ich wissen und verstehen alles. Dein Vater nicht gut, trinken Feuerwasser, essen scharf Speise, rauchen giftigen Kraut, reden schlechte Wort, schimpfen unschuldige bleichgesichtige Schwester. Dein Mutter gut. Ich Tachzahn, dein großer Bruder. Wir leben auf Baum wie Bruder und Bruder. Bwana, bvinta, bvluta. Das mein treuer Begleiter. Affe besser als Mensch. Erste Klasse lernen und abschließen. Einzige Freude für Tachzahn. Aaaaiaaaaiaaaaiaaai. Ugaugauga. Hören Sie, Herr Rafajlović, Sie sind doch ein Naturbursche, ist so viel frische Luft für ein Kind seines Alters nicht gefährlich, und diese ganzen Käfer, die er mit bloßen Händen sortiert, oder kann ihn gar ein tollwütiger Hund anfallen? Aber Verehrteste, haben Sie noch nicht gehört, dass Löwin Vera am siebten dieses Monats das erste serbische Löwenjunge zur Welt brachte?

Na komm, mein Liebling, geh Gassi mit dem Wauwau, Mama geht zu den Tanten Popović, Petrović und Pavlović in die Drogerie Lamico und ins Paragum, um dir ein hübsches Püppchen zu kaufen. Fox Micky ist ein kluger Hund. Wuff wuff. Ui, schau, wie die Brillenschlange ihre Zunge raushängen lässt. Wuff. JederDeppglotztindenHimmel. Tu dies nicht, tu das nicht. Das sich mir der Onkel Wärter hinterher nicht beschwert, du hättest eine arme Schnecke zertreten, der kleinen Amsel nachgestellt, dem Sohn des amerikanischen Konsuls das Nasenbein gebrochen und einem Mädchen aus besserem Hause die Zähne eingeschlagen. Lass sie uns mit Teer einreiben, an den Zöpfen ziehen, den Welpen wegnehmen. Mit der Rotznase will ich nichts zu tun haben. Murzilka, ein Schlaumeier, ein Philosoph, eigentlich ein Maikäfer. Brehm und sein Tierleben. Von klein auf. MiauhopptaufTuhl. Mamis ButziBatziSchatzilein. Ein bisschen Dieseschen und etwas Jeneslein. Immer alles kleiner, verstehen Sie? Papas Adlerchen, Onkels Tigerchen, Opas Soldatchen und Mamis Herzelein und Omas Sönnchen. Wauwaus und Miezekatzen und Marienkäfer. Schmetterling du kleines Ding, fängst dir einen Engerling. Häschen in der Grube. Alles auswendig. Und wissen Sie was, Herr Rafajlović, deswegen verstecke ich vor ihm überhaupt gar nichts, nicht einmal, dass ich eine Frau und mein Mann ein Mann ist, wenn Sie entschuldigen.

Die gespenstische Stille hier im Hotel gefällt mir gar nicht, die finsteren Typen mit ihrem Getuschel, die wollen uns austricksen. Inspektor Issel, Kommissar Hunter und Kater Karlo. Im Namen der Welt. Prof. Zapotek nimmt den Orden des großen Forschers entgegen, Sieger im Kampf gegen Gespenster, bei Walfang und der Jagd auf den schrecklichen Geist, welcher trotz der mutigen Maus vor den Toren von Entenhausen lauert, und schüttelt ihn mit festem Griff. Tralala, jetzt kann ich mich in den Sessel fläzen, Erbeertorte essen, Nachrichten hören und meine Lieblingszeitungen lesen. Quakquak, befiehlt Donald Duck. Wieso mögen Kinder Sachen, welche mir selbst im Wahnsinn nicht in den Kopf wollen? Micky und Minnie tanzen Shimmy, treffen Winnie und machen hinne. WerhatAngstvormbösenWolf. Er hält den ganzen Tag Maulaffen feil und zeichnet und schreibt nur diesen Kram. Und wissen Sie, er schneidet wirklich jedes Tierbild aus, das er findet, und klebt es in ein Heft. Hauptsache, verehrter Herr Rafajlović, er entwächst den neuen Hosen, wird sein eigener Herr, lebt sein Leben und wird nicht vor der Zeit alt, statt mit diesem Windhund in der Straßenbahnlinie Nummer 2 von Haltestelle zu Haltestelle zwischen all den Bestien in Menschengestalt herumzustrolchen.

Grrrrr. Hrrrrauh. Seltsame Gedanken tummeln sich im Kopf des Großen Van, des Herren vom Vorgebirge. Tiaratum und Kingkong. Wenn das mal nicht der Geist des Llano estacado ist. Vorwärts, Silver, schreit ein einsamer Reiter und quert die Schienen der Straßenbahn, welche altersschwach mit müden Knochen an der Kehre bei der Zoohandlung aufschreit. Die Apotheker Karakašević und Živković legen eilig Herztropfen, Bayer-Aspirin, Leistenbruchgürtel, Verbände, Pyramidon sowie Augentabletten von Hoffmann-La Roche bereit. Šakota tritt aus seinem Gemischtwarenladen und droht dem gierigen Reiter mit einem Fünf-Kilo-Gewicht. Gliša Josipović zieht ein Lasso aus dem Regal, wirft es über die Straße und knotet es an einem Pfosten fest. Ich bewundere ihn, der seinerseits gegen alle ist, belagert von Hart und Gruber, den Hilfssheriffs, im Konflikt mit dem Gesetz, verachtet von seiner Verlobten, die als Näherin arbeitet und ihn zum Teufel wünscht, und dennoch kämpft er bis zum letzten heißen heldenhaften Blutstropfen für Gerechtigkeit. Und was denken Sie, Herr Rafajlović, kann ein gebildetes, kluges Kind von 6 J. unter den schlechten Einfluss von Juden und anderen Unsympathen von der Straße geraten?

Ach, diese dreckigen Spione, die Schurken haben uns getroffen, am Ende siegt trotzdem die Gerechtigkeit. Hände hoch, Geld oder Leben, folgen Sie mir. BummKnallPeng. Wer hat den ehrbaren, zugegeben abstoßenden Ingenieur in zweiundsiebzig Stücke zerhackt und so auf allen vier Etagen verteilt, dass man ihn nicht mehr zusammensetzen konnte? Die eigene Mutter hätte ihn nicht wiedererkannt. Im Polizeirevier hatte man offensichtlich keine Ahnung. Suche in Gegenrichtung zu der, in welche der Maskierte in aller Ruhe mit seinem Mercedes Benz fuhr. Der Polizeichef blind, taub, stumm, weiß nicht, wie er heißt. Am Schluss kamen die Chefs auch diesem feisten Menschenschinder bei, welcher immer gegen die Armen war; der Mörder ist wenigstens hübsch und stattlich, beherrscht Französisch und kennt Unmengen an Witzen, trägt wunderschöne Gamaschen und triumphiert von daher völlig zu Recht. Die Strumpfverkäuferin bat ihn, sie gnadenlos zu foltern, mit dem Federmesser zu stechen, mit seinem blutrünstigen Auftreten um den Verstand zu bringen und in Agonie zu treiben, solange noch Zeit sei, also bevor die Polizei eintraf. Er hielt einen kleinen Damenrevolver im Mund versteckt, und das war der Grund für sein Schweigen. An den Wänden standen die Wörter »Verbrechen«, »Mörder«, »Blut«, geschrieben von einem pensionierten Gymnasiallehrer. Schrecken, Grauen, Furcht und Zittern, Verkommenheit, schrie eine Mitbewohnerin fröhlich, während sie sich über die Balkonbrüstung beugte. Das Blut des armen Konterfliegers lief die Treppe hinunter. In der gewaltsam geöffneten Wohnung wurden in einem Bett zwei Männer, drei Frauen und ein verirrtes Ferkel gefunden. Nur ein Schritt, und alles geht zum Teufel. So währt diese bösartige, quälende, schreckliche und lustige Schilderung direkt aus dem Leben. Wer empfindlich ist, sollte besser weggucken, weghören und es beim Lesen überblättern. Über die Veranda liefen Tote, Ungeister, Taschendiebe, Menschenfresser und Werwölfe, ein jeder zu seinem persönlichen Ziel. Trinkt man wirklich so das Blut der unschuldigen Varietéfrau, in Verkehrung der polizeilichen Hinweise? Oh, muss ich mir diese derben, anrüchigen, schamlosen und unflätigen Ausdrücke anhören, ich, die ich in einem ganz anderen Geist erzogen wurde? Setzen Sie bitte jede Zote in Anführungszeichen, damit man sie findet. Ein schmutziger Jude, ein verkommener Schwarzer und ein gewalttätiger Türke warfen sich gegenseitig ihre Nationalität vor, dann drohte ein Albaner allen zusammen, er werde sie mit seiner Säge durchsägen. Die schöne Plisseemacherin rannte splitterfasernackt über die Veranda, hinter ihr ein sabbernder Geistlicher mit U-Boot-Plänen, bekleidet nur mit seinem gewaltigen Bart. Der pickelige Schlaks irrte umher und ebenso der gealterte Vater, während die Schneiderin ihre arme, gefesselte Mutter mit dem Bügeleisen schlug. Lieber Herr Rafajlović, Freund der Entrechteten, wann bieten Sie in Ihrem Laden endlich Alkohol, Tabak, unerlaubte Handlungen zwischen den Geschlechtern, Messer, Gabeln und Löffel an, wann ringen Sie sich zur Bewerbung von Feuerwerk, Würfeln und anderen Glücksspielen durch, damit wir wenigstens wissen, woran wir sind? Mein Sohn, tritt nicht auf die Leiche, gehe um sie herum, damit ich dich nach diesem gefährlichen Ausflug in diesem unsicheren Gefährt in Begleitung des kleinen, aber gerissenen jüdischen Schufts Isaak Abinum endlich in meine Arme schließen kann, grüß höflich Onkel Rafajlović, und bevor die Mama auf ein paar Minuten bei einer Bekannten vorbeischaut, iss noch eine leckere Scheibe Brot mit Honig und Butter.

Wenn möglich, aus dem hier und dem, was nicht mehr für seine Hose gebraucht wird, wenn Sie es mir nur zusammenheften, das Übrige mache ich selbst. Schlagen Sie am Ärmel eine Handbreit nach innen. Ich weiß nicht genau, wie viel er gewachsen ist, er hat einen Schuss gemacht, aber drei Finger mehr als im Frühling sollten genügen. An der Seite genau so viel, eher weniger, so teuflisch schnell wächst er nun auch wieder nicht. Das sind Dreiviertel, also etwas weniger als ein Viertel, wenn er mich nicht übers Ohr gehauen hat, hat er aber. Wer würde alles in Viertel umrechnen, und ich brauche nicht mehr, weil ich nur den einen habe, und der ist mir schon zu viel, sie hat sechse, das ist einfach, sie muss nur zusammenzählen oder mit sechs multiplizieren. Ein paar Knöpfe, so viele Sie gleiche haben, nur der Teufel trägt lauter verschiedene, aber einer mehr oder weniger, davon wird ihm nicht die Nase abfallen. Geben Sie her, schauen Sie, sehen Sie, geben Sie sich ein bisschen Mühe, ich habe Ihnen, als Sie das brauchten, zwei Handvoll Rosinen, eine Tasse Mehl und drei Kännchen Petroleum gegeben, was weiß ich. Weder für heute noch für morgen noch für übermorgen, aber danach der Tag, das wäre für ihn die letzte Gelegenheit, um sich in den neuen Hosen zu zeigen, wenn Sie so gut sein wollten. Dafür würde ich Ihnen das missratene Bündchen am Ärmel neu anstricken, aber nur wenn Sie es selbst auftrennen, das mache ich nicht gerne. Natürlich. Da lässt man was heraus, da bleibt's unverändert, da nimmt man was weg, so dass man es nicht sieht, von links. Einer gegen eineinhalb. Du schlägst es nach hinten und wieder nach vorn, dann ein Stück gerade, dann wiederholst du alles. Weil das Samt ist, meine Güte, das ist peinlich für die Dicke vom Hausherrn, wirklich peinlich, behängt sich mit Gold, aber dafür reicht es dann nicht mehr, ich habe vergessen, wie viel der Meter gekostet hat, und dabei hat sie es mit Nachlass bekommen. Chinakrepp, Georgette, zweimal Leinen, wenn einer wüsste, wie viel da verbraucht wird, und das in den paar Monaten und nur das, was sie für euch genäht hat, dazu kommt ja noch alles, was sie für andere gemacht hat. Die kann ja nicht mehr zählen, was sie im Schrank sitzen hat, aber man kann doch sowieso immer nur eins auf einmal tragen, man zieht sich ja schließlich nicht alle Stunde um, jedenfalls nicht, wenn man bei Trost ist. Hier was wegnehmen, dort ein bisschen herauslassen. Doppelt gesteppt bis dahin, und ab da nur noch einfach. Ich bewundere Sie. Von allen haben Sie Schnitte, Maße und Figur im Kopf. Alle Achtung, das nenne ich Verstand. Und für jedes einzelne Stück, wo man wie viel herauslassen kann, wenn jemand kräftiger wird und in die Breite geht und wie viel geht, ohne dass man darin wie ein Wollschaf aussieht, wo man doch viel Geld bezahlt hat. Sie berechnen eigentlich viel zu wenig. Bekannten, Nachbarn und Angehörigen, das ja, aber so. Nicht mal den engsten Verwandten, nein, auf mein Ehrenwort. Und was hilft es, wenn dort alles aufgeschrieben ist, wenn das für mich wie Chinesisch ist. Haken und Elsterkrallen. Nur für Eingeweihte. Wo haben Sie das gelernt, diese ganzen Hubbel und das, was wie für Blinde oder Esperanto gedruckt ist. Böhmische Dörfer. Mir auch, ich kann nur aus dem Kopf arbeiten, wenn ich was nach schriftlicher Anleitung machen müsste, das klappt nicht. Was ich im Griff habe, das kann ich. Wie meine Großmutter. Die konnte Ihnen ohne Kerzen über Nacht eine Weste stricken. Alles in den Fingern. So oder gar nicht. Wo wären wir ohne das, was von Generation zu Generation weitergegeben wird. Es gibt etwas, das uns auffängt, man muss nur jemanden kennen. Also, seien Sie nett, nicht wahr, und ich vergesse Sie nicht. Ich habe nur den einen. Er war zwei Jahre alt, als der arme König ermordet wurde, und seither sind fast vier vergangen. Wenn es nach ihm ginge, hätte er ein Geschwisterchen, das wäre einheinhalb Jahre jünger als er. Von der Ecke aus ist es weder der erste noch der zweite, sondern der dritte Hauseingang in der Kneginje Ljubice. Am liebsten macht er Unsinn mit diesem, wie hieß der doch gleich, liegt mir auf der Zunge, die spielen ein Spiel, so ähnlich wie Schach, ein bisschen anders, hat aber auch Bauern, erst zieht der eine, dann der andere. Ich muss Zucker kaufen, der Rest reicht nicht mal mehr für einen hohlen Zahn. Dem seine Tasse mit dem Konterfei, das lacht von einem Ohr zum anderen, gestrichen voll, und noch einen Finger hoch. Fünf

Viertel, weniger als eine Handvoll. Scheibe Butter, so dick. Ein Esslöffel Rosinen. Toller Tisch, hat gar keine Beine, von der Seite gesehen ist das so, ganz gerade, und dann so nach oben gebogen, bis dahin, und auf der anderen Seite genauso. Ein bisschen von dem, ein bisschen von jenem. Eine Messerspitze und noch ein paar Körnchen. Er hätte ruhig ein bisschen mehr drauftun können, bei dem vielen Geld, was ich da zweimal im Monat lasse, so ein Geizkragen. Von hinten links nach oben und dann ein Stück weit hinein, auf halbem Wege zum Hals, da sticht es. Alle halbe Stunde, wie wenn einer mit dem Messer zusticht. Tut nicht so richtig weh, pocht nur so, wie wenn es rauswollte oder als wäre es eingesperrt wie ein Feind. Ungefähr sechseinhalb Tage, höchstens zwei Wochen, oder doch schon früher? KeineAhnung. Von hier aus runter und noch mal hundert Meter. Vom Denkmal geradeaus durch, dann die zweite rechts, da dann das dritte Haus, aber im Hof, nicht vorne. Es gibt kein Schild, klopf einfach an die zweite Tür, wenn sie noch da wohnt und nicht weggezogen ist. Bloß, dass die Dame Sie schickt, für die sie letztes Jahr ein paar Sachen gestopft hätte, die mit dem Balkon an der Ecke, die Hübsche mit dem kleinen Kind, ihr Mann arbeitet in der Eisenwarenhandlung. Aufkochen lassen und sofort vom Feuer ziehen, damit es nicht überkocht. Wenn es stockt, dann noch nicht, erst nach ein paar Minuten. Je glatter, desto falscher, alles noch einmal, und noch einmal, vorher nicht mit der Einnahme beginnen. Es waren mal mehr, einer ist unter die Räder gekommen, einer wurde am Kopf operiert und ist seitdem, na ja, halt so. Das war, als sie den Čaruga geschnappt haben, ungefähr sechs Wochen danach. Ich weiß noch, dass Lazar einen Tag vorher über den Schemel in der Diele gestolpert ist und sich für nichts und wieder nichts eine Gehirnerschütterung zugezogen hat. Gehen Sie an dem Kürschner vorbei, dann kommt ein Herrichter, Ajourplissee und eine kleine Vertiefung in der Wand, von da zum anderen Ende sind es rund zehn Schritte, da sind Stufen, die führen auf die Veranda, wenn du dich da rechts hältst, kannst du irgendjemand fragen, die kennen uns da alle. Er hat mittags eineinhalb Stunden Pause, dann muss er wieder ran, dazu noch auf Stelzen stehen und mit den Kollegen verzählen, da geht der Tag im Nu rum. Einmal um die eigene Achse gedreht, und schon ist es elf. Wo sind die Jahre nur geblieben. Drei Häufchen und eine Pastinake obendrauf, alles für einen Dinar. Es ist fast halb, um viertel zwei muss ich zum Arzt wegen der Bestrahlung. Wenn man alles zusammenrechnet, reicht es noch für ein, zwei bis drei und mehr. Er ist ihm wie aus dem Gesicht geschnitten, sein Ebenbild, ihr ähnelt er überhaupt kein bisschen, höchstens von der Seite und von hinten ihrem Vater, von vorn gar nicht. Die hat ein Gesicht wie dieser afrikanische Vogel, welcher immerzu den Kopf in den Sand steckt, nur hat sie dazu noch eine Brille, wenn sie die absetzen würde, wäre sie so blind wie der Vogel, wenn er den Kopf im Sand hat. Er schaut bestialisch aus mit seinen blutunterlaufenen Augen, man denkt, er will einen jeden Moment fressen, dabei ist er sanft wie ein Lamm. Das ist der, der beim Buchhändler an der Ecke arbeitet und dem tollen Schauspieler ähnelt, welcher in dem Film mit dem Dauerregen mitspielt, da bricht dann ein Damm und alle ertrinken. Fast, der aus der Buchhandlung hat ein Bärtchen, während dem sein Kinn glatt wie ein Kinderpopo ist. Das ist halt nicht er, das muss sein Schwager sein, den habe ich noch nie gesehen, dem ist das passiert. Mir hat er gesagt, er wäre gar nicht da, sie sei so schlecht, und das schon eine ganze Weile. Sie waren zu viert oder zu fünft, zu viert, denke ich. Einer wird so alt wie er gewesen sein, der andere kann nicht viel mehr Lenze gezählt haben als Lazar während dem Militärdienst, und der Jüngste war in Nikolas Alter. Die ist älter, als sie sagt, die lügt offensichtlich, ich bin doch schon so alt, und die war in der achten Klasse, als ich von der Schule musste, und ich war in der vierten. Das ist sie gar nicht, du hast nur gemeint, du würdest sie bei einer Teegesellschaft treffen, wenn er's nicht nötig hat, und dass man die abhalten müsste in dem Haus rechts kurz hinter der Kirche, ein herrschaftliches Haus, aber man kommt nur von hinten rein. Beim Zusammenzählen kommt weniger heraus, als insgesamt zu zählen war, weil hinten eine Null steht, und die bedeutet nichts. Aufwärts wie abwärts. Wenn man den Knopf drückt, geht's hoch, drückt man auf den anderen, kommt's runter. Das war von ganz klein auf ihre Krankheit, immer alles aufschreiben, zusammenzählen und ja nichts verpassen, als wenn das sattmachen oder jemandem etwas nützen würde. Wann wer wo wie viel was. Peil ich alles über den Daumen, so ungefähr, nach Gefühl. Ich habe keinen aufgeschrieben, aber ich weiß, dass ich mitten in der Nacht geweckt werde. Kenn ich alle auswendig, wenigstens die wichtigsten, die man auf die Schnelle braucht, wenn das Bedürfnis besteht, die anderen stehen in Büchern, nur habe ich diese Bücher nicht, und ich habe auch kein Telefon, sondern rufe vom Laden aus an, die sind immer so liebenswürdig und lassen mich telefonieren. Von jedem hab ich mir den Tag notiert, steht alles im Heft, aber ich muss gar nicht reingucken, wenn ich morgens aufstehe, weiß ich, welchen Tag wir haben und schenke jeweils eine Kleinigkeit, dabei haben die Leute selbst den Tag ganz vergessen. Das war in dem Jahr, als wir hergezogen sind und die Scheibe des Stoffgeschäfts mit einem Lineal eingeschlagen wurde. Wegen dem Bündnis mit den Franzosen, da um den Dreh herum. Das Jahr davor kann es auf keinen Fall gewesen sein, das weiß ich genau, weil Nikola sich an dem Tag, an dem die Scheibe zu Bruch ging, das Bein gebrochen hat, und zwar auf der Treppe von dem Schuft, der ihm einen Zahn zog, obwohl der gar nicht tot war. Sie hat uns einen Korb voller Sachen geschickt, gebracht hat ihn der, welcher früher in der Druckerei bei dem Doofkopf gearbeitet hat, der hat hier nämlich seine Schwester besucht, die mit einem Eisenbahner verheiratet ist und irgendwo dort oben wohnt. Wenn es früher gewesen wäre und nicht in dem Jahr, in dem die Scheibe eingeschlagen wurde, hätte er noch nicht mit den Schlittschuhen wie ein Frosch ausrutschen können, so dass ich ihn zu den Nonnen tragen musste, er wäre viel zu klein gewesen, um auch nur auf Schlittschuhen stehen zu können. Damals hatte ich gerade was aus weißem Samt aufgetrennt und ihm daraus eine hübsche kurze Trägerhose genäht und den Verschnitt zu Staubtüchern verarbeitet, das muss also gewesen sein, bevor ich die Maschine für so erbärmlich wenig Geld an diesen Hallodri verkauft habe, dass ich mich immer noch dafür schäme. Ach, die hat ganz bestimmt nicht so viel, wie sie behauptet, ich würde meinen Kopf wetten, dass es nicht mal halb so viel ist, sie könnte es ja gar nicht verstauen, vor Neujahr hatte sie drei oder vier, je nachdem, danach kann höchstens noch mal so viel dazu gekommen sein, sie bringt wohl alles durcheinander und zählt Sachen mit, die sie sich zusammenspinnt. Ach was, woher denn, nie und nimmer, ich fress einen Besen, wenn sie auch nur halb so viel hat. Er hat bei null angefangen, konnte sich ein bisschen was leihen, bekam von ihr was überschrieben und hat noch ein paar Quellen aufgetan, keine Ahnung wo, und jetzt führt er ein Geschäft mitten im Zentrum, so geht's, wenn einer sich was einfallen lässt und das Geld nicht in den Kneipen durchbringt, aber andererseits lacht er auch nie, ich finde ihn zum Fürchten. Hätte er doch bloß dem Betrügerpärchen gekündigt und ihn als Compagnon ins Geschäft geholt, dann wäre noch alles beisammen, aber so nagt er am Hungertuch, weil er das Geld mit seinen Kumpanen zum Fenster hinauswirft und den letzten Heller für Zwetschgengeist ausgibt. Wenn du ihn fragst, wo er gestern alles war und wo er heute hingeht, könnte er's dir nicht sagen, weil er's selbst nicht mehr weiß. Mir will nur nicht in den Kopf, wie er die ganzen Nägel auseinanderhalten kann, die sehen doch einer wie der andere aus und gehen in die Millionen, was hat man davon, wenn man weiß, wie viele genau da sind, wenn einer ein Zehntel klaut, bleibt immer noch genug übrig, um das ganze Pack hier ans Kreuz zu schlagen, vorausgesetzt, einer kann den Hammer halten. Am Anfang war es nicht größer als ein Reiskorn, aber wie's der Teufel so will, war es dann fast so groß wie eine Orange, es tat nicht weh, nur gejuckt hat es, und es fing an, sich auszubeulen, und als sie es aufgeschnitten haben, haben sie nicht schlecht gestaunt, es hat sich in sie hineingefressen wie die Würmer in einen faulen Apfel, die Ärmste allerärmste Ärmsteline, wer hätte das gedacht, immer blühend wie eine Rose, immer zum Scherzen aufgelegt, so eine lustige Person, hat für alle genäht, und jetzt windet sie sich vor Schmerzen, es ist so schrecklich. Und er, er auch, im Vergleich dazu ist sie noch gut weggekommen, ihm haben sie das Bein abgenommen, weil es bis zum Knie wegen dem Zucker entzündet war, er hat halt gern Süßes gegessen, wer hätte gedacht, dass sich das so rächt, während die alte Hexe, die überlebt noch alle, die betet täglich zu Gott, dass ihr so etwas nicht passiert, dabei fragt man sich, wofür die eigentlich noch lebt. Hätte man das rechtzeitig aufgeschnitten und das ganze Elend ordentlich ausgeputzt, wie es Vater schon vierzig Jahre früher gemacht hat, wäre jetzt Ruhe im Karton, und so ist alles zu Ende. Aber diese Geduld, das bringt wirklich nur sie fertig, die ganzen Samen aus Deutschland zu bestellen, durchs Vergrößerungsglas zu betrachten, mit einer rasiermesserscharfen Klinge anzuschneiden, um den eigentlichen Keim herauszudrücken und in einen anderen zu schieben. Sechs Wochen später gibt's dann was zu sehen, halb Zitrone, halb Kohlrabi und riecht wie eine Nelke. Ich weiß nur eins, wenn ich zur Kirche schaue, dann ist drei Finger weiter links Westen, das finde ich mit verbundenen Augen. Warum es herunterfällt, anwächst und sich behauptet, wer kann das wissen, aber die Zeit, die rast, kaum hast du dich einmal umgedreht, schon bist du alt und zu nichts zu gebrauchen. Nur ein Depp schaut durch ein Fernglas, das macht etwas Kleines im Handumdrehen groß, und dann schnurrt es wieder zusammen, was hat man davon? Sternegucken geht gar nicht, das würde ich nicht mal gegen Geld machen, obwohl mein Mann einen Bediensteten kennt, der würde uns einführen und wir müssten ihm nicht mal einen Dinar dafür geben. Von hier bis zu den Meinen fährt man mehrere Stunden mit dem Zug, bis zur Verwandtschaft in Amerika braucht es etliche Tage im Schiff, dabei reicht es mir schon, wenn ich an das Loch dazwischen denke, das steht da völlig nutzlos herum und versetzt nur die Idioten in Erstaunen, die sich wegen einem Zentimeter links oder rechts streiten. Die haben zu viel Zeit, die müssen sich nicht wie Sie und ich überlegen, was wir mit diesem Hosenbein anstellen, das ist so verzogen, dass das selbst ein Blinder sieht. Ich werde wohl noch Dunkelblau und Schwarz unterscheiden können, ich bin schließlich nicht farbenblind. Die anderen hätten lieber Hellblau oder Rosa, aber sie steigen mir aufs Dach, weil ich ihn wie ein Mädchen anziehe, also meinetwegen. Meine Mutter mag Blutrot am liebsten, weder Ziegel- noch Purpurrot und bloß kein Grün, die wirft mich zusammen mit meinem Grün hinaus. Wie und was die da zusammenmengen, damit gerade dieser Farbton herauskommt, davon habe ich keinen Schimmer, aber was was ist, das weiß ich wohl, da lasse ich mich nicht von Ihnen ins Bockshorn jagen. Er und dieser Judenbengel würden der Modistin die Sonne mit einem Spiegel um die Nase blitzen lassen, bis sie mit allem, was sie in die Finger kriegt, nach ihnen wirft, dabei kann sie sie gar nicht sehen, weil der Spiegel sie ja ständig blendet. Wenn man den blanken Draht anpackt und einer dreht die Sicherung rein, das ist das Schlimmste. Im Nu verkohlt. Wenn man Strom doch sehen könnte, wenn etwas rauschen oder brummen würde, aber nichts, er geht glatt wie ein Messer durch die Leitung und direkt ins Herz. Ich wäre fast in Ohnmacht gefallen, als unser Bekannter, auch ein Handlungsgehilfe, das Radio aufgeschraubt hat, was für ein Wirrwarr von Drähten, alle untereinander verbunden, ich verstehe ja nichts davon, ohne die hört man natürlich nichts und kann nichts verstehen, ob der Speaker von Erdbeben erzählt oder von anderen Ereignissen am anderen Ende der Stadt. Ehre der Maschine auf Rädern und allem anderen, was geschmiert werden muss, nur Gute Nacht, wenn einer da drunter gerät, warum wird was überhaupt erfunden, was in Nullkommanichts ein Blutbad anrichtet? Hätten sie wenigstens Gummireifen, aber so rast sie herum, ohne das einer an die schrecklichen Folgen denkt, und das alles wegen einem Kessel, der wie der in unserem Badezimmer eingeheizt wird, nur dass er größer ist. Am Anfang wird ein Hebel umgelegt, den verbindet eine Schnur mit einer Stange, von der drei andere abgehen, auf denen mehrere Knöpfe, Nieten oder Drähte sind, und dahinter sitzt ein Stück Eisen, schwer wie ein Haus, das knallt dann an ein Blech, dann rappelt da was, und plötzlich arbeitet die ganze Maschine, und du begreifst weder warum noch wozu das gut sein soll. Und du musst nur irgendwo eine Schraube herausdrehen und alles ist im Eimer, als hätte es nie funktioniert, und nebenbei sägt sie dir auch noch den Arm bis zum Ellbogen ab und du hockst fortan mit den anderen Bettlern wie der letzte Dieb an der Ecke. Jedenfalls war mein Mann närrisch genug, seinen Finger in den Fleischwolf zu stecken, und dann hat die Frau Minister an der Kurbel gedreht, als wäre ein Rindfleisch drin und nicht mein Mann, und jetzt ist der Finger blau wie eine Pflaume, und das soll eine Hilfe im Haushalt sein, na herzlichen Dank. Hätte ich doch nur ein Mädchen, der Junge wird sich wie sein Vater zeitlebens auf Eisen stürzen, wir brauchen ihm nur Hammer und Zange zu schenken, schon fängt er an, sich zu verstümmeln, und wir sitzen dabei und gucken zu und lassen den lieben Gott einen guten Mann sein. Hören Sie das etwa nicht, wie es da unten dauernd rumpelt, ich bin mit meinem guten Gehör wirklich geschlagen, ich habe ein Ohr wie in der Reklame, ich begreife nur nicht, wie es überhaupt sein kann, dass der Schuft da unten hämmert und ich in meinem Kopf Erschütterungen spüre, als wäre ich ein Elektrizitätswerk und kein Lebewesen. Da haben es taube Menschen besser, ob der Donner kracht oder eine Bombe aus einem Flugzeug fällt, obwohl, es würde mir fehlen, dass der Kleine für mich auf dem Schifferklavier spielt, der wäre bei jeder lustigen Gesellschaft gern gesehen, wenn er sich das mit den Tasten richtig beibringen lässt und eine Harmonika hat. Wenn es nach mir geht, würde ich noch einen Kaffeelöffel Zucker drantun, wir sind es so gewöhnt. Wenn man nichts mehr riecht, das ist ja kein Leben mehr. Schon dass man dann giftig und ungiftig nicht mehr unterscheiden kann, zum Kuckuck, wenn es weder stinkt noch sonst was, dann rührt man das Hundertstel, das ungesund ist, einfach unter, ein Schluck und das war's dann. Deswegen koche ich ein Silberstück mit den Pilzen, und selbst wenn es beim Abgießen verloren ginge, wäre es mir nicht schade darum. Er verlangt von mir, mit vier Streichhölzern ein Siebeneck zu legen und aus zwei durchgebrochenen zwei gleiche zu machen, und so was nennt sich Bruder. Kennt Unmengen von Knobeleien, die man ohne Bleistift und Papier lösen muss, einfach aus dem Kopf. Wenn vier Arbeiter so und so viel Würste zum Frühstück essen, wie viele Tage verbleiben, bis einer der vier seine Tante beerdigt? Wie bringt er das nur alles in seinem mickrigen Kopf unter? Wenn in die eine Hand so und so viel passt, wie viel passt dann in die andere, wenn sie ganz offen ist? Im Rechnen war ich schon immer eine Niete, aber was ich einmal auswendig lerne, das kann ich für immer und ewig. Von der Weste und seinem Überzieher sind insgesamt weniger als hundert übrig, nicht wahr, ich bleibe Ihnen nichts schuldig, keine Angst. Das ist ein einziges Geknubbel und kein glatter Saum, und von unten ist auch noch ein Besatz, und man kann sich trotzdem nicht damit setzen. Vorne beult es sich spitz aus, hinten ist es wie ein Ei. Nein, das ist so klein, dass man es gar nicht richtig zu fassen kriegt, und richtig sehen kann man es auch nicht. Sehr scharf, wie Schmirgel. Hätte es einer längelangs gespalten, wäre das anders. In Millionen Teilchen. Weggeschmolzen, verdreht, merkt eh keiner. Lauter Gold und Splitter von einem Edelstein, weiß nicht, von welchem. Billig bei einem fliegenden Händler gekauft, sieht aber verblüffend echt aus. Du kriegst fast einen Stromschlag, wenn du ihn anfasst, und wenn du dran leckst, schmeckt er nach Salz. Was die sich heute alles einfallen lassen, die machen aus irgendwas was ganz anderes, wird einfach umgeschmolzen. Das da ist so was, das ist weder Holz noch Blech oder so. Irgendeine Masse. Würde ruckzuck in Flammen aufgehen. Wie Sülze, aber hart. Im Nu. Kann man sich gar nicht vorstellen, dass das vor einer Stunde noch Wasser war, wo man jetzt so schön dahingleiten kann, Hauptsache, man bricht nicht ein. Ich muss mit ihm Schlittschuhlaufen gehen, er bricht sich jedes Mal die Nase. Das ist weder so noch so, sondern so. Man hält es für Bronze, aber es ist so leicht, dass man Flugzeuge daraus baut. Daraus ist ein Behältnis gemacht, ähnlich wie ein Tintenfass, aber im Boden hat man ein Fach für Stecknadeln oder Zündhölzer, und Nichtraucher können Sachen hineintun, die sie auf der Straße finden. Wenn Sie richtige Schmerzen haben, sollten Sie sich das Mittel in Wasser auflösen. Sie Ärmste, jetzt müssen Sie noch ausrechnen, wie viele Zentimeter es hier und wie viele es da sein müssen, wenn man das abzieht, was zu viel ist. Der Kleinkram würde mich verrückt machen, dauernd da hinstarren. Und er, wenn er schon so reinkommt, sieht alles doppelt, und alles ist schlecht. In den feineren Läden haben sie heute so ein durchsichtiges Einpackpapier, sieht aus wie Glas, wenn was drin eingewickelt ist. Das kann sich doch nicht lohnen, da ist die Verpackung ja mehr wert als das, was eingepackt ist. Bei uns hat man früher alles mit der Hand ausgerechnet, heute drückt man nur noch einen Hebel, und eine Zahl springt heraus, dass einem schwindlig wird. Der von meiner Schwester, ich habe Ihnen schon von dem erzählt, wenn der hierherkommt, nimmt er den Kleinen an der Hand und läuft von einem zum anderen, ich heiße soundso, komme aus Osijek und bin Hauptmann 2. Klasse, bitte, wie funktioniert die Maschine? Er will wissen, wie die löchrigen Buchstaben aufs Zeitungspapier kommen, wie Flugzeuge in der Fabrik gemacht werden, wenn er stört, komplimentieren sie ihn sofort hinaus. Woraus wurde die Glocke im Kirchturm gegossen, wie ist die Brücke da oben gebaut, was sind das für Nägel und so weiter und so fort. Irgendwann wird er noch als Spion verhaftet, so wie die Zeiten heute sind, nur dass er mein Kind überallhin mitnimmt, das kann ich ihm nicht verzeihen. Ich habe meine Nähmaschine verkauft, deswegen muss ich jetzt Sie Ärmste behelligen, und dabei haben Sie schon genug zu tun. Was die an ihren Hebeln herumfummeln, was die da aushecken, das wissen nur die. Die nehmen was, was es längst schon gibt, verpacken es anders und kleben ein neues Etikett drauf. Was da alles drin ist, darüber denke ich beim Einkaufen besser nicht nach, egal, was in der Wurst ist, Aas und Katzenfleisch oder was weiß ich. Am liebsten ist mir, was ich selbst tragen kann, ohne dass ich ein Rad oder so benutzen muss, obwohl manche es so anpacken können, dass die Last leichter wird, als sie es in Wirklichkeit ist. Gewusst wie, und selbst so ein Hänfling wuppt das, als wär's eine Feder oder als wäre er so stark wie unser Bekannter, der in die laufende Maschine greift. Am schlimmsten ist das Höllengerät, welches du in die Hand nimmst, und schon geht es los. Mit Hilfe von Federn und Patronen, die drinnen stecken. Funken stieben, und schon steht alles in Flammen. Wenn ich nur wüsste, in welcher Spelunke er gerade ist und mit welchen Leuten, ich würde jeden Preis für so einen Apparat bezahlen.

Du meine Güte, wenn das mal nicht der Lazar Ćosić ist, einen Schleimer im Gefolge, ein Handwerker, halb Lehrling, halb Geselle! Lazar, Brüderchen, wo hast du den Bekloppten nur aufgegabelt, mein Kumpel, Landsmann und Kumpan, wann kommen die bei der Handelskammer endlich zur Vernunft und lassen nicht gerade jeden zu unserem einmaligen, herrlichen Kaufmannsgehilfenberuf zu? Wem kann der schon was verkaufen?! Du und ich, wir kaufen für drei und verkaufen für fünf, finden acht und stecken zwölfe ein und legen alles in etwas an, und wenn es noch so abgewrackt ist. Wo war der Rotzbengel, als wir zusammen mit Klipa und Bjelajac Linebach, Sonnenfeld, Vogel, Schmidek und Veselija ausstaffiert haben und Stern, Kohn, Abinum und Berger sich die Haare rauften, weil ihnen das Geschäft durch die Lappen ging?! Was wären die Gebrüder Ševčik, Eisenwarenhandel aus Bistrica, mit ihren Schrauben, Ventilen, Vorhängeschlössern und Klammern, ja, was wäre Avram Filipović höchstpersönlich mitsamt Geschäftspartner ohne uns, würden wir nicht ihre verzinkten Scharniere, leichte, halbbreite, ausziehbare, schwere, extra schwere und doppelt gewickelte Laschen und Nippel, Drückergarnituren, Bettfedern, Haken, Klammern, Klavierbänder, Waschtischaufhängungen, Bilder- und Spiegelhalterungen an den Mann bringen? Was wäre kaufmännisches Handeln anders, als billiger zu kaufen, als man verkauft, wobei das Gekaufte erst nach dem Verkaufen verderben oder gestohlen werden darf; also handelt man weder mit Weizen noch Fett noch irgendwelchen Lumpen und noch nicht einmal mit Holz, denn all das kann geklaut, wurmstichig oder ranzig, kleingehackt oder verbrannt werden, sondern mit Eisen und nur mit Eisen, das ist die einzige handelbare Ware, natürlich nur, wenn du sie nicht im Regen liegen lässt, da rostet sie nämlich, und dann geht alles von vorn los, Einlagekapital zusammenbetteln, es verdoppeln und verzehnfachen, bis du einen Laden mieten kannst und dich Vertreter hofieren und du den Preis festlegst, bevor du noch die Ware gesehen hast, du füllst einfach nur deine Kasse. Und wo gehört dieser Trkulja hin, ist er der Sohn vom alten Trkulja, der bei Mervar & Hodniković war, oder von dem, der bei dem Polacken gearbeitet hat? Der da, das ist Mile Sikimić, der sorgt Tag und Nacht für volle Gläser, und ich, ich bin Rođo Banjeglav, wie du weißt, die anderen, das sind feine, ehrliche Handlungsgehilfen, Prokuristen, Patrioten aus der Lika, stets durstig und nie ohne Glas, stets angetrunken, doch niemals besoffen. Also der Rotzbengel, sagst du, der kann und will nichts verkaufen, der meint nur, wir müssten ihm zeigen, wie die aussieht und wo die genau sitzt und warum die nicht zuwächst und ob die genau so natürlich ist wie Hand oder Nase. Also, Lazar, wie stellst'n dir das vor, so einen Milchbart anzuschleppen, der kann sich doch noch nicht mal richtig die Schnute abwischen, der holt sich doch sonst was, gibt ja keine Kinderärzte für so 'ne Sachen. Nee, Vetter, da fallen dir selbst die Finger ab, die du längst nicht mehr hast, oder dein Nasenloch wird so groß, dass du die Faust reinstecken kannst, und Maulsperre kriegste, und die Zähne fallen aus, und die Haare gleich mit, und sehen tuste auch nur noch die Hälfte, denk doch mal an deine arme Mutter, die glaubt, du verkäufst Scharniere in der Hauptstadt, und du machst stattdessen mit jeder rum, die du kriegen kannst, einerlei, ob se sauber sind oder infiziert. Du meinst, wenn wir den heute nicht einweihen, schmeißt der sich vor den Zug oder macht 'nen Köpper von der Savebrücke oder hält dem Fleischer seinen Kopf auf dem Hackklotz hin, damit er ihn an die Hunde verfüttert? Mann, Junge, weißt du, was das für ein Pensum ist, bevor euer Laden um viertel drei wieder öffnet und ihr Schlösser und Möbelgriffe zählt und womit ihr euch sonst so beschäftigt, wenn ihr nicht gerade was verkauft? Also gut, damit du Ruhe gibst, natürlich haben die da auch Haare, genau wie du. Das ist auch weiter nicht erstaunlich, die sind ja aus demselben Baumaterial wie wir, das geht nur bei denen da rein, wo bei uns was rauskommt, verstehste? Und jetzt reden wir wieder vom Geschäft, vom Verkaufen! Keiner hockt auf dem, was er hat, keiner genießt seinen eigenen Kram, jeder will'n nur losschlagen, Gođevac verkauft Filipović Eisenwaren, Filipović verkauft Nisim Anaf Bolleröfen, Anaf verkauft Bajloni Regenschirme, Bajloni verkauft Moster Bier, Moster verkauft Abinum Wandfarbe, Abinum lässt damit sein Ladenlokal neu malern und verkauft Karaoglanović Unterwäsche und Handschuhe für die Frau Gemahlin, Karaoglanović verkauft der Mendragić Lebensmittel, die Mendragić verkauft der Čuković Mehlspeisen, die Čuković liefert Anton Bence Formularbögen, Tinte und was er sonst noch im Büro braucht, Bence verkauft S. Winter Möbel, Winter verkauft Gregorić Papier, Gregorić druckt darauf für Elias Chaim Bücher, Chaim verkauft Gliša Josipović Hemden, Josipović verkauft Nikola Kapor Draht und Eisenstangen, Kapor verkauft Mitić Gemüse und Obst, Mitić dreht Maksić egal was an, Maksić verkauft Moritz Cohen Leinen- und Baumwollstoffe, Cohen verkauft Jarolimek Brot, Jarolimek verkauft Magda Bichel Linoleum, die Bichel verkauft Ernest Kudeljka ihr Gewehr, Kudeljka verkauft Svetislav Okanović Blumen, Okanović verkauft Jovo Vučković Parfüm, Vučković verkauft Lav Trofimovič Sinjicki, dem Bilderrätselerfinder und Manipulator der sieben Exponate, Gummihandschuhe und Kunstgegenstände, Trofimovič verkauft Desanka Ubović blauen Dunst, die Ubović verkauft Pero Šumonje, dem hiesigen Träger, ihren schönsten Hügel, Šumonje spendiert Radenkovićs Druckereimitarbeiterin Anica Farkaš eine gefährliche Männerkrankheit, welche diese an einen bekannten Minister weiterreicht, der Herr Minister verkauft vielen Verstand, viele halten Maulaffen feil, Maulaffen lassen alles Mögliche bei Adanj & Co., Adanj verkauft Ferriga und Roseanne fertig gemalte Bilder, Ferriga und Roseanne verkaufen Isaak Nahmias Scheren, Nahmias verkauft der Münzprägeanstalt Glas, die Münzprägeanstalt gibt ihr Geld wiederum Gođevac, und Gođevac reicht es in gehabter Manier weiter. Und jetzt bedank dich artig bei Herrn Sikimić für das Gläschen, schau, da drüben ist Aleksandar Goldman aus der Nummer 24, der macht Mittagspause und fragt sich, ob er die Ladentür ein- oder zweimal abgeschlossen hat oder Gefahr läuft, dass jemand ausgerechnet jetzt, wo er zu Hause was futtern will, das Klavier aus der Musikalienhandlung schleppt; die zwei Flittchen am Schaufenster, welche die Strümpfe der Gebrüder Romano betrachten, sind in der Avala-Genossenschaft hier über uns beschäftigt; der dürre Kerl da heißt Gracić und arbeitet bei

Radioton, neben ihm sitzt Mihajlović, der war bei den Šterić-Brüdern angestellt, und der dritte am Tisch ist ein gewisser Ilić, der bedient im Truba in der Jakšićeva, die besuchen alle dasselbe Lokal wie wir, nicht die Konditorei Sattmacher, das Podrinje, da sind lustige Leute, die haben das Herz am rechten Fleck. Guck rechts und links, bevor du auf die Straße rennst, wir sind schließlich nicht in Donji Lapac, sondern in Belgrad, das ist größer als Zagreb, fast so groß wie Wien oder Budapest, da fährt dich die Straßenbahn über den Haufen, die kann ja nicht aus den Schienen, oder das Auto eines Ministers oder ein Fahrer von der Spedition Tome Brdarić oder der von der Spedition Dačević oder der von der Spedition Vardar, Lastwagenfahrer sind immer für einen Unfall gut, die haben keine Ahnung, was sie geladen haben, denen hat man nur einen Zettel in die Hand gedrückt und gesagt, das muss vorgestern ausgeliefert werden, mach voran! Gelt, du wüsstest zu gern, wie so eine wie die aus der Avala-Genossenschaft unter den ganzen Hüllen aussieht, wenn ein Mann noch der ihr hinterstes Härchen an die frische Luft bringt? Ist gar nicht lang her, da hatte ich der ihre Strümpfe, das Höschen, den Strumpf- und den Büstenhalter und sogar das Mieder, welches alles beieinanderhält, hier in der Hosentasche, ich wollte ihr einen Streich spielen, und jetzt hab ich vergessen, wo ich den Kram hingetan hab! Das waren Gerüche, sag ich dir, von denen hast du noch nie was gehört. Stellt euch doch nur vor, Mann, wie der aus jedem Loch das raustropft, was sich da drinnen angesammelt hat, lauter verschiedene Duftnoten, jeder bringt eine andere mit, und wenn sich all das vermischt und sie komplett einhüllt, dann kann die hässlich sein wie die Nacht, und das ist sie, dir läuft der Geifer und du willst dein Ding nur dahin tun, wo die andern schon waren! Na, Lazar, das ist schön, am helllichten Tag Zeitung zu lesen – Prinz Andrej am Blinddarm operiert, Überfall auf Kassierer der Continentalbauxit, Krsta Genović von Auto überfahren, einer unserer Landsleute, welcher zwei Frauen hatte, bekam bei Handgemenge in amerikanischem Gefängnis Auge ausgeschlagen – und währenddessen steht man in der Schankstube am Tresen, trinkt sein Getränk und schaut den Weibern zu, wie sie draußen vorbeigehen, hier drinnen gibt es keine! Frauen haben in Kneipen nichts verloren, werden nur hinten zum Geschirrspülen geduldet, und dann gibt's noch welche, von denen fange ich gar nicht erst an, aber natürlich wollen manche Männer, und den einen oder anderen, mein Lieber, den kenne ich persönlich, manche Männer wollen keine parfümierten Schicksen, nicht für alles Geld der Welt, die wollen welche, die nach Schweiß stinken und die Buxe seit drei Tagen nicht gewechselt haben und sich nicht richtig abwischen, denen ein stechender Geruch zwischen den Zehen sitzt, die sich nicht abschminken, nach dem Aufstehen Zwiebeln fressen und Drava rauchen und Sliwowitz abkippen und Kušakovićs Kalodont für Teufelszeug halten, dafür lauter Cremes benutzen, die noch mal ganz anders stinken, sich weder kämmen noch die Haare waschen, das Bettzeug nicht wechseln und das Zimmer nicht fegen, ja, es gibt Männer, für die ist eine solche Frau der pure Genuss, ein ganz unvergleichlicher Genuss. Aber was wären wir für Menschen und Kollegen und Bürger, wenn wir nicht sähen, was ein Stück die Straße hinunter beim Onkel passiert, da sitzen um diese Zeit immer dieselben Leute, Levi Naftali, Avram Abinum, Bartol J. Jakov, und vor ihnen auf den Tellern jüdische Eier, die sind so hart, dass sie sich an den eigenen kratzen, und wer hinten rauskommt, das ist der Samson Konorte, und was der sagt, wiederhole ich lieber nicht. Auf welcher Seite habt ihr den, rechts oder links?, ich vergesse das immer, wenn ich aufs Klo muss, sehe ich es natürlich, aber kaum habe ich die Hose zugeknöpft, weiß ich es schon wieder nicht mehr. Also Leute, können wir mal über was anderes reden, die Gläser sind auch schon wieder leer, und draußen stehen Glogauer und F. Polak, die Herrschaften haben soeben ihr Im- und Export-Büro, Hausnummer zehn, verlassen und schütteln sich vor Ekel, wir verströmen offenbar einen recht ausgeprägten Geruch! Also Nikola Balnik ist nicht im Kragujevac, Hausnummer 13, sondern verkauft Schuhe, das Milanović daneben wird eher von den besseren Kreisen frequentiert, der Wirt direkt gegenüber heißt Borislav Geiger und in der Kolarčeva gibt's noch Theodor Grauschanker aus Leskovac, all das gehört zum Zentrum, woanders will man doch nicht sein, das ist die Hauptstadt, die Metropole, der Umschlagplatz für Waren und alles andere, und diese ganzen Gerüche gehören dazu, die nach gekochten Eiern, gebratenem Fisch, verschüttetem Wein, Tabakqualm und dann noch die zarteren Odeurs, von den nicht ganz so durchdringenden bis zu denen von ganz hinten, wo man die Notdurft erledigt, das ist typisch Kneipe. Freilich immer vorausgesetzt, dass uns deine Hexe nicht durchs Fenster beobachtet, Lazar, die kocht dir morgens Tee, kümmert sich um den kleinen Sohn und abends, wenn du voll wie eine Haubitze heimkommst, frömmelt sie. Dabei hast du sie in zwei Jahren drei Mal ins Kino ausgeführt, ihr zum Geburtstag einen Pelz geschenkt und jede Menge Eisenwaren, dumme Werbegeschenke von Vertretern, die dich nichts kosten. Mann, Lazar, du hast es gut, du hast eine gute Partie gemacht, Trkulja, weißt du schon, dass dem seine Schwiegermutter den besten Wein von Slawonien verkauft, wenn Lazar nach seinen sommerlichen Abstechern in die Keller etwas übriglässt? Die sind so gut gefüllt, der kommt da nie ohne fremde Hilfe wieder hoch. Wenn ich grad die anderen vorstellen darf: Einer der Brüder Kokotović, die reparieren Schreibmaschinen, Aca Mitrašinović, Aqua, Installateurbedarf, Mile Kalember, ein Landsmann, der immer was zu schelten und zu schimpfen hat, weil wir was vergessen oder verwechselt und auf jeden Fall verkehrt gemacht haben. Hallo, warum seid ihr nicht auf der Dienstags-Sitzung der Sokoli, wozu hat Dr. Lazar Popović den serbischen Turnerbund eigentlich ins Leben gerufen? Ohne die von Lazar Kostić bereits achtzehnhundertzweiundsiebzig gegründete Gesellschaft für Leibesertüchtigung, Rudern und Brandbekämpfung wären wir doch angeschmiert, und was macht ihr?! Beim fünften Turnerkongress in Prag 1907 wurde Žižkas Sieg über König Sigismund als riesige Schachpartie aufgeführt, und zeitgleich fand in Krakau das vierte polnische Verbandstreffen statt, da erscholl aus tausend Kehlen die alte Kriegshymne von der Schlacht bei Tannenberg! Richtungskämpfe, Hygiene, Krieg dem Alkohol, das Turnerdress als Uniform friedfertiger slawischer Volksarmeen, und ihr glänzt auf der Rednerliste durch Abwesenheit, weil ihr euch ausgerechnet in dem Moment den Fingernagel abreißt! Also mal ehrlich, Menschen sind überall gleich, der eine jammert und stöhnt in einem fort, der andere ergattert ein Pöstchen und schafft vor sich hin, und ein Dritter macht weder das eine noch das andere, sondern setzt sich hin und denkt nach, bis ihm der Schädel platzt, wer wo was ist und wem wann wie geschieht, das ist der schlimmste, von dem ist gar nichts zu erwarten, trotz der ganzen ehrenvollen Bezeichnungen, die sich sowieso kein vernünftiger Mensch merken kann. Der denkt also: Die in der Srem sind Bauern, die bestellen das Land, der Kroate rennt zu Pfaffen und Gelehrten, der Serbe geht zur Gendarmerie, wir aus der Lika sind Händler, und das ist in Ordnung, aber der Deutsche?, und was machen die Russen?, und für wen sind die Bosnier?, so vergleicht er und schwätzt und veranstaltet ein Hin und Her, und darüber vergeht das Leben, und er hat nichts erlebt und nichts erreicht! Unter denen gibt es welche, die sich halb so, halb so anziehen, einer trägt also Hosen und bindet sich ein Tuch um den Hals und tut Schminke ins Gesicht und die Schiebermütze aufn Hinterkopf, und er hat eine Art zu reden, wenn er auf einen Kneipen- oder sonstigen Tisch klettert und Reden schwingt über das, was war, was ist und was sein wird, da geht alles derart durcheinander, völlig undurchsichtig, den kannste dir noch so vorknöpfen, den kriegste niemals festgenagelt. Mensch, Kumpel, und dann gibt's natürlich die Wedernochs oder Sowohlalsauchs, die haben sich operieren lassen oder sind schon so auf die Welt gekommen, die tragen beides in sich, drei Tage die Woche sind sie Männer, den Rest der Zeit das andere, und sie können selbst nicht richtig sagen, wie sich das anfühlt und was sie mit sich anfangen sollen und wie man das nennt. Gehst du wohl mal zur Seite, du versoffener Banause, hier kommen drei angesehene Patrioten aus der Kaufmannsgilde! Wer hier was verstehen will, braucht'n Ohr wie ein Megafon, also ich meine, eins wie auf der Reklame für 'nen Penkala. Mann, dreh das Radio leiser, das geht ja auf keine Kuhhaut, Chamberlain hinten, Chamberlain vorne, das Wetter von morgen, und danach jault eine Arie los, taderahahahaha, die rollt dir die Fußnägel hoch, im besten Fall spielen sie dieses Gitarrendingsda von Aranhastenich, alles Quatsch mit Soße! Hombre rotzo aus der Carice Milice. Mannichkannsnichmehrhörn! Wann war ich in Ljubljana bei der fünften Velokompagnie KeinenSchimmerkeineAhnungPunkt. Simmer oder simmernet? Diese

Sudentendeutschen, was wollen die überhaupt? Fassmichnethan, lassmermeiRuh, du hast mer schon gar nix zu sagen. Was is'n das hier fürn Gedränge, die Bude gesteckt voll mit Suffköppn, ham alle lange Finger, alles Zechpreller. Klemmen sich hier'n Fuffi, da 'nen Hunni, und dann ab durch die Mitte. Lazar klemmt sich den eigenen Finger in der Klotür! Das müsst ihr sehen, kommt her, los, schenk ein! Wann war ich'n in Ljuljana bei der FuffiVelozipedoKompani allesaufununnersRad. Jajajajau jaujamma jammaaua mimimirauaaauch! Verstehtihrndas wasichsach? Na, Fräulein, wie gefall'n dir die Eisenmänner und das hiesige Geschiebe? Joschi hat noch nie derart schuften müssen für so kleines Geld! Schlowinerslowehoweh, gute Nacht! Werverdammich hat das Licht ausgeknipst?! Tja, wieshaltsogeht! Wie du mir, so ich dir. Hat der Rotzbengel hier was konsumiert? Den hab ich am Schlafittchen, fragt er nach Wohnung und Essen, kommt er ins Kittchen! Joschi hat noch nie gearbeitet! Abber wat mut, dat mut! Sudentendeutsch, was is'n das überhaupt? Ich hab die Dame so und so und wieder so und dann noch mal so und dann fragickse ob's reichen tät. Wo wie wann? Können solche Augen lügen? Nie und nimmer! Lügenbarone Fragerschwadrone! O Mann, ist das ein Kladderadatsch, kann mir mal einer in vernünftigem Serbisch erklären, wer mit wem und wo oben und unten ist? Mannomann, menno, alsonöMann. So doch nicht! Hombre, ist Stanojlo Bader wirklich so gestorben, wie's da steht? In vino weißichwas! Heute Nacht hab ich sie dreimal angepupst. Bäh du Ferkel Rindviech Hornochse! Leckmich. Mecklich. Tischlein deckdich. Hab Dank für Speis und Trank, sagt's und speit's aufn Schank. Werwerwerwerwer is'n das? Ja so sind's, ja so sind's, die alten Rittersleut! Zerrissen das Wams. Na, dann gute Nacht, Kikinda. Koko Lore. Heiß, ganz heiß! Nehmen wir's mal an! Aberwo, aberwer, aberwas? Besoffene und Kinder haben einen Schutzengel! Saufiristan! Suffiristan! Menschärgeredichnicht! O nein, lass es sein. Popenabtritt! IhrergebensterDienerohmeineFüßestinken! Käsfüß, Kratzfuß, Küssdiehand! Gott allein weiß den Weisen vom Narren zu unterscheiden. Wann war ich bei der FuffiVelozipedoKompani? Das war mal ein renommiertes Lokal, Theodor Grauschanker, schäm dich, schäm dich in

Grund und Boden, wehe du wirtschaftest diese Kneipe auch noch so herunter, die ist wirklich legendär! He, Doktor Sauklaue, du hast uns gerade noch gefehlt mit deinen auf Kohlblätter hingeschmierten Spintisierereien, du verantwortungsloser Scharlatan! Also Bürschchen, pass mal auf, dieser wandelnde Fleischberg da drüben, dieser Schrank von Mann, das ist kein Metzger, das ist auch kein Holzfäller, das ist Vujo Dingarac, unser größter Privatdichter, und jeder, absolut jeder hier im Raum hat von dem schon mal sein Fett weggekriegt, mündlich oder schriftlich. Wären doch nur seine Haare kraus! Gegen den Naseweis helfen nur Ohrstöpsel! Wenn der dich fragt, hörst du, wo die Kanonenschuppen sind, tisch ihm keine Lügen auf, sag, du weißt es nicht, du hättest hier gerade erst angefangen. Der Serbe macht ja nichts anderes, als sich Wörter auszudenken, welche sich mit deinen slowenischen am Ende decken. Jedes Dorf hat seinen Poeten, welcher sich von morgens bis abends der gebundenen Sprache beseifigt, ein paar haben es bis hierher, in die Hauptstadt, geschafft und reimen in einer Tour. Früher haben sie zur Gusla gesungen, heute ist es eher 'ne Trockenübung. Vor allem, wenn sie zu Späßen aufgelegt sind, muss man sich vor denen hüten. Nennzweinusachschon. Kennstedenkennstedas. KriegstevorhergraueHaare. Schöne Grüße von Hebo. Bin gespannt, ob sich einer zu fragen traut: Wer is'n das? Da steht er leibhaftig vor euch, Hebo höchstpersönlich, fragt ihn doch selbst, gelt, Bruder Vujo, nich wahr? Kannste uns erzählen, was da im Kopf loszwitschert, und musste dann augenblicklich drauflosdichten, oder drückt's auf die Blase? Vor Nervosität, mein ich. Verkehrste wirklich in hiesigen Häusern wie dem von meinem Vetter hier, schreibste dein Gesabber wirklich der herzensguten, fleißigen Familie Ćosić direkt ins Stammbuch? Und wie rettest du deine fetten Dichtereier eigentlich immer wieder aus den Fängen der polizeilichen Ordnungshüter? Also, ich bitte euch, das ist doch keine Beleidigung, ich erzähle doch nur, was mir zu Ohren kam und in Büchern über euch Dichterseelchen zu finden ist, darauf stütze ich mich, und mit euren Ergüssen wische ich mir den Hintern ab, komm eben nicht aus höheren Kreisen. Ich bin ein Schwein. Nein, ich bin ein Schwein. Brüder, wir sind

Schweine, was wird aus uns? Voll wie eine Haubitze gehe ich, und ich werde die ganze Straßenbreite brauchen. Habe ich euch etwa beleidigt? Also bitte, natürlich nicht, habe ich euch denn jemals beleidigt? Nicht doch, ich will das jetzt wissen, habe ich den Herren irgendwie beleidigt, und wenn ja, womit denn? Also falls ich den Herren beleidigt haben sollte, geschah es ohne Absicht. Sollte ich jemanden persönlich beleidigt haben, dann entschuldige ich mich. Ich wollte niemanden beleidigen, das liegt mir fern, wenn es passiert sein sollte, tut es mir leid, und ich möchte mich entschuldigen, weil ich wollte niemanden beleidigen, weil ich bin total besoffen. Und wenn ich besoffen bin, bin ich wie ein kleines Kind, ich lache und lache, ich bin kein Schläger, ich polier keinem die Fresse, ich mach kein Kleinholz aus dem Tresen, ich zieh dem Wirt keine Flasche übern Schädel und mach ihn nicht kalt. Nein, ich nicht, niemals. Andere schon, ich nicht. Na, Lazar, erzähl auch mal was, erzähl uns zur Belustigung und Belehrung einen Schwank aus dem hiesigen Kaufmannsleben. Du hast doch genug Erfahrung. Leute, dem ist mal 'ne Ratte ins Hosenbein geklettert und oben verbissen, ziemlich weit oben, und da hat er hingepackt, damit sie nicht nochn Stück höher kommt, jetzt fragt sich nur, wer wen gehalten hat, sie ihn von innen, er sie von außen. Na ja, das ist aufm Spaziergang passiert, Lazar mit seiner neuen Flamme, ganz steiler Zahn, der soll natürlich nicht mitkriegen, dass Lazar 'ne Ratte im Bein hat, also tut er so, als würde er sich kratzen, und sobald sie wegguckt, schüttelt und haut er das Biest in der Hose, ich hätte zu gern gewusst, was die junge Frau dachte. Mann, Kumpel, was wir schon alles erlebt haben, in Bjelovar, Virovitica oder Gospić und auch in Zagreb, das waren unsere besten Jahre. Er und ich und Strahinja, seines Zeichens Büchsenmacher, und Klancir und Dočkal und und und, wir waren hinter Schürzen her, haben angebändelt, Täubchen gerupft, wenn ihr wisst, was ich meine, Essig ausgekippt, Krach geschlagen, überall und nirgends, kann man gar nicht alles erzählen. Und immer wieder feine Damen, freilich auch die eine oder andere Köchin, ansonsten Kassiererinnen und natürlich Gräfinnen, die haben gut gerochen und wollten es, aber wenn sie den Mund aufgemacht haben, hast du höchstens die Hälfte verstanden. Zum Totlachen. Hab ich mir einen Spaß draus gemacht. Sag ich: Meine Nummer ist Dreihundertacht, sagt sie: UmGotteswillen, Nitigovora, Lunghiciabittesehrschön, ScherdichzumDeibel, GrafParagraf, Vereinsgrünzeug, Greinerlei, BaronundBaroninmitnemaltenNamenvonundzuRindviehreinigerdertatsächlichKühegehütetundStälleausgemistethat, keinZweifelmöglichnich, GesternRostmitMeerrettichunSülz, ZugerHerrnzimmer, HerrVorzimmer, Wirwollenbefehlen, Istnichwiesnichtistwiesist! Und ich kann euch sagen, die haben ja ganz fürnehme Verehrer, so richtig höflich, aber die gefallen sich gegenseitig oft besser, als dass sie sich um ihre Damen kümmern würden. Nehmen die sich selbst auf die Schippe, wollen die uns damit verarschen, oder benehmen die sich auch dann so, wenn sie unter sich sind? Und die bilden sich ein, sie hätten die Weisheit mit dem Löffel gefressen. Die sind so was von neunmalklug. Dabei haben hier, wo wir jetzt stehen, noch vor hundert Jahren Kühe gegrast, da drüben, da beim Springbrunnen. Hier kann sich doch keiner auf seinen Stammbaum berufen und den Stolz auf die Altvorderen pflegen. Ich hab's Donauwasser mit der Muttermilch eingesogen. Klar wie Slibowitz. Wir gehören zur Seitenlinie derer von Geißen, der Großvater war Minister, und Uropa hat in Paris studiert. LaberRhabarber. Blablabla. So ein Blech. Gäbe es hier nur ehrbare Gehilfen und Gesellen, wär alles in Butter, aber es gibt immer welche, die sind stadtbekannt, und trotzdem weiß keiner, wo die ihr Geld herhaben und was sie machen und wie sie über die Runden kommen. Der eine hat in eine reiche Neusatzer Familie eingeheiratet, der andere im Lotto gewonnen, der dritte die Schwiegermama aus Amerika beerbt, und dann geben sie damit an, wollen was Besonderes sein, mit irgendwas in Erinnerung bleiben. Räumt der eine eine Auslage komplett leer, und das mit dem Motorrad, schmeißt ein anderer eine Runde nach der anderen, einer schneuzt sich in den Ärmel, der nächste säuft im Lokal eine ganze Flasche Stock-Eierlikör auf ex, und ein besonders Dreister hält den ganzen Verkehr auf, lässt den Tisch mitten auf die Straße stellen, hockt sich dran und süffelt in aller Ruhe seinen Schnaps, und der Polizei erzählt er, er wär als Minister für volle Haubitzen verantwortlich. Und natürlich kennt keiner ihre richtigen Namen, immer nur Spitznamen, den sie sich mit irgendeiner Aktion eingehandelt oder nach einem Tick gekriegt haben oder von kleinauf tragen, und dabei bleibt es. Das wird dann weitererzählt, hier ausgeschmückt und da gekürzt, neu zusammenheftet und auf links gewendet, und so geht das von Mund zu Mund und von Ohr zu Ohr. PostzugPetar-PreradovićpufftplauenPfeifendunstplüschiperPrunkwagen. Siehtman. Janispanis. Wir sind rein ins Unternehmen undsofort wiederraus, rinindieKartoffeln, rausausdieKartoffeln. Das ist so seit dem Krieg. Wo steht ihr im Verhältnis zur Konkurrenz? Kein Vergleich, wir sind zu klein für so etwas, es ist wie verhext, geradezu verflucht, bei meinem Grips. Aber der Teufel sitzt im Detail, des einen Leid, des andern Freud, mal gewinnt der eine, mal der andere. Ach, es gab schöne Zeiten. Aus und vorbei. Komm, Grauschanker, erklär dem Milchbart doch mal, sitzen wir hier wo, wo man trinkt und die eine oder andere Peperoni knabbert oder wo man Reden schwingt über alle möglichen und unmöglichen Gegenden der Welt und über die verschiedenen ermächtigten und entmachteten armen Teufel in der Regierung und über die Unterschiede zwischen den Völkern, wenn doch eh alles ein Brei ist, und über dieses Land, dessen König mit seinen vierzehn Lenzen noch kein Härchen unter der Nase vorweisen kann. Aber mit Kindern kann man ja auch ganz schöne Schweinereien machen, hab ich in in einem Buch gesehen, kleine Mädchen mit acht oder neun Jahren, denen's bärtige Typen von hinten besorgen, musste freilich ganz schön Knete haben, wenn du so andersartig veranlagt bist und dich nix anderes reizt. Da hat eh der innere Teufel seine Finger im Spiel, wenn's dich juckt, wenn du eine im Auge hast und nicht mehr laufen, geschweige denn sonst was tun kannst, weil du nur noch darauf sinnst, wie du zum Ziel kommst, während sie nicht im Traum daran denkt, und du bleibst dir selbst überlassen und kannst ihn abwatschen oder ins Schlüsselloch stecken oder was dir sonst noch so einfällt. Sowieso zieren die sich zumindest anfangs doch alle, die winden sich und sagen erst ja und dann wieder nein oder sie hätten noch was vor oder wären müde, oder du bist ihr zu langweilig oder zu grob, und sie hätte es lieber zärtlicher, oder du bist zu lasch, und sie mag es gern wild und sucht einen Rittmeister, und am schlimmsten ist eine, welche alles toll und wunderbar findet, doch kaum drehst du dich um, bedient sie sich aus deinem Portemonnaie oder tut dir was in den Kaffee oder schickt dich um die Ecke und treibt es mit dem nächsten, sei er Kürschner oder Schornsteinfeger, der sie mit seinen Fingern überall schwarz macht. Was fällt an einer zuerst auf? Die Waden und ihr Gang, die eine schwebt wie eine Elfe und die andere geht wie ein Elefant, ich persönlich habe ganz gern was zum Anpacken, also ein bisschen Fleisch soll schon dran sein, keine Stampfer natürlich, obwohl es ja landläufig als gute Figur gilt, wenn eine wie eine umgedrehte Sektflasche ausschaut. Überhaupt die Mitte, ist ja nicht unwichtig, wie das Fahrgestell aufgehängt ist, manche haben Hüften, so ausladend wie ein Schleppkahn, über die muss man weiter kein Wort verlieren, andere haben regelrechte Hungerbäuche, das Mittelding ist natürlich am besten, da hat man was zu tätscheln und zu gucken und alles ergießt sich herrlich wie gemalt. Bleibt noch der Vorbau, der kann einen ja ordentlich grausen, bei der einen baumeln fette Boxsäcke rum, die andere ist flach wie ein Brett, da hat mancher Mann mehr auf den Rippen, haben will man natürlich welche, klein und rund wie Billardkugeln und fest wie Zitronen, soll man kaum sehen, aber da müssen sie sein. Und man kann ganz schön reinfallen, so manche wirkt in ihren Kleidern ganz proper, aber kaum entblättert man sie und öffnet die Haken und Bänder an Mieder und Strumpf- und Büstenhalter, fällt die Herrlichkeit in sich zusammen wie Sauerteig, und umgekehrt versteckt so manche, bei der du es niemals vermutet hättest, höchst ansehnliche Reize. Menschenskinder, was ist denn in dich gefahren, dass du mit der Tram fährst? Die Eins fährt vom Park die Geschäfte entlang hier über den Platz die König-Milan-Straße hoch bis zum Slavija-Platz. Die Sechs geht von Filipović immer in der Mitte vom König-Alexander-Boulevard bis zum Blumenmarkt. Unterhalb des Theaters fährt die Neun die Knez Pavlova entlang zur Brücke nach Pančevo, und wenn man will, kann man dann auch noch über die Donau bis zur Ziegelei fahren. Mit der Drei kommst du hier vom Platz die ganze Fürst-Miloš-Straße und dann am Topčider lang, wenn du mal mit einer in den Wald willst. Aber die wichtigste Linie ist die Zwei, die kreist um alles, was dir in dieser Stadt was bedeutet, die Cara Dušanova hoch, weiter auf der Königin-Maria-Straße, da fährt sie in einer engen Schleife in den König-Alexander-Boulevard, biegt in die Hartvigova ab, die zum Slavija-Platz führt, von da durch die Nemanjina runter zum Hauptbahnhof, ein Stück weit auf der Karađorđeva, dann rattert sie die Pariser Straße bergan, und von da die Pilsud-Straße bergab geht's wieder in die Cara Dušana, damit schließt sich der Kreis, und das alles für einen Dinar. Das mag er besonders gern, weißt du, man kriegt es einfach nicht aus ihm heraus, er hat 'nen Tretroller und Zinnsoldaten, er kann lesen und schreiben, aber nichts geht ihm über das Vergnügen, mit seinem Kumpel zwei, drei Runden in der verfluchten Zwei zu fahren, und seine Mutter wird darüber halber verrückt! Mann, Lazar, solang er lebt und gesund ist, lass dem Kind doch seinen Spaß, lass ihm doch seinen Willen, Rücksicht nehmen muss er noch früh genug. Der? Der hockt drei Stunden auf dem Topf, rutscht damit durch die ganze Wohnung, vor sich ein Tischchen mit der *Mala Politika*, und er liest und vergisst alles um sich herum. Kein General, kein Schiff und kein Schauspieler, von dem er nicht den Namen kennt. Das hat er alles von der Oma, die überschüttet ihn mit dem Kram und verzählt mit ihm, wenn er bei ihr zu Besuch ist, sie hat ihm Lesen und Schreiben beigebracht, neben ihrer normalen Arbeit, sie leitet ein Weingut! Ihn interessiert nichts außer Lesen und Schreiben. Seine Mutter näht aus ihren abgelegten Sachen Kleider für ihn und verziert die mit Bändchen und Schleifchen, keine Ahnung, was aus dem mal wird. Der reißt sich schon los, die Kinder von heute sind anders als früher. An denen bleibt alles hängen, sie müssen halt gucken, was sie draus machen. Haste den eben gesehen? Hier läuft alles vorbei, was Rang und Namen hat, sag ich dir. Das war der berühmte Moša Marjanović, der Fußballer, der den Ball egal an wem vorbei und ins Tor bringt, wahrscheinlich war er bei seinem Klub in der Fürstin-Ljubica-Straße und hat sich mit dem Trainer und anderen Leuten unterhalten. Manchmal kommen der Regierungspräsident und sogar der kleine König hier entlang, aber hinter abgedunkelten Scheiben, damit ihn keiner sieht. Haste den mal gesehen oder wenigsten ein Foto von ihm?, denk nur, den kennt die ganze Welt und der läuft hier an einem vorbei, das passiert dir nirgendwo sonst. Wie ich ihn erkannt habe? Ich kenn hier jeden vom Sehen, und ich selbst bin auch bekannt wie'n bunter Hund. Wen ich einmal gesehen habe, den vergesse ich nicht mehr, mehr kann man nicht verlangen. Jeder Mensch muss schließlich irgendwo sein, und die, welche jeder kennt, die sind alle hier. Du hast hier ja alles. Hotel Moskva, Hotel Balkan, Hotel Kasina, die sind vier, fünf Stockwerke hoch. Gegenüber der Sokol, unser ehrwürdiger Turnerbund, in der Mitte des Rondells ein Springbrunnen wie aus dem Bilderbuch, und wenn einer sein zusammengerafftes Vermögen versichern wollte, auch die Firma Jugoslavija sitzt hier. Vornehme Herren in den Häusern, Angestellte in den Büros, in den Geschäften wir, die wir verkaufen, auf der Straße das gemeine Volk. Dann kommt der Park mit dem Schloss des Königs, gesäumt von mehrstöckigen Häusern, in denen wohnen die vornehmen, alteingesessenen Familien, und weiter hinten das Offiziersheim, da sind die schönsten Frauenbeine unterwegs, die Offizierswohnungen, die haben es gut, zwei Schritte, und schon sind sie beim Tanztee. Baden kannst du in der Mišarka, bei den Kanonen-Schuppen und in der Cara Dušana. Hübsche Weibsbilder kriegst du in den Kinos zu sehen, als da wären Uranija, Kolarac, Korzo, kann man sich die vielen Namen nicht auf einmal merken. Und in echt, nicht auf Zelluloid, sieht man richtig tolle Weibsbilder im Hotel Palace, wenn du da runter in den Keller gehst, die Treppe unter der roten Funzel, die sind fast nackt, aber bestimmt nicht für jeden zu haben. Juden wohnen meistens in Dorćol, unten an der Donau, die Serben hier im Zentrum, und der Rest so wie wir, halt verstreut. Die Minister haben alle Namen auf -ić, von uns Verkäufern heißt fast keiner so. Wenn man sich so 'ne Sache eingefangen hat, dafür gibt's beim London einen Doktor, Leistenbruchgürtel kriegt man in der Königin-Natalie-Straße, und an Apotheken wären Delini und Rozman zu nennen, den kennen wir persönlich. Gelt, Vetter, hier entgeht uns nichts, also Lazar und mir, wir kennen uns aus, oder? Wenn einer ein Los kaufen und eine Million gewinnen und nach Amerika gehen will, dafür musst du Milan Lavrić in der Poincaré-Straße bemühen, da gibt es auch einen Laden, in dem man sich rasieren lassen kann, da sind nur Frauen angestellt, und drumrum sind gute Wirtschaften und lauter Geschäfte, da kriegste alles, was das Herz begehrt. Eine Stadt ohne Geschäfte mag man sich gar net vorstellen, denn was nützt einem das ganze Geld, wenn man es nicht ausgeben und was kaufen kann? Da hast du alles und jedes und hörst den neuesten Tratsch und triffst Bekannte und verzählst mit ihnen, und so geht der Vormittag rum und damit der langweiligste Teil des Tages. Hauptsache, die Kunden fangen nicht an zu nölen und einen herumzuschicken, könnten Sie mir dies und dürfte ich noch das und haben Sie jenes und woraus is'n das, denn dann macht die Arbeit und das Bedienen keinen Spaß mehr, und die Gemütlichkeit ist zum Teufel. Ist das Markenware, kommt das aus dem Ausland, was gehört noch dazu, wie setzt sich das zusammen, geht das kaputt, kann man das waschen, kann man sich darauf stellen, verträgt das Wasser, wo steht das, von wann ist das, seit wann wird das verkauft, sind Ihnen schon Klagen zu Ohren gekommen oder hat man gute Erfahrungen damit gemacht? Wenn etwas aus dem Ausland kommt und besser ist als alles bisher Dagewesene, würdet ihr es nicht verkaufen, sondern selber nehmen! Wir kennen euch Verkäufer, wer auf euch hört, hat am Ende die Kirche des Heiligen Markus gekauft. Jeden Sommer wird das Nationalparlament an Holländer verscherbelt, und der kann sich auf den Kopf stellen, er kommt nicht mal rein, geschweige denn, dass er das Gebäude nutzen könnte, da ist der Parlamentspräsident vor. Und wenn was tatsächlich schön und nützlich und gut durchdacht und brandneu ist, dann ist der Preis, der da steht, zu hoch, schließlich kostet das Material fast nichts, ein bisschen Draht, ein Stück Holz und ein paar Knöpfe, und können wir bitte in zwei Raten zahlen, soll ein Geschenk für ein kleines Kind ohne Vater und Mutter, für sein blindes Schwesterchen und deren Onkel sein, welche nichts zu essen haben. Ich würde es nehmen, muss es aber zuerst meinem Mann zeigen, der ist auf Dienstreise. Kann ich es ein, zwei Tage ausprobieren?, wenn es nicht funktioniert, bringe ich es zurück. Ich kann Ihnen meine Taufurkunde hierlassen. Ich komme mit Onkel und Tante wieder, und wenn die es auch gut finden, kaufen wir es unbedingt. Ich überlasse die Entscheidung einer Bekannten, die hat das früher mal gehabt. Mein Papa soll sein Placet dazu geben. Uns gefällt es sehr, aber wir haben kein Geld. Wir würden es ja kaufen, aber wir haben keine Verwendung dafür. Ich wollte es nur mal anschauen und befühlen, kaufen würde ich so was niemals! Das ist nichts für gewöhnliche Leute, da muss man schon Geld unterschlagen und wagenladungsweise abkarren. Aber das hält ewig, das ist nicht kaputt zu kriegen, unzerstörbar, und wird nicht mal dann schmutzig, wenn man es durch Ruß und Ätznatron zieht und dann noch teert und federt. Man darf halt nicht die Nerven verlieren, wenn diese Heerscharen durch den Laden ziehen, um sich aufzuwärmen und vielleicht was in die Taschen zu stecken, ansonsten ist es wirklich eine wunderbare Arbeit. Was verdreht ihr die Augen, sind die Herren Handwerker etwa anderer Meinung? Mann, lass uns in Ruhe, wir Handwerkermeister, wir machen nur unsere Arbeit, wir haben's ja auch nicht leicht mit dem Gesindel, ichmussdochsehrbitten, inderkurzenZeit, hastedengehört, alswärnwirhochnäsich, wirsinnichvongestern, sodickehamersnet, mirsinkeineKinner, GnadeGottwerunsübersOhrhaut, sollsichinAchtnehmen! Uns fehlt die Zeit für Späße, die Arbeit ruht, das Material ist uns ausgegangen. Die Hütte brennt, der Kunde wartet, und der am Ladentisch hält Maulaffen feil, popelt in der Nase, den kannste kreuzweise, Krise, welche Krise? Das bleibt nicht in den Kleidern hängen. Wir stehen von morgens bis abends in der Werkstatt, und ihr geht und kommt. Wenn ihr nur so viel bezahlen wollt, machen wir auch nur so viel. Wir sind Menschen, keine Maschinen. Ich brauch meine Lunge noch, die Hände immer staubig und farbverschmiert, alles zerschnitten vom Messerprobieren. Natürlich haben Sie es eilig, alle haben es eilig, immer der Reihe nach, notfalls halt morgen. Geht nur, wenn es euch nicht passt, wenn ihr meint, anderswo wäre es besser, probiert es ruhig aus und kommt dann zurück, bitte sehr. Also, das sind die Verbrecher, von dem Flittchen an der Kasse ganz zu schweigen. Die beschäftigt sich nur mit ihren Augenbrauen und Kreuzworträtseln, wenn sie nicht die Strümpfe hochzieht oder den Allerwertesten kratzt, und wehe, du hältst ihr einen Geldschein hin, als hättest du ihren Vater beleidigt! Bitte, probiert es selber aus. Ihr bezahlt mich weniger für die Zeit, die ich brauche, ihr zahlt für mein Wissen, ich habe mir das ja nicht aus den Fingern gesogen, die ganzen Finten und Finessen hat mir mein Lehrherr eingebläut, dass ich die Engel singen hörte. Also Leute, wir sind anständige Handwerker. Aber wenn wir euch alles anreichen müssen, weil ihr auf der Leiter steht, wenn ihr während der Arbeit sauft und fresst und dabei noch wie verrückt qualmt, dass alle ersticken, dann haben wir das schneller selbst gemacht. Wir können euch nicht den ganzen Tag zur Hand gehen, dann habt ihr ja nichts mehr zu tun! Wasser abschlagen erst, wenn die Handwerker weg sind! Was ist denn das für ein Gefrickel, das hält ja keine zwei Tage! Als hätte ein Huhn einmal draufgeschissen. Mit ein bisschen Draht und einem Stöckchen zusammengeschustert. Ein blinder Besoffener hätte es besser gemacht. Als hätte ein Kind gespielt. Ich schäme mich, das jemandem zu zeigen. Das sollte man der Polizei melden, an die Zeitungen weitergeben, vor Gericht bringen. Damit gewinnt ihr keine neuen Kunden, wenn ihr bei jedem so arbeitet, dann gute Nacht. Unter aller Kritik. Wo habt ihr das Handwerk gelernt, wer hat euch die Ausbildung bescheinigt, den Gesellen- und Meisterbrief gegeben, den müsst ihr ordentlich geschmiert haben. Alles Geld bis zum letzten Dinar für Ärzte ausgegeben. Es soll euch zur Ehre gereichen! Hätten wir das gewusst! Hätte mir das gestern einer gesagt, ich hätt's nicht geglaubt. Wie kann man so sein?! Menschen sind Unmenschen. Menschen sind Vieh. Sie hacken sich gegenseitig die Augen aus, nehmen sich die Butter vom Brot, saugen dich aus! Tiere sind bessere Menschen als ihr! Brecht euch doch den Hals, fallt in kochenden Teer, hackt euch selbst einen Finger ab! Der nächste schwarze Freitag kommt bestimmt! Ihr werdet drauf stoßen! Wer andern eine Grube gräbt, fällt selbst hinein! Wie soll man den ganzen Hickhack im Laden ertragen, wenn man nicht zum Ausgleich mit seinen Leuten einen heben dürfte! Also, der hier beispielsweise, Lazar Ćosić, mein Cousin und Kollege, der ist wahrlich leidgeprüft als Fachverkäufer für Eisenwaren! Wird die Dame nun den Fleischwolf kaufen, oder muss sie erst noch den Finger des Verkäufers beim Ausprobieren zerquetschen? Ein kleiner Junge will für einen halben Dinar Nägel kaufen, ein Schlosser kommt wegen einer Klinke, Hammer und Zange hat er schon zu Hause, gib mir das, habt ihr jenes, was ist denn das da, wann kriegt ihr endlich was Vernünftiges rein, rostet das oder kann ich es im Regen liegen lassen, so geht das in einer Tour, den ganzen Blödsinn musst du dir anhören und beantworten, aber irgendwann kommt der Punkt, da willst du alle erwürgen und zum Teufel jagen. Zu Hause schimpft die Frau und schmiert sich mit Creme ein, bei der kannst du auch nicht landen, und dein kleiner Sohn kritzelt Buchstaben, und du vergötterst ihn, weil's dein einziger ist. Die Wasserleitung muss repariert werden, Nachbarn klopfen im Hof ihren Teppich aus und bringen dich um deinen Mittagsschlaf, und die Schwiegermutter schreibt, du sollst ihre Tochter gut behandeln und demnächst würde noch deren Schwester bei dir einziehen, weil sie ausgerechnet in Belgrad statt in Zagreb Italienisch lernen will. Dann lieber den Hut vom Haken genommen, die Gattin ist ohnehin in einen Schundroman vertieft und das Kind verschießt echte Granaten mit seiner Spielzeugkanone, und hurtig in die nächste Wirtschaft und von da mit den Zechbrüdern weitergezogen bis zum Morgengrauen und so lange das Geld reicht, in der Frühe bleibt gerade noch genug Zeit, sich zu rasieren und frischzumachen und eine Tasse Tee mit Zitrone hinunterzuschütten, und dann geht alles von vorn los, Tag für Tag dasselbe Spiel. Womit sonst ließe sich die Langeweile vertreiben, hier in der Fremde, wenn nicht mit Kumpeln wie dem Glaser, der mit einer Parfümverkäuferin verheiratet ist, oder einem Landsmann, welcher an der Landstraße zum Avala eine Autowerkstatt betreibt und an eine Ungarin geraten ist, die gut kochen kann. Du scharwenzelst ein bisschen um den Popen in der Markus- oder der Auferstehungskirche herum, säufst alles aus, was das Haus des Bräutigams hergibt, bis du mehr auskotzt, als du je gegessen hast. Oder du kaufst einem Kollegen was ab, der seine letzten Kröten zusammengekratzt und davon ein Geschäft mit Spaßartikeln aus Gummi aufgemacht hat, dann kannst du mit einem künstlichen Scheißhaufen deine Mitbewohner erschrecken. Mehr gibt's nicht bis zum nächsten Urlaub, wenn du zur

Schwiegermutter nach Grunt fährst und dich an deren Wein vergreifst und dann ein paar Tage früher zurückfährst und dich von einem leichten Mädchen zum Eierlikör einladen lässt oder der Tochter der Hauswärterin angeblich beim Gurkeneinwecken hilfst. Fußball interessiert dich nicht, von Pferderennen verstehst du nichts, ins Kino gehst du nur, wenn deine Alte drauf besteht, und sonst gibt es ja nichts in dieser verfluchten Stadt. Und so bist du bei jedem zweiten Gast in diesem Lokal Trauzeuge, obwohl der sich nicht mehr blicken ließ, seit du ihm den Bärendienst mit dieser bescheuerten Ungarin erwiesen hast. Ei, mein Lieber, setz dich zu uns unter den Sonnenschirm, den hat der Hausherr liebenswürdigerweise aufgestellt, sieh, wie der Springbrunnen lustig plätschert, wer welches Essen bestellt, den Straßenbahnverkehr gegenüber und wie einzelne Damen so ausstaffiert sind und ob sie schick genug sind, um auf der Belgrader Messe zu bestehen, und im Geist kannst du dir vorstellen, wie sie wohl drunter aussieht, wenn sie sich in einer verrückten Nacht vor dir ausziehen sollte. Wenn das die närrischen Weiber wüssten, welche die ganzen Fummel schneidern, hier ein Loch, da ein Abnäher, die würden sich auch vor Sehnsucht verzehren, die Kleider vom Leib gerissen zu kriegen, bis die so verdrückt und zerknittert sind, als hätten sie drin geschlafen, und ob das nun ein Soldatović oder ein Bojore oder Juzbašić angestellt hat, wer fragt später danach! Das ist alles ein Dreck gegen das, was ich mir im Sommer neunzehnhundertdreiunddreißig für den Tanztee der Kaufmannsjugend mit Tombola in Virovitica geleistet habe! Damals habe ich mich nach der allersolidesten Preisliste mit wunderschönen, nützlichen Artikeln behängt, Mäusefallen, Trillerpfeifen, Küchenreiben, Kratzstöcken, einem Fahrenheit-Thermometer, einem Föhn zum Haaretrocknen, Senkspindeln, Drehschlüsseln von Sardinendosen, Weckern, Schuhlöffeln, Teeeiern, Lockenwicklern, ungebrauchten Zahnbürsten, Nagelscheren sowie einem Feuerzeug, mit dem hätte man ganze Wohnblöcke abfackeln können, und in die Brusttasche hatte ich mir diverse Kämme und einen Spiegel gesteckt, der wurde samt der eingravierten Fahrradfahrerin bei einem Tauchgang zerstört, an jeden Finger einen Siegelring, und außerdem hatte ich noch ein tolles Utensil, nannte sich Schlagring, damit geht ein Mann sofort zu Boden, wenn du ihn richtig triffst, und am Gürtel trug ich einen gewaltigen Schlüsselbund, die muss ich einzeln aufzählen. Den goldenen Schlüssel zum Heim für schwererziehbare Mädchen in Lipik, einen Heber, mit dem man den Tresor eines Millionärs knacken konnte, die Schlüsselchen zu einem verlorenen Koffer und zu einem einstigen Reisekorb, die Bartschlüssel zu irgendeiner Dachkammer und zu einem Geschäft oder genauer zu dem Rollladen, mit dem es von außen gesichert war, den Zündschlüssel für den Privatwagen einer Filmschauspielerin, einen Schlüssel für den Brandmelder im Kino, einen für eine Juke-Box, der zur Dreihundertdreizehn im Hotel Esplanade, da war noch die Holzbirne mit der Zimmernummer dran, einen, der zu einem Keuschheitsgürtel aus dem elften Jahrhundert gehörte, je einen für ein Sparschwein und für einen Parfümflakon, den Hausschlüssel vom Holzmänneken, einen Dietrich für ehrliche Diebe, den Schlüssel für den Deckel von einem Klavier, das bei einem Bombenangriff zerstört worden war, einen Kapselheber für Kronenkorken auf Bier- und Limonadeflaschen, einen Franzosen, je einen Sicherheitsschlüssel von Wertheim und von Elzett und einen riesigen Bartschlüssel für eine Kirche, der hat mich wie ein Anker runtergezogen. O Mann, dazu kamen noch Schildchen aus Emaille oder Messing, da stand »Warnung vor dem Hunde«, »Betteln polizeilich verboten«, »Personalklingel«, »Albus Seife«, »Vier Personen Dreihundertzwanzig Kilo« und »Rini« drauf, außerdem eine Kette mit einer Blechtasse dran, auf der stand »Radenski-Quellen«, und da und dort noch ein wenig Lametta. Untendrunter hatte ich ein Trikot vom 1. HŠK Građanski und dadrunter weitere sechs oder sieben Hemden, wie sie ein Clown auszieht, während er sich mit den Zähnen an einem Seil in der Zirkuskuppel festhält, und dadrunter noch ein Hemd, das den Schweiß aufsaugen sollte, und als Kopfschmuck hatte ich einen Helm von den französischen Schlachtfeldern, dadrunter die Fliegerkappe des Atlantikbezwingers, dadrunter eine Badekappe und dadrunter ein Haarnetz, welches die Frisur in allen Lebenslagen ordentlich erhält, und dadrunter der Kopf voll mutiger Gedanken. Was von meinem herrlichen Leibe noch herausguckte, war mit Heftpflastern verschiedenster Art beklebt, mit Schlaufen an den Ohren befestigt hing ein künstlicher Schnurrbart unter der Nase, wobei ich nie einen Schnurrbart trage. In der Hand hatte ich eine Eisenstange, mit der man Hunde fängt, an den Hosenbeinen Fahrradklammern und in der Westentasche mit Perlmutt oder Bernstein besetzte, gerade oder gebogene Zigarettenspitzen aus Walnussholz oder getriebenem Blech oder Bambus, und alle stanken nach den Aufständen und Kriegen von Japan bis Abessinien, und hinter mir her schleifte ich eine Schnur, an der leere Blechdosen, exhumierte Menschenschädel, Schellen, Bettpfannen, Töpfe ohne Boden, kaputte Mineralwasserflaschen, Wabenhalter, Windmühlenflügel und Flugzeugpropeller festgebunden waren, und das hat, muss ich sagen, in dem Saal, in dem die Veranstaltung stattfand, wirklich ordentlich gescheppert! Also hört mal her, Leute! Ich finde, wir sitzen jetzt lange genug auf dem Trockenen, schließlich sind wir auch noch mit einem Kind behaftet, um das wir uns kümmern müssen, und wenn wir schon kein Frischfleisch kriegen, sollten wir wenigstens die Mundschleimhäute befeuchten. Sicher ist, dass Era weder gehobelte Ziegel noch tote Ratten, noch vorverdaute Käfer, Speisereste oder Tellerrückstände, Pisse, Kotze oder gekochte Läuseeier, frittierte Filzläuse, resch gebratene Bettwanzen, abgestandene Getränke, Eiter oder sonstwie übel Stinkendes verarbeitet, sondern ausschließlich ausgewählte Stücke von Haustieren und Federvieh und deren Umgebung, alles säuberlich zerlegt, gebraten und durch den Fleischwolf gedreht, und das duftet verführerisch, man verschlingt es mit den Augen und erst recht mit was anderem. Aber so manches Essen ist alles andere als harmlos, das solltet ihr wissen, durch den Genuss kann sich was versteifen, den sieht man dann tagelang nicht, und der oberste Knopf platzt von der Hose, und dann rennt man direkt auf die Straße und kreuzt den ganzen Verkehr, den Trambahn- wie den Personenverkehr. Daher Brüder, esst Pfeffer und Walnuss in Maßen und mehr Fleisch, schon am lebenden Vogel gut weichgeklopft. Und wenn ich mir das Plakat für Pferderennen ansehe, frage ich mich, ob die ab und zu ein Stück Pferdefleisch in diese leckeren Würste schmuggeln. Ich könnte alles auskotzen, wenn einer von euch jetzt ja sagt. Bitte nur anständiges Essen! Gesundheit nimmt den Weg vom Mund zum Magen, nicht umgekehrt. Brot, alles mit Brot. Hackröllchen und Fleischspieße. Pochiertes Huhn. Doch kein Essen ohne Löffel. Du musst zufassen. Wer hier hungrig bleibt, ist selber schuld. Wenn ich die Schmarotzer sehe, wie die im Essen herumstochern, könnte ich auf den Tisch brechen. Natürlich denkt man beim Essen immer nur ans Essen. Wer mit vollem Mund redet und schmatzt, dem würde ich am liebsten eine hinter die Löffel geben, dass ihnen alles aus der Goschen fällt. Zweiunddreißig Bissen, einen pro Zahn. Wer hat ihnen das beigebracht! Die da! Rođoljub, Lazar, Kumpel, Patrioten, wo seid ihr? Was wollt ihr denn mit dem Rotzbengel, der gehört doch an die Mutterbrust?! Da sind wir, Simmel, Brüderchen, Kamerad und Zeitgenosse! Darf ich vorstellen: Simo Ovuka, und das ist der kleine Trkulja, der will heute was, weil er den sonst aufm Klotz mitm Fleischerbeil abgehackt kriegt. Und das sind lauter nette Leute, mach dich mit allen bekannt, merk dir die Namen, die brauchst du noch mal, vielleicht auch umgekehrt, kann man nie wissen! Zum Wohle und runter mit dem Zeug! Siehst du unseren Lazar, wie gut der sich bei der Schwiegermutter erholt hat, wo er eine Korbflasche nach der anderen leerte? Den Keller kann keiner leersaufen. Schau, wie seine Wangen glühen, und wenn er so weitermacht, springt der Mantelknopf über dem Bauch ab. Jetzt ist auch sein Adlatus da, der ihm im Laden zur Hand geht. Herzlich willkommen, schön, dass du bei uns bist, aber wer den armen Bader umgebracht, den kannte ich persönlich? Guten Tag, Leute, kauft Lose, morgen ist die Ziehung, und der Jackpot ist voll. Onkel, Gymnastik gegen Geld? Ich stell mich aufn Kopf, du gibst mir einen Dinar? Tachchen, Niko, turnen ist gesund, wie geht's, Obrada, viel Glück, Pero, salve, Mane, Moin, Gaćeš, du bist gerade aufgestanden, während andere Leute schon den halben Tag in Geschäften und sonstwo herumlungern. Ich schwöre, Wiegehtswiestehts, GutnMorschelieberNachbar, Prosit, Wokommstnduher, Wokommtnihrher, Wohlbekomms, WillkommenliebeGäste, Küssdiehand, Gottsteheuchbei, Schönhierzusein, ServusKumpel, Seisdrum! Wie isses dort, was gibt's bei euch, wie geht's der

Familie, man hört und sieht nichts von euch, von Gott vergessen, wie vom Erdboden verschluckt, das Datum streich ich rot an! Guckst zu tief ins Glas, verkrachst dich mit der Frau, lässt dir's bei der Schwiegermutter gutgehen, widmest dich dem Kinde, und im Handumdrehen sind die Ferien zu Ende! Und das da is'n Neuer, und der hier ist der Spasoje Zmajković, dem gehört die Kneipe, und das hier ist Banjeglav, den Ilija Banjeglav kennt jeder, und das ist, frei heraus gesagt, Pero Glafurtić, der Freimaurer. Schau, schau, was habt ihr der feinen Gesellschaft anzubieten, ich sehe da einige Blätter und dicke Wälzer, auf dem Einband züngeln Schlangen, Riesenschwerter und einige Haudegen, welche die Arme gen Himmel strecken, das halbe Gesicht maskiert, ihr habt doch bestimmt wegen dem Blödsinn schon gesessen, bestimmt steckt ihr eure Finger in anderer Leuts Taschen, denn wer würde für so was freiwillig Geld hinlegen? Liegt darin die Zukunft der Menschheit oder nicht, wird damit alles rückgängig gemacht, als wär's nie gewesen, und wir müssen zuerst mal euern Schädel vermessen, groß ist er ja nicht gerade, und alles, was ihr mir mitzuteilen habt, dürfte in meinem ehrwürdigen Arsch Platz haben, aber auch nur nach zwei Tagen Verstopfung. So würde ich gern predigen an diesem heiligen Ort, erst die Tischdecke um die Schultern, das Salzfass auf den Kopf, Messer und Gabel in die Hand! Wersindwir, wassindwir, wohingehenwir? Wir sind gute Männer, Brüder, Landsleute, wir versammeln uns in Kellern, abseits vom Trubel der Welt, da erzählen wir uns lustige Geschichten und Witze, und dann und wann kochen wir unartige Kinder, die teilen wir brüderlich und essen sie auf. Nie sind wir ohne Maske, denn wir werden von allen Polizisten der Welt gejagt! Wir kommen aus guten Familien, die haben uns allerdings wegen der Schande verstoßen oder wissen nicht, wer und was wir sind – gottbegnadete, einflussreiche Persönlichkeiten, Könige, Literaten, Volkstribune, Bankiers und Patrioten, und einer von uns ist Papst. Jedenfalls solange wir nicht auffliegen, und selbst wenn, wir haben die Mittel, um jeden Skandal im Keim zu ersticken. Wir sind Juden, warme Brüder, Mondsüchtige, die auf Dächern schlafwandeln, aber auch Menschen aus Fleisch und Blut wie alle anderen. Wir wickeln uns in Umhänge, kauern im Dunkeln, verwandeln uns in Portionen, welche wir dem Gegner unter der Schwelle vergraben. Fledermausnägel haben wir im Portemonnaie und baden nie, sondern reiben uns mit geheimen Wassern ab, die der Patriarch gesegnet hat. Wir haben chiffrierte Geheimnummern, drei bedeutet neun und umgekehrt, wir haben eine erfundene Sprache, die keiner versteht. Kuanta ohat suber ofalutis! Hula hamber Aas, es ist wie Esperanto, nur viel besser. Wir trinken nur Wasser, damit wir uns nicht verraten, besuchen weder Kino noch Theater noch sonst was, nur öffentliche Toiletten, wo wir das an die Wand schreiben. Manche von uns sind tollkühn, wählen die Telefonnummer einer Operndiva oder einer Ministergattin oder gar einer Hofdame und unterbreiten schändliche Angebote, legen aber sofort auf, um nicht von Spitzeln enttarnt zu werden, von denen es in der Zentrale nur so wimmelt, während andere den frisch gewählten Vladika brieflich fragen, ob er ihnen zu Ostern die Eier färbt. Einem Fabrikanten haben wir Reißnägel auf den Stuhl gelegt, einem Polizeischreiber, als der sich umdrehte, Küchenschaben ins Bierglas getan. Wir wissen nicht, was der Schabernack soll, aber auf der Straße sprechen wir nur unsere Sprache, welche wir selbst nicht richtig können, wir tuscheln untereinander, verabreden uns mit Zeichen, einer steckt sich eine Nelke ins Knopfloch, der andere hüstelt in einem fort, der dritte trägt Gamaschen an nur einem Schuh. Na, ob uns Simo Ovuka jetzt wohl seinen Traum erzählt?, er träumt immer dasselbe, und wir finden es jedes Mal gut. Na los, mach schon, wir hören, willste nu oder net, gähn, red, Ruhe Leute, wo waren wir stehengeblieben, wer sitzt auf den Ohren, recht hat er! Als wäre alles einerlei, alles nackte Handlung, natürliche wie auch andere. In jedem Schaufenster was Neues, bei Podrinje eine nackte Schwarze, bei Geiger drei entkleidete Chinesinnen, beim Grauschanker eine hiesige, die hat nur Stiefel an. Am Denkmal nur das Pferd, auf dem sitzt die lebendige Josephine Baker, nur dass sie rund hundertfünfzig Kilo wiegt und ihre großen Dinger nach allen Seiten schwingen. Am Theater ihr Mann Ramón Novarro als Greis von neunzig Jahren, der ihn trotzdem ständig in der Hand hat und alles aus ihm herausquetscht und -schüttelt, vor dem bestürzten Publikum im Parkett. Im Haus der

Armee ein Saal mit hundertzwölf Betten, in jedem liegt eine hübsche Schauspielerin und alle praktizieren gleichzeitig. In dem Springbrunnen baden splitternackte dreizehn-, vierzehnjährige Mädchen, und aus jedem Fenster vom Hotel Kasina brüllt eine Hure, die eine vor Lust, die andere aus Angst vor einem Bären, die dritte, weil man ihr eine Bierflasche hinten reingerammt hat, die vierte, weil sie keinen zur Hand hat. Vom Slavija-Platz wird unser kleiner König abgeführt, die Augen verbunden, der Prinz hält ihn und die Königinmutter greift nach ihnen und ruft dem Sohn hinterher, er soll sie nicht vergessen. Beim Pferd angekommen, ruft die große Frau dem kleinen König zu, er soll zu ihr hochklettern, aber da wache ich jedes Mal schweißgebadet auf und kriege die Fortsetzung nicht mit, und um mich rum ist alles klatschnass, als hätte ich selbst im Springbrunnen gesessen. Als wär's in der Öffentlichkeit leichter und besser. Kleiner, du hast keine Ahnung, was dich erwartet! Stell dir mal vor, du hast es geschafft, in ihr samtweiches, luxuriöses Nest einzudringen, wo ewiges Halbdunkel herrscht und das Bett gemacht ist, aber selbst wenn sie dich reinlässt, was hilft es dir, wenn es an der Tür klopft und jemand schreit: Polizei!, oder ihr erzürnter Ehemann oder die Steuerfahndung ins Zimmer stürmt, zwei Männer fangen sofort an mitzuschreiben, mustern und durchsuchen dich, während der Vater von deiner Nutte ihr in die Goschen haut und dir sagt, er würde dich zur Abschreckung hängen lassen, seine Tochter sei minderjährig und unberührt, da reißen die Gendarmen die Augen auf, und der Pope bekreuzigt sich und versucht den Sündenpfuhl zu reinigen, indem er alles mit Weihwasser besprengt. Wohin mit den Augen, wenn sie dich halbnackt über die Straße abführen, die Frauen dich anspucken und die Kinder johlend hinter dir herrufen, wo dein linker Schuh geblieben sei. Also nehmen wir mal an, die Gräfin ganz in Schwarz, hohe Stiefel, Schäfte bis zur Hüfte, kann kaum laufen, will reden wie aus dem Fass mit gewichstem Schnurrbart und bettelt zu Gott, sie möcht, ihr wüchse was zwischen den Beinen raus, dann könnte sie es den ganzen Schlampen zeigen, die nur auf Männerhosen und das Christkind schielen, nicht aber auf ihre Boxerschultern. Wenn sie merkt, dass er sie nicht erhört, bindet sie sich einen Stecken oder was um und verteilt Peitschenhiebe an Diener, Hengste, Rüden und alles, was einen Schwanz zwischen den Beinen hat, und dem Grafen brüllt sie direkt ins Gesicht, er sei ein Nichts und Niemand. Sie hüstelt, zieht an der kalten Pfeife und schneidet das Haar ganz kurz, wankt in diesen Ungetümen von Stiefeln wie eben vom Schiff gekommen, dann lockt sie Dienerinnen an den Bach, kneift sie in die Backe, fragt, woher sie kommen, und ob sie sie für den Ball am Abend umkleiden, und nach ihr die Sintflut. Keine Gräfin ist die, welche in Männerhosen durch die Gegend streift, die Schiebermütze tief in die Stirn gezogen, bis sie eine Schicksalsgenossin sieht, dann ab in die nächstbeste Toreinfahrt, nachgucken, was die jeweils andre zu bieten hat. Warum? Als wären die immer bei Trost! Manche suchen einen mit Buckel oder 'nen Blinden oder einen Zwerg von höchstens siebzig Zentimeter, denn wenn der einen ebenso langen Prügel hat und ihn ihr so reinsteckt, dass man von außen nichts mehr sieht, dann kann er bis anderntags fünf Uhr nachmittags fahren. Die Zweite, nicht die Fünfte oder Sechste, verführt nur Männer über fünfundsiebzig, weil die sich, sagt sie, beweisen müssten, allerdings können sie auch zusammenbrechen, während sie oben sind, und dann wird es wegen der Polizei und so weiter kompliziert, weil die wissen wollen, wie es war. Dann noch die Verrückten, die es am liebsten mit einem Esel machen würden, weil der den längsten hat und siebzehnmal hintereinander kann, wenn er bloß nicht so stinken würde, und er könnte mit den Hufen die Möbel beschädigen und manchmal scheißt er auch noch auf den teuren Teppich. Die Dritte sagt, ich würd's mit 'nem Gerippe treiben, wenn's nur ginge, denn, sagt sie, aufm natürlichen Weg mit einem normalen Mann hab ich nichts davon, ich spüre einfach gar nichts, also muss ich mir was Besonderes besorgen und zur Not krepiern! Soll ein Mann wissen, was für ein närrisches Zeug sich Frauen so alles einfallen lassen, nur um ans Ziel zu kommen, wenn sie anfangen wie Pferde zu wiehern, das ist das Zeichen, dass ihnen endlich die Milch aus dem Becken tropft. Sag selbst, da ist es doch schöner und gottgefälliger, hier am Tresen von Andrés anständiger Kneipe zu stehen und ein Gläschen zu leeren, um die Arbeit der inneren Organe zu beschleunigen, statt hinter jedem Rock herzuspringen, bis dir der Rotz aus der Nase läuft! Du kannst jeden der anwesenden Herren, ob Handwerker oder Beamter, fragen, was sie wegen irgendwelcher Flittchen zu erdulden hatten, wobei ihnen an der Sache selbst gar nicht viel lag. Da ist keiner, der nicht wenigstens einmal von einer auf Abwege oder in den Dreck oder in die Dornen oder auf dünnes Eis gezogen und ausgelacht worden wäre, während sie sich aufrappelten, den Dreck abwischten, die Dornen herauszogen oder nach Hause rannten. Wäre Lazars Schwager jetzt hier, und der müsste bald kommen, das ist seine Zeit, der könnte zu dem Thema einiges erzählen. Da sitzt eine den ganzen Tag vorm Spiegel, nur einen Hut auf dem Kopf, sonst nichts, sieht sich an, eine Zigarettenspitze zwischen den Fingern, raucht ein bisschen wie andere Menschen, und einer lässt sie auch mal ziehen. Andere baden in Rosenwässerchen, die vierte liegt bäuchlings auf der Ottomane, und alle zusammen warten, bis der Offizier, der Herr Rittmeister, plötzlich mit allem zur Sache kommt. Manch eine erlaubt dir nur, sie an den Sohlen zu kitzeln, darfst aber nicht mal die Schnürsenkel lösen, geschweige denn es dir bequem machen, bevor sie kommt, und dann kannst du sehen, wo du bleibst. Und die zwei, welche sich gegenseitig ans Bettgestell fesseln und mit fadendünnen Weidenruten auspeitschen, bis sie blutüberströmt sind, und hernach erzählt jede ihrem dummen Mann, sie sei die Treppe hinuntergefallen, vom Bäcker mit dem Lieferfahrrad überfahren oder beim Aussuchen der Rosen im Blumengeschäft verkratzt worden. Manche wollen partout keinen Mann und schieben sich schon mit sechzehn alle möglichen Gurken, Besenstiele, Kerzen und ganze Bierflaschen hinein. Manche kann sich nicht jeden Wunsch erfüllen, weil sie von Schimpansen träumt, die sie beschlafen, vom Bären, der sie an der Hand nimmt, vom Opernsänger, der ihr die Zunge hineinsteckt, während sie ein Schornsteinfeger am Haar zieht, sie zwei Bankangestellte an ihrer Brust säugt, ein unschuldiger Viertklässler sie unten kitzelt und es ihr der Justizminister von hinten besorgt. Na, wo soll sie die Schimpansen, Minister und Schornsteinfeger gleichzeitig herkriegen! Gibt's aber auch umgekehrt. Ich kannte einen in Novi Sad, der sich bis ins kleinste Detail wie eine Frau anzog, so zum Ball der Handlungsgehilfen oder zum Tanztee im Turnverein ging, in einem fort säuselte und wie eine Jungfer trippelte, und alle sagten, der depperte Gavre hat mal wieder die Klamotten von seiner Tante an! Wenn's nur das wäre. Nein, der geht so verkleidet heim, zieht sich aus und prügelt nur in Galoschen und Handschuhen so lange auf einen Berg alter Strümpfe ein, bis er sich befriedigt hat, anders kann und will er es nicht. Und jetzt erzähle ich euch, warum sich die Frau eines Fabrikanten vier deutsche Schäferhunde hielt, von denen jeder drei Kilo Fleisch pro Tag frisst! Nur um etwas zur Welt zu bringen, halb Kind, halb Hund, und damit sie sie anbellten, während sie säugte, das machte sie auf allen vieren. Ich weiß nicht, was ich zu deiner Firma und deinem kleinsten Nenner sagen würde. Ach André, du bist ein kleiner Kerl, kein Schrank von einem Mann, und klein ist dein Lokal, und das ist gut so, du hast weniger Kosten. Aber bei uns ist alles so, und dieses Kleinklein bringt einen auf Dauer um. Klein-Paris, Klein-Exzelsior, Europa im Kleinen. Unser Edison. Das ist einer von uns, ein jugoslawischer Sárosi, Ehrenwort. Zagreb ist Klein-Wien, nicht wahr? Umso besser, man hat alles wie in einer Großstadt, und die gehört auch noch uns. Die Kleine da hat Talent, könnte unsere Shirley Temple sein, Mutters Liebling. Und die da hätte Josephine Baker sein können, hätte sie sich nicht das Bein gebrochen, als der Graf sie anrief. Könnte, hätte, wäre, is aber nicht. Ein andermal, klar, auf jeden Fall. Irgendwann kommen wir an die Reihe! Wir werden's ihnen eines Tages zeigen! Wir haben Nerven, haben wir, aber wenn wir durchdrehen, wenn wir zu Harken und Besen greifen, wird die Welt nicht schlecht staunen. Ein großer Name aus kleinem Volke. Unterschätzte Stämme haben den Mann hervorgebracht, welcher der Menschheit für alle Zeiten das Licht schenkte. Ein Hirtenjunge, ein göttlicher Bildhauer. Redet wie wir, dirigiert wie ein Gott. Spielt wie die anderen in amerikanischen Filmen, ist aber von hier. Von diesem Boden. Denen ihre sind auch nicht besser. Sie würden ihn mit purem Gold bezahlen, wenn sie wüssten, wo er sich aufhält, dabei ist er hier. Bescheiden, dabei weiß er ungeheuer viel. Multipliziert sechsstellige Zahlen, springt hernach ins leere Becken auf einen ausgewrungenen Schwamm und siegt zuletzt im Pflaumenknödelwettessen. Das schafft nur ein Mann vom Balkan, aus einem kleinen Volk und einer unbekannten, aber überaus ehrenwerten Familie. Vor so einem könnt ihr alle Türen offen lassen, vor anderen wäre das Geld selbst dann nicht sicher, wenn es von Schlangen bewacht würde. So viele Launen wie Menschen. Jeder hat eine Nase und zwei Hände, aber das ist nicht alles. Und klatscht nicht so doll, bitte sehr, ich schäme mich, es ist nur unsere historische Pflicht und unser Schicksal, wenn ich daran denke, dass wir euch führen und mit Hilfe einiger Maschinen verdummen, und ihr folgt uns wie Schafe und ermuntert uns noch dazu, dann schäme ich mich wirklich noch mehr und rufe jeden auf, freiwillig meinen Platz einzunehmen, sich hierher, an diesen Tisch, zu setzen, und ich gehe befreit und glücklich unten in die Ecke und applaudiere dem, der statt meiner kommt. Ich bin nicht gottgegeben, das ist reiner Zufall, ich bin der Kammerschulze, der Bock, der euch anführt, und ich bin ein gewöhnlicher Mensch aus Fleisch und Blut, habe meine kleinen Schwächen und höre gern meinen Namen von euren Lippen und sehe gern mein Bild in jeder eurer Stuben hängen, aber lassen wir das, ich habe genug davon und würde mich gern auf mein Landgut zurückziehen, die Felder bestellen, dass mir der Schweiß läuft und im Schweiße meines Angesichts über längst vergangene Tage schreiben, als ich an der Spitze der Untergrundbewegung der Handlungsgehilfen stand, ohne dass etwas darüber bekannt gewesen wäre. Manchen bitteren Brocken musste ich hinunterwürgen, in so manchen sauren Apfel beißen, so manche Kröte schlucken, während ich die Verhöre bei der Polizei über mich ergehen ließ, ihre Fragen, wer ich in Wirklichkeit sei, womit ich mich befasste, wer meine Mitstreiter wären, welche Bank ich ausgeraubt hätte und was wir als Partei eigentlich vorhätten. Ob wir weiterhin auf Märkten stehlen und herumballern wollten, auf Spielplätzen und in Lichtspielhäusern, oder ob wir nur die Sprüche überall rumschmieren wollten, welche wir in öffentlichen Toiletten an die Wände gekritzelt hätten, was natürlich mit weniger harten Strafen verbunden sei? Wenn ich bereute, von meinen Prinzipien abrückte, meine Konsumenten angäbe und das Anmeldeformular zum gegnerischen Yachting-Klub unterschriebe, wäre ich rehabilitiert, bekäme einen schönen neuen Namen und dürfte die Tochter des Fabrikdirektors mit einer hübschen Apanage heiraten. Und was, bitte schön, ist nun Sinn und Zweck unserer Partei? Ist sie eine Vereinigung verdorbener, vorbelasteter Söhne aus gutem Haus oder schlicht der Ruf von Mutter Natur gegenüber der eigenen leiblichen Verfasstheit? Was war meine Leitidee, während ich mit dem Bauchladen vor dem oft hungrigen Magen von Brčko nach Bjelovar, von Gorni Vakuf nach Bugojno, von Čazma nach Gerovo, von Ivanjićgrad nach Daruvar, von Virje nach Donji Lapac, von Pitomača nach Gornja Stubica, von Garešnica nach Veliki Zdenci, von Kiseljak nach Gospić, von Grubišno Polje nach Ilok, von Erdevik nach Karlowitz, von Koprivnica nach Varaždin, von Krapina nach Križevci, von Korenice nach Kutina, von Našice nach Okučan, von Nova Gradiška nach Staro Petrovo Selo, von Osijek nach Samoš, von Apatin nach Batina, von Feketić nach Izbište, von Uljma nach Velika Kikinda, von Vršac nach Žablje, von Darda nach Čurug, von Kusadak nach Novi und Stari Vrbas und von Kula nach Čantavir wanderte? O mein Gott, wenn ich nicht augenblicklich, jetzt sofort, die Flüssigkeit loswerde, welche ich in diesen Lasterhöhlen angesammelt habe, in denen das Leben im Tabakqualm an einem vorbeirauscht, kommt sie mir zu den Ohren heraus. Lass uns zu Pero dem Amerikaner gehen! Warum muss es auf unseren Klos immer stinken, dass einem die Luft wegbleibt, das bisschen, während man wie in meinem Fall die fünfundzwanzig Meter aus sich austreibt? Trägst du ihn links oder rechts, Junge, das weiß ich ehrlich gesagt nicht mal selbst, fällt mir grad ein, wo ich ihn so von oben betrachte. Wisst ihr, Leute, wie man sich mit Hilfe von Luftschlangen abwischen kann, ohne sich vollzuschmieren? Und dann kann man noch den Finger durchs Klopapier bohren und den Fetzen von dem Loch nimmt man hinterher, um den Dreck unterm Fingernagel zu entfernen. Also, Pero, Bruderherz, du magst in Amerika gewesen sein, aber dein Klo ist so was von hiesig. Man kann sich gar nicht merken, was hier mit Fingernägeln, Schlüsseln oder Feuerzeugen eingeritzt wurde, der Geruch haut einen um, während man da hockt. Immer wieder überschrieben, man kann die vielen

Schichten gar nicht zählen. Wie er in sie eindringt, sie in voller Größe, einer in voller Pracht, und andere Frauendinge, nur abgelegte Sachen und zwei Punkte. Ich an deiner Stelle würde mir das bezahlen lassen, Pero, wer will, kann sich alles ansehen und durchlesen und den Raum danach gratis benutzen. Du bist doch rumgekommen in der Welt, erzähl uns mal, wie die Menschen anderswo sind, was sie machen, sind die wie wir oder nicht? Das ist ein Land wie jedes andere, nur auf der anderen Seite. Man kann sich das nicht vorstellen, aber die stehen mit dem Kopf nach unten auf der Erde, ohne was davon zu merken, und wenn bei uns Nacht ist, ist dort Tag und umgekehrt, was man mit Hilfe eines Weckers sieht. Das sind Menschen wie wir, und die meisten, die von hier kommen, arbeiten in den Bergwerken, fahren mit Filmdiven und haben Geld auf der Bank. Wenn einer die Welt gesehen hat, dann kennt er mehr als nur die drei, vier Kneipen hier und unsere kleine Hauptstadt! Richtig ist, dass die Reichen dort neue Anzüge und Schuhe ihren schwarzen Dienern zum Heruntertreten und Abwetzen geben, denn sie mögen es nicht, wenn die Sachen wie neu glänzen. Mann, Leute, der Herr Lehrer drischt in der Damenumkleide auf ihn ein und betrachtet dabei einen englischen Panzerkreuzer. Glotzt nicht wie die Schafe, lasst den Mann seine Sache zu Ende bringen, später fragen wir ihn, ob er dabei an die Königinmutter gedacht hat oder an einen kleinen Jungen, den Thronfolger. Das ist die *Jugoslawische Illustrierte*, die direkt neben dem Bild einer Kanone oder eines Turms etwas Saftigeres abdruckt, eine Schauspielerin oder so, sicher hat unser Mann dort gefunden, was er braucht. Und du, du Rotzbengel, verrate dieser ehrenwerten Gesellschaft, wie du's machst, wie oft und woran du dabei denkst. Glaub nicht, die Erwachsenen würden so was nicht tun, was bleibt ihnen übrig, wenn sie nix Lebendiges kriegen können, ein Mann ist ein Mann, da kann man nichts machen, sag den Herren, sie sollen das berücksichtigen, denn jede Erfahrung, vorausgesetzt, sie ist aufrichtig, wird angenommen. In Amerika produzieren sie Tonnen von diesem Dreck, der's in dir weckt, was soll man dann anderes tun, als ihm eine Ohrfeige zu verpassen, dass er an Ort und Stelle in Tränen ausbricht. Als würden die's nicht mit ihren lieben

Hündchen und diversen Stielen tun und dabei an Ramón Novarro oder wenigstens ihren Briefträger denken, welcher aus allen Wolken fiele, wenn er es wüsste. Alle Achtung, Herr Lehrer, nicht schlecht, eine gute Viertelstunde, damit haben Sie wahrscheinlich hier im Hause in dieser Disziplin einen neuen Rekord aufgestellt, trinken Sie was Ordentliches drauf, damit die verausgabte Energie zurückkehrt, auch das ist menschlich! Der hier sagt, unter einer der drei Streichholzschachteln ist eine Erbse, und wer auf die richtige Schachtel tippt, gewinnt eine Million. Was diese Betrüger in ehrbaren Lokalen abziehen, gibt's nirgendwo sonst! Wer hat euch eine Arbeitserlaubnis erteilt, warum krempelt ihr nicht die Ärmel hoch, sondern haut ehrliche Leute übers Ohr, die geistige Befriedigung suchen? So mancher Millionär hat dafür seine sämtlichen Wolkenkratzer, Fabriken und Sparbücher verjubelt. Pero, Mann, du heißt hier nicht umsonst der Amerikaner, warum wirfst du den nicht raus?! Tschuldigung, ich habe eine Genehmigung, wer will ein Los der Klassenlotterie oder eins der Tombola der Belgrader Kaufmannsjugend vom letzten Jahr? Als wäre die Klassenlotterie einen Deut besser! Narrensteuer. O verflucht, der eine arbeitet Tag und Nacht und fällt damit auf die Nase, während andere ständig den Hauptgewinn ziehen, obwohl die wahrscheinlich eine mathematische Formel haben, um ans große Geld zu kommen. Bestimmt richten es die Herren in der Zentrale so ein, dass immer einer von ihnen oder aus der Verwandtschaft oder von ihren Bekannten gewinnt. Mein Freund Lazar Ćosić hat eine bessere Methode. Wenn ihm jeder Einwohner des Königreichs Jugoslawien einen Dinar schickte, sagt er, hätte er sechzehn Millionen, allerdings weiß er nicht, bei wem er anfangen soll. Und warum solltest du was so verstohlen aus der Gesäß- und der Hosentasche ziehen und uns heimlich unter dem Tisch zeigen, damit die Polizei nichts mitbekommt, wenn es nicht geklaut oder gefälscht oder frevelhaft ist, dich besudelt, wenn du es öffnest, oder du dafür eine in die Fresse kriegst? Ich weiß, du behauptest, es sei unzerreißbar und würde in jedem Haus gebraucht, aber du müsstest auch wissen, dass wir es sind, die in dieser Stadt kaufen und verkaufen, und mit uns ist nicht zu spaßen. Einer hat sein Haus verkauft und ein Klavier gekauft, dann verkaufte er das Klavier und kaufte eine Pfeife, dann stand er am Brunnen und rauchte, da kam einer vorbei und fragte, wie geht's, was machen die Geschäfte?, und er antwortet: Gut, und die Pfeife macht platsch. Der eine ruiniert noch die besteingeführte Firma, während der andere Stück für Stück zusammenträgt und im Nu eine Fabrik mit tausend Arbeitern hat und dann auch noch in eine Bankiersfamilie einheiratet. Also was machen wir mit diesem Rückenkratzer, wer hat sich den ausgedacht, wo ist das Warenzeichen, ohne das kann man heutzutage keine Geschäfte mehr machen. Wenigstens zwei gekreuzte Gabeln sollten drauf sein oder ein Schädel, der in den Fleischwolf gedrückt wird, oder ein Buchstabe auf einer Küchenwaage, ganz ohne, nur auf Treu und Glauben, geht es nicht. Wo hast du das gesehen, wer hat etwas gekauft, das weder geeicht noch gestempelt noch mit Markenzeichen versehen wäre? Der moderne Handel ist nichts für jedermann. Und was willst du, sollen wir dir abkaufen, was dir dein Großvater auf dem Sterbebett vermacht hat oder du im Kino Uranija während der spannendsten Szene hast mitgehen lassen? Ich arbeite derzeit nicht für einen Hersteller, mehr allgemein, das meiste unter der Hand, das hat sich bewährt, gegen Prozente, im Akkord und nach Stückzahl, wenigstens bin ich mein eigner Herr und keiner kommandiert mich herum oder beutet mich aus. Ich habe viel erlebt, mehr als genug, bin satt und mehr als satt, ich weiß, wie der Hase läuft, und pass auf mich auf. Und das ist Lazar Ćosić, der arbeitet bei Petrović und Lukić, steht aber mit Avram Filipović persönlich in Verhandlungen wegen der Haushaltswarenabteilung, damit kennt er sich aus wie kein zweiter in der Stadt, und der Kleine hier ist der Trkulja, der ist mit ihm gekommen und würde auch sofort alles machen, ach, die Jugend von heute, im Kaufmännischen wie ganz allgemein. Hier treibt sich Gottweißwer rum, Pero, die wenigsten leeren das eine oder andere ehrliche Gläschen und gehen dann gemütlich nach Hause. Deswegen sage ich dir, die Kneipe ist der Tod der Restaurants und Gasthäuser bei so einem Volk, das bevorzugt, was man in Zagreb Buffet nennt und hier Büfett, eine Wirtschaft ohne Tische. Hier bleibt keiner bis zum Morgengrauen, das steht keiner durch, und zweitens musst du weder Teller noch Besteck spülen, du zapfst nur oder wirfst Kronenkorken weg, und hinterher wäschst du die Gläser und wischst sie ein bisschen ab, das ist alles. Fast keine Ausgaben, wenig Umsatz, viel Gewinn. Wenn du dann noch ohne Personal auskommst, weil die Schwägerin aushilft oder ein armer Teufel, der nicht viel dafür verlangt, umso besser. Ein Buffet, mein Lieber, das ist für euch ehrbare Leute, die ihr empfangen, bedient und verabschiedet werden wollt, ohne dass etwas Schlimmes passiert! Und wir müssen jetzt weiterziehen, immer geradeaus und ohne Radau, damit uns die Wachen nicht das Fell über die Ohren ziehen, weil wir auseinandergezogen und undiszipliniert wie verstreute Soldaten laufen, und das in der Nähe von Königsschloss, Parlament und den großen Wohnblöcken ringsum. Was fehlt uns, was ist mit uns nicht in Ordnung? Und wisst ihr, dass es manchem einen Heidenspaß macht, splitternackt auf die Straße zu rennen und ruckzuck die Vlajkovićeva runter in die Kosovo-Straße rein, wo die hochehrwürdigen Familien wohnen, die lassen sofort die Rollläden runter, wenn so einer auftaucht, und der saust weiter Richtung Handwerkerhaus, als bekäme er dort ein Diplom ausgehändigt und am Ende gar einen Orden verliehen. Der käme uns dann hier, wenn wir Richtung Kondina laufen, genau entgegen, bis ihn ein Polizist in eine Decke wickelt und im dritten Bezirk in die Mangel nimmt. Andere machen gar nichts, sondern schauen nur einer beim Aus- und Anziehen zu und erleichtern sich so, ohne einen Finger zu rühren oder sie irgendwo anzufassen. Menschen sind wirklich verschieden, das geht aus der Beilage hervor. Weil ihr mich menschlich behandelt habt in Anwesenheit von Pressevertretern, der siebten Weltmacht, die euch in die Zeitung bringt, der Öffentlichkeit vorführt und an den Pranger stellt, sobald ihr euch etwas zuschulden kommen lasst! Tja, du Rotzbengel, du erwartest mit deiner verdorbenen Seele von der Zeitung was anderes, saftige Bilder und Geschichten, aber diese Menschen opfern jede Stunde ihres nicht vorhandenen Privatlebens und schreiben notfalls auf den Knien, im strömenden Regen oder Bombenhagel oder während noch die Erde bebt, nur damit am nächsten Tag in der *Politika* oder sonst einem Blatt ein ordentlicher, kluger Bericht steht. Was sagen sie über Josip Palada, der gegen den Draufgänger Henner Henkel verlor? Hat der das Flugzeug erfunden oder hieß der Heinkel?, diese deutschen Namen klingen für mich alle gleich. Und was sagt ihr zu Lovra Štakula und Zmaj Defilipis, tolle Jungs, nicht? Fußball? Spielen die wirklich mit elf Mann auf jeder Seite? Alle Achtung, und wieso sind die immer hinter einem Ball her, haben die nicht ein paar mehr? Sonderberichterstatter im Radio, Teufel auch. Wie schaffen Sie es, diese ganzen Angaben runterzurattern und wo der Ball gerade rumfliegt, Sie sind immer dicht dran, besondere Begabung, das kann nicht jeder! Hat einer die Übertragung des schicksalhaften Wettkampfs um den Europapokal gehört, wie sollten sie nicht disqualifiziert werden und ausgeblutet in die dritte Liga absteigen? Wasserspülung gegen Plumpsklo. Laut Schiedsrichter eins zu eins. Das Match musste man gesehen haben oder zumindest gehört! So einen Shooter gibt es kein zweites Mal, nicht mal in England, dem Mutterland des Fußballs. Der Ball reißt am Ende ein Loch durchs Netz und fliegt ins Aus, runter bis zur Kirche. Hat dem unaufmerksamen Tormann die obere Schädelhälfte weggerissen. Der kommt nicht mehr auf die Idee, sich ihm zu Füßen zu werfen. Wohl wahr, es gibt lustigere Themen. Kennt ihr den, Moša-Tirke-Moša-Tirke-Moša-Tirke-Šuuuuuuurdonja. Das ist für die, die ihn windelweich prügeln, bis er Milch gibt. Was, ich und abschätzig? Lazar, du bist mein Zeuge, dass ich Fördermitglied des Belgrader Sportklubs aus der Fürstin-Ljubica-Straße bin, ich war schon immer für die Blauen, obwohl ihr objektiv sein müsst, das versteht sich von selbst. Hand aufs Herz, derzeit schreibt sich ein Bericht aus jugoslawischen Stadien leichter als aus dem eingekesselten Madrid mit dem ganzen Geknatter, wo man bekanntlich schnell tot ist. Außerdem bin ich Turner wie unser Lazar Ćosić hier, der hat früher in Virovitica den Kreisrekord am Reck aufgestellt, und der Kleine sammelt auch bald Erfolge, da wette ich meinen Kopf drauf! Na, seid nicht böse, wir sind eine treue Leserschaft, egal, was immer ihr schreibt, und sei es im Stehen, wir schlucken es. Wir würdigen euer bitteres Schicksal. Was heute aus eurer Feder fließt, landet morgen im Müll, oder die Malermeister basteln sich einen Hut daraus. Ich stimme euch in allen Punkten zu. Ich versichere den anwesenden, genussvoll speisenden Herren, dass Ludwig Kahn, Stempelschneider, er steht da in der Ecke, dann auch Lebedev von Lukić und Gleb, die Firma sitzt an der Terazije, Jakov Berta aus der Pašić-Straße und Filipović von Edison Bell Penkala wie alle unsere Bekannten für euch, wenn nötig, die Hand ins Feuer legen würden. Beweist Sportsgeist, wir tun's euch gleich. Wir kennen die Spielregeln, selbst von Sportarten, welche erst noch erfunden werden. In meinem Portemonnaie steckt ein Bild von Suzanne Lenglen, der Königin des weißen Sports, ich bin privat mit Dragoljub Aleksić bekannt, der Mann, der unbeschadet kopfüber aus dem fünften Stock springt oder ein Vorhängeschloss samt Kette zum Mittag verspeist. Jeder weiß, dass der Sport die edelste Betätigung der Menschen ist, selbst wenn sich die Beteiligten gegenseitig die Nase einschlagen und das Blut durch den Ring und darüber hinaus schießt! Man weiß auch, dass jede Großstadt der Welt ein Meisterwerk der Baukunst in Gestalt eines Stadions besitzt und Berlin, die Stadt des verklärten deutschen Volkes, das größte hat, worauf ich persönlich scheiße, und dass Hitler genau in der Mitte des Olympiastadions ausgespuckt hat, weil ihm ein Schwarzer den goldenen Pokal vor die Nase hielt. GesunderGeistimgesundenKörper, sagten schon die Altvorderen. Aber wie könnt ihr mit derart dicken Brillengläsern über irgendwas anderes als Schildkrötenrennen auf Billardtischen berichten, lasst ihr euch erzählen, was unten auf dem Rasen so abgeht? Wen haltet ihr für herausragend? Ritter des weißen Sports, Helden der Leichtathletik, Königinnen jedes Matchs oder die tollkühnen Flieger und Fallschirmspringer, die Tag für Tag dem Tod ins Auge schauen, diese zeitgenössischen Gladiatoren? Nebenbei, unser Volk ist zu allem fähig und den größten Herausforderungen auf sportlichem Gebiete gewachsen, während uns ausländische Schiedsrichter abgrundtief hassen, zum Beispiel haben Polizisten unserem unsterblichen Jakšić, hier aus der Buchhandlung, bei der WM 1930 in Uruguay die Tore reingewürgt. Manche von denen sind Verschwörer der Schwerathlektik mit diesem ganzen Gezerre, Anspannen, Werfen und Fangen, unzweifelhaft moderne Matadoren, bei denen euch gleichzeitig die Luft weg- und das Herz stehenbleibt. Keiner erwartet von einem Schlosser irgendwelche Rekorde, schon gar nicht als Athleten, und trotzdem sind sportliche Höchstleistungen vom fernen Balkan weltweit bekannt. Beim Tennis liegt die Sache anders, dafür muss man aus gutem Hause kommen. Tennis erfordert Eleganz und dass man so gut wie der Herr Kukuljević, die Brüder Ribar und andere angezogen ist, es darf keine Rangelei geben, auf welcher Seite der Linie das runde Ding, genannt Ball, aufgekommen wär. Am Sport ist so toll, dass alles möglich ist, Sport ist eine Anhäufung unmöglicher Möglichkeiten, was heute nicht geht, ist morgen schon Realität. Und wie weit lassen sich all diese Weltrekorde treiben? Jetzt, achtunddreißig, haben wir bereits alle Rekorde geschlagen, die bei der Olympiade 1912 aufgestellt wurden! Pierre de Coubertin, ein großer, fleißiger Mann, hat noch, als er verarmt, blind und taub war, alles für den Sieg der Sportler über Krankheiten und andere Ungerechtigkeiten getan. Sein Name steht auf den olympischen Fahnen aller gegnerischen Länder als P. C., aber das bedeutet nichts Unanständiges oder Ungehöriges. Es gibt Münzen und Briefmarken mit seinem Konterfei, auf denen man sehr gut seine Unzulänglichkeiten sieht, obwohl weder die einen noch die anderen in Umlauf sind, denn bislang sind in keinem einzigen Staat der Welt alle gleich, und nur der Sport und einzig der Sport ist erlaubt! Aber auch wir haben Opfer unter den ungezählten Anhängern dieser herrlichen Ereignisse, wertvoller und unwiederholbarer Siege, ein wahres Fest für die Augen. Ich kenne persönlich einen Mann aus guter Familie, die Buchteln, Fleisch und alles andere in einen Topf rührt und so schnell wie möglich hinunterschlingt, um nur ja kein wichtiges Vorspiel der Jugendmannschaft zu verpassen, in denen künftige Generationen ihren Auftritt haben. Es gibt noch mehr Disziplinen, mein lieber Herr Kamerad, in diesem geheimen Buch, aus dem ich bei einer Hausdurchsuchung ein Blatt herausgerissen habe. Da steht: Flickflack, aber zackzack, trimmen bis zum Ergrimmen, kicken aufm grünen Rasen, Diabolo kopfüberhängend mit Händewringen und für Turner noch Übungen an Reck und Ringen! Und hier stehen Kraul, Hockey für Feld und Eis nebst Wasserball im Stall und so weiter und so fort, bis zum Abwinken. Die Druckerschwärze ist noch nicht trocken, da ist schon veraltet, was wir gestern geschrieben haben. Die Ereignisse überschlagen sich, wir wissen nicht, wo uns der Kopf steht, so stürmisch sind die Zeiten. Diese verfluchte Zivilisation dreht uns wie durch einen riesigen Fleischwolf. Wir sind Opfer unseres Berufs, das liegt ja auf der Hand, das seht ihr selbst. Hä, was sagt ihr? Bin ich bei eurem äußerst schwierigen Handwerk eine Art Kollege? Auf mein Ehrenwort, bei meiner Ehre, ich kenne dreißig Buchstaben und lasse keinen weg, wenn ich Freunden wie Feinden in den verschiedenen Landesteilen schreibe. Wenn ihr ein gutes Wort bei meinem Chef für mich einlegen würdet, wie der Rabe beim Huhn, wäre ich euch ewig dankbar und würde mich revanchieren, sobald mein Los bei der Klassenlotterie gewinnt. Warum zum Teufel gönnen uns die Herren nicht nach getaner Arbeit im Sportressort ein paar Gläschen in Ehren? Aber selbstverständlich, das sage ich vor allen Anwesenden. Am liebsten im Stehen. Wie können die nur stundenlang in der Ecke sitzen, die schlagen ja Wurzeln, und dann muss man sie huckepack wegschleppen. Hallo, wie geht's, lass mal was rüberwachsen, ui, wie das, gut, was kriegst du, wie immer, du kriegst's noch zum alten Preis, na dann Prost! Da drüben, das ist einer, sag ich dir, der bestellt Kaffee und Mineralwasser und pfeift den ganzen Tag den Mädchen auf der Straße hinterher. Der erweist Ihnen, Herr Wirt, einen schlechten Dienst, man kriegt ein falsches Bild von Ihrem Laden, welcher hier gut eingeführt ist, gute Lage, direkt gegenüber vom Pressezentrum, im Herzen der Hauptstadt, da kommt alles vorbei, was Rang und Namen hat, man sieht und wird gesehen an Ihren Tischen und ringsum. Hier treiben sich auch Losverkäufer herum oder welche, die Blechhühner oder ewige Kalender verhökern oder für einen halben Dinar eine Viertelstunde Kopfstand machen. Allerdings muss ich sagen, wir sind dafür, trink aus, sehr zum Wohle, das wünschen wir euch auch. Wieder einmal. Meine Güte, Leute, wann wird die Stadtverwaltung endlich etwas gegen den Gestank und diese zwielichtigen Läden unternehmen? Ist doch kein Zufall, dass denen alles hier gehört bis runter zur Dečanska, dem Okanović Svetislav, dem Markiza S. Levija, der Avramović A. Desanka, ob Drogerie oder Parfümerie, es verstänkert die ganze Pašićeva. Wer weiß, was bei einer Polizeikontrolle alles zum Vorschein käme. Dann noch die Schneider für Damenkleidung, Wäsche und so, die machen bestimmt auch unanständige Sachen. Im Gegenteil, die Arbeit der kleinen Näherinnen bei Darinka Pivarević in der Nummer zwanzig ist mühselig. Da muss jeder Stich sitzen, jeder Saum und jeder Knopf, auf Weiß sieht man eben alles. Sie müssen immer saubere Hände haben und die Fingernägel kurz schneiden. Die neuesten Modelle. KairokragenmitSpitzenbesatz. Wie geht's, alter Schwede, hundert Jahre nicht gesehen. Spuck aus und stell dich zu uns. Wie geht's deiner Alten, den Kindern, der Gesundheit? Wie bitte, was, was hat der, doch wohl nichts Ernstes, den treffen wir doch bald wieder am Tresen. Gestern war der Frosch noch krank, jetzt hüpft er wieder, Gott sei Dank. Mann, du brauchst endlich paar Falten, gehst ja nicht ewig als Jüngling durch. Und der, der glänzt so speckig, total abgewetzt, völlig verknittert, ganz grau und schwarz geworden, zu nichts nutze, nicht Fisch nicht Fleisch, Gott bewahre uns vor dem. Laber nicht. Wir Veteranen sind eben so. Was wir alles er- und überlebt haben! Und wenn heute alles von vorne anfinge, wir wären wieder dabei. Ohne groß drüber zu reden. Denn am schlimmsten sind die, welche ständig von ihrer Arbeit schwadronieren. Vor allem die mit Brille, die studierten Doktores, die können einen wirklich ins Grab bringen! Einem haben sie ein Ohr oder Schlimmeres in die Tasche geschmuggelt, vom Sezieren, und der hat's erst gemerkt, als er an der Haustüre seinen Schlüssel suchte. Die haben lauter neue Witze auf Lager. Ein Erstsemester soll in der Prüfung Pumpe statt Herz sagen. Die Pumpe ist das wichtigste Organ des Menschen. Ich habe eine Pumpe, ihr habt eine Pumpe, unsere Pumpen arbeiten ohne Unterlass. Ohne Pumpe stirbt der Mensch sofort. Das ganze Leben ein einziges Pumpen. Sie gewöhnen sich rasch an den Schrecken, deswegen fällt es ihnen leicht, einen Mann anzuschauen, dessen Kopf von der Straßenbahn abgetrennt wurde. Die sehen ständig nur Blut und noch mal Blut. Mein Freund hatte einen Doktor zum Schwiegervater, allerdings starb der Ärmste neunzehnhundertachtzehn an der Spanischen, noch während dem Krieg. Ein Patient hat ihm ins Gebiss gespuckt, und das war's dann. Hat sofort zu seiner Frau gesagt, bereite alles vor, mit mir ist's vorbei. Wenn ein Arzt stirbt, das ist wirklich zu dumm, denn er weiß für jeden Rat, nur sich selbst kann er nicht helfen. Das ist Schicksal. Kennt ihr den von den Vieren, die Quartett spielen? Wer sind die, warum sitzen die herum und denken sich den ganzen Quatsch aus, und dann geht das von Mund zu Mund, manche schmücken es aus oder ruinieren es, und am schlimmsten sind die, die mittendrin steckenbleiben. Ein Franzose, ein Serbe und ein Deutscher. Nein, kein Deutscher, auch kein Serbe, das ist ein anderer, also ein Deutscher und ein Serbe und ein Russe sitzen im Flugzeug. So ging der. Nein, kein Flugzeug, es ging irgendwie darum, dass die einen sich wie verrückt abmühen und die anderen nicht, aber ich habe vergessen, wer dann wen verdrosch, wer zuerst zugeschlagen und wer sich gewehrt hat, aber es war sehr lustig, zum Totlachen, ich krieg nur den Anfang nicht mehr zusammen. Den habe ich von einem Prokuristen aus Osijek. O Leute, reicht euer Hirnschmalz wirklich mal grad für einen Witz aus Osijek, in dieser Stadt wird sich doch hoffentlich auch mal einer einen Witz ausgedacht haben! Oder in Wien oder Budapest, dann isser aber jüdisch. Die fallen denen beim Geldzählen ein. Mosche und Sarah reden vorm Einschlafen über Isaak und so. Die Serben tauschen dann die Namen aus und geben es als ihren eigenen Witz aus. Kennt ihr den? Ein zerstreuter Professor setzt sich das Nachtgeschirr auf den Kopf und denkt, er hätte in den Hut gepinkelt. Der Professor ist immer zerstreut, der Deutsche dumm und der Serbe in jeder Hinsicht der Beste, ein eindeutiger Hinweis, dass der Witz von einem Serben erfunden wurde. Das Ende ist immer zuerst da, dann kommt der ganze Vorlauf, damit die Pointe erzählt werden kann. Das sind kleine, leichte Geschichten, wie man sie in einer Kneipe erzählen kann, vom Leben der kleinen Leute, was man mit der Frau macht und welcher Politiker der größte Verbrecher ist. Die richtig deftigen Sachen bitte nicht vor Kindern. Die müssen noch lange genug mit der viehischen Wirklichkeit und dem Bösen in der Welt leben. Über Schweinkram lacht man letztlich am herzhaftesten, die meisten mögen's deftig. Ein Wissenschaftler hat mal gezählt, dass der Serbe in Flüchen und deftigen Erzählungen allgemein dreihundertachtunddreißig Sachen verwendet, Haushaltsgegenstände, Werkzeuge, angefangen beim Schlüsselloch bis hin zum ungeborenen Enkel des Schwagers einer angeheirateten Tante. Avramenko, lieber Freund und Bruder, Schande über dich, dass du diese Fischlein nicht in deinem Aquarium duldest! Von Kopf bis Fuß in Seide gehüllt, die Stiefel auf Hochglanz gewichst, lauter Originalgesöff, sogar ein Billardtisch, das kaiserliche Spiel, und dann so was! Gelt, du hast auch zwei Kugeln und einen Stab in der Hose, du Rotzbengel, kannst aber nichts damit anfangen, und von dem anderen Billard haste noch nie was gehört. Muss denn jeder Russe voll wie eine Haubitze oder ein Russe sein, so betrunken, dass er nicht mehr weiß, wer und wo er ist und wie er heißt und ob er sich sofort oder erst nach gründlicher Überlegung umbringen soll, und zwar gemeinsam mit seinem armen Liebchen im nicht bezahlten Hotelzimmer? Zuerst verjubelt er sämtliche Prachtschlösser, die er besaß, beschimpft die Arbeiter- und Bauernführer, verpasst dem englischen König eine Backpfeife und springt hernach vom Eiffelturm, und im Nachlass wird dann ein Heft entdeckt, in dem er sich über die Weltgeschichte und seine Amouren auslässt, welche ihn in den Tod trieben. Ich guter Bürger erste Klasse scheißen auf euer Schwert, ich gestorben wie nazdrovje Barbos. Wir Brüder mit euch. Lazar, warum nur lädtst du die Lotterbande zu dir nach Hause ein, die singen unverschämte Lieder, verderben deinen überaus klugen Sohn und vergreifen sich vermutlich obendrein an deiner unvergleichlichen Gattin. Was habe ich dir gesagt? Die sind entweder pro Pope oder gegen alles, Russen ohne Bart sind grundsätzlich glattrasiert oder völlig meschugge. Klar, die, welche sich wie Frauen anziehen, leise reden und drauf hoffen, dass ein Mannsbild sie mit aufs Klo nimmt und ihnen 'ne Krone zusteckt, die gibt's hier auch. Sind die warmen Brüder auch einmal im Monat wie jede Frau unpässlich, das weiß ich selbst nicht, Rotzbengel, was meinst du denn dazu? Wisst ihr, dass so einer in der Schweiz Zwillinge geboren hat, einen Jungen und ein Mädchen, der durfte seiner Mutter nicht verraten, wer der Vater war, denn der war eine bedeutende, hochgestellte und vermögende Person. Da haben wir einen, der wird uns erzählen, dass die auch ein Recht auf Leben haben und nichts dafür können, jeder muss sein Kreuz tragen, und die heben die Welt nur dann aus den Angeln, wenn wir beschränkt genug sind, es zuzulassen. Und jetzt nichts wie rübergemacht und an die frische Luft! Hier sind einige würdige Abgesandte aus dem Eisenwarenfachhandel, und das ist Luka Babić, der Wirt dieser herrlichen, laut Ladenschild dalmatinischen Weinschenke. Also Luka, wie kommst du als Dalmatiner dazu, uns Kanaillen aus der Lika reinzulassen, wir haben doch nur dicke Bizeps und nichts in der Birne. Ich könnte mir die Zunge abbeißen, hätte ich den nur früher gesehen, guck mal, da in der Ecke sitzen doch Pero Šumonja, Schwertransporte OHG, und seine Kompagnons, Marko Vrano und Jovo Tišma, Kumpels, wohin des Wegs, ihr klotzt gern und überlasst das Denken anderen? Ihr müsst heute wirklich schwer geschleppt haben, so laut wie ihr stöhnt, wie ich sehe, habt ihr bereits fünf, sechs Liter von Lukas Rotem weggeschlabbert, als wär's Wasser. Einer Opernsängerin das Klavier in den fünften Stock. Einem reichen Mann den Tresor, der weiß nicht mehr, wohin mit dem Geld, aber sagt's nicht weiter, wir haben Schweigepflicht. Den Turm der Kathedrale leicht nach links versetzt, das wollte der neue Patriarch so haben. Eine volle Stunde die König-Alexander-Brücke angehoben, bis der Pfeiler ausgebessert war. Was will man mehr? Also, Brüder, darf ich euch den ersten menschlichen Kran der Lika vorstellen, und der da ist unser jüngster Spross, ein Rotzbengel noch und schwach dazu, aber auf der Suche nach Arbeit. Soll dich Pero im Sitzen mit links auf den Arm nehmen und dir sagen, wie viel du wiegst? Ich hatt' heute nacht 'ne Kleine am Haken, da werde ich euch, wenn's sein muss, auch noch schaffen. Luka, Brüderchen, Liebster, jetzt weiß ich endlich, wonach es hier stinkt, das kommt weder vom Fass noch aus trockenen Hälsen, weder vom Lammgulasch noch vom Tabak und auch nicht vom Klo oder was anderem weiter hinten, nein, dein Wirtshaus stinkt nach Menschen, genauer, nach Männern, und zwar zu allem Überfluss nach verschwitzten Männern. Der Geruch macht Sekretärinnen und Köchinnen und Königinnen gleichermaßen wild, so wie wir durchdrehen, wenn wir die riechen. Was immer ein Mann anfasst, stinkt danach, das muss auf uns durchschlagen.

Zigarettenspitze, Zigaretten, was zum Trinken, weiße und rote Zwiebeln, Pfefferoni, Radieschen und Würstchen, der Rauch, welcher in der Kleidung hängt, alles, was in der Hose bleibt, weil wir sie nicht ordentlich ausschütteln, ungewaschene Füße, überhaupt ungewaschene Leiber, alles, was natürlicherweise aus uns herauskommt, während wir den ganzen Tag rumrennen, was uns andere an Gestank ins Gesicht pusten, das alles zusammen, danach riecht es hier, und eine Kaiserin findet das genauso schön wie eine Eselin. Dass es nach Fisch riecht, das liegt daran, dass unser Wirt wirklich begabt ist und sie nach Art seiner Heimat zubereitet, aber wenn du meinst, der Backfisch riecht doch fast genauso, dann fass dich an die eigene Nase, hier gibt's nicht eine Schwanzlose, die's einem entflammten Anfänger besorgen würde, lasst uns erst mal was essen und trinken, dann schauen wir, was wir für dich auftreiben. Kennt ihr den, der Minister kommt nach der Vorstellung zur Sopranistin und lässt die Hosen runter, und sie kreischt: Ist der süß!, und davon wird er noch kleiner. Was Männer alles denken, welcher besser sei, aber es läuft immer darauf hinaus, dass klein, kurz und dünn besser ist, einen großen hat eh keiner. Aufm Ladenschild steht für alle Größen, und drinnen geht's rechts zu den Langen, links zu den Kurzen. In der Abteilung für die Kurzen geht's links zu den Dicken und rechts zu den Dünnen. Wenn du dahin gehst, stehst du direkt wieder auf der Straße. Das ist der tiefere Sinn. Für die Kleinen gibt's nix, und Tschüss! Aber die nehmen eher einen Besenstiel als dich, wenn deiner wie Teig ist. Sie sagen immer, einer müsse vor allem fröhlich sein, aber in Wirklichkeit träumen sie von Matrosen oder Werftarbeitern, welche sie so gründlich durchvögeln, dass sie hinterher nicht mehr richtig sitzen können. Wenn du wüsstest, Kleiner, wo's alles gemacht wird: in Toreinfahrten, Treppenhäusern, Parkanlagen, aufm Friedhof, und einer hat mal seine Braut aufm Rang im Uranija-Kino gerammelt und sich so mit ihr verhakt, dass beide zusammen in Laken gehüllt ins Krankenhaus gebracht wurden, ist erst nach längerer Abkühlung wieder aus ihr rausgekommen, und an den Film konnte sich natürlich keiner der beiden erinnern. Ach ja, die Stellungen, wer wie wo. Also da gibt's den Missionar, das ist gut, wenn dir der Doktor heiße

Bauchwickel verschreibt, dann die Löffelchen, also von hinten Kopf an Kopf oder Kopf bei den Füßen, oder auf der Seite oder zur Wand gedreht auf allen vieren und noch rund dreißig Möglichkeiten, obwohl die nur von Sportsleuten und deren Damen praktiziert werden, um damit bei unerfahrenen Jungs anzugeben. Hör mal, Luka, was Ernstes! Wann schmeißt du endlich die Säufer da in der Ecke raus?! Die verstehen überhaupt keinen Spaß und setzen mir nichts, dir nichts Präsidenten und Könige ab, legen Minenfelder an und verschieben große Geschütze von einem Schlachtfeld zum anderen. Kneipenstrategen. Wenn man den fragte, würde er als Erstes Graf Zeppelin verhaften, der ist an allem schuld, dann würde er der Schweiz den Krieg erklären und den Verkauf von Weißwäsche verbieten, Juden und Afrikaner aus Amerika hierher und umgekehrt. Er würde ein Stück Land mit Stacheldraht einzäunen und Hitler, Stalin, Mussolini und Chamberlain hineinsperren, sollen die sich doch gegenseitig erwürgen und abschlachten, während die Völker zuschauen und Beifall klatschen. Wenn Präsident Roosevelt sich weitere Schweinereien in Abessinien und Spanien verbäte und dem Italiener Rom und dem Engländer London bombardierte. Kinder müssten bis zum sechsten Lebensjahr gegen Typhus geimpft werden, Frauen dürften sich scheiden lassen, wenn ihr Mann an der Front fällt, und Könige würden auf Staatskosten beerdigt. Panzer mit mehr als fünf Meter Länge gehörten verboten und Flugzeuge mit Bomben über fünfzig Kilo aus dem Verkehr gezogen. Jedem Russen wäre ein Hitlerbild zu übereignen, jedem Deutschen eins von Roosevelt, und wenn der einem Jäger vor die Flinte liefe, darf geschossen werden. Was sind die Ungarn? Ein Häufchen Unglück. Den Chinesen freie Fahrt durch die Dardanellen, Serbien darf sich Ungarn, Griechenland und Bulgarien einverleiben, und den Franzosen steht es frei, in ihrer deutschen Muttersprache zu reden. Wäre die Sache ausgemacht, hat gestern einer gesagt, wären Unterzeichnung und In-Kraft-Treten nur eine Frage von Stunden, das wüsste jeder auf den Fluren. In der Politik gibt es keine Abzweigungen nach rechts und links, bis zur endgültigen Entscheidung geht's immer geradeaus. Das ist ein besonderer Menschenschlag, die kennen keine Müdigkeit und haben ständig neue Ideen, wie sie die Welt in Panik versetzen, und dann steht es am nächsten Tag in der Zeitung und übermorgen erwischt es dich. Wäre der nur vierundzwanzig Stunden lang Ministerpräsident. Die da oben haben es gut, die haben den besseren Überblick. Wo bleiben wir, wenn die mit ihren Zylindern und Handschuhen an jedem Finger zehn hübsche Geliebte haben? Die erlassen lauter neue Gesetze zum eigenen Vorteil, und das Volk kann verrecken. Sie versprechen das Blaue vom Himmel, und nach der Wahl zeigen sie dir den Mittelfinger. Das weiß der Serbe am besten, ihm liegt die Politik im Blut. Serben reden im Wirtshaus über Fußball oder über Politik, das hat ihnen Nikola Pašić beigebracht, der größte Staatsmann der Welt, ganz im Zeichen eines kleinen, aber mutigen Volkes. Kroaten sind Serben, Slowenen sind Serben, Deutsche sind Serben, sie scheuen sich nur, das zuzugeben. Das hat er aus vertrauenswürdiger Quelle, vom Nachbarn seines Cousins, der hat Verbindungen ins Ministerium für Wald- und Bergbau. Es gäbe Dokumente in diesem Sinne, wenn die eines Tages bekannt würden, das würde wie eine Bombe einschlagen, man warte nur ab, dass der König an Lungenentzündung stirbt und der Fürst auf dem Balkon im dritten Stock ausrutscht und in den schmiedeeisernen Zaun darunter stürzt. Müssen wir uns wirklich jedes Mal denselben blutrünstigen Quatsch anhören, oder können wir das hier mal glatt abschneiden und in Ruhe noch einen Pelinkovac trinken? Leute, kommt mit, ich weiß eine Abkürzung. Warum außenrum laufen, wenn wir durch die Hintertür reinkommen? In dieser Stadt musst du mit allen Wassern gewaschen sein, wie und wo und mit wem, sonst kannst du einpacken. Hilf dir selbst, sonst hilft dir keiner. Das ist eine Passage, das ist eine Straße und auch wieder nicht, die ist öffentlich, aber überdacht, und wenn dich einer dort im Dunkeln anspricht, schlag ihm sofort in die Fresse, man weiß nie, an wen man da gerät und was der im Schilde führt. Kein Vergleich zum Oktogon in Zagreb, da sind Lazar und ich tausende Male durch, gelt? Leiser, Leute, seid leiser, das hallt ja wie im Fass! Ob das hier wirklich Uhrmacher und Schneider und Handschuhgeschäfte sind, oder ob die insgeheim noch krumme Dinger drehen? Leiser, sagte ich, geht in euch, damit uns der

Onkel nicht mit dem Besen scheucht, weil er wegen uns die Uhr nicht auseinandernehmen kann! Wer, wir? Aber wir können uns doch nicht in Luft auflösen, wir sind doch auch Menschen, wir haben doch auch Rechte. Und außerdem ist das doch keine Kirche. Ein bisschen Spaß muss sein, fürs Geld und uns zuliebe. Wir sind zwar betrunken, aber immer noch besser als so ein Schleicher, der Ihnen plötzlich einen über den Schädel zieht und alle Uhren einsackt. Das ist der Dank für unsere Ehrlichkeit! Das sag ich seelenvoll, von Herzen, von Mensch zu Mensch, Mann zu Mann, Landsmann zu Landsmann. In vino veritas. Gott hält seine Hand über Säufer und Kinder. Besser sturzbetrunken als todernst. Wer sich nicht liebt, liebt auch keinen anderen. Gott sei Dank wieder an der frischen Luft. Hier waren wir schon mal, jetzt sind wir wieder da, nur auf der anderen Seite. Einmal umgedreht, schon denkt man, man wäre in einer anderen Stadt. Schau, Junge, so sind wir, wen wir alles kennen und wie wir uns auskennen! Da hast du die Prager und vis-à-vis die Tschechische Bank, nur Tschechen suchst du da vergebens. Und mitten aufm Bürgersteig steht eine Bude für Zigaretten und Zeitungen, da kann man nachschauen, ob der Ingenieur wirklich abgemurkst wurde und die Russen wirklich die Japaner geschlagen haben und was im Kolosseum läuft und ob unser kleiner Thronfolger Andrej die Entfernung des sowieso überflüssigen Blinddarms überlebt hat. Keine Angst vorm schwarzen Mann, der ist wie wir, ein armer Hinterwäldler! Riza Arap, Kumpel, machst du ein Bild von uns dreien, wie wir lässig die Terazija unsicher machen? So! Das ist Lazar Ćosić, und das ist sein Gehilfe, der ist neu hier und kennt sich nicht aus. Was macht die Arbeit, wer lässt sich bei dieser Hitze schon gern fotografieren, rechnet es sich, hier zu stehen und zu knipsen, holen die Leute überhaupt ihre Bilder ab? Also ich bin dir nie was schuldig geblieben, ich habe eine ganze Schachtel voll mit deinen Bildern, wenn dich einer in dieser Stadt gemalt hat, dann Banjeglav! Und du, Kleiner, du hättest gern die anderen Bilder, klar doch. Ein Mädchen, welches splitterfasernackt auf dem Sofa sitzt, daneben ein Pope ohne das Übergewand mit heruntergelassenen Hosen, ein Matrose, der nichts als seine Kappe aufm Kopf und einen Papagei aufm Schniedel hat, und der Papagei redet, während dem Mädchen seine Kollegin in der Ecke kniet und sich vom Herrn Minister den Hintern mit einem langstieligen Kaffeelöffel versohlen lässt. Das wäre mehr nach deinem Geschmack, gelt, Bürschchen, uns drei fidelen Rotbäckchen, die durch die schöne Stadt ziehen, die findest du langweilig! Jeder hat solche Sachen schon gesehen, obwohl sie verboten sind und nicht verbreitet werden dürfen, stimmt's, Riza?! Da liegt eine auf dem Boden, und ein General mit Spitzbart klemmt seinen zwischen ihre Brüste, eine in dunklen Strümpfen peitscht pflichteifrig einen Amtmann an der empfindlichsten Stelle, und über dem Amtmann bohrt ein Bäckermeister mit seinem Bohrer, als wäre er Schreiner. Oder die Nonne mitm Loch in der Kutte, in das ein Bengel von sieben Jahren greift und herumgrabscht, als hätte er eine Murmel verloren, und eine feine Dame, vielleicht eine Opernsängerin, fühlt in der Hose des fleißigen Grundschülers, ob und wenn ja was ihm da unten gewachsen ist. Oder die eine treibt's mit einem großen Ferkel, die zweite mit einem Pferd und die dritte mit 'nem Trompeter, während der sein Instrument spielt. Du meine Güte, mit vierzig hat man nun wirklich schon einiges gesehen, da kann einen nichts mehr überraschen! Und glaub nicht, ich hätt die Beule in deinen Hosen übersehen, du Rotzbengel, jetzt, wo wir in die Gaststube unseres Kumpels und Kollegen Ljubinko aus Užice treten, wer, wenn nicht er, ein grauer Falke, keiner ist ihm ebenbürtig, ein Fels in der Brandung, ein Schrank von Mann, der steckt uns alle in die Tasche, selbst mich, unglaublich, der frisst notfalls Eisen und schläft auf Eisschollen, putzmunter, pumperlgesund, rosigrot, bildschön, taufrisch, gutmütig, immer freundlich, niemals ärgerlich, stets verschmitzt, ein gewinnendes Wesen, gleichmütig, ausgeglichen, er hat alles, würde mit keinem tauschen, dabei fleißig wie eine Biene, schwirrt von früh bis spät herum, sticht ein Fass an, zapft, holt ein neues Fass, und es lohnt sich, er ist immer flüssig, von dem kriegst du immer was geliehen, auch wenn alle anderen längst blank sind, er gibt's und fragt nicht, wann du es zurückzahlen kannst, mit einem Wort, Ljubinko ist wie eine Mutter zu uns, keiner kann ihm was abschlagen, schon gar nicht, wenn wir vor Durst vergehen und er uns was zu trinken anbietet. Na, Ljubinko, wie geht's, wie steht's?

Heiß heute, wo sind die anderen? Waren Dane, Mane und Simo, Luka und Stanko, Maslać und Joka, Žeravica und Drampeta, Plećaš, Pest, Cholera und Scheusal, Milchbart und Gaćeša schon da?, geht dir der Scherenschleifer auf der anderen Straßenseite nicht auf die Nerven? Mann, ist das schrill!, und die da, die sich übergeben, wollen die von dir Arznei, statt zu Delini zu gehen? Lazar ist von der Landpartie zur Schwiegermutter zurück, der Kleine ist sein neuer Gehilfe, der will ein bisschen was erleben, deswegen ziehen wir durch die Stadt und feiern zusammen. Nur eins, Ehrenwort, dann ist Schluss! Haben schon genug intus und auch noch einiges vor, Dank dir, Kumpel, danke für die Einladung, aber uns kommt's gleich zu den Ohren raus, wir platzen sonst noch, wissen nicht mehr, wo wir's hinschütten sollen, nein, sage ich, und noch mal nein, ein andermal, ist ja nicht aller Tage Abend, schade um die vielen schönen Brände, Pflaume, Wacholder, Trester, Birne, Walnuss, Kümmel, und dann noch Eierlikör und Kirsch und Marille und was es sonst noch so zum Auspressen und Ansetzen und Abfüllen gibt, trotzdem, wir sehen uns, wir sind ja nicht aus der Welt, wir leben noch. Und dass mir keiner von der Stange geht, runter zum Fässchen oder zum Colja, dem Slowenen, oder zum Šalipurović, wo's nach Bohnerwachs stinkt, lasst uns zusammen weitergehen, so weit wir kommen! In der Kosmajska soll ein illegales Bordell aufgemacht haben, von einem Südserben, und da soll's noch eine Schneiderin geben, der ihr Mann ist bei der Eisenbahn und muss dienstlich nach Novska oder Stalać, und in der Zeit schafft sie an, ich hab beide noch nicht ausprobiert, und vor dir sollte man über so was gar nicht reden. War das nicht dein Schneider, sozusagen dein Haus- und Hofschneider, wie jeder einen hat? KaćanskiFrisör, KalinovićAnzüge, LukićDessous, FilipovićHaushaltswaren. Sie alle haben ihr Emblem, ihre Schutzmarke, damit keiner mit ihrem Namen hausieren gehen kann, Zahlen, Zeichen und goldene Plaketten, da sind die irgendwie drangekommen. Natürlich gehören die besten, angesehensten Hersteller Europas zu unseren Geschäftspartnern, Alexanderwerk, Solingen, Brown Boveri, Žiga Stern, Limbuš-Bistrica, Zeiss Ikon, Wertheim und Penkala. Lazar, gib mal dein Taschenmesser her, ich will den Faden abschneiden, damit ich mich nicht auf die Schnauze lege! Junge, schau dir diese Klinge an, federleicht, aber durchaus geeignet, einem Mann wie einem Huhn die Kehle durchzuschneiden. Lazar hat lauter so ein Zeug: einen Korkenzieher, damit man eine gute Flasche Wein aufkriegt, die Geldbörse, nur was da drin ist, bleibt bis zur letzten Kupfermünze beim Wirt, eine Zigarettenspitze mit Monogramm, den Schlüsselbund, einen Notizblock, auch wenn er nichts aufzuschreiben hat, lauter feine Sachen mit Nickel dran, Werbemittel von Vertretern, die haben das Zeug waschkorbweise und bringen es unter die Leute. Falls einer denkt, wir hätten was getrunken, der soll sich was schämen! Wenn ihn mir einer hinzeichnet, kann ich auf einem Strich gerade balancieren. Wer sieht doppelt? Julius Meinl. Cupara Apotheke. Toma Jovanović und Vujić. Parovalet Dampfwäscherei. Schwere Zunge? Ich kann alles sagen, fragt mich nur! Lazar, sag was, egal, was! Wenn du sie noch mal dabei erwischst, dass sie zu der Hexe in der Lomina-Straße geht, dann sieh dich vor; was hattest du zu Lazar Radičanin sagen wollen und dann vergessen; wer hat nur diesen blöden Markt verbrochen, als wären wir in Japan; ach, der auf der anderen Straßenseite muss Rechtsanwalt Đorđević gewesen sein; was zum Teufel fällt denen denn ein, den Bürgersteig abzuspritzen, während wir hier friedlich unserer Wege gehen? Alles in bester Ordnung, in deinem Oberstübchen ist alles prima, das geb ich dir schriftlich und stempel es mit einer Zehn-Dinar-Wertmarke. Jovo, Kumpel, Gesundheit und ein volles Haus wünschen wir dir! Stört dich die Tankstelle da nicht?, da muss nur einer durchdrehen oder eine Schießerei losbrechen, rums fliegt sie in die Luft und du und das Bankhaus und sämtliche Wohnblöcke ringsum gleich mit. Und die Straßenbahn fährt quasi direkt am Tresen vorbei, alle Achtung, du hast Nerven wie Drahtseile, obwohl, so richtig gut schaust du nicht aus, hast'n Blähbauch und leicht trübe Augen, pass auf dich auf, Alter, an so exponierter Stelle darfst du nicht viel trinken, weil's alles deins ist und du nichts zahlen brauchst, aber dafür bringt es dich tief ins Minus und du bist volltrunken, und was machen wir dann, wenn du uns besoffen empfängst und vor lauter Zittern kein Glas eingeschenkt kriegst! Die Hälfte ins Glas, die Hälfte daneben, das ist eine Sünde, schließlich mussten die Trauben gelesen und ausgepresst und der Saft aufgefangen und vergoren und abgefüllt und huckepack weggeschleppt werden, und du schüttest die Hälfte daneben! Wen sehe ich da, wo kommst du denn her, mein Cousin? Lazar, da ist der Schwager, der Weltenbummler, ein undurchsichtiger Bursche, aber geboren unter einem glücklichen Stern! Kleiner, jetzt kriegst du was zu hören, das hast du noch nie gehört, und das wirst du nie mehr hören. Wo der alles rumgekommen ist, das hat nicht mal George O'Brien geschafft. Wie war's in Amerika, und wo hast du noch alles herumgehurt, wie machen's die da, und steht der bei denen wie unsrer, oder benutzen die was anderes, Schachteln oder Vorhängeschlösser oder Samttäschchen? Erzähl nur der Reihe nach, lass nichts aus, denn das dazwischen ist das Beste, das lässt sich nicht erzählen, das überträgt sich einfach nur irgendwie. Die Tante hat ihm die Schiffspassage bezahlt, und er gespannt wie ein Flitzebogen. Der findet hundert Wege, um sich an eine dranzuhängen und rauszukriegen, ob er bei ihr landen kann oder nicht. Ich weiß nur nicht, wo die ihren Verstand lassen, wenn sie ihm wie die Fliegen auf den Leim gehen. Und wenn der wenigstens was hermachen würde, aber du siehst ja, an dem ist nix dran, hager, schiefe Zähne, dürr wie ein Streichholz, aber mit allen Wassern gewaschen, und jedes Wort hat Biss. Tachchen, Gutntag, Euerdiener, Küssdiehand, StetszuDiensten, HallomeineHübsche, GestattenSieFräuleinich binmalsofreiSieamÄrmelzuzupfenkennenSiedieseStraßewieviel-UhristeswohabenSiediesesParfumgekauft. Nein, der Splitter hat in Ihrem wunderschönen Auge nichts verloren, den holen wir jetzt mit meinem sauberen Taschentuch heraus, das hat mir meine Mama heute morgen gebügelt. Wie, so eine hübsche Dame und trägt ganz allein so ein Riesenpaket von Vlada Mitić, stimmt, es ist nicht schwer, aber trotzdem, so was trägt eine Dame doch nicht selbst. Was, Sie haben hier am Rondell den Verlobungsring verloren, das Bild der Mutter oder eine liebe Erinnerung an die Schulzeit ist aus dem Medaillon gerutscht, das finden wir im Nu, keine Ursache, gern geschehen, Sie müssen sich nicht bedanken, es war mir eine Ehre! Oh, Ihnen fehlt ein Dinar für die Straßenbahnfahrt mit der Linie eins vom Slavija bis Kalemegdan, für den

Fall habe ich immer Dinarmünzen bei mir, die gebe ich einem so liebenswürdigen, wenn auch vergesslichen duftigen Wesen doch gerne. Rein zufällig fahre ich in dieselbe Richtung, ich bin Freiberufler, wir Journalisten sind eben so, neue Bekanntschaften, neue Länder, jeden Tag was Neues, ich arbeite an einem neuen Präparat, ich schreibe, wenn mich etwas dazu treibt, das steckt auch in mir, aber alles andere habe ich meiner in alle Welt verstreuten Familie zu verdanken, jeder lädt mich ein, aber diese ganzen Millionäre langweilen mich ehrlich gesagt schrecklich, immer nur Kaviar und Champagner und tief dekolletierte Matronen, es wiederholt sich so, auf dem Schiff werde ich seekrank, Flugreisen kommen nicht in Betracht, dafür ist mir mein Leben zu schade, ich habe noch etwas vor, bin ja noch jung, mir steht alles offen, ich habe mehrere Einladungen, ich muss nur zusagen, aber wie Sie sehen, gehe ich lieber mit einem liebenswürdigen Fräulein, das ganz allein ist auf der Welt, an der frischen Luft spazieren und unterhalte mich mit ihm. Nein, warum? Genieren Sie sich nicht. Sie können alles sagen, dürfen alles denken, Ihr Wunsch ist mir Befehl! Ihre Psyche, also die einer Frau, werde ich niemals zur Gänze durchdringen. Sie haben etwas ganz Besonderes an sich, das habe ich bei noch keiner anderen Frau erlebt, nicht einmal in meinen allerglücklichsten Zeiten ist mir derlei widerfahren, wo soll ich nur anfangen, ich bin ganz durcheinander, daran sind Sie schuld, meine kleine Teuflin! Sind Sie von hier? Vom Vater gehasst, die Mutter im Krankenhaus, hat keinen, dem sie sich anvertrauen kann. Hat nichts zu essen. Ihr Gatte Minister, ein alter Knacker. Seit zehn Jahren unglücklich verheiratet. Der Mann immer auf Nachtschicht. Steht bei der Arbeit, ist hinterher völlig erledigt. Ein Leben zwischen Haus, Markt, Haus, hätte sie wenigstens Kinder, was würde sie mit denen anstellen?! Kino, Sonnstagsillustrierte, der ein oder andere Schundroman, das war's. Versucht es manchmal selbst, mit der Hand, schämt sich aber. Nur einmal mit einem Optiker, aber der war grob und verlangte Vulgäres. Kaum sah sie mich, sah sie in mir ihren Gott. Ich mach nichts, ich sag nichts, ich guck nur. Krümme keinen Finger. Immer auf Distanz, und sie wirbelt herum, hüstelt, schluchzt, flennt, bis sie mich anschreit, ob ich wirklich so ein Holzklotz wär?! Volksschülerin mit drei Nebenfächern, will in die Save springen, aber vorher das Schönste probieren. Was kann ich machen! Unwiderstehlich! Wo habe ich Sie schon mal gesehen? Mich? Niemals! Ich gehe nicht mit Fremden. Aber das Leben ist doch so kurz, jammervoll und scheußlich! Wenn sie heute nicht will, am nächsten Tag will sie. Aber dann bin ich beschäftigt, unterwegs, hab viel Arbeit. Ich arbeite an Kugellagern, knüpfe Kontakte zu einem Schulkameraden des Ministers, bin Funktionär beim Turnerverband. Mein Leben bis zum Letzten ausgefüllt. Vielleicht morgen, vielleicht auch nie. In ein, zwei Wochen. Meine Liebe, das geht vorbei. Beruhigen Sie sich, Sie werden mich rasch vergessen. Nehmen Sie kein Gift, werfen Sie sich nicht vor den Zug, springen Sie nicht kopfüber von einer Brücke, ich habe schon genug auf dem Gewissen. Das ist keine Lösung. Nach mir kommt ein anderer. Es gibt so viele Männer auf der Welt, was wollen Sie ausgerechnet von mir? Ich bin so mittelmäßig. An meinem Gesicht ist nichts Außergewöhnliches. Ich betrachte mich nie im Spiegel, ich weiß gar nicht, wie ich aussehe. Ich höre nur, wie andere mich beschreiben. Ich vernachlässige meine Erscheinung, aber alle nennen sie elegant. Ich weiß nicht, wie das kommt. Nein, es hilft nichts, wenn Sie vor mir auf die Knie fallen und mich anflehen, mir Ihren Schmuck schenken, Ihr Vermögen überschreiben und mich mit einem Dutzend weiteren Schönheiten bekannt machen. Wenn ich nein sage, dann meine ich nein. Ich bin beinhart, ich komme aus einem Steinbruch, da wird man stur wie ein Esel und kriegt, was man will. Das wird Sie auf schlimme Abwege führen. Ich bitte Sie, reißen Sie sich zusammen! Ihr Mann kommt doch zurück, Sie werden die Schule abschließen, der Vater wird Ihnen vergeben, Wunden verheilen, und ich werde mein ruhiges, trauriges Einsiedlerleben mutterseelenallein in den Fängen dieser bestialischen Großstadt fortsetzen. Sie werden nie erfahren, wo mein Grab ist. In zehn Jahren bin ich ein Greis, und Sie an der Seite eines Ministers in höchster Blüte. Ich bin ein Bettler, der bis zur Schwelle und keinen Schritt weiter kommt! Adio Mare! Ich bin Ihrer nicht würdig. Ich bin ein Nichts, Sie sind alles. Sie haben eine Schwäche für mich, das geht vorbei. Heute noch, morgen nicht mehr. Passé. Bitte bereuen Sie es nicht im Nachhinein! Das wäre nicht wiedergutzumachen. Gibt nur Narben, Wunden, unnötige Tränen und Enttäuschung. Wozu brauchen Sie mich? Ich bin wie viele andere. Sie haben nichts davon außer Gewissensbissen. Ich ein Verführer? Nein, mich trifft keine Schuld, das ist überhaupt nicht meine Art. Bin von Natur aus schüchtern, lebe sehr zurückgezogen, kann keiner Fliege was zuleide tun, will niemandem auch nur auf den Schatten treten, suche vor allen Dingen meine Ruhe. Ich will von meiner Hände Arbeit leben, im Schatten der Mächtigen, Reichen und Schönen, welche alles haben. Oh, du böses Frauenzimmer, Königin meines Herzens, unbarmherzige Despotin, du trittst jeden Tag die Ehre und den Stolz Hunderter Männer mit Füßen, dabei lecken sie dir die Stiefel und wischen Peitschen und Gerten ab, mit denen du sie später schlägst! Reicht es dir nicht, dass du in purem Luxus lebst, herrliche Schals aus Chiffon und Georgette-Blusen trägst oder Satin-Pyjamas wie die amerikanischen Filmdiven, dich von Kopf bis Fuß in Seide und Crêpe-de-Chine, weichglänzende englische Stoffe und hochwertige Shetland-Tuche hüllst, die du entweder bei Anastas Pavlović oder bei Agebe kaufst, und wenn da nicht, dann bei Parađanin, Vlada Teokarović oder auch Bencion & Gart, und die du dann beim besten Schneider nach modernsten Schnitten mit Halbgürtel und Revers verarbeiten lässt, so elegant, dass du auf dich selbst neidisch wirst, in deinem Schrank glänzt und glitzert alles wie neu, lauter importierte Ware, für teures Geld erstanden von deinen Kavalieren in hiesigen Geschäften, in denen man alles bekommt, da kann ich ohnehin nicht mithalten, dafür bin ich in diesem modernen Babel ein zu kleiner und harmloser Fisch. Reicht dir deine übernatürliche Macht nicht, wo doch ein kurzer Wink von dir genügt, und die gusseiserne König-Alexander-Brücke, der vor Kurzem hochgezogene Palata Albanija mit seiner Marmorfassade oder das nagelneue, überschwänglich gelobte Gebäude der Sima-Igumanov-Stiftung stürzen ein? Du, unter deren wohlriechendem, gepflegtem Fuß die Gasfabrik Aga-Ruša in Rakovica, die Bajloni-Brauerei, der Schuhproduzent Boston, Englische Trikotagen, Bergbau Münch, Milan Vapas Papier- und Filipovićs Gipsfabrik, die Eisenwarenhandlung Gođevac, Moster Malerbedarf und der Familienbetrieb Josipović für Holz- und Eisenprodukte stehen? Auf ein Wort von dir käme die Flussschifffahrt zum Erliegen, Jugoslawische Eisenbahn, Französische Bank, Prager Bank und Amerikanische Bank würden den Betrieb einstellen, Militärlieferanten nicht länger Uniformen anfertigen, die Abgeordneten das Parlament verlassen und sich in ihre tristen Häuser zurückziehen, während der kleine König in einer Ecke auf Maiskörnern knien und tagelang in dieser Position verharren würde, ohne auf das schreckliche Gebrüll seiner korpulenten und herrschsüchtigen Mutter zu achten. Genügt es dir nicht, dass dir ein Botschafter die Fußsohlen liebkost, ein hoher kirchlicher Würdenträger das Knie und ein General a. D. eine noch schönere Stelle küsst, der Forst- und Bergbauminister dich massiert, ein Graf wegen deiner unvergleichlichen Taille inkognito anreist, der athletische Spross einer der vornehmsten Familien Belgrads sich gar mit deiner göttlichen Büste befasst und auf deinen himmlischen Lippen der Mund eines aufstrebenden Fußballspielers ruht? Gegen die Massen komme ich mit meinem spindeldürren Leib nun wirklich nicht an! Selbst wenn ich wollte. He, du kannst kommen, der Mistkerl muss jetzt auf Arbeit, werden sie sagen. Oder: Warte noch, stell dich dahin, wenn er geht, winke ich dir mit einem roten Taschentuch. Man hat mich bestellt, denn es gibt noch zwei Schwestern dort, und keine kriegt je genug. Da kann ich nichts machen. Ist nicht zum ersten Mal. Macht mit mir, was ihr wollt, sage ich. Die eine zieht mich aus, die andere küsst mich ab, die dritte flüstert mir unanständige Dinge ins Ohr. Der erste noch stehend im Türrahmen, ein Dreier. Ich zähle nie mit, ich weiß auch nicht, welche der drei es war, eine ist schöner als die andere, schön wie Filmsternchen. Dann auf dem Boden gleich hinter der Tür, auf dem Flickenteppich. Dann ein Stück weiter drinnen, da ging bei mir wirklich die Post ab. Dann noch ein Stück weiter drinnen, mit der zweiten, und dann aufs Bett. Dazu kommen wir noch. Von Samstagmittag bis Montagmorgen vier Uhr. Zwei-, wenn nicht dreiundsiebzigmal. Süßes Gift, Herzensbrecher, kleines Monster, Schürzenjäger, Satan, sie würden dich gern zum Teufel jagen, bringen es aber nicht fertig. Jede

Einzelne hätten mich gern gehasst, keine hat es je geschafft. Ein Mann mit einem Gesicht, welches sie am liebsten mit Rasierklingen verwüstet hätten. Unnahbar, blass. Natürlich stirbt auch er eines Tages, aber keiner weiß wann, und das können sie einfach nicht ertragen. Sie begegnen mir mit menschlicher Wärme, und ich beute sie schamlos aus! Sie erhoffen sich von mir eine Art Lebenshilfe, weil sie gerade nicht wissen, wie es weitergehen soll, an einem Wendepunkt stehen, und ich benutze sie, wie ich Zigarettenspitzen oder Strümpfe benutze. Sie halten mich für ihre beste Option und landen im schlimmsten Unglück. Es steckt in mir, ich kann meine Natur nicht unterdrücken, sie sollen mir aus dem Weg gehen so wie ich ihnen, ich übernehme keine Garantie für mein Benehmen. In mir lauert eine Bestie, reizt sie nicht! Ich mache nie den ersten Schritt, der kommt immer von ihnen, und hinterher sind sie tränenüberströmt und verzweifelt, schneiden sich die Pulsadern auf oder springen vom dritten Stock in aufgewühlte Flüsse oder glühende Lava. Wenn sie mich wenigstens mit diesem auf parfümiertes Papier gekritzelten Schwachsinn verschonen würden, das gibt jedes Mal Scherereien mit der Polizei, dabei trifft mich keinerlei Schuld. Sie starrt auf die Leinwand, und ich schiebe meine Hand unter ihren Rock! Sie fragt nach meinem Namen und ich zerre die Unterhose herunter! Sie sagt, sie sei unberührt, und atmet schon schwer. Ich frag, ob eine Erkältung im Anmarsch wär, ob ich sie zudecken, ihr Lutschbonbons holen soll? Sie sagt, sie wüsste nicht, was sie tut und wie sie heißt und wie ihr geschieht. Heiß wie ein Öfchen. Wie bin ich?, frage ich. Sie steht in Flammen. So eine hatte ich noch nie, weder vorher noch nachher. Die wenigsten machen einen völlig fertig. Manche sind fad wie Stroh, manche sind so ein bisschen lauwarm, manche brüllen wie am Spieß, das sind die einzigen, für die es sich lohnt. Sie will, dass ich ihr was Unanständiges ins Ohr flüstere. Was denn, frage ich, und sie: Erzähl mir, was du da gerade tust. Und ich sage es ihr, und sie wiederholt es und hat erst nach hundertmal genug. Sie fragt, wieso meiner so groß wär und was ich damit anstellte und ob ich eine schon mal so rangenommen hätte, dass die zum Doktor musste. Wundert sich, dass er ständig steht. Fragt mich, wo ich den her hätte und dass sie noch nie und nirgendwo so einen gesehen hätte und wo ich bisher gewesen sei und was ich bisher gemacht hätte und mit wem ich's schon getrieben hätte und dass mich der Blitz erschlagen soll, wenn ich mich nicht wenigstens so lange auf sie beschränke, bis sie mittenmang entzweigeht. Was der denen an den Kopf wirft, das geht auf keine Kuhhaut, und sie hau'n ihm nicht mal eine runter! Is' doch klar. Hauptsache, du blubberst was vor dich hin, sabberst und redest in einem fort. Meine Dame, das Kinderstühlchen ist für Sie! Liebeskäferli. Tief-Luftholen! ZumZwickel! Tutmirleiddasswirunskennenlernten! Beim Opi, beim Opi! Wassollichndasagen! Gibtsnichtgibtsnicht. HaribomachtKinderfroh. MarmorSteinundEisenbrichtaberunsereLiebenicht. Washattensgesagtkönntdassein? KöniginmutterhatsmitmganzenHofstaatgetrieben. MadamIhrstecktmirungefragtinderNase. Scht, so ein Zeug der ins Ohr, und sie wächst und wächst, hängt alle ab und erblüht! Ich glaube, er gibt Anzeigen auf, und die Gänschen fallen drauf rein. Ich würde der Ministerialgattin Tischtennis beibringen. Biete der enttäuschten Plisseemacherin Lektionen in Schach, Prellball und Diabolo. Suche Amme, bitte Hausbesuche. Übernehme für die Dauer der Frühjahrsmanöver sämtliche Männerarbeiten in Generalsfamilien. Überaus muskulöser Mann mit überschießenden Kräften will sich vollkommen verausgaben. Zärtliche Masseurin für sofort. Gehe mit züchtigen Schülerinnen in Parks, Kindertheater und Kinos, von drei bis fünf, fünf bis sieben und sieben bis neun Uhr. Athletische, belesene Person führt ängstliche Studentinnen vom Lande durch unbekannte Stadtviertel, alles Weitere gemäß Vereinbarung. Zuverlässiger Finder verlegter Dinge bietet Damen seine Dienste an, auch Hausbesuche. Suche dringend Studentin der Veterinärmedizin, die Mondfinsternisse zu betrachten wagt, japanisch Kochen lernen will und unübersetzbare Gesänge amerikanischer Indianer rezitiert. Puste jeden Schmerz sofort weg, ob Sie sich einen Splitter in die Haut gerammt, ein Fünf-Kilo-Gewicht auf die Fußzehen geworfen oder Kopfschmerzen wegen der beruflichen Schwierigkeiten Ihres als Vertreter tätigen Gatten haben. Biete neue Lösungsansätze für eheliche Auseinandersetzungen beim Stiefelanziehen, garantiert wirksam. Sie wünschen

Unerhörtes zu hören, bislang nur Geträumtes oder in Schundromanen Gelesenes zu sehen, am eigenen Leibe die aufregendsten Szenen aus Ihren Lieblingstonfilmen zu spüren, bestellen Sie Cremeschnitte in der kleinen Konditorei, jeden Nachmittag um fünf. Die Polizei müsste sich nur in die Anzeigenannahme der *Politika* setzen, und ihr würdet ihr ins Netz gehen, du und deinesgleichen, da reicht ein einziger Tag! Hör mal zu, was der mit seinen Hängelippen alles macht, wo hat der das nur alles her! Toktok. Quietsch. Wumm. Klackklack. Pst. Doing. Wusch. Raschel. Ratsch. Zipp. Ts. Oh ah. Ah, ah, ah. Stöhn. Ajajajajah. Ahaaa! Oh oh uh stöhn. Ahhhh! Hopp. Ratsch. Zipp. Klackklackklack. Quietsch. Wumm. Kapiert? Ahmt den Ablauf nach, vom Reinkommen übers Ausziehen von den ganzen Seidenfummeln, das Flachlegen und so weiter immer der Reihe nach, wie sich's halt gehört, bis zum Aufstehen, Anziehen und Weggehen, bevor ihr Mann heimkommt, und das ohne ein einziges Wort. Das kann nur ein Hallodri wie er, den interessiert weder die Schule noch eine Arbeit, die Mutter steckt ihm Geld ausm Weinverkauf zu, essen tut er bei der Schwester und seinem Schwager, und so kann er die Kohle in den Wirtshäusern verjubeln, Belgraderinnen verführen und den schlüpfrigen Kram und dumme Witze machen, ohne dass ihn einer aufhält. Der ist unter einem glücklichen Stern geboren, mit 'ner Kappe aufm Kopf, und wenn du ihn in den Dreck stößt, steht er einfach wieder auf. Und anderen hilft weder Bildung noch Geld, noch sonst was, das sind Stiesel, die nichts aus sich machen wollen. Meinst du nicht?! Obwohl man zugeben muss, dass er sich das auch nicht aus seinen zehn Fingern saugt, nein, er hat ein Buch über den Aufenthalt zu Lande und zu Wasser, in dem ist alles und jeder beschrieben und wie man damit umzugehen hat, von dem trennt er sich nicht mal, wenn er austreten geht. Wer ist wer, wer mit wem, was kostet wie viel, wo ist was, und wie kommt man dran, alles steht da drin, aber die Buchstaben sind so klitzeklein, dass dir die Augen ausfallen. Also, Lazar, hör mal zu, ich habe eine Frage an deinen Schwager, wo der doch alles weiß und so schlau ist, soll er doch hier vor allen Leuten sagen, was das mit seiner Mutter war damals im Zug vor dreißig Jahren, alle reden davon, aber keiner weiß was Genaues, ist dieser Rotzbengel aus der ersten Klasse nun sein Vater oder nicht? Oder hat alles so aufgehört, wie es anfing? Wir sind neugierig, wir wollen wissen, was Sache ist. Und solange er sich ausschweigt, denke ich mir meinen Teil, allerdings ist es mir eine Ehre, euch jetzt und in diesem Augenblick einen unverhofften, ganz besonderen Gast vorzustellen, halb Kind und halb Mann, ihr werdet gleich sehen, was ich meine und von welcher Art er ist. Mach schon, Cousin, lass die Hosen runter und zeig den versammelten Herren, wie groß der ist und wie stark, ich häng einen Zwiebelzopf, eine Wurstkette und zu Ehren unseres lieben Gastwirts Jovo einen 2-Liter-Siphon dran. Schaut nur, Leute, bestaunt und bewundert das Stehvermögen dieses Landsmanns und Freundes, ein Zwerg von eineinviertel Meter! Ist der Serbe nicht besser und klüger als alle? Wo sonst fände man diese Dicke, Länge und Tragkraft?! Jeder gebe, was ihm lieb ist, den Schlüsselbund, die Brieftasche, wer mag, kann auch seine Schuhe ausziehen und dranhängen, nur Kappen sind unerwünscht, denn dann sehen wir nichts mehr! Kennst du den, treffen sich ein Serbe, ein Franzose und ein Russe und wollen ihn messen, da sehen die zwei anderen den vom Serben und sagen, wir haben nicht vom Bein geredet, und der Serbe sagt, aber das ist kein Bein! Der Serbe fickt alles und jeden, den einen ins Hirn, andere wo anders, und alle sind zufrieden! Die Erbin des faulen Geldsacks Rothschild schwamm durch den Ärmelkanal, nur um es mit einem aus der Šumadija zu treiben, der sie in Calais erwartete. Auf der Pariser Weltausstellung hat der Serbe M. Teofanović eine sechsköpfige Familie auf dem Schwanz getragen, die auf der Spitze seines Henkels ordentlich am gedeckten Tisch saß und zu Abend aß. Ein Serbe hat mit seiner Latte einem Schwarzen in Virginia ein Auge ausgeschlagen. Ein Serbe sägt damit Buchenscheite. Ein serbischer Ständer dient in New York bei Straßenschlachten als Gummiknüppel. Fräulein C. Fischbein saß auf einem serbischen Luststängel und dachte, sie sitze auf der Fahrradstange, dabei war es ein Damenrad. Der Präsident der französischen Republik drückte Unterleutnant M. Dimitrijević während der Kriegswirren des Jahres 1918 im Dunkeln den Schwanz und sagte: Was haben diese Serben, unsere Verbündeten, diese

Falken, für Pranken! Manche Nationen ficken gar nicht, die Engländer einmal jährlich, die Franzosen lecken nur, die Deutschen einmal im Monat, der Serbe jeden Tag fünf Mal. Der Franzose haucht ihr einige französische Wörter zu, der Italiener säuselt ins Ohr, der Deutsche lädt sie zum Bier ein, der Serbe fickt. Die Serben ficken ganz Mitteleuropa, insbesondere die Länder der kleinen Entente, deswegen kennt dort jedes Kind zwei bis drei serbische Worte. Die Serben könnten noch öfter, werden aber nicht rangelassen, sonst bliebe ja den anderen nichts mehr übrig. Eine Schar französischer Freiwilliger lief im Jahr 1917 bei Slivnica über den Schwanz von J. Avakumović wie über ein Brett. Der Serbe ist der einzige Mann auf der Welt, den sein eigener Penis jeden Morgen am Kinn kitzelt, so dass er davon aufwacht. Und falls einige der anwesenden Damen Gegenbeispiele kennen sollten, bitte ich vielmals um Entschuldigung! Und jetzt nehme bitte jeder seine Sachen vom Kleiderständer, denn die Polente steht vor der Tür, das hab ich im Urin, und für fremde Schwänze zu blechen, das sehe ich nun nicht ein! Milchbart, quengel nicht, lieg mir nicht in den Ohren von wegen du willst heim in dein stilles Kämmerlein, obwohl wir zugegeben in deinem Viertel sind! Soll dich etwa deine gastfeindliche Wirtin so sehen, mit dem Pinkler in der Hand auf der Straße, dann musst du unter der König-Alexander-Brücke schlafen, da gehen wir jetzt hin, da hält die Vier, unsere Straßenbahn, schicke Wagen, tolles Verkehrsmittel, ordentliche Räder und alles, wie es sich gehört. Landsmann, Mitbürger, der du auf Ordnung in der Hauptstadt hältst, hilf wenigstens vier Bürgern, ins nationale Gefährt zu steigen, während andere Auto fahren und gar Flugzeuge nutzen, alles auf unsere Kosten. Das ist was für uns, nicht wahr? Überleg mal, die machen da unten den lektrischen Strom, und wir fahren hier damit. Kumpel, wir gehen nicht zur Messe, nein, auch wenn wir wissen, was es dir bedeutet und wo du warst, als wir mit meinem Neffen den Zagreber Zbor besuchten, man durfte nichts anfassen, die Sachen waren so neu, dass sie noch keiner ausprobiert hatte, also durfte man nur gucken. Kannste nicht ein bisschen aufpassen, wir sind doch keine Kartoffelsäcke! Wir sind vier ehrliche Männer ausm Königreich Jugoslawien, kein Viehzeug. Wir wollen für unser Geld anständig gefahren werden, sei also gefälligst vorsichtig, überfahr die alte Schachtel nicht, lass den Wagen in den Schienen und kutschier uns sachte bis zur Haltestelle an der Brücke, wir haben da unaufschiebbare Termine. Siehste, kaum eingestiegen, steigen wir schon wieder aus und haben trotzdem ordnungsgemäß bezahlt. Die Vierzehn fährt vom Parlament hier vorbei und über die Brücke bis hinaus nach Zemun; kennen Sie, werte Dame, das Café Dragor dort mit seinem zuvorkommenden Personal und dieser tollen bulgarischen Sängerin?! Und du, Herzallerliebster, und wenn du dich aufn Kopf stellst, so höfliche Leute wirst du nie wieder fahren, nur noch die, welche herumkreischen, die Luft mit ihren Ausdünstungen verpesten, gekochte Eier pellen, die Schale auf den Boden fallen lassen und dabei unanständige Liedchen grölen oder mit dem nächstbesten Fahrgast eine Schlägerei anzetteln. Keiner, der nicht wenigstens einen müden Blick den Hügel hinunter werfen würde, da rennt auch eine Lektrische, nur eine andere Linie, die Save dahinter fließt in dieselbe Richtung, und auf ihr tuckern Schiffchen, und der Schwimmbagger unseres Geschäftsfreundes Danac holt unnützen Sand heraus, am Ufer gegenüber das herrliche Messegelände mit dem Turm, von dem man Fallschirm springen kann, und all das rings um die wunderschöne Brücke unseres verstorbenen Reichseinigers, eine Hängebrücke an Ketten, dem Symbol und Schutzzeichen unseres Fachs! Was, wer sagt das, das kann nicht sein, wer hätte denn so was schon erlebt, womit haben wir das verdient, sind wir die Hinterletzten, haben wir keine Rechte, wir placken uns ab, schuften uns krumm und dann sollen wir uns kein bisschen vergnügen dürfen? Durchschnaufen, Luft schnappen, die Sau rauslassen, bevor uns eine Krankheit erwischt, wir unter den D-Zug geraten oder an Giftgas aus feindlichen Flugzeugen ersticken. Wo ist die Bulgarin? Wo bleibt der Wein? Wir wollen was zum Beißen! Wo finden wir Vergnügen, nach allem, was wir mit der unglaublichen, quälenden Kundschaft erlebt haben? Herr Ćosić, reicht es nicht langsam? Zu Hause warten sicher die besorgte Gattin und das Vorschulkind. Wir wollen uns nicht streiten! Wozu Krach haben, wo der Mensch doch ein vernünftiges Wesen und morgen auch noch ein Tag ist. Wir stehen ständig zur Verfügung, stets zu Diensten, auf dass wir unserem geschätzten Publikum die Wünsche von den Augen ablesen! Mit schönen Grüßen vom Vorarbeiter und der großen Bitte, sofort den Garten zu verlassen, welcher für den abendlichen Auftritt der bulgarischen Künstlerin hergerichtet werden muss. Wir geben eine Runde Eierlikör aus, was anderes haben wir nicht, der Keller ist zugesperrt und der Schlüssel bis sechs Uhr abends beim Wirt. Springt man so mit uns um? Haben wir nicht gutes Geld bei euch gelassen? Das hat mindestens für den neuen Flügel, die Orchestermuschel und rund fünfzig Tische gereicht. Das haben wir finanziert, mein Herr, wir! Bitte keinen Krach, macht uns keine Ungelegenheiten oder Schwierigkeiten. Wir schenken nichts an Betrunkene aus. Daran ist nicht zu rütteln, zwingt uns nicht, grob zu werden. Erschreckt unsere Hinkel nicht, die hier herumpicken, und auch nicht unsere Ziege, die hie und da Kräutlein abfrisst und uns die unentbehrliche Sauermilch für wählerische Kunden gibt. Die Ziege, Gottes Geschöpf! Das sehe ich doch richtig, meine Herren? Man sagt ja, wie ihr wisst, der Kaiserin wie der Eselin, und mit der Ziege ist es nicht anders! Schon die Altvorderen haben mit so einem Geißbart-Fräulein angefangen. Junge, pack sie bei den Hörnern, vielleicht fällt was für dich ab. Aber wir sind doch keine amoralische Räuberbande, die unschuldige Ingenieure mordet und ausraubt, ohne Hochzeit geht gar nichts! Wer macht den Popen? Hätte der Herr Ober die Liebenswürdigkeit? Schau nur, wie ihre Augen blitzen, sie hätte ihn am liebsten noch vor der Hochzeitsnacht gefressen. Rotzbengel, du bist Trauzeuge, aber wie ich den kenne, frisst der sich bei uns durch, als wär er der Bräutigam. Halt sie gut fest, ob am Zaumzeug oder an den Zitzen, und dir, Lazar, muss ich wohl die Hose aufknöpfen, oder wie? Also Leute, ich bin doch verheiratet, ich habe nichts mit dieser Person zu tun, mit der habe ich noch kein Wort gewechselt! Einmal vielleicht, aber da muss ich besoffen gewesen sein. Die Nutte hat mich verführt, die roch so schön, dass es die Moral von sittenstrengeren Menschen als mich erschüttert hätte. Den Herrn Richter und die Schöffen, vielleicht auch einen von euch! Seht diese Hände, die können nichts anderes als Eisenwaren verkaufen, die können keinem Geschöpf Gottes ein Leid zufügen. Ich will nicht meine besten Jahre in Lepoglava verbringen, für nichts! Wie könnte ich den heiligen Stand der Ehe mit dem Spross eines alten Geschlechts, aus dem ein überaus kluger Sohn und Erbe hervorging, mit Füßen treten? Ich könnte euch ja nicht mehr in die Augen schauen! Ich, der ich keiner Fliege etwas zuleide tun kann?! Der ich schwieg, während mir eine Kundin zwei Finger zermahlte, weil sie den Fleischwolf der Marke Alexanderwerk ausprobieren wollte? Ich handele mit den weltgrößten Namen in Sachen Haushaltsbedarf, was soll ich mit einer Ziege? Die Sorte kennen wir, tun unschuldig, schielen, können scheinbar nicht bis drei zählen und kriegen kein Wort raus, aber von wegen, auf einmal bestehlen sie dich, überfallen die Nationalbank, verführen die Tochter des Ministers und lassen die treue Wachhündin am Eingang zum Palast verbluten. Aber was wäre natürlicher? Ihr solltet auf die wahrheitsliebenden, nüchternen Stimmen der großen Vorkämpfer für sexuelle Freiheit von Rosa Luxemburg bis Professor Kostić hören! Du wärst weder der Erste noch der Einzige in so einer Liaison, die Geistliche als Schande bezeichnen. Was? Das mögt ihr nicht? Bitte, bitte, nur zu! Wir sind keine dahergelaufenen Pappnasen, sondern kommen alle aus den besten Familien, auch wenn sich die von uns losgesagt haben, wir kämpfen in den Klauen einer unmenschlichen Zivilisation Tag für Tag mit unserer Hände Arbeit und der einen oder anderen Finte um das tägliche Brot und insbesondere mit den guten Beziehungen, die wir überallhin haben. Wer beurteilt Menschen nach den Kleidern? Dabei ist an uns alles ordentlich, sauber und gebügelt, und selbst unter Lumpen verbirgt sich manch großes oder auch weites Menschenherz. Nichts Menschliches ist uns fremd. Wir hacken uns einen Finger ab, wenn uns einer drum bittet. Schneiden uns das Fleisch von den eigenen Rippen. Geben unseren ganzen Hausstand her. Den letzten Dinar. Sparen es uns vom Mund ab. Nehmen's den Kindern weg, wenn wir welche haben. So sind wir, meine Herren. Immer mit der Ruhe! Samo polako! Langsamabersicher. Wo hab ich nur den Plan, welchen die Stadtverwaltung zwecks besserer Orientierung der Bürger herausgab? Der Schlag soll mich treffen, wenn das nicht Poplukin ist, und das in Begleitung von Kaiser Lazar, deinem Namensbruder, wenn das man gutgeht, dann schaffen wir's auch bis zur Knez Mihajlova! Wenn uns bloß kein Pope, der den Sitz des Patriarchen verlässt, keine der Pestbeulen ausm Finanzamt und schon gar nicht mein ganz spezieller Bekannter, Bäckermeister Šibalić, in diesem Zustand sieht, das wäre unangenehm. Also, sind wir Männer oder sind wir keine? Wir sind auf jeden Fall für alles zu haben. Hallo, Junge, guck keine Löcher in die Luft, greif lieber unserem Patrioten und Verkaufsgenie Lazar J. Ćosić unter die Arme, damit der nicht zu Boden geht oder anfängt zu kotzen oder irgendeinen anderen Scheiß veranstaltet, irgendwie müssen wir es zum Kasina schaffen, da werden wir erwartet und, Hand aufs Herz, was zu trinken wär auch nicht schlecht! Nicht in die Apotheke, der junge Hahnrei braucht keine Arznei, nein, gegenübervisavis, und dass mir keiner in die Tischlerei stolpert, wir wollen in dieses liebenswerte Wirtshaus, wir genehmigen uns jetzt ein kühles Bier, so sind wir halt. Wir vier, wie vier Könige. Du, ich und Berggrün. Wer kann uns das Wasser reichen? Wir haben alles. Was soll einer, der dreiundneunzig Jahre und blind ist und nur Zwieback essen darf, mit Millionen und Palästen und den schönsten Mädchen anfangen? GesunderGeistimgesundenKörper. Landstreicher, wir? Ich sag euch, wo Norden ist, woher der Wind weht und wie viel fünf mal sechs ist. Unter uns weilt schließlich das einstige Turnervorbild Lazar Ćosić, der nur rohes Fleisch, Gemüse und die eine oder andere Kartoffel isst und sich trotzdem ein Bäuchlein zugelegt hat und mit seinen sechsunddreißig Jahren Dinge kann, die andere mit zwanzig nicht schaffen! Ich schwöre und verwette Kopf und Hab und Gut, dass Lazar auf den Stuhl und von da auf den Tisch klettert und dann, auf einem Bein stehend, linkes Knie und rechten Ellbogen zusammenbringt und in Denkerpose verharrt. Hört und erhört, schaut und beobachtet, was hier geschieht! Angesehener Handlungsgehilfe beweist sein turnerisches Geschick zu Ehren früherer und künftiger Generationen. Sie sollen Rücken und Rückgrat nicht umsonst am mörderischen Reck geschunden haben, der ehrwürdige Dessauer Basedow, Christian Godelf Salzmann aus Schnupfenthal, Johann Christoph Friedrich Guts Muths, Friedrich Ludwig Jahn sowie unsere tschechischen Brüder Doktor Miroslav Tyrš und Doktor Eduard Gretr, des weiteren Tvrtko Stojković aus Niš, Đoko Stojčić aus Subotica, Petar Premetašević aus Pančevo, Čvrstislav Mišić aus Slavonska Orahovica, Karabudž Bolimestojković aus Kriva Palanka, der ehrbare Jude Golo Obrez, der Ingenieur Strškić, die Herren Visočić, Langficker und Kurzschwanz, alle Weißbinder aus Kikinda, Penis Erectus, Lateinlehrer, die alleinstehenden Herren Stojić, Ständer, Digoljub Rotzschwengel, Nespadić sowie Neoboritow, Russe. Und das ist nicht alles. Wir haben noch mehr. Da habe ich einen Zettel, den hat mir ein Kunsttischler zugesteckt, mit einer von ihm eigenhändig abgeschriebenen Liste aller Turner und Nichtturner, welche sich durch irgendetwas auszeichneten. Aufgepasst, red, sprich, schreib! Jan Hosenscheißer, Karakoruka und Picakojama, Japaner und Japanerin, Graf Janos Onanos, François Mösnlecker, Gräfin Agafija Nuttig, Hochwohlgeboren Mstislaw Verfickdich, Leutnant des 25. Ottokarer Regiments, Urban Bumser, s. Durchl. Schwanzhaupt Wichs von Wuchs, Kapitän Elefterios Pissigyros, Victor Popow, Anton Kuppler, Karen Zuzelvulva, Garcia Hombre Utero de la Meuse, Hansi Spermann, Karl Otto Furz, Bata Haudrauf, Ibn Pascha Hintn wie Vorn, Scheich Abdullah bin Zain, Mohammed Ibn Krasser, der Seefahrer, Ben Joussouf Pimm'l, Josef Stoßmausvili, Jacques le Gurque, Jupp Bussi Schluckspecht, Lydia Kurschatten, und dann kommt ein Klecks und das Papier ist so oft zerknüllt und wieder ausgestrichen worden, dass die Namen weiter unten völlig unleserlich sind. Wie wohl, wo sind wir, wohin des Wegs und vor allem mit wem? Da hat sich der Flegel die Haare schneiden lassen, bevor er die Verwandtschaft am Kosančićev Venac zum Gabelfrühstück heimsuchte, da gibt es immer tollen Aufschnitt und Wiener Würstchen, rechts bei Albul habe ich Visitenkarten drucken lassen, und im zweiten Stock ordiniert eine Sekretärin mit Ausfuhrprivilegien, aber für dich ist das nichts, die mag eher Ältere, Erfahrene. Wir Jungen haben kein Problem mit dem Auf und Ab, die ganze Stadt liegt auf Hügeln, da machst du nichts dran, und wenn die Herren ins Palace gehen können, warum dann nicht auch wir, die gewöhnliche Kaufmannsjugend. Und wenn ich euch erzählen würde, in welchen Wohnungen auf welchen Stockwerken und in welchen Häusern ich schon gewesen bin, das würdet ihr mir sowieso nicht glauben, deswegen halte ich den Mund. Und das Schwarze da oben ist das Denkmal von Vojvoda Vuk, tu nicht so, als hättest du das noch nie gesehen, und du, Lazar, gib nicht vor den feinen Fräuleins an, die anderer Leuts Kinder hüten, und dass mir keiner versucht, die Zeitung mitzulesen, das kann der Kerl da überhaupt nicht leiden! Er löst Kreuzworträtsel, blättert um und liest was über den Zwischenfall mit Russen und Japanern, und darüber nickt er ein. Vier Streichhölzer ergeben ein Quadrat. Das fleißige Ferkel und seine Brüder. Wie ich Detektiv für H. wurde, der muss ursprünglich von hier sein, er unterfertigt nur so. Herzelein, für die Tante es Puppi, fürn Onkel der Zuckerbub, deiner Mama ihre Sonn, Papas ganzer Stolz, für Opa der Stammhalter und deiner Oma ein loderndes Feuer, ein Serbe fürchtet sich nicht vor hundert Taliener! Wer hat Lust auf RäuberundGendarm, 'ne Runde Rollschuhfahr'n, DickerholdenBall, Mamaderhautmich, einszweidreivierfünfsechssiebenachtneunzehn, ich komme!! Gestern Nacht habe ich die Affäre der Natascha Rogin gesehen, tolle Sache, alles glatt und dann wird's kraus, immer dasselbe, MannKindMannKindMannKind, mir ist beinahe die Decke auf den Kopf gefallen, ich gucke ein bisschen in den blauen Himmel und denke an nichts! Die haben sich gesucht und gefunden, so ähnlich wie Schwestern, dieselbe Haltung, dieselbe Frisur und überhaupt. OdieeineKleine. Maulschelle. Wie wär's, wenn ich dich mitnehme, du hast doch sowieso keine Mama, oder? WohastndasinderBluseher? Was bist'n du für eine, weißte selber nicht, kannste sowieso nicht bewahren, deine Zeit vergeht und meine auch, wovor hast'n Angst?, ich hab keine Hörner, bin ein Mann, aber kein Teufel! Lazar, ich hab dir doch gesagt, du sollst mich nicht vor den Leuten blamieren, und du, Junge, gewöhn dir den Mist erst gar nicht an, sonst landest du auf der Wache! Die geben dir den kleinen Finger, und nimmst du die ganze Hand, brüllen sie wie am Spieß, hüten's Kind vom Minister und vermissen fünfzig Dinar, und du landest, ehe du dich versiehst, im Knast. SchandeübereuchhättetihrwenigstensaufnTischgehaunaberso! BesoffeneSchweinehinterwäldlerischeViecherVerbrecher! Ich hätte euch fünfundzwanzig gegeben, aber ihr habt's auf junge, unschuldige Bräute abgesehen, die euch nichts getan haben! TschuldigensemeinKollegeisnbisslnebndeKappabergarantiertunschuldig! Tschökes, Küssdiehand, Kratzfuß, AufWiedersehen, hatt'n wir nich jewollt, rein zufällig, der Weg führte uns her, haben hier zu tun, nie mehr, Ehrenwort, ein geschäftlicher Termin, in dem vornehmen Ladenlokal empfängt man uns mit offenen Armen. Schwesterherz, wie hältst du dich nur in dieser Umgebung mit dem Park? Die Kleine wollte uns die Augen auskratzen, weil Lazar gefragt hat, was sie da unten hat. Wir haben schon einiges erlebt auf dem Weg hierher, Süße, nach dem ganzen Bier fühlt man sich wie ein Luftballon. Du weißt wer dir Guten Tag sagt, du weißt, wer bei den Gabaj-Brüdern und dann bei Soldatović arbeitete, Teufelsbraten, du weißt alles ganz genau! Wieso, weshalb, mir nichts, dir nichts haben wir nur noch dich! Bei dieser Hitze kriegt man ja einen mordsmäßigen Durst. Willst du wirklich vier Männer auf dem Gewissen haben? Die hätte helfen können, wollte aber nicht, das ist strafbar, polizeilich verboten und wird mit Geldbuße geahndet, falls es zur Anzeige kommt! Der Herr ist gegenwärtig mit einer Ziege verheiratet, der frischgesalbte Patriarch Gavrilo hat sie getraut, deswegen lassen wir es krachen. Darauf muss man doch einen trinken, man heiratet schließlich nicht jeden Tag. Da biste auch nich gegen gefeit. Schreib dir das hinter die Ohren und komm dann wieder. Was du nicht willst, das man dir tu, das füg auch keinem andern zu. Gleich zu gleich gesellt sich gern. Sag's nicht zweimal, du wirst es noch bereuen, dann ist's zu spät und lässt sich nicht mehr korrigieren, ruhig Blut, samo polako, eins für den Weg, und dann Marsch! So was habe ich in meinem langen Leben noch nicht erlebt, und da gab's so einiges, was du dir nicht vorstellen kannst. Nicht mal'n Wasser für uns? Für uns? Die Blüte der Kaufmannschaft? Wo willst'n was morgen kaufen, wenn wir nix verkaufen? Hä? Ja, meine Brüder, Kinder Gottes, Kumpels, Kameraden und Freunde, dass wir so was erleben müssen! Du bestellst was und kriegst es nicht, das hat es ja noch nie gegeben. Lazar, verdammt, musst du ausgerechnet jetzt mitten auf die Straße speien?

Da ist eine aus der französischen Bergwerksgesellschaft, die kenne ich gut, die ekelt sich jetzt! Und was geht dich das an, Freundchen? Dem Mann ist übel, er hat sich vergiftet, so ist das halt, man muss sich erleichtern, für einen schwachen Magen wird keiner an den Schandpfahl gestellt. Besoffen am helllichten Vormittag! Na und? Mittags oder abends ist auch nicht besser, irgendwann muss es sein, wer wollte einem denn vorschreiben, wann und warum man mit wem einen hebt? Der Mann hat einiges durchgemacht, kommt aus guter Familie, hat alles, hat aber eine Ziege geheiratet, da war er nicht ganz bei sich. Jetzt ist die Scheidung anhängig, die Schuld liegt bei der Braut, die so unerträglich stinkt, dass es der Gatte nicht aushalten kann. War stets vorbildlich, zärtlich und sanft, ein geschickter Kaufmann, guter Familienvater und würdiger Ehemann, jeder macht mal einen Fehler, wegen dem darf doch nicht das ganze Leben ruiniert sein, ich und der Schwager und unser junger Kollege hier werden zu seinen Gunsten aussagen, selbst wenn wir damit unseren Ruf ruinieren. Wir lassen uns gegenseitig nicht im Regen stehen, wir teilen den letzten Bissen, wenn es uns dreckig geht, wir lassen ihn auch jetzt nicht in der Gosse liegen! Schämen Sie sich nicht, andere auszuspionieren, wer wie viel und auf wessen Kosten trinkt? Tachchen! AllesGute! Gesundheitundsoweiter! Herrliches Wetter, wenn auch etwas zu heiß, oder? Ein kleiner Spaziergang zur Erholung nach einem anstrengenden Arbeitstag, gelt? Wir hoffen das Beste im Fall des unglücklichen Ingenieurs Bader. Der Arm des Gesetzes wird sicherlich den blutrünstigen Kerl zur Strecke bringen, der meint, er könne alles und jeden zerstören, morden und mopsen. Wir? Nein, warum? Betrunken? Höchstens beschwipst. Damit haben wir nichts am Hut. Wir sind in allen Punkten loyal. Darf ich vorstellen, Lazar Ćosić, Fachverkäufer, arbeitet im Eisenwarenhandel. Seine Gattin kommt aus einer der vermögendsten Familien Slawoniens. Eine herausragende Köchin und attraktive Frau. Sein Sohn kennt schon alle Buchstaben, obwohl er noch nicht in die Schule geht. In jeder Hinsicht. Er, sie, es! Auf der dreiköpfigen Familie ruht unser dreieiniges Königreich. Gäbe es deren mehrere. Nein, es ist gut so, ich bin nicht dagegen. Und das ist sein Schwager, Freiberufler, gedankenschwer, sehr kultiviert, redet allerdings kein Wort. Angeborene Bescheidenheit. Und dieser Nachwuchsökonom verdient sich bei uns gerade die ersten Sporen im Eisenwarenhandel. Ja, wir sind alle Händler. Was wir genau machen? Wir kaufen für teures Geld und verkaufen es teurer weiter. Um so viel teurer, dass wir überleben. Sie kennen mich nicht? Nie gehört? Sie sind mir einer! Freundchen, Freundchen! Ein echter Falke begibt sich jeden Tag in Lebensgefahr, damit kein Dieb die Kasse raubt, unsere Gattin verführt und unserem Stammhalter die Augen auskratzt! Kriegskamerad! Bruder! Du bist mein Zeuge! Dazu fällt mir wirklich nichts mehr ein. Ich? Wirklich ich, nach allem, was passiert ist? Wann war das überhaupt? Wann wurden diese ganzen Erwartungen an mich herangetragen? Und was machen wir jetzt mit meinen ganzen Beiträgen zum Ganzen? Nein, Ehrenwort, bei meiner Ehre, bei der meiner Familie, der Blitz soll mich ansonsten treffen! Jemand hat dem Pechvogel was ins Glas getan, wie er sich mal kurz umgedreht hat. Wir putzen alles wieder weg. Er ist versichert. Wie sich's gehört, geprüft von der Kaufmannsjugend, gegen alles geimpft, ist nicht ansteckend, nur der Anblick ist eklig. Meine Güte, auf dem Schlachtfeld kratzen massenweise Japaner und Spanier ab, und wir streiten uns darüber, ob er gekotzt hat oder nicht? Mensch, Freundchen, Landsmann, lass mal fünfe gerade sein! Genau so. Ist schließlich nicht so wichtig. Davon geht die Welt nicht unter. Du bist vielleicht mal froh, wenn wir dir helfen. Kann man nie wissen. Sag Danke, Bruder! He, Katharinchen, wenn ich hier mit meinem Lazar und dessen Schwager und dem Kurzen säße und wir würden nur Himbeersaft bestellen, dann müsste sich keiner übergeben! Also, ich würd mal sagen, der Flegel hat keine Manieren, der weiß nicht, wo wir sind! Du Landei, wir sitzen doch nicht im Bahnhofsrestaurant, wo du nach Herzenslust gähnen und einnicken darfst, wir sitzen auch nicht im Kaffeehaus der Akademie, welches seinen Namen von der ehrwürdigen Institution der königlichen Akademie der Wissenschaften hat und deswegen von lauter Schlaumeiern und Greisen mit so 'nem Barte flequentiert wird, nein, du befindest dich bei Frau Katrinchen M. Sajić, wenn ich vorstellen darf, wenn ich Ihnen diesen Rotzbengel ans

Herz legen darf, und das ist Herr Mischa Schwein, der Sohn seiner Mutter, ein herrschaftliches Kind, das mal die halbe Straße erben wird, sich aber trotzdem nicht mit Fabrikanten und anderen Geldsäcken abgibt, sondern mit uns gewöhnlichen Leuten, er ist eben eine Seele von Mann. Um Gottes willen, jetzt ist es so weit, musste ja so kommen, wir sind blank, haben keinen müden Dinar mehr in der Tasche, wir sind ehrliche Männer, nur haben wir uns finanziell verausgabt, ähm, wenn Sie so nett wär'n, uns auf Treu und Glauben was auszuschenken, mein Kollege geht schnell nach Hause und holt Geld, dann ist alles gut. Ich gebe Ihnen meine Brieftasche als Pfand, allerdings ist da nix drin, und mein Freund, der schnittige Handlungsgehilfe hier, hinterlegt seinen Stock mit dem geschnitztem Griff, ein Erbstück von seinem Onkel aus Amerika, der bei einem Grubenunglück starb. Dann hätte ich noch meinen Waffenschein anzubieten, und mein Kumpel hat Mitgliederausweise für den Sokol und die Kaufmannsjugend, der ist wie eine Krankenversicherung, obwohl ihm nie was fehlt, umso besser! Nein, wir bleiben keinem was schuldig, keinen einzigen verdammten Heller. Jeder hat seine Fehler, der eine hat einen Riesenzinken im Gesicht, der andere humpelt, und wir sind gerade pleite. Grad haben wir auf der Straße zwanzig Lose der Klassenlotterie gekauft, wenn wir den Hauptgewinn ziehen, sind wir wieder flüssig, verstehn wir doch, klar, natürlich können Sie darauf nicht warten, ist eh nicht Ihr Bier, wenn wir pleite sind, sind uns zu nichts verpflichtet, Sie kennen uns nicht, sehen uns heute zum ersten Mal, obwohl wir hier bekannt sind wie bunte Hunde, kein Geschäft, in dem nicht Verwandte oder Bekannte oder Nachbarn oder Leute arbeiteten, die wie wir aus der Lika kommen. Ein bisschen Geld ging für Schokolade drauf, die hat unser Freund Lazar seinem klugen Söhnchen gekauft, und der will die wegen der lehrreichen Bilder haben, die vom Leben und Sterben des Volkes erzählen und später in ein Buch geklebt werden, das alles gründlich in Wort und Bild zeigt. Wie die Indianer ehrliche Leute vierteilten, oder wie was woraus gegossen, geklebt oder genagelt wird, alles Punkt für Punkt und Buchstabe für Buchstabe erklärt. Und wenn dann im ganzen Buche nur noch Bild numero acht fehlt, dann steht man dumm da, aber die haben die Nummer acht absichtlich aus dem Verkehr gezogen, damit ziehen sie dir den letzten Heller aus der Tasche, weil du immer wieder diesen Dreck kaufst, nur um das verdammte letzte Bild zu ergattern. Wenn die Tafel ihm mal nicht in der Tasche zerlaufen ist, er steckt ständig die Hand da rein. Autsch, was ist denn in dich gefahren?, schöne Parade, jetzt sitzt du in der Tinte, zu Hause wirste was erleben, eben hattest du noch ihre verdammten Briefe und Postkarten, die hattest du mitgebracht, um sie zur Gaudi der versammelten Mannschaft vorzulesen, und jetzt ist alles weg! Bis auf die Schokolade, der Rest spurlos verschwunden! Mann, Bruder, Schwager, verrat ihr bloß nichts, ich flehe dich an, obwohl es deine Schwester ist, du kannst dir ja vorstellen, was sie für einen Krach vom Zaun brechen würde, wenn sie das erfährt, der Kram ist eben weg, hat die Katz gefressen, und basta. Da hat irgendein Schwein lange Finger gemacht und die Briefe aus seiner Jackentasche geangelt, wo kann das nur gewesen sein, der sitzt jetzt irgendwo rum und lacht sich schlapp, während unser lieber Lazar nichts mehr hat, was er daheim in die Schachtel zurücktun kann, aus der er's hat. Schau nach, such alles gründlich durch, denk nach, hast du das Bündel irgendwo herausgeholt, es jemandem gezeigt, kann's wo rausgefallen sein, vielleicht aufm Abtritt?, isses ins Klo geplumpst, abgezogen, verschlurt, drauf rumgetrampelt, ohne kannste wirklich nit heimgehen, obwohl, bei dem, was du alles aufm Kerbholz hast, Lazar, Lazar, Lazarendo! Nein, wir laufen jetzt nicht den ganzen Weg zurück, wenn einer das Bündel gefunden hat, hat er's schon bei der Polizei abgegeben oder amüsiert sich damit, haben Sie vielleicht ein kleines Päckchen Briefe gesehen, ein liebes Andenken, wichtige Schriftstücke, nichts Wertvolles, außer uns kann keiner was mit anfangen, hängt nur das Leben eines oder mehrerer Menschen davon ab, eine chiffrierte Botschaft an den russischen Sonderbevollmächtigten, die Welt geht unter, wenn die in die falschen Hände fällt, uns bringt der Verlust an den Bettelstab, und ihr habt nichts von den Papieren, also gebt sie doch bei Lazar Ćosić in der Čika Ljubina Nummer sieben, vierter Stock, ab, oder an seinem Arbeitsplatz in der Eisenwarenhandlung Petrović und Lukić am Königsplatz, ordentliche Finderlohnung für den, der die Briefe nicht liest oder das Gelesene vergisst, ach Lazar, wer weiß, wo das Bündel jetzt ist! Đorđe, Freund und Kamerad, was machen wir denn jetzt, ein Knilch hat dem Lazar sein ganzes Geld geklaut und das Soldbuch und den Versicherungsschein und das Rechenheft seines Sohnes und das überfällige Rezept für seine kranke Frau und Spezifikationen für Besorgungen, die ihm seine Firma anvertraut hat, und das Telegramm des Ministeriums für Wald- und Bergbau, welches er seinem Arbeitgeber hätte aushändigen sollen, und der aus der Tageszeitung von Virovitica ausgeschnittene Bericht über einen Turnerwettbewerb, den er am Reck über eineinhalb Stunden gewonnen hatte, all das hat einer geklaut, als wir einen kurzen Moment nicht aufgepasst haben. Ein Gläschen noch, bitte, wir kotzen sonst noch, der Junge, den wir im Schlepptau haben, dem fallen schon die Augen zu, du bist uns also bald los. Hallo, Sikimić, Kamerad, die Welt ist klein! Wie geht's, wie steht's?! Rin in die Kartoffeln, raus aus die Kartoffeln! Bis auf dass wir ausgeraubt wurden, Gift in die Gläser geschüttet und keinen Krümel zu Essen kriegten und uns hie und da mit der Staatsgewalt, Polizisten, Freimaurern, Turnern, ausländischen Spionen, ungehobelten Kellnern, Nutten und Tunten, fliegenden Händlern und dem verdammten schwarzen Fotografen angelegt haben, der wollte uns partout beschickert ablichten. Und wer ist die Blindschleiche im Eck, wenn du schon zum vergnüglichen Teil des Tages übergehst. Das ist ja wohl eine Schnapsidee, in einem anständigen Lokal Bücher lesen zu wollen, hier kommen die Leute doch auf einen Sprung zum Reden rein, bevor's nach Hause geht. Was, ich hätte in meinem langen Leben keine Zeile gelesen? Also entschuldigense mal, alles, was recht ist, mein Herr, Sie können ja Doktor, Professor oder sonst was sein, das gibt Ihnen noch lange nicht das Recht, mich zu beleidigen! Was ich wann gelesen hätte? Wer sind Sie eigentlich? Wofür halten Sie sich? Was bilden Sie sich ein? Zu meiner Zeit. Nach dem Krieg. Wo ich alles war, was ich alles gemacht habe und mit wem nicht alles! Schau, schau den Glogauer, der hat seinen Henkelmann leer und öffnet den Laden wieder, und da sind die Mädels von der Avala-Genossenschaft, die haben sich irgendwo kitzeln lassen und schuften jetzt weiter bis abends halb acht. Alle sind sie wer, nur uns geht es dreckig, lieber Sikimić! Was juckt's mich, welcher Blödsinn in welchem Buch geschrieben steht? Ich war Buchführer bei der Gesellschaft zur Alterssabsicherung der Eisenbahner, Hebammen und Notare, was ich da unter der Hand und dabei dauernd diese ungesunde Luft, das war hart. Aber wer liest, denkt nichts Böses. Das Buch ist in Krieg und Frieden der beste Kumpan, und im Notfall kann man es unter ein Bein klemmen, wenn der Tisch wackelt, und für die schon gelesenen Seiten findet sich bei gut arbeitender Verdauung eine ganz hervorragende Verwendung. Ich und nicht wissen, was in welchem Buch steht, was zwischen dem und dem geschah und wo das war! Ha, du kannst mich mitten in der Nacht wecken, und ich erzähle dir haarklein, wie die Gräfin ins Zimmer trat, erst das und dann das auszog, sich kratzte und dann den Schrank aufmachte, und dass aus dem Schrank ein splitterfasernackter, stark behaarter Schornsteinfeger sprang, was am Schornsteinfeger besonders auffiel, wo ihn die Gräfin anfasste, was er ihr daraufhin sagte, was sie erwiderte, wo der Schornsteinfeger zuerst hinschaute, was dieser Teufel ableckte, wo er seine Füße hatte und wo die Hände und alles andere, was die Gräfin sagte, während sie anfing zu stöhnen, wie und wie lange er welche Sachen machte, wie es der Gräfin dann schlecht wurde, dass er da dachte, sie wäre tot, aber einfach weitermachen wollte mit dem, was er machte, solange sie nicht kotzte, und dass dann der Graf hereinkam, ebenfalls nackt, wie der anfing zu schimpfen und vom Schornsteinfeger verlangte, ihn genau so zu behandeln wie die Gräfin, und so geschah es auch, bis drei Zimmermädchen kamen und jede mit ihm machte, was ihr in den Sinn kam, während der Graf eine Sau holte, die sofort auf den Teppich schiss, während er an ihr ausprobierte, was der Schornsteinfeger bei ihm gemacht hatte, und dann kam der Aufseher mit einem Riesenstecken, ich sag dir, wo der den alles hineingesteckt hat, während die drei Zimmermädchen sein Hemd und was sonst noch aufknöpften, und dann stößt ein Feuerwehrmann dazu und ein kleiner Bäckerjunge mit frischen Brötchen und eine Gouvernante mit ihrem Schützling, und alle machen alles mit jedem und das Ganze dauerte so lange wie der Luftangriff, von dem die nichts wussten.

Und das Schöne ist, während du das liest, ist es, wie wenn du es selbst machst, und danach haste's nich weit, musst nur ins Badezimmer und dich abtrocknen. Jetzt ist aber wirklich Schluss, unser Freund hier ist bewusstlos, wir müssen ihn huckepack nach Hause tragen und unter eine künstliche Regenwolke stellen, um den ganzen Schmier herunterzuwaschen, und du, Kleiner, kannste bitte ins Geschäft gehen und für ihn einspringen, bis er wieder beieinander und pumperlgesund ist? Schwager, gib mal das Büchlein her, damit wir wissen, wo wir sind und wie wir gehen müssen, und dann satteln wir die Hühner. So wie es hier steht, wird es sein.

Wo, mit wem und wie. Hierher und dorthin, überall und nirgends. Ringsum Köter, also durch die Hintertür. Vom Regen in die Traufe, von unfreundlich bis böse. Von Schwelle zu Schwelle. KeinWegkeinPfad. Wen wir nicht treffen, der kann uns nicht treffen. Der Blinde führte den Blinden. Ein Schritt vor, zwei Schritt zurück. Ächzt er nachher? Reiseführer durch hiesiges und fremdes Gebiet. Kneipenführer für Beschwipste und solche, die es nicht sind. Wohin soll's gehen? Plan, Landkarte und wunde Punkte. Entfernungsangabe geteilt durch zwei, multipliziert mit dem Alter des Reisenden, ist gleich der Prämienhöhe bei der vorigen Ziehung der Klassenlotterie. Das *Who is who* meiner unglücklichen Familie. Verzeichnis der wichtigsten Orte, Menschen und Dinge, ob real oder nicht. Ein Kontinent, der sich der Teilung zweier Vorgänger verdankt, die einst ein Meer waren. Ein Überfluss an Höhenzügen, entstanden durch das Phänomen der Auswaschung, wodurch sie höher aussehen, als sie sind. Wittgenstein, Nierenstein, vom und zum Stein. Wie vom Sigmundufer zum Lamartine-See kommen? Potemkinos Dörfer. Zauberberg, Capablanca E2e4. Königsgehörn, Battenberg, Mont Blanc, Alban Berg. Undurchsichtige Mariza mit Zuflüssen. Braune, Blonde, mehrheitlich Brünette. Für ein Trinkgeld werden drei königliche Schädel gezeigt, von einem Volksschüler, einem Thronfolger und einem im Mannesalter. Der unvorsichtige Barbier wird pflichtschuldigst verpflastert. Man nutzt die Sprache der Briefe, Marken und Taschentücher. Der eine wendet die Hosentasche auf links, zeigt, er hat keinen müden Heller mehr, der andere legt den Zeigefinger über KinnMundNase, Pst!, und zeigt mit der anderen flachen Hand quer zum Halse: Du überlebst nur, wenn du zahlst! Aaeeïnen, Uuooaïnen, Eeïioun. Skjogerborn, Gretholmansjaar, Sveriksoon. Pschipschipschewski. Parandow-Kamnizki, Schestozki. Schmiedel, Schlitz, Schlauch, Heilverband, Dreckfresser, Bruderschaft, Stoppelkrautfleckerl, Zimmerherein, Grünzeug. Knödlig-Gemähren, Prpa, Straha, Mekovecki. Gulaschkaposchhorgoschvar, Javorkaradi, Magyarentak. Prčić, Prčevski, Prčović, Pupser, Prčalo, Prtschenfeld, Prtschart, Querfurz. Ganjev, Kozev, Sadev, Paparikov. Marmelados, Kalligrafos, Geometraxas, Telefonterios. Schwarber, Franzäse, Schanuar, Brillantini, Laprdini, Kidawelli. Eltoroljeros, Kjeropaella, Muerteredia. Firstball, Kingsmith, Rugby. Polderpool, Kaffee Hag, Klomaar, Füllfeder, Genauzeit, Krapfenmelk. MeinLieber, Kinderzimmer, Doppelwalzer, Kranski. Navrgoor, Bljuzgeer, Viertel. Als Wappen die Hand mit dem ausgestreckten Zeigefinger, der auf die Buchstaben WC deutet. Drei gekreuzte Lauchstangen, uraltes Symbol des Königshauses, und ein Stück Damenseife mit Prägekrone. Auf dem hellroten Feld eine Faust, wobei der Daumen zwischen Zeige- und Mittelfinger herausschaut. Von König I. bis Kronprinz der Letzte. Teile und herrsche, Aufstand der Satten, Krieg und Frieden. Rechte und Pflichten in Magna Karte. Galgen- und Schusteraufstand, Nacht der langen Kaffeelöffel. Dank der Knopflochnelkenbewegung wurde aus der einstigen Sach- und Lachrepublik eine Monarchie mit republikanischer Streitkultur. Unbedachte Tat eines Apothekergehilfen verändert den Lauf der Dinge. Der Fall der Fälle. Friedensvertrag unterzeichnet im Esszimmer. Vertreter aller Berufe antichambrieren. Der Ausdruck »Kartoffel oder Mohrrübe« geht auf diese Versammlung zurück. Präzedenzfall, unterschrieben auf Druck der sieben Neider. Allen steht eine Zahnbürste, ein Paar Hausschuhe sowie ein Bewegungsradius von 2,5 Meter zu. Die Erfüllung der Auflagen überwacht eine Kommission aus fünf taubstummen Volksschülern. Historischer Sinn des Brennnesselnbepinkelns seitens Theodor I. Im Hafen der Ehe: Laura III. Als der schwarze Kater Slobodanka Morgensterns Weg kreuzte und die Folgen. Weiße, Blaue, Rote im Kampf um die Macht. Am 23. Juli geht Ansichtsk. beleidigenden Inhalts ein, 24. Juli: Banjeglav radelt zum Versammlungsort, Vier-Augen-Gespräch aufm Lokus der Wirtschaft, bei dem böse Worte fielen; am 26. Juli lernten sich beide Familien kennen, drei Bananen treffen als Zeichen guten Willens ein; am 27. Juli erwähnt A. H. im Gespräch mit einer Freundin das Gefühl, betrogen worden zu sein, und äußert Zweifel an Schwangerschaft, Schmutzwäsche und Larifari; am 1. Aug. ist die Ehefrau außer sich und der Vater stinksauer, rette sich, wer kann; die Tanten appellieren an die Vernunft und erinnern an bessere Tage; am 2. Aug. neuerliche Verschlechterung, Abkühlung, Bettwanzenattacke und völliges Erliegen des Verkehrs; am 6. Aug. bietet sich Herr Müller als Vermittler an; am frühen Abend neue Hoffnungen auf die Rückseite der Quittung von der Reinigung notiert. Bis heute Status quo und nascendi mit kleineren Inzid. vorm Badezimmer, im Treppenh. und abends. Aller Augen auf ihnen. In großer Sorge, zahlreiche Sitzungen und unflätige wechselseitige Beschimpfung. Feuer der Leidenschaften, als die Nacht ins Bett sank, Untergang des Hauses Ascher. Eishölle. Havarie der Titanic, Sturm im Wasserglas, aus der Mücke einen Elefanten. Vom Winde verweht. Winde im Duodenum eines Handlungsgehilfen. Zwischen Hammer, Amboss und Steigbügel. Multimillionäre von mehreren Millionenmillionen Millionen Trillionen abwärts. Reiche von mehreren Millionenmillionen Millionen bis eine Million und ein Dollar. Mittelschicht von einer Million bis zweitausendfünfhundert Dinar. Unterschicht von 2500 bis 1 Dinar. Arme Schlucker 1 Dinar und weniger. Multimillionäre können sich alles leisten, reiben Fleisch dick mit Butter ein, meist an Krebs, Angina und Windpocken; Millionäre schwarzer Anzug, Wiener Schnitzel, Ćevapčići und Grillspieße, Schneenockerl, sommers am Meer, winters in den Bergen, nehmen das Flugzeug, gesellig und langlebig; Mittelschicht Eintopf, Brathähnchen, Gesellschaftstänze, Kino und Theater, bewerben sich um Anstellung, arbeiten als Verkäufer, Fahrer und auf Baustellen, Magengeschwür, Herzinfarkt, Ohr, Kehle, Nase und Augen; Unterschicht wickelt sich mit Zwirn in Zeitungspapier, schläft auf Pappendeckeln, trägt Altkleider, aufm Speiseplan Zwiebeln und Wasser sowie Scheiße mit Milch, pumperlgesund, frohgemut und zufrieden, arbeiten in der Politik. Die Schrecklichen, Pomodori, Neandertaler, Idiotenbrüder, liebe Brassen und Brasserien, Franzengländer, Nickelodeons, Zugeher, Stradivari-Schafe, Graf Ortho, Junikäfer, Apostelschaben, Scheider und Kassiererinnen, Weihenstefansorden, Lungenkranke, U-Boote, Bergbauern, Abschreiberlinge, Salzburger Löffler, Kaiserkrümler, Krabbelkinder, Blaustrümpfe, Dotterblumen, Mamasöhnchen, Böhmische Knödel, Schnapsdrosseln. Spielmannsbank, Rothmans Bank, Schleicher & Co., Zuckmann-Stiftung und Gliksman Inc., Münzprägeanstalt Freier, Goldman Sex, Tausenderleihbank, Schalomaleikomm OHG, Rubirnstein und Conference-Birne, Goldberg Variationen, Bankverein Langfinger-Güldenstein, Silberstreif-Stiftung, Förderverein Zauderberg, Lenbach und Zweigelt, Geldbösn und Söhne, Lovenstein-Genossenschaft, Goldengold und Silberhell, Kronzprinzenschritthalter, Orgasmawische Nationalbank. Großer Preis von Monte Marina. Goldenes Vlies. Wir suchen das fetteste Kind Europas. Miss Hiesig. Knödelwettessen-Siegerpokal. Sweet Cup. Goldene Sicherheitsnadel für den Balkan. Freundschaftsspiel Steinitz gg. Simulanta. Jährliche Maxiannalen von Cisjordanien. Tour de Karparten. Mit fünf Federn um die Welt. Testphasenprämie. Preisgeld. NichtdotierterPreis. Rühmmann-Preis 1929 G. Obskurabile, 1930 Wichsmann, 1931 S. F. Dahergelaufn, 1932 Alfons Niemand, 1933 Antonio Nulla, 1934 Juan Carlos Arschgeschoss, 1935 nicht vergeben, 1936 Janos Irrer, 1937 M. Bledmann, B. Franklin (Blitzableiter, Fahrrad), A. Volta (Pfeil und Bogen), J. Millington Singer (Nähmaschinenbegleitgesang), O. Spengler (Wasserrohr), T. Alva Edison (Halwa), A. Nobel (Preise), A. Lavaboisier (Lavabo), M. Kurie (Vatikanfreuden), G. Kaiser Wilhelm (Gamaschen und Barttrachten), G. A. von Goetzen (Denkmäler), Mike Wilding (Weingel), S. Penkala (Füllfederhalter), I. Feldafing (Feldtelefone und -betten), S. Rothschild (Geld), Gust. Flaubert (Pistole), Louis Guillot (Allesschneider), Abel Guns (Geschütze), F. Grillparzer (Patzer), Wiktor Iwanowitsch Globus (Erdkugel), N. N. Anonymos (Briefe von Unbekannt). Dr. Paracelsus, Dr. Reiskoch, Dr. Scharlach, Dr. Faustus, Dr. Ghetaldi, Dr. Bazillus, Dr. Stethoskop, Dr. Uskoković, Dr. Jeckyll, Dr. Quarz, Dr. Medic, Dr. Caligari, Dr. Variola, Dr. Kasapić, Dr. Tutweh, Dr. Bayer, Dr. Schuster, Dr. Schlosser, Dr. Oberschlau-Meyer, Dr. Krebs, Dr. Capisco, Dr. Ilić-Rakovački, Dr. Katerli, Dr. Mabuse. Josef Noth & Comp., Plunder-Liquidierung, Schmarrnverein, Erbswurstverlag, Dreigroschentrust, Europäisches Hauwegkonsortium, Minder-Assoziation, Krempl Export GmbH, Rumml OHG, Herrenberger Nacktarsch, Schmutz &

Com., Dombi und Sohn, Boulevard und Pockenschön, Kaiser und Bettelmann, Herr Glembajev, Sokol-Feuerwehr der Belgrader Kaufmannsjugend. Jugoslawische zänkisch-katholische Organisation für Sozialismus und Bodenbearbeitung im Sinn der Lebensmittelerzeugung. Pfadfinderverband. Jugoslawisches Rabiat-Kollektiv. Bauernhüte. Einsiedlerschwestern und Artistinnen. Prager-Schinken'sche Genossenschaftsbank. Russischer Rouletteklub. Spundwandbrüder. Diabetiker- und Techniker-Gesellschaft. Kroato-serbische Slowenen. Postlagernde Witwen. Europäische Füllfedern. Initiativausschuss zwecks Durchführung der ersten nichteuropäischen Gegenolympiade mit dem Ziel der Enteinigung der Vereinigten Staaten. Hilfsorganisation für auf Stütze angewiesene Multimillionäre. Verein verstrahlter Hausfrauen. Organisation pichelnder Antialkoholiker. Die kleinen Attentäter. Schwager und Schwägerinnen. Tram, Triebwagen, Bummelzug und Besen. Von hier runter und wieder hoch. Von der Anhöhe kann man Zemun betrachten, Pančevo sehen und wer wer und wer wo ist. Zu jeder Tages- und Nachtzeit. Stets frisches Gulasch. Blitz und Donner sommers wie winters. Mit dem Privatlift runter, unterm Bett hervorkriechen; alle Geschäfte für Pumphosen abgeklappert; auf der Suche nach der verlorenen Hutnadel. Die zahlreichen Sehensw. mit Kreuzchen markiert. Polizisten fragen, Passanten nicht böse sein, dem schwarzäugigen kleinen Taubstummen an der Ecke Almosen geben. Jedes Haus ein Museum, Geschichte auf Schritt und Tritt. Dinge, welche einst ein Genie in der Hand hielt. Das Besteck, welches der große Kindsmörder benutzte. Ein Stück vom Strick des Erhängten. Eine Dose Šmol-Schuhcreme, mit welcher der berühmte Haiducke seine Stiefel einrieb. Die Brosche der Operndiva, welche sich im dritten Akt löste. Handschriftlicher Brief der Analphabetin auf dem Thron. Alle fünfe, gruppenweise drei. Schüler und Soldaten bei freiem Eintritt. Füttern verboten. Bitte nicht berühren. Die Exponate sind auch en miniature in Wachs erhältlich. Die Fotografie als Andenken. Zieh dich gut an, drinnen herrscht ewiges Eis. Dort gehen der Längengrad von Greenwich, Äquator und Golfstrom durch. An dem Orte haben Schwerkraft, Foucault'sches Gesetz und Polarlicht keine Chance. Wirft man am geografischen Mittelpunkt der Erde eine Münze in die Höhe, bleibt sie dort stehen. Von da Blick auf beide Pole, Äquator, Zenit und Nadir. Kürzeste Entfernung zwischen zwei Punkten im Weltall. Ginge man hier gerade durch die Erde, käme man direkt im Schlafzimmer des amerikanischen Präsidenten heraus. Wenn du hier'n dreckiges Wort fallen lässt, dringt es via Echo bis zum Papst in Rom. Echotal, Spiegelsaal, Witwengang, Seufzerbrücke und Speiseraum. Wirkt alles künstlich, ist aber echt. Uraltkram, sieht trotzdem aus wie neu. Sklavenarbeit von Millionen, welche das alles huckepack hergeschleppt haben. Viele liegen hier begraben. Dass hier bloß keiner seinen Namen unter die Nase der schlummernden Venus kritzelt. Auch Besoffensein rechtfertigt es nicht, in die Ecke direkt unter dem Porträt des Erzbischofs zu pinkeln. Wenn einem von zu viel Bier übel ist, soll er nicht in die Porzellanschüssel aus dem sechzehnten Jahrhundert kotzen, das ist polizeilich verboten. Wenn Steine sprechen könnten, sie würden heulen, so sie es denn könnten. Über diesen Balken sollte man nur nüchtern gehen, Gipfel der Vollkommenheit am Ende der Welt. Man kann sich setzen und die Beine baumeln lassen. Ab hier beginnt das Nichts, da hat noch kein Mensch seinen Fuß hingesetzt, ein Gebiet, gehüllt in den Schleier des Geheimnisses und östlicher Düfte. Nur auf eigene Verantwortung und mit ärztlicher Bescheinigung. Machen Sie ein Kreuz statt der Unterschrift. Die Verwaltung gibt keinerlei Garantien, antwortet nicht und weist jede Schuld von sich. Gold, Zähne und Adresse beim Portier, in den dafür vorgesehenen Fächern. Wer es nimmt, wird es bereuen, wer nicht, bereut es noch mehr. Binnen sieben Stunden einmal um Himmel und Hölle herum. Zwei Stunden mit dem Teufel, in den Fängen der Sünde. Nur für Leute mit starken Nerven. Alles in einer Kugel mit Würfelform, welche in Wirklichkeit ein Glas ist. Ein Schluck, und Sie finden sich im dritten Jahrhundert vor unserer Zeitrechnung wieder. An diesem Tresen können Sie mit Jesus Christus reden, in jener Wirtschaft können wir für Sie eine Unterredung mit Sokrates' Witwe arrangieren. Die Vertiefung rührt vom Leib des Papstes Gregor von Nin. Der Fettfleck auf dem Groschenheft stammt von Johannes dem Täufer, hier hat er signiert. Eine

Sammlung häuslicher und gastwirtschaftlicher Bedarfsartikel, Intimwäsche, persönlicher Gegenstände und eigenhändigen Unterschriften von William Shakespeare, Rabindranath Tagore, Maimonides, Pasteur, Vincenzo Bellini, P. T. Barnum, Jacob Grimm, Anna Csillag, Ignacy Paderewski, Kemal Atatürk, Charles Lindbergh, Lloyd George, Marinetti, Aleister Crowley, Marie Curie, Maurice Dekobra, Dragoljub Aleksić, Ramsay MacDonald, Riza Arap, Sigmund Freud, Zane Grey, Vlada Teokarević, Henry Ford, Kokolores und Säckler, Leo Trotzki, Houdini, Upton Sinclair, Alfred Krupp, Avram Filipović, Mistinguett, Jules Rimet, Alexander Kerenski, Montagu Norman, Paavo Nurmi, Capablanca, Peter Pan, Leopold Bloom, Basil Zaharoff, Lazar Ćosić, George Gallup, Mynheer Peeperkorn, dem Großen Gatsby, Donald Duck, Suzanne Lenglen, Pelivan, John Rockefeller, Wallis Simpson, Graf Zeppelin, King Kong, Contessa Ciano, Sonja Henie, Wallace Beery, Ferdinand Porsche, Banjeglav, Dornröschen, Prinz Eisenherz, Howard Hughes, Max Schmeling, Ivar Kreuger, dem Unbekannten Soldaten, John Dillinger, Dollfuß, dem Hausmeister, der Dame des Hauses, Brick Bradford, Arthur Rubinstein, Eva Braun, Marschall Mannerheim, Rasputin, Eduard Beneš, Jackie Coogan, Fred Astaire, Rintintin, Maria Walewska, Massa Chusetts und Squaw Valley. Zum Lesen am Tresen, im Abtritt und während der Pausen zwischen zwei Touren. Anonym: Liste verbrannter Bücher; Š. Š.: Verz. verlor. Msk.; A. A.: Verz. weißer Bl. S. 1 + 1–11, legat M. M. Hinterlassensch. Dr. Analphab., Folio, zweite Seite eingeriss., Tinte verblasst, ohne Pagina, Unterschr. und klaren Inhaltsangaben. Spuren von Erbrochenem. Überschrieben mit hind. Apokryphen, nach dem verbrannt. Orig. erinnert von einem verstorbenen Augenzeugen. Titel entwendet, Blatt herausgerissen. Jahrbuch Annal. Inh. ohne Zählung Bd. 11 Abt. 86, neuwertig, ohne Kap. Schachtel XXIX, Jahr 1984, ausradiert, vernichtet und zurückgezogen. Freie Bearbeitung, erg. nach Erzählungen. Von mehreren wiss. Mitarb. der vernichteten Anthol., ihrer Quellen, Zitate und zusätzl. Erg. begl. Umschlag, Verlag und Belag. Reiche Galerie mit Werken von Brutus, Papst Gregor 77., Mario Cavaradossi, Rinaldo Rinaldini, Luzifer von Padua, Tazio Nuvolari, Rigoletto del Sparafucile, Tino Rossi, Gabriele D'Annunzio, Lina Pagliughi, Comte Cannelloni, Ruffino Bianco, Chianti Popolo, Leonardo da Vinci, Picknicko della Mirandola, Contessa Spaghetti Milanese, Elsa Schiaparelli, Enrico Caruso, Graf Almaviva, Savonarola, Frank Nitti, Tagliatelle und Fusilli Primopiatto, Fiat Pomposa, Pinocchio, Graf Spargel, Giuseppe Mammamia, Amintore Napolitana, Lucia di Lammermoor, Formaggio Parmigiano, Benito Mussolini. Denkmal für Stephanie XXVII., die Ungeduldige, den Unbekannten Kellner, Doppelten Rächer und Zwiefachen Befreier; ein schwankendes Monument, ein schwimmender Reiter, ein taumelnder König. Bei schlechter Gesundheit, Alkoholexzessen und anderem Ungemach helfen Apostelkathedrale, Nonnenkloster, Armer-Küster-Kirche, Kapelle der Kleinen Gerechten, St. Heiligen, Allerpopen, Moses Ben Pope Muezzin, Goldstein Synagoge, Pfingstlergemeinde, Kirche der unkirchlichen Küster, Temple Church, Domkirchenkapelle, St. Tömpel, Hl. Gottshusius, Hl. Vikar, Dorfkirche sowie Gottesdienste gottesfürchtiger Gottesanrufer. Auf der linken Seite der schläfrige Johannes, eine schlummernde Schöne, eine lebende und eine tote Leiche, der Untergrundgeiger, der vormalige Kommandant, der entschlafene Großvater, der hingerichtete Kommunarde, der Ewige Wächter, der Unerweckte Riese und der König, welcher ein Nickerchen hält. Cristal Miramontes Gaststätte mit Blick auf die Röte der eigenen Eingeweide. Messer, Gabel und irgendwo auch ein Löffel. Gut zum Essen, nichts zum Bezahlen. Zupfen Gäste am Ärmel, bitteln und betteln sie an. Wildfremde Menschen, geschafft und hungrig vom Reisen und Leben essen sie, was man ihnen vorsetzt. Angenehme Gäste, ansehnliche Zimmermädchen, tüchtige Polizei. Billig und höchst elitär. Bitte sehr, wo werden Bahnsteigkarten verkauft, die Treppe hoch neben der Gepäckaufbewahrung gegenüber von der rabiaten Hausfrau. / Bitte Pfeffer, Senf, Öl, Salz, Eier, Kartoffeln, Schlagsahne, dankeschön, Aufwiedersehn, wiederkommen. / Wenn mir Ihr indignierter Koch den Weg zu Konditorei, Sägewerk, Galanteriewaren und Apotheke zeigte, um einen Papagei, Zeitungsberichte, eine Kellnerin sowie eine gedünstete Nähmaschine zu kaufen. / Entschuldigung, frische Birnen sind aus, in dem Laden hinter der Kirche müssen Sie 3 Jahre verbringen, die Gewitter der Umgebung beobachten und in Onkels Badezimmer absteigen. / Es gibt kein Getreide, es gibt keine Feuersbrünste oder Überschwemmungen, aber dafür haben wir hellen Zucker. / Besser nichts als etwas, lieber schweigen als reisen, froh, zu sitzen statt zu lernen. / Wer fragt, nicht am Hungertuche nagt. / Wir sollten lieber Plätze im ersten Rang nehmen statt Leber auf Mutters Butter zu legen. / Die einen gehen gern ins Kino, die anderen kippen Sauermilch auf den Mantel. / Passt auf sein Jugoslawien auf, dann wird es ihn schon mit Rasierklingen versorgen. / Mit ihr oder auf ihr. / Wer arbeitet, macht Fehler, sagt der Truthahn und steigt von der Ente. / Ein Häubchen ohne Sahne ist kein Sahnehäubchen. / Besser den Sperling in der Hand als eine Delle im Blech. Wer, wenn nicht man selbst. / Heim, süßes Heim. / Oh, ah, he, huhu! / Nein, niemals, im Gegenteil, das heißt, nein wirklich, ehrlich, obwohl, natürlich, so gesehen, schaun wir mal. /

VUJO DINGARACS LIED, WIE MAN EIN LIED UND ALSO ÜBER SICH SELBST SCHREIBT

Von links oder rechts kommt Vujo Dingarac gerennt
Den Stift zwischen Daumen und Zeigefinger geklemmt
Während die Köchin hier- und dorthin springt
Und in ihm so manche Wendung verklingt
Tut Vujo bestimmt der Schädel weh
Denn das Warten aufs erste Wort ist zäh
Aber dann schreibt er wie am Schnürchen
Über Schicksal, Armut, Hintertürchen
Schau's dir an, kein Wort gelogen
Zeile für Zeile aufeinander bezogen
Da schimmert durch, was die Hülle versteckt
So schildert der eine, was die andere schmeckt
Schreiben und leben kann dich keiner lehren
Dafür musst du Gott oder den Satan ehren

GUTEN MORGEN

Kaum überlegt, was es zum Mittagessen gibt
Steht sie vorm Spiegel und ist betrübt
Holt Lockenstab, Wimpernschere, Rouge und Feile
Adrett muss man sein, meint sie, bei aller Eile
Und gut riechen, also tupft sie ungesäumt
Mitsouko hinters Ohr, wovon doch jede träumt
Topfhut und Bubikopf mag sie nicht mehr sehen
Weich gewellt à la Deanna Durbin soll das Haar wehen
Nun noch rasch den Gürtel aufgebügelt
Dann geht sie Käs' und Zwiebeln kaufen, beflügelt

VIEL ZU VIEL ARBEIT

Zerzaust, im Ripskleid, mitm Haushalt beschäftigt
Schon abgehetzt und längst noch nicht alles erledigt
Hasst sie es, wenn Riza Arap sie auf Zelluloid verewigt

Tausenderlei Zeug im Kopf, rennt sie zum Bestrahlen
Dann auf die Post, Beileidstelegramm für Barac bezahlen
Zu Lamico, Salbe holen gegen Schnakenstichqualen
Essig für saure Gurken, ’ne neue Nadel für die Singer
Sie sputet sich, ihr Anblick wird immer schlimmer
Der Straßenfotograf verdient wirklich ’nen Schwinger

Warum, denkt sie, immer mich?, und kauft frischen Feta
Die Špigl thront aufm Schemel wie bei jedem Wetter
Grad als wär sie Bette Davis oder die göttliche Greta

ZAUBER DER GROSSSTADT

Die Großstadt hat wirklich alles zu bieten
Lichtspielhäuser etwa, die Klassenlotterie mit Nieten
Im Zoo gibt’s schwarze Giraffen, aufm Markt Kumin und
Datteln zu begaffen
Sachen, von denen man nicht mal den Namen wusste
Früher, als man noch Droschken nutzen musste
Heute reist so manche im Schlafwagen an
Und entspannt hernach in der Brausewann’
Nimmt Lockenwickler, Brennschere, Spirituskocher
Übt Eiskunstlauf und das Pulen mitm Zahnputzstocher
Klappert die Läden nach feinsten englischen Tuchen ab
Und hält Verkäufer in Eisenwarenhandlungen auf Trab
Belgrad hat eins den Metropolen Europas vorweg
Den Athleten, der aus der Kanone fliegt, Alek-
sić, dessen Frau bestimmt nicht zu Hause hockt
Wenn er das Publikum in riesigen Scharen lockt
Sondern vom Kalemegdan aus voll Stolz nach ihm späht
Wie er sich, ins Seil verbissen, unterm Flugzeug dreht

ABSCHIEDSBRIEF AN DEN GATTEN FÜR DEN FALL, DASS SIE BEIM PUTZEN DER OBERLICHTER SCHEITERT

Mit diesem letzten Brief sagt das tüchtige Wesen
Dem Lebewohl, der sie noch nie verstand
Dann hängt sie, Lappen und Eimer an der Hand
Überm Abgrund und fegt mit dem kleinen Besen
Alles ab, bevor sie eine halbe Stunde lang
die Scheiben schrubbt, dabei ist ihr höchst bang
Denn sie hat Angst, in die Tiefe zu stürzen
So ein Pech würde ihr Leben doch arg verkürzen

Wenn sie ausrutscht oder stolpert und ist verblichen
Muss er Böden, Staub und Fenster selber wischen
Ajwar und Saures einwecken, um's im Winter aufzutischen
Und den Sohn erziehen, bis der so weit gediehen
Allein im Dreck, ohne Hausfrau, mit all seinen Schlichen
Soll er halt glücklich werden, und es sei ihm verziehen

OPFER DER GROSSSTADT

Elf haben sie, wie die Orgelpfeifen
Der Vater sitzt rum, die Mutter ist am Keifen
Stillt das Jüngste oder bettelt beim Küster
Die Älteste kümmert sich um die Geschwister
Und bastelt bis spät in die Nacht Blumen aus Papier
Die will sie für kleines Geld verkaufen im Quartier
Doch der Händler empfängt sie mit Prügeln
Prügelt sie tot, denn er kann seine Wut nicht zügeln
Der Vater rauft die Haare und kriegt selber Zorn
Kriegt ja kein Geld mehr für Bier und Korn
Die Kleinen trampeln ihm auf den Nerven rum
Da wird's dem Vater endgültig zu dumm
Er greift, als alle schlafen, zum Fleischklopfer
Und so hat die Großstadt zwölf weitere Opfer

VORFALL IN DER EISENWARENHANDLUNG

Der Pavlović ihr Mann ist ein hohes Tier
Und sie wegen Neuheiten vom Alexanderwerk hier
Ihrem höchst modernen Haushalt zur Zier

Ein Eisschrank, und der Gatte hätte kühles Bier
Der Schnellkochtopf gart ratzfatz Essen für vier
Das und viel mehr hat die Dame im Kino gesehen
Jetzt will sie noch am Fleischwolf drehen

Diensteifrig holt Herr Lazar die Maschine
Hält den Finger hinein, erklärt, wie man sie bediene
Und die Pavlović kurbelt eifrig wie eine Biene

Bis der Finger faschiert, Herr Lazar blamiert
Sein Schrei das Mark erschüttert
Der Lehrling amüsiert, der Chef alarmiert
Und selbst die Kundin zittert

WER WAS ERFUNDEN HAT

Als Tesla noch Mutters Fleckvieh hütete
hat keiner gedacht, dass er Wolframglühbirnen ausbrütete
Graf Regenschirm wäre ohne nass geworden
Howard Johnson ersann lieber Apfeltorten
Doktor Scholl entwickelte Sandalen
Coco Chanel Düfte für die Vandalen
Und Friedrich Krupp die dicke Bertha
Damit beschießt der Deutsche ganz Europa
Damit kann Lazar Ćosić nicht konkurrieren
Nur mit Nägeln in Schubladen jonglieren

WIE MAN VERTRETER ABWIMMELT

Einkaufen war sie, kehrt mit vollen Taschen
Bepackt wie ein Esel, zurück und räumt Gamaschen
Lyoner, Kajmak, Tee, Brot und so weiter ein
Da fängt ihr einz'ger Sohn an zu schrei'n
Als der Galanteriewarenvertreter läutet
Für dessen Offerten wurde manches Rind gehäutet
Taschen, Gürtel und Handschuhe hat er dabei
Und wird zudringlich, sie fühlt sich vogelfrei
Der Vertreter geriert sich als Genießer
Das Obst in Nachbars Garten erscheint jedem süßer
Doch von ihr kriegt er nicht mal den kleinen Finger
sie steppt Gürtel und Co. lieber selbst auf der Singer
An den Tempel ihres Leibes lässt sie den nicht ran
Hat schließlich 'nen Handlungsgehilfen zum Mann

JUDENNASEN

Wieso haben Juden immer so einen Zinken im Gesicht
Und tragen Bärte, stört sie die Hässlichkeit nicht?
Warum essen sie Pferdespeck und Gänseschmalz?
Der Geruch kratzt einem durchs Treppenhaus im Hals!
Warum haben ihre Mäntel so 'nen komischen Schnitt?
Und dann noch diese Namen, wie ein Pferdetritt!
Rockefeller, Rubinstein, Eppstein und Kohn
Großvater oder Haupttreffer, das klingt wie Hohn
Denn man trifft sie überall und jederzeit
Denen ihr Freud nimmt andern ihr Leid
Und Ehrich Weisz, genannt Houdini, sprengt jede Kette
Vermag aber nichts gegen den Hass ganzer Städte
Alle Welt – aber warum nur? – schimpft gern auf Juden
Und plündert – das ist klar – noch lieber ihre Buden
Warum, ja warum nur landen die klugen Sprosse
Dieses Volkes so häufig in der Gosse?

IHRE GEDANKEN ZU EINIGEN BERÜHMTEN MENSCHEN

Während ihr Gatte Eisenwaren preist
Ihr Denken um die Lenglen kreist
Um die Simpson, für die ein König die Krone niederlegte
Und Shirley Temple, deren Lächeln um die Erde schwebte
Sie wird darüber nervös und bös
Rolls und Royce sind Brüder, sind sie auch muskulös?
Greta Garbo geht mit ihrer Dogge rennen
Tyrone Power lässt nichts anbrennen
Geld, immer nur Geld, es ist zum Flennen
Schuhe verkäuft Balnik, weil man beschuht besser läuft
Sie poliert daheim die Wasserhähne und Lazar säuft

IHRE WAHRE ERSCHEINUNG

Sie hat eine Riesenfreud an hochwertigen Stoffen
Geht gern zur Putzmacherin, ist immer offen
Für Ballen mit Webfehlern und Reste zum halben Preis
(bei deren Anblick wird ihr schon mal richtig heiß)
Für Farbtöne, welche ihrem Teint schmeicheln
Für Gewebe, welche die Haut seidig streicheln
Ein Hoch auf die Schneiderin zwei Straßen weiter!
Und den Kurzwarenladen mit Knöpfen, Rips, hoher Leiter
Gummilitzen, Fischbein, Schnallen und so weiter
Geheftet ist die Eleganz von Dreiviertelmantel und
  Glockenrock schon zu ahnen
Nun noch schnell die Nähte gesteppt, der Rock hat vier
  schwungvolle Bahnen
So mancher Frau Minister helfen weder Paspeln noch
  Ajourplissee
Die latscht wie ’ne Schlampe mit sauteuren Lumpen auf die
  Juchhe
Sie hingegen guckt sehr fesch
Aus ihrer bescheidenen Wäsch’

DIE TÜCKEN DER GROSSSTADT

Bestrahlt, müde, glücklich und zufrieden
Ist sie gefeit gegen jede Versuchung hienieden
Rein wie eine Träne und mit reinem Gewissen
Hat sie auf Abenteuer aus Leidenschaft geschissen
Selbst wenn sich ein Minister auf sie kaprizierte
Vor ihrer Tugendhaftigkeit er kapitulierte
Ihr reicht durchaus, was sie in Romanen liest
Über eine schöne Sekretärin, welche zur Unzeit niest
Eine angebliche Studentin, welche auf Adelstitel erpicht
Ehebrecherinnen, über welche die Welt den Stab bricht
Dreifache Mutter springt in die Save
Vorn Zug wirft sich eine ganz Brave
Der Leib zerfetzt, das Blut im Gleisbett versickert
Verführt von 'nem Geldsack, der Pöbel aus Dedinje
knickert
Handlungsgehilfe Hochstapler auf den Leim gegangen
Doch ihre Büste, Taille, Hüfte darf nur er anlangen
Nicht mal im Traum würd sie was mit 'nem andern an-
fangen

JEDEN TAG UNGEMACH

Um sie herum hat jeder irgendwelche Wehwehchen
Mancher braucht salzlose Kost, andre dürfen nur Teechen
Im Kampf ums nackte Überleben wird sich alles rächen

Vieles will ihr die Energie aussaugen
Sodbrennen, Mitesser, Hühneraugen
Rempeleien, Bumsfallera – wozu soll das taugen?

Backenzahn gezogen in Schwarzens Praxis, vor drei Tagen
Inhalationen, Arznei und Strahlen bei wehem Magen
Essig gegen Schnaken, Wadenwickel in mehreren Lagen

Nur sie hat niemals Fieber, Husten oder Blutdruck
Munter wie ein Fisch im Wasser oder der kleine Muck
Hört sie, frei von TBC oder Krebs, Willibald Gluck

JUNGE, JUNGE

Vor allem darf ihr Sohn nicht andern Kindern gleichen
Deren Mütter Blicke nur bis zur Nasenspitze reichen
Sie kauft ihm hübsche, praktische Sachen
Kann vieles aus alten Kleidern selber machen
Im Samtanzug weckt er den Neid der ganzen Gasse
Sanft und mädchenhaft ist ihr Prinz Spitzenklasse
Das wird der Nachbarin das Schandmaul stopfen
Wenn ihn nun nicht andre kleine Männer verklopfen
Oder mit Scharlach, Keuchhusten, Masern behaften
Wird er, wie aus dem Ei gepellt, alles verkraften

STRUWWELPETER

Armer Janko Raščupanko, abgerissen und jammervoll
Schreckendes Beispiel, wie man's nicht machen soll
Auf dass mein Sohn sich eine Lehre draus zimmert
Was fang ich nur an, wenn er Möbel zertrümmert
Kleider durchlöchert, Hunde und Katzen ersäuft
Behaart wie ein Werwolf im Ort rumläuft
Sich Krallen statt Fingernägeln wachsen lässt
Stets finster blickt, bös und unfroh wie die Pest
Ritsch-ratsch klappt die Scher' und schnippschnapp
Hurtig sind Daumen und Finger ab
Beim Stuhlkippeln fast den Hals gebrochen
Im Fallen sich mit 'nem Messer gestochen
In die Luft geguckt und ins Wasser geplatscht
Hundsfott in der Fremde, ein Satan, der tratscht
Dürr wie'n Streichholz mag Kaspar die Suppe nicht essen
Der Urheber dieser Geschichten kommt aus Hessen

Er lässt Paulinchen mit dem Feuer spielen und
Lichterloh verbrennen, der Hund
Nur ihre Schuhe liegen unversehrt in der Glut
Jankos Mutter packt am Grab des Sohns die Wut
Aber für meinen Sohn wird alles gut

DIE ÄRMSTE IST TOT

Die Linie zwei, die einmal um den Slavija schlingert
Überfährt die Schülerin, die im Gleis nach Münzen fingert
Und hat sie zerteilt, ein Unterschenkel blieb in der Nemanjina
Der Oberschenkel dazu liegt in der Kralja Milutina
Der Fahrer ist verstört, hat schon viel geseh'n
Doch noch nie so herrliche Beine entzweie geh'n
Menschen strömen in die Hartvigova, beklommen
Wollen ein Stück vom Backfisch bekommen
Im Stechschritt eilt ein Klavierstimmer zur Wache
Schildert als Augenzeuge genauestens die blutige Lache

LIED VON DER VERMALEDEITEN GELDVERMEHRUNG NAMENS INFLATION

Was für eine Genugtuung, schwer zu sein!
Einmal Rasieren kostet eine Million
Zwei Paar Schnürsenkel kriegste für'n halben Wochenlohn
Eine Zigarette achthunderttausend, das schmeckt fein

Körbeweise Scheine gehen für Hausschlappen drauf
Selbst Lutscher fürs Kind verlangen Lastenträger
Die Finanzwelt wird wahrlich fortlaufend schräger
Wer zu den Anständigen gehört, den regt das auf

Nur Bankiers freut die Vermehrung der Nullen
Alle anderen kauen ratlos an ihren Stullen

KRIEG DEN BLUTSAUGERN

Was, du hast keine ungedeckten Wechsel mehr?
Dann fallen Wanzen und Läuse über dich her
Ein Offizier an der Front hat es besser
Er sieht den, den er liefert ans Messer
Hingegen die Winzlinge auf der Haut
Trinken Tag und Nacht dein Blut, ohne Laut
Übertragen noch dazu Krankheiten von Wirten
Deren Sofas sie heimsuchten, bevor sie dich beehrten
Und statt in Ruhe einen Roman zu schmökern
Musst du alles besprüh'n und notfalls verhökern
Na danke!, die Plage muss ein Ende haben
Ruf den Kammerjäger, das Getier mit Gift zu laben
Leib und Seele sollen aufatmen können
Etwas, was wir den Schmarotzern missgönnen

WER SINGT, DENKT NICHTS BÖSES

Sie würde Kröten schlucken, den Schirlingsbecher kippen
Kämen nur Töne aus ihr gleich denen von Zarahs Lippen
Ach, Arien trällern, in denen die Verzweiflung Funken
Sprüht, ach, auf Brücken, an Königshöfen, in Spelunken
Singen wie Nelson Eddy, Beniamino Gigli, Tino Rossi
Oder, kurz bevor er tot umfällt, Mario Cavaradossi
Jeanettes Sopran erklingt glockenhell im Garten
Aber sie am Radio der Marke Horniphon muss warten
Während sie ungeduldig am Senderrädchen dreht
Und durchs Königreich der Geist der Gewalt weht
Weil sich seine Bürger dauernd verhauen und prügeln
Könnte doch wenigstens Gesang die Gemüter zügeln!

SÜSSMÄULCHEN

Kein Geburtstagsfest, findet sie, ohne Flammeris und
Küchlein
Die rührt sie, Rezepte im Kopf, ohne Waage nach Augenmaß
Trennt Eier, siebt Mehl und Puderzucker durch Tüchlein
Verquirlt, vermengt, knetet, schlägt und bäckt mit Gas
Auf Rosten und Blechen Amerikaner schwarz und weiß oder
Vanillekipferl
Linzer-, Malakoff-, Anna- und Sachertorte mit Schokoguss
Mandelringe, Mostkekse, Spritzgebäck und Meringue als
I-Tüpferl
Apfeltaschen, Biskuitrollen mit Erdbeersahne oder Haselnuss
Guglhupf, Buchteln, Semmelbrösel zu Zwetschgenknödeln
Quittenkäse, Krapfen, Schneenockerl mit Vanillesoße
Und Kaiserschmarrn lohnen allemal das endlose Rödeln
Kein Nachtisch misslingt ihr, nichts geht in die Hose
Kirschstrudel, Johannisbeer-Baiser, Ischler Törtchen
Walnusssahne, Palatschinken, Nougat, Mohrenköpfe
Alles in allem kennt sie dreihundertundein Sörtchen
Karlsbader Oblaten, Dobostorte, Bazlamatscha, Hefezöpfe
Marmorkuchen, selbstgemachtes Eis und Buttercreme
Jetzt, wo das Leben der hungrigen Leut besonders harsch
Schlemmt sich's noch mal so schön
Ohne Beißholz zwischen den Zähnen und Korken im Arsch

IHR KALENDER

Der Taschenkalender ist ihr auch deshalb unentbehrlich
Weil das Auswendiglernen der Geburtstage zu beschwerlich
Dem Sohne schenkt sie Spitzer, Zirkel, 'ne Buxe
Der Mann kriegt Hausschuhe, doch mehr zum Juxe
Der Bruder ein Kartenblatt
Spielstand gegen Gott: ein Patt
Noch. Die Nachbarin soll ein Haarnetz haben
Die Zugehfrau steckt ihre Nase in alle Gaben

Die Jahrestage von Schwester und Schwager vergisst sie mit
Absicht
Die beiden sind ihr zu überheblich, das mag sie nicht
Und der der Mutter wär ihr einmal fast entwischt
Siedend heiß fiel's ihr ein beim Wäschewaschen
Konnt grad noch den letzten offenen Schalter erhaschen

IHR BRUDER UND DESSEN SCHWAGER

Der Schwager ist ein stadtbekannter Lump
Wenn dem die Hand ausrutscht, bleibt keiner gesund
Die Hand trifft 'ne aufgedonnerte Frau Minister
Und die Wirtin am Schank, und den Lehrer frisst er

Er beobachtet genau, hat's Leben studiert
Kommt überall durch, indem er schauspielert und imitiert
Zählt eins und eins zusammen und profitiert

Er holt für sich das Beste raus
Redet gepflegt, sieht richtig nett aus
Mit Schnee im Krusselhaar, und seine Taschen
Quellen über vor lauter Sachen

Über die ein Kind sich freuen kann
Mensch ärgere dich nicht etwa, Jojos und Tangram
Spieldosen vom letzten Einbruch nebenan

Stets den Schalk im Nacken, zu Scherzen aufgelegt
Bringt er die Leut zum Lachen oder macht sie aufgeregt
Die Welt braucht solche wie ihn, unentwegt

DAS LEBEN IST TROTZ ALLEM SCHÖN

Ihr lieber Mann zieht durch die Kneipen
Sie indes räumt auf oder liest nützliche Schreiben
Geht zum Arzt oder besucht Verwandte
Er sei ihr nichts schuldig, sagte sie zur Tante
Ich gönne ihm den Spaß
Er schaut halt gern zu tief ins Glas
Andre grabschen in der Tram
Oder bandeln im Kino mit Weibern an
Da geht sie selbst voller Freude hin
Sieht lustige Filme mit Natascha Rogin
Laurel und Hardy und Claudette Colbert schon am Morgen
Vergisst darüber die schwärzesten Sorgen
Mag auch Romantik mit küssenden Husaren
Und seufzt, ist doch selbst in den besten Jahren
Und weiß genau, das gibt's nicht im echten Leben
Wohnen und Essen, viel mehr kann sie nicht erstreben
Ein paar Hochglanzmagazine und Journale vielleicht
In denen steht, ob Ingenieur Bader ein hohes Alter erreicht

WAS EIN HANDLUNGSGEHILFE BEIM NASEPOPELN DENKT

Was denkt er, wenn er in der Nase bohrt?
Denkt er an Weiber, Geld, die Arbeit oder Mord?
Womöglich steckt er den Finger auch noch ins Ohr
Was geht in den ein, zwei Minuten in ihm vor?
Man kann fragen, es raten oder sich was zusammenspinnen
Jedenfalls ist in jedem Kopf was drinnen
Wer schwatzt, steckt mit dem Teufel unter einer Decke
Ob er nun Minister ist oder Nägel zählt oder Reißzwecke
Denn damit tut er groß, der Erfolg fällt in den Schoß
Nicht länger die Stecknadel im Heuhaufen, ein übles Los
Heute hier, morgen dort
So immer in einem fort

WER IST WO

Sie räumt rasch den Bartwisch furt
Kredenz, Wasserrohre, Fensterbrett sind tipptopp
Der Tauchsieder glüht, der Junior spurt
In einer Schüssel rührt sie Teig, der macht plopp
Im Türrahmen der Mann, puterrot im Gesicht
In der Hand ein Sträußchen Vergissmeinnicht

DER APPETIT, VERDORBEN

Nicht ein Essen mit seinen Freunden findet statt
Ohne dass sie die Nerven blank liegen hat
Sauerkonserven, Risibisi und panierte Hühnerschenkel
Reichen den Herren nicht bei ihrem Politgeplänkel
Kaum zu Tisch, reden sie sich, laut schmatzend, die Köpfe heiß
Juden, Russen, Abbessinier, Griechen – jeden Preis
Sind sie für diese oder jene Seite zu zahlen bereit
Sie wettern, nennen Gründe, doch keiner ist gescheit
Es nimmt ihr nur jede Lust auf Buchteln und Gurkensalat
Banjeglav schimpft auf dies, Đuka fährt ihm in die Parad'
Pero schreit, Čanković kreischt, der Bruder randaliert
Sobald sie merkt, dass es mal wieder eskaliert
Trällert sie Opernarien, hüstelt, beschäftigt das Kind
Bis die Irren am Esstisch Vernunft annehmen, geschwind

UNSERE FÜHRER

Jedes Land hat Generäle, Präsidenten, Kaiser
Die sind gut oder schlecht, tönen lauter oder leiser
Leopold III., Frau Wilhelmina, Portugals Salazar
In Frankreich grad Daladier, Baumann, Beneš, de Valera
Hitler keift in Ledermontur, Zar Boris herrscht in Sofia
Franklin D. Roosevelt, der kaum laufen kann, in Amerika

Der gutmütige Stalin lächelt stets verschmitzt
Die Achse ist bei Metaxas abgeblitzt
Der dicke Mussolini glupscht und brüllt
Auch der Negus seine Forderungen nicht erfüllt
Chamberlain ein schlaffer Bock mit Regenschirm
Karl II. von Rumänien, Kemal heiter und firm
Admiral Horthy pflügte einst durch die Meere
Gandhi, stets hungrig, kämpft für Indiens Ehre
Sie alle schließen Pakte oder kommen sich in die Quere
Nur bei uns sitzt ein Kind auf dem Thron
mit wehen Mandeln, der Kopf zu klein für die Kron'
Der kann die Macht nicht für sich begehren
Oder Altherren-Seilschaften was verwehren

VOM LEBEN IN AMERIKA

Wie kommen unsre Landsleute, die auswandern nach Amerika
Wo die Reichen reicher und Langfinger länger sind als im Rest der Welt
Wo andauernd Feuer ausbrechen und ständig jemand im Kugelhagel fällt
Wo von jedem höheren Hausdach ein Selbstmörder springt und Passanten erschlägt
Wo sich Boxer im Ring zu Brei verarbeiten und kein Hahn danach kräht
Wo man sich in Lumpen kleidet oder im Gelde schwimmt und dazwischen nichts geht
Wie also nur kommen unsre Landsleute mit diesem Irrenhaus klar?
Sammelbecken der Nationen: Polen, Deutsche, Serben und so weiter
Haifischbecken der Parteien: Schwarz, braun, rot, very heiter
Schmelztiegel der Hautfarben: Schwarz, rot, gelb und ein blauer Reiter
Doch will man sie zählen, die Amerikaner, laufen sie flugs auseinander

Zeit ist Geld, schnell schnell gerennt, hier gefischt, da ein
Zander
Alles ohne Sinn und Verstand, jeder will der Erste sein
Wer nur fängt die Dummbeutel und Wirrköpfe wieder ein?
Gauner, Schurken, manch eine windige Gestalt
Wilde Weiber, FKKler, Jud Süß, am Geldsack festgekrallt
Schluckspechte, Neunmalgerechte, Glücksritter machen einer
den andern kalt
Stahl- und Eisenguss, Dampfmaschinen, Mormonen, Baptisten
Unbekannte Faune, Bekenntnisse zuhauf, Allerchristen,
Adventisten
Du kannst jederzeit Prügel beziehen und wirst zur Ader
gelassen
Plapperst nur dumme kleine Worte nach und schneidest wie alle
hier Grimassen
Wirst beklaut, bedroht, Kopf unter Wasser gedrückt, ertränkt,
gehängt
Weißt nie, aus welcher Richtung dich was als Nächstes
bedrängt
Nein, Valentino wird nicht auferstehen
Al Capone sucht händeringend neue Vergehen
Sacco und Vanzetti haben mit Rache alle Hände voll zu tun
Jeanette MacDonald interessiert sich nur für Glamour und
Ruhm
Bleib doch lieber gleich in Donji Mioljac
Drüben kriegste nur 'nen Strick um'n Hals

CHARLES CHAPLIN

Trägt 'ne Melone, wie sich's schickt
Knopfaugen, aus denen er wie ein Reiher blickt
Schuh und Hosen zu groß und vielmals geflickt
Ein verlotterter Vagabund, und derart ungeschickt!
Er purzelt und kreiselt, torkelt und taumelt
Zappelt, weil er am Fenstersims baumelt
Ungewollt, versteht sich, auf der Flucht vor der Meute

Denn er ärgert ziemlich viele Leute
Weil er nur zerstört, ganze Häuser zum Einsturz bringt
Und wenn der Besitzer dann verzweifelt die Hände ringt
Und den Missetäter jagt, nimmt der sich ungefragt
Was er braucht, und lässt es später einfach liegen
Während sich die Zuschauer im Saal vor Lachen biegen
Bis Chaplin am Ende den Spazierstock schwingt
Und wohl schon aufs nächste Abenteuer sinnt

PAPAS GEWOHNHEIT

Wenn ihr Mann, der allerbeste Vater, niest
Und hinter sich die Klotür schließt
Ist er fast 'ne Stunde lang ganz unverdrießt

Nicht einen Mord und Krieg und Diebstahl er verpasst
Ob neue Häupter gekrönt, alte Regierungen geschasst
Ob Briganten, genannt Grüne Kader
Gemeuchelt den Herrn Ingenieur Bader
Das alles entnimmt Papa im Gestank
seiner Zeitung, Gott sei Dank

Wenn er sie studiert bis zum letzten Blatt
Wischt er sich damit den Hintern ab

HERRENARTIKEL

Bunte Krawatten, Armbanduhr, Bundfaltenhose
Zigarettenspitze, Stumpen, vergoldete Tabakdose
Feuerzeug, Streichholzschachtel, Jetons und Lose
Bilder von hübschen Frauen in anregender Pose
Schnurrbartbinde, Ausweis, Blümel, Kautschukkragen
Schlüsselbund, Börse, Kalender, um Termine einzutragen
Ausweis, Schnürsenkel, Strumpfhalter, weiße Gamaschen
Brillantine, Rasierklingen und -wasser, Zeug zum Waschen

Skatspiel, Perlmuttknöpfe und goldene für Manschetten
Gürtel, Schiebermütze, Zahlscheine für Pferdewetten
Schnellzugfahrkarte, Kleingeld, Spieglein und Kamm
Füllfederhalter, Taschentuch mit gesticktem Monogramm
Odol, im Flachmann Rum, für Bartträger ein Bürstchen
Zeitung, wichtig untern Arm geklemmt, für arme Würstchen
Die Hälfte aller Männer schwärmt von solchen Dingen
Selbst wenn sie ihre Frau damit ins Irrenhaus bringen

DAS LIED VOM TREBEGÄNGER

Krastek ist immer unterwegs, stets unter Fremden
Hosen zu groß, Mantel zu dünn, keine Hemden
Löcher im Hut, der Wanderstab längst gebrochen
Unter Brücken, in Hundehütten oder Fässern verkrochen
Isst er mit der Hand, nimmt die Gabel als Waffe
Beschimpft jeden, der gafft: Du blöder Laffe!
Die ganze Habe passt in einen Sack
Selten fällt ein Kanten Brot für ihn ab
Mümmelt Brennnesseln oder dreht sich bloß 'ne Zigarette
Schlägt den Kragen hoch gegen unwirtliche Städte
Alles in allem besitzt er gar nicht so wenig
Und fühlt sich, wenn er nicht friert, wie ein König

IHRE SORGE UM DIE MUTTER

Wird der Mutter, denkt sie nun immer häufiger
Die Arbeit nicht langsam zu viel?
Bediente, Mehltau, Behörden werden immer teuflischer
Und es steht einiges auf dem Spiel
Reben spritzen, Steuern zahlen, Rechnungen stellen
Vieh versorgen, Werbetrommel rühren
Fässer putzen, Trauben lesen, Eier pellen
Weizen dreschen, Belegschaft führen
Laura hat in ihrem Leben viel durchgemacht

Und sorgt noch für uns erwachsene Kinder
Wöchentlich schickt sie zwei Liter Schnaps per Fracht
Und stopft ein rundes Dutzend hungriger Münder
Haus, Weingut, Ehre und Fabrik stemmt sie ganz allein
Will ohne viel Trara
Stets die Erste, stets die Beste sein
Ob in Lipik oder in Abacija

DURCHPAUSBILDCHEN

Ein Selbstmörder, den Jammer im Gesicht
Ein Steuereintreiber, der Nähmaschinen fischt
Die schöne Frau, die vor die Droschke rennt
Viele Tote, weil ein Hotel abbrennt
Das einzige Kind, aus dem dritten Stock gestürzt
Ein Zeitungsverkäufer, dessen Leben durch Mord verkürzt
Einer, der Löwen dressiert, von den Bestien zerfetzt
Ein Kopf auf den Schienen, die Augen offen, entsetzt
Engel, Teufel, ein Schornsteinfeger und Franz List
König Ludwig, der schlafende Beethoven, ein Jurist
Ein jubelnder Sieger der Leichtathletik
Der Untergang eines Floßes voller Pathetik
Es sind schreckliche Bilder, die warnen sollen
Gern verteilt an Kinder, welche allzu wild tollen
Die Regierung schenkt sie ihnen in winzigen Knubbeln
Sie sollen sie aufgefaltet mit nassen Fingern abrubbeln
Und auf dem Papier wird das Motiv endlich sichtbar
Welches lange in den Knubbeln versteckt war.

VOM BANKROTT EINER GEMISCHTWARENHANDLUNG

Noch heute gedenkt sie der herrlichen Tage
Als in Virovitica Schaufenster, Schütten und Regale
Überquollen von Zucker, Kaffee Hag, Korinthen, Rosinen

Gläsern, Besteck, Geschirr, Vorhängen und Gardinen
Kernseife, Mehl, Bonbons, Trockenfrüchten und Zitronat
Bananen, Schrauben, Muttern, Haken, Nägeln und Draht
Petroleum, Kirsch- und Eierlikören, Schirmen, Kappen
Sommer- und Winterbekleidung inklusive Schlappen
Putzlumpen, Reiben, Ketten und Vorhängeschlössern
Suppennudeln, Tinte, Reis und Federmessern
Gürteln, Garnen, Seilen, Kordeln und Stricken
Alles Markenware, mit dem Stempel der Fabriken
Hübsch hergezeigt und ordentlich, doch nah am Untergang
Wenn anschreiben darf, wer nicht zahlen kann
Von zehn Betrügern ist höchstens einer ehrlich
Das Kapital aufgezehrt, die Regale leeren sich
Und wenn der letzte Krümel unbezahlt entschwunden
Sind Väter und Bankiers nicht mehr gebunden
Eine Weile noch rennen sie nervös im Geschäft umher
Dann schnüren sie ihr Bündel, und der Laden ist leer

MISSGESCHICK IM BADEZIMMER

Wenn man Filme mit dem bösen Harry Baur sieht
Bleibt's nicht aus, dass einem Böses geschieht
Sie gedachte nur, ein Bad zu nehmen
Zündete Holzspäne an, das Wasser zu wärmen
Mann und Sohn sind ohnehin beschäftigt
Spielen seit Stunden ihr Mensch ärgere dich nicht
Da öffnet sich plötzlich die Türe
Während sie in der Wanne liegt mit Lektüre
Ein Funken springt, die Bude brennt
Bürsten, Seifen, Haare sind versengt
Der nagelneue Anstrich ist total verdorben
Den Schlafanzug, erst gestern bei Meteor erworben
Haben die Flammen auf dem Gewissen
Der Mann wird heut wohl nackig schlafen müssen

KINO MUSS SEIN

Stickig, muffig – vieles wäre am Kino auszusetzen
Man verrenkt sich den Hals auf den vorderen Plätzen
Im Sitz klemmt der Finger, man kriegt kaputte Nägel
Und am Portemonnaie vergreift sich oft ein Flegel
Hübsch herausgeputzt geht man in den dunklen Saal
Raus kommt man verheult, zerzaust und plump wie ein Wal
Und dann noch diese schlimme Sprache aus der Gosse
Das Gedrängel, Geschiebe und Geschubse eine blöde Posse
Und ascht einer Glut auf die Polster der Sessel
Wird der Zuschauerraum im Nu zum flammenden Hexenkessel
Aber das nimmt man in Kauf für die schönen Krinolinen
Liebesszenen, Küsse, Klänge von Geigen und Mandolinen
Der Gatte hat keine Chance, auch wenn er mauert
(Während ihr Sohn ausgehfertig aufs Zeichen lauert)
Sie will ins Kino, bevor sie am Herd versauert

DAS LEBEN, IN EINER GEWISSEN ORDNUNG

Nimm den Füllfederhalter, wenigstens ein Stück Kreide
Schreib der Reihe nach auf, was die Welt, die weite
Bereithält: Frühstück, Sparherd, den Inhalt der Kredenz
Viele Geschäftsleute, welche dir mit großer Vehemenz
Geld abluchsen, um's dann selber zu verjuxen
Schreib die ganzen Kleinigkeiten auf, die du magst
Groschenhefte voller Taten, welche du nicht zu tun wagst
Salben und Cremes, selbst wenn du am Hungertuche nagst
Schwüle Romane, kühle Helden, und du sitzt zu Haus
Kochst, plättest, strickst und fegst den Ofen aus
Tust alles für den saufenden Mann und's quengelnde Kind
Da ist der schöne Kavalier, welcher ihr den Atem verschlägt
Der noch schönere Arzt, der sie zu Bestrahlungen angeregt
Die fiese Nachbarin, die überhaupt nichts begreift
Der Vorfall mit dem Fotografen, auf den sie pfeift
Der Unbekannte mit seinem Diener zu ihr hin

Lauter Köder, sie hat nichts damit im Sinn
Depeschen, Kaleschen, auf Biegen und Brechen
Wird sie all das bis zum letzten Wort aufschreiben
In ihr eigenes oder in Vujos Heft soll ewig bleiben
Was sie auch immer gesehen oder aufgeschnappt hat
Und so verrinnt das Leben Blatt für Blatt

Unbekannte Schönheit im Großstadttrubel. Sie gereicht Slawonien zur Zier, ist eine mustergültige Hausfrau, ihr Gatte ein vielfach bewährter Handlungsgehilfe im Bereich Eisenwaren. Haben einen goldigen Sohn. Die meisten würden sich glücklich schätzen, so ein Leben zu führen. Aber natürlich, Liebes, das Schicksal geht verschlungene Pfade, der Teufel schläft nie. Erst machte ihr der Metzger, während er ihr Schnitzel verkaufte, Avancen, dann der Vermieter, ein Serbe, wie er im Buche steht, denn, das ist die schmerzliche Wahrheit, hierzulande glaubt so mancher reiche Pinkel, weniger begüterte schöne Frauen seien für Geld zu haben. Und zuletzt scharwenzelte auch noch der Handschuhmacher mit seinem Errol-Flynn-Bärtchen um sie herum. Für ihn, das weiß ich, schlägt so manches jugendliche Herz höher, auch eures, es ist trotzdem verkehrt. Das Vergnügen währt kurz, die Wunden, die es schlägt, verheilen nie ganz, Herz und Gewissen leiden ein Leben lang. Dann wusste sich Danica des Angriffs eines hübschen Handwerkerburschen zu erwehren, aber die nächste Herausforderung ließ nicht lange auf sich warten. Ihr Gatte erlag mehr und mehr den Einflüsterungen des Alkohols, der Junge trieb sich gern mit Lausbuben herum, und sie konnte es nicht unterbinden, weil sie zu sehr mit ihren eigenen Gedanken beschäftigt war. Tagelang wartete sie, dass endlich etwas passiert, sie ist noch jung, erst Anfang dreißig. Glücklich ist sie, wenn unsere Illustrierte eintrifft, immer freitags, dann liest sie, was ich mit viel Herzblut als mütterliche Ratgeberin zusammengestellt habe. Mich erreichen Anfragen aus Belgrad, Debro, Banja Luka und Novi Sad, von einer Grafikerin, einem Konditor, dem Blauen Adler und einer Jüdin: Was wird aus unserer Danica, jetzt, wo sie am Scheideweg steht? Ei, wenn ich euch vorab verraten würde, wie es weitergeht, wo soll das hinführen? Geduldet euch bis zur nächsten Nummer. Man gibt mir Ratschläge, etwa, sie solle trotz allem was mit dem Handschuhmacher anfangen. Aber das wäre weder für mich noch für unsere Heldin, die herrliche, ehrbare Danica, gut. Mein Gott, so viele junge Frauen in unserem Land sind wie sie Tausenden Versuchungen ausgesetzt. Überlegen Sie nur, was passiert, wenn sich jede noch ihre alltäglichsten Wünsche mit fliegenden Händlern und Kaufleuten erfüllen würde. Nein, ich wünsche mir, dass die Bergblume und die verunsicherte blonde Fee aufgeregt das Schicksal unserer Heldin verfolgen und daraus ihre Schlüsse ziehen. Das gilt auch für den Theologen aus Bijelina. Einer unserer stolzen Handwerker hat mir geschrieben. Er sei Schneider und glücklich mit seinem Beruf, um nichts in der Welt wolle er etwa mit Beamten tauschen. Ob Danica eigentlich eine reale Frau sei, will er wissen, wenn ja, hätte er gerne ihre Adresse. Das wäre so ziemlich das Letzte, was ich herausgeben würde, selbst wenn es sie gäbe, selbst wenn sie nicht ein reines Fantasieprodukt wäre, meinem Kopfe in voller Rüstung entsprungen. Ein Jagdflieger aus Kumanovo fragt an, ob unsere Danica Tanzklubs besuche, Ballsäle, Veranstaltungen, bei denen man ihr in Wirklichkeit begegnen könne. Sein wachsames Auge auf unseren Luftraum in allen Ehren, aber das geht wirklich zu weit. Das makedonische Kaff hält den Vergleich mit Belgrad nicht aus, außerdem bin ich es selbst, eure Kleine, euer Mädchen, und ich bin auch ihre Verehrer, allesamt sind sie kombiniert aus meinen Bekannten und Verwandten, deren lebendige Silhouette mir vorm inneren Auge steht. Wie dieser Auguste Eduard, welcher sich das Ausschneiden von Figuren vermittels einer Schere ausgedacht hat und damit die Welt eroberte. Ob unsere Danica eine kluge oder eher eine ungeschickte Person sei?, fragt eine schwermütige, zurückgezogen lebende Angestellte der Münzprägeanstalt in Belgrad. Ach, meine Liebe, danke für die beigelegte Fotografie, Sie sehen mit Ihren blonden Strähnen der Königin Marie-Antoinette ähnlich, schade, dass Sie nicht noch eine Ihrer verführerischen Locken in den Umschlag gesteckt haben, wäre ja nicht strafbar gewesen. Offenbar sind Sie bescheiden geblieben, obwohl so viel Geld durch Ihre Hände geht. Ganz unmöglich ist der Vorschlag eines Optikers aus Zagreb: eine Episode über Aussätzige. Werter Herr, so sehr ich Euch Kroaten für Eure den Serben weit überlegene Höflichkeit schätze, derart starken Tobak kann ich meiner jungen, Zerstreuung suchenden Leserschaft nicht zumuten. Sie wollen den leprösen Helden seinen abgefallenen Finger beim Aufwachen im Bett finden lassen. Was soll man, bitteschön, mit diesem unglücklichen Finger anfangen?, die Geschichte ist doch ohnehin schon traurig genug. Auch den Wunsch einer jungen Dame aus Čačak kann ich nicht erfüllen, weder ein königlicher General noch Truppenparaden haben in meinem Roman etwas verloren. Es wäre erstens schlicht zu viel, würde also übertrieben wirken. Zweitens sind Generäle meist ältere und vor allem verheiratete Männer, da mag das Herz, welches in ihrer Brust schlägt, noch so männlich und feurig sein. Liebes Kind, ein leidenschaftlich verliebter Graubart, das wäre doch zu arg. Unsere Danica wird im höheren Alter in vollkommener ehelicher Harmonie leben, wird mehr den vielen Filmstars in unserer Zeitschrift Beachtung schenken noch den hoch dekorierten Generälen, die wie andere Mitmenschen auch die Stadt bevölkern. Lassen wir ihr also ein einziges, streng gehütetes Geheimnis: Zweimal wöchentlich geht sie zu Doktor Simićs Praxis, Kolarčeva Nummer 5, und setzt sich vor eine Quarzlampe, deren Strahlen sie teils der Gesundheit willen, teils wegen einer gewissen Exotik liebt und die auch ich, das gebe ich gern zu, früher als äußerst wohltuend empfand. Dort begegnet sie den verschiedensten Menschen, meist Frauen, und plaudert ein wenig mit ihnen, was ihr so manchen Aufenthalt an der Riviera, im Hochgebirge oder an anderen Urlaubsorten ersetzt, welche sie sich aus finanziellen Gründen nicht leisten kann. Sie hat zu allem eine eigene Meinung und bekundet diese ausführlich gegenüber ihren flüchtigen Bekannten. Sie möge lange leben, noch mindestens für weitere zwanzig Fortsetzungen, dann sehen wir weiter. Ach, da ist ja meine junge Freundin. Doch warum nur schaut sie so finster drein?, ihr sonst so hübsches Gesicht ist ganz entstellt. Sagen Sie ja nicht, Ihr vermaledeiter Mann hätte wieder was angestellt. O jemine, das Leben spielt einem wirklich übel mit. Unlängst kam Post von einer armen Teppichweberin aus Prizren. Sie ist seit ihrem sechsten Lebensjahr taub und auf einem Auge fast blind, aber trotzdem glücklich. Und Sie? Sie haben eine harmonische dreiköpfige Familie und wohnen mitten in der Hauptstadt Jugoslawiens, während sich die taubstumme, halbblinde

Arbeiterin von früh bis spät abplacken muss. Die Kleine wäre wohl froh, hätte sie nur Ihre Probleme, Sie stellen sich wirklich ziemlich an, wenn ich Ihnen das einmal rundheraus sagen darf, meine Liebe. Einmal kaufte ich bei Ihrem Herrn Gemahl eine Kleinigkeit, er ist so ein schöner Mann, strotzt vor Kraft, kann er eine Frau wie Sie wirklich so unglücklich machen? Wissen Sie, liebe Danica, Ihren ersten Brief wollte ich gar nicht beantworten, weil ich ihn für übertrieben hielt. Heute, wo ganz China ums nackte Überleben kämpft und über Europa schwarze Wolken hängen, ärgern Sie sich über Ihren Mann, weil er ein, zwei Gläschen über den Durst trinkt, wenn er frohgemut mit Freunden in einem netten Lokal sitzt. Es gibt wirklich Schlimmeres, oder? Doch, doch, liebes Kind, es gibt Schlimmeres. Manche verbringen jede freie Minute mit Filmschauspielerinnen, gehen mit ihnen Eis essen oder verwöhnen sie mit anderen Süßigkeiten. Andere treffen sich mit Gleichgesinnten und besprechen, wie sie die Nationalbank ausrauben. Sie sollten sich glücklich schätzen, meine Liebe, dass Ihr stattlicher Herr Gemahl die Finger von den brennenden Problemen der Welt lässt, wie man das heute ausdrückt. Einsam, sagen Sie, aha. Und was ist mit Ihrem Sohn, so ein Wonneproppen und kommt bald in die Schule. Er wird Ihnen viel Freude bereiten, wenn er Schularbeiten nach Hause bringt, welche mit einer glatten Eins benotet sind. Meine Liebe, ich garantiere Ihnen, er wird der beste Schüler der ganzen Schule. Das sieht man jetzt schon seinem süßen Näschen an. Was für ein Glück, stellen Sie sich das doch einmal vor, Sie eine junge, attraktive Frau, Ihr Mann einer der besten jugoslawischen Turner, und der Sohn schließt das Gymnasium mit dem besten Notendurchnitt im ganzen Königreich ab. Nein, schütteln Sie nicht den Kopf. Die Zeit verfliegt, das alles wird wahr, bevor Sie einmal in die Hände klatschen. Denken Sie nur an die Karriere von Paul Kemp. Ein großer Künstler, ein wunderbarer Komiker, er ist doch ein großes Vorbild für jeden, einfach seinen Weg zu gehen. Ach, fast hätte ich es vergessen, schauen Sie unbedingt den neuen Film mit Natascha Rogin an, er ist toll, der wird auch Ihrem Gatten gefallen. Zufällig hat mir die Geschäftsführerin des Kinos zwei Freikarten geschickt. Mein liebes Kind, ich würde ihn mir sehr gern selbst ansehen, hätte ich nicht die anstrengende Nachtarbeit an meinem neuen Roman vor mir. Bisher habe ich nur den Titel, *Das verlorene Kind*, aber da steckt schon alles drin. Ich muss nur noch beschreiben, um welches Kind es sich handelt, warum es verloren ging und ob es dereinst gefunden wird. Schon habe ich einen treuen Leser aus Virovitica im Ohr, der erklärt, das sei seine Geschichte, und wieso ich immer auf Lebensläufe wie seinen zurückgreifen müsse, ob ich mir nicht mal was Eigenes einfallen lassen könnte? Wissen Sie, meine Liebe, Sie könnten mir doch erzählen, was Sie seit unserer letzten Begegnung alles getan haben. Schlägt die Kur mit der Quarzlampe genauso gut an wie bei meiner Verwandten? Die war damit sehr zufrieden. Fühlte sich wie neugeboren. Wenn Sie wüssten, welche Qualen sie litt, bevor sie diese angenehme Praxis fand. Ihr Mann hat mit der Kassiererin des gut eingeführten Familienbetriebs ein außereheliches Kind. Ihre Mutter hatte sich ein Bein gebrochen. Der Bruder, Pilot, konnte gerade noch mit dem Fallschirm aus seinem brennenden Flugzeug springen. Ein Schicksalsschlag nach dem anderen, und zwar Schlag auf Schlag. Dagegen sind Ihre Sorgen doch wirklich gering, nicht wahr? Verraten Sie mir doch, wie Sie diesen lächerlichen Handschuhmacher abgeschüttelt haben. Der kann ja überhaupt nicht mit Ihrem Mann mithalten. Um den würden Sie viele beneiden. Seien Sie nett zu ihm, behandeln Sie ihn gut! Bestimmt bekomme ich bald Post von zwei Fräuleins aus Hintertupfingen mit der Bitte, der nächsten Folge eine Fotografie Ihres Mannes beizulegen, wie er am Verkaufstresen steht. Das wäre ja Schleichwerbung. Seine größte Reklame sind Sie, meine Liebe, und gleich danach Ihr goldiger blonder Junge, der künftige Einser-Abiturient. Das versichere ich Ihnen und muss Ihnen noch etwas sagen. Meine Liebe, Sie sollten sich bei den unverbindlichen Plaudereien im Wartezimmer etwas zurückhalten. Sie wissen ja, wie die Leute sind. Sie sind beneidenswert hübsch, und Sie haben viel Geschmack, das zeigt sich schon an dem Täschchen da. Es ist nur ein bisschen Kleingeld drin, aber das Täschchen bedeutet Ihnen viel. Wecken Sie nicht anderer Leuts Habgier mit Ihrer Vertrauensseligkeit. Belgrad ist kein Dorf mit einer Linde auf dem Anger, unter der man in ewigem Frieden vor sich hindöst. Belgrad ist eine Großstadt voller Tücken. Der Feuerwehrmann oder die kleine Kellnerin träumt davon, hier zu leben, würden gerne mit uns, den Städterinnen, tauschen, aber kaum brechen sie vor Hunger auf dem Gehweg zusammen, werden in der Straßenbahn ausgeraubt oder erleben noch Schlimmeres, bereuen sie es bitter und wollen zurück in ihr vertrautes Han Pijesak. So ist das. Für uns Belgraderinnen ist das Leben in diesen schweren Zeiten nicht leicht. Nur die eineinhalb Stunden im Kino oder im Plaudern mit Ihrer mütterlichen Freundin vertreiben die Selbstmordgedanken. Dabei gäbe es so viel, was Sie sich mit Ihrem klugen Köpfchen einfallen lassen könnten. Sie könnten Ihren herzensguten Mann zum Beispiel auf ein Hörnchen Eis bei Pelivan, der besten Konditorei der Stadt, überreden. Oder sich ein Stück Seidenstoff aussuchen, das bereitet jungen Frauen doch so viel Freude. Liebes, Sie müssen es ja nicht gleich kaufen, allein beim Anblick dieses Glanzes lacht einem doch schon das Herz. Ich sehe manchmal unseren hübschen Belgraderinnen zu, wie sie, Gazellen gleich, vor den wahrhaftig geschmackvoll gestalteten Auslagen stehen. Wie dauert mich die Banjalukerin, wie sehr wünsche ich ihr, bei aller Züchtigkeit wenigstens einmal im Leben hier durch die Knez Mihajlova zu schlendern und jedes Geschäft zu betrachten. Wenn sie hier eine Tante hat, bei der sie ein, zwei Tage unterschlüpfen kann, kann ja auch nichts passieren. Denn natürlich darf man die Folgen eines solchen Ausflugs in die Hauptstadt für ein junges, noch unverdorbenes Herz nicht vernachlässigen. Und wir haben diese ganze Herrlichkeit direkt vor unserer Nase, wir können uns wirklich glücklich schätzen, das müssen Sie zugeben, zumal ich fast doppelt so alt bin wie Sie und also auch doppelt so viel wissen müsste. Ich habe noch eine Überraschung für Sie. Heute Morgen entstand das Grundgerüst zu einem neuen Roman, der Ihr Leben beschreiben wird, so, wie Sie es mir erzählt haben. Ich habe nur wenig aus meiner Fantasie hinzugefügt. Wie im Leben haben Sie einen wunderbaren Mann und einen kleinen, goldigen Sohn. Denn die Wirklichkeit ist in Ihrem Fall so schön und harmonisch, das ich nichts daran zu ändern hätte. Natürlich werden Sie nicht Danica heißen, sondern

Violetta, schon damit Ihre lieben Nachbarn nicht mit dem Finger auf Sie zeigen. Für den Anfang sind Sie meine süße kleine Violetta, so wie ich Sie in meinen Träumen sehe. Eine junge Frau aus Ohrid schrieb mir, auf unserem heißen Kopfsteinpflaster sei es weit schöner als an ihrem herrlich kühlen See. Genau das, und daraufhin habe ich eine Figur aus Ohrid erfunden, die zu meiner Violetta sagt: Wenn ich Sie und Sie ich wären. Was sollte meine Heldin am grünen Meer Makedoniens anstellen? Da fällt mir wahrhaftig nichts ein. Doch kommen wir zur Sache. Liebes, wenn Sie doch dieses süße Geschöpf, meine Violetta, kennenlernten! Sie ist jung, schön und wahnsinnig melancholisch. In ihrem Blick schwingt Trauer mit, weil sie aufgrund unglücklicher Lebensumstände vorzeitig die Schule verlassen musste. Aber ist das wichtig? Macht erst das Zeugnis den Menschen? Doch angeblich wollen die jungen Männer von heute, wenn sie selbst eine Hochschule abgeschlossen haben, nur Frauen, die ebenfalls die Universität oder wenigstens die Handelsschule besuchten, und fragen nicht nach Schicksalsschlägen. Doch meine Violetta ist moralisch untadelig. Sie hat einen Millionär abgewiesen, der ihr sogar ein Auto bieten konnte, und heiratete stattdessen einen armen Handlungsgehilfen, der nur seine Muskeln hat, ein Falke, der sich an den Ringen in die Lüfte schwingt. Vielen würde sein Anblick einen Seufzer des Entzückens entlocken, aber was hilft das, wenn unsere Violetta nicht so denkt. Ein verrücktes Kind. Ein Nest mitten in der Hauptstadt reicht ihr nicht, die in der ganzen Wohnung verteilten selbst gestickten Kissen, die Püppchen, die im Gitterbettchen sitzen, denn sie hätte so gern eine Tochter gehabt. Aber stattdessen, und das hat sie geschmerzt, bekam sie einen Sohn, und so können auch wir uns nicht an ihrem Glück in dieser kleinen Wohnung erfreuen. Kommt der Gatte müde von der Arbeit, nachdem er den ganzen Vormittag vornehmen Damen Nägel verkauft hat, hängt er frohgemut seinen Hut an die Garderobe und setzt sich an den schön gedeckten Tisch, um panierte Schnitzel mit grünem Salat zu essen. Ihr erst sechsjähriger Sohn rezitiert ein drolliges Gedicht aus der Heimat seiner Eltern. Mittendrin klingelt der Postbote und überreicht einen großen Korb voller Lebensmittel, geschickt von ihrer Frau

Mama, welche sehr begütert ist. Da huscht ein kleiner Hoffnungsschimmer über Violettas Gesicht. Jetzt muss ich Ihnen etwas anvertrauen. Violettas Vater ist früh verstorben, es war das Ende ihrer glücklichen Kindheit. Von da an hatte die kleine Waise nur noch ihre Mutter, die war steinreich und legte ihrer Tochter keine Steine in den Weg, als diese den fröhlichen Habenichts nahm statt des griesgrämigen Geldsacks. Wie kann sich unsere Violetta da bei der Redaktion der Zeitung brieflich über mich beschweren? Sie beklagt ein eintöniges, ereignisloses Leben; sie hat also alles und ist trotzdem nicht zufrieden. Und was tut sie dagegen? Also ich meine natürlich Sie. Sie sind doch zu dem guten, alten Doktor Simić gegangen, der eine Praxis für Quarzbestrahlungen hat. Die ist ganz in der Nähe, im dritten Stock eines hübschen Gründerzeithauses. Mein Gott, denkt meine Violetta, als sie an der Tür zur Praxis klingelt und einen Augenblick später von der höflichen Sprechstundenhilfe im weißen Kittel empfangen wird. Man bittet sie, im schummrigen Wartezimmer Platz zu nehmen. Tausend Gedanken gehen ihr durch den Kopf, alle möglichen Unglücke, die sie zum Glück verschonen werden. Dafür sorgt ihre Wohltäterin, die sie überallhin begleitet. Merkwürdige Menschen sitzen in diesem Wartezimmer. Warum rechnen Menschen, sobald sie mit anderen Menschen in Berührung kommen, immer mit dem Schlimmsten? Es ist doch nicht jeder gleich ein Dieb, Mörder oder Vergewaltiger. Violetta will sich bestrahlen lassen und heil aus der ganzen Sache herauskommen. Jemand stellt ihr aus dem Halbdunkel eine Frage. Sagt, er stehe dank seiner wunderschönen Handschrift im Dienst des Unternehmens Lilli Blau und kopiere fremdländische Briefe. Eine verbitterte Stenotypistin schrieb mir, Violetta solle diesem jungen Mann in seinem lässigen grauen Sommeranzug auf keinen Fall glauben. Die Sorte wäre am schlimmsten, verspreche das Blaue vom Himmel und sei dann wie vom Erdboden verschluckt. Sie selbst habe das am eigenen Leibe erfahren, sie wolle andere vor ähnlichen Erlebnissen bewahren. Violetta solle ihn bloßstellen und sich anschließend von ihm abwenden. Ich wusste gar nicht, dass unsere Stenotypistinnen derartige Rachegelüste hegen, wie kommen sie nur dazu? Sie haben doch einen guten Beruf, der viel Zukunft hat. Es ist ein neuer Beruf, den gab es früher nicht. Aber lassen wir das. Herr Vitas hat also Frau Violetta anvertraut, wie er vergangenen Sommer zufällig in Sušak Urlaub gemacht und sich mit dem Tauchsport beschäftigt hat. Ein schöner Sport, wie gut, dass sich vermögende wie ärmere junge Menschen hierzulande dem Tauchen zuwenden. Er sei so tief getaucht, sagt Herr Vitas, bis er die Welt über Wasser vergessen habe. Sei als ein anderer Mann wieder aufgetaucht. Seitdem wisse er nicht mehr, wer er sei und was sei. Sehe alles durch eine rosarote Brille. Verehrteste, auch Mann und Frau können einfach nur Freunde sein. Ohne irgendwelche Hintergedanken, eben einfach nur Freunde. Das bereitet unserer schönen Violetta Qualen. Denn Herr Vitas ist wirklich lieb und galant. Aber was würde ihr guter Mann dazu sagen? Narziss und Wendehals warfen mir in einem Brief vor, wie ich nur eine so schöne Frau solchen Versuchungen aussetzen könne, aber ich denke, das zeigt lediglich, wie verdorben die Herren sind. Ei, mein kleines Mädchen mit ihren Sorgen und Nöten. Wird sich unsere Heldin in der Praxis für Strahlentherapie auf weniger unschuldige Dinge einlassen? Jetzt ruft sie der alte Doktor mit rauer Stimme auf. Entkleiden Sie sich hinter dem Paravent. Ich sehe nicht hin. Ich bin nur der Arzt. Wir haben unsere Berufsehre. Das sei Ihnen garantiert. Gute Frau, ich sehe tagtäglich so viele Menschen. Glauben Sie mir, ich würde Sie auf der Straße nicht erkennen. Sie sind eine Patientin wie alle anderen. Seien Sie unbesorgt. Die Gebühr ist so hoch, weil wir die Stromkosten begleichen müssen. Wir können zwei Raten vereinbaren. Unsere liebe Violetta fürchtet sich vor den Maschinen und der Dunkelheit. Hat sich der gefährliche Herr Vitas am Ende heimlich eingeschlichen? Steht er einen halben Schritt von ihr entfernt, während sie nackt und erleichtert vor der gefährlichen Quarzlampe steht? Das also sind die Vergnügungen unserer Jugend. Lieber Gott, mach, dass es keinen Krieg gibt. Dann bliebe das eine lustige Episode aus dem Leben unserer Hauptstadt. Einfach nur die stille Viertelstunde vor der Quarzlampe beenden, ins helle Zimmer zurückkehren, für Violetta kommt es der Rückkehr in die Wirklichkeit gleich, auch wenn diese nicht immer rosig ist. Da erst denkt sie wieder an ihren süßen Sohn. Ist wie benommen. Abwesend. Ihr schwindelt ein wenig. Das muss von den Quarzlampen kommen. Geht das allen so? Wieder melden einige Leser aus Lištica, Banović und Čurug Zweifel an. Ihrer Meinung nach darf sich Frau Violetta nicht ungestraft bestrahlen lassen, während sich ihr Mann im Geschäft abrackert. Ich verstehe es nicht, es ist doch nichts dabei. Niemand soll dazu ermutigt werden, zweifelhafte Personen aufzusuchen, von denen es in dieser Stadt viele gibt. Angebliche Kosmetikerinnen wollen, das sage ich Ihnen, nur Ihre Schönheit für eigene Zwecke ausnutzen. Der Arzt, den Violetta besucht, ist aber über jeden Zweifel erhaben. Er steht im Dienst an unserer Gesundheit, welche die Grundlage einer jeden Gesellschaft ist. Hätte sich seine Exzellenz, Prinz Andrej, vor eine Quarzlampe gesetzt, wäre es womöglich nicht zu der gestrigen Blinddarmoperation gekommen. Arme Frau Königmutter. Muss wirklich viel erdulden. Sehen Sie, meine Liebe, die Königin trägt nur Schwarz. Der Mann ermordet, der Sohn mit scharfen Messern aufgeschnitten, um ihm das Leben zu retten. Das ist unsere Welt. Sehen Sie die ganze Infamie und Ironie der zeitgenössischen Zivilisation? Und seine Hoheit, unser Fürst Pavle, so ein lustiger Mann, stets ein englisches Lächeln auf den Lippen, das verrät seine Eitelkeit, er ist in sein eigenes Bild vernarrt. Soll ich unsere Heldin ins Museum schicken und berühmte Meisterwerke betrachten lassen? Ach ja, die moderne Hausfrau hat für so etwas keine Zeit. Ein schön eingerichtetes Heim, das Umsorgen von Mann und Sohn, das macht viel Arbeit, und schließlich gibt es auch noch die Momente, in denen sie sich hinsetzt und ihrer geliebten Mutter Briefe schreibt. Darüber vergeht der Tag. Mehr, als dass sie aus gesundheitlichen Gründen auf eine halbe Stunde zu unserem Doktor springt, schafft sie nicht. Unsere Violetta ist lebensmüde und doch noch so jung. Ich sehe sie in ihren Erinnerungen stöbern auf der Suche nach einer Stütze. Wer wollte ihr da nicht ermutigende Worte zukommen lassen? Sie wird alle Hindernisse auf dem Weg zu ihrem Glück wegräumen, dessen bin ich gewiss. Schau, wie sie ihren ärgsten Feind – den Alkohol – in den Schwitzkasten nimmt! Sobald ihr überaus herrlicher Mann die Hand zum Glase ausstreckt, und sei das harmloseste Getränk darin, bellt sie ihr Nein. Dafür bekommt sie von uns allen Applaus. Das Glück wird zu neuem Glanz erstrahlen auf diesem herrlichen Bilde. Schon höre ich, wie ihre gute Mutter ihre Entschlossenheit preist, das durchzustehen: Sie schreibt ihr einen der zärtlichsten mütterlichen Briefe. Nun bleiben nur noch die ungebetenen Verehrer, deren sie sich entledigen muss. Wie geschickt er ihr das Lügenmärchen vom Tauchen untergejubelt hat! Wie sie ihn aus ihren blauen Augen angehimmelt hat! Moderne Männer sind wirklich Scharlatane. Warum hat er sie vor der Praxis abgepasst, wo seine Behandlung bereits abgeschlossen war? Vermutlich war er gar nicht krank gewesen. Liebes, ich weiß, solche Personen treiben sich zuhauf an dergleichen Orten herum. Wie elegant er aussah! Ich könnte schwören, dass er gar nicht Vitas heißt. Wer weiß schon, wer einer ist und woher er kommt. Also, sie kommt mit wiegenden Schritten aus der Praxis. Froh, weil alles im Dunkeln so leicht vonstatten ging. Man sieht ihr nichts an. Sie kann ruhigen Gewissens vor ihren Herrn Gemahl treten. Ist wie vorher. Und dann dieses schiefe Lächeln des Herrn im grauen Sommeranzug. Au weia. Sie hat doch schon genug durchgemacht, jetzt also auch noch diesen Kelch. Ja, viele meiner Leserinnen aus Kruševac werden mich mit Protestbriefen bombardieren. Wie ich die arme Violetta so einem Wüstling überlassen kann!? Sollte wirklich ihr guter Ruf als Mutter, Gattin und Hausfrau so schnell in die Binsen gehen? Wird er sie im finsteren Treppenhaus einholen? Auch das noch, gerade jetzt ist die Glühbirne durchgebrannt. Wenn wenigstens ein Lieferant vorbeikäme. Einer von den Wasserwerken. Der Hausmeister. Oder eine andere Patientin. Frauen helfen sich untereinander am besten, wenn es sein muss. Jede ist der anderen wie eine Freundin. Aber niemand kommt. Wenn er sie nur ja nicht einholt mit seinen katzenhaften Sprüngen. Wird sie schreien? Spannen Sie uns nicht länger auf die Folter. Wir in Varaždin sind völlig außer uns. Es ist nicht länger zu ertragen, auch nicht für uns in Vinkovci. Nein, fleht eine Blondhaarige aus Ogulin. Wird fortgesetzt. Jeden Freitag. Dazu der neueste Roman von I. Drakča. Autorin des ebenfalls beachteten Romans *Die Tänzerin in Paris*. Querschnitt der modernen Frau, legt den Finger immer in die Wunde. Ein modernes *Dekameron*, und gleichzeitig der zeitgenössische *Othello*. Wie geht es mit der unglückseligen Violetta weiter? Wird beendet werden. Unsere Zeit. Durch das Prisma ihrer Sicht der Welt. Beichte einer gewöhnlichen Hausfrau. Letzte Folge in der nächsten Nr.

Sehr geehrter Herr Vorsitzender, hochgeschätzter Mr. President, lieber Herr Roosevelt. Sehen Sie dieses schreckliche Elend, das Morden, die Unfähigkeit und Verrohung, die man uns in den Kinos zeigt? Sie sind der Einzige, der etwas dagegen tun kann. Warum treffen Sie sich nicht mit den Herren Hitler, Mussolini, Chamberlain und Beneš auf einem Panzerkreuzer und hauen endlich mit der Faust auf den Tisch? Sie sollten vorher alles mit Ihren Kanonenbooten umzingeln und drohen, binnen 24 Stunden Berlin, Rom und London dem Erdboden gleich zu machen. Man darf nicht den Schwanz einziehen und sie gewähren lassen, man muss Stärke zeigen. Die ganze Welt sieht in Ihnen einen Gott. Ein Wink von Ihnen, und Millionen erheben sich. Sie begeistern die Massen, können desinteressierte Menschen aufrütteln, ganze Nationen in die Schlacht führen. Der Schwachsinn, den sie im Radio verbreiten, ist ja nicht zum Aushalten, und ebenso wenig, dass unloyale Konkurrenten Wasser in den Wein mischen und als unseren ausgeben und dass Handlungsgehilfen in ihrer freien Zeit wie ein Loch saufen dürfen. Die Großen müssen sich um die Kleinen kümmern, davon leben sie. Man muss es zu Ende bringen, und wenn die Arbeit getan ist, waschen Sie sich die Hände und unterschreiben die Unabhängigkeitserklärung. Jeder wird Ihnen drei Dinar geben, dann haben Sie genug zum Leben und können Ihre öffentlichen Aufgaben erfüllen. Hören Sie mich an, ich bin eine gewöhnliche Frau und führe ein Weingut auf dem unruhigen, undurchschaubaren Balkan. Kopien gehen an alle Beteiligten, denn mir reicht es allmählich. Bekomme ich keine Antwort, wende ich mich an andere. Siehst du, sehr geehrter Herr Schwiegersohn, dich musste ich – eingedenk der schicksalträchtigsten Missverständnisse, des Waffengeklirrs und einer Zukunft, die weder für dich noch für mich rosig sein dürfte – selbst in meinem Schreiben an den amerikanischen Präsidenten erwähnen, also im allerprominentesten Briefwechsel. Die, in deren Adern das Blut wilder Indianer fließt, benehmen sich wie Herren, und wir, die wir aus den besten Familien der alten Welt kommen, vergiften uns mit dem billigsten Fusel und führen uns wie Tiere auf. Könnten Sie als Vorsitzender des europäischen Sokol bitte etwas unternehmen, damit die besten Vereinsmitglieder nicht im betrunkenen Zustand an Reck und Barren turnen, denn dabei brechen sie sich das Genick und lassen ihre Kinder unversorgt zurück. Niemand außer Ihnen in Ihrer Eigenschaft als Sekretär der großen Freimaurerloge im Untergrund kann Politik, Philanthropie und Alkoholismus ins Lot bringen. Der Ring Serbischer Schwestern benachrichtigt die treusorgende Mutter, Schwiegermutter und Lieferantin, dass sie ihre Angaben nicht ausreichend untermauert habe, und verweist Verf. des erwähnten Schreibens an das zuständige Poschegger Kreisgericht oder die nächsthöhere Instanz in Zagreb. Wenn Sie doch die Liebenswürdigkeit hätten, werter Herr Mesarović, mir in aller Vertraulichkeit mitzuteilen, ob mein Mann, Sowieso Soundso, in der Nacht vom zwölften auf den dreizehnten diesen Monats in Ihrem Hotel abgestiegen oder ob das eine bösartige Lüge ist, verbreitet von Leuten, die mir nicht wohlgesinnt sind. Ebenso bitte ich Herrn Gojko Bovan um seine Vermittlungstätigkeit in meinem Namen in der Sache, über welche wir bereits gesprochen haben und die mir inzwischen auf den Nägeln brennt. Wenn Herr Albert Abravanel freundlicherweise herausfinden könnte, ob Ixypsilon, unser Geschäftsführer, nun mit Limbuš-Bistrica in unserem Namen einen Vertrag geschlossen hat oder nicht, sowie ggf. das Datum der Vertragsunterzeichnung. Herr Julius Ginsberger, ich kenne Sie leider nicht persönlich, aber Sie würden mir einen großen Gefallen tun, wenn Sie mir bestätigen könnten, ob mein Gemahl letzten Freitag gemeinsam mit Ihnen einen unaufschiebbaren Termin wahrgenommen hat, mir würde ein Stein vom Herzen fallen, wenn ich das wüsste. Vielen Dank im Voraus für Ihre Mühen und ergebenste Grüße. Hätte wohl Herr N. N. oder einer Ihrer anderen Mitarbeiter die Güte, meinem Mann die nächsten Tage auf Schritt und Tritt zu folgen und mir über seine Aufenthaltsorte zu berichten, ich gehe davon aus, dass er mein Vertrauen missbraucht, und befürchte Ehebruch schlimmster Sorte. Also er trägt einen hellen Einreiher, einen edlen grauen Hut, schwarze Krawatte und gelbe Schuhe, ist ein wenig füllig, nicht dick, jovial, raucht nur in Lokalen, hat stets eine Zeitung untern Arm geklemmt, Handschuhe mag er nicht, ist bekannt wie ein bunter Hund und überall gern gesehen, mit einem Wort ein vornehmer Herr, aber was hilft's. Falls Sie zu ihm Kontakt aufnehmen, dürfen Sie um Himmels willen nicht verraten, dass ich Ihnen den Auftrag erteilt habe, legen Sie sich eine Ausrede zurecht. Meine liebe Schwester, würdest du mir bitte erklären, wie es um den verbliebenen Nachlass bestellt ist, welchen dein verschwenderischer Mann in Form von Vorauszahlungen bekommen und, wie man hört, bereits bis zum letzten Dinar ausgegeben hat, während mein rechtschaffener Gatte, seines Zeichens Offizier und Ingenieur, um eine detaillierte Beschreibung bittet, wohin die Gelder geflossen sind. Liebe Mutter, wärst du bitte so gut und würdest deiner älteren Tochter an meiner Statt die Frage nach der größeren Summe beantworten, welche mein armer Mann, wie du weißt, in das unglückselige Unterfangen mit den Pferdewetten steckte und unwiederbringlich verlor, weil sich der Favorit des Galopprennens, ein Hengst, den er nie zu Gesicht bekommen hat, das Bein brach. Weiterhin schicke ich dir hiermit die Adresse meines Bruders und deines Sohnes, der im fernen Tschechien weilt und ebenfalls Geld braucht, welches ich nicht übrig habe, du aber als seine einzige Mutter sicher schon. Höflich möchte ich die Firma Bata in Borovo an ein irreparabel verdorbenes Paar Damenschuhe, Größe 38, erinnern, welches ich zu Händen der Direktion geschickt hatte mit der Bitte, mir das defekte durch ein neues, einwandfreies Paar zu ersetzen; dies ist bisher jedoch nicht erfolgt. Mahnschreiben, Atelier Urošević: Die am soundsovielten in der Soundo-Straße aufgenommenen, noch nicht angezahlten Bilder des Herrn, für welche das Atelier keinerlei Verwendung hat, sind vom Kunden unverzüglich abzuholen. Abweisung der Zahlungsaufforderung der Straßenbahn- und Beleuchtungsdirektion für den Monat Juli des laufenden Jahres, in welchem Unterfertigende nicht in der Stadt weilte, der Betrag sich aber höhenmäßig höchstens durch den Betrieb illegaler Mühlen, Dreschmaschinen oder Fotolabore erklären ließe, was gewiss auf Unaufmerksamkeit oder eine technische Panne zurückzuführen ist oder auf die persönliche Unverschämtheit des Direktors, dessen Fahrzeuge bereits mehrere Straßenverkehrsopfer forderten und der mit seinem Strom unschuldige Kinder umbringt, sobald sie den Finger in die Steckdose stecken. Herzlichen Dank nach Tschechien, lieber Turnerkollege, die anlässlich meines Namenstages übersandte leckere Flasche Moselwein und das Fässchen Pilsener haben wir mit großem Genuss zur Feier unseres Vereinstanztees getrunken. Sollte ich infolge unglücklicher Umstände resp. meines schlechten Gesundheitszustands letzten Donnerstag gegen halb drei Uhr nachmittags im Restaurant Majdan oder im Kaffeehaus der Akademie oder da in der Gegend Ihre Hose mit Erbrochenem befleckt haben, so bitte ich Sie, mein verehrter Herr, vielmals um Entschuldigung. Der Betrag von zwölf Dinar für die chemische Reinigung der Hose von Herrn Petrovićpopovićpavlović ist mit einer Frist von drei Tagen zu erlegen, mfG, Dampfwäscherei Parovalet. Wie kannst du nur deinen Bruder und Freund, deinen lieben Kumpel und Kameraden, statt ihm als der Stärkere, Klügere und Ältere ein Vorbild zu sein, von einer Kneipe in die nächste schleifen und zu immer neuen Runden auffordern; müsst ihr wirklich jede verdammte Spelunke mitnehmen und jeden Fusel kosten, du kennst seine Schwachstelle doch nur allzu gut?! Ich ersuche Sie in aller Höflichkeit, meinem Mann, dem Herrn Soundso, keinerlei Getränke auszuschenken, diese könnten ihm angesichts seiner angeschlagenen Gesundheit großen Schaden zufügen, wobei er der Vater eines noch nicht schulpflichtigen Sohnes ist, ich überlasse die Entscheidung Ihrem Urteil und menschlichem Einfühlungsvermögen, setze also grenzenloses Vertrauen in Sie, jetzt ist es an Ihnen, sich zu erweisen, selbstredend werde ich mich zu revanchieren wissen und Ihnen, wie vertraglich vereinbart, alles persönlich vergüten und erstatten. Was das andere betrifft, liebe Frau Minister Soundso, bitte nehmen Sie es mir nicht übel, aber ich muss doch nachdrücklich darauf hinweisen, künftig Kurbeln an Fleischwölfen nicht zu betätigen, während mein Mann seinen Finger in selbige hält, wie Sie wissen, hat mein Mann keine unbegrenzte Zahl von Fingern, mit denen er seine Familie ernähren könnte, und sollten Sie diese Aufforderung ignorieren, werde ich mich an geeignete Stellen wenden, und zwar zunächst an die

Handelskammer; sollte das an der hiesigen Vetternwirtschaft scheitern, schlage ich den Weg über die Instanzen ein und werde mich mächtig ins Zeug legen, und nichts wird mich aufhalten, notfalls bringe ich die Sache bis vor den Internationalen Gerichtshof in Den Haag, und erst wenn der zu Ihren Gunsten entscheidet, sind Sie entschuldigt, und ich werde Sie nicht länger behelligen. Ihr Sohn, Isaak Abinum, hat eindeutig Einfluss auf meinen Sohn, darum ersuche ich Sie in aller Höflichkeit, Sie möchten ihm verbieten, mit der Straßenbahn Nummer zwei zu fahren, welche um die Innenstadt kreist; die beiden Kinder sollen um Himmels willen mit denselben Sachen wie alle anderen Jungs ihres Alters spielen, in der Tram könnten sie hinfallen, sich den Hals brechen, unter die Räder kommen und halbiert werden, und das wollen wir doch nicht, Sie und ich, Sie, der Sie so penibel Ihre Galanteriewaren verkaufen, und ich, die ich sie unentwegt kaufe. Wissen Sie, Sie könnten ein bisschen besser auf Ihren Spaßvogel von Mann aufpassen, der steigt jeden Tag zu derundder Uhrzeit in der Soundso-Straße in denundden Stock zu demunddem soundsovieljährigen Frauenzimmer und unterhält mit ihr soundsoein Verhältnis, nicht dass Sie sich hinterher fragen, wieso warum weshalb Ihnen keiner einen wohlmeinenden Hinweis gab, wobei, es geht mich ja nichts an, ist nicht mein Bier und interessiert mich nicht weiter, und pekuniäre Vorteile habe ich auch nicht davon. Meine Liebe, gib mir endlich diese zehn Dinar zurück, die sind ein Andenken, mein Gemahl schenkte sie mir aus Anlass unseres achten Hochzeitstages, denn an dem Tag musste er arbeiten und konnte nichts anderes besorgen, wie oben angeführt, wie bereits gesagt, sollen sie nicht futsch sein, weil du sie nicht zurückzahlst, ich muss sie vielmehr zum Zeichen unserer glücklichen Ehe für etwas anderes auf den Kopf hauen. Nun sag schon, was mit ihm los ist, ist sein Bein besser geworden, hat die Kleine endlich Vernunft angenommen und haben Sie etwas Kleingeld ergattert, dass Sie halbwegs davon leben können, hat sich also jemand Ihrer erbarmt und unterstützt Sie, können Sie seinen Namen wieder mit Stolz tragen? Wo stecken die nur, was ist mit denen los, warum lassen sie nichts von sich hören?, wie vom Erdboden verschluckt, das ist doch keine Art. Solange sie uns brauchten, waren wir gut genug, und jetzt das. Es ist immer zum eigenen Schaden, anderen Gutes zu tun. Das gab's noch nie und wird's nicht geben. Ich habe es ihnen ins Gesicht gesagt, unverblümt, ohne Samthandschuhe, offen. So und so sieht es aus. Tja, Freundchen, wenn's mit guten Worten nicht geht, ich kann auch anders. Hiermit teile ich Ihnen mit, dass Herr Fruš. seinen Weinberg tatsächlich zu einem günstigen Preis verkaufen will und ich ein Angebot vorgelegt habe, des Weiteren ist mein Vater erkrankt, meine Mutter hat sich das Bein gebrochen, und der Sohn Ihres Bekannten zeigte sich in meiner Praxis von seiner besten Seite. Danke für das Weihnachtsgeschenk, wäre doch nicht nötig gewesen. Wie kann ich mich dafür erkenntlich erweisen, wo ich doch gar nichts habe? Was Ihr abgebranntes Haus betrifft, wissen Sie, es gibt Schlimmeres, Ihr Kind hätte beispielsweise in den Brunnen fallen können, aber das ist nicht geschehen. Geschätzte Töchter, liebenswürdige Schwiegersöhne, liebe Kindlein unser. Sei gegrüßt, Bruder, ehrenwerter Lazar, sei gegrüßt, Blutsbruder. Herr Soßitsch. Liebster, Gutster, Herzblatt, Muskelprotz. Grüß Gott, Mordskerl, Landsmann, grauer Falke. Sehr geehrte Dame, werter Herr Verwalter, meine hochgeschätzte Familie, liebe, unvergleichliche Frau Mutter, frohe Weihachten, guten Übergang sowie alles Gute zum Geburtstag Ihres wunderbaren Sohnes, mein Beileid zum Verlust des Vaters und gute Besserung für den beim Fensterputzen gebrochenen Arm. Herzliche Grüße, Busserl und die besten Wünsche zum ersten Schultag des Stammhalters, Küssdiehand, gnädige Frau Verwalterin, dem Hausmeister Glückwunsch zum Namenstag und dem ganzen Lande herzliche Grüße zum Geburtstag unseres kleinen Königs. Wie geht's dem Alten, der Alten, dem Kleinen und der Kleinen? Ich kann diese ganze Freude wahrhaftig nicht in Worte fassen, wiewohl sich traurigerweise auch der Tag jährt, an dem der liebe Urgroßvater, das eine oder andere Jahr zu früh, entschlief. Was kann ich euch noch wünschen, was nicht schon andere gesagt haben? Ich wünsche euch nur das, was ihr euch selber wünscht. Hundert Jahre, dann sterbe, wer will. Lasst den lieben Gott einen guten Mann sein! Das wird böse enden. Meine Liebe, wie schrecklich, da ist man machtlos, man kann nicht mit dem Kopf durch die Wand, man muss es nehmen, wie es kommt, man lebt nicht ewig, Sie müssen auch an sich selbst denken, Sie haben diese wunderbaren Kinder, einen mustergültigen Mann, der Herr Vater lebt noch, er kommt schon raus, sobald sich glaubhafte Zweifel an seiner Schuld ergeben. Hier sind wir auf dem Turm, das ist Vujo, und das ist irgendeine Bekannte. Das sind drei Schwestern, das ist auch ein Notar, und die unter dem Pfeil, das sind wir beide. Erkennst du mich mit dieser Kappe?, die ist so lächerlich, aber was kann man machen, sie ist gesetzlich vorgeschrieben. Wir auf dem Jahrestreffen des Gesangsvereins in Podg., das da hinten ist Jovo, der ist inzwischen tot, die Dicke in der weißen Bluse, das ist die Dirigentin, Frau Ružić. Da radeln wir zwei mit dem Rad des Hausherrn immer im Kreis herum, im Hof, hinter dem Laden. Nehmt diesen Blumenstrauß als Entschuldigung, ich konnte mich seit Freitag nicht melden, weil der Chef pünktlich zur Inventur einen Schwächeanfall erlitt und zur Kur musste, die ganze Arbeit blieb komplett an uns hängen. Wir drei am Tresen, da haben wir meinen Aufstieg zum Ersten Gesellen gefeiert. Mit schönen Grüßen von Mama und Papa, die entspannt in Graz spazieren gingen, während sich die Arme im Krankenhaus quälte. Wir zwei auf einer Bank im Botanischen Garten von München, kurze Verschnaufpause. Gruß an die Schwester aus dem goldenen Prag. Eine Stadt wie jede andere, wer hält dieses Volk zusammen und wer nährt es? Wie finden die Leute bloß nach Hause, ohne sich zu verirren?! Man weiß gar nicht, wo man zuerst hingucken soll, so schön isses hier. Von unserer blauen Adria, aus dem geliebten Podgorač und dem wunderschönen Bled. Wer das nicht gesehen hat, hat wirklich was verpasst. Komm, sieh und stirb. Das waren schöne Ausflüge, blaue Grotte, Nordkap, Tal der Küsse. Die Seufzerbrücke und das Eckchen für Verliebte. Hier das Denkmal von Ludwig Ohnefurcht, dahinter das Pensionat. Drittes Fenster links, zweiter Stock, ist aber hier verdeckt. Die Straße ist fünf Kilometer lang mit ausgedehnten Grünanlagen, alten Häusern und vielen Ausländern und sauteuer, nichts für unsereinen. Da ist keiner, den man kennt, einfach schrecklich. Heimweh. Unser schönes Grunt, Osijek, Zagreb, Belgrad. Da hat es dreißigstöckige Häuser, da darf um

Himmels willen kein Feuer ausbrechen und keiner kotzen. Bei dem Bäcker kaufen wir unser Brot, der steht mit seinem Schifferklavier jeden Tag unter unserm Fenster, mit dem Bus fünf Minuten zum Hotel. Die typische Landestracht. Auf dem See ist mir bei einer Bootsfahrt das Portemonnaie rausgefallen, das war für immer weg. Das sind die drei Schwestern, ich kenn sie nicht, nie gesehen, die sind alle im Krieg umgekommen, deswegen das Denkmal, da ist auch ihre Mutter dabei, die ist am Kummer eingegangen. Das Mausoleum vom Herrscher, da lassen die Tag und Nacht eine angezündete Glühbirne brennen. Ein Bild vom Zoologischen Garten, am Tag davor hatte ein Löwe dem Wärter einen Arm abgebissen. Hier ist jeder Zentimeter ein Museum. Das Schiffsinnere, vierzehn Tage war ich da, ringsum Wasser, nichts als Wasser. Ein Standbild, höher als jede Kirche, wenn das umfällt, ist die halbe Stadt hin. Das ist das Haus, von hinten. Und das ist denen ihr Garten mit den Hunden, den Mann kenne ich nicht, und das ist Gustav, der macht Musik, gehört alles denen. Ich mit einem guten Freund. Begrüßung im Turnverein, die Weinausstellung in Klagenfurt, die Pressburger Messe. Gruß aus Brünn, schöne Tage an den Plitvicer Seen, ein irdisches Paradies, warum wollen wir ins Ausland, wo wir so eine herrliche Natur haben? Virovitica aus dem Flugzeug. Davon wusste ich gar nichts. Da muss Gott geschlafen haben. Auf Schritt und Tritt nichts als Grauen, Not und Elend, ich habe Angst, mir was einzufangen oder dass mir der Finger abfällt, die Schalter fasse ich nur mit einem Stück Papier an, das werfe ich danach sofort weg und wasche mir die Hände mit Spiritus. Das is'n typischer Südserbe, aufm Markt in Prizren, so wie die da unten möchte ich auf keinen Fall leben. Aufgekratzte Reisegruppe, der da mit dem Gipsverband, der hat sich den Arm beim Schlittenfahren gebrochen; die Stimmung war sehr ausgelassen und alle wollten mit unterschreiben, auch wenn sie dich gar nicht kennen. Das war der Ball der Kaufmannsjugend mit Tanztee, da hat sie die Nacht durchgetanzt. Das bin ich, das ist Lazar, der hat sich einmal um die eigene Achse gedreht, und dann war ihm schwindlig, der neben mir heißt Rafajlović, der konnte toll tanzen, hat den ersten Platz gemacht und den Pokal aus Bleikristall gekriegt, und stell dir vor, der ist dann runtergefallen und in tausend Stücke zersprungen, tausend Jahre Unglück. Die Einweihung der neuen Brücke, das ist Prinz Pavle. Belgrad bei Nacht, Gruß vom Kalemegdan, wo wir oft spazieren gehen, die Alga-Leuchtreklame über dem City-Kino, das ist mitten im Zentrum. Das Denkm. des Unbek. Sold. aufm Avala ist hingegen ziemlich weit außerhalb, wir waren mal da, es gibt einen Bus. Ja, ich weiß, jeder meiner Schritte in dieser Sache interessiert dich brennend, darüber willst du alles wissen, wie wo was und bis wohin. Haarklein, Wort für Wort. Oben angekommen, staunt man nicht schlecht, Massen von Leuten und nur eine Tür, dabei weiß man noch nicht mal, ob es überhaupt stattfindet. Da hat er gesagt, da die Treppe hoch und dann rechts hätte der Petrić sein Büro, und weg ist er, und ich soll da und da warten, der würde uns schon und so. Und wenn das nicht klappt, gehen wir zum Sekretär, hat er gesagt, und wenn der auch nicht da ist, morgen ist auch noch'n Tag. Gesagt, getan. Hals über Kopf sind wir los. Das kommt überhaupt nicht in Frage, hat er gesagt, der Richter ist sowieso tot, es liegt eh ein Umsturz in der Luft, die stehen schon in den Startlöchern, man weiß nicht, was der nächste Tag bringt, wir überlegen uns besser was anderes. So war das. Nur, damit du's weißt. Ich hätt's nicht geglaubt. Ich also noch mal probiert, und er, naja wenn's unbedingt sein muss, aber ohne Garantie. Ich renne hierhin und dorthin, nichts. Menschenmassen, ein Wald aus Köpfen, ich wollte mich durchdrängeln, aber die meinten, das könnte ich getrost vergessen, keine Chance. Was also tun, und dann dachte ich mir, so schlau wie die bin ich allemal, ich hab schließlich was aufm Kasten, und von gestern bin ich auch nicht. Ich bekreuzige mich nicht, bevor ich über eine Brücke gehe. Den möcht ich sehen, der mir … Wenn ich die andere Tür erreichte, ist der Rest ein Kinderspiel. Aber zum Teufel, die war abgeschlossen. Ich muss es ganz genau beschreiben, damit alles in Ordnung ist. Meine Güte, vielleicht klappt es ja noch, vielleicht lacht uns das Glück. Nur die Masse darf mich nicht sehen, sonst werde ich gelyncht. Gute und böse Menschen gibt es überall. Ich also in den Flur, von da ins Büro, in den Hof, ins Treppenhaus hinauf und wieder runter, am Hausmeister vorbei wieder durch den Gang und zurück, und da bin ich. Ich bin die und die und will das und das und hab die und die Sach. Bei ihm ist es gründlich schiefgegangen, er weiß nicht, wohin. Bewunderswert, dass die dieses Gedränge ertragen, ich würde durchdrehen. Für kein Geld der Welt. So war's, kannste mir glauben. Als wärste selbst dabei gewesen. Klar, du kannst es kaum erwarten, ihr sitzt wie auf glühenden Kohlen, ich beeile mich ja schon mit meinem Bericht. Hätte ich wenigstens Papas schnörkelige Handschrift, eine Gabe Gottes, der hatte Nerven. Noch während ich überlege, was ich erzählen will, zittert mir die Hand schon. Kaum vom Bahnhof zurück, öffnete der Himmel seine Schleusen, erst die Sintflut, dann Hagelkörner, groß wie Orangen, die haben alles niedergemetzelt, entweder wird ein König sterben oder sonst ein Unglück irgendwo in der Welt passieren, und keine zwei Minuten später schien wieder die Sonne, als wäre nichts gewesen. Keiner, auch die ganz Alten nicht, kann sich an so was erinnern. Alles ist wunderbar grün, ein herrlicher Anblick. Bei uns ist es auch schön, blauer Himmel und heiß, Lazar geht hemdsärmlig und ich im leichten Sommerkleid, aber ich habe so abgenommen, dass es an mir flattert. Seit fünf, sechs Tagen ist es drückend schwül, alles flimmert, man kriegt keine Luft, und wie die Trauben stehen, weiß allein der liebe Gott. Mal hältst du es vor Hitze nicht aus, dann wieder musst du dir ganz schnell was anziehen, sonst kriegst du ratzfatz eine Lungenentzündung. In der Übergangszeit muss man sich eben besonders vorsehen. Es donnert und blitzt, da weiß man wenigstens, was man anzuziehen hat. Nie ohne Regenschirm, wir sind ganz aus dem Häuschen. Es schüttet und gießt, als würde der Himmel weinen. Himmel und Erde haben sich aufgetan. Wenn es zu dieser Jahreszeit gewittert, hat der Teufel die Hand im Spiel. Wohl dem, der kein Rheuma hat, welches ihm in den Knochen zwickt, dem kann das Wetter draußen egal sein. Hauptsache, es hagelt nicht Äxte und Pflugscharen. Bei dem Wetter jagt man keinen Hund vor die Tür. Seit drei Tagen juckt es am Hinterkopf. Ich bin aus dem Kino, musste mich übergeben, im Gesicht gelb wie eine Zitrone, konnte den Arm nicht heben, zu nichts fähig. Was ich auch nehme, ist weg oder kommt oben wieder raus. Und was ich oben reinschütte, kommt unten wieder raus. Sechs Wochen. Er hatte Fieber, Mumps, Scharlach und Masern, das ist zum Glück wie weggeblasen. Ich bekomme Bestrahlungen, und das tut mir gut. Ich denke an das Schlimmste. Wenn sie mir die Wahrheit ins Gesicht sagen würden, würde ich das selbst in die Hand nehmen, um keinem zur Last zu fallen. Hoffentlich werde ich nicht blind, so dass mich andere führen müssten, und hoffentlich breche ich mir nicht das Bein, so dass es kürzer wird und ich mich lange quälen muss. Am schönsten ist es, einfach einzuschlafen oder was zu schlucken. Onkel Simo ist seit sechs Wochen bettlägerig, nur noch Haut und Knochen, sie haben ihn auf- und wieder zugemacht, Krebs im Endstadium. Du hattest doch nach einem gefragt, ob der noch kommt und zur Gitarre singt, der hat sich in der Save ertränkt. Früher gab es nicht so viele Krankheiten. Ich kämpfe mit Hühneraugen, kann keine Schuhe tragen, und das ist noch nicht mal eine Krankheit. Die drücken in der Mitte, an der Seite und von hinten. Sie reißen mich aus dem Schlaf. Klopft, als wollte es herausspringen. Hier wurde ein Ingenieur ermordet, der würde keiner Fliege etwas zuleide tun, eine Studentin hat sich wegen eines unehelichen Kindes vor die Straßenbahn geworfen, die schöne Tochter vom armen Hausmeister der Schule hat sich von so einem reichen Schnösel ausnutzen lassen und danach vergiftet, wirklich schrecklich. Der mit dem zu kurzen Bein, weißt du, dieser lustige Kerl, der so schön sang, Italienisch sprach, alles Mögliche reparieren und herbeizaubern konnte, der ist einfach umgefallen, Hirnschlag. Ein schöner Tod, eigentlich. Dieser alte Affe, kaum ist Lazar aus dem Haus, steht er vor der Tür und will mir irgendwelchen Mist andrehen, den habe ich sofort abgebürstet, war ja klar, was der wollte. Den Prozess gegen Schlecht hat sie gewonnen, an Egon First und Hirschl Wein verkauft, das Dach auf dem alten Teil ausbessern und den großen und den kleinen mit Galitzel spritzen lassen, und auch die Weinpresse von Mervar ist mit Sack und Pack eingetroffen. Ich habe das alte Samtkleid einer Bekannten aufgetrennt, das grüne Ripsfutter auf links gedreht und dem Kleinen daraus kurze Hosen für jeden Tag genäht; mir selbst habe ich einen Schal gemacht, zum Glück fand sich ein buntes Restknäuel zum Verstricken, hat alles zusammen nichts gekostet, und alles ist wie neu. Gestern haben sie den Brunnen gereinigt, alle vier beschlagen, die Arbeiter für die letzte Woche ausbezahlt, alles abgehoben, was noch auf dem Sparbuch war, die Differenz eingezahlt, die Alte beruhigt, den Überschuss einkassiert, dem Winzer einen Abschlag bezahlt, keine Ahnung, wo mir der Kopf steht. Der ist ja ganz nett, aber wie hält der die Mengen aus, die er Tag für Tag säuft, in vier, acht Stunden, und dann wieder ins Geschäft und da steht er dann angeschickert am Tresen, nicht zu fassen. Frušić hat mir den linken Teil vom Weinberg angeboten, vor drei Jahren neu angepflanzt, er sagt, er hätte genug, vielleicht mach ich es. Erinnerst du dich an die Aushilfslehrerin, die trägt eine Brille und schielt, kriegt keine zwei ordentlichen Sätze zustande, der mag man nicht die Hand geben, die kämmt sich nie und ist völlig verzottelt, Sonntag wurde die Verlobung mit dem jungen Lobo bekannt gegeben, der Ärmste, so ein Jammer. Hier hat jemand dem Schuster die Nase mit dem Bügeleisen eingeschlagen, soll was mit der Frau und er hätte gewusst, dass er's auch wusste. Du nimmst doch wohl nicht an, dass er 'ne ganze Schüssel Feldsalat verputzt, wenn er nicht will, will er nicht. Der arme Kerl hat Fieber, ganz rote, glasige Augen, ich kann ihm nicht helfen, das ist furchtbar, ich kann es gar nicht mitansehen, wie er das Bett vollkotzt. Der war gottweißwo, aber nicht da, dafür lege ich meine Hand ins Feuer. Eine Bekannte hat mir von einem Radio erzählt, das ins Auto eingebaut war, für die vier, wer weiß, wo er die aufgelesen hat. Als würde ich darauf achten, wo der ihr Mann sich rumtreibt. Wenn man wüsste, was die alles wieder vom Boden aufheben und zurück auf den Teller tun, würde man nie im Leben auswärts essen. Ich wasche jedes Salatblatt einzeln, und die so. Ich schicke per Eilpost einen Reisekorb mit 4 Flaschen Riesl., 3 Brathähnchen, Schinken, eineinhalb Meter Wurst, 2 Guglhupfe, je 1 Walnuss- und Mohnstrudel, könnt ihr bestimmt gut brauchen, Weiteres bei anderer Gelegenheit. Gestern überließ mir eine Dame günstig 3 Paar Seidenstrümpfe für M., ich weiß, dass er so was mag, dazu aktuelle Illustrierte und einen Stadtplan, auf dem sämtliche Straßen eingetragen sind; vielen Dank!, wie lange fütterst du uns noch durch?, ich schicke es dir mit einem Boten gegen halb drei. Der Überbringer ist ein anständiger Kerl, er muss in die Augenklinik, also eile ich mit dem Schreiben, er braucht nichts, hat alles, lasst ihn nur ein wenig ausruhen und gebt ihm ein Glas Wasser. Darüber hinaus schicke ich noch drei gebratene H., ich weiß, dass ihr nicht dazu kommt, eingewickelt in Wachspapier, damit Š.s Bilder von der Lese nicht fettig werden, sie sind sehr schön geworden, hab je eins für euch aufbewahrt. Vom Munde abgespart, mehr habe ich nicht, hoffe aber umso mehr, euch damit eine Freude zu machen, wenn du es ein bisschen flickst und vielleicht auch in eine fröhlichere Farbe umfärbst, trägt es sich bestimmt angenehm, wenn es dir nicht gefällt, gib's den Zigeunern. Gib ja kein teures Geld für einen Blödsinn aus, den du hinterher gar nicht brauchst und der zu allem Überfluss auch noch kaputt ist. Steck dein Kind nicht in Mädchenkleider und Blumen ins Haar, wenn es doch nun mal ein Junge ist, du versündigst dich an ihm, der spürt, was er ist. Lass ihm nicht durchgehen, dass er sich mit diesen Leuten auf solche Arbeiten einlässt und dann doch meistens mit ihnen in Kneipen herumsitzt und so wahnsinnig viel trinkt, dass es Lungen und Nieren verdirbt, es ist ein Jammer. Nehmt endlich Vernunft an und lasst nicht Hinz und Kunz in eure Wohnung, gebt nicht so viel Geld für alle möglichen Medikamente aus, die euch höchstens schaden und jedenfalls nicht helfen können, vor allem, wo ihr doch alle vor Kraft und Gesundheit strotzt. Es ist nicht schön, dass du das Familienbild zerrissen hast, auf dem unser F. abgebildet ist, er hätte den ohnehin nicht bemerkt, wo er doch ständig besoffen ist, und ich hätte es niemandem gezeigt. Sei auf diese unsäglichen Schundromane nicht auch noch stolz, welche du verschlingst, während der Unglücksrabe sich durch Belgrad säuft, das macht alles nur noch schlimmer, wenn du liest, wie andere im Luxus schwelgen und ihnen nichts fehlt. Am Samstag bekommt ihr einen Korb mit Sachen, die ihr als Vorrat sorgfältig einlagern sollt, statt wieder irgendwelche Landstreicher einzuladen, die euch alles wegfressen, und danach nagt ihr am Hungertuch. Du könntest dich mal bei deiner armen Schwester melden, es ist nicht ihre Schuld, dass sie an so einen Idioten von Offizier geraten ist, mit den beiden Kindern hat sie keine Wahl, es ist, wie es ist. Durchsuche nicht ständig seine Taschen, wenn er dich ertappt und zuschlägt, dann gute Nacht. Lass ihn mit dem Bengel nicht allein, er kommt noch unter die Räder oder wird von den anderen vertrimmt, widme ihm so viel Zeit wie nötig, so habe ich es auch mit euch dreien gehalten, als ihr klein wart, das waren glückliche Tage. Wüsste ich, was ich heute weiß, würde ich nicht alles wieder so machen wie damals, du musst ja nicht unbedingt meine Fehler wiederholen. Ich war damals ja wirklich abgeschlossen von der Welt, bei dem Mann und dem ganzen Reichtum und diesen Leuten, lauter Ausländern, ich habe mich ganz gut zurechtgefunden. Klaut ja keinen Strom, indem ihr Stecknadeln in die Uhr klemmt, wenn das rauskommt, müsst ihr Strafe zahlen, und dann seid ihr noch schlimmer dran. Nimm ihn nicht in jeden Film mit, wenn du absehen kannst, dass der nichts für Kinder ist, er soll nicht sehen, wie einem armen Ding der Kopf mit der Axt abgehackt wird, selbst wenn sie es dreimal verdient haben sollte und trotzdem das Kino Illusion und eine einzige Lüge ist, aber er muss nicht sofort alles wissen, wenn er schon so klug ist und alles wie ein Schwamm aufsaugt. Lass ein paar Jahre ins Land ziehen, die Zeit rast sowieso, dann sagt er dir schon selbst, dass ich recht hatte und du auf die Mutter hättest hören sollen, dass ihr nicht alles besser wisst, dass mein Oberstübchen noch ganz gut funktioniert und ich genau weiß, wovon ich rede. Natürlich muss ich euch den Kopf waschen, wenn ihr euch wie kleine Kinder ohne einen Funken Verstand aufführt. Was du da sagst, Teufel auch, das erwartet man doch nicht von einem guten, klugen Kind in dem Alter. Sag ihm, dass der ihm abfällt, wenn das noch mal vorkommt, oder dass du vor Kummer stirbst, wenn er so weitermacht. Ich sage dir, lass ihn nicht zu den Juden und dem Gesindel im Hof, die flicken den ganzen Tag anderer Leuts Schlappen, saufen wie die Löcher, und wo sich deren Mütter rumtreiben, weiß man nicht so genau. Gib ihm was Schönes zu lesen, wenn er's schon kann, nimm ihn mit ins Kino, wenn Schneewittchen läuft. Und gib nicht deine eigenen Zeichnungen als seine aus, ich kann ganz gut unterscheiden, was eine Kinderzeichnung ist und was nicht. Das Zeug brauchst du mir erst gar nicht zu schicken, ich sehe ja, wie du absichtlich mit der Hand ausgerutschst bist, als hätte er es gemacht, aber mich täuschst du nicht. Das nützt doch keinem, ich kann mich noch gut erinnern, wie du eine Gänsehirtin, ein Haus und ein Pferd gemalt hast. Was ihr mit meinem Enkel macht, hat keinen Sinn, ihr sollt ihn nicht ständig langweilen, meinen Schwiegersohn zum Saufen verführen und meiner Tochter mit unanständigen, unerträglich ekelhaften Vorschlägen zusetzen. Bei Zuwiderhandlung setze ich alles ein, was mir zur Verfügung steht, bis zum letzten Dinar, binnen vierundzwanzig Stunden, und werde bei Gericht einen Krawall schlagen, der sich gewaschen hat. Er seinerseits kann machen, was er will. Wir bürgen für ihn. Sohn eines Schusters, ehrlich und rein wie eine Träne. Heiter, helle, schlagfertig, kennt Tod und Teufel, lustiger Geselle, wenn er was sieht, macht er es eigenhändig sofort nach, aber er wird vom Pech verfolgt. Sie kann fegen und kochen und Essen auftragen, Hauptsache, sie kommt in ein Haus, in dem die besseren Kreise verkehren, damit ein vornehmer Mann sie sieht und auch ihr das Glück einmal lacht, denn das hat sie verdient, eine unberührte, blonde Schönheit, eine, nach der man sich alle Finger schlecken würde, aber freilich nicht hier, wo sich Fuchs und Hase gute Nacht sagen. Sie braucht nur einen kleinen Schubs, den Rest macht sie von allein. Ich kannte ihre Tante, die Ärmste ist unter schlimmsten Qualen an einer Gehirnentzündung gestorben, und jetzt hat die arme Waise niemanden mehr auf der Welt. Sie tun ein gutes Werk, Gott vergelt's, bei Ihrem großen Bekanntenkreis. Sie durchschauen einen, der sagt was, und die Sache ist erledigt, ich kenne mich da aus. Wenn Sie als Wurst- und Backwerkfabrikant so gut wären und dem Schuldirektor schrieben, das würde ihm, trotzdem er eigentlich zu jung ist, helfen, eingeschult zu werden, schließlich kann er schon lesen und schreiben. Sonst sitzt er am Ende strotzend vor Gesundheit zu Hause herum und stiehlt Gott den lieben Tag oder tobt im Hof mit dem kleinen Juden herum. Könnte Lazar etwas über seine Bekannten drehen, damit sie endlich ihren Platz findet, damit sie vielleicht irgendwie mit irgendwem, ich bin ja nicht mit ihr verwandt, aber sie ist mir ans Herz gewachsen, auf der großen weiten Welt wird doch vielleicht auch für sie ein Kanten Brot abfallen. Deswegen bitte ich die geschätzten Herren, die

Begleichung der Rechnung für den nicht verbrauchten Strom aufzuschieben, mir die Zubereitung der üblichen Weizengrütze am Tag der Namensfeier zu erlauben, meinen minderjährigen Sohn vorzeitig in die erste Klasse aufzunehmen sowie mir eine Fristverlängerung für die Auslösung des Wintermantels aus Ihrer Pfandleihanstalt zu gewähren aufgrund des nicht ausgezahlten Lohns meines Mannes, Pech beim Pferderennen und der Masern, an denen mein Kind erkrankt ist, andernfalls könnte ich einen Skandal losbrechen, wenn ich herumerzähle, was ich über das Verhältnis der Tochter des Ministers zu einem gewissen Herrn weiß, und ich hätte noch mehr dreckige Wäsche auf Lager. Ich bestempele und überstempele alles wie vorgeschrieben, verlange dafür aber Begleichung meiner Forderungen, Schuldenerlass, Zahlungsaufschub und ein für mich und meine Familie günstiges Urteil. Dürfte ich Sie herzlich bitten, mir weitere zehn Dinar zu leihen, obwohl ich Ihnen bereits zwanzig schulde, ich schreibe alles ordentlich auf und zahle die Gesamtsumme auf einen Schlag zurück, wenn der liebe Gott macht, dass ich bei der nächsten Ziehung der Klassenlotterie wenigstens meinen Einsatz rauskriege, die zugegeben eine Art Narrensteuer ist. Er darf um Himmels willen nichts von unserem kleinen Geheimnis erfahren, sonst tun wir so, als wäre nichts gewesen. Hochwürden, erlauben Sie doch die Anfrage, ob es sich regeln ließe, meiner Tochter, die am Tag des Heiligen Erzengels getauft wurde und diesen also wie einen Lebenden feiert, zu erlauben, zum Fest Weizengrütze zu kochen, denn die isst die ganze Familie und vor allem der sechsjährige Sohn wahnsinnig gerne; schließlich war ihr Großvater Pope und dessen Großvater und Vater und Urgroßvater und so weiter ebenfalls; wäre Ihnen zutiefst verbunden. Wenn du diesen Schnitt in die Poincaré-Straße bringen könntest, da wohnt doch deine Bekannte, die dir die Sachen näht, sie soll nur sagen, ob er was taugt oder nicht, dann werde ich mich schon durchzusetzen wissen und Zora dazu bringen, es mir genau so zu nähen. Frag den Doktor, was der arme Mijo seinem Kind auf die Stellen schmieren soll, obwohl die Blutkrusten letztlich von der Armut kommen, ich bezahle es, keine Sorge. Wenn du etwas Schönes in den Geschäften siehst, beschreibe es mir nur ganz genau, du weißt ja, wie gern ich es vor mir sehe, als wäre ich selbst dort. Alles, was ich habe, werfe ich euch vor die Füße, ihr könnt darauf herumtrampeln, es in den Müll werfen oder bespucken, es ist mir gleichviel, ich habe keine Wahl, bin eine zu ehrliche Haut, immer geradeheraus, verstecke nichts, ein Wort von euch genügt, euer Wunsch ist mir Befehl. Wenn ihr das lest, werde ich nicht mehr unter den Lebenden sein. Warum nur macht ihr so viele Versprechungen und haltet keine einzige, ich will doch nur euer Bestes, es ist eine Schande. Man spielt nicht mit einem Leben, das am seidenen Faden hängt. Du könntest mir wenigstens noch einen Satz Tages- und Nachtcreme schicken, bei dir in Amerika ist das spottbillig, und hier kriegt man sie nicht mal zu Apothekerpreisen. Soll dir der Onkel leckere Karotten reinstecken, verlangt es dich nach verbotenen Früchten, dann komm zum Brüderchen; ich kann dir noch mehr Zoten schreiben, falls dich aufheitert, was mir eine echte Gaudi ist. Sag's nicht weiter, das Geheimnis nehme ich mit ins Grab. Mein liebes Freundchen, ich bin nicht, für was Ihr mich haltet, bin kein leichtes Mädchen. Niemand ist für meine Tat verantwortlich, ohne dich bleibt mir kein anderer Ausweg, ich brauche nichts. Er hat es mir hoch und heilig geschworen, er gehört nicht zu denen, die das Blaue vom Himmel versprechen und hinterher nichts mehr davon wissen wollen, der Fuchs hat die Gans geholt, wäre wirklich schade, wo das Kind so viel Grips hat. Der Mann ihrer Schwester ist da ein hohes Tier, der sieht zu, was er machen kann, er sagte, eine Gehbehinderung würde nicht weiter gegen eine Einstellung sprechen, denn die Arbeit werde im Sitzen erledigt. Fürs Erste werde er nichts unternehmen, er warte die Rückkehr eines Prokuristen aus Pisak ab, wolle mit dem lieber unter vier Augen reden, statt die Post und was weiß ich zu bemühen. Wenn nicht dieses Mal, nächste Woche klappt es ganz bestimmt. Er kann sich auch nicht verteilen, er hat auch nur zwei Hände. Er kennt ihn nicht persönlich, sondern lässt den Sachverhalt über Dritte mitteilen, und gleich danach wird er die Geschichte für erledigt erklären, weiteres Zuwarten lohne nicht, es sei, wie es sei. Warum habe ich immer so ein Pech, als hätte ich Gott Steine nachgeworfen. Jeder geht die Straße entlang, und ich allein trete in die Scheiße, verflucht noch mal. Ich hatte auch nicht mehr Glück, ausgerechnet meine Straßenbahn war in den fürchterlichen Unfall verwickelt, und ich musste zusehen, wie die junge Frau einmal der Länge nach zerstückelt wurde, die Ärmste, wir waren ausgerechnet zu der Vorstellung im Lichtspieltheater, während der das Feuer ausbrach, man entgeht seinem Schicksal nicht, selbst zu Hause kannst du über den Schemel stolpern und dir eine Gehirnerschütterung zuziehen. Bitte entschuldigen Sie mich auch dieses eine weitere Mal noch, nächstes Mal dann. Wenn sich alles nur ums Geld dreht, verflucht. Die Stadtwerke haben sich immer noch nicht für die Stromrechnung entschuldigt, ich habe kein einziges Kilowatt verbraucht, es ist wirklich schauderhaft, ich habe zwar keine Lust, zu euch an die Donau zu kommen, aber wenn ich mich auf den Weg mache, dann trete ich einen Riesenskandal los. Im Namen meiner Firma danke ich Ihnen noch einmal für die übersandten Muster zu Artikelnummer 1301, leichte klappbare 1302, leichte halbbreite 1311, ausziehbare enge, das Ventil mit Art.nr. 1397, Rattenfalle 1652 sowie die Spindel für die Hobelbank 1721, grüßen Sie insbesondere den Herrn Doktor und Küssdiehand an die Dame des Hauses. Wenn Sie mir noch für die Veranda Petunien semperfl. der Sorte Gustav Klinke, sechs St. für zweieinhalb, dazutun, bezahle ich über die Firma und allerbesten Dank. Nein, heute kann ich auf keinen Fall, so leid es mir tut, aber die Umstände gestatten kein Treffen mit einem unbekannten Mann in einer Konditorei, während mein Gatte auf der Arbeit und das Kind bei seinem Spielkamerad, dem Juden, sicher untergebracht ist. Ich bin nicht gewieft genug, um Ihnen, dem Inhaber der Galanteriewarenhandlung, als Gattin eines Fachverkäufers ein Treffen abzuschlagen, ohne Sie vollständig zu entmutigen oder zu beleidigen, was mir wirklich fernliegt. Nein, auf keinen Fall sofort, ich muss für den Mann sorgen, damit er was zu essen hat und sich ordentlich umzieht, und außerdem wird der Kleine in vierzehn Tagen eingeschult, mein Gott, wie die Zeit verfliegt, das ist noch ein Grund mehr. Wenn es nach uns gegangen wäre, wäre das schon früher passiert, aber wir konnten uns nicht durchsetzen. Immer ist was los, immer neue Ausreden, und so vergeht die Zeit. Es kehrt nie Ruhe ein, entweder ziehen sie dir mit gefälschten Rechnungen das Geld aus der Tasche, oder es wird eingebrochen, oder der Bub rutscht auf einer Bananenschale aus und bricht sich das Knie, dann rennst du in die Apotheke oder, was am schlimmsten ist, der Mann bleibt mit seinen Kollegen länger weg, und du fängst an zu grübeln, wo er ist und was er macht. So ist das, versteht sich von selbst, dass es mir wirklich leidtut, aber so wie die Dinge liegen, hat sich alles gegen uns verschworen. Also das nicht. Seidenstrümpfe konnte ich mir zum Glück selbst von meinem eigenen Geld kaufen, das beleidigt mich, das hätte ich von Ihnen nicht erwartet, nie und nimmer, nicht einmal unter Todesdrohung, für kein Geld der Welt. Du gibst einem den kleinen Finger, und der nimmt die ganze Hand. Was würden Sie denn sagen, wenn jemand Ihrer Gattin beim Frisieren das ganze Haar abfackelt. Das ist keine Reklame für Sie, was mir in Ihrem eigenen Geschäft letzten Dienstag passiert ist. Volle vier Zentimeter müssen durch Ihre Schuld abgeschnitten werden. Ich verlange Schadenersatz und eine offizielle Entschuldigung, zudem soll eine Rückenansicht von mir veröffentlicht werden. Der geschätzten Redaktion zur Kenntnis. Warum unternimmt die Stadtverwaltung nichts gegen zudringliche Fotografen, welche unschuldige Hausfrauen mitten auf der Straße abpassen. Der schwarze Fotograf und seine »Opfer«. Offener Brief an Herrn Juden Tomić im Namen der Belgrader Hausfrauen. Mütter, Ehefrauen und Schwestern gegen mangelhafte Waren in Kaufläden, unnötiges Fotografieren auf der Straße und den Ausschank von Alkohol an ohnehin schon berauschte Männer. Wer vom Vaterland zu dessen Verteidigung gebraucht wird, darf sich nicht über ein gewisses Maß hinaus betrinken. Es findet sich immer ein Schuft, der dir nach dem Leben trachtet und dich verschlingt, ohne dass dich auch nur die geringste Schuld trifft. Ich verstehe diese Menschen nicht. Spucken und schleimen, du siehst ihnen an, dass sie nicht die Wahrheit sagen, die klauen's dir unter den Augen weg. Sie lügen wie gedruckt. Die wollen dich einfach neppen, selbst wenn sie gar keinen Vorteil davon haben. Wer denen glaubt, ist selber schuld. Die mögen noch so fürnehm tun oder gar 'ne Krone tragen. Die platzen vor Neid, statt die Ärmel hochzukrempeln und zu arbeiten. Als hätten wir's auf der Straße gefunden oder für unser hübsches Gesicht geschenkt gekriegt, als hätten wir's fürn Apfel und ein Ei bekommen. Sie sehen den Splitter im fremden Auge, den Balken im eigenen sehen sie nicht. Spottete die Eule über die großkopferte Meise. Žanić, Lukačević, Lobo, Miolj, die gleichen sich alle wie ein Ei dem anderen. Gleich zu gleich gesellt sich gern. Du kannst dir ja vorstellen, wie mir zumute war. Als hätte man mir einen Kübel kaltes Wasser übergeschüttet. Wie ausgespuckt. Mein Vater hätte keinesweg Pferde gezüchtet, hätte ein Bein abgenommen bekommen und wäre Hausmeister auf dem gräflichen Gut gewesen, nicht der Besitzer in Anführungszeichen, und der verstorbene Onkel sei durch die Welt getingelt, hätte niemals geheiratet und nur deshalb so viel Geld gehabt, weil er eine Fürstin bestahl. Ich wäre nur deshalb zum orthodoxen Glauben übergetreten, weil ich nach dem angeblichen Vorfall im Zug keine Wahl gehabt hätte. Mein Vater hätte mich deswegen verstoßen und nicht, weil ich mich ihm widersetzt und in eine serbische Familie eingeheiratet hatte, die noch dazu über Generationen Popen hervorbrachte. Nehmen Sie es sich nicht zu sehr zu Herzen, aber ich muss Ihnen die bittere Wahrheit sagen, das ist immer noch besser, als ein Leben lang im Irrtum zu leben. Er hätte das, wenn er so viel Anstand hätte und noch lebte, sicher selbst sofort eingeräumt. Sind Sie noch recht gescheit?, Ihr Herr Vater hatte rabenschwarze Haare, und er ist strohblond. Denken Sie nur, so ein Mann, auf den sich die ganze Gemeinde beruft, und sein Sohn ein Dreckskerl, da machst du nichts dran. Das Blut lügt nicht, es liegt in der Familie, der gute Ruf teuer bezahlt. Aber die Sache wurde trotzdem ruchbar, es gibt Menschen, die das unter Eid bezeugen können. Selbst der Doktor, Gott sei seiner Seele gnädig, hatte mehrmals im Ausland Fälle mit Ordensschwestern, einmal starb ihm ein Leutnant auf dem Operationstisch, während er durchs Fenster mit seinem Täubchen schäkerte, der Offizier war kalt, bevor sie mit ihrem Getuschel fertig waren. Und was war mit den Geldern für die öffentliche Badeanstalt in G., die bis heute nicht aufgemacht hat?, nichts war damit, da hat keiner was von gesehen, Punktum! Wo sind die Massen von Setzlingen, gespendet vom einstigen Kaiser Fr. Joseph, natürlich in den Wäldern, die heute um den Weinberg wachsen. Hand aufs Herz, hat der arme Gustav eure Schwester freiwillig geheiratet oder unter Druck und aufgrund versprochener, später nicht ausgezahlter Summen, nachdem die Betroffene was mit einem verheirateten Hauptmann anfing? Ist es wahr oder nicht, angesichts der Tatsache, dass er sie als Mann alter Schule ins Hotel Palace zurückbringen wollte, sobald er die Sache durchschaute, aber da war es natürlich schon zu spät; er schluckte einen Angelhaken, rutschte aus und schlug der Länge nach hin, und wer würde gegen solche Familien zu dem armen Musiklehrer halten? Haltet also lieber den Mund. Zu allen hochstehenden Persönlichkeiten des Reichs existieren kompromittierende Notizen, ich übertreibe es mit meiner Ehrlichkeit wirklich zum eigenen Schaden, statt sie zu nutzen und ihnen Schweigegelder abzupressen, deswegen lebe ich in Not. Verbrenn das sofort oder zerreiß es oder friss es und vergiss alles, was ich dir gesagt habe. Gib es niemandem zu lesen, hüte es wie deinen Augapfel, es könnte sich auswachsen. Du weißt am besten, wie er ist und wie sie sind. Wenn es mir nicht so auf der Seele läge, würde ich insgesamt nicht so ausführlich und vor allem nicht darüber im besonderen schreiben. Du brauchst mir nichts zu erzählen, ich weiß es längst, ich kenne dich in- und auswendig und lese zwischen den Zeilen. Man merkt es selbst nicht, wenn man das eine schreibt und das andere will. Über ein Geheimnis, Zettel vom Großvater Theodor, auf denen was geschrieben steht, irgendwo im Garten vergraben, aber wo? Hätte ihm, sagt er, ein ehemaliger Winzer im Ruhestand verraten, der Einzige, der davon wusste. Irgendwo im Haus ist eine Schachtel mit einem Schlüssel, man weiß nur nicht, für welche Tür. Unter dem alten Haus soll früher ein türkischer Friedhof gewesen sein, da sei ein alter Türke gekommen und habe gesagt, da unten gebe es noch mehr. Es heißt, wenn ihr von der und der Grunter Familie seid, die haben viel vergraben, wenn es eng wurde. Sie sei eigentlich nicht seine Tochter gewesen, sondern die Schwiegertochter, das sei nicht ganz sauber gelaufen, sie hätte einen anderen Glauben gehabt und sei nicht konvertiert und der mittlere wäre der Sohn vom Enkel des einstigen Kommandanten Beltrup gewesen. Die hätten sich bis aufs Blut gestritten, aber das habe nicht nach außen dringen dürfen. Im Grunde wisse jeder, dass er gegen Ende völlig übergeschnappt war, aber wenn das offiziell geworden wäre, wären die Leute nicht mehr in die Kirche gegangen. Man bekreuzigt sich und schwört auf alles und behauptet trotzdem, so und nicht anders habe es sich zugetragen. Avrams Bruder Žarko nahm eine Böhmin zur Frau, Katha, ihre jüngste Tochter, hat den Juden Hetzl geheiratet, der wird mal gehetzt, und der Oliver H., der in Požun gegen Großvater aussagte, war denen ihr Sohn, der hat also gegen den eigenen Onkel ausgesagt, und da hört der Spaß auf. Jovan, Vasilijes Bruder, der früher einen Gemischtwarenladen führte, hatte keine Kinder, weil seine Frau trotz aller Bäder und Arztbesuche keine kriegte, die ganzen Kuren und Medikamente haben bei ihr nicht angeschlagen, und er blieb nicht der Einzige, denn Mitar, der Hagestolz, wollte nie heiraten. Die arme Pavica, auch das weiß man, war ein bisschen verschroben und starb Anfang zwanzig an der Schwindsucht, sie soll ihr Zimmer immer erst bei Dunkelheit verlassen haben und ging nie weiter als bis in den Garten, wo sie sich auch verkühlt hat. Habe ich einundzwanzig in Lipik von einem Notar erzählt bekommen. Sind Sie aus der und der Familie? Ich kenne Sie zwar nicht, bin Ihnen aber gewogen, ich bin längst unter der Erde, bevor Sie sich davon überzeugen können, dass ich die Wahrheit gesagt habe. Im alten Haus sei im mittleren Zimmer eine Wand vor die eigentliche Wand gemauert, und dahinter sei eine eiserne Kassette versteckt, in der liege ein Heft, in dem von jedem stehe, wer er ist und von wem er abstammt. Das plaudert man natürlich nicht aus. Ich habe es ihm zu Lebzeiten nicht gesagt, eher hätte man mich den Löwen zum Fraß vorwerfen oder bei lebendigem Leib rösten können, aber jetzt und hier schwöre ich dir bei Gott und dem Herrn: H. H., welcher mit mir im Zugabteil saß, als ich ohne D. aus Paris zurückkam, war ein Mann, wie man ihn sich wünscht, aber es ist nichts zwischen uns vorgefallen, wofür ich mich schämen müsste, im Gegenteil. Aus Ihnen spricht die Besorgnis, dass das Maß noch nicht voll ist und ich so viel Glück hatte. Wir tun doch alles für sie, und nun das. Das ist der Dank, dass wir sie aus dem Dreck gezogen haben, sie weiß es einfach nicht zu schätzen. Sie hatte nichts anzuziehen, konnte nicht auf die Straße gehen. Merk dir das Gute, vergiss das Schlechte, nicht umgekehrt. Er ist auch nicht besser. Das habe ich mit eigenen Augen gesehen. Straf mich Lügen, wenn du kannst. Seit sechs Monaten habe ich Zweifel, aber ich sage nichts. Von uns, ohne uns. Davon wird keiner dick, weder ich noch die. Das bisschen Leben, und auch noch mit diesem dummen Gewäsch vergiftet. Was sich die Leute nicht alles einfallen lassen vor lauter Langeweile und schlechtem Gewissen. Mein Gewissen ist rein, ich schlafe ruhig, wie ein Stein, wie ich mich abends hinlege, so wache ich morgens auf, ich schaffe es nicht einmal, mich umzudrehen. Deine dich liebende, sehnsüchtige und einzige Mutti. Einer, den ihr nicht kennt, ein ehemaliger Mann, ein Ausländer, einer, den ihr nie wiederseht. M. Mesarović, Sr. A. Avranel, mit Handkuss. An die Direktion der Verkehrs- und Beleuchtungswerke. Schm. Fl. Eisenbahnverkehr GmbH Limbuš-Bistrica. Im Namen seiner Heiligkeit Sekr. des serb. Patr. VK. Ein unermüdlicher Arbeiter, dein unglücklicher, Ihr trauriger Schwiegersohn und undankbarer Sohn. Lustige Ausflugsgesellschaft, Kameraden derselben Art, Küssdiehand der Mama, Küsschen der kleinen Maca, Ihr ergebener Banjeglav. Eure ferne Cousine, der, welcher Ihnen das nie vergessen wird. Mit freundlicher Empfehlung, Bruder Plebičko. Pero, Duško, Jovo und Luka, Charlotte, Regina und Onkel Nikola. Zitzimatzeputzko. Patinspatinspatin. Dein dir ergebener Schwippschwabbelschwager. L.

DER AUTOR, 1977

Etwas Leichtes, aber bitte nicht irgendwas. Sie ist 13, versteht aber schon alles. Sie wissen ja, wie die heute sind. Wir haben das und das und das. Nein, das nicht. Mir reicht das Leben selbst, das ist schwer genug. Ich bräuchte Wiehießdas vom Achder-Name, liegtmiraufderZunge. Grün, und auf dem Titelblatt ist eine Schlange. Wir haben Kriegs-, Liebes- und dann wieder denkerische. Durchunddurch symbolisch. Liebesromane, die im Krieg spielen, und Kriegsgeschichten, die von umfassender Liebe gegenüber dem Mann als wichtigstem Teilnehmer durchdrungen sind. Peu à peu wird sich alles ihrem klugen Köpfchen einprägen. Am Schluss kommt sie dahinter, was was ist. Haben Sie das Tagebuch von der Nachteule gelesen. Höchst aufmerksam, Wort für Wort. Na danke. Das fressen nicht mal die Hasen. Sie war drogensüchtig. Bekenntnisse einer geselligen Rumtreiberin, die sich als glühende Patriotin entpuppte. Sie steckte den Finger ins Loch und rettete so die ganze Stadt. Wie sollte sie sich beim Schreiben nicht ekeln, hat sie das Mäusegift, mit dem sich die Waschfrau in ihrem Roman umbringt, doch selbst auf der Zunge. Identifikation. Äußerst fürnehm. Identisch mit dem Geschehen. Ich liebe solche Stoffe. Wahrheitsfanatiker, gegenüber allem, wie es eben ist. In lustigen Geschichtchen vom Löwen und dem Kaiser geht es in Wirklichkeit um uns selbst. Was sie jetzt aufsaugt, ist fürs ganze Leben. Wie ein Schwamm. Am schönsten sind die mit Bildern. Für Kinder und Analphabeten. Alles aus dem Bild, in dem ist dasselbe wie in den Worten. Was darunter steht, erfährt man schon aus dem Bild. Doppelt gemoppelt. Der Kaiser ist in Wirklichkeit ihr Vater, verstehen Sie? Wenn wir den scheinbar dümmlichen Inhalt weglassen, bleibt das übrig, was für alle Zeiten gilt. Der Löwe ist kein Löwe, sondern ein arglistiger Verwandter, der ihr auf jede Weise schaden will. Erschienen bei der Belgrader Schmierfinken-Verl.anst. Von 7 bis 77. Ehemals Junges Geschenkbuch. Wer hat Angst vor V. Woolf. Sagt der Ulf, sagt der Ulf. Treue Übersetzung unübersetzbarer Kinderreime. In hoher Aufl. Nur zur Subskr. Als TB, Halbleinen und Leder. Wir haben die ersten Besprechungen. Sieben allerfrischeste Äußerungen von sieben Aufgeforderten. Tatsächlich der beste Roman von hier, der unter diesen Umständen und mit diesen Möglichkeiten in den vergangenen 24 Stunden in Ost-London übersetzt wurde. Andere über uns. Packende Reportage über unsere Hauptstadt aus der Feder eines Ausländers, eigentlich ein begabter Journalist von hier, aus der fingierten Sicht eines Fremden. Kurze Skizzen über uns aus unsrem eigenen Mund. Und was sagen Sie zu den Sachen über die Sachen. Alles bis aufs letzte Härchen beschrieben. Ordinär. Ob Männchen und Weibchen bei den Insekten oder bei den Menschen. Das wollte er sagen. Ja. Nein. Ich weiß es selbst nicht. Unnatürliches Buch über natürliche Erscheinungen, die durch Übertreibung ebenfalls ins Unnatürliche getrieben werden. Ich bin hin- und hergerissen. Eine Schande für jedes bessere Haus. Nur Köchinnen und Kassiererinnen. Die warten mit Wonne auf die nächste Folge. In den Zeitungen nur das und das. Sonst nichts. Sie unterbrechen an der schlimmsten Stelle. Er betritt das Schlafzimmer, schlägt die Bettdecke zurück, sieht ihren nackten Körper. Das Ende kommt. Aber wie? Ich möchte den zuständigen Redakteur bitten, mir die morgige Fortsetzung zu diktieren, auf meine Kosten. Ich halte es nicht bis morgen aus. Die Kenntnis von Natur, Gesellschaft und menschlichem Denken. Gibt's nicht. Wo könnte man das machen. Quält das arme Kind. Bein gebrochen. Nirgends. Warum drucken sie nicht genug. Wie man einen Schraubenzieher in der Hand hält. Sehr lehrreich. Das eine so und das andere so. Durch Bilder. Das Kleinhirn kann nicht alles aufnehmen. Auf verständliche und unterhaltsame Art. Immer Schweinkram auf dem Einband. Köder für Neugierige. Lesen meist die, denen es verboten ist. Nur das und das, ohne Ende und Anfang. Nein, warum. Macht jede Literatur lebendig. Das, was uns hilft, den nächsten Tag in dieser Zeit voll Entfremdung und ausgeatmeter Gase zu erleben. Alle großen Romane geschrieben als Beilage und fürs Feuilleton. Nehmen Sie Dostojewski. Hebt die Axt in der einen und meuchelt die Alte in der nächsten Folge. Packt sofort. Nach den ersten zehn Seiten legt man es nicht mehr aus der Hand. Und das von dem, was sich in das verwandelt, hat mir eine Bekannte erzählt. Sie sagte, sie hätte es regelrecht verschlungen. Ganz zwanglos, wie nebenbei, spielerisch. Wohl dem, der einmal hinschaut und sich alles merkt. Phänomene. Ist angeboren. Das von der unglücklichen Abiturientin, die nach dem Flugzeugabsturz in den slowenischen Bergen Trost im Alkohol sucht. Nie bis zum Schluss, der verfluchte Krieg in der Hälfte durchgehackt. Wo gibt's das und wie heißt es? Nicht mal, wenn mir einer das Messer auf die Brust setzt. Wurde sie nun von ihren Leidenschaften errettet oder nicht? Verfluchtes Leben. Géza Kohn oder Binoza. War nicht kyrillisch gedruckt, oder doch? Alte drucken sie nicht, neue lese ich nicht. Vom Recken, der ein ganzes Haus tragen oder damit um sich schlagen konnte. Ein Landsmann, der dort war, obwohl er später auf die schiefe Bahn geraten sein soll oder noch später wieder nicht. Und Sie und Sie und Sie. BitteschönzuDiensten. Hätte doch nur einer beschrieben, wie das hier während und vor dem Krieg war. Kein Name, kein Titel. So eine Art Erinnerungen. Liegt bestimmt auf irgendeinem Dachboden rum. Fressen die Mäuse. Der war irgendwie mit uns verwandt. Gibt's in keiner Buchhandlung. Und ob dieser Recke wirklich existierte oder hat er den aus einigen zusammengebraut, die er dort sah. Anschließend komplett ohne Anfang und Ende hingeschmissen? Gerade als das Flugzeug runterfiel. Mitten im Satz. Wenn's mich packt, geb ich es nicht aus der Hand. Und wenn ich sonst nichts mitbekomme, Hauptsache ich weiß, wie es ausgeht. War was Dickeres. Wer braucht denn so was. Falls jemand mal, dann bitte mir. Ich gebe fünf andere für so eins. Der las wirklich alles und jedes. Das war hier so. Angeborenes Bedürfnis. Ein Eichenholzschrank voll. Alle Ausgaben. Gesamtausgaben. Gegen Vorkasse. Von dem armseligen Beamtengehalt. Schau dir seine Bibliothek an und du weißt, wer er ist. Eins lass ich, das andere nehm ich. In höchster seelischer Not hilft ein Buch. Der beste Freund. Wie ein Hund. Noch im größten Übel steckt ein Keim. Hätte gern was Kriegsmäßiges, Kriegerisches. Auf meine alten Tage. Das ist gerade herausgekommen. Bekenntnisse eines Generals, der die Schlacht verloren hat. Dicke, aufgeplatzte Granaten. Selten aufrichtig. Durch die Beschreibung seines Kammerdieners, der noch sein kleinstes Geheimnis kannte.

Ich habe das ganze Regal durchgekämmt, wir haben das Mistding nicht. Entschuldigen Sie, wo kommen Sie denn her? Na, ich lerne Bibliothekar. Chef, haben wir was von Leszekolakowski. Nein nein, hat sich erledigt. Sollte im Druck sein. Schon verkauft. Irgendwo hakt's gerade, kommt aber. Hab gehört, pstpst, es wird nichts. Etwas faul im Staate Gdansk. Wenn Sie so liebenswürdig wären, nur eins, unterm Ladentisch. Keinem, mein Ehrenwort. Ich würde es über Nacht abschreiben. Nur für mich. In Russland schreiben sie einen Roman innerhalb von zwei Nächten in fünf Millionen Exemplaren ab. Alte Tradition. Beim Bart des Poeten. Davon sind wir weit entfernt. Da lesen sie auch im öffentlichen WC, dem einzig geheimen Ort. Ein Schachweltmeister merkte sich einen ganzen verbotenen Roman, den ihm einer unserer Landsleute zeigte. Dort diktieren sie alles bis zum letzten Wort herunter. Er dachte sich erst eine ganze Erzählung aus und lernte sie dann Buchstabe für Buchstabe auswendig. Warf sie aufs Papier, sowie er der Hölle entronnen. Am gefährlichsten die Bücher, die es gar nicht gibt. Von Mund zu Mund. Nein, das würde ich nicht. Liste der Bewohner und Adressbuch. Kann man unter ein zu kurzes Tischbein schieben. Klar, süffig und lesbar. Als modernistischer Roman. Der modernistischste Roman ist eigentlich das Telefonbuch. Ein Narr, wer sagt, es gefiele ihm, nur um sein Gesicht zu wahren. Man müsste sich eben eine Handlung zwischen allen einfallen lassen. Art des Auftritts von der alphabetischen Ordnung geregelt. Wissen Sie, heute schreibt jeder. Wer druckt das alles nur. Ohne Punkt und Komma. Wie trunken. Begegnung von Regenschirm und Nähmaschine auf einem Seziertisch. Alles Mögliche. X für U. Auch als Nichthuhn erkenne ich ein faules Ei. Existentionalisten. Deutung ihrer verborgensten Träume. Nach Freud. Manche finden Jung besser. Immer zwei und zwei. Wie Sokrates und Platon, ist Ihnen das aufgefallen? Trauzeuge und Zeremonienmeister. Ich persönlich finde Freud etwas zu schwer. Er pflegt so einen zugeknöpften Stil. Wenn ich so was such, dann lese ich ein Wörterbuch. Ach jetzt übertreiben Sie aber. Er ist doch klar und rein wie Quellwasser. Quell des Wissens. Geschmackssache. De gustibus. Manche lesen ihr Leben lang den Grafen von Monte Christo und sind's zufrieden. In China lesen sie alles. Was taugt's, ist ja auf Chinesisch. Für so was habe ich keinen Kopf. Der ist am schwierigsten, schwieriger als die allerschwierigsten. Was hat er davon, dass ihn keiner versteht. Nur für sich. Teurer Sport, da gibt's nichts. Wie eine Beichte. De profundis. So was wie sein Credo. Den wird man 2077 lesen. Das oberste Tier natürlich nicht, auch nicht die Marsmenschen, aber davor jeder. In Form von Episteln an diese Frau, in Wirklichkeit an alle. Briefroman. Zu öffnen hundert Jahre nach meinem Tod. Kriegt man in einer gewissen Natürlichkeit. Direkt, von Mensch zu Mensch, aber frei von beliebigen Beschreibungen. Das Beschreiben der beschreibbarsten Beschreibung ist fast unbeschreibbar. Der Buchhändler geht durch die Buchhandlung. Der grauhaarige Buchhändler schüttelt seinen grauen Schopf. Der ihr vertraute Anblick der Buchhandlung. Erfahrener Antiquar. Toter Seele, Dat. Sing. Dem ungekämmten Eigenbrötler. Des ungezogenen Akkusativs. Barbar! Mit solchen Krallen. Über so ein Thema. Am schönsten schreibt es sich in einer Sprache ohne Fälle. Viele große Literaturen haben drei oder vier, und wir brauchen sieben. Deswegen liest uns keiner. Und nie wie an jenem wunderschönen Junitag. Kleines Grüppchen hartgesottenster Anhänger. Wie die schon aussehen. Jeder was Besonderes. Milchbärtige Studenten mit der obligatorischen Brille. Ohnsind. Müßige Rentner gemäß ihrem inneren Antrieb. Hat man je eine größere Liebhaberin als unsere alte Dame gesehen? Ungebildeter Halbbuchhändler bohrt in der Nase, während er den Tauben auf der anderen Straßenseite zuguckt. Immer findet sich ein großherziger Passant, der sie verschwenderisch füttert. Sagen Sie, liebe Frau. Sie redet, spricht, äußert, erwähnt, erwidert, unterbricht ihn fast giftig. Zwei schelmische Studentinnen kichern. Vom Fakultätsgebäude her. Steinbau. Dieser Vorfrühlingsduft. Was hat euch bei dieser Hitze geritten. Wie gern würde sie sich an den guten alten und wertvollen Büchern sattsehen. Unser größter Reichtum. Der alte Buchhändler entschuldigt sich fast für die mangelnde Bildung seines Gehilfen. Selbst die kürzeste Lektüre bereichert. Hier, mitten in der Stadt, und so eine Ruhe. Nur die tuschelnden Tuschler tuscheln. Bücherwürmer. Onomatopoeten. Sie war eine von den Frauen in den siebziger Jahren, denen man ihre 70 Jahre sofort anmerkte. Allein ihre Erscheinung. Um uns herum nur Wissen. Schön und nützlich. Ich könnte Ihnen Illustrierte von vor dem Krieg bringen, von der ersten bis zur letzten Nummer. Sind aus glücklichen Tagen, was soll ich jetzt damit. Reine Staubfänger. Ich habe keinen Platz dafür. Andererseits, sie fressen kein Brot. Es geht mir nicht ums Geld, ich will sie loswerden. Die Schriftstellerin war ein Teufel. Habe ich früher selbst verschlungen. Wenn Sie so gut wären. Das wird heute vielleicht wieder verlangt. Aber liebe Frau. Was geht jetzt am besten. Auch ausländische Schriftsteller in Blau. Je fünf Mal, mehr schaffe ich nicht. Schande. Soll sie jemand anders lesen. Bei uns sind Bücher heilig. Also wenn das so ist beziehungsweise also bringen Sie es her. Nein, es geht mir wirklich nicht ums Geld, ich meine, andere werden darin nützliche Sachen entdecken. Die Bände auf den oberen Regalbrettern riechen gut, rufen die Ausdünstungen fauler Äpfel, Obst, Natur ganz allgemein in Erinnerung. O räudiges Schicksal in Leder gemeißelter großer Männer! Perlen vor die Hufe zeitgenössischer Hornochsen. Sehen Sie nicht, dass die heutige Generation nichts auf die Quellen geballten Wissens gibt! Wirklich, keinen Pfifferling! Kommt drauf an. Manches geht, anderes nicht! Glückliche Fügungen literarischer Moden. Jede Tür lass sein, nur wo Bücher sind, geh rein. Alles ist vergänglich, bis auf das, was ewig hält. Wenn man die zentripetale Energie positiver Schreibkundigkeit berücksichtigt, kommt heraus, dass in ixypsilon Jahren die potenzielle innere Energie jedes Lesers gleich der Summe aller früheren Leser ist, erhoben auf die n-te Stufe für so viele Potenzen, wie benötigt werden, um die Binnenentwicklung seines künftigen emotionalrationalen Mechanismus voranzutreiben. Sanftes Blöken der Grundschullämmer auf der großen Weide menschlicher Schriftkundigkeit. Sie ist weder Festung noch Kerker, sondern eine freiwillige Institution zum Kauf und Verkauf sowohl neu gedruckter wie auch vergangenen Zeiten entstammender. Die schreckliche Fratze toter Hünen. Deren Augen, die sie durch ihre eignen, vom Gebrauch schwer und fettig gewordenen Bücher anschauen. Zärtlicher Hauch der Vergangenheit, der aus den Seiten erschütternder Lyrik weht. So manche Nacht mit den größten Dichtern in intimster Nähe verbracht. Ohoho, juchu, für jeden Geldbeutel und jeden Geschmack. Hätt als alter Bekannter ihren Bericht wirklich bis zum Schluss hören sollen. Und das ist nichts im Vergleich zu meiner armen Mama. Bis zum letzten Tag. Auf Serbisch, Deutsch und Ungarisch. Hat ihre fast ganz vergessen, aber dafür unsere richtig gelernt. Sprache ist für ein Volk eigentlich unverzichtbar. Wirklich, ich sage schauen und nicht mehr gucken. Reihenweise Einzelheiten lässt sie leichthin ins Gespräch mit ihrem Bekannten, dem Buchhändler, einfließen. Bei Ungarn und Russen ist Hopfen und Malz verloren. Männlich statt weiblich und umgekehrt. Unser Hausmeister und meine Bekannte, die Hutmacherin. Der Ungar und die Russin. Das klappt nie. Während mein armer Mann, obwohl aus der Lika, ganz ordentlich gesprochen hat. Wegen dem Laden. Hat im Geschäft mit jedem Kunden in seiner. Und er war Turner. Wirklich eine kolossale Persönlichkeit, Eure Frau Mama. Was sie auch las, sie hat sich Notizen gemacht. Eindrücke festgehalten und ob es was taugt. Manchmal auch gezeichnet. Leute im Profil. So konnte sie sich einfühlen. Langsam erscheinen die Gestalt, der Charakter und die Eigenarten der unlängst verstorbenen Mutter vor ihrem geistigen Auge. Unerwartet detailliert. Die schönsten hat sie vergraben, bevor der Pöbel kam, zwei Kisten, einundvierzig. Bilder in den Ofen, Bücher in die Erde. Zwei Gewehre in den Brunnen, sie allein, mitten in der Nacht. Die haben die Verbrecher zum Glück nicht gefunden. Wenn ich dran denke, wie die Ärmste so viel wie möglich in zwei Waggons gestopft hat, wie's grad kam. Hat sich irgendwie bis hierher durchgeschlagen. Die Fässer natürlich nicht. Was hätten die Schurken sonst gesoffen, während sie andere abschlachteten. Wissen Sie, ich kann mir das nicht mal mehr in Büchern ansehen. Nach dem Krieg ging alles in die Binsen. Verschimmelt. Aber damals hat eh keiner gelesen. Übers Gärtnern, den Weinbau, Medizin. Von meinem Vater. Am liebsten ist mir Mutters altes Kochbuch. Da steckt mehr drin als in jedem Roman. O alter Barde. He, wir haben es gut, wenn er dabei ist. Ein Glas Schaumwein auf Professors Gesundheit. Im Sinne von intimen Gefühlen, wichtiger als die anderen, allgemeineren. Im Vertrauen. Mit dieser Zitiererei geht er allen auf den Geist. Selbst wenn du nicht so ein helles Köpfchen wärst, ich würde die Hand drauf geben, hier, in der Buchhandlung. Mit etwas Wehmut ob der dahinfliegenden Zeit. Ach, das geht vorbei. Tote Blätter hinterlässt auch er, aber es wird weitere Bücher geben. In Form von seichten, fast spöttischen Liedchen, ihm zu Ehren. Was ihr schräger Blick entbirgt, hat den Zinken des Profs verwirkt. Alter Lehrer guter Lehrer. Ewiger Leser. In die fröhliche Welt. Menschen, Bücher und die Zeit. Besitzer dieses Hutes. Einst ein Jüngling. Darf man denn Greis sagen. Ein Meer von Büchern, Schatzkammer in seinem Kopf. Wie Katarakte. Hammelbraten. Wenn ich Ihnen etwas anbieten darf. Ein bisschen Hilfe. Stier brüllt. Tibulo, der junge Buchhändler. Siedet und wirft Schäume. Red nicht, schweig. Was verbirgt dieser Golddruck. Erloschen die Leidenschaft. Biblisches Zigarettenpapier. Einförmig, lang und feucht. Sie werden es wohl nicht hier an Ort und Stelle durchlesen. Aus breiten Nüstern. Tunichtgut. Das ist nichts für dein Alter. Wir werden indes, in Dubrovnik. Ein Madrigal am Saalende. Was ist das für eine Welt, wer sind diese Leute. Puhtputput, sie ruft das nasse Federvieh. Ich weiß nichts. Ich hüte meins. Ein Buch stehlen ist letzten Endes keine Sünde. Mit Geld ist das schon was anderes. Scheinschwangere mitten in der Buchhandlung verhaftet. Serbische Trilogie im Plisseerock. Liebe Frau Ćosić. Lieber Herr Lilić. Wie geht's dem Herrn Sohn? Lassen wir das. Was schreibt er so. Das sah man schon, als er noch ganz klein war. Da kauerte etwas in ihm drin, wie ein Küken, bevor es die Schale aufhackt. Sehr bildhaft. Wie aus einem Buch. Sie sind geistreich wie immer. Ehrlich, das ist kein Alter. Zweite Jugend. Wieder Frühling für die Mutter des Schriftstellers. Ewige Repetition durch die Muttersprache. Wortspiele. Das hat er unbedingt von Ihnen. Grammatische Träumerei. Und ich von Ihnen. Ich muss vieles anerkennen. Nachdem sie aus unserer Gegend herübergekommen ist. Nach den Spaziergängen vor der Schule. Vierzig Jahre. Wirklich. Klar. Wörter, Wörter, Wörter. Indes, erst wenn sie in Form von Sätzen Gestalt annehmen, haben sie überhaupt irgendeinen Sinn. Das belegen viele Beispiele. Aus der Literatur wie im gewöhnlichen Gespräch. Der Stil zeigt den Mann. Unter ergänzender Assoziation von Gedanken, die selbst das Undenkbarste verbinden. Gelehrsamkeit. Arbeit, stehend zwischen staubigen Büchermassen, die durch ebendiese Arbeit erläutert werden. Ich beneide Sie darum. Zum Teufel. An dem Staub erstickt man ja. Wie süß wie süß. Na na. O weh, wo sind die vielen guten Bücher geblieben. Oh, die Handschrift des kleinen Kaisers. Träumte stille über dieser zerfledderten Anthologie. Betrachtete trüben Blicks jenen unvollständigen Sammelband. Sie kennen die Frau Mutter unseres Schriftstellers. Und ob. Seit Langem. Ich war früher Glaser und der Herr Gemahl im Eisenwarenhandel. Ach wirklich. Mit zitternder Hand blätterte er in dem verblassten Manuskript. Vernachlässigt, angekokelt, verschenkt, verwahrlost, faulig. Lebendige Geschichte. Wenn ich die Augen zukneife, sehe ich Sie in jenem Sonnenuntergang vor vierzig Jahren. Die Stimme altert nicht und schon gar nicht die Art, wie einer redet. Ich würde Ihnen andächtig lauschen. Aber Frau Danica. Es gibt so viel bessere Redner im kleinen Saal der Kolarac-Universität. Das Wichtigste am Satz ist wirklich das, was man sagen will. Bücher bestehen in gewisser Weise auch aus ihren Bestandteilen beziehungsweise Sätzen, und die wiederum aus jenem noch Elementareren, den Wörtern. Man sollte im richtigen Moment das richtige finden. Sie haben mir als Erster die Augen für Dučić geöffnet. Werd ich nie vergessen. Gab Herrn Rafajlović sofort alle Groschenhefte zurück, Gott seiner Seele. Über Tote nur Gutes. Die Zeit fliegt. Heilt Wunden. Der gute alte Dučić. Eigentlich ist der glücklichste Schriftsteller der, der in einem Volk von Analphabeten lebt. Sie lernen ihn auswendig. Paradoxer Paradoxalisator. Sturzbach aus seinem Mund. Der du mir von der Freiheit erzähltest. Perlen und Talmi auf einem Brett. Grenzsteine und Schaum. Überquellende Regale am Schutzwall unserer Schriftkundigkeit. Sie werden eines Tages selber reden, auch wenn sie keiner las. Weder lernen noch zwitschern sie, sondern sitzen fett im Schrank. Wer sie nimmt, wird es bereuen, wer nicht, ebenfalls. Raschelt, quietscht, flattert, kruschelt. Und der Zensus, der zählt mit. Wie Zensur, nur das s wird zum r. Apropos Zensur. Schönes Wetter heute. Was wollte ich sagen. Nein, überhaupt. Passen Sie auf, also. Würden Sie, liebe Frau, als seine Mutter, also als seine nächste Angehörige, in kurzen Zügen seine frühen Jahre beschreiben, den Schutzraum der geschätzten Familie, der er entsprang. Seine ersten Gehversuche, in der Poesie wie in der Prosa. Jesses, den ganzen Tag über eine einzige Tasse ungesüßten Kakao. Und er im Abitur. Von den frühesten Anfängen bis zu den reifen Jahren heute. Manchmal denke ich, solange er mit dem armen Isaak Abinum die Straßenbahn unsicher machen konnte, hatte er es besser. An ihrer Freundschaft war genau das beziehungsweise ihre Freundschaft das Schönste. Wer. Der kleine Jude war auch ein Lump, habe aber viele Tränen geweint, als er ins Lager und später in den Rauch kam. Bringen Sie das ruhig zu Papier. Dokumentieren ist wichtig. Wirklich. Nach einer inneren Ordnung. Ich halte es ohne Aufschreiben nicht aus. Da, schauen Sie. Es war ein herrlicher Frühlingstag des Jahres 193… zu einer Zeit, die dem ganzen Kontinent Sturm verhieß. In dem Sinne. In Ihrem bekannten Stil. Kann man sich das vorstellen. Es war die Familie eines bescheidenen Handlungsgehilfen. Was kann ich Ihnen beibringen. Den Apriltag in dem und dem Jahr hat er nicht mal geahnt. Der eigentliche Anfang ist völlig unwichtig, unter der Bedingung, dass das drinnen taugt. Alle Familien leben so ähnlich, aber unsere, die hat bei Gott alles erlebt. Das. Vom immensen Reichtum der Vorfahren, alles Popen, über meinen lieben Vater, den Arzt, dem die Dreckskerle einen Hochverratsprozess angehängt haben, und dann spuckt ihm neunzehnachtzehn dieser Depp die Krankheit in den Mund, beide starben binnen vierundzwanzig Stunden an der Spanischen. Bis zu meinem unglücklichen Mann, dem volle Gläser über alles gingen. Die Atmosphäre mitten in der Großstadt. Noch früher hatten sie diesen dämlichen Gemischtwarenladen, der den Bach runterging. Ich gebe zu, ich hätte gern ein Mädchen gehabt. Kaum dass klar war, es ist ein Junge, haben sie begeistert die rosa Schleifchen zerrissen. Wer. Der Vater natürlich. Sein Vater, mein Mann. Und der Bruder. Die zwei. Hatten die einen Spaß. Jesses, habe ich damals Kohl gegessen, ohne Rücksicht auf die Folgen. Die Frühlingssonne schien still herein und beugte sich über die Wiege. Diese öde Zeit, diese Leute. Aufmerksam saß Frau Laura im Sessel und betrachtete den kleinen Enkel, der brüllte. Sie war sofort mit vielen Geschenken zur Stelle, und mein Mann war weg. Hockte in irgendeiner Kneipe. So war das. Wenn's einer mal liest. Nicht solange ich lebe, später wer will. Dieser Rest der deutschen Erziehung. Stvarno, wirklich eine Schweinerei. Die ersten Jahre ging das so. Dann zogen wir in die neue Stadt, die uns an ihre breite, wenn auch kalte Brust drückte. Als wäre ich dem Irrenhaus entlaufen. Keiner kannte oder verstand mich. Alle glotzten nur mit weit aufgerissenen Augen. Weder Fenstrbret noch Glajgeviht noch Apflštrudl. Närrisch. Wenn er noch ein fassliches Detail. Genau aus der Zeit. In dem sich der Leser wiedererkennt. Man vergleicht immer. Das macht den Zauber aus. Einmal, achtunddreißig, zeichnete sich seine Gestalt als Mann und Vater wie durch einen Nebel durch den Tabakqualm ab. Mein Herzblatt hatte Mumps. Gefährliche Krankheit, die keiner braucht. Er hatte hohes Fieber und kotzte das ganze Bett voll, als ich nur fünf Minuten weg war, um ein bissi Gemüse zu kaufen. Lehrjahre. Was, wie und wie viel hat er gelernt. Wenn ich daran denke, wie er mit vier Jahren aufm Topf durch die ganze Wohnung gerutscht ist. Hat *Mala Politika* gelesen, die bekam er von meiner armen Mama. Er war ihr Lieblingsenkel, schlägt ihr nach in Intelligenz und Witz. Nur nicht der Handschrift nach. Teuflische Klaue. Sie hat ihn mit allem Möglichen gefüttert. Hausaufgaben auf glattgestrichenen Papiertüten vom Gemüsehändler. Besser als nichts. Auf Wunsch der klugen Lehrerin. Solche gibt's heute nicht mehr, gnädige Frau. Naht die schöne Maienzeit, geh'n die Kinder meilenweit, geh'n in den Wald hinaus und pflücken einen Blumenstrauß. Zugegeben, das habe ich geschrieben und ihm untergeschoben. Ein Kind braucht Anreize. Egal, ob von der Mutter oder vom Vater. War ein kluges Köpfchen. Miau hoppt auf Tuhl. Verstehen Sie, die Katze springt auf den Stuhl. Hat er selbst kombiniert. Der erste Satz überhaupt. Schnurstracks notiert. Sein Häuschen sucht das Käferlein findet unsern Boraklein. Er konnte wirklich alles auswendig. Wohlgemerkt der Kleinste in der Klasse. So klein in der Ecke stehend. Lazar Ćosić, so sein amtlicher Name, im Zweireiher des Handlungsgehilfen, Nelke im Knopfloch. Wozu quälen Sie mein Kind mit dem ganzen Unsinn. Die alte Hexe, die dem armen Schneewittchen einen vergifteten Apfel zugesteckt hat. Wirklich, wie ein Landei. Er dachte, dass sein Haus im Erdboden verschwindet, während er in dem verdammten Unterricht sitzt. Das damalige Belgrad kann man als eine der angenehmsten Mitteleuropas betrachten. Nicht zu groß und nicht zu klein. Kurz vor dem verdammten Krieg. Es gab alles, und das für kleines Geld. Mal schön, mal hässlich, das gehört dazu. So weit reicht diese Geschichte zurück. Nichts, mein Herr, konnte mich seinerzeit daran hindern, mir nach neuestem Schnitt selber Sachen zuzuschneiden, die Teile aneinanderzuheften, und eine Bekannte in der Nachbarschaft, die im Unterschied zu mir eine Singer hatte, steppte die Nähte dann nur noch nach. Öde Tage, öde Jahre, ödes Leben. Immer diese Ihre wertvolle Gabe, die Tatsachen zu erfassen. Die verdammte Wirklichkeit mit dem ganzen Unglück im und vor dem schrecklichen Krieg. Nennen wir sie Laura. Dieser Humor selbst in den schwärzesten Tagen des Krieges. Sie hat noch den kleinsten Vorfall und sämtliche Preise aufgeschrieben. Diese wahnwitzige Teuerung. Bis auf die letzte Stelle hinterm Komma. Es war ihre Passion. Wenn er jemandem etwas zu verdanken hat, dann ihr. Mir nicht, ich bin in der Hinsicht eine Null. Wir wollen Ihnen die unerfreuliche, bittere Geschichte von einem jungen Zeitgenossen erzählen, der nicht wäre, was er ist, hätte er nicht gesehen, was er sah, gehört, was er hörte, und gekannt, was er eben kennenlernte. Das Schiff ihrer beider Leben kreuzte Raum und Zeit und trug das ganze Geschehen, ihre Schicksale, sie selbst. Viel sowohl zum Erzählen als auch und erst recht zum Erleben. Ohne das Chaos nach dem Krieg hätte mich mein Mann nie wegen einer Kassiererin verlassen. Neli hieß die schöne, selbstbewusste Rothaarige, die mit ihrem Hüftschwung das Verlangen eines Handlungsgehilfen weckte und damit den Vorwand lieferte, auf den er seit Ende des Weltkrieges gewartet hatte. Und das alles vor seinen Augen. Stellen Sie sich vor. So ist das. Stets reist jemand von weither an oder erhebt sich, knapp dem Tod entronnen, vom Krankenlager oder wird halt geboren. Jene neue Person, die anfangs wie eine Nebenfigur wirkt und dann die Hauptrolle spielt. Gott bewahre. So eine habe ich davor und danach nie wieder gesehen. Das war in den fernen Tagen, als Menschen Menschen und Dinge Dinge waren. Ereignisse hielten sich an eine moralisch einwandfreie, gewohnte Ordnung. Sorgfältig sich über seine frühen Arbeiten beugend wie gütige, große Vögel. Habe ich etwa mein Einzelkind den Klauen dieser Bestien in Menschengestalt überlassen, denen es immer nur um sich selbst geht? Die Episode ist tatsächlich ein Einschub, in dem neben grundsätzlichen Überlegungen etwas Marginales aufscheint, das er einfügte. Könnten Sie mir, statt meinem Sohn, der derzeit an Keuchhusten erkrankt ist, für den löblichen Wettbewerb den ersten Preis zu geben, die Vorauszahlung auf das zweite Jahr erlassen, wo man nicht weiß, ob der überhaupt bis zum Sommer herauskommt oder am Ende so dämlich ist, dass ihn kein vernünftiger Mensch in die Finger nimmt. Erste Strahlen des Ruhms brachen hervor, süßer als der Anbruch der Morgenröte. Wie oft habe ich gesagt, er soll lieber Richter oder Arzt werden, obwohl das heißt, sein Leben mit Verbrechern, Mördern und unheilbar Kranken zu verbringen. Schummrig ist das Gemach des Redakteurs, wurde infolge des Redakteurs noch schummriger und außerdem infolge des Schummerlichts in dem erwähnten Raum. Der junge Mann bringt seine ersten Gedichte zur Begutachtung. Unglaublich trübe. Nein? Ich denke doch. Im Grunde schamhaft. Wahrscheinlich, weil er sich mal mit der verdammten Uniform des Vaters im Klo einschloss. Hätte der gute Banjeglav, Gott sei seiner Seele gnädig, nicht das Gitter eingetreten und sich so Zutritt verschafft, er hätte sich mit den langen Ärmeln vor lauter Angst selbst stranguliert. Aber was das betrifft, ja. Unser täglicher Gast. Nur dass der nicht kam. Wirklich. Der kam einfach nicht. Erst, als er mit der verdammten Linie Sechs hintenrum fuhr. Analitis auf der Straße. Von da mit dem Bummelzug weiter. Dauerrenner. Sammelt Material. Spurtet da. Your cedar. Durch Wüste und Wildwuchs am Silbersee. Was bleibt einem in dieser schrecklichen Stadt und in diesem infamen Gestank. Esso homo. Ich wohne seit vierzig Jahren im Viertel. Mal da, mal da, aber immer um die Fürstin-Ljubica-Straße herum. Schwer auszuhalten. Und der will anscheinend in jeden einzelnen Eingang reinschauen. Ständig diese verdammte Neugier. Die 1000 besten Liebesromane. Klar, er hat natürlich auch rumgesponnen. Sie kannte jeden. S. 1953 + 3, borg es bei Borges. Wenn die Wälder wenig. Immer beneidet. Freier Beruf, nicht wie wir. Immer am Schreibtisch. Reise durch Vitalien. Geht spazieren und danach schreibt er was. Die Junge aus dem Park. Nietzsche: Peitsche. In Sülz Maria. Justine. Hottilie. Education seximentale. In der Hinsicht hat er alle Freiheiten. Von Kindesbeinen an. Leiden an Lummer. Im Schatten junger Mädchengrüße. Deine Wahl, deine Qual. Wie damals, dreiundfünfzig in der Kosovska. Mein Rendezvous. Im Halloway. Palmotić Telefon Telegraf. Hierzulande faktisch der erste telegrafische Roman. Kosovska mittags stopp. So was öffnet Horizonte. Gewissermaßen. Genierologie. Herzbube. Die Leiden der jungen Wörter. Der rasende Barthes. Lloyds Verzeichnis schiffbrüchiger Ehen. Mister Findling. Anders als sein verdammter Vater konnte er nirgends lernen. Sie kennen ja das Haus. Früher. Der Weg durch ihr Zimmer. Mitm père Loriot jede Illusion verloren. Enzyklopädie eines Melalkolikers. Windelweich geschlagen. Wirklich verliebt. Hust, Proust und Pust. Schweigsahne. Die Abenteuer des Thomas Stearns Sawyer. Sah er. W. las kess. Las mehr wie'n Ass vorm Haus. Porträt des Künstlers als junger Hund. Sagte sie ihr als leiblicher Tochter. Auf den sind wir gekommen. Der vermutlich kühnste Teil des Werkes betrifft Erscheinungen in Verbindung mit dem menschl. Körper. Damit uns die anderen sehen, falls wir die Tür schließen. War immer seine Sache. Wie man sich bettet, so liegt man. Ausg. 1958, exzerpt. Madam Obaggerie. Verwandtschaftsmythos damit beerdigt. Die Frau ist Schmerz, die Frau ist ewig. Permanenides. Skendhal. Bel Camus. Ein ganzer Mann und doch noch Kind. David Stoppelfeld. Keiner kriegt nur Gutes oder nur Schlechtes ab. Zweifelhafte Gestalten. Von Klara zum Klaren. Zum Glück kommt er in dem Punkt nicht nach dem Vater. Hottelo. Von früh bis spät im muffigen Kino. Söhneapolis. Unterm Zelluloidbrummen. Nur dumme alte Streifen. Alle fünf Minuten Filmriss, dann heißt es warten. Das kann ich auswendig. Chapliner. Ei, das alte Viertel. Von damals. Da habe ich eine Bekannte. Onduliert. Till Frisierspiegel. Schuster & Schneider & Co. Wickler Meister. Leben der Handwerker. Vom Geheimrat selbst erzählt. Im Land, wo sie Zitronen sprühen. Jesses, früher hatte sie alle Namen im Kopf. Viele Jahre lang. Die Episode in der Straße verdient es, hervorgehoben zu werden. Dreht den Kopf vorn an der Ecke instinktiv zur Seite. Potzworth. Die Verließe des Sakrotan. Wie klein die Schule seiner Kindheit ihm doch erschien. Ein Eindruck, der Zeit geschuldet. Na, da. Die Straße hieß früher Dečanska. Picht Lektüre. Weit mehr als ein herkömmliches Lesebuch. Durch kleine Aufsätze über dies und das zum Wichtigsten vordringen. Zwei pensionierte Lehrer, die beide langj. Erfahrungen einbringen. Praktiker sind immer am besten für diese Art Stoff. Fänger zum Zocken. Wirklich das schönste Geschenk für jeden Grundschüler. Obwohl Schulstoff, liest man es wirklich gern. Die Gelinkten. Br. Pašić & Nik. Nušić. Grundstürzender Zweifel. Neues alphabetisches Verz. Belg. Str. Alle Umbenennungen erläutert. Wie kann er durch die verdammte Straße gehen, durch die schon sein Vater lief. Mir wird schwarz vor Augen, wenn ich daran denke. Aufzeichnungen eines Säufers. Tagebuch eines beschwipsten Mannes. Picht pichelt. Erpicht aufs Picheln. Was wollen Sie machen, liebe Frau. So was inspiriert die. Bora Šrajbtišs Werdegang. Kleinscheiß, der ist uns völlig schnuppe. Yuhors Psalami. Angelschlächtische Manieren. Wackeldackel. Hodessa. Eiergang. Es muss einen Schalter geben in der kleinen Post neben der Drogerie. Versianer. Scharlachrote Versalien. Hundsfotttage. Erstmalig veröffentlichte Abschrift, Archivfund im einstigen dritten Bezirk. Dem Autor retourniert via pensioniertem Polizeischreiber, ein entfernter Verwandter von ihm. Die Abschrift des damaligen Adressaten über äußerst persönliche und häusliche Beziehungen. Wie so viele Mskr. verloren in den Wirren des vorübergezogenen Krieges. Zeit ihres Lebens konnte sie ihm nicht verzeihen, dass er es in einer Kneipe verbummelt hatte. Unsere ganzen Familiengeheimnisse. Wahrscheinlich hat sie jemand unter dem Tisch gefunden und auf die Wache gebracht. Damals war alles eng verflochten. Äußerungen des Autors, von denen es mehrere gibt. Eine widerruft er. Wirklich genau da, wo einst sein eigener Vater rumscharwenzelte. Gnädigste, Vater ist Vater. Bockige Verwandtschaft. N. A. Bokov. Null isses. Emilys Rose, Emmelines Pose, Rilkes Hose. Laura Laurids Zicke. Meine arme Mama. Söhne und Täter. Pro Peter. Wie ein Baedeker damals. Antilogika mit schmerzverzerrtester

Leidensmiene. Leichenbitter. Er und Ilija Banjeglav stützten einander, damit sie nicht hinschlugen. Das Beste, was unser Land in dieser Hinsicht hat. Niedliche Reihe unserer Niedrigkeiten. Endlich erhebt einer die Stimme und singt von dem, was keinesfalls zu besingen ist. Dr. Scholl und Mitarbeiter. Kurtisanaplast für Hühneraugen, neue Ausg. Geschichte einer Holzpantine. Bisher mag ich genau diese Straße am liebsten, um irgendwelchen Blödsinn zu kaufen. Alfred de Plissee. Ajour. Wenda Westa. Die Pumphosen-Novelle. Obwohl man wegen der ständigen Ausbesserungsarbeiten am Bahnhof nicht durchkommt und weil sie partout die alte Apotheke renaturieren wollten. Der jetzige Zustand in unserem Tages- und Nachtasphaltertum. Drei Kopfsteinpflaster. Mein Krampf. Mit ein paar Strichen unsere ganze Kneipenkultur, wahre Kneippnatur. Die ganze Bohème, Schriftsteller, Journalisten und Protagonisten. Mit der Feder eines geschickten Chronisten. Dass er um keinen Preis bei ihnen sitzen wollte, da gebe ich ihm Recht. Im Angesicht prae porta. Zum Verlagshaus der *Politika*. Ein makedonischer Poincaré, Reihmund. Jahrgänge I–LXIII. Beschäd. Ist und bleibt unser bester, maßgeblichster und gemessenster. Dank seinem unbestechlichen Sinn für die Wahrheit. Mit ein paar Bildern aus Donald Ducks Leben. Der am wenigsten bösartige tierisch-menschliche Zeichentrick-Bösewicht. Geschicke der Großstadt. Huch, was habe ich damals alles in der Poincaré-Straße gekauft. O Schlemmer. Neue und alte Bleche mit verschiedensten Obstsorten. Mandelbrocken. Pittà Nuova. Torta Tasso. Rindemit, sprach Hindemith. Die Wunder der heiligen Karmelle. Original serbische Leckereien. Die erste gelungene Zusammenfassung sl. Spezialitäten. Ausgabe letzter Hand. Für die soeben verschiedene Verfasserin dank der Güte des Enkels hrsg. Ihre Aufzeichnungen beherbergen stets das sanfte Gesäusel luftiger Soufflés und das lebhafte Interesse für die Welt außerhalb der Küche. Jahrzehntelang war das ihre wirkliche Wirklichkeit. I. N. R. im Verriss. Die Königin der Zuckerbäcker. Befr. Dialektik des Kochens. Anonym. ??? De beste recepte en gerechte voor jullie oord. Paulinchen. Diese herrlichen Geschäfte früher. Lebensmittelläden damals und heute. Krämerin. Hinterm Ladentisch. Zauberwerg. Hatschi Gaga.

Felix Knülle. Zahl zwei nimm drei. Kiffhäuser. So war's mal, lieber Herr Professor. Alte Zöpfe. Scherenschleifer. Durchsuchungsbefehl bis ins vierte Glied. Der Untergang des Hauses Hascher. T. E. A. Hoffmann. Fotos von Bekannten und Unbekannten. Und in was für Posen. Einige habe ich aufgehoben. Damit ich meinem damaligen Aussehen nachweinen kann. Was soll man machen, Frau Danica. Der Herausgeber hat es übernommen, für die endgültige Form zu sorgen. Zusätzlich zum unverzichtbaren Korrektorat nach neuer Rechtschreibung. Jodls Motto Panna Cotto. Fast ein Jahrhundert hat die Kneipe auf dem Buckel. Der Blitz soll die erschlagen, verflucht noch mal, die mit immer neuen Schenken gute Männer vergiften. Jargonauten. Winnie the Who? Goldfutter. Gilgulasch. Wölkchen in Dosen. Linsengericht, das Dorf. Womit man sich Tag für Tag durchschlägt. Hat mir ein Augenzeuge erzählt, ein Verwandter, Steuerbeamter. Finanzmanns Wake. Gefährlicher Liebstöckel. Mollig. Suppenunion. Pitigrilli. Laurentius-Grill. Was für aufn Rost und was auf nüchternen Magen. Warten auf Bordeaux. Liederblütentee. Dreiclochardoper. Die Spötter dürsten. Gogolem und Sohn. Fischologische Typen. Brüder Karambazamba. Einer wie der andere. Jedem Topf sein Deckel. Vom Agordeon. Vom allmählichen Verkleckern in der Schankstube. Aufzeichnungen eines alternden Schluckspechts. Prrrk. Meinem Sohne zur Erinnerung. Zu lesen, wenn er 45 J. ist. Die erste aufrichtige Schilderung aller geistigen Zustände im Laufe der Alkoholisierung selbst wie auch danach. Hickins. Sechs Personen versuchen einen Autor. Ich sag's Ihnen, das ist für ihn eine unerschöpfliche Quelle. Ach, das Leben. Der geteilte Whisky. Archipel Gulasch. Sonette an Tartüffeus. Alles durchs Prisma eines Rätsels, das eigentlich keines ist. Man lernt am schlechten Beispiel des faulen Schülers und der Wildsau im Garten. Wie sehr sich der Kleine vorbeugt, um die Hand in fremde Taschen zu schieben oder Nachbars sowieso wurmige Pflaumen zu pflücken! Wohl dem, der mit so einem Ziel schreibt. Was wäre aus mir geworden, wäre ich in der Glaserei geblieben, nichts. Was habe ich nicht alles gelesen. Alles Mögliche. Schon als Lehrling. Hat mich immer angezogen. Es geht um das, was sie uns hauptsächlich mitzuteilen haben, und darum herum arrangieren sie das erfundene Personal. Darin liegt das Geheimnis ihres Erfolges, beim Publikum wie bei der Kritik. Obwohl sie ihnen nicht das Wasser reichen können. Allein dieses schmerzliche Lächeln von Mutter Jugović wäre genug. Mir zumindest. Das, was wie echtes Wasser im Lack de Lamartine glitzert. Haben Sie das gemerkt? Wichtig, er war der Erste. Er muss hinter seinem Helden stehen. Unterstützung von Seiten des Autors höchstpersönlich. Nehmen wir zum Beispiel Don Schote. Was würde er mit den Windmühlen machen, ohne ihn selbst, das heißt den Autor. All das hat er in einem Traum oder im Fieber gesehen. Krankheiten haben viele gute Bücher hervorgebracht. Wie hieß der noch mal, der große Dichter, der sein bestes Gedicht im Traum auf einem Pergament geschrieben sah. Nur konnte er sich hinterher ums Verrecken nicht mehr daran erinnern, kein einziges Wort. Eine Art Alchemie der Worte. Du brauchst einen eigenen Sinn dafür. Sie sehen wirklich mehr als andere. Darauf kommt es an. Worauf? Wichtig ist, dass sie sich selbst ein Thema stellen und bis zum Schluss daran halten. Zauberer, die uns in ein Wunderland führen. Von daher ihr Blick und die Zerstreutheit. An dem einen Fuß ein hellbrauner, am anderen ein schwarzer Schuh. Ich hatte Gelegenheit, das alles während meines langen Lebens zu beobachten. Impressionen hinterm Tresen. Wenn der erzählen könnte. Eine Art Schriftstellerethik, ein homerischer Eid. Wir sind Geweihte. Wir sind Mitglieder derselben verschworenen Gemeinschaft, der Schriftsteller, der auch tot sein kann, wir Verkäufer und Sie, verehrtes Publikum. Das läuft alles auf dasselbe hinaus. Wir gehen, die Bücher bleiben. Natürlich nicht alle. Man kann nicht alles aufheben. Die Leute entscheiden selbst, was sie brauchen. Papier ist wirklich geduldig. So ein armes Blatt kann sich nicht wehren. Ich denke, die sind durch die Bank weg ein bisschen verrückt. Wie sonst. Sacken horrende Honorare ein. Der reinste Klüngel. Vor dem Krieg war jeder zweite Freimaurer. Vornehme Leute, zeigen es nur nicht. Versauen nagelneue Mäntel absichtlich mit Tinte. Ständig in Kontakt mit denen. Und die sind auch gern mit denen zusammen. Sagen denen allein alles Mögliche. Was schlucken die nicht alles, nur um in denen ihrer Gesellschaft zu sein. Ich kenne beide Seiten. Alles ist gleich, nur dass die anderen noch schlimmer sind. Die einen halten wenigstens nichts hinterm Berg. Das sind im Grunde moderne Hofnarren. Wahrheit in Form von Zoten, die sich andere ausgedacht haben. Volkes Maul, die haben es nur aufgeschrieben. Unbekannte Genies. Blind und verlottert. Jedes Land hat sie. Eigentlich beklauen die einen die anderen über Zwischenhändler, Hehler, Mittelsmänner. Da wurde viel falsch abgeschrieben oder verstanden. Im Prinzip eine einzige Erzählung seit Menschengedenken, nur das Personal wechselt. Immer eine Verwicklung, die dann aufgelöst wird. Eine komische Figur, die dem ganzen Schrecken Komik abgewinnt. In der Regel größer als die offiziellen Dichter, nur ohne Anerkennung. Anonyme Autoren. Talentiert, aber tot. Es geht immer um junge Frauen, die entführt werden. Machen sich über alles lustig, nichts ist ihnen heilig. Wolf, Fuchs und Maulwurf reden, als wären es Menschen. Da versteckt sich immer eine letzte Absicht. Aus dem tagtäglichen Einerlei. In drei Zügen, Beschreibung wie mit dem Pinsel. Immer geht es um eine Intrige, die am Ende auffliegt. Deswegen ist der Held, was er ist, denn er überlebt nicht. Tiefste Gedanken vom bloßen Sitzen auf nacktem Fels über dem Meer. Das Meer und seine Strudel als Bilder der eigenen Seele. Und daraus die Moral. Der Held immer zu Pferde und schön, und der Elende mit gebrochenem Bein im Morast. Tragödie, dass sie sich oft für den anderen entscheidet. Was hat er von all den Büchern, wenn sie ihre Hand dem Windei gibt. Das Leben ist ein Hund. Hiesige wie Ausländer haben immer viel gelitten. Die einen am Alkohol, die anderen an der Tuberkulose. Die Besten gingen als Erste. Hinterbliebene in Lumpen. Fluch dieses ansonsten sehr schönen Berufs. Hundert Jahre als Fußabtreter oder zweiundzwanzig als Genie. Sie haben keine Wahl. Teufel oder Gott. Jedem sein Kreuz. Dem kann seine Idee mitten in der Nacht einfallen. Schreibt sie mit einem Streichholz auf die Zigarettenschachtel und wirft diese am nächsten Tag aus Unachtsamkeit weg. So viele Sachen gingen unwiederbringlich verloren. Sagen wir der zweite Teil der *Toten Seelen*. Der Schriftsteller selbst verbrannte die Schöpfung seines Geistes. Warf ins Feuer auch den dritten Akt. Als hacke er sich die Hand mit der Axt ab. Sein Äußeres ist ganz egal, es zählt nur, was er wie sagt. Was macht es, wenn er einen Buckel hat, aber die paar Sonette schrieb, für die wir ihn heute kennen. Er hat viel zu sagen, deswegen stottert er. Aus der leeren Kirche geht's ja leichter als aus einer überfüllten. Im Sinne eines Vergleichs. Eins mit Hilfe des anderen, wenn das Zweite klar wird und das Erste nicht. Das Wichtigste ist der erste Satz. Wenn der nicht einschlägt, ist alles weitere vergeblich. Ebenso der Schluss. Die Mitte kriegt man schon mit einigem Nachdenken und Erinnerungen an zurückliegende Ereignisse voll. Ein Schriftsteller ohne Erinnerungen wird es schwerhaben. Von einzelnen Anekdoten oder gar Witzen zu einem vollständigen Gemälde der Zeit. Wo kommen nur die Massen an Romanfiguren her. Es heißt, Dickens sei von seinen eigenen Persönlichkeiten im Schlaf behelligt worden. Immer schreiben sie am Fenster und dann stört sie einer. Der Ruf des Lebens. Gutes und Schlechtes. Der Schriftsteller spricht in Wirklichkeit durch seine Figuren. Bouvard und Pécuchet sind ein und dieselbe Person, das heißt Flaubert. Im Grunde ist Robinson Crusoe der erste Roman. Alle anderen bloß Reprisen. Ein Mann allein auf einer Insel, in Form einer Allegorie. Ein Mann, aus sich selbst geschaffen. Aus sich selbst. Aus kleinen Notizen auf dem Rand einer Mehltüte. Der Vater des modernen Romans trug noch Perücke. Vom Volksgeplänkel zur modernen Erzählung. Im Grunde eine Fabel. Statt der Tiere Menschen, die sich wie Tiere benehmen. Bestiarium des zwanzigsten Jahrhunderts. Mehr denn je. Illustrationen, ohne die man einst nicht lesen wollte. Wie der Schriftsteller seinen Helden sah, sollte nicht mit dem verwechselt werden, was der Illustrator daraus machte. Jedem seine Vorstellung. Heute undenkbar, es sei denn, Ersterer hätte den Helden gezeichnet. Diese Nase, der Bart, der Stock. Ohne Avantüren keine Lektüren. Stets kommt einer von irgendwoher und fängt hier ein Leben an. Am schwersten aus dem zeitgenössischen Leben. Jeder fühlt sich getroffen. Deswegen flüchten sie in die Vergangenheit, wo sie sicherer sind. Die Stoffe allerdings problematischer. Der Schriftsteller wird zum Wissenschaftler. Schriftstellerinnen sind seltener, als es sein müsste. Sie fühlen, was Männer nicht fühlen. Einige schrieben unter männlichem Namen, das gilt auch umgekehrt. George Sand ist in Wahrheit ein Mann. Gewöhnlich sind es drei Schwestern, und alle drei genial. Wichtig ist, dass sie in der Natur leben, umgeben von diesem englischen Gras, und nicht im Qualm ersticken wie wir hier. Es gibt auch in Städten Genies, aber seltener. Alles in Gestalt einer Reise, auf der ihm verschiedene Menschen begegnen, und die meisten sind schlecht. Unbestechliche Zeugen. Die Landstraße ein Spiegel, in dem sich alle spiegeln. Nur erscheint, was links ist, rechts und umgekehrt. Mit kleinen Ausbesserungen dasselbe. Die Größten können sich gegenseitig nicht ertragen. Und selbst wenn doch, sie stören sich gegenseitig. Stets finden sie ein Lob für den Rivalen, das in Wirklichkeit keines ist. Ob dieser Seitenhiebe verzweifeln viele. Am liebsten sind sie allein in ihrem Arbeitszimmer, aber da packt sie dann die große Langeweile. Jeder schreibt nur von sich, und zwar über seine Kindheit. Dichter sind in Wirklichkeit große Kinder. Es muss einige Zeit vergehen, bis die Eindrücke verarbeitet sind. Die meisten können nicht gut mit Frauen. Sie haben keine oder nehmen sich zu wenig Zeit. Für sie sind Frauen reine Fantasieobjekte. Nur die Russen, obwohl, die auch nicht. Bis sie die Seele des Volkes durchdrungen haben, ist ihr eigenes Leben vergangen. Sie sind verflucht, nachts, wenn das Käuzchen schreit. Nehmen wir Poe. Der wurde immer von Eulen verfolgt. Wurde für sie berühmt. Melville auch, allerdings von einem großen Fisch. Amerikanische Schriftsteller waren alle früher Arbeiter oder Kellner, erst später das andere. Mit Mühe durchs Leben bis zu höchsten Ehren. Wer weiß, wo die künftigen Genies heute leben. In einem Saustall mit einer Frau, die sie malträtiert und vom Schreiben abhält. Für den Schriftsteller ist es das Schlimmste, nicht zu schreiben. Der Roman im klassischen Sinne ist tot. Entweder Chronik oder Tagebuch. So wie es ist. Das Erfundene erfinden. Alles schon gefunden. Nur die Namen austauschen. Ewige Wahrheiten. Die letzten Großen bereits tot. Der hier hat sich angeblich die Krankheit zugezogen, als er sich mit einer verkeimten türkischen Zeitung abwischte. Durch den Darm direkt ins Hirn. In vierundzwanzig Stunden. Der wiederum konnte ohne den Geruch fauler Äpfel aus seiner Schublade keine Zeile schreiben. Eigenarten großer Persönlichkeiten. Durch solche

Skizzen erkennt man im Kern einige kapitale Züge besser als durch Studien mit zweitausend Seiten. Kleine Tatsachen aus dem Leben der Großen. Das, was durchsickert. Was nicht für die Veröffentlichung gedacht war. Die besten Gedichte wurden samt und sonders, um die Wahrheit zu sagen, beim Wirt als Pfand hinterlegt. Mit der Göttlichen Komödie wäre Salat eingeschlagen worden, hätte Dante beim Gemüsehändler Schulden gehabt. Balzac las den versammelten Geldsäcken das ungeschriebene Drama vom weißen Blatt ab. Das sind Tatsachen. Jeder von uns weiß etwas, wir müssen es nur in einer abgeschlossenen Einheit zusammenbringen. Manche werden morgen schon tot sein. Schade. Ich habe zu Hause einen Zettel von ihm, den ich richtig zu Geld machen könnte, wenn ich wollte. Vieles davon ist immer noch über viele Zeitschriften und Gelegenheitspublikationen verstreut. Periodika, der beste Widerschein einer Zeit in einer anderen Zeit. Von Nummer zu Nummer, wie eine unliebsame Chronik, wie eine nichtzeitgenössische Geschichte unserer Nichtkultur. Das sage ich dauernd, aber man hört nicht auf mich. Das brauchen wir nicht. Das Glück haben wir nicht. Keine in Granit gemeißelten Ideale. Ich würde gern sehen, dass man denen alle zwanzig, dreißig Jahre die einzige Abschrift des Evangeliums verbrannt hätte. In Garten und Asche. Die haben's gut. Weder werden sie verbrannt, noch haben sie ein Evangelium. Wann immer man theoretisch diskutiert. Jeden Mittag. Gespräch vom modernen Diderot mit dem modernen D'Alembert, organisiert von dieser Buchhandlung. Wen hatte ich nicht alles Gelegenheit. In Kontakt mit Historischem. Lebendige Historiografie. Ein glücklicher Umstand. Von der schlichten Geschichte mit der Glühbirne zur Apotheose Nikola Teslas. Das ist wirklich der einzige Landsmann, der im Weltmaßstab zählt. Genau hiermit. Versuchte sich an einem neuen Typ Theater, wie es Tesla halt auf technischem Gebiet schaffte. Nimmt das Gespräch zweier Schauspieler, um seine geheimsten Gedanken zu äußern. Die Bühne ist voll und jeder redet, eine Art Polyphonie. Volkstheater, nicht ohne eine gewisse Würde. Das Schwierigste überhaupt. Und verbunden mit schöpferischen Qualen. Die Spatzen pfeifen es von den Dächern, dass er sich in einem bestimmten Zeitraum seines Lebens wie schwanger fühlte. Nur ein Bruchteil dessen, was möglich wäre. Jeder kann sich darin wiedererkennen, und nicht von seiner besten Seite. Beschämter Abgang, das ist es, worauf es hinausläuft. Die Botschaft des Werks. Der Plot ist nicht das Wichtigste, bei so vielen herrlichen, wenn auch zerstreuten Gedanken. Die eigenen Ideen aus dem Mund einer größeren Zahl Schauspieler, die sich zu allem Überfluss nicht leiden können. Knoten auf der Bühne. Tragisch mit Totmachen und lustig mit Totlachen. Unter der Maske des Scheusals ein hübscher junger Schauspieler. Die Macht des Gesprochenen wie auch des Geschriebenen hängt davon ab, was gesprochen oder geschrieben wird. Sie sagen das eine und meinen was anderes. Handlung mit Hilfe von Zeit und Raum. Immer eine Ungelegenheit, die wird später bereinigt oder einer gemeuchelt. Das ist am einfachsten. Schriftsteller sind schnell bei der Hand, Figuren sterben zu lassen. Als wären die aus Papier. Dabei identifiziert man sich mit ihnen. Verschwinden sie, verschwindet ein Teil von dir. Hat der Schriftsteller ein Buch abgeschlossen, ist er so hohl wie eine leere Flasche. Der Schriftsteller, der sich leergeschrieben hat, ist der unglücklichste Mensch auf Erden. Sein Held hingegen lebt in jedem von uns weiter. Sehr wichtige Einfügungen, die das Dazwischen erklären. Eine Randfigur, die ungefragt ihre Kommentare abgibt. Unsichtbare Person. Der da räsoniert, ist im Grunde der Schriftsteller selbst. Immer spricht er, geschickt getarnt, durch die unabhängigste seiner Figuren. So gibt er einen Teil von sich preis. Beweist übermenschliche Kräfte ebenso wie allzu menschliche Schwächen. Je ohnmächtiger, desto eher glaubst du ihm. Vermittels ähnlicher Wörter am Ende jeder Zeile. Irgendwie stimmen die überein. Das ist in allen Sprachen möglich. Eine Sache ähnelt der anderen Sache. Dichter und Natur verschmelzen. Schon per definitionem, er ist, was er ist. Schulbeispiel. Keiner charakterisiert die ganze Epoche, den ganzen Kreis und die ganzen seelischen Katastrophen besser. Opfert das eigene Leben. Nicht als Kunst, aber als Stempel der Zeit, und wie. Vielleicht bedeutsamer, als dass er die besten Tage auf etwas Triviales verschwendet hätte. Will das, erreicht aber jenes. Poesiefalle. Ein anderer führt dir die Feder. Ist in Wirklichkeit ein Pakt mit dem

Teufel, dieser Beruf. Dafür gibt es massenhaft Beispiele. Die den Dichter glücklich machen. Obwohl ein gemachter Dichter gemach zu leben hat. Selbstmord wäre eine im Prinzip nutzlose Beschwerde bei künftigen Lesern. Die Größten wissen nicht einmal, was sie geschaffen haben. So einer brennt für zehntausend andere, die eiskalt sind. Bei der Talentvergabe gibt es eine gewisse Ungerechtigkeit, vor allem gegenüber den Unbegabten. Geschenk der Natur, wie eine Behinderung oder Parapsychose. Jeder von denen ist in einer Art Trance. Die arbeiten auch im Schlaf. Träume, kurz gesagt die beste Poesie, allerdings musst du die Sprache beherrschen, die im Traum gesprochen wurde. Das ist das, was man nicht zu fassen kriegt. Viel bedeutet ihm die Frau selbst. Ohne sie wäre er eine Null. Die besten Kritiker befassen sich genau damit, als wäre es ihr persönliches Geheimnis. Ich selbst versuche auch etwas. Eindrücke aus dem Leben. Abends fällt mir alles ein, morgens geht nichts. Hölle, vor einem weißen Blatt Papier zu sitzen. Horror Bakunin. Verkleckerte Finger. Alle großen Bücher sind längst geschrieben. Zwei Verliebte, doch die Verwandten sind dagegen. Allein gegen alle, demzufolge auch gegen Windmühlen. Die Familie in Krieg und Frieden. Zuerst wird gemordet, dann alles glattgebügelt. Jeder Schriftsteller für sich. Das Innere, Persönliche. Kann ihm keiner nehmen. Kopfschmuck. Molière hat ihm eine Szene geklaut. Hieb seitens eines Klassikers. Verschiedene Menschen sehen Verschiedenes. Auch von Analphabeten kannst du manches lernen. Alle Barden waren blind. Die sind größer, denn sie sehen mit dem inneren Auge. In der Kindheit ein Stotterer, später Tausende Feuer und Flamme, natürlich bei täglicher Übung. Neunundneunzig Prozent Fleiß, nur ein Prozent Talent. Über belanglose Notizen im Zug ein erstklassiges Bild der damaligen Welt in allen Einzelheiten. Andere reisen für uns. Gemütlich im Zimmer auf den Gipfeln des Apennins oder in der Wüste Gobi. Besondere Begabung für einzelne unwichtige Einzelheiten. Insbesondere Frauen. Mit diesen ihren Gefühlen und der Seele. Jede hat eine Beziehung zur Natur. Das saugen sie schon mit der Muttermilch ein. Allein die Beschreibung militärischer Dinge sagt manchmal mehr als ganze Epen. Jedes Wörterbuch ein Roman.

Schriftsteller müssen vor allen Dingen Bücher lesen. Wegen ihrer eigenen, noch ungeschriebenen Bücher. Zwei, drei werden umgegossen in ein noch besseres. Alles treu übertragen, was draußen ist. Was er in seinem anderen Leben sah. Der persönliche Blick auf einzelne Phänomene. Durch den Filter der Seele. Ich würde es transfigurativen Neoakademismus nennen. Uraltes Thema in heutiger Bearbeitung. Atavismus, was er gegen Religionen sagen wird. Nur wer das eine wie das andere war, kann das so. Er hat einen ganz eigenen Zugang, eine besondere Distanz, tritt in keinem Teil auf. Das ist der Prüfstein für jeden von uns. Kritikerfalle. Solcher wie solcher. Einmal in hundert Jahren. Wer? Zwei Seiten sind komplett abgeschrieben. Wenn ich's Ihnen sage. Sagt der Mann, der es sah. Das mit dem Stock ist dieselbe Szene wie mit dem Regenschirm, nur ist es hier ein Stock. Der Großvater mütterlicherseits war vor dem Krieg in Triest, wegen der Geschichte mit den Stoffballen. Zweifelhafte Gestalten. Hatte was mit einer Vierzehnjährigen. Was für eine Moral. Fremde Federn. Glücksritter und Säufer. Väterlicherseits Jude, mütterlicherseits Deutscher. Ich kenne ihn aus der Zeit, als er nicht wusste, wo er schlafen sollte. Wegen einer 65-jährigen Klofrau. Pfui. Zum Speien. Besser fremde Weisheit als eigne Dummheit. Klug abschreiben statt dumm aufschreiben. Wir gegen das Weltall. Fehler der Natur. Menschen wie etwas, keine Ahnung was. Alle teilen sich in verschiedene Arten, je nach Aufteilung. Alle wie Körner in einem Topf. Denkender Hals. Morgens so, mittags so, abends was weiß ich wie. Wie der, der irgendwo hochklettert. Vergleich mit der Landschaft und allem anderen zum Vergleich Geeigneten. Kinder ihrer Zeit. Genau genommen Kinder des Olymp. Sonntagskinder. Obwohl, bei dem Alkoholkonsum. In vino wasfüreinArsch. Aber, nicht doch, er hat auch schöne Sachen. Beschrieb die Frau und den Mann und das zwischen den beiden. Hervorragend. Das kommt von der Erfahrung. Wäre das damals nicht gewesen, es wäre niemals gewesen. Das zeichnet unser Land aus. Eine große Wahrheit über uns alle. Durch das Prisma des Einzelnen die ganze Nation. Er hat gar keine Figur schaffen wollen, er wollte ein Symbol. Hat dafür viele amalgamiert, die er auf seinem Lebensweg traf. Die Gebildeten sind ihm nicht so gelungen, aber die Bauern, wie aus dem Leben gegriffen. Der Dorfschulze, und der mit dem Maschinengewehr, und der lustige Kellner. So Typen findet man hier überall. Das Einfachste ist das Schwerste. Bei ihm hat jedes einzelne Wort Gewicht. Was beweist, dass ein Schriftsteller dumm sein kann, Hauptsache, er hat viel gesehen, eine schöne Handschrift und schuftet wie ein Pferd. Schade, dass er aus einem kleinen Volk kommt. Wenn er übersetzt wird, wird man ihn zu schätzen wissen. Obwohl in einer Übersetzung das Beste, unsere Sprache, verloren geht. Es gibt keine guten Übersetzungen. Nur Krücken, Annäherungen. Der Geist des Werks bleibt immer auf der Strecke. Ein Martyrium, fremde Worte von einem Medium in ein anderes zu übertragen. Menschen im Schatten, und in Wahrheit wahre Dichter. Manche Übersetzung besser als das Original, aber wer würde ihnen das zugestehen. Wertvoll. So viele Sprachen wie Menschen. Autor erkennt nicht, wann er sich im neuen, fremden Gewand besser macht. Hätte er selbst nicht besser gekonnt. Nächtelang, nur um ein Sinnbild zu finden; dabei ist es im Original noch nicht mal gereimt. Vermittler zwischen zwei oft zerstrittenen Völkern. Vor allem das wirkt wie eine ausgestreckte Hand von der anderen Seite des Meeres oder Gebirges. Kennte er nicht ihr Wort für Kessel, der Missionar würde augenblicklich aufgegessen. Könige verstehen Fremdsprachen, warten aber auf den Dolmetsch, wegen der Autorität. Slawisten haben allesamt einen leichten Hau. Kommen her und verlieben sich. Tragödie kleiner Sprachen, die nicht in die großen übersetzt werden, weil zu klein. Besser, man schreibt in Najambanjamba als in Serbisch. Du bist in Europa und bist es wieder nicht. Ständig wird um unseren Platz auf der Landkarte gestritten, die genau an der Stelle gerissen ist. Noch auf der kleinsten Insel im Ozean sähe man uns besser. Kein Volk kleiner, keins mit mehr Sprachen. Jeder in den eigenen Bart. Babylon. Besser man nimmt die hinterletzte, Hauptsache einig. Esperanto wird die Menschheit retten, falls es nicht wegen Missbrauchs verboten wird. Die Mehrheit kann nichts dafür, wenn ein kleinerer Teil von ihnen dem eigenen Geschlecht zugeneigt ist. Die eigene Passion treibt sie dazu. Diese Isolation. Kaum Bücher auf Esperanto, und das ist schade.

Fakt ist, dass serbisch geschriebene Bücher auch nicht gelesen werden. Im Kern nur Anleitungen zum Kochen, zum Pfropfen von Obstbäumen und zu erotischen Stellungen, und dann noch Memoiren großer Verbrecher. Die Leute lesen gern, wie und mit welchem Strumpf die die eigene Frau erwürgt haben. Um wie viel Uhr und unter welchen Eindrücken. Sämtliche Einzelheiten. Verschlungen von Alt und Jung. Manche Bücher und Filme müsste man wirklich verbieten. Das steigert die Nachfrage. Macht der Antireklame. Blaubarts Memoiren, in Folie gewickelt und im Garten vergraben. Wenn die Enkel ein Schwimmbad anlegen, werden sie angenehm überrascht sein. Was machen die eigentlich mit den ganzen Büchern, die aus irgendwelchen Gründen nicht fürs Publikum sind. Die werden auf Briefmarkengröße zerpflückt. Aufgelöst in Einzelbuchstaben sind selbst die gefährlichsten Bücher ungefährlich. Der Zensor nimmt sich immer zwei, drei Exemplare für seine Verwandten. Er muss alles erst selbst lesen, um es zu verbieten. Undankbare Arbeit, wenn auch unterhaltsam. Was, wenn er Bücher satt hat. Er kennt als Einziger ein paar intime Geheimnisse aus dem Leben der Großen und weiß, wie sich was in Wirklichkeit zugetragen hat. Würde ich für kein Geld der Welt. Aufzeichnungen eines Zensors a. D. Alles was er gelesen hat, bevor die Papiere zur industriellen Entsorgung geschickt wurden. Gefährliche Themen vermittels Nacherzahlung jener, die der Gefahr ins Augen blickten. Sehen Sie, Apotheken verkaufen Gifte auch nicht frei. Und das hier ist Gift für die Seele, das ist doch viel schlimmer. Gut, die Seele gibt's nicht, halt das Etwas, wie man's auch immer nennen mag. Etwas im Menschen. Ein Gefühl für und von etwas. Alle großen Verbrecher waren in ihrer Jugend Leseratten. Bei manchen Sachen wäre ich noch strenger. Mein Gott ja. Ich hätte am liebsten ein Buch, in dem haarklein steht, was man darf und was nicht. Der Kluge zieht seine Schlüsse auch aus Unklugem. In dem Sinn die ganze Literatur. Darf ich was sagen. Als Laie. Bei ihm ist alles auf Kontra, wenn Sie das gemerkt haben. Tut, als wäre er dafür, ist aber im Grunde dagegen. Auf Messers Schneide. Der hält alle für blöd. Dafür kriegt er noch mal gewaltig eine auf die Fresse. Irgendwann kriegt der, über den er herzieht, spitz, dass er und nicht der katholische Pfaffe gemeint ist, von dem im Stück die Rede ist. Das hat Methode, wie er die Handlung in einen Garten verlegt und damit zeigt, wie eine zeitgenössische Fabrik funktioniert. Nymphen, Hirten und künstliche Tiere, übersetzt in die Sprache neuer Ereignisse. Das ergäbe das wahre Bild. Es stellt sich heraus, dass die Marquise keine Marquise ist, sondern ein Genosse, der das und das macht. Wir leben wirklich in einer Übergangsperiode, in der man seine Augen aufsperren muss, um zu begreifen, was was ist. Wer was warum will. Die ganze Literatur ein dunkler Wald, in den sich nur die Mutigsten wagen. Man kann jeden Schritt mit einem Bild, etwa dem Wald, mit Stromschnellen oder dem Dreschen erklären. So versteht der gewöhnliche Leser die Idee am ehesten. Schlechte Zeiten mit dem harten Leben gewöhnlicher Leute zu vergleichen, das kann nur ihm einfallen. Satansbraten, sage ich Ihnen. Hat den Schreibgriffel an sich gerissen. Jetzt ist es leicht. Wie hingetupft. Ins Wasser. Sehr feine Arbeit. Eigentlich ist das mit dem und dem der Dreh- und Angelpunkt des ganzen Werks. Lachen ist für sich genommen sehr gesund, obwohl man da äußerst vorsichtig sein muss. Weniger lachhaft ist immer besser. Ich kann das nicht so beurteilen, aber ich finde nicht. Themen gibt es genug. Kennen Sie das berühmte russische Gedicht von dem Mann, der sich in einen Vogel verwandelt, obwohl er ein Literat ist. Sehr lehrreich und äußerst symbolisch. Ort der Handlung ist ein Käfig. Ein Gespräch zwischen einem verständigen, schweigsamen Kanarienvogel und dem großen Mann, der dieser Eigenschaften entbehrt. Gegen so etwas kann nun wirklich niemand etwas haben. Der arbeitende Mensch braucht so etwas in Form einer Fabel für die seltenen Stunden der Muße. Der Malocher muss endlich begreifen, dass auch ein gewöhnlicher Vogel mit menschlicher Stimme reden darf, wenn das im Gedicht geschieht und wenn das, was er sagt, positiv ist. Über die Bruchstücke eines Gesprächs zwischen zwei Maschinen kann man alles über die Menschen erfahren, die an ihnen ranklotzen. Die Handlung des Dramas wird durch den Auftritt eines Telefons komplettiert. Er war der Erste, der sämtliche Teile eines Schweißapparates in die Schöne Literatur einführte. Mit wissenschaftlicher Genauigkeit. Als wäre er sein Leben lang Schweißer gewesen. Allein die Szene mit den Kugellagern, das hat was. Vielleicht der erste Roman über einen Intellektuellen, obwohl der am Ende dumm stirbt. Alles quasi quasi. Das soll was sein? Holland in Not. Das ist Literatur. Wie am Schnürchen. Schnurren über der Hutschnur, Gotteshutmacher. Telefonbuchabschreiber. Nur wir und die Franzosen. Wir haben vieles gemein, uns trennt nur die Sprache. Das habe ich auf einer wissenschaftlichen Konferenz über den Gebrauch des Diphthongs in Lamartines Lavoisier gehört. Bogdan Popovićs Geist spukt Ecke Čika Ljubina/Laze Pačua. Der Alte, der nachts durch ein Loch in der Bettdecke las, ist an allem schuld. Der letzte Flaneur auf dieser Straße, in glücklicheren Zeiten zugegeben eine Promenade. Gespenster. Sternschnuppe. Erweiterung des Horizonts. Ist mir selbst aufgefallen. Mach mein Zimmer hell. Ausgabe der Akademie oder der Matica. Schwarz, wuchtig, faul. Die ersten zehn Seiten, der Rest lesbar. Auf der Haut des treuesten Pagen. Das ist im Tresor. Das nicht. Nur mit Sondererlaubnis und dem Versprechen, dass Sie es weder lesen noch anfassen und keinem weitersagen, was Sie nicht gelesen haben. Rarität. Am besten, es bleibt da, wo es gerade ist. Was, wenn noch eine Bombe auf dasselbe Exemplar fällt. Es hat in der Mitte schon ein Loch. Übrigens unlesbar, weil von links nach rechts in Spiegelschrift geschrieben. Durchgeknallter Ahne, der in alle Ewigkeit verhindern wollte, dass wir ihn lesen. Ein Brief ins einundzwanzigste Jahrhundert. Mit Widmung. Wenn die wüssten, wie viele Exemplare mit ihren persönlichen Unterschriften hier herumliegen. Dem Freunde in aufrichtiger Freundschaft. Und der verkauft's. Verfasser. Schriftsteller. Exlibris. Aus dem Buch eines Literaten, von ihm selbst geschrieben. Seine eigenen Bücher, deren Autor er ist, verkaufte die unaufmerksame Witwe zwei Tage nach seinem Tod. Staubiges Heftchen aus der Hausbibliothek des verstorbenen Arztes. Wer weiß, wo es sich versteckt hielt, bevor es hierher kam, in den Schrein des Wissens. Gekauft beim Bouquinisten am Seineufer für zwei Sous. Wer weiß wann. Auch Bücher haben ihr Schicksal. Bitterer als das von Menschen. Wozu überhaupt Bibliotheken mit neuen Büchern füllen, wenn die alten noch nicht gelesen wurden. Und nicht gelesen werden.

Nur vereinzelte Müßiggänger. Nichts für die heutige Zeit. Was gesagt werden musste, ist gesagt. Überflüssige Arbeit. Womit ich nicht nach einem neuen Balzac schreie, aber wo, mein Herr, wäre so ein Koloss. Die Zeit der Kolosse ist vorbei. Die Musen schweigen seit Langem. Einsame Herren namens Niemand. Nomenomen. Mementomori. Denen ihre Art, mit wenigen Worten alles zu sagen. Weise Lateiner, die in Wirklichkeit bluffen. Genau das. Digression apropos wie oben schon gesagt. Relationaler Optimismus in Verbindung mit mentalen Dislokationen aller Art. Aller Alpha und Omega. Spiritus movens aller Schweinereien. Notabene und nolensvolens. Fremdworte, die keine sind, so sehr sind sie organisch verwachsen. Die schöne serbische Sprache. Wer hat sie nur gelehrt, die nichtbarbarisierte, ursprünglich barbarische Sprache der Kelten und Sarmaten zu barbarisieren. Was hilft es, wenn zwei, drei Professoren beim Zeitunglesen die Nerven verlieren. Maskierte, die, weil nicht demaskierbar, noch unverschämter werden. Ich denke, ein Kritiker hat es besonders schwer. Was der lesen muss. Fanatischer Vielsprachler, dabei aus bescheidenen Verhältnissen. Plus den ganzen Staub, der aus Büchern rieselt. Wider seine ohnehin angeschlagene Gesundheit. Die größten Kritiker haben immer einen Lieblingsschriftsteller, dessen Schaffen sie auf Schritt und Tritt verfolgen. Wie ein Alter Ego. Homo duplex. Durch ihn spricht er. In einer Art Trance, obwohl dem seiner gerade gestorben ist. Wie eine Infektion. Die magische Flucht. Etwas treibt ihn von innen. Eins führt zum anderen. Perpetuum mobile. Menschmaschine. Syntagma zusammengesetzt aus sakrosankten Vollkommenheiten. Tautologie der Untautologischen. Horizontale und vertikale Front schneiden sich in einem Punkt, das heißt in ihm. Kontrapunkt des Lebens. Sein Beispiel bleibt unübertroffen. Wirklich ein donquichottisches Unterfangen, etwas Verschlossenes aufzubekommen, in einem Land, das nicht aufzukriegen ist. Gehend lernt er und blickt in Jahrhunderte. Moderner Dositej, aber so, dass es keiner merkt, nicht mal er selbst. Aus jedem Bild macht er im eigenen Hirn mit Hilfe der Einbildungskraft eine Idee. Das ist heute ganz unpopulär. Solares Bestiarium. Wie ein Tierreich auf der Sonne selbst. Schmerzlich neu und unvorhersehbar. Das ist im Kern sein Verhängnis. Allein schon seine abnorme Neugier auf alles. Selbst im Notizbuch eines Arztes steckt Poesie. Vademecum und Haushaltsbuch. Tagebuch der täglichen Ausgaben und Einnahmen. Rechnungen und Kaufmannsbücher. Darin zeigt sich manchmal eine ganze Epoche. Was Miguel Wilhelm de la Volta Eredia vom Punischen Krieg gehalten hat, als ein Paar Schuhe drei Piaster und ein Stuhl zwei Guineen kosteten. Ortega Gassenhauer. Aus Randnotizen im Gebetbuch sein tatsächliches Verhältnis zum Papst rekonstruieren. Aus dem Kochbuch seiner Haushälterin seine Vorliebe für Wild erschließen und daraus die ausländischen Einflüsse auf seinen Daktylos herausfinden. Die Grabplatte zeigt, welche Buchstaben der Autodidakt und Steinmetz nutzte, um den schreibunkundigen König zu bestatten. Š, dž und č in unserer später postlatinisierenden, quasikyrillischen Krakelschrift. Der Buchstabe F und die fyzantinische Filofolie. Kaiser Konstantin sprach ohne Selbstlaute, wie die Araber, oder weil ihn eine bestimmte Spinnenart gebissen hat. Noch ist niemand in das Brabbeln der brabbelndsten Brabbler eingedrungen, was bedauerlich ist. Der Bauernkalender, aus dem man nicht nur ersieht, welche Arbeiten wann getan wurden, sondern auch wann der Ban Ban wurde und wann verbannt und wann sich welcher Stern über welcher unserer glücklichen Provinzen am eigenen Schweif packte. Lehrsame Bücher für Landwirte und andere, wenn jemand mit Gottes Hilfe wenigstens ein Viertel lesen kann. Buchstabierend in Jahrhunderte des Stammelns eintreten. Un se re schö ne Hei mat Ju go sla wi en. Mi au ho ppt au ff Tu hl. Für stens fri sche Früch te fürch ten Fi schers Frücht chen. Alle zehn Buchstaben ist wohl machbar. Für die ist jedes Buch die Heilige Schrift. Hauptsache, sie halten es in der Hand. Falschrum wie ein türkisches. Teufel zwischen Buchdeckeln. In der gewöhnlichen Volkssprache für das gewöhnliche Volk ohne seine eigene Sprache. Schlicht wie Bohnensuppe. Rede Serbisch, dass dich die ganze Welt versteht. Ohne Fantasien und Ismen. Wirre Reden, auf der Klobrille thronend. Über Sachen, die im Alltag nicht vorkommen. Poesie ist die edle Variante der Trunksucht; irgendwann schreibt jeder Gedichte. Wundert mich, dass er schon weg ist. Wär mir nicht recht, wenn er mich hier sehen würde. Alles wegen den verfluchten Heften von Oma. Jeder einzelne Tag in diesem alten Viertel. Homo Čika Ljubinus. Viertel der Stinkreichen. Ich will nicht aus dem Zentrum weg. Jeder Laden, jedes Haus. Posamentomanie. Jede dieser engen, verschachtelten Straßen, in denen lauter eilig Eilende hausten, hatte für ihn ihre ganz besondere Bedeutung. Leid der Erinnerung. Tönt Dröger. Entlang unseres Lateinerviertels, wie bei den Römern, nur hier. Sieht heute ganz anders aus. Offensichtlich. Hausnummer sieben, ein Stück die Ljubica-Straße hinunter. Phänoparfümerie des Ohrs. Amerikanische Drogerie. Dort auch studiert. Das erinnert ihn. Einzellismen. Grundlagen der Heftologie. Hauptwerk aus der häuslichen Stepperei. Steppard. Viele der Teilnehmer leben noch. Seit Singers Entdeckung der oszillierenden Greiferschiffchen vielleicht das Größte auf dem Gebiet. De natura vestitoris. Maschamodica nuova. Diese possierliche Welt ist mir seither ans Herz gewachsen. Jede Menge Erinnerungen. Elend der Philatelie. Prästabilierte Harmonika. Cantus Müllus. Wieder da, wo er klein war. Gewissermaßen eine philosoph. Reise durch die Zeit. Principia domestica. All die kleinen Annehmlichkeiten und Trauer. Ein kleines Nachtgeschirr. Kübelkunde. Abhandlung über die Kommode. Vom Geist der Netze. Mit ihm immer offen geredet. Gespräche mit dem Kinde. KennterwohldieGeschichten. Menetekel. Basta, Bolero. In der Hitze. Hohohodyssee. Hohodositej Hohobradovićs, des großen Spaziergängers unserer chronischen Chronologie, Höhöherinnerungen. Weit und breit keine lebende Seele. Unter der Nachmittagssonne. Kein Kohlhaas. Eine Straße, drei Namen: Ljubica Zmaj-Berut. Sammelband philosophischer Nullitäten. Wörterbuch alter Nazorianer. Ohne Ambitionen, ein breites Bild zu zeichnen. Altes und neues Pastament. Mit dem Wunsch, über diese wahrlich peripathetischen Eklogen Einblick in meine intellektuelle Entwicklung zu geben. Mit dem Gedächtnis der Erinnerung. Durch den Wald der Namen. Auf dem bekannten Weg von der Endhaltestelle der Straßenbahn zum geliebten Antiquariat. Große Auswahl an Kinderbüchern, journalistischen, weiblichen, lyrischen, prosaischen und philosophischen Titeln. Porträts einzelner Zeitalter mit besonderem Schwerpunkt auf der Gegenwart. Auswahl der

Plejaden der bedeutendsten Momente. Jahre des Erwachsenwerdens und der Szientifizierung. Kunst und wozu sie gut ist. Muschik. Aus dem Reich der grundlegenden Basen. Index inhaltlicher Gegenständlichkeit. Schau, schau. Was sehen meine Augen da. Da geht er! Pfeifend die Straße hinunter. An den Ecken von Čika Ljubina und Fürst-Mihajl-Straße. Donnernde Versfüße. In Trochäen. Im Trochäus der Adria. Unser ist der Held. Wie fast jeden Tag. Er schaut die zweifelhaften Zeitungen durch, mit denen der ganze Kiosk tapeziert ist. Mit deinem Bein, dem Bösen. Für Kollege Đura, den Dampfer und den Mann. Deppen gibt's überall. Schau schau. Pfeift sich eins. WiegehtsderFrauwiegehtsdenKindern. Haben wir Inspiration? Wie geht's? Dichter gehören auf die Straße. Veš svoj dolg? Nur die unsere. Wo, wenn nicht hier. Arbeiter in die Werkstätten, Melker in die Molkerei, Literaten in die Buchhandlung. Jeder auf seinem Gebiet. Viel Vieh. Woher ihr. Schatzkammer des Wissens. Sesam öffne dich. Bis die Körner springen. Sagt das eine und denkt an das andere. Kommt vom Hölzchen aufs Stöckchen. Alles kopfüber, Hauptsache, es ist anders, als es ist. Tümpel des Wissens. Ich plündere den Tempel des Vergackeierns. Tempel der Kühnste. In der Naktademie der Nissenschaften. Hermaphrodit härmt Aphrodite. Antiquar tempelt einbeinig. Bein, verchromt und versilbert. Bitterpicheln. Horch Eimer. Hormal oder hyper. Hohotanisch hohoho. Haben Sie den berühmten Hetzay über Hesse, bitte. Was soll ich sagen. Es hat keinen Zweck, ist bloß Spaß. Santa Maria della Salata. Nichts heilig. Schwelgen im Verstümmeln. Immer destruktiv. Hauptsache ausgefallen. Santa Maria delle Patate. Tuctuc. Blabla Blam. Lebt in seinem Feldübel. Kapiert ihr? Er setzt ein Wort an die Stelle eines anderen, das im Grunde dasselbe ist. Völlig sinnfrei. Santa Maria degli Spaghetti. Con Spermasan i Radischo. Etwas von Rešin Tuschel? Bandić, der Dichtergangster. Kisch oder Kitsch. Was hat Schwester Philoläster unlängst veröffentlicht? Anekdote von verdienten Persönlichkeiten, in ihr Gegenteil verkehrt. Was außer Zweifel stehen sollte, tut er rein. Findet das Haar in der Suppe und toupiert es hoch. Aus der Mücke einen Elefanten. Santa Maria di Maccheroni. Guten Tag, alter Barde, wie geht's der Feder? Euer Buch faktisch eine Mördergrube, auf jeder Seite kratzen Hunderte ab. Moderne Heldenzeit. Doch mag er kein Fladenbrot. Nichts Neues im guten alten Byzanz? Was macht der Popel von Konstantinopel? Ravioli Kesedžija. Kriegt raus keinen Ton, der Stotterer von Babylon, vor laufendem Mikrofon. Wie Watergate. Santa Maria della Lasagna. Geistiger Dünnpfiff, sage ich. Intellektuelle Diarrhö. Geldschisser, wie schön. Bar und da d'Anella. Übergibt sich Josef die Ehre? Pardon. Unbekannt. Parodierte Pardonie. Wunderlame Vermlehrung. Tochter des Theaterdirektors. Eisherz. Red nicht, schweig. In der Agentur? Nein, nein, das ist dahinter. Von Vuk Karadžić. Märchenprinzessin. Auf Seite sechs im Gedichtband von Sergej Jessenin findet sich, was er ihr selbst sagen wollte. Ravioli Maulfeila. Lebensmüde und traurig. Seine Seele aus seinem Munde. Warum das Treffen. Dabei hatte sie einen Mann. Sie sind mit ihm verbandelt. Noch so ein Liebling des Theaters. Hamburger Krawallurgie. Berliner Zankemble. Gide über Gide. Hundert Jahre Kokeltheater. Haben sie das mit dem gesehen. Viell. Schwatz. Peng. Geeignet für Theatergruppen. Größere Zahl von Einaktern, die sich nach Bedarf kombinieren lassen. Oder zu einem verbinden. Der Kleber und der Tod. Auf den Leim, früher oder später. Wort für Wort, wie es sich der Autor in seinen kühnsten Vorstellungen erträumt hat. Flunder vor Schanghai. Plunder auf Schachbrett. Wunder durch Schachmatt. Wie war's? Wie würde eure Aufführung noch erfolgreicher. Egal, ob ein Bergmann mitspielt oder eine Haushälterin, ein Gastwirt oder eine Kassierin. Gesten, Grimassen. Man kann es ihm nicht rechtmachen. Ihr habt auf offener Bühne nichts verloren. Keiner kann alles können. Nein, warum? Ein Dichter aus Fleisch und Blut. Der beste Dichter ist ein toter Dichter. Dichter werden verdichtet. Etwa in Form einer Definzion. Definfektion. Kritikeimfrei. Defizient literarisch. Wenn wir genauer hinschauen, finden wir Finzipinzi. Wo war er, wo wir nicht waren, warum war er nicht da, wo wir waren. Eliffiziell. Ich erkläre euch das. Der faselt und verbaselt. Der Unsinn ist ein Frontalangriff auf alles, was hierzulande als das Beste gilt, was wir an geschriebenen Worten haben. In der Sphäre der literarischen Mitteilung nicht mitteilbarer Wirklichkeiten. Würde der im Rahmen umfassender biografischer Enthüllungen nicht einen neuen endgültigen Rahmen finden. Denn was wollte der Verfasser damit eigentlich sagen. Was ist seine, um es so auszudrücken, wenn wir es so sagen dürfen, wenn Sie mir die Frage gestatten, Botschaft. Mit dreizehn reifer als heute. Ich kenne seine Mama. Er hatte alle Voraussetzungen, um sich zu entwickeln, und hat sie nicht genutzt. Von höheren bis zu niederen Formen. Degenerativer Materialismus. Primitive Allusionen, die ins Pleistozän eines neurotischen Stadtkindes zurückreichen. Einst spielte auch er Hoppe hoppe Reiter. All das aus Büchern zusammengeklaut. Da was gemopst, dort was mitgehen lassen. Keine Kunst. Das kann jeder. Weiden die Neider auf der Weide. Weia. Scheren sie auch die Schafe, um die Schar scheren sie sich nicht. Nur ums Scherflein, scherzen sie, Messer schärfend. Tja. Ist er eingeladen, oder muss er noch eingeladen werden? Viele unverständliche Kontragefahren. Eine Nase, wo das Ohr sein sollte, und umgekehrt. Zwei Münder. Drei Augen. Acht Beine. Es waren zwei Schwerter, und es waren zwei Kronen. Aus dem Scheitel wächst ihm ein hundsgewöhnlicher Baum. Erblühtes Klavier. Wandertassen. Mischmasch. Maseltopf. Ringkämpferisch rabiat. Rustikal retardiert. Restriktiv rudimentär. R. R. rackert sich im Rödelroman über R. bis zuletzt an der Idee der Rohheit ab. Rohling oder wilder Mann. Slawonien, Land der urtümlichen Wilden. Vandalen seit Menschengedenken. Zwei für Wilde. Er hat Kreuz zwei, Kruzitücken. Vor Kurzem noch hätte Eure/Ihre Frau Mama … Die hat viel durchgemacht. Die Ärmste. Müssen Sie unbedingt mit dem Kopf durch die Wand. Was nicht geht, geht nicht. Tanz mit den Gehörnten. Alle an der Nase. Alles hat Grenzen. Das hätten Sie ruhig mal. Da wäre Ihnen kein Zacken aus der Krone. Für so viel. Kannte Ihren Herrn Papa, als er noch in der Eisenwarenhandlung arbeitete. Der schönste Mann der Stadt. Immer ein Lächeln auf den Lippen. Wir kommen aus derselben Gegend, das wissen Sie vermutlich. Angefangen in der Glaserei Polack, und hier in der Buchhandlung aufgehört. In einem Jahr gehe ich in Rente. Ist Herr Lazar wirklich an der Leber gestorben? Wie so viele. Praktisch jeder zweite. Ihre Frau Großmutter auch. Das war eine Persönlichkeit. Ihre Frau Mama sagte, sie hätte sich mit Ihnen um diese Hefte der Großmutter gestritten. Sie können doch darauf verzichten, haben alles im Kopf. Also wirklich, man könnte meinen, alles wäre so gewesen, wie es bei Ihnen steht, auch wenn ich sicher bin, dass das nicht stimmt. Wunderbare Familie. Den Herrn Großvater habe ich leider nicht kennengelernt. Kannte ihn nicht. Bestimmt auch ein wunderbarer Mensch. Was haben wir zusammengesessen und erzählt. Einst, in jenen Tagen, lang her. Sie waren ein Kind, drei Jahre alt. Vielleicht noch jünger. Vor allem muss man immer lustig sein, wie Ihr Herr Papa. Eisenwaren, allgemein. Bei Cvijanović, dann bei Géza Kohn, und nach dem Krieg im Nopok-Verlag. Das war früher die Französische Buchhandlung, das können Sie nicht wissen. Nein, von der Ecke aus, da wo früher Meteor war, der Stoffladen. Die Gegend kenne ich wie meine Westentasche, Sie bestimmt auch. Teuflisches Handwerk. Das hat der verstorbene Herr Andrić ganz oft gesagt. Sagt er, das und das, wie geht's denn heute, Herr Schafskopf. Sag ich, gut. Früher wie heute. Weder vor noch nach so einem. Sie müssen entschuldigen. Früher war es so, heute so. Wer das nicht begreift, ist selber schuld. Woran sitzen Sie derzeit? Etwas Größeres? Umfangreichere Sache? Zeitgenössisch oder eher historisch. Geschichte liegt uns Serben irgendwie. Viele Beispiele. Episches Volk. So eine Sprache hat keiner. Warum versuchen Sie sich nicht an Fabeln. Geschlechter, für viele ein Vorbild. Man muss nicht alles offen sagen und kann es trotzdem äußern. Wer den Eindruck gewinnt, mit der Wildsau im Garten sei der und der gemeint, der kann das ja so sehen. Alles Menschliche in Gestalt unschuldiger Tiere, meistens von Haustieren. Scheinbar eine Erzählung für kleine Kinder, im Grunde aber nicht. Der unsterbliche Andersen. Größte Schwäche durch die unschuldige Mär vom gebildeten Truthahn. Darin sind die Russen wahre Meister. Ich bin ein Fürsprecher von so was. Ein eingeschworener Freund solcher Sachen. Das erheitert selbst die größten Stoffel. Hören Sie, ich habe Ihnen etwas zurückgelegt. Ich weiß, was Sie interessiert. Ganz nach Ihrem Geschmack. Eine Art Betriebsanleitung für alle Lebenslagen. Sehr sehr gut. Privatausgabe eines pensionierten Juristen. Der hatte Zugang zu allen notwendigen Unterlagen. Integraler Ansatz. Meiner Meinung nach das Buch der Bücher. Das ist doch der Traum jedes Schriftstellers. Ein Buch über alles und dabei ein ganz schmaler Band. Ein einziges Exemplar, die anderen sind von Bomben vernichtet oder vom Mob geplündert. In alle Winde zerstreut. Unzweifelhaft das Beste, was ich für Sie ergattern konnte. Unten, im Keller, direkt neben der russischen Abteilung. Unglaublich billig. Würde ich noch Raritäten sammeln, würde ich es nicht hergeben. Aber Sie können wenigstens etwas damit anfangen. Freut mich, wenn's genutzt wird. Da haben Sie Stoff für zehn Bücher. Bücher entstehen mit Hilfe anderer Bücher. Was erzähle ich Ihnen. Unten, unten. Sagen Sie einfach, es ist für Sie. Steckt ein Zettel drin. Auf Ihren Namen.

Aufgrund von Erb- und Landrecht. Auf Beschluss der königl. kroat. slaw. dalm. Landesregierung. Ausgeschrieben durch die Abteilung für Religion und Unterricht. Anbei Kommuniqué der Kreisverwaltung. Dem hohen gesetzl. Vertreter des parlamentarischen Organs der serb.-orth. Kirche in Sr. Karlovci, vormals Karlowitz. Eurer kaiserl. und königl. apostolischen Hoheit. Beglaubigt von der Botschaft des Königr. Serbien in Paris. Rücksichtlich des Berichts der hl. orth. Diözese Pakrac. Befehl des örtl. Kommandanten. Bef. der Stadtverwaltung Belgrads. Im Einklang mit dem Gesetz zum Schutz der öfftl. Sicherheit und Ordnung, dem Gesetz über den Besitz und das Tragen von Waffen sowie über den obersten Gerichtshof für den Schutz von Verm. und Staat Art. 11, Absatz 3, Satz Artikel 7. Auf Beschluss der Regierung des DFJ vom neunundzwanzigsten November. Im Namen des Volkes. Von der Einteilung der Gebiete, Regionen und ähnl. Varietäten. Von der Grenzziehung topogr., physischer und realer Objekte auf dem Land und ihren wechselseitigen Abhängigkeiten. Durchführungsrichtlinie betr. Flüsse, Bäche, Seen und Meere auf dem ganzen Territorium der kaiserl. und königl. Güter. Verordnung zur Vermessung der Höhe erhabener Objekte wie Berge, Gebirge und dergl. auf der Grundlage des Gesetzes über die Aufteilung des Landes. Verordnung zur pflichtgemäßen Verwertung der Güter des Landes, persönlicher ebenso wie durch Arbeit erlangter. Von der Seduktion der Aufzucht der Pflanzenarten, der Nutzpflanzen ebenso wie der Schadpflanzen. Vom Geflügel und den Haustieren, mit besonderer Berücksichtigung des Geflügels und der Feldmäuse. Vom Baume. Über den Schutz der Insekten und aller anderen Arten durch die Luft fliegender Lebewesen. Verordnung über die Kenntnis der Nutzung der Jahreszeiten sowie von zweckdienlichen Nutzungen verschiedener Eigenschaften des Wetters im Allgemeinen. Gesetz über den Sommer. Über die Einführung der frühjahrlichen Arbeiten, der herbstlichen Fruchtung, und dem winterlichen Faulenzen am warmen Ofen. Register der Unwetter, vom Standpunkt der ewigen und nützlichsten schönen Zeiten. Rundschreiben über regenreiche Jahre, Gewitter und verfrühte Schneefälle. Durchführungsrichtlinie vom Anbrechen der Nacht, mit tabellarischem Verzeichnis der Tag- und Nachtgleichen inklusive aller Abstufungen. Gesetz über das Heim. Haus, Hof und andere Immobilien im Lichte des Grundgesetzes über das Leben auf eigenem Grund und Boden. Allgemeines Gesetz über Landbearbeitung, Weinbau und Viehzucht. Kuhverordnung. Allgemeine Bestimmungen zur Pferdehaltung. Rundschreiben zur Haltung von Hunden, Katzen und anderen Haustieren, die als Mitglieder der betreffenden Familie zu betrachten sind. Gesetz über das Verbot der Sonnenbetrachtung, solange sie in ganzer Helligkeit strahlt. Durchführungsrichtlinie zur Messung des Abstandes zwischen dem Mond und anderen Himmelskörpern in sternreichen Nächten und dem Verbot der Schlussfolgerungen aus beiden Handlungen. Anhang betr. unnötige und vor allem trügerische Erscheinungen von Regenbögen über hiesigen Ländereien. Gesetz wider die Spinnen und anderes Schadgeschmeiß. Geflügelverordnung zur Anzahl und Größe der zu legenden Eier inkl. Begründung. Durchführungsrichtlinie zur künstlichen Herstellung von Käse aus Milch und von den schädlichen Folgen solcher Handlungen. Von Bienen und Honig als den süßesten Produkten, die, vornehmlich zwecks Versand an den durchlauchten kaiserl.-königl. Hof zu Wien, vorrätig zu halten und herzustellen sind. Zur Erwähnung von Milch und Honig in sämtlichen Berichten, Reden und anderen offiziellen k. u. k. Dokumenten. Dass Getreide einzig in eigens hierfür errichteten Mühlen zu Mehl vermahlen werden darf, aus dem das Brot zwecks täglicher Ernährung des barfüßigen, nackten Volkes Slawoniens und anderer Regionen zu backen ist. Vom Anpflanzen verschiedener Blumen, vom Schneiden mürben Fleisches mit Messer und Gabel sowie von der Zubereitung div. Eintöpfe aus div. roh ungenießbaren Körnern durch Kochen. Rundschreiben zur Einteilung von Überschwemmungen, Bränden und anderen Schrecknissen, einschl. Erläuterung, wie und zu welchem Behuf man sich ihnen nähert. Vom Schnapsbrennen und dem Besoffen- und Unbrauchbarmachen der Bauern für den Kaiser. Von dem, was man im betrunkenen

Zustand dem Vater, dem Bürgermeister oder vor dem Bild sein. k. u. k. Hoheit sagen darf. Gesetz von der Schur, dem Nutzen der Wolle sowie zur Abweisung von Schadenersatzansprüchen aufgrund des Anblicks geschorener Schafe. Verordnung zum Schmieden von Eisen und des dabei anhängigen Funkenflugs. Brunnenbaugesetz, demzufolge Brunnenbauer keine nervenschwachen Männer sein dürfen, sich jeglicher Agitation gegen den Kaiser enthalten und das neunzehnte Lebensjahr vollendet haben müssen. Was man im Bauch der Erde beim Graben von Brunnen oder vergleichbaren künstlichen Bauwerken sagen darf, bevor sich selbige mit Wasser oder dergleichen füllen. Nahrungsmittelgesetz für Satte und Hungrige sowie über zulässige und unzulässige Beschaffungswege. Verordnung zur Sättigung. Ergänzende Bestimmungen zum Durst und dessen Stillung in Abhängigkeit von der Verfügbarkeit natürlichen Wassers oder alkoholischer Produkte. Gesetz über Krankheiten, Personenkreis der Leidenden einschl. Altersstufen, nebst Bestimmungen zur amtlichen Erfassung in besonderen Verzeichnissen für jeden Landkreis (Seuchenregister). Hochzeitsgesetz mit Angabe der Zahl zulässiger Un- und Todesfälle durch den missglückten Waffengebrauch seitens der Trauzeugen. Gesetz von den Feiertagen, wer was feiern darf und warum. Mecelle-i Ahkâm-i Adliyye. Gesetz von den Gelegenheiten. Allgemeine Verordnung übers Tanzen durch hinterwäldlerisches Springen von einem Bein aufs andere und darüber, wie das für unschuldige Ausländer aussehen muss, die niemals tanzen und nicht wissen, was das sein soll. Gesetz vom Dorftrottel. Warum, wie und bis zu welchem Grad sich solche Personen närrisch aufführen dürfen, bevor sie unter den gesonderten Anhang zu selbigem Gesetz fallen. Gesetz über den Wohlstand. Armutsverordnung, Registrierung betroffener Personen und Maßnahmen, deren Zahl entsprechend den Bedürfnissen des Staatswesens zu vergrößern. Wie arm man sein darf und durch welche Prüfverfahren man dies bei staatlichen Stellen heraushandeln kann. Gesetz über selbstständige Tätigkeiten und vom Faulenzen. Vollständige Aufzählung gesunder und schädlicher Pilze und wie man der einen wie der anderen habhaft wird. Gesetz über andere Arten der Vergiftung. Verordnung von der

Bettstatt, wie sie aufzuschlagen und nach Gebrauch für die neuerliche Nutzung vorzubereiten ist. Richtlinie über Tisch und Stühle. Wer sitzen darf und wer in Anwesenheit Dritter zu stehen hat. Wann, wie und warum Mäuse zu fangen sind, und wann der große Bär, der sonst Ihr Kleinkind frisst. Vom Angeln und Anglerlatein. Von der Jagd auf unschuldige Fischlein mit Haftbefehl für Arten, die sich dazu nicht eignen. Fischedikt. Vom Pflanzen der Wälder, ihrer schlampigen und unsachgemäßen Hegung und vorzeitigen Abholzung. Gutsverordnung, wer welchen Hof haben darf und wie. Kirchengesetz. Rundschreiben zur geistlichen Berufung beider Konfessionen und wechselseitigen Rechtfertigung anlässlich verschiedener Feierlichkeiten. Gesetz vom Adel, dessen Aufzucht, Bewachung und unzeitiger Tod auf dem Schlachtfeld. Reformiertes Bauerngesetz, wer Landwirt sein darf und wer nicht. Richtlinie zur bäuerlichen Ausstattung, Kleidung, Schuhwerk und Brennstoffen. Zur Bekanntgabe, wann man in Schuhen, wann in Stiefeln und wann barfüßig zu gehen habe. Verordnung zum Feuer und wie man es anfacht und ausbläst, wenn das halbe Dorf abgebrannt ist. Regelung von Körpern und Körperteilen, wer welche haben darf und wer nicht. Richtlinie zu Gliedern, Augen und Magen. Todesgesetzbuch. Verordnung zum Träumen einschl. Meldepflicht ggü. dem Bürgermeister, wer was und warum. Erklärung zur Sprache und Gegenvorschlag zwecks Abschaffung derselben. Gesetz vom Stummsein. Krüppelrichtlinie. Hirtenbrief von den Blinden zur Belehrung der anderen. Verordnung über die Tauben und wie ihnen was in den Gehörgang zu leiten ist. Die Familie hat als Schlüsselbereich zu gelten, aus dem Geburten zu erwarten sind, gute ebenso wie solche, bei denen Dankbarkeit nicht angezeigt ist. Vater zur Vaterschaft und Versorgung, Mutter zum mehrmaligen Gebären und Durchfüttern des Geborenen. Kinder sind zunächst anzunehmen als Winzling, später nicht. Manche sollen männlich, andere weiblich sein, zwischen diesen sind Wege zu finden, wie es zu nützlichen Verbindungen kommt, aber erst nach vollendetem achtzehnten Lebensjahr und nur für den Fall, dass sie nicht miteinander verwandt sind. Je zwei, die sich zwecks Trauung in die Kirche begeben, haben im Dorf als ehelich verbunden zu gelten, andere keinesfalls. Morgens ist zu essen, was man Frühstück nennt, später noch zwei Mahlzeiten als Mittag- und Abendessen, während jene, die nichts haben, es wie die anderen halten sollen und Art und Ordnung im ganzen Kaiserreich nicht stören dürfen. Nach dem Bade hat man sauber und wohlriechend zu sein, im Gegensatz zu einem gewissen Joco Rnjak, der weder das eine noch das andere sein darf aufgrund seines Bettlertums. Theodor hat Vasilije zu zeugen, dieser wiederum Dušan, dieser Danica und Danica schließlich Borivoj zur Welt zu bringen. Alles ist in den vorgeschriebenen Abständen von 28 bis dreißig Jahren auszuführen, damit es pro Jahrhundert proportional etwas mehr als drei Generationen hat. In den Geschäften soll mit Gewichten gewogen werden, aus den Häusern ist mit Hilfe von Fenstern zu schauen. Die Fähre darf nur auf dem Wasser fahren, indem sie zwei Ufer verbindet und mit Hilfe eines dicken Seils Menschen, Vieh, Wagen und Offiziere übersetzt. Schaukeln haben erst in die eine und dann in die andere Richtung zu schwingen, solange der, der schaukelt, das begrüßt oder bis ein anderslautender Erlass des Kreises erlassen wird. Es wird angeordnet, dass Bier zu schäumen hat, Stullen länglich sein müssen und Vorfälle vorfallen. Athleten müssen stark und von morgens bis abends wütend sein, später nicht mehr. Gefängnisse sind geschlossen zu halten, damit sich kein Missliebiger ungestraft einschleichen und unter kaiserlichem Dach schlafen kann, dasselbe gilt für Friedhöfe, für Lebende ebenso wie für Tote, die noch nicht offiziell für tot erklärt wurden. Jede Gesellschaft, die beabsichtigt, im Gras zu sitzen und nach Gusto zu speisen, hat dies mit einem Ausflug in die Umgebung zu verbinden, und zwei Kavaliere, die sich mutwillig wegen irgendwelcher Dämlichkeiten duellieren wollen, müssen im Duell gegeneinander antreten, beglaubigt von der Kreisverwaltung oder anderen Behörden. Per Post sind gute und schlechte Nachrichten zu senden, wobei darauf zu achten ist, dass erstere in jeder Hinsicht in der Überzahl sind. Wem etwas Schönes widerfährt, hat sich zu freuen, wer als Bahnwärter angestellt ist, muss die Schranke bedienen, und wer zu nichts zu gebrauchen ist, sei Barbar, Bettler und Wegelager. Offiziere oder andere Narren, denen eine hässliche oder hübsche junge Frau gefällt, haben dieser vorschriftsgemäß den Hof zu machen, Schleifsteine für scharfe Messer zu sorgen, ob mit selbigen nun später ein Ochse geschlachtet oder der reiche Onkel der Braut aus Habgier abgemurkst wird. Wer frisst, soll dick sein, wer fastet, magere bis auf Haut und Knochen ab, und um keinen Preis soll es umgekehrt zugehen. Im Hof haben sich Geflügel und Dienstboten aufzuhalten und ganz selten auch die Herrschaften, auf dem Marktplatz seien Käufer und Verkäufer sowie der eine oder andere Gendarm zugange, damit alles seine Ordnung hat, und Rittmeister sitzen ewig auf ihrem Pferd, andernfalls sind Rittmeister ungeeignet für ernsthafte Diskussionen und Abhandlungen. Heerführer sollen sich hinten aufhalten, damit sie nicht getroffen werden, das käme weder ihnen noch dem Heer zugute, Straßenmusikanten sollen spielen, was ihnen in den Sinn kommt, nur gegen den Kaiser darf es nicht gehen, und die, die sich gegenseitig nicht ertragen können, sollen sich aus tiefster Seele hassen, bis ihnen die Sinne schwinden. Was sich nicht im Guten regeln lässt, muss im Wege des Streits geschehen, und welcher Ausdrücke sich die streitenden Parteien dabei bedienen, das ist ihre Sache, solange sie nicht unbefugt den Namen des Kaisers in den Mund nehmen. Wer sich ausweinen muss, darf weinen, wenn einer begraben werden muss, soll er begraben werden, damit er nicht Haus und Hof vollstinkt, wer unbedingt heimische Seide haben will, soll sich um seine Seidenraupen kümmern, damit sie nicht als Schmetterlinge ausfliegen und die ganze Mühe umsonst war. Und außerdem müsste er gemäß Artikel soundso der Anti-Falter-Verordnung Strafe zahlen. Es ist den Ersten bestimmt, sanft, den Zweiten, die Mittleren, und den Dritten, wütend und neidisch auf die Ersten zu sein, und allen dreien wird eine Geldstrafe sowohl für das eine wie für das andere auferlegt nach Ermessen der Kreis- oder Provinzbehörde. Alle haben an einen Gott zu glauben, und diese müssen sich bei aller Verwandtschaft darüber verständigen, wem wie viele Schäfchen bzw. Herdentiere zukommen. Den Naiven ist auferlegt, jedem Lump zu vertrauen, Eifersüchtige sollen nicht vorhandene Widersacher hassen, Neidische bringen sich mehrmals täglich um, falls der Nachbar oder der Bruder oder ein Adliger mehr hat als sie selbst. Feiglinge sollen sich fürchten, Sonderlinge sind nicht ganz von dieser Welt, Rücksichtsvolle haben selbst den Kleinsten einen guten Morgen zu entbieten, ganz zu schweigen von den Größeren. Jeder muss einer Beschäftigung nachgehen, der Schmied schmieden, der Bettler betteln, der Herrscher herrschen. Wer so verrückt ist, jemandem was zu schenken, muss das verschenken, was ihm lieb ist, Liebenswürdige haben den anderen zuzulächeln, Zärtliche sich bei denen einzuschmeicheln, die sie lieben oder auch nicht, und Grobschlächtige sollen ihre Böswilligkeit und widriges Naturell selbst an ihren Lieben auslassen. Jeder, der mit einem anderen zusammen geboren wird, gilt als dessen Zwilling oder Doppelgänger, solange nicht einer der beiden eines natürlichen Todes stirbt. Der, in dessen Blut sich schwarze oder türkische Vorfahren mischen, hat sich als Mischling oder Mestize zu betrachten. Wer etwas mit der Hand greift oder hält, kann es benutzen, während dem, der Nutzen daraus ziehen will, was er Schlechtes über andere weiß, nur der Weg über die Erpressung bleibt, und wer partout nicht stillhalten kann, soll Spiele spielen, bis er auf die Nase fällt. Den Älteren ist aufgetragen, Lügengeschichten, Märchen, Fabeln und dergleichen den Jüngeren und denen zu erzählen, die blöd genug sind, es für bare Münze zu nehmen. Handwerker sollen sich ihrem Handwerk widmen und so viel Geld verdienen wie gestattet, und hernach dürften sie in die Kneipe gehen und in einer halben Stunde die Hälfte ihres Lohns verjubeln. Wer weiß, was morgen sein wird, muss weissagen, wiederum ohne den durchlauchten kaiserl. Namen zu erwähnen, kleinwüchsige Menschen sind als Zwerge zu betrachten, und wer beschlossen hat, bei den Seinen oder anderswo zu sein, soll fortgehen als Gast und Besucher; die Gastgeber können mit einer Frist von drei Tagen beim nächstgelegenen Amtsgericht Beschwerde einlegen. Dienern ist aufgetragen zu dienen, und wenn sie es vor Langeweile nicht mehr aushalten, können sie ihren guten Herrn, und sei er ein Diener Gottes, mit der Axt erschlagen und sich so an den Galgen bringen. Waren sind zu verkaufen und sollen nicht im Lager verrotten oder verrosten, Wohnungen sind mit Bewohnern zu füllen, Nachbarn müssen vis-à-vis oder nebenan sein, ob sie sich nun hassen oder nicht, und Artikel des täglichen Bedarfs sind ordentlich im Gemischtwarenladen zu verstauen. Mit Werkzeug wird gearbeitet, Messer sollen stumpf und Gläser leer werden, im Bett ruht man sich aus, am Tisch hat man zu sitzen, und auf den Tisch ist vor einen jeden Essen hinzustellen, und wenn es nur Erbsen- oder Bohneneintopf ist. Das Herz hat bis zum Tode ununterbrochen zu schlagen, Gliedmaße sollen sich bewegen, Augen müssen sehen, ob sie es sehen wollen oder nicht, der Magen hat die ganze Nahrung zu verdauen, die die Unvernünftigen in sich hineinstopfen. Aufgrund der Weisung der derzeitigen königl. Landesregierung, Abteilung für Rel. und Erziehung, sind bisherige Verordnungen bzw. die grundl. Gesetze über Verordnungen und Vorschriften durch neue, klarere Regelungen zu ersetzen sowie im Sinn einer rechtmäßigen und staatstreuen Geltung mit dem Ziel einer besseren und genaueren Zweckhaftigkeit staatsrechtlicher Angelegenheiten auf dem gesamten k. u. k. Hoheitsgebiet umzusetzen. Als Prota von Grunt wird Theodor Avram Uskoković, Rel. orthodox, geb. 1798, eingesetzt und sein Sohn Vasilije, geb. 1834, zu seinem rechtmäßigen Stellvertreter und Nachfolger bei Verabschiedung von Ersterem in den Ruhestand bestimmt. Vertraglich vereinbart zwischen Katharina, geb. 1831, und Vater Vasilije. Mit Namen Anka, geboren 1863, mit Namen Petar, geboren 1866, dann Dušan, geb. 1870. Womit sich Letzterer am 16. Juni 1894 als Kreisarzt in Grunt niederließ, mit allen Pflichten und dem vorschriftsgemäßen Gehalt. Doc. honoris causa. Lazar Ćosić wird am 7. Oktober 1915 in der Eisenwarenhandlung von Mile Kalember in Bjelovar eingestellt, ab diesem Datum hat er als Arbeitnehmer zu gelten mit allen Rechten, die daraus entspringen. Mit Kommunalratserlass Nummer xy amtl. Kneipen nur für Nüchterne, öffentliche Häuser nur für Verheiratete, Pferderennen für Nervenstarke. Ausleihung von Tretbooten an körperlich oder seelisch Kranke poliz. verboten. Witze und andere unappetitliche Späße im Sinn des Staatsschutzges. strengstens verboten. Zirkusse nur mit maskierten, abnorm großen oder kleinen Personen und Ausländern. Für den Fall aus 12 Meter Höhe und mehr tragen selbige die Verantwortung. Sportveranstaltungen in eigens ausgewiesenen Stadien, deren und ähnlich gearteter Vorfälle Kommentierung bis 22 Uhr abends. Strengstens verboten ist das Nacherzählen anderer, insbesonderer politisch anstößiger Vorwitzigkeiten und Einzelheiten: Etwa dass einem Minister beim Abschreiten der Truppe der Zylinder heruntergefallen sei oder man den Unterrock der Frau Gemahlin habe sehen können und dergleichen. Weiterverkauf und Vertrieb von Büchern üblen Inhalts mit unanständigen Abbildungen und dergleichen. Insbesondere entlang des Streckenverlaufs der Linie Zwei. Wird im Schnellverfahren abgeurteilt. Beschlagnahmung aller Exemplare. Kaufleute müssen in Kaufläden arbeiten und in Kneipen trinken. Lotterie nur für staatliche Zwecke. Dem Staat der Löwenanteil und denen, die Geld aus dem Fenster werfen können, in ungleichmäßigen Teilen zuzuteilen. Geheimsekten, Freimaurer, Esperant., Kommunisten und andere noch nicht erfasste Widersacher mit ihren Gruppen. Werden in keiner Form toleriert. Gymnastik nur Gesunden, ordentlich Beschäftigten und nicht unter Alkoholeinfluss Stehenden gestattet. Billard darf nur spielen, wer Billard spielen kann, und zwar außerhalb der Arbeitszeit. Der Boxsport ist den Muskelmännern vorbehalten, und zwar in Form von Vergnügungsveranstaltungen oder bei anderen Anlässen. Falls die Frau Gemahlin oder deren engere oder weitere Verwandtschaft in der weiblichen Linie und dergl. angegriffen wird. Öffentliche Toiletten haben Personen beiderlei Geschlechts zu meiden, die noch nicht volljährig sind, nicht ganz dringend müssen und gemäß dem Gesetz zum Schutz der gesellschaftlichen Ordn. unter Verdacht stehen. Selbige müssen sich mit Lysol reinigen. Unter polizeilicher Beobachtung und der anderer Sicherheitskräfte stehen. Auf Speisekarten werden keinerlei antidynast. oder sonstige Schriften, Gedichte oder anderer Schriftstoff mit entsprechend andersartiger Wirkung toleriert. Verzeichnet sein dürfen einzig und allein Speisen sowie anständige Preise. Fluchen in Anwesenheit von Herrschern, Regenten, Ministern, Direktoren, Vätern, Müttern und Restaurantbesitzern. Ausschließlich zum Zweck der Notwehr. Nutzung von Duschen, Wasserhähnen, Gasherden, Heizungen, Zahnbürsten und anderen städtischen Gerätschaften. Mindestens drei Jahre persönliche Praxis. Auf dem Trottoir rechts gehen. Zauberer verprügeln ist strengstens untersagt, man darf ihnen auch nicht den Zylinder wegnehmen zur Prüfung oder zu anderen Zwecken, denn ein jeder ist auf einer derartigen Veranstaltung für sich selbst verantwortlich. Wenn welche schon lebende Bilder machen mögen, sind sie zu unterstützen. Gestattet unter der Bedingung, dass Ruhe und öffentliche Ordnung gewahrt werden. Nicht gezeigt werden dürfen die stillende Königinmutter, der rauchende König, ein die Mutter ohrfeigender Vater oder ein Kind, das Kleider oder andere Wertsachen mit einer Schere zerstört. Walzer und dergleichen Tänze. Nur für Schwindelfreie ohne Nasenbluten und Stoffwechselstörungen. Nebst angemessener Belohnung. Keine Trinkgelder annehmen außer an des Königs Geburtstag, Neujahr und Trinkgeldannahmetagen. Golf nur mit den Angehörigen der engl. Botschaft, und zwar in deren Privatgarten. Dampfbäder, Quarzlampenbestrahlungen und andere halblegale medizinische Angebote nur unter strenger berufsständischer Aufsicht. Jeder Rebus muss eine Auflösung mit sich führen. Jeder Brief ist zu bestrafen mit dreitägigem Beleidigtsein. Stierkämpfe wird es nicht geben. Kuren aus gesundheitlichen und keinen anderen Gründen. Hundedressur in größtmöglicher Entfernung von Kirchen, Parlament, Ministerien oder anderen bedeutsamen Orten. Stempel und Gravuren bei polizeilich beglaubigten Stempelmachern und Graveuren. Öffentliche Beleidigungen in Versen oder Zeichnungen und mit anderen Mitteln. Zahnärzten sind Eingriffe nur in den Mündern der Patienten und nirgends sonst erlaubt. Erstellung von Karten, Stadtplänen und dergleichen vollständig verboten, jeder bleibe, wo er sich gerade befindet. Pasteur-Gesellschaften dürfen sich nur an jene wenden, die tatsächlich tollwütig sind, weil sie von einem ebensolchen Hund gebissen wurden. Wäschereien und Bügeleien nur für Ungewaschene und Ungebügelte. Sie verbieten: Versammlungen von Boxern, angeblichen Volkskünstlern und anderen nicht registrierten und identifizierten Berufen nach 22 Uhr. Stürze durch gemeinschaftlich genutzte Treppenhäuser und deren Gebrauch. Ausführung ungesetzlicher athletischer Freiluftübungen. Einhändiges Halten von minderjährigen Knaben und deren Eltern aus einem Fenster im vierten Stock. Vernichtung von Mobiliar durch Kopfnüsse gegen Tische und Stühle. Zum Zwecke des gegenstandslosen Beweises persönlicher, unbrauchbarer menschlicher Kräfte. Berücksichtigung des Ansehens eines Handlungsgehilfen und seiner Gattin, Hausfrau, sowie des gemeinsamen Sohnes, Erstklässler in spe. Vorlage von Dokumenten, aus denen die Herkunft zu ersehen ist, insbesondere die der Frau. Mit der Auflage, dass es sich nicht wiederholt. Wäre dann so gut wie nicht geschehen. Jeder entstandene Schaden käme zu den Akten. Tritt in Kraft, sobald das Fehlen von Alkohol im Blut des Betreffenden festgestellt wurde. Vorausgesetzt, er sagt zum Beweis mit einer Dauer von einer Minute das kleine Einmaleins im einarmigen Handstand auf, auf einem Pferd mit Griffen. Und legt eine Beglaubigung vom Vorsitzenden des Sokol-Turnvereins vor mit beigelegtem Brief von Bruder Hanuš dem Jüngeren, unterschrieben in Prag, an dem und dem Datum mittags um zwölf Uhr. Männer seien treu, Frauen ehrbar. Gelbe sollen gilben, Rote reiten. Poliz. verb. Sie werden von ihren Gastgebern und die Gastgeber von ihren Gästen angezeigt. Duplikate ohne Formalitäten. Für jedes weitere Kind hundert Dinar, für jede weitere Frau fünftausend. Alle Falsifikate, die sich als solche identifizieren lassen. Verboten. Alle genannten Materialien und einige weitere. Madige oder auf andere Art ungenießbare Speisen. Unangenehme Personen. Personen mit Mundgeruch oder ähnlichen Mängeln. Chinesen. Nicht wissen, wo man herkommt. Zulässig sind kurzfristige Durchreisen ohne Aufenthalt. Bis zu höchstens drei Mal. Zwei Tage Verspätung sind annehmbar. Falls ein Familienmitglied oder man selbst verstirbt. Mit Hilfe des Arztes, der Militärkommission oder des versammelten Vorstandes. Zwei ehrbare Bürger, die nicht gegen ansteckende Krankheiten geimpft sind. Ein oder mehrere Familienmitglieder. Seine königl. Hoheit der König oder einer aus dem engsten Familienkreis. Im Fall eines Erdbebens. Bei größeren Epidemien oder mehrtägigen Besäufnissen. Für den Fall, dass ihm die eigene Wohnadresse nicht sofort einfällt. Wenn man ein kleines Kind unter 7 Jahren hat, ohne Rücksicht darauf, ob es schreiben kann oder nicht. Falls die Tat aus Gründen der Niedergeschlagenheit begangen wurde. Wenn ihm aufgefallen ist, dass seine Frau die meiste Aufmerksamkeit ihrer persönlichen, ärztlich betreuten Genesung von einer Krankheit widmete, die sie nicht hatte. Wenn er verspricht, dass er weiterhin nur unvergorene Getränke trinkt. Wenn mindestens zwei Arbeitskollegen oder Mitarbeiter aus demselben Fachgebiet für ihn bürgen. Wenn es ihm gelingt, innerhalb der nächsten 36 Stunden auszunüchtern. Wenn er als Besoffener in keinem der besuchten Lokale Schäden verursacht hat. Wenn er kein Mitglied des Hofes erwähnt hat. Wenn er über keinen Angehörigen seiner Frau schlecht geredet hat. Wenn die Mutter der Frau ausdrücklich und in Schriftform bekundet, dass sie ihm vergebe. Danach nur noch in Anwesenheit der Obrigkeit und im Mischungsverhältnis zwei zu eins. Einmal pro Woche ein Glas Bier oder ein Gläschen Schnaps 0,03, gegen Zahnschmerzen. Bei Erhalt der Kündigung, der Einberufung zum Wehrdienst oder der Ablehnung des minderjährigen Sohnes seitens einer angesehenen Schule. Mit demselben Bescheid ergeht an sie die Aufforderung, sich einer Untersuchung beim Arzt der Belg. Kaufmannsjugend zu unterziehen, um zu ermitteln, ob sie tatsächlich nervlich angegriffen, unterernährt und erschöpft von der Hausarbeit ist. Ob tatsächlich zweimal pro Woche Quarzlampenbestrahlungen bei dem dafür ausgewiesenen Arzt Dr. St. Simić angezeigt sind. Zum Kurieren von nervlicher Anspannung, geistiger Zerrüttung und des in der Familie virulenten Alkoholismus. Gegen die Aufregung um die Einschulung des minderjährigen Sohnes. Gegen die nicht nachlassenden Übergriffigkeiten seitens des Hausbesitzers, der ihr, was zu prüfen ist, im Treppenhaus auflauert und bereits wiederholt indezente Vorschläge unterbreitete. Als Fall von Notwehr, weil der Inhaber des Lokals ebenfalls unter Alkoholeinfluss stand, was dieser höchstselbst öffentlich eingeräumt hat. Als Mittäter, wenn auch mit ihm verwandt. Der die bereits erwähnten Gäste sowie die Regierung in gleicher Weise beleidigt hat. Erschwerend hinzu kommt das Naturell des Beklagten sowie der Umstand, dass er einen sechsjährigen Sohn hat, dem er ein unrühmliches Vorbild ist. Unter Berücksichtigung der Tatsache, dass er Wiederholungstäter ist, beziehungsweise die Tat in 23 Lokalen und Gaststätten verübte, die er, die Gelegenheit in gleicher Weise ausnutzend, um die Zeche prellte. Ihre

Anzeigen wegen der gestohlenen Handtasche seien verjährt und die Beklagten, eine Schneiderin sowie eine Unbekannte, die am genannten Tag mit im Wartezimmer saß, demzufolge als unschuldig zu entlassen. Und die Tauben auf dem Balkon seien keine Brieftauben gewesen, die der Benachrichtung ausländischer Mächte über die militärische Verteidigung des Landes dienten, sondern entsprechend dem finanziell schlechten Status zwecks Ernährung gehalten worden. Und sie habe weder verbal noch handgreiflich das Ansehen des Königshauses befleckt. Sondern sich ausschließlich gegen die verschlagene Nachbarin gewandt, die sich als Hofdame ausgab, weswegen alle diese gegen eine Person gerichteten Bemerkungen völlig privater Natur seien. Und ihre Mutter, obwohl im Ausland geboren, stehe an der Spitze eines für die Region bedeutenden Wirtschaftsunternehmens, trage einen serbischen Namen, habe den serbisch-orthodoxen Glauben angenommen und lebe unbestritten im Geist der Gesetze dieses Landes. Serbischer als die meisten Serben. Serbisch bis zum letzten Atemzug. Sie selbst habe wohl einem Mann zeitweilig Unterkunft gewährt, der sich ihr als Handlungsreisender vorstellte, ergo gewissermaßen ein Kollege ihres Gatten war, über dessen Verbindungen zu Untergrundorganisationen aber nicht das Geringste gewusst. Auch nicht, dass dieser Mann mehrfach wegen widernatürlicher Neigungen vorbestraft war, was übrigens in keiner Weise auffiel, im Gegenteil. Desgleichen weise sie die vom Mitarbeiter der Belgrader Verkehrs- und Beleuchtungsbetriebe geäußerten Zweifel entschieden zurück, die er ohnehin nicht mit Belegen untermauern könne. Dasselbe gelte für den Gerichtsentscheid des Osijeker Kreisgerichts im Erbstreit mit der älteren Schwester. Wobei diese das Erbe wegen Fälschung angeblich nicht antreten konnte. Zweifelsfrei nachgewiesen, dass das amtliche Benachrichtigungsschreiben geöffnet und der Inhalt widerrechtlich verändert wurde. Eingedenk ihrer eidesstattlichen Erklärung, sie könne sich nicht erklären, wie die gefälschte 100-Dinar-Note in ihre Handtasche gelangt sei. Nicht einmal das Konterfei des Königs im Wasserzeichen stimmte, der Dargestellte war unbekannt und bar jeder Königswürde. Gefälscht wie die amtliche Unterschrift im Reisepass auf den Namen I. Banjeglav, der ebenfalls von einem ungeschickten, schamlosen Pfuscher ohne Talent und Kenntnisse erstellt wurde. Für den Mord an ihrer Großmutter durch eine nicht feststellbare Person im Jahr 1915. Die Tat geschah im Hoheitsgebiet der einstigen Fremdherrschaft, wobei der Landstrich heute zugegeben zu unserem Staat gehört. Ebenso wenig feststellbar ist die Person, die ihren Vater mit der Spanischen Grippe angesteckt hatte, welcher dieser am 4. Oktober 1918 um drei Uhr nachmittags erlag. Die Verführung Minderjähriger wird mit einer Geldbuße nicht unter dreitausend Dinar geahndet. Oder sechs Monaten Gefängnis auf Bewährung. Aus allen Schulen des Königreichs. Dank guter Führung und nobler Abstammung. Wegen Störung der öffentlichen Ordnung in Gaststätten und auf der Straße sowie Beleidigung der Staatsorgane. Zu sieben Tagen ohne Bewährung. Insofern er nicht augenblicklich in Schriftform Reue bekundet. Sich beim Pächter der Schenke, dem Bezirksverwalter und seiner Schwiegermutter entschuldigt, auf die er sich berief. Siehe unter c. Gericht ist nicht zuständig. Man muss sich an die nächste Instanz wenden, das Kreisgericht in Grunt, und den Prozess dort fortführen. Wegen Widerstand gegen ein Organ der Staatsgewalt. Rücksichtlich der Eingabe und Zeugenaussage der Gattin des Beschuldigten, seines Schwagers und zweier anwesender Bürger. Infolge der gefälschten Taufurkunde und manipulierter ärztlicher Befunde. Die geistige und physische Entwicklung seines Kindes gefährdend, das zu jung ist für die Einschulung. Der Gebrauch des Lesens und Schreibens vor dem vollendeten siebten Lebensjahr ist verboten. Desgleichen könnte der Briefwechsel mit der Großmutter seinem kindlichen Alter schaden. Der Tatsache Rechnung tragend, dass das Werk aus Fahrlässigkeit und Unwissenheit begonnen wurde. Von seinem fünften Jahr bis heute. Zumal für eine entsprechende Tätigkeit keine Erlaubnis vorliegt. Er habe in seiner Wohnung eigene und fremde Schriften versteckt, zwischen denen sich keine logischen, zwingenden Bezüge herstellen lassen. Mit Blick auf weitere Folgen ist alles auf seinen minderjährigen Sohn zu übertragen. Er sei ermächtigt, über alles Buch zu führen. Bis zu vierzig Jahre nach dem Ereignis. Alle Einzelheiten müssen einer ständigen und qualifizierten Kontrolle unterliegen. Auszuüben von einem Allgemeinarzt, einem Vertreter des Militärs und einem bevollmächtigten Literaturkritiker. Stil, Art und Gebrauch einzelner Worte fallen in die Zuständigkeit des entsprechenden Gerichts. Worte wie xyz sind unter keinen Umständen erlaubt, nicht einmal, wenn es die Sicherheit des Landes erfordern würde. Alle vorgefallenen Vorfälle tragen in gewisser Weise zur Beunr. der Bürger bei. Auf die eine oder andere Art. Sie sind als nicht vorgefallen zu betrachten. Beteiligte an derlei Vorfällen gelten als nicht anwesend. Sollten sie Dritten gegenüber Zeugnis von den Vorfällen ablegen, ist dieses in jeder Hinsicht als unvollständig, verwirrt oder verdächtig zu betrachten. Mit Rücksicht auf deren psychische Verfassung. Streng vertr. Nur für den amtlichen Gebrauch. Alle Unschuldigen sind schuld. Auf ergänzende Zeugenaussagen ist Absatz drei, Artikel acht im Schnellverfahren anzuwenden. Unterlassene Adressänderungsmeldungen werden automatisch mit Geldbuße von fünfhundert neuen Dinar belegt. Infolge nicht gezahlter Stromrechnungen. Äußerungen über hochrangige Abgeordnete lassen pflichtschuldige Ehrerbietung vermissen. Beweis: erschien nicht auf der Beerdigung des Vaters. Seiner Mutter, deren Mutter und dem Bürger I. B. zu gleichen Teilen. Unter der Bedingung, dass der zuletzt Genannte verspricht, sich aus allem herauszuhalten. Amtl. Denkerlaubn. ist nachzureichen. Wird uns. Org. keine Schwierigkeiten bereiten. Weder auf öffentl. Plätzen noch andernorts. Darf keine Notizen, Exzerpte und dergl. anfertigen. Insofern diese Materialien. Unter gew. Umständen Montagen. Im Gegensatz zu dem, was der Autor sagen wollte. Abhängig vom Verhalten in der Erm. selbst. Insofern Mutter und Angehörige der weiteren Fam. für ihn bürgen. Falls er offene Briefe schreibt. Sich vom eig. Irrtum lossagt. Freiwillig für die nächsten fünf Jahre. Ab Urteilsverk. Seine Unbeständigkeit und andere ung. Umstände. Attest über vollständige Ausheilung aller Krankheiten. Verminderte Zurechnungsfähigkeit im Lauf der Ausführung. Unkenntnis aller Buchstaben. Hat Sinn des krit. Textes geänd. Zwei Zeugen. Hätte nicht gedacht, was er gedacht hat. N. M. des Gutachters. Vollständig iSd Anklage. Recht auf jedwede Entschädigung aberkannt. Mit einer Frist von 7 Tagen abzugeben. Insofern er alle erf. Dokumente einreicht. Zur Einsicht, Beglaubigung und Abschrift. Diesen Status auf Lebenszeit. Da der Vertr. versehentlich unterzeichnet wurde. Suspendierter Beamter. Telef. und Generalbevollmächtigungen sind unzulässig. Seitens der Mutter oder anderer Familienmitglieder. Abschl. und prov. Bestimmungen. Diese sind als nicht existent zu erachten. Mit sofortiger Wirkung. Tag der Promulgation. Im Amtsbl. Zehntausend für jeden neuen Fall. Das gesamte Vermögen. Leerräumen und zur Nutzung übergeben. Einschl. Mitnahmeverbot. Nach Ablauf der Frist unter keinen Umständen. Amtlich erhobene Geb. Mit fünfzehn Salutschüssen aus 24 Gew. Mit allen erforderlichen Gerätschaften. Zur nächstgelegenen Nerv.heilanst. Mit Rücksicht auf die kongenitale Möglichkeit konvulsiver Spezifikationen. Eine Klasse heruntergestuft. Beschwerden unzulässig. Nichts frei. Keine Hafterleichterung. Zur Gänze bewiesen. Endet mit Ablauf der Geltungsdauer. Gem. selb. Verfahren. Neuerung tritt in Kraft. Urt.begr. s. o. Datum xy. Ausgeführt und ausgefertigt von. Mit sämtlichen Redundanzen. Wie unter a. Der Sekretär, in Vertretung des Vorsitzenden. Dienstsiegel. Unterschrift unleserl. Rechtsbehelfende Rechtsbelehrer. Indianerehrenwort. Anzuhörende Behörden. Pst. Husch. Klappe.

BORA ĆOSIĆ
NACHWORT ZUR DEUTSCHEN AUSGABE

Linke Regime haben etwas Meteorologisches an sich, mal scheint die Sonne, mal wütet ein Orkan, dann hilft nur eins: Sich unterstellen und warten, bis sich das Unwetter ausgetobt hat. Das war 1972 so. Plötzlich waren meine Bücher aus den Buchhandlungen verschwunden, mein Theaterstück wurde nach rund hundert Vorstellungen über Nacht vom Spielplan gestrichen, der Film mit demselben Titel in Venedig uraufgeführt, aber nie in jugoslawischen Kinos gezeigt. In den Zeitungen erschienen ganzseitige Artikel über den destruktiven, feindseligen Ton meines Schreibens. Natürlich wurde ich nicht verhaftet, nicht einmal polizeilich verhört, unser Kommunismus war schließlich »rosarot«, sehr im Gegensatz zu dem in Bulgarien oder Albanien. Man gab mir nur zu verstehen: Halt dich ein Weilchen geduckt, verschwinde von der Bildfläche. Der Verdienst meiner Frau musste für uns beide reichen.

Andere kamen auch nicht ungeschoren davon. Acht Philosophieprofessoren verloren ihren Lehrstuhl. Regisseure drehten keine Filme mehr, ihre Werke wurden unter »schwarze Welle« verschlagwortet, und in der Folge waren aus nicht nachvollziehbaren Gründen die Farbe Schwarz sowie das Wort »Nacht« verdächtig. Ein Maler hängte seine Ausstellung, doch die wurde nie eröffnet, ein Polizeikordon postierte sich zwischen Galerie und Publikum, nur weil sich der Mann erdreistet hatte, den Vorsitzenden Tito in Gesellschaft der Giraffen aus den Tiergehegen auf Brioni abzubilden sowie des Schauspielers, der ihn dargestellt hatte, Richard Burton. Die Menschen reagierten wie immer unterschiedlich. Eine Schauspielerin, die hellauf begeistert eine Rolle in meinem Stück übernommen hatte, begriff sehr schnell, dass dessen Inhalt Feindpropaganda war, die nichts im Repertoire verloren hatte.

Dann fiel mir mein großer Vorgänger ein: Ivo Andrić hatte die

Jahre der deutschen Besatzung in einem Zimmerchen überlebt, als Untermieter eine Ingenieurs; in der steilen Straße hinter dem zentralen Platz von Belgrad behelligte ihn niemand, weder ihn selbst noch seine stille Arbeit. Dort, im allgemeinen Schweigen um ihn, entstanden seine wichtigsten Werke.

Die Stille eines Eineinhalb-Zimmer-Apartments, ganz unten in Belgrad, an der Donau, kam mir sehr zupass, aber ich habe mich in ihr nicht wie in einer Erdhütte eingegraben. Und da ich nicht gezwungen war, in einer Ziegelei zu schuften oder Sand zu schippen – ich musste noch nicht einmal unter fremden Namen veröffentlichen –, gab ich mich ausgedehnten Spaziergängen hin, mal als Flaneur, mal als Geist. In diesen stillen Jahren bin ich unendlich viel gelaufen, nutzte es aus, dass ich nicht beachtet wurde, so unsichtbar war wie die Figuren in Erzählungen von H. G. Wells. Die meisten meiner Generation haben so einen Einschnitt erlebt, plötzlich hatte das paradiesische Aufgehobensein des Einzelnen im übergeordneten Ganzen ein Ende, nach Jahren, in denen wir die Gesellschaft wie eine Familie erlebt hatten, hatte man uns wieder wie enterbte Söhne auf die Straße gesetzt. Der Bruch mit Papa Staat und der familiären Gesellschaft, mit deren Regeln und Anforderungen war indes ein Geschenk. Es war der glückliche Augenblick, in dem wir uns endgültig aus der dogmatischen, eingefahrenen, engstirnigen Interessenslage eines Regimes lösten, das nur in seinen eigenen Fantasievorstellungen fortschrittlich war. Verhärtete Ordnungen brauchen vielleicht sowieso keine Erben, Kinder stellen doch bloß unangenehme Fragen. Mit einem Mal vogelfrei, heimatlos, meiner Verpflichtungen gegenüber der erweiterten Familie des Vaterlandes mit dessen vielen feierlichen Anlässen und harschen Tönen ledig, konnte ich weiterhin meiner Vorliebe für die profanen Tatsachen des Lebens frönen. Und da öffnete sich vor mir das große Proletariat der Sprache; wenn sie auch nur einen Funken Selbstreflexion gehabt hätten, hätten die Allmächtigen des Regimes wissen müssen, dass sie selbst dazu gehörten. Denn die rigide Diktion von Verordnungen, Erlassen und Gesetzen widerspricht im Kern dem Geist der Sprache, nicht anders als der Einzelne, der statt des Dativs den Akkusativ benutzt.

Das war der Ausgangspunkt, aus dem sich langsam eine Chronik unerheblicher Vorkommnisse entwickelte, weit weg von der Strenge der Welt, die uns umschloss. Erst heute kann ich die Rolle der Familie in meinem Leben zur Gänze betrachten. Und doch, was ich in meiner fröhlichen Einsamkeit schriftlich auszuarbeiten begann, war kein Familienroman, sondern eine Sottie über die Sprache. Kein Volk, das stand für mich fest, spricht seine eigene Sprache, sie sprechen alle eine fremde Sprache, ihnen übergestülpt, voll vorgefertigter Floskeln. Wenn sie Briefe schreiben, an die Lieben daheim, an die Liebste, ans Amtsgericht, wenn sie ihren Kunden Rechnungen ausstellen, wenn sie ihre Redeweise dem Umstand anpassen, ob sie mit Bedienten oder Ausländern sprechen, wenn sie im Feuilleton Fortsetzungsromane lesen, wenn ein Kind eine Lektion aus dem Schulbuch wiedergibt, wenn sie die Dinge in ihrem Besitz aufzählen oder die zu einem Fest eingeladenen Personen auflisten, Menschen beherrschen nicht-sprachliche, wider-sprachliche Regeln, eingeschliffen, entstellt und infolgedessen sehr unterhaltsam. Diese Nicht-Sprache, diese Wider-Sprache, diese *Tutoren* nachgeschwatzte Sprache begann ich also zu erkunden.

Der Antiquar meines Vertrauens fischte all die Jahre, die ich daran arbeitete, für mich aus den hintersten Regalen seines Ladenlokals in der Knez Mihajlova die schäbigsten Bändchen heraus: *Vrieme. Crtice iz meteorologije* (Das Wetter. Grundzüge der Meteorologie) von Oton Kučera, *Fizika za ženskinje* (Physik für Frauenzimmer), von Dr. Eugen Netoliczka in E. Josimovićs Bearbeitung, *Novosadsko baštovanstvo* (Neusatzer Gartenbaulehre) aus dem Jahr 1909, *Povrćarstvo* (Gemüseanbau) von Pajo Krempler, *Jugoslavenski kompas 1919–1921, Planina* (Gebirge), von E. Rekli, das *Privredni registar* (Firmenverzeichnis) des Königreichs Jugoslawien von 1940, zusammengestellt von Dr. ing. Fran Podbrežnik, *Organizacija Saveza Sokola Kraljevine Jugoslavije* (Die Organisation des Turnerbundes Sokol im Königreich Jugoslawien) von 1930, die polnische Übersetzung von Prof. Heinrich Brutzers *Allgemeine Handelskorrespondenz in 15 Sprachen (Powzechna Korespondencya handlowa w pietnastu jezykach),* erschienen um 1900, *Bićeš gradjanin* (Du wirst ein Bürger sein), ein *Lesebuch für bürgerliche Rechte und Pflichten für Schule und Volk* von Čedomilj Todorović, die Jahrgänge 1901, 1902 und 1903 der *Ženski svet* (Welt der Frau). Von meiner Mutter hatte ich eine Kladde geerbt, in der sie wichtige Angaben zur Familie vermerkt hatte: Geburtstage, Todestage von bereits verstorbenen Familienmitgliedern, Schuhgrößen, Beträge, die sie an Nachbarn verborgt hatte. Die Großmutter hatte mir einen Bogen aus ihrem Kochbuch geschenkt, in dem außer Rezepten Angaben aus der Geschichte von Kosmos und Menschheit standen, so dokumentierte sie die »unvorstellbare Teuerung während der Besatzung 1941–1944«: »Mehl nur auf dem Schwarzmarkt, 1 kg dunkles 100 Din., helles 250, 1 Paar Strümpfe 500, Anziehsachen nur auf Bezugsschein, auf dem Markt Schlangen mit 200–300 Frauen ...« Früher schon hatte ich die Gewohnheit, besonders dumme Beiträge aus der Zeitung auszuschneiden, mir die blödesten Werbesprüche und Firmennamen zu notieren, mir das dumme Geschwätz auf dem Markt, in der Straßenbahn oder im Wartezimmer beim Zahnarzt anzuhören. Mutters Schwester brachte mich allerdings in einem Anfall von Eifersucht um die Haushalts- und Handelsbücher unserer Vorfahren, von denen einige bekannte Persönlichkeiten waren; derlei Dokumente musste ich mir aus öffentlichen Bibliotheken beschaffen. Gleichwohl bekam meine volkstümliche Chrestomathie nach und nach ihre Kapitel: Lexikon / Bauernkalender / Lesebuch / Belehrender Bilderbogen / Dilettanten / Bildunterschriften / Kitsch / Katalogverzeichnis / Haushaltsbuch / Comic / Kochwissenschaft / Pornografie / Baedeker / Volksliederbuch / Schundroman in Fortsetzungen / Privater Briefwechsel / Literarische Sprache / Amts- und Verordnungssprache.

So gingen die Jahre der inneren Emigration dahin, gleichsam eine private Spielart der Okkupation, ohne Pulverdampf und Schusswechsel: Mancher wechselte die Straßenseite, wenn er mich sah, aber das war auch schon alles. Aber einmal, 1977, wäre ich beinah mit meinem ehemaligen Verleger zusammengestoßen. Wo treibst du dich denn rum, na hier, was machst du, nichts, du schreibst doch sicher an was, ja klar, an was denn, ein dickes Buch, wie dick, 800 Seiten, na, bring's mal vorbei!

Tutori erschien ein Jahr später, bekam den jährlich verliehenen Preis der Verleger und einen Platz in der Reihe *50 serbische Romane*, und jener Verleger, mit dem ich fast zusammengestoßen wäre, schrieb ein Buch über mein Buch. Mir fiel nicht einmal auf, dass der Belagerungszustand ein Ende hatte. Der Sturm, der viele meiner Zeitgenossen durchgewirbelt und in meinen anderthalb Zimmern höchstens gesäuselt hatte, war abgeflaut. Da ich die einzelnen Kapitel auf unzähligen Zetteln entwarf, die sich nach einer gewissen Ordnung auf dem Schreibtisch stapelten, durfte dort niemand die Fenster öffnen und den Wind hereinlassen, und dieser Wind, er war verschwunden.

Obwohl mir meine deutschen Freunde seit zwanzig Jahren versichern, das Buch sei unübersetzbar, liegt es dank der Hartnäckigkeit seines Verlegers und der gewaltigen Anstrengung von Brigitte Döbert nun doch auf Deutsch vor. Die Unermüdliche hatte horrende Herausforderungen vor sich, ich weiß das sehr gut, weil ich selbst in früher Jugend die *unübersetzbaren* Gedichte von Welimir Chlebnikow übersetzt habe. Genaugenommen gibt es keine unübersetzbaren Bücher, wenn man von den unvermeidlichen Abweichungen gegenüber dem Original absieht. Insofern hat die Übersetzerin ein Buch vorgelegt, dass sie mit kritischen, schrägen Blicken in mein altes Manuskript selbst verfasste. Nun, der Autor selbst geht ganz ähnlich vor: Während er schreibt, schaut er natürlich in das, was vor ihm da war, und erschafft daraus eine Welt.

Berlin, im März 2015

Gefördert mit Mitteln des
Programms Kreatives Europa
der Europäischen Union.

Die Herausgabe dieses Werks wurde gefördert durch TRADUKI, ein literarisches Netzwerk, dem das Bundesministerium für Europa, Integration und Äußeres der Republik Österreich, das Auswärtige Amt der Bundesrepublik Deutschland, die Schweizer Kulturstiftung Pro Helvetia, das Bundeskanzleramt der Republik Österreich, KulturKontakt Austria, das Goethe-Institut, die Slowenische Buchagentur JAK, das Ministerium für Kultur der Republik Kroatien, das Ressort Kultur der Regierung des Fürstentums Liechtenstein, die Kulturstiftung Liechtenstein, das Ministerium für Kultur der Republik Albanien, das Ministerium für Kultur und Information der Republik Serbien, des Ministeriums für Kultur der Republik Rumänien und die S. Fischer Stiftung angehören.

traduki

Der Verlag dankt dem Ministerium für Kultur der Republik Serbien für die freundliche Förderung der Produktion des Buches.

Република Србија
Министарство културе, информисања
и информационог друштва

Die Übersetzerin dankt dem Deutschen Literaturfonds e.V. für die großzügige Förderung ihrer Arbeit.

António Lobo Antunes

Portugals strahlende Größe

Roman

448 Seiten, btb 73628
Übersetzt von Maralde Meyer-Minnemann

Das koloniale Erbe Portugals – eine virtuose Rhapsodie des Untergangs.

Es ist Weihnachten, und Carlos hat seine Geschwister und seine Mutter in die winzige Wohnung in einem armen Vorortviertel Lissabons eingeladen, sie haben sich fünfzehn Jahre nicht gesehen. Doch der Sekt wird warm, keiner kommt, sie waren nie eine glückliche Familie. Als Kolonialisten lebten sie schon in Angola mehr schlecht als recht; der Vater Amadeu war ein Säufer, die Mutter Isilda eine Mätresse. Und die Kinder? Carlos ist Mischling, Resultat einer Affäre des Vaters, Rui ist geistig behindert, Clarisse verkauft ihren Körper. Der Bürgerkrieg hat sie aus Afrika verscheucht, aber Schuld, Gewalt und Hass tränken ihre Erinnerungen und treiben sie in den Untergang – auch wenn ihre Nationalhymne stets »Portugals strahlende Größe« beschwört …

»Kaum ein anderer Autor verfügt über eine solche obsessive Sprachmacht.«
DER SPIEGEL

btb

Rafael Chirbes

Strafe

Roman

432 Seiten, btb 74910
Übersetzt von Dagmar Ploetz

»Das wichtigste Buch der letzten Jahre.«
El País

Esteban hatte sich als junger Mann ein anderes Leben erträumt, ist aber in der Familienschreinerei hängengeblieben. Anders als sein sozialistisch strenger Vater will er wie alle anderen auch sein Stückchen vom großen Immobilienkuchen. Und als sein Vater alt und nicht mehr handlungsfähig ist, investiert er das im Familienbetrieb erarbeitete Geld in eine Baufirma. Doch die Firma geht pleite und mit ihr die Schreinerei. Insolvenz, die Mitarbeiter stehen auf der Straße, selbst die kolumbianische Pflegerin des alten Vaters kann nicht mehr bezahlt werden. Doch Esteban ist auch mit siebzig noch ein vitaler Mann. Und er ist Realist. Eine Perspektive für die Zukunft sieht er nicht – und zieht die Konsequenzen.

»Ein Tag genügt Chirbes, um in gewaltigen inneren Monologen Zeit und Vergangenheit seiner Figuren heraufzubeschwören.«
Süddeutsche Zeitung

btb

Volker Weidermann

Ostende.

1936, Sommer der Freundschaft

160 Seiten, btb 74891

Ein belgischer Badeort mit Geschichte und Glanz: Hier kommen sie alle noch einmal zusammen, die im Deutschland der Nationalsozialisten keine Heimat mehr haben. Stefan Zweig, Joseph Roth, Irmgard Keun, Kisch und Toller, Koestler und Kesten, die verbotenen Dichter. Sonne, Meer, Getränke – es könnte ein Urlaub unter Freunden sein. Wenn sich die politische Lage nicht täglich zuspitzte, wenn sie nicht alle verfolgt würden, ihre Bücher nicht verboten wären, wenn sie nicht ihre Heimat verloren hätten. Es sind Dichter auf der Flucht, Schriftsteller im Exil. Volker Weidermann erzählt von ihrer Hoffnung, ihrer Liebe, ihrer Verzweiflung – und davon, wie ihr Leben weiterging.

»Liebevoll und vorsichtig malt Weidermann sich und uns aus, wie es gewesen sein könnte in diesem Sommer des Abschiednehmens.«
Elke Heidenreich

btb